Aus Freude am Lesen

btb

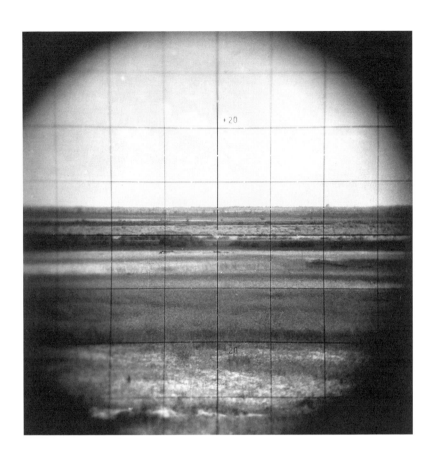

Walter Kempowski

Das Echolot

Barbarossa '41

Ein kollektives Tagebuch

––––––––

btb

Für Anatoli Philippowitsch Platitsyn

Vorwort

Bevor wir unser «Echolot» die Helgen hinuntergleiten lassen, bedarf es einer Einleitung, bevor wir uns also eine Zeitlang unter die toten Seelen mischen, betrachten wir drei Bilder:

Zunächst den «Turmbau zu Babel» von Breughel aus dem Jahr 1563, jene Darstellung des konisch zulaufenden Turms, der vielbögig aufeinandergesetzten Spirale, die sich in die Wolken hineinschraubt und zu Gott hinaufdrängt, jenen Turm, den Menschen bauten, um dem Allmächtigen gleich zu sein, den sie aber auch aus Sehnsucht aufrichteten, möglichst schon vor der Zeit zu ihm zu gelangen und sich in seinem Schoß zu bergen. Der Babylonische Turm stürzte ein, wir wissen es, und die Verwirrung, die sein Fall mit sich brachte, dauert an.

Das zweite Bild, an das ich erinnern möchte, ist die «Alexanderschlacht» von Albrecht Altdorfer, aus dem Jahre 1529: jenes bekannte Gemälde, auf dem Tausende von Kriegern auszumachen sind, die gegeneinander wogen, um einander umzubringen. Menschen ohne Namen, Todgeweihte, längst vermodert und vergessen, und doch Männer, die Frau und Kind zu Hause sitzen hatten, deren Keime wir als Nachkommen in uns tragen.

Als drittes Bild wähle ich die «Übergabe von Breda» des Spaniers Velázquez. Auf diesem Bild steht ein Sieger einem Besiegten gegenüber. Der siegreiche Feldherr hat dem Unterlegenen, der ihm demütig die Schlüssel der Stadt übergibt, nicht den Fuß in den Nacken gesetzt, sondern er neigt sich ihm gütig zu, ja, er hebt den sich beugenden Unterlegenen auf! Dieses Bild wurde vor 360 Jahren gemalt, und bis heute wurde seine Botschaft nicht eingelöst.

Das «Echolot» besteht aus mehreren Teilen. Die exemplarischen Stationen, die in ihm vorgeführt werden, heißen Leningrad, Stalingrad, Auschwitz, Dresden und Berlin. Von Mord und Größenwahn ist die Rede, aber auch von Demut und Nächstenliebe. Eine Vergegenwärtigung der Welthöllen, welche die Menschheit sich von Zeit zu Zeit bereitet, der Plagen, von denen schon in der Apokalypse die Rede ist, macht nur wenige einsichtig. So ist es eine vergebliche Hoffnung, zu glauben, daß Menschen die Ereignisse, von denen im «Echolot» die

Rede ist, zum Anlaß einer Umkehr nehmen: Einzelne, die es dennoch tun, werden für eine kurze Zeit zu den Maurern des Babylonischen Turms, zu den buntkappigen Kriegsknechten der Alexanderschlacht gehören, und auch zu den Zeugen des humanen Verhaltens eines spanischen Feldherrn vor den Toren einer eroberten Stadt. Sie werden vielleicht zu jenem Verständnis durchdringen, das uns das Kommende bewältigen hilft.

Nartum, 25. Dezember 2001 Walter Kempowski

Dann gliederten sich die Laute,
erst war nur Chaos und Schrei,
fremde Sprachen, uralte,
vergangene Stimmen dabei.

Die eine sagte: gelitten,
die zweite sagte: geweint,
die dritte: keine Bitten
nützen, der Gott verneint.

GOTTFRIED BENN

Iwan Belonossow vor der Einberufung am 27. Juni 1941, mit seiner Mutter Marija

<659 Tage   Sonnabend, 21. Juni 1941   1417 Tage>

Die brüderliche Liebe untereinander sei
herzlich. Einer komme dem andern mit
Ehrerbietung zuvor. Seid nicht träge in
dem, was ihr tun sollt. Seid brünstig im
Geiste. Schicket euch in die Zeit.
HERRNHUT   RÖMER 12,10.11

André Gide 1869–1951   *(Südfrankreich)*
Die kürzeste Nacht des Jahres. Diese letzten vier Tage waren schöner,
als man sagen kann: schöner, als ich es ertragen konnte. Eine Art Aufruf zum Glück, bei dem die ganze Natur sich zu einer wunderbaren
Verzückung verschwor und einen Gipfel der Liebe und Freude erreichte, wo dem Menschenwesen nur noch der Tod zu wünschen bleibt. In
einer solchen Nacht möchte man die Blumen küssen, die Rinde der Bäume streicheln; irgendeinen jungen glühenden Körper umarmen oder bis
zur Morgendämmerung auf der Suche nach ihm umherstreifen. Allein
schlafenzugehen, wozu ich mich gleichwohl entschließen muß, erscheint
gottlos.

Paul Valéry 1871–1945   **Paris**
Die Physiker lassen, was man gestern *wußte*, nicht in Ruhe und fügen
hinzu oder verbinden damit, was sie heute morgen *gesehen* haben. Die
Historiker machen nicht so viel Umstände – und während jene damit
ringen, Prinzipien, Definitionen, Geometrie und … Verstehen umzu-
formen, scheren sich diese darum wenig. Sie liefern die Erzählung, und
eine Erzählung absorbiert alles – es ist die Form des Formlosen – und
die Verfälschung der Beobachtungen, die sie mit sich bringt oder erzwingt, ist unmerklich. Sie können sich nicht vorstellen, daß die Neuheit (die nicht nur Neuheit der Ereignisse ist – sondern ebensosehr
Neuheit der Modi ihrer Aufzeichnung) einen anderen «historischen»
Geist verlangen könnte, andere Ausdrücke – andere Vorsichtsmaßnahmen.

*

Grete Dölker-Rehder 1892–1946   Stuttgart

Sonnenwende. Aber wir sind so verstrickt in Menschendinge und aus
dem Zusammenhang mit der Natur geraten, daß man der Sonnenwende kaum gedenkt.

Gestern hab ich ein Gedicht gemacht, «An den Vermißten». Ich bin
über mich selbst erschrocken. Wie kann man darüber ein Gedicht machen? Ich weiß es auch nicht, es floß aus mir, wie die Tränen fließen.

Helmuth James von Moltke 1907–1945   Berlin

An seine Frau

Ich komme mir vor, als sei heute der 31. Dezember; es ist so, als begänne
morgen ein neues Jahr. Morgen wird alles anders aussehen und viele
Dinge werden uns bestürmen, gegen die wir uns wappnen müssen.

Jochen Klepper 1903–1942   Stauceni/Rumänien

Sturm in der Morgendämmerung, Gewölk, dann wunderbarer, matt-
goldener Sonnenaufgang. 8 Uhr Aufbruch der Autos. Die Fahrt durch
die hügeligen Wälder sehr schön. 12 Uhr Ankunft in Stauceni. Ödes
Dorf, aber an einem – wenn auch verschilften und sumpfigen – See und
Graben, in denen man zur Not baden kann. Es wird ein schöner, schöner Tag. Sonne und Wind. Wir kampieren im Autobus. Zwei Briefe von
Hanni.

Der Assistenzarzt Dr. Hermann Türk 1909–1976   am Bug

Die Spannung wächst auf den Höhepunkt. Im Radio immer noch
nichts. Diese Nacht soll es losgehen! Das Wetter ist prima. Hitlerwet-
ter, sagen wir. Morgens kommt Oblt. Knütel. Er liegt mit seiner Komp.
ganz in unserer Nähe.

Der Wald hier wimmelt von Panzern, Artillerie und Pferden. Unserem
Korps ist nämlich auch die 1. K.D. unterstellt.

Abends kommt der 1 B der Division. Um 3.15 Uhr soll der erste Schuß
fallen. Brest-Litowsk soll mit Brandöl, mit 330 000 kg beschossen werden. Da können unsere Nebelwerfer ihren ersten Einsatz zeigen.

Ein leichter Zug unserer Kompanie wird vorgezogen. Er soll an der anderen Seite des Bug einen Hauptverbandsplatz vorbereiten. Stolz zieht
Unterarzt Doringer mit seinem Zuge los. – Ich platze bald, daß ich auch
diesmal wieder stille sein muß. Aber der Chef beruhigt mich und sagt
mir, daß der Zug höchstwahrscheinlich nicht zum Einsatz kommen
würde.

Der Leutnant Heinz Döll *1919   am Bug

Am 21. Juni, frühmorgens, erhielt ich den Auftrag, eine Stellung oberhalb des Bug-Ufers zu erkunden, um die Ziele auf russischer Seite bekämpfen zu können – vorsorglich, hieß es immer noch.

Das jedoch wollte ich lieber mit äußerster Vorsicht bewerkstelligen. Ich holte mir einige Kanoniere vom 2 cm-Flakzug, vor allem den Entfernungsmesser samt Gerät. Wir verkleideten uns mit Strohhüten, Bauernkitteln und Heugabeln. Dann durchstreiften wir die Wiesen am Bug, dem Grenzfluß zwischen Deutschland und Rußland. Es war zunächst die Frage zu klären, ob das schwere Geschütz an das Ufer bugsiert werden konnte für einen eventuell vorgesehenen Fährübergang. Außerdem haben wir die Entfernung gemessen zu einem Bunker auf russischer Seite, der mir als mögliches Ziel angegeben worden war.

Aber so unauffällig, wie wir wollten, gelang die Vermessung nicht. Aus einem Gebüsch drüben trat plötzlich eine russische Patrouille mit drei Soldaten in das hohe Gras und ging zum Bug-Ufer, als sie plötzlich stutzten. In ihren Gesichtern konnten wir ihre Überraschung ablesen. Sie hatten unser Entfernungsmeßgerät von der Seite entdeckt, als wir hinter einem Gebüsch Messungen durchführten und nur nach vorne getarnt waren. Mit Gesten der Überraschung machten die Russen kehrt und entschwanden schnell unseren Blicken hinter Buschwerk und Bäumen. (Da war wohl drüben eine Meldung fällig.)

In der Abenddämmerung dieses heißen Tages, des 21. Juni 1941, wurde die Batterie an die Fahrzeuge befohlen. Die Frösche in den friedlichen Bug-Wiesen gaben noch ihr volltönendes Konzert. Da saßen wir auf den Zugmaschinen im Walde, als uns ein Aufruf des Führers verlesen wurde: «Soldaten der Ostfront!» Wir waren wie vom Blitz getroffen – trotz aller Zeichen um uns. Also doch. Die Worte des Generals klangen mir noch im Ohr.

Ernst-Günter Merten 1921–1942   Galizien

Wir stehn zum Marsch gegen Rußland angetreten! Heute nachmittag noch war ich mit Karstedt zur N. L. K., um das fehlende Zubehör für den einen Funktrupp abzuholen. Dort war schon alles eifrig beim Packen. Als wir etwas später durch den Lagerplatz des II. Btl. kamen, rissen sie schon die Zeltbahnen von den Schleppdächern. «Paß auf», sag ich, «bei uns tun sie das auch schon.» – «Ach was, unsre sind noch nicht soweit.»

Sie waren es aber wirklich. Und nun geht es alles Schlag auf Schlag: Packen, Verladen; Lt. Schulze verliest den Aufruf des Führers an die

Ostarmee. Es geht also doch gegen Rußland! Um 22 Uhr stehen wir abmarschbereit.

Lawrentij Berija 1899–1953 _Moskau_
An Stalin
In der letzten Zeit lassen sich viele Mitarbeiter von gemeinen Provokationen beeinflussen und geraten in Panikstimmung. Die geheimen Mitarbeiter [...] müssen wegen der systematischen Desinformation als Handlanger der internationalen Provokateure, die uns gegen Deutschland aufhetzen wollen, zu Lagerstaub zerrieben werden. [...] Der Leiter der Aufklärungshauptverwaltung beschwert sich über seinen Oberstleutnant Nowobranetz, der auch die Lüge verbreitet, daß Hitler an unserer Westgrenze 170 Divisionen gegen uns aufmarschieren lassen habe. [...] Aber ich und die mir unterstellten Mitarbeiter, Jossif Wissarionowitsch, denken immer an die weise Vorhersage, nach der Hitler uns im Jahre 1941 nicht überfallen wird.

Der General Georgij Shukow 1896–1974 _Moskau_
Am 21. Juni abends rief mich der Stabschef des Kiewer Militärbezirks, Generalleutnant Purkajew, an und meldete, daß ein deutscher Feldwebel übergelaufen sei, der behauptete, die deutschen Truppen bezögen ihre Bereitstellungsräume für den Angriff, der am 22. Juni früh beginne. Ich berichtete darüber sofort dem Volkskommissar und Stalin. Stalin sagte: «Kommen Sie mit dem Volkskommissar in den Kreml.»
Der Volkskommissar, Generalleutnant Watutin und ich fuhren mit dem Entwurf einer Direktive an die Truppen in den Kreml. Unterwegs verabredeten wir, um jeden Preis den Beschluß durchzusetzen, die Truppen in Gefechtsbereitschaft zu versetzen.
Stalin empfing uns allein. Er war sichtlich besorgt.
«Ob uns die deutschen Generale diesen Überläufer nicht untergeschoben haben, um einen Konflikt zu provozieren?» fragte er.
«Nein», antwortete Timoschenko. «Wir meinen, daß der Überläufer die Wahrheit sagt.»
Inzwischen traten die Mitglieder des Politbüros in Stalins Arbeitszimmer. Stalin informierte sie kurz.
«Was werden wir tun?» fragte Stalin.
Niemand antwortete.
«Man muß unverzüglich die Direktive erteilen, alle Truppen der Grenzmilitärbezirke in höchste Gefechtsbereitschaft zu versetzen», sagte Timoschenko.

«Lesen Sie!» erwiderte Stalin.
Ich las unseren Entwurf vor. Stalin bemerkte: «Eine solche Weisung ist
jetzt verfrüht, vielleicht läßt sich die Sache noch friedlich regeln. Wir
müssen eine kurze Weisung erteilen, die besagt, daß ein Angriff mit
provokatorischen Handlungen deutscher Truppenteile beginnen kann.
Die Truppen der Grenzmilitärbezirke dürfen sich nicht provozieren
lassen, um keine Komplikationen hervorzurufen.»
Um keine Zeit zu verlieren, gingen Watutin und ich gleich ins Nebenzimmer und entwarfen schnell eine Direktive des Volkskommissars.
Dann baten wir um die Erlaubnis, den Entwurf vortragen zu dürfen.
Stalin hörte ihn sich an, las ihn noch einmal selbst durch, korrigierte einiges und gab ihn dem Volkskommissar zur Unterschrift.
Mit dieser Direktive fuhr Watutin sofort in den Generalstab, um sie
gleich an die Militärbezirke zu übermitteln. Die Durchgabe war am
22. Juni 1941 um 0.30 Uhr beendet. Eine Kopie erhielt der Volkskommissar der Seekriegsflotte.
Timoschenko und ich verließen Stalin mit gemischten Gefühlen.

Der Oberleutnant Iwan Kowaljow *1916   *am Pruth*

Sonnabend. Überall im Land, außer an der schon im Verlauf des Jahres
unruhigen Westgrenze, herrschte gewöhnlicher Hochbetrieb vor dem
Ruhetag. Den meisten Menschen lag der Gedanke sicher fern, daß in
zehn Stunden das schreckliche Wort «Krieg» erklingen würde. Nur die
höchste militärpolitische Führung des Landes war lange vor jenem tragischen Tag über die Vorbereitungen Deutschlands auf den Überfall der
Sowjetunion im Bilde.
Unsere Armee und unser Volk hatten ein grenzenloses Vertrauen zur
«Genialität» Stalins und ließen sich noch eine Woche vor dem Kriegsausbruch von einer TASS-Erklärung einwickeln, nach der Deutschland
unter keinen Umständen den Nichtangriffspakt verletzen und unser
Land angreifen würde. Sogar erfahrene Berufsmilitärs zweifelten nicht
an der Glaubwürdigkeit der offiziellen Propaganda. Nicht zufällig wurden auch in unserer Division, die in der Nähe der Westgrenze am Pruth
stationiert war, viele Offiziere, unter ihnen der Regimentskommandeur
des 256. Schützenregiments, Safonow, beurlaubt und verließen ihre Gar-
nisonen in Moldawien.
Ja, alle vertrauten unserer Führung grenzenlos, obwohl 5,5 Millionen
deutsche Soldaten und ihre Verbündeten schon an unserer Grenze aufmarschiert waren. Was konnten wir dem Gegner entgegenstellen? Nur
2,7 Millionen Soldaten an der Westgrenze, 170 Divisionen, die nur 50%

Szene aus Minsk, 1941

von ihrem Soll hatten und sich in Feldlagern Zeit ließen. So sah unsere
erste strategische Linie in der Tiefe bis 400 km und 50 km von der Grenze entfernt aus. Unsere Soldaten waren mit alten Gewehren bewaffnet.
Wir hatten fast doppelt soviel Panzer und Flugzeuge, waren dem Feind
an Artillerie zahlenmäßig weit überlegen, doch das Material war längst
veraltet. Solche Entfernungen der Truppe von der Grenze waren für
einen Angriff bestimmt, einer Verteidigung konnte so ein Aufmarsch
gar nicht dienen. So war auch unsere Doktrin: dem Feind einen vernichtenden Schlag versetzen und die Kampfhandlungen auf seinem Boden
weiterführen.

Das Versagen Moskaus liegt auf der Hand. Es war die Schuld der politischen Führung, daß ein nicht abzuwehrender, schrecklicher und über-
raschender Schlag die Rote Armee traf, mit allen Folgen. Sogar heute
ist niemand von den unmittelbar Schuldigen dieses Verbrechens verurteilt oder verwünscht worden. Der Krieg stand ja gut zwei Jahre an der
Schwelle unseres Hauses, und keiner der Führer war beunruhigt: mit
wieviel Menschenleben werden wir unsere Nachlässigkeit bezahlen müssen. Ich schäme mich auch heute für unsere Staatsmänner mit dem «Führer aller Völker» an der Spitze, für jene Schande.

Der Finanzoffizier Feodossij Awdejewskij *1906   *Lwow*

In unserer Literatur und in den offiziellen Quellen wird immer hervorgehoben, daß Hitlerdeutschland die Sowjetunion heimtückisch und
völlig überraschend im Juni 1941 überfallen habe. Es stimmt, daß es ein
Überfall ohne übliche Kriegserklärung war. Aber ich kann nicht behaupten, daß wir vom Feind überrascht wurden und nichts von seinen
Vorbereitungen wußten. Aufgrund meiner eigenen Erfahrung kann ich
diesen Behauptungen widersprechen.

Anfang Juni 1941 kam ich von einer Dienstreise aus Berditschew, wo
ich eine unserer Armee unterstellte Division inspiziert hatte, nach Lwow
zurück. Schon in Berditschew stellte ich zu meinem Erstaunen fest, daß
die Kasernen leer standen, die Truppe war schon zu ihren Aufmarschräumen unmittelbar an der Westgrenze verlegt worden. Als ich zurückkam, fand ich eine veränderte Lage auch beim Stab unserer Armee in
Lwow. Im Stabsgebäude waren alle Fenster verdunkelt. Als ich beim
diensthabenden Offizier des Stabes am 8. Juni 1941 etwa gegen 23 Uhr
meine Ankunft melden wollte, überraschten mich merkwürdige Veränderungen. An der Eingangstür stand ein bewaffneter Posten im Kampf-
anzug mit Stahlhelm, der Eingang selbst war mit einem Vorhang verhängt, damit kein Licht nach draußen dringen konnte. In den Gängen

des Gebäudes wimmelte es von Stabsoffizieren, die mit ihren Aktentaschen hin und her liefen. Alle waren an ihren Arbeitsplätzen. All das
am Sonntag um diese Zeit zu beobachten, war für mich ganz ungewöhnlich. Nach der Meldung begab ich mich zu meiner Abteilung, wo auch
alle Offiziere schon an ihren Arbeitsplätzen saßen. Sämtliche Akten-
ordner mit wichtigen Finanzakten waren schnell zur Archivabgabe vorzubereiten, klappbare Feldmöbel waren aufgeladen, unsere Feldbank
hatte die durch den Mobilmachungsplan bestimmten Geldvorräte bekommen. Ich mußte schnell nach Hause laufen, mich dort umziehen
und meinen Feldkoffer mit den für den Kampfeinsatz notwendigen
Dingen holen.

Diese intensive und nervöse Vorbereitung dauerte bis zum Sonnabend,
dem 21. Juni. Alles war aufgeladen, die LKWs standen marschbereit
auf dem Hof des Stabes, und wir vergingen vor Ungewißheit. Mit meinen Äußerungen möchte ich nur betonen, daß die Behauptung, unsere
Truppe sei unvorbereitet in den Krieg geraten, mindestens unkorrekt
ist.

Um 18 Uhr am 21. Juni 1941 ging es endlich los. Unsere Marschkolonne
des Armeestabes schob sich zum Gefechtsstand im Raum von Lipki
etwa 40 Kilometer westwärts von Lemberg vor. Die letzte friedliche
Nacht verbrachten wir in den Sommerhäusern, die als Datschas für die
Einwohner von Lwow dienten. Die Häuser waren schon von ihren Be-
sitzern geräumt. In der Nacht konnte niemand schlafen, alle stellten
sich nur eine Frage: was weiter?

In der Nähe rauschte ein kleiner Bach. Ich ging dorthin, um die Schläf-
rigkeit vor Tagesanbruch durch Waschen des Gesichts zu vertreiben.
Da jagten plötzlich im Tiefflug ein paar Flugzeuge vorbei, die wild aus
ihren Bordwaffen feuerten. Bei der Dunkelheit konnte man nicht erkennen, wessen Jäger es waren und warum sie uns beschossen. Hoch am
Himmel flogen in dichten Wellen schwere Bomber in Richtung Lwow.
Bald hörten wir nicht nur das dauernde Gedröhn dieser Armada, sondern
auch wuchtige Explosionen an der Grenze und im Raum von Lwow.
Wir konnten nichts verstehen, da wir auf einmal keine Verbindung mehr
zum vorgeschobenen Gefechtsstand hatten, wo sich der Stabschef befand. Erst als die Morgenröte aufzog, sahen wir hoch am Himmel die
Bomber mit den deutschen Kreuzen auf den Flügeln, die nun nach Westen zurückflogen. Und von der Grenze dröhnte die Artilleriekano-
nade herüber. Vom Überfall der Deutschen erfuhren wir schon bei den
ersten Sonnenstrahlen. Auf der Straße fuhren einige LKWs vorbei. In
den Wagen saßen Frauen und Kinder unserer Grenzsoldaten, einige

von ihnen noch in Nachthemden, ungekämmt und ungewaschen, die schlaftrunkenen Kinder heulten Rotz und Wasser.
Der Anblick der flüchtenden Familienangehörigen unserer Grenzsoldaten überzeugte uns vom Ernst der Lage, und wir schlossen uns schnell diesem Troß an, damit wenigstens unsere gefüllte Kasse nicht in feindliche Hände fiele. Also ganz schnell zurück nach Lwow …

Der Unteroffizier Kurt Krämer 1912–1945   im Osten
Meine liebe Leni, Klaus und Elke!
Da die Zeit knapp wird, sende ich Dir in ganz großer Eile recht recht herzliche Grüße. Verzage nicht, denn ich werde Dich und unsere Kinder bestimmt wiedersehen. Danken wir unserem Führer und denken wir an die Größe unserer Zukunft. Unsere Kinder werden dereinst diese Zeit bewundern.
Es lebe der Führer
Dein Kurt

✻

Adam Czerniaków 1880–1942   Warschauer Ghetto
Morgens Gestapo. […] Der Ordnungsdienst bekommt arische Rationen.

Danuta Czech   (KZ Auschwitz-Birkenau)
Von der Gestapo in Kattowitz wird der Häftling Bolesław Buczek (Nr. 7479) nach erneuter Vernehmung eingeliefert. Um 23 Uhr wird von der SS-Lagerstreife ein Zivilist mit Pferdewagen festgenommen. Der Zivilist wird in den Bunker gesperrt und das Pferd mit dem Wagen in den Lagerpferdestall gebracht.

✻

Du hast Glück bei den Frau'n, Bel ami
So viel Glück bei den Frau'n, Bel ami!
Bist nicht schön, doch charmant,
bist nicht klug, doch sehr galant,
bist kein Held, nur ein Mann, der gefällt.

<660   Sonntag, 22. Juni 1941   1416>

Weh denen, die Böses gut und Gutes
böse heißen, die aus Finsternis Licht und
aus Licht Finsternis machen, die aus
sauer süß und aus süß sauer machen!
HERRNHUT   JESAJA 5,20

Harold Nicolson 1886–1968   *Kent*

Ein wunderbarer Morgen. Der Duft von Rosen, Heu und Flieder hängt
in der Luft. Wir frühstücken draußen. Vita kommt und berichtet, die
Nachrichten um 7 Uhr hätten gemeldet, daß Deutschland in Rußland
eingefallen ist. […]
Um 9 Uhr spricht Winston im Rundfunk. Er sagt, er stehe auf der Seite
der Russen, die ihre Heimat verteidigen. Er verheimlicht nicht, daß
Rußland vielleicht rasch geschlagen wird. Nachher gehen Vita und ich
auf die Obstwiese, um etwas zu heuen. Heute abend ist es sehr warm.
Jede einzelne Blume verströmt ihren Duft. Die meisten Menschen werden heute abend glücklich sein in dem Gedanken, daß wir einen neuen
Verbündeten haben. Ich bin da nicht so sicher. Nicht als ob ich das Geringste gegen den russischen Kommunismus einzuwenden hätte. Aber
ich glaube, sie sind so unfähig und egoistisch, daß sie beim ersten An-
stoß umfallen werden.

Emil Barth 1900–1958   *Xanten*

Im übrigen, teurer Bierotte, was ist das heute für ein schwarzer Tag!
Rascher noch ist der Krieg gegen Rußland gekommen, als wir gedacht.
Daß er unvermeidlich war, sah man seit langem. Und Amerika? Was an
Umwälzung und Aufgabe für ein ganzes Jahrhundert gereicht hätte, erfährt und trägt nun unsre eine Generation.
Wie danke ich meinem Geschick, noch rechtzeitig vor dieser katastro-
phalen Entwicklung mit der Vollendung der «Sappho» fertiggeworden
zu sein; im Augenblick wüßte ich nicht, woher die Kraft dazu nehmen.
Und doch, trotz allem: ich denke schon an die Xantener Hymnen, – es
muß gelingen, solange der Tag uns noch scheint, der Aufgabe treu zu
bleiben.

*

Adolf Hitler 1889–1945 Berlin
Moskau hat die Abmachungen unseres Freundschaftspaktes nicht nur
gebrochen, sondern in erbärmlicher Weise verraten. [...]
Deutsche Soldaten! Ihr tretet in einen harten und verantwortungsschwe-
ren Kampf ein. Denn: Das Schicksal Europas, die Zukunft des Deutschen
Reichs, das Dasein unseres Volkes liegen nunmehr allein in Eurer Hand.
Möge uns allen in diesem Kampfe der Herrgott helfen!

Joseph Goebbels 1897–1945 Berlin
Martin berichtet über die letzten Vorbereitungen. Der Angriff beginnt
nachts 3.30 h. Ich bin mir noch nicht ganz klar darüber, ob der Aufruf
des Führers dann gleich, oder erst morgens um 7 h im Rundfunk verlesen werden soll. [...]
Mit Glasmeier und Diewerge den Rundfunkeinsatz in der Nacht besprochen. Sie müssen nun ins Bild gesetzt werden. Die Sender bleiben
vorläufig in Betrieb. Neue Fanfaren ausprobiert. Auch vom Horstwes-
sellied. Aber die Lißtfanfare [Liszt] bleibt doch die beste. Der Führer
wird schon entscheiden. [...]
Pavolini in Tempelhof abgeholt. Eine sehr freundliche Begrüßung. Er
ist ein netter lieber Kerl, auch wohl loyal, aber anscheinend kein großes
Kirchenlicht. [...]
Kurz mit Frau Leander einen neuen modernen Kriegsfilm für sie besprochen. Es ist eine drückende schwüle Hitze. [...]
Nachmittags sind die Italiener draußen in Schwanenwerder bei uns zu
Gast. Schwüle Hitze, noch schwülere Atmosphäre. Nun wartet aber
die ganze Welt auf das reinigende Gewitter. [...] Die Gäste sehen auf
seinen [Alfieris] Wunsch den amerikanischen Film «Vom Winde verweht» an, der großen Eindruck macht. Ich habe unterdeß ununterbrochene Telephonate. Der Sturm fängt langsam an. [...]
Ribbentrop hat mir einen Brief geschrieben, ich dürfte mit Pavolini
keine Abmachungen treffen. Papierkorb! Hadamovsky kommt vom
Führer. Fanfaren müssen noch eine Kleinigkeit abgeändert werden.
Der Zeitpunkt der Proklamation soll noch zwischen Führer und mir
festgelegt werden. Die Gäste sehen sich den Film zu Ende an. Ich habe
meine Mitarbeiter herausbestellt, damit ich sie wenigstens zur Hand
habe. Anruf vom Führer. Ich empfehle mich auf französisch und fahre
in die Reichskanzlei. [...] Der Führer macht eine kleine Spazierfahrt. Er
sieht vollkommen übermüdet aus, als er zurückkommt. Dann gleich an
die Lagebesprechung. Er hat einen neuen Aufruf an das Volk diktiert, der
den an die Soldaten noch etwas verstrafft. Ich schlage ein paar kleine

Änderungen vor. Er ist großartig und legt den ganzen Sachverhalt vor.
Um 3.30 h beginnt der Angriff. 160 komplette Divisionen. 3000 km lange Angriffslinie. Ausgedehnte Wetterdebatten. Alles steht gut. Größter
Aufmarsch der Weltgeschichte. Der Führer ist von einem Albdruck befreit, je näher die Entscheidung kommt. Das ist immer so bei ihm. Er
taut direkt auf. Alle Müdigkeit scheint von ihm gewichen. Wir spazieren 3 Stunden in seinem Salon auf und ab. Ich kann wieder mal einen
tiefen Blick in sein Inneres tuen. Es bleibt uns nichts anderes übrig als
anzugreifen. Dieses Krebsgeschwür muß ausgebrannt werden. Stalin
wird fallen. […]
Als Zeitpunkt für die Verlesung der Proklamation wird nach langem
Hin und Her 5.30 h festgelegt. Dann weiß der Feind Bescheid, und
dann soll auch das Volk und die Welt es wissen. […]
Es ist ½3 h nachts. Der Führer ist sehr ernst. Er will noch ein paar Stunden schlafen. Das ist auch das Beste, was er jetzt tuen kann. Ich gehe ins
Amt herüber. Es ist noch stockfinster. Meine Mitarbeiter ins Bild gesetzt. Maßlose Verblüffung auf der ganzen Linie. Die meisten hatten die
halbe, oder auch schon die ganze Wahrheit erraten. Es beginnt gleich
eine fieberhafte Arbeit. Rundfunk, Presse und Wochenschau werden
mobilgemacht. Alles klappt wie am Schnürchen. Ich studiere noch die
letzten Telegramme: alles Quatsch. Unsere Kanonen werden dementie-
ren. Ich erkläre kein Wort mehr. Rundfunklage in Rußland studiert. Wir
werden einiges zu tuen haben. 3.30 h. Nun donnern die Geschütze. Gott
segne unsere Waffen! Draußen auf dem Wilhelmplatz ist alles still und
leer. Berlin schläft, das Reich schläft. Ich habe eine halbe Stunde Zeit,
aber ich kann nicht schlafen. Ich gehe ruhelos im Zimmer auf und ab.
Der Atem der Geschichte ist hörbar. Große, wunderbare Zeit, in der ein
neues Reich geboren wird. Unter Schmerzen zwar, aber es steigt empor
zum Licht. Die neue Fanfare ertönt. Machtvoll, brausend und majestätisch. Ich verlese über alle Sender die Proklamation des Führers an das
deutsche Volk. Auch für mich ein feierlicher Augenblick. Die Last vieler Wochen und Monate fällt herunter. Ich fühle mich ganz frei. Noch
einiges Dringende zu erledigen. Dann fahre ich nach Schwanenwerder.
Die Sonne steht schon groß und schön am Himmel. Im Garten draußen
zwitschern die Vögel. Ich falle ins Bett. Und schlafe 2 Stunden einen
tiefen, gesunden Schlaf.

Grete Dölker-Rehder 1892–1946   Stuttgart

Zufällig macht Otto heute morgen das Radio an, Ribbentrop spricht, wir
haben – Krieg mit Rußland! – – Warum? Wieso? Trotz der Gerüchte,

die seit Monaten umgingen, kommt es uns nun doch sehr überraschend. Jeder macht sich seine Gedanken, je nach Einstellung sagen die Leute, Gott sei Dank, das mußte ja sein. Oder: unsere Führung kann nicht aufhören, sie siegen sich zu Tode, sie wollen die ganze Welt erobern etc. Ich denke mir so: In Russland, das ja noch ein sehr dunkles, ungeklärtes Staatswesen ist, gibt es eben noch viele Strömungen. Die Bolschewisten gehen natürlich mit England gegen uns. Aber andere werden wohl da sein, die den Bolschewismus stürzen möchten, die uns womöglich ins Land gerufen haben. Und wir? Wir wollen die Ukraine, das hat der Führer in «Mein Kampf» geschrieben, und das wird wohl heut noch seine Ansicht sein. Außerdem müssen wir durch Russland nach dem Irak. Verweigern sie uns diese beiden, ist für uns schon Grund zum Angriff gegeben, den wir natürlich beschönigen müssen, das ist nun mal Politik. Ausserdem ist uns wohl nicht recht, dass Russland so viel Land von Finnland, die Baltenlande, soviel Polen, Bessarabien, Bukowina geholt hat. Das haben wir damals schweigend dulden müssen, aber jetzt haben wir dazu keine Neigung mehr.
Soviel ist gewiss: ernste Sorge vor dem Ausgang dieses Krieges hat niemand. Der Führer hat gesagt, noch nie in der Geschichte sei ein so grosses und so gut ausgerüstetes Heer gegen ein Land gezogen, wie jetzt das deutsche gegen Russland. – Finnland und Rumänien helfen uns.

Der General Franz Halder 1884–1972   Führerhauptquartier
Morgenmeldungen: ergeben, daß sämtliche Armeen (außer 11.) planmäßig angetreten sind. Der Feind ist anscheinend auf ganzer Linie taktisch *überrascht*.

Der Gefreite Feldmann *1922   Litauen
03.05 Angriffsbeginn. Artilleriefeuer 05.00, dann Wecken. Ari vorverlegt. Luftkämpfe über der Grenze (3 Bomber abgeschossen). Gut zu beobachten. 6.30 Chefunterricht. 07.00 Abmarsch. Grenzüberschreitung. 07.30 neue Bereitstellung bei 62. Erkundungsfahrt zum Divisionsgefechtsstand IR - 490 am Feind (Sakalynistellung). Wechsel der Bereitstellung → Divisionsgefechtsstand. Von da aus gegen 13.00 Stellungswechsel nach Cord (i. Geb. Sakalyni). Verbindung zur 2. ist abgerissen. Zug von Leutnant Tiedemann zur gewaltsamen Aufklärung. Bereitstellung bis 16.45. Die ersten Toten an den Wegen. 16.45 Verlegung → Gauré. Dort Bereitstellung im «Mückenwald». Feldküche kommt endlich nach. Essen und Kaffeeausgabe. Zeltbau, Waschen (Grundwassergrabung), Zapfenstreich. 24.00 Verpflegungsempfang.

Hugo Epskamp *1906   **Masuren**
Am Tage des Kriegsausbruchs hatte man mich zur Wache eingeteilt. Als
die ersten Sonnenstrahlen über den Horizont krochen, beleuchteten sie
am blauen Himmel ein Wolkenkreuz. Zunächst rot und rosa schwebte
das Wolkenkreuz hoch über uns wie ein Symbol. Im Dorf erwachte allmählich das Leben. Die ersten Hähne krähten, der Alltag begann. Ungewöhnlich starke Lufttätigkeit konnte ich beobachten. Eine deutsche
Staffel nach der anderen flog Richtung Osten. Kurze Zeit später wußten wir den Grund: Der Krieg mit Rußland war ausgebrochen.

Der Assistenzarzt Dr. Hermann Türk 1909–1976   **am Bug**
Punkt 3.15 Uhr beginnt ein tolles Art.-Schießen, welches sich zum
Orkan auswächst. 2 Art.Reg., Korps-Art. und Mörser sind in unserem Abschnitt eingesetzt. 3 Stunden dauert das Toben. Dazu kommen
nun die Flieger. – Unsere Leute verhalten sich ruhig. Ihre Haltung ist
prima. – Was wird wohl der Rundfunk sagen? 5.45 Uhr spricht Goebbels und verkündet den neuen Einsatz. – Märsche. – Dann gibt Ribbentrop den bekannten Bericht. Jetzt ist er da, der Einsatz, der Krieg
mit Rußland. Wir wollten bisher immer noch nicht so recht daran glauben. Wir warten auf den Einsatz unserer Kompanie. Der weitere Marschweg geht über Polosk–Zahorowo–Koden. Dort geht es über die Bug-
brücke. Der Vormarsch geht nur langsam. Über uns immer neue Mengen von Flugzeugen. Es sind jedoch nicht so viele wie damals beim
Westeinsatz. – Unterwegs stößt der Zug von Döringer wieder zu uns.
Er kam nicht zum Einsatz. Nacht verbringen wir auf der Landstraße vor
dem Bug.

Der Unteroffizier Hans Schmitz † 1941   **am Bug**
4 Uhr morgens
Meine liebe Wilma,
der Kampf zwischen Weiß und Rot hat begonnen. Ich erlebe im Moment
den ersten deutschen Feuerüberfall, direkt vor dem Bug. Wir schießen
schon ¾ Stunde Artillerie, und schon brennt es auf der ganzen russischen Grenze. Noch schießt er nicht zurück. Das Erlebnis ist gewaltig.
Noch heute werden wir wahrscheinlich die Grenze überschreiten. Es
rummelt und brummelt an allen Ecken ununterbrochen. Unsere Flugzeuge sind recht fleißig. Wir empfangen gerade in aller Ruhe Kaffee. Mir
geht's gut. Für heute alles Gute und recht herzliche Grüße an Euch alle
von Eurem Papi.
Heil Hitler und Großdeutschland.

12.00 Uhr – Wir setzen über den Bug. Unsere Pioniere sind schon 20 km an [Rest unleserlich]
Um 15 Uhr haben wir den ersten Kampf mit Heckenschützen. Mein Bruder ist gerächt.
Leider sind liebe Kameraden gefallen. Ich habe riesiges Glück gehabt.

Der Leutnant Heinz Döll *1919   am Bug

Genau um 3.10 des 22. Juni 1941 waren wir feuerbereit. Etwas erregt folgte ich jetzt dem Minuten- und Sekundenzeiger meiner Uhr bis zum Feuerbefehl.
Um 3.15 durchzuckte ein Blitz von gigantischer Dimension die Nacht. Tausende von Artilleriegeschützen zerrissen die Stille. Ich werde diese Sekunden nie vergessen. Doch was sie für die Welt und Deutschland bedeuteten – lag abseits jeder Gedankenführung.
Die Geschützführer an den Zielfernrohren feuerten auf die Scharten des rund 600 Meter entfernten Bunkers. Etwa 15 Minuten dauerte das Inferno der Artillerie, das keine menschliche Stimme mehr durchdrang. Nach Feuereinstellung kannten die Geschützführer ihre Aufgabe, alsbald mit Pionierfähren über den Bug zu gehen; dort waren weitere Befehle zu erwarten.
Wir beiden Offiziere und ein Kanonier als Melder stiegen in ein Sturmboot des Kradschützenbataillons 18, brausten über den Bug, richteten Karten und Marschkompaß ein und marschierten im ersten Tagesschimmer los. Die Infanterie ging in Gruppen vor, ihre Stahlhelme hoben sich vor dem aufsteigenden Licht ab. Soweit ich mich erinnere, trafen wir in den ersten Stunden nur auf geringen Widerstand, wohl Grenztruppen. Immerhin lag bald der erste tote deutsche Soldat im Heidekraut mit zerschmettertem Gesicht, weitere folgten. Ein MG-Schütze der Infanterie hatte seine Munition weggeworfen, was den Bataillonskommandeur sichtlich erschütterte.
Unsere kleine Gruppe von drei Mann blieb zusammen, nur gelegentlich brauchten wir mit Maschinenpistolen zu feuern. Im ersten Dorf waren die Menschen erschreckt und erfreut zugleich; ihre Katen blieben von der Artilleriewalze verschont. Inzwischen war es heiß geworden, Frauen reichten uns kühles Brunnenwasser.
Die Kanoniere erzählten mir von einem unglaublichen Erlebnis: An unserer Übergangsstelle seien die Panzer wie U-Boote in den Bug getaucht und am Ostufer wieder an Land gegangen. «Starker Tobak» – dachte ich, doch so war es.
Und ziemlich empört berichteten die Geschützführer von einem «An-

pfiff» des Divisions-Kommandeurs General Nehring: Bei Anflug sowjetischer Maschinen verlangte der General Flakfeuer. Er konnte nicht
einsehen, was dazu gehörte: Kommandogerät, Kabel, fester Untergrund,
Schußfeld, Mannschaften, Offiziere; der gegenseitige Verdruß sei erheblich gewesen. Sollten die Kenntnisse eines hochqualifizierten Generals
so unzureichend gewesen sein? Ich glaube es. Einen Scherz wird sich
der Panzerführer wohl kaum erlaubt haben. Ich notiere es, weil ich noch
oft den Eindruck unvollständiger Ausbildung hatte – der Kampf so vieler verschiedener, doch aufeinander angewiesener Waffen förderte Probleme zutage, die im Tempo der Aufrüstung lagen.
Sobald die Geschütze feste Wege erreicht hatten, führte ich sie an die
Angriffsspitze vor, wie befohlen und erkundet. Russische Flugzeuge griffen nur vereinzelt in den ersten Stunden an. Unsere eigene Luftwaffe
flog mit starken Verbänden nach Osten. Die Stuka-Gruppen heulten im
Sturzflug auf den Feind, der sich allmählich vor unseren Panzerverbän-
den sammelte.

Der Leutnant Georg Kreuter 1913–1974   am Bug
Um 3.15 Uhr Angriffsbeginn auf die «Rote Armee». In dem ungeheuren Feuer aller Waffen habe ich meine Einschläge nicht beobachten
können. Ein Stuka wird von eigener Artillerie getroffen und stürzt ab.
Wir kommen ohne den geringsten Widerstand über den Bug. Es dauert
eine Zeit, bis mein Zug übergesetzt ist. Ich erkunde in der Zwischenzeit
den weiteren Vormarschweg usw. Auf einem sehr schlechten Dünen-
sand-«Weg» kommen wir endlich auf die Straße. Der Feind hatte nur
einige Ortschaften besetzt. Ich komme nicht damit in Berührung. Oblt.
Rauchfuß gerät in einen Ortskampf mit Grenzern und fällt mit einigen
Leuten seiner Kp. Mit unserer Division arbeitet das Geschwader von
Mölders. Wir sahen, daß heute viele fdl. Flugzeuge abgeschossen wurden! Mölders hat heute die Schwerter bekommen. In Wysticze übernachtet. Natürlich wieder im Kfz. geschlafen. (21 km).

Der Unteroffizier Fritz Hübner 1912–1983   vor Bialystok
Am 21. 6. rückten wir im Schutze der Dunkelheit an die Grenze heran,
um 4 Uhr morgens sollte der Angriff beginnen. Eine halbe Stunde vorher setzte die Artillerievorbereitung ein, es dröhnte und donnerte, als
ginge die Welt unter, und dann um 4 Uhr die Beendigung des Feuers und
Beginn des Angriffs. Der Gegner wurde zwar durch die Wucht des An-
pralls zurückgeworfen, doch mit welcher Verbissenheit wehrten sich
diese russischen Soldaten. Wir hatten allerdings das Pech, am 1. Tag auf

Stalin-Schüler zu stoßen, das waren angehende Offiziere und Politruks, die sich nicht ergaben, sondern bis zum letzten Mann kämpften und sich regelrecht in ihren Schützenlöchern totschlagen oder totschießen ließen.

Die Art der Kriegsführung hatte sich grundlegend geändert; sie war uns fremd. Bald wurden die ersten Spähtrupps gefunden, die den Russen in die Hände gefallen waren. Man hatte ihnen bei lebendigem Leibe die Geschlechtsteile abgeschnitten, die Augen ausgestochen, die Kehlen durchgeschnitten oder Ohren und Nasen abgeschnitten. Wir gingen mit ernsten Gesichtern umher, denn vor dieser Art des Kampfes bekamen wir Angst. Zwangsläufig entwickelte sich auch auf unserer Seite eine unnatürliche Härte, die uns in der Ausbildung nicht anerzogen worden war.

Alexander Cohrs 1911–1996   **am Bug**
Um 3.15 Uhr begann der Angriff. Die Artillerie belegte das Ostufer des Bug, die Bunker und die nächstliegenden Ortschaften mit Sperrfeuer, unter dessen Schutz wir in Schlauchbooten mit Sturmgepäck übersetzten. Die erwartete massive russische Gegenwirkung blieb aus. Es fielen nur einige Schüsse. Wir vermuteten, sie kämen von den Zollbeamten, die wir in den vorausgegangenen Wochen beobachtet hatten oder von einzelnen vorgeschobenen Beobachtern. Am anderen Ufer des Bug schleppten wir die Schlauchboote mit bis zu einem toten Arm des Bug, der ebenfalls überquert wurde. Dabei fiel manch einer ins Wasser. Dann stieg das Gelände sanft an. Hier fiel als erster aus der Kompanie Heinrich Greve aus Hunteburg, meinem Geburtsort, Sohn eines Getreidehändlers. Später erhielt ich einen Brief seiner Eltern, in dem sie baten, ich möchte über Einzelheiten berichten, was ich auch tat.

Unsere Kompanie setzte in drei Wellen über den Bug. Bei der letzten Welle wurde es langsam hell. Vor uns brannten zwei Dörfer. Die Einwohner waren von dem Überfall völlig überrascht und hatten größtenteils nicht mehr Zeit zur Flucht gehabt. Das grausigste Bild bot ein Kind, das auf der Straße lag, etwa drei Jahre alt, mit halbiertem Schädel.

Von diesen zerstörten Grenzdörfern aus ging es noch ein gutes Stück Wegs weiter bis zu der Meldung: Tagesziel erreicht.

Der General Georgij Shukow 1896–1974   *Moskau*
Um 03.30 Uhr meldete der Stabschef des Westlichen Militärbezirks, General W. J. Klimowskich, Angriffe der faschistischen Luftwaffe auf belorussische Städte. Drei Minuten später berichtete der Stabschef des

Kiewer Militärbezirks, General Purkajew, über Luftangriffe auf ukrainische Städte. Um 03.40 rief der Oberbefehlshaber des Baltischen Militärbezirks, General Kusnezow, an: Die faschistische Luftwaffe bombardiert Kaunas und andere Städte.

Der Volkskommissar [Timoschenko] befahl mir, Stalin zu informieren. Ich rief an. Niemand meldete sich. Das Telefon läutete ununterbrochen. Endlich vernahm ich die schlaftrunkene Stimme des Generals vom Dienst.

«Wer spricht dort?»

«Chef des Generalstabes, Shukow. Ich bitte Sie, mich sofort mit dem Genossen Stalin zu verbinden.»

«Was? Jetzt?» fragte der diensthabende General. «Der Genosse Stalin schläft.»

«Wecken Sie ihn sofort, die Deutschen bombardieren unsere Städte!»

Einige Augenblicke herrschte Stille. Schließlich war im Hörer eine heisere Stimme zu vernehmen. «Warten Sie einen Augenblick.»

Drei Minuten später war Stalin am Apparat.

Ich meldete die Lage und ersuchte um die Erlaubnis zu militärischen Gegenmaßnahmen. Stalin schwieg.

«Haben Sie mich verstanden?»

Wieder Schweigen.

Endlich fragte Stalin: «Wo ist der Volkskommissar?»

«Er telefoniert mit dem Kiewer Militärbezirk.»

«Kommen Sie mit Timoschenko in den Kreml. Sagen Sie Poskrebyschew, er soll alle Mitglieder des Politbüros zusammenrufen.»

John Colville 1915–1987 *London*

Ich wurde mit der telefonischen Nachricht geweckt, daß die Deutschen Rußland angegriffen haben. Diese Nachricht verbreitete ich in den einzelnen Schlafzimmern und erzielte damit ein Lächeln der Genugtuung auf den Mienen von Churchill, Eden und Winant. Letzterer nimmt allerdings an, daß dies eine fingierte Sache zwischen Hitler und Stalin sein könnte; Churchill und Cripps verlachten ihn deswegen.

Eden fuhr tagsüber eilig ins Außenministerium. Der Premierminister entschied sich, eine Rundfunkansprache zu halten. Beim Lunch bemühte er sich, Cripps zu provozieren, der zur Besprechung der Lage gekommen war und mit seiner Frau zu Lunch und Dinner blieb. Winston machte den Kommunismus nach Strich und Faden herunter und behauptete, alle Russen seien Barbaren. Schließlich erklärte er sogar, nicht einmal der dünnste Faden verbände die Kommunisten mit den einfach-

sten Formen der Menschlichkeit. Cripps nahm das alles gelassen hin
und zeigte sich amüsiert.

Die Rundfunkansprache des Premierministers war erst zwanzig Minuten vor dem Ablieferungstermin fertig, was mir manchen Schweißtrop-
fen verursachte. […] Die Ansprache beeindruckte uns alle. Sie war dramatisch und sprach sich klar für eine politische Unterstützung der
Russen aus.

Nachdem die Damen sich am Abend zurückgezogen hatten, entspann
sich eine lebhafte und geistreiche Debatte zwischen dem Premierminister auf der einen Seite, der von Sir Stafford Cripps unterstützt wurde,
und Eden und Cranborne auf der anderen. […] Das Gespräch drehte
sich um die Frage: «Soll es am Dienstag im Unterhaus eine Debatte über
Rußland geben?» Eden und Cranborne vertraten den Tory-Standpunkt,
daß, wenn eine solche Debatte stattfindet, sie sich lediglich auf den militärischen Aspekt beschränken soll, weil Rußland politisch ebenso böse
wie Deutschland sei. Mindestens die Hälfte der Nation würde es ablehnen, zu sehr mit diesem Land verbunden zu sein. Der Premierminister
vertrat hingegen die Meinung, daß Rußland sich nun im Krieg befinde
und seine unschuldige Bevölkerung abgeschlachtet werde. Wir sollten
deshalb unsere Vorbehalte gegenüber dem Sowjetsystem und der Kom-
intern vergessen und Mitmenschen, die sich in Not befänden, unsere
Hand reichen. Die Diskussion wurde äußerst heftig geführt. Ich habe
noch nie einen solch erfreulichen Abend verbracht.

Beim Schlafengehen wiederholte Winston mehrfach, wie wundervoll es
doch sei, daß Rußland jetzt gegen Deutschland kämpfen müsse, wo es
doch leicht auch an seiner Seite hätte sein können.

Hildegard Plievier 1900–1970   *Domodjedowo bei Moskau*
An einem heißen Sommertag kam Dröll schon mit dem Frühzug und
teilte uns, aufs höchste erregt, mit: «Die Deutschen sind in Rußland
einmarschiert!»

Wir waren wie gelähmt. Als wir nach dem Essen auf der Veranda saßen,
brach es aus mir heraus: «Oh Theodor, was machen wir jetzt hier in diesem fremden Land?»

Mein Mann schien diese Frage erwartet und seine Antwort schon seit
Monaten vorbereitet zu haben. Ohne zu überlegen, antwortete er
schlicht: «Du wirst so tapfer sein, wie du immer warst!»

Diese wenigen Worte beruhigten mich außerordentlich.

Schon am nächsten Tag spürte man die ersten Veränderungen. Flakbat-
terien wurden in unmittelbarer Nähe von uns eingegraben und schos-

sen sich ein. Erschrocken flogen die Vögel von ihren Nestern hoch, und meine Hunde verkrochen sich unter meinem Bett. Ihr leises Wimmern schnitt mir ins Herz. Im Pionierlager lagen jetzt Soldaten, die Tag und Nacht gedrillt wurden. Nikonor konnte nur für Minuten abkommen und verschwand schon nach dem ersten Glas Wodka. Zum Baden zu gehen, wagte ich nicht mehr, denn im Wald wimmelte es von Soldaten.

Sanitätsleutnant Vera Jukina *1919   *bei Smolensk*
Ich hatte schon vor dem Krieg im Juni 1941 Kampferfahrung. 1939 war ich in Khalkhin-Gol in der Mongolei. Ich war dort als einfache Sanitäterin unmittelbar bei der kämpfenden Truppe eingesetzt. Jung, lebensfroh und hübsch war ich, nicht so wie heute mit meinen 81 Jahren. Dort traf ich auch meine erste Liebe, meinen Jukin, der leider nach dem Zweiten Weltkrieg schon mit 28 Jahren im Kampf mit ukrainischen Nationalisten gefallen ist.
Was ich vor dem Ausbruch des Krieges mit Deutschland machte? Ich war bei einem Lazarett, wo ich die Apotheke führte, und ich war schon im vierten Monat schwanger. Und plötzlich der Krieg. Anfänglich dachten wir, daß er nicht lange dauern wird. In unseren Liedern wurde gesungen, daß der Roten Armee an Stärke keine gleich sei. In der Schule wurde uns das durch die offizielle Propaganda eingegeben.
Um 12 Uhr am 22. Juni 1941 hörte ich im Radio die Ansprache von Molotow über den heimtückischen Überfall Hitlerdeutschlands auf unser Land. Und am gleichen Tag bekam ich den Gestellungsbefehl. Seit jenem Tag habe ich vier Jahre lang nur Uniform getragen. Nur im Entbindungshaus zog ich sie für eine Woche aus, als ich mein erstes Kind zur Welt brachte.

Pjotr Dubina *1922   *Luginy bei Shitomir*
Am frühen Morgen des 22. Juni 1941 stand ich auf Posten, bewaffnet mit einem 7,62 mm Mosin-Gewehr der Bauart 1891. Eine gute Flinte war das, doch in ihrer Schußfolge allen Gewehren des Gegners weit unterlegen, zu lang, was zu Schwierigkeiten im Laufgraben führte.
Also, ich stand auf Posten und dachte an die Prüfung, die mir am kommenden Montag bevorsteht. Da hörte ich lauter werdende Motorengeräusche. An dem durch die aufziehende Morgenröte leicht gefärbten nächtlichen Himmel zählte ich einige Dutzend von schweren Flugzeugen, die aus dem Westen in Richtung Kiew über mich hinwegflogen. Friedlich und hoch, als ob eine Schar Wildgänse oder Kraniche zögen, monotones Brummen. Ihre Erkennungszeichen waren nicht zu sehen,

doch der Motorenlärm schien mir ungewöhnlich fremd zu sein. Um
6 Uhr morgens wurde ich abgelöst und ging schlafen. Im Zelt hörte ich
noch das Brummen der Flugzeuge, die jetzt zurückkehrten. Meine Kameraden wollten deutlich schwarze Kreuze auf ihren Tragflächen gesehen haben. Mir erschien es komisch. Etwa gegen 9 Uhr sahen wir alle
noch mehrere deutsche Bomber hoch über uns, die in Keilformationen
nach Richtung Osten zogen, diesmal mit Jagdschutz. Einer der Jäger
stieß steil herab und setzte unsere Po-2 Maschine in Brand, die auf dem
Rollfeld stand. Nun wurde uns klar, daß es sich nicht um eine Übung
handelte. Wir wurden sofort alarmiert, es hieß: «Volle Gefechtsbereitschaft». Mit unseren Gewehren bezogen wir Stellungen um den Flugplatz herum. Gegen Mittag bekam jeder je 15 Patronen ausgehändigt.
So warteten wir auf den Feind bis zum späten Abend. Dann kam die
Entwarnung und ein neuer Befehl: Die Schule muß auf einen Transport
verladen und nach Kurgan in Westsibirien verlegt werden.

Helmut Fuchs *1920   **bei Grajewo**
Am 22. Juni 1941 ist es noch dämmerig, als wir die Zelte abbauen und
uns fertigmachen. Ein Wort von Walther von der Vogelweide kommt
mir in den Sinn: «Herre Gott, laß mich in Deinem Schutze gehen …»
Die Feuerüberfälle unserer Batterien dröhnen los. Die Granaten rauschen über die Grenze hinweg, schlagen in den Zielpunkten ein. Und
dann geht die Infanterie gegen die russischen Bunker vor. Der Krieg ist
noch keine Stunde alt, als die Abteilung schon ihren ersten Toten hat.
Ein VB (vorgeschobener Beobachter) fällt vor einem der russischen
Grenzbunker.
Alles kommt in Bewegung. Der Abteilungskommandeur, Hauptmann
Schmidt, fährt mit dem Kübelwagen vor zur Infanterie, um die Lage zu
erkunden und neue Feuerstellungen auszusuchen. Die Fernsprechlei-
tungen werden abgebaut, die Gefechtsfahrzeuge der Stabsbatterie wer-
den vorgezogen und fahren in schnellem Trab an den russischen Bun-
kern vorbei. Ein Pulk deutscher Infanterie liegt noch vor einem der
Bunker und feuert mit einem Pakgeschütz auf die Schießscharten.
Am Himmel ist die Sonne aufgegangen wie an jedem anderen Tag auch.
Deutsche Flugzeuge ziehen über uns hinweg zum Bombenangriff auf
die befohlenen Ziele.
Wir fahren vor bis zu dem Ort Grajewo und halten auf einem freien
Platz im Dorf. Frauen, denen noch der ganze Schrecken in den Gesichtern steht, kommen aus den Häusern heraus und starren uns sprachlos
an.

Eine russische Batterie schießt jetzt zurück, ihre Geschosse schlagen in der Nähe unserer Gefechtsfahrzeuge ein; alles duckt sich, wirft sich hin, nimmt Deckung; drei Pferde werden verwundet, müssen ausgespannt werden.

Wir ziehen aus der Feuerzone heraus in die Nähe des Friedhofs. Ich stehe mit meinem angstvoll schnaubenden Pferd im Schutze der Kirchhofsmauer; hinter der Mauer ragen die Kreuze.

Es geht weiter, wir erreichen die russische Kaserne von Grajewo. Man stürzt hinein; die Russen sind fort. Es wird mitgenommen, was nützlich und interessant erscheint: Fahrzeuge mit Planen und breiten Gummirädern; Wagenheber; eine kleine Teeküche auf zwei Rädern; Holzlöffel; Pistolen aus der Waffenkammer. Die leichten russischen Sommerstiefel und die russischen Sommerhosen stechen in die Augen. Die Landser raffen, Wachtmeister und Unteroffiziere schreien herum.

Die Abteilung marschiert weiter. Wir kommen an einem Waldlager der Roten Armee vorbei. Am Eingang zu dem Waldlager ein hohes Holztor mit dem Roten Stern.

Der Offizier Martin Steglich 1915–1997   Litauen

Es ist gegen 22.00 Uhr abends. Nach einem Angriff über 27 km nur mit Marschkompasszahl!!! gräbt sich die Kompanie links und rechts angelehnt ein. Harter Kampf gegen einen heimtückischen und hinterhältigen Gegner. Wir wurden von vorne, von der Seite und von hinten beschossen. 3 Uffz. und 3 Mannschaften sind verwundet. Darunter 2 Uffz. schwer (Lungensteckschuß und Querschläger durch Unterarm, völlig zersplittert). Ufw. Peters habe ich sofort vorgeschlagen zur Beförderung zum Feldwebel wegen Tapferkeit vor dem Feind. Wurde sofort befördert und ihm auf der Tragbahre bekanntgegeben. Heute morgen um 3.05 Uhr war Angriffsbeginn. Wir sind überrascht, daß der Russe keine Stellung voll besetzt hatte. Haben kein russisches Flugzeug gesehen. Sie sind also völlig überrascht. Doch wissen wir alle, daß der Hauptwiderstand auf dem eigentlichen russischen Boden jenseits der Grenze von 1939 sein wird. Hoffentlich kommt die Feldküche und können wir die Nacht noch pennen.

Jochen Klepper 1903–1942   Rumänien

Gestern abend, in unserem verdunkelten Omnibusquartier, haben wir zum Teil sehr schöne und immer ernstere Lieder gesungen – doch sehr stark von dem Gefühl beherrscht, am Vorabend großer Ereignisse zu stehen. Nachts und in den frühen Morgenstunden hörte ich das unaufhörliche Summen großer Flugzeuge, und so war man nicht überrascht, als erst das Gerücht, dann mit Rundfunknachrichten die Bestätigung kam, die deutschen Truppen seien in den Krieg mit Rußland eingetreten. Der erste Gedanke ist bei allen die Dauer des Krieges, sodann aber die Überzeugung von der Notwendigkeit einer Auseinandersetzung mit Rußland früher oder später.

Großer Morgenappell in schöner Sonne, frischem Wind; Rede von Adjutant Leutnant Kulig, Verlesung des Führeraufrufes an die Ostarmee mit den so ernsten Eingangsworten. Wir gehören nun zur XI. Armee und stehen, auch als Nachschub, in höchster Alarmbereitschaft. Sofortige Überprüfung der Gasmasken und Waffen, Tarnen unseres Autoparks. [...] Ich bekam von Hanni zwei Päckchen: in einem die drei ersten Exemplare der neuen Kyrie-Auflage (in Höhe von 5000); im anderen u. a. auch Spielzeug für Ghiorghi. Das berührte einen ganz seltsam. Vom «Vater» sind im 1. Quartal 1941 rund 7000 Stück verkauft. Der ernste Sonntag wird allmählich schwül und trübe. Wir hören, daß die Division schon zwei Tote hat, Unteroffiziere meiner 9. Kompanie des III. Bataillons vom I. R. 203. Oberleutnant von Rödern, mein alter Kompaniechef, schon wieder verwundet. Für uns kriegerische Stille. [...]

Die Nachricht vom Kriegsausbruch und das Morgenglockenläuten der mit Soldaten belegten, halbfertigen Kirche, mit dem eigentümlichen, dünnen, harten Trommeln dieser Kirchgegend hier, trafen zusammen. [...]

Das Dorf, die Landschaft so öde, so tot, so grau trotz grüner Feldstreifen und des verschilften Teiches. Friedlicher Abend mit einer Flasche Cognak und Trinkspruch. Dichten im Autobus.

Erich Kuby *1910   Ostpreußen

22. Juni 41, mittags. [...] Unsere Panzer sollen bis jetzt 70 km hinter sich gebracht haben. Die Russen wären dumm, wenn sie sich stellten, und wahrscheinlich sind sie nicht dumm. Wenn ich nicht zu müde bin, werde ich auch lesen, Kügelgen, Erinnerungen eines alten Mannes, irgendwo herbekommen, so fern, so sternenfern der gegenwärtigen Welt und Umwelt, und doch findet sich in mir beides leicht und einfach zusammen. Die Schnakenplage ist wieder groß.

Der Offizier Udo von Alvensleben   Zamosk

Wir sind seit 1939 gewohnt, es meist mit einem schnell weichenden Feind zu tun zu haben. Jetzt stoßen wir zum ersten Mal auf einen Gegner, der härtesten Widerstand leistet. Die 16. Panzer-Division rückt von

Ozarow bis Bilgoraj vor. Um den See von Rudka mit dem Inselheilig-
tum, zu dem ununterbrochen Gläubige über die Brücke pilgern, ist ein
Park mit seltenen alten Bäumen, mit Fichten durchbauten Kiefernbe-
ständen und großen Wasserflächen. In dem gewohnten Tohuwabohu
des ersten Kampftages fahre ich zur Befehlsstelle der Heeresleitung in
Klemensow. Dieses Hauptschloß der Zamoyskis ist ein langgestreckter
Barockbau in großangelegtem englischen Park. In der Achse nach Norden ist noch die ursprüngliche Anlage mit Blumenparterre und langem
«tapis vert» in der Mittelachse, von hohen Lindenalleen begleitet, die
den Fernblick freilassen. Zu beiden Seiten des Mittelbaues sind Pavil-
lons mit Mansarddächern, durch Flügel und Orangerie noch weiter in
die Länge gestreckt. Der Schloßbezirk ist sommerlich still und kriegs-
entrückt. – Weiter zu einer Dienststelle nach Zamosk (Zamosc). Die
Stadt, zur Renaissancezeit als Privatfestung und Hauptort der Graf-
schaft von den Zamoyskis angelegt, auf Schachbrett-Grundriß mit
sternförmigen Befestigungsanlagen der Vaubanzeit, Wällen, Gräben,
Redouten, die größtenteils geschleift sind, wogegen die schönen Tore
noch erhalten sind. Das Renaissance-Rathaus beherrscht den Markt.
Die Fassade ist rosa-weiß, in der Mitte ein schlanker Turm mit kühner
Barockspitze. Zum Hauptstock führen geschwungene Treppen. Der
Platz ist einheitlich von Renaissancefronten und Laubengängen umgeben, feine Portale, Inschriftentafeln, Stuckarbeiten, verzierte Gewölbe,
in Nischen stehen Büsten, Statuen, Reliefs. Zwei Kirchen mit Zwiebel-
türmen. Dieses historische Paradestück an der Fernstraße Warschau-
Lemberg, von mir im Sturm des ersten Kampftages eingefangen, hat die
polnische Republik nach 1920 noch um einen «französischen» Stadt-
park mit kleinem Zoo bereichert.
Die polnische Bevölkerung ist über den Russenkrieg begeistert. Auf dem
Rückweg komme ich durch die Stadt Szczebrzeszyn mit zwei Renais-
sance-Kirchen, wie alles hier von den Zamoyski gebaut. Diese tüchtige
Familie scheint ausgezeichnet zu wirtschaften, ein planvolles Ineinan-
derarbeiten der verschiedenen Betriebe.

Der Leutnant Grigorij Melnik *1921   *bei Rowno*

Am 22. Juni 1941 befand sich unsere Division in einem Lager auf dem
Truppenübungsgelände und bekam den Befehl, nach Rowno vorzu-
rücken. Nur einige Panzer und rückwärtige Dienste kamen mit einem
Eisenbahntransport. In Gegenrichtung begegneten uns Transporte mit
Verwundeten. In der Nähe des Bahnhofs Zdolbunow wurden unsere
Transporte ausgeladen. Rege Flugtätigkeit des Feindes. Deutsche Bom-

ber flogen nach Osten und kamen dann nach den Bombenangriffen zurück. Sie achteten nicht auf uns.

Es wurde befohlen: die Kommandeure sollen ohne Truppe nach Kowel kommen. Der Bahnhofskommandant in Kowel konnte nichts unternehmen und uns nicht über die Lage aufklären. Er wußte auch nicht, wohin wir weitermarschieren sollten. Die Kommandeure waren meistens junge Abgänger der Offiziersschulen wie ich und solche Offiziere, die nach dem Urlaub oder einer Dienstreise zu ihren Truppenteilen mußten. Mit einem Leutnant bekamen wir den Auftrag, auf einer Dampflok die Lage vorne aufzuklären, wo angeblich noch gekämpft wurde. An einer bewachten Brücke machten wir halt. Ein Unterleutnant, der für die Bewachung der Eisenbahnbrücke verantwortlich war, teilte uns mit, daß seine Leute feindliche Spione mit einem Funkgerät gefangen hätten. Ihre Aufgabe sei gewesen, das Artilleriefeuer der Deutschen zu korrigieren. Der Unterleutnant selbst hatte keine Verbindung zur vorgesetzten Dienststelle … Nach seinen Worten sprachen die Kundschafter ukrainisch, und er wußte nicht, was er mit ihnen machen sollte. Wir schlugen ihm vor, nach dem Gesetz der Kriegszeit zu handeln und alle Diversanten zu erschießen. Das tat er auch …

Ilja Ehrenburg 1891–1967　　　　　　　　*Moskau*

Am frühen Morgen des 22. Juni rief uns Milmann an: Die Deutschen haben uns den Krieg erklärt und bombardieren sowjetische Städte … Wir saßen vor dem Rundfunkgerät und warteten darauf, daß Stalin sprechen würde. Statt dessen sprach Molotow. Er war nervös. Ich staunte über seine Worte von Treuebruch und Überfall. Treuebruch bedeutet eine ehrenrührige Handlung oder zumindest eine Verletzung des Anstands. Schwerlich aber konnte man Hitler den Leuten zurechnen, die auch nur die geringste Vorstellung von Anstand besitzen. Was sonst konnte man von den Faschisten schon erwarten?

Wir saßen lange am Empfänger. Hitler sprach. Dann wurde eine Rede von Churchill übertragen. Moskau aber sendete unterdessen fröhliche oder verwegene Lieder, die zur Stimmung der Menschen paßten wie die Faust aufs Auge. Man hatte offensichtlich weder Artikel noch Ansprachen parat. Man spielte Lieder …

Wladimir Petrow 1921–2001　　　　　　　　*Tula*

Am 22. Juni 1941 legte ich, obwohl es ein Sonntag war, meine Diplomprüfung bei der Baufachschule in Tula ab. Es war ein sonniger Sommermorgen, die Stimmung war herrlich. Am Nachmittag sollte ich mit

einem Diplom nach Hause kommen. Meine Mutter wollte ein schönes
Essen machen, und am nächsten Tag sollte es losgehen an die Wolga.
Mit einer Freundin wollten wir eine Schiffsreise flußaufwärts machen.
Ich war ausgerechnet bei meinen Tabellen und Graphiken in einem
Auditorium, als Genosse Molotow im Radio sprach: «Unsere Sache ist
gerecht. Der Feind wird geschlagen werden. Der Sieg wird unser sein!»
Diese Zuversicht beflügelte auch mich. Zu Hause empfing mich meine
Mutter mit verweinten Augen. Auf dem Tisch lagen schon zwei Ge-
stellungsbefehle, für mich und für meinen Vater: Wir mußten uns so-
fort beim zuständigen Kreismilitärkommando einfinden.

Kasja Oleschtschuk *1923   *Balta*
Am 22. Juni 1941 war ich in Balta. Es war ein feierlicher Tag, an dem
wir in der medizinischen Fachschule unsere Zeugnisse als Krankenschwestern bekamen. Um 12 Uhr hörten wir die Radioansprache Molotows. Also Krieg mit Deutschland …
Ich war in einem Dorf in einer christlichen Bauernfamilie aufgewachsen und hatte mich nie für Politik interessiert. Jetzt wurden wir von
unserem Direktor bestürmt, als Freiwillige an die Front zu gehen. Ich
wollte das zuerst nicht tun, doch meine Freundin bestand darauf. Trotzdem habe ich später meine Erklärung heimlich aus der Mappe geklaut.
So ging ich nach Hause in mein Dorf etwa hundert Kilometer von Balta
entfernt. Zwei Wochen lang mußten wir östlich des Dnestr Schutzgräben
ausheben und sonstige Befestigungen bauen. Die von uns errichteten
Befestigungen halfen unserer Truppe später wenig, der Deutsche umging sie einfach.

Die Ärztin Ludmila Shiltzowa *1917   *Semipalatinsk*
Der erste Abendbericht des Moskauer Informationsbüros am 22. Juni
1941 machte uns Hoffnung: «Im Morgengrauen des 22. Juni griff die
deutsche Wehrmacht unsere Grenztruppe in einer Front von der Ostsee
bis zum Schwarzen Meer an und wurde am Vormittag von den Grenztruppen bei ihrem Vormarsch aufgehalten. Am Nachmittag traf der Feind
die Vorhuten der regulären Truppe der Roten Armee. Nach erbitterten
Kämpfen wurde der Feind mit hohen Verlusten für ihn zurückgeworfen.» Das Volk hatte keinen Grund, die Glaubwürdigkeit dieses Berich-
tes in Zweifel zu ziehen. Niemand kannte damals die wirkliche Lage an
unseren Westgrenzen. Ich glaube, daß auch Stalin nicht davon wußte,
bei jenem Durcheinander.
Erst elf Tage nach dem Überfall der Deutschen sprach Stalin im Rund-

funk, und nach seiner Rede wurde uns klar, daß die Lage viel ernster war, als wir am Anfang dachten, und daß der Krieg sehr lange dauern und höchste Anstrengungen eines jeden Bürgers des Landes verlangen würde. Das bestätigte mir auch der Militärkreiskommandoleiter, als ich ihm mein Gesuch, mich als Ärztin an die Front zu schicken, einreichte: «Du wirst noch Zeit genug haben, im Krieg herumzutanzen. Du kannst sicher sein, daß alle drankommen.»
Auf mein Gesuch schrieb er: «Wird abgelehnt!» Noch viele ähnliche Reaktionen bekam ich auf meine hartnäckig wiederholten Gesuche. Erst als der Deutsche schon vor Stalingrad stand, schrieb der unnachgiebige Offizier endlich: «Bei Bedarfsanmeldung dem Wunsch nachkommen!»

Der Politruk Semjon Schafir *1917   *Weißrußland*

Das Regiment, in dem ich meinen Dienst abgeleistet hatte, war im Morgengrauen am 22. Juni 1941 gerade auf dem Marsch. Die Rotarmisten sehnten sich nach einer Rast und dem Frühstück, anstatt all dem plötzlich ein Signal zur vollen Gefechtsbereitschaft. Irgendwo in der Nähe waren die MG-Garben von Bordwaffen der Flugzeuge wahrzunehmen, die Bomben regneten in einem Hagel auf unsere Köpfe. Die feindlichen Flugzeuge sausten über der Waldschneise vorbei. Ich war damals als stellvertretender Politruk einer Schützenkompanie eingesetzt.

Der Oberleutnant Iwan Kowaljow *1916   *am Pruth*

Am 22. Juni 1941 um 4 Uhr begann unsere Bekanntschaft mit der Luftwaffe von Reichsmarschall Göring, mit der Luftwaffe, die im großen und ganzen über 1200 unserer Flugzeuge auf ihren Flugplätzen mit einem einzigen Schlag vernichtete. Dadurch eroberten die Deutschen die Vorherrschaft in der Luft blitzartig und hatten für ihr Heer volle Freiheit. Die Führung unserer Truppe war völlig demoralisiert. Niemand kannte die wahre Lage an der Grenze. Das Trommelfeuer der feindlichen Artillerie beim Einmarsch, die Sabotage deutscher Sondergruppen in Uniformen der Roten Armee verursachten einen kolossalen und nicht wiedergutzumachenden Schaden.

Ewgenija Iwanowa *1929   *Hangö/Finnland*

Mein Vater war Offizier der russischen Kriegsflotte, und ab 1940, als die Halbinsel Hangö von der Sowjetunion gepachtet worden war, diente er dort als Kommandeur einer Küstenbatterie. Bald nach ihm kamen auch wir nach Hangö. Wir waren drei Geschwister, meine Schwester war an-

derthalb Jahre älter als ich, und mein Bruder war fünf Jahre alt. Wir bewohnten ein herrliches Einfamilienhaus an der Küste der Ostsee, besuchten die örtliche Garnisonsschule. Nur schöne Erinnerungen hat
diese Vorkriegszeit in meinem Gedächtnis hinterlassen.
Am Samstag, dem 21. Juni 1941, schliefen wir spät ein. Den ganzen
Nachmittag waren wir im Haus herumgerannt. Das war eine Hektik, wie
immer vor einer Reise während der Sommerferien. Türenquietschen,
die Treppen hinauf- und hinuntergelaufen, ob man noch dies oder das
nicht vergessen habe. Am nächsten Morgen, also am Sonntag, dem
22. Juni 1941, sollte der Vater uns mit seinem Dienstwagen zum Bahnhof fahren, und von dort sollte uns ein Zug durch das ganze herrliche
Finnland nach Leningrad zu unserer lieben Oma bringen, die auf uns gewiß schon mit Ungeduld wartete und bestimmt den Teig für ihre ein-
maligen Kuchen gehen ließ …
Der überraschende Angriff der Deutschen brachte unsere Pläne zum
Scheitern. Durch ein Alarmsignal wurde der Vater aus dem Bett geholt,
Matrosen liefen hin und her, durch einen Türspalt hörte ich ihn sagen:
«Das ist der Krieg, meine Liebste. Such ganz schnell die nötigsten Sachen
zusammen und warte hier auf mein Kommando. Verdammt nochmal,
wir sitzen ja in einer Falle. Kopf hoch und paß auf die Kinder auf.»
Mit diesen Worten machte er sich auf zu seiner Batterie, die durch ihr
Feuer eine Landung von See verhindern sollte.
Die russische Kriegsflotte war besser auf den Krieg vorbereitet als die
Landstreitkräfte. Das spürten wir schon beim ersten deutschen Bombenangriff auf Hangö deutlich. Unsere Abwehrkanonen nahmen die
deutschen Flugzeuge so heftig unter Feuer, daß ihre Bomben kaum ein
Ziel trafen. Es gab sogar am ersten Kriegstag einige Feindabschüsse durch
die Schnellfeuerkanonen unserer Kriegsschiffe. Wir saßen im Keller
unseres Hauses, hörten die furchtbare Musik des Krieges und warteten
auf Nachricht von unserem Vater. Doch er erschien nicht mehr. Am
nächsten Tag kam ein Matrose. Wir sollten uns jederzeit bereithalten,
man würde uns und andere Familien abholen und mit einem Schiff nach
Kronstadt oder sogar nach Leningrad abtransportieren. Mein kleiner
Bruder meckerte immer wieder: «Wann fahren wir zur Oma? Warum
fahren wir nicht? Der Vater wollte mir doch ein Rad kaufen? Wo ist der
Vater?»

Dimitrij Lichatschow *1906   *(Wyriza bei Leningrad)*
Der Sommer war schön. Wir gingen zum Fluß, suchten uns einen kleinen Strand aus, nur für unsere Familie, badeten und sonnten uns. Das

Ufer war steil, zu unserem winzigen Strand führte nur ein Pfad. Eines Tages, als wir uns gerade sonnten, drangen die Fetzen eines schrecklichen Gesprächs zu uns herüber. Sommergäste kletterten den Pfad hoch und redeten über einen Bombenangriff auf Kronstadt und über irgendwelche Flugzeuge. Zuerst dachten wir, sie erinnerten sich an den Finnischen Krieg von 1939, doch ihre aufgeregten Stimmen machten uns stutzig. Als wir zur Datscha zurückkehrten, erzählte man uns, daß der Krieg begonnen hatte. Abends hörten wir im Garten des Erholungsheims Radio. Der Lautsprecher hing ganz oben an einem Mast, und davor standen sehr viele Leute. Sie schwiegen finster. Am nächsten Morgen fuhr ich nach Leningrad hinein. Mama und Jura hatten die Schreckensnachricht bereits aus dem Radio erfahren. Jura soll kreidebleich geworden sein. Die Stadt erschreckte mich durch ihre düstere Stille. Nach den Blitzerfolgen Hitlers in Europa erwartete niemand etwas Gutes. Alle wunderten sich, warum sage und schreibe noch ein paar Tage vor Ausbruch des Krieges massenweise Weizen nach Finnland geliefert worden war. Das stand in allen Zeitungen. Die Leute im Puschkin-Haus waren etwas redseliger, doch ebenfalls äußerst vorsichtig. A. I. Gruschkin redete am meisten: Er machte phantastische Vorschläge, natürlich alle «patriotischer» Art.

Natalija Solotuchina *1930   *Leningrad*
An jenem herrlichen sommerlichen Sonntag, dem 22. Juni 1941, reisten wir für den ganzen Sommer nach Ostrowki, eine kleine Siedlung am Newa-Ufer, unweit der Stromschnellen von Iwanowskij. Ein Kutter lief von der Anlegestelle unweit des Hauses von Peter dem Großen aus, genau um 12 Uhr mittags, also fahrplanmäßig. Damals legte er die Strecke bis Ostrowki in drei Stunden zurück. Und diese drei Stunden waren für mich die letzten glücklichen Stunden des friedlichen Lebens. Als wir an Land gingen, hörten wir das schreckliche Wort: «Krieg!» Zuerst erschreckte mich dieses Wort nicht sehr. Ich war erst zehn Jahre alt, und an diesem ersten Tag des Krieges konnte ich kaum die Gefahr begreifen und mir vorstellen, welche Entbehrungen mir noch zuteil werden würden.

Der Kameramann Efim Bogorow   *Leningrad*
Jeder Einwohner von Leningrad, der die Blockade überlebt hat, bewahrt für immer in seinem Gedächtnis den Sonntagmorgen des 22. Juni 1941. Für mich begann er mit dem Start eines Geländelaufes von Komsomolzen im zentralen Kultur- und Erholungspark von Leningrad. Dort hörte ich gegen Mittag das Wort «Krieg», das uns auf lange Sicht von der Zeit

trennte, in der wir wenige Minuten zuvor noch gelebt hatten. Am gleichen Tag filmte ich die Kundgebung in der Fabrik «Swetlana». Der Fabrikhof war zum Bersten gefüllt. Meistens waren es Frauen. Besorgnis und Schmerz waren von ihren Gesichtern abzulesen. Die Frauen schwiegen, aber ihre Augen sagten viel. Seit jenem sonnigen Junimorgen waren mein Leben und meine Arbeit nur dem Streben untergeordnet, möglichst viel vom Alltag der Leningrader zu filmen.

Olga Freudenberg 1880–1955   *Leningrad*

Am 22. Juni, einem schönen Sommertag, rief ich aus einer Laune heraus einen Bekannten an. Es war Sonntag, um die Mittagszeit. Ich wunderte mich, als eine Frauenstimme erklärte, Bobowitsch, den ich sprechen wollte, könne jetzt nicht zum Telephon kommen. «Er hört Radio.» Ich wunderte mich noch mehr. Nach einer kurzen Pause fügte die Frau hinzu: «Es ist Krieg. Die Deutschen haben uns überfallen und die Grenze überschritten.»
Das kam furchtbar überraschend, klang fast unglaubwürdig, obwohl es klar vorauszusehen war. […] Ein stiller Sommertag, die Fenster weit offen, ein schöner, geruhsamer Sonntag, die Seele in Einklang mit dem Leben. Hoffnungen und Wünsche gleichsam etwas Objektives, von außen in einen hineingewachsen – und auf einmal: Krieg! Man konnte es nicht glauben, wollte es nicht.

Lidija Ochapkina *1912   *Leningrad*

An jenem Sommersonntag hatte ich vor, schon am frühen Morgen mit meinen beiden Kindern zu unserem Landhaus in einem Vorort von Leningrad zu fahren. Mein Mann war dienstlich verreist, deshalb waren mein Neffe sowie ein Verwandter von meinem Mann, Schura Samsonow, zu mir gekommen, um mich mit den Kindern zum Bahnhof zu bringen.
Ich hatte alles gepackt und stillte gerade meine Tochter, die erst fünf Monate alt war. Da hörte ich plötzlich im Radio: «Achtung! Achtung!» Und Molotow sprach seine bekannte Rede. Ich beschloß sofort, zu Hause zu bleiben. Ich mußte erst auf meinen Mann warten. Ich hatte keine Angst. Ich erinnerte mich an den Krieg gegen Finnland, der für mich und für die Leningrader nicht so fürchterlich gewesen war.

Jura Rjabinkin 1925–1942   *Leningrad*

Wegen eines seltsamen Surrens vor meinem Fenster konnte ich die ganze Nacht nicht schlafen. Als es am frühen Morgen verstummte, dämmerte es bereits. Im Juni sind die Nächte in Leningrad mondhell und kurz. Als ich aus dem Fenster blickte, sah ich die Strahlen einiger Scheinwerfer, die den Himmel abtasteten. Trotzdem schlief ich noch ein. Erst nach 10 Uhr morgens war ich wieder wach und ging in den Garten des Palastes für junge Pioniere. In diesem Sommer wollte ich eine Qualifikation im Schachspiel erreichen. Schließlich gewann ich oft auch bei den Spielern der dritten Kategorie.

Vor unserer Haustür stand der Hausmeister mit einer Gasmaske und einer roten Armbinde. Bei anderen Torwegen sah ich gleich ausgerüstete Hausmeister. Die Milizleute trugen auch Gasmasken, an allen Straßenkreuzungen ging das Radio. Etwas brachte mich auf den Gedanken, daß in der Stadt der Ausnahmezustand verhängt worden sein könnte.

Als ich den Palast für junge Pioniere betrat, traf ich dort nur zwei Schachspieler. Es ist wohl noch zu früh, dachte ich. In der Tat kamen nach einer Weile noch einige dazu.

Als ich die Figuren auf dem Schachbrett aufgestellt hatte, sah ich eine Gruppe von Jungen, die sich um einen kleinen Jungen zusammengedrängt hatten.

«Um 4 Uhr früh haben die deutschen Bomber Kiew, Shitomir, Sewastopol und andere Städte angegriffen», erzählte der Junge mit Pathos. «Molotow hat im Rundfunk gesprochen. Jetzt stehen wir im Krieg mit Deutschland.»

Das hatte ich nicht vermutet. Deutschland! Deutschland hat uns den Krieg erklärt. Jetzt wurde mir klar, warum alle Gasmasken trugen. In meinem Kopf ging alles durcheinander. Ich wollte nichts mehr begreifen. Drei Partien spielte ich noch, die ich alle gewann.

Auf der Straße hörte ich aus einem Lautsprecher die Rede von Molotow. Als ich nach Hause kam, wußte meine Mutter schon alles. Nach dem Mittagessen ging ich in die Stadt. Überall war eine seltsame Anspannung zu spüren. Auf dem Rückweg nach Hause wollte ich die Zeitung kaufen und stellte mich in eine Schlange. Die Zeitungen waren noch nicht geliefert worden, und die Schlange wurde immer länger. Die Menschen erzählten Witze zum Thema Außenpolitik, es gab auch skeptische Bemerkungen.

«Und wenn Deutschland mit England einen Friedensvertrag abschließt, und sie greifen dann uns gemeinsam an?»

«Jetzt werden wir auf alles unsere Bomben werfen. Nicht wie in Finnland damals. Die Wohnviertel werden wir auch angreifen, möge das deutsche Proletariat aufstehen, da begreifen die Deutschen schnell, gegen wen sie angetreten sind.»

«Habt ihr gehört, bei Olgino ist ein deutsches Flugzeug abgeschossen worden?»

«So weit ist es reingeflogen!»

«Ja, man muß sich auch auf Bombenangriffe vorbereiten. Wenn etwa 300 Flugzeuge Leningrad angreifen werden ...»

«Das ist unvermeidlich. Alles der Reihe nach.»

So stand ich etwa zwei Stunden lang Schlange und wollte schon heimgehen, da wurde bekanntgegeben, daß noch ein offizielles Bulletin erscheinen würde, doch wann es herauskommen sollte, war leider unbekannt. Nach einer halben Stunde ging ich nach Hause. Unsere Hausangestellte Nina kaufte dann später die Zeitung.

Der Tag neigt sich seinem Ende zu. Die Uhr zeigt halb zwölf abends. Ein entschlossener und harter Kampf zeichnet sich ab, zwei antagonistische Gesellschaftsordnungen stoßen aufeinander: der Sozialismus und der Faschismus. Und vom Ausgang dieses großen historischen Kampfes hängt das Wohlergehen der ganzen Menschheit ab.

Der Student Artur Urasgildejew   *Leningrad*

Man sagte uns, daß wir uns alle schnell versammeln und Splitterschutzgräben auf dem Gelände des Instituts ausschachten sollten. Der Grund für so eine Überstürzung war angeblich eine Übung in der Zivilverteidigung. Als ich so einen merkwürdigen Auftrag mitten in der Prüfungsperiode erhielt, suchte ich die Wohnzimmer des fünften Korps der Studentensiedlung auf, wo überwiegend künftige Metallurgen untergebracht waren, und bemühte mich, sie dazu zu bewegen, an die Arbeit zu gehen. Aus dem ersten Zimmer stieß man mich hinaus, nachdem man sich mit dem Finger gegen den Kopf getippt hatte; in dem anderen legte man mir die Hand an die Stirn und sagte: «Der Junge hat Fieber», und in dem dritten Zimmer warf man ein dickes Buch nach mir. Eine andere Reaktion war von den Studenten kaum zu erwarten, es war die Prüfungsperiode, und alle bereiteten sich auf die Prüfungen vor. Erst nach der Rede von Molotow um 12 Uhr mittags wurde auch der Erlaß des Obersten Sowjets der UdSSR über die Einberufung der Jahrgänge 1905–1918 in die Rote Armee im Radio verlesen.

Die Bibliothekarin Nina Druschinina   *Leningrad*

Am 22. Juni 1941, einem herrlich sommerlichen Tag, war unser Lesesaal vollbesetzt. Es war die Zeit der Prüfungsperiode vor den Sommerferien. Im Lesesaal saßen etwa 500 Menschen, es herrschte Stille, nur leises Umblättern der Seiten war zu vernehmen. Plötzlich klingelte das

Telefon. Es war mein Mann, der mich benachrichtigte, daß der Krieg ausgebrochen war und daß er einen Marschbefehl bekommen hatte. Diese Nachricht war für mich so überraschend und schrecklich, daß ich an diese Worte zuerst nicht glauben konnte. Nach einer Weile erschien ein Vertreter des Parteikomitees, er kletterte auf den Tisch und teilte den Menschen die schreckliche Nachricht mit. Er ließ alle sofort zum Feld hinter dem Institut marschieren, wo Splitterschutzgräben unter Leitung des Institutsdirektors Tjurkin ausgeschachtet werden sollten. Der Lesesaal leerte sich schnell, auf den Tischen blieben Bücher, Hefte, Taschen, Aktentaschen liegen, über den Stuhllehnen hingen Jacken und Blusen. Als alle weg waren, wurde mir plötzlich angst und bange wie nie zuvor.

Die Sportlehrerin Sinaida Winogradowa   *Leningrad*

Ich erinnere mich sehr gut an den Tag, an dem der Krieg ausbrach. Es war ein sonniger und klarer Tag. Mit einer Gruppe von Studenten fuhr ich zum Finnischen Meerbusen nach Selenogorsk. Wir wollten dort trainieren. Wir spielten, liefen viel und genossen das herrliche Wetter. Wir waren bestens gelaunt und sehr fröhlich. Da sahen wir plötzlich Leute, die mit ihren Sachen zum Bahnhof liefen. Rufe waren zu hören: «Krieg». Wir kehrten so schnell es ging nach Leningrad zurück, der Zug war sehr voll.

Die Studentin Anna Solowjewa   *am Swir*

Eine große Gruppe von Studenten machte ihr Praktikum beim Bau des Kraftwerkes am Oberlauf des Swir. Am Sonntagmorgen wollten wir uns am Ufer des Swir erholen. Es gab dort viele Maiglöckchen. Vor unserem Abmarsch hörten wir die Ansprache Molotows. Krieg!!! Schon am nächsten Tag gingen unsere Jungs in den Wald, um die finnischen Soldaten zu bekämpfen, und die Mädchen wurden in der Nähe von Pskow zum Bau von Befestigungsanlagen eingesetzt.

Die Studentin Nina Dedusenko   *Leningrad*

Das Praktikum in Tosno ging zu Ende. Am 22. Juni 1941 waren wir in der Kantine zum Mittagessen und hörten dort die Nachricht vom deutschen Überfall. Wir fuhren sofort nach Leningrad und schlossen uns dem aufregenden Leben des Instituts an, unternahmen Streifzüge durch die Straßen der Stadt gemeinsam mit den Jungs. Wir hatten Spione und Saboteure zu fangen. Am ersten Tag nahmen wir nur einen Verdächtigen fest, den wir später auf freien Fuß setzen mußten.

Jurij Gurewitsch *1924   *Leningrad*
Die Nachricht über den Kriegsausbruch an jenem Junisonntag 1941 erreichte mich auf einem Fahrradausflug im Udelnyj Park. Ich war damals
Student an einer Fachschule für Energetik, und nach dem Abschluß des
ersten Studienjahres hatte ich Ferien. Auf einmal änderte sich alles. Das
Leben bekam eine ganz andere Geschwindigkeit. Mein Vater hatte eine
«weiße Karte», er war für den Wehrdienst untauglich. Ungeachtet dessen ging er als Fuhrmann freiwillig zur Landwehr. Drei Jahre lang war
er an der Front, 1944 erhielt meine Mutter die Nachricht von seinem
«heldenhaften Tod».
Wir jungen Burschen bestürmten die Militärkreiskommandos mit unseren Anträgen und Bitten, uns an die Front zu schicken. Wir wurden
schroff abgefertigt, man wollte uns Sechzehn- und Siebzehnjährige nicht
einberufen.
Aber wir fanden eine Beschäftigung. Als Ersatz für die Feuerwehrleute, die zum Wehrdienst eingezogen wurden, stellte man ein Feuerwehr-
regiment aus Komsomolzen auf. Wir alle, Jungen und Mädchen aus
unserer Gruppe, traten in die Feuerwehrkompanie von Wassiljewski-
ostrow ein. Wir bekamen die Uniform der Feuerwehrleute, Helme und
sogar einen echten Feuerwehrwagen mit einem erfahrenen Kommandeur und einem Fahrer. Wir wurden kaserniert, in unserem Kommando
herrschte strenge Disziplin.

Alexander Grusdew *1909   *Leningrad*
1937 wurde in unserem Betrieb die erste Dampfturbine Europas von
100 000 kW gebaut. Heute ist das keine Leistung mehr, aber damals war
es ein hervorragender Erfolg des Arbeitskollektivs. Kurz vor Ausbruch
des Krieges bekamen wir diese Turbine zur Generalüberholung zurück.
Da die politische Lage schon sehr angespannt war, mußten wir viel
arbeiten, um diesen Auftrag rechtzeitig zu erfüllen. Die Arbeit an der
Turbine schlossen wir am Samstag, dem 21. Juni 1941, um 3 Uhr nachmittags ab und schickten sie gegen Abend an den Auftraggeber zurück.
Der Sonntag begann, wie gewöhnlich ein arbeitsfreier Tag nach einer
anstrengenden Arbeitswoche beginnt, wenn man weiß, daß man gut gearbeitet und Erholung verdient hat. Meine Frau und ich machten einen
Ausflug aufs Land zu einem Vorort von Leningrad, wir genossen die
Natur und das herrliche Wetter des langersehnten Sommers. Erst auf
dem Rückweg hörten wir vom Ausbruch des Krieges. Zuerst verstand
ich die Bedeutung dieses Geschehnisses nicht. Ich dachte nur an das
Spiel meiner Lieblingsfußballmannschaft um 6 Uhr abends, für das wir

Karten hatten. Aber schon gegen Abend hatte sich die Atmosphäre in der Stadt geändert, die Menschen waren von Besorgnis erfüllt. Ich begab mich in mein Werk, sobald wir nach Leningrad zurückgekehrt waren.

Viele unserer Arbeiter wurden in den ersten Tagen des Krieges zum Wehrdienst einberufen, oder sie gingen auch freiwillig an die Front. Unter ihnen waren auch diejenigen erfahrenen Arbeiter, die für die Produktion unentbehrlich waren. So mußten wir die alten, schon längst in den Ruhestand versetzten Fachleute an die Werkbänke zurückholen.

Der Kolchosevorsitzende
Alexander Marian *1914   *Speja / Dnjestr*

Da es vorher fünf Tage lang geregnet hat, verzichteten alle Kolchosebauern heute auf den arbeitsfreien Tag. Über 460 Männer und Frauen waren auf dem Maisfeld erschienen, um Unkraut zu jäten. Am Himmel herrschte Hochbetrieb, die Flugzeuge fliegen in verschiedene Richtungen, seit dem frühen Morgen ertönt ihr Gedröhn. Irgendwo über Bender ist seltsames Aufblitzen wie Funken zu beobachten, weiße und schwarze Rauchpilze bilden sich plötzlich zwischen den Flugzeugen. Sehr merkwürdiges Manöver! Um 5 Uhr am Nachmittag kam ein Melder zu Pferde aus Tiraspol zum Dorfrat mit der Nachricht, Deutschland habe heute die Sowjetunion heimtückisch überfallen.

Der Jagdflieger Wassilij Suslow *1920   *bei Rustawi / Georgien*

Bei Ausbruch des Krieges war ich Offiziersanwärter in einer Fliegerschule bei Rustawi in Georgien, in der Jagdflieger ausgebildet wurden. An jenem Tag wurden wir zu einem Appell befohlen, wo uns unsere Kommandeure und Kommissare über den heimtückischen Überfall Hitlerdeutschlands informierten. Sofort wurden die besten von uns zu einem beschleunigten Lehrgang bestimmt, d. h., nach einigen Monaten sollten wir schon als Flieger an der Front eingesetzt werden. Und von der Front kamen keine guten Nachrichten.

Die Deutschen hatten schon in den ersten Stunden des Krieges Hunderte von unseren Flugzeugen auf den Flugplätzen durch Bombenangriffe vernichtet und sich dadurch die volle Luftherrschaft gesichert. Unser Informationsbüro gab täglich die Zahl der feindlichen Abschüsse, leider aber keine eigenen Verluste bekannt. Dutzendweise fielen unsere Städte und wichtige Ortschaften in die Hände des Feindes. In Georgien wurden viele Lazarette aufgebaut, in die Schwerverwundete eingeliefert wurden. Unter ihnen gab es auch abgeschossene Flieger, denen es gelungen war, sich im letzten Augenblick mit einem Fallschirm zu retten. Bei denen waren wir oft zu Gast, und wir hörten ihren Berichten über die Luftkämpfe und die Taktik der feindlichen Luftwaffe aufmerksam zu. So sammelten wir fern von der Front unsere «erste Kampferfahrung».

Der Feldwebel H. M.   im Osten
An seine Familie

Na, was sagt Ihr denn zu unserem neuen Gegner? Vielleicht kann sich Pa noch erinnern, wie ich in meinem letzten Urlaub von der russischen Armee gesprochen habe und schon damals äußerte, daß mit den Bolschewisten auf Dauer keine freundschaftlichen Beziehungen aufrechtzuerhalten sind. Dazu sind dort noch viel zu viele Juden. Neues gibt es hier noch nicht. Wir sitzen ständig an den Lautsprechern und hören die Frontberichte.

Der Oberstabsarzt
Dr. Willi Lindenbach † 1974   Gummersbach

Heute wunderbarer Sonntag. Herrlicher Sonnenschein, heiß und windstill. Ich habe leider gestern mir etwas Sonnenbrand zugezogen, so daß ich heute den herrlichen Sonnenschein gar nicht so richtig genießen kann. – Um 8 Uhr hörten wir im Radio, daß Deutschland Rußland den Krieg erklärt hat und daß seit heute morgen 5.03 Uhr die Kriegshandlungen begonnen haben. Wir sind alle ganz niedergeschlagen. Hitler ist ein Wahnsinniger! Was soll nur werden?

Frau A. N.   Hausberge/Porta

Als ich heute früh den Apparat einschaltete und dann völlig ahnungslos die Proklamation des Führers hörte, da war ich zunächst ganz sprachlos. Und doch, ich weiß nicht, die Freundschaft zwischen der UdSSR und dem Deutschen Reich hat wohl kein Mensch so ganz ernst genommen. Man hatte so die Ahnung: ob das wohl gutgeht, und traute dem Russen nicht. Was mag es den Führer gekostet haben, sich überhaupt mit Stalin in Verbindung zu setzen und ihn um freundschaftliche Bindungen anzugehen. Heute ist mir die Größe seiner Diplomatie ganz wunderbar zur Erkenntnis gekommen. Viele Sorgen hat ihm diese ganze Angelegenheit gemacht. Man kann das bloß ahnen. Und wenn man sich das mal überlegt, dann wird man ganz klein. Was ist unser bißchen Leid, unsere Sorgen und die winzigen Entsagungen, die sich durch die Kriegswirtschaft ergeben. Doch so ist man, eigentlich denkt man zu wenig nach, und dann wird man eben so sehr von dem Persönlichen in Anspruch genommen, und so lebt man dann hin. Jedenfalls wird der Kampf wohl hart sein, und doch wird mancher aufatmen nach den langen Wochen des Wartens. Denn ein richtiger Soldat sehnt sich doch letzten Endes nach Kampf und Sieg, um dann wieder seinen Arbeiten nachgehen zu können.

Herr F. M. Straßenhaus / Kreis Neuwied

Als ich heute morgen das Deutschlandlied spielen hörte, glaubte ich, es wäre was Schönes gemeldet worden. Nun war es gerade das Gegenteil. Heute mittag wurde nun nochmals alles im Radio wiederholt. Jetzt kann man auch verstehen, was man vorher nicht begreifen konnte, wofür das Militär im Osten ist. Jetzt stehen Euch und auch uns wieder schwere Wochen bevor. Ihr Soldaten müßt kämpfen und aushalten, und wir in der Heimat müssen warten und hoffen. Jetzt lebt man wieder in der Unruhe und Ungewißheit.

Der Soldat Helmut N. †1945 Duisburg

Der Führer hat wieder einmal alle Last der Verantwortung, all die Qual der Entscheidung, all das Wissen, Gefahr und Größe des Einsatzes, hat weltanschauliche und politische Demütigungen allein für uns alle getragen.
Dies letzte hat ihn gewaltiger und unerreichbarer gemacht als je eine Tat zuvor. Die Tat der Millionen, die heute ausgelöst ist, wiegt im einzelnen weniger, weil das Volk sie trägt. Die Qual der Entscheidung aber spielte sich wieder einmal in der Seele des einzelnen ab. Christus ist am Kreuze gestorben, die Sünden der Menschheit auf sich ladend. Der Führer aber geht unablässig seinen Kreuzweg, beladen mit den Schmerzen, den Unklarheiten eines großen Volkes und der gewaltigen Verantwortung für einen Weltteil, ja für die gesamte Kultur der Welt.

Der Oberleutnant G. K. im Osten

Von allen meinen Kameraden, einschließlich Regimentskommandeur, bin ich der einzige, der diesen Krieg mit Rußland immer wieder vorausgesagt hat, und daher nicht so erschüttert ist wie vielleicht viele. Wenn dieser Krieg mit Rußland und anschließend in Arabien (Irak – Syrien – Palästina – Ägypten) beendet sein wird – und ich glaube in kurzer Zeit –, dann glaube ich auch fest daran, daß einmal als einziger deutscher Soldat der Herr von Ribbentrop nach England geht, um dort mit den Engländern Deutsch zu reden. Vielleicht werden wir auch alle hinübermüssen, aber dann haben wir wenigstens den Rücken frei und fünf bis sechs Luftflotten und Zehntausende von Panzern usw. Nein, diese Sache beunruhigt mich nicht so sehr als die Tatsache, daß Ihr armen Frauen und Kinder mal wieder nächtelang in den Keller mußtet und Euskirchen mal wieder heimgesucht wurde.

*

Martha Bauchwitz 1871–1942　　　　　　　**Piaski / Distrikt Lublin**
An ihre Tochter in Stettin
Heute nacht soll der neue Krieg ausgebrochen sein. Der Himmel ist blau, seine Wolken toben von Ost nach West. Die Sonne scheint – wie alle Tage. Doch fühlt man, daß Neues vorgeht. Wir können nichts tun als bitten, es möge nicht zu schlimm mit dem Menschenverlust sein! Wir sitzen mit gebundenen Händen.

Awigdor Nielawicki *1926　　　　　　　　　　**Wizna**
Ich war 16 Jahre alt und komme eigentlich aus Wizna, einem kleinen Ort, etwa zehn Kilometer von Jedwabne entfernt. Als die Deutschen die Russen am 22. Juni im Osten Polens angriffen, wurde Wizna aus der Luft bombardiert. Das jüdische Viertel brannte. Alle Familien, auch meine, flüchteten. Mit einem Pferdewagen zogen wir los. Gegen Abend wurden wir von polnischen Banditen überfallen. Sie schlugen uns und stahlen das bißchen, was wir vor den Flammen retten konnten. […] Sie wollten unser Geld, und sie wußten, daß niemand sie strafen würde für ihre Taten. Mit dem Einmarsch der Deutschen wurden wir Juden Freiwild für die Polen, vor allem für die Nationalisten, die Juden und Kommunisten haßten. Etliche der Schläger waren von den Deutschen gerade aus dem Gefängnis freigelassen worden. Solche Ex-Häftlinge töteten auch den Vater meiner Tante, der nicht fliehen konnte.

Nadeshda Tratschenko *1925　　　　　　　　　　*Odessa*
Odessa war immer eine ausgeprägt jüdische Stadt. Die Juden begannen schon Ende Mai aufgeregt hin und her zu eilen, und sie verließen die Stadt mit Hab und Gut. An die zurückbleibenden Nachbarn verschenkten sie nur unnützes Zeug. Ihr Benehmen war verdächtig, es war Vorzeichen eines großen Unheils. Sie waren etwa den Haustieren ähnlich, wenn sie vor einem Erdbeben hastig hin und her huschen. Und sie hatten gute Kundschafter in der ganzen Welt, welche sie über die ihnen drohende Gefahr rechtzeitig informierten. Uns sagten sie darüber nichts,

angeblich zogen sie in ihr Jüdisches Autonomes Gebiet im Fernen Osten bei Birobidshan, wo sich die Füchse Gute Nacht sagen und wohin bisher nicht einmal Prämien auch nur einen einzigen Juden hatten anlocken können.

Adam Czerniaków 1880–1942   Warschauer Ghetto

Morgens Gemeinde. Sonntag. Ratsversammlung wegen der Taktik für die nächste Zeit: Kampf gegen den Typhus, Mittagessen, Statuten der Versorgungsanstalt und der Produktionswerkstätten. N.m. um 1 Eröffnung einer Küche für die Beschäftigten der Zentrale.
Ein Extrablatt über den Krieg mit den Sowjets. Man wird jetzt am Tag arbeiten müssen, und nachts werden sie einen vielleicht nicht schlafen lassen.

Danuta Czech   (KZ Auschwitz-Birkenau)

Der polnische Häftling Helmut Wegner (Nr. 6752) wird von der Sipo und dem SD aus Warschau nach erneuter Vernehmung eingeliefert.

*

Die Nacht ist nicht allein zum Schlafen da,
die Nacht ist da, daß was gescheh'.
Ein Schiff ist nicht nur für den Hafen da,
es muß hinaus, hinaus auf hohe See.
Berauscht euch, Freunde, trinkt und liebt
und lacht und lebt dem schönen Augenblick.
Die Nacht, die man in einem Rausch verbracht,
bedeutet Seligkeit und Glück!

<661   Montag, 23. Juni 1941   1415>

So jemand spricht: Ich liebe Gott, und
hasset seinen Bruder, der ist ein Lügner.
Denn wer seinen Bruder nicht liebt, den
er sieht, wie kann er Gott lieben, den er
nicht sieht?
HERRNHUT   1. JOH. 4,20

Albert Camus 1913–1960   *Algerien*
«... und nichts als nur Stöhnen füllt'/ Und Schmerzgeschrei weithin
das Meereswogen, bis / Der schwarze Blick der Nacht das Schreckliche
begrub.» (*Die Perser*, Schlacht von Salamis.)

Friedrich Percyval Reck-Malleczewen 1884–1945   **Chiemgau**
Es geschah gestern, an einem glutheißen Tage, daß ich im Morgengrau-
en das Empfangsgerät aufdrehte und zu meiner Überraschung Herrn
Goebbels hörte, der gerade dem Verbündeten von gestern den Krieg erklärte. Tief betroffen drehte ich ab. Es ist durchaus möglich, daß dieser
nun anhebende neue Krieg auch mich, meine Habe, mein physisches
Leben, meine Kinder verschlingt, es ist durchaus möglich, daß ich in den
Strudel dieses letzten Hitlerschen Geniestreiches hinabgezogen werde ...
Trotzdem war meine erste Reaktion ein wilder Jubel. Dieses Volk, an
dessen innersten, tief verborgenen und kaum mehr sichtbaren Kern ich
unentwegt glaube, geht einer gigantischen und heilsamen Subtraktions-
kur entgegen, die es von ekelhaften Schwären befreien und es, sei es
durch unsägliches Leiden, lehren wird, an andere Götter zu glauben
denn an die unheilige Deutsche Dreieinigkeit von Krupp, Röchling und
Volksempfänger. Der Satan, der sich seiner bemächtigt hat, ist in seinem
ungeheuren Übermut in die Schlinge gegangen, und nie wird er aus ihr
sich befreien können. Dies ist das Fazit, und es macht, daß mein Herz
jubelt. Ich hasse dich ... ich hasse dich im Schlafen und im Wachen, ich
hasse dich als den Verderber der Seelen, ich hasse dich als den Verderber
des Lebens, ich hasse dich als den geschworenen Feind des Menschen-
lachens ... oh, es ist der Todfeind Gottes, den ich in dir hasse.
In jeder deiner Reden verhöhnst du den Geist, den du mundtot gemacht

hast, und vergißt, daß der einsam gedachte ... in aller Leidenschaft gedachte Gedanke tödlicher wirken kann als alle deine Folterapparaturen ... Du bedrohst jeden Widersacher mit dem Tod, aber du vergißt, daß unser Haß als tödliches Gift in dein Blut schleicht und daß wir jauchzend sterben, wofern wir nur dich mit uns in die Tiefe ziehn können durch unseren Haß. Mag das Leben sich erfüllen in diesem Zeichen, mag es untergehn in dieser Aufgabe. Im Schoß des Volkes, das du heute überfällst, wurde ein Wort geboren, und ich schreibe es auf in dieser Stunde, da es dir so gilt wie uns: Wenn sie Gott von der Erde verbannen, so werden wir unter der Erde ihm begegnen. Und dann werden wir, die unterirdischen Menschen, einen Trauergesang anstimmen zu Gott, der die Freude ist.

John Colville 1915–1987   *London*
Der Premierminister brütet nun über der Idee, wie man in Frankreich landen könnte, während die Deutschen in Rußland engagiert sind. Nun sei die Gelegenheit gekommen, sagte er, «Hölle zu spielen, während die Sonne scheint».

Julien Green 1900–1998   *Baltimore*
Vorgestern um elf Uhr abends drehte ich am Knopf des kleinen Radios, das in meinem Zimmer steht, und hörte die letzten Worte Hitlers an seine Heere, die unterwegs nach Rußland sind. Sehr erstaunt, trotz der Gerüchte, die in den letzten Tagen umgegangen sind. Es gibt Leute, die glauben, daß Deutschland Rußland schlagen könnte, ich jedoch möchte glauben, dass Rußland lange Widerstand leisten wird. Auf jeden Fall gibt das England eine Verschnaufpause.

*

Joseph Goebbels 1897–1945   *Berlin*
Der Aufruf des Führers wird in der ganzen Welt wörtlich wiedergegeben. London sagt vorläufig, Hitler ist wahnsinnig, und verweist dabei auf das Beispiel Napoleon, das auch Molotow anführte. Damit müssen wir uns noch auseinandersetzen. Einige englische Stimmen rufen auch zur Vernunft und legen dar, was England verliert, wenn wir die Ukraine erobern. USA verlegt sich aufs Schimpfen, das tut aber bekanntlich nicht weh. Wenn wir siegen, haben wir recht. Aus Japan noch keine Stellungnahme. [...]
Die spanische Presse geht ganz groß ins Zeug. Ebenso die schwedische.

Es macht sich so etwas wie Kreuzzugsstimmung in Europa breit. Das können wir gut gebrauchen. Aber nur nicht so sehr auf der Parole «für das Christentum» herumreiten. Das ist doch etwas zu heuchlerisch. […] Jede Minute fast kommen neue Nachrichten. Meistens recht erfreuliche. Bis zur Stunde 1100 russische Flugzeuge vernichtet. Das ist ein Schlag ins Kontor. Brest [-Litowsk] genommen. Alle Tagesziele erreicht. Bisher keine Komplikationen. Wir können sehr beruhigt sein. Das Sowjetregime wird wie Zunder auseinanderbrechen. […] Der Besuch Pavolinis verläuft sehr angenehm. Wir verleben einen schönen und anregenden Abend. Wochenschau vor ihm bearbeitet. Er und seine Leute staunen nur so. Es wird wieder sehr spät. Schlaf ist in letzter Zeit für uns ein Luxus geworden.

Reichspressestelle der NSDAP   Berlin
Tagesparole
Die Churchillrede sowie weitere vorliegende Stellungnahmen aus englischer Quelle sind in allen jenen Punkten aufzugreifen, die die Feststellungen des Führers über das Zusammenspiel Moskaus und Londons unter Beweis stellen.

Sicherheitsdienst der SS   (Berlin)
Geheimer Lagebericht
Die Einleitung der Proklamation des Führers mit den *Präludien von Liszt* und der *neuen Fanfare* sei als sehr wirksam angesehen worden. […] Mit großer Zustimmung werde die rasch einsetzende Bildberichterstattung der Presse aufgenommen. Dabei interessierten vor allem die Bilder, auf denen die ersten russischen Gefangenen zu sehen waren.

Heinrich Himmler 1900–1945   Berlin
15.45–17.15 Tennis

*

Ruth Andreas-Friedrich 1901–1977   Berlin
Pünktlich auf die Minute hat er angefangen. Der «aufgezwungene» Blitzkrieg gegen Rußland. Fast am gleichen Tage wie Napoleon vor hundertneunundzwanzig Jahren haben unsere Soldaten den Njemen überschritten. Die Propaganda darf dort wieder anknüpfen, wo sie im September 1939 jäh abbrechen mußte: Kampf gegen den Bolschewismus! Sicherung Europas vor sowjetischer Bedrohung!

«Deutsches Volk! – Nationalsozialisten!» spricht Hitler. «Von schweren Sorgen bedrückt, zu monatelangem Schweigen verurteilt, ist nun die Stunde gekommen, in der ich endlich offen reden kann.» Er redet viel und lange. Daß der deutsch-russische Pakt durch Moskau gebrochen worden sei. Daß er es so gut gemeint und daß man ihn so böse hinters Licht geführt habe.

Hilde Wieschenberg 1910–1984   Düsseldorf
Mein lieber Franz, unser guter Papi.
Heute am Sonntag kam diese furchtbare Nachricht, daß Rußland mit Deutschland im Krieg steht.
Liebes, wohl tausendmal haben Dich immer meine Gedanken gesucht. Die Kinder habe ich unter Tränen in meine Arme genommen und die kleinen Geschöpfe gefragt: Wo ist unser Vater, bekommen wir wohl morgen die heißersehnte Post?
Was nützt der strahlende Sonnenschein draußen, ich muß doch wissen, wie es unsrem Besten und Liebsten, was wir in der Welt besitzen, geht, ob er in Gefahr ist.
Unsere Gebete steigen noch inniger zum Himmel.
Gott beschütze Dich! Mehr kann ich Dir im Augenblick nicht sagen.
Immer Deine Hilde, Annemi und Hildchen.

Grete Dölker-Rehder 1892–1946   Stuttgart
Der siebte Krieg in 1½ Jahren: Polen, Norwegen, Holland-Belgien, Frankreich, Afrika, Jugoslawien-Griechenland. Nun, unser Volk ist so geduldig und so stark. Es nimmt auch den Krieg gegen Russland noch auf sich. Daß wir auch dort siegen, bezweifelt niemand. Aber Tote und Verwundete wird es wieder geben. Unsere Jugend blutet! Die jungen Männer fallen, die Mädchen kriegen keine Männer, die Enkel bleiben ungeboren, immer die gleiche schreckliche Rechnung der Kriege! – Von Sigfrid natürlich noch nichts. Meine Trauer läßt nicht nach, aber meine Festigkeit nimmt zu. – Er lebt, und ich bete für ihn, das wird ihn schon erreichen.

Der Leutnant Iwan Tschernow *1920   *Ukraine*
Der Krieg kam für mich, wie auch für die meisten meiner Mitbürger, wie ein Blitz aus heiterem Himmel. Es war zwar viel über einen bevorstehenden Krieg gemunkelt worden. Man sprach überall von den deutschen Truppenzusammenziehungen an der deutsch-sowjetischen Grenze und daß der deutsche Überfall unvermeidlich sei. Doch am 13. Juni 1941 folg-

te eine TASS-Erklärung, die in allen Zeitungen veröffentlicht wurde und diese «Gerüchte» dementierte. Und wir glaubten damals unserer offiziellen Propaganda jedes ihrer Worte. Wir wußten auch nichts über die heimtückischen Pläne Hitlers, der, wie es sich später zeigte, danach strebte, daß «westlich des Urals kein fremdes Militär existiert». Wir wußten auch nichts davon, daß «bei sechs Wochen gutem Wetter Rußland von Deutschland liquidiert worden wäre». Und unser Land half Hitler bei der Ausführung seiner Pläne: täglich rasten geheime Eisenbahnzüge mit Kautschuk-Lieferungen aus Südostasien mit unserer transsibirischen Eisenbahn nach Deutschland …

Als einer der besten Schulabgänger (Goldmedaille) und aktiver Komsomolze hatte ich mich 1939 an der Offiziersschule für Infanterie in Odessa bewerben können. Im Frühjahr 1941 wurde unsere Offiziersschule nach Wolsk bei Saratow verlegt. An den Grund dieser Verlegung dachte niemand damals. Wir wußten auch nichts über die zahlreichen geheimen Offiziersschulen in der Sowjetunion, in denen Kommandeure aller Ränge hastig ausgebildet wurden.

Am 15. Juni wurden wir, etwa 1600 Offiziersanwärter, zu Leutnants befördert, frisch und sauber uniformiert in einen Eisenbahntransport verladen und nach Luzk in der Westukraine zum weiteren Dienst im Bestand der 5. Armee in Marsch gesetzt. Unterwegs sangen wir Lieder und träumten vom Offiziersleben. Die meisten von uns waren ja erst 20 Jahre alt.

Gegen Nachmittag des 21. Juni 1941 kam unser Zug in Zdolbunow bei Rowno an. Am nächsten Morgen sollten wir mit einem Autotransport der 5. Armee weiterbefördert werden. Ein warmer Abend am sommerlichen Samstag. Ein Zug mit 1600 jungen Leutnants in einem westukrainischen Städtchen. Knirschende Sohlen glänzender Chromlederstiefel, blaue Breecheshosen, helle Rubinwürfel in den Kragenspiegeln der neuen Uniformblusen, Tellermützen mit himbeerfarbenen Mützenrändern. Die Mädchen der Stadt waren von allen Seiten herbeigeflogen. Musik, Tanz zu Ziehharmonikaklängen, Lachen, Knabbern von Sonnenblumenkernen, Kichern und erregtes Schnaufen im Gebüsch nach dem Dunkelwerden. Lange wurde gefeiert, es wimmelte auf dem Bahnhofsgelände wie in einem Bienenstock. Erst gegen Mitternacht stiegen wir wieder in unsere Waggons und legten uns schlafen.

Kurz danach wurden wir von Bombenexplosionen aufgeschreckt. Wir waren völlig überrascht. Schlaftrunken, meist in Unterwäsche, sprangen wir aus dem Zug auf die Gleisanlagen und rannten in Angst davon. Einige Wagen standen schon in Flammen, und unsichtbare Flugzeuge warfen weitere Bombenserien ab. Manche von ihnen gaben im Tiefflug lange Garben aus ihren Maschinengewehren ab. In einem Haufen mit Kameraden fiel ich aus dem Wagen hinaus, die Stiefel und meine Kommandeurtasche in den Händen haltend, und lief barfuß über die Gleise zu einem Wäldchen, von wo herzzerreißende Schreie zu vernehmen waren. Dort sah ich ein Mädchen mit blutigen Händen. Es weinte laut um einen jungen Leutnant von uns, der wahrscheinlich durch einen Bombensplitter getötet worden war. In etwa 10 Metern Abstand rauchte ein tiefer Bombentrichter. Das war die letzte Liebesnacht eines Abtrünnigen, dachte ich in jenem Augenblick …

Die Flugzeuge waren nach etwa einer Viertelstunde wieder weg. Der Bahnhofsvorsteher und Leute von der Kommandantur am Bahnhof Zdolbunow waren gekommen, es wurden Kommandos gegeben, aber ihnen folgten nur wenige. Viele waren einfach fassungslos und irrten wie Mondsüchtige auf dem Bahngelände umher. Die Bilanz dieses heimtückischen Bombenangriffs war schrecklich, wir verloren in wenigen Minuten über 200 Kameraden. Viele andere waren verwundet. Und wir wußten überhaupt nicht, was wir unternehmen sollten. Keine vorgesetzten Offiziere waren zu sehen, nur General Wirrwarr herrschte. Das schlimmste war aber, daß durch einen Volltreffer unser Waggon mit der Reiseverpflegung zerstört worden war. Wir hatten nichts, um unseren Hunger zu stillen. Endlich zeigte sich ein unbekannter Major, der sich als verantwortlicher Offizier des Korpsstabes aus Rowno vorstellte. Er hatte auch keine Ahnung, was in dieser Nacht geschehen war. Er sagte nur, daß auch Rowno aus der Luft angegriffen worden sei. Rowno war nur 12 km entfernt. Er ließ unsere Leutnantsabteilung antreten, und im Fußmarsch mußten wir jetzt nach Rowno gehen. Wir waren gerade in ein Dorf gekommen, da sahen wir eine Menschenmenge um eine Rundfunklautsprechersäule stehen, wir stellten uns dazu, und plötzlich wurde uns die bittere Wahrheit klar. Der Deutsche hatte uns heimtückisch wie ein gemeiner Räuber überfallen. Und wir hatten so viel Wert auf den Nichtangriffspakt mit Deutschland vom August 1939 gelegt. Wir wußten ja nicht, daß Hitler schon am Vorabend der Unterzeichnung des Vertrages vor seinen höchsten Generälen auf dem Berghof gesagt hatte: Für Deutschland bedeute der Vertrag neben einer ungeheuren wirtschaftlichen Stärkung eine völlige Wende seiner Außenpolitik […] Nachdem die politischen Vorbereitungen getroffen worden sind, sei jetzt der Weg für den Soldaten frei. Das habe ich leider erst 1946 in Wien gelesen.

In Rowno wurden wir auf dem Kasernengelände verpflegt, und mit neuen Marschbefehlen mußten wir uns dann nach Luzk zum Armee-

stab begeben, wieder zu Fuß. Luzk lag ja in der Nähe der neuen Staats-
grenze. Und da war schon Groß und Klein im Aufbruch begriffen,
Trecks mit den ersten Flüchtlingen in Richtung Osten. Unsere Truppe
bezog in Marschkolonnen eilig die vorbereiteten Stellungen in den
Aufmarschräumen. Über dieser ungeheueren Völkerwanderung kreisten wie Geier ungestraft die Flugzeuge der deutschen Luftwaffe. Nach
den fast pausenlosen Luftalarmen, als wir wie Schaben auseinanderlau-
fen mußten, um Deckung zu finden, war von unseren neuen Uniformen
nicht viel übrig. Und dazu sehr heißes Wetter. Ohne Trinkwasser ging
es außerdem ganz schlecht.
In Luzk wurden wir fast alle als Zugführer eingesetzt, sofort bei der
kämpfenden Truppe. Wir waren doch alle in der Paradeuniform, Feld-
anzüge hatten wir nicht, und niemand kümmerte sich nun darum. Es
gab viel wichtigere Dinge. Unsere Truppe zog sich kämpfend zurück,
und der Feind gewann täglich neues Gelände, das wir kaum verteidigen
konnten. Nach unserer Vorschrift mußten die Kommandeure wie Zugführer oder Kompaniechefs immer an der Spitze ihrer Abteilungen ins
Gefecht ziehen. Auf diese Weise machten die Deutschen unsere frisch-
gebackenen Leutnants in Tellermützen ruhig wie am Schießstand nieder.
So war fast die Hälfte unseres Jahrgangs in den ersten Kämpfen ruhmlos
gefallen. Im ersten Kampf habe ich meine Offiziersmütze weggeschmis-
sen und bei einem gefallenen Soldaten aus meinem Zug seine Feldmütze
samt dem Stahlhelm «requiriert». Ich verstieß auch oft gegen die Vorschrift, ich nahm meine Stellung immer dort, von wo ich meine Soldaten am besten führen und befehligen konnte. Vielleicht gelang es mir
deshalb, über einen Monat unversehrt an den mühevollen und härtesten Kämpfen teilzunehmen.
Und die Kämpfe wurden von unserer Truppe hintereinander verloren.
Die Deutschen waren uns durch den Überraschungseffekt weit überlegen. Sie hatten auch bessere Waffen und Transportmittel und, was aus-
schlaggebend war, ihre Führung war unvergleichbar besser. Das galt vor
allen Dingen für die deutschen Unteroffiziere.
Schon bei unserem Fußmarsch nach Luzk am ersten Kriegstag sahen
wir durchgesägte Masten mit abgerissenen Telefonleitungen an der Straße liegen. Erst später erfuhren wir, daß diese Zerstörungen durch die
«fünfte Kolonne» der Deutschen im Interesse der angreifenden Truppe durchgeführt worden waren, um die Führung innerhalb der Roten
Armee zu desorganisieren. Wir hatten ja viele ehemalige Mitbürger als
«Heim-ins-Reich-Kehrende» Hitler am Vorabend des Krieges für diese Zwecke «geschenkt». Sie kannten sich bei uns wie in ihrer Westen-

tasche aus, konnten akzentfrei russisch. In der Uniform der Roten Armee richteten sie viel Schaden an. Ohne Verbindungen und deshalb
auch ohne Führung war die Rote Armee dem Untergang geweiht. Ich
denke heute oft darüber nach, was uns damals Kraft gab, standzuhal-
ten. Und ich finde keine Antwort, außer unser historisch bedingtes, sla-
wisches Unabhängigkeitsgefühl. Lieber tot, als unterdrückt leben.

Iwan Seliwanow *1924   *bei Kasan*

Die Nachricht vom Kriegsausbruch am 22. Juni 1941 überraschte mich
in einem tatarischen Dorf an der Wolga flußabwärts in der Nähe von
Kasan. Jung und dumm waren wir damals. Jeder von uns wollte zum
Militär einberufen werden, und wir alle strebten an die Front. Wir hatten Angst, der Krieg könnte ohne uns zu Ende gehen, und wir würden
dann nichts von jener glorreichen Zeit erleben. Dabei wurden die raf-
finiertesten Tricks ausgedacht. Ich war nicht so geschickt, aber ganz
schlau war ich auch. Auf diese Weise hat man mir in meiner als Dupli-
kat ausgestellten Geburtsurkunde ein Jahr zugegeben, ich war also 18
geworden und konnte schon eingezogen werden. Da ich ausgerechnet
vor dem Kriegsausbruch das Abitur gemacht hatte, schickte man mich
zu einem Lehrgang, wo angeblich Fallschirmjäger für den Kampf im
feindlichen Hinterland ausgebildet wurden.

Der General Franz Halder 1884–1972   Führerhauptquartier

*Die Morgenmeldungen 23. 6. und abschließenden Tagesmeldungen des
22. 6.,* die während der Nacht einlaufen, ergeben das Bild, daß mit dem
Versuch des Feindes gerechnet werden muß, sich abzusetzen. H.Gr.
Nord nimmt sogar an, daß der Entschluß hierzu beim Feind schon vor
4 Tagen gefallen sei.

Der Unteroffizier Kurt Krämer 1912–1945   im Osten

Meine liebe Leni, Klaus und Elke!
Mir geht es sehr gut. Mein Geschütz war zuerst über den Grenzbach
ohne Brücke und ohne Boot. Jetzt sind wir schon tief in Feindes Land.
Du brauchst Dich nicht zu ängstigen, ich lebe noch und bin immer
noch feste dabei.

Ernst-Günter Merten 1921–1942   Galizien

Gestern um 3.15 Uhr ging der allgemeine Rummel los. Wir lagen in einem Wald als Divisionsreserve und warteten dauernd darauf, daß Myriaden von Flugzeugen erscheinen würden und die Ari nur so losbal-

lerte. Stattdessen ab und zu ein Klacks von einem Abschuß. Sonst ziemlich ruhig. Um 6 Uhr zogen wir los. Major Warnecke voneweg auf seinem Gaul mit einem französischen Stutzen wie Tom Mix [Westernheld].
Um 8 Uhr liefen uns schon die ersten 60/70 Gefangenen entgegen. Wir
waren restlos fertig. Das fing ja gut an! Bis dahin war noch kein einziges russisches Flugzeug zu sehen. Ab und zu nur ein deutsches. Die Gefangenen hatten erdbraune Uniformen mit roten Kragenstreifen. Sonst
nichts. Keinen Sowjetstern oder so.
Inzwischen hatte das Rgt. seine ersten Toten, die wir später ganz gelb
und mit blutigen Verbänden neben offenen Gräbern am Wegrand liegend
vorfanden. Ein Radfahrspähtrupp des Radfahrzuges. Das I. Btl. brach
durch die Bunkerlinie, d. h., es umging die Bunker. Das 2. Nachbarrgt.
(NR) hatte ziemlich geringe Verluste.
Wir kamen über die deutsch-russische Interessengrenze. Längs ihr hohe
Holzbeobachtungstürme wie einst am Limes. Am Morgen noch war hier
gekämpft worden; jetzt am Nachmittag weidete hier schon irgend so ein
schmieriger Bauer seine Kühe. In der Ferne Rauchwolken. Diese leichten Holzhäuser brennen ja ohne weiteres.
Nachts bei der Wache Feuerschein am Himmel. Ab und zu dumpfes
Rumsen. Man konnte deutlich den Abschuß unterscheiden, das Quiet-
schen des Fluges und den Aufschlag; aber den erst nach einiger Zeit. Eine
Leuchtkugel blinkte kurz auf, ein Flieger brummte über uns hinweg.

Der Assistenzarzt Dr. Hermann Türk 1909–1976   Brest-Litowsk
Nächsten Morgen geht es über den Bug. Die Brücke war durch Hand-
streich in unsere Hände gefallen. Die Sowjets haben nach kurzem Widerstand das Feld geräumt. Wenige Kreuze zeigen, daß unsere Verluste
sehr gering sind. Im Bahnhof Koden liegen schwerverwundete Russen.
Keiner kümmert sich um sie. Einer hat seine ganzen Eingeweide zwischen den Knien und – raucht. Das scheint wirklich ein tolles Volk zu
sein. Das kann ja gut werden.
Stradecz ist völlig zerstört. Von den Katen ist nur noch der Schornstein
übrig geblieben. Alles andere nur ein kleiner schwelender Aschehau-
fen. – In glühender Hitze geht es weiter. Ich treffe Oberzahlmeister Jür-
ges und Fiete Albrecht. Sie verdursten bald. Ich kann ihnen helfen. –
Plötzlich wird Jenter, mein Fahrer, gelb und dann weiß. Dicker Schweiß
tritt ihm auf die Stirne. Er fällt nach vorne. Ich lege ihn in den Graben. –
Er hatte den ersten zerfetzten russischen Toten am Straßenrand liegen
sehen. Daran muß er sich eben auch erst gewöhnen. – Ich fahre dann
meine Maschine selbst.

Brest-Litowsk. Um die Zitadelle wird noch gekämpft. Heckenschützen schießen noch aus den Häusern, sonst ist es ziemlich ruhig. Dann rauschen einige Panzer heran, knallen in die Häuser und schießen alles Verdächtige zusammen.

In den Kasernen um Brest-Litowsk das übliche Bild der Verwüstung. 8 Russen werden kurz umgelegt, weil sie versucht haben, Sabotage zu treiben. Keiner kümmert sich um sie. Die Kompanie zieht im Offiziersheim ein. Die Zimmer sehen toll aus. Die Kasernen sind fabelhaft modern. Die Panzerwerkstätten können sich glatt mit unseren messen. Das will schon was heißen. Die Russen sind eiligst getürmt. In den Offiziers-Zimmern stehen noch fertiggeschmierte Brötchen usw. Alles haben sie zurückgelassen. Wir gehen die vielen Zimmer durch und nehmen, was für die Mannschaften und für uns von Wert ist. Das beste sind die Ledersachen. – Herrlich! In jedem Zimmer finden wir neben den stinkenden und dreckigen Sachen Parfüm und Puder. Im Gegensatz zu den Franzosen hier keine Schmutzfinkereien und geil aufgemachte Bilder und Magazine. Dagegen scheint es so, daß viele Frauen mit den Offizieren und Funktionären schlafen.

Alexander Cohrs 1911–1996   Ukraine

Über diesen Tag habe ich keine sofortigen Aufzeichnungen gemacht. Das lag daran, daß wir hier auf die vordere russische Verteidigungslinie stießen und sie zu überwinden hatten. Sie bestand aus Panzern älterer Bauart, die so weit in die Erde eingegraben waren, daß nur die drehbare Kuppel über Bodenhöhe war. Jeder normal ausgebildete Soldat arbeitet sich an diese Widerstandsnester heran, indem er jede nur mögliche Deckung ausnutzt. Hier erlebte ich zum ersten Mal, wie sich die nationalsozialistische Erziehung auswirkte. So griff der Hitlerjugend-Gauleiter, Hans Völmcke aus Dortmund, Lehrer und ehemals deutscher Meister im Weitsprung, einen dieser eingegrabenen Panzer an, indem er mit Karabiner stehend freihändig auf ihn schoß und weiter auf ihn zuging. Jeder andere unter uns wußte, daß man mit einem Karabiner höchstens einen moralischen Effekt bei der Panzerbesatzung erzielen konnte, etwa in der Art von sehr lautem Anklopfen. Vor seinem Tode rief er noch nach einem Sanitäter. Der kam auch; aber es war keine Deckung da; und so starb auch der Sanitäter, der aus der Deckung, hinter der er mit mir zusammen hockte, heraussprang, ohne Völmcke noch zu erreichen. Es war Emil Klimaschewski aus Strasburg in der Uckermark, Käsefabrikant und Vater von fünf Kindern.

Ernst-Günter Merten 1921–1942   Galizien

Inzwischen sind wir ein ganz schönes Stück vorangekommen. Man
schreibt eben, wenn man gerade Zeit hat. Und die haben wir jetzt in
beträchtlicher Menge. Das Btl. ist angehalten worden. Wir liegen auf
einem Bauernhöfchen und haben eben eifrigst Milch und Buttermilch
getrunken.

Das war eben eine ganz schöne Tour. Bergrauf, bergrunter. Das Land ist
nicht nur leicht wellig, sondern hat beträchtliche Höhenunterschiede.
Wir kommen uns mit unsern Funk- und Fernsprechtornistern vor wie
die Maultiere bei den Gebirgsjägern. Und wie die Dromedare, wenn
wir uns erheben. Erst auf die Vorder- dann auf die Hinterbeine.

15.55 Uhr. Unser 1. Feuergefecht. Wir liegen an einem Waldhang. Russ.
und dt. Artillerie ist aufgefahren. Der alte Drosten hat eben seine MGK
losprasseln lassen. Tadellos, das Geknatter des SMG's. Mit weißen Wolken streichen die Geschosse der Granatwerfer in die Höhe. Dazwischen
der stumpfe Abschuß der Infanteriegeschütze.

Eben bin ich auf der Höhe gewesen. Unten im Tale brennt ein Gehöft.
Über den Höhen schwarze Wolkenschleier. Auf einem Berghang Russen. Von uns knattern einige mit ihren Püstern los. Alles ist schwer begeistert.

Es ist mittlerweile 17 Uhr geworden. So, erstmal den Stahlkoks (Stahlhelm) absetzen. Man kommt doch etwas ins Schwitzen. Die Sonne
scheint. Doch weht zum Glück ein kühles Lüftchen durch den Wald, auf
dessen grünem Boden Sonnenkringel durch das Geäst der hohen Kie-
fern fallen. …

Von Feldküche und Verpflegungswagen werden wir sobald wohl nichts
wiedersehen. Na, wir müssen uns eben selbst helfen. So heute morgen
Milch und Buttermilch. Die Russen waren kurz vor uns stiften gegangen. Da fanden wir nun ganze Kübel voll dicker Milch und löffelten sie
aus. Dazu aßen wir rundes Landbrot. Von handgemahlenem Roggen
gesäuertes Brot, das Ähnlichkeit mit unserem Schwarzbrot hatte.

Der Leutnant Georg Kreuter 1913–1974   **am Bug**

Das Regiment wartet noch, bis auch die Fahrzeuge übergesetzt sind,
dann geht es weiter vor. Aufklärungsabteilung und Panzer sind vorn.
Desgleichen Guderian und Lemmelsen. Die gestrigen Verluste betru-
gen 1 Offizier, 23 Mann Tote und 5 Vermißte (ertrunken). Auch ein
Panzer ist in den Bug gefallen und verloren. Außerdem gab es noch
46 Verwundete; ein hoher Prozentsatz davon wurde von eigener Artillerie getroffen. Unsere Panzer haben bereits 100 feindliche Kampfwagen

abgeschossen ohne einen eigenen Verlust! Sie liegen augenblicklich fest, da sie keinen Betriebsstoff mehr haben. Betriebsstoffkolonnen gehen vor, auch Ju 52 führen ihn heran. Wir warten den ganzen Tag auf unseren Gef.-Troß.

Jochen Klepper 1903–1942   Rumänien

Die Nacht verlief in völliger Stille. Am Morgen hörte man Artillerie, da in 40 km Entfernung von uns gekämpft wird. Die Russen haben ein Flugzeug mit deutschen Abzeichen verwendet. Auch Pferde sind schon tot. Es wird wieder sehr schwül und heiß, aber so sehr an aller Form festgehalten wird, gewährt man uns doch jede Erleichterung, zumal nun zwei Stunden täglich kriegsmäßige Übungen abgehalten werden müssen, was mir meiner Lücken wegen sehr wichtig ist.
Der Adjutant spricht mit mir über das «Kyrie», voll der wärmsten Anerkennung, und sagt, daß er sich in allem, was in den Liedern ausgesagt sei, in völliger Übereinstimmung mit mir befinde. – Ist nicht dort, wo ich fromme Offiziere und Kameraden finde, zwei oder drei in «Seinem Namen», schon der Ort, zu dem der Engel mich geleiten soll und der mir von Gott bereitet ist? Aber wird dieser Eindruck standhalten? Nachmittags umwölkt, aber keine Linderung der Schwüle. Später schwerer Regenguß. Im Sonnenuntergang, in fahlem Gold, mitten eine steile, graue Wolke.
Friedliche kleine Trinkrunde in unserem Autobus.
Neben unserer Division kämpfen zwei rumänische Divisionen, von denen die eine, nur 30 km von hier entfernt, den Russen nicht standgehalten hat.

Der Oberstabsarzt Dr. Willi Lindenbach †1974   Gummersbach

Am Abend klappte es mit dem Springen ganz ausgezeichnet. Ich erreichte 4.70 mtr. Abends war eine Geburtstagsfeier im Hause Schleier: Herr Schleier hatte Geburtstag. Es gab eine fabelhafte Bowle, nur die ganze Sache dauerte leider bis nachts um 1 Uhr, was mir umso unangenehmer war, da ich ja morgens zum Sportspringen nach unten will. Na, wer 4,70 mtr. springt, schafft auch 4.75 mtr.

Der Leutnant P. G.   im Osten

Ich sage voraus, daß in vier bis fünf Wochen die Hakenkreuzfahne auf dem Kreml in Moskau wehen wird, daß wir noch in diesem Jahr im Anschluß an Rußland uns den Tommy vorknöpfen werden. Es ist ja schließlich kein Geheimnis, wie, ob und daß man in vier Wochen mit unserer

unschlagbaren Wehrmacht nach Moskau kommt. Luftlinie sind es doch
von Suwalki nur 1000 Kilometer. Wir lassen uns nur noch auf Blitz-
kriege ein und kennen nur noch den Angriff. Ran, ran und nochmals
ran unter Mitarbeit der schweren Waffen. Feuer, Pulver, Eisen, Bomben und Granaten, das alles dem Russen an den Kopf, das genügt, um
ihn den «schnellsten» Soldaten der Welt zu nennen.

Der Unteroffizier A. N. Fliegerhorst Lyon
Jetzt hat die Judenheit uns auf der ganzen Linie, von einem Extrem bis
zum anderen, (von den Londoner und New Yorker) Plutokraten bis zu
den Bolschewiken den Krieg erklärt. Alles steht in einer Front gegen
uns, was judenhörig ist. Die Marxisten kämpfen Schulter an Schulter
mit der Hochfinanz wie vor 1933 in Deutschland. Und in Deutschland
hat der Nationalsozialismus gesiegt. Jetzt hat Churchill seinen größten
Trumpf ausgespielt. Aber ich glaube felsenfest, daß der Führer noch
einen größeren hat.
Wir sind ja den Roten durch unseren Präventiv-Angriff schon wieder
um eine Nasenlänge voraus. Und auch die zähen und tapferen Finnen
kämpfen mit uns. Wenn Du vielleicht denken magst, bei uns wäre alles
in jubelnde Begeisterung ausgebrochen, dann ist das irrig. Wir wissen ja
selbst genau, was auf dem Spiel steht, und daß das einer der entschei-
dungsvollsten Waffengänge ist, ja vielleicht, wenn er siegreich ausgeht,
der entscheidende. Ich meine, daß England erst dann den Mut verlieren
könnte.

✻

Ilja Ehrenburg 1891–1967 *Moskau*
Am zweiten Kriegstag rief man mich ins PUR und bat mich, ein Flug-
blatt für die deutschen Soldaten zu verfassen ... ich wußte, daß es meine
Pflicht sei, das wahre Gesicht des faschistischen Soldaten zu zeigen, der
mit gepflegter Hand in ein schönes Schreibheft blutrünstigen, abergläu-
bischen Unsinn über seine rassische Höherwertigkeit einträgt, scham-
lose mörderische Worte, die jeden Wilden erröten lassen würden. Ich
mußte unsere Männer vor dem illusionären Vertrauen auf die Klassen-
solidarität der deutschen Arbeiter warnen, vor der Hoffnung darauf,
daß den Kriegern Hitlers das Gewissen schlägt. Es war jetzt nicht die
Zeit, in der vorrückenden Armee des Feindes nach «guten Deutschen»
zu suchen, indes der Tod in unsere Städte und Dörfer einzog. Ich schrieb:
«Töte den Deutschen!»

Olga Freudenberg 1880–1955   *Leningrad*
Gleich in der ersten Kriegsnacht, vom 22. auf den 23. Juni, gab es in der
Stadt Fliegeralarm. Auf mich hatte er eine verheerende Wirkung. Die
Ungeheuerlichkeit der Luftattacke – des Mordens aus der Luft – erschütterte mich. Ich lag da und konnte es nicht fassen, nicht begreifen,
nicht akzeptieren – dieses sonderbare Leben, diese sonderbaren Menschen, die Tyrannen, die sich stritten, die Sprengstoffabriken, die Bomben, die auf die Betten schlafender Bürger, Kinder und Greise geworfen
wurden. Es schüttelte mich, das Herz blieb mir stehen.
Danach gab es noch häufig Fliegeralarm, aber ohne Bombardement.
Die Evakuierung von Leningrad wurde zu einem Schreckgespenst. Nach
den ersten tragischen, schlecht organisierten Transporten, reinen Kin-
dertransporten, wollten die Eltern weder abreisen noch ihre Kinder hergeben. Die ganze Stadt war angsterfüllt, wollte aber bleiben. Weder die
Intelligenz noch die Masse des Volkes glaubte an ein Heil in weiter Ferne, und die Reisebedingungen in den verlausten Güterwaggons waren
grauenhaft. Die Institutionen wurden jedoch bereits ausgesiedelt und
zogen die dort arbeitenden Menschen nach sich. So auch die Akademie
der Wissenschaften.
Am allermeisten fürchtete ich die Evakuierung der Universität.

Der Minister Anastas Mikojan 1895–1978   *Moskau*
Gleich nach Ausbruch des Krieges, als die deutschfaschistische Truppe
auf dem Vormarsch war, konnten viele Transporte mit Nahrungsmitteln, die nach einem Mobilmachungsplan, der noch vor dem Krieg aufgestellt worden war, in die westlichen Gebiete des Landes rollten, ihren
Bestimmungsort nicht mehr erreichen, weil einige Empfänger in dem
schon vom Feind besetzten Gebiet lagen und die Besetzung der anderen Gebiete bevorstand. So ordnete ich an, diese Eisenbahntransporte
nach Leningrad umzulenken, weil wir dort umfangreiche Lagerräume
hatten.
Ich dachte dabei, daß die Leningrader sich über so einen Beschluß
freuen würden, und sprach deshalb dieses Vorgehen nicht mit ihnen ab.
Stalin wußte auch nichts davon, bis A. Shdanow ihn aus Leningrad an-
rief. Er sagte, daß sämtliche Leningrader Nahrungsmittellager vollge-
stopft seien, und bat ihn, keine Lebensmittel über den Plan hinaus an
sie zu schicken.
Stalin informierte mich über den Anruf von Shdanow und fragte mich
zugleich, warum ich so viele Nahrungsmittel nach Leningrad schicken
ließ.

Ich erklärte ihm den Grund und fügte hinzu, daß unter Kriegsbedingungen Vorräte an Nahrungsmitteln, besonders an Mehl, in Leningrad nie überschüssig sein würden, vor allem da Leningrad Getreide immer aus dem Wolgagebiet eingeführt hatte und im Krieg Lieferungen von dort erschwert werden könnten. Was die Lagerung anbetraf, war ich der Meinung, daß in einer Großstadt wie Leningrad immer ein Ausweg zu finden wäre. Damals dachte niemand von uns, daß Leningrad bald belagert werden würde. Deshalb befahl mir Stalin, keine Lebensmittel über den Plan hinaus an die Leningrader ohne ihre Billigung zu liefern.

Der Sergeant Pjotr Kasimirow *1920 *Karelien – Rshew*

Der 22. Juni 1941 war ein gewöhnlicher Sonntag, die seelische Anspannung war seit einigen Wochen sehr groß, deshalb waren wir nicht so sehr erstaunt, als wir gegen Mittag im Rundfunk über den Krieg mit Hitlerdeutschland hörten. Wir hatten mehrere Kampfsätze Munition für unsere Kanonen und waren auf jede Entwicklung der Lage gefaßt.
Erst am 26. Juni 1941 erklärte Finnland der UdSSR den Krieg. In Südfinnland stand uns die gegnerische Truppe unter Leitung von Feldmarschall Mannerheim gegenüber. Gegen die finnischen Divisionen, die auf der Karelischen Landenge mit der Stoßrichtung auf die finnisch-sowjetische Grenze von 1939 aufmarschiert waren, richteten wir heftiges Feuer unserer guten Kanonen. Vielleicht gelang es deshalb dem Feind nicht, die Grenze in Richtung Leningrad zu überschreiten. Und wir wußten, daß auch eine deutsche Division in unserem Abschnitt eingesetzt war.

*

Der Gefreite Röder **Kowno**

Am 23.6.1941 überschritten wir bei Wirballen die deutsch-russische Grenze. Noch am gleichen Tage kamen wir spät nachmittags in Kowno an, wo wir in einer russischen Kaserne, deren Namen mir nicht bekannt ist, Quartier bezogen. Während der Fahrt durch die Stadt Kowno, noch bevor wir unser Quartier erreicht hatten, sah ich auf einem Platz innerhalb der Stadt eine Menschenansammlung. Ich hielt mein Fahrzeug an, um nachzusehen, was dort los sei. Wegen der Menge der umherstehenden Personen und einer Mauer, mußte ich auf mein Fahrzeug klettern, um den Schauplatz überblicken zu können. Dabei sah ich dann, wie von litauischen Zivilpersonen mit verschiedenen Schlagwerkzeugen auf eine Anzahl von Zivilisten eingeschlagen wurde, bis diese kei-

ne Lebenszeichen mehr von sich gaben. Da ich nicht wußte, warum
diese Personen auf solch grausame Weise erschlagen wurden, fragte ich
einen neben mir stehenden Sanitätsfeldwebel, welcher mir persönlich
nicht bekannt war. Er sagte mir, die erschlagenen Personen seien alle Juden, welche von den Litauern in der Stadt aufgegriffen und zu diesem
Platz gebracht worden seien. Bei den Schlägern handelte es sich um entlassene litauische Zuchthäusler. Warum diese Juden erschlagen wurden,
habe ich nicht erfahren. Ich konnte mir damals auch keine eigenen Gedanken über Judenverfolgungen machen, weil ich davon noch nichts
gehört habe. Bei den zuschauenden Personen handelte es sich fast ausschließlich um deutsche Soldaten, welche aus Neugierde dem grausamen
Geschehen zuschauten.

Als ich damals zu dem Platz kam, wo die Juden erschlagen wurden, mögen etwa 15 Leichen oder Schwerverletzte auf dem Platz gelegen haben.
Es waren etwa 5 entlassene litauische Zuchthäusler gerade dabei, weitere Juden zu erschlagen. Die Zuchthäusler trugen, soweit ich sie erkennen konnte, teils weiße Oberhemden und dunkle Hosen, teils dunkle
Trainingsanzüge. Da ich Fotoamateur war, habe ich von diesem einma-
ligen Ereignis, auf meinem Fahrzeug stehend, 2 Aufnahmen gemacht.
Da der Film gerade durchbelichtet war, habe ich denselben dem Apparat
entnommen, um einen neuen einzulegen. Im gleichen Augenblick wurde ich von einem Wehrmachtsbeamten im Offiziersrang, vermutlich ein
Zahlmeister, gestellt und darauf hingewiesen, daß man von solchen Ereignissen keine Aufnahmen machen dürfe. Ich mußte ihm meine Per-
sonalien und meine Einheit angeben, und er hat mir den Apparat abgenommen. Die Lichtbilder konnte ich nur dadurch retten, daß ich den
Film bereits entnommen hatte. Auf den von mir gefertigten Lichtbil-
dern […] sind deutlich 5 litauische Zuchthäusler zu erkennen, welche
die Schlagwerkzeuge in den Händen tragen und gerade auf die am Boden liegenden Juden einschlagen. Teilweise sind auch noch Angehörige
des litauischen «Freikorps» abgebildet, welche am linken Arm eine Armbinde trugen. Diese brachten laufend weitere Juden zu dem Platz, wo sie
ebenfalls von den Zuchthäuslern erschlagen wurden. Die auf dem Boden
liegenden Juden waren nicht alle gleich tot. Sie wurden, nachdem sie zum
Platz geführt waren, ganz wahllos auf den Kopf oder ins Gesicht geschlagen, so daß sie zunächst benommen waren und zu Boden stürzten. Dann
wurde von den Zuchthäuslern solange auf sie eingeschlagen, bis sie kein
Lebenszeichen mehr von sich gaben. Dann wurden wieder andere Juden
zu dem Platz geführt und diese auf die gleiche Weise ebenfalls erschlagen. Ich hielt mich insgesamt etwa 10 Minuten am Ort des grausamen

Geschehens auf und ging dann weiter bzw. setzte meine Fahrt fort. Solange ich mich an dem Platz aufhielt, war ich Zeuge, wie etwa 10 bis
15 Juden erschlagen wurden. […]
Bevor sie erschlagen wurden, haben die Juden gebetet und vor sich hin-
gemurmelt. Auch die schon auf dem Boden liegenden schwerverletzten
Juden haben teilweise noch vor sich hingebetet.

Cläre Silbermann 1895–1942   Piaski/Distrikt Lublin
An Margarethe Lachmund
Ich habe auch reichlich zu tun, denn seit wir nicht mehr in der Ge-
meinschaftsküche essen, habe ich vormittags mit der Kocherei zu tun,
weil es auf der kleinen Flamme des Petroleumkochers natürlich lange
dauert. Und dann habe ich meine Schulstunden jetzt von ½3 bis 5 gelegt,
und nachher hat man mal zu nähen, zu stopfen, waschen, einzukaufen,
oder es ist Verteilung oder Sitzung, oder man hat zu schreiben. Abends
wird kein Licht gemacht, und jeder von uns ist auch so hundemüde, das
ist ganz merkwürdig und wohl ein Zeichen der zermarterten Nerven.

Adam Czerniaków 1880–1942   **Warschauer Ghetto**
Morgens Gemeinde. Danach bei Auerswald. Für den [Ordnungs-]
Dienst arische Kontingente, aber aus der Gesamtzuteilung.
Nach Mittag der erste Luftangriff auf Warschau. Um 11 Uhr abends der
zweite Alarm – wir gingen in den Bunker. Widersprüchliche Nachrichten, angeblich sind Brest [Litovsk] und Białystok eingenommen worden. Das Megaphon sagt gar nichts.

Danuta Czech   **(KZ Auschwitz-Birkenau)**
60 Häftlinge, die von der Gestapo aus Oppeln eingeliefert worden sind,
erhalten die Nummern 17 270 bis 17 329. In dem Transport befinden
sich 43 Polen und 13 Juden.

✳

Good Bye Jonny! Good bye Jonny! Schön war's mit uns zwei'n;
aber leider, aber leider kann's nicht immer so sein.
Good bye Jonny! Good bye Jonny! Mach's mir nicht so schwer,
ich muß weiter, immer weiter,
meinem Glück hinterher.
Bricht uns auch heut das Herz entzwei,
in hundert Jahren ist alles vorbei.

Du lässest sie dahinfahren wie einen
Strom, und sind wie ein Schlaf; gleich
wie ein Gras, das doch bald welk wird.
HERRNHUT   PSALM 90,5

Ernst Jünger 1895–1998   **Paris**
Seit nunmehr drei Tagen stehen wir im Kriege auch mit Rußland – seltsam, wie wenig die Nachricht mich ergriff. Indessen ist das Vermögen,
Fakten aufzunehmen, in solcher Zeit begrenzt, falls wir es nicht mit einer
gewissen Hohlheit tun.

Werner Vordtriede 1915–1985   *Evanston*
Vorgestern ist der deutsch-russische Krieg ausgebrochen, der die unheimliche und lächerliche Konstellation mit sich bringt, England und
Sowjetrußland zu Bundesgenossen zu machen und das vor kurzem noch
so gehätschelte und flattierte Finnland zum Feinde der Demokratien.

Harold Nicolson 1886–1968   *London*
Gehe zu Fuß mit Ned Grigg in den Beefsteak Club. Er sagt, 80 Prozent
der Fachleute glauben, Rußland werde binnen zehn Tagen k. o. sein.
Ihnen gefällt dieser neue Krieg keineswegs, weil er Hitler große Triumphe bescheren und ihm ermöglichen werde, seine ganze Streitmacht
gegen uns einzusetzen.

Thomas Mann 1875–1955   *Pacific Palisades*
Hitler ruft die christlich-katholische Welt zur Sympathie mit seinem
Gesittungskriege auf. Gigantisch. Dennoch wird dem Luder viel verzie-
hen werden, und wenn nicht Englands stubborness wäre, müßte man
Frieden nach seinem Siege erwarten. Er rechnet auf den großen Gefal-
len, den er der Welt erweist.

John Colville 1915–1987   *London*
Es hat doch etwas für sich, wenn man über einen gewissen Einfluß ver-
fügt. Heute morgen wurde ich wegen Überschreitung der zulässigen

Geschwindigkeit angehalten. Der Polizist ließ mich aber wieder laufen, als er entdeckte, daß ich der Privatsekretär des Premierministers bin.

＊

Ein Flugblatt　　Wien

An die Unterdrückten aller Länder:
Der deutsche Faschismus richtet seine Angriffsmaschine gegen Rußland, gegen den Hort des Sozialismus. Die Rote Armee, die Hoffnung aller Werktätigen der Welt, ist angetreten zum Abwehrkampf, zum Entscheidungskampf, in welchem das Ideal, das Ziel der Arbeiterklasse Verwirklichung finden wird […]
Kämpfer der inneren Front, Sabotage ist unsere wichtigste Waffe, zerstört die Maschinen in den Fabriken, zerstört die Verkehrswege, Brükken und Telefonleitungen […]
Es lebe die Weltrevolution! Proletarier, auf zum letzten Gefecht, die Internationale erkämpft des Menschen Recht.

Walter G. *1914　　*Kanada/Kriegsgefangenenlager*

Heute wurde offiziell bekannt, daß deutsche Truppen in Rußland einmarschiert sind und seit Sonntag wir im Kriege mit Rußland sind. Eigentlich waren wir schon lange durch die Zeitung darauf vorbereitet, aber man hat es nicht glauben können, denn nach den Versicherungen der deutschen Regierung war nie an diesen Konflikt zu denken. Jetzt wird einem alles klar, warum schon über einen Monat keine Angriffe auf England waren, warum keine Beteiligung gegen die Engländer im Irak und in Syrien deutscherseits war, Ablösung der deutschen Besatzungstruppen in Frankreich durch Italiener usw. usw. Ich war durch die heutige Nachricht sehr erschüttert, und mich ärgerte es, daß man so hinter das Licht geführt worden ist. Ich glaube, daß diese Aktion den Krieg auf einige Monate hinauszögern und mein trauriges Los verlängern wird.

Der Soldat H. C.　　im Osten

Die politischen Ereignisse haben sich ja in den letzten Tagen auch wieder überstürzt, und ich persönlich habe noch nie mit solcher Zuversicht in die Zukunft gesehen als gerade jetzt, wo ich diesen Kampf sehe als Angehöriger der deutschen Wehrmacht. Trotz aller Notwendigkeit war der Pakt mit Rußland doch etwas Unnatürliches, und so ganz wohl hat man sich dabei nie gefühlt.

Der Oberstabsarzt Dr. Willi Lindenbach † 1974   Gummersbach
Schon wieder bricht ein Abschiedstag für uns beide an. Das ist nun schon
das 4. Mal. Zuerst Sudetenland, dann Polen, Frankreich und jetzt gegen
Rußland. «Hitler bringt den Krieg», sagten die Sozialdemokraten immer, und man sieht, wie recht sie behalten haben. – Mein gutes, gutes
Herze war heute so hold und mild und sah so süß aus, daß ich mich direkt
wieder in sie verliebt habe. Dazu war das Wetter wieder so herrlich, daß
wir den ganzen Spätnachmittag und Abend auf dem Balkon sitzen konnten. – Jesus Christus hält unser Glück in seinen starken Händen.

Grete Dölker-Rehder 1892–1946   Stuttgart
Heute vor vier Wochen ist's geschehen. Seither haben wir das Lachen
verlernt. Aber die Hoffnung bleibt. Drei große Wünsche habe ich noch
an das Leben, vor denen alles andere versinkt: Glückliche Heimkehr meiner Söhne! – Frieden! – Enkelkinder! – – Bin ich zu unbescheiden? – Gestern las ich, ein dänischer Frachtdampfer sei im Atlantik von den Engländern torpediert und versenkt worden. «Die Besatzung wurde von
einem neutralen Dampfer übernommen und auf den Azoren gelandet.»
Na, so gut denen ein neutrales Schiff begegnete, kann ja auch Sigfried
und seinen Kameraden eins begegnet sein. Nur, die hatten wohl Ret-
tungsboote, «Bismarck» nur Floßsäcke …

Der Matrose Kim Malthe-Bruun 1923–1945   Pernavik/Finnland
Liebste Hanne!
Wir hatten eine schöne Fahrt hier herauf, und es gäbe eine Menge, worüber ich Dir schreiben könnte, das aber mag ich nicht, weil es hier noch
weit wichtigere Dinge gibt. Wir steckten zwei Tage lang in dichtem Nebel, und um ein Haar wären wir in den Grund gefahren worden. Ich
dachte daran, wie schrecklich leicht es hätte sein können, daß Du mich
losgeworden wärst, aber aufrichtig gesagt, empfand ich dabei nichts von
dem, was mit Angst oder Nervosität zu tun hat. Ein großes russisches
Schiff tauchte plötzlich aus dem Nebel auf, wie wenn es zu einer Tür
hereinkäme, die plötzlich geöffnet wurde. Ich war auf dem Ausguck
und stürzte davon und warnte. Als ich an meinen Platz zurückkam, war
es bereits wieder lautlos in den Nebel hinein verschwunden. Ich kann
Dir versichern, es ragte mit seinem mächtigen Rumpf gerade über unsere Köpfe empor, daß man das Gefühl bekam: «Das kann unmöglich
gut ausgehn.» Alles war still, wir fuhren nur mit den Segeln, und alle
die Laute, die man sonst hört, waren so gedämpft, als ob sie aus weiter
Ferne kämen.

Am nächsten Morgen begegneten wir hier in der finnischen Bucht einem Schiff nach dem andern, die allesamt hinausfuhren, so schnell sie nur konnten. Ich glaube nicht, daß es eine Minute gab, in der kein Schiff vorbeifuhr, manches nur halb beladen. Und man konnte an der Art und Weise, wie sie gingen und aufräumten, erkennen, daß sie in aller Hast abgefahren waren. Unser Schiffer geriet in eine tödliche Aufregung, denn es war ihm klargeworden, daß es nun losbrechen würde zwischen den Russen und Finnen. Nach all dem, was wir in Danzig gehört hatten, war das für mich eine Gewißheit. Nun, wir kamen hinein und bekamen den Bescheid, daß, wenn wir hierblieben, das auf eigene Verantwortung geschehe. […]
Die Finnen begehen heute den Mittsommertag, und wir haben ebenfalls frei. […]
Wir bleiben nun getarnt an den Klippen liegen, so hoffen wir, daß die Russen uns nicht ins Gesichtsfeld kriegen. Auch die Engländer bombardieren hier in Finnland. Sie sind oben bei Petsamo, darum ist es hier gefährlich. Hier liegt ein dänisches Schiff, es passierte Hangö eine halbe Stunde, bevor es losging, so konnte es nicht mehr umkehren. Es sind viele Deutsche hier, darum hoffen wir, daß sie Hangö bald eingenommen haben werden, so daß wir einen Versuch machen können. Aber der Matrose und der Koch wollen nicht mit, da nur wenig Aussicht sei, lebend durchzukommen, weil die Russen, wie man behauptet, die Schiffe mit Maschinengewehren beschießen. Eine verfluchte Schweinerei, da es so ja nur die Seeleute trifft und nicht das Schiff. Wenn ich könnte, wollte ich als Freiwilliger mit dabei sein, aber dazu müßte ich 19 Jahre alt sein; nach gründlicherem Nachdenken ist mir klargeworden, daß ich ganz und gar auf der Seite der Finnen stehe, wenn es gegen die Russen geht.
Die Finnen selbst sind in ernster, aber keineswegs in gedrückter Stimmung. Vergangenen Abend war ich an Land, und ich kann Dir versichern, es ist etwas Ergreifendes, ein ganzes Volk in einer Sache so einig zu sehen. Man fühlt, wie weich und schlapp wir Dänen im Vergleich zu ihnen sind. Hier ist alles rationiert, zum Beispiel kannst du pro Tag nur einen Drittelliter Milch bekommen. Stoffe, Schuhe, Fleisch – alles ist rationiert, und dabei sind die Rationen sehr klein, und viele leiden Hunger. Kommt aber ein Finne zu uns herunter, während wir am Essen sind, so sagt er stolz «nein, danke», wenn wir ihm etwas anbieten, ganz gleichgültig, wie hungrig er ist. Denn Finnland ist ein Land, wo man mit sich selber fertig werden will, wenn man den Dienst nicht erwidern kann. Und wenn schließlich einer etwas annimmt, so geschieht es immer erst,

nachdem er sich genau vergewissert hat, daß es nicht von unserer Ration
abgeht und daß wir nicht um seinetwillen etwas entbehren müssen.
Wir liegen vertäut an den Klippen, in Leeseite, so daß die Sonne richtig
brennt. Ich gehe in Shorts herum, so fange ich an, braun zu werden;
wenn es warm wird, springe ich direkt über den Schiffsbord hinaus ins
Wasser und schwimme rund um das Schiff herum.

Der Soldat Paul Hübner *1915   nördliches Norwegen
Nach Mitternacht Aufbruch. Den Porangenfjord entlang. Die Wasser-
fläche schimmert dunkelgrün gegen das westliche und karminrot gegen
das östliche Ufer. Die Sonne setzt zwischen Wolkenlöchern hindurch
fahlsilbrige Spinnenbeine auf die Fläche. Im lebhaften Windfall flirren
die Wellen. Wo das Licht unmittelbar auftrifft, schwimmen schuppig
irisierende Teller wie riesige Fischhäute.
Die Moorhütten. Man versucht sich vorzustellen, wie die Bewohner
den langen stürmischen Winter mit seiner Polarnacht in ihnen verbringen. Es ist möglich, daß die aus Torfblöcken gefügten Tonnenhöhlen,
ähnlich den aus Schneequadern gebauten Eskimoiglus, die Wärme der
Körperausdünstung bewahren und dadurch die Heizung des Raumes
auch bei strenger Kälte gesichert ist.
Äußerungen über die neue Front und unser künftiges Schicksal werden
von jedem vermieden.
In dieser Zurückhaltung scheint etwas vom magischen Instinkt der Na-
turvölker zu walten, die das Tabu spüren und es den Eingeweihten überlassen, die entsprechenden Beschwörungsformeln dafür zu finden und
anzuwenden.
Nur – uns fehlen die Eingeweihten. Man versucht mit Schnoddrig-
keit die Wirklichkeit und sich selber zu überspielen, aber die Späße sind
zu gemacht, und die Redensarten verbergen die tiefe Verunsicherung
schlecht.
Abends
Fern über runden kahlen Felsköpfen ein Stück Tanafjord. Es hängt leer
im Dunst wie eine matte Spiegelscherbe. Wir haben schauerliche Fels-
und Eiswüsten durchfahren, Hochtäler ohne Kraut und Grün, von bla-
sig dumpfem Gestein mit Flecken kranken bläulichen Schnees und dem
Hauch tödlicher Verlassenheit. Jetzt rasten wir an einem steinigen Süd-
hang.
Blühende Moose mit weißen und blutroten Glöckchen, die fünf Zip-
felchen und fünf Staubfäden haben. Leutnant Wolders geht die lagern-
den Gruppen ab und prüft Fahrzeuge und Fahrer. Eberhard ist neben

mir eingeschlafen. Eine Gänsehaut zieht über seine Hände. Ich werfe
ihm eine Decke über.

Jochen Klepper 1903–1942   Rumänien

Stille Nacht und stiller glühender Morgen. [...] Die Dorfbevölkerung
scheint vom Kriegsausbruch ganz unberührt.
Einige unserer Munitionskolonnen fahren schon Munition zur kämpfenden Truppe. Lastautos mit rumänischen Verwundeten (überwiegend
Kopfschüsse) kommen vorüber. Die Russen haben Spähtruppunterneh-
men aufgerieben, eine rumänische Brücke gesprengt. Eine rumänische
Division, nahe von uns, hält nicht stand. Dafür Riga und Kowno eingenommen. Der Adjutant fährt alle unsere Kolonnen besichtigen und
kommt bis auf zwölf Kilometer an die Front heran. Die Stimmung ist
überall gut. Im Omnibus abends feiern wir, nachdem wir mittags baden
waren, bei bescheidenem Trinken und alten Wandervogelliedern, das
Autobusverdeck offen, unter dem Sternenhimmel Johannisnacht. Bis
zum Dunkelwerden hatte ich trotz der Glut und Schwüle mit großer
Freude geschrieben.
Abends können wir im Autobus kein Licht brennen.
Das Dorf bleibt so gesichtslos und öde, obwohl ein paar Hügel, Felder,
der kleine See da sind. Auch zur Bevölkerung kommt diesmal überhaupt
kein Verhältnis zustande. – In der halbfertigen Kirche liegen Soldaten. –
Ein hübscher Anblick: die großartig ohne Sattel reitenden Dorfjungen;
die abendliche Heimkehr der Schaf- und Kuhherden.

Der General Franz Halder 1884–1972   Führerhauptquartier

Lage: Die Abschlußmeldungen des 23.6. und die heutigen Morgenmeldungen bestätigen das bisher gewonnene Bild: Der Feind hat sich im
Grenzgebiet fast überall geschlagen. Wenn das der Truppe nicht in vollem Umfang klar wurde, so ist das die Folge der taktischen Überraschung,
welche den Widerstand unzusammenhängend und daher nur wenig wirksam zur Geltung brachte. In dem von unseren Panzern durchschrittenen
Gelände stehen noch starke Feindkräfte in Teilgruppen. Die Gefange-
nenzahlen, die sich z.Z. am ersten Tage auf etwa 2000 vor den einzelnen Armeefronten belaufen (im ganzen also etwa 10 000) werden erst
in den kommenden Tagen wachsen, wenn die operativen Wirkungen unserer Panzerkeile fühlbar werden. Für ein operatives Ausweichen des
Feindes liegen keine Anzeichen vor. Nur im Norden ist ein Versuch des
Zurücknehmens zu spüren, der zu einer Besetzung der Düna führen
könnte und dann vielleicht Anlaß geben kann, die Pz.Gr. Hoepner

näher an Hoth heranzuziehen und die Düna im Oberlauf überwinden zu lassen. Die Nachschublage entwickelt sich normal. Die ersten Stützpunkte werden vorgeschoben. Betriebsstoff und Ölverbrauch sehr hoch. Munitionsverbrauch gering.

Die Verwundeten- und Totenzahlen sind erträglich. Auffallend hohe Offiziersverluste.

Der Gefreite Reinhold Pabel *1915   östlich Sokal

Zwei Tage ist jetzt Krieg mit Rußland. Und man lebt noch. In der Nacht zum 22. waren wir in unsere Bereitstellung eingerückt. Kalt war es und Heini und ich, wir lagen dicht beisammen. 3.15 begann die Artillerie. Brandroter Morgenhimmel über der Stadt. Um 5 Uhr haben wir schon den Bug überquert und unser Stoßtrupp hatte die Aufgabe, den Nordteil zu durchkämmen. Es ist kein wohliges Gefühl, in Wohnungen von ausgesprochen hinterhältigen Gegnern einzudringen, nur mit dem unbeholfenen Gewehr bewaffnet. Ein Uffz. mußte an diesem ersten Morgen schon dran glauben und einige Verwundete gab es auch. Statt eines Mittagessens gab es Keks und Pralinen aus dem ersten besten Judenladen. An den Straßen prangt der Sowjetstern. Die Stadt ist nicht allzusehr beschädigt. Wenige Minuten war ich bei V.'s Verwandten. Als ich mich offenbarte, umarmte und küßte man mich und fragte nach dem Wohlergehen. Leider mußte ich gleich wieder weg. Unser Haufen marschierte aus der Stadt raus, grub sich zum x-ten Mal vergebens Panzerdeckungslöcher. Als wir über die Ebene östlich der Stadt vorrückten, erhielten wir schon das erste Feuer aus einer Bunkergruppe, die noch vom Feind besetzt war. So mußten wir etwa eine Stunde auf der Nase liegen und warten, ob es traf oder nicht. Es ging noch mal gut. Und dann immer weiter nach Osten. Unser Nachbarregiment war hier heute morgen schon vorgestoßen. Da liegen die Spuren des Kampfes am Wege, russische Rüsselgasmasken, Affen, alle möglichen Ausrüstungsgegenstände. Der erste Tote, den ich sehe, liegt da. Ein Russe hinter seiner kleinen Haubitze, regungslos. Blutspuren am Weg. Pferde, denen das Gekröse aus dem Leib heraushängt. – In anderer Straße eine Tankfalle. Das muß eine harte Nuß für uns gewesen sein.

In der glühenden Sonnenhitze hängt die Zunge aus dem Hals. Rechts drüben am Hang eine Fahrzeugkolonne. Sind's Deutsche? Keiner weiß auch nicht, wer wen beschießt, als einige schwere Brocken das Bild mit Sandwolken einnebeln. Wir sind in vorderster Linie und unser Aufklärungsflieger wirft eben die Meldung ab, daß unsere Panzer zur Unterstützung anrollen. Da kommen sie schon, in die Hunderte sind es,

große, kleine, alle Typen. Heil Euch, Kameraden, macht's gut. Am Abend
wieder weiter. In T. sieht es böse aus. Brennende und schwelende Häuser, in unserer linken Flanke tuckern unaufhörlich die MGs. Wir haben
nur eine halbe Stunde Zeit zum Essenempfang. Ach, ist das ein Elend.
Jeder stöhnt unter seiner Last. Und gerade wollten wir uns erschöpft in
ein Roggenfeld fallen lassen, da kam der Befehl: «Kompanie marsch,
kehrt.» Und denselben Weg wieder zurück! Bis zum Morgengrauen
liegen wir irgendwo am Straßenrand, frierend. Dann weiter nach Osten,
begleitet von der Musik unserer Artillerie. Hinter dem Dorf hauen die
feindlichen Einschläge ein. Wütendes MG-Feuer beiderseits. Als wir
durch ein großes Kornfeld vorgehen, pfeifen plötzlich die Kugeln von
hinten. Der Zugführer schreit: «Hört doch da auf, ihr schießt ja auf
uns!» Aber weiter zischt es, und man sieht keinen Gegner. Halt, da ist
er, der Kerl schießt trotz der Verwundung immer noch mit seiner MP
und ergibt sich nicht. Im weiteren Fortschreiten immer wieder die MG-
Garben von irgendwoher. Am schlimmsten war es, als wir hinter den
brennenden Häusern neben der Mühle lagen. Da pfiff und krachte es
tatsächlich aus allen vier Himmelsrichtungen. Man weiß nicht, wohin
man schießen soll. Die Granatwerfer des Gegners schießen ihre Sachen
mal vor die Mühle, mal dahinter. Es ist zum Verzweifeln. 2 Tote haben
wir schon und das Ende ist noch nicht da. Als das Feuer endlich
schweigt, rücken wir vor, völlig ermattet, 3 Tage ohne Schlaf, ohne aus-
reichende Verpflegung. Keine Führung ordnet. Mittags plagt der Magen
so, daß ich ins Dorf zurück gehe und besorge. Auf den Trümmern der
Hütten stehen die Leute und klagen. Fast schäme ich mich, Milch zu
fordern. Die Hitze brütet unerträglich. Im Dorf sammelt sich das Bataillon. Gerade halten wir in einem Dorf zum Waschen (! seit 3 Tagen!),
entkoppelt, kommt der Befehl: Bataillon Marsch, Richtung Osten. Die
Hitze macht mich kaputt. Tatsächlich nahe am Umfallen. In N. Rast
zum Abendessen. Ich fall sofort in Schlaf. Der Spieß weckt mich: «Zu-
rück nach B., die Gräber unserer beiden Gefallenen photographieren!»
Die Sonne war schon untergegangen, als ich ankam. Im ersten besten
Haus übernachtete ich. Mit 10 Mann (einschließlich der Frauen) in dem
kleinen Raum. Ich bekomme das Ruhebett: Bank mit Stroh belegt, in
Bezüge gewickelt. Ich fiel sofort in tiefsten Schlaf. 6 volle Stunden
Schlaf. Mensch, weißt du, was das bedeutet. Morgens ging ich an die
Gräber mit den groben Holzkreuzen. Wieder zwei Kameraden weg.
Auf der Fahrt nach vorne mach ich wieder eine Milch- und Spiegeleier-
rast. Kein Mensch weiß, wo unser Haufen liegt. Glücklicherweise ren-
ne ich dem Spieß gerade in die Arme, als er mit dem Küchenbullen ein

Kalb fürs Mittagessen herumzerrt. Rasch reiche ich der Bäuerin meine
völlig zerrissene Hose über den Zaun und warte im Hemdchen frei in
der Landschaft. Bilder sind das, Bilder. Und nachmittags wieder nach
vorne. Der Russe wehrt sich vor T. mehr als erwartet. Weiter.

Der Bomberpilot Ewgenij Borisenko *1912   *bei Brest-Litowsk*
Am 24. Juni 1941 bekamen dreißig Bomberbesatzungen aus dem
212. Bomberregiment den Auftrag, eine feindliche motorisierte Kolonne, die sich ostwärts auf der Chaussee von Brest bewegte, zu vernichten. Wir flogen in einer Formation unter der Führung des stellvertretenden Regimentskommandeurs. Ich flog bei der dritten Kette. Je
9 Maschinen bildeten in kurzen Abständen voneinander einen geschlossenen Keil. Vor dem Ziel gruppierten wir uns in die Kolonne der Ketten um. Ich war nun bei der letzten Kette. Das Wetter war sonnig, der
Himmel wolkenlos in einer Höhe von 1700 Metern.
Beim Anflug sah ich deutlich, wie eine Armada feindlicher Fahrzeuge
mit Infanterie sich auf der Chaussee, an den Straßenrändern und über
die Felder ungehindert Richtung Osten bewegte. Der Kopf der feindlichen Kolonne war gut zu sehen, und ihr Ende verschwand hinter dem
Horizont in dichten Staubwolken, die von den Panzerraupen aufge-
wirbelt wurden. Ich war davon überzeugt, daß die Kolonne sofort in
einem Winkel von 30 Grad angegriffen werden mußte.
Die Deutschen spürten die drohende Gefahr, ihre dichten Kolonnen
fingen an zu zerfallen und bildeten nun ein Ziel größerer Fläche.
«Das beste wäre es, die Bomben auf einmal auf die Fläche abzuwerfen
und umzukehren. Da könnte man viele Volltreffer erzielen», dachte ich.
Doch der Kommandeur dachte anders. Der Angriff sollte in mehreren
Anflügen ausgeführt werden. Das war ein verhängnisvoller Fehler!
Beim Anflug begannen die feindlichen Flaks wild zu feuern. In der Luft
bildeten die Granaten bei ihrer Sprengung kleine Rauchwolken. Ich sah
so etwas zum ersten Mal.
Und die Rauchpilze mehrten sich um unsere Maschine herum. Da löste
ich einige Bomben aus. Jeder Flieger warf die Bomben gezielt ab, die
Formation zerfiel nicht. Die Bomben trafen gut, aber für so ein großes
Ziel war es zu schwach. Der Kommandeur befahl den zweiten Anflug.
Dabei verloren wir viel Zeit.
Die vorderen lagen schon auf Kampfkurs, als die Flak überraschend
aufhörte zu feuern, und deutsche Jäger, ungefähr doppelt so viele wie
wir es waren, uns plötzlich von hinten angriffen. Ein richtiger Luftkampf
entbrannte. Unsere Bomber erwehrten sich des Feindes und hielten sich

an die Kommandeurmaschine, sie verließen den Kampfkurs nicht, und die Bomben der vorderen Maschinen erreichten ihr Ziel. Aber der Feind war uns weit überlegen. Seine Jäger hatten auch stärkere Bewaffnung. Die Bomber flammten der Reihe nach auf und stürzten wie brennende Fackeln ab, schwarze Rauchstreifen auf dem Himmel hinterlassend. Neben ihnen hingen die Fallschirme der Flieger, die die Deutschen wütend aus ihren MG durchbohrten.

Mein Flugzeug war über dem Ziel. Ich habe die Bomben ausgelöst und begann die Maschine zu wenden, als einige deutsche Jäger über mich herfielen. Mein Bordschütze Netschajew wehrte sich tapfer und schoß sogar einen deutschen Jäger ab. Da verstummte plötzlich sein MG. «Jetzt sind wir wehrlos», dachte ich. «Der Schütze ist getötet.» Die Faschisten schossen mich ungehindert ab. Zuerst flammte der linke Motor auf. Der Steuermann Fetisow wurde dabei verwundet, dann stand auch der rechte Motor in Brand. Der Steuermann wollte mit dem Fallschirm abspringen. Mit Zeichen versuchte ich ihn davon abzubringen. Die Deutschen hätten ihn in der Luft durchlöchert. Da sah ich von rechts einen angreifenden Jäger und neigte die Maschine nach links, um mich mit dem Motor zu decken. Im Kugelhagel des feindlichen Jägers fiel Fetisow tot zu Boden. Im Steilflug zur Erde suchte ich dann meine Rettung und landete die Maschine auf dem Bauch auf einem Acker. 26 unserer Bomber von den Deutschen abgeschossen. Nur eine Maschine mit dem Flieger Kupajew kam zu unserem Flugplatz zurück, mit vielen Löchern im Rumpf. 26 Besatzungen fielen in jenem Kampf. Zwei Maschinen waren vermißt.

Der Leutnant Georg Kreuter 1913–1974   **am Bug**
Gegen 10.00 sind die Fahrzeuge heran. Ich gliedere mich mit meinem Zug am Ende des Regiments ein. Auf «Rollbahn II» ist zu starker Verkehr! Oft mehrere Kolonnen nebeneinander. – Bei einem Halt kommt die erste Post nach vorn! Im selben Augenblick wirft ein roter Bomber seinen Segen auf uns herab. Sie treffen aber 200 m vor uns. Einige Kameraden werden verwundet. – Der Bomber wird mit zwei anderen von unseren Jägern abgeschossen!

Um 22.00 werde ich zur Div. befohlen. Melde noch 5 Kradmelder mit. Die Straße ist von Kolonnen verstopft, ich brauche lange, bis ich hindurch bin. An der Spitze erfahre ich, daß die Division eingeschlossen ist. Ich fahre allein weiter vor. Es ist ziemlich finster. Ab und zu trifft man noch einen unserer Soldaten. Russische Panzer sollen angreifen? Ich igle vorn mit einigen zusammengerafften Leuten. Als eine Schüt-

zenkomp. weiter vorgeht, schließe ich mich an. Wir treffen auf den Kdr.
des Pionier Batl. Major Rahl. Er hat die Idee, daß überhaupt keine Russen da seien und wir uns gegenseitig beschießen. Als ich weiter vorge-
he, treffe ich auf meinen Chef, der Hilfe holen will. Ich gehe mit ihm
zum Div. Gef. Stand. Wir können nicht auf der Straße gehen, sondern
müssen in einem Bogen ausholen. Es ist eine tolle Schießerei im Gange
und nichts zu sehen. Dicht vor dem Ort, wo der Gefechtsstand ist, treffen wir mit Russen zusammen, die vor uns im Grase liegen. Sie sind von
Panzern auf dem Weg zu uns angeschossen worden. Lt. Müller war dabei leicht durch eine Handgranate verwundet worden. Wir suchen ihn,
finden ihn aber nicht. Er war aber dann bei der Division. Ich sollte mit
meiner MP die Kerle restlos erledigen, denke aber, daß sie auch so genug haben werden. – Am Gefechtsstand sieht es toll aus. Eine russische
Kolonne war von Westen her direkt auf unsere Marschstraße gestoßen.
Sie wollte wahrscheinlich aus dem Kessel herauskommen. Einige von
ihren LKW konnten von einem Panzer, der zufällig wegen einer Reparatur da stand, in Brand geschossen werden. Von den übrigen saß der
Feind ab und griff an. Es war ein seltsames Volk. Auch einige deutsche
Kommunisten waren darunter. Die Mehrzahl von ihnen war in Zivil!
Selbst Frauen und Kinder waren dabei. Sie trugen auch Stahlhelm und
schossen auf uns. – Um uns herum brennt alles. Russische LKW und
deutsche Betriebsstoffwagen! Wenn es bloß erst hell werden würde, damit wir Hilfe bekommen. Es schießt aus allen Knopflöchern! Hinten
fühlt sich niemand verantwortlich, uns zu helfen. Hier führt mein Chef
jetzt das Kommando. Der Divisionskommandeur ist nicht hier, sondern bei der Aufklärung. (160 km).

Der Assistenzarzt Dr. Hermann Türk 1909–1976   Kobryn
Der Marsch geht furchtbar langsam. Immer nur wenige Meter vorwärts.
Meist 4 Kolonnen nebeneinander. Ein Überholen unmöglich. Staub und
Hitze fast unerträglich. Es geht immer Richtung Moskau.
Da, gegen 10 Uhr Div.-Befehl zum Einsatz. Wir müssen noch etwa
150 km weiter vor. Alles andere ist zu überholen. Die Zeit drängt. Aber
wie das machen bei den vollständig verstopften Straßen? Mein Zug soll
sofort vorgeworfen werden. Schnell die Karten raus und los geht es.
Der 1. M.G.Krupp-K.W. folgt mir. Wir brausen quer über die Felder,
da auf der Straße kein Platz für uns ist. Meine anderen Wagen können
nicht so schnell folgen. Ich schicke Jenter mit Lehmann mit meinem
Krad zurück, um die anderen Wagen einzuweisen. Ich stelle mich vorne auf den offenen Krupp-K.W., und weiter geht es. Es ist dunkel. Jetzt

wird die Straße frei, da hinter uns eine Übersetzstelle liegt, auf der die Fahrzeuge nur langsam eins nach dem andern übergesetzt werden können. Überall auf der Straße zerschossene Wagen und Panzer, die wie Gespenster an uns vorbeifliegen. Das Fahren ist hierdurch sehr beschwerlich. Ich gebe Fahrbefehl, da ich stehend mehr sehen kann als der Fahrer. Es soll ja schnell gehen. – Plötzlich dicht vor mir mitten auf der Straße ein riesiges Loch, ein Granattrichter: «Halt! Rechts!!!» Zu spät. Mit einem gewaltigen Schwung saust der Wagen auf die rechte Kraterwand, überschlägt sich hier und bleibt am Grunde des Trichters liegen. Unten im Trichter Wasser und Schlamm. Ich liege vollständig unter Wasser im Schlamm – bewegungsunfähig –, festgepreßt durch den Rahmen der Windschutzscheibe. Ich kann nicht vorwärts und nicht rückwärts. Der Rahmen drückt entsetzlich auf meine Brust. Noch kann ich denken. – Hier muß ich also sterben. Das ist ja so klar. Einen Ausweg gibt es nicht. Ich denke an Elisabeth, an Bübchen, an die Eltern. Alles steht ganz klar, ja so klar vor mir. Wenn nur dieser Schlamm nicht wäre. Noch kann ich den Atem anhalten. Das habe ich ja früher aus Sport lange geübt. Nur noch einmal Luft atmen können. Nur einmal noch. Wie sinnlos dies alles. Noch einmal reiße ich alle Kräfte zusammen. Noch einmal regt sich der Lebenswille mit ganzer Kraft. – Wie drückt das Eisen auf meiner Brust. – Verdammt noch mal. Wäre nur dies Eisen nicht. Ich wühle den Sand unter mir fort. Mit den Händen grabe ich Stück für Stück beiseite. Langsam, zentimeterweise rutsche ich fort. Es ist eine wahnsinnige Arbeit. Der Schlamm steht mir schon im Munde. Ich stoße und wühle mit den Füßen wie ein Wahnsinniger. Stoße dabei an etwas Weiches, was dann nachgibt. Es muß ein Kamerad sein. Schon wollen die Sinne schwinden. – Dann hört der Druck auf. Ein unbeschreiblicher Siegeswille, ein Rausch befällt mich. Der Druck ist fort. Ich weiß nicht mehr, wo oben und unten ist. Ich wühle und taste mich im Schlamm bis zum Kraterrand vor. Immer wieder werde ich hinabgezogen durch den schweren Kradmantel, die Stiefel ziehen entsetzlich hinab. – Da, Luft!! Ich halte den Kopf über Wasser und Schlamm. Ein Atemzug!! Und dann falle ich wieder zurück und weiß nichts mehr. Nun bin ich eigentlich gestorben.

Aber meine Leute, die eifrig mit der Bergung beschäftigt waren, hatten mich in dem Augenblick erblickt, als ich mit dem Kopf hochkomme. Unter eigener Lebensgefahr haben sie mich dann herausgezogen. Ich habe dann noch lange Zeit Sand und Schlamm erbrochen.

Wer fehlt noch? Noch 2 Mann. Einen können wir noch lebend bergen. Wieder geht es ins Wasser. Wir wühlen mit den Händen. Bilden lebende

Ketten. Einer fehlt noch von uns 12 Mann. Aber es ist nicht in unserer
Macht, ihn zu retten. Nach bitteren Minuten des Wartens kommt schließ-
lich ein Teil der Artillerie vorbei. Eine Zugmaschine spannt sich an und
stellt den Wagen innerhalb des Trichters auf die Beine. Nun können wir
den Domiscac rausziehen. Der erste Tote der Kompanie.
Nun suchen wir für mich passende Sachen zum Umkleiden. Hemd und
Strümpfe gehen über Bord. Das Ausziehen der Stiefel ist ein wahres
Kunststück. Alles voll Schlamm. Schließlich findet einer einen Drillichanzug. Mütze gibt es nicht. Ich sehe jedenfalls toll aus.
Nach langem Warten kommt schließlich ein Teil unserer Kompanie
nach. Sie nehmen unsere 7 Verletzten gleich mit. Die anderen bleiben
bei dem Fahrzeug, was auf die Liste der Totalverluste gesetzt werden
muß. Ich fahre mit Oblt. v. Rochow, dem Führer des 1. Kr.Kw.Zuges
im Pkw weiter. Die Haare völlig verklebt, das Gesicht voll Schlamm,
Nase und Ohren völlig ausgestopft mit Sand und Schlamm. Dann tut
die rechte Brust so weh. Ich kann kaum atmen. Besonders das Husten
tut verdammt weh. Und dabei die Straße so schlecht und voller Löcher.
Ich presse den rechten Brustkorb mit den Händen. So geht es 150 km
weiter durch die Nacht.

Ernst-Günter Merten 1921–1942   Galizien

Frühmorgens. Über den Wiesen liegt Nebel, vermischt mit dem Rauch
der Einschläge. Hell scheint die Morgensonne. Gut, daß das Wetter schön
geblieben ist! Wenn es regnete – Junge, Junge! – Wir sind gestern abend
bis 20 Uhr liegengeblieben. Prima, wenn ringsum die weißen Leuchtkugeln steigen: «Hier sind wir». Später schoß die MGK mit Leuchtspur.
Wir wurden tadellos von den schweren Waffen unterstützt. Alles hörten wir: Masch.Gewehre, Inf.Gesch., Pak, Granatwerfer. Es war, wie
Uffz. Wohwinkel vom Nachr.Zug später sagte: «Die ganze militärische
Ausbildung an einem Nachmittag.»
Rechts griff das II. Btl. umfassend an. Bei Dunkelwerden gingen auch
wir vom III. vor. Überall rumste es noch. Irgendwo heulte langgezo-
gen ein russischer Verwundeter: «Mein Liebling!» [?] Durch Kornfelder, bunt von Mohnblumen, Vergißmeinnicht und Kornraden, gingen
wir vor. Es ist ein schönes Gefühl, mit ausgebreiteten Händen zwischen
den Halmen zu schreiten …
Heute morgen wurden ein paar russische Überläufer, Ukrainer, gebracht. Sie erzählten, die Russen führen Ari auf und erwarteten uns mit
2000 Mann. 3 Offiziere seien gestern von ihnen gefallen. Doch schös-
sen sie lieber ihre Offiziere selber tot. Verpflegung hatten sie für 4 Tage.

9.40 Uhr. Sag einer nur, die Russen können nicht schießen! So 'ne gute halbe Stunde schon pfeifen die Koffer nur so über uns weg. Wir waren vorgegangen. Hatten Deckung in einem kleinen Wald bezogen, und nun fingen diese Schweine von Rußki doch wahrhaftig aus den Kornfeldern zu schießen an, durch die wir eben gerade gekommen waren. Einen sah ich auch, wie er von einem Landser rausgeholt wurde. Bumms, kam irgendwo ein Einschlag, rumms lagen sie beide, die Nase im Dreck. Und dann richtete sich nur der Deutsche auf, der erdbraune Russe durfte bis zur Straße auf allen Vieren robben.
Unser Assistenzarzt hat sich seine Hose aufgerissen. Und er hatte so 'ne schöne Hose! Eine Reithose mit zwei großen Breeches. «Obsterntehose» sagten wir immer dazu.

Der Finanzoffizier Feodossij Awdejewskij *1906   *bei Dubno*
Wenige Tage nach Kriegsausbruch gingen die Divisionen unserer Armee zum organisierten Gegenangriff über und erzielten sogar Erfolge dabei. Bei Dubno wurden die Deutschen zurückgeworfen, und die erbitterten Kämpfe dauerten dort bis Anfang Juli. Die Truppe in der ersten Linie kämpfte tapfer und selbstlos und wollte keinen Fußbreit Land aufgeben. Aber die deutschen Panzerkeile an den Flügeln unserer Truppe durchbrachen unsere Verteidigungslinien, drangen weit ins Hinterland vor und metzelten unsere rückwärtigen Dienste mit ihren Vorräten an Treibstoff, Munition und Verpflegung nieder. Und am Himmel tobte die deutsche Luftwaffe, die bei voller Luftherrschaft unsere Truppe zu Boden drückte und uns keine Freiheit bei den Kampfhandlungen ließ.

Der Gefreite Feldmann *1922   Litauen
Morgens weitermarschieren. Ruhe bis Mittag auf einer Weide. (Trokai) Troß kommt nach. (Nachts angegriffen worden, 70 Tote.) Weitermarsch. 12.45 → Rossijeni. R. liegt unter Artilleriefeuer. Mit Chef beim General. Einsatz gegen Panzer an der Straße. Auftrag wird inzwischen durch Panzer erledigt. Fahrt durch das zerschossene Rossijeni → ostwärts Bereitstellung auf einer Wiese.
20.00 Weiterfahrt. Nachtfahrt mit ganz niedriger Geschwindigkeit. Hinter uns Abschüsse der neuen Ari mit großer Rauchentwicklung. Durch schwieriges Gelände bis an die Dubyra. Wasserdurchfahrt, den Berg links hinauf. Stellung im und am Getreidefeld in der vordersten Linie der Infanterie um 4.00 Uhr alles fertig. Ruhe bis 7.00. Weitermarsch.

Reichspressestelle der NSDAP   **Berlin**
Tagesparole
Bei der Wiedergabe von PK-Berichten ist in den Überschriften darauf
zu achten, daß die Schnelligkeit der Erfolge nicht von fantastischen Erwartungen in der Heimat übertroffen wird. Das gleiche gilt bezüglich
der Härte des Kampfes.
Die litauischen und estnischen Selbständigkeitsbestrebungen sind nicht
zu verzeichnen.

Erich Kuby *1910   **an der Memel**
An seine Frau
Als ich den letzten Brief an Dich expedierte, waren wir noch ein paar
Kilometer von der Grenze entfernt. Ich hatte bis 2 Uhr Nachtdienst gemacht, mich in einer Scheune schlafen gelegt, wurde nach einer dreiviertel Stunde wieder geweckt. Ich wurde nicht richtig wach und mußte
alle Energie zusammennehmen, um über die Leiter vom Heuboden her-
unterzukommen. Wir fuhren dann 500 m weit und standen an dieser
Stelle mehr als 12 Stunden auf der Straße. Das funktioniert also noch
nicht so richtig. Ich schlief neben der Straße unter Birken. Gegen Abend
kamen wir schließlich in Bewegung und waren bald an der Grenze. Ein
paar Stacheldrahthindernisse, sonst keine Befestigungen, ab und zu ein
zerschossener, gepanzerter Lastwagen (für Mannschaftstransporte). Keine Zerstörungen an den Häusern. Die Zivilbevölkerung ist geblieben,
und im ersten Städtchen kamen Mädchen, und zwar hübsche, mit Blumen an den Wagen, und aus den Häusern hingen die Nationalfahnen:
gelb, dunkelgrün, altrot – eine harmonische Farbkombination. Vor
1½ Jahren hatten sie diese Fahnen wahrscheinlich versteckt. Die Häuser einstöckig, aus Holz, grün oder dunkelrot angestrichen, oder rohes
Holz, silbergrau. Hohe, schön gefügte Dächer, manchmal aus Stroh.
Brunnen mit hochragenden Schwenkbalken – sehr malbar! Kurz, noch
keine 10 km hinter der Grenze ein durchaus östliches Landschafts- und
Siedlungsbild, so wird es nun bleiben ein paar tausend Kilometer weit.
Die Leute saßen vor den Haustüren und betrachteten sich das Schau-
spiel.
Nachts schlief ich, und gerade bevor ich einschlief, hörte ich den Unteroffizier H. sagen: Schon wieder so eine Saukirche! Rechts auf der
Höhe war der Schattenriß zweier Türme zu erkennen. Den Unteroffizier ärgern nämlich Kirchen, er weist auf den Gegensatz zwischen den
einfachen Hütten und den stattlichen Gotteshäusern hin und sieht darin «den Betrug der Pfaffen am Volk». Diese Kirche, die ich vor dem

Einschlafen etwas vor uns erblickte, liegt jetzt 600 m hinter uns. Das ist die Marschleistung der Nacht. Bertram ist bei solcher Fortbewegung zu bedauern.

Der Deutschlandliedfluß fließt hier genau nach Westen und ist breiter als ich ihn mir vorgestellt habe. Das diesseitige Ufer fällt als ein Sandstreifen kaum 2 m tief zum Wasser ab, jenseits säumen ihn Hügel. Dort sieht man «soweit das Auge reicht» Kolonnen in Bewegung.

Zwei Stunden später. Wir sind vorausgefahren und halten in einer Ortschaft. Auf dem Strom Dampferverkehr, die Schiffe zeigen die deutsche Flagge, die Dampfer ziehen Lastkähne zusammen, um aus ihnen eine Brücke zu bauen. In der Ferne, wohl nahe der Hauptstadt Kowno, eine hohe Rauchsäule. Die Häuser am Ufer schmutzig, mit jüdischer Bevölkerung. Das eigentliche Dorf liegt oberhalb des Steilufers. v. Almsick ist gestern schon hier gewesen und hat uns Seife gekauft.

Inzwischen fahren wir wieder am Strom entlang. Bei passender Gelegenheit werde ich Sprüche und Redensarten unseres Unteroffiziers aufschreiben. Daraus wird das Bild eines typischen Deutschen von 1941 entstehen. Er stammt aus kleinen Verhältnissen und hat in Berlin irgendeinen Posten bei der Rentenbank. Als alter SA-Mann betont er sein Rowdytum, seine proletarische Gesinnung und blickt mit Mißgunst auf die gebildeten Stände. […] Bis vorgestern betonte er, der genialen deutschen Außenpolitik werde es gelingen, die Spannungen mit Rußland beizulegen. Jetzt schreit er herum: ganz fabelhaft, ganz raffiniert, der Mohr hat seine Schuldigkeit getan, jetzt bekommt er Prügel, usw. […] Er hat keine Ahnung, was ein Mensch ist. In seinem Charakter ist er, glaube ich, keine Verbrechernatur, und er wäre erstaunt, wer wäre es nicht, wenn man ihm sagte, daß er sich in seinen Handlungen und in seiner Denkweise von einem Verbrecher nicht unterscheidet. Die Methoden, mit denen sich seine SA auf der Straße durchgesetzt hat, glaubt er allgemein auf den zwischenmenschlichen Verkehr anwenden zu dürfen. Dabei ist er ängstlich – sogar vor Hunden – und sentimental. Ehrgeizig, ich möchte sagen: schandgeizig, streberhaft, Lakai gegenüber jedem Wachtmeister. In seiner Unnatürlichkeit ist er untypisch, ja einzigartig. Er würde in der Einsamkeit nicht natürlich sein und noch vor einem Eichhörnchen posieren. […] Alles Gute auf der Welt ist ganz umsonst für ihn da, und das Merkwürdigste ist, daß er trotz allem nicht ohne Idealismus ist – aber wie irregeleitet ist der! Du wirst verstehen, daß es mir mißfällt, mit so einem Kerl in dieses fremde Land zu fahren. Die Stillen, Bertram, v. Almsick, kommen nicht gegen ihn auf.

Wir halten noch immer. Sonne auf dem blauen Fluß. Sturmartillerie geht, in Staubwolken gehüllt, vor. Wir betrachten mit dem Glas das jenseitige Ufer, wo berittene Truppen und Infanterie vorgehen. Auf halber Höhe sieht man wartende Lastwagenkolonnen. Kurzum, sagte Bertram plötzlich trocken, überall ein fröhliches Treiben. Ich muß jetzt wieder lachen, wenn ich es hinschreibe; als er es sagte, bekam ich fast einen Lachkrampf.

Gegen Abend. Wir haben den Strom, in dessen überraschend warmem Wasser wir kurz gebadet haben, verlassen, fuhren ein kurzes Stück nach Norden, jetzt bewegen wir uns wieder gen Osten. Eine weite Ebene, verstreute Gehöfte, über allen Straßen Staubwolken. Überall die Kolonnen der Automobile. Das Vermögen unseres Volkes rollt über diese Straßen als Einsatz für eine bessere Zukunft ... Wir halten im Gefolge des Divisionsstabes an einem Gehöft. Es ist schmutzig und armselig. Meine These, daß diese Bauern im Gegensatz zu einem Arbeiter in Berlin N nicht zu bedauern seien, findet keinerlei Anklang. Wir wissen nichts über die allgemeine Lage.

Man sagt, der Feind sei 10 km vor uns, aber das wird nicht stimmen. In großer Höhe ziehen vereinzelt russische Flieger vorbei, von der Flak vergeblich beschossen. Es ist wie am Meer, das ununterbrochene Rauschen der Motoren nimmt man wie ein natürliches Geräusch hin.

*

Einsatzgruppe A   (bei Memel)
Aus einer Urteilsbegründung des Landgerichts Ulm 1958:
4. Die Durchführung der Exekution in Garsden
Nachdem die Vorbereitungen für die Exekution beendet waren, wurden die Gefangenen hinter die Mauer des zerschossenen Gebäudes zurückgebracht, wo sie von Gestapo-Leuten, worunter sich auch der Angekl. Behrendt befand, bewacht wurden. Der ganze Platz um die Erschießungsstätte wurde von Stapo- und SD-Angehörigen abgesperrt, um die Flucht von Gefangenen zu verhindern und Dritten den Zutritt zu verwehren. Bei den Gefangenen handelte es sich mit Ausnahme von wenigen litauischen Kommunisten nur um Juden, vom Jugendlichen bis zum Greis. Hierunter befand sich auch der schon erwähnte alte Rabbiner mit Bart und Kaftan. Die Juden waren für jeden der Beteiligten – auch für den Angekl. Schmidt-Hammer – an ihren typischen rassischen Merkmalen, einige an ihren Bärten und an ihrer besonderen Kopfbedeckung, die sie trugen, der Rabbiner an seinem Kaftan und an seinem Bart, ganz klar als Juden zu erkennen, so daß jeder der Beteiligten, einschließlich

des Angekl. Schmidt-Hammer, wußte, daß es sich bei den Opfern fast nur um Juden handelte. Die Juden verhielten sich auffallend ruhig. Sie weinten und jammerten zum Teil zwar vor sich hin, einige von ihnen, darunter auch ein etwa 12 Jahre alter Junge, flehten, ihre Unschuld beteuernd, um Gnade. Von irgendwelchem Widerstand, Aufruhr usw. war nicht die Rede. Sie fügten sich im Gegenteil mit bewunderungswürdiger Gefaßtheit, nachdem sie ihr grausiges Schicksal erkannt hatten, beteten, faßten sich an den Händen und gingen stoisch dem Tod entgegen. Unter den Gefangenen befand sich auch eine Frau, die Ehefrau eines russischen Kommissars. Ob sie von Anfang an unter den Gefangenen war oder ob sie erst später zugeführt wurde, konnte nicht geklärt werden.

Der Exekutionsgraben, ein früherer russischer Verteidigungsgraben, den, wie schon erwähnt, jüdische Gefangene vor Beginn der Exekution hatten vertiefen und erweitern müssen, lief entlang eines halbzerstörten Pferdestalles. Bei den Erschießungen mußten sich jeweils 10 Opfer vor dem vorderen Grabenrand mit dem Gesicht zum Exekutionskommando aufstellen. Das 20 Mann starke Schupo-Kommando stand in verschobener Doppelreihe – auf Lücke – in etwa 20 m Entfernung den Opfern gegenüber. Jeweils 2 Schutzpolizisten hatten auf ein Opfer zu schießen. Die einzelnen Gruppen wurden von dazu bestimmten Stapo- und SD-Angehörigen vom Versammlungsplatz mit viel Gebrüll im Laufschritt an den Grabenrand vorgetrieben. Es ging sehr laut zu. Unter anderem trieb ein Stapo-Mann die Opfer dadurch an, daß er sie mit einer Latte oder einem Prügel an die Beine schlug und dabei rief: «Schnell, schnell, desto früher haben wir Feierabend!» Wenn sich jeweils 10 Opfer vor dem Graben aufgestellt oder zum Teil auch niedergekniet hatten, gab der Angekl. Schmidt-Hammer mit Blickrichtung zu ihnen die Erklärung ab: «Sie werden wegen Vergehen gegen die Wehrmacht auf Befehl des Führers erschossen», wie ihn der Angekl. Fischer-Schweder angewiesen hatte. Daraufhin gab er etwa 3 m schräg vorwärts vor dem rechten Flügelmann des Pelotons stehend, mit gezogenem Degen den Feuerbefehl.

Nach Abgabe der ersten Salven überzeugte sich der Angekl. Schmidt-Hammer, ob alle Opfer tödlich getroffen waren. Zuerst gab der ganz in der Nähe stehende Angekl. Fischer-Schweder auf die nicht tödlich Getroffenen Gnadenschüsse ab; hierauf gab auch der Angekl. Schmidt-Hammer 2 Opfern Gnadenschüsse. Bei den nachfolgenden Salven eilten Stapo- und SD-Männer zu den Opfern und gaben jedem von ihnen mit der Pistole noch einen Schuß in den Kopf.

Es war weder bei dieser noch bei späteren Erschießungen ein Arzt zur Feststellung des eingetretenen Todes bei den Opfern zugezogen worden. Immer, wenn eine Gruppe erschossen war, wurde die nächste herangeführt. Diese mußte dann die bereits Erschossenen, soweit sie nicht in den Graben gefallen waren, in diesen hineinwerfen, wodurch sie das ganze schaurige Bild mit ansehen mußten. Durch das viele Blut sah es nämlich am Graben wie in einem Schlachthaus aus. Dabei wurde es dem Wachtmeister d. R. Thomat vom Exekutionskommando schlecht, und er mußte ausgewechselt werden. Es mußten überhaupt, um dies vorweg zu nehmen, im Laufe der späteren Erschießungen mehrere Angehörige des Schupo-Kommandos ausgewechselt werden, weil sie es seelisch nicht durchstehen konnten, so u. a. nach der Erschießung in Garsden oder nach der ersten Erschießung in Krottingen der Polizeireservist Fernau.

Unter den Juden befanden sich, wie oben schon erwähnt wurde, auch frühere Einwohner von Memel, welche den Männern vom Exekutionskommando teilweise namentlich bekannt waren. So befanden sich unter ihnen die Viehhändler Funk und Scheer sowie die 3 Brüder Korfmann, die Fabrikanten Bernstein und Tauer, der Seifenfabrikant Feinstein und ferner die Juden Sundel, Falk, Silber, Kahlmann und Pnstow. Der Seifenfabrikant Feinstein rief seinem gegenüberstehenden früheren Nachbarn und Freund, dem später gefallenen Polizeiwachtmeister d. R. Knopens zu: «Gustav, schieß gut!» Von 2 jungen Juden rief einer, der nicht sofort tödlich getroffen war: «Noch einen!», und bat um einen Nachschuß. Nach Beendigung der Erschießung wurde der Graben von Stapo- und SD-Angehörigen zugedeckt.

Alle Gefangenen – insgesamt 201 – wurden erschossen. Diese von der Stapo und vom SD festgestellte Zahl wurde vom Angekl. Böhme an die Einsatzgruppe A sowie an das Amt IV des RSHA und vom Angekl. Hersmann an das Amt III des RSHA gemeldet.

Nach Beendigung der Erschießung wurden die Angehörigen des Schupo-Kommandos von Stapo-Angehörigen mit Schnaps bewirtet. Ferner machte der Stapo-Angehörige Mö. (Zeuge) des GPK Memel an der Erschießungsstätte noch eine Gruppenaufnahme von den Teilnehmern, wobei aber nicht geklärt ist, ob auch die Angehörigen des Schupo-Kommandos mit fotografiert worden sind. Daraufhin kehrten die Beteiligten zu ihren verschiedenen Standorten zurück.

Die Angehörigen des Schupo-Kommandos, des GPK Memel und der Angekl. Sakuth von der SD-Außenstelle Memel gerieten bei der Heimfahrt noch in einen von den Russen ausgeführten Luftangriff auf Me-

mel, ohne aber selbst Schaden zu leiden. Dabei äußerte der Polizeiwachtmeister d. R. Ke. (Zeuge) zu dem neben ihm im LKW sitzenden
Kameraden: «Siehst du, die Strafe folgt auf dem Fuß.»
An der Erschießungsstätte hatten verschiedene Angehörige des Schupo-Kommandos sofort erhebliche Bedenken an der Rechtmäßigkeit
der Erschießung. Da sie sahen, daß es sich bei den Gefangenen fast nur
um Juden handelte, daß diese zum Teil schon sehr alt, zum Teil aber
auch noch sehr jung waren, konnten sie nicht glauben, daß alle diese
Gefangenen der deutschen Truppe Widerstand geleistet bzw. als Hek-
kenschützen sich betätigt haben, wie ihnen gegenüber behauptet worden war. Diese Auffassung drückten sie auch bei der gegenseitigen Unterhaltung aus. Einige von ihnen gaben ihrer Entrüstung Ausdruck, daß
sie zu dieser Erschießung herangezogen wurden. Nach ihrer Rück-
kunft nach Memel wollten sie dann von dem Angekl. Schmidt-Hammer, der immer sehr kameradschaftlich zu ihnen war, darüber Aufschluß
haben, warum fast nur Juden und dabei Leute bis zu 70 Jahren und so
viele Jugendliche erschossen worden seien. Der Angekl. Schmidt-Hammer gab ihnen aber nur zur Antwort: «Ich weiß das auch nicht, ich bin
ja auch nur ein kleiner Befehlsempfänger.» Als am anderen Morgen
(25.6.1941) Kommissar Krumbach von der Stapo Tilsit (Zeuge), welcher an der Erschießung nicht teilgenommen hatte, mit seinen Kameraden von der Stapo Tilsit, vor allem mit leitenden Beamten, so auch mit
dem Angekl. Kreuzmann, über die am vorausgegangenen Tag durchge-
führte Erschießung sprach, machten sie einen etwas bedrückten Eindruck, kritisierten auch teilweise die Aktion. Keiner von ihnen wollte
aber als feig gelten. Sie sprachen sich gegenseitig Mut zu, wobei Worte
fielen wie: «Menschenskinder, verflucht noch mal, eine Generation
muß dies halt durchstehen, damit es unsere Kinder besser haben.»

Adam Czerniaków 1880–1942   **Warschauer Ghetto**
Morgens Gemeinde. Danach bei Auerswald. Gestern hat Szeryński die
Kaufleute gezwungen, ihre Läden zu öffnen, und die Bäcker – die Bäk-
kereien. Der Preistreiberei, am Morgen noch sehr stark, ging die Luft
aus. Der Gouverneur hat einen Bericht über die Ausgabe der Mittagessen angefordert. Ich esse selbst täglich Suppe in der Gemeinde.
Ein Petent bittet um eine Beihilfe zur Zahlung seiner Monatsmiete. Er
fügt hinzu, er könne vor Hunger sterben, aber er wolle nicht auf der
Straße sterben. Im «Nowy Kurier Warszawski» ein Artikel über die
Schieber. Und, o Wunder, kein Wort über die Juden. Sollte es etwa auch
dort, wo keine Juden sind, Schieber geben?

Martha Bauchwitz 1871–1942   **Piaski/Distrikt Lublin**
An ihre Tochter in Stettin
Bei uns neues Leben. Man hört zeitweilig knallen und sieht R. K. Wagen mit Verwundeten vorbeifahren. Über das Geschehen sind wir mit
nichts im Bilde und leben in steter Erwartung. Handtaschen mit Medikamenten und dem Nötigsten sind bereit. Vor mir violette Blumen …
Heute sind Laufgräben gemacht … Wenn mal jemand eine alte Hose
hat für den blinden Benjamin …

Danuta Czech   **(KZ Auschwitz-Birkenau)**
Der Kommandant des KL Auschwitz Rudolf Höß wählt zehn Geiseln
unter den Häftlingen des Block 2 aus als Vergeltung für die Flucht eines
Häftlings und verurteilt sie zum Hungertod im Bunker von Block 11 […]
Am 30. Juni wird der Bunker geöffnet und ihr Tod festgestellt.

*

Hein Mück aus Bremerhaven ist allen Mädchen treu,
er hat nur eine feste Braut und zwanzig nebenbei!
Die eine in Havanna, die andre in Hawai
und auch in Nagasaki wartet eine Butterfly!
Sein Herz ist groß, das Meer ist weit
und fort ist er so lange Zeit!

<663   Mittwoch, 25. Juni 1941   1413>

> Ich hatte dich gepflanzt zu einem süßen
> Weinstock, einen ganz rechtschaffenen
> Samen. Wie bist du mir denn geraten zu
> einem bittern, wilden Weinstock?
> HERRNHUT   JEREMIA 2,21

Ernst Jünger 1895–1998   Paris

Wieder vor der «Lorraine», Place des Ternes. Das Wiedersehen mit der
Uhr, an der mein Blick so manches Mal haftete.

Wenn ich mich, wie am Montag bei der Verabschiedung von meiner
Kompanie, vor einer Truppe aufstelle, bemerke ich dabei an mir das Be-
streben, von ihrer Mittelachse abzuweichen: das ist ein Zug, der den Beobachter und das Vorherrschen kontemplativer Neigungen andeutet.

Abends mit Ziegler bei Drouant zur Bouillabaisse. Ich erwartete ihn in
der Avenue de l'Opéra, vor einem Geschäft mit Teppichen, Waffen und
Schmuckstücken aus der Sahara. Darunter schwere Arm- und Fußreifen
aus Silber, mit Schlössern und Stacheln besetzt – Schmuckstücke, wie
sie in Sklaven- und Haremsländern üblich sind.

Dann «Café de la Paix». Beurteilung der Lage, die sich deutlicher ab-
zeichnet.

Thomas Mann 1875–1955   *Pacific Palisades*

Kaffee getrunken u. gegangen. Am Roman weiter. […] ½9 Empfang von
Gästen: Huldschinksys, Bruno Franks, Leonh. Frank, Neumanns, Frau
Fischer mit Tochter, Fritzi Massary, Markuse und Frau, W. Speyer, Eva
Hermann. Kaffee und Whisky. Vorlesung des Kapitels Bennu, Träume
und Deutungsaudienzen. Buffet und Unterhaltung. Viel über den russischen Krieg u. seine möglichen Consequenzen. Hitler kann Stalin stürzen, aber er würde ihn nicht lange überleben. Auch die Deutschen wissen, daß sie mit Hitler keinen Frieden bekommen. Zieht sich der russische Krieg etwa bis zum Herbst hin, ist Deutschland ohnedies verloren.
Ich glaube, daß man das Régime beseitigen wird, ehe es zum Äußersten
kommt. Besser wird alles ohne Ausnahme sein, was an die Stelle treten
kann.

Wilhelm Muehlon 1878–1944   *Klosters/Schweiz*
Einstweilen sind die Beschränkungen in der Verfügung über Guthaben
in den USA zugunsten Russlands aufgehoben worden, so dass Russland
in den USA Einkäufe machen kann. Spanien und Japan «studieren» noch
aufmerksam die neue Lage und teilen dies als Ergebnis ihrer Sitzungen
mit. [...] Nach den Zeitungen zu schliessen, müsste Schweden gegenwärtig unter grösstem deutschem Druck stehen, sich sofort zum Mit-
gehen gegen Russland zu entscheiden.

Erika Mann 1905–1969   *unterwegs*
An Lotte Walter
Allerliebstes Ding, – Du kannst, – nein, Du KANNST Dir von der Hitz
und der Hatz keinerlei auch nur annähernd klares Bildchen machen, in
der ich lebe und leiden muß. Die Portugiesen! [...] Denn mein Sinn ist,
trotz allem, nicht unmunter. Die russische Sache ist und bleibt ein *gün-
stiges* Vorkommnis, – eines, übrigens, das meine Fahrt teils (zumindest
für den Augenblick) ungefährlicher, teils nützlicher gestaltet. Denn
jetzt sollte man in D. doch ganz neugierig und beunruhigt sein und sollte zuhören, wenn Erimaus spricht.

John Colville 1915–1987   *London*
Der Ärger mit dem Informationsministerium hat einen Höhepunkt erreicht. Es ist dringend notwendig, jetzt einmal genau zu definieren, welche Zuständigkeiten Mr. Duff Cooper hat und wie sein Verhältnis zu
den anderen Ministerien ist.

Julien Green 1900–1998   *Baltimore*
Könnte man heilig leben, hätte man keine Angst vor dem Tod, denn das
heilige Leben gibt den Frieden und nimmt dem Tod sein schreckliches
Ansehen. Von jenem Tag an, etwa in meinem zwanzigsten Lebensjahr,
da mir bewußt wurde, daß auch mich der Tod holen würde, war mein
Leben wie vergiftet. Ich hatte das Gefühl, ihn an jeder Wegbiegung zu
sehen, wie er das umschlich, was mir am liebsten war.
– Gestern in Washington, wo ich zwei Stunden in der neuen Gemälde-
galerie (Sammlung Mellon) verbracht habe. Fast die gesamte italienische
Kunst ist dort vertreten. Erdrückt von der Großartigkeit dieser Bilder.
Es ist eine Parade der Malerei von Giotto bis Piazzetta, eine große Vision, die in ihrer Kontinuität etwas Strenges und fast Fatales hat und
noch mehr bewegt als die Vollkommenheit jedes einzelnen Werks, denn
wahrscheinlich war sie den Malern nur undeutlich bewußt, obwohl sie

alle an ihr arbeiteten, und man sieht, wie dieser geniale Menschenschlag
einen Traum von überirdischer Schönheit verfolgt.
Gegen zwei Uhr das Museum verlassen, um mich auf eine Bank zu setzen, auf einer großen Avenue, deren Namen ich nicht kenne. Ein paar
Terzinen aus dem «Purgatorio» gelesen. Das Wetter war sehr schön,
ich fühlte mich beinahe glücklich. Welche Reichtümer würde uns das
Leben aus voller Schürze hinschütten, wären wir nicht armselige Barbaren!
– Der Mensch ist vom Rest der Menschheit durch eine Schranke getrennt, die fast nie fällt. Das ist das Drama eines jeden. Die Wörter verraten uns schmählich. Wir möchten sprechen, und niemand ist da, uns
zu hören, auch wenn wir jeden Tag zu zwanzig Personen sprächen. Was
wir im Innersten denken, ist kaum mitteilbar. Manchmal errät es die
Liebe, aber das ist das Vorrecht der Liebe und der Liebe allein. Das ist
das Mittel, dessen Gott sich bedient, uns an sich zu ziehen, denn er allein
versteht uns in absoluter Weise. Zu einem Menschen sprechen heißt eine
Brücke über einen Abgrund schlagen, doch ist jenseits des Abgrunds eine
Straße, die weiterführt? Höchst selten.

✳

Grete Dölker-Rehder 1892–1946   Stuttgart
Ingi bekommt heute große Ferien, Otto hat Urlaub, Hilfe im Haushalt
haben wir nicht, was liegt näher, als dass wir das Haus zuschließen und
verreisen? Es ist sozusagen selbstverständlich, aber mir ist dies Jahr
bange davor. Kann nicht von Sigfried eine Nachricht kommen, die uns
hier schneller erreichen würde, zu der wir von hier aus schneller das evtl.
Notwendige veranlassen könnten? Otto sagt, was soll das sein? Wenn
er von Deutschen gerettet wäre, wüssten wir es längst. Wenn er gefangen wäre, kommt es auf einen Tag späterer oder früherer Benachrichti-
gung nicht an. Aber wenn er nun verwundet oder krank irgendwo läge
und wir könnten ihn besuchen? Auch das müßten wir längst wissen, das
ist wahr. Es sind nun vier Wochen her! Wären wir nur erst weg! Und
wären wir nur erst wieder hier!

Helmuth James von Moltke 1907–1945   Berlin
An seine Frau
Mein Essen mit Dohnanyi gestern kam nicht zustande, weil D. dienst-
lich verhindert war. Stattdessen kam Gablentz und anschliessend zum
Kaffee Peters. Beide waren nett, aber entsetzt über die Eröffnungen, die

ich hinsichtlich der Aussichten unseres Verhaltens in Russland machte.
Merkwürdig wie naiv auch Leute sind, die *a.* einen kritischen Geist
haben und *b.* auch auf einigen Gebieten gut unterrichtet sind.

Reichspressestelle der NSDAP   Berlin
Tagesparole
Es ist unter Umständen damit zu rechnen, daß demnächst die bisher
zurückhaltende militärische Berichterstattung eine Lockerung erfährt.
Die dann vorliegenden Nachrichten werden reichen Stoff zur Großauf-
machung bieten.

Der Soldat Helmut N. †1945   im Westen
Wir stehen allem sehr fern; diesmal gibt uns das OKW Rätsel auf, so daß
wir nicht einmal auf der Karte dem Vormarsch, dem Siegeszug unserer
Kameraden folgen dürfen.
Allerdings weiß ich heute eins, die Erfolge dieser ersten Tage sind so
über alle Erwartungen groß, daß jeder einzelne als Phantast bezeichnet
werden würde, der sie als wahr bezeichnete. In ein paar Tagen werden
sie wahr sein, denn dann steht das OKW dahinter und wird sie mit seiner ganzen Autorität decken.
Ich gebe mich heute keinen Prophezeiungen hin, diesmal wissen wir Soldaten schon Genaueres als die Öffentlichkeit. Ich denke an den Heeresbericht von heute: «Die Ereignisse sind so überragend, daß auf große
Erfolge zu rechnen ist.»

Der General Franz Halder 1884–1972   Führerhauptquartier
OQu. IV berichtet über den unmittelbar vor Beginn Barbarossa vom
Führer an den Duce gerichteten Brief vom 21.6. In der Aneinanderrei-
hung loser Gedanken ist bemerkenswert folgendes: Begründung des
Angriffs auf Rußland mit der russischen Lagekarte.
Folgerungen aus Kreta: Zum Angriff auf eine Insel muß das letzte Flug-
zeug eingesetzt werden. – Krieg gegen Rußland hat England zum Ziel.
Syrien wird nicht lange halten können.
Frankreichs Haltung zweifelhaft. Italien wird ziemlich unverblümt auf-
gefordert, sich gegen Frankreich bereitzuhalten.
Ägypten kann erst im Herbst angegriffen werden. Italien muß sich dabei
auf Sicherung gegen Westen (in Afrika), nötigenfalls auch zum Angriff
gegen Westen in Nordafrika bereithalten. Intensivierung des U-Boot-
krieges im Mittelmeer wird gefordert.

Der Oberstabsarzt Dr. Willi Lindenbach † 1974   Gummersbach
Heute abend um 19 Uhr rücken wir ab. Mit Seeteufels noch etwas auf
dem Balkon gesessen, dann hieß es Abschied nehmen. Letzte Fahrt durch
Gummersbach anschließend nach ... wo die Verladung sofort begann.
Es hatte beinahe nicht geklappt, da zuviel Wagen da waren.

Jochen Klepper 1903–1942   Rumänien
Glut. Das kurze Mittagsbad und der Drillichanzug ohne Unterwäsche
sind die einzige Wohltat. Gesundheitlicher Tribut an den Balkan: der
Durchfall aller. Aber auch daran gewöhnt man sich.
Wir konnten vormittags die Flakbeschießung eines russischen Flug-
zeuges, das entkam, beobachten.
Die Russen locken durch weiße Fähnchen heran und schießen dann;
ihre Flugzeuge haben zum Teil deutsche Abzeichen.
Deutsche Truppen sollen schon 300 Kilometer tief in Rußland sein.
Für unsere Stärkung und Erfrischung wird alles getan: Siphons, Brötchen, Sekt, Bier, Schokolade, Erdbeeren werden herbeigeschafft. Son-
nenbrillen, Mückenschleier (die wir zum Glück noch nicht brauchen).
Großer Mittagregen, dann heißer Sommernachmittag.
Die im Hinblick auf den «Vater» so schöne Kaffeestunde mit Divisions-
pfarrer Plate, dem jungen Theologen Christian Damme von der benachbarten Werkstattkompanie, Hauptmann Jordan (der des «Vaters» wegen
«den Hut abnahm») und Hauptmann Arndt in dessen Zelt.
Abendbesuch von und Abendspaziergang mit Vikar Lamme.

Der Offizier Udo von Alvensleben   im Osten
Langsam wird es Abend und Nacht, noch langsamer bewegen sich die
Heeressäulen vorwärts. Meist laufen ausgefahrene Gleise neben den Straßen her, in der Regel Landwege mit tiefen Löchern oder Sandkuhlen,
über die man sich vorsichtig hinweglügt. Wie Forellen schlängeln sich
und hüpfen Kradfahrer hindurch. Ein Chaos, in Staubwolken vernebelt,
ein lohnendes Ziel für die sowjetischen Bomber. Oft wird geschoben,
gezogen, Verunglückten weitergeholfen. Wir sehen alle wie Schornstein-
feger aus.
Die ukrainische Landschaft: Bilder vertiefen sich durch häufiges Anhalten, in denen Kontakt mit den Landeseinwohnern entsteht. Diese
Erde ist mit harten, geduldigen, schicksalsergebenen Geschöpfen be-
völkert, die in Angst, Vorsicht und stoischer Würde die Schrecken dieses Daseins über sich ergehen lassen und auf deren Rücken und Kosten
das Welttheater sich abspielt. Das Land ist von unendlicher Weite, wirkt

jedoch nicht einsam, da immerfort Dörfer und einzelne Hütten auftauchen, aus Lehm oder Holz, mit Strohdächern, sehr arm, aber im höchsten Grade phantasieanregend. Bis ans Ende der Welt denkt man sich solche Urhäuschen. Oft sind sie verbrannt. Vorsichtig hat man der Brandgefahr wegen die landwirtschaftlichen Geräte und Maschinen ins Freie gestellt. Orthodoxe Dreikuppelkirchen kennzeichnen die größeren Dörfer. Kreuze und Heiligenbilder ohne Zahl stehen an den Wegen. Vor den Häusern hocken regungslos die Schatten der Einwohner. In Sümpfen quaken Frösche. Die Wälder atmen Frische und Feuchtigkeit. In der Dämmerung eine Geisterlandschaft. Frei in der Landschaft steht eine hohe weiße Kirche; mit kühner Barockfassade und schwungvollen Torpfeilern. Feindwärts röten Brände den Himmel. Über uns blitzt durch das zarte, duftende Geäst der Sternhimmel. Es schießt. Unsere Panzer stehen im Kampf. Kolonnen brausen vorüber. Mir kommt es vor, als hätte ich alle Feldzüge seit Erschaffung der Welt schon mitgemacht.

Der Offizier Martin Steglich 1915–1997   vor Kowno

Heute morgen weckte mich gegen 4.45 Uhr mein Melder: draußen ein russischer Stoßtrupp. Stärke 50–60 Mann, versucht durchzubrechen. Das sich entwickelnde Gefecht erstreckte sich auf über 2 Stunden und führte zur völligen Vernichtung aller Roten. 48 Mann waren tot und 9 wurden gefangen genommen. 5 Offiziere – darunter ein Kommissar – waren bei dem Haufen! 8 MG, nur M.P.s und automatische Gewehre sowie leichte Granatwerfer hatten sie bei sich. Von meinen Männern fiel Reichelt und wurden verwundet Fw. Neumann durch Brustschuß und Gefr. Zimmermann 3 Beinschüsse und 1 Kopfstreifschuß. Das Schlimmste aber: Günther Wiebelitz, der feine, saubere Kerl – ist nicht mehr. Beim Einbruch in die feindliche Stellung erwischte ihn eine Pak-Granate. Er war auf der Stelle tot. Erschütternd! Nun sind wir auf dem Vorwerk Podrozek und ich habe bisher geschrieben. An die Mutter von Reichelt – diese Briefe sind immer besonders schwer – es geht immer ein Stück vom Herzen mit. Was kommen wird, weiß ich nicht. Jedenfalls stehen wir z.b.V., es soll wohl über die Memel bei Kowno gehen.
Übrigens: in Kowno haben die Roten sämtliche Brunnen und Leitungen vergiftet. Chef Engler ist heute Morgen auch verwundet worden. Wahrscheinlich übernimmt Erich Bölte seine Kompanie. Mir fehlt dann ein Zugführer.

Erich Kuby *1910   östlich Kowno

49 km hinter Kowno. Abends gegen 7 Uhr. Wir fuhren die ganze Nacht
mit großen Pausen und erreichten am Morgen Seta, das radikal zerstört
ist. Gerade wo wir hielten, lag eine tote Frau in Uniform – einer von
der Vorausabteilung erzählte, sie habe geführt, und mit ihr hätten sich
die letzten russischen Soldaten erschossen, als der Widerstand aussichtslos wurde. Nachher hat sie aber wohl noch ein Geschoß getroffen, ihr
Körper war aufgerissen. Wenn es der sowj. Führung gelingt, die Parteimitglieder zu solchem Fanatismus aufzustacheln, das übrige Rußland
national zu bewegen, so werden wir uns durchbeißen müssen.
Hinter Seta bauten wir in einem Gehöft eine kleine Vermittlung auf. Ich
war außer Betrieb gesetzt durch heftige Magenschmerzen, legte mich
auf eine Wiese, nun geht es wieder.
Wir fahren. Die Straße ist miserabel, Bertram lenkt den Horch, der viel
zu tief liegt für diese Zwecke, sorgsam durch die zahllosen Löcher und
Bodenwellen. Der Staub stört uns nicht, ein frischer Wind treibt ihn
weg. Malerisch ist alles. Da und dort arbeiten die Bauern wieder auf den
Feldern. Die Russen hinterlassen nichts, kein zerstörtes Fahrzeug liegt
am Straßenrand.
Vor Seta sahen wir Flüchtlinge aus der zerstörten Stadt. In einem so
dünn besiedelten Bauernland kann das Flüchtlingselend niemals die
Formen annehmen, die es in Frankreich hatte. Die Bauern laden Vorrä-
te auf einen Wagen und ziehen in den Wald. […]
Die Nervosität unseres Unteroffiziers teilt sich mir mehr mit als gut ist.
Er ist sichtlich enttäuscht, daß hier zwar vielleicht Milch und Honig,
aber keine Damenstrümpfe und Schuhe fließen wie in Frankreich, und
daß die Politik verbietet, in diesen Randstaaten wie ein Feind aufzutre-
ten. Er wäre gern SA-Mann zwischen Untermenschen, die reich sind.
Ich sage ja, ein typischer Deutscher.
Wir durchfahren eine größere Ortschaft, Wilkomir, hier haben die Russen Kasernen und Schulen gebaut, sie sind nicht zerstört, die haben sie
jetzt für uns gebaut. Das Krieger- oder «Befreiungs»-Denkmal besteht
aus Betonklötzen.

Ernst-Günter Merten 1921–1942   Galizien

Gestern nachmittag haben wir eine neue Art des Kriegführens kennengelernt: Baum- und Heckenschützen. Leider gab es dadurch im Btl.
einige Tote. Dafür setzten wir eine Leuchtspurgarbe in ein Gehöft, das
sofort in Flammen aufging. Leider tat das nicht das ganze Dorf!
Auf dem weiteren Marsch war alles leicht nervös. Immer wieder glaub-

ten einige Heckenschützen zu sehen und knallten los. ... Die «Stabsbatterie» hat sich wieder einmal bemerkbar gemacht. Das ist diejenige
russ. Batterie, die es anscheinend darauf abgesehen hat, stets den Stab
zu beharken. Zwei Volltreffer in die Bäume. Es prasselte ringsum. Drei
Pferde von uns mußten erschossen werden. Bei Martin Franke sah man
den Ein- und Ausschuß eines Splitters im Stiefel. Das Bein selbst hatte
nichts abbekommen. Die Infanterie der Russen taugt nicht viel, aber die
Artillerie – oho!
Abends gab es so viel zu essen, daß der entwöhnte Magen es kaum aufnehmen konnte: Eine nicht zu entziffernde, aber gute Suppe, Brot, Kaffee und viel Beutebüchsenfleisch.
9.45 Uhr. Eben habe ich «Piefke» Kühneck getroffen, einen Klassen-
kameraden von mir, ein großer Jungvolkführer. Er brachte folgende
Nachrichten mit, die man nicht als Latrinenparolen bezeichnen kann:
Sämtliche nordischen Staaten und Japan haben Rußland den Krieg erklärt. Dt. Panzertruppen 100 km vor Moskau. Lemberg schon lange genommen.
Nachmittag. Ich sitze auf einem Baumstumpf in einer etwas verwässer-
ten Schlucht. Sonnenflecke fallen durchs Laub auf die Pfützen. Irgendwo rumst es noch. Hinter uns, irgendwo, wo der Funkwagen vom
Nachr.Zug steht, erklingt Musik aus dem T-Empfänger (Radiogerät).
Ich kann Dir nur sagen: es war furchtbar! – Sofort kamen mir Erinne-
rungen an OTS. Stelle Dir vor: jetzt bei Tanzmusik von Adalbert Lutter
vor der Strandhalle mit einem riesigen Becher Eis oder Eisschokolade.
Dunkelblau leuchtet die Ostsee. Darauf weiße Segelboote. Von der
Landungsbrücke, am Strand und im Wasser das dumpfe Gesumme der
Menschenstimmen. Irgendwo rennt der Mann von Foto-Pohlke her-
um. Bei Anne Pries ist Hochbetrieb. Drüben leuchten die Häuser von
Grömitz.
Wohin ich an Dich denken soll, weiß ich nicht. Auf der Penne wirst Du
ja wohl nicht mehr sein. Aber wo? Bei Heer oder Marine, Luftwaffe
oder Waffen-SS?

Der Leutnant
Georg Kreuter 1913–1974   Ozgmowicz
Auch die längste Nacht geht einmal zu Ende! – Jetzt sieht man endlich
klar! Aus allen Lkw werden noch Russen herausgeholt, zum Teil liegen
sie unter den Achsen versteckt, auch in unseren Fahrzeugen sind welche. Es ist ein ganz ansehnlicher Haufen, der da zusammen kommt. Das
Weib, das in der Nacht so wahnsinnig gebrüllt hat, ist jetzt ruhiger ge-

worden. Sie hat einen Säugling mit dabei. Ihr Gebrüll hatte die ganze
Nacht alle nervös gemacht, sie muß irrsinnig sein, denn sie trommelt
und hält anscheinend große Reden. – Etwa 20 der schlimmsten Vagabun-
den und solche, die sich als deutsche Soldaten ausgegeben haben, werden erschossen. Auch das Weib ist mit dabei! – Ich bin froh, als dieses
Kapitel abgeschlossen ist. Wenn das so weiter gehen soll, dann müssen
wir bald Ersatz an frischen Nervensträngen erhalten! – Unsere Panzer
sollen schon vor Minsk sein!
Wir kommen gar nicht weiter vorwärts, überall kleinere Kämpfe. Vor
allem nachts. Oft sind sogar russische Fahrzeuge mit in unserer Marschkolonne. Wer es zuerst bemerkt, wirft dem anderen dann Handgranaten ins Fahrzeug. Verschiedentlich haben bolschewistische Fahrzeuge
auf Anruf geantwortet: «Nicht schießen, deutscher Verwundeten-Trans-
port.» – Micki Blume ist an der Hand verwundet worden. Ganz in meiner Nähe sind allein 4 Offiziere gefallen. Sie werden mit anderen Kameraden zusammen gleich hier im Ort begraben. So kann es unter keinen
Umständen weitergehen!! Das verfluchte Kaff heißt Ozgmowicz. Es
liegt hinter Rozana und vor Slonim (54 km).

Der Assistenzarzt
Dr. Hermann Türk 1909–1976   **östlich Kobryn**
Immer weiter. Es wird hell. Ich bin wieder bei der Kompanie. Oberarzt
Schnürpel untersucht mich und stellt 2 Rippenfrakturen rechts fest.
Verdammt, gerade jetzt! Da – Fliegerangriff. 20 m vor dem ersten Fahr-
zeug eine Bombe, 8 m neben meinem Krad eine und dann noch 2 in der
Nähe. Alles liegt am Boden. Verdammt, tut die Brust weh durch den
Luftdruck der Detonation. – «Mensch, Jenter, steh doch auf, Flieger
sind ja weg!» Der rührt sich nicht. Wir drehen ihn um. Ich untersuche
ihn. Granatsplitter in der Leistengegend. Er kollabiert. Wahrscheinlich
starke Leberblutung. Er wird schnell verbunden und dann ins Lazarett
geschafft. So ist mein Fahrer einen halben Meter neben mir getroffen. –
Gesagt hat er nichts mehr. Mein lieber Erwin Jenter. – Für heute reicht
es mir eigentlich. Ich fühle mich sauelend. Die Wälder neben der Straße
brennen. Sonst sind noch 6 Verwundete und 2 Tote einer anderen Kompanie durch diesen Angriff ausgefallen. Die Verwundeten werden gleich
zurückgeschafft. Kaum sind wir ein Stück weiter, als wieder neben uns
die Brocken runterkommen. Es prasselt um uns. Alles brennt neben der
Straße. Nun kommen wir aus dem Wald, und beiderseits der Straße sind
Felder für ca. 600 m. Da kommt ein Bomber. Wir halten an, steigen
aus. – Es ist ein Deutscher. Aber da – in riesigem Tempo jagen zwei

Tiefflieger über den Wald und mit M. G. beschießen sie die Mannschaften beiderseits der Straße. Wir liegen kaum auf der Nase, als sie in 6 m Höhe über uns weghuschen. Ich sah zuerst nach rechts. Doringer lag 30 m neben mir, dann der Unterapotheker und Füchte. Wir lagen alle in einer Höhe, und sämtliche M. G.-Einschläge dicht nebeneinander einen halben Meter vor unseren Köpfen. Etwas tiefer und wir hätten alle vier dran glauben müssen.

Post kommt wohl kaum vorläufig. Das können wir verstehen, wenn man die Schwierigkeiten des Nachschubes im ersten Vormarsch kennt. Auch diese Nacht auf der Straße.

Der Gefreite Feldmann *1922 Litauen
Mit Chef beim Kommandeur. Kompanie schon weg, als wir zurück- kamen. Nach Wiederfinden Weitermarsch in Richtung auf Lecava. Kp. Gef. Stand auf Höhe 109. Sicherungsauftrag. Zwischendurch mit be- waffneten Zivilisten in dem Gehöft. 7 Mann erschossen. Im Wald in der Nähe russ. Panzer. Braunauer verwundet (Ohr). Mittags Weiter- marsch. Sicherungsauftrag auf Weidefläche Uturiai. Um 17 Uhr mit Win- ter zusammen Erkundung des Weges zur Abteilung. Fahrt durch den Wald.
19.00 Rückkehr. Troß ist nachgekommen. Essen. Post. Zeltbau.

*

Der Fotograf Gunsilius Kowno
In der Nähe meines ausgemachten Quartiers [in Kowno] stellte ich am Nachmittag eine Menschenansammlung fest in einem nach drei Seiten umfriedeten Hof einer Tankstelle, der nach der Straße durch eine Men- schenmauer abgeschlossen war. Dort fand ich folgendes Bild vor: In der linken Ecke des Hofes war eine Gruppe von Männern im Alter zwi- schen 30 und 50 Jahren. Es müßten etwa 45 – 50 Personen gewesen sein, die von einigen Zivilisten zusammengetrieben und in Schach gehalten wurden. Die Zivilisten waren mit Gewehren bewaffnet und trugen Arm- binden, wie sie auf den Bildern, die ich damals machte, abgebildet sind. Ein junger Mann, es muß sich um einen Litauer gehandelt haben [...], mit aufgekrempelten Hemdsärmeln, war mit einer eisernen Brechstan- ge bewaffnet. Er zog jeweils einen Mann aus der Gruppe heraus, er- schlug ihn mit der Brechstange durch einen oder mehrere Hiebe auf den Hinterkopf.
Auf diese Weise hat er innerhalb einer dreiviertel Stunde die ganze Grup-

pe von 45–50 Personen erschlagen. Von diesen Erschlagenen machte ich eine Reihe von Aufnahmen.

Nachdem alle erschlagen waren, legte der Junge die Brechstange beiseite, holte sich eine Ziehharmonika, stellte sich auf den Berg der Leichen und spielte die litauische Nationalhymne. Die Melodie war mir bekannt, und ich wurde von Umstehenden belehrt, daß es sich um die Nationalhymne handle. Das Verhalten der anwesenden Zivilpersonen (Frauen und Kinder) war unwahrscheinlich, denn nach jedem Erschlagenen fingen sie an zu klatschen, und bei Beginn des Spiels der Nationalhymne wurde gesungen und geklatscht. Es standen Frauen in der vordersten Reihe mit Kleinkindern auf den Armen, die den ganzen Vorgängen bis zum Ende beigewohnt haben.

Ich erkundigte mich bei Deutschsprechenden, was hier vorginge, dabei wurde mir folgendes erklärt: Die Eltern des Jungen, der die anderen erschlagen hat, seien vor zwei Tagen aus dem Bett verhaftet und sofort erschossen worden, weil sie als Nationalisten verdächtig waren, und das hier sei jetzt die Rache des jungen Mannes. Ganz in der Nähe lag eine Reihe toter Menschen, die nach Aussage der Zivilpersonen zwei Tage vorher von abrückenden Kommissaren und Kommunisten getötet worden waren.

Solange ich mich noch mit Zivilpersonen unterhielt, wurde ich von einem SS-Offizier angesprochen, der mir meine Kamera abverlangte. Ich konnte ihm dies verweigern, da ich erstens eine Dienstkamera hatte und zweitens einen Sonderausweis vom Armeeoberkommando 16, der besagte, daß ich überall fotografieren durfte. Ich erklärte dem Offizier, daß er diese Kamera nur über Generalfeldmarschall Busch erreichen könnte. Daraufhin konnte ich ungehindert gehen.

Adam Czerniaków 1880–1942   Warschauer Ghetto

Morgens Gemeinde. Danach bei Auerswald wegen der Rationen für die Angestellten der Gemeinde, der JSS und des Ordnungsdienstes. Mit diesen und allen anderen Fragen geht es nicht voran.

Ein Flugblatt   Wien

Arbeiter, Angestellte, Bauern, kleine Leute:
Rettet unser gemartertes, geknechtetes Volk vor seinen unfähigen, rohen, geisteskranken Rettern.
Kehrt Eure Wehr gegen die braunfaschistische Plutokratie, Feinde des wahren Sozialismus. Der Krieg ist definitiv verloren und jede Kürzung daher Wohltat an unserer Nation.

Verwandelt imperialistischen Raub- und Zerstörungskrieg in Werte
schützender, sozialistischer Revolution.
Die unvergleichliche frische, rote Wehrmacht führt Euch sofort zum
Sieg, Freiheit und Frieden.
Vervielfältigen und unter Soldaten verbreiten. – Pax! Fex!

*

Der Wind hat mir ein Lied erzählt
von einem Glück unsagbar schön.
Er weiß, was meinem Herzen fehlt,
für wen es schlägt und glüht,
er weiß für wen!
Komm! Komm!

<664 Donnerstag, 26. Juni 1941 1412>

Zur Zeit ihrer Angst schrieen die Kinder
Israel zu dir; und du erhörtest sie vom
Himmel.
HERRNHUT   NEHEMIA 9,27

Karl Wolfskehl 1869–1948   *Auckland / Neuseeland*
An Rudolf Laudenheimer
Zeit zur Nachdenklichkeit über mich selbst habe ich in Fülle, weit mehr
als mir lieb ist, denn das eigne Arbeiten wird durch die hemmungslos
fortschreitende Augenverdunkelung völlig verhindert. Gerade zur Not
kann ich mir noch ein paar Notizen machen oder, wenns ums Dichten
geht, einige Verse niederschreiben, was dann alles entziffert werden
muss. Vom eignen Lesen ist überhaupt keine Rede mehr, nur eben ein
paar Zeilen lassen sich gelegentlich unter wirklich unsäglicher Mühe
und entsprechender Schädigung des noch vorhandenen minimalen
Lichtrestes einmal abtasten. Diese recht negative Tatsache gibt den
Grundton für meine Existenz, die natürlich gegenüber dem ungeheuren
Ab- und Umbruch aller Dinge nicht weiter in Betracht kommt ...

Ernst Jünger 1895–1998   **Paris**
Gegen Morgen Träume von Erdbeben – ich sah, wie die Häuser verschluckt wurden. Der Anblick war verwirrend wie ein Malstrom und
drohte einen Taumel hervorzurufen, in welchem die Besinnung verlo-
renging. Ich sträubte mich zunächst dagegen und stürzte mich dann
doch in den Vernichtungswirbel wie in einen rotierenden Schacht. Der
Absprung war mit Lust verbunden, die das Entsetzen begleitete und
überwand, als ob der Körper sich in eine bösartige atomistische Musik
auflöste. Wie eine Fahne, die versinkt, war zugleich Trauer da.
Mit Ziegler ein weiteres Gespräch über die Lage, im «Ambassador».
Auch über das Zweite Gesicht, das sich in der Familie seiner Frau vererbt. Diese sah den Brand des Zeppelin-Luftschiffes, drei Stunden bevor der Rundfunk ihn verkündete, und anderes. Ja, es gibt sonderbare
Quellen, aus denen sich unsere Einsicht speist, denn sie sah auch Knié-
bolo [Adolf Hitler] am Boden liegen, mit blutüberströmtem Gesicht.

Julien Green 1900–1998 *Baltimore*

Vorgestern sagte mir jemand, daß nach der Meinung wohlinformierter Leute (in Washington und New York) der russisch-deutsche Krieg zwei bis drei Wochen dauern würde, und ich habe gesagt, ich würde es mir aufschreiben, um zu sehen, welchen Glauben man den «Sachverständigen» schenken könne.

Wilhelm Muehlon 1878–1944 *Klosters/Schweiz*

Mussolini hat in Verona eine italienische Division, die gegen Russland eingesetzt wird, kraftvoll angesprochen und zugleich beruhigend betont, dass die elenden Sowjetarmeen inzwischen schon schwere Verluste erlitten hätten.

✻

Sicherheitsdienst der SS Berlin

Geheimer Lagebericht

Die inzwischen weiter eingegangenen Meldungen zum Krieg mit Rußland bestätigen einhellig, daß die anfängliche Nervosität und besonders bei Frauen festgestellte Bestürzung nur wenige Stunden angehalten hat und durch die umfassende Aufklärung einer allgemein ruhigen und zuversichtlichen Haltung Platz gemacht hat. [...]

Während in allen Teilen des Reiches militärisch keinerlei Sorgen besprochen werden, tauchen hier und da Befürchtungen in der Bevölkerung auf, daß es außerordentlich schwer sei, den russischen Raum zu sichern und zu verwalten, wobei immer wieder auf den überall herrschenden Menschenmangel hingewiesen wird. Verhältnismäßig selten ist bisher der Hinweis auf das Schicksal Napoleons, der an der Weite des russischen Raumes gescheitert sei.

Grete Dölker-Rehder 1892–1946 Stuttgart

Das, was ich fürchte ist, Sigfrid könnte heimkommen und vor ein leeres, verschlossenes Elternhaus kommen. Aber – was für ein Unsinn – fürchten – käme er doch! Die Nachbarn Melchior haben ja einen Schlüssel und mit uns kann er sich telefonisch in Verbindung setzen. Nein, wenn er lebte, wenn er käme, wie gleichgültig wäre dann alles andere. Aber er kommt nicht jetzt mehr so einfach und steht eines Tages da. Das konnte man die allererste Zeit noch für möglich halten, jetzt nicht mehr. Jetzt ist er gefangen oder interniert oder von einem Schiff aufgenommen, das ihn irgendwohin mitnimmt, nach Afrika oder Australien, oder was weiß ich. –

Ich hatte einen Ring. Er war nur aus Silber mit einem Bernstein darin, aber sehr gut kunstgewerblich gearbeitet. Ich hatte ihn sehr gern, trug ihn stets und pflegte ihn als meinen Glücksring zu bezeichnen. Wie konnte ich, ach, wie konnte ich nur! Aber ging es uns nicht gut, solange ich ihn trug? Es konnte uns nicht besser gehen, ja, es ging uns so gut, daß ich den Ring zu verachten begann. Ich zog ihn von meinem Finger, weil er zu schlecht für mich war, und sah mich nach einem besseren um. Doch als das Unglück mit Sigfrid über uns gekommen war, erinnerte ich mich meines alten Glücksringes, und obwohl ich mich meines «Aberglaubens» schämte, steckte ich ihn wieder an. Doch der Stein im Ring zerbrach bei der Hausarbeit. Gestern fiel der Stein heraus.

Der General Franz Halder 1884–1972   Führerhauptquartier
Die Abendabschlußlage des 25. und die Morgenmeldungen des 26.6. ergeben:
Heeresgruppe *Süd*: schreitet langsam leider mit erheblichen Verlusten vorwärts. Der Feind gegenüber ist straff geführt. Er führt aus der Tiefe gegen den Panzerkeil immer neue Kräfte heran und zwar sowohl gegen die Front, wie bisher, als nun auch neuerdings gegen die Südflanke und auf der Bahn nach Kowel offenbar auch gegen die Nordflanke. Letzteres dürfte kaum eine große Bedeutung gewinnen, die Südflanke ist aber z. Z. noch empfindlich, weil das Heranführen von Infanteriedivisionen zur Deckung der Südflanke (ein Paternoster wäre nötig) am Fehlen verfügbarer Kräfte scheitert und weil das noch zurückgehaltene Panzerkorps v. Wietersheim wegen der überaus dichten Belegung der schlechten Straßen mit lebenswichtigem Nachschub vorerst nicht nach vorne kommt.

Der Oberstabsarzt Dr. Willi Lindenbach † 1974   unterwegs
Die ganze Nacht und den ganzen Tag heute gefahren. Ich wohne mit Krug zusammen in einem Abteil, wo es urgemütlich ist. Die Herren sind alle guter Laune. Wir haben sehr viel Spaß mit unseren Radioapparaten. Krug und ich ärgern uns immer gegenseitig damit. Die Fahrt ging über Hamm, Münster, Osnabrück nach Hamburg. Hier sah man deutlich Einschläge von Fliegerbomben. Es war aber nicht erheblich. Und dann ging es weiter gen Osten an der Küste entlang.

Ruth Andreas-Friedrich 1901–1977   Berlin
In Eilmärschen dringen unsere Divisionen vorwärts. Gerüchte erzählen von riesigen Siegen. Der Wehrmachtsbericht beschränkt sich dar-

auf, uns täglich wissen zu lassen, daß die «Kämpfe gegen die Rote Armee planmäßig und erfolgreich verliefen».

Der Soldat Paul Hübner *1915   Nybagmöen/Norwegen

Nach Mitternacht hier angekommen. Ein großes Holzgebäude mit Küche, Aufenthaltsräumen und Offizierszimmern ragt über die Mannschaftsbaracken hinaus. Ringsum wellige Heide mit grünen Birken und darüber der grenzenlose Himmel. Wachen werden aufgestellt und das Lager gegen Fliegerangriffe gesichert.

Bis jetzt haben wir weder eigene noch fremde Flugzeuge gesehen. Einige behaupten, es gäbe gar keine hier oben, und Kriegführen wäre hier auch nicht möglich. Die finnisch-russische Felstundra sei ein wüstes Gewirr von Felsen und Mooren ohne Weg und Steg. Selbst die Lappen würden sie mit ihren Rentieren meiden.

Der Leutnant Walter Melchinger 1908–1943   **Ukraine**

Vorgestern um 17 Uhr haben wir die Grenze überschritten. Seither sind wir in Gewaltmärschen hinter der Front her, von der wir so gut wie nichts wissen. Die Schützenkompanien mit ungeheurer Anstrengung in dem Staub und Sand der schlechten Straßen. Wir mit Leichtigkeit voraus oder hinterdrein fahrend. Von der ukrainischen Bevölkerung werden wir als Befreier begrüsst. Es ist eine grosse Freude für uns, diese Herzlichkeit täglich zu spüren. Überall freundliche Gesichter, mit Blumensträussen stehen sie an den Strassen, die ganze Dorfbevölkerung kommt zu unseren Biwakplätzen, bereitwilligst geben sie uns alle Unterstützung, die wir brauchen. Wir haben wirklich Glück, dass wir hier eingesetzt wurden und nie mit der Heimtückischkeit und Hinterhältigkeit einer feindlichen Bevölkerung rechnen müssen. Die Sowjets haben auch gemein gehaust. Ganze Dörfer wurden ausgesiedelt, die Bevölkerung mit Abgaben bis zum Hungern ausgesogen, Kirchgang verboten, jeder Mann und jede Frau von brutalen jüdischen Kommissaren überwacht.

Das Land ist eben. Was wir von den Strassen aus sehen, sind unendliche Kornfelder. Die werden nun uns gehören. Bald ist die Ernte. Nahrungssorgen kann es in diesem Kriege nicht mehr geben.

So musste es kommen. Was keiner von uns für möglich hielt, hat unsere unwahrscheinlich grosse Politik nun möglich gemacht. Und jetzt denkt jeder, was sind wir für Stümper gegenüber der Grösse unserer Führung. Wir sollten nichts mehr vermuten mit unserem kleinen Verstand, wir sollten nur noch von einem bedingungslosen Vertrauen erfüllt sein. Das

sind wir auch. Trotzdem blühen die Gerüchte wie das Unkraut, wo doch keiner etwas weiss.

Die Russen waren vollkommen überrascht. Kein einziger Bunker war fertig, überall stehen die Verteidigungsanlagen in den allerersten Anfängen. Monate hätten sie noch gebraucht, und dann wären die Bunker gegenüber unserem Westwall eine kindliche Bauerei geworden. Immer wieder müssen wir sagen, wie kann ein Volk oder seine politische Führung von solcher Dummheit sein, zu glauben, gegen uns heute Krieg führen zu können.

Ab und zu hören wir kurzes Artilleriefeuer von der Front. Einen feindlichen Flieger haben wir noch nicht gesehen. Dagegen standen an den Strassen die ersten Heldengräber, einfache Kreuze mit dem Stahlhelm drauf. Ihr Anblick hat mich nur bestärkt in dem mächtigen Drang zur Front, in dem Wunsch, auch kämpfen zu dürfen. Unsere Hoffnung ist, dass im Rücken der Russen, die wir vor uns haben, bereits unsere motorisierten Truppen stehen. Dann bekommen wir vielleicht noch Arbeit. Denn unser ganzer Vormarsch ist bisher friedensmässig. Keine Sicherung ist notwendig, das einzig kriegsmässige ist die getarnte Aufstellung unserer Fahrzeuge und Geschütze. Jeden Abend beziehen wir Biwakplätze am Rand der Dörfer. Vor uns sind meist grosse Weideplätze, auf denen das Vieh, Pferde, Gänseherden weiden. Das Wetter ist herrlich. Sind wir nicht in den Fahrzeugen, laufen wir in der Badehose herum. Namentlich die Abende sind sehr schön, die untergehende Sonne, das heimkehrende Vieh. Dann der Gesang meiner Leute zur Ziehharmonika. Die Dorfbevölkerung steht dabei.

Dass wir diese Zeit erleben dürfen!

Reichspressestelle der NSDAP   Berlin
Tagesparole

Freiwillige Meldungen und Kundgebungen russischer Emigranten zum Kampf gegen die Sowjetunion sind nicht aufzugreifen.

Sympathietelegramme von Ukrainern und Weißrussen an deutsche Stellen sind nicht zu veröffentlichen.

Der Kolchosevorsitzende
Alexander Marian *1914   *Speja/Dnjestr*

Die Anordnung vom Kreiswehrkommando: beide LKW der Kolchose müssen nach dem Mobilmachungsplan sofort bereitgestellt werden. Und beide sind ausgerechnet jetzt bei der Instandsetzung. Ich mußte eine schriftliche Erklärung dazu abgeben.

Der Bevölkerung des Kreises wurde heute auch befohlen, sämtliche Arbeiten in der Kolchose einzustellen und an der Ausschachtung von Panzergräben sowie an der Errichtung von Stacheldrahtverhauen um ständige Feueranlagen teilzunehmen.

Der Chirurg Georgij Barabasch *1919   *Odessa*

Die letzte Prüfung in der Hygiene an der Odessaer medizinischen Hochschule war für den 26. Juni 1941 vorgesehen. Wir konnten uns bald mit Recht zur Ärzteschaft zählen. Da brach plötzlich der verfluchte Krieg mit Hitlerdeutschland aus. Wir hofften schon darauf, uns wegen des Krieges vor der Prüfung in der Hygiene drücken zu können, aber wir mußten sie trotzdem planmäßig ablegen.

Erich Kuby *1910   im Osten

An seine Frau

Morgens. Wir sind nun die dritte Nacht durchgefahren. Auch tagsüber nur wenig Schlaf. Die Nächte sind kurz, aber während drei Stunden ist es doch stockdunkel, und in dieser Zeit ist es reines Glück, wenn wir nicht im Graben landen. Im Staub ist das abgeblendete Rücklicht des Vorwagens selbst dann kaum zu sehen, wenn die Stoßstangen sich fast berühren. Gegen 7 Uhr schlief ich neben Bertram am Straßenrand; als ich aufwachte, lag neben mir auf der Decke Dein Brief vom 15. Juni. [...] Die Kraftfahrer werden, soweit möglich, für Stunden ausgewechselt, sie können nicht mehr. Vielleicht gibt es aber heute Fahrpause, weil uns das Benzin ausgeht. In Seta hatten die Russen ein Benzinlager, aus dem diese Heerwürmer soffen, und jetzt haben sie es erfolgreich bombardiert. Zwei der abgelösten Kraftfahrer dürfen in den Samtpolstern des Horch schlafen, v. Almsick und ich sitzen im offenen Kübelwagen eines Leutnants und werden vom Staub weiß wie die Müller.

Wir fahren doch weiter. Hier sind die Bauern wieder fleißig am Winken. Man denkt kaum an Krieg, die Russen ziehen sich zurück, eine gekonnte, saubere Sache. Ich habe jetzt eine vorzügliche, von Kirkenes bis Rumänien reichende Karte, östlich bis zum Ural. Die reicht für eine Weile zur Übersicht über die Gesamtlage, über die ich mehr weiß als das Radio sagt, das nichts sagt.

Der Gefreite Feldmann *1922   Litauen

07.00 Alarm. Vormarsch im 2. Bat., Marsch als Vorausabteilung bis abends 21.00 unterwegs. Auf Vormarschstraße der deutschen Panzer, russische Panzer liegen zerschossen an den Straßen. Unter ... (Brük-

kenkopf) im Gut Pilemautas. In der Mühle Abendbrot mit viel Milch,
Ziegenkäse, Butter ... Abends bei Litauern (Lehrer) gut aufgenommen.
Zeltbau.

Jochen Klepper 1903–1942   Dangeni/Rumänien
Um 18 Uhr Aufbruch nach Dangeni.
Auf der Durchfahrt bietet Botosani, das ich nun zum dritten Male sehe,
ein völlig verändertes Bild, es ist eine Stadt des konzentrierten Kampf-
aufmarsches geworden. Und ungeheuer auch die Verdichtung, als wir
nun zum Abend nach dem kleinen Dorf mit seinen blühenden Sommer-
gärten kommen: Artillerie, Infanterie, Autos, Autos, Offiziere über Offiziere. Unentwegt beraten die Offiziere, jagen die Melder; man hört Artillerie. Vor unserer Ankunft wurde nach vier Luftangriffen dieses Tages
ein russischer Hauptmann abgeschossen. Material des Flugzeugs, Holz
und Leinwand, sehr schlecht. – Ich muß wegen Leutemangels nach der
Ankunft als Wache einspringen, nachts 12 Uhr 30 bis morgens 3 Uhr 30.
Ungeheures militärisches Leben der beiden schlechten Dorfstraßen, an
deren Schnitt-Eckpunkt wir liegen. Fahrkolonne, Melder, Flüchtlinge;
und endlos schwerste rumänische Artillerie hinter klobigen Lkws.
Gerade in dieser Nacht, vor und nach meiner Wache, nach meiner Feuertaufe zum erstenmal auf Stroh im Freien unter herrlichem Sternenhimmel geschlafen.
Auf der heutigen Fahrt sah ich zum ersten Male in Rumänien Land-
häuser mit wilden Parks, in denen, sehr malerisch, die Pferde unsrer
Fahrkolonnen versteckt sind.

Der Offizier Udo von Alvensleben   **im Osten**
Unsere Panzer kommen schnell voran. Die dadurch entstehende, sehr
lange Südflanke wird durch zwei Infanterie-Divisionen gegen seitlich
angreifende russische Panzerverbände geschützt. Rings zeigen sich Wälder voller Russen, die sich weit hinter uns zu starken Ausfällen sogar
mit Artillerieunterstützung aufraffen. Wir stoßen auf keine feste Front.
Die riesigen Gebiete, welche die Panzer längst durchstoßen haben, bleiben feindbesetzt und müssen mühevoll gesäubert werden. So haben wir
von der ersten Stunde an Russen auf allen Seiten. Das sind peinliche
Überraschungen. Wir nächtigen kurz in einem Gutspark, wie Mumien
in helle Decken eingewickelt, die Gesichter vor Myriaden von Mücken
geschützt.
Auf das Gerücht vom Einbruch russischer Panzer und Kavallerie von
Süden stürmt unsere Heeresartillerie flüchtend zurück. Rückwärtige

Dienste richten sich zur Verteidigung ein. Die Bevölkerung flieht in die Wälder, während gleichzeitig von Norden her ein russischer Einbruch überraschte Kolonnen überfällt. Unsere Marschdisziplin versagt.

Der Leutnant Georg Kreuter 1913–1974   Ozgmowicz

An der Brücke von Trakt werde ich zum ersten Mal eingesetzt. 2 feindliche Divisionen sollen uns gegenüber liegen. In ihrem Rücken sollen sich aber bereits Panzer eines anderen Korps befinden! Ich liege mit meiner B.St. in nettem Artilleriefeuer. Stukas helfen uns ganz groß! Ein Lkw vom Stab fährt aus Versehen bis in den Ort. Als er Russen sieht, wird er stutzig, kann aber noch kehrt machen und zu uns zurückkommen. – Seit 3 Tagen haben wir nichts zu essen und zu trinken. Die Sonderverpflegung darf jetzt angegriffen werden. Besonders die Schokakola schmeckt ausgezeichnet. – Wir greifen Baranowice an! – Abends um 21.00 gehe ich im Artilleriefeuer hinter einer bewaldeten Höhe in Stellung. Von Zeit zu Zeit will einer feindliche Panzer sehen, aber meist sind es eigene. Der Panzerschreck ist noch immer groß! Ich mußte oft auch bei anderen Kompanien eingreifen. – Vor B. sieht man Feldstellungen, sie sind besetzt. Pak, I.G. und Artillerie haben sie gegen uns eingesetzt. Beim Rgt.Gef.St. liege ich einmal mit dem Kommandeur und dem Brigade-Kommandeur in einem Loch. General Fremmerei macht einen etwas ängstlichen Eindruck. Er liegt unbequem zwischen uns, aber es schießt derartig mit Schrapnell, daß ich einige Minuten nicht heraus kann, dann verblühe ich aber schnell. – Eröffne das Feuer auf Pak und I.G. Es ist aber schon dunkel geworden. Eine Lage der Artillerie hätte beinahe meine F.St. [Flakstellung?] erwischt. – Major Rahl ist unten an der Straße gefallen. Er war mit seinen Pionieren zu einer Sperre gegangen. – Ein blöder Unglücksfall ereignete sich auch noch. Lt. Hartmann vom I. Btl. kam in der Nacht, um sich bei uns nach der Lage zu erkundigen. Er ging bis vor unsere Linie. Dort wurde er angerufen, da er etwas anstößt beim Sprechen, hielt ihn jemand für einen Bolschewisten, und da er auf Anforderung auch nicht die Arme hob, schoß man mit MP auf ihn. Er war sofort tot. Mittags hatte ich ihm noch etwas zu trinken gegeben. – (34 km.)

Der Assistenzarzt
Dr. Hermann Türk 1909–1976   Sluck

Die Kompanie bekommt von der Division den Befehl, alles zu überholen und in Sluck einen Hauptverbandsplatz einzurichten. Ich führe die Kompanie. Es sind ca. 80 km. Schon von weitem sehen wir riesige

Rauchwolken und mächtigen Feuerschein. In den Ort selbst können
wir noch nicht hinein, da noch um ihn gekämpft wird. Die Verwundeten, die uns unterwegs zuströmen, nehmen wir mit nach vorne. – Dann
ziehen wir ein. In einem Kinderheim wird eingerichtet. Es klappt alles
tadellos. Die Kinderbetten fliegen in hohem Bogen aus dem Fenster
und bald sind wir aufnahmebereit. Die Op.-Lampen leuchten und schon
rollen die ersten Verwundeten an. Die Stadt brennt, sie steht in hellen
Flammen. Solch ein Flammenmeer habe ich noch nicht gesehen, auch
nicht in Frankreich.
Wir haben die Nacht alle Hände voll zu tun. Meist Granatsplitterver-
letzungen. Wir operieren an zwei Tischen und so geht uns die Arbeit
gut von der Hand.

Ernst-Günter Merten 1921–1942   Galizien
Diese blöden russischen Wälder! Man verliert einfach die Übersicht,
wo Freund, wo Feind. So schossen unsere auf uns. Und dazwischen
steckten immer noch Russen, die den Rest umlegten. Das II. Btl. soll auf
149 Mann zusammengeschmolzen sein. Die 11. Kp. war eingekreist und
kam mit 55 Mann zurück. «Schlimmer als wie vor Verdun!» sagte der
Oberstleutnant v. Löhneysen. Der Führer des Rgt.Radfahrzuges fiel
schwerverwundet in russische Hände. Daß die Russen keine Gefangenen
machen, ist ja bekannt. Jung, der Melder d. 9. Kp., fiel, 19 Jahre … Wir
haben ihn nachher aus der Schlucht rausgeholt und bestattet. 6 Russen
jagten ihm eine MG-Garbe in den Bauch und stachen dann noch mit
dem Bajonett zu. Plünderten ihn aus. Brieftasche, Kamm, Spiegel, alles
lag wüst umher. Vom Stab selbst fiel «Pizel» Neumann, der Pferdebur-
sche des Majors. Heckenschützen!

Jura Rjabinkin 1925–1942   *Leningrad*
Heute gleich nach dem Nachtschlaf ging ich zum Pionierpalast. Von
dort begab ich mich samt meinen Kameraden zur Baustelle an der Ka-
san-Kathedrale. Ich habe ab 11 Uhr morgens bis 9 Uhr abends mit einer
Stunde Mittagspause gearbeitet. An beiden Händen habe ich Schwielen
bekommen und Splitter unter der Haut. Ich habe Steine getragen, Gräben ausgeschachtet, gesägt und gehackt, jede Arbeit mußte ich heute
verrichten. Am Ende tat mir die Hand so weh, daß ich nicht mehr sägen
konnte. In der Mittagspause begann ich «Neuland» von Turgenjew zu
lesen. Am Abend war ich zu Hause. Die Mutter kam sehr früh von
ihrem Dienst, sie wurde abgelöst. Ich kann heute nicht viel schreiben,
ich muß wieder zum Pionierpalast.

Lidija Ochapkina *1912 *Leningrad*
Mein Mann ist zurückgekehrt. Aus Leningrad werden die Ausrüstungen der wichtigsten Betriebe und die Menschen evakuiert. Es ist schon ein Problem, einen Fahrschein für eine Zugfahrt zu bekommen. Alle Kinder, Schüler und im Vorschulalter, müssen in andere Städte evakuiert werden, da Leningrad Gefahr drohe.

✻

Adam Czerniaków 1880–1942 **Warschauer Ghetto**
Morgens Gemeinde. Um 3 mit Gepner und Sztolcman bei Dr. Rodig [Rodeck], Lehband [Legband] und Auerswald. Es wurde beschlossen, daß die V[ersorgungs-]A[nstalt] weiterhin dem Judenrat unterstellt bleibt. Auerswald fordert den Rücktritt von Dr. Milejkowski. Ich beschwichtigte, ich würde die ganze Gesellschaft zum Kampf gegen die Seuche heranziehen. Nachts um 12 eine Detonation aufgrund eines Luftangriffs.
Eine Petentin schreibt, daß ihr – verstorbener – Vater «gegenwärtig ohne Beschäftigung ist».

Danuta Czech **(KZ Auschwitz-Birkenau)**
50 Häftlinge, die von der Sipo und dem SD aus dem Gefängnis Montelupich in Krakau eingeliefert worden sind, erhalten die Nummern 17332 bis 17381. Die Nummer 17365 erhält der ehemalige Bürgermeister von Krakau, Dr. Bolesław Czuchajowski.

✻

Heut' ist der schönste Tag meines Lebens,
denn heute kamst du zu mir.
All meine Sehnsucht war nicht vergebens,
denn sie führt mich endlich zu dir.
Vor mir liegt die Zukunft strahlend und schön,
denn ich darf seit heut' vereint mit dir geh'n.
Heut' ist der schönste Tag meines Lebens,
Heut' kamst du endlich zu mir.

<665   Freitag, 27. Juni 1941   1411>

Seid stark in dem Herrn und in der
Macht seiner Stärke.

HERRNHUT   EPHESER 6,10

Paul Valéry 1871–1945   **Paris**
Nationen sind beklagenswerterweise gegründet auf historische Fakten
(Traditionen, Ereignisse, Kriege, Verträge), die tendenziell *Situationen
über die Gegebenheiten einer bestimmten Zeit hinaus verlängern* – daher dann die Diskrepanz zu der Zeit danach.

Alfred Mombert 1872–1942   **Idron par Pau/Pyrenäen**
An Alfred Wolfenstein
Die freudige Mitteilung, daß Ihre Sendungen vom 16. d. Mts. mit den
Gedicht-Beilagen und dem Buch (Rimbaud, Œuvres) mich erreicht
haben. Ergreifend, ergreifend diese Stein-Rhapsodie, da sie es unternimmt: Darstellung menschlicher Ohnmacht durch die Macht der Harmonie des Verses und des Reimes! So entstandene Dokumente soll man
nur mit ehrfurchtvoller Scheu behandeln, wie in Käfige gesperrte Adler. Da ich Ihren heutigen Wohnort kenne, so bin ich beglückt, daß die
Episode weit hinter Ihnen liegt. Zum Austausch unserer Erlebnisse lege
ich Ihnen bei ein kurzes Bruchstück aus einer umfangreichen Fantasie-Dichtung epischer Art; es wird andeuten, was zu berichten nur peinlich
ist.
Nietzsche sagt einmal (ungefähr): «Man muß sein Bösestes zu seinem
Besten machen».
Vorläufig herzlichen Dank für Rimbaud. Ich las ihn einst in den französischen Editionen des Verlags Léon Vanier.
«J'ai heurté, savez-vous? d'incroyables Florides»
Es ist wundervoll, ihn in seiner Nähe zu haben. –
Mit schönsten Grüßen und allen guten Wünschen
Ihr Alfred Mombert
Ihre «selige Küste»!
Lieber wäre ich dort wie hier –

Ernst Jünger 1895–1998   **Paris**
Bei Tische scherzte ich mit einem schönen Kinde von drei Jahren, das
mir ans Herz gewachsen war. Gedanke: das war eines von deinen Un-
gezeugten und Ungeborenen.
Am Abend mit den Schwestern auf dem Montmartre, der wie ein Krater
weiterglüht. Die beiden ergänzen sich zur Kentaurin, zum Zwillings-
wesen geistig-körperlicher Art.
Im Halbschlaf drang ich innig in den Geist der Sprache ein – besonders
deutlich wurden mir die Konsonantengruppen *m-n, m-s, m-j*, in denen
das Hohe, Männliche und Meisterhafte zum Ausdruck kommt.

Julien Green 1900–1998   *Baltimore*
Wie ich heute zu verstehen beginne, war eines der größten *Ereignisse*
meines Lebens, daß ich im Frühjahr 1939 von einer Ebene auf die andere wechselte oder besser: durch eine Tür schritt. Von außen gesehen,
hat sich mein Leben in keiner Weise verändert – und dadurch wird es so
schwer verständlich –, aber innerlich bin ich ein anderer geworden. Ich
handle wie zuvor, aber es ist ein anderer, der handelt. […]
Heute mit der gleichen staunenden Bewunderung im «Purgatorio» weitergelesen. In den ersten Terzinen des siebten Gesangs ist eine große
Sanftheit, eine köstliche Traurigkeit, die mit dem zuweilen Groben und
Abgehackten in Dantes Versen kontrastiert. Ich habe sie mit einem solchen Vergnügen wieder und wieder gelesen, daß mir dadurch die Prüfung, die wir durchmachen, weniger hart vorkam. Im elften Gesang ist
die Paraphrase des «Vaterunser» von einer Schönheit, die ans Wunderbare grenzt; die menschliche Sprache schwingt sich plötzlich auf eine
Höhe, die wir nicht mehr erreichen, als berauschte die Gnade diese Sprache, aber mit einer göttlichen Trunkenheit, die luzide bleibt. Bei Dante
kein Stammeln des Mystikers, der aus der Ekstase erwacht; dieser Mensch
geht im Blau des Himmels wie auf einer Straße.

Thomas Mann 1875–1955   *Pacific Palisades*
Gestern und heute am Joseph IV langsam weiter. […] Der Bezirk von
Minsk von den Russen geräumt, die jedoch von gutem Kampfgeist be-
seelt scheinen. Zerstörung der rumänischen Oelquellen. Bombarde-
ments von Ostpreußen und Ungarn. Tägliche Zerstörungen in Frank-
reich und Deutschland durch die R. A. F. Hitler fordert von allen europ.
Ländern Ehren-Kontingente gegen Rußland. Er läßt den Abbruch des
Krieges im Westen vorschlagen u. England einladen, sich ihm zum
Kampf gegen den Bolschewismus anzuschließen.

Wilhelm Muehlon 1878–1944 *Klosters/Schweiz*
Die Russen haben Ploesti, den Mittelpunkt der rumänischen Ölgebie-
te, aus der Luft bombardiert, auch Jassy, auch Bukarest, wo, wie die
Deutschen klagen, alle Bomben dem Sitz des Patriarchen galten. Sie
mögen ihre Tränen trocknen, ein rumänischer Patriarch ist kein heilig-
mässiger Mann, auch haben die paar kleinen Bomben nicht viel getroffen. – Die Deutschen sollen Leningrad schwer bombardiert haben.

*

Grete Dölker-Rehder 1892–1946 Stuttgart
Gestern bin ich wieder ganz umgefallen durch einen Brief der Marine.
Otto hatte sich mit allerhand persönlichen Fragen an einen Kapitän z. S.
in Berlin gewandt, dessen Name uns dafür vertraulich genannt worden
war. Er liess einen anderen antworten, und der tat das so eiskalt und alle
Hoffnung begrabend wie nur möglich. Unser Sohn werde wohl mit unter «den Opfern für Deutschlands Größe und Zukunft» gewesen sein.
(Ach, was hat das mit Deutschlands Größe und Zukunft zu tun? Ich
habe meinen Sohn für Deutschlands Größe und Zukunft geboren, und
Deutschland hat ihn – wenn es so ist – fahrlässig sterben lassen! Wüssten wir wenigstens, daß er im Kampf gefallen wäre! Aber nicht so er-
trinken lassen zu Hunderten und Tausenden, nein, das geht nicht!).

Ricarda Huch 1864–1947 Jena
An Lydia Radbruch
Sehr habe ich mich gefreut, als Renates Dissertation eintraf, und besonders freue ich mich, ihr schönes, ergreifendes Bild zu besitzen. Es
liegt in dem jungen Gesicht ein Zug geheimnisvoller Reife, als habe sie
ein Wissen davon, warum dies so sein mußte. Wir armen Menschen leben ja inmitten von Rätseln. Ich glaube, es gab noch nie – abgesehen
von den ewigen, unlösbaren Rätseln – eine so verworrene Zeit wie die
jetzige. Dadurch, daß wir jetzt Rußland bekriegen, gewinnen wir auf
einmal Freunde im Ausland, wo Rußland besonders verhaßt war. Wir
stellen in der Ukraine die christliche Religion wieder her, haben den Bischof schon bereit, aber im Inlande wird sie weiter verfolgt. Ich denke
mir, Sie werden im Hinblick auf Anselm über den neuen Krieg entsetzt
sein; so empfinden wenigstens diejenigen meiner Bekannten, die nahe
Angehörige draußen haben. Man meint aber allgemein, daß die kriege-
rischen Operationen infolge unserer Siege nicht lange dauern werden.
Aber dann? […] Vorgestern hörten wir ein Konzert in einem Garten,

ziemlich klein, umgeben von blühendem Holunder. Es war lauter alte Musik, Quintette, Quartette mit Flöte, zauberhaft in der bewegungslosen Sommernacht. Es war das erste Mal seit langer Zeit, daß ich ein Konzert hörte, weil ich in der Dunkelheit nicht gern ausgehe. Wie traurig, daß die Nächte nun schon wieder länger werden.

Der General Franz Halder 1884–1972   Führerhauptquartier
In der Morgenbesprechung mit ObdH machen sich Reizerscheinungen geltend, weil im Bereich der H. Gr. verschiedene Bewegungen anders gelaufen sind als gestern zwischen ObdH und den OBs. Süd und Mitte besprochen. Das ist die natürliche Folge des Hineinredens in die H. Gr. und Armeeführung. Wir können hier nicht alle Einzelheiten übersehen, daher sollten wir uns auf Aufträge beschränken, statt einzelne Korps oder gar Divn. am Drahte zu ziehen. Draußen unter dem Zwang der Ereignisse und der Wegeverhältnisse pp. laufen die Dinge dann anders und der Anschein wird erweckt, als würden gegebene Befehle des OKH nicht ausgeführt.

Der Oberstabsarzt Dr. Willi Lindenbach † 1974   unterwegs
Auch heute den ganzen Tag gefahren. Man sieht doch allerhand von Deutschland und von der Welt. Wir sind alle ganz gespannt auf den Wehrmachtsbericht. Denn bis jetzt hat das O. K. W. noch keinen Bericht herausgegeben. Aber man munkelt, daß ganz große Erfolge zu erwarten sind. Wir müssen es abwarten. An meine Gute und an die liebe Mutter habe ich heute geschrieben und zwar noch per Reichspost. Das ist ja eigentlich verboten.

Jochen Klepper 1903–1942   Dangeni/Rumänien
Glut. Wir bauen eine Bohlenbrücke für den Omnibus, tarnen ihn hinter einem Bauernhäuschen. Dort arbeite ich dann im dichten, wilden Gärtlein auf dem Lehmsockel des mit wildem Wein bewachsenen Holzvorbaus; mein Schreibtisch ist der Feldpostbriefkasten, mein Sitz ein umgestülpter Eimer.
Zwei Häuser entfernt im Rasen: David Kowallik von meinem alten Regiment. Bei ihm zu Besuch. Er sagt mir, daß er nach dem gefährlichen Stoßtruppunternehmen – in rumänischer Uniform über den Pruth – zur Kommunion gewesen sei. Später kam auch Buhl vom IR 203, III. Bat. 9. Kp. zu mir zu Besuch, abends noch Walter Dickow und noch einmal David. Wir sind also nahe bei der kämpfenden Truppe.
Besuch von Hauptmann Cartheuser.

Der Spätnachmittag endlich in Schatten und Wind.
Ein großer deutscher Vorstoß scheint sich hier vorzubereiten. An diesem
Abschnitt ist man noch nicht über der russischen Grenze. Die Grenze
etwa 20 Kilometer entfernt. Die Division geht bereits nach der Grenz-
stadt Stefanesti voraus. Unsere Kolonnen fahren schon dauernd Munition in die Stellungen. Die grüngetarnten Wagen auf der Aufmarsch-
straße wirken so pfingstlich-festlich.
Der Abendbesuch der IR-Kameraden war so herzlich. Wie tief doch auch
diese Beziehung: «Wenn wir an Frau und Mutter schreiben, schreiben
wir auch gleich an Dich.»
Abendrunde im Bauerngärtlein zu Kerkaus Sekt.
Unter den vielen Offizieren war auch General de Angelis heute hier.

Der Unteroffizier Kurt Krämer 1912–1945   im Osten
Du wirst in der Zwischenzeit wohl schon gemerkt haben, an welcher
Front ich stehe. Wir nehmen hier an einer Schlacht teil, die wohl die
größte aller Zeiten sein wird. Zahllos die erbeuteten Waffen und Gerät.
Zur Ehre des Sowjetsoldaten sei gesagt, daß er bis zum Tode und auf
den letzten Mann kämpft, er gibt sich nicht gefangen. Es sind aber fast
alles asiatische Truppen, die hier uns gegenüberstehen. Jetzt stehe ich
auf einem Gehöft und sichere gegen einen Riesenwald, in dem noch
mehrere hundert Panzer stecken sollen.
Wie war es auf dem Manöverball? Hast Du Dich gut unterhalten? Wir
haben hier auch so was ähnliches, nur daß es stark donnert und die Erde
wackelt.
Die Bevölkerung hier ist sehr deutschfreundlich und bringt uns alles an
die Straßen und Wege. Wir hungern also nicht. Erstaunlich ist, wieviele Menschen hier deutsch sprechen können. Wir werden als Befreier begrüßt. Die Bolschewisten stecken beim Abzug die Häuser an und er-
morden die Einwohner.
In wenigen Stunden geht es wieder dem Gegner nach. Wir wollen ihm
zeigen, was ein deutscher Soldat kann.

Der Gefreite Feldmann *1922   Litauen
03.00 Wecken. Mit Fritz Werner zurück, um den Troß nachzuholen. Troß
liegt bei Ilgiziai. Straße von Krakiai nach … verstopft. Beim Troß ist der
russische Werkstattwagen mit Drehbank, Bohrmaschine usw. Troß liegt
fest.
Weiterfahrt 8.30 Uhr. Umgehung der Hauptstraße durch Feldwege.
Auf einer Waldlichtung Schießerei mit 20 bis 30 Russen. Dann Weiter-

fahrt. Allein mit der BMW. Fritz franst zurück. Von morgens um 3.00 bis 23.00 unterwegs. Um 23.00 Uhr unterziehen in einem Gehöft seitwärts des alten Gutes.

Ernst-Günter Merten 1921–1942   **Galizien**
Gestern nachmittag sahen wir den ersten Luftkampf. Zwei russische Bomber kamen von vorne, machten kehrt und wurden von einem dt. Jäger hartnäckig verfolgt. Man hörte das Tacken von MGs. Dann ließen sie was fallen; ob Bomben oder Fallschirme war nicht näher festzustellen. Jedenfalls stürzte bald darauf der eine Russe brennend ab. Die beiden anderen entschwanden kämpfend unseren Augen.
Es ist Sitte geworden, sämtliches Lametta abzulegen. Man muß schon mächtig aufpassen, daß man keinen Leutnant mit wenig zarten Ausdrücken tituliert.
Zermürbend ist der Heckenschützenkrieg. Stundenlang in glühender Sonne im Korn liegen und wenn man nur den Kopf hebt, huiih, da pfeift es von vorne aus den Bäumen. Mit einer MG-Garbe die Halunken aus dem Baum jagen, geht auch nicht, weil dahinter dt. Truppen sind. Na, schließlich sind wir doch in den Hof gekommen und haben uns die Burschen nacheinander gekrallt. Und wo sie nicht freiwillig kamen, haben wir sie ausgeräuchert. Einfach die Gehöfte angesteckt. Der Troß hat es nachher dauernd so gemacht. Mit dem Kolben zusammengeschlagen haben sie die Bengels, wenn sie sie bekamen. Geschah ihnen ganz recht! Es gibt nichts Gemeineres als diese Schüsse hinter der kämpfenden Truppe!
Schließlich wurde die Truppe mählich nervös. Auf alles, was kein Uniformstück trug, wurde zuletzt geschossen. Man durfte sogar nicht mehr ohne Stahlhelm scheißen gehen, sonst wurde man als Spion und Heckenschütze beschossen. Die Slawen sind doch grausame Kämpfer. Kein Sanitäter trägt noch die weiße Armbinde mit dem roten Kreuz, denn auf die Truppenverbandsplätze schießen sie zuerst. Z. T. hat es sogar Bajonettkämpfe gegeben.

Sicherheitsdienst der SS   (Berlin)
Geheimer Lagebericht
Der Bevölkerung sei durch die Zahlen der abgeschossenen Flugzeuge und zerstörten Panzer «erst so richtig klar geworden, welche große Gefahr Rußland für Deutschland war». Jetzt sehe man erst ganz ein, wie dringend notwendig das rasche Zugreifen des Führers gewesen sei.

Der Leutnant Grigorij Melnik *1921 *im Südosten*

Am 26. oder 27. Juni 1941 erschien bei dem Kommandanten von Kowel ein Obersergeant, der noch vor einigen Tagen in der Division diente, zu der wir stoßen sollten. Er teilte dem Kommandanten mit, daß die Division vom Gegner überrumpelt worden war. Am ersten Kriegstag hatte sie das Truppenübungsgelände verlassen, kurz vorher mit jungen Soldaten aufgefüllt und meistens mit Lehrgewehren bewaffnet. Obwohl sie noch nicht einmal die erforderliche Munition hatten, hatten sie Stellungen in der Hauptstoßrichtung der deutschen Truppe bezogen.

Endlich bekamen wir den Befehl des Kommandanten, uns zur Personalabteilung der Südwestfront zu begeben. Der Stab der Front lag weit im Osten. Wir kamen mit einem Personenzug über Sarny und Korosten. Und die deutschen Panzer standen schon in der Nähe. Die Züge wurden von den deutschen Flugzeugen angegriffen. In Korosten wurde unsere Gruppe geteilt. Ein Offizier ging zum Bahnhofskommandanten, um etwas über die Lage zu erfahren. Da setzte sich der Zug in Bewegung. Als der Offizier aus dem Bahnhofsgebäude kam, war die Geschwindigkeit des Zuges schon ziemlich hoch. Und dem Befehl des Offiziers, doch noch auszusteigen, haben nur einige Kopflose Folge geleistet. Die meisten sind nach Kiew gefahren, um dort bei der Personalabteilung die neuen Ernennungen zu bekommen. So war die Truppenführung bei der Roten Armee in den ersten Wochen des Krieges im Südabschnitt der Front ...

Der Leutnant Georg Kreuter 1913–1974 Baran

Um 7.00 Angriff auf Baran. Der Feind ist geflüchtet. Der Flugplatz ist von der 6. Panzerdivision schon besetzt. – Es heißt, daß unser Korps (47.) auf Funkbefehl des Führers gestern bereits in Minsk hätte sein sollen, um den Ring um 2 Mil[lionen?] Rote zu schließen!? Wir kommen nur sehr langsam vorwärts. Starke Gewitter und Hagel. Das Regiment hat sich verfranzt. Die Marschkolonne wird neu gegliedert. Lemmelsen ist da. Minsk soll durch eine andere Kampfgruppe schon besetzt sein? Na, wir werden ja sehen! – Ich bin froh, daß ich meine Bilder habe. Beim Marsch durch Baran holen wir uns Keks, Schokolade usw.

Der Offizier Martin Steglich 1915–1997 Litauen

Heute Morgen sehr schnell fertiggemacht. In der Nacht hatten wir noch einen Überfall abzuwehren. Es war stockdunkel. Wir haben sie verjagt. Einige sind gefallen von den Roten. Ich habe die H.K.L. beziehen lassen. In diesem Krieg kommt es verdammt auf Sicherung der ruhenden Truppe an! Überall wo man steht!

Die Roten hausen wie vor 20 Jahren in Rußland: viele Ortschaften finden wir vor, da lebt kein Mensch mehr! Nurmehr Leichen liegen haufenweise herum, oder verstümmelte und verwundete Litauer kriechen umher. Es gibt furchtbare, grauenhafte Bilder zu sehen. Unsere Soldaten sind schwer in Zorn – und wehe dem Roten, der aus dem Hinterhalt schießt!

In schwierigstem Waldgelände bei glühender Hitze und mit freigemachtem Gerät marschiert. Ein Panjefahrzeug habe ich organisieren lassen, um die schwere Munition fahren zu lassen. Nun liegen wir an der Vormarschstraße, links und rechts in dem 30 km tiefen Wald. Vormarschstraße? Ein Witz! Eine Waldschneise – ein Waldweg! Nun haben wir uns eingeigelt in diesem Urwald. Die Mücken stechen wie der Deibel. Ekelerregend. Wasser gibt es zum Waschen auch nicht. Nun, auch diese Nacht geht vorüber. Heute gab es wieder Post.

Der Gefreite Reinhold Pabel *1915   im Osten

Gestern wieder einen guten Kameraden verloren und einer schwerverwundet. Der Russe, der gestern hier bei uns abstürzte, verbrannte leider beim Aufschlag. Wir hätten zu gerne etwas erfahren. Leider kamen die von unseren Divisionen getriebenen Russen erst gestern spät abends in unsere Nähe und wichen aus. Wir hätten sie aber empfangen! Sie scheinen trotzdem noch viel Flugzeuge zu haben. Die Burschen. Hoffentlich nicht mehr zu lange. Was die wohl zu Hause jetzt denken und dort? Sicher warten sie alle. Ja, wir warten alle. Aufeinander und auf das Ende dieses Krieges … Der Krieg ist anders als in jedem Buch, in jedem realistischen nicht ausgenommen. Als wir vorgestern Feldw. v. Koppelow zu Grabe trugen, merkte ich besonders, wie grausam dies alles ist, was an uns getan wird. Und was wir tun. Das Leben begann für ihn und endete. … Jetzt weiß ich, was Leben ist. Wie man am Dasein hängt, am einfachen, bloßen, nackten Da-Sein-Dürfen, wenn man es entrinnen sieht wie Wasser zwischen den Fingern. Sonst bleibt der Tod immer nur so eine Sache wie ein geschichtliches oder wissenschaftliches Faktum, das man kennt und mit ihm operiert, eben sachlich. Auch der Tod eines anderen. Der nicht zur eigenen Personsphäre gehört, wird vom Verstand sachlich registrierend bearbeitet. Aber sobald er eintritt in jene Zone, in der die eigentümlichen Strahlungen des Geheimnisses Person wirken, ändert er sein Gesicht. Er wirkt wirklich. Wenn die MG-Garben um den Stahlhelm pfeifen oder die Trichter der Granaten immer näher auf den Leib rücken, wenn man gewärtig sein muß (ohne Fluchtmöglichkeit), daß nun das Licht des eigenen Daseins verlöscht, wenn man das leise Beben des Herzens, das nun, mit einem Mal die Unvollkommenheiten und Unzulänglichkeiten (welche Euphemismen!) vor sich sieht, ganz klein sich ins Ich verbergend spürt, dann spricht der Mund mit dem Herzen zugleich Seinen Namen … Sobald die Gefahr vorüber ist, schließt sich der eben noch betende Mund oder öffnet sich zu anderem, was nicht beten ist. Immer muß die Not sein Lehrer sein, er kann das vegetative Glück nicht vertragen. So stark ist seine Neigung in ihm aufzugehen und nach seiner Steigerung zu lechzen. So sind wir alle, die Frommen vielleicht nicht weniger als die … Ich bitte und bete darum, daß für mich und die ich liebe die Not dieses Krieges, dem Tat-Gedächtnis innewohnen bleibt, auch wenn die Not vorüber ist. Wenn sie mir noch Zeit läßt, ein «noch» zu erleben – – – . Was in Seiner Hand liegt.

Der Leutnant Walter Melchinger 1908–1943   **Ukraine**
C'est la guerre! – Wir liegen in einem Waldstück vor einem völlig zusammengeschossenen und verbrannten Städtle. Gestern wurde dort noch gekämpft. In der Stadt und um die Stadt herum liegen etwa 40 vernichtete rote Kampfwagen.
Auch auf der gestrigen Marschstrasse hierher liegen und stehen längs der Strasse die Spuren des Kampfes: Munitionskästen, abgebrannte Häuser, zusammengeschossene Geschütze, tote Gäule und ab und zu auch tote, noch nicht beerdigte Russen. Nur sehr selten ein deutsches Heldengrab.
Gestern abend mussten wir auf unserem Biwakplatz noch einen toten Russen begraben. Und wenig weg einen deutschen Kameraden, der stark verbunden bereits in seinem Grab lag, noch zuschütten. In den Kampfwagen lagen einzeln noch die verkohlten Leichen der Roten. Die Bevölkerung sucht scheinbar gefasst das wenige Überbleibsel ihres Besitzes zwischen den völlig abgebrannten Holzhäusern, in denen nur noch die Kamine stehen. Um die Kampfwagen herum liegen die Papiere und das sonstige Hab und Gut der Roten. Einzelne Photographien zeigen asiatische Gesichter.
Auf den Russengräbern stehen schlichte Schilder: hier ruhen 16 russische Soldaten. Kein Name, im Gegensatz zu unseren sorgfältig gemeldeten Gräbern. Die Frauen und Kinder werden hören, dass ihr Mann und Vater in dem furchtbaren Krieg vermisst ist. Sie wissen nicht, ob er wiederkommt. Man könnte dies hart finden. Ich glaube aber, dass es nicht hart empfunden wird.
Je weiter wir nach Osten kommen, ein desto grösserer Stolz erfüllt uns über unser Deutschtum, über unsere grosse Kultur, unser sauberes, an-

ständiges Leben. Die Russen verlassen ihre Unterkünfte schlimmer wie Sauställe. Verwahrlost, die Wände bemalt mit dreckigen Bildern. Ist ein solches Volk zu einer aufrichtigen Trauer überhaupt fähig?

Der Offizier Udo von Alvensleben   im Osten

14.30 Uhr. Ich bekomme den Auftrag, zu Hube nach Kremenec vorzustoßen. Ostwärts Berestetschko erste Warnung vor Feindpanzern durch einen Flak-Offizier. Ein Packzug zieht mich durch den Sand. Am Verhalten der Einwohner ist festzustellen, wo Gefahr besteht und wo nicht. Bei Ankunft in Kozin Meldung eines Offiziers, daß er fünf russische Panzer an der Straße Kozin-Dubno gesehen hat. Ich entschließe mich auf gut Glück, nach Werba-Kamienna weiterzufahren, wo der Gefechtsstand meiner Division sein soll. Aber er ist nicht dort, denn Stockungen haben den Marsch weit rückwärts aufgehalten. Aus dem letzten Haus in Kozin stürzt ein Bauer vor, um mich aufzuhalten. Eine Anzahl russischer «Tanki» sei vor kurzem quer über die Straße nach Werba-Kamienna gekommen. Dieser Mann ist mein erster Schutzengel an diesem Tage. Eine Frau, die atemlos mit zwei Kindern aus der Feindrichtung gelaufen kommt, bestätigt die Nachricht. Die Ukrainer halten mit uns.
Ich fahre südwärts ausbiegend, erreiche die bereits beschilderte Vormarschstraße der 16. Panzer-Division. Alles ist unheimlich leer – weder Soldaten noch Landeseinwohner. Nur ein deutscher Aufklärer erscheint und schießt Panzerwarnungszeichen ab. Der zweite Schutzengel lenkt meine Schritte.
Im Augenblick, als ich wieder nach Kozin zurückkomme, erscheinen russische Panzer wie aus dem Boden gestampft vor der Brücke am Südufer des Flusses, von wo ich kam, und werden von der Flak übers Wasser unter Feuer genommen. Fünf Minuten später, und die Russen hätten mich geschnappt. Die Bevölkerung flüchtet in die Felder. Von Dubno kommende Offiziere melden, daß der Feind mit starken Kräften dort durchgebrochen ist. Offenbar versucht der Russe Kozin mit Panzern von allen Seiten einzuschließen. Doch wir sind nicht ohne Schutz. Eine Panzer-Jäger-Kompanie, vier Flakgeschütze, Teile einer schweren Artillerieabteilung, alle von der II. Panzer-Division, kommen rechtzeitig heran. Ich weise alle, da ich am besten mit der Lage vertraut bin, in die geeigneten Stellungen ein. Ein Feuergefecht entspinnt sich. Wir spritzen, hinter Hütten Deckung suchend, im Feuer der russischen Maschinengewehre und Scharfschützen herum, bis das Geschützfeuer die Hauptrolle übernimmt.

Ein unbekannter Soldat im Osten

Meine Innigstgeliebte!

Es ist nun schwüler Nachmittag, eine drückende Hitze und man ist herzlich froh, wenn man noch einen Schluck kalten Tee oder Kaffee in der Feldflasche hat. Ich hab mir's in einem Hotel ein bißchen bequem gemacht, um mit Dir wieder ein kleines Plauderstündchen zu halten.

Ein Tag nach dem anderen vergeht, man merkt es kaum, wenn man nicht einen Kalender bei sich hätte, so würde man sich wohl über das Datum nicht orientieren können. Es gibt ja doch immer etwas Abwechselung, und deshalb vergeht die Zeit umso rascher.

Mir geht's gut, und auch die Verpflegung ist ausgezeichnet und so reichlich, daß es in meinem Magen kaum Platz hat. Mein Mund ist Gottseidank soweit geheilt, daß ich doch wieder so halbwegs beißen kann. Wenn wir jetzt wieder irgendwo zur Ruhe kommen, dann wird ja die ganze Zahngeschichte sofort wieder in Angriff genommen und dann hoffe ich, daß es in drei Wochen fertig ist, ich glaub, dann hab ich das erstemal in meinem Leben 32 Zähne.

Wie mir von zu Hause mitgeteilt wurde, geht's mit der Mutter auch zusehends besser, sie kann bereits aufstehen. Na, ich bin herzlich froh, daß es wieder soweit ist. Im übrigen ist sonst alles in Ordnung.

Der Assistenzarzt Dr. Hermann Türk 1909–1976 Sluck

Heute ist mein Bataillon eingesetzt. – Ich esse gerade zu Mittag: «Herr Assistenzarzt, Herr Major Kratzenberg ist verwundet, er wünscht Sie zu sprechen.» Ich eile und finde gleich viele alte bekannte Gesichter. Herr Major ist ziemlich mitgenommen. Er liegt im Wundschock und ist tief erschüttert über die Dinge, die er soeben erlebt haben muß. – Hauptmann Orts liegt da, er ist schwer verwundet. Beide Beine durchschossen. Er kommt gleich als erster auf den Operationstisch. Dr. Schmidt und ich operieren. Ich glaube, daß wir wenigstens ein Bein amputieren müssen. Ich verspreche Herrn Hauptmann, unser Möglichstes zu tun, und wenn es möglich ist, ihm beide Beine zu erhalten. – Es gelingt! Der linke Oberschenkel ist zertrümmert, aber da die Femoralis erhalten ist, brauchen wir den Oberschenkel nicht abzusetzen. Beim rechten Oberschenkel fast die gleichen Verhältnisse. Das reichlich zerfetzte Gewebe wird entfernt und später alles im Beckengips fixiert. Als er aus der Narkose erwacht, kann er alles bewegen, sämtliche Zehen sind beweglich, so daß auch keine erhebliche Nervenschädigung vorliegen kann. – Er ist sehr dankbar.

Dann kommt ein Kamerad nach dem anderen an die Reihe. Es reißt nicht
mehr ab. – Herr Major hat einen Gesäßschuß. Aus der Einschußöffnung,
die erweitert werden muß, hole ich viele Teile seines Schlüsselbundes
und seines Messers heraus. Der Knochen ist nicht beschädigt. Ein
Glück, daß das Geschoß erst auf den Schlüsselbund geraten war und
dadurch an seiner Durchschlagkraft gemindert wurde. – Herr Major
schlief ruhig ein in der Narkose, während Herr Hauptmann O. den
ganzen Kampf noch mal durchlebte. Jungens, ran! Vorwärts! Drauf auf
die Schweine!
Dann kommt ein Bauchverletzter. Als wir den Bauch eröffnet haben
und diese vielen Dünn- und Dickdarmdurchschüsse sehen, haben wir
wenig Hoffnung. Wir resezieren. Dann wird für einen Augenblick die
Maske entfernt. Jetzt erst sehe ich, daß es Lt. Rougemont ist. Armer Kerl.
Er starb eine Stunde post op.
San.Obergefr. Marquart schwerer Lungenschuß, San.Uffz. Sprössing
Schulterschuß, San.Uffz. Diehl Oberarmschuß. Alle meine alten San.-
Dienstgrade. – So geht es Stunden weiter.
Ich erfahre, daß Lt. Berg, Lt. Nebel, Lt. [unleserlich] gefallen sind. Auch
der Unterarzt Kalten ist gefallen. Kopfschuß, als er den San.Uffz. Sprös-
sing verband. Auch Lt. Steinfatt bei der Vorausabteilung gefallen. Das
Batl. hat 46 Tote in diesem einen Waldgefecht 6 km vor uns im Wald
von Kalita.
Zwischendurch – als Einlage – bekommen wir MG-Feuer von russischen
Tiefffliegern. Das stört uns wenig. Auch knallte es im Ort noch erheblich. Immer wieder diese verdammten Heckenschützen. Nach 28 Stunden haben wir es geschafft. Der Tag dämmert. Da kommt plötzlich der
Korpsarzt, Oberstabsarzt Dr. Müntsch, in den Op. «Türk, alle Achtung. Ich spreche Ihnen meine Hochachtung aus. Ich hörte, daß Sie erst
vor einigen Tagen einen Unfall hatten und 2 Rippen gebrochen haben
und heute am Op-Tisch stehn.» Ich war sprachlos und wurde knallrot.
Es ist doch klar, daß man, solange man noch stehen kann, auch helfen
muß. – Ich merkte wohl meine verdammten Rippen. Aber nun ging es
natürlich erst recht weiter.

Ewgenija Iwanowa *1929   *Hangö/Finnland*

Gestern abend hat uns unsere Nachbarin, die Frau eines hohen Offiziers, in der Garnison Hangö kurz besucht. Sie war sehr beunruhigt,
nahm meine Mutter bei der Hand, führte sie beiseite und flüsterte ihr
etwas zu, so leise, daß wir nichts verstehen konnten. Meine Mutter schrie
kurz auf:

«Mein Gott! Das hätte uns noch gefehlt. Nun ist die Falle zugeschnappt. So heimtückisch sind diese Finnen, noch vor 20 Jahren waren sie doch unsere Landsleute. Wer hätte das gedacht ...»

Am nächsten Morgen kam wieder ein Matrose, der uns abholte. Mit ein paar Bündeln Kleidung, mein Bruder mit einem Spielzeugfernglas um den Hals, einem Geschenk meines Vaters zu seinem Geburtstag nur eine Woche vor dem Krieg, schleppten wir uns in einem Zug hinter unserem Begleiter zum Hafen.

Es wimmelte dort schon von Frauen und Kindern. Geschrei und Weinen, Kommandos der verantwortlichen Offiziere, und in der Ferne das Donnern der schwerkalibrigen Küstenbatterien, wo in einem Betonbunker nun auch unser Vater saß.

Endlich durften wir auf ein Schiff. Der Steg war schmal und wackelig, jeder wollte als erster an Bord, um bessere Plätze für sich und seine Familienangehörigen zu reservieren. Manche Frauen wurden dabei sogar tätlich, sie zogen einander an den Haaren und schimpften schrecklich. So viele Schimpfworte habe ich auch in meinem späteren Leben nicht gehört. Endlich hatte der verantwortliche Offizier wohl genug von dieser wilden Rauferei. Er schoß mit seiner MPi ein paar Mal in die Luft und befahl durch ein riesiges Blechrohr:

«Alles familienweise antreten. Die erste Familie von rechts zum Steg. Sobald sie an Bord ist, kommt die nächste dran.»

Nun ging es viel disziplinierter. Eine Frau neben uns sagte laut: «Ohne Knüppel kann der Russe keinen Schritt machen ...»

Gegen Abend, als alle schon in den düsteren und furchtbar schwülen Räumen unter Deck auf ihren Koffern und Bündeln saßen, lief unser armseliger Kahn endlich aus. Wenn man mir nochmal so eine Fahrt anbieten würde, ich würde mich weigern, an Bord zu gehen, lieber vor Ort sterben.

Unser Weg bis Tallinn war eine echte Odyssee. Bei Tagesanbruch ging es los. Zur stürmischen See, die schon selbst für unser überlastetes Schiff eine Gefahr darstellte, kamen noch die deutschen Flugzeuge. Rings um unseren Kahn stiegen hohe Fontänen auf, das Schiff schaukelte auf den Wogen wie eine Nußschale, die Leute bekreuzigten sich hastig, und sogar den eingefleischten Atheisten fiel das Vaterunser ein.

Und das war noch nicht das Schlimmste. Seekrankheit, Durst, fast keine Möglichkeit zum Austreten, Gestank von Erbrochenem und schmutzigen Körpern. Und all das mußten wir, noch vor einigen Tagen saubere und gekämmte Kinder, genießen. Waren vielleicht die deutschen Flieger in Bekämpfung von beweglichen Seezielen noch unerfahren oder war

unser Kapitän ein alter Seewolf oder ließ uns Gottlose der liebe Gott
diesmal nicht im Stich? Wie dem auch sei, am dritten Tag unserer Reise erreichten wir Tallinn unversehrt.

Lidija Ochapkina *1912   *Leningrad*
Mein Mann und ich beschlossen, nur unseren Sohn mit seinem Kindergarten nach Innerrußland zu schicken. Ich wollte mit unserer Tochter hier bleiben, es wäre dann für mich nicht so umständlich, zum Luftschutzkeller herunterzulaufen. Mein Mann ist auch der Meinung, daß
der Krieg bis zum Wintereinbruch zu Ende geht.

※

Oberst von Bischoffshausen   **Kowno**
Der Stab der Heeresgruppe Nord – Generalfeldmarschall Ritter von
Leeb – lag vor Beginn des Rußlandfeldzuges (vom 21. 6. bis 1. 7. 41) in
«Waldfrieden», einem etwa 10 km von Insterburg entfernten Luftkur-
ort.
Als Adjutant (lla) dieses Stabes erhielt ich den Befehl, den Stab der in
Kowno liegenden 16. Armee aufzusuchen und in Verbindung mit die-
sem für den Stab der Heeresgruppe dort Quartier vorzubereiten. Am
Vormittag des 27. Juni traf ich dort ein. Auf der Fahrt durch die Stadt
kam ich an einer Tankstelle vorüber, die von einer dichten Menschenmenge umlagert war. In dieser befanden sich auch viele Frauen, die ihre
Kinder hochhoben oder, um besser sehen zu können, auf Stühlen und
auf Kisten standen.
Der immer wieder aufbrausende Beifall – Bravo-Rufe, Händeklatschen
und Lachen – ließ mich zunächst eine Siegesfeier oder eine Art sport-
liche Veranstaltung vermuten. Auf meine Frage jedoch, was hier vor-
gehe, wurde mir geantwortet, daß hier der «Totschläger von Kowno»
am Werk sei. Kollaborateure und Verräter fänden hier endlich ihre gerechte Bestrafung! Nähertretend aber wurde ich Augenzeuge wohl des
furchtbarsten Geschehens, das ich im Verlaufe von zwei Weltkriegen
gesehen habe.
Auf dem betonierten Vorplatz dieser Tankstelle stand ein mittelgroßer,
blonder und etwa 25jähriger Mann, der sich gerade ausruhend auf einen armdicken Holzprügel stützte, der ihm bis zur Brust reichte. Zu
seinen Füßen lagen etwa 15 bis 20 Tote oder Sterbende. Aus einem Was-
serschlauch floß ständig Wasser und spülte das vergossene Blut in ein
Abflußgully.

Nur wenige Schritte hinter diesem Manne standen etwa zwanzig Männer, die – von einigen bewaffneten Zivilisten bewacht – in stummer Ergebenheit auf ihre grausame Hinrichtung warteten. Auf einen kurzen Wink trat dann jeweils der Nächste schweigend vor und wurde auf die bestialischste Weise mit dem Holzknüppel zu Tode geprügelt, wobei jeder Schlag von begeisterten Zurufen seitens der Zuschauer begleitet wurde.

Beim Armeestab erfuhr ich sodann, daß diese Massen-Exekutionen dort bereits bekannt waren, und daß diese selbstverständlich das gleiche Entsetzen und die gleiche Empörung wie bei mir hervorgerufen hatten. Ich wurde jedoch darüber aufgeklärt, daß es sich hier anscheinend um ein spontanes Vorgehen der litauischen Bevölkerung handle, die an Kollaborateuren der vorausgegangenen russischen Besatzungszeit und an Volksverrätern Vergeltung übe. Mithin müßten diese grausamen Exzesse als rein innerpolitische Auseinandersetzungen angesehen werden, mit denen – wie auch «von oben» angeordnet worden sei – der litauische Staat selber, daß heißt, ohne Eingreifen der deutschen Wehrmacht, fertig zu werden hätte.

Die öffentlichen Schau-Hinrichtungen wären bereits verboten worden, und man hoffe, daß dieses Verbot ausreiche, um Ruhe und Ordnung wieder herzustellen.

Am gleichen Abend (27.6.) war ich Gast des Armeestabes. Während des Abendessens trat ein Offizier des Armeestabes an den Oberbefehlshaber (Generaloberst Busch) heran und meldete diesem, daß die Massenmorde in der Stadt erneut begonnen hätten. General Busch erwiderte hierauf, daß es sich hier um innerpolitische Auseinandersetzungen handle, daß er momentan machtlos sei, dagegen vorzugehen, zumal ihm dies verboten worden sei, daß er aber hoffe, schon in Kürze andere Anweisungen von oben in Händen zu haben. – Die ganze Nacht hindurch waren Gewehr- und M.G.-Salven zu hören, die auf weitere Erschießungen außerhalb der Stadt, wahrscheinlich in den alten Festungsanlagen, schließen ließen.

Am nächsten Tag sah ich keine solchen Hinrichtungen mehr in den Straßen, wie ich diese am Vortage erlebt hatte. Stattdessen aber wurden lange Kolonnen von jeweils 40 bis 50 Männern, Frauen und Kindern, die man aus ihren Wohnungen zusammengetrieben hatte, von bewaffneten Zivilisten durch die Straßen getrieben.

Aus einer dieser Kolonnen trat eine Frau heraus, warf sich vor mir auf die Knie, und bat mit erhobenen Händen, bevor sie in rüdester Weise zurückgestoßen werden konnte, um Hilfe und um Erbarmen. Man sagte mir, daß diese Menschen in das Stadtgefängnis geführt würden. Ich nehme jedoch an, daß deren Weg unmittelbar zur Hinrichtungsstätte geführt hat.

Bei meiner Abmeldung vom Armeestab beauftragte mich der Oberbefehlshaber, die in Kowno herrschenden Zustände der Heeresgruppe zu melden. Ich erinnere mich, mit welcher Empörung, aber auch mit welcher Besorgnis meine dementsprechende Meldung bei der Heeresgruppe aufgenommen wurde. Aber auch hier glaubte man noch hoffen zu können, daß es sich tatsächlich um rein innerpolitische Angelegenheiten handelte. Im übrigen erfuhr ich nun auch hier, daß es von oberer Stelle verboten sei, von militärischer Seite aus irgendwelche Maßnahmen zu ergreifen. Dies sei ausschließlich Aufgabe des «SD».

Nachdem der Heeresgruppenstab am 1. 7. in Kowno Quartier bezogen hatte, war es in der Stadt selber ruhiger geworden. Das tägliche Zusammentreiben und Abführen von Zivilisten gehörte jedoch zur täglichen Erscheinung.

Die Wachmannschaften trugen jetzt eine Art Milizuniform deutscher Herkunft. Unter diesen befanden sich auch Angehörige des «SD», der – wie ich später erfahren habe – seine Tätigkeit schon am 24. 6. in Kowno aufgenommen haben soll.

Adam Czerniaków 1880–1942   **Warschauer Ghetto**

Morgens Gemeinde. Danach bei Auerswald. Er ordnete die Registrierung der ausländischen Juden im Getto an. Fribolin (Bürgermeister aus Karlsruhe) wegen des Gettoetats aufsuchen. Habe ihn aufgesucht (ein höflicher und nervöser Mensch).

Danach zu Kulski, den ich bat, sich wegen der Stadt- und Gettoetats mit Ivánka in Verbindung zu setzen.

Auerswald überreichte mir [für mich] und für Sztolcman eine Armbindenbefreiung. Zum Schluß wies er mich an, Milejkowski an die Kandare zu nehmen, mit Mühe überzeugte ich ihn, daß M[ilejkowski] ein Epidemiediktator zur Seite gestellt werden sollte.

Ich berief eine Konferenz zur Frage der Seuchenbekämpfung ein. Ich schlug vor, die Hauskomitees, -verwalter und -warte für die Verheimlichung von Kranken, die Verlausung usw. zur Verantwortung zu ziehen.

Von einer jungen Schülerin der Graphiklehrgänge habe ich einige meiner Sonette, von ihr illustriert, geschenkt bekommen.

Danuta Czech   **(KZ Auschwitz-Birkenau)**
Der polnische Häftling Julian Zych (Nr. 5866) wird in den Bunker von
Block 11 eingeliefert, in dem er am selben Tag ums Leben kommt.
14 Häftlinge, die von den Stapo- und Kripoleitstellen mit einem Sammeltransport aus Kattowitz, Beuthen, Oppeln und Troppau eingeliefert
worden sind, erhalten die Nummern 17382 bis 17395.

※

In mir klingt ein Lied, ein kleines Lied,
in dem ein Traum von stiller Liebe blüht
für dich allein!
Eine heiße ungestillte Sehnsucht schrieb die Melodie!
In mir klingt ein Lied, ein kleines Lied,
in dem ein Wunsch von tausend Stunden glüht,
bei dir zu sein!
Sollst mit mir im Himmel leben,
träumend über Sterne schweben,
ewig scheint die Sonne für uns zwei,
sehn dich herbei
und mit dir mein Glück.
Hörst du die Musik,
zärtliche Musik.

<666 **Sonnabend, 28. Juni 1941** 1410>

Wer dem Herrn anhanget, der ist *ein*
Geist mit ihm.
HERRNHUT   1. KORINTHER 6,17

Max Beckmann 1884–1950   Amsterdam
Quappi grün – wahrscheinlich fertig. – Elend –
In der Nacht um vier Uhr klingelt es – ? Traum!

Thomas Mann 1875–1955   *Pacific Palisades*
Vormittags am Joseph. Mittags am Strande. Problemreiche Post. […]
Defensiv-Erfolge der Russen bei Minsk. Hitler produziert sein gegen den
Bolschewismus geeinigtes Europa vor. […] Beendete die Lektüre von
«Antonius u. Cleopatra». Müde von den «Fragen».

Ewald Mataré 1887–1965   **Kleinwallstadt bei Aschaffenburg**
Ich habe es hier noch außergewöhnlich gut getroffen, und ich glaubte
nicht, als ich herkam, daß ich mich so wohl fühlen würde. Von zwei
herzensguten alten Frauchen betreut, habe ich hier ein großes Zimmer
zum Arbeiten, direkt am Main gelegen (Gasthof zum Anker) und bekomme noch mancherlei, was einem sonst schon lange fehlte.

❋

Der Unteroffizier Rolf Hanisch   **Kanalküste**
Ja, mit Rußland hat es gestimmt. Wie über Nacht brach es am 22. 6. ge-
gen die Sowjets los. In einer Front von 3000 Kilometer donnerte es los.
Vom Eismeer bis zum Schwarzen Meer. Mit uns die Balkanstaaten und
Finnland. 8 Tage tobt nun schon der Kampf. Aus den Frontberichten
entnehmen wir, daß es gut voran geht. Wehrmachtsberichte sind noch
nicht ausgegeben. Man will die Russen und das Ausland über unsern
Vormarsch täuschen. Diesen Kampf gewinnen wir bestimmt. Den Rük-
ken haben wir dann frei gegen England.
Hier an der Küste fliegt der Tommy öfter ein, und ich vermute, daß er
unsere schwache Besetzung im Westen zu einem Gegenstoß ausnutzen

will. Aber, ob er stark genug ist? – Amerika ist praktisch längst im
Krieg. Es ist selbst nicht in der Lage, besser zu helfen. – Ich selbst führe
ein ruhiges Leben. Arbeit gibt es wenig. Täglich übe ich jetzt Steno und
lese aus meinen Büchern. Richtig zufrieden bin ich nicht mit mir.

Eine Unbekannte   Brand

Das ist der Bolschewismus, wie wir ihn haßten, hinterlistig und verlo-
gen, brutal und herzlos. Ich zweifle keinen Augenblick an einem Sieg
über diese Hunde, die man nicht Menschen nennen kann. Das haben die
wenigen Operationstage schon bewiesen, daß unsere tapfern Soldaten
einer vertierten Unnatur in diesem Volk gegenüberstehen. Heute wurde die Postsperre aufgehoben und nun eilen meine Grüße und Wünsche
zu Dir. Morgen werden wir durch Sondermeldung erfahren, wie und
wo die Barbaren schon geschlagen sind. Lieber Junge! Du weißt, daß
ich nun um Dich und Jos. in großer Sorge bin. Wenn eben möglich, gib
mir doch immer ein Lebenszeichen; eine kurze Karte genügt. Für Dich,
mein Junge, kann ich nur alle Tage beten, daß Gott Dich auch aus diesem unglückseligen Lande, wo Dein armer Vater 3 Jahre kämpfte, glücklich und wohlbehalten zu uns zurück führt. Nun lebe wohl und sei in
sorgender Liebe herzlich gegrüßt von Deiner Mutter.

Hermann Farenholtz 1923–1941   im Osten

Liebe Eltern!
Der Krieg mit Rußland ist vom ideologischen Standpunkt betrachtet
vielleicht ebenso tragisch wie der mit England vom völkisch-rassischen
Standpunkt. Letzten Endes aber ist unsere imperiale Grundkonzeption
sehr umfassend. In diesem Sinne muß man auch diesen Krieg als Angriffs-
krieg auffassen. Daß er jetzt schon ausbrach, war allerdings wohl eine
Handlung von defensivem Charakter. Die nächsten Wochen werden
wohl (wir hören fast nichts vom Kriegsgeschehen im allgemeinen) die
ersten entscheidenden Schlachten bringen. Da wird sich zeigen, welche
von den beiden revolutionären Armeen tatsächlich die revolutionäre
Dynamik auf ihrer Seite hat. Ich glaube, wir werden uns als überlegen
erweisen.
Ich liege hier bei schönstem Sonnenschein und erfrischendem Luftzug
(Gott sei Dank brauchen wir jetzt nicht zu marschieren) auf grünem
Rasen unter einer sehr hübschen Birkengruppe, die unser Quartier um-
säumt. Ringsherum rauschen die Kornfelder und die großen Wälder;
und wir liegen in der Sonne und genießen die Ruhe. Wenn's man immer
so wäre!

Grete Dölker-Rehder 1892–1946 Stuttgart

Der Krieg gegen Russland, der wohl jeden in Deutschland zuerst heftig erschreckt hat, da man ja glaubte, einen Freundschaftspakt mit ihm
zu haben, wirkt sich schon jetzt in unvorhergesehener Weise aus, so
sehr zum Guten, dass man sagen muss, wie sehr der Führer doch wieder das Richtige tat. Europa einigt sich! Finnland, Rumänien, Ungarn,
Kroatien, die Slowakei, kämpfen mit uns. Aus allen andern Ländern,
offiziell Italien und Spanien, strömen Freiwillige herbei, um am Kampf
gegen den Bolschewismus teilzunehmen. O, es gab ja so viele Übelwol-
lende, die den Nationalsozialismus mit dem Bolschewismus identifi-
zierten, plötzlich sehen sie, dass es Todfeinde sind, plötzlich gewinnen
sie Zutrauen, werden über Nacht Freunde, die bisher misstrauisch abseits standen. England ist völlig isoliert, ausgeschaltet aus Europa, und
U.S.A. muss es sich sehr überlegen, ob sie ihm wirklich aktiv helfen
wollen, denn Japans Kraft wächst mit der Schwächung Russlands.
Es ist, als ob der Herrgott die Standhaftigkeit unserer Seelen prüfen
wolle, ja, mehr und mehr empfinde ich als Prüfung, was wir durch Sigfrids dunkles Schicksal erleben. Hin und her werden wir gerissen zwischen Furcht und Hoffnung, Glauben und Zweifeln. Vorgestern kam
dieser alles Hoffen ertötende Brief vom Oberkommando der Kriegsmarine und gestern abend ein Brief von der Mutter von Sigfrids Kam-
mergenossen der «Bismarck». Auch sie weiß noch nichts von ihrem
Sohn, aber sie schreibt, in Flensburg sei ein Maschinist der «Bismarck»
bei seinen Angehörigen im Urlaub! Er sei von einem spanischen Fisch-
dampfer aufgenommen und in der Biscaya an Land gebracht ... Und die
Marine schreibt uns, von dritter Seite sei niemand gerettet worden!!
Wir werden uns jetzt an keine kaltschnäuzigen und abgestumpften
und überarbeiteten Behörden mehr wenden, sondern privat allmählich das Dunkel zu durchdringen suchen. Fürchte Dich nicht, glaube
nur!

Hilde Wieschenberg 1910–1984 Düsseldorf

Mein lieber Franz, bester Papi.
Liebes, ich kann Dir kaum sagen, wie glücklich ich heute beim Post-
empfang war. Ein Brief aus Tilsit, ein Brief und zwei Karten aus Insterburg. Ach Junge, bin ich froh, etwas von Dir gehört zu haben.
Ja, mein Franz, wo das Herz von voll ist, läuft der Mund von über. Immer und überall erzähle ich unsern kleinen Kindern vom Vater. Und am
Abend, wenn unsere Kinder den gesunden Schlaf der Jugend schlafen,
gehe auch ich ins Bett, verschränke meine Arme über dem Kopf und laß

meine Gedanken wandern. Immer suchen sie Dich. Ich hab Dich doch
so lieb.
Liebes, wann darf ich Deinen Kopf in meinen Arm nehmen? Und Deine
lieben guten Augen ganz leise küssen, um Dir «gute Nacht» zu sagen??
Durchs Radio ging heute ein Bericht, wie die Infanterie stürmt. Mit ver-
krusteten Lippen, wunden Füßen und schweißtriefend gehen sie guten
Mutes vorwärts, um so schnell wie möglich den Frieden in Europa zu
schaffen. Und in der Presse liest man, daß dies der größte Kampf aller
Zeiten sei.

Der Oberstabsarzt Dr. Willi Lindenbach † 1974   Lyk/Ostpreußen
Wie alles mal ein Ende nimmt, so war es auch heute mit unserer Reise.
Gegen 22 Uhr waren wir abends in Lyk, wo sofort mit dem Ausladen
begonnen wurde. Es hat uns so gut in der Eisenbahn gefallen, daß wir
ruhig noch eine Woche Transport ausgehalten hätten. Ich sah heute Nei-
denburg, Marienburg mit seinen herrlichen Gebäuden, ferner Deutsch-
Eylau. Nach allem ist aber in Ostpreußen nicht viel los. Es ist eine langweilige Gegend, allerdings manchmal sehr schön, weil es überall herrliche Seen gibt.

Der General Franz Halder 1884–1972   Führerhauptquartier
In Tauroggen sind außerordentlich hohe Lebensmittelvorräte gefunden
worden (Ausfuhrorganisation) z.B. 40 000 t Schmalz, 20 000 t Speck,
sehr große Vorräte an Fleisch und Weißblech für Konserven. Lebende
Schweine. Übergabe an Staatssekretär Backe.

Der Leutnant Walter Melchinger 1908–1943   Ukraine
Die Bilder rechts und links der Strassen sind die gleichen wie gestern.
Krieg. Ganz rührend ist die Bevölkerung. Sie bringt uns Blumen, weint
vor Freude, kniet vor uns nieder und küsst unsere Hände, bringt uns
Milch, Eier, Wasser zum Waschen.
Dem fliehenden Feind dicht auf den Fersen. Immer noch [nach?] vorne.
Es ist eine Lust, Soldat zu sein. Tag und Nacht.
Keine Zeit zum Schreiben.
So hab ich's ersehnt. Es ist die Erfüllung aller Wünsche.

Jochen Klepper 1903–1942   Dangeni/Rumänien
Die Bevölkerung auch hier sehr stur und ohne Begreifen für die Situation der deutschen Soldaten in Rumänien. Nur mit Mühe und Geschen-
ken, Geld und Bitten und Vermittlung erreichen wir, daß eine Frau mit

unserer Seife für uns wäscht. «Dominike» – des morgigen Sonntags wegen wollen sie schon heute nicht für uns arbeiten. Aber unserer Wirtin
mache ich klar, daß, wenn die Russen kämen, kein «Dominike» mehr
wäre. Da wäscht sie von jetzt ab für uns auf, wir können bei ihr Eier
braten, sie nimmt nicht mehr bezahlt und schenkt uns sogar Eier.
Weiter der Eindruck des letzten Aufmarsches auf der Landstraße. Der
Stab der Division schon an der Grenze, in Mihalaseni. Wir müssen
stündlich, täglich mit dem Aufbruch zur Front rechnen.
Wir haben uns am Zaun hinter unsrem getarnten Autobus, in dem wir
nun auch schlafen, aus jungen Akazien und Zeltbahnen ein schattiges
Arbeitszelt gebaut, unsere Aktenkisten als Sitze und Tische.
Briefbogen-Geschenk vom Kronprinzen von Sachsen; rührender Brief
von ihm; Kondolenzdanksagung vom Kronprinzen.
Vormittags Maschinengewehr-Feuerwechsel mit einem Flugzeug. In
der Nähe abgeschossen. Es soll ein rumänisches sein.
Ich schreibe ein drittes Probestück für das Propagandaministerium: «Die
Wolke».

Der Soldat Paul Hübner *1915   am Varangerfjord

Schon einige Stunden dabei, bodenlose Straßenstücke zu befestigen. In
Talsohlen wachsen Birken, die jetzt die Knüppel für die Dämme hergeben müssen.
Das Gefühl für die Tageszeiten ist gründlich abhanden gekommen. Ob
man mittags oder mitternachts arbeitet oder schläft, bleibt sich gleich.
Die Sonne steht so oder so am Himmel, und jede der vierundzwanzig
Stunden eines Tages ist so gut zum Arbeiten wie schlecht zum Schlafen.
Auch der Begriff des Tages als Runde von Tag und Nacht ist sinnlos geworden. Es gibt keine faßbare Begrenzung des Tages mehr, es ist immerzu Tag, ein Tag, der vor Wochen im Nordreisagebiet angefangen hat.
Da man Schlaf immer in Verbindung mit Nacht bringt, wirkt sich das
für uns so aus, daß die Tageshelle als immerwährende Arbeitszeit und
die fehlende Nacht einfach als nicht vorhandene Schlafenszeit genommen wird. Das hat bereits dazu geführt, daß man vergißt, uns Zeit zum
Schlafen einzuräumen. So wurden gestern Geländeübungen abgehalten,
um die Reservisten einzuexerzieren, danach brachen wir auf, fuhren ein
Stück und arbeiteten über Mitternacht, Morgen bis heute mittag. Jetzt
haben wir vier Stunden Pause, die mit allerlei Verrichtungen vergehen.
Abends, unterwegs.
Nicht weit von Kirkenes haben wir noch ein Straßenstück befestigt.
Eine Sanitätskolonne rollt an uns vorbei. Alle sehen auf die langsam

schaukelnden geschlossenen Kästen, auf deren Seiten groß und grell das rote Kreuz im weißen Feld aufgemalt ist. …
Mit dem Auftauchen der Sanitätswagen sind wir ohne Ausnahme plötzlich vor die neue Stufe des Verzichts geführt, und jeder muß sie allein für sich überschreiten und die verdrängte Erinnerung an hinter uns liegende Kämpfe und Todesnöte wieder ins Bewußtsein nehmen.
Fern im Frieden wurde uns der Verzicht auf Familie, Beruf und persönliche Freiheit aufgezwungen, jetzt wird wie vor einem Jahr das Leben dazu gefordert. Man begreift's nur stückweise beim Auftreten eindeutiger Vorzeichen.

Erich Kuby *1910   Estland
Inzwischen sind die Wege so schlecht geworden, daß wir sehr oft aus dem Wagen springen und schieben müssen. Immerhin haben wir es bis zum Boden nur ein paar Zentimeter, vor uns aber fuhr längere Zeit ein hochbordiges Ding der Pioniere, und die 15 Mann, die dort in luftiger Höhe saßen, mußten auch alle Viertelstunde abspringen, um ihre Riesenkarre wieder flott zu machen. Es war auch ihre vierte durchwachte Nacht, und sie waren völlig erledigt. Bei drei Stunden Dunkelheit haben die Flieger 21 Stunden Frist, sich mit uns zu beschäftigen, und das tun sie nach Strich und Fadenkreuz. Wir können bemerken, daß dies vorerst ein russischer Luftraum ist. Sie fliegen herum, als machten sie Übungen, aber sie treffen nicht viel mit ihren Bomben.
Wir warten noch immer, haben die Wagen getarnt, Tarnung ist das Gebot der Stunde. Wir sehen Fahrzeuge auf einer Fähre über den Fluß schwimmen. Die Brücke wird weiter unten gebaut. Merkwürdigerweise war die große Brücke bei Dünaburg unversehrt, man erzählt sich allerlei Verkleidungsmärchen, wie man sie in Besitz genommen habe. Durch die Motorisierung der ganzen Division – und aller Teile, die hier eingesetzt sind – hat sich für uns die Art der Kriegführung verändert. In Frankreich hatten wir das Gefühl der Leichtfüßigkeit gegenüber der marschierenden Infanterie, die wir nach Belieben und Befehl überholten. Hier bewegen wir uns langsam in geschlossenen Kolonnen vorwärts. Ich werde mich bei nächster Gelegenheit auf den Horch einüben und Bertram dann von Zeit zu Zeit ohne viel Aufhebens ablösen. Ein solcher Staatswagen mit seiner gar nicht auszuschöpfenden Motorleistung ist nicht schwer zu fahren.
Wir sind jetzt schon im nächsten Ländchen, Estland, und der Unterschied zu Litauen ist beträchtlich. Statt der Holzhäuser, die sich in die Landschaft einkuschelten, dem zivilisatorischen Unverstand unserer

Massen aber Zeichen des sozialen Tiefstandes waren, gibt es hier ge-
mauerte Kästen von enormer Scheußlichkeit. Die Landwirtschaft hat
einen industriellen Einschlag. Unser Infanterieregiment 29 ist jenseits
des Flusses eingeschlossen.

Der Leutnant Georg Kreuter 1913–1974   **bei Stolpce**
Unser Vormarsch geht weiter. Vor Nieswiez haben wir um 3.00 die alte
russische Grenze überschritten. Bei Stolpce sind wir um 11.00 über den
Njemen. Die Brücken sind noch ganz. Straßen stark durch Artillerie
zerstört. – Von meinem Zug habe ich im Augenblick nur einen Muni-
tionswagen, an dem das Geschütz hängt, den Nachrichtenwagen und
das Zugtr[oss?]-Fahrzeug. Alles andere liegt irgendwo auf der Strecke.
Gestern wurde Lt. Reinhardt schwer verwundet. Ich sah ihn, als er auf
einem Panzer zurückgebracht wurde, habe ihn aber nicht erkannt. Wir
kommen jetzt in große Wälder! Starke Feindkräfte sollen sich auf Minsk
bewegen! (300 Fahrzeuge) – Das II. Btl. wird von 4 Panzern angegriffen, sie können 2 davon erledigen. – Unsere Sturmflak wird zerschossen.
Major Reisner ist im Waldgefecht gefallen. Lt. Gerlach, der Adjutant,
schwer verwundet, v. Goephardt leicht. Mein Chef wird Btl.Komman-
deur. (126 km)
Ich übernehme die Kompanie! In den Abendstunden steigt noch der
Angriff auf den Feind im Wald. Er bleibt aber in der Dunkelheit liegen.
2 [?] Divisionen lassen sich von 100 Roten mit ein paar Gewehren, Pistolen und Granatwerfern aufhalten. Es ist ein Jammer, die Entschluß-
losigkeit der Führung zu erleben. Ohne Artillerie und Stukas wird überhaupt nichts mehr gemacht. – Ich schlafe die Nacht in meinem Kfz im
Wald.

Der Gefreite Feldmann *1922   **Litauen**
Aufstehen. Mit Fritz Werner Erkundungsfahrt. Dann Troß nachgeholt.
Fahrt auf furchtbaren Wegen durch Sumpfgegend. Hoffentlich erreichen
wir noch die Kompanie, bevor es wieder dunkel wird. Die Kompanie ist
als Vorausabteilung eingesetzt. Die Kompanie wird von uns um 09.00
bei Raguva erreicht. Bereitstellung auf einer Wiese, in der Nähe ein Gehöft, das von einem ehemaligen amerikanischen Farmer bewohnt wird.
Waffenreinigen. Nachm. schlafen. Abends Karten einordnen bis 22.00.

Der Assistenzarzt Dr. Hermann Türk 1909–1976   **Sluck**
Es geht allen Operierten leidlich gut. Ein Feldlazarett ist eingerichtet
und wir übergeben dahin unsere Verwundeten. Ich fahre los, denn an-

geblich sollen 2 Ju 52 hinter der Ortschaft gelandet sein mit Sprit. Sie
könnten doch einige Verwundete mitnehmen, wenn sie zurückfliegen.
Leider finde ich sie nicht. Aber ich treffe einen Fliegermajor, der mir
zusagt, daß wir Verwundete zurückbringen könnten. Er zeigt mir den
Flugplatz, auf dem jetzt Ju auf Ju einrollt. Nachmittags starten bereits
24 Mann. Ich nehme von Herrn Major Abschied. Er ist sehr dankbar
und hat Tränen in den Augen. Hauptmann Orts geht es nicht sehr gut.
Beim Transport ist der Gips stark beschädigt worden. Ich bin froh, daß
ich ihn bald in guter Obhut weiß.
In der letzten Nacht sind wieder einige Soldaten von Heckenschützen
erschossen worden.
Nachmittags Ruhe. Die Leute braten und schmoren, was das Zeug hält.
Hühner, Eier und was da kreucht und fleucht. Mein Zug lädt mich zum
Brathuhn ein. Jeder bekommt ein halbes Huhn. Dann gibt es Omelette
au Confiture. Dann Tarragona. Uns geht es wieder prächtig. Da steht
aber auch schon wieder der Abmarsch bevor. – Unsere Division ist am
weitesten voraus.
Rußland ist gar nicht so häßlich, soweit wir es bisher sahen. Nur die
Menschen! Überall Gestank und Dreck. Den Russen riecht man förmlich. Die Häuser dieser Stadt äußerlich schöner als die Häuser in Polen.
Innen derselbe Dreck.
Überall sieht man Schulen und große Unterkünfte für Kinder. Sie wohnen alle gemeinsam. Hier ist eine Schule, in der wir alles fanden: Schieß-
tafeln, soldatische Vorschriften, medizinische Sammlungen, ein Phantom
für Geburtshilfe usw. In der Stadt Räume für Gemeinschaftsempfänge,
ein Volkspark, Fahnenplätze, große Bilder von Stalin, Lenin und Molotow, Triumphbögen, ein Stadion mit Statuen. Alles ähnliche Einrich-
tungen wie bei uns, und doch welch ein Unterschied in Auffassung und
Kunstgeschmack.
Wenn die verdammten Rippen nicht wären, könnte ich sagen, es geht
mir sauwohl. Heute morgen konnte ich nicht mehr allein aus dem Bett
steigen. Füchte half mir.
Abends sitzen wir im Freien und trinken Beute-Tarragona.
Meine Gedanken sind bei meinen Kameraden, bei meinem alten Batl.

Ernst-Günter Merten 1921–1942   Galizien

Wie jetzt bekannt wird, hat uns in den Kämpfen der letzten Tage die
41. Revolutionäre Bürgerkriegsdivision gegenübergelegen. Also keine
regulären Truppen, sondern eine Art SS oder faschistische Miliz. Truppen, die durchweg aus Waisenknaben bestanden. Bekanntlich entstan-

den seinerzeit im Drunter und Drüber der Russischen Revolution organisierte Kinderbanden, die nach dem Verlust ihrer Eltern herrenlos
geworden ihr Dasein durch Raub und Mord fristeten. Später nahm sich
der Staat dieser Waisen an und bildete aus ihnen jene Bürgerkriegsdivi-
sionen, von denen wir eine kennenlernten. Jetzt verstehen wir manches.
Und die blutige Keule, die der Oberst gestern fand, mit denen dieses
erdbraune Gesindel unsere Verwundeten erschlug, nimmt uns nicht
mehr wunder.

Lidija Ochapkina *1912   *Leningrad*
So haben wir unseren Sohn evakuiert. Mein kleiner Junge, er ist nur fünf
Jahre alt. Ich gab ihm Kleidung mit. Auf sämtliche Kleidungsstücke habe
ich seinen Namen und Vornamen gestickt. Als ich ihn an diesem Morgen angezogen hatte, dachte ich daran, wann und ob ich ihn wieder
anziehen werde. Und da wurde ich von einer Unruhe ergriffen, einer
Angst, ob ich ihn überhaupt wiedersehen werde. Er könnte doch irgendwie verlorengehen. Ich war sehr aufgeregt und offenbarte meinem
Mann die Gedanken. Er blieb stumm. Dann sah ich mich um, die Tränen liefen über seine Wangen.

Jura Rjabinkin 1925–1942   *Leningrad*
Heute habe ich beim Bau eines Luftschutzkellers am Pionierpalast gearbeitet. Das war eine höllische Arbeit. Heute sind wir Maurer gewor-
den. Ich habe mir die Hände mit einem Hammer abgearbeitet, überall
Wunden. Aber schon gegen 3 Uhr wurden wir abgelöst. Insgesamt haben wir also viereinhalb Stunden gearbeitet. Aber wie!!!
Vom Palast ging ich zu meiner Mutter. Sie ist besorgt, läuft niedergeschlagen hin und her. Ein chemischer Krieg steht auf der Tagesordnung.
Bald beginnt die Evakuierung. Ich nahm 5 Rubel und ging in die Kantine.
Dann kam ich nach Hause. Es besuchte uns eine Frau, sie schreibt alle
Kinder bis 13 Jahre auf. Irka wurde registriert. Der Hauskommandant
befahl Nina, von halb 10 bis 3 Uhr am Torweg als Diensthabende zu stehen. Er teilte uns mit, daß wir im Falle eines Fliegeralarms ins Erdgeschoß zu Chamadulins laufen müssen. Dort ist es gefährlich. Vor einer
Sprengbombe gibt es keine Rettung, auch nicht vor der Druckwelle, sie
wird das Haus zertrümmern, und die Trümmer werden uns in diesem
Keller verschütten und beerdigen. Vor einer chemischen Bombe kann
auch nichts retten.

Walentin Komrakow *1929   *Leningrad*
Ich war 12 Jahre alt, als der Krieg ausbrach. Unsere Familie (meine Eltern, ich und mein älterer Bruder) wohnte in einem Vorort von Leningrad, in Nowaja derewnja (dt.: Neues Dorf).
Am Anfang, als die Deutschen noch weit weg waren, gab es für uns viele neue und interessante Sachen. Zum Beispiel an die Fensterscheiben kreuzweise Papierstreifen ankleben oder die Verdunkelungsvorhänge an den Fenstern ausrollen lassen. Für jeden dünnen Lichtstrahl, der manchmal durch den Türspalt fiel, gab es eine strenge Strafe. Die Luftverteidigungskommandos paßten auf und haben keinem, auch wenn es ein Versehen war, die Nichtbefolgung dieser strengen Regel vergeben.
Das Wohnungsamt in unserer Siedlung fand für uns Jungen eine sehr interessante Beschäftigung. Sämtliche Bretterzäune zwischen den Häusern sowie die Holzbauten wie Schuppen und Hühnerställe mußten abgetragen werden. Für Jungen gibt es kaum einen besseren Einsatz, als alles mit einem Hammer in der Hand restlos zu zertrümmern. Kurz gesagt, am Anfang freuten wir uns sogar, daß der Krieg unser Land heimgesucht hatte. Darüber hinaus munkelte man, daß der Deutsche zu schwach sei, um unser riesiges Land zu erobern, und unsere heldenhafte Rote Armee würde ihm spielend eine vernichtende Abfuhr erteilen. Momentan locke sie mit ihrem Rückzug den Feind in eine Falle, um dann «Hackfleisch aus ihm zu machen». Wir glaubten natürlich daran.

Sicherheitsdienst der SS   (Berlin)
Geheimer Lagebericht
Dankbar anerkannt werde die *umfangreiche Bildberichterstattung*. Großen Eindruck machten die «Untermenschentypen», die auf Bildern der ersten Gefangenentransporte zu sehen gewesen seien. «Man brauche sich nur diese Verbrecherfratzen anzusehen, dann weiß jeder, daß der Krieg gegen die Sowjet-Union eine gerechte Sache ist.» (Königsberg). [...] Vereinzelt habe man zu den Gesichtern der Asiaten, die sicher zu jeder Grausamkeit fähig seien, eine gewisse Besorgnis um die eigenen Soldaten geäußert [...]. Vereinzelt will man bemerkt haben, daß sich die Sowjet-Soldaten durchweg in einer guten körperlichen Verfassung befänden (z. B. Karlsruhe). Häufiger fielen die fanatischen Gesichter, insbesondere bei den gefangenen Funktionären auf. [...] Beachtet wurden die Bilder, aus denen sich ergab, daß die deutschen Truppen in ukrainischen Dörfern mit ausgesprochener Sympathie begrüßt werden.

*

Adam Czerniaków 1880–1942   **Warschauer Ghetto**
Morgens Gestapo. Danach Auerswald. Er gab mir den Stadtetat für die
Ausarbeitung unseres Haushalts. Ich händigte ihm das Statut der Ver-
sorgungsanstalt ein.
Auf dem Gelände des ehemaligen Heilig-Geist-Spitals besichtigte ich die
Brutapparate, in denen entzückende kleine Küken ausgebrütet werden.

Danuta Czech   **(KZ Auschwitz-Birkenau)**
Ein von der Gestapo aus dem Regierungsbezirk Kattowitz eingeliefer-
ter Häftling erhält die Nummer 17 396.

✳

Bei dir war es immer so schön,
und es fällt mit unsagbar schwer zu gehn,
denn nur bei dir war ich wirklich zu Haus',
doch der Traum, den ich hier geträumt, ist aus!
Warum hast du mir denn so weh getan?
Und was fang ich ohne dich an?

<667   Sonntag, 29. Juni 1941   1409>

Ich gehe einher in der Kraft des Herrn;
ich preise deine Gerechtigkeit allein.
HERRNHUT   PSALM 71,16

Ewald Mataré 1887–1965   Kleinwallstadt bei Aschaffenburg
Hier bin ich damit beschäftigt, die ersten Entwürfe für 14 Stationen für
Hohenlind zu machen, eine schöne Aufgabe, besonders lehrreich für
mich, denn dies Komponieren macht mich geschmeidig, aber mit welchem Überwinden habe ich begonnen. Nach einem arbeitsreichen Winter, in dem ich in Büderich, vornehmlich die große Holzfigur des auf-
erstandenen Christus für Hohenlind machte, die am Himmelfahrtstage
dort in das Chor der Ober-Kirche gehängt wurde, war ich so leer, daß
ich zu keinem Fingerrühren Kraft besaß. Ich fühlte, daß mich diese Figur voll ausgefüllt hatte, und nun, nachdem sie aus dem Atelier war,
stand ich taten- und nutzlos herum. Dabei beschäftigt mich der Stoff
noch immer, fühle ich doch, daß die Formung noch Mängel aufweist,
die aber zu beheben auch nicht in meinem Können stand!

Thomas Mann 1875–1955   *Pacific Palisades*
Zeitig auf, Kaffee getrunken u. gegangen. Nach dem Frühstück Telephon mit Agnes Meyer. Einen Absatz am Religionsgespräch geschrieben. Auf der Promenade; Heinrich u. Frau getroffen. Sehr optimistisch
für Rußland, – dessen Flugzeuge nur leider unterlegen sind. – Nach dem
Lunch im «Faust». – Geschlafen. – Nach dem Thee mit Conny K. Zahlreiche Unterzeichnungen auf Bauplänen u. Papieren. Zahlung der über
die Loan hinausgehenden Baukosten mit Check. Ziemlich leichten Herzens, da morgens nach dem Frühstück die Meyer in Mount Kisco angerufen, ihr die Lage erklärt u. nicht nur ihre Zustimmung, sondern auch
die Versicherung erhalten hatte, daß ich mich in jedem Fall auf sie verlassen könne.
Geldsorgen brauche ich mir nicht zu machen. – Früheres Abendessen.
Vor 8 Fahrt zur Stadt ins Rheinhardt-Schul-Theater. Br. Frank, Korngold, Werfel, Rheinhardt selbst. Shakespeare-Fragmente mit Musik von
Korngold. Eklatantes komisches Talent eines 18jährigen mit originellem

Blick und Gebahren; anziehende Viola. Anmutige Musik. Zu lang, zu spät, sehr müde. Nachtmahl zu Hause.

Wilhelm Muehlon 1878–1944   *Klosters/Schweiz*
Albanien hat an Russland den Krieg erklärt! Wahrscheinlich hat es sich in Rom beschwert, dass es nicht, wie Kroatien, Slowakei und dergleichen Staaten, ehrenvoll erwähnt wurde. […] Man [wird] es Schweden vergessen, dass es den deutschen Truppen den Durchmarsch gestattet, den es früher England verweigert hat, als den Finnen Hilfe gegen Russland gebracht werden sollte […]
Dänemark hat doch auch einige Leute, die kämpfen möchten. Es bildet sich dort ein Freikorps.

*

Der General Franz Halder 1884–1972   Führerhauptquartier
Nachrichten aus der Front bestätigen überall, daß der Russe bis zum letzten Mann kämpft. Teilweise hinterlistig, vor allem, wo mongolische Stämme eingesetzt sind (6. Armee, 9. Armee).
Auffallend ist, daß bei erbeuteten Batterien usw. meist nur vereinzelte Mannschaften gefangen genommen werden. Ein Teil läßt sich totschlagen, ein Teil reißt aus, wirft die Uniform weg und versucht sich als «Bauer» durchzuschlagen. Die Stimmung unserer Truppe wird überall als sehr gut bezeichnet, auch da, wo schwere Kämpfe durchzustehen waren. Pferde sehr angestrengt.

Weniamin Gubarew *1924   *Tula*
Wie jeder Junge in meinem Alter wollte auch ich die Fritzen schlagen, die mein Land so gemein überfallen hatten. Sie hatten sich nach der Unterzeichnung des Nichtangriffspaktes im August 1939 als Freunde getarnt.
Mein Bruder war ein leidenschaftlicher Bergsteiger und verbrachte jeden Sommer im Nordkaukasus, wo er und seine Kameraden neue Berge bezwangen. Als Instrukteure waren bei ihnen immer Alpinisten aus Bayern. Mein Bruder erzählte uns begeistert, daß ihr Hans-Otto sich im Bergland dort wie in seiner Westentasche auskannte, sämtliche Bergpfade waren ihm gut bekannt. Erst später begriffen wir, daß sich unter den Masken der Instrukteure deutsche Gebirgsjäger verbargen, die sich für den künftigen Feldzug im Kaukasus vor Ort mit der Gegend vertraut machten.

Ippolit Antosiak *1916   *Ukraine*

Bei Kriegsausbruch im Juni 1941 war ich friedlicher Mathematiklehrer in einer gewöhnlichen Mittelschule in Tiraspol. Da ich noch vor dem Krieg meinen Armeedienst im Fernen Osten abgeleistet hatte und als Artillerieoffizier ausgebildet worden war, wurde ich schon in den ersten Kriegstagen eingezogen. Die hohen Armeevorgesetzten schickten mich an eine befestigte Verteidigungslinie am Dnestr, wo wir den schnell vorrückenden Feind aufhalten sollten. Doch es war schon zu spät, weil die Deutschen und ihre Satelliten, die Rumänen, unsere Befestigungen einfach umgingen und in hohem Tempo weiter ostwärts vordrangen.

In Panik fluteten wir zusammen mit zivilen Flüchtlingen in großen Kolonnen zurück, von den deutschen Flugzeugen zerfleischt. Wir wußten nicht, wo unsere Stäbe waren, wie weit der Feind vorgerückt war, was um uns herum geschah, weil wir keine Verbindung zu den vorgesetzten Dienststellen hatten. Alles wurde vom Feind demoralisiert. Und seine Flugzeuge waren richtige Geier. Wir Soldaten schämten uns vor unseren Landsleuten, die in ihren Heimatorten nun alles zurückließen und mit uns gemeinsam ins Hinterland flüchteten, weil sie die Hoffnung verloren hatten, daß wir sie schützen könnten. Wir alle waren mit der offiziellen Lüge aufgewachsen, daß unsere Armee so stark sei, jeden Aggressor auf seinem Territorium mit unbedeutenden Verlusten für die eigene Truppe zu zerschlagen. Und jetzt, nur einen Monat nach Beginn des Krieges, waren wir schon vor Odessa angelangt, gute 300 Kilometer von der Grenze entfernt. Mit so einem starken Geländeverlust hatte niemand gerechnet. Von Odessa dann nach Sewastopol und von dort zum Kaukasus.

Ruth Andreas-Friedrich 1901–1977   *Berlin*

Goebbels hat sich eine großartige Überraschung ausgedacht: Siegesmeldungen als Jahrmarktsrummel. Nach dem Prinzip «Sieben Tage Sparsamkeit für einen Tag der Fülle» hat er eine Woche lang Siege gesammelt, um sie heute wie aus einer Gießkanne über das Volk auszuschütten. Alle fünfzehn Minuten Fanfarenstöße. Eine Handvoll Takte aus den Préludes von Liszt, Sondermeldung: Brest-Litowsk. Sondermeldung: Bialystock, Grodno, Minsk. Sondermeldung … Sondermeldung … Sondermeldung. Wir halten uns die Ohren zu. Wir wollen nichts mehr hören. Es ist geschmacklos, das Bluten und Sterben unzähliger Menschen zur Sonntagsbelustigung aufzuputzen. Historie zeitgerafft! Doch wo wir auch hinkommen, gellt es aus dem Radio: Sondermeldung … Sondermeldung.

Ernst-Günter Merten 1921–1942   Ukraine

Acht Tage ist es her, daß wir in Feindesland sind. Laut OKW-Bericht sollen heute die großen Sondermeldungen über das Vorgehen im Osten kommen. Dann werden sie zu Hause am Kaffeetisch sitzen, Marschmusik wird aus dem Rundfunk tönen und ab und zu die Fanfare. Schade, daß wir das nicht miterleben können. Wir wissen ja selbst so wenig über die Operationen Bescheid. Es war ein heißer Tag vorgestern. So waren wir froh, am Wege volle Wassereimer vorfinden zu können. Die Ukrainer waren ja so glücklich, daß wir die Bolschewiken verjagt hatten. Es sind fast durchweg kleine Personen, die Männer meist mit Strohhüten, die Frauen mit weißen Kopftüchern. Ihre Kreuze am Wege haben sie mit frischem Grün geschmückt. Irgendwo hängt eine blau-gelbe Fahne.

Curt Querner 1904–1976   Dresden

Dieses Volk, was vom Blute anderer lebt und sehr jammert, wenn es selbst betroffen wird, ach, wie ich diese Masse hasse! Dieses Berauschen an billigster Zivilisation, an Sondermeldungen irgendwelcher Art. Dieses so jeder Kultur fremde, primitive Herrschertum neuer Cäsaren. Diese Welteroberer, die mit Donnergetöse in die Geschichte eingehen wollen. Genau so, wie ich den Krieg mit der UdSSR vorausgesehen habe, wie den Krieg überhaupt. Seit Jahren, so ist mir eines klar, daß es mit jeglicher Kultur erbarmungslos zu Ende ist. Was wir Wenigen noch tun, die überhaupt wissen, was Kunst ist, ist im Verhältnis zu früheren Jahrhunderten fast belanglos.

Reichspressestelle der NSDAP   Berlin

Tagesparole

Die großen Sondermeldungen des Oberkommandos der Wehrmacht sind in ihrer Gesamtheit ein ernstes Dokument der Gefahr, die Europa aus dem Osten durch die zum Sprung bereite Kriegsmaschine des Bolschewismus drohte. Die deutsche Presse wird mit der Wiedergabe der großen Nachrichten von dem in entscheidender Stunde sich siegreich entwickelnden deutschen Gegenangriff ernste Leitartikel verbinden, die dem politischen Gehalt der militärischen Meldungen gewidmet sind und in würdiger Form dem Dank an die deutschen Soldaten Ausdruck geben, die in mutiger Entschlossenheit sich auf den gefährlichen Gegner gestürzt haben und Europa vor der bolschewistischen Invasion retten.

Sicherheitsdienst der SS   (Berlin)
Geheimer Lagebericht
Zu dem neuen *Lied zum Feldzug im Osten* wird in den bisher vorliegenden Meldungen gesagt, daß der Text sehr angesprochen hat, insbesondere das «Führer befiehl, wir folgen Dir!» Die Melodie sei «etwas
kompliziert» und nicht ganz so einprägsam wie die des Frankreich-
Liedes.
Die *Zusammenstellung der Fanfare* wird als sehr eindrucksvoll empfunden und erzeuge jedesmal eine geradezu feierliche Erwartung.

Grete Dölker-Rehder 1892–1946   Stuttgart
Wiechert: «Das Unsterbliche eines Verses ist nicht geringer als das Unsterbliche des Blutes», – – Hölderlin: «Es leben die Sterblichen von
Lohn und Arbeit; wechselnd in Müh und Ruh ist alles freudig; warum
schlägt denn immer nur mir in der Brust der Stachel?» – – – Unser Sieg
über Rußland, den wohl jeder bei uns als selbstverständlich erwartet
hat, scheint mit solchem Schwung und einem solchen Ausmaß sich
schon jetzt anzubahnen, daß man es kaum glauben kann. Heute Sondermeldung: in einer Woche 4000 feindliche Flugzeuge, 2000 schwere
Panzerwagen vernichtet, 40 000 Gefangene gemacht, zwei Armeen östlich von Bialystock eingeschlossen, – es ist ganz ungeheuerlich. Dabei
bestimmt keine leichten Siege, sondern ganz erbitterte Kämpfe, «wü-
tende Gegenwehr, blutige Nahkämpfe» etc. Ach, wie der Schnitter Tod
da wieder mäht! Männer, Männer, lauter gesunde junge Männer, viele,
viele russische, aber auch immer und überall wieder deutsche. Welche
Gefahr uns drohte, wird angesichts der Zahlen klar, es mußte sicher
sein. Unsere Herzen sind erschüttert von Stolz, Schmerz und Dank.
Gott will doch wohl Deutschland erhalten. Es ist ja so wunderbar, daß
es uns vergönnt ist, einen Gegner nach dem anderen zu erledigen, allen
auf einmal wären wir doch bestimmt erlegen. Zum Teil ist das wohl ein
Verdienst der politischen Führung, aber was hätte diese vermocht, wenn
unsere Gegner geschlossener gewesen wären? Schon im Herbst 1939,
als wir gegen Polen kämpften, begriffen wir ja nicht, daß die Franzosen
Gewehr bei Fuß stehenblieben, statt loszuschlagen. Hätten sie es getan, wir wären zermahlen und zerrieben worden in dem Strudel. Ist es
nicht ein Wunder, daß unser Haus, daß unsere Städte überhaupt noch
stehen, daß wir noch leben und so gesund und behaglich beieinander
sind?
Mein Sigfrid, ich weiß es, Du lebst.
Wo bist Du?

Eine Unbekannte   **Brand**

Nun ist es wieder Sonntag geworden, u. ihr habt wahrscheinlich schon
so vieles erlebt. Ich hab heute keine Post bekommen, aber Anne hat von
ihrem Otto einen Brief bekommen von Przemysl, er konnte ihn einem
mitgeben der nach Stuttgart fuhr. Er schreibt, bei Euch sei auch Postsperre, da werde ich nun lange warten müssen, bis wieder etwas kommt.
Heute bin ich bei Anne, habe auch bei ihr zu Mittag gegessen, wir waren nämlich heute morgen im Bad in der Kirche, sie hat gemeint, wenn
ich so Sorgen hätte, würde es mir gut tun, u. ich war ihr wirklich dankbar dafür. Man hat zu Anfang u. als Dank für das, was ihr geleistet habt,
das schöne Lied gesungen: «Lobe den Herren, den mächtigen König
der Ehren.» Herr Inspektor hat dann so gewaltig gesprochen vom ernsten u. wahren Christentum, daß wir viel zu oft gottlose angestrichene
Christen seien. Wenn Du nicht mehr lügst u. ich nicht mehr klage, sagte
er, gebe es ja keine Lüge mehr in der Welt. Zum Schluß noch das schöne
Lied: «O Gottes Sohn, Du Licht und Leben, o treuer Hirt Immanuel,
nur Dir hab ich mich übergeben, nur Dir gehöret Leib u. Seel, ich will
mich nicht mehr selber führen, Du sollst als Hirte mich regieren, ich
gehe keinen Schritt allein. Ach Herr erhöre meine Bitten» usw. Weißt
Hermann, schon diese Lieder tun einem so wohl im Herzen, da weiß
man sich so geborgen in Gottes Hand u. Führung, da schwinden die
Sorgen, u. ein wenig Friede u. Zuversicht kommt in unser Herz. Du
mußt dies alles missen u. wirst oft den kalten Tod sehen, wenn ich nur
wüßte, wie es Dir, mein Schatz, ergeht, bist Du noch gesund? u. geht es
Dir auch sonst körperlich gut? Wie gerne hätte ich Dir in der heißen
Woche zu trinken u. zu essen gebracht, wenn ich so draußen stand in
der Hitze u. Durst hatte, mußte ich oft denken, Du wirst nichts haben.
Wo bist Du wohl, ach liebster Schatz, ich sehne mich so auf den näch-
sten Brief von Dir, gelt schreibst, so bald Du kannst. Ich denke mir, daß
Du vielleicht in der Nähe von Brest-Litowsk bist, wo ja auch gekämpft
wurde.
In treuer Lieb bis in den Tod verbleibe ich Deine liebe Frau
Behüt Dich Gott u. auf frohes Wiedersehn in Deinem treuen Herzen.

Der Oberstabsarzt Dr. Willi Lindenbach † 1974   Ostpreußen
So richtig gemütlich ist es heute. Wir, d. h. Zahnarzt Krug und ich, wohnen bei dem Großbauern Brachmer in … Wir bewohnen ein großes luf-
tiges Zimmer und unsere beiden Radios spielen abwechselnd, meiner
auf kurzer, Krug seiner auf langer Welle. Ich habe mal wieder den Vorteil, daß ich den Apparat an das Lichtstromnetz anschließen kann, was

Krug etwas ärgert. Gegen Abend, nachdem wir nachmittags auf der Veranda mit Herrn Brachmer zusammengesessen hatten, fuhren wir zu dritt nach … wo wir einen wunderbaren Sportplatz mit herrlicher Sprunggrube ausmachten. Auch ein Freibad war ganz dicht dabei. Leider konnten wir nicht mehr springen, da ein starker Gewitterregen einsetzte. Bei Brachmer gab es am Abend ein wunderbares Abendessen: Rührei, Schinken, Leberwurst. Und wunderbar schlief es sich dann in den Betten.

Der Offizier Leo Tilgner 1892–1971   Litauen
Meine liebe Lydia, wie Du aus beiliegender Karte ersiehst, stecke ich nun dazwischen. Seit gestern 14 Uhr sind wir auf russ.litau. Boden, in der nächstgrößeren Stadt. Ich habe in der Wohnung eines geflüchteten russ. Majors, der mit Frau und Kindern hier lebte, Quartier bezogen. Die Bilder stammen aus seiner Hinterlassenschaft. Gegenüber wohnte noch ein russischer Offizier, der sich hier die Zeit mit einer Schauspielerin vertrieb. Einige Karten stammen auch von dort. Neben bolschewistischen Schriften hat er auch Heiligenbilder.
St. liegt wieder mit mir zusammen, auch Ltn. R. zog zu uns. Er brachte ein Radio mit, sodaß wir heute die Sondermeldungen verfolgen können. Unsere Vorkommandos sind zurück. Die E Kompanie hat schon mit der Arbeit begonnen. Wir folgen morgen. Wenn das so weiter geht, werden wir bald in Riga, Reval oder Leningrad sein.

Der Assistenzarzt Dr. Hermann Türk 1909–1976   Sluck
So ganz zufällig erfährt man, daß heute Sonntag ist. Wir machen einen Gang durch Sluck.
Dann werden die bei uns verstorbenen Verwundeten beerdigt. 16 Mann, darunter 9 von meinem alten Bataillon.
Weiter geht es nach Bobruisk. Das ist das nächste Ziel. Unterwegs wieder verschiedene Bombenangriffe ganz in unserer Nähe. Dann ziehen wir in einem Wald 3 km vor Bobruisk unter. Hier werden ca. 300 Verwundete versorgt, die an der Beresina gekämpft haben. Unsere 1. Komp. übernimmt hier die Versorgung.

Der Unteroffizier Kurt Krämer 1912–1945   im Osten
Es ist Sonntagmorgen, wir sind auf einem großen Bauernhof und werden herrlich bewirtet. Die Bauern geben uns das beste, was sie haben. Wir sind immer noch im Vormarsch. Wir sind im Durchschnitt 50 km pro Tag vorwärts gekommen, mit wenig Schlaf. Aber der Geist der Trup-

pe ist hervorragend. Gleich geht unsere K.D.F.-Fahrt weiter, wir wollen noch viel Schönes zu sehen bekommen. Eben gab mir die Tochter des Hauses einen wunderschönen Becher Tee, russischen Tee, hergestellt in einem Samowar. Hoffentlich kann ich später mal so ein Ding mitbringen nach Hause. Die Russen laufen schneller, als wir marschieren können. Es gibt ein zweites Frankreich.

Jochen Klepper 1903–1942   Dangeni/Rumänien

In der Nacht riß der Sturm unsere Tarnung um. Da gegen Morgen heftiges Schießen zu hören war, mußten wir sie wieder aufbauen. Der Sonntagmorgen dann so friedlich. Sommertag. Von der Kirche weit drunten im Grünen läuten mehrmals am Vormittag die Glocken. Seit 8 Uhr arbeiten wir wieder fleißig. Auch den Autobus habe ich, soweit möglich, wieder in Ordnung; unser kleiner Bushaushalt ist sehr kompliziert, und es muß einer mit fester und unermüdlicher Hand eingreifen.
Zu den Proben für das Propagandaministerium hat der Adjutant mich beglückwünscht. […]
Überall im Walde Artillerie, Fahrkolonnen, Infanterie, auch einer anderen Division; auf einer Höhe Pioniere mit ihren Pontons. Wie schön zu dem durchsonnten Laubwald die jungen Weizenfelder. Wie sich der Sonntag doch immer noch abhebt. […]
Auf der Straße noch immer Aufmarsch: schwere Panzerabwehrgeschütze. Und immer wieder auch noch einmal Kavallerie. In diesem neuen Kriege scheint nun das Pferd wider Erwarten und Tendenz doch noch einmal eine große Rolle zu spielen. Auch auf der nachmittäglichen Autofahrt begegnete uns immer wieder schwerbespannte Artillerie.

Der Leutnant Georg Kreuter 1913–1974   vor Minsk

Endlich wird der Wald genommen. Wir überschreiten die richtige russische Grenze. Roter Bomber mit deutschen Abzeichen wirft Bomben. 1 Toter, 4 Verwundete. Lkw mit Roten kommen dauernd aus den Wäldern. Sie wissen nicht mehr, was los ist und sind wie gejagtes Wild. – Die Feldküche ist eingetroffen!! Auch ein Brief vom 14. von H.! Das II. Btl. trotz Igelns in der Nacht 5 Tote. Darunter auch Lt. Schulz, der mit mir in Ostrowo einquartiert war. Er wurde erstochen. Die Roten taten erst so, als wollten sie sich ergeben, und dann brachten sie ihre Waffen hervor. Vielleicht wurden sie auch durch eine falsche eigene Maßnahme verschüchtert und kämpften weiter? – Der Kommandierende General bleibt während der Nacht bei uns. Wir sind 5 km vor Minsk und können es liegen sehen. Eigene Feindpanzer säubern noch das Vor-

feld. Wenn sie einen Bolschewisten «anleuchten», sieht man eine gespenstige Fackel weglaufen. (20 km)

Der Gefreite Feldmann *1922   Litauen

Bis 8.00 schlafen. Frühstück, Karten einordnen. Mittag (eigenes Schwein) bei dem Amerikaner. Sondermeldungen kommen. Marschbefehl zu 16.00 Uhr. Fertigmachen, auffahren in Raguva, der Kdr. vergißt seinen Stander. Abfahrt 16.30 Marschweg Raguva – → Putibiskiai – Subacius … Suvainiskis.
Bei Skrovorby zerstörter Flugplatz, sehr schöne Fahrt durch das Viesinta-Tal. Gegen 23.00 verfranst sich der Kdr., umrangieren, Chefwagen fällt aus. (Ölablaßschraube)
8.30 Ankunft in einem Gut vor Suvainiskis gegen 03.30 Zeltbau im Garten, dann wieder vorziehen auf der Straße. Durcheinander bis 05.00. Krach mit dem Spieß mit Theo. Mitleidender wegen Schlafen. Wir sind schon wieder zu weit hinten! Reifen montieren für Anhänger von B + G. Rasten 06.00 bis 09.30.

Der Leutnant Grigorij Melnik *1921   *Kiew*

Am 29. Juni 1941 hatten wir in Kiew alles erledigt und begaben uns anschließend in das Restaurant «Kontinental», die neuen Dienststellungen zu begießen und endlich ein ordentliches Abendessen zu genießen. Mit mir war ein Oberleutnant mit dem Kampforden für den Winterkrieg gegen Finnland, der nach dem Urlaub seinen Truppenteil vergebens suchte. Wir haben mit ihm reichlich Koteletts Kiewer Art gegessen. Es war schon zu spät, und ich beschloß, bei meinem Bruder in Kiew zu nächtigen. Auf dem Wege zu seiner Wohnung hielten mich mehrmals Komsomolstreifen, die aus jungen Mädchen bestanden, an und prüften meine Papiere. In der Stadt gab es schon viele feindliche Kundschafter und Saboteure, die die Uniform der Roten Armee trugen.

Jura Rjabinkin 1925–1942   *Leningrad*

Ich habe heute am Bau des Luftschutzkellers beim Pionierpalast gearbeitet. Vorher war ich am Lassal-Platz, dort luden wir Sand auf. Aber dort gab es wenig zu tun. Die Jungs hatten aus Sand die Physiognomie Hitlers geformt, und dann schlugen sie dem Führer mit Spaten gegen seine verfluchte Visage. Ich stellte mich dazu. Beim Palast trug ich erneut Ziegelsteine und Sand. Gegen 6 Uhr ging ich nach Hause. Zu Hause wartete auf mich eine Überraschung: Noch in der Tür kam mir Ira entgegen, mit Jubel: «Guck mal, was die Mutti mir gekauft hat. Und für

dich hat sie nichts gekauft. Nichts!» Ich ging ins Eßzimmer. Auf dem Sofa lag ein Matrosenanzug für Ira und eine Puppe. Auf dem Tisch standen ihre neuen Stiefel.
Die Mutter steckte mir einen Zettel in die Hand. Das war ein Gesuch über den freiwilligen Eintritt von uns beiden in die Rote Armee.
Bei Mutters Arbeitsstelle fand heute eine Parteiversammlung statt, und die Parteimitglieder trafen den Beschluß, in die Rote Armee einzutreten. Niemand weigerte sich. Zuerst empfand ich einen gewissen Stolz, dann Angst. Endlich gewann doch der Stolz die Oberhand.
Am Abend ging ich mit meiner Mutter zu einer Hausbesitzerin in der Siwerskaja Straße. Die Mutter beschloß, dort Nina und Ira unterbringen zu lassen, wenn wir freiwillig an die Front zögen. Wir besprachen einiges. Am gleichen Abend war ich beim Friseur. Zwei Monate ließ ich meine Haare nicht mehr schneiden.

*

Adam Czerniaków 1880–1942   **Warschauer Ghetto**
Morgens Gemeinde. Glücksberg hat mir eine Schachtel Kopfschmerzpulver gekauft. Irgendein Junge entriß sie ihm auf der Straße und fing an, das Pulver zu essen. Wir haben ein Bad für 1000 Personen täglich in der Prosut-Str. erhalten.

Danuta Czech   **(KZ Auschwitz-Birkenau)**
Die Nummern 17 397 bis 17 441 erhalten 48 Häftlinge, die von der Gestapo mit einem Sammeltransport aus Wien, Linz, Prag, Zichenau, Danzig, Bromberg, Posen, Lodz, Königsberg und aus dem KL Dachau eingeliefert worden sind.

*

> Komm zu mir heut' nacht
> und gib auf mich acht,
> daß mich niemand verführt
> und mir gar nichts passiert,
> wenn mein Herz eine Dummheit macht!
> Bleib bei mir heut' nacht
> bis morgens um acht!
> Dann kann kommen was will,
> unser Liebesidyll
> wird von dir gut bewacht!

<668 Montag, 30. Juni 1941 1408>

Tue mir kund den Weg, darauf ich gehen
soll; denn mich verlangt nach dir.
HERRNHUT   PSALM 143,8

Karl Wolfskehl 1869–1948   *Auckland / Neuseeland*
An Friedrich Bargebuhr
Mit tiefer Freude und Bewegung empfing ich Ihr Schreiben mit der Ankündigung, dass Ihr Übersetzungswerk, und zwar grade in diesem Augenblick äusserster Entscheidungen, vollendet werden konnte. Ich habe
nicht zu ermessen, was und wiefernhin Sie damit zur Erhaltung und Meh-
rung des Geistes geleistet haben, dass die «Stimme» nun in der Sprache
unseres Wortes laut wird. Und zwar, dessen bin ich gewiss, in einer
Sprache die, ohne der lebendigen Gegenwart zu entraten, aus unserm
ewigen Urborn genetzt, den Weg zur wahren Koine, zum Ausdruck
der höchsten spirituellen Gemeinschaft bahnen hilft.

Thomas Mann 1875–1955   *Pacific Palisades*
Kaffee getrunken ³/₄8, gebadet, gegangen, gefrühstückt, gearbeitet am
Gottesgespräch. In Westwood zur Haarbehandlung. – Von K. ein Hau-
fe Kritiken über Tr. H., lehrreich über meine Stellung. – Böse Nachrichten aus Rußland. Die Deutschen motoren gegen Moskau vor wie
gegen Paris. Las die Artikel der «Nation». Tief niedergeschlagen.
Nachmittags zu Huxleys zum Thee, mit Vater und Sohn. Über Neger-
schulen, hier und Marocco: «Nos ancêtres, les Gaulois». Die Inkohe-
renz der amer. Bevölkerungsgruppen. Zusammengewürfeltes Kolo-
nial-Land mit Technik. Wie soll es Verständnis und efficiency zeigen in
einer Lage wie dieser? Im Übrigen nur allzu europäisch: Die fascisti-
sche Minorität ist da, die antifascistische Majorität wird desintegriert,
es ist Hitler ein Leichtes. Von hier soll die Rettung kommen? Das Ver-
hängnis wird seinen Gang gehen. Kann nur hoffen, daß einiges Indivi-
duelle sich dagegen durchsetzt. – Briefe mit Conny K. Schrieb selbst
an den Indologen in Ankara. Abends den «New Yorker» und die Kritiken.

Wilhelm Muehlon 1878–1944   *Klosters/Schweiz*
Der holländische Führer *Mussert* bat alle, die in Hitler den gottgesand-
ten Erretter (godsent saviour) verehren, ihre Kupfergeräte hinzugeben,
da Deutschland Kupfer brauche.
Vichy hat die Beziehungen zu Moskau abgebrochen und alles russische
Vermögen in Frankreich beschlagnahmt.

John Colville 1915–1987   *London*
Die Russen, die von den Deutschen zurückgeschlagen werden, zeigen
unserer Militärmission in Moskau gegenüber eine unglaubliche Zurückhaltung. Molotow will uns nicht mehr verraten, als in den offiziellen Kommuniqués steht. Selbst jetzt, in der Stunde ihrer Not, ist die Sowjetregierung – oder zumindest Molotow – genauso mißtrauisch und
unkooperativ wie im Sommer 1939, als wir mit ihr über einen Vertrag
verhandelten. Ich vermute, daß unser linker Flügel wieder behaupten
wird, das sei alles Schuld unserer Regierung.

Paul Valéry 1871–1945   *Paris*
Sämtliche Kriege seit Jahrhunderten waren Luxuskriege, das heißt, ihre
auslösende Idee war rein imaginär, erdacht von ganz wenigen und nicht
aus einem wirklichen Bedürfnis der Mehrheit heraus – und die Gewinne flossen auch nur einer Minderheit zu; wobei diese wenigen gar nicht
einmal alle zum Volk der Sieger gehören mußten. Die unerläßliche Volks-
aufwiegelung geschah durch Reklame, Erziehung, künstliche Agitation.
Und die GESCHICHTE – – Auch das wäre ein noch zu schreibendes
Geschichtskapitel: die Geschichte der Kunst, den Kriegsgeist zu wek-
ken – mit sämtlichen Dokumenten als Beleg.

✳

Grete Dölker-Rehder 1892–1946   Stuttgart
Nun rüsten wir zur Sommerreise. Übermorgen soll es losgehen. Ich
gehe so schweren Herzens fort. Hier ist Sigfrids Zuhause, hier erinnert
mich alles an ihn und verwalte ich alles für ihn (gestern plättete ich seine Oberhemden, die jetzt erst aus der Wäsche kamen, und dachte, ob
er sie je wieder tragen wird?) Hierher käme er, wenn er käme, käme
auch jede Nachricht über ihn zuerst. Ich bliebe ganz allein hier, wenn
die andern mich ließen. Aber dann blieben sie auch hier und haben doch
die Erholung nötig, besonders Otto und Omi. Und dann ginge ja auch
der Haushalt weiter und dessen bin ich ja auch so müde.

Ein unbekannter Soldat   Holland
An seinen Lehrer
Im Osten vollziehen sich wieder atemberaubende Dinge! Durch die
Lageberichte waren wir zum größten Teil im Laufe der vergangenen Woche schon im Besitz der Nachrichten, die uns gestern durch das Radio
bekannt gegeben wurden. Hoffentlich klappen die Operationen weiter
so wie bisher. Es sind ja ungeheure Räume, die zu überwinden sind!

Hilde Wieschenberg 1910–1984   Düsseldorf
Mein lieber Franz, lieber Vater.
Liebchen, heute erreicht mich Dein letzter Brief aus Tilsit. Ach, ich bin
ja so froh, daß Du beim ersten Einsatz gegen Rußland nicht dabei warst.
Bis Du Deinen Haufen mal gefunden hast, ist der erste Sturmangriff
vorbei. Von der Grenze bis Rußlands Hauptstadt sind es 600 km. Das
schaffen unsere Soldaten in 4 Wochen.
Und dann kommt nach des Führers Proklamation der Hauptfeind an
die Reihe, England. Du darfst nicht noch einen Winter wegbleiben. Ich
bin ja so mutig nach Deinen Zeilen geworden. Da steht wörtlich: «Es
geht mit Siebenmeilenstiefel dem Frieden entgegen.» Was mein Junge
schreibt, stimmt schon.

Sicherheitsdienst der SS   (Berlin)
Geheimer Lagebericht
Die Unterschätzung der russischen Kampfkraft, die in den ersten Kampf-
wochen sehr verbreitet war und zu der nahezu allgemein zu hörenden
Auffassung führte, daß der Krieg gegen Rußland in spätestens 6 Wochen
beendet sei, hat inzwischen einer klaren Einschätzung des Gegners
Platz gemacht. […] Allgemein überrascht hat es, daß sich der russische
Soldat so zäh und verbissen verteidigt und sich, wie die Frontberichte
besagen, lieber erschießen als gefangennehmen lasse.

Der Soldat Helmut N. †1945   Duisburg
Liebe, heute steht wohl alles unter dem Zeichen des stolzen Ergebnis-
ses dieser ersten Kampfwoche gegen den Bolschewismus. Worte sind
zu klein, um zu denken oder das Wunder zu begreifen, das in der Vernichtung dieser Unmenge von Kriegsmaterial, gegen uns auf Europa
gerichteten Materials, das in den stolzen und bedeutungsvollen Siegen
unserer Wehrmacht begriffen liegt.
Wir wollen deshalb gar nicht so viel dazu sagen, wir wollen es stillen
und heißen Herzens hinnehmen, als eine Bestätigung unseres Glaubens

daran, daß unser Volk zur Rettung und Führung Europas berufen ist. Wir haben manches von diesen Ergebnissen früher erfahren als Ihr, aber dennoch hat uns die geballte Kraft dieser Meldungen und Zahlen gepackt und erschüttert. Ich konnte nicht einmal alle Meldungen direkt hören, weil ich bis Mittag zu Haus war und meinen freien Tag hatte. Ich bin aber noch gerade rechtzeitig zurückgekommen, um die Zusammenfassung um 24.00 Uhr zu hören. 4100 Flugzeuge, 2300 Panzer in einer Woche. Das können sie nie mehr aufholen, auch wenn sie ungeheure Mengen an Material besitzen. Wir können froh sein und stolz, sehr stolz. Eins ist zumindestens sicher: die unmittelbare Bedrohung im Osten ist beseitigt. Nun habe ich auch gar keine Furcht mehr, daß es unseren Ostpreußen sehr schlimm gehen kann. Gewiß werden Einflüge sein, gewiß wird es Opfer für Euch geben. Aber ich bin ganz ruhig um Dich, Liebe. Mußt nur verstehen, daß ich so Gedanken hatte zuerst. Man kannte die UdSSR nur als Riesenarsenal von Waffen, Menschen und Material. Daß die Erkämpfung der Luftherrschaft in so unglaublich kurzer Zeit geschehen könnte, wagte ja keiner zu hoffen.
Nun ist es Wahrheit, nun ist alles andere mit großer Zuversicht zu erwarten. Die Russen haben den Endkampf aufgenommen und haben große Teile ihrer Armeen von uns teilen und einkreisen lassen. Ich gebe für Petersburg und Moskau nicht mehr viel.
Ach, liebe Frau: Dabeisein dürfen, einmal dabeisein dürfen. Ich komme mir so gering vor zuweilen, so satt und bequem.
Heute war der letzte Operntag in Duisburg. Die Spielzeit ist zu Ende. Schade. Es gab den «Don Carlos» von Verdi: übrigens meine erste Verdioper. [...]
Die Oper ist schön und nahm mich gefangen. [...]
Dein Helmut

Der General Franz Halder 1884–1972   Führerhauptquartier
Zur Feier meines Geburtstages [57.] haben am Morgen die Männer meines Unterstabes einen feierlichen Appell gehalten und mich vor dem Frühstück begrüßt. Das Frühstückszimmer ist feierlich geschmückt. ObdH widmet mir rote Rosen und Erdbeeren mit einem sehr freundlich gehaltenen Brief.
Gelegentlich des Morgenvortrages Ansprache Paulus; Beglückwünschung beim ObdH, der mitteilt, daß der Führerbesuch am Nachmittag in erster Linie mir gilt. [...]
Teestunde: Meist rein politische Gespräche. – Europäische Einheit durch gemeinsamen Krieg gegen Rußland. – Innere Lage Englands: Möglichkeit

des Falls Churchills durch konservative Kreise, die andernfalls eine so-
zialistische-kommunistische Umwälzung in England befürchten. Lloyd
George, Hoare. – Möglichkeiten der weiteren Entwicklung unserer Beziehung zur Türkei werden aussichtsreich beurteilt. Auch Afghanistan
und andere kleine Völker werden, wenn von der Angst vor Rußland befreit, aktiv mit uns zusammenarbeiten.
Künftige Aufgaben Deutschlands betont kontinental, unbeschadet der
Ansprüche auf ein Kolonialreich, das Togo und Kamerun einschließlich Belgisch-Kongo umfassen könnte. Ost-Afrika erwünscht, aber
nicht nötig.

Der Oberstabsarzt Dr. Willi Lindenbach † 1974   im Osten

Bei herrlichem Wetter fuhren wir heute morgen auf den Sportplatz. Ich
sprang 4.80 mtr. Es war auch eine geradezu ideale Sprunggrube. Somit
habe ich mit Recht das «Silberne Sportabzeichen» erworben und darf
wirklich stolz darauf sein. Ich habe an meine Gute geschrieben, sie soll
es mir schicken.
Abmarsch. Nachmittags überschritten wir die russisch-litauische Grenze. Übernachtung in einem Truppenlager.

Der Offizier Leo Tilgner 1892–1971   Litauen

Heute haben wir den Tag mit Verteilen von Beutewaren vertrieben.
3 Paketchen sind für Dich abgegangen. In einem ist eine primitive Holz-
madonna, die ich unterwegs am Wege fand. Sie stand auf einem abge-
faulten Kantholz in einer Holzlaterne mit Glasscheiben. Im 2. Päckchen sind zwei Pakete russ. Tee. Das dritte enthält Hemdenstoff, unten
flauschig. Jeder bekam 2 m, dazu Seife. Wir erhielten auch russ. Militär-
hemden, die ich nach einer Wäsche tragen werde. Es gab noch vieles andere, doch wir kamen etwas zu spät. Ich glaube, daß von den abgefange-
nen roten Parteileuten nicht viele übrigbleiben werden. Die Bevölkerung
soll heute die Juden gepeinigt haben. Unsere Leute haben es gesehen.

Lidija Ochapkina *1912   *Leningrad*

Wassja ist verreist. Vor seiner Abreise sagte er zu mir, man schicke ihn,
spezielle Arbeiten im Interesse der Armee zu verrichten (er war Ingenieur), also nicht an die Front, wo die Kämpfe tobten. Das hat er nur
gesagt, damit ich mir keine Gedanken über sein Schicksal mache. Doch
das war die Wahrheit und eine Lüge zugleich.
Er wurde irgendwo in die Nähe von Smolensk geschickt, wo er mit der
Truppe in einem Kessel eingeschlossen war. Sie irrten lange im Wald um-

her, bis ihnen der Durchbruch gelang. Darüber wußten damals weder er noch ich.

Jochen Klepper 1903–1942   Dangeni/Rumänien

Glut, Glut. Der Autobus gewährt als Arbeitsraum noch am meisten Schutz. Für die Feldzugsgeschichte ist neben viel Fehlanzeigen der Einheiten einiges gute Bildmaterial eingegangen, Textliches jedoch gar nicht, dies bleibt anscheinend ganz mir vorbehalten.
Fleißige, stille Arbeit.
Auch heute schweigen die Russen.
Mit allem wieder in geregelter Tageseinteilung, auf die man gerade bei unserem unsteten Leben nicht verzichten soll. Die morgendlichen Übungen fallen jetzt weg.

Der Gefreite Feldmann *1922   Litauen

Wagen in Ordnung bringen. Vorziehen bis Sch… Unterziehen auf dem Friedhof. Fritz besorgt 25 Pfund Butter, Speck, Sahne usw. Abds. im Dorf; Abdbr. Wache (wegen Spieß) vor dem Eisenwarenladen.

Ewgenija Iwanowa *1929   *Tallinn*

Sobald unser Schiff in Tallinn eingelaufen war und wir die Hölle in den Schiffsräumen endlich verlassen hatten und nun schwankten wie betrunken von frischer Meeresluft, heulten die Luftalarmsirenen. Wir mußten unsere Sachen auf dem Platz an der Anlegestelle liegenlassen und schnell in den Luftschutzraum herunterlaufen. Dort saßen wir etwa eine Stunde lang. Als wir wieder oben waren, konnten wir ein Bündel mit Kleidern meiner Mutter nicht mehr finden. Es meldeten sich auch andere, die ihre Koffer eingebüßt hatten. Aber bald brachte man uns alle zum Bahnhof, und von dort fuhren wir endlich mit einem Zug nach Leningrad.

Der Assistenzarzt Dr. Hermann Türk 1909–1976   Bobruisk

Um 5 Uhr kamen wir heute morgen in diesem Wald an. Da ich gehört hatte, daß in der Stadt eine große Bonbonfabrik sei, fahre ich gleich mit dem Zahlmeister hin. Die Stadt liegt noch unter Art.-Feuer. Die Vorräte in der Fabrik sind enorm! Wir packen gleich an die 30 große Kisten auf. Bei der Komp. wird verteilt. Jeder bekommt einen Stahlhelm voll der verschiedensten Sorten.
Der Angriff ist ins Stocken gekommen. Die Beresinabrücken sind alle zerstört und die Pi-Brücke ist noch nicht fertig.

Der Leutnant Georg Kreuter 1913–1974　　　　**bei Wolma**
II. Btl. wird Korps-Reserve, II.52 tritt zu uns. – Wir wollen mit Vorausabteilung die Beresinaübergänge sichern, bleiben jedoch vor gesprengten Brücken im Abschnitt von Wolma liegen. Richten uns zur Verteidigung ein. – Die erste ruhige Nacht! – (30 km)

Der Gefreite Reinhold Pabel *1915　　　　**im Osten**
Gestern abend holten uns die Raupenfahrzeuge ab. Enggedrückt saßen wir auf den Holzbrettern und sausten in strömendem Regen durchs Gelände, 40 km weiter nach vorne. Das ist hier ein großes Dorf mit drei Kirchen ansehnlicher Größe. Kolonne um Kolonne rollt im Staub der Straße vorüber. Nur der arme Infanterist schleppt sich mit seiner Last, die andern lachen, wenn sie uns sehen, die Schufte. Ob wir jetzt wohl Richtung Odessa marschieren oder Kyib? […] ich denke jetzt so oft dorthin, da sitzt man vor dem Rundfunkgerät und lauscht. Man wird ja auch wissen, daß ich dabei bin. Darf ich mich darüber freuen? Das Bild, das ich im Brustbeutel trage, ist von Schweiß fast ganz aufgelöst. Von der grünen Unterschrift ist der Name überhaupt nicht mehr zu lesen. Heini fragte höflicherweise, ob das symbolisch sein solle.

Der Leutnant Grigorij Melnik *1921　　　　*bei Kiew*
Am nächsten Tag kam ich nach Mostischtsche zu meiner neuen Dienststelle. Es war ein zweistöckiger Betonbunker, von unserem 193. selbständigen MG-Bataillon bezogen. Gleich bekam ich den ersten Auftrag. 20 LKW und eine Gruppe von Rotarmisten standen mir zur Verfügung. Mit diesem Trupp mußte ich heimlich Munition und einen Teil der Maschinengewehre vom rechten zum linken Flügel der Bunkerlinie im Raum von Belgorodka befördern. Und das über die Chaussee Kiew-Shitomir, die uns quer im Wege lag und von den flüchtenden Kolonnen unserer Truppe verstopft war. So ein Durcheinander habe ich noch nicht gesehen. Ein Sonderkommando fing die Offiziere und Generäle auf und leitete sie zu einem Sammelplatz weiter. Da gab es Empörungen unter den hohen Offizieren, die ihre nur ihnen bekannten Wege gehen wollten. Die Masse der flüchtenden Truppe war fürchterlich deprimiert. Und der Deutsche hatte inzwischen schon Berditschew und Shitomir genommen, und der Weg nach Kiew lag praktisch vor ihm.

Jura Rjabinkin 1925–1942　　　　*Leningrad*
Im Palast traf ich zwei Kameraden, die Billard spielten. Ich spielte ungefähr eine halbe Stunde mit. Dann gingen wir zum Luftschutzkeller,

der weiter zu bauen war. Ich holte wieder Sand aus dem Garten. Erst gegen 7 Uhr hatte ich wieder frei. Dann ging ich zum Fonds. Dort eine andere Neuigkeit, man wird mich kaum einberufen: ich bin zu jung und noch Pleuritis dazu. Ich fühle mich nicht wohl, das seien die Folgen von Pleuritis. Man wird mich wohl von den Arbeiten im Palast befreien und in ein Erholungslager schicken.

Mit Tante Tina keine Verbindung mehr. Sie kann nicht zu uns kommen, weil sie in Schlisselburg bei der Miliz angemeldet ist, und zu ihr zu fahren, wäre zu gefährlich. Um 9 Uhr abends ging ich Dodja Finkelstein besuchen. Er arbeitete nirgendwo und hatte dadurch frei. Übermorgen fährt sein Bruder nach Malaja Wischera. Ich habe ihm von unserem Palast erzählt. Er möchte auch dort arbeiten. Ich ging gegen 11 Uhr nach Hause.

✳

Adam Czerniaków 1880–1942　　　　　Warschauer Ghetto

Morgens Gemeinde. Gerüchte, Lwów sei besetzt. Das Kommuniqué vom 30. VI. spricht von der Gefangennahme von 40 000 Russen, 600 Geschützen, 2233 Panzern und der Zerstörung von 4107 Flugzeugen in 7 Tagen, bei eigenen Verlusten von 150 Flugzeugen. Am 23. VI. ist Grodno erobert worden, am 24. VI. Brest, Wilna und Kowno, am 26. VI. Dwinsk. Östlich von Białystok wurde ein Kessel gebildet, in dem sich der Ring um 2 sowjetische Armeen immer enger zieht.

Der Finanzoffizier Feodossij Awdejewskij *1906　　　　　Lwow

So kamen wir nach Lwow zu unserem alten Stabsgebäude, wo nun in den Kellern der Stab unserer Armee untergebracht war. Dort befand sich auch unser Befehlshaber General Musytschenko, was sehr erstaunlich war. Die deutschen Flugzeuge vernichteten erbarmungslos unsere sich rückziehende und auf dem Marsch zur Front vorrückende Truppe, so daß alles völlig aus den Fugen ging. Wir konnten einfach nicht mehr unsere flüchtenden Einheiten und Truppenteile aufhalten, geschweige denn Ordnung in sie bringen. Seltsamerweise konnten wir unsere Arbeitsplätze in den Kellern ohne bewaffnete Begleitung nicht mehr verlassen, obwohl die Stadt formell noch unter sowjetischer Verwaltung war. Auf jedem Dach um das Stabsgebäude saßen fremde Scharfschützen, die auf uns schossen, sobald jemand von uns auf der Straße erschien. Nach drei Tagen, als wir dieses Versteck für immer verlassen mußten, weil der Deutsche schon am Stadtrand stand, konnten wir es nur unter dem Schutz unserer Panzer tun, so intensiv war das Feuer der fünften Kolonne der Deutschen in Lemberg. So rächten sich die «Befreiten», denen wir im September 1939 die Freiheit auf den Bajonetten gebracht hatten.

Bernard Goldstein *1889   **Warschauer Ghetto**
Als die Deutschen im Juni 1941 nach Rußland einfielen, stiegen unsere Hoffnungen wieder. Der mächtige Nachbar, der uns fallengelassen hatte, mußte nun endlich alle seine Kraft auf unserer Seite gegen die gewaltige deutsche Armee einsetzen. Aber die Russen erlitten Niederlage auf Niederlage, und unsere freudige Aufwallung verebbte. Schien es nicht, als ob es wieder mit einem deutschen Sieg enden würde?

Danuta Czech   **(KZ Auschwitz-Birkenau)**
Drei Häftlinge aus Teschen, die von der Gestapo aus dem Regierungsbezirk Kattowitz eingeliefert worden sind, erhalten die Nummern 17 445 bis 17 447.

*

Ich stand einst
unterm Fenster einer schönen Señorita
und sang leis
so wie überall das kleine Penny-Lied:
Si, si, si, schenkst du mir einen Penny,
si, si, si, sing ich dir das Penny-Lied …

Grenzsoldat Iwan Taranetz, 1916–1941, mit seinem Wachhund Vulkan

<669 Tage   Dienstag, 1. Juli 1941   1407 Tage>

Wir warten im Geist durch den Glauben
auf die Gerechtigkeit, auf die man hoffen muß.

HERRNHUT   GALATER 5,5

Ewald Mataré 1887–1965   **Kleinwallstadt bei Aschaffenburg**
Mit Riesenschritten geht nun der Verfall aller Kunsterziehung vorwärts, und ich wüßte nicht, wie ihm jetzt noch beizukommen sei. Aber
es fehlen nicht nur Lehrer, sondern auch Schüler, die es auf sich nehmen, so viel Jahre als notwendig, und vor allem so jung als notwendig,
sich mit der Materie zu befassen, in der eigentlich nur dann etwas Großes geleistet werden kann, wenn Generationen hindurch immer die
gleichen Themen behandelt und realisiert werden.

Thomas Mann 1875–1955   *Pacific Palisades*
Abends im «Faust». Commentators schätzen die Dauer des russ. Widerstandes auf 2 Monate, was für optimistisch halte. Das Jahr habe H.
dann jedenfalls verloren (was England betrifft), aber mit Korn und Oel
für den langen Krieg vorbereitet, mit dem er rechnet. – Stalin: mit dem
Verlust von Petersburg und Moskau sei zu rechnen.

Alexander S. Neill 1883–1973   *Summerhill, North Wales*
An Wilhelm Reich
Wie die meisten Leute hier, interessiert mich zur Zeit der Krieg in Rußland sehr. Selbst wenn die USA sich heraushalten, glaube ich nicht, daß
Hitler eine Chance hat, ihn zu gewinnen, denn sogar die deutsche Armee kann nicht 180 Millionen Russen unterdrücken. Schau Dir doch
nur ihre Probleme allein in Norwegen an, wo die Leute sich wehren.
Und was denken wohl jene fünf Millionen Deutsche über den Krieg,
die '32 oder '33 für den Kommunismus gestimmt haben?
Man verspürt den Wunsch, tausend Jahre zu leben, um zu sehen, was
alles noch kommen wird. Mir genügt die Erklärung nicht mehr, daß es
sich um einen rein ökonomischen Krieg handelt, für Profit und Impe-
rialismus. Die Trägheit der Massen ist sehr entmutigend … die japani-

schen Truppen hätten doch nach all den Jahren Kampf gegen China fordern müssen, daß man ihnen sagt, was das jedem einzelnen persönlich
bringt, jedem einzelnen, der Bedrohung durch den Tod, sexuelle Aus-
zehrung und völliges Fehlen eines kreativen Lebens auf sich nimmt.
Doch die Japsen folgen noch immer blind den Führern. Wie viele Soldaten einer Armee sind wohl überzeugt? Soldaten beklagen sich zwar,
aber meist nur über geringfügige Dinge – Essen oder Ausgang usw.
Wann einmal werden alle Soldaten der Welt die eine große Frage stellen: Wohin führt das alles? Denn sie sind die Männer, die die neue Welt
aufbauen werden. Wir sehen jetzt die Ergebnisse dessen, was wir Erziehung nannten und was bloßes Lernen von Dingen war, auf die es
nicht ankommt. Die Erziehung der Gefühle wurde völlig vernachläs-
sigt, wenn sie nicht bewußt repressiv war. Daher die Leichtigkeit, mit
der ein Hitler seine Millionen von emotional ausgezehrten Männern
dazu bringt, ihre Gefühle in Blut und Grausamkeit auszuleben. Was als
Liebe hätte herauskommen sollen, kommt nun als Haß heraus. In diesem Zusammenhang ist es interessant, was meine alten Schüler sagen.
Sie sind alle dabei, auf Schiffen, bei Armee, Marine und Luftwaffe. Sie
machen sich gut, aber sie sind sich bewußt, worum es geht. Sie kämpfen ohne irgendein Haßgefühl; ihre Einstellung ist: das ist ein Job, der
getan werden muß, getan werden von uns; aber sie sehen weiter als bis
zum deutschen Soldaten, bis zu Hitler, bis zum Krieg. Sie interessieren
sich alle sehr intensiv für das Leben, das nach dem Krieg folgt, und wenn
sie am Leben bleiben, werden sie sich am Wiederaufbau beteiligen. Sie
fühlen die Tragödie, zerstören zu müssen, wo sie eigentlich nur aufbauen wollen. Ich würde gerne wissen, was der deutsche Soldat so denkt.
Auf welche Zukunft hofft er? Sicher nicht auf eine Gestapowelt. Wie
sieht er den neuen deutschen Staat? Ich wünschte, man würde beauftragt werden, die Propaganda zu schreiben, die sie über Deutschland
abwerfen. Ich würde ihre Herzen ansprechen, nicht ihre Hirne.

✳

Hans Scholl 1918–1943   **München**
An seine Schwester Sophie
Gestern abend spielte man hier im Brunnenhof die Haydn-Serenade
und noch einige andere wunderbare Streichquartette. Ich freue mich
darauf, bis Du dies alles miterleben kannst. Sollte ich im nächsten Semester nicht studieren dürfen, so habe ich für Dich ein nettes Zimmer
schon beschlagnahmt.

Joseph Goebbels 1897–1945   **Berlin**

Die Dinge stehen im Allgemeinen gut, allerdings leisten die Russen mehr
Widerstand, als man zuerst vermutete. Unsere Verluste an Menschen
und Material sind nicht ganz unbedeutend. Jetzt erst sieht man, wie notwendig der Angriff war. Noch eine längere Zeit warten, was wäre dann
geschehen? Der Führer hat wieder mal den richtigen Instinkt gehabt.
Moskau lügt das Blaue vom Himmel herunter. Gelehrte und Kirchen
werden mobil gemacht. Die Bolschewiken beten. Das schlagen wir
ihnen aber um die Ohren. Moskau setzt unseren OKW Berichten faule Dementis entgegen. London findet unsere Erfolge nicht besonders
groß. Moskau sieht unsere Truppen nur im Schnapsrausch, erfindet
Überläufer, die im russischen Rundfunk auftreten, um unsere Soldaten
zur Desertion aufzufordern. Etwas dumm und primitiv. Unsere 3 G.-
Sender sind nun in Betrieb und leisten ganze Arbeit. Wir sind wieder
mal in Höchstform. Genau wie bei der Westoffensive. Das rasselt nur
so, vor allem nach dem Osten. Dieser Kriegsaufgabe unserer Sender
sind alle anderen Ziele (England/USA) untergeordnet.
Im Volke und auch im Ausland wird viel an unseren 12 Sondermeldungen vom Sonntag herumkritisiert. Mit Recht! Das war eine gänzlich verfehlte Aktion. Wir haben die Begeisterung auf Flaschen gezogen. Das Volk hat einen Blick hinter die Kulissen unserer Propagan-
daführung getan. Das ist immer vom Übel. Ich werde dafür sorgen, daß
sich das nie wiederholt. Unser neues Kampflied für den Feldzug im
Osten findet allgemeine Zustimmung.
In Spanien eilen die Falangisten zu den Freiwilligenbüros. Ein italieni-
sches Korps wird mit Genehmigung des Führers in Rumänien eingesetzt. Der schwedische Außenminister plädiert öffentlich für uns. In
Norwegen bildet Terboven eine Freiwilligenlegion: Europa im Aufbruch. Die englische und USA Presse stottert lahme Entschuldigungen
für Zusammengehen mit Moskau. Der Zerstörungsprozeß auf der Gegenseite geht weiter.
Der Führer erläßt auf meine Bitte eine Verbot gegen russische Dichter und Komponisten. Vorläufig für alle. Ebenso lehnt er eine Kirchen-
zeitschrift für Soldaten ab, die unbedingt vom OKW gewünscht wurde.
Die Soldaten haben jetzt Besseres zu tuen als Traktätchen zu lesen. Ich
erkläre das Martin und halte ihm dabei einen kleinen Vortrag über
die gedankenlose Unlogik der christlichen Lehre, der ihn tief beeindruckt. […]
Judenfrage in Berlin weitergetrieben. Da gilt es noch so viel zu tuen und
auf so viel aufzupassen. Die Gesetze mögen noch so streng sein, die Ju-

den schlüpfen doch immer wieder hindurch. Da heißt es scharf zu äu-
gen und nichts durchgehen zu lassen. […]
Abends Wochenschau. Noch viel Arbeit daran, am Schnitt und an der
Musik. Aber dann ist sie wie aus einem Guß, ein filmisches Meisterwerk.
Noch ein dünner Strom von Nachrichten. Und dann Schluß für heute.

Der Oberstabsarzt Dr. Willi Lindenbach † 1974   im Osten
Hart südlich Gazdijai. Die Hälfte seines Lebens wartet der Soldat vergebens. Das kann man auch zum heutigen Tag wieder sagen. Den ganzen Tag warteten wir auf den Abmarschbefehl. Schließlich hieß es: Wir
reisen erst morgen ab. Böse waren wir nicht darum, weil wir daher noch
in einem herrlichen See baden durften. Überhaupt ein herrlicher Tag.
Ich liege am ganzen Tag in der Sonne, um braun zu werden!

Jochen Klepper 1903–1942   Rumänien
Der Kommandeur, Major Eras, ist aus Berlin zurückgekehrt. Er kann
meine Stilproben für das Ministerium noch sehen («Die Wolke», «Die
grüne Maske», «Die beiden Fenster») und den Antrag unterzeichnen,
daß man mich beim Einsatz *hier* als PK-Mann arbeiten lassen soll.
Die großen deutschen Anfangserfolge in Rußland. An unserem Front-
abschnitt weiter Ruhe. […]
Noch immer der gewaltige Heerzug die öde Straße hinauf zu der Gren-
ze: rumänische Infanterie, deutsche Kavallerie, deutsche Panzer und
Panzerjäger, Artillerie mit sechs und acht Pferden bespannt. Man erwartet bald unseren Durchbruch und den Übergang über den Pruth.
So braun und wohl wir aussehen, sind wir doch alle sehr matt von der
Schwüle und vielleicht auch von den vielen Medikamenten. Ein wenig
Regen am verhüllten Tage linderte nicht.
Abends sitzen wir nach Dunkelwerden, doch ein wenig ratlos, was be-
ginnen, auf der Lehm- und Holzbalustrade des Bauernhäuschens. Deut-
sche Soldaten singen, rumänische Soldaten singen. Aber kein Verhält-
nis zwischen den verbündeten Nationen. Den ganzen Abend, die ganze
Nacht der Heerzug der beiden verbündeten Armeen, oft getarnte
Wagen, zu der öden Höhe vor der Grenze hinauf.
Nachts, über der 10–15 Kilometer entfernten Front, ein Fliegerabschuß.

Helmuth James von Moltke 1907–1945   Berlin
An seine Frau
Wenig erbaut bin ich über die Nachrichten militärischer Art. In Russ-
land sind wir noch nicht ein Mal bis an die Hauptverteidigungslinie

heran und dabei hat es jetzt schon sehr schwere Kämpfe mit sehr grossen Verlusten gegeben. Ich nehme ja trotzdem an, daß es ganz gut gehen wird, aber es ist jedenfalls keine Rede davon, daß das ein militärischer Spaziergang ist unterstützt durch Unruhen in Russland. Auch die Tatsache, daß der Metropolit von Moskau die russische Kriegsführung unterstützt, spricht nicht für Zersetzungserscheinungen. – Das alles ist ernstlich bedenklich, denn das mindeste was es bedeutet, ist, daß dieser Feldzug erhebliche Verluste kosten wird. Ausserdem sieht das so aus, als könnte es den Russen gelingen, sich intakt nach Osten zurückzuziehen.

Der Gefreite Feldmann *1922   Litauen
Morgens Frühstück machen, fertigmachen der Klamotten. 11.30 Antreten, Kompanieappell, Beförderungen
Mittagessen 15.00, Abmarsch. 15 km nach Lone. Unterziehen auf großem Hof. Milch, Eier und Mehl besorgt. Zeltbau, Waffenreinigen im Garten. (Die komischen Jungfrauen, die vor einer Ju 52 volle Deckung nehmen.) Abds. Rührei mit Speck gemacht. Mit den Bewohnern vor der Tür. Kurzes Begießen der Beförderungen.

Michail Navrotskij *1927   Charpatschka/Ukraine
Nach einigen Tagen bekam unser Dorf eine ständige Garnison. Es war ein deutscher Truppenteil im rückwärtigen Dienst. Dreißig Mann stark. Sie waren gemeinsam in der Dorfschule untergebracht. Der Dorfälteste hatte sich selbst angeboten, er gehörte zu denjenigen, die von Sowjets unterdrückt worden waren. Mit der neuen Macht kam auch die neue Ordnung. Sie brachte uns gar keine guten Erlebnisse. Wir bewohnten ein Haus, das einem verbannten Kulaken Anfang der dreißiger Jahre gehört hatte und dann requiriert worden war, und mit den Deutschen kam wie ein Blitz aus heiterem Himmel sein ehemaliger Besitzer zurück. So mußten wir in eine Scheune umziehen.

Ernst-Günter Merten 1921–1942   bei Kotzow/Ukraine
12.30. Eben sind wir auf eine Hauptstraße gekommen, auf eine wirkliche Hauptstraße. Wie wir es von Frankreich her gewöhnt sind. Was da so an motorisierten Truppen vorbeizieht, das ist einfach toll. Die sich begegnenden Kolonnen reißen überhaupt nicht mehr ab. Durch die taktischen Zeichen finden wir längst nicht mehr durch.
Da werden wir wohl nicht mehr an den Feind kommen. Wenn die Panzer vornewegbrausen. Sie haben jetzt schon ganz schön aufgeräumt.

Granattrichter längs der Straße. Zu Schrott geschossene 52 t Tanks, tote
Russen im Graben. Wie einst in Frankreich der Aasgeruch toter Gäule.
Wieder brummt ein Laster heran, Kräder knattern hinterher. Es geht zu
wie auf der Reichsautobahn.
Wir watzen und watzen und watzen [marschieren]. Gestern waren es
zwar nicht viel km, weil vorne 9 Panzerdivisionen durchrollten, lagen
wir dauernd fest, aber heute sind wir ganz schön gelaufen.
Man merkt jetzt so recht den Unterschied zwischen Polen und der
Ukraine. Wir ahnen jetzt etwas von dem Begriff «Kornkammer Europas», wenn man über die reifenden Roggen- und Weizenfelder sieht. Da
ist kaum ein Fleckchen Erde unausgenützt. Klee steht auch, Raps oder
Flachs. Die Dörfer sehen schon etwas freundlicher aus. Wenn auch die
Häuser oft aus Holz sind, die Kirche ist immer aus Stein und das statt-
lichste Gebäude im Dorf. Sie tragen alle die orientalische Kuppel, haben
meist eine hohe Steinmauer um sich und die Glocken dort draußen.
Die Ukrainer haben voller Freude über ihre Befreiung Ehrenpforten
errichtet, ihre blau-gelben Fahnen und Hakenkreuzfahnen drangesteckt
und standen die Straße lang, unserm Einmarsch zuzusehen. Und durch
die Felder kamen sie gelaufen, uns Milch zu bringen.

Erich Kuby *1910   Estland
An seine Frau

Die schlechte bunte Skizze zeigt Dir den See, an dem wir seit heute mittag liegen und an dem wir auch die Nacht verbringen werden. Ich hatte
nachtsüber Dienst, das war in Frankreich immer die Zeit zu den still-
sten Briefen, aber hier fügt es sich nicht. Man könnte glauben, die Herren telefonierten auch deshalb nachts miteinander, weil sie sich vor diesem Land fürchten.
In einem Bauernhaus habe ich wegen des Nachtquartiers verhandelt.
Ich fand eine komplette Familie – geradezu ein Wunder: Frau, Mann,
der geschwätzige Vater, ein schüchterner Sohn von etwa zehn Jahren und
drei kleine grüne Entenkücken mit schwarzen Schnäbeln. Den Hund
habe ihre Mutter vor ein paar Tagen umgebracht. Mit Kroatisch und
dem kleinen russischen Lexikon, das mir F. geschickt hat, kamen wir
ganz gut zurecht. In diesen Holzhäusern, an denen alles stimmt, stehen
oft Fabrikmöbel, an denen nichts stimmt.

Der Assistenzarzt Dr. Hermann Türk 1909–1976   Bobruisk
Ich bekomme Befehl, mit meinem Zuge mit dem S.R.394 vorzuziehen.
Herrlich. Ausgerechnet mit meinem alten Regiment!

Ich fahre los. Es geht nur bis zur Zitadelle von Bobruisk. Die Straßen sind so verstopft, daß unsere Marschgruppe noch nicht an der Reihe ist. An der Zitadelle ziehen wir für Stunden unter, d. h. wir sitzen in den Fahrzeugen. Es regnet Bindfäden und es ist reichlich kalt und ungemütlich. Mal gespannt, wann es weiter geht. Man ist reichlich ungeduldig, wenn man so auf der Straße warten muß. Hinter und vor uns lauter Fahrzeuge, nichts als Fahrzeuge, auch neben uns. Ablaufoffizier ist Lt. Steinmüller. Ich erfahre von ihm, daß an jenem Tage auch noch Lt. Ruhland gefallen ist. Insgesamt sind es nun 59 Tote in diesem einen Gefecht. Gestern besuchte mich Thilo v. Werthern. Es geht ihm gut. Er hat einen oberflächlichen Tangentialschuß an der rechten Brust. Er selbst ist ziemlich fertig. Er hat in seiner Kompanie allein 24 Tote.
Heute morgen war Gisbert v. d. Heyden-Rynsch bei mir. Habe mich riesig gefreut, ihn wiederzusehen. Er brachte eine herrliche Flasche Apricot mit!
Hier trinkt man sonst nur Wodka. Man kann sich schlecht daran gewöhnen, obwohl die besseren Marken eigentlich nicht einmal schlecht sind. Vorläufig verachten wir den Wodka jedenfalls. Noch haben wir ihn nicht nötig.
Die Gefangenen sehen toll aus. Die Uniformen sehr ungleich. Ziemlich zerlumpte, meist unheimliche Gestalten.
Die Bewohner der Kolchosen staunen uns an. Sie mußten alles abgeben, hatten nicht einmal Milch für ihre eigenen Kinder. Als wir ihnen sagen, sie sollten erst für ihre Kinder Milch nehmen, das übrige sei für uns, da staunen sie uns nur an. Das können sie nicht verstehen und sie weigern sich. Sie denken, das sei nur ein Trick und sie würden dann erschossen.
Gestern am Waldrand hatten wir wieder viele Fliegerangriffe. Fast jede 15 Minuten greifen sie an. Man konnte kaum ein Auge zutun vor Krach. Ich habe allein in unserem Abschnitt an diesem Tage 32 Abschüsse gesehen. Mölders soll an diesem Tage 80 abgeschossen haben. Er macht reinen Tisch und wir sind stolz und froh, daß er unserer Panzerarmee zugeteilt ist. Ein Kampfflugzeug vom Muster DB3 wurde mit dem Fla-MG meines Zuges abgeschossen. Sie trafen den linken Motor, aus dem bald eine Stichflamme hervorschoß. Dann sank die Maschine und stürzte ab. Habe mich sehr gefreut darüber. Post kommt immer noch keine. – Mein altes Batl. liegt hier in der Stadt. Ich suche mir den Weg dorthin. Welch ein Zufall. Alle Offiziere sind versammelt. Ich werde stürmisch begrüßt. Natürlich zuerst immer die Frage nach den Verwundeten, die wir behandelt haben. Werner Möller schiebt mir gleich ein riesiges Co-

telette hin, was ich gern verspeise. Dann gibt es Sekt und später Süß-
wein. Leicht beschwingt fahre ich wieder zu meinem Zuge. Es strömt
noch immer. Aber jetzt läßt es sich schon besser ertragen!

Der Leutnant Heinz Döll *1919   Borissow/Beresina
Die Gefechte nahmen von Tag zu Tag an Härte zu, der Widerstand der
russischen Truppen formierte sich. Auch nachts gab es kaum Ruhe, wir
igelten uns ein, wobei fast ein Drittel der Kampfgruppe abwechselnd in
Gefechtsbereitschaft blieb. Sicher war für uns aber, in eine versammelte Rote Armee direkt im Grenzgebiet hineinzustoßen. Schon in den
ersten Tagen kamen nach den Gefechten russische Soldaten auf uns zu-
geströmt, die sich bald als Gefangene zu langen Kolonnen Richtung
Westen formierten.
Vom hohen Westufer der Beresina sahen wir weit in das östliche Land,
es lag friedlich in der Abendsonne. Ungefähr 500 Meter jenseits der
1. Brücke sicherten zwei eigene Panzer Straße und beide Brücken, die
ungefähr mit 200 Meter Abstand hintereinander lagen. Jenseits des Flusses standen allerdings brennende Feindpanzer und Fahrzeuge; zahlreiche Verwundete lagen teils noch unversorgt bei der Brücke, ein schwer-
verletzter russischer Leutnant auf der Brücke selber. Offensichtlich war
hier ein russischer Vorstoß zur Verteidigung der Beresina-Brücken kurz
vorher abgeschlagen worden.
Bald nach Einbruch der Nacht hörten wir in Feindrichtung immer deutlicher das Scheppern von Panzerketten, vermutlich vom Waldrand her,
in etwa 800 Meter Entfernung. Bis zum Wald war rechts und links der
Straße teils sumpfiges Wiesengelände, etwas wellig, mit Binsen und einigen Wasserlöchern. Auch aus diesem Gelände, vor allem rechts von der
Straße, hörten wir Geräusche, vermutlich Infanterie, die dort im Schutz
der Dunkelheit in Stellung ging. Beim ersten Licht würde der Russe uns
als Silhouetten auf der Straße sehen und abschießen. Ich ordnete daher
an, daß nur die Richtkanoniere, der Geschützführer am Fernrohr und
die Ladekanoniere in Deckung des Schutzschildes am Geschütz bleiben
sollten, alles andere in den Deckungsgräben. Die Panzermotoren drüben
heulten allmählich bedrohlicher in der dunklen Nacht. Da befahl mir
der Kommandeur Hptm. Laube aufzuklären, was da drüben am Waldrand «eigentlich los» ist: Menge, Typen und Stärke der Panzer vor allem
festzustellen. Ich wollte für diesen «Spähtrupp» eigentlich um einen
zweiten Mann bitten, allein schon, um Meldungen abgeben zu können,
ließ es aber. Der Gang nach drüben verlief ziemlich ungemütlich. Ich
schlich zwischen der russischen Infanterie herum. Am Waldrand drü-

ben angekommen, konnte ich nicht viel sehen, doch das hier herrschende Motoren- und Kettengetöse besser unterscheiden; ich schätzte ungefähr 15–20 Panzer und zahlreiche Fahrzeuge für den Mannschaftstransport. Mit meiner Meldung konnte der Kommandeur wohl wenig anfangen; was sich da drüben entwickelte, konnten wir ja hören. Um es einfach zu sagen: Warum er mich da hinüber geschickt hatte, war mir ein Rätsel, jedenfalls war es leichtfertig.

Der Leutnant Georg Kreuter 1913–1974   an der Beresina
Erst gegen Mittag wird auf äußerst schlechten Umgehungswegen angetreten. Panzer nach vorn. Wir sollen über Smolewice nach Borrisow. – Mölders hat seinen 82. Luftsieg errungen! – Im ganzen ist alles wesentlich ruhiger geworden, der Mensch findet sich in alles. – Vor Smolewice ist die Straße vermint. Wir fahren eine Umgehung. Diese geht jedoch durch ein versumpftes Gelände.
Der Boden weicht von jedem Fahrzeug mehr auf. Seit 18.00 warten wir schon, es geht sehr langsam, denn fast alle Fahrzeuge müssen mit Zugmaschinen herausgezogen werden. Gegen 12.00 regnet es, was vom Himmel kann. Wir bauen die ganze Nacht mit an den Knüppeldämmen, keiner hat ein Auge zugetan. (30 km)

Alexander Cohrs 1911–1996   im Osten
Mittags um 12 Uhr Abmarsch. Der Weg führte durch ein Gebiet, in dem zuvor Kämpfe stattgefunden hatten. Links von uns lag eine Stadt. Wir marschierten endlich mal auf einer richtigen Straße. An einer Brücke ein Schild: «General-Dehmel-Brücke». Panzer, Lastwagen und anderes Gerät lag im Gelände verstreut. Bombentrichter von 15 Meter Durchmesser und 4 Meter Tiefe ringsum. Oft Panzer mitten in solchen Trichtern. Ich konnte mich etwas erholen dadurch, daß ich auf einem Pferdewagen die Stelle des Kutschers einnahm. Bald nach Überschreiten der Brücke machten wir Rast; die Pferde mußten getränkt werden. Drei aus der Kompanie verloren wir hier. Nicht durch Kämpfe, sondern durch Erschöpfung durch die Strapazen: Erich Schäufele aus Ulm, Joachim Perlitz aus Landsberg an der Warthe und Otto Reinke aus Charlottenhof in Pommern. Letzterer starb später daran.
Noch in der Nacht ging es weiter. Gegen 1 Uhr kamen wir durch ein Dorf, das nur zum Teil abgebrannt war. Tote Pferde lagen noch herum. Die Kompanie rastete auf einer Wiese. Wir, d. h. der Kompanietrupp und der Chef, bezogen Quartier in der Schule.
Diese Märsche waren sehr anstrengend, wenn auch nicht mit den Ge-

waltmärschen in Frankreich 1940 vergleichbar. Zunächst, wenn die Erschöpfung noch nicht angefangen hat, hängt jeder seinen Gedanken nach. Man merkt das an den Gesprächsfetzen, die man aufschnappt. Der eine denkt nach Osnabrück und daran, ob seine Gisela wohl schon zu laufen anfängt und wieweit der Grad der Stubenreinheit sich entwickelt haben mag. Einmal hörte ich: «Die Rotbunte muß in diesen Tagen kalben». Oder: wann es wohl Urlaub geben mag; und vieles andere mehr. Doch nur zu Anfang. Je länger der Marsch dauert, umso stumpfer stapft man vor sich hin; man sieht nichts mehr als die Stiefel des Vordermanns und auch die nur ohne rechtes Bewußtsein. Gegen Ende, wenn man nur noch mühsam gegen den Zusammenbruch ankämpft, hört man gelegentlich Worte von Selbstmordgedanken. Das dauert aber immer nur bis zur nächsten Rast. Essen, nur wenige Stunden Schlaf, und die Stimmung ist wieder normal.

Der Matrose
Kim Malthe-Bruun 1923–1945　　　　　　　　**Pernavik / Finnland**

Du Liebes, dieser Brief ist nicht abgeschickt worden. Hier ist die Hölle los, wir haben die Russen über uns, die zehnmal täglich bombardieren, und jedesmal, wenn es ernst aussieht, müssen wir in den Wald stürzen und hinter Felsen Deckung suchen. Es ist ernst, verflucht ernst, aber nicht ein einziges Mal habe ich Angst vor dem Tod gehabt. Es kann wohl sein, daß Du es bist, die als Gleichgewicht in meinem Dasein wirkt. Und daß das Wissen um Dich mir dieses herrliche Gefühl kühler Ruhe gibt – aber verwünscht ist es, daß man, kaum ins Bett gekommen, wieder auf und hinaus in den Wald muß. Einmal sind wir in einer Nacht viermal hinausgejagt worden, und ich kann Dir versichern, daß wir die saftigsten Flüche, die wir überhaupt finden konnten, gegen die verfluchten Russen schleuderten.

Nun bin ich wieder Wache, und ich sitze auf der Decklading und schreibe. Es ist herrlich hell die ganze Nacht, und gerade in diesem Augenblick steigt die Sonne aus dem Meer empor.

Vor zehn Minuten sind drei große russische Maschinen über uns gewesen. Sie warfen eine entsetzliche Menge Bomben auf das Sägewerk herunter, das sich gerade auf der andern Seite der Landspitze befindet, hinter der wir liegen. Jedesmal, wenn die Sirenen heulen, muß ich die andern wecken, und augenblicklich finden sich alle auf Deck ein. Dort stehen wir dann und starren nach den Ungeheuern, die langsam und majestätisch über den Himmel dahingleiten. Verändern sie ihren Kurs, so springen wir flugs in das Boot und verziehen uns aufs Land und zerstreuen uns im Wald, um uns langsam von den Mücken auffressen zu lassen. Ach, wie wir sie hassen, die Satane. Der eine Schiffsjunge, der Matrose und der Koch sind ganz außer sich vor Nervosität. Es ist bald nichts mehr mit ihnen anzufangen, so reizbar sind sie. Ich möchte wissen, was daraus werden soll, wenn wir hier liegen bleiben, bis der Krieg vorbei ist. Du hättest sehen sollen, wie die Finnen gestern abend zwei russische Maschinen über dem Wald herunterschossen. Wir standen allesamt auf Deck und freuten uns. Sonst ist etwas Verruchtes dabei, zusehen zu müssen, wie ein paar solch große Kolosse langsam dahingleiten und ihre Bomben abwerfen, als ob sie sich um die Luftabwehr nicht im geringsten kümmerten.

Ich werde von einer ohnmächtigen Wut ergriffen, wenn ich sehe, wie sie über Unschuldige Tod und Verderben ausbreiten, und ich könnte alles darum geben, wenn ich imstande wäre, sie zu bekämpfen. Ich danke meinem Gott und Schöpfer dafür, daß wir es nicht so haben in Dänemark und daß Du nicht der Nervenprobe ausgesetzt wirst, Dich nicht eine Stunde des Tages sicher zu wissen. […]

Gestern nachmittag ging ich auf eine lange Wanderung durch den Wald und bis hinaus zum äußersten Punkt der Landspitze. Dort stand ich lange und beobachtete ein paar russische Maschinen, die gerade Lovisa bombardiert hatten. Als sie außer Sicht waren, warf ich die Kleider von mir und legte sie auf ein Tännchen, das ich vorsichtig ins Wasser hinausschob. Nachher sprang ich selber hinaus und beförderte auf diese Art meine kleinen Habseligkeiten auf eine kleine Felseninsel, die einen Kilometer weit draußen liegt.

Dort lag ich dann und döste in der Sonne. Die Felsen waren schön warm, und ich genoß es doppelt nach meiner Schwimmtour. Von hier schwamm ich nachher auf gleiche Art zur nächsten Stelle der Landspitze zurück, zog die Kleider wieder an und wanderte heim. Wie herrlich ist es, so man selber zu sein. Ich genoß es.

Dimitrij Lichatschow *1906   *Wyriza bei Leningrad*

Die Zeitungen brachten verworrenes Zeug über die Lage an der Front, und so stützten sich die Leute auf das Gerede. Und Gerüchte wurden überall verbreitet: in den Kantinen, auf den Straßen, sonstwo … Aber man schenkte ihnen wenig Glauben, sie waren zu düster. Doch später sollten sie sich alle bewahrheiten.

So jagten uns beispielsweise die Gerüchte über die Evakuierung der Kinder einen Riesenschreck ein. Es kamen Evakuierungsbefehle heraus. Frauen wurden angeworben, die die Kinder begleiten sollten. Da die

private Ausreise aus der Stadt verboten war, meldeten sich alle, die weg-
wollten, für die Kindertransporte. Das waren vor allem Juden. Ihre
Furcht war besonders groß. Was Faschismus für Juden bedeutete, wußte damals bereits jeder. Die Juden verließen die Stadt auf den unter-
schiedlichsten Wegen, jeder nach seinen Möglichkeiten. Wir beschlossen, euch, unsere Kinder, nicht wegzuschicken, wir wollten uns nicht von
euch trennen. Uns war klar, daß bei der Verschickung der Kinder die
schlimmsten Schlampereien passierten.
Und tatsächlich erfuhren wir später, daß ein Großteil der Kinder in
Richtung Nowgorod gebracht wurde, den Deutschen entgegen. Es
wurde erzählt, wie die begleitenden «Damen» in Ljuban ihre eigenen
Kinder unter den Arm klemmten und sich aus dem Staub machten, die
fremden Kinder ließen sie im Stich. Die Kinder streunten hungrig und
weinend umher. Als man sie endlich aufsammelte, konnten die Kleinen
ihren Namen nicht nennen und verloren so für immer ihre Eltern. Später, 1945, forderten viele unglückliche Eltern in aller Öffentlichkeit, die
Organisatoren der Evakuierung, darunter auch die «Stadtväter», vor
Gericht zu stellen.
Die «Evakuierung» wurde mit Gewalt durchgesetzt, deshalb tauchten
wir in Wyriza unter und beschlossen, so lange wie möglich dort zu bleiben. Neben uns wohnte M. P. Barmanski mit den Familien seiner Söhne.
Wir berieten uns mit ihm und versteckten unsere Kinder gemeinsam,
wir euch, unsere Töchter, er seine Enkel.

✻

Adam Czerniaków 1880–1942   **Warschauer Ghetto**
Morgens Gemeinde. Danach mit Rosenstadt, Ivánka und dem Vize-
bürgermeister bei Kulski. Eine Konferenz über den Ratshaushalt.
Die Zahl der Mittagessen hat 118 000 überschritten. In den Werkstätten sind nicht viele Arbeiter (ungefähr 2100). Weiterhin fallen sie tot
um. Wenn eine Leiche vor einem Tor liegt, verbreiten sich die Läuse im
ganzen Haus. Erst heute bemerkte ich, daß die Zeichnung auf den
10-Złoty-Noten das Chopin-Denkmal in der [Ujazdowskie-]Allee
darstellt.
Niunia sehr niedergeschlagen.
Letztens wurde eine ganze Reihe meiner Bekanntmachungen über die
Zuteilung von Lebensmitteln, die Ausländerregistrierung und die Mah-
nung zur Ruhe angeschlagen.

Danuta Czech   **(KZ Auschwitz-Birkenau)**
Um 14 Uhr erschießt der SS-Mann Klossen von der 3. Kompanie den
Häftling Józef Wawrzyniak (Nr. 15 674) «auf der Flucht».

*

Schenk' mir dein Lächeln, Maria,
abends in Santa Lucia!
Kennst du den Traum einer südlichen Nacht,
die uns die Welt zum Paradiese macht?
Ja! Schenk mir dein Lächeln, Maria,
abends in Santa Lucia!
Hör auf mein Lied, eh das Glück uns entflieht!
Schenk' mir dein Lächeln, Maria!

<670   Mittwoch, 2. Juli 1941   1406>

Ihr solltet sagen: So der Herr will und
wir leben, wollen wir dies oder das tun.
Nun aber rühmet ihr euch in eurem
Übermut. Aller solcher Ruhm ist böse.
HERRNHUT   JAKOBUS 4,15.16

Hans Carossa 1878–1956   Seestetten
An Hedwig Kerber
Es fällt mir nicht leicht, von mir zu reden; aber es sieht dunkel in mir
aus, und ich begreife, daß ich für Dich enttäuschend bin. Die Nerven
sind ein wenig aus dem Gleichgewicht, und was die Arbeit angeht, so
ist es in meiner gegenwärtigen Verfassung besser, ich tue gar nichts.
Meinem Wesen entspricht es nicht, mir immer Schwierigkeiten zu er-
sparen; ja oft ist es so, als müßte ich aus einem sonderbaren Pflichtge-
fühl heraus, sie mir noch schwerer machen.

Fritz H. Landshoff 1901–1988   *New York*
An Lion Feuchtwanger
Meine erste Reaktion auf die Lektüre Ihres Manuskripts [«Unholdes
Frankreich»] war die einer aufrichtigen Bewunderung für die Gesinnung des Buches – für Ihre Objektivität und den Mangel an jeglichem
Ressentiment. […] Daß mich das Buch persönlich stark berührt hat, bedarf wohl kaum der Erwähnung. Viele meiner eigenen Erlebnisse in
ähnlicher Lage finde ich gültig formuliert.
Mir graut vor der Unzahl der Bücher, die über dieses Thema erscheinen werden. Ich bin aber sicher, daß keines den Abstand zu den Ereignissen und damit die Form und die Gestaltung haben wird wie Ihres.

Wilhelm Muehlon 1878–1944   *Klosters / Graubünden*
Prophezeiungen sind oft ebensowenig wert wie Vergleiche. Erfreulicher-
weise hat man jetzt damit aufgehört, Hitler den Untergang in Rußland
vorherzusagen, weil schon *Napoleon* dort gescheitert sei.

＊

Hilde Wieschenberg 1910–1984   Benrath
An ihren Mann

Heute habe ich noch einmal die Ärztin rufen lassen. Annemie hat jetzt
schon vier Tage die leidige Halsgeschichte mit hohem Fieber. Sie sagte
mir, die Rachenmandeln wären richtige Klötze. Das beste für das Kind
sei doch, dieselben zu entfernen.
Lieber Franz, ich werde das auch tun. Es ist das beste für unser Kind.
Ich habe heute gewaschen, aber frag nicht wie – –. Jeden Augenblick
herauf und herunter. Wenn doch bloß einmal der verd. Tommi nicht
käme. Jede Nacht dasselbe.
Du kennst doch sicher Heinz Nowack, 28 Jahre verh., ist auch in Frankreich gefallen.
Von Henkel bekam ich gestern 24 RM überwiesen. Das ist sicher für
3 Wochen.

Grete Dölker-Rehder 1892–1946   Schloß Elmau
Ich bin nur schwer von zuhause weggegangen, alles erinnert mich dort
ja an meine Buben, dort leben sie halb mit mir, auch wenn sie fern sind.
Hierher kann ich sie nur in meinem Herzen tragen. Ich denke immerfort an beide, bei Tag und bei Nacht, es ist kaum ein Atemzug in mir,
währenddessen ich nicht für sie betete. Vielleicht kann ich das hier noch
stärker als daheim, wo mich so vieles ablenkt. Ich glaube, daß es eine
starke, auch über die Weiten der ganzen Erde wirkende Kraft ist, wenn
eine Mutter ihrer Kinder in Liebe und Fürbitte gedenkt.

Reichspressestelle der NSDAP   Berlin
Tagesparole

Die großen Erfolge unserer Wehrmacht im Osten verleiten manche
Zeitungen zu allzu starken Formulierungen über bereits eingetretene
Entscheidungen bzw. Katastrophen beim Gegner. Es wird daran erinnert, daß – ebenso wie in den bisherigen Feldzügen – durch solche
Übertreibungen die gegenwärtigen und künftigen Kampfesleistungen
unserer Soldaten leicht eine psychologische Herabsetzung erfahren
können. Es wird daran erinnert, daß die Bewertung der militärischen
Ereignisse dem OKW-Bericht anzugleichen ist.

Joseph Goebbels 1897–1945   Berlin
Es regnet. Es ist kalt geworden. Man muß etwas einheizen. Im Juli. Eine
total verrücktgewordene Welt. Aber man muß sich damit abfinden.

Jochen Klepper 1903–1942 am Pruth

Unsere Division diese Nacht fünf Kilometer über den Grenzfluß Pruth gegangen.

Der frühe Tag ist trübe und kühl. Dann neue Glut und neuer Glanz. Erst heute morgen hat der ungeheure Aufmarsch einigermaßen nachgelassen. Aber noch geht er fort.

Des Leutemangels bei der jetzt sehr beschäftigten Stabskompanie wegen wieder als Wachtposten eingesprungen. Wache von 23 Uhr 40 bis 3 Uhr 20. Monduntergang, Sternenaufgang, Morgengrauen einer Sommernacht.

Die Balkanabende sind übrigens auch um diese Jahreszeit auffallend früh dunkel – es sind doch die längsten Abende jetzt!

Fahrkolonne, LKW-Kolonne, rumänische Kavallerie, fürs deutsche Militär gedingte Panjekolonne unter OA Fitzner, der mich mittags besuchte, ziehen nachts an mir vorüber. Die dörfliche Nacht hat kaum noch eine stille Stunde.

Ein unbekannter Soldat Sowjetunion

An seinen Lehrer

Seit einer Woche habe ich jetzt auch die Feuertaufe hinter mir und bin seitdem immer vorne mit eingesetzt gewesen. Der Widerstand der Russen war nur an einigen für sie günstigen Stellen hart; sonst sind die Roten gelaufen, obwohl sie, was wir in so starkem Maße nicht erwartet hätten, tadelloses Material hatten. Dazu kam die große Menge an Panzern, die die Russen bis zu 20 Stück im Bataillonsverbande mitführen. Wir haben allerdings eine Gewehrmunitionsart, die fast alle russischen Panzer durchschlägt. Die Rückzugsstraße Bialystock–Minsk sieht furchtbar aus; Frankreich soll nicht so schlimm gewesen sein. Man sieht aber deutlich die Gefahr, die hier drohte. Die eingesetzten russischen Verbände setzten sich zum Teil aus Mongolen zusammen. Entsetzliche Kerls; leider sind einige dazu gekommen, Grausamkeiten an Verwundeten auszuüben. Einem Unteroffizier von unserer Fahrradgruppe haben sie, nachdem er einen Oberschenkeldurchschuß erhalten hatte, die Augen ausgestochen und die Genitalien abgeschnitten. 50 gefangene Bolschewiken, die in dem Verdacht standen, sind umgelegt worden. Man wundert sich nur, daß die Roten im ehemaligen Polen die Kirchen und Kriegskreuze unberührt gelassen haben, obwohl die Schulen schon völlig bolschewisiert waren. Ich fand eine polnische Fibel mit den Köpfen von Lenin und Stalin. Das Gefährlichste war bislang der Narew-Übergang, wo die Russen eine tadellose Stellung hatten. Wir hatten nur 1 Bat-

terie und die Sturmpioniere; die Roten konnten alles einsehen und mit ihren Waffen bestreichen. Trotzdem hat es nur einen Nachmittag und eine Nacht gedauert und der Russe war aus seiner Stellung heraus. Leider waren auch auf unserer Seite zahlreiche Verluste. Ich betrachtete es als eine göttliche Fügung daß ich heil heraus kam. Jetzt liegen wir in Ruhe und erwarten die Kapitulation der eingeschlossenen Armeen.

Der Oberstabsarzt Dr. Willi Lindenbach † 1974   Antalaki

Dafür ging es heute morgen um 5.45 los und zwar marschierten wir etwa 45 km bis Antalaki, einem kleinen Flecken, etwa 9 km südlich Olita. – Zum Baden bin ich heute leider nicht gekommen, da ich nachmittags zur Division mußte. – Nach allem sollen die Russen erbittert Widerstand leisten und die Truppen sehr viel unter Heckenschützen zu leiden haben. Bedauern muß man wirklich die armen Infanteristen.

Der Assistenzarzt
Dr. Hermann Türk 1909–1976   zwischen Beresina und Dnjepr

Erst um 7 Uhr morgens werden wir eingefädelt. Es geht über die Notbrücke über die Beresina und dann zügig vorwärts nach Osten. Zwei Bombenangriffe in unserer Nähe. Keiner von uns getroffen. Dann ein Tieffliegerangriff. Die M.G.-Garben rauschen mal wieder an unseren Köpfen vorüber. Dann geht es langsam weiter. Ich fahre zum Div.Gef.St. und treffe dort auch den Divisionsarzt. Wir sollen zunächst unterziehen, denn Ausfälle sind in den nächsten Stunden nicht zu erwarten. Er wird selbst den weiteren Befehl geben. Als ich fort will, treffe ich den Korpsarzt. Er will mit nach vorn fahren. Ich führe ihn bis zur Brücke über die Dobysna. Davor liegen nur einige Sicherungen von uns. Diese Brücke ist natürlich auch wieder zerstört, die Pioniere sind mächtig bei der Arbeit. Vor 19 Uhr ist die Brücke nicht fertig. Wir fahren weiter zurück bis zu der Stelle, wo ich meinen Zug unterziehen ließ. – Ich gebe Befehl, 9 Hühner zu schlachten. Das sind immer Befehle, die herzlich gern ausgeführt werden. Auf geht's und bald entwickelt sich ein richtiges Lagerleben. Die Leute sind begeistert. Sie wollen gar nicht mehr zur Kompanie zurück. Die Hühner sind ausgezeichnet, ebenso die Brühe. Leider gibt es überhaupt kein Gemüse. Auch Obst gibt es nicht. Nicht einmal Rhabarber, Stachelbeeren oder ähnliches. Wir haben bisher nichts dergleichen gesehen.
Wir warten auf den Marschbefehl. Nach und nach schlafen wir auf unseren Sitzen ein und werden nur von den Bombenabwürfen gestört. Die Posten machen ihre Runde.

Der Leutnant Grigorij Melnik *1921 *Belgorodka*

Zwei Tage beschäftigte ich mich mit der Umlagerung der Munition und Maschinengewehre. Und das ohne Essen und einen Augenblick Schlaf. Dann wurde ich zu meinen Bunkern bei Belgorodka am Ufer des Flusses Irpen direkt nach einem Sumpfgebiet abkommandiert. Drei Bunker waren mir nun unterstellt. Unsere Hauptaufgabe, die Brücke über Irpen zu schützen und dem Feind keine Möglichkeit zu geben, darüber nach Kiew vorzurücken, das nur 15 km östlich von uns lag.

Zwischen unseren Bunkern lagen eine Zeit die NKWD-Truppenteile und sogar die Fallschirmjäger der 3. Luftlandebrigade der Roten Armee. Wie war meine Kampfstellung ausgebaut? Der Fluß Irpen an dieser Stelle war nicht besonders breit, aber das Sumpfgelände in dem Flußbett war 800–1000 m breit. Dort lagen die Panzerminen. Eines Tages sahen wir auf dem Minenfeld die weidenden Schafherden, die die Kolchosebauern aus den vom Feind besetzten Gebieten nach Osten trieben. Das war für uns Anlaß, mal gebratenes Hammelfleisch zu genießen. Alle drei Bunker konnten mit Feuer zusammenwirken. Der linke Bunker war in einer Steilwand des Ufers eingebaut und lag in einiger Entfernung vom Ufer. Der rechte Bunker lag am Fluß direkt. Über dem mittleren Bunker stand eine Scheune inmitten eines ukrainischen Gartens. Vom rechten Bunker, wo auch mein Gefechtsstand lag, schlängelte sich ein Panzergraben bis zur Shitomirer Chaussee.

Wir hatten schwere MGs, 15 Stück je einen Bunker, sowohl feste als auch bewegliche, die durch ihren schlauen Aufbau auch blind gezielt schießen konnten, d. h. in der Nacht. Für jedes MG gab es bis 100 000 Stück Munition von gewöhnlichen, Leuchtspur- und Brandkugeln. Jeder Bunker war mit einem Sehrohr ausgerüstet. Es gab zweierlei Verbindung zwischen den Bunkern: unterirdisch in der Tiefe von 1 Meter und oberirdisch. In meinem Bunker hatte ich außerdem ein Funkgerät für die Verbindung mit dem Bataillonskommandeur. Als kalte Verpflegung hatten wir in jedem Bunker die eiserne Ration für etwa zwei Wochen.

Die Kommandeure der Entsetzungstruppe waren ein Oberleutnant der Grenztruppe und ein im Laufe der Mobilmachung eingezogener Offizier, der später ein bekannter ukrainischer Dichter wurde, Wassilij Kosatschenko.

Der Leutnant Heinz Döll *1919 **an der Beresina**

Mit dem Glas versuchte ich immer wieder die Dunkelheit zu durchdringen, Geräusche zu deuten, bis schließlich der erste helle Schimmer des neuen Tages, des 2. Juli 1941, etwas mehr Beobachtung zuließ. Und mein erster Rundblick brachte dann auch eine schlimme Erkenntnis: Auf dem Gelände rechts vor uns wimmelte es; die russische Infanterie kam auf uns zu. Feuereröffnung sofort zu befehlen, erschien mir bedenklich, natürlich würden wir bei unserem neun Meter langen Mündungsfeuer hoch auf der deichartigen Straße alle feindlichen Waffen schnell auf uns ziehen.

Trotz meiner eindeutigen Stellung als «Schießender» fragte ich doch vorsorglich den Kommandeur Hptm. Laube, der die Genehmigung zur Feuereröffnung erteilte; nicht gerade überzeugend: «Na, wenn Sie meinen.» Es gab keine andere Wahl, die Rote Infanterie kam heran.

Die beiden Geschütze standen auf der rechten Straßenseite hintereinander, ich ließ das Feuer mit Aufschlagzünder durch das hintere Geschütz auf die rechts neben der Straße angreifende russische Infanterie eröffnen. Die stille Nacht wurde durch den typischen harten Flakabschuß und das Mündungsfeuer zerrissen. Das vordere Geschütz ließ ich aber nur auf die Straße selber gerichtet, und zwar vorsichtshalber mit Panzergranaten. Und schon kamen die ersten schwarzen «Ungetüme» heran, ob Panzer oder Fahrzeuge war noch nicht zu erkennen.

Die beiden Zielbereiche im direkten Beschuß unter Kontrolle zu halten war Aufgabe der beiden Geschützführer. Sie hatten dazu rechts am Geschütz, hinter dem Schutzschild, ein Zielfernrohr.

Wir lagen jetzt voll im Feuer der Roten Infanterie, wir schätzten sie auf Regimentsstärke. Die Kanoniere griffen zum Teil mit Karabinern aus den Munitionsgräben heraus in das Gefecht ein. Auf der Straße wurden viele Fahrzeuge mit aufgesessener Infanterie und Panzer von unserem vorderen Geschütz zusammengeschossen. Kaum war die Tageshelligkeit voll erreicht, als auch die feindliche Artillerie eingriff. Ihr Feuer lag sehr nahe an unseren Geschützen. Auf der hohen Deichstraße boten wir nun ein klares Ziel, schließlich trommelte es auf unsere Stellung mit allen Kalibern.

Unsere Geschütze feuerten gezielt, ohne Hast, diszipliniert. Auf der Straße flogen buchstäblich die Fetzen. Unsere Kanoniere haben ihre Aufgabe mit großer Tapferkeit erfüllt, und ich muß hinzufügen: mit Hingabe, aber auch Gelassenheit und Sicherheit.

Meine Aufgabe in diesem Gefecht lag in der Beobachtung des Geschehens und eben das zu sehen, was die Geschützführer hinter ihren Zielfernrohren und Schutzschildern nicht sehen konnten, und sie auf Gefahren hinzuweisen. Der Nachteil für mich persönlich war, als einziger völlig ungedeckt hin- und herspringen zu müssen, zwischen und vor

den Geschützen und wechselnd auf beiden Straßenseiten. Jedenfalls
hatte ich mir freie Sicht nach allen Seiten zu verschaffen, dabei waren
wir in eigenen Pulverwolken verhüllt und von feindlichen Artillerieeinschlägen behindert.

Was ich sehr befürchtete, ereignete sich bald: Der K 3/Ladekanonier
Gefr. Spieker wurde durch Infanteriebeschuß getötet, als ich neben ihm
stand; er sagte noch: «Herr Leut ...», als sein Auge brach. Nach rechts
war er gedeckt, es konnte nur ein gezielter Schuß (eines Scharfschützen) aus dem Gelände links der Straße sein, dort hatten wir keine feindliche Infanterie bemerkt.

Gefallen ist noch Obergefr. Heiss. Außerdem wurden in dieser ersten
Gefechtsphase vier Soldaten verwundet: Uffz. Glatzel, Gefr. Hänsch,
Gefr. Stellmann und später Uffz. Buggisch. Unsere blutigen Verluste be-
trugen also fast rd. 30%.

Dann spielte sich eine wahrhaft eindrucksvolle Szene ab: Aus der Bereitstellung stießen zwei Panzerkolonnen vom Brückenraum der Beresina, parallel auf beiden Straßenseiten zugleich, vor. Die Masse der
angreifenden Panzer im frühen Sonnenschein strahlte eine Kraft aus, die
wohl alle faszinierte – das konnte ich in den Gesichtern lesen. Unsere
2 cm-Flakgeschütze von der 5. Batterie fuhren vorne zwischen den ersten Panzern. An unseren 8,8-Geschützen stoppten die Panzer – wie
verabredet – wir gingen mit den 2 cm-Geschützen beiderseits der Straße
in Stellung, und schon rollte der Panzerangriff weiter.

Auch dem Russen war wohl nicht entgangen, was das bedeutete. Sein
Feuer verstärkte sich mit Infanteriewaffen. Es entwickelte sich schließlich ein neues heftiges Gefecht. Unsere 2 cm-Geschütze feuerten die
Rohre heiß. Wir mußten leider zwei weitere Gefallene von der leichten
Batterie (5./12) beklagen, den Obgefr. Heinz Schüber und den Gefr. Erwin Jaeckel; er fiel, als er die Bahre für einen verwundeten Kameraden
von der anderen Straßenseite holen wollte.

Nach dem Gefecht begruben wir die vier Soldaten dieser beiden Gefechte neben der Straße, die Gräber wurden liebevoll von den Kameraden angelegt und geschmückt.

Der Unteroffizier Fritz Hübner 1912–1983   am Narew

Byalistok war genommen, ostwärts der Stadt hatte sich der Russe hinter dem Narew neu festgesetzt. Unsere Aufklärungsabteilung 23 war
im massierten Abwehrfeuer liegengeblieben. Eine Straßenbrücke aus
Holz war von den Russen schlecht gesprengt worden. Eine Längsseite
hing in den Fluß, während auf der anderen Seite die Zündungen versagt

hatten. Im Feuerschutz eigener Granatwerfer und Maschinengewehre konnten sich Soldaten rüberhangeln, wenn sie sich an dem unversehrten Geländer festhielten. Auf diese Weise war die Aufklärungsabteilung unter hohen Verlusten nach drüben gekommen, hatte die Russen geworfen und einen winzigen Brückenkopf gebildet. Was da drüben fehlte, waren Panzer, doch Amphibienfahrzeuge hatten wir damals noch nicht, und die Brücke war kaputt. Also mußte eine Brücke gebaut werden, aber wie? Die Brückenstelle lag noch im vollen feindlichen Artilleriefeuer, und in so einer Lage war es sehr schwierig, eine Brücke zu bauen. Wir beschlossen die Dunkelheit abzuwarten und in der Nacht eine Kriegsbrücke aus B-Gerät zu bauen, was ein großes Wagnis war, aber es mußte versucht werden.

Es war ungefähr 16 Uhr, in Rußland wird es um diese Jahreszeit etwa um 20 Uhr dunkel. Also mußte der Brückenkopf noch 4 Stunden bei Tageslicht und, wenn es mit dem Brückenbau klappte, eine Nacht standhalten. Es war eine prekäre Lage. Ich erhielt den Auftrag, das Brückengerät heranzuführen, und zwar nur so weit, daß wir von der feindlichen Artillerie noch nicht erreicht werden konnten. Unsere Pioniere bauten sich etwa 20 m vom Fluß entfernt Schützenlöcher, so viele wie möglich, so daß jeder ohne lange zu suchen, Deckungsmöglichkeit gegen Artilleriebeschuß hatte. Ich schleuste nun die Brückenwagen heran, die sofort von den Zugmaschinen abgekoppelt wurden, damit sie schnell zurückfahren konnten, um nicht getroffen zu werden, denn sie hatten für uns einen gewaltigen Wert. Ohne Lärm kann man eine solche Brücke natürlich nicht bauen. Der Russe hörte uns und belegte uns mit Artilleriefeuer, doch die Kompanie schaffte es. Jeder gab sein Bestes, und oh Wunder, die Brücke stand, als der Morgen dämmerte. Die Lage war gerettet, die ersten Panzer rollten im Morgengrauen über die Brücke. Die Pioniere hatten eine Mütze voll Schlaf verdient und nach meiner Ansicht jeder eine Auszeichnung, aber damit war man sehr sparsam, nicht einmal unser Chef wurde ausgezeichnet. Aber es geht ja in der Hauptsache darum, daß jeder seine Pflicht tut.

Der Leutnant Georg Kreuter 1913–1974   Borissow

Um 7.00 sind wir endlich hinüber!! Eine Zugmaschine der Nebelabteilung hat sich unser erbarmt. – Auf der Autobahn können wir endlich einmal richtig fahren. Wir kommen bis Borissow. Ein Brückenkopf über die Beresina ist schon vom S.R.52 gebildet. – Ich werde mit meinem Zuge dem I. Btl. zugeteilt (den S.I.G.Zug führe ich immer noch selbst, wenn es zum Einsatz geht), das die linke Flanke gegen versprengte Teile

sichern soll, die sich noch zwischen 7. und 18. Panzerdivision befinden. – Fliegerbesuch, eine Bombe in die F.St. verwundet Resch leicht. –
Ich konnte 1½ Std. im Zelt schlafen! – Brief von H. vom 16., wenigstens
etwas!

Alexander Cohrs 1911–1996   **Slonium**
Um 5 Uhr wurde geweckt. Noch hatte ich meinen Panjewagen. An diesem Tage kamen wir durch das Gebiet, in dem am 30. Juni die große
Panzerschlacht geschlagen worden war. Wie wir später erfuhren, waren
russische Panzerdivisionen, die östlich des ehemals polnischen Gebie-
tes in Weißrußland stationiert waren, zu Kriegsbeginn nach Westen gezogen, bis es hier zur Schlacht kam. Wir sahen nun das Schlachtfeld. So
weit unser Blickfeld reichte, lagen ca. 150 Panzer im Gelände, darunter
solche der größten Klasse. Ferner hunderte von Lastwagen und anderes Material. Tote Russen in großer Zahl, es müssen mehr als tausend
gewesen sein. Dabei konnten wir aus unserer Perspektive natürlich nur
einen Teil des Ganzen übersehen. Jedenfalls muß an der Stelle, durch
die wir hindurchmarschierten, mindestens eine Division vernichtet worden sein. Grauenhafte Bilder bekamen wir zu sehen. Soldaten, die von
Panzern plattgewalzt waren. Einmal trat ich auf etwas Weiches. Mit
Grauen merkte ich, daß es sich um einen ausgewalzten Kopf handelte.
Wir sahen viele, die ihren Panzer nicht mehr verlassen konnten und darin verbrannt waren, sie waren dabei zusammengeschrumpft zu ziemlich kleinen Gestalten.
Welch ein Gegensatz dazu die Stimmung der Landschaft! Die Sonne
schien über das hügelige walddurchsetzte Gelände; es schien alles so
friedlich. Aber der Vormarsch ging weiter. Zur rechten Seite wird vorher wahrscheinlich ein Reiterangriff geritten worden sein, der abgeschlagen worden war. Das Gelände lag voller toter Russen und Pferde.
Etwa um 12.30 Uhr kamen wir durch die Stadt Slonium. Sie war zum
Teil verbrannt. Obdachlose drängten sich zusammen. Hinter der Stadt
machten wir Rast auf einer Wiese. Es kam der Befehl: «Pause bis morgen um 4.30 Uhr.» Nun ging es ans Waschen, Schreiben und vor allem
an die Behandlung der Füße.
Die Ruhe tat wohl. Ein Gespräch drehte sich um die Frage: Was möchtest du jetzt tun, wenn kein Krieg wäre? Die Antworten waren erstaunlich anspruchslos. «In Ruhe ein Bier trinken.» «In einem Sessel sitzen
und eine Zigarre rauchen.» Oberleutnant Weber: «Es könnte auch auf
einer Wiese sein.»
Mit der Aussicht auf eine so lange Pause, fast zwölf Stunden, richteten

wir uns ein. Vor allem bauten wir Zelte auf. Doch dann kam Regen.
Wasser lief in die Zelte. Ein Schwein wurde geschlachtet. Das bedeutete zusätzliche Verpflegung. Am Abend erreichte uns erstmals Post; sogar fünf Päckchen waren darunter.

Erich Kuby *1910   Estland
An seine Frau
In den letzten Minuten dieses langen Tages noch schnell ein Wort. Nach
dem Bad im See zogen wir uns in den Bauernhof zurück zu den fünf
gelben und den drei grünen Kücken und redeten noch lange mit dem
Bauern – das ging zäh. Immerhin wurde klar, daß unsere Pioniere zur
Reparatur einer Brücke einen Stapel Bretter von seinem Hof weggeholt
haben, ohne ihm einen Quittungsschein dafür auszustellen, so daß ihm
niemand den Schaden ersetzen werde. Darüber war er sehr traurig, und
ich gab ihm zum Trost, im vollen Bewußtsein der Lächerlichkeit solchen Tuns, 100 Rubel (10 Mark). Die Familie so nett, der Hof so friedlich, die Kücken nicht zu vergessen, die Art, uns ein Nachtlager zu bereiten, und ein solider Tisch, auf den man 100 Rubel legen kann, Kriegs-
geld, Eroberergeld, wo gedruckt? Soll ich sagen: die Stimmung war so?
100 m weiter war die Stimmung nicht so, da suchten die Frauen in der
Asche ihres Hauses nach Resten und fanden nur noch ein paar Töpfe.

Der Offizier Udo von Alvensleben   im Osten
General Kempf erklärt, daß von oben her mit freventlichem Optimismus operiert werde, doch selbst wir, die wir mitten in den Ereignissen
stehen, begreifen erst von Stunde zu Stunde, daß wir umlernen müssen,
daß unsere Erfahrungen aus früheren Feldzügen nichts mehr wert sind.
Was die Stärke der Panzertruppe gewesen war, kann ihr jetzt zum Verderben werden.
Es stellt sich heraus, daß die Kräfte der Führungsabteilung bei so ver-
änderter Kampfesweise nicht ausreichen. Die Division muß von zwei
weit auseinanderliegenden Punkten aus geführt werden. Hube wünscht,
mich in seiner unmittelbaren Umgebung zu behalten. In diesem Augenblick erzwingt die Lage unseren Einsatz auf Dubno und Werba-Kamienna, wo sich alsbald eine Panzerschlacht großen Ausmaßes entwickelt.
Hube führt das von Kremenec zurückbeorderte Panzerregiment und
die Aufklärungsabteilung persönlich. Hier begegnet uns erstmals die den
eigenen Panzern überlegene Pak 30 der Russen, die erstaunliche Kampfkraft des Gegners, die Güte seiner unteren Führung, seine ersten Un-
menschlichkeiten. Es gibt unerhörte Verluste. Generaloberst von Kleist,

der den Vormarsch schnellstens fortsetzen will, treibt ständig zur Eile
und erklärt, es komme nicht auf Raumgewinn, sondern auf Zerschlagung des Feindes an.

Der Gefreite Feldmann *1922   Litauen
04.45 Wecken, Packen. An der Straßenecke Frühstück, rastende Infanterie. Marsch nach Skola 10 km vor Jakobstadt. Unterziehen im ehemaligen Gut, jetzt Altersheim. Komp. Trupp Unterkunft in der Veranda,
ab 11.30 Schlafen bis 17.00 Uhr. Kurzes Abendbrot in der Veranda, der
Wagen hat Kühlerleck durch Ventilatorflügel, schnell behoben.
18.00 Uhr Anfahren → Jakobstadt.
22.30 Überschreiten der Düna auf einer Kriegsbrücke. Fahrt durch das
zerschossene Kreuzburg. Unterziehen in Zilani, Nähe Bahnhof auf der
Matschwiese. Nächtliche Suche nach Kommandeur in den Matsch-
löchern der Umgebung. 24.00 Zapfenstreich (B-Wagen + DKW ausgefallen.)

Ernst-Günter Merten 1921–1942   Ukraine
Heute morgen war mal wieder großes Walddurchkämmen, der Stab blieb
diesmal vor dem Wald liegen und übernahm die Sicherung.
Es war ein schöner Sommermorgen. Ich kam mir vor, als ob ich durch
die Rostocker Heide lief. Schnurgrade führte der Bahndamm auf den
grünen Wald zu und durch ihn hindurch. Wir liefen zwischen den Schienen und dachten: wenn wir erst einmal in den Wagen sitzen, die auf diesen Schienen rollen werden … Urlaub …
Wilde Rosen am Bahndamm, Bienen summen von Blüte zu Blüte, eine
Goldammer singt, Finken schlagen. Dort drüben der kleine Bahnhof ist
umrankt von wildem Wein. Es ist wie im tiefsten Frieden. Nur daß in
der Ferne ein Flieger brummt, und ab und zu irgendwo ein Büchsen-
schuß knallt.
Zur Zeit sitzen wir im Straßengraben und warten. Verkehrsstockung.
Das kann lange dauern. Aber das sind wir schon gewöhnt. Man freut
sich, früh ins Quartier zu kommen, und dann schiebt sich kurz vor dem
Ziel irgendeine mot. Kolonne vor. In Frankreich ist so etwas eigentlich
nicht vorgekommen. Aber da waren wir ja auch weiter hinten. Eben ist
wieder eine lange Kolonne Gefangener durchgekommen. «So richtig
Kommune», meinte Max Schülein, «wie in Magdeburg, Jakobstraße.»
Es sind aber auch dolle Gesichter manchmal, viel Mongolentypen. Vor-
hin sahen wir ein großes Gefangenenlager – Holzbaracken, Stacheldraht,
Beobachtungstürme –, für uns gedacht; jetzt sitzen sie selbst drin.

Neben uns hält irgendeine Bäckereikolonne. Wir sind froh, etwas Brot bekommen zu können. Mit unserer Verpflegung hapert es leider etwas in dieser Beziehung. Dazu tranken wir Wasser. Es hat zwar etwas Milch gegeben, aber nicht viel. Der Bauer erklärte, er hätte seine Kuh schon zum Umfallen gemolken. Jetzt käme nix mehr raus. Es kämen zuviel dt. Truppen vorbei.

Daniil Gorobetz *1928   *bei Winnitza*

Unser Dorf in der Nähe von Winnitza lag direkt an der Bunkerlinie, die noch als Stalinlinie bekannt wurde. Anfang Juli leisteten die Truppen der Roten Armee dem vorrückenden Feind einen zähen Widerstand. Fast eine Woche lang hörten wir heftige Schießereien und Granatenexplosionen hinter dem Wald, der vor unserem Dorf lag.

Als alles wieder ruhig war, ging ich mit meinen Schulkameraden dorthin, wo die Kämpfe stattgefunden hatten. Wir hofften darauf, dort auch Waffen oder Handgranaten zu finden. Ich war damals 13 Jahre alt. Meine beiden Freunde einige Jahre älter.

Als wir an einen Bunker kamen, sahen wir dort viele tote Rotarmisten. Ihre Leichen waren von Fliegen umschwärmt und begannen schon zu verwesen. Krähen kreisten über ihnen. Dreizehn unserer Soldaten haben wir gezählt. Das Bild eines jungen Offiziers stand nachher noch viele Jahre vor meinen Augen, wie der Wind sein blondes Stirnhaar sanft bewegte … Am Waldrand standen drei Pferde an Bäume gebunden, die durchdringend wieherten, als sie uns sahen. Sie standen schon lange ohne Futter und Wasser und fraßen sogar die Rinde von den Stämmen. Gut hundert Meter unter uns schlängelte sich eine kurvenreiche Straße. Ein langer deutscher Troß bewegte sich darauf nach Winnitza.

Wir waren sehr erschüttert von dem, was wir gesehen hatten, und Slawa, der älteste von uns, schlug vor, als Rache die deutsche Kolonne mit einem Maschinengewehr, das ein fast noch volles, tellerförmiges Magazin hatte, zu beschießen. Er schoß das Magazin leer. Die Deutschen antworteten mit starkem Feuer aus allerlei Waffen, so daß wir mit Mühe «unsere Kampfstellung» verlassen konnten. Aber die deutschen Soldaten waren sehr schlau. Sie riegelten den Weg zum Rückzug ab und schlossen uns im Wald ein.

Mir und meinem Nachbarn gelang es trotzdem unversehrt unser Haus zu erreichen. Doch den Schützen selbst, der am Bein angeschossen war, nahmen sie fest. Unter der Folter nannte er auch unsere Namen. Die Mutter hatte gar keine Ahnung, als die Polizisten kamen, mich abzuholen. Einer von ihnen wohnte in unserer Straße und war ein Schulkamerad meines Vaters gewesen. Die Mutter versuchte ihn zu überreden, mich freizulassen. Sie schwor ihm, daß sie mich sofort in einem unzugänglichen Versteck im Walddickicht verbergen werde, und sie bot ihm ihren Pelzmantel als Belohnung an. Doch er blieb stur und führte mich ab. In der Kommandantur verhörte mich ein alter glotzäugiger deutscher Offizier.

«Wer hat geschossen?» wollte er wissen. «Hast du auch geschossen?»
Für einen Augenblick kam es mir vor, als ob er Mitleid mit mir hätte.
«Ja, ich auch», antwortete ich über den Dolmetscher.
Daraufhin ließ er unser erbeutetes Degtjarew-Maschinengewehr bringen und befahl mir, es gefechtsbereit zu machen. Ich konnte es nicht.
«Er hat nicht geschossen», resümierte der Offizier und schrieb auf mein Verhörprotokoll die Einweisung in ein Lager. Meine Kameraden ließ er erschießen.
Als ich sie kurz vor ihrer Hinrichtung noch einmal sah, um Abschied von ihnen zu nehmen, spuckte mein Nachbar mir wütend ins Gesicht. Er vermutete in mir seinen Verräter.
Am nächsten Tag saß ich schon in einem Transport, mit dem ich über Polen nach Ulm kam.

Adam Czerniaków 1880–1942   **Warschauer Ghetto**
Morgens Gemeinde. Danach [zu] Kratz und Mende mit Szeryński. Brandt fährt für 4–5 Wochen ins Grenzgebiet. Ich veranstaltete in der Gemeinde eine Ratsversammlung wegen der Erhöhung der Brotpreise. Ich habe mich dem widersetzt. Als Ergebnis steigt nur die Gebühr für die Karten.
Die Rabbiner sind über die Einstellung Ettingers als Disziplinaranwalt aufgebracht, da er ein Neophyt ist.

Danuta Czech   **(KZ Auschwitz-Birkenau)**
15 Häftlinge, die von den Stapo- und Kripoleitstellen mit einem Sammeltransport eingeliefert worden sind, erhalten die Nummern 17 706 bis 17 720.

*

> Abends in der Taverne sehn' ich mich nach dir;
> Mädel in weiter Ferne, wann kommst du zu mir?
> Ich sah so manchen Hafen, und doch bleib' ich stets allein.
> Oft dacht' ich nachts vor dem Schlafen:
> Schön wär's jetzt bei dir zu sein!

<671   Donnerstag, 3. Juli 1941   1405>

Wandelt weise gegen die, die draußen
sind, und kaufet die Zeit aus.
HERRNHUT   KOLOSSER 4,5

Ewald Mataré 1887–1965   **Kleinwallstadt bei Aschaffenburg**
Ich habe noch eine andere Fassung vom Hl. Antonius gemacht, diesmal stellte ich ihn jugendlich mit bittender Gebärde dar, man kann dazu noch einen kleinen Opferkasten anbringen, unten als Abschluß, das
wäre auch schön, und will ich eventuell auch noch zu Hause versuchen.

Werner Vordtriede 1915–1985   *Chevy Chase*
Schlafe bei Martis auf der grünumrankten Veranda, beinahe im Freien.
Gleich in die neueröffnete National Gallery gegangen, die die Mellon-
Sammlung enthält. Besonders unvergeßlich die verschiednen Renais-
sance-Porträts von Jünglingen und jungen Frauen. Heute nachmittag
in der Freer Gallery, um die Whistlers wiederzusehen. Lese Goethes
Sendeblätter und Gedichte an Personen.

Thomas Mann 1875–1955   *Pacific Palisades*
Äusserst müde u. von sehr eingeschränkter Arbeitsfähigkeit. Hörte
11 Uhr auf, mich zu mühen, was etwas ganz Neues, und setzte mich
zum Lesen in den Garten. […] Proklamation Stalins. Aufforderung zum
Guerilla- und Zerstörungskrieg. Japan scheint zum Angriff auf Rußland entschlossen. Hier Militär-Vorlagen im Congress: Zulässigkeit der
Verwendung des Heeres außer Landes unter Debatte. Unsichere Meldung von Demonstrationen gegen das Regime in Deutschland.

Wilhelm Muehlon 1878–1944   *Klosters / Graubünden*
Mussolini besichtigte in Rom wieder einmal Truppen, die an die russische Front gehen, und hielt ihnen eine Rede über die ungeheure Bedeutung des Kampfes der Achsenmächte gegen den Kommunismus. Unter
sämtlichen Hilfsvölkern der Deutschen sind die Italiener am wenigsten
geeignet, es mit den Russen aufzunehmen. Ich bin gespannt, an welcher

Front oder in welchem Hinterland sie sich herumtreiben werden. Auch Francos Freiwillige werden in Russland lächerlich sein.

*

Ilja Ehrenburg 1891–1967 *Moskau*

Am dritten Juli hörten wir in aller Herrgottsfrühe die Rede Stalins. Er war offenbar aufgeregt, man vernahm, wie er aus einem Wasserglas trank. Die Anrede war ganz ungewohnt: er nannte uns «Brüder und Schwestern» und «Freunde». Stalin erklärte unsere militärischen Mißerfolge mit der Überraschung durch den Überfall, er sprach von Hitlers «Wortbruch». Gleichzeitig wiederholte er, dank dem deutsch-sowjetischen Abkommen hätten wir Zeit gewonnen und seien also kampfbereit. Die Zuhörer schwiegen. Tagsüber streifte ich durch die Stadt. Schwül war es in Moskau. Auf den Boulevards, in den Parks und an den Hauseingängen sprachen die Menschen miteinander. Im Schaufenster der «Iswestija» auf dem Puschkinplatz hing eine große Landkarte. Die Moskauer blickten sie finster an und gingen dann heim.
Wieviel Ratlosigkeit, Bitternis und Unruhe trug ein jeder von uns in sich! Damals kümmerte uns nicht die schöne Ausgewogenheit historischer Schlußworte: Die Faschisten stürmten auf Moskau zu!
Durch die Gassen des Viertels jenseits des Moskauflusses marschierten Freiwillige. Nicht gerade im Gleichschritt: es waren viele Alte und Kranke darunter. Übrigens dachte in jenen Tagen keiner ans Strammstehen.

Der General Franz Halder 1884–1972 Führerhauptquartier

Es ist also wohl nicht zuviel gesagt, wenn ich behaupte, daß der Feldzug gegen Rußland innerhalb [von] 14 Tagen gewonnen wurde. Natürlich ist er damit noch nicht beendet. Die Weite des Raumes und die Hartnäckigkeit des mit allen Mitteln geführten Widerstandes wird uns noch viele Wochen beanspruchen. […]
Verluste: 22./30. 6. insgesamt 41 087 = 1,64 % (bei 2,5 Mill. Iststärke). Tot: 524 Offz., 8362 UOffz. und Mannschaften; Verw. 966 Offz., 28 528 UOffz. und Mannschaften. Offz. Verl: Verwund. 3,3 % (Westfeldzug 3,1), tot 6,2 % (Westfeldzug 4,85), vermißt 1,5 % (Westfeldzug 2 %).

Der Assistenzarzt
Dr. Hermann Türk 1909–1976 vor Rogatschew

Gegen 10 Uhr Befehl vorauszufahren und einen vorgeschobenen Verbandsplatz anzulegen. 10 km vor Rogatschew finde ich eine Schule, die mir geeignet erscheint. Ich durchstöbere die Räume, da gehen 50 m neben dem Gebäude 4 schwere Bomben nieder. Es kracht in allen Fugen, der Kalk kommt von der Decke. Der Zug wird nachgezogen und in einer halben Stunde ist die Hauptarbeit geschafft. Die ersten Verwundeten fallen dann auch schon an. Die russische Artillerie schießt wie toll aus Rogatschew und vom jenseitigen Ufer des Dnjepr. Den ersten Verwundeten muß ich gleich amputieren. – Dann kommt der Komp.Chef. Er ist mit meiner Wahl zufrieden. In 2 Stunden soll angegriffen werden. Auch Teile meines alten Batl. greifen an. Sie kommen teilweise nach Rogatschew hinein, werden aber beim Dunkelwerden wieder zurückgeschlagen. Die Artillerie liefert sich ein schauriges Duell. Wir haben alle Hände voll zu tun. Es sind viele schwere Verstümmelungen dabei. Es geht wieder bis in die Nacht hinein. Wieder wird an zwei Tischen operiert. Es gibt höchstens mal eine Pause von wenigen Minuten für eine Zigarette und einen Schnaps. Oder der Chef steckt uns ein Stück Schokolade in den Mund. Dann geht es wieder erfrischt weiter. Rogatschew brennt lichterloh. Der Russe leistet starken Widerstand. Es ist das erste Mal.

Alexander Cohrs 1911–1996   Wysok

Um 3 Uhr wurde geweckt. Das Tagesziel war Wysok, ca. 20 Kilometer entfernt. Alle waren froh über die geringe Entfernung, zumal Kämpfe nicht zu erwarten waren, da die motorisierten Verbände inzwischen weit vorgestoßen waren. So hatten wir auch den Troß bei uns. Ich konnte auf Weisung des Kompaniechefs mein Sturmgepäck verladen, was das Marschieren für mich ungemein erleichterte. Für den größten Teil des Tagesmarsches konnten wir Straßen benutzen, eine weitere wesentliche Erleichterung.

Um 10.30 Uhr erreichten wir unser Ziel. Ganz hatten wir der Angabe des Tageszieles nicht getraut, so daß die Freude groß war, daß nicht der befürchtete Befehl zum Weitermarsch kam, sondern Quartier gemacht wurde.

Ich hörte, es gäbe dort einen katholischen Pfarrer. So ging ich gleich zu ihm. Dabei nahm ich Georg Hachmann mit, der aus Lodz, damals Litzmannstadt genannt, stammte und von Kind an zweisprachig aufgewachsen war. Wir befanden uns ja immer noch in dem polnischsprachigen Gebiet, das erst nach dem deutsch-russischen Abkommen von 1939 unter russische Herrschaft gekommen war. Mich interessierte vor allem, wie sich der Wechsel unter die bolschewistische Herrschaft kirchlich ausgewirkt hatte.

Seine Wohnung ist ein halbes Zimmer, durch Bretter von einem Zimmer abgeteilt; wir würden das eine Schlafstelle nennen. Es war möbliert mit einem Büfett, Tisch, Bett, Sofa und einem einfachsten Waschgestell.

In Bezug auf die Kirche in Rußland war er optimistisch, wobei er allerdings vom Ende des Bolschewismus durch einen deutschen Sieg ausging. Er meinte, die russischsprechenden Pfarrer aus Polen würden nach Rußland gehen, überhaupt würde der ganze Pfarrernachwuchs aus dem früher polnischen Weißrußland kommen. In Rußland sei die Religion nicht tot, vor allem läge den Leuten an der Taufe. In Moskau sei noch eine Kirche für den Gottesdienst übriggelassen, es solle vorkommen, daß auch Soldaten in Zivil zur Kirche kämen. An den hohen Festtagen gäbe es sogar viele Kirchenbesucher. Er glaubte, es sei mit der bolschewistischen Erziehung noch nicht so weit, daß religiöses Leben nicht wieder neu entstehen könne.

Die Bevölkerung hat sich nach seiner Meinung über den Einmarsch der Deutschen gefreut, weil sie davon die Beendigung der Judenherrschaft erhoffte. In dieser Gegend habe sich besonders ein junger Jude hervorgetan, der ca. 20 Jahre alt sei und sich in alle Organisationen hineingedrängt habe und darin tonangebend geworden sei. Natürlich sind alle diese Leute vor den heranrückenden deutschen Truppen geflohen.

Dieser Pfarrer hat auch den Aufmarsch der russischen Panzertruppen miterlebt, deren Reste wir am Tage zuvor gesehen hatten. Er war der Meinung gewesen, ein solches Heer sei unüberwindlich. Kein Mensch konnte sich erklären, wie es möglich war, daß diese gewaltige Streitmacht so schnell zerschlagen wurde. Er selbst kam auf den für einen Nichtdeutschen immerhin beachtlichen Gedanken, es hätte wohl an dem Versagen der Führung liegen müssen.

Der Feldwebel Arthur Binz   Krakowice

Schon in aller Herrgottsfrühe brach unsere Stabskolonne, zu deren Führungsstaffel ich mit meiner Dienststelle – Abtl. III – gehöre, auf. Nachdem wir die San-Brücke in Jaroslaw hinter uns gelassen hatten, befanden wir uns auf russischem, von unseren tapferen Vortruppen erst in den letzten Tagen erstrittenen und mit ihrem Blut frisch getränkten Boden. Nicht ohne tiefe Ergriffenheit sahen wir links und rechts unserer Vormarschstraße immer wieder die schlichten Kreuze, auf deren Spitze der Stahlhelm des betr. Gefallenen festgemacht war. Dazwischen stießen wir ebenso oft auf Russengräber, umgestülpte oder ausgebrannte Panzer, außer Gefecht gesetzte Kraftwagen, Pferdeleichen, einzelne zurückgehende Gefangene und alle möglichen sonstigen Erscheinungen eines fast noch in den letzten Wehen liegenden Schlachtfeldes.

Der Gefreite F. im Osten

Adolf und ich marschieren gegen unseren großen Feind Rußland. Somit geht einer meiner Wünsche in Erfüllung, nach diesem gotteslästerlichen Land wollte ich schon immer gerne ziehen. Diesmal wird bestimmt Schluß gemacht mit einer gottfeindlichen Macht. Unglaublich große Heeresmassen ziehen vor. Niemals hätte ich eine solche Aufrüstung in so kurzer Zeit für möglich gehalten, und dennoch ist es so. Adolf und ich marschieren nun auch mit, oder wir fahren ab und zu mit dem Rad, indem wir uns durch die vorfahrenden Kolonnen hindurchschlängeln. Da wird man Zeuge jüdischer, bolschewistischer Grausamkeit, wie ich sie aber auch kaum für möglich gehalten hatte. Gestern zogen wir durch eine größere Stadt, an einem Gefängnis vorbei. Es stank schon von weitem unheimlich nach Leichen. Als wir näher herkamen, war es kaum zum Aushalten. Drinnen lagen 8000 tote gefangene Zivilisten, erschlagen, ermordet, keineswegs erschossen, ein Blutbad, das die Bolschewisten kurz vor ihrem Abzug anrichteten. In einer anderen Stadt ganz ähnliche Fälle, vielleicht noch grausamer. Gefährlich ist das Heckenschützentum, dem gestern auch ein SS-Regiments-Kommandeur zum Opfer fiel. Der Mörder soll ein Jude gewesen sein. Du kannst Dir denken, daß so etwas nach Rache schreit, die aber auch durchgeführt wird. Manche Soldaten, die wir behandelten, hatten schon Verwundungen, die von Heckenschützen herrühren. So können sich die Russen nicht mehr helfen. Rechts und links der Vormarschstraße liegen tote Russen, zerschossene und ausgebrannte Tanks, drinnen liegen noch die Fahrer ganz verkohlt. Riesentanks sind das, man macht sich keine Vorstellung, und dennoch vernichtet.

Der Leutnant Walter Melchinger 1908–1943 Ukraine

An seine Frau

Häufig kommt unsere Verpflegung auf den schlechten Strassen nicht rechtzeitig nach, dann haben wir auch tagelang nichts zu essen und, was schlimmer ist, nichts zu trinken. Allein, dabei unterstützt uns nun die ukrainische Bevölkerung in rührender Weise. In jedem Nest steht das ganze Dorf an der Strasse und überschüttet uns mit Blumen, bringt uns Milch und Eier. Sie weinen vor Freude, nun von der roten Pest befreit zu sein, die ganz übel gehaust hat. Ich bin diesem Gesindel gegenüber

so kaltherzig, dass ich ohne jedes Empfinden die herumliegenden gefallenen Sowjets betrachte.

Vorgestern schnappten wir eine sehr grosse Anzahl, die in wilder Flucht
in die Kornfelder geflüchtet war. Wir machten grosse Beute, namentlich an Pferden.

Das ist so ein äußerer Bericht.

Wenn wir abends nach einer Artilleriefeuervorbereitung unter dem
Feuer aller Waffen mit unseren Geschützen vorfahren, vor uns die brennenden Häuser, in der Hand die entsicherte Maschinenpistole, das
Genick etwas eingezogen unter dem Stahlhelm, das sind Augenblicke
höchster Erfüllung. Die Nerven sind gespannt, trotzdem finde ich mich
immer ruhig und sicher. Die Kameraden haben einen Stolz auf ihren
Leutnant. Denn ich muss sehen – und die Leute sehen dies noch deutlicher – wieviele Feiglinge es doch auch unter uns gibt, die schon halb
fertig sind vor Angst. Ich freue mich, mich in vielen nicht getäuscht zu
haben. Ja, hier zeigt es sich, was einer wert ist. Hier gibt es kein Groß-
sprechertum. Wenn die Kugeln pfeifen und wir uns in die Gräben ducken
oder beim Vorgehen mit dem Geschütz in vorderster Linie, oder wenn
Kampfwagen gemeldet werden, ja dann gelten nur noch die männlichen
Tugenden in ihrer reinsten Form.

Der Leutnant Georg Kreuter 1913–1974   **Borissow**

Das Regiment soll bis 30 km vor Borissow als Vorausabteilung einen
Vorstoß führen. Bleiben jedoch nach 10 km in starkem Schtz.-Feuer liegen. – Ich ziehe die Einschläge bis 100 m vor mich. Die Kerle sind nicht
aus ihren Löchern zu kriegen! 10 m vor mir steckt auch einer. Es werden Handgranaten in die Nähe geworfen, aber als einer von uns ran-
kommt, schießt er ihn ab! Erst einige Schüsse mit der Pistole über den
Deckungsrand machen ihm den Garaus! Solches geschieht mehrmals
heute! Die 8. Kompanie, bei der ich vorn liege, hat 5 Tote und 24 Verwundete! – Erst die Panzer schaffen uns Luft. Unter ihrem Schutz kommen wir an die Löcher heran. Jetzt laufen sie wie die Hasen. – Ich be-
wundere einen Stabsarzt von den Panzern. Er arbeitet bei der großen
Hitze schwitzend wie ein Wahnsinniger. Für jeden der Schwerverwundeten hat er ein freundliches Wort! Ich möchte nicht in seiner Haut
stecken. Dies alles geschah in starkem Granatwerfer-Feuer. – Eine Ziel-
fernrohrbüchse nehme ich den Bolschewisten fort. Um 17.00 tritt das
Regiment erneut an. 5 km weiter flüchtet der Feind in rauhen Mengen.
Pikas (das Geschwader von Mölders) schießt über uns 15 Bomber ab!
Fabelhaft!! Alles innerhalb weniger Minuten! Das war sehr gut für uns!

Der Bomberpilot Iwan Litwinow *1917   *Iwanowo bei Moskau*
Am 22. Juni 1941 hatte ich vor, mit meinen Kameraden in die Stadt auszugehen. Ich war damals bei einem Lehrgang in einem Bomberflieger-
horst in Iwanowo. Wir wurden als Steuerleute für die Bomber TB-3
ausgebildet. Also wir schliefen in unserem Offizierswohnheim in Vorfreude des baldigen Treffens mit den bekannten Mädchen, die es in Iwanowo mit seinen riesigen Textilfabriken reichlich für jeden von uns gab.
Die Uniform lag schon sorgfältig gebügelt und jeder freute sich auf den
heranbrechenden Sonntag, den 22. Juni 1941.
Aber um 5 Uhr früh kam die Erklärung der vollen Gefechtsbereitschaft
für den ganzen Lehrgang mit dem totalen Ausgehverbot. Begründung:
die deutsche Luftwaffe hätte ohne Kriegserklärung unsere Städte Kiew,
Kowno, Sewastopol, Shitomir, Murmansk, Odessa u. a. angegriffen. Um
12 Uhr des gleichen Tages kam die berühmte Radioansprache von Molotow. Hitlerdeutschland hatte die Sowjetunion überfallen.
In einer Woche wurden Besatzungen aus den Lehrgangsteilnehmern,
unseren Lehrern und Instrukteuren zusammengestellt, und damit war
ein Bomberregiment von 27 TB-3 kampfbereit.
Der erste Einsatz zum Angriff auf die vorrückenden feindlichen Truppen im Brückenkopf Rogatschew in Weißrußland fand am 3. Juli 1941
statt. Wir flogen praktisch ohne Deckung durch unsere Jäger.
Den Start in Iwanowo führten wir kettenweise durch. Unter uns waren
auch erfahrene Flieger, die schon in Spanien gekämpft hatten. Doch die
meisten hatten keine Kampferfahrung, wie sie unsere Gegner besaßen.
Die Wolkenuntergrenze lag bei 500 Meter. Als wir durchstießen, betrug die Wolkenhöhe etwa 2500 m, ich hielt die Kette zusammen, um
beim Auftauchen feindlicher Jäger eine stärkere Abwehrkraft zu haben.
So kamen wir ans Ziel. Und da griffen uns aus den Wolken feindliche
Me-109 an. Vor meinen Augen flammten unsere Maschinen eine nach
der anderen lichterloh auf und stürzten schwarzrauchend zur Erde.
Wir warfen unsere Bomben wohl am Ziel vorbei und flogen davon, soweit es noch ging. Nach Iwanowo waren von 27 Maschinen nur 9 zurückgekehrt.
Nach einer Woche, am 10. Juli 1941, erfolgte ein neuer Start. Diesmal
flogen wir die letzten noch vorhandenen Maschinen, auch in Regimentsstärke. Also wieder 27–28 Bomber TB-3. Unser Ziel: feindliche Panzerkolonnen an der Beresina und auf dem Vormarsch in Richtung Smolensk. Die blutige Corrida wiederholte sich auch diesmal mit schwersten Verlusten für uns. In Iwanowo landeten nur 10 Maschinen.
Bei beiden Kampfflügen verloren wir also insgesamt etwa 35 Bomber

und über 120 unserer Kameraden. Ob wir dem Feind einen vergleichbaren Schaden zugefügt hatten, ist natürlich fraglich.

Jochen Klepper 1903–1942   **Stanca**

11 Uhr Aufbruch nach Stanca, ganz nahe hinter der Front. Elende Straßen. Stanca armselig, aber so sommerlich grün. Feuerlilien, Dahlien, Georginen. Üppige, wilde Bauerngärten mit sehr viel Akazien. Dorf fast völlig von Bewohnern verlassen. Die hungernden Hunde und Katzen. Auf der Fahrt sahen wir bald hinter Dangeni das Grab des abgeschossenen russischen Fliegerhauptmanns. An der weißen, freundlichen Kirche von Stanca die ersten deutschen Gräber mit dem frischen Holzkreuz, Stahlhelm, Soldatenkränzen aus den verlassenen Bauerngärten. Dreimal in der Stunde der Ankunft im vorgefundenen Laufgraben, uns vor dem heftigen Schießen auf und von russischen Fliegern zu schützen. Deutsche und rumänische Truppen in dem von seinen Einwohnern fast verlassenen Dorf.

Der Jagdflieger Alexander Pokryschkin 1913–1985   *am Pruth*

Am 3. Juli 1941 erhielt ich im Morgengrauen den Auftrag, die gegnerischen Übersetzstellen am Pruth aufzuklären. Wir flogen zu dritt. Ich war als Jagdschutz für Figitschew und Lukaschewitsch befohlen. Über dem Pruth begegnete uns der Gegner mit einem gut organisierten Flakfeuer. Durch drei neben meiner Maschine eingeschlagene Granaten ging der Motor meines Flugzeuges kaputt. Am Schirm der Glasdecke meines Cockpits trat plötzlich Wasser- und Ölstaub auf. Der Motor setzte zeitweise aus und hatte keinen Antrieb mehr. Die Maschine schien jeden Augenblick in den Fluß zu stürzen. Die Zeiger der Geräte am Armaturenbrett rückten auf maximale Temperatur.

Vorsichtig drehte ich die Maschine nach Osten zur Frontlinie. Unten nur bewaldete Hügel und keine einzige Waldwiese. In weiter Ferne erblickte ich endlich eine breite Flußebene. Ich wollte dort landen, ohne das Fahrwerk auszufahren.

Ich zog die Anschnallgurte noch enger und schob die Schutzbrille auf die Stirn, um bei einem Stoß die Augen nicht durch Glassplitter zu verletzen. Mit Mühe flog ich über den Hügel zum Flußtal hinweg und sah eine Straße mit einer feindlichen Kolonne. Mir liefen schon die Soldaten entgegen, sie schossen auf mich aus ihren Waffen ...

Man sagt, daß bei einer tödlichen Gefahr, wenn der Mensch dieser Gefahr kaltblütig ins Auge sieht, er die einzige richtige Entscheidung treffen kann. Mehr vom Seitenruder als von der Schlagseite Gebrauch machend, legte ich meine Maschine quer zur Straße und zum Fluß. Der Motor gab in diesem Augenblick den Geist auf, und ich zog das Flugzeug trotzdem über die Mulde hinweg. Schon über dem Fluß spürte ich Stösse und hörte ein hartes reibendes Geräusch in meinem Motor. Etwas barst dann, und er setzte völlig aus. Ich schaltete die Zündung aus, um das Aufflammen zu vermeiden, ließ den nutzlos gewordenen Steuerknüppel los, und stemmte mich mit den Händen gegen das Armaturenbrett. Ich straffte mich mit dem ganzen Körper. Mein Jagdflugzeug schlug der Länge nach in den Wald. Ein Schlag … und ich verlor das Bewußtsein.

Nach einer kurzen Ohnmacht kam ich wieder zur Besinnung. Ich stellte fest, daß ich lebte. Das Bein schmerzte schrecklich, aber ich hatte keine Zeit, den Grund dieser Schmerzen zu ermitteln. Ich mußte baldmöglichst vom Ort des Sturzes verschwinden. Mit Mühe verließ ich mein Flugzeug. Ich prüfte meine Pistole. Das Bein tat weh, aber trotzdem konnte ich mich fortbewegen. Nach meiner Uhr und nach der Sonne fand ich die Richtung, in die ich nun gehen mußte.

Erst vier Tage später erreichte ich meine Einheit. Man hatte mich schon für tot gehalten. Im Kampfjournal stand hinter meinem Namen: vermißt. Und das Bein schwoll an, ich konnte nicht mehr laufen. So kam ich zur Sanitätsstelle.

Sanitätsleutnant Vera Jukina *1919   *bei Smolensk*

Nach einer Woche war ich schon bei einem in Frontnähe gelegenen Etappenlazarett bei Smolensk. Als stellvertretende Apothekenleiterin habe ich selbstverständlich nicht so viele Schrecken des Krieges miterlebt wie die Krankenschwestern, aber auch meine Erlebnisse würden sicher reichen, um den Verstand zu verlieren oder in nur einer Nacht graue Haare zu bekommen. Wenn ich heute daran zurückdenke, kann ich manchmal nicht begreifen, woher wir unseren Mut nahmen, um all das zu verkraften. Die heulenden Sturzkampfbomber der Deutschen waren nicht nur nervenaufreibend, sie haben so viele junge Leben vernichtet. Manchmal gucke ich in meinem Vorkriegsalbum die hübschen Gesichter meiner Schulkameraden an und es kommt mir vor, als wäre ich aus einer anderen Welt, leer ist alles um mich herum. Fast alle sind im schwersten Jahr 1941 gefallen oder vermißt.

Und die Verwundeten, Tausende und Abertausende von Verwundeten. Sie wurden gefahren, getragen, auf Planen geschleppt, nicht wenige starben beim Transport. Viele kamen auch selbst angehumpelt oder sogar gekrochen, blutend und erschöpft. Sie wollten leben, obwohl viele von ihnen schon keine Aussicht mehr auf Genesung hatten. Wir versorgten ihre Wunden. Die Chirurgen entfernten Granatensplitter und Kugeln. Stöhnen, Rufe und Schreie, die theatralischen Darstellungen ihrer letzten Kämpfe in der Fieberphantasie. Einer las mir, sich an meine Hand klammernd, Gedichte von Esenin so leidenschaftlich und hastig vor, als ob er eine Vorahnung gehabt hätte, daß er mit seinem Vortrag nicht mehr zurechtkäme.

> Durch mein Leben ging ich wie ein Wand'rer
> In Eintracht und Frieden mit den and'ren ...
> Dich hab' ich nur nebenbei geliebt,
> Weil's so viele Schöne auf der Erde gibt ...

Wir hatten meistens keine Betten mehr, keine Zelte für die Unterbringung der Verwundeten. Die Leichen lagen einfach auf dem Boden, solange es noch mit dem Wetter ging. Abends ließen wir sie mit Sanitätszügen ins Hinterland fahren. Und ich dachte oft daran, daß viele von ihnen ihr Reiseziel nicht erreichen werden. Die gegnerischen Flieger hielten es nicht selten für eine Heldentat, einen Sanitätszug des Feindes aus der Luft zu zerschmettern. Sie belustigten sich dabei, machten eine Art Jagd mit den Lokführern. Und ich stellte mich in Gedanken an den Platz derjenigen, die im Zug bewegungslos, in Binden verhüllt lagen und ihren unabwendbaren Tod durch die feindliche Bombe erwarteten. Sie konnten nicht davonlaufen, sie konnten nur beten und auf Gott hoffen. Das Schlimmste dabei war der unaufhörliche Rückzug unserer Truppe. Wollten unsere Feldherren die Deutschen nach Moskau locken, um sie dann wie einst Napoleon auf dem Rückzug zu zerschlagen? Aber Napoleon hatte doch keine Luftwaffe und kein millionenstarkes Heer. Eines Tages schon vor Moskau sah ich einen Trupp unserer Soldaten, die nach Wochen aus dem Kessel bei Bobruisk ausbrachen. Unrasiert, hungrig und schmutzig nach so vielen Strapazen standen sie und warteten auf die Entscheidung einer vorgesetzten Dienststelle. Sie wurden von unserem Abschirmdienst abgeführt. Deshalb ist es kein Wunder, daß die Deutschen über drei Millionen unserer Soldaten und Offiziere allein 1941 in Gefangenschaft nahmen. Denn laut dem Genossen Stalin hatte die Rote Armee keine Soldaten, die sich dem Feind ergaben. Das taten nur Verräter. Was für eine Gesellschaft muß es aber sein, der Millionen von bewaffneten Soldaten verräterisch den Rücken kehren? Wir arbeiteten, wie man sagt, 25 Stunden täglich. Unsere Ärzte und insbesondere die Krankenschwestern, die Sanitäterinnen, freiwillige Helfer und Helferinnen von ehemaligen Schülern waren unermüdlich und anspruchslos. Die Bevölkerung brachte das letzte, was noch vorhanden war, für die Verwundeten. Bei jedem Transport kamen hunderte freiwillige Helfer, um bei der Unterbringung der Verwundeten zu helfen und sie in der ersten Zeit zu betreuen. Manchmal frage ich mich, wie es dazu kam, daß wir in jenem Krieg siegten? Weil wir siegen wollten und mit äußerster Hingabe für den Sieg arbeiteten.

Helmuth James von Moltke 1907–1945   Berlin
An seine Frau

Der russische Krieg gefällt mir noch immer nicht; immerhin setzt heute der neue grosse Angriff ein und vielleicht hat der entscheidendere Ergebnisse als diese erste Schlacht. – Aber die Kampfmoral und die taktische Führung der Russen sind über alles Erwarten gut und ich komme zu der Erkenntnis, daß wir über Rußland doch offenbar ganz falsch unterrichtet waren; das gilt jedenfalls für mich.

Der Finanzoffizier Feodossij Awdejewskij *1906   *Lwow*

Unsere Flak hatte endlich ein deutsches Flugzeug über der Stadt abgeschossen und den Flieger gefangengenommen. Es war ein kräftig gebauter und muskulöser Mann über 30, er hatte nur eine leichte blaue Hemdhose und weiche pantoffelartige Schuhe an. Unser Dolmetscher übersetzte ihm die Fragen, aber nur auf zwei Fragen gab er Antwort. Er nannte nur seinen Namen und Dienstgrad, sonst nichts. Er bestand darauf, nach Moskau befördert zu werden, wo man ihn gegen gefangene russische Offiziere austauschen sollte. Er benahm sich sehr überheblich und behandelte uns fast verächtlich, weil unsere armselige Lage ihm sicher gut bekannt war.

Als der Rückzug des Stabes der Truppe unserer Armee bekannt geworden war, begann auch sie ihre Stellungen aufzugeben und sich fluchtartig zurückzuziehen. Das war eine nicht mehr aufzuhaltende Lawine. Alles vermischte sich. Plötzlich traf ich einen General, den Divisionskommandeur aus der benachbarten 5. Armee, der sich nun mit den Resten seiner Division zu uns gesellte. Zivil und Militärs zogen gegen Osten bei diesem schwülen Wetter, und diese Menschenmassen metzelte die deutsche Luftwaffe genüßlich nieder, wie auf einem Truppenübungsplatz. In einem Wald sahen wir eine von der Luftwaffe vernichtete Kolonne der Roten Armee, bei der viele Soldaten nicht einmal rechtzeitig ihre Plätze in den Wagen verlassen hatten, hunderte von Leichen, um die sich auch niemand kümmerte, weil alle es eilig hatten, so schnell wie möglich den Schlägen der deutschen Flugzeuge auszuweichen.

Später zogen die Deutschen unsere Gefangenen für die Bestattung der sterblichen Überreste heran, wie ich es fast ein Jahr später am eigenen Leibe zu spüren bekam.

Ich wurde zu einer operativen Gruppe des Stabes bestimmt, die den Rückzug der Truppe irgendwie in Ordnung zu bringen hatte. Wir erreichten gar nichts, obwohl uns einige infanteristische Kräfte zur Verfügung standen. Die flüchtenden Menschenmassen sammelten sich bei jeder Wasserquelle, um ihren Durst zu stillen. Das bemerkten die deutschen Flieger und warteten nur darauf. Um eine Metzelei zu vermeiden, stellten wir an den Brunnen Warnschilder auf, die auf die Vergiftung der Wasserquellen hinwiesen. Alles umsonst. Die Soldaten wollten trinken, auch wenn es schlechtes Wasser wäre.

Nach mehrtägigem Marsch in jenem unbeschreiblichen Chaos waren die Leute so erschöpft und abgestumpft, daß viele von ihnen mit jedem Ende einverstanden waren. Wir konnten nur nicht fassen, wo unsere Fliegertruppe blieb. An den Straßenrändern sahen wir viele Wracks unserer abgeschossenen Maschinen und keine deutschen. Waren denn die feindlichen Flugzeuge verhext?

Es kam auch zu traurigen Zwischenfällen. Bei Lwow flog unsere U-2 ganz tief über dem Feld, wir sahen deutlich rote Sterne auf ihren Flügeln, und alles geschah am hellen Tage. Plötzlich wurde unser Flugzeug aus den großkalibrigen Maschinengewehren unserer Panzer beschossen und getroffen. Den Flieger der abgeschossenen Maschine fanden wir tot. Eines Tages sahen wir drei unserer I-16-Jäger, die Richtung Westen flogen. Da erschien auf ihrem Wege ein deutscher Bomber. Wir freuten uns schon darauf, Augenzeugen eines siegreichen Luftkampfes zu werden, als unsere drei Jäger plötzlich umdrehten, um dem Kampf auszuweichen. Wahrscheinlich hatten sie keine Munition mehr.

Der ständige Rückzug machte müde, und wir wußten nicht, an welchen Stellungen wir endlich haltmachen würden. Viele erinnerten sich dabei an die Befestigungslinie an der alten Grenze … Innerhalb unserer gewohnten alten Sowjetheimat.

Doch wir wichen unaufhaltsam weiter zurück. An einer Straßengabelung sah ich eines Tages zum letzten Mal unseren Armeebefehlshaber General Musytschenko. Er stand auf einer Anhöhe nur einige Meter von der Straße entfernt, die Arme wie Napoleon vor der Brust verschränkt, und betrachtete die armseligen Reste seiner ehemaligen Armee, die nun an ihm vorüberfluteten. Er stand traurig und ganz allein, nicht einmal ein Adjutant war in seiner Nähe. Ich fand es auch merkwürdig, daß er dabei seine Paradeuniform trug. Wenige Tage später ging er in deutsche

Gefangenschaft. Aber seine Armee existierte weiter, und ihre Truppen kämpften noch nach dem Kessel bei Uman auf ihrem Rückzug bis Donez bei Isum tapfer weiter.

Der Soldat Paul Hübner *1915   Eismeerstraße

Rast im Birkenwald. Fahrzeuge tarnen, Zelte aufschlagen, schlafen. Leutnant Wolders, Eberhard und ich wohnen zusammen in dem Viermannzelt. Es ist eine Wohltat, mit niemandem schwätzen zu müssen, und was zu sagen ist, kurz und bündig sagen zu dürfen und zu wissen, daß es verstanden wird.

Der Kradmelder Bruno Johann   Litauen

Bei dem weiteren Marsch ins nordöstliche Litauen, gut 60 km westlich Dünaburgs, in der Nähe des Dorfes Powemunok, streikte plötzlich meine BMW. Sie blieb einfach stehen. Um mich herum marschierende Infanteristen. Ich bat Kradmelder-Kameraden, vorne beim Stab Bescheid zu geben und mich und meine Maschine abzuholen und zum Werkstattzug bringen zu lassen. Sprit hatte ich noch genug im Tank, aber wie war es mit Öl? Auf keinen Fall durfte ich die Maschine im Stich lassen, wie der Karabiner war sie für mich die Braut des Soldaten, ein eisernes Gesetz. Ich würde also warten, dachte natürlich nur an wenige Stunden.

Die Maschine schob ich also aus der marschierenden Kolonne heraus, bockte sie auf und versuchte noch einmal alles, um herauszufinden, was nun eigentlich los war.

Als meine Fahrt zu Ende war, ging es auf 12 Uhr zu, die Sonne stand hoch am Himmel. Unsere Einheiten, Kompanien, Bataillone, Trosse zogen alle vorbei. Keiner kümmerte sich um den einsamen Soldaten, der am Wegesrand stand und nicht weiterkonnte. Schließlich, so gegen 5 Uhr nachmittags versiegte der Strom der marschierenden Infanteristen, zuletzt war niemand mehr zu sehen, nicht mehr vorne und niemand hinter mir. Ich war wirklich allein auf weiter Flur. Jetzt erst kam es mir zu Bewußtsein, wie es um mich stand, es regte sich doch so etwas wie Angst, ein aufkeimendes Gefühl grenzenloser Verlassenheit. Meine Feldflasche mit Kaffee war inzwischen leer, die Ration an Eßbarem verzehrt, nur noch die Not-Ration war vorhanden, aber nichts mehr zu trinken. Links von mir war eine kleine Anhöhe, dahinter, in 200 m Entfernung begann dichter Laubwald, rechts von mir Felder mit Heu- und Strohdiemen, vor mir, gut 300 m entfernt, ein kleines litauisches Dorf, acht bis zehn mit Strohdächern versehene Häuschen, hin und

her eilende Zivilisten; hinter mir das einsame, jetzt neu eroberte Land.
Aber was war schon erobert? Eigentlich nur die Marschstraße, wer
wußte schon, was sich in den entfernter liegenden Wäldern, Häuschen
und Sträuchern tat?
Ich hatte langsam immer größer werdenden Durst, raffte meinen Mut
zusammen und marschierte ins Dorf, wo ich aus der Ferne Menschen
hatte laufen sehen. Meine Pistole, sowie meinen Karabiner hatte ich
schußbereit, beide Waffen entsichert. Ich war nie ein Held, aber was
blieb einem in einer solchen Lage übrig?
In der Mitte des Dorfes stand der Dorfbrunnen. Das Wasser wurde mit
einem Eimer mittels einer Winde aus der Tiefe der Erde heraufgeholt.
Wie ich am Brunnen ankam, standen bereits einige Leutchen da. Ich
weiß noch genau, es waren 5 Frauen, 3 ältere Männer und 5 Kinder. Sie
machten keinen unfreundlichen Eindruck, ich bedeutete ihnen mit Ge-
bärden und Handzeichen, daß ich gerne Wasser hätte. Sie verstanden
sofort, eine Frau nahm den Eimer, ließ ihn hinab und der Eimer, mit
Wasser gefüllt, kam mittels der Kurbel nach oben. Daraufhin bat ich
eine nette Dorfbewohnerin, das Wasser zu kosten, sie tat es. Da man
uns von Seiten unserer Führung gewarnt hatte, in eroberten Dörfern
Wasser ungeprüft zu trinken, mußte ich so handeln. Ich labte mich also
am frischen Naß und füllte meine Feldflasche bis zum Rand.
Mit Dankeszeichen verabschiedete ich mich dann, sie nickten freundlich und ich ging zu meinem einsamen Krad zurück. Das Wasserpro-
blem war also vorläufig gelöst, hoffentlich kam nun bald jemand, ließ
sich ein Kamerad blicken. Mein größtes Problem war die Angst, die immer größer wurde, es ging auf die Nacht zu, was, wenn …? Vor den
Dorfbewohnern brauchte ich mich wohl nicht zu fürchten, mich beun-
ruhigten nur die Wälder und die ganze noch ziemlich ungeprüfte Umgebung. War ich allein auf der weiten Welt, in Feindesland?
Es wurde Abend, es dunkelte, der Mond kam herauf. Wie ist doch der
Kampf gegen die Angst, gegen die beginnende Panikstimmung schwer
zu ertragen. Sie krallte sich in mein Herz, machte mich zittern, ja, ich
habe geheult wie ein Kind. In einer gewaltigen Kraftanstrengung ging
ich dann zu den Heu- und Strohdiemen, holte mir das Nötige, schob
mein Krad mehr in die Nähe einiger hoher Büsche, wegen der besseren
Deckung, und machte mir mein Nachtlager, Stroh und Heu auf dem
Boden, die Zeltplane darüber. Ich legte mich zum Schlafen, versuchte es
jedenfalls, deckte mich mit Wolldecke und Gummimantel zu, Gewehr
und Pistole entsichert neben mir. So döste ich einige Stunden dahin, all-
zeit verteidigungsbereit. Mein Gehör, damals bereits leicht lädiert, hätte

mich für jeden Angreifer zur leichten Beute gemacht. Der Feind, wäre
einer über mich hergefallen, hätte mich ganz leicht liquidiert, ehe ich zu
mir gekommen wäre. Ja, so war es. Es kam zum Glück niemand, keiner tat mir etwas.

In der Frühe, gegen drei Uhr, wurde ich dann putzmunter, die Kühle
des Morgens trieb mich hoch. Ich wartete weiter, wartete noch bis gegen 11 Uhr, als ein LKW-65 des Werkstattzuges kam und mich und die
Maschine abholte. In der Zeit des Alleinseins war ich sehr böse auf vieles in der Welt, haderte mit den besten Kameraden, mit den Vorgesetzten, mit der Armee, machte mir bereits meine eigenen Gedanken über
diesen Scheißkrieg, warum ich hier im weiten Osten nun alleine saß und
offensichtlich vergessen war. Ich nahm dieses Geschehen lange Zeit sehr
übel, verkapselte mich innerlich. Die Lkw-Besatzung sagte mir, daß sie
erst am Morgen Befehl bekommen hätte, mich abzuholen. Wer hatte da
versagt? Wo waren alle meine guten Kameraden geblieben? Die besten
Kameraden freuten sich, mich wiederzusehen, taten jedenfalls so, sonst
aber nahm eigentlich niemand Anteil, fragte nichts, erklärte nichts. In
meinem Inneren blieb ein gehöriger Bruch zurück.

Erich Kuby *1910   im Osten
An seine Frau
Eine Ruhepause am Straßenrand abends gegen 8 Uhr. Straßenränder,
Höfe, Waldstücke, Scheunen – das sind die Orte unseres Verweilens, ver-
bunden durch Straßen, hügelan, hügelab, staubüberwölkt, oder, nach
Regengüssen, wie mit Seife überzogen, das mag unser Horch nicht.

Vor einer halben Stunde, gerade als wir unsern Laden abbauten, kam
einer und brachte mir Deinen Brief vom 23. 6. – den ersten Kriegsbrief.
Fast einen Monat werden also Brief und Gegenbrief unterwegs sein. Ja,
nach des Japaners Reise glaubte ich an eine Entspannung, die wahrscheinlich auch für eine nach Tagen zu messende Zeit eingetreten war. Das
werden wir erst später erfahren. In jenem Vortrag vor meinem Haufen
in Frankfurt – das Manuskript mit den Stichworten muß unter den Papieren sein – habe ich vom Krieg mit Rußland gesprochen, und vorgestern war ich bei diesen Leuten, um Gerät abzuholen, und da sagten sie
zu mir: Du hast recht gehabt. Sie waren begierig auf neue Prognosen,
deren ich mich aber enthielt. Bertram, der mich hinfuhr, sagte: Fragt ihn
nicht, sonst schlaft ihr nicht mehr.

Von den verbrannten Bauernhäusern bleiben die Grundmauern, die
etwa einen halben Meter aus dem Boden ragen, und der Kamin stehen.
Ganz unglublicherweise stand in einem Haus, das wir vor kurzem ver-

lassen haben und das ein Klassenzimmer und die Lehrerswohnung enthielt, ein fast neuer Flügel, auf dem ich eine Viertelstunde spielte. Der
Unteroffizier, dessen Psycho-Porträt deshalb nicht gelingen will, weil
die meisten seiner Aussprüche mir schon nach einer halben Stunde
durchs Ohr gerutscht sind, und dieser Grad von geistiger Deformation
nur durch die allergenaueste Wiedergabe mitgeteilt werden könnte, Herr
Hahn aus Berlin also, sagte, als ich von dem Instrument aufstand: Ein
SA-Kamerad von mir kann die Revolutions-Ouvertüre von Liszt aus
dem Kopf.
Sie quatschen um mich herum, das tut dem Brief nicht gut. Um nicht
Vernunft und Klarheit zu verlieren, muß ich mit List und Tücke mir
Stunden des Alleinseins verschaffen. In dieser Schwemme von Gerede
und Getratsch geht alles unter. Gegen unsern Trupp ist oder war eine
Kompanie-Hetze im Gang, weil wir nicht sehr eilig waren, ein gewisses Leutnants-Waschwasser herbeizutragen, und dauerndes Dreinreden
eben dieses Leutnants beim Aufbau der Vermittlungen zurückwiesen.
Mit welcher Raffinesse eine solche Hetze aufgezogen wird, kann man
sich schwer vorstellen. Ich glaube, bei einem Infanterieregiment, d. h.
bei den Kompanien, wäre etwas Derartiges doch nicht möglich. Bei uns
gibt es aber nicht eingesetzte Teile, die hinten herumsitzen und nichts
zu tun haben, und es gibt vor allem eine Menge beschäftigungsloser
Wachtmeister, in Kasernenjahren haben sie sich zu Meistern der Intrige
entwickelt. Gegen mich war oder ist noch eine spezielle Hetze im Gang,
die Gründe sind nicht benennbar, vielleicht ist ihnen nachträglich aufgegangen, daß ich den ganzen Frankfurter Winter ein mehr oder weniger ziviles Dasein gelebt habe, und nun sind sie im Nachhinein neidisch.
Aber wozu nach Gründen suchen: ihrer Dummheit, sich selbst nicht zu
erkennen, Kehrseite ist ihr Scharfsinn, das Fremde zu bemerken. Solange ich dienstlich unangreifbar bin, können sie wohl nichts machen.
(Das «machen» bestünde wahrscheinlich in der Versetzung zu einem
Bautrupp, wo ich zum Beispiel mit Sicherheit meine Schreibmaschine
nicht benützen könnte. Die Briefe würden kürzer.) Ich denke, es wird
nicht passieren, ich decke mich ab, und der Trupp, ich schätze 80%, das
heißt 8 von 10, den Unteroffizier nicht gerechnet, dem nichts lieber wäre
als mich mit der Kabelrolle durch die Gegend laufen zu sehen, ist auf
meiner Seite. Ist er's? Ich sprach mit Bertram darüber, wir gingen die
einzelnen durch und kamen zu dem Schluß, daß es davon abhinge, von
welcher Stelle und wie stark «Druck» gemacht würde. Die bei mir «Hel-
dengeist» vermissen, sind keine Helden.
Nun fahren wir schon, es soll 100 km weitergehen, es wird eine an-

strengende Nacht. Wir biegen nach Norden ein. Ich höre auf, es ist zu mühsam, im fahrenden Wagen zu schreiben.

Am nächsten Vormittag. Nicht 100, nur 50 km sind wir weitergekommen. Nur?! Daß man solche Wege mit schweren Fahrzeugen bewältigt, nachts und ohne Licht! Hätte es geregnet, wären wir liegen geblieben. Es gab steile Hügel zu überwinden. Wir passierten mehrere Seen, den größten als es schon hell war, silbern glänzte die Fläche.

Ich schlief auf einem Ackerweg und wachte unter der brennenden Sonne gegen 10 Uhr auf. Nun bin ich gewaschen, habe meine Beulenpest mit Jod, Niveakrem, Kölnisch Wasser und Talkumpuder behandelt – lauter Mätzchen ins Blaue hinein. Seit fast einer Woche essen wir kaum etwas anderes als dick mit Butter bestrichenes Brot, zu viel Fett und kein Gemüse, kein Obst. Eben kommt der Ruf durch die Reihe der wartenden Wagen: Fertigmachen!

Der Oberstabsarzt Dr. Willi Lindenbach † 1974   **Punia**

So einen ruhigen Krieg habe ich noch nicht mitgemacht. Es ist so: Die Infanterie marschiert den ganzen Tag, und wir machen dann meist gegen Abend einen Sprung um 30–40 km. Heute Abend war ich wieder Marschgruppenführer. Es klappte, wie nicht anders zu erwarten, ausgezeichnet. – Den ganzen Tag fast in der Turnhose herumgelaufen, sodaß ich am Abend einen ziemlichen Sonnenbrand hatte. Morgens waren wir in einem herrlichen See schwimmen. Der Sport macht mir wirklich jetzt Spaß. Abends Abmarsch.

Soil Jegorow 1913–1941   *bei Leningrad*

Klawa! Ich liebe dich!

Vielleicht wäre es vernünftiger, meine Liebeserklärung bis zu unserem Treffen aufzuschieben, aber … Die Umstände sind so, daß ich Dir unbedingt heute beichten muß. Früher hatte ich keinen Mut, Dir darüber etwas zu sagen.

Ich schreibe diesen Brief, dann streiche ich alles durch, beginne erneut zu schreiben, habe auf diese Weise viele Blätter vom Briefpapier beschmutzt. Trotz meinen aufrichtigen Bemühungen kann ich Dir keinen herzlichen und freundlichen Brief schreiben. Einen kameradschaftlichen Brief.

Hiermit möchte ich Dir mitteilen, daß ich nun freiwillig zur Landwehr gekommen bin. Man kann uns jederzeit, am Tage oder bei Nacht, an die vorderste Kampflinie schicken. Darum ist es mir heute viel leichter an Dich zu schreiben, ich brauche nicht mehr die Worte der Liebe verschleiern oder in meinem Herzen unterdrücken.

Ich liebe Dich, Klawa... Ich kann sonst von nichts schreiben. Ich kann nur unzählig diese Zeilen wiederholen.

Es kommt der Tag, an dem wir wieder mal zusammensein werden und unser leidenschaftliches Begehren verwirklichen können. Langweile Dich bitte nicht ...

Ich umarme Dich sehnlichst, dein Solja.

*

Der SS-Mann Felix Landau *1910   **Lemberg**

Am Montag, den 30. 6. 1941, nach einer schlaflosen Nacht, meldete ich mich aus verschiedenen Gründen freiwillig zu einem EK. Um 9 Uhr erfuhr ich, daß ich an diesem EK teilnehmen werde. Der Abschied fiel mir nicht leicht, denn plötzlich hatte sich alles in mir geändert. Schon meinte ich, über etwas Bestimmtes nicht mehr hinwegkommen zu können, da fühlte ich, wie sehr man an einem Menschen hängen kann.

Die Abfahrt wurde, wie gewöhnlich, einige Mal verschoben, aber um 17 Uhr ging es nun tatsächlich ab. Noch einmal halten wir, und ich sehe noch einmal einen mir so lieb gewordenen Menschen. Es geht weiter! Um 22 Uhr 30 kamen wir dann endlich in Krakau an. Die Unterbringung war gut. Die ganzen Bequemlichkeiten fallen weg. Man kann, wenn man will, tatsächlich in wenigen Stunden Soldat werden. Dann geht es durch Przemysl. Hier brennt es noch, auf der Straße treffen wir zerschossene deutsche und russische Panzerwagen. Das erste Mal sehe ich zweistöckige russische Panzerwagen.

Nach kurzer Zeit geht es weiter, Richtung Millnicze. Nun sieht man immer deutlicher, daß hier die Truppen noch nicht lange durch sind. [...] Um 21 Uhr 30, am 1. 7. 1941, kommen wir nun in M. an. Nun stehen wir ziel- und planlos herum. Wir nehmen Quartier in einer russischen Militärschule. Auch hier brennt es noch. Um 23 Uhr kommen wir nun tatsächlich zum Schlafen. Ich habe mein Bett aufgeschlagen und mich aufs Ohr gelegt. Natürlich habe ich mich erkundigt, ob man Briefe absenden kann – leider nicht. Um 6 Uhr, den 2. 7. 1941, soll nun Wecken sein, wie an der Front. Bei brennenden Häusern stehen Frauen und Kinder und kramen im Schutt herum. Unterwegs treffen wir noch ukrainische Soldaten. Es riecht nach verwesten Leichen, immer weiter und weiter den Russen entgegen.

Am 2. 7. 1941 um 16 Uhr kamen wir in Lemberg an. Warschau ist harmlos dagegen, das ist der erste Eindruck. Kurz nach der Ankunft wurden von uns die ersten Juden erschossen. Wie gewöhnlich, werden einige neuzeitliche Führer größenwahnsinnige Menschen, bilden sich wirklich ein, das zu sein, was sie scheinen. Wir haben wieder in einer Militärschule der Bolschewisten Quartier bezogen. Hier müssen die Russen schlafend angetroffen worden sein.

Wir suchen uns kurz die Sachen zusammen, die wir unbedingt benötigen. Um 24 Uhr kommen wir dann, nachdem die Juden das Gebäude gereinigt haben, zum Schlafen.

Am 3. 7. 1941. Heute morgen erfuhr ich, daß wir schreiben können und Aussicht besteht, daß die Post tatsächlich befördert wird.

Bei einer wahnsinnig sinnlichen Musik schrieb ich nun meinen ersten Brief an meine Trude. Während ich den Brief schreibe, heißt es auch schon fertig machen. EK mit Stahlhelm und Karabiner, 30 Schuß Munition. Eben kehren wir zurück. 500 Juden standen zum Erschießen angetreten. Vorher besichtigten wir noch die ermordeten deutschen Flieger und Ukrainer. 800 Menschen wurden hier in Lemberg ermordet. Auch vor Kindern schreckten diese Lumpen nicht zurück. Im Kinderheim waren diese an die Wände angenagelt. Ein Gefängnis zum Teil zugenagelt.

Heute tauchte nun wieder ein Gerücht auf, wonach wir nach Radom zurückkehren sollen. Ehrlich gestanden, ich wäre glücklich, meine Lieben wiederzusehen. Sie sind mir mehr, als ich mir je eingestehen wollte. Es ist nun nicht zur Exekution gekommen. Dafür haben wir heute Alarmbereitschaft, und nachts soll es nun losgehen.

Die Stimmung ist ziemlich fortgeschritten. In diesem Durcheinander habe ich nun meine Aufzeichnungen geschrieben. Es liegt mir wenig, wehrlose Menschen – wenn es auch nur Juden sind – zu erschießen. Lieber ist mir der ehrliche offene Kampf. Nun gute Nacht, mein liebes Hasi.

Adam Czerniaków 1880–1942   Warschauer Ghetto

Morgens Gemeinde. Danach besichtigte ich das jüdische Arrestlokal in der Gęsia-Str. Es ist besser eingerichtet als der Pawiak. Schließlich bei Auerswald und Rodig. Ersterer erklärte, das Arrestlokal solle auf deutsch nicht ‹Gefängnis› genannt werden, sondern ‹Arrestanstalt›. Letzterer intervenierte wegen des Hafers, den die Janicki-Mühle den Küchen nicht geliefert hat. Hierauf las er eine Denunziation der Versorgungsanstalt vor und führte an, daß die «Gazeta Żydowska» auch negativ über die V[ersorgungs-]A[nstalt] schreibe. Das Statut der V[ersorgungs-]A[nstalt] ist seiner Meinung nach schlecht geschrieben. Ein Student im 1. Semester hätte das besser gemacht. Dasselbe denken Bischof und Auerswald.

Danuta Czech   **(KZ Auschwitz-Birkenau)**
80 polnische politische Häftlinge, die von der Sipo und dem SD aus
Krakau mit verschiedenen Transporten in das KL Auschwitz eingeliefert worden sind, werden erschossen. Die Hinrichtung findet in der
Kiesgrube am Theatergebäude statt. Unter den Erschossenen sind einige kranke Häftlinge aus dem Block 15, u. a. der Häftling Kropatsch. In
dieser Gruppe befinden sich auch der ehemalige Bürgermeister von
Krakau, Dr. Bolesław Czuchajowski (Nr. 17365), und Karol Karwat
(Nr. 17349), der Vater von Jerzy Karwat. Mit dieser Gruppe werden
wahrscheinlich Häftlinge erschossen, die am 30. Juni in dem Bunker
von Block 11 eingesperrt worden sind, nämlich: Leon Jarosz (Nr.
14600), Roman Popławski (Nr. 16945), Stefan Tomczyk (Nr. 16277),
Czesław Wilkowski (Nr. 16000) und Józef Syguda (Nr. 16539).

*

Die Männer sind schon die Liebe wert,
wer nicht so denkt, denkt bestimmt verkehrt!
Wer ohne Mann lebt, wird bald belehrt:
Für einen richtigen Mann gibt es keinen Ersatz!
Wenn sie auch groß tun und mächtig schrein,
in unsrem Arm sind sie doch ganz klein
und geh'n auf all unsre Wünsche ein …

<672   Freitag, 4. Juli 1941   1404>

> Gott spricht zu Mose: «Welchem ich
> gnädig bin, dem bin ich gnädig; und
> wessen ich mich erbarme, des erbarme
> ich mich.» So liegt es nun nicht an je-
> mandes Wollen oder Laufen, sondern
> an Gottes Erbarmen.
> HERRNHUT   RÖMER 9,15.16

André Gide 1869–1951   *Südfrankreich*
Man hat sehr viel Scharfsinn auf das stumme *e* und die Alliteration verwendet. Im allgemeinen liebe ich, selbst wenn es Poeten sind, die Schlau-
köpfe nicht sehr, die versuchen, den Uneingeweihten fernzuhalten. Ich
maße mir an, die Wassergräben, die sie um sich herum ziehen, an seich-
ten Stellen zu durchwaten.
Die Stellung des stummen *e* im Vers ist, so sagt ihr, von überragender
Bedeutung; ebenso habt ihr bemerkt, daß die Wiederholung desselben
Lautes innerhalb eines Verses, wie als Echo, uns mit Wohlbehagen erfüllen kann. Das ist wahr; aber der Zauber ist gebrochen, wenn man die
Absicht, das Gekünstelte dabei fühlt.

Gottfried Benn 1886–1956   **Friedrichsroda / Res. Kur. Lazarett**
An F. W. Oelze
Eine Landschaft ohne Felder, ein Sommer ohne Korn ist keine Umgebung, die ich sehr in mich aufnehme. Tannen wirken nicht weiter auf
mich, Wälder innen haben kein besonderes Leben für den Sohn der
Ebene, der schon sehr östlichen, die meine Heimat war. Das Kur Laz. als
solches ist, was Sauberkeit u. Komfort angeht, ganz ordentlich, aber das
Leben in ihm ist militärisch u. das gerade vertrage ich momentan nicht.
Und dann die Mitinsassen, die Herren O. .ziere! Ich gewinne erneut ein
tiefes Verständnis für das Geheimnis unserer Siege, – Siege: die Vernichtung als Masstab u. die Zahl der Leichen als Erfolg. Hinter dem allen
steht weniger Mordgier, als eine unendliche Bequemlichkeit u. Dummheit. Und dann wirkt wohl bei keinem anderen Volk der Erde die Familie u. alles, was dazugehört, so armselig u. kläglich machend, so genüg-

sam u. bescheiden, mit einem Wort so demoralisierend wie das beim deutschen der Fall ist. Die Rücksicht «auf die Familie» rechtfertigt jede Feigheit, jedes Zurückbleiben, jede intellectuelle Bastardisierung. […] Was den Osten angeht, so scheint es doch nicht so flott voranzugehn, wie man dachte. In 10 Tagen wollte man in Moskau sein. Ich halte es überhaupt für möglich, dass dieser Teil des Krieges anders verläuft, als man erwartete.

Thomas Mann 1875–1955   *Pacific Palisades*
Etwas gearbeitet, etwas stärker. – National-Feiertag, viel Geknalle nah und fern. Auf der bevölkerten Promenade. Im Wagen die 5 Minuten-Ansprache des Präsidenten gehört. Nach Tische im Garten, im «Faust». Geschlafen. […] Mein Heimweh nach der Schweiz, Zürich. Im Liegen neulich erinnerte ich mich mit Rührung an den Besuch des verlassenen Schiedhaldenhauses, Sommer 1939. Oft sage ich, daß ich wieder in der Schweiz leben möchte. Das Eigentliche ist, daß ich dort sterben möchte und nicht hier. – Viel im «Faust».

✳

Der Grenzsoldat Michail Krylow 1917–1942   *Altawa/Estland*
Meine Lieben, meine werte Mutter, Julia und Wolodja, guten Tag!
Im letzten Brief habe ich Euch schon geschrieben, daß ich bald das Glück haben werde, unsere Grenzen verteidigen zu müssen. Aus den Zeitungen solltet Ihr schon wissen, daß der Krieg, den ich in meinen Briefen angedeutet hatte, ausgebrochen ist. Ich befinde mich jetzt in Estland, in der Nähe der Stadt Altawa, direkt an der Front. Ich fühle mich sehr gut, bin gesund und munter. Ich habe mich schon paar Mal an den Kämpfen beteiligt. Bei diesen Kämpfen sind viele Kameraden von mir gefallen. Und ich bin, wie ihr selbst seht, noch in Ordnung. Es wird einem beim Anblick der Ortschaften, die von den deutschen Bombern angegriffen wurden, angst und bange. Sie nehmen weder auf Greise noch auf Kinder Rücksicht.
Ich habe viele Kilometer entlang der Grenze in Litauen und jetzt in Estland zurückgelegt. Hier werden wir unsere Stellungen nicht lange halten können. Deshalb werde ich keine Briefe von Euch bekommen, da ich Euch momentan keine Adresse mitteilen kann. Ich führe jetzt ein Leben, wie es in dem Lied besungen wird: «Auf Seen, auf Wogen, heute hier und morgen dort.» Außerdem sind die Verbindungen in den baltischen Republiken völlig zerstört.

Unsere Truppe zieht sich langsam zurück. Doch dieser Rückzug scheint mir nur vorübergehend zu sein, alles hat doch seine Grenzen. Die Deutschen werden wir bestimmt zerschlagen, obwohl es für viele sicher sehr schlimm werden wird. Der Krieg ist eine schreckliche Sache. Er ist das größte Unheil, das es gibt.

Meinetwegen sollt Ihr Euch keine Gedanken machen, Euer Leben ist heute sowieso schon belastet genug. Ich lebe in der Hoffnung auf ein Wiedersehen. Und nur darauf sollt auch Ihr hoffen. Wenn mir etwas passieren sollte, so trifft das Schicksal nicht nur mich allein so hart. Kopf hoch, wir sehen uns bestimmt wieder.

Ich wünsche Euch, diese schwere Zeit des Krieges zu überstehen. Das wäre alles, was ich Euch heute schreiben wollte. Meine Grüße an Euch alle. Ich küsse Euch. Bis bald.

Euer Sohn und Bruder Mischa

Der Soldat Paul Hübner *1915   Finnland

Ich habe keine Karte von Finnland und weiß nicht genau, wo wir uns befinden. Fichtenwälder, Moore, Seen und Seen, Moore und Fichtenwälder. Siedlungen, die wir passierten, sind im finnisch-russischen Winterkrieg neununddreißig zerstört worden. Nur die eckigen Kamine ragen aus begrüntem Schutt. Wir haben in der Nähe des Polarkreises die Eismeerstraße verlassen und fahren nach Osten in Richtung Alakurtti-Kandalakscha.

Jochen Klepper 1903–1942   Sapta Bani

Nachts um 3 Uhr Aufbruch. Aber drei Stunden müssen wir warten, bis wir eine neue Knüppelbrücke für den Autobus gebaut haben; unsere gestrige ist gleich bei der Abfahrt eingebrochen, der Omnibus ist eingesunken. Fahrt inmitten des Aufmarschs auf gefährlich elenden Straßen. Um $^1/_28$ Uhr früh in Stefanesti; schwere Bombenschäden, noch vom Brande qualmender Stadtteil, verlassene Stadt, die bald nach unserer Durchfahrt wieder von russischen Fliegern bombardiert wird. An Stelle der verbrannten Brücke finden wir eine Pionier-Notbrücke, auf der wir den Pruth und damit die heutige russisch-rumänische Grenze überschreiten. Wir sind nun im ehemals rumänischen, jetzt russischen Gebiet. Hier überall noch rumänische Bevölkerung.

Große Bombentrichter am Wege. Gleich hinter Stefanesti acht frische deutsche Soldatengräber beieinander.

Auch unsere vorausgefahrenen Autos waren der Straßenverstopfung wegen drei Stunden stecken geblieben.

Den vorgesehenen heutigen Vormarsch haben wir auf halbem Wege hier abgebrochen. Armes Dorf in sehr reizvoller Hügellandschaft. Sofort nach Ankunft wieder Fliegerbeschießung. Das geheimnisvolle rumänische Flugzeug, aus dem nach dem Abschuß zwei Mann flohen. Sowjetflugblätter. Artillerie- und Fliegerbeschuß gegen Abend stärker.
Junge, spätreifende Felder trotz des guten schweren Bodens. Schöne Mohn- und Weingärten.
Kirschenessen im Bauerngarten, aber die vorangegangenen Truppen haben nicht viel übriggelassen.
Akaziengetarnter Autobus unter dem wunderschönen riesigen Nußbaum. Dort unser Quartier im Bus. Hin und wieder Artillerieschießen. Nach kühlem Morgen war es ein windiger Hochsommertag. Die vielen Feldblumen im Roggen.
In keinem Dorfe bis jetzt war so starke Sommerstimmung wie in diesem in seinem dichten Grün, mit seinen fast üppigen Schluchten und Hängen und Hügeln mit jungen Feldern, den gewundenen, steigenden Wegen. Ein wunderbarer Sonnenuntergang; der ganze Westhimmel rosa und zartgolden. Wachsende Artillerietätigkeit, während wir wieder die Stunde nützen und uns gründlich säubern. Gegen Abend kommt mit Kradfahrer sehr erregt ein Oberleutnant (von B.) nach dem Major, der unterwegs ist, und den stellvertretenden Offizieren fragen. Der Artillerie auf dem rechten Flügel unserer Division (die schon 60 Kilometer vorgedrungen sein soll und die Spitze hält), insbesondere dem IR 178, ist die Panzerabwehrmunition am Ausgehen, da die Russen in unserem Frontabschnitt auf 10–20 Kilometer Entfernung von uns einen Panzervorstoß unternommen haben. Die Situation scheint sehr ernst. Alle Kolonnen werden benachrichtigt und müssen schleunigst Munition (Panzergranaten) nach den Kampfstellungen fahren. Auch unsere Küche muß sogar mit und jeder verfügbare LKW. Es wird ein wunderbarer Mondscheinabend; obwohl noch zunehmender Mond ist, ist es eine zart-kühle Sommernacht von letzter Klarheit und Schönheit. Als alles unterwegs ist, die große Aufregung sich gelegt hat und man neue Meldungen und Befehle abwartet – immerzu sind Offiziere angejagt gekommen –, sitzen wir noch lange, so müde wir von dem langen Tage sind, auf Kisten unter unserem Nußbaum. Noch immer Rätselraten um das unbefriedigend avisierte rumänische Flugzeug. Erst später am Abend läßt das heftige Artillerieschießen, das wir manchmal auch sehen konnten, nach. Auch die Fliegertätigkeit hört erst am Abend auf. Man fühlt sich einem Panzerangriff gegenüber ziemlich wehrlos, aber die Nervosität ist für mein Empfinden größer, als sie sein dürfte. – Bei der Schreib-

stube Kommandantur gehen die ganze Nacht Meldungen ein. Nachdem schon alle Notwendigkeiten unseres etwaigen nächtlichen Rückzuges erwogen waren, wird dieser nicht nötig. Die nächtlichen Meldungen ergeben, daß der Panzerangriff zunächst abgeschlagen ist und
unsere Division, einem neuen zuvorzukommen, am Morgen zum Angriff übergeht. Nachts um 3 wird Major Eras als Kommandeur für früh
um 7 zum General in die Gefechtsstellung bestellt. – Die klare Mondnacht wird später kühl, verhüllt und windig.
Diese Nacht hat wieder Wichtigkeit und Leistungsfähigkeit des Nach-
schubs erwiesen; und seine Zusammengehörigkeit mit der kämpfenden
Truppe. Für die Verwundeten sind nicht genug Krankenautos da; Panjewagen müssen aushelfen; Verbände nur aufs notdürftigste angelegt. Nur
wer Verwundete oder Munition fährt, hat diese Nacht noch Vorfahrts-
recht.

Helmuth James von Moltke 1907–1945   Berlin
An seine Frau
Aus dem Osten gibt es nichts Neues. Wir müssen wieder warten, vielleicht nur ein paar Tage, vielleicht 2 oder 3 Wochen bis man Genaueres
sagen kann. Die grosse und ganz ungeklärte Frage bleibt immer wieder:
haben wir eigentlich einen entscheidenden Kern des russischen Heeres
getroffen. Im heutigen Bericht steht ausdrücklich, daß die Russen «auch
rollende Stuka-Angriffe aushalten». Das konnten bisher nur Engländer. Auch die Tatsache, daß mehr als die Hälfte der bei Bialystock be-
kämpften Armeen sich hat erschlagen lassen und nur der Rest sich ergab, legt ein beredtes Zeugnis für die Qualität des Heeres ab.

Alexander Cohrs 1911–1996   im Osten
Um 7.30 Uhr verlassen wir Wysok. Tagesziel heute ca. 25 km bis zu
einem Ort an einem kleinen Bach. Unterwegs rasten wir in einer Stadt.
Viele Mädchen stehen an der Straße und sehen zu. Uns fällt auf, daß das
Aussehen der Menschen anders ist als in den bisher durchzogenen Gebieten. Merkwürdige Gesichter, breit, mit eingedrückten Nasen. Etwa
$^1/_2 5$ Uhr am Nachmittag waren wir am Ziel, im Regen. Wir erfahren hier
einiges von den Einwohnern. Die Russen sind 24 Stunden vor unserer
Ankunft durch diesen Ort gezogen. Es war kein geordneter Rückzug,
sondern ohne jede Ordnung, sogar ohne Waffen. Gesagt hätten sie beim
Durchzug überhaupt nichts vor lauter Hunger. Die polnische Bevölkerung hat ohne Bezahlung an militärischen Befestigungen arbeiten müssen und konnte deshalb nicht das Feld bestellen. Wer sich weigerte, kam

nach Sibirien. An der Grenze zum «Generalgouvernement» hat man fortlaufend ganze Familien ausgesiedelt nach Sibirien. Dieser Vorgang hätte sich fortgesetzt, wenn wir nicht gekommen wären. Überhaupt wurden wir ganz allgemein von der Bevölkerung freundlich aufgenommen in diesen Gebieten, in denen der Vormarsch ohne Kampfhandlungen vor sich ging. Damals wußten wir noch nicht – weder die Einwohner noch wir Soldaten –, daß nach uns Menschen kommen würden, auf Ordensburgen erzogen zu Rassen-Überheblichkeit, zu Brutalität und Atheismus, durch die die Stimmung den Deutschen gegenüber ins Gegenteil verkehrt wurde.

Die Mädchen sind hier alle «gut durch den Winter gekommen», manche unter ihnen übermäßig gut. Die älteren Frauen jedoch sind meist recht hager. Einen alten Menschen fragten wir, ob er lieber unter polnischer oder russischer Herrschaft gewesen sei. Seine Antwort: «Schiskojeno» (= ganz egal).

Nicht jeder Soldat ist gut als Melder zu verwenden. Als ich einen Sanitätsdienstgrad schicke, ihn vorher die Meldung wiederholen lasse, sagt er: «Feldwebel Steißlinger soll die Kompanie wecken lassen ¼ Stunden vor dem Aufstehen.» Aber in seiner eigentlichen Arbeit ist er fleißig. In Marschpausen und nach Erreichen des Marschziels hat er immer ziemlich viel zu tun mit den Füßen der Kameraden.

Die Titulierungen, die wir uns vor Beginn der Kampfhandlungen anhören mußten, haben ganz aufgehört: Halbsoldat, Volldepp, taube Spitze, trübe Nudel, Sie Baurebüble, Sie rotbackigs – usw. Kann man überhaupt mit solchen Leuten, wenn diese Bezeichnungen zutreffen würden, einen Krieg gewinnen?

Der Assistenzarzt
Dr. Hermann Türk 1909–1976   vor Rogatschew

Bis Nachmittag operiert. 2 Stunden Schlaf. Da läßt mich ein Lt. rufen. Es ist Hinzmann. Er hat einen schweren Oberschenkelschuß. Wir müssen amputieren. Der arme Kerl. Wie ist doch alles furchtbar. Sicher ist es schön, wenn man all den bekannten, guten Kameraden helfen darf, andererseits ist es traurig, die guten Kerle so leiden zu sehen. Aber solche Gedanken kommen nur für Sekunden. Wir haben hier zu arbeiten und nicht zu denken oder nachzudenken. Die Kameraden sind jedenfalls dankbar und froh, wenn sie hier ein bekanntes Gesicht sehen. Wir kennen uns ja auch nun schon lange Zeit und haben viel Schönes und auch viel Trauriges zusammen erlebt.

Rogatschew ist immer noch nicht genommen. Die Artillerie wütet noch

immer an beiden Seiten. Jetzt sind auf unserer Seite Stukas eingesetzt. Wahrscheinlich wird heute abend wieder ein Angriff starten.
Ein Fahrer von uns hat einen russischen Fliegeroffizier, einen Flugplatzkommandanten, festgenommen. Er macht keinerlei Aussagen. Er bleibt stur. Erst als er zum Erschießen gebracht wird, bricht er zusammen. Er mußte erschossen werden, weil er noch Waffen bei sich hatte.

Der Leutnant Georg Kreuter 1913–1974   Krupka
Auf der Vormarschstraße habe ich im Wagen etwas geschlafen. – Wir sind jetzt auf die erste russische Panzerdivision gestoßen. Sie kommt aus Moskau! Sehr harte Kämpfe, die Roten haben ihre schwersten Panzer eingesetzt. – Setze den Zug ein. Es knallt ganz schön! Oblt. Hennig wird verwundet. – Stukas und Kampfflugzeuge helfen uns etwas. – Der Feind geht zurück. – Der Btl.Kdr. möchte gern mein Zielfernrohrgewehr haben. Er bietet sogar etwas dafür, das mache ich aber nicht.
Wir biegen von der Autobahn ab und greifen Krupka umfassend an. Es wird genommen. – Im Fliegerlager habe ich ein Paar Stiefel und Gamaschen erbeutet. Alles andere war schon weg!

Der Gefreite Feldmann *1922   Litauen
Wecken 8.00. Waffenreinigen. Packen. Mittagessen 12.30 fertig. 12.45 Anfahren. Fahrt durch große Moore (regelmäßig dünner Baumbestand, kleine Bäume). Unterziehen in der Schule. Waffenreinigen. Rührei machen bis 21.00. Schlafen in einer Klasse.

Der Oberstabsarzt Dr. Willi Lindenbach † 1974   Punia
Den ganzen Tag haben wir heute nichts getan. In Punia, wo wir heute sind, ist ja auch gar nichts los. Es besteht aus einer Menge Hütten – man kann es nicht anders bezeichnen – einer schönen Schule und einer prächtigen Kirche. Mit Lt. Koch war ich am Nachmittag im Njemen baden. Der Fluß hatte eine sehr starke Strömung, gegen ihn anzuschwimmen war einfach unmöglich. Aber es hat mir ziemlich Spaß gemacht. Ob wir überhaupt noch zum Einsatz kommen? Abends gab es einen guten Hühnerbraten.

Ernst-Günter Merten 1921–1942   Ukraine
Wir sind nun wieder an die Berge gekommen, zwar weiß keiner, wie sie heißen und in unserm geographischen Gedächtnis lassen sie sich auch nicht finden, aber sie unterbrechen angenehm das Einerlei der Ebene und zeigen wechselvolle Landschaften mit kleinen Kapellen im Walde,

kleinen Höfen am Hang und einem Obelisk hoch oben auf der Höhe.
Bis gestern abend lagen wir in einem ukrainischen Dörfchen am Berghang im Pfarrhaus, d. h., jetzt soll das stattliche Steingebäude wieder die
Wohnung des Pfarrers werden. Bislang haben die Bolschewiken drin
gehaust, genau so wie sie die Kirchen zu Magazinen machten.
Die Dorfbewohner sprachen zum großen Teil Deutsch, so hatten wir
am Morgen nach der Wache ein lang entbehrtes Frühstück: heiße Milch,
eine Art Weißbrot, Butter, Eier, Speck. Nur die Bezahlung macht etwas
Schwierigkeiten, weil wir nicht genügend Kleingeld haben, die Leute
aber nicht wechseln können.
Um 18 Uhr marschierten wir gestern ab. Und damit fing es an …
Seltsam, daß es immer abends regnen muß. Diesmal schien anfangs
noch die Sonne und zwei herrlich gezeichnete Regenbogen schwangen
sich über die Straße. Aber allmählich verliert man den Sinn dafür, wenn
man im Dreck umkommt.
Wir zogen wieder auf der Hauptstraße lang, die von Lemberg nach Tarnopol führt. Was wir in der Nacht vorher wegen der Finsternis nicht
sahen, jetzt erblickten wir es in unablässiger Reihenfolge: ein wahres
Arsenal, das die Russen zurücklassen mußten. Angefangen vom riesigen
52 t-Tank, der – in Fluchtrichtung Tarnopol – mitten auf der Fahrbahn
von seinem Schicksal ereilt worden war, bis zu den kleinen schwarzen
Minen mitten auf dem Acker. Geschütze aller Arten und Kaliber standen mehr oder weniger schief am Straßenrand, alles in diesem nicht zu
beschreibenden Russengrün, der einzigen Farbe, die anscheinend in
Rußland hergestellt wird. Dann wieder riesige, zum Teil ausgebrannte
Zugmaschinen, daneben die verkohlten Leichen; von einer fanden wir
den verbrannten Kopf 50 m weiter auf dem Acker.
Unzählige Munitionskisten mit ausgestreutem Inhalt, an manchen Stellen eine Papierflut von Druckschriften, dann wieder eine Portion ver-
schütteter Heringe im Graben. Alles lieblich mit dem Dreck des regen-
feuchten Bodens vermischt. Dazu der widerliche Leichengeruch. Es
war eine Straße der Vernichtung und des Todes.
Auf dieser Straße rollten nun in schier nicht abreißender Kolonne die
Panzertruppen – d. h., deren Nachschub – des Generals von Kleist. Meist
SS in ihren Tarnmänteln und den Stahlhelmüberzügen. Ihre Wagen waren meist französischen Ursprungs. Marke Renault. Lastwagen, die den
Motor unter dem Sitz haben. Dazwischen wieder einzelne Nachschub-
laster der Infanteriedivisionen. Das alles rollt Tag und Nacht, mal langsam, mal schnell, je nach Verkehrsstockung, von Lemberg nach Tarnopol.

Mit Einbruch der Dämmerung kamen wir in eine Stadt, Zloczòw mit Namen. Kein Haus, das nicht beschädigt war, in manchem sogar noch Feuerschein, aufgerissene Bürgersteige, der alte Herr Lenin war schwer erschüttert, er war nämlich von seinem Sockel auf den Marktplatz runtergefallen. ¾ der Einwohnerschaft waren Juden. Wenn man nun den Erzählungen der Ukrainer – die im Übrigen einen Selbstschutz organisiert haben – Glauben schenken darf, so haben erst die Juden die Ukrainer totgeschlagen und dann, als die Deutschen kamen und die Juden die Lebensmittelstellen stürmen wollten, brachten die Ukrainer die Juden um.

Der Divisionspfarrer Alphons Satzger   Lemberg

Um 6.00 Uhr verlassen wir Krakowiece in Richtung Lemberg. In Krakowiece hatte ich noch den Pfarrer besucht, der mir von den bolschewistischen Methoden erzählte: Enteignung des kirchl. Vermögens, hohe Steuern, keine rel. Handlungen ausserhalb der Kirche. Nebenbei ein Haus, bewohnt von zwei alten Frauen, sie kamen nach Sibirien, ein russ. Offizier bewohnte jetzt das Haus. Man hört hier auch von den Greueltaten der Tscheka in Lemberg.
Die Fahrt geht über Jaworow u. Janow. Unendlicher Staub! Marschierende Infanterie. Um 10.00 Uhr in Lemberg. Quartier in der Universität. Die Tscheka hat in den Gefängnissen furchtbar gehaust. Etwa 2000 ukrainische Geiseln wurden ermordet. Sie lagen im Hofe umher, die meisten im Keller des Gefängnisses, alle in Verwesung, Backofenhitze, [b]etretbar nur mit Gasmaske! Ein furchtbares Bild!
Soeben, 16.00 Uhr, komme ich aus dem Lemberger Gefängnis. Es ist das Furchtbarste, was ich je sah! Überall ein penetranter Leichengeruch, der fast unerträglich ist! Ich sah, dass an manchen Stellen Juden die vor einigen Tagen in Gruben geworfene Geiseln mit blossen Händen und ohne Masken ausgraben müssen. Die Leichen sind aufgedunsen, Schwärme von Fliegen! In einer Zelle des Gefängnisses liegt noch ein Toter mit aufgerissener Brust, am Boden alles voll Blut!
Man erzählt, dass die Leichen skalpiert wurden, Köpfe abgeschnitten und geschändet wurden.
Im grossen Gefängnis ist es noch schlimmer: Bäuche aufgeschlitzt, Gedärme herausgerissen …!
Es sind drei Gefängnisse in Lemberg, in denen so gewütet wurde.
Heute erfahre ich von Feldwebel Bömisch, dass die Juden, die die Toten ausgraben mussten, nach 2 Stunden sich selbst mit einem Prügel totschlagen mussten. Die ersten 2 waren erst nach 2 Stunden tot. Ich freue

mich, dass es bald aus dieser Totenstadt weggeht: Blut, Mord, Bestialität u. Tränen! Die Leute stehen die ganze Nacht vor den Brotläden.
Tagelang hängt der Leichengeruch in unseren Uniformen!

Der Soldat Hamann   Paneriai / Litauen

Wie bereits erwähnt, kamen wir an einem Nachmittag, etwa in der ersten Woche des Juli 1941, in Paneriai an. Am Tage danach hörten wir aus
Richtung des Waldes südlich von Paneriai Gewehr- und MG-Feuer. Da
wir uns hinter der Front befanden, wollten wir der Sache auf den Grund
gehen. Ich weiß nun nicht mehr genau, ob wir im Verlauf des Vormittags oder am frühen Nachmittag dieser Schießerei nachspürten. Auf alle
Fälle ging ich, soweit ich mich noch erinnere, mit folgenden Kameraden
der Einheit in Richtung des Waldes, woher das Schießen kam: Greule,
Höding, Wahl, Schroff.
Als wir an der Stelle ankamen, sahen wir Litauer – daß es sich um solche
handelte, erfuhren wir etwas später, als wir mit dem Leiter des Kommandos sprachen –, die dabei waren, massenweise Juden zu erschießen.
Auf dem Wege, der zwischen den beiden Gruben hindurchführte, stand
in Richtung zur linken Grube ein leichtes MG, das ebenfalls von Litauern bedient wurde. Vor dem MG am Grubenrand standen 10 Delin-
quenten, die von der MG-Bedienung regelrecht in die Grube geschossen
wurden. Ich selbst blickte in diese und sah, daß der gesamte Gruben-
grund bereits mit Leichen bedeckt war. […]
In dem ausgeschachteten Graben des anderen Teiles dieser Exekutionsstätte befanden sich die noch nicht erschossenen Juden. Es handelte
sich ausschließlich um Männer jeden Alters. Ich sah, daß sich diese die
Schuhe und Hemden ausziehen und auf den Grabenrand werfen mußten. Die oben stehenden Litauer wühlten in diesen Sachen. Ich sah auch,
daß an einer Stelle vor dem Graben ein großer Berg Schuhe und Kleider lag.
Die Litauer schlugen während dem Auskleiden der Juden mit langen
dicken Knüppeln und Gewehrkolben auf die im Graben befindlichen
Juden ein. Sie wurden dann jeweils zu 10 aus dem Graben vor das MG
geführt.
Der Anführer der Litauer sprach gut deutsch, und wir gingen zu ihm
hin und fragten ihn, was denn hier los sei, das sei doch eine Sauerei. Er
erklärte uns nun, er sei einmal Lehrer an einer deutschen Schule bei Königsberg gewesen, weshalb ihm die «Bolschewiken» die Fingernägel herausgerissen hätten. Weiterhin seien z. T. die Eltern und Geschwister
dieser jungen Litauer, welche die Erschießung durchführten, von den

Maria Koschkina

Leutnant Alexander Prytkow

Alexej Repnikow
vor der Einberufung
im Juni 1941,
mit seiner Frau

Bolschewisten vor dem Einmarsch der deutschen Truppen auf dem Bahnhof in Wilna zum Abtransport nach Sibirien eingesperrt worden. Durch den Vormarsch der deutschen Truppen hätte der Transport nicht durchgeführt werden können, so daß alle eingesperrten Leute in dem Waggon verhungert seien. Weshalb man nun, falls diese Schilderung des Litauers tatsächlich der Wahrheit entsprach, was ich allerdings nicht glaubte, diese Juden erschieße oder ob von dieser Aktion welche dabei waren, hat uns dieser Litauer nicht erklärt. [...]

An einem der letzten Tage, es war der 3. oder 4. Tag unseres Aufenthalts in Paneriai – genau weiß ich das im Moment nicht mehr – ging ich noch einmal zu der Exekutionsstätte. Wenn ich mich recht erinnere, hörte man an dem Tag kein Schießen mehr, und ich wollte die Stelle noch einmal ansehen. Wer mit mir zur Exekutionsstätte gegangen ist, weiß ich nicht mehr.

Als ich an die Exekutionsstätte kam, stand auf dem Wege zwischen den beiden Gruben ein Uniformierter in grauer Uniform, der uns schon von weitem mit dem Arm abwinkte. Wir gingen jedoch weiter, und ich sagte zu ihm, er solle sich nicht so anstellen, wir hätten ja alles schon gesehen. Beim Näherherankommen sah ich, daß dieser Uniformierte auf dem linken Unterärmel ein dunkles Band mit den aufgestickten Buchstaben «SD» trug. Ich sah nun, daß etwas seitlich eine mit zwei Pferden bespannte Kutsche – Landauer – stand. Auf dem Kutschbock saß ein weiterer SD-Mann, den ich mir nicht weiter angesehen habe. In der Kutsche saßen zwei sehr gut gekleidete ältere Juden. Ich hatte den Eindruck, es handelte sich um besser oder höhergestellte Persönlichkeiten. Ich schloß das daraus, weil sie sehr gepflegt und intelligent aussahen und man mit Sicherheit «gewöhnliche Juden» bestimmt nicht mit einer Kutsche weggefahren hätte. Die beiden Juden mußten aussteigen, und ich sah, daß beide furchtbar zitterten. Sie wußten anscheinend, was man mit ihnen vorhatte. Der SS-Mann, der uns zunächst wegweisen wollte, hatte eine MPi bei sich. Er ließ die beiden Juden an den Grubenrand herantreten und schoß beiden von hinten in den Kopf, so daß sie in die Grube stürzten. Ich kann mich noch erinnern, daß einer ein Handtuch und eine Seifenschachtel bei sich hatte, die nachher ebenfalls in der Grube lagen. [...]

Erwähnen möchte ich noch, daß wir uns alle gesagt haben, was denn wohl werde, falls wir den Krieg verlieren und dies alles einmal büßen müßten.

Der Befehlshaber der Sipo und des SD   **Kauen/Litauen**
Einsatzkommando 3, Exekutionen durch litauische Partisanen:
4.7.41 Kauen – Fort VII – 416 Juden,
                    47 Jüdinnen
    463

Adam Czerniaków 1880–1942   **Warschauer Ghetto**
Morgens Gemeinde. Danach besichtigte ich den *Umschlagplatz*. [Ein
Verladeplatz in der Stawki-Str. unweit des Danziger Bahnhofs; von dort
wurden 1942 die Warschauer Juden nach Treblinka deportiert.] Ein
riesengroßes Gelände, gewaltige Depots, zahlreiches Personal. Die Wa-
renlager für die Produktion sind reich bestückt.
Was die Handelstransaktionen betrifft – eine Fuhre Radieschen traf ein.
In der Prosta-Str. besichtigte ich die Produktionswerkstätten. Die Situation ist schlimm. Von 29 000 Arbeitern arbeiten lediglich 1500. Wegen der Produktion usw. hat eine Tagung des Wirtschaftsrats stattgefunden. Die Warenpreise fallen.

Danuta Czech   **(KZ Auschwitz-Birkenau)**
92 Häftlinge, die mit einem Sammeltransport eingeliefert worden sind,
erhalten die Nummern 17 721 bis 17 812. Sie wurden von der Gestapo
aus Zichenau, Plock, Posen, Danzig, Bromberg, Hohensalza, Lodz,
Tilsit und aus dem KL Sachsenhausen eingewiesen.

✻

Ein Señor und eine kleine Señorita geh'n spazieren am Meeresstrand.
Der Señor küßt der schönen Señorita voller Glut die zarte Hand.
Und er sagt: O Señorita! Leih'n Sie mir Ihr geneigtes Ohr!
Denn ich liebe Sie, denn ich liebe Sie, Ihr ergebener Señor!

<673   Sonnabend, 5. Juli 1941   1403>

> Die Himmel erzählen die Ehre Gottes,
> und die Feste verkündiget seiner Hände
> Werk.
> HERRNHUT   PSALM 19,2

Alfred Mombert 1872–1942   Idron par Pau/Pyrenäen
An Hans Curjel
Die Situation ist hoch-grotesk. Ich schrieb Ihnen in meinem letzten
Brief, die helvetische Erde sei die einzige, die für mich in *Europa* noch
in Frage komme. Seit kurzem sind aber auch die USA. für mich ver-
schlossen. Nach Mitteilungen des amerikanischen Konsuls werden
Personen, die nähere Verwandte (z. B. Geschwister) in Deutschland haben, jetzt nicht mehr in die Vereinigten Staaten hineingelassen. Ich habe
das bis jetzt nicht angestrebt, es blieb aber noch im Hintergrund als et-
waige *letzte* Möglichkeit.
«Den lieb' ich, der Unmögliches begehrt» – sagt Manto in Faust II.

Ernst Jünger 1895–1998   Paris
Morris, den ich an der Place d'Anvers kennenlernte, jetzt siebenund-
sechzigjährig, ist geistig noch rege und aktiv. Er verbrachte sein Leben
damit, reiche Engländer, Amerikaner und Skandinavier durch die Stadt
zu führen, von der er nach allen Ausdehnungen hin profunde Kenntnisse besitzt. Groß ist auch seine Erfahrung in unterirdischen Dingen,
in den Lastern der Reichen und Mächtigen. Wie allen, die solche Zonen
durchschritten, haben sich seinem Gesicht dämonische Marken aufge-
prägt. Während wir am Boulevard Rochechouart zusammen aßen, hielt
er mir einen Vortrag über die Technik der erotischen Annäherung. Sein
Blick, die Frauen, die sich bezahlen lassen, von den anderen zu unterscheiden, ist fast unfehlbar – auch das ist ein niederer Zug. Trotz aller
Verwüstung fand ich etwas Angenehmes, Liebenswertes auf seinem
Grund. Dabei hatte ich ein Gefühl des Frostes angesichts der Einsamkeit einer nach so verbrachten Jahren in diesem Großstadtviertel auf
sich gestellten Existenz.

André Gide 1869–1951   *Südfrankreich*

Stolz darauf, Franzose zu sein! ... Frankreich hat uns leider seit Monaten, seit Jahren, kaum noch Anlaß zum Stolz gegeben. In gewissen Augenblicken erkennt man Frankreich so wenig wieder, daß man zweifeln
möchte, ob man sich früher nicht in ihm geirrt hat. Es scheint sich zur
Aufgabe gemacht zu haben, seine schönsten und seltensten Eigenschaften und Tugenden, eine nach der andern, zu verleugnen oder aufzugeben, wie man nutzlose Luxusartikel oder Besitzungen aufgibt, die in
Notzeiten zuviel Unterhalt kosten. Das Frankreich, das sie uns da vorschlagen (Es handelt sich, zum Teufel, um das von Vichy!), ist nicht mehr
Frankreich.
Wo sind die wertvollen Eigenschaften, die Tugenden, die mich dazu
brachten, mein Vaterland zu lieben? Wenn das, was man heute der Welt
vorzeigt, sein wahres Gesicht ist, verleugne ich es.
Ach, man könnte meinen, daß diejenigen, die es am besten vertraten,
unser Frankreich, eben jene sind, die im vorigen Krieg getötet wurden.
Durch dieses Opfer unserer Besten finden wir uns heute so furchtbar
verarmt. Lebten sie noch, die Tapferen von damals, sie würden nicht zulassen, daß Frankreich sich verfallen, verderben, herabwürdigen läßt; und
man würde weniger von *Ehre* reden, weil man sie nicht verloren hätte.

Paul Valéry 1871–1945   **Paris**

Ihre Menschen, wie ich sie jeden Morgen vor dem Fenster beobachte,
sind unseren weit überlegen bei der Verwendung in einer Maschine von
Individuen (Vgl. Symmetriegrade). Bemerkenswerte Widerstandsfähig-
keit gegen langweilige Arbeiten, Strapazen – gegen reflexhaftes Aufbe-
gehren – usw. Verbleiben innerhalb des vorgeschriebenen Einsatzes. Die
gewährleistete Perfektion im Detail erlaubt breit angelegte Operationen.

Thomas Mann 1875–1955   *Pacific Palisades*

Arbeitsversuche, matt, ratlos. Am Strande, voll, verdrießlich. [...] Aus
England und Moskau optimistische Nachrichten über den russischen
Widerstand. Meldung, daß Hitler den Prinzen Louis Ferdinand als Za-
ren einzusetzen gedenkt.

✳

Der Adjutant Heinrich Heim *1900   **Führerhauptquartier**

[Hitler:] Es sei fraglich, ob man in Rußland ohne den Popen auskom-
me; der Pope habe den Russen getröstet darüber, daß er zur Arbeit ver-

urteilt ist; dafür werde es ihm im Jenseits gutgehen. Der Russe wird arbeiten, wenn er unter einer eisernen Organisation steht; aber er ist nicht
in der Lage, sich selbst zu organisieren, er ist lediglich organisierbar; der
Tropfen arischen Blutes in einzelnen Adern sei es, was dem russischen
Volke Erfindungen und Staatsorganisation gegeben hat.

Joseph Goebbels 1897–1945   Berlin
Einige Mißhelligkeiten wegen der Wochenschau. Der Führer wünscht
eine Ausweitung der Polemik im Text. Ich möchte lieber nur die Bilder
sprechen lassen und im Text lediglich erklären, was der Zuschauer sonst
nicht versteht. Ich halte das für wirksamer, weil man die Absicht nicht
merkt. Aber die letzte Wochenschau gefällt dem Führer doch sehr gut.
Raeder tritt für ein christliches Narvikbuch ein und macht sich mir gegenüber stark dafür. Er ist ein frommer Admiral. Aber der Seekrieg
wird nicht mit Gebeten, sondern mit Ubooten und Torpedos gewonnen. […]
Grauer, nebelverhangener melancholischer Regentag. Man wird ganz
trübsinnig dabei.

Helmuth James von Moltke 1907–1945   Berlin
An seine Frau
[…] Der Tag gestern war befriedigend. Das Essen mit Haeften und
Yorck nicht so ergebnisreich wie ich es gewünscht hätte; Haeften und
Frau bekommst Du aber das nächste Mal vorgesetzt. Die Unterhaltung
mit Einsiedel fiel ins Wasser, weil Haeften um $1/_24$ immer noch da war
und auch bis 5 blieb. Aber die Unterhaltung zu viert war befriedigend.
Abends kamen Mierendorff und Reichwein und der Abend war sehr
befriedigend. Sowohl R wie M waren in grosser Form und ich glaube,
daß sich dort eine neue, wertvolle Bahn aufgetan hat.

Der General Franz Halder 1884–1972   Führerhauptquartier
Abendlage: Langsames Vorschreiten im *Süden* wegen Geländeschwierig-
keiten und Feindwiderstand. Die Annahme, daß bei Heeresgruppe Süd
die Fühlung mit dem Feind verloren sei, trifft *nicht* zu. Pz.Gr. Kleist
scheint feindliches Stellungssystem [sog. «Stalin-Linie»] durchstoßen
zu haben. In der *Mitte* bahnt sich der Erfolg der äußeren Flügel Guderian und Hoth an. Große Wegeschwierigkeiten. Im Norden scheint der
Versuch des Feindes, vor Hoepner mit zusammengerafften Kräften
eine Front aufzubauen, zu mißlingen. Die gemeldeten «Absichten» der
H.Gruppen entsprechen den Auffassungen OKH.

Jochen Klepper 1903–1942   hinter Sapta Bani

Am Morgen, bald nach sechs, Gewitter, Kühle und furchtbarer Regen. Das Auto des Majors bleibt schon bei der Abfahrt stecken; aber es ist an diesem Morgen drei Stunden lang nicht das einzige, das wir aus dem Schlamm heben und schieben müssen; wir behelfen uns zum Teil mit Dämmen aus Maisrohr.

Tankwagen, Verpflegungswagen – alles bleibt stecken; Autos und Krads gleiten fürchterlich. Man kann nur hoffen, daß die Russen vor den gleichen Schwierigkeiten stehen. – Viel Flieger, darunter auch, beschießend und beschossen, russische. In der Nacht, stellt sich jetzt noch heraus, ist wieder Stefanesti, unter großen Bränden, von Fliegern bombardiert worden, nachdem wir gestern heil über die Notbrücke von Stefanesti kamen.

Zwei neue Divisionen scheinen nun ganz in unserer Nähe zu sein. In der Nacht, in der die Straßen zum Glück noch gut waren, sind noch unablässig Truppen und schwere Waffen durchgekommen; auch Rumänen. Übrigens führen die bespannten Rumänen gern die Fohlen ihrer Stuten mit.

[…] Die Wege ganz fürchterlich. Regen ist hier ein Unglück. […] Manchmal können wir die im Dorf ver- und festgefahrenen Autos nur mit vier Pferden herausbekommen.

Die russischen Flieger benehmen sich sehr unbefangen, da zu wenig deutsche Flieger in der Nähe sind. Munition aller Art ist beim Nachschub reichlich vorhanden, doch scheint die Front nun hier auf einmal sehr viel sehr rasch zu verbrauchen. Am Vormittag sind wir noch ohne nähere Meldungen. Wachsende Artillerietätigkeit.

Nach dem wegezerwühlenden Gewitterregen Sonne, starker Wind; und welche Sommerstimmung! Das Leben des Herzens und der Sinne geht unwandelbar weiter. Bessarabien scheint mir schön.

Sonne, Wind, Wind. Im wogenden Wipfel eines Kirschbaums über dem lieblichen Tal. Frühnachmittagsstille.

Kanonendonner.

Viel Akazien. […]

Abends saßen wir unter dem großen Nußbaum und sahen dem gigantischen Wetterleuchten und Gewittergewölk aus vier Himmelsrichtungen zu.

Der Soldat Paul Hübner *1915   Kellosälkä / Sallafront

Unsre Zelte zwischen Birkengestrüpp. Einst Nadelhochwald, blieb im Winterkrieg der Finnen und Russen hier kein Baum heil. Verkohlte

Stümpfe stechen schwarz in den brandroten Mitternachtshimmel. Hier im Süden sinkt die Sonne um Mitternacht bis auf den Urwald ab. Stechmücken drängen sich auf jeden Flecken freie Haut. Man ist ohne Unterlaß damit beschäftigt, sie abzuwehren. Manche von uns sind dadurch schon so konfus, daß ihr Schimpfen kein Ende nimmt und immer wieder in neue Höhepunkte ausbricht. Sie müßten den Stechmücken dankbar sein, daß sie als Gelegenheit für die unverfängliche Entladung ganz anderer Bedrückung sich anbieten.

Vor uns dröhnen die Abschüsse einer Batterie.

Morgens sieben Uhr.

Wir haben grüne Mückenschleier erhalten, die, über Mütze oder Stahlhelm gehängt, Gesicht und Hals schützen.

Ein Gewitter poltert. Wir liegen in den dichtgeschlossenen Zelten. Das unsre steht auf einer Bodenwelle, in die tiefer gesetzten flutet nach wenigen Minuten das Wasser. Durch das Klatschen und Rauschen des Regens hört man das Zetern der Betroffenen.

Wir sind alarmiert und warten auf den Abruf. Sturmgepäck und Waffen liegen griffbereit.

Vormittags elf Uhr.

Die Nachbarkompanie wurde abberufen. Das Gewitter ist vorbei. Leichte Nebel steigen aus den Wäldern. Die Erde duftet wermutbitter, modersüß.

Dem rothaarigen Gefreiten Huber von der Feldküche ist der Kopf von einem Mückenstich so angeschwollen, daß er nicht mehr zu den Augen hinaussieht. Er liegt unter dem Vordach der Feldküche und muß es geschehen lassen, daß er von Müßigen beschaut wird wie ein Ausstellungsstück. Er antwortet noch forsch und überlegen auf die nicht gerade zartfühligen Späße, vielleicht, weil er aus ihnen den versteckten Neid über seine rechtzeitig aufgetretene Kampfunfähigkeit hören kann und selber das Geschick preisen mag, das ihn auf diese Weise vom Kommenden ausnimmt.

Der Oberstabsarzt
Dr. Willi Lindenbach † 1974   nördlich Leypuny

Das Wetter war heute nicht so besonders. Es ist ja überhaupt eigenartig hier: Entweder die Sonne scheint und es ist sehr heiß, oder die Sonne verschwindet hinter den Wolken und es wird sogleich sehr kühl. Das mag wohl im russischen Klima bedingt sein. – Na, und heute mittag ging es wieder los. Abschied von Punia. Morgens früh aß ich 2 × Schlagsahne, dazu Pfirsiche. Es schmeckte herrlich. 13 Uhr Abmarsch. Im

ganzen waren es 90 km, z. Teil auf Waldwegen. 20.00 in unserm Rast-
raum eingetroffen.

Der Assistenzarzt
Dr. Hermann Türk 1909–1976 vor Rogatschew

Der Dnjepr fordert seine Opfer. Immer wieder Angriff und immer wieder Rückschlag. Die Sowjets verteidigen sich wie toll. Auch heute wird
den ganzen Tag über operiert. Abends erfahren wir, daß die 10. I. D. mot
eingesetzt werden soll. Die 4. P. D. von Norden, die 10. I. D. von Süden,
und wir sollen in der Mitte nachdrängen. Das S.R. 394 wird in der Nacht
auch wieder herangezogen. Alle Straßen und Brücken liegen unter gut-
gezieltem Punktfeuer. Um 0 Uhr machen Schnürpel und ich Schluß.
Um 7 Uhr sollen wir weitermachen.

Der Leutnant Georg Kreuter 1913–1974 vor Tolotschin

Heute soll mein Geburtstag sein!? Um 24.00 geht es weiter. 3 große
Brücken der Autobahn sind zerstört! Der Feind organisiert seinen Widerstand von jetzt an besser. – Um 4.30 stößt die Spitze auf heftige Abwehr. Ich gehe mit dem schw. Zug gleich auf der Autobahn in Stellung.
Die Geschütze stehen hintereinander. Ich beobachte ganz vorn bei der
Spitze. Eine Pak steht neben mir und schießt, daß ich manchmal gar
nichts höre. Der Feind sitzt jenseits der gesprengten Brücke, die über
einen Bachabschnitt führt. Er scheint sehr dick zu sein. Ab und zu sieht
man auch Panzer, die sich anscheinend absetzen. Ich bekämpfe die Stellungen mit ausgezeichneter Wirkung. Die MG schweigen bald! 100 Schuß
habe ich zusammen verschossen. Auch ein Salut zu meinem Geburtstag.
Nach dem Schießen gehe ich in die Feuerstellung und sehe gerade, wie
ein Stuka abgeschossen wird. Da er in der Nähe herunterkommt, laufe
ich hin und hole ihn. Es ist ein Leutnant und ein Unteroffizier. Der
Leutnant hat eine kleine Brandwunde, die ich ihm verbinde. Ich bringe ihn zum Brigade-Kommandeur, der gerade da ist. Man ist erfreut
über die Meldungen, die ich vorhin laufend von der B.St. durchgab! –
Wir sollen Tolotschin nehmen, vor allem die Brücken. Heute wird es
aber nichts mehr.

Habe beim Btl.Gef.St.I. 3 Stunden geschlafen. Bomber werfen in der
Nähe einiges ab. 3.30 Alarm. Der Feind soll angreifen? Es fallen auch
einige Schüsse, aber die können auch von unseren Vorposten sein. Ich
muß die Lage erkunden. Klettere über den Fluß vor zu den Posten. Es
ist, wie ich dachte: nichts los! Friederichs hat mal wieder gefitzt! – Als
wir die Zelte abbauen, «muß» er mal. Zu diesem Behufe steckt er sich

einige Zweige im Kreis nur 5 Schritt von uns entfernt in den Boden. Er traut sich nicht ins Kornfeld!

Alexander Cohrs 1911–1996   im Osten

Abmarsch um 6 Uhr. Der Weg führt durch eine Landschaft, die bedeutend schöner ist als die bisherige, hügelig, von kleinen Wäldern unterbrochen. Sie erinnert an Thüringen. «Hügelig», für uns Norddeutsche schon eher als bergig zu bezeichnen, bedeutet, daß immerhin oft Höhenunterschiede von 40 Metern zu überwinden waren.

Mir fällt auf, daß es in dieser lieblichen Gegend nirgends eine Gastwirtschaft gibt, zu der man Ausflüge machen kann. Das scheint hier nicht üblich zu sein.

Gegen Mittag durchqueren wir einen Wald mit sehr schlechtem Weg, voller Löcher. Das war für unsere Fahrzeuge eine tolle Sache. Einige kippten um. Zum Glück keines aus unserer Kompanie. Ich saß nach einem Fußmarsch von 18 km gerade auf dem Gefechtswagen I. Er kippte so, daß er auf zwei Rädern balancierte, während die beiden anderen zeitweise in der Luft standen; doch er fiel nicht um. Zwischendurch war ein Moor zu umgehen, wobei die Wagen größere Umwege machen mußten als die Marschierenden.

Zu Anfang des Tages war das Tempo ungewöhnlich scharf. Als aber die Wagen nach und nach stecken blieben oder gar umkippten, gab es Pausen und dann geringeres Tempo. Das ist der Vorteil des Infanteristen, wenn die Züge und der Troß gemeinsam marschieren.

Mittags zwei Stunden Rast. Danach weiter, zuerst über eine 8-Tonnen-Brücke und dann über eine Art Hochland mit steinigem Boden und vorwiegend Brachland.

Wir sehen gewaltige Bombenkrater, vermutlich hat hier die Luftwaffe die zurückflutenden russischen Soldaten angegriffen. Ob das militärisch sinnvoll war? (Mir kommt hier Kutusow in den Sinn, der sich beim Rückzug Napoleons gegenüber dem Zaren mit der Meinung durchsetzte: Eine zurückflutende Armee soll man nicht so angreifen, daß sie sich zum Kampf stellen muß, sondern ihr immer nur dicht auf den Fersen bleiben, um sie am Laufen zu halten.)

Auf der steinigen Hochfläche fanden wir noch Schützengräben aus dem Krieg 1914–1918; sie waren erkennbar an dem Bewuchs – vorwiegend Wacholder –, der sich nach 1939 noch nicht hätte bilden können. Dazu Spuren von Panzern, die ebenfalls aus jener Zeit stammen könnten. Wo Flächen landwirtschaftlich genutzt wurden, wurde vorwiegend Flachs angebaut.

Mein «Haufen», der Kompanietrupp, bezog Quartier in einem festen
Haus. Die Tochter des Hauses war eine sehr dralle Deern. Bei unserem
Einzug verschwand sie für zehn Minuten und erschien dann mit fabel-
haften schwarzen Augenbrauen; sonst aber war sie blond.

Erich Kuby *1910   im Osten
An seine Mutter

Ich habe nicht wenig lachen müssen, daß Du mir zum Obergefreiten
gratuliert hast. Das wird man, wenn man das Vergnügen hat, länger als
zwei Jahre Soldat zu sein. Dagegen läßt sich nichts tun, dafür auch nicht
viel. Wer viel dafür tut, wird dann gleich Unteroffizier und so weiter.
Ich weiß nicht, was ich nach fünf Jahren werde, vielleicht Oberstabs-
gefreiter. Solche Leute nennt man dann alte Frontschweine. Dahin,
fürchte ich, werde ich's bringen.

Der Feldwebel Arthur Binz   Lemberg

Weiterfahrt von Krakowice nach Lemberg 70–80 km. Die Hauptstadt
Galiziens ist von den vor uns eingesetzten Divisionen in kurzer Frist
und mit glänzendem Schwung genommen worden. Davon zeigten sich
nicht sehr viele Häuser unberührt, was bei einer verhältnismäßig großen Stadt viel besagen will.
Als Quartier «bezogen» wir diesmal die Universität, nachdem das anfänglich für unsere Unterbringung in Aussicht genommene Gebäude
im Keller derartig mit von Russen angeblich erst jüngst erschossenen
Polen und Ukrainern vollgepfropft gewesen sein soll, daß der ausströ-
mende Leichengeruch jede Verwendung als Soldatenquartier ausschloß.
Ich selbst konnte mich davon überzeugen, wie die Bolschewisten gehaust hatten. Wie schlecht es auch in wirtschaftlicher Hinsicht unter
den roten Machthabern stand, ersah man daraus, daß sich trotz der bisher nur mehrwöchigen Kriegsdauer bereits Anzeichen ernstlicher Er-
nährungsschwierigkeiten geltend machen.
Der Kamerad Graf und mir sowie Leutnant Clemens zugewiesene
Schlafraum befindet sich in einem Seminar der infolge der Verhältnisse
geschlossenen alma mater. Der gleiche Raum enthält eine sehr beacht-
liche Bibliothek, in der ich gleich zu schmökern begann, froh, wieder
einmal einer meiner Lieblingsbeschäftigungen nachgehen zu können.
Abgesehen von dieser, einen sehr gepflegten Eindruck machenden Bü-
chersammlung zeigte mir die Aufmachung der Universität auch ander-
weitig, daß die Polen sicher nicht durchweg so unkultivierte Leute sein
dürften, als die sie offenbar aus propagandistischen Gründen schon

vielfach ausgegeben wurden. Man braucht ja auch bloß an Mde. Curry [Curie?] zu denken. Auch eine «polnische Wirtschaft» ist mir bis jetzt nirgends begegnet.

Zunächst fesselte mich in der Bibliothek, die auch deutsches Schrifttum enthält, ein herrlich illustriertes «Handbuch der Literaturwissenschaft» von Walzl, das mir ruhig jemand zum Christkindl schenken darf. Jedenfalls muß ich dem in der Heimat bei nächster Gelegenheit nachgehen. Am meisten aber interessierte mich eine hübsche Gedichtsammlung, «Die poetische Ukraine», zusammengestellt, übersetzt und herausgegeben von Dr. Bodenstedt, die ich mir zur «literarischen Vorbereitung» für die kommenden Tage und Wochen (und Monate?) dienen ließ. Es juckte mich, das handliche, schmucke Bändchen kraft Kriegsrechts kurzerhand zur «Tornisterschrift» zu machen. Nach dem berühmten § 129 Milit.Str.G.B. Abs. II wäre das kaum eine strafbare Plünderung gewesen, da die Mitnahme ja zur Deckung seelischer Truppenbedürfnisse geschehen wäre. Schließlich erschien mir jedoch das deutsche Prestige wichtiger als das gesteigerte Interesse eines Bücherwurms, und so begnügte ich mich mit dem Abschreiben zweier volksliedmäßiger Gedichte aus dem zu Ende gehenden 18. Jhdt., die zu den schönsten gehören, die ich seit langem las:

> Wie er schön ist, wie er grün ist
> der Holunder auf der Wiese!
> Doch viel schöner noch und zarter
> ist Maria, die Geliebte!
>
> Wenn sie steht vor ihrer Pforte,
> glänzt sie wie die Morgenröte,
> tritt sie ein zum Flur des Hauses,
> scheint sie gleich dem Abendsterne
> hinterm Wolkenflor verschwindend.
>
> Kehrt sie heim in ihre Wohnung,
> die Kosaken alle stehend
> ziehen ab die Mütze fragend:
> «Bist du nicht des Zaren Tochter?
> Bist du nicht eines Königs Kind?» –
> Nein, sagt sie, ich bin Maria,
> des Kosaken Iwan Tochter.

(Irgendwie erinnert mich diese Dichtart an die von Großvater Binz.)

Schickt die Mutter ihren Sohn, einen Falken kühn,
als erwachsen zum Heere hin.
Die älteste Schwester sattelt das Pferd für ihn,
mit dem Tuche winket noch die zweite,
die Jüngste gibt ihm das Geleite.
Doch die Mutter fragt ihn mit trübem Blick:
«Wann, mein Sohn, kehrst nach Hause zurück?»

Wenn die Federn des Pfau's übers Wasser blinken,
wenn die Mühlsteine über die Flut herblinken,
dann, meine Mutter, kehr ich zurück! –

Schon zu Grunde sanken die Federn des Pfaun,
schon über der Flut war der Mühlstein zu schaun,
sucht die Mutter den Sohn mit forschendem Blick,
doch er kehrte noch nicht von Goschina zurück.

Geht sie trostlos aufs Gebirge hin,
sieht heimwärts alle Regimenter ziehn:
«Das ist meines Sohnes Ross, das ich dort seh!»

Und sie frägt den Führer der Armee:
«Habt meinen Sohn nicht geseh'n, den dies Rösslein trug?»
– War d a s dein Sohn, der 7 Regimenter schlug
und vom 8. getötet ward?
Als man ihn gelegt in ein feuchtes Grab,
flog zu ihm schreiend ein Kuckuck herbei,
huben die Rosse zu wiehern, die Erde zu scharren an,
huben die Räder der Wagen zu dröhnen, zu knarren an,
schweigend folgten die Führer, sahen weinend hinab
auf sein kühles Grab!

Leider gab es, wie schon betont, in Lemberg aber auch sehr viel Poesie-
feindliches. So habe ich schon angedeutet, daß wir z. T. selbst Zeugen
des Blutbades waren, das die Sowjets kurz vor der Wiedereroberung
der Stadt unter deutschen, polnischen und ukrainischen Zivilisten an-
gerichtet hatten. Zu Hunderten lagen die verwesenden Leichen in den
Kellergewölben, die unsere Soldaten fast nur mit aufgesetzter Gasmaske betreten konnten. Für schuldig befundene Juden mußten diese teilweise entsetzlich zugerichteten Leichen strafweise mit bloßen Händen
beseitigen, um am nächsten Tage selbst den Weg ins Jenseits anzutreten,
nachdem sie sich ihr Grab persönlich geschaufelt hatten. Die durchaus

berechtigte Erbitterung der mit dem Leben mühsam davongekomme-
nen Einwohnerschaft ließ sich diese Racheakte nicht nehmen. Daß sich
dabei auch einzelne traurige, aber unvermeidliche Ungerechtigkeiten und
Mißbräuche ereigneten, ist verständlich.
Dagegen fiel mir persönlich in den von uns besichtigten G.P.U.-Kellern
nichts auf, was auf eine besonders schlechte Behandlung der Gefangenen gedeutet hätte.
Da das Standrecht verhängt war, mußte die Bevölkerung schon um
21 Uhr zu Hause sein, und nur das pausenlose Rollen des auch hier
weitergehenden Truppenaufmarsches, eine einem nun schon seit vielen
Tagen unvergeßlich in den Ohren klingende, rauschende, finstere Melodie, die aber bald durch die Akkorde des Endsieges gekrönt sein wird,
erfüllte die Straßen der nächtlichen Großstadt.

Der SS-Mann Felix Landau *1910   Lemberg

11 Uhr vormittags. Wunderbare Musik, «hörst Du mein heimliches
Rufen». Wie weich kann da nur ein Herz werden! Stark sind meine Gedanken bei einem Menschen, um derentwillen ich freiwillig nach hier
gefahren bin. Was gäbe ich dafür, wenn ich sie, auch nur 10 Minuten,
sehen könnte. Diese Nacht von gestern auf heute habe ich durchgewacht.
Ausgesprochen Posten gehalten.
Ein kleiner Zwischenfall zeigte mir den ganzen Fanatismus dieser Menschen. Ein Pole leistete Widerstand. Er will bei dieser Gelegenheit einem
Kameraden den Karabiner aus der Hand reißen, was ihm aber nicht ganz
gelungen ist. Wenige Sekunden später, das Krachen von einigen Schüs-
sen, und es war einmal. Wenige Minuten später wird nach einer kurzen
Vernehmung ein zweiter dazu gelegt. Eben löse ich den Posten ab, ein
Kommando meldet, daß wenige Straßen von uns ein Wehrmachtspo-
sten erschossen aufgefunden wurde.
Eine Stunde später, um 5 Uhr morgens, werden weitere 32 Polen der
Intelligenz- und Widerstandsbewegung, nachdem sie ihr Grab geschaufelt haben, ungefähr 200 Meter von unserem Wohngebäude, erschossen.
Einer wollte nicht und nicht sterben, schon lag die erste Sandschicht auf
dem ersten Erschossenen, da hebt sich aus dem Sandhaufen eine Hand,
winkt, und zeigt nach einer Stelle, vermutlich seinem Herzen. Noch ein
paar Schuß knallen, da ruft jemand, und zwar der Pole selbst, schießt
schneller! Was ist der Mensch?
Heute haben wir Aussicht, das erste Mal ein warmes Essen zu bekommen. RM. 10,– erhielten wir, damit wir uns einige notwendige Kleinigkeiten kaufen können. Ich habe mir eine Peitsche um RM. 2,– gekauft.

Überall ist Leichengeruch, wo man an verbrannten Häusern vorbei-
kommt. Die Zeit ist ausgefüllt mit Schlafen.

Im Laufe des Nachmittags wurden nun noch ungefähr 300 Juden und
Polen umgelegt. Abends fuhren wir nochmals flüchtig auf eine Stunde
in die Stadt. Hier erlebten wir Dinge, die man kaum schildern kann. Wir
fuhren an einem Gefangenenhaus vorbei. Daß auch hier gemordet wurde, sah man schon einige Straßen weit. Wir wollten es besichtigen, doch
hatten wir keine Gasmasken bei uns, so war es unmöglich, die Keller-
räume und Zellen zu betreten. Dann ging es wieder unserem Quartier zu.
An einer Straßenecke sahen wir einige Juden über und über mit Sand
bedeckt. Einer blickte den anderen an. Alle hatten das Gleiche vermutet.

Die Juden sind aus dem Grab der Erschossenen gekrochen. Wir hielten
einen schwankenden Juden an. Unsere Vermutung war nicht richtig.
Bei der ehemaligen GPU-Zitadelle hatten die Ukrainer Juden hingebracht, die der GPU bei Verfolgung von Ukrainern und Deutschen behilflich gewesen sein sollen. 800 Juden hatte man dort zusammengetrieben. Auch diese sollten morgen von uns erschossen werden. Diese
hatte man nun frei gelassen.

Wir fuhren weiter die Straße entlang. Hunderte von Juden mit blut-
überströmten Gesichtern, Löchern in den Köpfen, gebrochenen Händen und heraushängenden Augen laufen die Straße entlang. Einige blut-
überströmte Juden tragen andere, die zusammengebrochen sind. Wir
fuhren zur Zitadelle; dort sahen wir Dinge, die bestimmt noch selten
jemand gesehen hat. Am Eingang der Zitadelle stehen Soldaten mit faust-
dicken Knüppeln und schlagen hin, wo sie treffen. Am Eingang drängen die Juden heraus, daher liegen Reihen von Juden übereinander wie
Schweine und wimmern sondergleichen, und immer wieder traben die
hochkommenden Juden blutüberströmt davon. Wir bleiben noch stehen und sehen, wer das Kommando führt. «Niemand». Irgendjemand
hat die Juden freigelassen. Aus Wut und Haßgefühl werden nun die Juden getroffen.

Nichts dagegen, nur sollten sie die Juden in diesem Zustand nicht her-
umlaufen lassen. Anschließend erfahren wir von den dort stehenden
Soldaten, daß sie eben Kameraden, und zwar Flieger, in einem Lazarett
hier in Lemberg besucht hätten und gesehen haben, wie man diese bestialisch zugerichtet hatte. Man hatte ihnen von den Fingern Nägel her-
untergerissen, Ohren abgeschnitten und auch die Augen ausgestochen.
Das war der Grund ihrer Handlungsweise, durchaus verständlich.

Für heute ist nun unsere Beschäftigung zu Ende. Die Kameradschaft vorläufig noch gut. Im Radio wieder wahnsinnige, schöne, sinnliche Musik, und meine Sehnsucht wächst und wächst nach Dir. Nach einem Menschen, der mir so weh getan hat. Unsere Hoffnung ist erstens weg von hier, und ein Großteil würde auch gerne wieder in Radom sein. Ich bin jedenfalls – wie auch viele andere Kameraden – von diesem Einsatz enttäuscht. Meiner Ansicht nach zu wenig Kampf, daher diese miese Stimmung.

Der Leutnant Walter Melchinger 1908–1943   **Ukraine**
An seine Frau
Wir sehen Bilder, die zum Grauenvollsten gehören, was sich denken lässt. Massenmord an den Ukrainern, fürchterlich zugerichtete hunderte von Leichen. Juden müssen die armen Opfer mit blossen Händen aus den Massengräbern ausgraben, um nachher erschossen zu werden. Die gerechte Vergeltung. Die armen Ukrainer kennen die Schuldigen.
Ja, wie denkst Du nun von Deinem Walter in diesem Mord und Wahnsinn? Der Leichengeruch ist fürchterlich stark, die laufend erschossenen Juden liegen aufgehäuft.
So sehr Du staunen musst, ich stehe kalt dabei. Am meisten bewegt mich die Wut über die Mörder. Glaube nicht, der Krieg macht roh und gefühllos. Es ist nur ein Gesetz des Krieges, das Geschehene als geschehen hinzunehmen. Es ist die übermächtige Notwendigkeit des Lebens.
Der Tod muss sein, weil das Leben sein muss, die gefallenen Kameraden gaben ihr Leben für das ihrer Frauen und Kinder. Die Juden das ihrige für die Sauberkeit und Anständigkeit, ohne die das Leben nicht möglich ist. Und die gemordeten Ukrainer? Wir leben in keinem Paradies. Immer wird Gut und Böse sein. Seien wir dankbar, dass wir für das Gute kämpfen, um das Böse auszurotten. Mit uns marschiert die neue Zeit. […]
Ich bin für alle Schönheit so empfänglich wie je zuvor. Oder eher noch mehr. Ja, viel mehr noch. Heute liegen wir im Park eines ehemaligen polnischen Schlosses, das die Sowjets zu einer Schule umbauten. Vollkommen ausgeplünderte, ursprünglich sehr schöne Räume. Unter den zahlreichen Propagandaschriften und Lehrbüchern lagen zwei Bände Grillparzer. Und so las ich heute die wunderbar schönen Verse von «Des Meeres und der Liebe Wellen».
Nun scheint die Abendsonne durch die alten Parkbäume. Der ganze Park steht voll von Pferden, Wagen und Zelten. Es ist ein Teil des grossen Heeres, dem ich gehöre. Ich bin ein notwendiger Soldat.

Adam Czerniaków 1880–1942   **Warschauer Ghetto**

Am Morgen. Mende empfängt nicht in Zivil, er schickte mich zu Knoll, der erklärte, im Zusammenhang mit den Abrechnungen mit der Gemeinde werde er sich Palfinger vornehmen. Kürzlich hat man Rechnungen für die gelieferten Waren von mir verlangt. Ich gab an, daß ein Leica-Apparat die Gemeinde 600 Zł. gekostet hat. Die *Transferstelle* bezifferte den Preis mit 200 Zł. Knoll behauptet, in Berlin koste eine Leica 250 Mk.

Ich war mit Szeryński bei Kommandeur Müller. Er erklärte, daß er dem Ordnungsdienst helfen werde, arische Kontingente zu bekommen, daß er bereits vor 2 Wochen die Angelegenheit mit dem Gouverneur besprochen habe, daß er überhaupt dem General-Gouverneur die Ernährungsfrage geschildert habe, daß der Gouverneur ihm für die Intervention dankbar sei und daß die Lage sich bessern werde, da die Armee vorgerückt sei und somit keine Lebensmittel aufkaufe. Ich bat um Unterstützung beim Erhalt von Rationen für die Arbeiter in den Werkstätten und die Ratsangestellten. Er sagte Unterstützung zu. Er las mir den Speiseplan von Falenty vor. Er ist so reichhaltig, daß ich im Scherz vorschlug, meinen Posten aufzugeben und als Arbeiter dort hinzufahren. Er fügte hinzu, die Arbeiter seien faul, und er habe ihnen gedroht, sie durch andere zu ersetzen.

Er berichtete, 20 000 Bolschewiken hätten sich nach der Tötung ihrer Kommissare ergeben. Die Truppen seien schon weit hinter Minsk.

Ich brachte die Beschlagnahmungen im Getto zur Sprache. Er wies an, ihm bzw. Stamm darüber Meldung zu erstatten. Er erklärte, er reise nach Białystok ab, werde aber ständig nach Warschau kommen. Sein Stellvertreter wird Dr. Kah sein. Außerdem erklärte er, wegen eigenmächtiger Beschlagnahmungen sei ein Offizier verhaftet worden sowie eine niedrigere Charge aus Hohensalza [Inowrocław] für dasselbe Vergehen. Wir suchten Kamlah auf und baten um Intervention wegen des Gartens, der der Polizei weggenommen wurde, und wegen der Verpflegung der Arbeiter, die zu verschiedenen Arbeitsstätten gehen. Die Zahl der Mittagessen beträgt am 4. VII. 41 117 481.

Ich war bei Auerswald. Er hatte nicht viel Zeit. Ich bat um ein Schreiben betreffs der 13 usw., und zwar um so mehr, als Müller gefragt hat, ob die Sache erledigt sei.

Bischof und Rodig haben das Statut der Versorgungsanstalt kritisiert, wobei sie unseren Anwälten jegliches Talent absprachen. Nach der Beschlagnahme der Möbel usw. ist nun die Reihe an die Requisition der Intelligenz gekommen.

Danuta Czech   **(KZ Auschwitz-Birkenau)**
Zwei Häftlinge, die von der Gestapo aus Bielitz eingeliefert worden
sind, erhalten die Nummern 17813 und 17814.

*

Hörst du mein heimliches Rufen, öffne dein Herzkämmerlein
hast du heute Nacht auch lieb an mich gedacht,
dann darf ich im Traum bei dir sein.
Lass dich nur einmal noch sehen, zeig mir dein liebes Gesicht,
dann lösch aus das Licht, mein Herz vergisst dich nicht,
schlafe, schlafe ein.

<674 Sonntag, 6. Juli 1941 1402>

> Fasse meine Tränen in deinem Krug.
> Ohne Zweifel, du zählest sie.
> HERRNHUT   PSALM 56,9

William Faulkner 1897–1962   *Oxford/USA*
An Professor Warren Beck
Die ganze Zeit schrieb ich über Ehre, Wahrheit, Mitleid, Rücksicht und
die Fähigkeit, Kummer und Unglück und Ungerechtigkeit gut zu er-
tragen, und dann auch wiederum in Gestalt von Individuen, die sie be-
achteten und sich daran hielten, nicht für einen Lohn, sondern um der
Tugend willen, und auch nicht einmal deshalb, weil sie an sich bewun-
dernswert sind, sondern um mit sich selbst leben zu können und in Frieden mit sich zu sterben, wenn die Zeit da ist.
Ich meine nicht, daß der Teufel sich jeden Lügner und Heuchler und
Schurken schnappen wird, der auf dem Sterbebett kreischt. Ich glaube,
Lügner und Heuchler und Schurken sterben tagtäglich friedlich im
Dufte der von ihnen so benannten Frömmigkeit. Von denen spreche ich
nicht. Für die schreibe ich nicht. Aber ich glaube, daß es einige, nicht
unbedingt viele, gibt, die den Faulkner lesen und ihn weiterhin lesen und
sagen: «Ja. Es ist all right. Ich will lieber Ratliff als Flem Snopes sein.
Und sogar noch lieber will ich Ratliff sein ohne irgendwelche Snopes,
die als Maßstab dienen.»

Thomas Mann 1875–1955   *Pacific Palisades*
Einige Zeilen am Roman. [...] Auf der Promenade mit Heinrich, der
Hitler in Rußland den Untergang prophezeit. – [...] Zu Hause Kor-
rektur einer Partie der Joseph-Maschinenschrift. – Abends Goethes
«Gute Weiber». – Die russischen Nachrichten nicht schlecht. Russische
Aufforderung an Japan, sich zu erklären.

John Colville 1915–1987   *London*
Ein ruhiger brütend heißer Sommertag, den ich zum Teil darauf verwendete, mich an meine neuen Kontaktlinsen zu gewöhnen, die nicht
sehr angenehm sind, und um zu lesen. [...]

Hitler [hat] meiner Meinung nach auch überhaupt nicht die Möglichkeit in Erwägung gezogen, daß sein Vormarsch in Rußland aufgehalten werden könnte, sondern sich darauf verlassen, daß alles mit der gleichen Uhrwerkpräzision wie bisher ablaufen wird. Vielleicht wird das auch der Fall sein; viele unserer Experten glauben das – ich glaube es nicht.

Wilhelm Muehlon 1878–1944 *Klosters / Graubünden*
Zwei Wochen sind vergangen, in denen Deutschland alle Vorteile des Angreifers hatte. Es hat viel erobert, aber noch keines seiner Ziele, Leningrad, Kiew, Moskau, erreicht. Vor allem sind die Russen nirgends zusammengebrochen, im Gegenteil, ihr Widerstand wächst.

٭

Erlaß des Obersten Sowjets der UdSSR *Moskau*
Hiermit wird verbindlich bestimmt, daß die Schuldigen in der Verbreitung unwahrer Gerüchte in der Kriegszeit, welche zu Unruhen unter der Bevölkerung führen, nach dem Urteil eines Militärgerichtes mit 2 bis 5 Jahren Freiheitsentzug bestraft werden, wenn ihr Handeln nach ihrem Charakter keine strengere Strafe zur Folge hat.

Vorsitzende des Präsidiums des Obersten Sowjets der UdSSR
M. Kalinin

Sekretär des Präsidiums des Obersten Sowjets der UdSSR
A. Gorkin

Der Adjutant Heinrich Heim *1900 **Führerhauptquartier**
11.30–1.50
[Hitler:] Die Schönheit der Krim, uns erschlossen durch eine Autobahn: der deutsche Süden. Kreta – heiß – waldlos, schön wäre Zypern; aber: die Krim erreichen wir auf dem Landweg: Kiew. Dazu als Reiseland für uns: Kroatien: «Ich glaube, nach dem Krieg wird eine große Freude kommen.»
Mehr als die Eisenbahn – sie ist etwas Unpersönliches – wird der Kraftwagen die Völker verbinden. Welch' ein Faktor auf dem Wege zum neuen Europa! Wie die Autobahn die innerdeutschen Grenzen hat verschwinden lassen, werden die Grenzen der europäischen Länder überwunden.
Auf die Frage, ob es genug sein werde, bis zum Ural als Grenze vorgedrungen zu sein: zunächst sei es genug, die Grenze bis dahin hinaus-

gerückt zu haben; der Bolschewismus müsse ausgerottet werden; wenn
nötig werde man zu dem Zweck von dort aus dahin vorstoßen, wo immer ein neuer Herd sich bilde; Moskau als Sitz dieser Lehre werde vom
Erdboden verschwinden, sobald die wertvollen Güter weggebracht
sind.

Der Kolchosevorsitzende
Alexander Marian *1914   *Speja/Dnjestr*
Überraschend sehr schlechte Nachrichten. Ich habe die Anordnung bekommen, sämtliche Kolchoseställe zu vernichten. Kein Rindvieh, keine
Schweine und kein Geflügel sollen dem Feind in die Hände fallen. Last-
tiere müssen ins Hinterland getrieben werden. Die Kolchosebauern
sollen ihr privates Vieh auch nach Osten treiben.
Morgen muß geerntet werden, aber Menschen stehen mir nicht zur Verfügung. Alle Einwohner von 12 bis 60 Jahren sind bei der Ausschachtung eines Panzergrabens von Teja bis zur Wache bei Speja eingesetzt.

Der Obergefreite O. B.
Ich bekam jetzt ein sehr zeitgemäßes Buch geschenkt: Wachtmeister
Peter: «Ritt ins Morgenrot». Ein Reiterleben in den Freiheitskriegen,
eine ganz köstliche, tagebuchartige Schilderung des Zuges mit Napoleon nach Rußland und zurück, weniger köstlich natürlich die Einzeler-
lebnisse, besonders des grauenvollen Rückmarsches. Damals kam man
Mitte September in Moskau an. Auch diesmal war der Führer also früher hoch als die anderen, selbst als die vor 100 Jahren. Hoffentlich bleibt
es auch hinter der Stalinlinie bei diesem Vorsprung. Der Kriegsausbruch
im Osten hat, glaube ich, manch einen wie mich im ersten Augenblick
tief und heilsam verschrecken lassen. Der Schlußsatz der Proklamation
des Führers war mir wenigstens aus der Seele gesprochen [«Möge uns
der Herrgott gerade in diesem Kampfe helfen!»]. Wie mag es bei Euch
am 22. gewesen sein?

Der Oberstabsarzt Dr. Willi Lindenbach † 1974   Poluknie
Wieder eigentlich den ganzen Tag gefaulenzt. Das Wetter war nicht besonders. Am Nachmittag war ich in Wilna, was einen ganz ordentlichen
Eindruck machte. Ich sah zum ersten Male eine orientalische, bzw. russische Kirche mit Zwiebeltürmen. Sie machte äußerlich einen sehr guten
Eindruck. In Wilna war auffallend: die vielen blonden, gut aussehenden
jungen Mädchen. Am Abend die erste Post von meiner Guten bekommen. Die Briefe waren vom 28. und 29.

Der Feldwebel Arthur Binz   **Busk**

Heute ging unser Weg etwas ab von der großen Vormarschstraße und
verlief in nordöstlicher Richtung über Zeboska–Laszhi–Barszegas–
Zelchow hierher nach Busk, mit einer echtrussischen, in byzantinischem
Stil gebauten Kirche. Busk soll eine «Stadt» sein, bei uns würde man es
aber ein besseres Dorf, höchstens einen Markt nennen. Ein seltsamer
Typ Stadt, wie wir ihm jetzt schon mehrmals begegneten: kleine, zahlreiche Strohdachhäuser in weiten Abständen – Grund gibt es in Rußland genügend –, große, sonnige, staubige Plätze; dazwischen immer
wieder ein größeres, meist amtliches Gebäude.
Erst gegen Abend wurden wir gewahr, daß heute Sonntag ist, so zeitlos lebt man im Einsatz dahin.
Meine Dienststelle sandte mich zur «Bekräftigung» der Abendkost noch
auf Eierhamstern aus, worin ich angeblich ein gewisses Geschick habe,
obwohl ich mich weder durch Sprachkenntnisse, die auch durch einen
erquickenden Schlaf im sprachwissenschaftlichen Seminar nicht zugenommen hatten, dazu prädestiniert fühle, noch durch ein bemitleidens-
wert unterernährtes Äußeres. Ersteres war aber deshalb nicht so von
Bedeutung, weil das Ei in dieser Gegend der Ukraine einfach ja-ja heißt,
was also sogar ein doppelter Esel zum Ausdruck bringen kann. Besonders rasch brachte ich die Lacher unter den Eierlieferanten durch meine «berühmten Tierstimmenimitationen» auf meine Seite.
Größer als der materielle war der «gesellschaftliche» Gewinn, den mir
der Eierfeldzug einbrachte. Von einer ukrainischen Familie, bei der ich
auf Hamsterpfaden angepocht hatte, wurde ich abends eingeladen, und
diese Leute waren rührend gastfreundlich. Bei dieser Gelegenheit spielte
eine anwesende Lehrerin meinen Divisionsmarsch flott vom Blatt, wenn
auch mit etwas polnischer Färbung, indem sie das tempo di marcia etwas weichlich verschwimmen ließ. Umso echter klang ihr von mir er-
betener und mit hier sehr raren Zigaretten belohnter Chopinvortrag. Der
Mann der Lehrerin ist – echt russische Zustände – seit über Jahresfrist
spurlos «verschwunden». Ein angehender Jurist war noch da, der erzählte, daß er vor unserem Einmarsch ein Jahr lang im Keller hausen
mußte, um den Nachstellungen der Sowjetorgane zu entgehen.

Erich Kuby *1910   **im Osten**

An seine Frau

So einen Krieg, nein, den Krieg so können nur Deutsche führen, verdammt, die Sprache …: nur Deutsche können diesen Krieg so führen –
wie Postangestellte Schalterdienst machen. Aber ich denke, es wird

ihnen noch vergehen. Sie sehen die Raben nicht. Da haben sie doch diesen Groß-Raben-Vater Wagner und pilgern nach Bayreuth, alle Jahre wieder dämmern ihre Götter, ihnen dämmert aber nichts. Der Postmensch in Schmargendorf, am Schalter ganz rechts, schau ihn Dir an – mit solchen Leuten erobern wir Rußland.

Hilde Wieschenberg 1910–1984 Benrath

Mein lieber Franz, lieber Vater,
heute morgen kam ein richtiger Sonnenschein in unsere Küche, als Deine beiden Briefe ankamen. Vielen herzlichen Dank.
Heute war ich auf dem Rathaus und hab für einen ganzen Monat 185,70 RM erhalten. Ich hab dort gleichzeitig 50 RM auf der Sparkasse eingezahlt. Ich komme so gut aus. Warum soll ich so viel Geld hier liegen haben.
Lieber, wenn Du Gewehrführer wirst, dann bin ich ja soo stolz. Dann kann Dir doch der hochtrabende Gefreite nichts mehr anhaben.
Wie ist denn Eure Schießübung ausgefallen? Auch 33?
Deine Briefe lese ich gleich 3 bis 4 mal. Unser Hildchen steht dann bei mir und sagt: «Lieber Papi, lieber Vater, viele Küsse von Hildegard». Es ist ein goldiger Schelm.
Lieber Franz, wo liegt der Treibriemen, den Du für Schuhsohlen verwenden willst? Hans Rautenberg würde dann für Hildchen und Annemie die Schuhe fertig machen.
Jetzt bist Du schon 4 Wochen weg. Wenn es 8 Wochen sind, dann kommst Du doch sicher auf Urlaub. Ich freue mich unbeschreiblich. Beim Wiedersehn halt ich Dich erst ganz lange im Arm, dann folgt ein ganz langes Küßchen und dann, ja dann laß ich Dich nicht mehr los.

Grete Dölker-Rehder 1892–1946 Schloss Elmau

Auch um Hartwig muss ich in Angst leben. Die entsetzliche Sorge, sollte Sigfrid denn doch tot sein u. Hartwig als unser nunmehr Einziger, nun womöglich auch fallen, weicht keinen Augenblick des Tages u. der Nacht von mir. – In Russland ist ja ganz gewaltig gesiegt worden. Die bolschewistischen Hauptarmeen sind bei Bialystok eingeschlossen worden u. grösstenteils vernichtet. Der kleinere Teil, man sagt 160 000 gefangen. Heute Sondermeldung, die Russen beginnen an vielen Stellen ihre Führer zu erschiessen u. zu den Deutschen überzulaufen! – – Ungeheure Folgerungen beginnen sich abzuzeichnen! Russland war ja schon immer ein tönerner Koloss. Wie bald brach es im Weltkrieg zusammen, wie zerbrach das alte Zarenreich rasch.

Die Sowjetunion in der alten, überdimensionalen Ausdehnung war auch nur möglich, weil niemand da war, ihre Aufrichtung zu verhindern. Jetzt, nach zwei Jahrzehnten stürzt es vorm ersten Ansturm der so jungen, neuerstandenen deutschen Wehrmacht zusammen wie ein Kartenhaus u. es wäre wahrhaftig nicht zu verwundern, wenn es auseinanderfiele und nicht mehr zurückfände in die alte Form. Damit beweist es seine Lebensunfähigkeit. Nach den neuen, gesunden, nicht nur nationalsozialistischen, sondern überall sich Bahn brechenden Grundsätzen, ist es ja auch ein Unding, Asien u. Europa mit einer solchen Fülle völlig fremder Rassen, Landschaften u. Lebensbedingungen gewaltsam in einen Raum u. unter eine Staatsoberhoheit zwingen zu wollen. Es beginnt sich eine Entwicklung abzuzeichnen, nach der das asiatische Russland mit China u. Japan zusammen eine Interessensphäre bilden wird, während diesseits des Ural ein europäisches Russland entsteht, das sich unseren kulturellen u. wirtschaftlichen Bestrebungen anschliesst. Wieviel davon (Ukrainer, Baltenlande, Polen) dem deutschen Reich einverleibt wird, bleibt dahingestellt. («das weiss nur Hitler bestimmt, der liebe Gott vielleicht, und wir andern brauchen es nicht zu wissen».) Ganz ungeheuerlich ist, was wir miterleben u. nur in seltenen Augenblicken sind wir fähig, alles jäh in seiner ganzen Grösse zu ahnen. Was für Aufgaben erwachsen aber unserm Führer! Dieser Mann, der sich vornahm, Deutschland aus seiner Erniedrigung aufzurichten, ob er ahnte, dass er dafür einen Krieg würde führen müssen von solchen Ausmassen, Europa u. jetzt allmählich gar die ganze Welt aus den u. dann neu in die Angeln heben muss? Er ahnte es vielleicht, er hoffte wohl, dass Gott nichts Übermenschliches von ihm fordern würde, aber nun diese ungeheuren Aufgaben an ihn herantreten, wird er, das Vertrauen hat Deutschland, sie mit Gottes Hilfe auch meistern.

Mein Verstand weiss um das Grosse, ich will es erleben, bewundern, – aber ich kann es nicht hindern, dass meine Seele nicht mehr in mir ist, dass sie um die Erde irrt u. nach meinen Söhnen sucht u. dass sie fragt, nach dem einen, ob er tot ist u. nach dem andern, ob er noch lebt?

Der Leutnant Georg Kreuter 1913–1974   Tolotschin

Weiter rechts und links der Autobahn. Alles bleibt fast rettungslos im Schlamm stecken. Es regnet 4 Stunden, was vom Himmel kann. Der schwere Zug bleibt immer mehr zurück. Ich fahre vor zum Regiment. Wir schlafen auf der Straße dicht hinter Tolotschin, das genommen worden ist.

Der Offizier Martin Steglich 1915–1997 vor der Düna

Kurz vor der Düna. Gestern war Ortsunterkunft in Bonuny. Als wir eintrafen, ritt ich wie immer voraus, um mir die Unterbringung vorher anzuschauen. Ein Mann der Quartiermacher hatte die Kompanie falsch eingewiesen. Ich hatte eine Sauwut.

Unterbringung: ich habe die Nacht ausgezogen in einem sauberen Bett geschlafen. Aber nicht, wie ich dachte, gut, sondern, da völlig ungewohnt, sehr schlecht. Ein piksauberer Bunker – aber nur nach hiesigen Begriffen! Abends beim Scheine einer Wagenlaterne Briefe an die Angehörigen der Verwundeten geschrieben. Gegen 24.00 Uhr im Bett.

Heute am Sonntag zeitiger Abmarsch, um 6.25 Uhr. Wir sind Spitzenbtl. im Regiment. Heute wird die Düna überschritten. Feind soll getürmt sein.

Alexander Cohrs 1911–1996 Opintzki/Memel

Zwei Uhr nachts Wecken. Tagesziel: Etwas über die Memel hinaus. Nicht alle Versuche, sich mit «losen Pferden» beritten zu machen, gelangen. Kurz nach 6 Uhr versuchte es Feldwebel Sieder (Fritz, aus Eger). Er saß auf einem Pferd und machte die tollsten Verrenkungen, um es in Bewegung zu bringen. Dabei gebärdete er sich wie ein Wilder. Der Gaul stand mit stoischer Ruhe. Schliesslich reichte ihm jemand einen Stock. Er versuchte es damit, doch der Gaul verzog keine Miene.

Der von den marschierenden Gruppen aufgewirbelte Staub durchdringt alles. Der Staub im Haar verbindet sich mit dem Schweiß und ergibt ein Bindemittel, das stärker ist als jede Pomade. Selbst langgediente Kämme zerbrechen. Staubsammelstellen bilden sich vor allen Dingen in den Nasen. Sie bilden dort so eine Art Humus.

Wir marschieren durch die Stadt Mir. Sie ist zu einem großen Teil verbrannt. Wir hörten, die Russen hätten sie auf ihrem Rückzug angesteckt. Kämpfe haben hier nicht stattgefunden. Daran, daß die Mädchen in Sonntagskleidern auf den Straßen spazierengehen, merken wir, daß Sonntag ist.

Zwischendurch machen wir mal für zwei Stunden Rast. Es geht weiter auf sehr schlechten Wegen und durch sehr schmutzigen Staub. Die Memel ist hier, nicht weit von ihrer Quelle, ein sehr kleines Flüßchen. 20 bis 30 Meter vom Flußbett beginnt Kiefernwald. Stellenweise besteht der Boden fast nur aus Sand. Wo Roggen angebaut ist, steht er wie schütteres Gras. Das Tagesziel erreichen wir in Opintzki. Wir finden Quartier in einer Scheune, wieder mit erfreulich viel Stroh.

Der Soldat Paul Hübner *1915 Sallafront

Eben kam der Befehl. Man erlaubt uns nicht, die hinderliche Gasmaske
und Gelbkreuzplane dazulassen. So laden wir sie uns mit Waffen, Mu-
nition, Handgranaten und Sturmgepäck auf. Über dem Stahlhelm der
Mückenschleier verfeinert die Gesichter und gibt ihnen einen Hauch
verlorenen Geheimnisses zurück.
Elf Uhr morgens.
Über Knüppeldämme, an denen noch gebaut wird, durch zerschossene
und unversehrte Fichtenstücke in die vorderste Linie.
Eine freie Sumpfheide, die vom Feind eingesehen ist, wird einzeln in
Sprüngen überquert. Wir sind in den frisch gegrabenen Stellungen einer
Infanterieeinheit, die sich im Gestrüpp eines Waldrandes eingenistet
und als Schußfeld ein strauchbeflocktes Moor vor sich hat. Zu gegebe-
ner Zeit sollen wir unter ihrem Feuerschutz den quer vor uns liegenden
Waldrücken stürmen. Vorerst liegt er unter schwerem Artilleriefeuer
von rechts. Die Einschläge hallen, man sieht Erdfontänen spritzen und
Baumkronen sich drehen und niedersinken.
Die MG-Schützen, zu denen ich gekrochen bin, erzählen von unsicht-
bar eingegrabenen russischen Panzern, die sich plötzlich in Bewegung
setzten. Von Bunkern, in denen ganze feindliche Kompanien zum An-
griff versteckt lagen; von einem Sumpfgefecht, bei welchem Freund und
Feind, Lebende, Tote und Verwundete versanken, nachdem der anfäng-
lich begehbare Boden durch Erschütterungen und Granateinschläge sich
rasch in einen saugenden Morast verwandelt hatte.
Vor zwölf.
Das Artilleriefeuer auf der Anhöhe hat sich noch weiter verstärkt. Der
Anstieg rechts löst sich in zuckendes Brodeln auf. Unterhalb fängt der
Wald an zu brennen. Er scheint absichtlich mit Flammenwerfern oder
Brandgranaten angesteckt zu werden. Rasch quellen weiße Wolken hoch.
Der Berg rückt fort, hängt noch eine Weile als feine Silhouette über dem
Moor und wird von nachdrängenden Schwaden verschluckt. Man hört
nur noch, was dort vor sich geht.
Ein Uhr.
Fast eine Stunde sind unsre Sturzkampfbomber angeflogen. Sie haben
über uns die Nasen gesenkt und sich mit höllischem Pfeifen steil gegen
die Anhöhe gestürzt und nach Abwurf der Bomben ebenso steil wie-
der hinaufgeschwungen. Die Detonationen schütterten bis zu uns. Das
Artilleriefeuer wird vorverlegt. Jetzt hören wir die Granaten anheulen
und links einschlagen.
Leutnant Woldas kommt vom Gefechtsstand. Er ruft: «Der Zug be-

gibt sich im Eilmarsch zu den Fahrzeugen. Wir werden woanders gebraucht!»

Der Matrose
Kim Malthe-Bruun 1923–1945   Pernavik/Finnland
Bomben, Russen, Maschinengewehrfeuer und Luftabwehr, das wird
bald zu unserem Wiegenlied. Gestern abend war ich mit einem Kameraden eine Stunde lang an Land. Als wir mitten auf einer Wiese waren,
kamen Russen und bombardierten das Sägewerk, das nur 400 Meter
von der Stelle entfernt war, wo wir uns hingeworfen hatten. Um uns
regnete es Steine, Bäume und Splitter. Wie sahen meine Kleider aus, be-
spritzt mit Schlamm und Erde. Man wird davon hitzig, ja sogar wütend,
und die Wut verdoppelt sich, weil man sich selber hinwerfen und auf
diese vollkommen wahnsinnige Zerstörung hinschauen muß, ohne das
geringste zu ihrer Verhinderung tun zu können.
Heute hatte ich Nachtwache, und wir waren wegen der Russen zweimal an Land. So heute morgen, als ich ins Bett gekommen war und gerade recht fest schlief – ja, es waren kaum zwanzig Minuten, seitdem ich
in die Koje gestiegen war – mit einem Satz wieder auf und in aller Hast
an Land. Zwei Stunden später lag ich wieder in der Koje, und diesmal
wurde mir erlaubt, ganze zwei Stunden lang zu schlafen. Dann wieder
auf. Es ist schon lange her, seitdem ich drei Stunden hintereinander
habe schlafen können, und nachgerade sehnt man sich wahnsinnig danach, sich wieder einmal mit dem Bewußtsein schlafen legen zu können, in den nächsten acht Stunden nicht gestört zu werden. Die andern
arbeiten am Tag fast gar nicht, sondern liegen an Deck und schlafen.
Kannst Du Dir einen solchen Angriff vorstellen: Da kommen langsam
drei große, ja riesenhafte russische Maschinen und fliegen in mehreren
Kilometern Höhe vorüber. Sie fliegen immer so hoch, auch wenn sie
bombardieren. Ich habe mir immer vorgestellt, daß sie mit einer wahnsinnigen Geschwindigkeit kommen und nach wenigen Sekunden wieder fort sein würden, aber hast Du nicht auch schon versucht, stillzu-
stehen und nach einer Maschine hinzuschauen, die als winziger Punkt
in der Höhe schwebt? Trotz der Höhe kann man die Formen deutlich
erkennen, und diese Maschine, sie bewegt sich so langsam, daß man es
kaum wahrnehmen kann. Und … verzeih, wir sind gerade wieder an
Land gewesen, aber es ist nichts geschehen. Sie flogen über den Wolken. Nun, womit habe ich aufgehört? Ich kann mich nicht erinnern,
womit ich fortfahren wollte. Nun, du siehst jene Maschine, die langsam,
ganz langsam über den wolkenlosen Himmel hingleitet, wie ein großer,

silberglänzender Raubvogel, und ohne jegliche Warnung hörst du plötzlich ein Heulen in der Luft, und einen Bruchteil von einer Sekunde später ein Krachen, und du siehst Erde, Steine, ja vielleicht ein Haus nur
wenige hundert Meter von dir entfernt in die Luft fliegen. Und nach
dem Krachen hörst du abermals dieses Heulen von Bomben, die schon
gefallen sind. Du starrst wieder zu den Tieren dort oben hinauf. Sie gleiten langsam weiter, als ob nichts geschehen wäre. Schaust du nach der
Uhr, so kannst du feststellen, daß das Ganze nur zwei Minuten gedauert hat. Fragst du dich selber, bist du bereit zu schwören, daß es mehrere Stunden gedauert habe.
Wir fischen wie verrückt und haben jede Nacht fünfzig Angeln
draußen, weil wir nicht mehr viele Lebensmittel haben. Die Rationen der Finnen sind außerordentlich klein. Sie erhalten beispielsweise
nur 600 Gramm Fleisch im Monat. Es ist schlecht damit auszukom-
men.

Jochen Klepper 1903–1942   **hinter Sapta Bani**
Gleich früh ließ Major Eras mir sagen, daß er mich im Auto auf Dienst-
fahrt mitnehme, damit ich etwas mehr zu sehen bekäme. So fuhren wir
um 8 Uhr im offenen Feldauto ab, mit Stahlhelm, Gasmaske und ge-
ladenem Gewehr. Nach Zaicani zum Divisionsstab und zum Stab des
Kommandierenden Generals unseres Armeekorps.
Die Straße ein Drama. Bombeneinschläge am Rande sind das wenigste.
Wegkommando an Wegkommando – rumänische Dorfbevölkerung und
unsere Soldaten – an der Arbeit, unablässig; vor und hinter jedem Wagen
muß ausgebessert werden. Dabei der ununterbrochene Zug der Autos.
Teilweise wegen des militärischen Verkehrs und der Gefährlichkeit der
Straße wird man durchgeschleust; genaue Verkehrsregelung an beson-
ders gefährlichen und unübersichtlichen Stellen.
Der Divisionsstab – Offiziere über Offiziere – lebt nur noch in Zelten;
General de Angelis – sich frisch gebend, aber offensichtlich sehr nervös – bei seinem puritanischen und primitiven Frühstück im Zelt inmitten all der Zelte im Bauerngarten.
Zurück. Am Hauptverbandsplatz. In großen Zelten wird operiert. Ein
junger Chirurg operierte 28 Stunden ununterbrochen; 36 Operationen,
12 Amputationen. Ich sah, wie Schwerverwundete in Sanitätsautos verladen wurden, auch russische Offiziere. An der Bahre eines verwundeten Oberarztes.
Über die Sturzäcker werden die Verwundeten in Panjewagen gebracht.
Um 1 Uhr nachts mit Munition in eine Stellung aufgebrochen, sehe ich

einen Teil meiner alten 5. Kolonne zurückkehren, spreche manche, auch
Unteroffizier D. Und sehe hier auch Fölsche wieder.

Gegenüber vom Hauptverbandsplatz sind drei frische Gräber von diesem Vormittag, drei neue für ebenfalls im Lazarett Verstorbene werden
gerade an demselben Feldrand angelegt. Alles mit so viel Liebe. Der
Tischler fertigt ein Grabkreuz nach dem anderen an.

Wir fahren zu mehreren unserer Kolonnen. Die ganzen Wälder auch hier
voller Autos, Wagen, Pferde, Truppen, wie auch unser Munitionslager
im Walde versteckt ist. Überall halbhohe Felder; Kornraden; manns-
hoch blühender Schierling. Riesige blühende Disteln. Sonne und Wind.
Imbiß an einer Feldküche im Walde.

Kaum noch Flieger- und Artilleriebeschuß. Die Russen im Weichen, aber
unsere Division, an der Spitze eines «Hufeisens», kann noch nicht weiter, da die Flanken und Verstärkungen noch nicht folgen. Die 22. Division soll 60% Verluste haben. Die Truppen haben in schwerem Artilleriefeuer gelegen.

Bei der Heimkehr, gerade zum Mittagbrot im Autobus, wurde ich so
freundlich bedient, «da ich ja immer so für alle sorge».

Es war seltsam gewesen, im Auto des Kommandeurs an meiner alten
Kolonne vorüberzufahren.

Hochsommernachmittag. Abends wieder die Schönheit der dämmernden, tiefgrünen Bauerngärten, in dem unsrigen Feuerlilien. Wir saßen
im Mondschein unter dem breiten, hohen Nußbaum.

Der Assistenzarzt
Dr. Hermann Türk 1909–1976 vor Rogatschew

Es ist sehr kalt und naß. Das Zelt ist feucht, Decken und Kleidungsstücke auch feucht. Man fühlt sich zerschlagen. Trotz Übermüdung
kann ich keinen Schlaf finden.

Da steht plötzlich Feldebert vor mir, der Assistenzarztschreiber des Bataillons. Stabsarzt Marr ist schwer verwundet: Brustdurchschuss. Ich
bin erschüttert. Bleich, mit wirren Augen, völlig zusammengebrochen
liegt da mein alter Stabsarzt. Er kann mich für Sekunden erkennen. Er
kommt gleich in den Op. Es ist ein scheußlicher Durchschuß. Wir geben gleich Kampfer, da er kollabiert. Dann kommt die Wundrevision.
Ich habe eine Scheu davor. Was wird sie ergeben. Vorne so ein kleiner
Einschuß, der Ausschuß hinten ist größer. Wie ich nachfühle, muß ich
feststellen, daß die Wirbelsäule durchschossen ist. Wie furchtbar. – Ich
will es noch nicht wahrhaben. Aber die Stellung der Beine und des linken Armes sagen mir genug: Querschnittslähmung. Wir geben noch

Cardiazol und machen noch eine intravenöse Infusion. Die Venen sind völlig kollabiert, so daß wir sie freilegen müssen. Mit der Kanüle kommt man nicht mehr hinein. Als er wieder erwacht, erkennt er mich wieder und bittet mich, seiner Frau zu schreiben. Er wußte, daß es zu Ende gehen würde. Dann ist er gleich wieder ohne Besinnung. Wir schaffen ihn gleich nach Bobruisk zurück ins Feldlazarett. Von dort wollen wir versuchen, gleich eine Maschine nach Deutschland zu bekommen.
Wieder 8 Stunden Operationen. Wieder viele bekannte Gesichter. Dann schreibe ich den Brief an Frau Marr.
Wir haben eben den 370. Zugang vor Rogatschew! Wie lange soll das wohl noch so weitergehen. Man muß sich sehr vor den Mannschaften zusammenreißen.
Nachmittags kommen noch Lt. Rosemeyer und Lt. Steinmüller. Rosemeyer mit Bauchschuß und Oberschenkelschuß. Hat Schwein gehabt. Auch Helmut Gappel kommt mit Oberschenkeldurchschuß. Er hat sich auch jetzt noch seine alte Bierruhe bewahrt. All die alten Gesichter. Wie sehen sie jetzt aus. Alle wie um Jahre gealtert, zum Teil scheußlich entstellt. Ich mußte allein heute 8 Amputationen vornehmen. 4 Mann mit Erblindung. Und wie reißen sich die Kerle zusammen. Man hört kaum mal einen Klagelaut. Nur in der Narkose, da schreien sie vor Grauen oder Angriffslust.
Wir tun, was in unseren Kräften steht – schon wieder wird es dunkel. 12 Stunden stehe ich wieder am Op.-Tisch. Nur schnell einen Imbiß für 15 Minuten und weiter geht's. Wagen um Wagen rollt an. Noch 50–60 Mann sind zu versorgen. Auch diese Nacht geht es durch. Um 5 Uhr schickt der Chef Schnürpel und mich ins «Bett». Wir müssen gehorchen. Wir sind ja auch schon seit dem Vortage um 8 Uhr am Op.-Tisch.

Ein unbekannter Soldat   **Tarnopol**
Liebe Eltern!
Soeben komme ich von der Aufbahrung unserer von den Russen gefangenen Kameraden der Luft- und Gebirgstruppen. Ich finde keine Worte, um so etwas zu schildern. Die Kameraden sind gefesselt, Ohren, Zungen, Nase und Geschlechtsteile sind abgeschnitten, so haben wir sie im Keller des Gerichtsgebäudes von Tarnopol gefunden und außerdem haben wir 2000 Ukrainer und Volksdeutsche auch so zugerichtet gefunden. Das ist Rußland und das Judentum, das Paradies der Arbeiter. […] Die Rache folgte sofort auf dem Fuße. Gestern waren wir mit der SS gnädig, denn jeder Jude, den wir erwischten, wurde sofort erschossen. Heute ist es anders, denn es wurden wieder 60 Kameraden

verstümmelt gefunden. Jetzt müssen die Juden die Toten aus dem Keller herauftragen, schön hinlegen, und dann werden ihnen die Schandtaten gezeigt. Hierauf werden sie nach Besichtigung der Opfer erschlagen mit Knüppel und Spaten. Bis jetzt haben wir zirka 1000 Juden ins Jenseits befördert, aber das ist viel zuwenig für das, was die gemacht haben. Die Ukrainer haben gesagt, daß die Juden alle die führenden Stellen hatten und ein richtiges Volksfest mit den Sowjets hatten bei der Hinrichtung der Deutschen und Ukrainer. Ich bitte Euch, liebe Eltern, macht das bekannt, auch der Vater in der Ortsgruppe [der NSDAP]. Sollten Zweifel bestehen, wir bringen Fotos mit. Da gibt es kein Zweifeln.
Viele Grüße, Euer Sohn Franzl

Der General Franz Halder 1884–1972 Führerhauptquartier
Die Verluste bis 3.7. betragen:
Verwundete: 38 809 (davon 1403 Offiziere)
tot: 11 822 (davon 724 Offiziere)
vermißt: 3 961 (davon 66 Offiziere)

Gesamtverluste: etwa 54 000 = 2,15 % von 2,5 Mill.

Der SS-Mann Felix Landau *1910 Lemberg
Um 8 Uhr war Wecken. Wir schlafen so lange, daß der Tag kürzer wird. Wieder einmal eine Beschäftigung. Heute war ich das x-te Mal in der Stadt und suchte ein Papiergeschäft. Nun ist es mir tatsächlich gelungen, eines zu finden.
Papiergeschäfte sind seit jeher meine Leidenschaft. Natürlich habe ich dort alles umgekramt und auch etwas Brauchbares gefunden. Briefpapier, wie wir es in der Heimat kennen, gibt es hier nicht. Aber ich habe endlich Briefumschläge und brauche jetzt nicht mehr herumzubetteln. Ein schönes, großes Reisezeug habe ich mir auch um 32 Rubel / 3,80 RM / gekauft.
Also morgen um 8 Uhr früh geht es nun endlich weiter nach Drohobycz. Wie uns mitgeteilt wurde, ist das Gebiet zum Teil von Russen besetzt. Es freut mich, endlich etwas mehr voran zu kommen. Morgen geht auch noch Post nach Krakau und Lublin, wo sie weitergeleitet wird. Da kann ich noch rasch meiner kleinen Trude schreiben. Alle anderen Frauen sind für mich schon lange in meinem Herzen gestorben. Ich weiß eigentlich selbst nicht, wie es kam.
Heute vormittag berichtete eine Sondermeldung die Kapitulation von

wieder 52 000 Russen. In kaum weiteren 14 Tagen vermute ich die Revolution in Rußland. Moskau ist bis dorthin bestimmt schon gefallen. Heute abend feiern wir noch mit unseren «Kameraden» aus Krakau Kameradschaftsabend.

Der SS-Obersturmführer August Häfner   Shitomir

Ich kam, es muß Anfang Juli 1941 gewesen sein, von irgendeiner Fahrt zurück nach Luzk. Als ich nach vielen Fragen meine Einheit gefunden hatte, liefen die Leute herum und ließen den Kopf hängen. Ich merkte, daß irgendetwas vorgefallen war, und fragte, was los sei. Irgendeiner sagte mir, [Standartenführer] Blobel würde in seinem Zimmer liegen und einen Nervenzusammenbruch haben. Ich ging in das Zimmer. Blobel war dort. Er redete wirres Zeug. Er sprach davon, daß man so viele Juden nicht erschießen könne, man bräuchte einen Pflug, um sie unterzupflügen. Er war vollständig weg. Er drohte, Wehrmachtsoffiziere mit seiner Pistole zu erschießen. Ich sah, daß er durchgedreht war, und fragte [Obersturmführer] Janßen, was vorgefallen sei. Janßen sagte mir, es sei ein Befehl da von Reichenau, nach dem 3000 Juden als Vergeltung dafür erschossen werden sollten, daß auf dem Burghof in Luzk 2000 Leichen gefunden worden wären. Zu dieser Zeit war noch keine Vorbereitung zur Durchführung dieses Befehls getroffen. Wenigstens ist mir davon nichts bekannt. Ich habe veranlaßt, daß ein Arzt geholt würde. Wer ihn geholt hat, weiß ich nicht mehr.

Dieser Arzt gab, als er den Zustand Blobels sah, Blobel eine Spritze und die Anweisung, ihn nach Lublin in ein Lazarett zu schaffen. Blobel griff bei dieser Untersuchung laufend zur Pistole. Meinem guten Zureden gelang es, ihn zu beruhigen, so daß er nicht schoß. Ich erklärte mich bereit, zusammen mit dem Fahrer Bauer Blobel nach Lublin zu schaffen. Unter uns Führern herrschte eine gewisse Ratlosigkeit. Es war unklar, wer in Abwesenheit des Blobel das Kommando übernehmen sollte. Soweit ich mich erinnern kann, haben [Obersturmführer] Hans, Janßen und ich [Hauptsturmführer] Callsen gedrängt, als Hauptsturmführer und dienstältester Offizier das Kommando zu übernehmen. Callsen wehrte sich mit Händen und Füßen, weil er genau wußte, daß die Erschießung der Juden bevorstand. Irgendeiner hat dann den Vorschlag gemacht, [Brigadeführer] Rasch zu verständigen. Ich glaube sogar, daß ich das war.

Ich bin dann anschließend mit Bauer nach Lublin gefahren. Blobel hatten wir in dem [Opel]«Admiral» verstaut. In Lublin haben wir ihn in einem Lazarett abgeliefert, das von den Landsern als Klappsmühle bezeichnet wurde. Dann sind wir zurückgefahren. Bauer kann darüber befragt werden.

Als wir wieder in Luzk eintrafen, haben auf einem freien Platz, es muß der Marktplatz gewesen sein, eine Unmasse Landser gestanden. Es waren Leute aller Waffengattungen, auch der Organisation Todt. Ich wußte, als ich mich dem Platz näherte, daß die Erschießung der Juden anstand.

Ich habe mir sofort gedacht, daß es diese Geschichte sei, als ich die Truppen sah. Ich trat zur Grube. Ich sah, daß ein Major der Wehrmacht ein schweres MG, das ihm von Landsern gegeben worden war, die es hielten, senkrecht zur Grube hinhielt und einen ganzen Gurt Schüsse in die Grube jagte. Wenn ich mich recht erinnere, hat er noch ausgerufen: «Da leben ja noch welche!» Dann tauchte neben diesem Mann aus dem Leichenhaufen ein älterer Mann auf und schrie: «Gebt mir noch eine Pulle!» Ich weiß nicht, wer diesen Mann dann erschossen hat. Ich war sehr entsetzt, daß viele Leute angeschossen in der Grube lagen. Man hat die Leute jämmerlich sterben lassen. Als ich das sah, suchte ich, ob ich jemand von unserem Kommando sah. Ich nahm an, daß unser Kommando diesen Befehl ausgeführt hat. Ich bin ein Stück entlanggelaufen und habe keinen von unserem Kommando gesehen. Auf der Dienststelle traf ich dann verschiedene Angehörige unseres Kommandos.

Ich meine, mich erinnern zu können, daß ich auf unserer Dienststelle Callsen, Janßen und Hans getroffen habe. Ich fragte sie: «Um Gottes Himmels willen, was ist denn los da vorne?» Ich habe auch noch gefragt: «Wer hat die Erschießung durchgeführt; wer hat das Kommando gehabt?» Ich bekam keine direkte Antwort. Einer erklärte, Dr. Dr. Rasch [Führer der EGr. C] sei das gewesen und habe befohlen, daß die Erschießungen durchzuführen seien.

Der Befehlshaber der Sipo und des SD **Kauen/Litauen**
Einsatzkommando 3, Exekutionen durch litauische Partisanen:
6. 7. 41 Kauen – Fort VII
Juden: 2514

Adam Czerniaków 1880–1942 **Warschauer Ghetto**
Morgens Gemeinde. Wie üblich Ratssitzung usw. Heute unser 28. Hochzeitstag, ohne Jaś.

Danuta Czech   (KZ Auschwitz-Birkenau)

30 Häftlinge, die mit einem Sammeltransport von den Stapo- und Kripoleitstellen aus Lodz, Troppau, Stettin und Breslau eingewiesen worden sind, erhalten die Nummern 17 815 bis 17 844.

※

Einmal wirst du wieder bei mir sein,
einmal wirst du wieder treu mir sein.
Schenkst du mir auch heut' noch keinen Blick,
einmal kommst du doch zu mir zurück!
Einmal wird es ganz bestimmt dir klar,
daß ich doch die Allerbeste war.
Suchst du auch woanders noch dein Glück,
einmal kommst du doch zurück.
Was immer auch geschehen mag, ich wart' auf dich,
denke daran an jedem Tag: ich wart' auf dich.
Denke bei jedem Glockenschlag: ich wart' auf dich,
denn ich laß den Glauben mir daran nicht rauben:
Einmal wirst du wieder bei mir sein.

<675   Montag, 7. Juli 1941   1401>

> Sei mir ein starker Hort, dahin ich im-
> mer fliehen möge, der du zugesagt hast,
> mir zu helfen; denn du bist mein Fels
> und meine Burg.
> HERRNHUT   PSALM 71,3

Max Beckmann 1884–1950   Amsterdam
Bei Tante Ilse, 30 Grad Hitze – Puh, viel Luftalarm.

André Gide 1896–1951   *Südfrankreich*
Hochsommer. Ich habe es gern, wenn es mir zu heiß ist. Eine dichte,
leuchtende Pracht breitet sich über die Ebene, und die Berge ringsum
scheinen wie treibende Blöcke von Blau. Wie schön wäre doch die Erde!
… Schafft nicht der Mensch selber fast all sein Unglück?

Wilhelm Muehlon 1878–1944   *Klosters / Graubünden*
Die Engländer geben ihren neuen 12 t Tank bekannt, den sie allen bisher
verwendeten deutschen Tanks für überlegen halten. Der Tank heisst
Valentine, fährt sehr schnell, hat drei Mann Besatzung.

Thomas Mann 1875–1955   *Pacific Palisades*
Um 9 Uhr ungefrühstückt zum Laboratorium Wilshire Bld. zur Blut-
Entnahme. Danach gegenüber Kaffee-Frühstück. Heimfahrt. Etwas ge-
arbeitet. […]
Zum Abendessen Leonh. Frank u. Eva Hermann. Frank aus seinem
Schweizer Frauen-Roman erwachende Weiblichkeit, pénible. – Die Rus-
sen kämpfen mit offenkundigem Fanatismus und halten die Deutschen
auf.

*

Der Matrose   Pernavik / Finnland
Kim Malthe-Bruun 1923–1945
Guten Morgen – wir schreiben nun Montag, den 7. Juli 1941, 4 Uhr 10.
Ich habe gerade die andern geweckt, und sie sind fischen gegangen.

Hier ist es prachtvoll. Die Sonne ist aufgegangen und wärmt herrlich. Nun, um fortzufahren, wo ich am Abend stehengeblieben bin: Ich habe eine herrliche Nacht gehabt – Vollmond und nur ein einziger Flieger- alarm. Nachdem gestern abend entwarnt worden war, gingen wir zu viert an Land. Natürlich fanden wir eine ganze Schar junge Damen, an die wir unsere Herzen verloren. Von ihnen war keine über siebzehn Jah- re. Die Götter mögen wissen warum, aber sie schienen uns ungemein anziehend zu finden, da sie, milde ausgedrückt, uns mit dem Vorschlag überfielen, mit ihnen «Zwei Mann heraus für eine Witwe» zu spielen. Wie komisch das auch scheinen mag, so unterhielten wir uns dabei herr- lich. Die Mädchen waren süß, frisch und lustig, und unglaublich unbe- fangen, sobald sie ihre erste Befangenheit überwunden hatten. Sie waren alle so hübsch gewachsen, daß man sich nur verwundern konnte – und alle hatten viel Anmut in ihren Bewegungen.

Sie glauben, daß mit mir etwas Besonderes los sei, und einmal übers an- dere erhalte ich zum großen Verdruß der andern Einladungen zu Ru- derpartien, Radausflügen, Waldspaziergängen und vielem andern. Ich gestehe ehrlich, ich will mich nicht besser machen, als ich bin, ich füh- le mich stolz wie ein junger Hahn, wie sehr ich auch ankämpfe gegen diese Selbstgefälligkeit. Warum, verstehe ich selbst nicht recht, aber nach einem solchen Vorfall geht all mein Denken gleich zu Dir, Hanne, und fühle ich mich so unbeschreiblich glücklich.

Hilde Wieschenberg 1910–1984   Benrath

Mein lieber guter Franz.
Lieber, Ich bin ja soo dankbar, daß Du noch in der Ausbildung bist. Wenn dieselbe vorbei ist, dann ist hoffentlich England erledigt. Ich bin so froh, daß Dein Körper so prima in Ordnung ist, Du, wenn Du hier bist, dann muß ich das ganz genau untersuchen. Läßt Du Dir das auch gefallen? Auch dann, wenn ich Dir inzwischen ein Küßchen gebe. Ach Junge, unser Wiedersehn muß ja so schön werden. Dann stehen wir alle am Bahnhof mit Blumen, und auf dem Küchentisch erwartet Dich ein ganz leckerer Kuchen. Zum Nachtisch gibt es immer Obst mit Pudding, und wenn die Kinder ins Bettchen kriechen, dann komme ich ganz nah zu Dir und bin unendlich froh, daß Du wieder bei uns bist.
Das sind meine Gedanken heute am Sonntagabend.

Grete Dölker-Rehder 1892–1946   Schloß Elmau

Otto telefoniert mir von Seefeld, er hat einen Brief der Marine aus W.haven gekriegt, der Name unseres Sohnes sei nicht zwischen den bis

jetzt als gerettet Gemeldeten, wir müssen also wohl mit der schmerz-
lichen Möglichkeit rechnen, dass er «gefallen» sei! – Was soll ich dazu
sagen? Das Herz krampft sich in der Brust zusammen, der Schmerz
wird scharf, neu, aber eigentlich haben wir diesen Brief erwartet. Dass
Sigfrid nicht unter den in England Gefangenen u. nicht unter den wenigen von deutscher Seite Geretteten ist, war uns ja allmählich schon
klar geworden. Die Marine muss ihn wohl demnach verloren geben, sie
muss den Eltern Briefe solchen Inhalts schreiben. Aber solange niemand beweisen kann, dass Sigfrid tot ist, kein Augenzeuge uns sagen
kann, wie er fiel oder als Verwundeter starb oder ertrank, solange glaube ich es eben nicht! Gott gab mir noch kein Zeichen seines Todes, Sigfrid selbst gab es uns nicht, doch immer wieder erhalten wir kleine Zeichen, die uns Mut und Hoffnung geben. Mögen die Menschen sagen,
was sie wollen, ich glaube u. warte!

Helmuth James von Moltke 1907–1945   Berlin
An seine Frau

Der russische Krieg gefällt mir noch immer nicht, d. h. nicht ein Mal
vom rein technischen Standpunkt. Die Berichte lauten von allen Seiten
gleichmässig: zäher Widerstand, schwere Kämpfe, langsames Vorrük-
ken. Das bedeutet Verluste für uns und Vernichtung wirtschaftlicher
Werte aller Art: Dörfer, Ernte, Fabriken, Verkehrswege. Dann einige Tage
lang Regen. Wir haben jetzt 14 Tage diesen Krieg und sind nur ganz im
Norden in die Stalinlinie eingedrungen, an allen anderen Stellen sind wir
meist noch garnicht heran. Natürlich auch eine solche Linie ist nichts
ohne Menschen, aber die müssen sich sehr ändern, wenn wir dort leich-
tere Arbeit haben wollen.
Heute mittag esse ich mit Stauffenberg. Abends will ich lange im Büro
arbeiten, um dort tüchtig voranzukommen und mir den Mittwoch für
Sarre's freihalten zu können. Morgen mittag essen Abs & Yorck bei mir.

Der Leutnant Walter Melchinger 1908–1943   Ukraine
An seine Frau

Wir marschieren nun durch dieses fruchtbare Land, das kaum eine Kultur mehr aufzeigt. Wo sie vorhanden war, wurde sie von den Sowjets zerstört. Zu kaufen gab und gibt es nichts. Die Kollektiv-Geschäfte sind
ausgeraubt und hatten zuvor schon nichts. Das einzige, was wir bekommen, sind Eier. Vorgestern requirierten wir ein Eierlager eines Juden
mit 40tausend Eiern. An jedem Tag hat mein Zug mit 25 Mann 500 Eier
gegessen.

Ein schönes tägliches Erlebnis ist die Dankbarkeit der befreiten Bevölkerung. Also gibt es doch noch Völker, die uns Deutsche lieben. Es muss auch ein gewaltiger Eindruck sein für die Bevölkerung, nach dem verwahrlosten, dreckigen, hungrigen Sowjethaufen, der vor 3 Tagen hier durchzog, nun die Ordnung und Sauberkeit, die Disziplin und einfach unbegreifliche Organisation der deutschen Wehrmacht zu sehen.

Ich glaube, wir kämpfen nicht mehr allzulang gegen die Roten. Um wieviel stärker sind wir dann!

Michail Navrotskij *1927   (Ukraine)

Als die deutschen Soldaten im Juli 1941 in unser Dorf Gaisin einmarschierten, war ich 14 Jahre alt. Mein Vater war gehbehindert, deshalb wurde er nicht zum Wehrdienst einberufen. Es war ein sonniger und sehr warmer Tag. Vorher hatte es gedonnert und geblitzt, dann regnete es, die alten Leute nannten es Reinigungsgewitter.

Der Kampftrupp der deutschen Landser beeindruckte mich sehr mit seiner Disziplin, Stahlhelm auf dem Kopf, die Ärmel ordentlich und wie am Schnürchen hochgekrempelt. Sie setzten sich auf Kommando wie Bleisoldaten zugleich auf den Boden, machten Rauchpause, auf Kommando sprangen sie wieder auf und marschierten weiter. Keine Papierschnitzel, keine Kippen im Gras. Sie waren gut gelaunt, aber sehr ruhig und würdevoll. Die alten Frauen brachten für die Soldaten Milch und Brot, aber sie verzichteten darauf. Nur ganz wenige haben anstandshalber Kleinigkeiten angenommen.

Wladimir Tschaikowski *1925   (Ukraine)

Ich half gerade einem alten Schmied bei der Reparatur eines Pfluges. Da bogen plötzlich zwei Motorräder mit Beiwagen auf den Hof der Schmiede ein. In einem Beiwagen glänzte ein Maschinengewehr in den Sonnenstrahlen. Das waren die deutschen Soldaten. Alle sauber uniformiert, die Ärmel hochgekrempelt, Maschinenpistolen im Anschlag vorne, ziemlich jung alle und sogar freundlich. Einer konnte ein paar Worte russisch. Er fragte nach dem Namen des Dorfes, unsere Antwort schien er nicht verstanden zu haben. Dann holten sie eine Kamera, nahmen uns in die Mitte und fotografierten unendlich lange. Uns beide sprachen sie seltsamerweise als «Iwan» an, obwohl der Schmied Gerassim hieß und ich Wowka genannt wurde. Dann waren sie weg. Zum Abschied gab mir ein Rothaariger noch einen Zug von seiner Zigarette.

Als ich gegen Nachmittag nach Hause kam, war unser Haus schon voll von deutschen Soldaten. Sie saßen im großen Zimmer am Tisch, und meine Mutter mußte sie bedienen. Sie aßen gekochte Hühner, von denen es bei uns sehr viele gab, und tranken Rum. Sie sprachen dabei sehr laut.

Ein Soldat ließ meine Schwester alle gestickten Handtücher, die nach unserer Sitte an die Ikonen gehängt werden, abnehmen und bemühte sich nun, ihr mit den Fingern zu erklären, daß man mit so einem Handtuch die Hände nach dem Waschen abtrocknen muß und nicht den Staub im Zimmer aufnehmen lassen. Der andere spielte ganz komisch Mundharmonika und er tanzte dabei in der Mitte des Zimmers. Sie rauchten viel und schrien ständig «Matka», wenn sie die Mutter brauchten. Dann gingen sie nach draußen, um im Heu zu schlafen. Erst viel später erfuhr ich, daß sie vor unseren Wanzen Angst hatten. Für gute Bedienung gaben sie meiner Mutter eine Schachtel Zwieback und ein halbes Stück Seife als Belohnung.

So waren sie etwa zwei Wochen lang bei uns, dann mußten sie weiter an den Dnjepr. Keinen haben sie erschossen, niemanden vergewaltigt, erpreßt oder beraubt, nur eine andere, unverständliche Sprache gesprochen. Jeden Abend soffen sie viele Flaschen von unserem selbstgebrannten Schnaps leer. Einer war betrunken eingeschlafen, und mit seiner qualmenden Zigarette hatte er sich ein Loch in die Uniformhose gebrannt. Am nächsten Morgen hörte ich seinen «Natschalnik» deswegen brüllen. Und der Eingeschlafene stand vor ihm stramm und antwortete nur ein einziges Wort: «Jawohl». Mit uns unterhielten sie sich nicht, weil wir sowieso nichts verstanden.

Elena Awdejewa *1929　　　　　　　　　Gebiet Pskow/Rußland

Zwei Tage war eine wilde Schießerei in der Nähe des Bahnhofs. Da hockten wir vor Angst zitternd in einem Graben. Dann war es eines Morgens plötzlich still. Wir krochen aus unserem Versteck heraus. Man mußte etwas zu essen kochen. Das Vieh stand auch ohne Wasser und Futter in den Ställen. So saßen wir in unserem Haus und hörten auf einmal Motorräder auf unserer Straße. Das waren die Deutschen. Sie waren ganz anders als unsere unrasierten und erschöpften Rotarmisten bei ihrem Rückzug, die schüchtern hinter der Ecke ausschauten und uns fragten, ob die Deutschen schon im Dorf wären. Die Deutschen waren selbstsicher, sauber und ostentativ diszipliniert.

Unsere Mutter schloß alle Türen ab, als ob die Schlösser uns retten konnten. Ein Motorrad mit Beiwagen hielt vor unserem Haus. Ein untersetzter Soldat stieg aus und kam näher. Ich nahm die Hand meiner Mutter und spürte, wie ihr Körper vor Angst bebte. Auf dem Eßtisch

lag ein Brot und einige Gurken aus unserem Gemüsegarten. Es pochte
an die Eingangstür. Die Mutter stand wie angewurzelt inmitten des
Zimmers und rührte sich nicht. Meine Großmutter stand auf, bekreu-
zigte sich und ging langsam zur Tür. Der Deutsche betrat unser Zimmer, begrüßte uns freundlich mit «Guten Tag!», tätschelte meine Wan-
ge, ging zum Tisch, rief «Oh!», und mit dem Messer, das auf dem Tisch
lag, teilte er das Brot in zwei Hälften, von denen er eine für sich behielt.
Lächelnd und leise vor sich hinsingend ging er hinaus. «Khleb ... gut,
matka!» sagte er noch zum Abschied. Einige Stunden später kamen die
Deutschen schon mit einem großen LKW. Sie gingen von Haus zu Haus
und nahmen alles weg: Hühner, Eier, Schweine, Gänse und andere Vorräte aus den Kellern.

Jochen Klepper 1903–1942   **Bratusani**
Um 6 Uhr brechen wir auf. Es heißt, zunächst nach Zaicani, wo ich gestern mit Major Eras war. Dort erfahren wir, daß wir schon wieder ein
ganzes Stück weiterrücken können, sobald die Straße frei wird. Denn
noch immer – vom Gegenverkehr abgesehen – ziehen drei Reihen nebeneinander her: motorisierte und bespannte Kolonnen und Offiziers-
autos sowie Kradfahrer; Melder, Melder.
Über dem Warten vergehen viele Stunden; es wird Nachmittag. Wir liegen an einem Roggenfeldrain; Kornraden, Feldblumen, Sonne, Wind,
weiße Wolken, blauer Himmel. Ganz nahe neben uns liegt meine alte
Kolonne nach einer Nacht schweren Einsatzes. Mein Besuch bei ihr, ein
schönes Wiedersehen.
Die ungeheure Bewegung der grün getarnten Wagen hat etwas Festliches. Plötzlich erinnert mich der Krieg an Theater: man weiß von den
Bunkerattrappen; ich sehe die Netze mit den aufgenähten grünen Stoff-
blättern über LKWs.
Das Land wird weiter, öder, bleibt aber hügelig; die Straßen sind Wü-
sten. Es ist ein Wunder, wie sie befahren werden. Panzerjäger begegnen
uns und kommen zurück. Ich glaube, alles sucht seine Bestimmungs-
orte, denn die Karten versagen. Große, auseinandergezogene Dörfer,
auch die Höfe weit; aber nur wenige Dörfer, und das weite Land nicht
dicht besiedelt.
Flüchtlingsfamilien auf ihren Wägelchen. Tote, gedunsene Pferde. Granaten. Ein Blindgänger explodiert hinter einem Gespann. Zerstörte Panzer. Erdtrichter von Bombeneinschlägen. In den jungen Feldern die
Panzerspuren; der Nachschub fährt ja diesmal dicht hinter der Front;
20 Kilometer. Auf dem Kampfgelände der Vortage. Frische Gräber;

und ich sehe die ersten Toten, einer liegt noch genau wie er sich in
Deckung warf – andre sind mit der Gasplane zugedeckt. Sie werden
von besonderen Kommandos identifiziert und beerdigt werden.

Man hat alles vorher im Geiste so durchlebt, daß man nun fast keine Erschütterung mehr spürt. Zerrissene Autos. Und wo Wald war – Truppen, Truppen. Der Wald hörte schon vor den Kriegsbildern auf.

Der Nachmittag umwölkte sich, der Himmel wurde sehr farbig. Hitze.
Kornfelder. Abends um 9 Uhr in dem großen Dorfe Bratusani. Eier
sind in all diesen Dörfern nicht mehr aufzutreiben, Kirschen und Erdbeeren auch nicht. Wir haben nun das neue Geld für Feindesland, die
Reichskreditscheine. Aber wir haben keine Gelegenheit mehr, zu kaufen. Alles Zusätzliche hört auf. Auch die Kantine hat nichts mehr. Auch
keine Zigaretten.

Das erste am neuen Ort immer: Tarnen und Wasserholen. Wieder ein
wunderbarer Mondscheinabend, so daß wir uns trotz der Müdigkeit
noch lange nicht in unseren Omnibus zurückziehen. Jede Nacht, einen
Monat schon, tiefer Schlaf. Es ist also erreicht.

Von Feindeinwirkung nichts mehr zu merken. Unsere Truppen sollen
den Dnjestr überschritten haben. Noch viele andere Truppen im Dorf.
Quartier wird nur noch für die Offiziere gemacht. Das «Kasino» in dem
jeweils größten Bauernhause ist bei der Truppe sehr unpopulär. Mit all
den Spannungen zwischen Kommandantur, Adjutantur, Stabskompanie habe ich zum Glück nicht das mindeste zu schaffen. Das Allzu-
menschliche geht also auch nahe der Front weiter. Aber mir begegnet
nur Freundlichkeit.

Die vierte Fahrkolonne meldet, daß ihre Pferde total erschöpft sind und
gegenwärtig für den Einsatz kaum in Frage kommen.

Die besonderen Freundschaftsbekundungen von Fritz Krüger. Auch er
stark religiös.

Der Oberstabsarzt
Dr. Willi Lindenbach † 1974　　　　Pulzkalowka

Jeden Tag schreibe ich an meine Gute, wie ich es auch versprochen habe.
Ich kann ihr bis jetzt nur berichten, daß es uns hier ausgezeichnet geht,
und daß ich selbst noch nie einen so ruhigen Krieg mitgemacht habe
wie den jetzigen. – Heute bezogen wir ein geradezu fürstliches Quartier. Zwischen Bäumen, Sand und an einem Fluß: die Wilja, in der wir
heute gleich badeten. Die Wilja ist etwas kleiner wie die Memel, hat
auch lange nicht so eine Strömung.

Der Assistenzarzt
Dr. Hermann Türk 1909–1976 vor Rogatschew
Nach einer Stunde werde ich schon wieder geweckt. Ein Oberleutnant
verlange, mich zu sprechen. Ich bin wie zerschlagen. Mein Rücken mag
nicht mehr und meine Rippen melden sich wie immer. Wer mag das nun
wieder sein. Es ist Oblt. Fischer. Nur schwer erkennt er mich. Schuß
ins linke Auge, welches erblindet ist. Sonst noch Granatsplitter im Arm.
Grauenhaft. Er macht mir Vorwürfe, daß ich nicht gleich zur Stelle war.
Ja, ja. – Aber ich nehme es ihm nicht übel. Er bekommt eine Zigarette,
macht ein paar Züge und versinkt dann in Schlaf. Ich nehme seine Zigarette, drücke sie aus, bette ihn, so gut das auf dem Fußboden geht – und
schleiche ins Zelt. Mir ist zum Kotzen elend.
Um 8 Uhr wieder hoch in den Op. Nun ist es aber bald geschafft. Noch
20 Mann und wir sind fertig. Im ganzen bisher 520 Mann, die operativ
versorgt wurden.
Die Russen haben gestern einen Durchbruch versucht, der aber von unseren Panzern vereitelt wurde. Sie standen schon dicht an uns heran.
Unsere Panzer haben starke Verluste. Eine Kompanie hat nur noch einen Wagen, der fahrbereit ist. Die Sowjets haben die Panzer dicht herankommen lassen und haben sie dann im direkten Schuß aus nächster
Nähe erledigt. Teils haben sie ihre schweren Tanks in die Häuser eingebaut und haben unsere Panzer bis auf 75 m herankommen lassen. Ein
Uffz. von uns soll in Gefangenschaft geraten sein.
Nachmittags suche ich das Bataillon. Ich fahre allein mit meinem Krad
los. Das Bataillon liegt ganz vorne am Dnjepr. Es ist als Sicherung eingesetzt. Die Artillerie ballert mächtig hinein. Jeder hat sein Erdloch.
Hört man die Granaten typisch heranpfeifen, so wirft man sich schnell
hinein. Viele denken, ich sei nun wieder beim Bataillon, und begrüßen
mich herzlich. Leider geht das nicht zu machen. Wie gerne möchte ich
hierbleiben. Nachts wieder einige Operationen.

Der Gefreite Feldmann *1922 Litauen
08.00 Uhr Wecken. Frühstück. Post von H. Z. Waffenreinigen (Appell-
platz). Mittag Marschbefehl zu 16.00, Fertigmachen, Abfahrt um 17 Uhr.
Marschweg Rogowka … Vilaka. Fahrt durch große Wälder, sehr schlechte Wege. 24.00 Ankunft. Unterziehen.

Alexander Cohrs 1911–1996 Rubiecewizca
Um 3.30 Uhr wurden wir geweckt. Tagesziel war Rubiecewizca, eine
kleine Stadt. Dort war eine russische Truppenansammlung gemeldet. Wir

gingen gefechtsbereit vor. Unser Bataillon, verstärkt durch Pioniere der Stabskompanie, war Spitze des Vormarsches, innerhalb des Bataillons hatte unsere Kompanie die Spitze. Die Russen hatten sich jedoch schon aus Rubiecewizca zurückgezogen. In der Nähe des Ortes mußten wir den Fluß durch eine Furt überqueren, obgleich in der Nähe eine Brücke war. Der Befehl dazu kam nicht vom Bataillon, sondern vom Regimentskommandeur. Vermutlich erwartete man bei der Brücke Beschuß. Rubiecewizca hatte eine schöne Kirche. Die Einwohner standen in Scharen an der Straße, neugierig und mit freundlichen Mienen. Die Mädchen erschienen uns auch hier ungewöhnlich gut genährt, sie hatten zum großen Teil Rückseiten, die einem Ackergaul Ehre machen würden.

Unterwegs mußten wir doch hin und wieder Pferde requirieren, wobei es denkbar ist, daß es sich oft um das einzige handelte, das der Bauer besaß. Das ergab oft sehr tränenreiche Szenen.

In Rubiecewizca machten wir die ersten Gefangenen des Tages, Soldaten, die ihre Waffen abgelegt hatten und sich gefangen gaben. Diese Stadt ist nun die letzte auf unsrem Wege durch das ehemals polnische Gebiet. Eine Meldung besagte, der Wald hinter Rubiecewizca stecke voller Russen. Niemand jedoch wußte, ob sie schießen würden oder nicht. Darauf mußten wir uns nun beim weiteren Vorgehen einstellen. Aber sie leisteten nur geringen Widerstand. Viele Gewehre lagen herum, ein Zeichen dafür, daß wir keine geordnete Truppe vor uns hatten, sondern nur einen demoralisierten Haufen. Einige Geschütze waren in Feuerstellung gebracht, dann aber verlassen. Die Gefangenen hatten einen furchtbaren Hunger. Wir wunderten uns über Birken, an denen die Rinde bis Mannhöhe fehlte. Wie Gefangene später sagten, hatten sie die Rinde gegessen, außerdem rohe Kartoffeln.

Unser nächstes Ziel war Tietraszewicze. Der Ort mußte erst durchsucht werden, ehe wir uns zur Ruhe einrichten konnten. Waffenlose Soldaten wurden eingesammelt und auf einen Platz des Ortes gebracht. Teile der Stabskompanie waren daran beteiligt. Es wurden 230 Gefangene, davon 150 durch unsere Kompanie. Eine junge Frau war darunter; sie hatte genau die gleiche Uniform an wie die Soldaten, hatte jedoch im Gegensatz zu diesen ganz ausgezeichnete Reitstiefel an. Sie zeigte uns einen Ausweis vom Roten Kreuz vor. Um den Rücktransport der Gefangenen konnten wir uns ja niemals kümmern, daher war es auch nicht möglich, diese Sanitäterin bevorzugt zu behandeln, was wohl die meisten von uns bedauerten. Im allgemeinen wird man sich bei uns an der Front auch wohl wenig Gedanken über das weitere Schicksal der Gefangenen gemacht haben.

Irgendwann an diesem Tage sollte der Melder Helmut Alers eine Meldung an den ersten Zug bringen, der beim Vormarsch die Spitze übernommen hatte. Dabei verirrte er sich und fand nicht zum ersten Zug. Er kam in einen Wald, in dem vier Russen auf ihn zukamen, waffenlos mit dem Wunsch, gefangengenommen zu werden. Sie sagten, er möge bitte nicht weiterfahren, es seien noch viele Soldaten im Wald mit der Absicht, sich zu verteidigen. Inzwischen schickt aber der erste Zug einen Spähtrupp in den Wald. Es kommt zur Begegnung mit russischen Truppen. Mannschaften, vier Offiziere und ein verwundeter Offizier geben sich gefangen. Ein Offizier greift nach seiner Pistole und wird erschossen. Ein weiterer Offizier, vermutlich der Regimentskommandeur, will sich erschießen, die Pistole hat Ladehemmung, sie wird ihm schnell entrissen. Bei den Offizieren fallen uns funkelnagelneue Koppel und Pistolen auf.

Am Tage vorher hatten wir einen Ukrainer gefangen. Er war ein prima Kerl, fröhlich und kräftig. Er marschierte strahlenden Auges mit uns weiter. Zwischendurch gaben wir ihm ein Maschinengewehr zu tragen. Er tat es lachend. Auch schlief er in der Nacht bei uns und marschierte am anderen Tage weiter mit uns. Beim Antreten war er einer der Strammsten, legte die Hände an die Hosennaht, machte zackig: «Die Augen links!» Bei der nächsten Gefangenen-Sammelstelle lieferten wir ihn ab.

Der Soldat Jakov Diorditza 1920–2000   Sowjetunion

Nie werde ich diese unendlichen Kolonnen von Kriegsgefangenen auf den staubigen Wegen Rußlands unter der heißen Sonne vergessen. Viele von uns waren verwundet, die Wächter erschossen diejenigen, die nicht mehr mitmarschieren konnten. Ab und zu hörte man einen Schuß, manchmal einige hintereinander, was nur bedeuten konnte, daß die Leiden eines Kameraden beendet worden waren. Man warf dann die Leiche in einen Graben am Straßenrand und bedeckte sie mit Erde. Die Angehörigen würden nie erfahren, wo ihr Vater, Sohn oder Bruder begraben wurde, um ihn zu beweinen.

Oft standen beiderseits der Straßen deutsche Soldaten, die unsere vorüberziehende Kolonne beobachteten. Man fühlte sich unter ihren Blikken wie in einem Zwinger. Manche von ihnen waren dabei nachdenklich, vielleicht empfanden sie auch Mitleid mit uns oder dachten an das Schicksal: Heute du und morgen ich … Es gab auch welche, die uns lachend Obszönitäten in unserer Muttersprache zuriefen. Ohne Koppel und Feldmütze, viele barfuß, unrasiert, die Uniformblusen auf dem

Rücken mit grauweißen Flecken bedeckt, ungewaschen, hungrig und
von Durst gequält, schleppten wir uns der Ungewißheit entgegen …
Am späten Nachmittag machten wir in einem Dorf halt. Es entstand ein
lebensgefährliches Gedränge am Brunnen, das in eine wilde Rauferei aus-
artete. Alle wollten trinken und hatten Angst, daß die Wächter bald wieder «im Gleichschritt marsch!» schreien würden. Viele Dorfbewohner
strömten aus ihren Häusern auf die Straße. Die Wächter jagten sie von
uns weg. Manche warfen uns einen Kanten Brot oder in einen Lappen
eingewickelte Kartoffeln zu, was zu neuen Raufereien unter den hungrigen Menschen führte. Die Wächter amüsierten sich über diese Szenen.

Der Leutnant Georg Kreuter 1913–1974   vor Orscha
Kesseltreiben. Wir versuchen, den Feind an und auf der Autobahn umfassend zu schlagen. Als ich an einem Dorfausgang, als es links ab geht,
zurücksehe, sind plötzlich zwei Panzer hinter mir. Sie sind aber genau
so erstaunt wie ich. Ich gebe Vollgas und fahre nach vorn, um Pak zu
holen. Als ich zurückkomme, sind sie jedoch schon fort. Im Wagen hinter mir fuhr der Brigade-Kommandeur, der wird einen schönen Schrek-
ken bekommen haben. – Wir stoßen auf schlechten Wegen bis 20 km
vor Orscha vor. Überall stoßen wir auf rote Panzer. Sie scheinen sehr
schlecht geführt zu werden. Mehrere von ihnen und einige Lkw werden abgeschossen. – Der Gegner zieht starke Kräfte in den umfaßten
Teil vor. Wir liegen in einem Waldstück fest. Das Regiment mit dem
Stab, das II. Btl. und ich mit meinem Zugtrupp, ohne Gesch. Außerdem
ist noch der Kommandeur der Panzerabteilung (Teege) mit 20 Panzern
bei uns. – Wer kreist hier wen ein??? – Dies ist die Frage! Nach rückwärts sind wir durch Panzer abgeschnitten. Nur ab und zu kommt ein
Melder durch. Russische Panzer greifen uns an! Es sind die zwei schwersten mit dabei! Unsere Pak, sogar die 5 cm, kann nur an den günstig-
sten Stellen durchschlagen. Es werden ein schwerer und vier leichte Panzer außer Gefecht gesetzt. Ein schwerer ist in unseren Wald hinein
gefahren, ein anderer den Weg am Wald entlang. Da die Pak sie nicht
erreichen können, außerdem auch keine Wirkung haben, so erhalte ich
vom Regiment den Auftrag, sie zu erledigen. Unsere Panzer waren ebenfalls machtlos und haben sich schön ruhig verhalten, als sie auf wenige
Meter vorbei fuhren. Ich versuchte es mit Handgranaten, die ich fertig
gemacht habe. Es ist zwecklos. Erst eine Handgranate ins Rohr brachte das Innere zur Explosion. – Wir liegen unter starkem Artilleriefeuer.
Stukas sollen kommen, S.R.52 soll kommen, das II. Btl. soll kommen,
es bleibt aber vorläufig alles beim «soll».

Hugo Epskamp *1906   **Minsk**

Die Russen müssen von dem deutschen Einfall so überrascht gewesen sein, daß der erste Vorstoß der deutschen Truppen ohne großen Widerstand erfolgte. Wir fuhren durch Wilna und sahen keinerlei Spuren des begonnenen Krieges. Die Menschen liefen durch die Straßen und nahmen kaum Notiz von uns. In den ersten Juli-Tagen waren wir bereits in Minsk. Der Weg dorthin führte uns über unbefestigte Straßen. Jeder Wagen wirbelte also dichten, gelben Staub auf. Da wir in einem offenen Wagen fuhren, hatten wir bald die Farbe der Straße: braungelb. Ohne Zwischenfall kamen wir in Minsk an. Schon von weitem sahen wir das Stalinhaus mit seinen 10–12 Stockwerken. Es fiel schon aus dem Grunde besonders auf, weil nahezu alle Häuser drum herum nur ein- bis zweigeschossig waren. Die Stadt war in großen Flächen in Schutt und Asche gelegt. Es war ein merkwürdiger Anblick. In Minsk standen vor dem Angriff noch viele der typisch russischen Holzhäuser, aus dicken, vierkantgeschlagenen Baumstämmen gefügt. Ging auch nur ein Haus in Flammen auf, dann waren die Nachbarhäuser nicht mehr zu retten. Hinterher standen dann nur noch die gemauerten Öfen und Schornsteine. Die Sonne brannte aus dem wolkenlosen Himmel, dazu die Hitze, die die Trümmer ausstrahlten, der Staub und Dreck, die Uniform, die man auch nicht einfach über den Arm nehmen durfte. Mir hat noch nie ein kühler Trunk so gut geschmeckt wie der aus dem verschwitzten Stahlhelm eines Kameraden. Er hatte sich das kühle Naß aus einem zerschossenen Brauereikeller geholt. Ich habe mir die köstliche Quelle dann hinterher noch selber angesehen. 5 oder 6 riesige Fässer lagen dort im Keller nebeneinander. Um an das kühle Naß zu kommen, hatten die Landser einfach in die Fässer hineingeschossen. Die einen ließen sich das Bier direkt in den Mund spritzen, andere hielten ihren Stahlhelm darunter, das Kochgeschirr oder die Feldflasche.

Der Soldat Paul Hübner *1915   **Finnland**

Ein Uhr früh, unterwegs. Die Kämpfe südlich Salla verlaufen erfolgreich. Wir wurden an die Nordflanke befohlen und umfahren den Kessel auf Knüppeldämmen und durch frischgehauene Waldschneisen. Die Sonne rollt groß und rot über die Fichtenspitzen im Norden. Auf Sümpfen lagern bläuliche Nebel.

Eine ausgebrannte Siedlung. Die eckigen Kamine starren aus Schutt, überlange, zum Himmel gereckte Zeigefinger. Um sie herum verkohlte Fichtenstämme, ebenso aufwärtspfeilend. Beides – austauschbare Zeichen für die vernichtete Wurzel und den zerstörten Herd.

Nachmittags.

Nach etwa zweihundert Kilometern jetzt hier an der Nordflanke. Durch unser Auftauchen hat der Angriff an Leben gewonnen. Unser völlig motorisiertes Bataillon, das als Heeresverfügungstruppe keiner Einheit eingegliedert ist, hat auf dem Marsch eine imponierende Länge und sieht nach, weit mehr aus, als es in Wirklichkeit ist. Es mag sein, daß schon das bloße Erscheinen einer derart intakten und modernen Truppe auf die im Kampf stehenden Verbände eine beträchtliche Ermutigung bewirkt und ihnen das Bewußtsein eines sicheren Rückhaltes verleiht.

Wir konnten bis fast zu dem Waldstück, in dem wir jetzt liegen, vorfahren. Dabei durchquerten wir Gelände, das vor Stunden noch Schlachtfeld war. Ein Offizier sagte, daß er aus dem Ersten Weltkrieg kein vergleichbares Bild an massierter Vernichtung kenne.

Es ist mir aufgefallen, daß der Hang nach Superlativen sich in der Todesnähe nicht versachlicht, sondern verstärkt hat. Das stärkste Artilleriefeuer, das er je erlebt hat, soll nach Aussage eines ebenfalls weltkriegserfahrenen Hauptmanns jenes auf die Bergnase gewesen sein, das wir auch mitangesehen haben. Die größten Verluste soll ein Freiwilligen-Bataillon haben und insofern Flandern hinter sich lassen, als es völlig aufgerieben worden war.

Das Tollste, das Unglaublichste, das Mörderischste, das ... das.

Die Erschütterung, die Überwältigung im Augenblick des Geschehens muß vielleicht zum gesteigerten Ausdruck greifen. Aber jene, die diesen Ausdruck weitergeben, wollen damit eher betonen, daß sie etwas Einmaligem und Außergewöhnlichem auch beigewohnt und es bestanden haben.

Im übrigen ist die Wirkung solcher Überhöhung nicht zu unterschätzen: sie hebt das Bewußtsein der eigenen und der Wichtigkeit der Ereignisse und kann eine Hochstimmung erzeugen, die affekthafte Antriebe zu Heldentaten auslöst.

Die Fahrt durch das erwähnte Kampfgebiet: Zerschossene Fahrzeuge, zerfetzte Flugzeuge, ausgebrannte Panzer, zerrissene Pferdeleiber und dazwischen die Toten, an rauchenden Baumstümpfen, am Wegrand mit offenen Augen, neben Wagen und Lafetten, im Heidekraut, im Morast – Freund und Feind, Junge und Alte, Väter, Söhne, Gatten: Menschen!

Erich Kuby *1910   im Osten
An seine Frau

Nein, unsere Erwartungen sind nicht eingetroffen, dieser Krieg trägt mich nicht, und ich spüre jeden Tag als sinnlos vertan. Eine fruchtbare

Negation ist nicht möglich, auch sie nicht. Nichts, was ich hier erfahre, würde ich wünschen, in meinem eigenen Leben verwenden zu können. Den Ekel vor unserem Volk brauche ich nicht zu lernen, dafür gab's ja vorher schon Kurse. Er allerdings erreicht hier und jetzt Höhen. Bei so lebhaften und eindeutigen Empfindungen neige ich dazu anzunehmen, sie bewirkten auf irgendeinem geheimnisvollen Wege Veränderungen. Das hieße: hier herauskommen. Darauf zu hoffen, gibt es nicht den mindesten realen Anlaß.

Das Idyll ist mir ärgerlich. Das sagte ich zu B., als wir, begleitet von unseren Mondschatten, durch die Felder gingen. Nanu, sagte er, in Frankreich hast du das Daueridyll genossen? Damit hatte er recht, und ich sagte, dieses Vorspiel habe in jeder Hinsicht eine andere Dimension gehabt. Jetzt finge ein ganz anderes Stück an, und ich könnte von der Direktion erwarten, daß sie es nach seiner Bedeutung inszeniere. Zum Beispiel den Mond verhängen, sagte Bertram.

Der Abwehr-Offizier Pawel Wlassow *1916   *Sowjetunion*

1941 war für unser Land in jeder Hinsicht ein sehr unangenehmes Jahr. Es ging um die weitere Existenz Sowjetrußlands. Große Gebiete im europäischen Teil des Landes wurden vom Feind besetzt, Millionen unserer Menschen litten unter dem fremden Joch. Unter solchen Umständen brachen viele Schicksale auseinander, die Menschen gaben ihrer moralischen Schwäche nach. Es gab auch viele, die mit der Sowjetmacht unzufrieden waren, die feindlich zu ihr standen und gerne zum Dienst auf der deutschen Seite übergingen.

1941 mußte auch unsere Armee die größten Niederlagen in ihrer Geschichte hinnehmen. Die gewaltigen Massen der deutschen Infanterie folgten ihren vorpreschenden schnellen Verbänden, die unserer ausweichenden Truppe den Weg nach Osten versperrten. Auf diese Weise entstanden viele Kessel, die dann von den Deutschen ausgeräumt wurden. Die Massen der Eingeschlossenen, meistens ging es um Hunderte von Tausenden unserer Soldaten und Offiziere, konnten oft nicht in den Wäldern verschwinden und wurden gefangengenommen oder niedergemacht. In diesem allgemeinen Chaos versagten auch die stärksten Nerven, und die Menschen begingen oft verhängnisvolle Fehler.

Der Komsomolze Iwan Nikitin *1927   *Moskau*

Als der Krieg ausbrach, war ich erst 14 Jahre alt. Die Schule war zu Ende, wir hatten Ferien, fühlten uns schon groß genug und steckten die Nase in alles. Die Jugendlichen in meinem Alter benahmen sich am Anfang des Krieges leichtsinnig und suchten immer tollkühne Taten. Man wollte sich überall auszeichnen. Wir wußten damals nicht, daß der Krieg noch mehrere Jahre dauern würde und daß auch wir noch viel Böses erleiden mußten.

Mein Vater war Eisenbahner und arbeitete am Jaroslawer Bahnhof in Moskau. Am späten Abend des 7. Juli 1941 kam er schlechtgelaunt nach Hause. Er saß in der Küche mit meiner Mutter, und durch die halboffene Tür konnte ich seine gedämpfte Stimme hören. Er erzählte meiner Mutter, daß heute abend der Bahnhof von NKWD-Leuten mit und ohne Uniform umzingelt worden war. Ein spezieller Zug sei bereitgestellt worden, mit einer unbekannten Fracht beladen und unfahrplanmäßig abgefahren. Sein Bekannter von der Bahnhofsverwaltung sagte ihm im Vertrauen (bei dieser Mitteilung schaute sich mein Vater um, guckte, ob ich weit genug von der Tür entfernt wäre, erst dann fuhr er ganz leise fort), daß Lenin heute das Mausoleum auf dem Roten Platz verlassen habe und in einem Sarkophag mit diesem streng geheimen Zug aus Moskau in unbekannter Richtung abtransportiert worden sei. Der Bekannte habe ihm weiter mitgeteilt, daß alle Eisenbahner, die unfreiwillig Augenzeuge dieser geheimen Aktion geworden seien, bald an die Front geschickt werden würden.

Lenin liegt nicht mehr auf dem Roten Platz? Blödsinn, dachte ich. Davon hätte man im Rundfunk etwas mitgeteilt. Es wird eine provokatorische Lüge sein, um die Standhaftigkeit der Moskauer zu untergraben. Am nächsten Morgen rannte ich zum Roten Platz, um aus der Ferne das Lenin-Mausoleum in Augenschein zu nehmen. Das Mausoleum war zwar geschlossen, d. h. kein Zugang für die Bürger, wie es früher üblich war, keine Menschen bewegten sich in Schlangen über den Roten Platz zum Mausoleum. Sonst war alles normal. Unter dem Glockenspiel der Turmuhr verließen die braven Posten das Tor am Spasski-Turm im Kreml und gingen im gewöhnlichen Paradeschritt ihre 210 Schritte bis zum Mausoleum. Also kein Zweifel, daß Lenin nach wie vor in seinem Sarg auf dem Roten Platz lag. Wer würde denn vor dem verwaisten Mausoleum eine Wache aufstellen. Ein Schloß an der Tür würde reichen, dachte ich auf dem Wege nach Hause.

Für die Sowjetmenschen waren Moskau, Kreml und Lenin-Mausoleum ein echtes Herz unserer Heimat, die Hauptquelle der Kampfstimmung und des Patriotismus. Die Soldaten an der Front und die Werktätigen im Hinterland fühlten sich ruhiger und sicherer, wenn sie wußten, daß Genosse Stalin und die Regierung im Kreml saßen und Lenin im Mausoleum lag. So dachte nicht nur ich allein.

Minsk 1941

Der Kameramann Efim Bogorow   *Leningrad*

Hochsommer. Wie früher stehen lange Schlangen vor den Eiscafés und
Kiosken mit Erfrischungsgetränken. Hochbetrieb in Cafés, Restau-
rants und Kaufhäusern. Aber der Morgen beginnt nun nicht mit den gewohnten Liedern, die im Rundfunk vorgetragen wurden, sondern mit
Frontnachrichten. Die Straße wird still. Alle hören zu. Und die Nachrichten bringen mit jedem Tag neue Sorgen …
Trecks mit Flüchtlingen aus dem Baltikum, Pskow und Nowgorod fluteten nach Leningrad. Schon in den ersten Wochen des Krieges wuchs
die Zahl der Einwohner um mehrere Zehntausend an. Die Filmstudios
«Lenfilm» und «Techfilm» reduzierten allmählich ihre Tätigkeit, alles bereitete sich auf die Evakuierung vor. Nur wir vom Dokumentarstudio
arbeiteten mit vermehrter Anstrengung.
Auf den Aufnahmen jener Tage ist deutlich zu sehen, wie sich die äußere
Erscheinung der Stadt änderte. Auf dem Marsfeld, auf allerlei Plätzen
richtete die Flak ihre Läufe gegen den Himmel, die Kuppeln der Isaak-
Kathedrale waren mit Tarnfarbe gestrichen. Die lange Spitze am Admi-
ralitätsgebäude mit dem Vorbau war getarnt, alle Denkmäler mit Sand-
säcken geschützt, auf den unasphaltierten Flecken der Straßen waren
Splitterschutzgräben ausgehoben.
In unserem Studio wurden Frontgruppen gebildet. Wir filmten die
Kampfhandlungen in allen Abschnitten der Leningrader Front und auf
den Kampfschiffen der Baltischen Flotte. Ich ging zu einem Flakkorps.
Jeden Tag verbrachte ich mit den Flakartilleristen im fernen Vorgelände
von Leningrad.

✳

Der SS-Mann Felix Landau *1910   **Drohobycz/Bezirk Lemberg**

Der Kameradschaftsabend war um 6.30 früh beendet. Zwischenfälle
gab es keine. Meine beiden Kameraden holte ich um ungefähr 24.30 Uhr
ab, und dann gingen wir gemeinsam auf unsere Bude, um dort die letzte Nacht zu verbringen. Unser Gepäck hat merklich zugenommen.
Oberführer Schönrad ist der Leiter des EK. Sturmbannführer Röck ist
mit der Führung beauftragt. Um 8 Uhr sollte nun der Abmarsch beginnen, und um 10 Uhr war es dann endlich nach langen Streitereien so
weit.
Die Krakauer sind fast durchwegs große Schleimscheißer. Weiter ging
es eine ziemlich lange Straße zurück, von dort wo wir gekommen waren. Das Gefangenenhaus, in dem hunderte Menschen gemordet wur-

den, rochen wir schon einige Straßen vorher. Vor allen Geschäften stehen hunderte von Menschen, um irgendwelche Lebensmittel zu erhalten. Unterwegs wurden zwei Juden angehalten. Sie erzählten, daß sie vor der russischen Armee geflüchtet waren. Ihre Angabe war ziemlich unglaubhaft. Sechs Mann sitzen von uns ab, laden durch und in der nächsten Minute sind beide tot. Der eine Jude, ein Ingenieur, ruft noch, als das Kommando «legt an» gegeben wird, «es lebe Deutschland». Eigentümlich, das waren meine Gedanken. Mit welchen Plänen im Kopf mag wohl dieser Jude geflüchtet sein.

Um 16 Uhr kamen wir an unserem Bestimmungsort an. Wir werden in einige [Trupps] eingeteilt, um Quartier für alle Kameraden zu suchen. Wir finden fast unbewohnte drei neue Häuser. Überall Bad, ehemalige KP-Funktionäre-Wohnungen. Jedenfalls haben wir bei dieser Gelegenheit festgestellt, daß die Ukrainer ganz schön geplündert haben. Sie fühlten sich augenblicklich hier noch voll und ganz als Alleinherrscher. Hier wird es noch eine gewaltige Auseinandersetzung geben, das bleibt auf keinen Fall aus. Noch etwas Interessantes konnte ich feststellen. Radioapparate gibt es hier noch sehr wenige, dagegen gibt es fast in jeder Wohnung einen Lautsprecher. Dieser kann laut und leise eingestellt werden und nach Belieben abgeschaltet werden. Hier braucht man also kein Gesetz «Abhören ausländischer Sender» schaffen. In diesem Falle erübrigt sich das.

Ich habe das bestimmte Gefühl, daß wir nach Radom nicht wieder zurückkommen werden. Mein kleines Trudchen muß daher herauskommen. Wir haben für einige Tage ein jüdisches Hotel belegt und besetzt. Ich habe, nachdem ich einen riesigen Hunger habe, gleich die Küche «mitbesichtigt» und auch eine Kleinigkeit für meinen Magen gefunden. Die Quartiere sind sehr, sehr mäßig, und Wanzen gibt es in Hülle und Fülle. Nun muß ich schließen, denn ich muß nun Posten aufziehen. Um 1 Uhr morgens werde ich abgelöst, mein liebes Trudchen, gute Nacht.

Adam Czerniaków 1880–1942   **Warschauer Ghetto**
Morgens Gemeinde. Danach bei Auerswald, Schlosser und Grassler, laufende Geschäfte. Fogel wurde heute auf dem Hof zusammengeschlagen, als er mit Briefen zum Kommissar ging.
Hinter dem Żelazna-Brama-Platz fangen polnische Jungen unter der Führung eines anderen Burschen jüdische Jungen mit Rhabarber ab.
Auerswald kündigte an, daß die Juden im August vielleicht polnische Rationen bekommen.

Der Befehlshaber der Sipo und des SD   **Kauen/Litauen**
Vom Einsatzkommando 3 wurden nachfolgende Aktionen durchgeführt:
7.7.41 Mariampole   Juden: 32

*

Du und ich im Mondenschein
auf einer kleinen Bank allein,
Junge, Junge, das wär herrlich,
aber nicht ganz ungefährlich.
Du und ich im Mondenschein,
das könnte so romantisch sein,
wenn ich sonst auch sehr modern bin,
dazu sag ich doch nicht nein.
Die blaue Nacht erzählt von Küssen,
ein junger Mann will was von Liebe wissen …

<676   Dienstag, 8. Juli 1941   1400>

Ich jage nach dem vorgesteckten Ziel,
nach dem Kleinod, das uns vorhält die
himmlische Berufung Gottes in Christus
Jesus.

HERRNHUT   PHILIPPER 3,14

Thomas Mann 1875–1955   *Pacific Palisades*
Leichte Darmreizung. Vormittags gearbeitet, bis zu Meni's epileptoi-
dem Anfall. Die Müdigkeit, Abspannung oder Spannungslosigkeit an-
dauernd. Mittags am Strande. Nach dem Lunch im «Omnibook» großen
Artikel von van Paassen gelesen über das deutsche Institut für Geo-
politik u. den deutschen Plan zur Erlangung der Weltherrschaft. Bedrückend. – Nach dem Thee zu Dr. Wolff nach Beverly Hills. Resultat
der Blut-Untersuchung: Unter-Funktion der Schilddrüse. Verordnung.
Auch Sedormit. Durchleuchtung. – Vor u. nach dem Abendessen den
van Paassen'schen Artikel weitergelesen. Da nur Amerika dies weitläu-
fig und genau geplante Unternehmen durchkreuzen könnte, ist wenig
Hoffnung, daß es geschehen wird. – Aber die Russen halten sich brav. –
Amerikanische Besetzung von Island. Wichtig.

Wilhelm Muehlon 1878–1944   *Klosters/Graubünden*
Zu der Besetzung Islands ist nachzutragen, dass sie durchaus Bedeutung hat. Die USA übernehmen den Schutz der Seewege zwischen Nordamerika und Island, entlasten also England. Zudem wird Island […]
auch eine Flugbasis der USA.

Julien Green 1900–1998   *Baltimore*
Im Frühling drang gegen vier Uhr nachmittags ein Sonnenstrahl durch
die Bäume auf dem Marsfeld bis in mein Arbeitszimmer und glitt langsam die Bücherregale entlang, als suchte er ein Buch. Ausgestreckt auf
dem blauen Kanapee, verfolgte ich den Weg des leuchtenden Strichs,
der die alten Einbände mit dem abgegriffenen Gold einen nach dem anderen glänzen ließ. Was für ein Friede in dem kleinen Zimmer! Manchmal hörte ich unter dem Fenster Kindergeschrei, das war alles. All das

ist mir heute morgen in den Sinn gekommen, als mir ein Bücherregal aus weißem Holz geliefert wurde, das ich für meine paar verbliebenen Bücher gekauft hatte.

✳

Ermanno Wolf-Ferrari 1876–1948   Planegg
An Franz Rau

Ein Blick auf den Haufen Bücher, die auf meinem Diwan liegen, hat mich auf Ihr Buch von Meyer-Graefe aufmerksam gemacht, das ich schon längst mit Vergnügen gelesen hatte, das mich aber daran erinnerte, daß ich noch immer nicht für Ihre Sendung gedankt habe. Sofort nahm ich Papier und Feder, und – da sitze ich und schreibe. Werden Sie mir verzeihen? Ich hatte viel Arbeit in der letzten Zeit, habe den ersten Akt meiner jüngsten Oper (Amphitryon-Stoff, wie Sie wissen) instrumentiert. Dabei viel an Sie gedacht, da die Frage der Übersetzung mich beschäftigte. Sie haben ja nur in den Ferien Zeit. Diesen Sommer bin ich mit der Instrumentation noch nicht fertig, und der nächste Sommer ist ein wenig spät, wenn die Oper nächsten Winter aufgeführt werden soll. Ich hoffe, Sie lassen sich den Sommer hier wenigstens sehen. Den ganzen Juli bin ich noch hier, im August nicht mehr. Komme dann erst im September von Italien zurück. Nochmals vielen Dank für das Buch, das sehr lesenswert ist. Es hat mich unterhalten und auch, was El Greco anbelangt, von dem ich kaum etwas wußte, belehrt. Lassen Sie bald etwas von sich hören.

Helmuth James von Moltke 1907–1945   Berlin
An seine Frau

Heute ist hier schönes Wetter: ein heisser Sommertag. Hoffentlich ist es bei Euch auch schön, damit es unter Deiner Herrschaft in Kreisau auch schön vorwärts geht. Das Heu wird wohl gestern und heute reinkommen, nehme ich an. Daß Z. das Gras Dir & Menzel überlassen will, finde ich wirklich mutig. Das ist doch eine sehr schwierige Ernte. Sprich nur regelmässig mit Menzel, damit er sich gestärkt fühlt. – Die Entwicklung der Milch ist ja sehr ärgerlich. Schreib mir, ob es nach dem Umtreiben besser geworden ist. – Das Verunkrauten der Rüben ist zu dieser Jahreszeit noch keine Katastrophe. Wenn Ihr jetzt eine Woche gutes Wetter habt, dann sieht das alles gleich anders aus und sie werden vor der Getreideernte noch sauber. Maschinen und Leute müssen jetzt nur hintereinander drin bleiben.

Diese Schwarmlust Deiner Bienen ist ja erbitternd. Noch dazu klingen Deine Briefe so, als hätte Hirsch die beiden starken Schwärme bekommen und Du die schwachen. Nun, wir müssen es abwarten. Jedenfalls ist dieses Jahr auf Honig nicht zu rechnen und im nächsten Jahr müssen wir die Völker eben alle 14 Tage systematisch auf Weiselzellen absuchen. Schade, denn die Völker waren eigentlich bis auf 18 alle so gut in Schuss. Hoffentlich kannst Du die 2 jedenfalls noch einigermassen zusammenhalten, indem Du die Königinnen tötest. Nur muss der Schwarmteufel wirklich ausgetrieben sein, ehe die Linde richtig blüht. Hoffentlich hast Du noch die Kraft gehabt, die 2 noch gestern abend durchzusehen. Das hilft zwar nichts gegen die schon ausgebrochenen Königinnen aber es verhindert doch neue Königinnen …

Gestern mittag ass ich mit Stauffenberg, abends mit Willem Bekker, der gerade aus Holland kam. Er war sehr beeindruckt über die Hungersnot da: 175 gr. Fleisch die Woche, wenig Brot und keine Kartoffeln. Desgleichen Waetjen über Frankreich, wo er gerade war. Er sagt, man könne es jetzt nicht mehr übersehen. Die Not sei zu sichtbar. 200 gr. schlechtes Brot die Woche. Es wirke sich auch schon auf die Kinder aus. – In einem Jahr etwa wird es bei uns ähnlich sein, wenn die Verschlechterung der Lage so fortschreitet.

Gramsch rief mich gestern an: ihm sei unsere gemeinsame Arbeit täglich durch den Kopf gegangen und sie liesse ihn nicht mehr zur Ruhe kommen; wir müssten weiter darüber in Verbindung bleiben und überlegen, was für Möglichkeiten es gebe, daraus mehr zu machen. Erfreulich, nicht wahr. Er und sein Mitarbeiter Kadgien werden daraufhin am Freitag mittag bei mir essen. Ich freue mich sehr darüber.

Gestern kam ein Mann aus dem F. H. Qu. zurück und erklärte, er habe den Eindruck, daß man dort zufrieden sei mit den Fortschritten; man glaube in einigen Tagen einen Durchstoss geschafft zu haben und werde dann die ganze Linie von hinten aufrollen können. Ich kann nicht beurteilen, ob diese Diagnose richtig ist, aber sie ist sicher möglich. Immerhin wird jetzt seit einigen Tagen an einer völlig unbeweglichen Front gekämpft und mir sieht das alles nicht nach Durchbruch aus, vielmehr nach geordnetem russischen Rückzug. Aber man kann es nicht beurteilen.

Nur so viel steht fest: wenn wir bis Ende dieses Monats nicht wesentlich weiter sind als bisher oder wenn die Russen sich in unzerstörter Front zurückzuziehen vermögen, sei es wohin immer es sei, dann sieht die Lage ganz übel aus, denn dann bekommen wir weder Getreide, noch Erdöl, noch Lokomotiven und Eisenbahnwagen. Und ohne diese

Dinge geht es eben nicht mehr sehr lange. – Ich habe jedenfalls nicht geglaubt, daß die Russen solange stehen würden.

Der Oberstabsarzt Willi Lindenbach † 1974   Pulzkalowka

Wieder geradezu geschlemmt. Morgens ließ ich mir eine Riesenportion
Schlagsahne machen und dazu 1 Pfund Erdbeeren. Es schmeckte wunderbar. Dann wurde mir ein Kuchen gebacken, und abends gab es ein
Hähnchen. Es war wirklich fürstlich. – Wir kommen aber jetzt anscheinend näher an die Front. Man hörte heute schon starken Kanonendonner. Wie ich hörte, sei der Übergang über die Düna noch nicht überall
gelungen.

Jochen Klepper 1903–1942   Bratusani

Der Major und ich sind als die ersten auf. Da er sehr zeitig weg muß
und niemand da ist, kann ich ihm das Frühstück machen. Dabei sagt er
mir, daß er mich zum Gefreiten machen möchte und es trotz der be-
stehenden Schwierigkeiten versuchen will. Ich nehme an, daß er dabei
weniger an die Mischehe dachte, als an den auch mir bekannten Umstand, daß nach den neuen Verfügungen man erst nach bestimmter Zeit
Obersoldat werden kann, es eine bestimmte Weile bleiben muß. Denn
die Auszeichnung vor dem Feinde, die die Regel durchbrechen könnte, kommt ja für mich wohl nicht in Frage. […]
Selbst jetzt das unentwegte, große Interesse an dem, was ich schreibe,
und die tägliche Frage nach der Möglichkeit, den «Vater» doch noch
aus Bukarest zu bekommen. Heute nahm sich der Stabsarzt die neuen
Kriegsmanuskripte mit.
Wir erfahren, daß bei dem Panzerangriff der Russen 300 Panzer betei-
ligt waren. Zum erstenmal ist unser Frontabschnitt an der bessarabi-
schen Front im Heeresbericht genannt. Man empfindet es wie eine Be-
freiung aus einer Zwitterlage, nun dabei zu sein.
Der Regen verweist uns auf die Arbeit im Omnibus. Wind. Wolkenbruch.
Meines guten Aussehens wegen nennt man mich jetzt den «Kurgast».
Nirgends mehr ein Verhältnis zur Bevölkerung. Was soll ich mit dem
Spielzeug für Ghiorghi?!
Bobby, heimlich bald von diesem, bald von jenem Wagen, auch von
einer anderen Division! mitgenommen, wieder in unserer Nähe.
Der schöne Abendflug der Störche. Ein Land der Störche. In diesem
Dorfe 40 Russen von Rumänen erschossen (40 Russen in Zivil).
In Stefanesti soll in den bewegtesten Stunden ein Pogrom stattgefun-
den haben.

Der Soldat Paul Hübner *1915   vor Salla/Finnland

Gestern wieder in einen andern Frontabschnitt eingewiesen, weiter
östlich, ein unübersichtliches flachhügeliges Waldgebiet.

Nach Mitternacht ein feindlicher Fliegerangriff. Man hört das giftige
Brummen und Kurven über den Bäumen, das Anheulen der Bomben
und krümmt sich zusammen. Beim Troß hat es Tote und Verwundete
gegeben.

Der rothaarige Gefreite Huber ist heute morgen an der Kopfschwellung
gestorben.

Das Gift verwesender Leichen und Tierkadaver wird von Myriaden
Stechmücken übertragen. Schwellungen an Kopf, Hals, Armen und
Händen sind nicht selten. Die Hände schmerzen von Mückenstichen
und sind vom Kratzen rot und empfindlich, als sei die Haut von Lauge
verätzt.

Der Feldwebel Arthur Binz   **Brody**

Diese Zeilen schreibe ich unter nicht alltäglichen Begleitumständen.
Am Rande einer wie ein Ameisenhaufen vor lauter Kriegsgeschehen
kribbelnden Stadt, im Gras kauernd ohne Hemd, das sich bei der Ex-
preßwäsche befindet, benütze ich als Unterlage einen gepumpten Stuhl,
der sich vor einem Zelt befindet, das ich vorhin mit Kajetan Graf für
die kommende Nacht «geschlagen» habe. Mir ist diese Schlafstätte lieber als das der Kompanie zugewiesene Massenquartier. Hoffentlich be-
ehrt uns heute Nacht kein feindlicher Fliegerbesuch, da die Zeltbahn
zwar wasser-, aber nicht bombendicht sein soll. Untertags hatten wir
heute schon reichlichen Flugbetrieb, was damit zusammenhängt, daß
in dieser Stadt, die wir heute über Kierzblany–Angelocka–Oxydow–
Olesko–Pothorze erreichten, z. Zt. ein Armeeoberkommando unter
einem Generalfeldmarschall (Rundstedt?) liegen soll. Wir kleinen Leute wissen ja nie etwas Näheres und Bestimmteres.

Auf der Straße hierher berührten wir das erste größere Gefangenenlager
mit 2000 Russen. Unsere Leute und die Gefangenen standen diesseits
und jenseits des Stacheldrahtzaunes, und ihre gegenseitige Betrachtung
erinnerte mich an die Art, wie kleine Kinder auf dem Spielplatz, zum
ersten Mal zusammenkommend, sich mit scheuem Staunen angucken.

Der Kradmelder Bruno Johann   **Lettland**

Ich mußte, noch auf lettischem Boden, als Regimentskradmelder zurück zum Divisionsstab, anhand meiner Karte ca. 25 km. Den Weg fand
ich ohne Schwierigkeiten. Unterwegs kam ich an dem Rand eines Dor-

fes an einem mit Stacheldraht eingezäunten großen Areal vorbei, in dem offenbar lettische Zivilisten, Juden, Frauen, Männer und Kinder eingepfercht waren. Viele trugen das bekannte kleine schwarze Käppi, lange Bärte und Kaftane, Menschen, wie ich sie bereits 1939 in Polen sehr oft gesehen hatte.

Ich fuhr sehr langsam und war neugierig zu erfahren, was da vor sich ging. Ich wußte bis jetzt nicht, daß man auch Zivilisten einsperrte, fuhr also an den Wachtposten, einen SS-Mann, heran und fragte ihn, «seit wann wir denn lettische Zivilisten hinter Stacheldraht bringen?» Die barsche Antwort: «Hau ab, das geht dich nichts an, halte dich raus!» An der nächsten Ecke, wo mich der ruppige SS-Soldat mit dem Vogel auf dem linken Rockärmel nicht mehr sehen konnte, machte ich mit meiner Box eine Aufnahme, natürlich nur eine Teilansicht. Mir schien es damals wichtig, warum, weiß ich nicht.

Der Gefreite Feldmann *1922   **Ostrow**

08.00 Aufstehen. Baden im See. Waffenreinigen. Mittag Baden mit Baumstamm. Sehr schöne Umgebung. Waldige Höhenzüge. Russische Kirche auf dem Berg. Nachm. Schreiben usw. Hauptfeldw. Immer vom Stab vom Kdr. strafversetzt (wegen Kaffee), allgemeines Kopfschütteln. Marschbefehl zu 20.00 Uhr.

Marschweg: Wilaka … Baraschki. Nachtfahrt auf der Rollbahn bis 30 km über Ostrow hinaus. Ostrow stark zerschossen. Viele abgeschossene Panzer an der Straße. Unterziehen an einem Feldweg.

Der Truppenarzt
Dr. Hermann Türk 1909–1976   **vor Rogatschew**

Stabsarzt Marr ist tot und Hauptmann Orts auch. Feldebert und mein alter Fahrer Erwin Cordes kommen mit dem Kübel. Ich fahre mit ihnen nach Bobruisk zurück, um das Grab von Stabsarzt Marr zu suchen. Es ist noch kein Kreuz angebracht. Wir malen das Kreuz und legen Blumen auf das Grab. – Haben wir gebetet, haben wir geflucht? – Wir waren traurig in unserer tiefsten Seele.

Plötzlich steht Wede vor mir. Assistenzarzt Wede, der einen Tag vor unserem Ausmarsch aus Berlin von unserer Kompanie versetzt wurde. Er kommt eben mit dem Flugzeug aus Berlin und will zur Kompanie. Ist natürlich maßlos glücklich, daß er mich in diesem großen Rußland gleich trifft. Ich nehme ihn im Wagen mit und bringe ihn zum Divisionsarzt. Jetzt ist die Gelegenheit da! Jetzt kommt die Chance. Wie eine höhere Fügung kommt es mir vor. Eben nehme ich Abschied vom Grabe unseres alten Regimentsarztes, und nun steht die Chance vor mir, seine Nachfolge anzutreten. Es muß klappen. Ich werde versuchen, ihm ein guter Nachfolger zu werden. – Ich bitte den Divisionsarzt, zu meinem alten Bataillon versetzt zu werden. Ich trage ihm meine Gründe vor. Er zögert – und ich werde dringlicher. Er willigt schließlich ein. Ich habe es geschafft. Ich bitte gleich um einen schriftlichen Befehl. Strahlend, mit dem Papier in der Hand, eile ich zu Feldebert und Cordes, die sich mächtig freuen. Wede soll nun meine Stelle antreten. Ich fahre zur Kompanie. Der Stabsarzt ist sehr erschüttert. Er konnte es nicht begreifen. Ich packe meine sieben Sachen. Dann lasse ich meinen Zug antreten, zum letzten Mal wird er mir gemeldet. Ich danke ihnen und gedenke unserer Verwundeten und Toten. Viele weinen. Die Kerle scheinen mich doch ganz gerne gehabt zu haben, obwohl ich sie manchmal mächtig gescheucht habe. Mein Busch glaubt es immer noch nicht. Ich hätte nicht gedacht, daß mir der Abschied im letzten Augenblick doch so schwer gefallen wäre.

Der Chef sagt beim Abschied: «Türk, ich mache nicht viele Worte. Sie waren mir der liebste Offizier und der Beste in meiner Kompanie. Ich kann Sie verstehen, trotzdem ich es nicht ganz verstehe. Vergessen Sie uns nicht. Hals und Beinbruch!» – Dann geht es los. Mein Wagen, mein Kübel! Truppenarzt!! Nach vorne. Es ist mir so leicht. Ich bin glücklich. – Und so werde ich dann auch gleich von einem wahren Hagel von Artillerieeinschlägen empfangen. Überall Freude. Ich fühle, daß man mich herzlich empfängt. Ich kenne sie ja auch alle. Dort gehöre ich hin. – Werner Möller lag schon in seinem Loch. Herzliche Begrüßung. Zuerst muß ich mal erzählen, wie es mir gelungen ist, zurückzukommen.

Die ganze Nacht Arifeuer.

Der Leutnant Georg Kreuter 1913–1974   vor Orscha

Die Nacht war verhältnismäßig ruhig. Ich hatte mir unter einem Baum eine kleine Grube geschaufelt, so war ich gleichzeitig etwas gegen das Artilleriefeuer geschützt. – Mein Panzer brennt mit viel Krach aus. Ein Panzerspähwagen der Roten wird erledigt. Der Beobachter der Artillerie sitzt bestimmt in einem Panzer, der auf der Höhe steht. Wir können ihn aber nicht vernichten. Für ein Stoßtruppunternehmen ist es auch zu gewagt, denn der Feind ist auch infanteristisch stark. Unsere Nebelwerfer haben große Verluste. Ihre Stellung wird bei jeder Salve durch die enorme Rauchentwicklung der Raketen verraten. – Lt. Baumgärtel wird verwundet. Vorgestern sind Lt. Heicke und Lt. Scheer gefallen. – Artillerie deckt uns wieder ganz ordentlich zu! Schreibe an H. einen Geburtstagsbrief. – Am Abend ist große Aufregung, der Russe greift an. Kober wird schwer verwundet. Der Angriff wird abgewehrt. – Unsere Leute sind sehr nervös geworden. Ich werde vom Regimentskommandeur als Wanderprediger vorgeschickt. Erzähle jedem, den ich erreiche, die Lage und daß es morgen besser wird! Als ich zurückkomme, erstattet gerade mein früherer Chef dem Regimentskommandeur Bericht über die Gliederung des Bataillons. Sicherheit sei jetzt überall vorhanden. Er würde selbst noch mal die Posten abgehen. Er fragt, ob ich den «Abendspaziergang» mitmache, ich bin aber müde, denn ich komme ja gerade von vorn. ½ Stunde später kommt die Nachricht, daß er durch einen versteckten Schützen in unserem Wäldchen erschossen worden ist!! – Als ich dann doch noch mal vor muß, treffe ich wieder einen, der auf Anruf nicht reagiert, ich lasse ihn durch Handgranate erledigen. Vielleicht war es der Bursche?

Erich Kuby *1910   im Osten

An einer Landstraße, einer russischen Landstraße, schnurgeradeaus, miserabel, rechts zwei Reihen, links eine Reihe Telegrafenstangen und -drähte, nach allen Seiten Ebene bis zum Horizont. Die Erde ist doch eine Scheibe! Das Gras von schmutzigem Grün ist längs der Straße gepudert vom Staub, weiß und tot. Wir sind nicht nur den ganzen Nachmittag, sondern auch die ganze Nacht gefahren, mehr als 100 km. Es war mühsam. Ich hielt mich fest und verspreizte mich zwischen Sitz und Lehne vor mir, um nicht gegen die Decke geschleudert zu werden. Laut Karte ist das eine Straße erster Ordnung. Dank des Vollmondes wurde es nie ganz dunkel. Plötzlich spritzten Garben von Leuchtspurmunition zum Himmel. Wir ergriffen die Stahlhelme, sprangen aus dem Wagen und liefen ins Feld. So die ganze Kolonne. Zwei russische Flugzeuge waren über uns, warfen Bomben und schossen. Nach einer halben Stunde kamen sie noch einmal. Ich hatte mich in ein Kornfeld geworfen, drehte mich auf den Rücken und schaute in das Feuerwerk. Instinktiv möchte man sich mit dem Gesicht nach unten auf Mutter Erde drücken, aber das ist ein blöder Reflex.
Seit gestern sind wir abgelöst und fahren mit den anderen, nicht eingesetzten Teilen der Kompanie im Nachtrab. Auf ihn haben es die wenigen Flugzeuge abgesehen, die der Iwan aufbietet. Der Iwan, die Krautfresser, die Katzelmacher … Zwölf Tote zählen die Nachschub- und Versorgungseinheiten bis jetzt, schon vier mehr als während des französischen Feldzuges.

Wir haben unsere Fahrzeuge unter ein paar kümmerliche Birken gestellt, die um ein noch armseligeres Gehöft herumstehen. Es gibt ein paar
Millionen solcher Gehöfte, verteilt über den Riesenraum, der Rußland
heißt, und darin steckt eine Krisenfestigkeit, die allen denen entgeht
(= allen), die meinen, das machen wir auch so mit der linken Hand. Nach
dem ersten Schock – es war einer – heißt es jetzt: noch drei Wochen,
und im August gibt's wieder Urlaub. Das russische Heer werde nicht
mehr zentral geleitet, die Revolution stünde vor der Tür. Träte alles dies
ein, träfe es zu, so wäre damit Rußland noch immer nicht unser, selbst
dann nicht.
Die Postsperre scheint bis zum 28.6. gedauert zu haben. Heute habe ich
zwei FZ [Frankfurter Zeitung] und Briefe von L. und F.
Die Kinder der Bauern spielen mit einem jungen gezähmten Fuchs. Er
hat ganz helle Augen und faßt sich schön an. Ich dachte an die Novelle
von D. H. Lawrence [Titel: Der Fuchs].

Alexander Cohrs 1911–1996   Cziky/Weißrußland
Wir marschierten zunächst bis Cziky, etwa 25 Kilometer entfernt. Ich
konnte auf dem Gefechtswagen sitzen, um Notizen über die Ereignisse des Vortages machen zu können. Die Landschaft war schön, wellig,
von Wald durchzogen und kleinen Bächen. Die Felder waren außerordentlich verunkrautet. Auf größeren Flächen war ein Gewächs angebaut, das mir unbekannt war. Riesige Felder von Flachs, auch Buchwei-
zen und anderem. Haferfelder machten größtenteils einen recht dürftigen
Eindruck.
Von Cziky wird ein Spähtrupp vorausgeschickt unter Führung von
Kosmann (Feldwebel aus Ankum, Krs. Rersenbrück). Von überall her
kamen Gefangene, meist kampflos, jedoch manche auch nach Schießereien, bei denen aber niemand umkam. Unter anderem fingen wir auch
einen Wolgadeutschen. Wir haben ihn bei uns behalten. Über ihn möchte ich nun ausführlicher berichten.
Am 8. Juli haben wir ihn gefangen, Heinrich, den Wolgadeutschen. Wir
waren Spitze des Regiments beim Durchkämmen der Wälder. Er hatte
zehn Tage gehungert wie die übrigen Gefangenen. Wenn er gewußt hätte, wie es ihm ergehen würde, wäre er schon früher gekommen. So hat
er sich auflesen lassen und dabei nicht nach seinem Gewehr gegriffen.
Er sagte, er habe nicht gewußt, welcher Art Deutsche vor ihm seien und
ob sie überhaupt Deutsch verstünden. Wahrscheinlich stellte er es sich
so vor, als sei es wie in Rußland, ein Völkergemisch mit vielen Sprachen.
Seine Freude war groß, als er uns deutsch sprechen hörte.

Zu Hause hat er nur Deutsch gesprochen, aber seit zwei Jahren, seit er beim Heer war, nur noch Russisch. Deshalb dauerte es einige Zeit, bis er sich wieder richtig hineinfand. Er ist 22 Jahre alt; sein Vater, ein Tischler, heißt Konrad und ist 43 Jahre alt.

Zuerst saß er bei den übrigen Gefangenen; aber bald trennten wir ihn von ihnen, nahmen ihn zu uns und gaben ihm erstmal ordentlich zu essen. Im Laufe des Abends wurde er von allen möglichen Leuten pausenlos ausgefragt und mußte dieselben Fragen wohl zehnmal beantworten. Dabei wurden auch viele suggestive Fragen gestellt, und ehe er antworten konnte, legte man ihm die Antwort schon in den Mund. Besonders ein Unteroffizier der 4. Kompanie zeichnete sich in dieser Art des Fragens durch besondere Dummheit aus.

Natürlich waren seine Haare kurz geschoren wie bei allen Mannschaften des russischen Heeres. Er meinte, das sei wie ein Reh ohne Gehörn – er habe sehr schönes Haar gehabt, freilich etwas rot, aber doch sehr schön. Am ersten Abend sagte er noch, wenn ihn nun sein Vater und seine Mutter sehen könnten, wie würden die sich freuen.

Stalin, so meinte er, sei für viele gut, aber für die, die an Gott glaubten, sei er nicht gut. Er selbst ist weder katholisch noch lutherisch, konnte den Bekenntnisstand jedoch nicht genau definieren. So vermute ich, daß er von den an die Wolga ausgewanderten Deutschen stammt, die dort unter Katharina II. in der Zeit von 1746–67 angesiedelt wurden und meist aus reformiert geprägten Freikirchen stammten.

So große Pferde wie bei uns hat er noch nie gesehen. Auch eine Zigarre sah er noch nie. Wir gaben ihm gleich eine ganze Reihe. Erst versuchte er zu rauchen, ohne einen Einschnitt am vorderen Ende zu machen, später versuchte er es, indem er das Deckblatt entfernte. Wir mußten ihm also zeigen, wie man es macht.

Am nächsten Tage bekam er grünes Drillichzeug, ohne Hoheitsabzeichen und ohne Spiegel. Nun fährt er einen Panjewagen im Troß, hat zwei Pferde und muß für alle möglichen Gelegenheiten Dolmetscher sein.

Nach einiger Zeit behielten wir einen weiteren russischen Gefangenen, der dann mit Heinrich im Troß den gleichen Dienst tat. Doch als wir uns zum nächsten Angriff bereitstellten, waren die beiden plötzlich verschwunden. Ich denke mir, der Gefahr, von russischen Truppen gefangen genommen zu werden, wollten sie sich nicht aussetzen. Das ist verständlich.

Soviel über Heinrich.

Alle anderen Gefangenen schickten wir zum Bataillonsstab nach hinten. Gleich danach noch einen Offizier und neun Mann. Der Offizier sah

sehr finster vor sich hin, er war jung und machte einen intelligenten
Eindruck. Gleich danach weitere sechzehn Mann, die Kosmann von seinem Spähtrupp mitbrachte. Damit sind es heute für unsere Kompanie
1 Offizier und 31 Mann; alle mit großem Hunger. Die Leute des Spähtrupps benahmen sich, als wenn sie auf Maikäferjagd gewesen wären.
Man muß hier bedenken, daß es sich hier noch immer um russische Truppen handelte, die durch vorausfahrende deutsche motorisierte Einheiten
abgeschnitten waren. Sie waren aber damit nicht nur von ihrer Befehls-
zentrale abgeschnitten, sondern auch von dem Verpflegungsnachschub;
sie waren daher nicht nur desorientiert, sondern auch seit Tagen ohne
Nahrung.
Der Abmarschbefehl für den nächsten Tag war schon längst da. Da kam
Laabs (ein pommerscher Maler, den ich vierzehn Jahre später zufällig
in Barcelona in einem Kaffeelokal wiedertraf), Melder beim Bataillonsstab, mit der Meldung: «Morgen ist Ruhetag». Soldaten, die ausruhend
auf dem Rücken lagen, strampelten wild vor Freude mit den Beinen in
der Luft herum. Feldwebel Geffke machte gleich vier Hechtrollen hintereinander. Ein Ruhetag war auch dringend nötig. Erst nach 10 Uhr
begann der Schlaf.

Ernst-Günter Merten 1921–1942   **Ukraine**
Allerlei erlebt in den letzten Tagen! Zunächst eine tolle Eierfresserei.
Irgendwer brachte Kisten über Kisten mit Beuteeiern. Wir mochten
nachher gar keine mehr sehen. An der Feldküche gab es eine Milchgries-
suppe mit 250 Eiern, von der mehr als zwei Schlag zu essen, keiner
schaffte; und was wir so nebenher an Zuckereiern und gekochten Eiern
vertilgten, war auch allerlei.
Nachdem wir also wieder genügend Kalorien zu uns genommen hatten, begann die Watzerei von neuem, durch Sonne und Regen, durch
tiefsten Dreck bergauf, bergab.
Unterwegs in den Ortschaften wurde uns Grün über den Weg gestreut,
Blumen warf man uns zu, Milch und Buttermilch standen in Krügen
bereit. Fast in jedem Dorf Ehrenpforten: «Heil Hitler! Hoch Deutschland!», geschmückt mit dem Hakenkreuz und dem Ukrainerabzeichen.
Vorgestern, am Sonntag, hatte alles seinen Sonntagsstaat angezogen. Man
sah sogar Schuhe. Schöne bunte Trachten aus einem leuchtenden seiden-
artigen Stoff säumten die Straßen. Uns zu Ehren wurden sogar Volks-
tänze aufgeführt. Gestern war das Fest des Hl. Iwan. Bis auf die Straße
standen beim Gottesdienst die Leute, in der Kirche selbst war nur Sitz-
gelegenheit für 24 Mann.

Der SS-Mann Felix Landau *1910   **Drohobycz/Bezirk Lemberg**
Gegen Mittag zogen wir in ein neues Quartier, eine ehemalige Solda-
tenschule der KP. Ich soll in Wirtschaftssachen und gleichzeitig Pferde-
sachen arbeiten. Im Stall fand ich drei niedrige Ponys vor. Eigentlich
eine ganze Familie, Hengst, Stute und Fohlen. Ein kleiner Ponywagen
und ebenso ein Sattel, komplettes Pferdegeschirr. Sind doch die Menschen eigentümlich. Als ich meine Wache antrat, standen drei so häßliche und schmutzige Weiber, die ehemaligen Hotelmädchen, im Flur,
und guckten mich an. Da kommt nun ein Dolmetscher zu uns und
spricht mit diesen. Eine dieser Weiber fragt nun, ob ich nicht mit ihr ins
Bett gehen will. Wahnsinnig ist doch dieses Sauvolk. Natürlich drängen
sich nun umso mehr die anderen. Ich rechnete stark damit, daß sie zu
einem ins Bett kriechen werde, doch kam sie zu niemandem, gottseidank. Ansonsten wäre bei der Kontrolle der Zimmer alles aufgeflogen.
Abends hatten wir noch einen Kameradschaftsabend. Beim Abendessen
wollten mich einige Kameraden mit einigen Weibern des Hotels, Kell-
nerinnen, mit in die Wohnung nehmen. Ich lehnte kurzerhand ab. Es
waren beide sehr enttäuscht. Ich will und könnte auch nicht. Ich bin zuviel bei meiner Trude. Auch beim Kameradschaftsabend kam ich nicht
und nicht los von ihr. Ich habe solche Sorgen um sie. Wer weiß, ob sie
noch an mich denkt. Noch immer keine Zeile von ihr erhalten, und wer
weiß, ob sie meine Post erhält.

Adam Czerniaków 1880–1942   **Warschauer Ghetto**
Morgens Gemeinde. Um 10 Uhr mit Rozen bei Auerswald. Er erklärte,
einige Dutzend Arbeiter seien aus dem Lager in Dębica geflohen. Wenn
sie über die Grenzen des G[eneral] G[ouvernements] flöhen, dann sei
das einerlei, aber wenn sie sich im GG ‹herumtrieben›, dann werde das
Konsequenzen nach sich ziehen. Nach Meinung von A[uerswald] sollen die Juden ihren guten Willen unter Beweis stellen und sich zur Arbeit melden. Andernfalls werde das Getto mit Stacheldraht eingezäunt.
Davon gebe es genug, denn in Rußland habe man viel davon erbeutet.
Der Ring werde sich immer enger schließen und die gesamte Bevölkerung
tatsächlich nach und nach aussterben.
Auf den Straßen werden Arbeiter gefaßt für die Arbeitsstätten, für die
sich niemand meldet, weil man dort kein Essen gibt, sondern 2.80 Zł.
Ich habe Kamlah ersucht, sie zu verpflegen. Vorläufig erfolglos. In An-
betracht der Unermeßlichkeit des Elends ist die Masse der Juden ruhig
und besonnen. Die Juden schreien meist dann, wenn es ihnen gutgeht.
Als Galilei das Teleskop erfand, wollte irgendein Mönch sich nicht den

Himmel ansehen, weil er durch das Teleskop Sterne hätte erblicken können, die von der Heiligen Schrift nicht vorgesehen waren. Dasselbe gilt
für den Lohn von 2.80 Zł. Man sagt, es gebe keine Inflation, aber eine
Teuerung. Daß ein Arbeiter von 2.80 nicht leben kann, darauf geht man
nicht ein.

Danuta Czech   (KZ Auschwitz-Birkenau)
Neun Häftlinge, die mit einem Sammeltransport der Stapo- und Kripo-
leitstellen aus Breslau, Schwerin, Troppau und Kattowitz eingewiesen
worden sind, erhalten die Nummern 17 845 bis 17 853.
Reichsmarschall Hermann Göring richtet an den Chef der Sipo und des
SD, SS-Obergruppenführer Reinhard Heydrich, folgende Anordnung:
«In Ergänzung der Ihnen bereits mit Erlaß vom 24. Januar 1939 über-
tragenen Aufgabe, die Judenfrage in Form der Auswanderung oder
Evakuierung einer den Zeitverhältnissen entsprechend möglichst günstigen Lösung zuzuführen, beauftrage ich Sie hiermit, alle erforderlichen
Vorbereitungen in organisatorischer, sachlicher und materieller Hinsicht
zu treffen für eine Gesamtlösung der Judenfrage im deutschen Einfluß-
gebiet in Europa. Sofern hierbei die Zuständigkeiten anderer Zentral-
instanzen berührt werden, sind diese zu beteiligen. Ich beauftrage Sie
weiter, mir in Bälde einen Gesamtentwurf über die organisatorischen,
sachlichen und materiellen Vorausmaßnahmen zur Durchführung der
angestrebten Endlösung der Judenfrage vorzulegen.»

Der Befehlshaber der Sipo und des SD   **Kauen/Litauen**
Vom Einsatzkommando 3 wurden nachfolgende Aktionen durchgeführt:

8.7.41	Mariampole	14 Juden und
		5 komm. Funktionäre
		19
8.7.41	Girkalinei	6 komm. Funktionäre

*

Joseph Goebbels 1897–1945   (Führerhauptquartier)
Mittags gegen 12 Uhr landen wir auf einem Flugplatz in der Nähe von
Rastenburg. Es herrscht eine brütende Hitze. Das ganze Gebiet ist von
Mückenschwärmen übersät, die sehr unangenehm wirken. Wir befinden
uns mitten im Masurenland. Eine halbe Stunde Autofahrt, und wir be-
finden uns im Hauptquartier.

Das Hauptquartier macht eher den Eindruck einer Sommerfrische als der Zentrale der deutschen Kriegführung. Es ist immer wieder imponierend zu beobachten, wie der Führer es versteht, seine Arbeitsstätten selbst mitten im Kriege mit einer gewissen Ruhe zu umgeben. Diese Ruhe allein vermittelt ihm die Gewähr, gesammelt und mit Akribie zu arbeiten; nervöse Zentralen drängen immer auch zu nervösen Entschlüssen. – [...]

Dann kommt der Führer von den militärischen Besprechungen. Sein Aussehen ist über Erwarten gut, und er macht einen durchaus optimistischen und gläubigen Eindruck. Er entwickelt mir zunächst in kurzen Zügen die militärische Situation, die er überraschend positiv ansieht. Nach seinen handfesten und bewiesenen Unterlagen sind zwei Drittel der bolschewikischen Wehrkraft bereits vernichtet oder doch sehr schwer angeschlagen. Fünf Sechstel der bolschewikischen Luft- und Tankwaffe können auch als vernichtet gelten. Der Hauptstoß also, den die Bolschewiken in das Reich hinein vorhatten, kann als gänzlich abgeschlagen angesehen werden. Unsere Verluste halten sich in mäßigem Rahmen. [...]

Es besteht kein Zweifel mehr, daß die Russen ihre ganze Stoßkraft an ihrer Westgrenze versammelt hatten und diese Gefahr im Augenblick einer Krise, die eventuell im Verlaufe des Krieges über uns hätte hereinbrechen können, für uns tödlich geworden wäre. Wir haben demgegenüber etwa 220 Divisionen aufmarschieren lassen. Ist der Bolschewismus liquidiert, so würde es genügen, 50 Divisionen im Osten zu lassen, womit das Land, soweit wir es besetzen wollen, absolut pazifiziert werden könnte. [...]

Der Führer hat einen heiligen Zorn auf die bolschewikische Führungsclique, die sich mit der Absicht trug, Deutschland und damit Europa zu überfallen und doch noch im letzten Augenblick bei einer Schwächung des Reiches den seit 1917 schon geplanten Versuch der Bolschewisierung des Kontinents praktisch durchzuführen. [...]

Der Führer betont mir gegenüber noch einmal, daß auch die bisher gemachten militärischen Erfahrungen eindringlich darlegen, daß es höchste Zeit war, daß er im Osten zum Angriff vorging. Darin unterscheidet sich die deutsche Kriegführung von der Kriegführung des Reiches im Weltkriege. Bis zum 1. August 1914 hat man bieder und brav gewartet, bis die feindliche Koalition sich zusammengefunden hatte, und dann erst losgeschlagen. Unsere Kriegführung setzt sich zum Ziel, jeden Gegner einzeln vor die Klinge zu bekommen und damit das gegnerische Lager Stück um Stück niederzuwerfen. Der Präventivkrieg ist immer noch der sicherste und der mildeste, wenn man sich darüber im klaren ist, daß der Gegner sowieso bei der ersten besten Gelegenheit angreifen wird; und das ist beim Bolschewismus der Fall gewesen. Er wird jetzt bis zur Vernichtung geschlagen werden. Von Friedensverhandlungen mit dem bolschewikischen Kreml kann überhaupt keine Rede sein. Wir besitzen auch genügend Reserven, um bei dieser gigantischen Auseinandersetzung den Atem zu behalten. Vom Bolschewismus darf nichts mehr übrig bleiben. Der Führer hat die Absicht, Städte wie Moskau und Petersburg ausradieren zu lassen. Es ist das auch notwendig. Denn wenn wir schon Rußland in seine einzelnen Bestandteile aufteilen wollen, dann darf dieses Riesenreich kein geistiges, politisches oder wirtschaftliches Zentrum mehr besitzen. […] Wir werden, wenn die Operationen in den nächsten Tagen und Wochen glücklich verlaufen, etwa bis an die Wolga, wenn militärische Notwendigkeiten es gebieten, auch bis an den Ural vorstoßen. Die Pazifizierung der übrigen russischen Gebiete wird, soweit sich irgendwo noch ein militärischer Widerstand zeigen sollte, durch Extraexpeditionen durchgeführt werden. Jedenfalls werden wir es nicht dulden, daß sich irgendwo in dem von uns nicht besetzten Rußland überhaupt ein Rüstungs- oder ein militärisches Zentrum bilden kann.

Der Führer ist glücklich darüber, daß die Tarnung der Vorbereitungen für den Ostfeldzug vollkommen gelungen ist. Er vertritt den Standpunkt, daß dadurch etwa 200 000 bis 250 000 Tote gespart worden sind. Das ganze Manöver ist auch mit einer unerhörten List durchgeführt worden. […]

Was England nach einem siegreich beendeten Ostfeldzug machen wird, ist noch völlig unklar. Churchill wird sich vor allem bemühen, die USA in den Krieg hineinzuziehen. Ob ihm das gelingen wird, steht noch dahin. Das hängt weitgehend auch von der Art und Weise ab, wie wir die Sowjetunion besiegen werden und wie lange das dauert. Der Führer ist im Augenblick England gegenüber sehr hart gestimmt. Es ist noch nicht klar, ob er im Augenblick überhaupt auf ein Kompromißfriedensangebot von London eingehen würde. Er sieht Englands Sturz mit traumwandlerischer Sicherheit voraus. […]

Die Güte des deutschen Soldaten und die Güte seines Materials ist wieder einmal im Osten auf das wunderbarste erwiesen worden. Wir sind dem Gegner haushoch überlegen. Schwierigkeiten bereitet uns nur der Raum. Aber eine Wiederholung des Falles Napoleon ist deshalb nicht möglich, weil wir zwar – Ironie des Schicksals! – in derselben Nacht gegen den Bolschewismus vorgegangen sind, in der Napoleon die russische Grenze überschritt, nämlich vom 21. auf den 22. Juni, daß wir aber

nicht nur mit marschierender Infanterie, sondern auch mit motorisierten Tanks einrücken, es für uns also ungleich viel leichter sein wird, die ungeheuren Räume im Osten zu überwinden. [...]
Der Führer meint, England geht einem Schicksal entgegen, das entweder zur bedingungslosen Kapitulation oder zur Hungersnot führt.
Die Aufgaben der Propaganda liegen klar zutage. Es wird unser Ziel sein müssen, im Ostfeldzug den Bolschewismus weiter zu diskreditieren, um uns im Augenblick, in dem sich die militärische Stoßkraft gegen England richtet, dann wieder grundsätzlich mit der englischen Plutokratie auseinanderzusetzen.
Der Abschied vom Führer ist sehr herzlich. Er bittet mich, häufiger ins Hauptquartier zu kommen, nach Möglichkeit alle Wochen oder doch alle vierzehn Tage, damit wir Gelegenheit haben, uns über die Probleme zu unterhalten.

Der General Franz Halder 1884–1972 Führerhauptquartier
12.30 Uhr *Vortrag beim Führer* (in seiner Befehlsstelle): ObdH trägt zunächst die letzten taktischen Nachrichten vor. Dann trage ich die Feindlage und die operative Beurteilung unserer Lage vor und schneide die zur Entscheidung stehenden Führungsfragen an: Weiterführung der Einkreisungsoperation bei H.Gr. Süd. Ansetzen (H.Gr. Mitte) der Umfassungsschlacht mit starken äußeren Flügeln gegen die Dnjepr-Düna-Linie, um das Dreieck Orscha–Smolensk–Witebsk auszubrechen. Operationsführung der Heeresgruppe Nord gegen Leningrad und Antreten der Finnen. Anschließend Aussprache. Ergebnis:
1. Der Führer hält für anstrebenswerte «Ideallösung»: *Nord* erledigt die ihm in der Aufmarschanweisung gegebenen Aufgaben mit eigenen Kräften.
Mitte bricht die letzte geordnete Widerstandsgruppe nördlich der Pripjetsümpfe aus der überdehnten russischen Front durch Zangenangriff heraus und macht dadurch den Weg nach Moskau frei. Wenn die beiden Panzergruppen die ihnen durch die Aufmarschanweisung zugewiesenen Räume erreicht haben, kann man Hoth zunächst stehen lassen (um evtl. [H.Gr. Nord unter] v. Leeb zu helfen oder auch, um weiter gegen Osten eingesetzt zu werden, aber nicht gegen die Stadt Moskau, sondern z. B. zu deren Abschließung), *Guderian* in südlich oder südostwärtiger Richtung ansetzen ostwärts des Dnjepr, um mit H.Gr. Süd zusammenzuarbeiten.
2. Feststehender Entschluß des Führers ist es, Moskau und Leningrad dem Erdboden gleich zu machen, um zu verhindern, daß Menschen

darin bleiben, die wir dann im Winter ernähren müßten. Die Städte sollen durch die Luftwaffe vernichtet werden. Panzer dürfen dafür nicht eingesetzt werden. «Volkskatastrophe, die nicht nur den Bolschewismus, sondern auch das Moskowitertum der Zentren beraubt.»

❋

Drei Sterne sah ich scheinen,
drei Sterne schienen licht
und waren doch die Sterne,
die Sterne der Heimat nicht.
Drei Rosen sah ich stehen
in schimmernd blauer Luft,
ihr Rosen in der Heimat,
es war nicht euer Duft.
Drei Palmen stehen am Meere,
die Fremde ist so leer!
Drei Küsse gab ich dem Winde,
der trägt sie wohl übers Meer.
Da steht in einem Garten
ein grüner Lindenbaum.
Ich küsse seine Rinde
bei Nacht in meinem Traum.

Zwischentext: Deportiert nach Sibirien

Albin Eisenstein *1911   Czernowitz–Jasowka

Eine schwüle Sommernacht im Juni 1941. Wir liegen in einem Viehwaggon am Güterbahnhof von Czernowitz. Wohin uns die Rotarmisten deportieren, ist unbekannt. Wahrscheinlich geht es nach Sibirien. Ich versuche, mir Sibirien vorzustellen. Der Gedanke, daß man uns, eine Schar verängstigter Menschen nach Sibirien bringen könnte, kam mir erst, als sowjetische NKWD-Soldaten uns mit Gewehrkolben in bereitgestellte Viehwaggons trieben. Jeder von uns war bemüht, einen Platz in der Nähe der vergitterten Fensterluken zu ergattern. Häßliche Szenen begleiteten diesen Kampf um den Platz in der Nähe der Fensterluken. Schließlich hatte jeder sein Plätzchen. Im Waggon standen zwei Eimer. Der eine war für Trinkwasser bestimmt, der andere für die Notdurft der Insassen.

Als die NKWD-Soldaten uns auf einem LKW zum Güterbahnhof brachten, war ich viel zu erregt, um feststellen zu können, wer außer meiner Familie und mir deportiert werden sollte. Ich war 30 Jahre alt. Neben mir auf dem Boden lag meine junge Frau, die sich angstvoll an mir festhielt, und meine nicht weniger verängstigten Schwiegereltern.

Vor dem Einsteigen in die Waggons wurden viele Männer von ihren Frauen und Kindern getrennt. Die NKWD-Offiziere ließen sich vom Weinen und Jammern der Betroffenen nicht beeindrucken. Als meine Frau und meine Schwiegermutter das sahen, klammerten sie sich fest an mich und meinen Schwiegervater.

Unser einziger Wunsch war, gemeinsam in den Viehwaggon eingesperrt zu werden. Gott hatte Erbarmen! Man ließ uns zusammen. Unser Glück war groß. So groß, daß alle Ängste über eine Deportation nach Sibirien, über Vernichtung, Hunger und Entbehrungen uns plötzlich unbedeutend erschienen.

So liegen wir jetzt auf einer dünnen Strohunterlage und jeder von uns tut so, als ob er schlafen würde. Aber niemand kann schlafen. Jeder hadert in Gedanken mit seinem Schicksal. Jeder hätte gerne gewußt, warum gerade er verbannt wird, was er falsch gemacht hat und wofür er bestraft werden soll. Wer und wo waren die Richter? Warum hatte uns niemand befragt oder verhört?

Durchdrungen von der Auffassung, daß eine Strafe als Sühne für ein Vergehen zu erfolgen habe, bemühten sich die meisten, irgendein Vergehen gegen den Staat oder die Staatsgewalt in ihrer Vergangenheit zu suchen. Niemand von uns konnte ein Vergehen gegen den Sowjetstaat entdecken. Jeder hätte viel dafür gegeben, wenn ihm irgendein Sowjetrichter gesagt hätte, wofür er eigentlich bestraft wurde.

Massenvernichtungsaktionen wurden in der Stalinzeit einfach und unbürokratisch durchgeführt. So war es auch in unserem Fall. Um etwa zwölf Uhr nachts am 10. Juni 1941 klingelte es an der Wohnungstür. Zwei uniformierte NKWD-Leute und drei Zivilisten standen vor uns. Sie schoben meinen Schwiegervater und mich an die Seite und drangen in die Wohnung. Sie verlangten, daß wir alle, meine Schwiegermutter, meine Frau, mein Schwiegervater und ich, vor sie hinträten, und zeigten uns ein Blatt Papier, auf dem angeblich geschrieben stand, daß irgendeine sogenannte «TROIKA» uns das Leben in unserer Heimat verbiete und uns für die Ansiedlung in «entfernte Rayone» bestimmt habe.

Nach Verlesung dieses «Dokumentes» gaben uns die NKWD-Leute eine halbe Stunde Zeit, um das Notwendigste einzupacken, und wiesen uns darauf hin, daß das Gepäck nicht zu schwer sein dürfe, denn jeder müsse sein Gepäck allein tragen, was auf längeren Fußmärschen nicht leicht sei.

Wir waren verhaftet, der Weg in die Verbannung, in die mögliche Massenvernichtung begann. Wie reagierten wir auf diese kategorische Mitteilung? Schon der Gedanke, daß wir aus unserer vertrauten Umgebung herausgerissen, von allem, was wir besaßen, beraubt, plötzlich arm und unfrei wurden, war erschreckend. Wohl wußten wir, daß sogenannte Kapitalisten als sozialfeindliche Elemente von Stalin geächtet und verfolgt wurden. Aber keiner von uns konnte sich vorstellen, daß wir der Kategorie «gewesener Ausbeuter» zugeordnet würden. Mein Schwiegervater und ich waren Ingenieure, also schlichte Arbeitnehmer.

Meine Schwiegermutter konnte all das, was hier vorging, schon gar nicht begreifen. Großgeworden in einer gutbürgerlichen Wiener Familie, glaubte sie an Obrigkeit und Gerechtigkeit. Verängstigt und verwirrt suchte sie die für ihren Mann erforderlichen Medikamente gegen Magenulkus. Mein Schwiegervater resignierte. Indem er an der Vorbereitung für die Fahrt in die Deportation nicht teilnahm, wollte er seinen Protest gegen diese Ungerechtigkeit bekunden. Wir waren erst elf Monate Sowjetbürger (im Juli 1940 war die Nordbukowina von der Rotarmee okkupiert und in die UdSSR eingegliedert worden) und konnten daher noch nicht wissen, daß Massenvernichtung in das Staatskonzept des Stalinismus gehörte und keineswegs als Einzelschicksal einer Familie einzustufen war. Jeder erfahrene Sowjetbürger wußte, daß auch er, ungeachtet seiner sozialen Stellung, seiner Vergangenheit, seiner Nationalität, seines Glaubens, ein Opfer einer der vielen Massenrepressalien Stalins werden konnte.

Meine Frau und ich warfen also mehr oder weniger wahllos Kleidungsstücke, wie auch Dokumente, in Koffer und nahmen das wenige Bargeld, das wir besaßen, an uns. Nach einigen knappen Ermahnungen der NKWD-Soldaten ließen wir uns nach etwa einer halben Stunde in die auf der Straße wartenden LKWs führen.

Auf den Straßen sahen wir nur wenige Menschen, sie huschten wie Ratten vorbei. Wir hatten den Eindruck, daß sie bereits wußten, was uns bevorstand. Sie zögerten, sich uns zu nähern, denn wir waren doch diejenigen, die «im Interesse der sozialen Gerechtigkeit» vernichtet werden sollten. Angst und Schrecken lagen in der Luft, verbreiteten sich unter den Menschen. Keiner wußte, ob morgen nicht auch er unser Los würde teilen müssen. Auf der Fahrt zum Güterbahnhof begegneten wir anderen LKWs, mit Menschen, die genau wie wir deportiert werden sollten.

Am Güterbahnhof angelangt, übergaben uns die NKWD-Soldaten den dortigen NKWD-Offizieren. Diese fanden uns recht bald auf ihren Listen. Mit energischen Befehlen trieben uns die NKWD-Soldaten zu den Viehwaggons, die für unseren Transport bereitstanden. Meine Schwiegermutter konnte mit ihrem Koffer nicht so rasch gehen, wie es die Soldaten befahlen. Es war finster. Wir stolperten. Die Soldaten stießen uns vor sich her. Das ungeschickte Verhalten hilfloser, verängstigter Zivilisten schien ihnen Spaß zu machen. Sie lachten und amüsierten sich. Um so erschütternder klang das Jammern und Weinen der Frauen und Kinder, die von ihren Männern, Brüdern und Vätern gewaltsam getrennt wurden. Wir vier zählten zu den Glücklichen, die zusammenbleiben konnten.

Wie Vieh zusammengepfercht lagen wir Seite an Seite im Waggon und versuchten uns gegenseitig Trost und Hoffnung zuzusprechen.

Inzwischen war ein neuer Morgen angebrochen. Durch die vergitterten Fensterchen drangen die ersten Sonnenstrahlen auf einen Haufen unglücklicher Menschen. Waren sie schon abends zuvor ein Anblick des Jammers gewesen, so machten sie im erbarmungslosen Tageslicht einen noch ungleich verzweifelteren Eindruck.

Nicht weit von uns lag im Stroh eine Frau, umringt von drei Kindern im Alter zwischen drei und sechs Jahren. Die Kinder schliefen. Die Mutter starrte mit verweinten Augen ins Leere. Von Zeit zu Zeit rückte sie die schlafenden Kinder zurecht. Vielleicht glaubte sie, damit alles Böse von ihnen fernhalten zu können.

Daneben lag verkrampft ein älteres Ehepaar, halb sitzend auf ihren paar
Habseligkeiten, und blickte hilfesuchend um sich. Mit flehentlichen
Blicken suchten sie, mit uns ins Gespräch zu kommen. Schluchzend erzählte uns die Frau, daß ihr Sohn, ein erfolgreicher junger Kaufmann,
von ihnen getrennt worden war und daß sie nun, alleingelassen, nicht
wüßten, wie sie weiter ihr Leben fristen sollten. Immer wieder kamen
sie darauf zu sprechen, wie schön ihre Wohnung war und welch beschau-
liches Leben sie bis zur Besetzung der Bukowina durch die Rote Armee geführt hätten.
Eine alleinstehende Frau erzählte verbittert, man habe ihren Bruder vor
Betreten des Waggons von ihr weggerissen. Die Sachen waren bei ihr
geblieben, und jetzt machte sie sich Sorgen, wie ihr Bruder ohne das
Notwendigste die Reise durchstehen sollte.
In einem Winkel des Waggons lagen eine alte Frau zusammen mit einer
jüngeren und deren Sohn. Die alte Frau war die Mutter eines in unserer
Stadt sehr bekannten Rechtsanwaltes, die jüngere seine Frau und der
junge Mann, etwa sechzehn Jahre, sein Stiefsohn. Wir merkten, daß sich
diese Menschen anfeindeten und mit Vorwürfen überhäuften. Als wir
später erfuhren, daß die junge Frau die ehemalige Freundin des Schrift-
stellers Peter Altenberg war, erschien uns das begrenzte Urteilsvermö-
gen dieser Frau um so unverständlicher.
Mein Schwiegervater gehörte zu denen, die wenig Hoffnung auf eine
Rettung aus dieser Notlage sahen. Er schien weniger darunter zu leiden, daß die nächste Zeit ihm und den Seinen Entbehrungen, Erniedrigungen und Kummer bringen würde; größere Sorge bereitete ihm, daß
er seiner Frau, die er über alles liebte, nicht mehr den bisherigen Lebensrahmen bieten könnte. Er litt unter der Vorstellung, daß seine Frau
von nun an in Elend und Not würde leben müssen. Meine Schwiegermutter war es, die ihm – mit Sätzen wie «Wenn wir nur zusammen sind,
kann uns nichts passieren. Zusammen werden wir alles durchstehen» –
Mut zusprach. Diese Worte schienen zu wirken. Er wurde ruhiger und
gefaßter.
Jeder der Waggoninsassen reagierte auf die Geschehnisse anders. Die
einen weinten still vor sich hin. Die anderen bemühten sich, die Angehörigen zu überzeugen, daß Freunde und Verwandte alles tun würden,
um sie zu befreien. Es müsse nur gelingen, sie zu verständigen, wo sie
wären. Die dritten waren apathisch und schienen vollständig teilnahmslos. Wenige glaubten, daß sie einen vorübergehenden Schicksalsschlag
erlebten, der durch Ruhe, Beherrschtheit und Mobilisation aller physi-
schen und geistigen Kräfte überwunden werden könne. Diese Einstel-

lung, als Reaktion auf das Geschehene und auf das, was uns erwartete, schien mir am rationellsten. Also hieß es unter den gegebenen Umständen, sich eine Form des Überlebens zurechtzuzimmern. Schließlich gelang es mir, meine Schwiegermutter und meine Frau zu überzeugen, daß ein Überleben nur mit Kampf und Beharrungsvermögen zu erreichen sei. Als mein Schwiegervater in den Augen seiner Frau eine Spur von Hoffnung sah, ließ auch er sich überzeugen. Er brannte vor Ungeduld, etwas zu tun. Er übernahm es, das Leben der Menschen im Waggon zu organisieren.

Es waren Männer und Frauen, vor allem aber Kinder und ältere Menschen, die betreut werden mußten, und vor allem mußten Hygiene und Reinlichkeit gewährleistet bleiben. Für die Frauen und die Kinder galt es Schlafplätze frei von Luftzug zu schaffen; jeder mußte angeben, welche Medikamente für ihn lebenswichtig waren und über welche Medikamente er verfügte. Es wurde besprochen, wie jeder den Abortkübel abschirmt, wie er ihn benutzen sollte, wie jeder sich waschen und auf Sauberkeit achten könne, wie auch auf vieles andere.

Plötzlich wurden die Schiebetüren des Waggons geöffnet, ein NKWD-Offizier erschien. Belehrend sagte er: «Bürger, Ihr seid bestimmt für die zwangsweise Ansiedlung im Inneren der Sowjetunion. Dort werdet Ihr alles Erforderliche vorfinden, darunter auch Schulen und Spitäler. Wir fordern Euch auf, diszipliniert allen Anordnungen des Wachpersonals Folge zu leisten. Auf Nichtbefolgung stehen schwere Strafen. Ohne Erlaubnis darf niemand den Waggon verlassen. Es wird ohne Vorwarnung geschossen. Auf der Reise werden wir Euch mit Nahrung versorgen. Auch werden wir dafür sorgen, daß Ihr Wasser zum Trinken und zum Waschen bekommt. Ebenso werden wir Euch die Möglichkeit geben, den Abortkübel zu leeren. Jetzt müßt Ihr mir sagen, wen Ihr Euch zum Waggon-Ältesten wählt.» Mein Schwiegervater wurde genannt. Damit war er für die Ordnung im Waggon verantwortlich.

Auf die Frage, wohin wir gebracht würden, erklärte der NKWD-Offizier, dies nicht zu wissen. Auch wann die Fahrt in die Verbannung begänne, konnte oder wollte er uns nicht mitteilen.

Wir warteten darauf, daß sich der Zug in Bewegung setzen würde. In der Zwischenzeit war es Freunden und Verwandten der Waggoninsassen gelungen, durch Bestechung der Wachsoldaten in die Nähe des Waggons zu kommen. Sie übergaben für die Waggoninsassen Decken, Kissen, Lebensmittel und vieles andere. Allerdings hatten nicht alle das Glück, etwas zu bekommen. Die Mehrzahl mußte ohne entsprechende Kleidung, ohne das Notwendigste die Verbannung antreten.

Es gab Fälle, wo es Freunden und Verwandten einiger Waggoninsassen sogar gelungen war, mit Hilfe von Interventionen hochgestellter Funktionäre und entsprechenden Bestechungen Menschen aus Waggons zu befreien. Noch bis zum Tag, an dem der Zug sich in Bewegung setzte, es war der 13. Juni 1941, hoffte im stillen jeder auf eine solche Lösung. Nun war jeder Hoffnungsschimmer erloschen, es begann der Alltag der menschlichen Erniedrigungen.

Gerne hätten wir wenigstens das Ziel der Fahrt gekannt. Nach den Namen der Stationen, die wir passierten, spekulierten wir, wohin unsere Reiseroute gehen könnte.

Vierzehn Tage später, am 26. Juni 1941, auf einer kleinen Station vor Tscheliabinsk im Ural, beim Holen des Essens erfuhren wir, daß Deutschland der UdSSR den Krieg erklärt habe und die Kriegshandlungen bereits in vollem Gang seien. Auf den Stationen nach dem Ural sahen wir Kinder, die um Brot bettelten.

Jeder von uns war bemüht, die neue politische Situation in Verbindung mit unserer Verbannung zu analysieren. Alle wußten, wie schwer und schlecht unsere Lebensbedingungen im Falle eines Krieges sein dürften. Wir würden wahrscheinlich als deklarierte Staatsfeinde am meisten unter den kriegsbedingten Versorgungsschwierigkeiten leiden müssen. Trotz alledem war die Stimmung unter den Leidensgefährten noch relativ gut. Viele hofften, daß ein baldiges Ende des Krieges auch uns Befreiung aus der Deportation bringen könnte. Niemand sprach darüber, aber vielen stand diese Hoffnung im Gesicht.

Seit der Verhaftung waren nunmehr 16 Tage vergangen. Die meisten verfügten noch über Nahrungsmittel. Es schien, als ob viele von uns mit Ungeduld darauf warteten, Sibirien kennenzulernen, denn alle hofften, nach einem baldigen Kriegsende wieder nach Hause fahren zu können. Dann kommen wir zurück und erzählen von unseren Erlebnissen in der sibirischen Taiga wie von einem bösen Traum, meinten sie.

Mit solchen Wunschvorstellungen bemühten wir uns, der quälenden Fragen und Umstände Herr zu werden. Vor allem die Hitze im Viehwaggon machte uns zu schaffen. Die kühlen Nächte brachten Erleichterung. Ich lag auf meinem Strohlager, versuchte mich zu entspannen und freizukommen von der Angst vor dem, was uns bevorstand. Ich suchte Trost in den Erinnerungen an mein Leben. […]

Wir standen am Bahnhof der sibirischen Stadt Nowosibirsk. Ging es noch weiter, oder wurden wir hier ausgeladen?

Die zwanzigtägige Reise im geschlossenen Viehwaggon hatte uns reizbar, aufbrausend und hoffnungslos gemacht. Jeder träumte nur noch

davon, sich endlich waschen zu können. Hunger quält oft weniger als
Abscheu und Ekel vor sich und seinen Mitmenschen.
Nein, wir blieben nicht in Nowosibirsk. Der Zug fuhr weiter, um nach
einigen Stunden Fahrt wieder anzuhalten. Die Türriegel des Waggons
wurden geöffnet und einer vom Wachpersonal rief, wir sollten uns zum
Verlassen des Waggons fertigmachen. Voller Neugier suchten wir nach
dem Namen der Station. Es war Moschkowo, ein kleiner Ort nicht weit
von Nowosibirsk.
Wir drängten aus dem Waggon. Die frische Luft und sonniges Wetter
gaben uns neuen Lebensmut und Zuversicht. Wir hätten gerne mit Einheimischen gesprochen, aber der NKWD-Kommandant, unterstützt
von einigen Soldaten und bewaffneten Zivilisten, verbot uns, den Bahnhof zu verlassen. Wir warteten darauf, was weiter mit uns geschehen
würde. Die Freude, daß wir den Viehwaggon verlassen durften, sollte
nicht lange dauern. Ein heftiger Regenguß durchnäßte uns bis auf die
Haut. Die wenigen Gepäckstücke, die jeder mit sich führte, troffen vor
Nässe. Als einige Mutigere sich an den Kommandanten mit der Bitte
wandten, den Kindern und den Frauen einen gedeckten Raum zu gewähren, war seine Antwort ein höhnisches Grinsen mit der Bemer-
kung: «Wozu – Ihr müßt Euch langsam an Sibirien gewöhnen.»
Schließlich kamen einige NKWD-Offiziere, die uns musterten. Sie er-
teilten den Auftrag, uns in eine zur Zeit leerstehende Schule zu bringen.
Wir waren froh, unter einem Dach schlafen zu dürfen. Einigen wurde
erlaubt, ins Dorf zu gehen, um Lebensmittel zu kaufen.
Wir bemühten uns, Waschgelegenheiten zu improvisieren.
Danach versuchten wir, mit Einheimischen Erkundigungsgespräche zu
führen. Bald merkten wir, daß der NKWD-Kommandant die Einheimischen vor uns warnte und diese, eingeschüchtert und ängstlich, Kontakte mit uns vermieden.
Am nächsten Morgen kamen Bauern mit ihren Fuhren in den Schulhof
gefahren. Der Kommandant befahl uns, unsere Bündel auf die Fuhren
zu laden und zu Fuß den Fuhren zu folgen. Er selbst stieg stolz auf ein
gesatteltes Pferd und gab von dort aus laut und drohend seine Befehle.
Die Fuhren setzten sich in Bewegung. Zuerst ging es über eine staubige Landstraße, wo uns nur selten jemand entgegen kam. Die wenigen,
die uns begegneten, blieben stehen, machten uns Platz. In ihren Gesichtern war weder Haß noch Mitleid für uns zu lesen. Wir schienen
ihnen ein vertrauter Anblick zu sein.
Endlich kamen wir in eine bewaldete Gegend. Der Schatten der Bäume
gewährte uns Schutz vor der brennenden Sonne. Die Bauern, die die

Fuhren führten, sagten uns, daß wir an einen Ort am Ufer des Ob ge-
bracht würden. Das Gehen auf der staubigen Landstraße, in schlechter
Fußbekleidung, nach der erzwungenen Immobilität im Viehwaggon,
wurde immer beschwerlicher. Dazu kam die quälende Mückenplage.
Obwohl es schwül und heiß war, verhüllte sich jeder zum Schutz vor den
Mücken, soweit es irgend ging.
Plötzlich wurde der Himmel dunkel. Die Mückenplage nahm zu. Und
dann begann es zu regnen. Zuerst war es erfrischend, doch als sich der
Regen in einen Wolkenbruch verwandelte, war es mit der Erfrischung
vorbei. Wir waren naß zum Auswringen. Der Lehmboden verwandelte sich in ein Schlammeer. Die Pferde hatten nicht mehr die Kraft, die
Fuhren durch den Schlamm zu ziehen. Wir mußten Hand anlegen, um
überhaupt weiterzukommen. Unser Schuhwerk quoll vor Nässe und
Schlamm, wurde unbrauchbar. Die meisten gingen barfuß weiter, Kinder weinten. Mit guten Worten und kleinen Gaben gelang es uns, die
Bauern zu überreden, Kindern und alten Menschen zu gestatten, sich
auf die Fuhren zu setzen. Auch meiner Schwiegermutter wurde erlaubt,
sich auf einen Wagen zu setzen. Doch als sie meine Frau sah, die stumm
neben mir hertrottete, fing sie an zu weinen und bat, daß man ihrer
Tochter erlaube, sich auf ihren Platz zu setzen. Meine Frau fieberte. Wir
legten sie auf eine Fuhre. Teilnahmslos ließ sie alles mit sich geschehen.
Es war ein grauenvoller Anblick. Zu Tode erschöpfte Menschen und
halbverhungerte Pferde im Kampf mit den Tücken des sibirischen Kli-
mas. Als ich das höhnische Lächeln des am Ende des Zuges reitenden
Kommandanten sah, war mir klar, daß ein Appell an Menschlichkeit
oder Erbarmen hier vergebens sei.
Schließlich hörte der Regen auf. Uns war, als ob die Natur endlich Mitleid mit so viel menschlicher Hilflosigkeit hätte. Im Nu trocknete die
Sonne das Schlammeer. Die Regenplage war vorbei, aber dafür setzte
die Mückenplage wieder ein. Keiner wußte sich dagegen zu wehren.
Unser sibirischer Kutscher meinte, daß im Lauf der Jahre auch wir uns
an die Mücken gewöhnen und die Mückenstiche nicht mehr so
schmerzlich empfinden würden.
Entnervt und am Ende unserer Kräfte kamen wir gegen Abend an die
weiten Ufer des Ob. Meine Frau lag fiebernd im Wagen. Ich konnte es
nicht mehr erwarten, sie irgendwohin zu bringen, wo sie ärztliche Hilfe bekommen würde.
Endlich war eine Ansammlung ärmlicher kleiner Holzhäuser im Block-
haussstil, mit kleinen Gemüsegärten und improvisierten Bretterverschlä-
gen für das Vieh zu sehen. Alles erweckte den Eindruck eines grauen,

freudlosen und ärmlichen Alltags für Menschen, die unfreiwillig hier leben mußten. Als ich mich an den Kommandanten mit der Bitte um ärztliche Hilfe für meine Frau wandte, entgegnete er, daß wir morgen auf einen Dampfer eingeschifft würden, wo sich auch ein Arzt um uns kümmern würde.

Verzweifelt lief ich wahllos von Haus zu Haus, mit der Bitte uns zu helfen. Die meisten Menschen reagierten erschreckt und abweisend. Schließlich kam ich an ein Häuschen, wo mir eine ältere Frau öffnete. Ich hatte Glück. Es war die Lehrerin des Ortes, die allein in dem Haus lebte. In ihren Augen stand Mitleid, Mitgefühl und Güte. Seit dem Tag unserer Verhaftung waren es die ersten gütigen Augen, die mir begegneten. Ungeachtet der Warnung des Kommandanten, keine Kontakte mit uns aufzunehmen, gestattete sie meiner Frau, bei ihr zu übernachten.

Meiner Schwiegermutter, die als eine der wenigen unter uns Deportierten Russisch sprechen konnte, erzählte die Lehrerin, daß ihr Mann als Opfer des Regimes umgekommen sei. Betreut und umsorgt von diesem lieben Menschen, erholte sich meine Frau schnell. Am nächsten Morgen war das Fieber gefallen. Am Nachmittag wurden wir auf einen Lastkahn, der von einem Flußdampfer gezogen wurde, «verladen».

Bei der Einschiffung beobachteten wir, wie zwei voneinander getrennte Gruppen, eine Männer- und eine Frauengruppe, unter strenger Bewachung zur Verladestelle geführt wurden. Später erfuhren wir, daß die Männergruppe aus Sträflingen eines lettischen Gefängnisses und die andere Gruppe aus Frauen, die wegen Prostitution in einem Kischinewer Gefängnis einsaßen, bestanden. Während wir uns, noch eingeschüchtert, diszipliniert den Anordnungen des Kommandanten fügten, waren die Beziehungen zwischen den neu Hinzugekommenen und dem Kommandanten viel lockerer, fast freundlich und wohlwollend. Es fiel auf, daß einer der Sträflinge eine Vorzugsstellung genoß. Alle seine Anweisungen wurden ohne Widerrede von den anderen Sträflingen befolgt; von den Kommandanten wurde er mit Respekt behandelt. Es war ihr Anführer, auch «Ataman» genannt.

Bei der Einschiffung trafen wir auf dem Lastkahn wie auf dem Flußdampfer Passagiere, die bereits in Nowosibirsk an Bord gekommen waren. Es waren Deportierte, die um die gleiche Zeit wie wir verhaftet wurden. Sie stammten aus den baltischen Staaten und aus Polen.

Bald hatten wir guten Kontakt zu unseren Leidensgenossen. Fast alle sprachen gut Deutsch. Die meisten der Deportierten waren Familienmitglieder ehemaliger Politiker, führender Rechtsanwälte und angesehener Kaufleute, die Familienoberhäupter fehlten. Man hatte sie sofort nach der Verhaftung in Sonderlager gebracht, um dort abgeurteilt zu werden.

Also war die Deportation eine Massenaktion, die, zentral von Moskau gesteuert, auf einem Gebiet, das sich vom Baltischen bis zum Schwarzen Meer erstreckt, durchgeführt wurde. Welchen Sinn diese Massenverhaftungen hatten, ist bis heute nicht eindeutig erklärt. Unverständlich und ungeklärt bleibt, wer Interesse daran gehabt hatte, knapp vor Ausbruch des Zweiten Weltkrieges wichtige Eisenbahnknotenpunkte mit derartigen Deportationszügen zu blockieren.

Überlassen wir es den Historikern, diese sinnlose, politisch unbegründete und militärisch destruktive Aktion zu klären. Die meisten der Betroffenen mußten diesen Wahnsinnsakt mit ihrem Leben bezahlen.

Nach Beendigung der Einschiffung wurden Lebensmittelrationen für mehrere Tage, bestehend aus Brot, Zucker und Gries, ausgeteilt. Es war also offensichtlich, daß unsere Flußfahrt auf dem Ob-Strom einige Tage dauern würde und nach Norden, in Richtung Eismeer, weitergehen sollte. Bis wohin wollte man uns noch entführen?

Auf dem Lastkahn waren wir bemüht, Plätze in unmittelbarer Nähe unserer Bekannten zu finden. In kleinen Gruppen kauerten wir verängstigt zusammen und warteten ab, was nun weiter geschehen würde. Von einer Frau aus der Gruppe der Prostituierten erfuhren wir, daß die Sträflinge beschlossen hatten, uns und unser Gepäck auf Wertgegenstände zu durchsuchen. Der Kommandant soll ihnen gesagt haben, daß sich in unserem Gepäck viel Gold und andere Wertgegenstände befänden. Unsere erste Reaktion war die, daß wir eine Gruppe junger, kräftiger Männer organisierten, die den Schutz unserer alten Menschen, Frauen und Kinder sichern sollten. Den Kommandanten um Schutz zu bitten, schien umsonst. Zu offensichtlich war die Kumpanei zwischen ihm und den Sträflingen und ihren Anführern.

Einige der erfahreneren Männer unserer Gruppe schlugen vor, uns direkt mit dem «Ataman» in Verbindung zu setzen. Wir taten es, und nach einer recht temperamentvollen Unterredung kam eine Übereinkunft zustande. Mit einem Obolus, bestehend aus einigen Wertgegenständen und einigen Flaschen Spirituosen, war unsere Sicherheit gewährleistet. Es sollte nicht unerwähnt bleiben, daß der «Ataman» mehr menschliches Verständnis für uns zeigte als der Kommandant.

Erschöpft vor Angst, Ungewißheit und Übermüdung, übermannte uns tiefer Schlaf. Beim ersten Morgengrauen erwachten wir. Der Gesundheitszustand meiner Frau schien sich zu bessern. Voller Neugier betrachteten wir die Ufer des Ob, dieses gewaltigen sibirischen Stroms.

Eintönig und kahl waren die Uferlandschaften. Von Zeit zu Zeit sahen wir armselige, verfallene Holzhütten oder kleine, aus Holzbalken gezimmerte Blockhäuser. Selten waren Menschen am Ufer zu sehen. Unseren Schulkenntnissen nach war der Ob sehr fischreich, und so dachten wir, daß die wenigen Menschen, die wir an den Ufern sahen, Fischer wären.

Von einem Matrosen erfuhren wir, daß wir in zwei Tagen einen Ort mit Namen «Parabel» anlaufen würden. Trostlose, lehmige und endlos kahle Ufer, ein trüber, lastender Himmel und der schmutzige Wasserstrom um uns – all das paßte zu der hoffnungslosen Stimmung der Passagiere. Es war gegenseitige Hilfsbereitschaft, die den hoffnungslosen Menschen die Kraft gab, diese freudlosen, traurigen Stunden und Tage durchzustehen. Endlich sahen wir am Ufer viele kleine Holzhäuser. Das war Parabel. Als wir näher kamen, erkannten wir eine schwimmende Plattform, von wo aus die Landung und das Einschiffen der Passagiere erfolgte. Wir durften an Land gehen. Alle waren bemüht, sich das Notwendigste an Lebensmitteln und Medikamenten zu kaufen. Erstaunt sahen wir, wie leer und armselig die Geschäfte waren.

Uns wurde erzählt, daß auch Stalin hier, etwas nördlicher von Parabel, im Ort Narym, angeblich eine seiner Verbannungen in der Zarenzeit verbracht hätte.

Der Kommandant teilte mit, daß wir uns auf weitere zwei bis drei Tage Flußfahrt gefaßt machen müßten. Die öden Straßen im Ort Parabel, mit seinen aus Brettern gebastelten Gehsteigen auf lehmigem Grund, waren recht breit angelegt.

Einige von uns bemühten sich vergeblich, Filz- oder Lederstiefel zu kaufen. Dabei hörten wir zum erstenmal das Wort «Mangelware». Das sind Waren, die man nur mit Hilfe besonderer Beziehungen, die hier «Blat» genannt wurden, bekommen konnte. Aber auch das nur bei einer zusätzlichen Zahlung an den Verkäufer. Für solche Waren zahlte man ein Vielfaches des Geschäftspreises an die Zwischenhändler. Wie, wo und wann solche Mangelwaren erworben werden konnten, gehörte zu den wichtigsten Fähigkeiten in der UdSSR.

Zurück zu unserer Flußfahrt. Unser Lastkahn wurde vom Flußdampfer abgeseilt und von einem größeren Motorboot ins Schlepptau genommen. Es war Ende Juli. Der Wasserpegel lag sehr hoch. Überall gab es überschwemmte Ufer. So ist es erklärlich, daß niemandem von uns auffiel, daß wir in den Lauf eines Nebenflusses des Ob einfuhren. Es war der Fluß Parabel.

Heftige Regengüsse ließen die Uferlandschaft noch armseliger und trostloser erscheinen. Die braune Farbe des Flußwassers erweckte in uns den Eindruck, als ob die Quellen dieses Flusses einem Sumpfgebiet entsprängen. Die Fahrt wurde für uns Europäer immer beschwerlicher. Vor allem waren es riesige Schwärme von Gelsen und Mücken, die uns zu schaffen machten. Jeder versuchte es auf seine Art, sich der Insektenplage zu erwehren. Die zweite Plage war der Durst. Trinkwasser gab es nicht, also tranken wir das rotbraune Flußwasser. Um über Ekelgefühle hinwegzukommen, nannten wir diese braune Flüssigkeit «Sibirischen Tee».

Allmählich änderte sich die Uferlandschaft. Die überschwemmten Ufer waren dicht bewaldet. Wir sahen junge Baumbestände, mit Lianen und anderen Schlingpflanzen umwachsen. So stellte ich mir den Urwald vor.

Wir erreichten eine kleine Ortschaft am Parabelufer. Der Kommandant befahl, den Lastkahn zu räumen und uns auf kleine Kähne einzuschiffen. Die Umladung ging relativ rasch vonstatten. Junge, bewaffnete Zivilisten halfen dem Kommandanten, alles zu organisieren. Später erfuhren wir, daß es junge Komsomolzen waren, die dort lebten und von der dortigen Parteiorganisation verpflichtet wurden, den Kommandanten beim Transport «böser Staatsfeinde» zu unterstützen.

Wir ahnten, daß der Tiefgang des großen Lastkahns für diesen Nebenfluß zu groß war; um uns noch tiefer in die sibirische Taiga zu bringen, ließen sie uns dann auch auf kleinere Kähne umsteigen. War geplant, uns im sibirischen Urwald anzusiedeln? Bald erfuhren wir es.

Plötzlich stoppte das Motorboot, das unsere Kähne zog. Wir mußten am Ufer anlegen und an Land steigen. Es war eine Stelle, wo ein anderer Fluß in den Parabelfluß mündete. Am Ufer lagen kleinere Boote für sechs bis acht Personen, in die wir umsteigen mußten. Ein kleines Motorboot nahm nun eine Gruppe von diesen Booten ins Schlepptau. Die Fahrt in den Urwald ging weiter. Der Flußlauf wurde immer schmaler, in der Tiefe der Uferlandschaft waren Bäume von Gestrüpp und Schlingpflanzen wild überwachsen. Unheimlich war das anzusehen und angsterregend der Gedanke, daß wir hier leben sollten.

Von einem der Gehilfen des Kommandanten erfuhren wir, daß ein Teil von uns in das Gebiet des Flusses Tschusik in den Rayon Pudino gebracht werden sollte. Dieser Fluß entspringt in einem Sumpfgebiet des westsibirischen Tieflandes Wasjugan und ergießt sich in den Fluß Parabel.

Unsere Ansiedlung in Sibirien ging sehr einfach vor sich. An verschiedenen Stellen des Flußlaufes wurde am Ufer angelegt und wurden ein-

zelne Boote entladen. Am Ufer warteten bereits einige Zivilisten und
Pferdefuhren, die uns in Empfang nahmen.

Als der Kommandant uns den Einheimischen übergab, teilte er feier-
lichst jedem mit, daß wir auf Lebensdauer nach Sibirien verbannt seien
und uns darauf einstellen sollten, hier zu leben und zu arbeiten. Auch
gab er uns zur Unterschrift ein Formular, worin wir uns durch Unterschrift verpflichten sollten, «ewig» hier zu leben und den Wohnort ohne
Erlaubnis nicht zu verlassen. Trotz Drohungen des NKWD-Komman-
danten lehnten alle es ab, dieses Formular zu unterschreiben.

Dann wurden unsere Habseligkeiten auf die Pferdefuhren verladen; wir
folgten den Fuhren zu Fuß. Der Weg ging durch einen dichten Wald.
Nach etwa zweistündigem Marsch erreichten wir unseren Verbannungs-
ort. Es war eine Siedlung, bestehend aus etwa 40 bis 50 kleinen Holzhäusern mitten im Wald. Die Siedlung hieß «Jasowka». Es war eine Landwirtschaft, die sie Kolchos nannten. Es gab einen Verkaufsladen, ein
kleines Schulgebäude mit Kindergarten und das Verwaltungsgebäude
des Kolchos. Zum Kolchos gehörten auch ein Pferde- und Kuhstall,
Getreidespeicher und andere landwirtschaftliche Hilfsgebäude.

Unsere Gruppe der Verbannten bestand aus 24 Personen. Der Kolchos-
präsident teilte uns verschiedenen Bauern zu. Diesen wurde befohlen,
uns Unterkunft zu gewähren. Wir würden es Zwangseinquartierung nennen. Überrascht waren wir, als uns diese armen und eingeschüchterten
Menschen hilfsbereit und freundlich in ihren armseligen Behausungen
aufnahmen. Wir hatten den Eindruck, als gehöre das zu ihrer Vorstellung von Gastfreundschaft und Hilfsbereitschaft gegenüber Menschen,
die in Not sind.

Unsere Familie wurde einem Bauern namens Prokopief zugewiesen.
Seine Familie bestand aus Frau, Sohn, Schwiegertochter und zwei En-
kelkindern. Beim Eintritt begrüßte uns Prokopief mit tiefer Verbeugung
und hieß uns in seinem Haus willkommen. Das Haus war eigentlich nur
ein großer Raum, der sowohl als Küche wie auch als Wohn- und Schlafraum diente. Er lud uns ein, mit ihnen zu essen. Vor dem Essen bekreuzigten sich die Hausleute vor einer Ikone und einem Öllämpchen, das
in einer Zimmerecke mit Blumen geschmückt hing.

Alles war ganz anders, als wir es erwartet hatten. Belastet von westeuropäischen Vorstellungen über Gastfreundschaft, erschien uns ein solcher Empfang in dieser so armseligen Umgebung völlig unerwartet. Dies
um so mehr, als wir doch wußten, daß der Kommandant diffamieren-
de Informationen über uns Verbannte verbreitete. Er beschwor unsere
staatsfeindliche Gesinnung und sprach uns auch jede Ehrlichkeit ab. Das

sollte dazu dienen, die einheimische Bevölkerung uns gegenüber feindlich und mißtrauisch zu stimmen.

Unser Hausherr erzählte uns, wie auch sie vor etlichen Jahren, als sie es als Mittel- und Großbauern ablehnten, sich den landwirtschaftlichen Kollektivwirtschaften «Kolchos» anzuschließen, eines Nachts von der NKWD verhaftet und in die sibirische Taiga deportiert worden waren. Bis auf kleine Lebensmittelvorräte und landwirtschaftliche Geräte hatte man ihr gesamtes Hab und Gut weggenommen. Als sie hierher gebracht wurden, gab es hier, bis auf einzelne, kleine Behausungen von einheimischen Nenzen, keine Ansiedlungen, geschweige denn Unterkunftsmöglichkeiten. Die Nenzen gehören zur Volksgruppe der Samojeden, einem Volk ugro-finnischer Abstammung, und lebten allein von der Jagd. Unter schwierigsten Bedingungen mußten sie sich selbst ihre Wohnbaracken zimmern. Um das Notwendigste anbauen zu können, mußte Boden durch Rodung des Urwaldes erschlossen werden. Die Versorgung mit Lebensmitteln war ungenügend. Auch fehlte ärztliche Betreuung. Es war nur wenigen vergönnt, diese qualvolle Zeit zu überleben.

Prokopief sagte: «Die meisten von uns kamen um, aber die wenigen, die überlebten, waren von Gott auserkoren, den Glauben an Gott und seine zehn Gebote weiterzutragen. Dies tun wir und werden auch unsere Nachkommen tun.»

Dezember 1941

<828 Tage   Sonntag, 7. Dezember 1941   1248 Tage>

> Er selbst, der Herr, wird mit einem Feld-
> geschrei und der Stimme des Erzengels
> und mit der Posaune Gottes hernieder-
> kommen vom Himmel, und die Toten in
> Christus werden auferstehen zuerst.
> HERRNHUT I. THESSALONICHER 4,16

Jochen Klepper 1903–1942   Berlin
Ein vorweihnachtlicher Sonntag in seiner ganzen Stille und Würde, von einer sanften Geborgenheit. – Meine Lieder sind in den Gemeinden.

Marianne Sperl *1924   Bayreuth
Neulich wurde uns ein Zettel in den Briefkasten geworfen, auf dem stand, daß heuer kein Weihnachten gefeiert werden könne. Joseph sei zur Baukompanie eingezogen, Maria als besonders tugendsame Jungfrau, zur Pflege der Russen, das Jesuskind wegen Luftgefahr evakuiert.

Der Arzt Dr. Fritz Lehmann   Königsberg
Wir feiern heute den zweiten Adventssonntag. Wir feiern ihn in der Tat, trotz allem Kampf und aller Unrast um uns her, so wie es in all den Jahren in meiner Familie üblich war. Mit einem Adventkranz, mit schönen, alten Liedern und Weihnachtserzählungen, die ich selbst in den Wochen vorher aussuche und dann vorlese. In diesem Jahr haben wir an den Sonntagen noch Gäste zugeladen, denn wir wollen eine Weihnachtskantate von Walther Hensel nach den Worten von Matthias Claudius aufführen.
Es ist warm, friedlich und behaglich in unserem Hause, so schön, wie es überall in der Welt sein könnte, wenn die Menschen vom besseren Willen beseelt wären, wenn sie vor allem bereit wären, auf besonnene Männer und hochherzige Frauen zu hören und nicht auf ein paar Narren, die sie wild machen wollen.
Kürzlich wurde ich im Freundeskreise um meine ärztliche Meinung gebeten zu der Frage, ob Adolf Hitler als normal oder irrsinnig zu betrachten sei. Die Antwort darauf ist keine klare Entscheidung zwischen

diesen beiden Möglichkeiten. Ohne Zweifel gehört dieser Mann zu den
außergewöhnlichen Naturen, den Exzentrischen. Darüber hinaus muß
man ihn einer bestimmten Gruppe von Menschen abnormer Geistes-
verfassung zurechnen, und zwar lautet die ärztliche Diagnose, soweit sie
auf die Entfernung zu stellen ist: schizoider Psychopath vom Typ des
starren Fanatikers. Der schizoiden Richtung seines Charakters entspricht der immer wieder bei ihm beobachtete Wechsel zwischen Hem-
mung und Erregung, seine ausgesprochene Ichbezogenheit, das Gefühl
der Auserwähltheit, sowie sein Hang zur Systematik und zu bestimmten, unabdingbar festgehaltenen Vorstellungskomplexen. Doch ist Hitler kein ordinärer Verrückter, als den ihn seine Feinde im In- und Auslande gern hinstellen möchten. Das hieße, die Dinge allzusehr zu ver-
einfachen. Denn dieser seelische Außenseiter hat persönliche Leistungen
vollbracht, die sich sehen lassen können, wenn man einmal die Gefährlichkeit dieser Leistungen für die Gesamtheit außer Betracht lassen will.
Interessant ist in diesem Zusammenhang die Frage, wie Adolf Hitler arbeitet. Geschieht es nach einem großen, bis ins Einzelne gehenden Plan,
hat er wirklich alles vorbedacht, wie seine Jünger behaupten, oder werden, unbeschadet der Starrheit seiner Grundeinstellung, die einzelnen
Entschlüsse von Fall zu Fall aus Eingebungen des Augenblicks geboren. Ich zweifle nicht daran, daß das letztere der Fall ist. Der sorgfälti-
ge Beobachter des Geschehens kann immer wieder feststellen, wie er
sich oft lange Zeit auf dem Meere des Geschickes treiben läßt, durchaus passiv, bis er dann auf einmal irgendwo Land zu schauen meint und
nun mit aller Kraft darauf zu hält. Eine solche Verhaltensweise hat ihre
Vorteile. Schöpferische Menschen aller Zeiten haben ähnlich gearbeitet.
Das Entscheidende ist nur, ob diese intuitive Seite ausgeglichen wird
durch die Kritik des Verstandes und ob sie unterbaut ist durch ein gründ-
liches Fachwissen.
Das fachliche Können und der kritische Kopf, dieses sind die beiden
notwendigen Gegenspieler zur künstlerischen Phantasie. Ohne diese
Widerparte verirrt sich die Seele, sie vagabundiert und landet schließlich im Märchen. Das gilt für meinen Beruf, den des Arztes, ebenso wie
für alle anderen schöpferischen Tätigkeiten, in besonderem Maße für
die Arbeit des Staatsmannes.
Beides, das fachliche Können sowie vor allem der kritische Verstand,
gehen dem Manne ab, der sich die deutsche Führung angemaßt hat. So
erklärt es sich, daß er keine ausgereiften Werke vollbracht hat, sondern,
um im Bilde zu bleiben, nur groß angelegte, aber flüchtige Skizzen wie
Norwegen, Kreta, Afrika und jetzt wohl dazu noch Rußland.

Wodurch ist Hitler in der Lage gewesen, Millionen von Menschen in seinen Bann zu ziehen? Diese Frage habe ich schon mehrfach berührt, und doch halte ich es bei ihrer entscheidenden Bedeutung für nötig, sie immer aufs neue und immer von anderen Richtungen aus zu beleuchten.

Der Erfolg dieses Mannes liegt nur zum Teil an der Magie seiner Persönlichkeit, mindestens ebenso stark hat dazu beigetragen der Wunsch der Masse nach dem Wunderbaren, dem Übersinnlichen, dem Märchen. Immer wieder bilden sich Gemeinden um ordinäre Zauberkünstler und Pfuscher. Der Psychiater Lange-Eichbaum hat in seinem Werke: «Genie, Irrsinn und Ruhm» sowie in dem kleineren, auch dem ärztlich nicht vorgebildeten Leser zugänglichen Buche: «Das Genie-Problem» diese Zusammenhänge gedeutet, hat dargelegt, wie die Begriffe Genie und Ruhm durchaus komplexe Größen sind, zusammengesetzt aus Begabung, Exzentrizität, Zeitbedingtheit und vor allem aus dem Wunsch der Gemeinde nach dem Wunderbaren. In ähnlicher Weise erklären sich auch der Erfolg und der Ruhm unseres sogenannten Führers.

Hans Scholl 1918–1943   München
An Rose Nägele

Am zweiten Advent, den ich zum ersten Male in meinem Leben ganz aus christlichem Herzen heraus erlebe, will ich noch an Dich denken. Vielleicht folgt dieser Brief noch rechtzeitig dem vorigen, aus dem Du vieles von ungelösten Dingen lesen konntest. Es ist im Grunde vieles anders geworden, d. h. es hat sich im Grunde etwas gefestigt, das mir zum Halt geworden ist in dieser Zeit, die so sehr nach Werten sucht. Ich habe den einen, den einzig möglichen und dauernden Wert gefunden. Die Stelle im Kopfkissen, die nie warm und kalt wird, wie Cocteau sagt. Es sind Dinge, die man mit rationalem Denken wohl nicht erschöpfen kann, unbegreiflich nach außen, im Innersten aber doch begriffen. Ich will weit gehen, so weit als möglich, auf den Bahnen der Vernunft; jedoch ich erlebe, wie ich ein Geschöpf aus Natur *und* Gnade bin, einer Gnade allerdings, die die Natur voraussetzt.

Ich werde Dir diese meine innerste Entwicklung später besser beschreiben können. Jetzt bin ich noch zu sehr mitten darin. Ich möchte jetzt auf keinen Fall vom Wesentlichen abkommen.

Weilte ich in Deiner Nähe, müßtest Du glücklich sein über mich, oder nicht?

Ich wünsche Dir in diesen Wochen vor Weihnachten Stunden wahrer Innerlichkeit und Stunden des Friedens! Dein Hans

Hans Scholl 1918–1943   München
An seine Mutter

Morgen früh um 7.00 ist wiederum dieser sinnlose Appell. Dann habe ich meine 1. Russisch-Stunde. Damit wir uns ja keinen Tag mit unserem Schicksal auch nur einigermaßen zufrieden fühlen, sind jetzt strenge Maßnahmen zur Kasernierung getroffen worden. Bei der letzten Kontrolle haben nämlich 80 Studenten gefehlt, darunter natürlich auch ich. Es fällt mir auch gar nicht ein, mein Nachtquartier zu wechseln.

Ich habe nun den Kommiß 4 Jahre lang mehr oder minder gleichmütig ertragen im Hinblick auf sein kommendes Ende. Aber gegenwärtig bin ich in dem Zustande, daß er mich krank macht. Jede Kleinigkeit nimmt mir viel zu viel Energie weg. Ich verliere die ganze Freude am Studium.

Grete Dölker-Rehder 1892–1946   Stuttgart

Manthey hat mich auch wieder auf eine Spur gebracht. Er sei in Kiel jetzt so viel bei Angehörigen eingeladen, und da habe er nun schon mehrfach sagen hören, daß es aufgefallen sei, daß die namentlich genannten Geretteten in England lauter Unverheiratete seien. Also auch andere Leute hegen Zweifel! Ich stehe nicht allein! Sie denken, die Engländer unterschlagen die Namen Verheirateter, um noch mehr Angehörige zu quälen. Mich bekümmert in dem Zusammenhang nicht, daß Sigfrid nicht verheiratet ist. Wenn überhaupt noch irgendwo welche sind, kann er unter diesen sein. Außerdem halte ich es für möglich, dass er sich Hannas und des Kindes wegen als verheiratet angegeben hätte.

Victor Klemperer 1881–1960   Dresden

Eva war vorgestern bei Annemarie. – Annemarie erzählte, russische Gefangene suchten Mülltonnen nach Eßwaren ab. Genau dasselbe hatte Paul Kreidl bei der Arbeit erzählen hören.

Die neue Verfügung, die unser bewegliches Vermögen fixiert – darin heißt es u. a., *nicht* gemeldet zu werden brauche der Gestapo, was bei Evakuierungen mitzunehmen erlaubt sei! –, dazu die Haussuchungen nach Lebensmitteln, schafft viel Unruhe. Kätchen überklebt Weinflaschen mit «Surol» und «Essig». Durch das Radio wurde verkündet, arische Personen, die jüdisches Eigentum in Aufbewahrung nähmen, erhielten Zuchthaus. Darüber geriet Frau Pl....... in hysterische Angst, mit der sie Kätchen Sara infizierte. Wohin mit dem Persianer? – Das Kirchengemälde ist Leihgabe des Schwagers, an den es der Selige vererbt hat. – Heute sah ich eine Postkarte mit dem Poststempel: «Litzmannstadt

Getto.» Darin teilte «der Älteste der Juden» mit, daß Geldspenden an dorthin Evakuierte erlaubt seien. Die Karte trug noch einen anderen Stempel: «Litzmannstadt, größte Industriestadt des Ostens.» [...] Tagebuch wird in einer Enveloppe von Notizen zum XVIIIme aufbewahrt.

Maurice Legros   **Kriegsgefangenenlager bei Cottbus**
Wir sahen die ersten Kolonnen von gefangenen sowjetischen Soldaten ankommen. Niemals werde ich diesen tiefbetrüblichen, verletzend peinlichen Anblick vergessen. Nur ein krankes Hirn kann sich diese abnorme Szenerie vorstellen.
Von Weitem hatten wir sie schon wahrgenommen: lange Kolonnen von Schattengestalten, Gespenstern gleich, die von einer anderen Welt zu kommen schienen. Aus der Nähe war der Eindruck noch viel schlimmer: entsetzlich schmutzig und furchterregend abgemagert. Sie trugen lange Mäntel mit Kapuzen. Sie waren Hunderte von Kilometern, ohne Nahrung zu sich nehmen zu können, marschiert, vorwärts getrieben wie eine Viehherde.
Wir waren alle aus der Fassung gebracht und tief erschüttert zu sehen, wie Menschen behandelt wurden. Wir hatten gesehen, wie sie, flach mit dem Bauch auf dem Boden liegend, Wasser aus dem Rinnstein und aus der Gosse tranken, völlig unempfindlich gegen die Gewehrkolbenschläge ihrer Bewacher. Sie schienen keinen Schmerz mehr zu verspüren. Sie trugen eine verachtungsvolle Gleichgültigkeit körperlichen Peinigungen gegenüber zur Schau. Uns Franzosen erschien dieses Verhalten aussergewöhnlich und charakteristisch für die slawische Mentalität, die gleichmütig sowohl das Gute als auch das Schlimmste als gegeben akzeptiert. Wahrlich eine eigenartige Rasse, in ihrem Verhalten abseits unserem Begriffsvermögen.
In den Tagen drauf hielt ich mich in den Sanitätsräumen auf und konnte in einem besonders für sie bestimmten Raum diese unglücklichen Neuankömmlinge beobachten. Der Anblick war Schrecken erregend, ihre Körper waren mit Wunden und Ungeziefer bedeckt. Nur die Pupillen in den Augen verrieten bei diesen Menschen noch etwas Leben.

Hans Baermann   **Köln**
Die Evakuierung [von uns Juden] wurde uns drei Wochen vorher durch die Gestapo Köln mitgeteilt. Zugleich erging die Auflage, jeden Verkauf irgendwelcher Gegenstände zu unterlassen; dagegen sollte alles außer

Möbeln verpackt werden. Zugleich mußte jede von der Evakuierung
betroffene Familie eine Waschwanne, gefüllt mit Lebensmitteln bereitstellen. Mit sechs Koffern, drei Rucksäcken, Hand- und Aktentaschen
traf meine Familie zum festgesetzten Zeitpunkt im Kölner Messegelän-
de ein. Der Transport umfaßte rund 1000 Personen. Unser Gepäck wurde auf Wertgegenstände untersucht, Schmuck, Uhren, Trauringe sowie
sämtliche Legitimationspapiere wurden uns abgenommen. Nach einer
neuen Leibesvisitation wurden jeder Person lediglich zehn Mark gelassen. Man trieb uns dann in den großen Saal der Messehalle, um die ein
Stacheldraht gezogen war, und ließ uns vierundzwanzig Stunden in nas-
sen Hobelspänen liegen.

Werner Vogel *1880   (Bleicherode)
Am 6. Dezember 1941 waren die Russen vor Moskau zum Angriff angetreten. Trotz aller Beschönigungen des offiziellen Heeresberichts war
zu erkennen, daß sie Erfolg hatten, daß jedenfalls das deutsche Vorrücken abgestoppt war und die Russen, die man bis dahin für erschöpft
hatte halten können, plötzlich wieder mit materiellen und personellen
Kräften auftreten konnten, deren Vorhandensein die deutsche Wehr-
machtsleitung offenbar nicht geahnt hatte. Für mich war der Tag des
Angriffs der Russen vor Weihnachten der *dies ater* des Zweiten Welt-
kriegs. Von nun an ging es mit uns bergab.

**Der General
Franz Halder 1884–1972**   Führerhauptquartier
Die Erfahrungen dieses Tages sind wieder niederschmetternd und beschämend. ObdH ist kaum mehr Briefträger. Der Führer verkehrt über
ihn hinweg mit den OB der Heeresgruppen. Das Schrecklichste aber
ist, daß die Oberste Führung den Zustand unserer Truppen nicht begreift und eine kleinliche Flickschusterei betreibt, wo nur große Entschlüsse helfen können. Ein solcher müßte im Absetzen der Heeresgruppe Mitte auf die Linie Rusa-Ostaschkow liegen.

Der Unteroffizier Fritz Hübner 1912–1983   **vor Moskau**
Ich werde den Kälteeinbruch nie vergessen, es war in der Nacht vom
4. zum 5. Dezember 1941. Wir waren am 4. um die Mittagszeit herum in
einem größeren Dorf angekommen und hatten uns dort für die Nacht
einquartiert. Es herrschten normale Temperaturen, etwa 10–15 Grad
Kälte. Ungefähr um Mitternacht wurden wir alarmiert und mußten nach
vorn zur Unterstützung der Infanterie. Wir waren von der Kälte so ge-

schockt, daß wir kaum atmen konnten. Das Thermometer war auf 40
bis 50 Grad unter Null herabgesunken. Es war eine Situation, mit der
keiner gerechnet hatte. Ein längerer Aufenthalt im Freien war unmöglich, also drängte alles in die wenigen Häuser hinein, die hoffnungslos
überfüllt waren. Wir waren schon dicht vor Moskau und zwar am Mos-
kwa-Wolga-Kanal, dort hatte sich der Russe festgesetzt, und hier begann auch die große Wende des Krieges. Wir saßen in den Häusern der
Russen, der Russe drehte jetzt den Spieß um und ging zum Angriff über.
Wir waren wie gelähmt, denn bisher waren wir bis auf kleine Rückschläge an Erfolge gewöhnt, und nun diese plötzliche Umstellung vom
Angriff auf Verteidigung. Wir waren nicht nur physisch gelähmt, sondern der militärische Apparat funktionierte auch nicht mehr gut, denn
unsere Fahrzeuge, Flugzeuge und Waffen waren dieser Kälte nicht
gewachsen. Die Motoren der Flugzeuge auf den freien Feldflughäfen
sprangen nicht an, also fiel die Unterstützung aus der Luft aus. Mit den
Panzermotoren war es genau so, die Panzer waren bewegungslos und
somit wertlos geworden. Die Verschlüsse der Geschütze waren eingefroren und ließen sich nicht mehr öffnen, somit war von der Artillerie
auch keine Unterstützung mehr zu erwarten. Die Maschinengewehre
streikten ebenfalls, es war ein großes Desaster. Wir mußten weichen,
trotz aller Durchhalteparolen und der entsprechenden Befehle von oben
löste sich unsere Front auf, und es begann ein fast regelloser Rückzug.
Wir als Pioniere waren besonders hart getroffen, denn wir wurden immer als Nachhut eingesetzt mit dem Befehl, alles an Waffen und Fahrzeugen zu zerstören, was von unseren Soldaten fluchtartig verlassen
worden war.
Es ist unvorstellbar, was wir alles kaputtgemacht haben. Die Geschütze wurden unbrauchbar gemacht, indem wir eine Handgranate abzo-
gen und vorn in das Rohr schoben, die Panzer bekamen eine geballte
Ladung von 3 kg durch die Luke, so daß die gesamte Inneneinrichtung
zerstört wurde, und bei den LKW und PKW klemmten wir eine Handgranate oder eine Bohrpatrone in den Motorblock, um den Motor unbrauchbar zu machen. Es war eine gefährliche und sehr deprimierende
Arbeit. Hinzu kam die unerbittliche Kälte, der wir an Bekleidung außer
der normalen Ausrüstung nichts entgegenzusetzen hatten. Bei uns gab
es die ersten echten Erfrierungen, während die sibirische Truppe so ausgerüstet war, daß sie auf freiem Feld übernachten konnte, ohne zu erfrieren. Sie hatten gesteppte, wattierte Uniformen, dazu Pelze, Pelzmützen, Pelzhandschuhe und Filzstiefel, Sachen, von denen wir nur
träumen konnten.

Weniamin Gubarew *1924   *Tula*

Wahrscheinlich erlaubte auch die eisige Kälte dem Deutschen nicht, die
Stadt einzunehmen. Mitte November 1941 sah ich die ersten deutschen
Kriegsgefangenen aus dem Infanterieregiment «Großdeutschland» in
der Stadt. Sie hatten sich an der Straße nach Tula, wo sie gefangengenommen worden waren, starke Erfrierungen zugezogen. Ihr Anblick
war schrecklich. Ich glaube, sie wollten keinen Lebensraum mehr. So
armselig sahen die Kerle aus. Ich habe Mitleid mit ihnen empfunden
und brachte ihnen sogar ein paar frischgebackene Fladen von zu Hause. Und der Konvoir hatte nichts dagegen.

Der Soldat Josef Eberz *1921   Charkow

Da wir keine Winterbekleidung besaßen, wurde uns der Auftrag erteilt,
bei jeder Stadtstreife uns Handschuhe zu besorgen. Das geschah folgen-
dermaßen. Wenn wir an einem Zivilisten vorbeigingen, welcher Handschuhe anhatte, mußten wir ihm diese ausziehen und ihm 50 Pfennig
dafür anbieten. Wenn er das verweigerte, wurden ihm die Handschuhe
gewaltsam entrissen.
Der Kompanieschneider wurde beauftragt, aus Decken Kopfschützer
zu machen. Er schnitt schmale Streifen aus der Decke, so breit, daß die
Ohren gerade bedeckt waren. Ein schmales Band ging dann oberhalb
der Ohren und über den Kopf. Also ganz primitiv. Zum Glück wurden
dann kurz vor dem Abmarsch in Charkow am 5. Dezember 1941 noch
richtige Kopfschützer geliefert.
Da wir keine Mot. Einheit waren, sondern eine mit Pferden bespannte
Einheit, mußten die Gefechtswagen alle auf Schneekufen, welche selbst
hergerichtet wurden, mit Ketten befestigt werden. So schlitterten wir
dann am ersten Tag in südlicher Richtung etwa 25 km bis Mireva, der
Stadt, welche wir am 20. Oktober genommen hatten. Ich erinnere mich
noch, daß wir an einem der ersten Tage in einem Quartier übernachtet
haben. In diesem Haus war ein junges Mädchen, welches noch zur
Schule ging. Es hatte sich alle Namen der Soldaten aufgeschrieben, welche bei ihnen übernachtet hatten. Sie konnte auch schon etwas deutsch
sprechen. Übrigens haben wir öfter in russischen Schulen gelegen, in
denen wir deutsche Schulbücher gefunden haben.

Josef Kraus *1909   vor Moskau

Eine ausgemergelte Armee startete am 2. Dezember 1941 einen letzten
Angriff gegen Moskau. Der Kompaniechef erklärte, wir würden noch
bis Moskau vorstoßen und Weihnachten wohl im Norden von Moskau

einquartiert. Seit Wochen hatte es ununterbrochen geschneit, die Temperatur lag über 40 Grad minus Celsius. Lastwagen beförderten uns in die vorderste Linie. Im Dorfe Chotowo – zu deutsch heißt es «fertig» – meldeten wir uns beim dortigen Bataillonskommandeur, gaben vorschriftsmäßig unsere Marschverpflegung ab, wurden dann auf einzelne Russenhäuser verteilt. Eine Hauptkampflinie gab es nicht. Von Zeit zu Zeit wurden Spähtrupps ausgeschickt. Als wir Neuankömmlinge früh zum Bataillonsgefechtsstand kamen, war das Bataillon vom Abend vorher abgerückt und mit ihm unsere Marschverpflegung. Ein anderes war eingetroffen, ohne uns verpflegungsmäßig erfaßt zu haben. Die Feldküche kam um 3 Uhr nachmittags erst nach vorne, um diese Zeit war es dort schon stockfinstere Nacht. Und gerade um diese Zeit legte der Iwan ausser mit seinen Granatwerfern besonders mit der Stalinorgel los. Noch ehe die Abschüsse verhallten, es waren ja ganze Salven, detonierten schon die Einschläge. Es war am besten, sich in den Schnee zu werfen, wo immer man gerade stand.

In diesen Tagen war ein junger Leutnant mit einer Abteilung Nachersatz eingetroffen. Beim Essenfassen schnauzte er seine Leute kasernenmäßig an, da blubberte die Stalinorgel los und in geringer Entfernung von uns erfolgten die Einschläge. Der Leutnant verstummte, und ich sah ihn in den folgenden Tagen nicht mehr.

Alexander Stahlberg 1912–1995 Sowjetunion

Schon glaubten wir kaum mehr an einen Rückzugsbefehl. Noch nie waren wir in diesem Kriege zurückgegangen. So würde Tichwin wahrscheinlich unser Ende sein. Und dann kam der Befehl eines Tages doch: Am 6. oder 7. Dezember 1941, ich weiß das Datum nicht mehr genau. Viel zu spät kam er zwar, aber wenigstens kam er, bevor die Russen über uns herfallen würden.

Ich kann mich an den Rückzug kaum mehr erinnern. Nur ein paar Augenblicksmomente sind noch gegenwärtig. Ich hatte plötzlich hohes Fieber bekommen. Aber ich habe weder damals noch später erfahren, was für eine Krankheit mich gepackt hatte. Ich entsinne mich nur, daß man mich in Decken gewickelt hatte und daß ich auf einer kettengetriebenen Zugmaschine saß oder lag – tagelang. Manchmal wurde gefahren, manchmal gab es Stillstand. Ich hatte jedes Zeitgefühl verloren. Ich entsinne mich, daß oft geschossen wurde. Ich hörte Befehle, hörte Schmerzensschreie, ich hörte, daß nach Sanitätern gerufen wurde. Ich dämmerte unter meinen Decken dahin. Nichts interessierte mich mehr.

Irgendwann – dessen entsinne ich mich mit schrecklicher Deutlichkeit – hatte ich einmal die Decke über meinem Kopf beiseitegeschoben. Da sah ich um mich herum Körper an Körper, Verwundete, Kranke. Sie saßen, lagen, hockten; und auf dem Heck unserer Zugmaschine lagen Tote. Nein – sie lagen nicht, sie waren gestapelt, mit Stricken festgezurrt. Unsere Soldaten ließen einen toten Kameraden nicht im Schnee liegen. Solange es irgend möglich war, luden sie ihn auf. Der Stapel hinter uns wurde von Tag zu Tag höher. Wahrscheinlich trug der Stapel entscheidend dazu bei, daß ich noch lebte, denn wenn die Russen hinter uns her schossen, waren unsere Toten ein Kugelfang, ein Schutzschild.

Helmut Fuchs *1920   Sowjetunion

Im Dezember 1941 war bis Rshew die Eisenbahn auf deutsche Schmalspur umgenagelt. Aber bei der in diesem Ausmaß nicht erwarteten Winterkälte war das Transportsystem zum großen Teil zusammengebrochen, reihenweise waren die Loks ausgefallen. So warteten wir in Rshew in der Krankensammelstelle über zehn Tage auf den Weitertransport und rückten immer enger und enger zusammen, weil der Zustrom der Verwundeten nicht abriß, sich sogar noch verstärkte. Jetzt häuften sich auch die Erfrierungen. Drei Tage und Nächte lag ich neben einem Infanteristen, dessen Füße im dritten Grad erfroren waren. Der Geruch war schwer zu ertragen. Der Kamerad konnte auch nicht auf die dick umwickelten Füße treten, er mußte von anderen gestützt und getragen werden.

Nach mehr als zehn Tagen kam endlich ein Transportzug mit deutschen Leerwaggons. Wer sich selbst fortbewegen konnte, mußte zum Bahnhof laufen, die anderen wurden mit Sanitätskraftwagen hingebracht. Es waren deutsche Güterwaggons.

Im Innern eines jeden Waggons stand ein kleines Öfchen, um das Öfchen herum war auf dem Boden Stroh für die Liegenden ausgebreitet. Am linken und rechten Ende des Waggons standen jeweils drei schmale Holzbänke ohne Rückenlehne für die Verwundeten und Kranken, die sitzen konnten. In dem dunklen und kalten Waggon (das Öfchen ging bald aus, und wir konnten nur selten ein bißchen Holz und ein paar Kohlen auftreiben) habe ich neben anderen Kameraden auf einer solch schmalen und harten Holzbank ohne Unterbrechung drei Tage und drei Nächte gesessen, den Kopf auf die Gasmaskenbüchse gestützt. Die Wände des Waggons waren eiskalt, und manchmal stand der Transportzug stundenlang auf der Stelle.

Der Sanitäter Wilhelm Hebestreit 1903–1983   Sowjetunion

Eben habe ich mit meinen Verwundeten in bescheidener Form Advent gefeiert. Dazu sind mir die Kerzen aus Euren Paketen sehr gelegen gekommen. Die Geschütze draußen haben zwar ein wenig mitgeredet; aber bei uns geschah alles ganz still, so still, daß das übrige Haus gar nicht gemerkt hat, was in meinen beiden Räumen geschehen ist.

Mir ist inzwischen die Abteilung der Schwerverwundeten zur Pflege übertragen ...

Ein Feldwebel wurde hereingetragen. Ein Rückenmarkschuß hat ihn völlig gelähmt. Er konnte nicht sprechen, kein Zeichen geben, sich auf keine Weise verständlich machen. Ich kniete neben ihm, versuchte alles Erdenkliche, aber unsere beiden Augenpaare begegneten sich in gleicher Hilflosigkeit. Ich konnte nichts für ihn tun. Das Bild dieses hilflos vor mir liegenden Menschen werde ich vor meinen Augen haben, solange ich lebe.

Der Feldwebel Arthur Binz   Kutschuk Sjuren / Krim

Fast die ganze Nacht trieben sich die Russenflieger in unserem Viertel umher und schmissen da und dort ihre Visitenkarten ab. Besonders den Flakgeschützen setzten sie zu, die auf den Höhen von Bjuk Sjuren über unserer Staffel I aufgestellt sind. Dabei trug sich etwas Seltsames zu. Eines unserer Abwehrgeschosse muß in die Vorrichtung eines Fliegers eingeschlagen sein, in der sein Bombenvorrat enthalten ist. Dadurch stürzten unter einem Mordsgetöse alle restlichen Bomben ziellos auf einmal herunter. Ich möchte nicht unter dieser Traufe gestanden haben. Selbst ein bajuwarischer Kraftschädel hätte da, glaube ich, versagt.

Der Oberstabsarzt Dr. Willi Lindenbach † 1974   Petrowskoje

Sonntag, den 7. Dezember 1941. – 2. Advent. Das Weihnachtsfest naht mit Riesenschritten. Ich hätte ja wirklich nicht geglaubt, daß wir so gar keinen Urlaub bekommen würden. Aber was will man machen? – War heute in Wolokolamsk, hier konnte man einige aufgehängte Partisanen – als abschreckendes Beispiel – betrachten.

Der Leutnant Georg Kreuter 1913–1974   Kosinki

Heute sollen wir abgelöst werden! – 10.30 trifft die Battr. ein. Wir rücken ab. Schade, es war ein ganz nettes Quartier. Sogar eine junge, saubere Frau aus Moskau mit ihrem kleinen Jungen darin. Man konnte sich mit ihr ganz gut unterhalten. – Ich fahre mit dem Wagen der Kompanie voraus. Verrammele mich und komme in einen unbesetzten Ort. Es ist Krutaja, wo vor ein paar Tagen die 5 Mann erschlagen wurden. – Kaum ist die Kompanie in Kosinki bei der 2. Kompanie untergezogen, da kommt schon der neue Befehl, daß wir morgen weiter sollten, um einen neuen Ort zu sichern.

David Ortenberg *Wolokolamsk*

Nie werde ich meine Frontreise mit dem Prawda-Redakteur P. Pospelow, dem Iswestija-Redakteur L. Rowinskij und dem Schriftsteller W. Stawskij in das befreite Wolokolamsk vergessen.

Mit einem Wagen SIS-101, der mehrere Sitzplätze hatte, erreichten wir an einem frostigen Dezembermorgen 1941 die Stadt. Die östliche Hälfte war schon von unserer Truppe eingenommen worden, hinter dem Fluß im westlichen Teil von Wolokolamsk wurde noch gekämpft.

Ein schreckliches Bild auf dem Platz im Stadtzentrum erschütterte uns: acht unserer Soldaten, die vom Feind bestialisch gefoltert worden waren, hingen am Galgen. Ein Schauder überlief uns beim Betrachten dieser Untat der blutigen faschistischen Unmenschen. An diesem Galgen stehend haben wir, Redakteure der Zentralzeitungen, den Beschluß getroffen, die ganze Welt über diese Barbarei der nazistischen Kannibalen in Kenntnis zu setzen. Schon am nächsten Tag erschienen die Zeitungen mit Bildern und Artikeln, die vom Haß gegen die faschistischen Verbrecher erfüllt waren.

Der Gefreite Reinhold Pabel *1915 im Osten

Ein bitterer Tag war das gestern! So kalt war es noch nie. Als wir des Morgens mit dem Affen [Tornister] auf dem Puckel (auch das noch!) antraten, lag die Morgensonne märchenhaft golden auf den Strohdächern unsrer Panjekaten, kristallklar die Luft, schneidend kalt der Wind. Der Schnee knirscht singend unter den Soldatenstiefeln. Die Zehen schmerzen unter dem Druck der harten Stiefel. Kaum aus dem Windschatten der schützenden Häuser heraus auf einer Anhöhe mitten auf freiem Feld, müssen wir noch warten. Stehen da und frieren gottsjämmerlich. Nicht mal Handschuhe hat man. Jeden Augenblick sieht man, wie sich die Extremitäten des Gesichts weiß färben, die ersten Zeichen des Erfrierens. Wie gut, daß wir im Weitermarsch den Wind im Rücken oder in der Flanke haben. Dennoch blieb es eine arge Quälerei, besonders für unsere ollen kampfzermürbten Fahrzeuge, wenn es hügelab und hügelauf geht. Bis Tomarowska ging es noch an, aber von dort war der «Weg» eine einzige höckerige Gleitbahn. Immer noch wollte das Ziel hinter den Hügeln nicht auftauchen. Dauernd kippten die Kerle um, der Länge nach ohne Halt, weil die Hände in den Taschen vergraben waren, was schmerzhaft ist, zumal es keinem Kameraden einfällt, dem Gefallenen behilflich zu sein, weil er selber froh ist, daß er noch steht. Lange war die Dunkelheit schon herangekrochen, als sich endlich die auseinandergerissenen Teile der Kompanie in unserer Quartierstraße zusammenfanden. Vollkommen erschöpft, mit erfrorenen Extremitäten läßt sich jeder irgendwo in der Quartierstube fallen. Erst spät im Laufe des Abends und der Nacht rollen unsere Fahrzeuge an. Das war ein böser Tag!

Und dafür nun heute Ruhetag. Unser Quartier ist relativ sauber und ordentlich. Sogar Kohlen haben sie zum Heizen. Und im Ikonenwinkel (ein Lämpchen brennt davor) steht ein älteres Evangeliar mit reichem Metallschmuck auf dem Deckel. Die Alte fragt mich, ob ich russisch könne, dann möchte ich ihr doch daraus vorlesen, sie wolle sich hinsetzen und zuhören. Das Buch habe sie an sich genommen, als die Bolschewisten die Kirche entweiht hätten. Ein Bündel Papierblumen hängt vor dem Winkel und als Verzierung eine Borte aus gezacktem Papier, das aus einem Mathematikheft entnommen ist und Gleichungen mit mehreren Unbekannten enthält. Die Leute sind guten Willens, aber impotent. Drüben im Quartier der Fahrer habe ich heute auch wieder bezeichnende Bilder gesehen. Die ganze Bude eine Wolke von Mißgeruch. Die Bewohner: die Mutter, eine halbwüchsige Tochter mit blödem Gesicht und sehr alten Zügen, zwei kleine Kinder. Das eine, körperlich entsetzlich mißgestaltet am Unterleib, wäscht sich, indem es einen Schluck voll Wasser in den Mund nimmt, dasselbe nach kräftigem Spülen in die Hand prustet und sich damit übers Gesicht fährt. Das war noch primitiver als die sonst übliche Methode, das Wasser durch einen Helfer aus einer Tasse über die Hände laufen zu lassen. Da sitzen nun diese armseligen Menschen und dösen vor sich hin, kochen sich Zuckerrüben oder Kartoffeln, schlafen viel und lange. Das ist so der Tageslauf. Das Gottesgeschenk des Geistes leuchtet ganz selten einmal in diesen Gesichtern, sonst sieht man nur stumpfe Gleichgültigkeit oder plattes Lächeln in ihren Zügen, wie in jenen, die als Photos zahlreich die Wände zieren und Tante Katharina oder den Bruder oder Mann als Rotarmisten darstellen. Nein, von solchem Volk ist keine Konterrevolution zu erwarten!

Hilde Wieschenberg 1910–1984   Benrath
An ihren Mann vor Leningrad

Heute am Sonntag, wo die weißen Flöckchen wieder die Erde bedekken, sitze ich in meinem kleinen Wohnstübchen.

Liebes, ich möchte Dir einen Weihnachtsbrief schreiben und wünsche gerne, daß diese Zeilen Dich zu Weihnachten erreichen. Ich habe für Dich als Weihnachtsgabe ein Buch «Du meine Seele, Du mein Herz».
Es ist der Roman Robert Schumanns, wo Leben zu Musik und Musik zu Leben wird, «Der geheimnisvolle Zauber seiner Musik, voll von bebenden Zwischentönen der Sehnsucht und der Schwermut, lächelt durch die Zeilen.»
Ich denke mir, daß dies das richtige für Deine Seele ist, die so hungrig jeden Tag empfängt. Kennst Du die Melodie seines Liedes «Du meine Seele, Du mein Herz, Du meine Wonne, oh Du mein Schmerz.» Man hat es schon mal im Schatzkästlein des Reichsenders Köln gehört. Darf ich die Worte auch mal für mich anwenden?
Jeden Tag aufs Neue spüre ich das Wunder unserer Zusammengehörigkeit, die wie zwei kristallene Ströme ineinander fließen.
Du meine Seele! Ich möchte diese Worte nicht nur still und verhalten sagen, nein, ich möchte sie auch laut hinaus jubeln, daß ich im Geben meiner Liebe gleichzeitig so unermeßlich reich beschenkt werde. Du mein Herz. Liebes, was ich jetzt noch sagen möchte, das kann ich nicht in Worte kleiden. Das mußt Du empfinden, wenn ich neben Dir sitze und in Deine guten Augen sehen darf …

Franz Wieschenberg 1909–1945   (vor Leningrad)
An seine Frau
Heute früh haben wir, ein Unteroffizier und 4 Mann, geschlossen eine russische Sauna aufgesucht. Ich stöberte die Bude gestern auf. Habe sie dann gleich sauber gemacht und Schnee getragen. Heute früh als erste Arbeit eingeheizt. Geschwitzt haben wir!! Das gibt vielleicht eine Hitze ab! Wie das alles zugeht, kann ich Dir nur erzählen.
Deine Frage betr. «Reserve» will ich so kurz wie möglich beantworten. Es kann nicht immer das gleiche Bataillon Sturmspitze sein, das geht immer reihum. Eine Einheit ist immer in Reserve. Latscht selbstverständlich mit, einige hundert Meter hinter den anderen her.
Seit vorige Woche quälen mich die Läuse. Heute habe ich die Wäsche gewechselt und fühle mich wieder viel wohler. Ein paar Mal habe ich, wenn ich nachts von der Wache kam, an der Petroleumfunzel mein Hemd abgesucht und etliche Opfer geknickt. Es schläft sich dann besser.
Heute haben wir einen Schneesturm hier, da ist aber auch alles dran. Wird Zeit, daß wir endgültig Winterquartier beziehen.

Der Unteroffizier Wolfgang Buff 1914–1942   vor Leningrad

Endlich, nach acht Tagen wieder ein wenig Post. Ich kann nicht viel schreiben. Augen schmerzen. Draußen eisige Kälte. Nun sind wir mitten im russischen Winter. Möge der Herr uns beistehen. Gestern kam Mutters lieber, ausführlicher Brief. Da es mir mit dem Beitrag für die Augenoperation Vaters doch zu lange dauert, habe ich heute schon der Deutschen Bank geschrieben, dass sie monatlich einen Betrag von 40 Reichsmark auf Vaters Konto überträgt. Dieses Geld soll nach meinem Wunsch in erster Linie zur Bestreitung der Haushaltskosten dienen und der Mutter im Wirtschaftsbetrieb unter die Arme greifen. Wenn sonst mal irgend eine Notwendigkeit vorliegt, schreibt nur. Ich habe nicht die Absicht, große Reichtümer auf der Bank anzuhäufen.

Heute abend ist Festbeleuchtung bei mir im Bunker. Denn außer den beiden Benzinfunzeln, die ich mir am 1. Advents-Sonntag aus Handgranaten der Infanterie konstruiert hatte, brennt noch eine Kerze von euch. Denn heute kamen drei große und ein kleines Päckchen an. Wenn ich es euch nur schreiben könnte, welche Freude sie mir gemacht haben. All die guten Sachen und das prächtige Stückchen Speck! Tausend Dank für alles.

Aber um etwas hätte ich noch zu bitten: Ich schrieb neulich um Pulswärmer für die Füße. Macht sie doch bitte recht warm und lang, als eine Art Wadenstrümpfe. Meine Reithose ist nämlich zu kurz und so eng, dass man sie nicht zuknöpfen kann. Macht auch bitte so etwas Ähnliches für Handpuls und Unterarm. Sonst bitte ich noch um Streichhölzer, am liebsten hätte ich ein gut funktionierendes Feuerzeug, da man Zündhölzer ja eigentlich nicht schicken darf. Aber was soll man machen, wenn der Nachschub, wie so manches, auch dies fehlen lässt. Aber es geht noch, wir sind noch immer satt geworden. Ich schreibe euch nun meine Lage ganz offen, damit ihr euch keine unnötige Sorge macht. Die Gefahrenlage hat bei uns in der letzten Zeit sehr nachgelassen. Wir haben seit Wochen außer den Pferden, deren wir 60 verloren haben, keine Verluste mehr gehabt. Der Winter bringt auch die Kämpfe zum Erstarren.

Aber wir liegen jetzt acht Wochen in unseren Erdwohnungen, und da machen uns Engigkeit, Dunkelheit und Kälte sehr zu schaffen und zehren an Körper und Geist. Ich meine manchmal, als wenn mich mein Kopf im Stich ließe, und ich fühle mich leicht gereizt und nervös in allem; das macht gewiss auch das schlechte Licht, die Luft und der Ruß und Qualm im Bunker. Aber wir wollen froh und dankbar sein, dass wir noch solch sicheren Unterschlupf haben. Und es ist mein Trost, dass auch diese Zeit, wie die drei Tage des Jonas im Walfisch, von Gott bestimmt, nur eine gewisse Dauer hat.

Ein Offizier (vor Leningrad)

Ich hatte gerade mehrere sehr anstrengende, weil schwierige Schießen hinter mir und war wohl in Lese- aber nicht in Schreibstimmung. Darum nahm ich mir «Das Reich» und zwar wie immer beim «Reich», den kulturellen Teil vor und verschob die Beantwortung Ihres Briefes auf gestern. Und da, trotzdem Sonntag war, wurde wieder nichts daraus. Nachdem wir genügend lange russische Zielscheibe gewesen waren, durften wir einmal tüchtig loslegen, ohne Rücksicht auf die eigene Munition. An lohnenden Zielen ist ja, wenn man schon die 11. Woche eine gute B-Stelle besetzt hält, kein Mangel. Und so war der Rest des Tages besetzt, ohne daß Zeit für private Bedürfnisse blieb.

Russischer Winter ist etwas Eintöniges. Das merken wir auch schon, obwohl wir ihn noch nicht im Bewegungskrieg kennengelernt haben. Wenn der Krieg vor Petersburg hier so bleibt, werde ich ihn auf alle Fälle noch angenehmer überstehen als den vorigen am Kanal. Ich sitze ja immer noch in demselben festen Haus, das sich mir schon im September als B-Stelle anbot, habe da einen Schreibtisch nebst Sessel für den Tag und ein Ledersofa als Schlafgelegenheit für die Nacht. Wohn- und Schlafraum sind heizbar. Und anstelle der Fensterscheiben, die bei jedem Beschuß ursprünglich den Weg alles Irdischen gingen, sind jetzt große Sperrholzplatten mit kleinen Autoscheiben als Lichtdurchlässe getreten. Die haben nun schon über zehn Volltreffer mit 15 cm Betongranaten, die auf unserer Bude landeten, nebst ebensoviel Bomben, die in nächster Nähe niedergingen, ausgehalten. Wohn- und Schlafraum sind jetzt heizbar. Es läßt sich also für mich aushalten, besser als jedenfalls in Rußland zu erwarten war. Die Zeit vergeht angenehm schnell. Nachdem jetzt kleinere Päckchen geschickt werden können, habe ich mir allerlei Bücher kommen lassen, die mich theologisch wieder ein wenig in Schwung bringen oder sonst interessieren. Und dabei geht die Zeit auch hin. Meist sorgt aber der Russe dafür, daß uns die Zeit nicht zu lang wird.

Pjotr Samarin 1888–1942 *Leningrad*

Die ganze Nacht über und auch am Morgen schoß die Artillerie. Trotzdem schliefen wir zu Hause. Es gab kein elektrisches Licht in der Wohnung, man mußte eine Kerze anzünden. Liducha beklagte sich wegen des Kerzenverbrauchs. Man mußte anstehen, um Papirossi zu kaufen. Drau-

ßen war strenger Frost, −25 Grad. Ich war lange auf der Suche nach Brot
und Papirossi. Völlig durchgefroren kam ich zu meiner Dienststelle am
Moskauer Bahnhof und mußte mich anderthalb Stunden aufwärmen.
Der Werksabteilungsleiter Jurtschenko, mein Amtskollege, wärmte sich
neben mir. Er wollte auf dem Markt einen Viertelliter Schnaps und
einen halben Liter Petroleum gegen Ölkuchen tauschen. Ich bekam
125 Gramm Brot. Meine Frau und ich bekamen die Brotrationen der
Angestellten.
In der Imbißstube des Werkes bekam ich etwas zu Mittag. Eine Suppe,
für die man mir die Marke von 25 Gramm Grütze ausschnitt, dann ein
Stück Wurst gegen 50 Gramm Fleisch und 5 Gramm Butter.
Wir mischten alles und kochten es am Abend. Jeder bekam anderthalb
Teller Suppe. Brot ist knapp. Während des Abendessens kam es zu einem
heftigen Streit wegen des Zuckers und der Bonbons. Dann mußten wir
alles für sämtliche Tage der Dekade teilen und uns mit dem Vorhandenen
begnügen. Liducha ärgert sich über alles und kann die Lage nicht begreifen. Sie hält mich für geizig und knauserig, doch es geht ja nicht um
gutes Benehmen und ritterliche Haltung, sondern um die richtige Verteilung der Nahrungsmittel zur Selbsterhaltung.
Die Nachbarin teilte mit, daß sie einen Gestellungsbefehl vom Mili-
tärkreiskommando bekommen habe, mit dem Angebot, Leningrad zu
verlassen. Man redet überall über die Evakuation auf der Eisstraße am
Ladoga-See. Am Abend las ich in Zeitungen, ohne Licht geht es schlecht.
So viele Neuigkeiten, eigentlich schade, daß man mit all dem nicht zu-
rechtkommt. Im Abendprogramm im Radio wurde die Nachricht vom
Eintritt der USA in den Krieg gegen Deutschland, Ungarn und Rumä-
nien gebracht.
Die Post arbeitet schlecht, bis heute noch keine Moskauer Zeitung vom
Dezember bekommen. Las einige Seiten in «Krieg und Frieden» von
Leo Tolstoi. Ohne Licht ist es fast unmöglich. Aufgrund der Schwie-
rigkeiten mit Heizmaterial hat das Exekutivkomitee von Leningrad
beschlossen, die Bevölkerung mit heißem Kochwasser zu versorgen.
Die Schulen sind in einzelnen Häusern am Wohnort der Schüler orga-
nisiert.

Der Offizier Leo Tilgner 1892–1971   vor Leningrad
An seine Frau
Meine liebe Lydia, es ging zwar heute schon ein Brief ab, aber da ich ein
Packerl machte, teile ich Dir noch mit, daß ich Dir ein paar Scherben
schicke. Die chinesische Zeichnung gefiel mir so gut. Ich ließ die Scher-

ben sammeln, aber leider fehlen noch einige Stücke an der Marmortafel. Das sind so Trümmer aus der Zarenzeit. In einem 2ten Paket befindet sich eine Holzschale, die mir jemand überließ. Die Scherben lassen sich evtl. verleimen. So bekommt man ein besseres Bild. Das verleimte Bild könnte man auf einer Sperrholzplatte befestigen und dann aufhängen. Ich habe noch ein zweites Scherbenstück, von dem alle Teile noch vorhanden sind. Das schicke ich später, wenn ich einen größeren Karton bekomme. Dieses Stück könnte man nach Verleimung in einen Holzrahmen stecken. Der Rahmen muß aber so schmal wie möglich sein und könnte mit dem Stück direkt verleimt werden. Es ist nur jetzt darauf zu achten, daß keine Scherbenstücke verloren gehen. Die Witterung ist milder. Dafür schneit es umso kräftiger. Bei der zu erwartenden Nachschubstockung ist an Urlaub nicht zu denken. Von Riga bis hierher fuhr jemand vom Batl. ganze 8 Tage.- Die Seife ist bei mir knapp. Wenn Du noch ein Stück von Riga hast, es kann auch Kriegsseife sein, schicke es mir bitte.- Wir können froh darüber sein, ein so nettes Heim zu haben, dazu Radio und Licht. Was das heißt, kein Licht zu haben, wie das in einigen Orten der Fall ist, kann man sich schwer vorstellen. Die Helligkeit des Tages dauert nur 6 Stunden. Kerzen haben wir rechtzeitig besorgt, falls einmal das Licht ausbleiben sollte. Nach dem heutigen Wehrmachtbericht hat der russische Winter begonnen, d. h., wir sind eingeschneit. Ich will aber hoffen, daß die Post doch noch rechtzeitig durchkommt.

Die Ärztin Galina Samowarowa   *Leningrad*

Sämtliche Katzen und Hunde in der Stadt waren gegessen worden. Die Männer starben eher als die Frauen, weil sie muskulös waren und weniger Fettansatz hatten. Die Frauen, sogar die kleinen, hatten viel mehr davon. Doch sie starben auch, obwohl sie widerstandsfähiger waren. Die Menschen verwandelten sich in Greise, weil der Fettansatz völlig verzehrt wurde, und sämtliche Muskeln und Blutgefäße traten am Körper deutlich hervor.

Die Ärztin Anna Kondratjewa   *Leningrad*

Diese furchtbaren Gesichter, diese erstarrten Augen, die nur mit der Haut überzogenen Nasenknochen, diese Gesichter ohne jegliche Mimik.

Jura Rjabinkin 1925–1942   *Leningrad*

Gestern gab es einige interessante Ereignisse. Mutter hat mit Gromow heimlich vereinbart, daß sie Sucharews Angestelltenkarte an sich nimmt, weil er in der Liste des Gebietskomitees schon abgehakt wurde. Gestern haben wir auf diese Karte 200 Gramm Nudeln, 350 Gramm Bonbons und 125 Gramm Brot gekauft.

Alles außer den Nudeln haben wir gleich aufgegessen. Mutter hat außerdem einen Zettel für den Vorsitzenden des Kreissowjets bekommen, laut dem ihr Ölkuchen zugeteilt werden sollte. Daraus wird wohl nichts. Frau Turanosowa hat heute versprochen, der Mutter alte Filzstiefel zu geben, aber ich konnte sie am Morgen nicht holen, weil es zu frostig war. Gestern war noch Frau Buschujewa bei uns. Mutter war aber nicht zu Hause. Frau Buschujewa will Leningrad morgen zu Fuß verlassen. Heute abend gegen 6 Uhr will sie noch einmal vorbeischauen.

Diese Dekade ist für unser Schicksal entscheidend. Die Hauptaufgabe besteht darin, daß wir entscheiden, mit wem und wie wir fahren. Hätte ich mich wenigstens zweimal hintereinander satt gegessen! Woher soll ich für all die Schwierigkeiten, die mir bevorstehen, die Kraft nehmen ... Mutter ist wieder krank. Heute hat sie nur drei Stunden geschlafen, ab drei bis sechs Uhr morgens. Ich müßte eigentlich zu Frau Turanosowa fahren, um die warmen Sachen zu holen. Doch draußen herrscht ein starker Frost, ich bin so müde, daß ich mich fürchte, nach draußen zu gehen.

Ich begann am Anfang des Sommers mein Tagebuch zu schreiben, und jetzt ist schon Winter. Ich hätte nicht damit gerechnet, daß aus meinem Tagebuch so etwas werden wird.

Ich spare Geld. Jetzt habe ich schon 56 Rubel in bar, von denen nur ich selbst weiß. Der Ofen ist ausgegangen, und in der Küche fängt es an, kalt zu werden. Man muß den Mantel anziehen, um nicht zu erfrieren. Und ich will nach Sibirien fahren! Doch ich fühle, wenn man mir etwas zum Essen geben würde, dann gingen die Melancholie und die Niedergeschlagenheit weg, die Müdigkeit wäre vorbei, die Zunge würde sich lösen und ich würde ein Mensch sein und nicht bloß etwas Ähnliches.

Jeden Abend kommt Igor zu uns, der Bruder von Anfisa Nikolajewna. Anfisa Nikolajewna mästet ihn, füttert ihn mit ihren Vorräten an trockenem Brot. Wenn sie jetzt wegfährt, bleibt uns nichts übrig. Vielleicht läßt sie uns noch die Bescheinigung da, nach der wir in der Tbc-Klinik am Markt Klinskij täglich einen halben Liter Milch bekommen. Der Markt liegt unter Artilleriebeschuß, es ist nicht nur zu weit, sondern auch gefährlich, dorthin zu gehen.

Ich habe etwa 10–15 Kilo abgenommen, nicht mehr. Vielleicht auch weniger, doch es ist dann aufs enorme Wassertrinken zurückzuführen.

Einst genügten mir anderthalb Tassen Tee am Morgen, und heute reichen auch sechs Gläser Tee nicht.

Jurij Gorjunow *Leningrad*

Anfang Dezember 1941. Durchdringende Kälte auf den Bahnsteigen im Bahnhof Finnljandskii. Ein Personenzug des Nahverkehrs, dessen Wagen durch die Kanonenöfen, die aus Tonnen gebastelt sind, erwärmt wurden. Bis zum Ort, wo heute die Station Ladoga-See liegt, sind wir fast Tag und Nacht gefahren. Alles ging glücklich vor sich, ausgenommen der Beschädigung unserer Dampflok bei einem Artilleriebeschuß unterwegs.

Am Abhang Waganowskij stiegen wir in die LKWs um. Einige von diesen LKWs waren mit Planen abgedeckt. Die Plane schützte uns ein wenig vor dem Wind, der vom Ladoga-See herwehte, doch es gab keinen Schutz vor der Kälte bis 30 Grad unter Null. Ich erinnere mich, daß wir lange standen. Erst später wurde bekannt, daß die Autokolonne vor uns von den deutschen Flugzeugen angegriffen worden war. Die Eisstraße war zerstört, und wir mußten warten, bis eine Umleitung fertig war. Über das Schicksal unserer Vorgänger sprach man nicht, ihr Geschick war für alle klar.

Endlich setzten wir uns in Bewegung. Von dem Hin-und Herschaukeln wurde es ein bißchen wärmer. Die Kinder und Frauen saßen unter der Plane. Durch eine Spalte der undicht geschnürten und schaukelnden Plane konnte man nicht viel sehen. Nur die endlose Weite vom Ladoga-See und die hinter uns folgenden Autos. Auf einer offenen Wagenpritsche, wo auch die Ausrüstungen aufgeladen waren, saßen mein Vater und noch jemand. Ich konnte nicht fassen, wie es ihnen gelungen war, bei solcher Kälte und so einem durchdringenden Wind sich keine Erfrierungen zuzuziehen.

Ab und zu waren unsere Jagdflieger zu sehen, die tief über der Straße flogen. Und überall Soldaten, Soldaten, Soldaten … Sie standen die ganze Straße entlang mit ihren Spaten und in ihren weißen Tarnanzügen, die mit dem Schnee sich vereinigten.

Vom anderen Ufer des Ladoga-Sees waren die Deutschen vertrieben worden, wir fuhren an den verbrannten Dörfern vorbei, wo nur die Schornsteine zum Himmel ragten. Der unversehrte Bahnhof in Woibokalo. Und die obdachlosen Menschen. Eine Frau mit ihrem kleinen Mädchen kocht in einem Topf eine dünne Suppe auf einem holländischen Ofen.

Ludmila Komrakowa *1931   *Leningrad*

Dies ist meine verborgenste Erinnerung. Viele Jahrzehnte sind verflogen, aber es kommt oft vor, daß ich auch heute noch das schreckliche Geräusch meiner zerbrechenden Puppe Mascha deutlich höre. Doch alles der Reihe nach …

Als wir uns mit unserer Tante auf die Evakuation vorbereiteten, stand uns nur ein Tag zur Verfügung, um die unentbehrlichsten Sachen zusammenzusuchen, sonst wollte man mich und meine Schwester der Tante wegnehmen, weil sie keine Papiere für unsere Vormundschaft hatte und wir beide als Waisen anerkannt waren (die Mutter war gestorben, der Vater kämpfte an der Front). Doch vor ihrem Tod hat die Mutter unsere Tante flehentlich gebeten, uns an niemanden abzugeben, und die Tante hat ihr ihr Ehrenwort gegeben.

Es war sehr kalt im Dezember 1941, als wir uns für die weite Reise bereit machten, man mußte vor allem warme Sachen mitnehmen, und das Gepäck war nach Umfang und Gewicht streng begrenzt.

Die Tante hat alles in einen kleinen Sack geworfen und für meine liebe Puppe Mascha, mit der ich jede Nacht eingeschlafen war, gab es keinen Platz. Und Mascha hatte so schöne blaue Augen mit langen seidigen Wimpern und lange Haare, sie war aus Porzellan, konnte zwinkern und hatte ein herrliches dunkelrotes Kleid an.

Ich begann zu heulen.

«Lieber bleibe ich hier, ohne Mascha fahre ich nirgendwohin. Ich kann sie nicht im Stich lassen», – sagte ich so entschlossen, daß die Tante den Sack wieder auszupacken anfing. Sie verzichtete auf die Mitnahme von einigen Sachen und hat für meine Mascha Platz geschaffen.

Bis zum Ladogasee sind wir mit einem Zug von dem Finnljandskij-Bahnhof gefahren, und als unser Zug am Bahnhof Waganowo eingetroffen war, waren die deutschen Sturzkampfbomber angeflogen, und wir mußten alle in einem unvorstellbaren Durcheinander hektisch aussteigen und unsere Sachen mitnehmen. Es war eine richtige Hölle. Alles umher hat gedonnert, ist in die Luft gegangen und hat gebrannt, die Kinderschreie und die wahnsinnigen Rufe ihrer Mütter haben sich zu einer Kakophonie vermischt. Und in diesem Wirrwarr hörte ich, als ob es totenstill gewesen wäre, wie unser Sack zu Boden fiel und etwas in ihm verräterisch geknirscht hatte.

Mir wurde sofort klar, daß meine Mascha kaputtgegangen war, ich fing an zu heulen, ich habe so lange Zeit geschluchzt. Die Tante hat uns beide in einen noch rauchenden Bombentrichter hinuntersteigen lassen, wo wir dann bis zum Ende des Angriffs saßen. Und meine Puppe blieb irgendwo oben, mein Herz wollte mir vor Kummer zerspringen. Als wir dann wieder hinausgeklettert waren, haben wir unseren Sack nicht mehr gefunden. Die Marodeure reisten immer mit. Meine Puppe Mascha war also vermißt. Nicht gefallen, nicht verwundet, sondern vermißt.

٭

Werner Vordtriede 1915–1985   *Evaston*
Eben berichtet man überm Radio, daß Japan die amerikanische Flotte in Hawaii und den Philippinen bombardiert habe. Die Kriegserklärung wird ja nun wohl folgen. Es ist also vorbei.

Thomas Mann 1875–1955   *Pacific Palisades*
Im Kriege mit Japan. Erregte Radio-Berichte. Bombardements der Philippinen und Honolulus. Im Lande Zorn und Eintracht. Kundgebungen pazifistischer u. isolationistischer Senatoren für die Regierung und die Verteidigung. Wie gut vorbereitet die Gelben sein mögen und wie schlecht U.S.A. – ist nicht bekannt. Die Niederwerfung Japans könnte die Ereignisse sehr beschleunigen. Kriegserklärung Canada's. Die englische wird folgen.
Schrieb etwas an «Thamar» weiter. Mittags auf der Promenade. Indian summer, sehr warm.

Harold Nicolson 1886–1968   *London*
Nach dem Abendessen hören wir um 9 Uhr die Nachrichten. Die Japaner haben Pearl Harbour bombardiert. Das glaube ich nicht. Dann drehen wir die deutschen und französischen Nachrichten an und hören Genaueres. Roosevelt hat die Mobilmachung der amerikanischen Streitkräfte befohlen und die Flotte angewiesen, ihre geheimen Befehle auszuführen.
Ich bin wie betäubt von diesen Nachrichten. Immerhin verhandelte Roosevelt noch mit Kurusu und hatte ein persönliches Schreiben an den Mikado gerichtet. Während diese Verhandlungen noch im Gange sind, führen die Japaner 7000 Meilen von Japan entfernt einen schweren Luftangriff durch. Das ganze Unternehmen wirkt so verrückt wie Hitlers Angriff auf Rußland. Ich bin verblüfft.

٭

Adam Czerniaków 1880–1942   **Warschauer Ghetto**
Morgens Gemeinde. Um 12 eröffnete ich den Pharmazeutenlehrgang.
Um 1 hielt ich eine Ansprache bei einer Veranstaltung der ‹Winterhilfe›.

Danuta Czech   **(KZ Auschwitz-Birkenau)**
In die Leichenhalle werden die Leichen von 21 Häftlingen eingeliefert.
Aus den im Leichenhallenbuch gemachten Eintragungen ergibt sich,
daß fünf Häftlinge, die mit den Nummern 23 616, 15 653, 19 374, 21 057
und 20 254 gekennzeichnet waren, mit Phenolspritzen im Block 19 getötet worden sind.

*

Heimat, deine Sterne, sie strahlen mir auch am fernen Ort.
Was sie sagen, deute ich ja so gerne
als der Liebe zärtliches Losungswort.
Schöne Abendstunde, der Himmel ist wie ein Diamant.
Tausend Sterne stehen in weiter Runde,
von der Liebsten freundlich mir zugesandt.
In der Ferne träum' ich vom Heimatland.

<829   Montag, 8. Dezember 1941   1247>

Spräche ich: Finsternis möge mich
decke! so muß die Nacht auch Licht
um mich sein. Denn auch Finsternis
nicht finster ist bei dir, und die Nacht
leuchtet wie der Tag. Finsternis ist wie
das Licht.
HERRNHUT   PSALM 139, 11. 12

Ernst Jünger 1895–1998   **Paris**
Abends Spaziergang durch die öden Straßen der Stadt. Die Bevölkerung
wird wegen der Attentate schon am frühen Abend auf die Wohnungen
beschränkt. Alles lag tot im Nebel; nur aus den Häusern tönte der Gesang der Radios und plapperten Kinder, als ob man zwischen Vogel-
bauern dahinschritte.
Im Zuge meiner Arbeit über den Kampf um die Vorherrschaft in Frankreich zwischen Heer und Partei übersetze ich die Abschiedsbriefe der
Geiseln, die in Nantes erschossen worden sind. Sie fielen mir mit den
Akten in die Hände, und ich will sie sichern, da sie sonst vielleicht verloren gehen.
Die Lektüre kräftigte mich. Der Mensch scheint in dem Augenblick, in
dem man ihm den Tod verkündet, aus dem blinden Willen herauszu-
treten und zu erkennen, daß der innerste aller Zusammenhänge die Liebe ist. Außer ihr ist vielleicht der Tod der einzige Wohltäter auf dieser
Welt.

Duff Cooper 1890–1954   *Singapur*
Um drei Uhr früh, am Morgen des 8. Dezember, wurden wir von Martin Russell geweckt, der seinen Kopf in unser Zimmer steckte und sagte: «Die Japsen sind an der Nordküste von Malaya gelandet.» Da wir
nichts dagegen tun konnten, beruhigten wir uns und schliefen weiter –
um vom vertrauten Lärm fallender Bomben, von Explosionen und Ge-
schützdonner und schließlich von Fliegeralarm geweckt zu werden. Der
Krieg mit Japan hatte begonnen.

Bertolt Brecht 1898–1956   *Santa Monica*
ich stecke mit kortner in einer filmstory für boyer, wenn kortners junge hereinkommt mit der nachricht, japan habe den angriff auf hawaii eröffnet. als wir das radio andrehten, wurde es uns klar, daß wir wieder ‹auf der welt› waren. eine riesige nation erhob sich, halb schlaftrunken, um in den krieg zu gehen. auf der straße horchen die autofahrer auf ihre radios mit sonderbar kauernder haltung. kortner sah im drugstore einen jungen soldaten aus der tasche etwas (was er für ein amulett hielt, es wird eine erkennungsmarke gewesen sein) ziehen und es sich um den hals hängen, im gespräch, ein wenig lächelnd.
so merkt hitler in den tagen, wo die größte industriemacht der welt in den krieg eintritt, daß der winter in rußland kalt ist.

Anne Morrow Lindbergh 1906–2001   *Martha's Vineyard*
New York in Vorweihnachtsstimmung, herrliches Wetter, und ich ging im Fünf-Uhr-Dämmerlicht in meinem Pariser Mantel, meinem Renoir-Hut und mit frischen Locken durch die Straßen, auf denen mich keiner erkannte! Die Geschäfte waren mit ihren Warenangeboten allerdings schwindelerregend. Was mich entsetzte, war nicht so sehr die Ahnungslosigkeit der Menschen, die auf der dünnen Oberfläche des Materialismus dahinschlitterten, als vielmehr der heuchlerische Versuch, durch Reklame den Materialismus mit patriotischen Motiven zu vergolden. «Seid tapfer mit Diamanten», «Verteidigung des guten Geschmacks – Kauft das XY- und Bier», «Für den Dienst an Amerika …»
[…] Am Sonntag fuhr ich nach Woods Hole – ein herrlicher Tag, strahlend und kalt und stürmischer Wind.
Ich hörte am frühen Nachmittag Radio – und erfuhr, daß Japan Pearl Harbour, Manila, Guam Island und Wake Island angegriffen hat. Ist das der Grabgesang der alten Welt? Alle Armeeoffiziere in den Vereinigten Staaten haben Befehl, ihre Uniformen anzuziehen. (Wenn C[harles] nochmals redet, werden sie ihn sofort ins Gefängnis stecken, glaube ich.) Ich höre den ganzen Nachmittag über Radio. Die Philharmoniker spielen ein wunderbares Konzert von Brahms. Doch es ist alle zehn Minuten durch Bulletins über den Krieg unterbrochen. So, glaube ich, wird von jetzt an das Leben aussehen.
Komme in Woods Hole eineinhalb Stunden zu früh an. Sitze am Hafen und betrachte den Sonnenuntergang. Selbst unsere ferne Insel wird damit in Berührung kommen.
Der Mann auf dem Bootsdeck sagt zu mir: «Nun, ich glaube, wir wollten es nicht anders – und jetzt sitzen wir schön in der Tinte.» […]

Wir hören am Radio beim Essen am Tisch die Erklärung des Präsidenten über den Kriegszustand. Großes Tam-Tam und Aufregung wegen des dramatischen Ereignisses, und dabei wird mir hauptsächlich ein verzweiflungsvoller Mangel an Würde, Ernsthaftigkeit und Bescheidenheit bewußt. Der Präsident sagt, «mit Gottes Hilfe» werden wir den Feind besiegen. Aber man spürt, daß er sich ihrer ziemlich sicher ist. Die ganze Überheblichkeit, die Hochrufe und Aufregung («Wir werden's ihnen *zeigen*!» ist die Einstellung) kommen mir bei der Bedeutung dieses wichtigen Schrittes, den wir unternehmen, unbedacht und ungehörig vor. (Wie die Hochrufe und Reden vor einem Fußballspiel, wie C[harles] sagt.)

Julien Green 1900–1998   *Baltimore*
Der heutige Tag, der hätte sein sollen wie alle von Gott geschaffenen Tage – mit einer hoch oben am blauen Himmel triumphierenden Sonne –, ist in Wirklichkeit ein schwarzgekleideter Tag, von dem man mit Kopfschütteln sprechen wird, wie man früher vom 2. August 1914 sprach. Er überbringt eine Botschaft der Trauer, er ist einer der verschleierten und maskierten Gesandten, die uns mit einem schrecklichen Akkreditierungsschreiben in der Hand vom Schicksal geschickt werden. Doch empfangen wir ihn mit Gelassenheit. «Wenn aber dieses *anfängt zu geschehen*», sagt der Evangelist, «so sehet auf und erhebet eure Häupter.» Heute morgen hat für uns ein Abenteuer begonnen, das – davon bin ich überzeugt – nur mit der Vernichtung Deutschlands enden kann, doch was wird aus jedem von uns? Ich bin in Gedanken bei jenen, die ich liebe.

Harold Nicolson 1886–1968   *London*
Das Parlament wurde außer der Reihe einberufen. Winston betrat die Kammer mit hängenden Schultern und einem Ausdruck von grimmiger Entschlossenheit auf seinem Gesicht. Das Parlament hatte Jubel erwartet über den Kriegseintritt Amerikas und war ein wenig verwirrt. Er hielt eine matte Rede über die Fakten. Er hat einen ausgeprägten Sinn für Gelegenheiten. Er machte den Fehler, dem Siamesischen Premierminister seine Botschaft vorzulesen. Die Siamesen müssen kapitulieren, und es war ein Fehler zu erwarten, daß sie irgendetwas anderes tun könnten.

*

Marianne Sperl *1924   *Bayreuth*
Gestern sagte Martha, Julius hätte gesagt, wir sollten am Sonntagabend zu ihm kommen. Jugendpfarrer Riedel hätte angeregt, daß die Jugend

untereinander zusammenkäme zur Bibelarbeit. Er wolle das nun anfangen.
Martha und ich gingen also hin. Wir waren sehr gespannt. Wir lasen Markus 1,1-8. Julius sprach darüber. Es kam mir komisch vor, daß Julius so sprach, ganz wie ein Pfarrer. Und dann flocht er viel von sich selbst mit ein. Es hat mich komisch berührt, daß jemand so über sein Inneres reden kann. Sonst hat es mir gut gefallen.
Gestern begann der Krieg zwischen Japan und Amerika. Der Weltkrieg ist da. Wir erwarten jetzt täglich die amerikanische Kriegserklärung an Deutschland. Soll der Krieg denn ohne Ende sein? Wo man hinschaut, ist Not, Hunger, Schmerz, Verfolgung.

Jochen Klepper 1903–1942 Berlin
Auch dieser Tag geht ganz in Dämmerung hin. Die Nachricht vom Kriege zwischen Japan und Amerika.
«Roosevelt und Judas Werk», «Getreu den Befehlen des Weltjudentums», «England, dieses dem Kontinent vorgelagerte Protektorat», «Der höchstbezahlte Knecht des Judentums», «Satanische Hirne des Judentums» – alles nimmt nur noch diese eine Wendung und verdichtet sich für uns zu dem Gedanken, daß wir über den Anfang des kommenden Jahres hinaus kaum am Leben bleiben können.

Der Soldat Helmut N. †1945 Duisburg
Meine liebe Frau, dieser Tag begann mit der Nachricht von dem Eintritt Japans in den Krieg und dem Beginn des Kampfes gegen die USA. Ich muß gestehen, daß mich diese Nachricht geradezu glücklich gemacht hat. Ich habe immer irgendwie gefürchtet, daß Japan zu schwach sei oder zu weise – als Alterserscheinung –, um den Kampf gegen die USA aufzunehmen. Aber nun haben sie es gewagt, auch sie stehen zu dem Pakt, den der Führer geschaffen hat.
Gewiß steht Japan ein schwerer, ein gigantischer Kampf bevor, wahrscheinlich noch schwerer als der unsere. Ich bin aber völlig überzeugt, daß Japan seinen Krieg gewinnen wird, wie wir in unserem siegen werden.
Nun sind die Fronten klar. Die Drohung der jüdischen Macht USA gegen Europa hat aufgehört eine Drohung zu sein, auch hier hat die Politik des Führers das Schicksal nach seinem Willen gelenkt: es war von jeher die Aufgabe Japans, gegen Amerika zu stehen. Nun tritt es sie an, früher als alle es geahnt haben, aber auch früher, als es Präsident Roosevelt gewünscht haben dürfte. Vielleicht sind sie mit ihren Rüstungen

doch noch nicht so ganz fertig; die Japaner aber haben eine gewaltige Flotte und sind Soldaten aus Berufung. […]

Wir sind in die größte kriegerische Auseinandersetzung der Weltgeschichte hineingestellt worden. Was vor zwei Jahren noch ein rascher Mächtekrieg schien, hat sich zu einem Kampf der Kontinente um das Leben entwickelt, der wohl für viele Jahrhunderte das Gesicht der Zukunft bestimmen wird.

Wir wollen uns einmal klarmachen, daß diese Entscheidungen wohl nicht in kurzer Frist getroffen werden können, die in gar keinem Verhältnis zu ihrer Bedeutung stehen würden. Wir müssen auch einmal daran denken, daß dieser Krieg nicht eine Episode in unserem Leben sein könnte, sondern unser Leben in diesem Krieg aufgehen könnte und von ihm überdauert würde.

Wir wollen es zu keinem anderen sagen, wir selbst aber wollen uns an den Gedanken gewöhnen, daß es noch unendlich lange dauern kann, bis alle Feinde zerschlagen sind. Und daß das Schicksal unsere Generation für diesen Krieg aufbrauchen wird. Es kann anders kommen, gewiß, aber heute ist noch nichts abzusehen.

Heute ist im OKW-Bericht ausgesprochen worden, daß der Kampf in Rußland vor dem Winter zum Stillstand gekommen ist. Ich bin überzeugt, daß sich die Russen in diesem Winter kaum erholen werden, im Gegenteil, sie werden eine große Hungersnot erleben, weil sie sich selbst von allem entblößt haben und die wichtigsten Versorgungsgebiete verloren haben.

Aber ich hoffe, daß wir nun unsere Hauptkraft auf die Kriegsschauplätze in den Tropen werfen werden, also Afrika, Irak, Iran. Vielleicht werden wir auch auf diese Weise Japan entlasten können. Den Tommys wird es peinlich sein, wenn Japan sich ihrer Stützpunkte im Pazifik annimmt und sich Indien nähert.

Unsere Aufgabe wird sein, nach unserem Vermögen beizutragen zur Erhaltung der deutschen Volkskraft, sowohl durch unsere eigenen Kinder als auch durch Einwirken auf andere. Denn aller Kampf, alle Politik und alles Hoffen werden umsonst sein, wenn die Kraft und der Lebenswille des Volkes leidet. Auch wir sind zu einem Teil dafür verantwortlich, daß die Quelle des Lebens nicht versiegt. Wir werden unser Bestes tun.

Für heute aber Schluß. Ich muß noch Nachrichten hören, muß doch wissen, was die Amerikaner für Ärger hatten an ihrem ersten Kriegstag. Auf Wiedersehn, Du, froh sein, ja? Und mich lieb haben, Dein Helmut.

Der Soldat Heinz Behncke 1922–1944   auf Transport

Ihr Lieben, nun sind wir schon vier Tage unterwegs! Durch Deutschland ging es bedeutend schneller – auf dem Balkan ist man eben weder so eilig, noch so fortgeschritten auf der Bahn. Wir reisen in einem Tempo, daß wir im Durchschnitt 10 km in der Stunde zurücklegen. Denn alle paar Stunden wird die Maschine gewechselt. – In schneller Fahrt ging's durch Deutschland, über Berlin, Dresden, durchs Elbsandsteingebirge, Grenzstation war Tetschen. Über Leitmeritz, Melnitz, Brünn, Lundenburg, Pressburg, durch Böhmen in die Slowakei. Bratislava (Pressburg), eine Riesenstadt von sehr ungeordnetem Anblick – die Weinfelder zogen sich von den Höhen teilweise bis weit in die Stadt. Nachts kamen wir an der Donau entlang durch Budapest. Ich hatte Zugwache, saß im Personenwagen und konnte so das Lichtermeer bewundern. Tagsüber ging es dann durch die weite Puszta – den ganzen Tag nichts als unendlich weite Ebene mit wenigen armseligen Hütten, einsam-verlassenen Bahnhöfen. Über Nacht ging es aufwärts und am Morgen befanden wir uns heute in einer Art Hochland, das aber sehr wellig und bergig ist, Vorläufer der Karpaten. Heute morgen lagen wir in einem größeren Dorf, und in der Ferne sah man größere Gebirge, deren Höhen schneebedeckt waren. Ich habe viele Aufnahmen gemacht, eben in einer Kurve von unserem langen Zug – 45 Waggons! Abwechslungsreich geht es im Schneckentempo mit zwei Maschinen bergauf und bergab, durch Tunnel und über schneebedeckte Höhen. Jetzt ist es 16 h, um 15 h haben wir die rumänische Grenze überschritten. Ob es durch Siebenbürgen über Kronstadt geht? Die Bevölkerung ist überall sehr freundlich, außer in der Tschechei. Alle tragen hier die hohen Pelzmützen und jetzt helle, fast weiße Anzüge, wie man sie von den Trachtenkarten her kennt. – Mit mühevoller Verständigung entdeckten wir einen Brunnen, wo wir mit Hilfe eines kleinen Eimers mühsam Wasser schöpften – der Besitzer stellte uns bereitwillig Waschschüsseln zur Verfügung, schien im übrigen aber über die nackten Oberkörper höchlichst verwundert.

**Der Leutnant
Paulheinz Quack 1921–1986**   bei Stariza / Wolga

Ihr lieben Eltern, ich bin vom Posten zurück, es ist schon spät, aber unbedingt will ich Euch heute schreiben, daß ich vor ein paar Stunden die schönste und meiste Post bisher erhalten habe: 3 Ein-Kilo-Päckchen von Euch, viele Briefe von Euch mit Lesestoff und mehrere Briefe von Lullu. Herrlich, herrlich!!! Lungenschützer, Schal, Strümpfe, Taschentücher,

Plätzchen, Zigaretten usw., usw., wunderbar!!! Leider kann ich nicht näher jetzt auf alles eingehen, aber mit diesem Lebenszeichen sollt Ihr doch wissen, daß ich Euch von Herzen für alles danke.

Der Gefreite Reinhold Pabel *1915   im Osten

Heute morgen waren es nur zwei gute Marschstunden bis wir hier im Dorf ankamen. Die Kälte ist gewichen. Dies Dorf sieht ganz respektabel aus. Freilich werden wir hier nicht auf Rosen gebettet sein. Die wir ablösen, erzählen tolle Sachen von russischen Überfällen. Unsere Ari ballert, durch die stockfinstere Nacht knattern in der Ferne MGs, und Leuchtkugeln steigen, Spähtrupps sind von uns unterwegs: wir sind tatsächlich wieder «vorn» mit allen Requisiten, so ungern wir auch im Winter Krieg spielen. Und Post ist auch wieder mal so ferne. Und in 14 Tagen ist Weihnachten.

Der Leutnant Georg Kreuter 1913–1974   Kosinki

Neuer Befehl, wir bleiben da. Ich lege die neuen Sicherungen fest und mache Probealarm. Da kommt neuer Befehl. Wir sollen morgen in Gegend Bahnhof Potschinok. – Japan hat Amerika den Krieg erklärt! Das hilft den Krieg verkürzen, zumal wenn die Erfolge weiter so sind wie die jetzigen!

Der Oberstabsarzt Dr. Willi Lindenbach †1974   Petrowskoje

Um es kurz zu sagen, der heutige Tag ist der Beginn der Flucht unserer Armee, die sich bis ... ausdehnen sollte, es beginnt der Anfang der schaurigsten Erlebnisse meines Lebens überhaupt. – Alles fährt zurück, kein Mensch weiß wohin: «Der Russe schießt auf den Flugplatz in Klin» (?), heißt es, «wir müssen uns zurückziehen», dazu die eisige Kälte, die Autos springen nicht an und müssen stehengelassen werden. Es ist schrecklich, eine Armee auf dem Rückmarsch. Aber es war ja vorauszusehen. Immer konnte es nicht weiter vorwärts gehen.

Der General Heinz Guderian 1888–1954   vor Moskau
Ein Brief

Wir stehen vor der traurigen Tatsache, daß die obere Führung den Bogen überspannt hat, den Meldungen über die sinkende Kampfkraft der Truppe nicht glauben wollte, immer neue Forderungen stellte, für die harte Winterzeit nicht vorsorgte und nun durch die russische Kälte von –35 Grad überrascht wurde. Die Kraft der Truppe hat nicht mehr genügt, um den Angriff auf Moskau siegreich durchzuführen, und so habe ich mich am 5. 12. abends schweren Herzens entschließen müssen, den aussichtslos gewordenen Kampf abzubrechen und in eine bereits vorher ausgewählte, verhältnismäßig kurze Linie zurückzugehen, die ich mit dem Rest an Kraft hoffe, gerade noch halten zu können. Der Russe drängt lebhaft nach und man muß noch auf allerhand peinliche Zwischenfälle gefaßt sein. Die Verluste, zumal an Kranken und Erfrierungen waren schlimm, und wenn auch hoffentlich ein Teil dieser Ausfälle nach einiger Ruhe wieder zur Truppe zurückkehrt, so ist doch im Augenblick nichts zu wollen. Die Ausfälle an Kraftfahrzeugen und Geschützen durch Frostschäden übersteigen alle Befürchtungen. Wir helfen uns notdürftig mit Panjeschlitten; aber diese leisten naturgemäß sehr wenig. Unsere braven Panzer haben wir zum Glück, soweit sie überhaupt noch liefen, erhalten können. Wie lange sie aber bei dieser Kälte benutzbar bleiben, wissen die Götter. – Das Unglück fing mit Rostow an; es war bereits ein Menetekel. Trotzdem fuhr man hier fort, anzugreifen. Mein Flug zur Heeresgruppe am 23. 11. zeitigte weder Ergebnis noch Klärung; es wurde fortgewurstelt. Dann brach mein nördlicher Nachbar nieder; mein südlicher war ohnehin nicht sehr kampfkräftig, so daß mir schließlich keine Wahl blieb, denn alleine kann ich die ganze Ostfront nicht umschmeißen, noch dazu bei –35 Grad.

Ich hatte noch Balck gebeten, meine Beurteilung der Lage dem Oberbefehlshaber des Heeres vorzutragen, weiß aber nicht, ob er dazu kam. Gestern besuchte mich Richthofen. Wir hatten eine lange Aussprache unter vier Augen und stellten fest, daß wir gleicher Ansicht über die Gesamtlage waren. Anschließend sprach ich mich mit General Schmidt aus, der mit mir am gleichen Ort sitzt und die rechte Nachbararmee führt. Auch er stimmt mit mir überein. Ich stehe also jedenfalls mit meiner Meinung nicht allein, was aber völlig belanglos ist, da ja doch niemand danach fragt …

Ich hätte selbst nicht geglaubt, daß man eine geradezu glänzende Kriegslage in zwei Monaten so verb… kann. Wenn man rechtzeitig den Entschluß gefaßt hätte, abzubrechen und sich für den Winter in geeigneter Linie zur Verteidigung und wohnlich einzurichten, konnte nichts Gefährliches passieren. So ist alles auf Monate ein einziges Fragezeichen … Es geht mir nicht um mich, sondern um viel mehr, um unser Deutschland, und da ist mir bange. –

Der General Franz Halder 1884–1972 Führerhauptquartier

Abendlage: Im Süden keine wesentliche Veränderung. Bei Mitte stärkerer Druck auf 2. Armee, deren dünne Linien von neu aufgetretener

feindlicher Kavallerie (2 Div.) stellenweise durchstoßen werden. Guderian scheint sich in Ordnung zusammenzuziehen. Feind kommt mit
Bahn und Fußmarsch gegen seine Ostflanke heran. Bei Pz.Gr. 3 sehr
schwierige Lage, tiefer Feindeinbruch. Panzergruppe 4 übernimmt den
Befehl. Ostwärts Kalinin empfindlicher Einbruch. Nord verhältnismäßig ruhig. Tichwin wird geräumt.

Der Leutnant Iwan Sawenko *1918   *Moskau*

Der harte Winter mit seiner grimmigen Kälte, der 1941 viel zu früh gekommen war, half uns bei den Verteidigungskämpfen vor Moskau. Für
den russischen Winter waren wir gut gerüstet. Jeder hatte Filzstiefel an.
Über der Sommeruniform trugen wir eine gesteppte Wattejacke und
eine warme wattierte Hose, dazu warme Fausthandschuhe und eine gefütterte Wintermütze mit herabklappbaren langen Ohrenwärmern auf
dem Kopf, die unter dem Kinn eng zu binden war. Die Feldflasche war
stets mit Sprit gefüllt. Offiziere trugen keine Mäntel, sondern rohe und
sehr warme Pelzjacken.

Am 8. Dezember 1941, als wir schon zum Gegenangriff übergegangen
waren, entdeckten wir einen verwundeten deutschen Soldaten in einem
Wäldchen am steilen Ufer eines kleinen Flüßchens. Der Morgen graute
in trüben Farben, als wir jemanden im Dickicht ganz wild um sich schießen hörten, ohne daß es Gegenfeuer gab. Das war sehr merkwürdig für
mich. Nach dem Tuckern der Maschinenpistole gab es keinen Zweifel,
daß es ein Fritz war, der von Angst erfaßt seinen Kameraden ein Signal
gab, wo er zu suchen wäre. Wir bewegten uns bis zum Gürtel im Schnee
fort, es herrschte an jenem Tag ein enorm strenger Frost. Trotzdem befahl ich meinen Soldaten, einen Ring um den feindlichen Soldaten, der
wohl die Selbstbeherrschung verloren hatte, zu schließen, und ihn ge-
fangenzunehmen, sobald er die Munition verschossen hatte. So umzin-
gelten wir den feindlichen Soldaten von allen Seiten, und je näher wir
an ihn herankamen, desto unsicherer und mit immer länger werdenden
Pausen feuerte er, bis die Schüsse verstummten.

«Das scheint ein Weib von unseren zu sein», sagte mein Starschina (Spieß)
und reichte mir sein Fernglas. Bei der angebrochenen Dämmerung sah
ich im Feldstecher einen im Schnee liegenden Klumpen in russischer
Kleidung, die unsere Bauernfrauen auf dem Lande trugen. Die unbekannte Gestalt stöhnte laut und schien bewußtlos zu sein. Die deutsche
Maschinenpistole lag etwas abseits von ihr. Als wir uns dem armen Teufel näherten, gab es keinen Zweifel mehr, daß ein verwundeter deutscher
Soldat vor uns im von seinem Blut gefärbten Schnee lag. Sein Atem ging

röchelnd. Er stieß laute, unverständliche Flüche und Verwünschungen aus.

«Darf ich ihn von seinen Qualen erlösen, Genosse Leutnant?» schlug mein Starschina vor und wollte schon seine Pistole entsichern.

«Nein», sagte ich. «Es kann sein, daß ein großer Kommandeur vor uns liegt. Er kann uns dann nach der Ersten Hilfe etwas Wichtiges mitteilen. Durchsucht ihn nach Waffen und Papieren, dann schnell mit ihm zur Regimentssanitätsstelle. Auf die Ski eines Gefallenen legen, und beeilt Euch, sonst stirbt er bald», war mein Befehl, bei dem mein Spieß ein ganz mürrisches Gesicht machte.

Als meine Soldaten den Fritzen aus seinen warmen Decken auszuwickeln begannen, um ihn zu durchsuchen, waren wir fassungslos. Eine mächtige Garderobe hatte der Lebensraumeroberer angezogen. Über der Feldmütze hatte er verschiedene Frauenkopftücher, manche waren aus reiner Wolle. Einen dicken Schal hatte er um den Hals gewickelt und seine Enden am Rücken festgebunden. Unter seinem Mantel fanden wir bei ihm eine kurze Frauenstrickjacke und eine mit Ziegenfell gefütterte Weste. An der Jacke steckte noch eine primitive Brosche. Über seine Stiefel hatte der Krieger große Strohschuhe gezogen. Wie konnte man in solcher Rüstung kämpfen, dachte ich. Ich hatte mir so einen deutschen Eroberer in einem normalen Soldatenmantel und dünnem Kopfschützer bei minus 40 Grad Celsius vorgestellt, einige Stunden ohne Aufwärmen im Freien kämpfend oder nachts auf Wache stehend. Wo saßen ihre Führer und Kommandeure, die ihre Soldaten im russischen Winter im Stich gelassen hatten? So ließen sie sie auf den vereisten und verschneiten Straßen sich vorwärts quälen, bis im Raum um Moskau viele frische Divisionen aus Sibirien für eine gewaltige Gegenoffensive bereitgestellt wurden.

Die Deutschen unterschätzten unseren russischen Winter völlig. Sie hatten doch mit einem Sieg innerhalb von einigen Wochen gerechnet. Ich irre mich wohl nicht, wenn ich sage, daß die deutsche Wehrmacht im Winter 1941 mehr Ausfälle durch Erfrierungen als durch die Einwirkung unserer Truppe hatte. Und wir schwitzten wie Affen in unseren warmen Sachen, im tiefen Schnee die feindlichen Stellungen angreifend.

Die Selbstschutzgruppenleiterin
Marija Dmitrijewa *Leningrad-Kirowskij*

Es geschah an einem Tag im Dezember 1941. Es herrschte strenger Frost. Da gerieten wir unter schweren Artilleriebeschuß. Wir bahnten uns lange den Weg dorthin, wo die Granaten eingeschlagen hatten. Das war in der Schwetzow-Straße, 47, das Haus war beschossen worden, auch gegenüber und etwas näher zu uns noch das Haus Nr. 36. Dort waren die Spuren der Granattreffer deutlich zu sehen. Ein Geschoß war direkt ins Fenster hineingeflogen, überall lagen noch die Glassplitter. Und in der Wohnung explodierte es. Die Granate hat ein Mädchen in den inneren Räumen getötet. Wir fanden sie auf dem Rückweg. Das spielte keine Rolle mehr, weil sie sowieso tot war. Sie kniete in einem Unterhemd inmitten des Zimmers.

Wahrscheinlich war sie hochgeschreckt, wollte noch schnell weglaufen und kam leider nicht zurecht. Der Kopf war ihr weggerissen worden. Und das Mädchen war erst ungefähr 18 Jahre alt. Wir arbeiteten uns zum Haus Nr. 47 durch. Es war etwa eine Stunde nach Mitternacht, vielleicht noch später. Ich betrat das Haus und begann zu rufen, aber niemand meldete sich. Die Fenster waren hell erleuchtet. Auf der Treppe war es dunkel. Ich hatte zwar eine Taschenlampe, sie hing bei mir an einem Knopf vorne angeklemmt, aber diesmal leuchtete sie nur schwach. Ich stieg die Treppe zum ersten Stockwerk hinauf.

Wieder meldete sich niemand. Da öffnete ich die erste Tür, auf die ich im ersten Stock stieß. Ich kann mich nicht mehr entsinnen, ob dort das Licht brannte oder ich selbst zuerst mit meiner Taschenlampe den Raum beleuchtete. Sobald ich die Tür aufgerissen hatte, sah ich eine junge Frau, es war Katja Djomina. Sie saß auf einem Sofa neben einem Kanonenofen. In einem Arm hielt sie einen kleinen Säugling, er war etwa drei Monate alt, vielleicht auch jünger. Und in ihrem anderen Arm quer zu ihren Beinen lag ein Junge, etwa vier Jahre alt.

Ich trat näher heran, schaute sie an und fing an zu fragen, es war ja halbdunkel, das Licht war zu schwach. Ich beleuchtete sie mit meiner Taschenlampe. Da sah ich, daß der halbe Kopf der Frau von einem Splitter abgerissen worden war. So furchtbar sah alles aus. Sie war tot. Und das kleine Baby, das erst zwei oder drei Monate alt war, war noch lebendig und unversehrt. Wie war das nur möglich! Und der Junge, der der Frau auf den Knien lag (er war schon ziemlich groß für seine drei oder vier Jahre), der war tot. Er war am Kreuz und an beiden Beinchen schwer getroffen.

Die Granate war vor dem Haus eingeschlagen, und ihre Splitter waren zwischen der Decke und dem Fensterrahmen ins Zimmer eingedrungen. Und gleich gegenüber saß die Frau. Dann hörte ich noch jemanden kommen. Ich öffnete die Tür und schrie: «Kommt mal her!» Eine Frau betrat das Zimmer. Und sie sagte mir, daß eine Granate auch das Haus Nr. 40 getroffen habe. Das war genau gegenüber. Dort sei alles

ohne schlimmere Schäden abgelaufen. Jemand wäre dort nur leicht verwundet, es gebe keine Toten. Und der Mann von Katja kämpfte an der
Front. So mußte ich bis zum Morgen abwarten. Und am Morgen kamen
die Leute von der örtlichen Luftverteidigung und vom Roten Kreuz.
Sie haben alle weggebracht.
Das Baby blieb noch lange bei uns, wir hatten eine zeitweilige Sammelstelle so wie eine Kinderkrippe organisiert, die befand sich in einer Straße, den Namen weiß ich nicht mehr, die Straße lag zwischen Baltijskaja
und Schwetzowa. Wir haben viele Kinder dort abgegeben. Dort hat man
sich um sie gekümmert. Dann wurden sie ins Hinterland abtransportiert. Viele, sehr viele Kinder blieben ohne Eltern. Sie wohnten unter Aufsicht von Großmüttern oder irgendwelchen Tanten. Zu viele waren es.
Irgendwelche Leute fanden sich mit der Zeit.

Der Feuerwehrmann Jurij Gurewitsch *1924   *Leningrad*
In der Perinnaja-Linie am Gostinnyj dwor lag eine Kaserne der 12. Kompanie. Unsere Mädchen gingen untergehakt und singend zum Abendbrot. Plötzlich begannen die Artilleriegranaten des Feindes zu detonie-
ren. Nach einem Volltreffer verstummte das Lied. Alles war auf einmal
ganz still. Wir haben die Mädchen einige Tage gesucht. Wir konnten
nicht glauben, daß nach einem Volltreffer gar nichts geblieben ist. Erst
nach ein paar Tagen haben wir aus einem Granattrichter die Hand eines
Mädchens ausgegraben, und später fanden wir auch den Schuh von Lisa
auf dem Dach eines Hauses. Lisa war Vorsängerin. Die neun Mädchen
sangen mit ihr.

Hilde Wieschenberg 1910–1984   Schwarzwald
An ihren Mann vor Leningrad
Nach getaner Arbeit habe ich mir Dein liebes Bild betrachtet. Deine
guten Augen schauen mich ernst und fragend an. Darf ich Dir noch mal
sagen, wie unsagbar lieb ich Dich habe? Du meine Seele, Du mein Herz.
Möchtest Du auch wissen, was ich heute geschafft habe? Weih-
nachtspäckchen gepackt. Das erste war für Paula. Ich schrieb Dir doch
schon, daß ich bei einem hiesigen Drechsler mehrere Sachen, die ich für
Weihnachtsgeschenke gedacht habe, habe anfertigen lassen. Also den
Dettmerings habe ich einen Brot-Teller und einen 3-armigen Leuchter
aus Holz in natur lasiert, ein kleines Fläschchen Likör und eine Menge
Weihnachtsäpfel zum Fest geschickt. Das zweite Päckchen war für Anni.
Sie bekam auch einen 3-armigen Leuchter und 6 Gläser-Untersätze und
einen Flaschen-Untersatz. Dazu eine Fülle herrlicher Äpfel. – Das drit-

te Päckchen ging nach Düsseldorf zu Elly. Hier war ein Brot-Teller und
eine Holz-Dose ca. 40 × 40 ohne Leimfuge darin. Ein sehr gutes Stück.
Und nun, mein Lieb, bestätige ich Dir den Empfang herzlieber Feldpost
mit der Nachricht, daß Ihr wieder ein Bunker-Dasein führt. Nach Lesen dieser Zeilen ist eine große Ruhe über mich gekommen. Mir war's,
als spürte ich den Frieden, den diese vorweihnachtliche Zeit ausströmt.
Schreib mir doch mal, so am Rande eines Briefes, wo ich Dich suchen
darf. In der Höhe des Ladoga-See's? Oder weiter östlich?

Olga Melnikowa-Pisarenko *1920   *Leningrad*
Dann begann die Evakuation über den Ladogasee. In der ersten Linie
wurden die Schwerverletzten evakuiert. Es war furchtbar. Unter den
Evakuierten waren meistens Kinder und kranke Frauen. Sie wurden als
wertvolles Frachtgut bezeichnet, weil es um lebendige Menschen, erschöpft und hungrig, ging. Diese Menschen sahen schrecklich aus, sie
waren stark abgemagert, in Decken und Kopftüchern vermummt, in
allerlei Sachen eingewickelt, um heil über diese Eisstraße zu gelangen.
Vor Tagesanbruch, wenn die Kolonne sich auf der Eisstraße in Bewegung gesetzt hatte, fuhren die Fahrer ihre Wagen mit der höchsten Geschwindigkeit, um möglichst schnell diese 30 oder 32 Kilometer auf dem
Eis zurückzulegen. Und im Morgengrauen haben wir fast täglich auf
dem Eisspiegel 5–6 Kinderleichen gefunden. Das waren kleine erschöpfte Kinderwesen. Sie lagen schon tot, und ihr Tod war darauf zurückzuführen, daß sie bei der Fahrt aus den Händen ihrer Mütter geschleudert wurden, wenn der Wagen auf einen Eisblock gefahren war, dann
rutschten sie über das Eis und prallten mit dem Kopf gegen ein Hindernis …
Wir haben uns immer Mühe gegeben, festzustellen, wem dieses Kind
gehört hatte. Wir haben sie ausgewickelt, aber wir fanden keinen Zettel und überhaupt nichts. Das waren Buben und Mädchen im Alter von
8 Monaten bis zu einem Jahr.
Man kann sich die Situation leicht vorstellen. Die Mutter hielt ihr Kind
auf dem Arm. Da fährt der Wagen unerwartet über eine Eisscholle, es
gibt einen Ruck, die Mutter hat keine Kraft, ihr Kind zu halten, und es
fliegt ihr weg.
Die Frauen waren ja sehr schwach, lauter Dystrophikerinnen dritten
Grades. Man hat sie in den Wagen auf der Tragbahre aufgeladen, um sie
nach Innerrußland überzusetzen.
Und manchmal waren die Wagenkolonnen mit Kindern unterwegs. Es
waren meistens Busse und geschlossene Wagen. Drinnen saßen die Kin-

der, die schon Kindergärten besuchten oder sogar in die Schule gingen. Und obwohl die Wagen geschlossen waren, hatten sie keine motorgetriebene Heizung. Dort war es auch sehr kalt.

Und oft hatten die Kühler bei jenen Wagen Frost abbekommen, weil das Wasser bei der grimmigen Kälte eingefroren war. Um den Kühler wieder zu erwärmen, brauchte der Fahrer auf dem offenen Eisfeld anderthalb oder sogar zwei Stunden Zeit. Gut, wenn er in der Nähe von einem aufgeschlagenen Zelt gehalten hatte, dann konnten wir die Kinder ins Zelt nehmen, haben erste Hilfe geleistet und ihnen Essen gegeben. Was haben wir ihnen gegeben? Trockenes Brot, etwa ein Stück von 50 Gramm, und den süßen Tee bekamen sie von uns. Und wenn wir merkten, daß das Kind sich nicht wohl fühlte, haben wir alles getan, damit es das andere Ufer erreicht. Man mußte manchmal Spritzen geben, den Kampfer haben wir eingeführt, damit das kleine Herzlein besser schlug.

In meinem Zelt waren die Männer aus Sibirien und dem Ural untergebracht, groß und kräftig waren sie, meine Sanitäter. Und sie sagten zu mir manchmal: «Olga Nikolajewna, diese Kinder sind doch schon tot.» «Nein», habe ich gesagt, «sie leben noch, ihr Herzlein schlägt noch.» Sonst hatten sie keine Merkmale des Lebens in ihren Augen, und das deshalb, weil sie völlig erschöpft waren. Oft wuchsen bei solchen Kindern auch Haare im Gesicht.

Wir nannten sie deshalb «kleine Greise». Diesen Kindern im Zelt fehlte die Kraft, und willenlos waren sie, willenlos und unbeweglich. Ich habe ihre Hände ab und zu genommen, sie waren von einer hauchdünnen Haut überzogen. Und man konnte durch diese Haut alle Knochen an der Hand aufzählen.

Und wenn der Fahrer gekommen war und mitteilte, daß der Wagen wieder fahrbereit ist, und die Kinder in den Bus einsteigen dürfen, haben sie zähen Widerstand geleistet. Sie wollten das warme Zelt nicht verlassen. Sie haben die ihnen geschenkte Aufmerksamkeit gespürt, und den Geschmack des trockenen Brotes und den süßen Tee genossen. Ja, sie haben Widerstand geleistet. Wir haben sie überredet, sagten ihnen, daß sie bald an eine noch bessere Stelle kämen, wo man sie mit Suppe bewirten würde, sie bekämen dort ein weiches Brötchen, dort würde man sie heilen und in der Wärme halten. Es würde ihnen viel besser gehen.

Ich sagte: «Wir werden sie bis Kobona begleiten.» Und ich mußte sie auch oft bis Kobona am anderen Ufer begleiten, um sie zu beruhigen. Wenn sie sahen, daß wir mitkamen, haben sie sich schnell beruhigt. Und

ihre Augen waren schon so tot, kein Glanz in den Augen, absolut le-
benslos, wie gläsern waren sie, wenn man sich so ausdrücken kann.
Nur wenn sie ein Stückchen trockenes Brot bekamen, glänzten ihre
Augen für einen Augenblick, aber dann erlosch der Glanz schnell wieder ...
Wir alle hatten Angst, auf dem Eis zu sterben. Warum? Weil wir Angst
hatten, von den Fischen gefressen zu werden. Wir sagten, lieber tötet uns
eine Kugel auf dem Erdboden, in kleine Stücke möge uns eine Granate
zerschmettern, nur nicht auf der Eisfläche sterben. Insbesondere ich
hatte Angst. So eine feige Memme war ich. Ich will das nicht verheim-
lichen. Eine feige Memme. Ich hatte Angst, daß die Fische mich auffressen. Und seither habe ich Angst vor dem Wasser. Und als Mädchen
konnte ich sehr gut schwimmen. Ich war doch Sportlerin. Und nach der
Eisstraße habe ich Angst bekommen. Ich kann heute nicht mal in der
Badewanne sitzen. Nur die Dusche benutze ich noch. Wasser ist mein
Feind Nr. 1 ... Vor ihm habe ich die größte Angst.

Ludmila Bokschitzkaja *1919   *Leningrad*
Ich habe die Blockade im härtesten Sinne des Wortes überlebt. Ohne
Vorräte, ohne jegliche Hilfe, nur mit dem Glauben, daß alles bald zu
Ende geht. Und in der zweiten Dezemberwoche 1941 kam der Augenblick, daß wir dem Leben völlig gleichgültig gegenüber standen. Wir
konnten nicht mal mehr Brot kaufen gehen, wir standen sogar aus dem
Bett nicht mehr auf. So lagen wir zu dritt: meine Mutter, ich und meine Schwester. Die Luftalarmsirenen gingen uns am allerwenigsten an,
wir reagierten darauf nicht, wir hörten auch die Bomber in ihrem Anflug nicht.
Doch jeder hatte seinen Retter ...
Die Nachbarin Nadeshda Sergejewna Kuprijanowa hat unser Zimmer
betreten. Sie war der Meinung, daß wir auch schon tot lagen, daß es in
unserer Wohnung, die einst so viele Bewohner gezählt hatte, keine Überlebenden mehr gab. Als Nadeshda Sergejewna sah, wie wir dalagen und
auf den Tod warteten, daß unser Zustand uns schon völlig egal war, war
sie mit den Worten, sie lasse nicht zu, daß so eine wunderbare Frau stirbt,
weggegangen. Bald war sie mit Holz zurückgekommen. Sie hat den Ofen
geheizt und Wasser geholt. Dann sagte sie, man habe ihnen im Lazarett
ein Kaninchen gegeben, und das hat sie in einen Topf getan und hat eine
Suppe davon gekocht. Dann hat sie uns gewaschen, nachdem sie die
Waschecke mit einer Schlafdecke von der Kälte im Zimmer abgeschirmt
hatte. In den letzten Tagen war unser Eckzimmer im Erdgeschoß so

stark durchkühlt, daß die Wärme am Ofen nur im Abstand von einem Meter hielt. Erst nach dem Mittagessen haben wir kapiert, daß es kein Kaninchen war, eher die letzte Katze aus unserer Umgebung. Doch dieses Mittagessen und die Aufmerksamkeit unserer Nachbarin ließen uns einige Tage durchhalten.

Wir lagen nach wie vor im Bett, hatten kein Empfinden, was um uns geschah, wir lagen angekleidet, zwei Töchter mit ihrer Mutter, wir gingen auch nicht unser Brot holen und sprachen darüber auch nicht, wie es früher immer der Fall war. Die Mutter fing an, sich im Bett zu bewegen, und wie es mir vorkam, fragte sie uns nach etwas im Traum. Und dann hat die Mutter ängstlich gefragt, was für ein Tag heute wäre. Da wir zwei Tage kein Brot mehr geholt hatten, konnten wir leicht das Datum feststellen. Da sagte die Mutter, daß wir kein Recht haben, an solch einem glücklichen Tag zu sterben, weil es mein Geburtstag war. Die Mutter sagte, daß wir unbedingt aufstehen müssen und uns beim Schneeschippen einstellen lassen. Sie habe im Radio gehört, daß dort Arbeitskräfte gebraucht werden. Seither ist mein Geburtstag nicht nur zum Tag meiner zweiten Geburt geworden, er wurde auch zum Geburtstag für meine Mutter und meine Schwester. Wir gingen zur Straße Skorochodow, wo das Arbeitsamt lag. Am Anfang haben wir drei Schritte gemacht und blieben stehen, doch die Rast hat nicht lange gedauert, dann machten wir jeweils 10 Schritte. Ich erinnere mich daran, wie wir unsere Schritte gezählt hatten, um unsere Kräfte zu schonen, wir hatten Angst, es nicht schaffen zu können, und waren wachsam, um bei der Kälte nicht zu erfrieren…

Jurij Gorjunow   *Leningrad*

In der Belinski-Straße gleich gegenüber der Kirche von Simeonij und Anna stand schon vor dem Krieg eine kleine Bäckerei. Heute keine Spur von ihr mehr. In der Blockadezeit waren unsere Brotkarten ausgerechnet auf diese Bäckerei ausgestellt, kurz gesagt, wir konnten unsere 125 Gramm Brot nur in dieser Bäckerei kaufen. Mitte Dezember 1941 war die Mutter vor Hunger schon so schwach geworden, daß sie sich nur mit Mühe bewegen konnte, deshalb war es zu meiner alltäglichen Pflicht geworden, Brot zu holen. In der finsteren Bäckerei (ihr Schaufenster war mit Brettern zugenagelt und die Scheiben in den Türen, die bei einem Bombenangriff kaputtgegangen waren, durch Furnier ersetzt, deshalb drang kein Tageslicht in die inneren Räume ein) war es genauso kalt wie draußen. Die Schlange, ca. 10 Personen, bewegte sich langsam nach vorne. Beim Licht einer Funzel schnitt die Verkäuferin mit einer Schere in ihren vor Kälte erstarrten Fingern die Brotmarken ab, sorgfältig wog sie

die Brotnorm aus, nahm das Geld dafür und gab Rückgeld. Der Geld-
austausch glich eher einem Ritual, das Geld war bedeutungslos, aus-
schlaggebend waren die Brotkarten und das Brot selbst. … Die Verkäuferin hauchte ab und zu auf ihre Hände, um sie auf diese Weise zu
erwärmen. Die Handschuhe aus Wolle mit den abgeschnittenen Fingern
schützten sie vor Kälte kaum. Von dem Duft des Brotes schwindelte einem vor den Augen. Das Licht der Funzel schwamm langsam weg und
verschwand in der Finsternis des Raumes. Irgendwo aus der Ferne ist
eine Frauenstimme zu hören: «Was ist mit dir, Junge?» Jemand fängt
mich von hinten auf. Vor den Augen erscheint wieder ein verschwom-
mener heller Fleck, der bald zu einem zitternden und rußenden Flämm-
chen wird. Erneut ist dieselbe Stimme zu hören: «Genossen! Dem Jungen geht es nicht gut. Er soll bitte sein Brot außer der Reihe kaufen.» Die
Menschen treten schweigend auseinander, und ich stehe schon vor der
Theke. Die Verkäuferin schneidet die Marken ab, wiegt Brot, gibt mir
Rückgeld, haucht auf ihre Finger und gibt mir mit auf den Weg: «Sei
aufmerksam, damit die Brotkarten dir nicht verlorengehen.»

Jura Rjabinkin 1925–1942   *Leningrad*
Heute habe ich die Butterkarte von Sucharew verloren, die Karte, die
meine Mutter sich illegal für die erste Dekade angeeignet hatte. Was jetzt?
Ich habe Angst, daß die Sache auffliegt, und dann? Mein Leben ist dann
vorbei, wie auch das meiner Mutter und Iras. Ich habe die Karte in der
Kantine des Kombinats verloren, das weiß ich ganz genau. Vielleicht habe
ich sie in der Hand der Buffetfrau vergessen. Die Sache darf auf keinen
Fall rauskommen. Ob ich der Mutter alles sagen muß? Wenn sie guter
Laune ist, was kaum zu erwarten ist, dann sage ich ihr alles, wenn nicht,
dann verschweige ich es.
Der Verlust tut mir schrecklich weh. Ich kann an gar nichts anderes
mehr denken. Auch eine Variante wäre möglich: die Karte ist irgendwo
zu Hause, und Anfisa Nikolajewna findet sie. Dann fragt sie sich, wie
wir an die Karte gekommen sind. Sie guckt auf den Dienststempel, dort
steht Gebietskomitee. Dieser Dienststempel wurde bis zuletzt bei meiner Mutter aufbewahrt. Sie setzt Nikolaj Matwejewitsch in Kenntnis,
der erfährt, wer Sucharew ist, Mutter wird vor Gericht gestellt, man
wirft sie aus der Partei, und sie wird zum Tode verurteilt.
Jetzt ist es drei Uhr nachmittags, und Mutter ist um 9 zur Arbeit gegangen. Was macht sie dort? Kommen wir der Evakuierung einen Schritt
näher? Weg, weg, weg! Eine Frage des Überlebens. Warme Sachen, ohne
sie geht es nicht …

Marija Chochlowa *Leningrad*

Die Mädchen waren widerstandsfähiger. Der Junge Tolja war etwa 12 Jahre alt und litt sehr an Hunger, er war schon stark unterernährt, da legte er sich auf ein knarrendes Bett und schaukelte darauf die ganze Zeit, nur um seinen Hunger zu beruhigen, er schaukelte so lange, bis die Mutter ihn wütend anschrie. Nach einer Weile begann er wieder zu schaukeln. Dann habe ich erfahren, daß er so auf dem Bett schaukelnd auch gestorben ist.

*

Hans Baermann **Köln – Riga**

Am 8. Dezember, morgens vier Uhr, nachdem nur noch ein einziger Koffer zur Mitnahme verblieben war, verbrachte uns SS zum Deutzer Bahnhof. Die Fahrt dauerte achtzig Stunden und endete in Riga. Unterwegs bekamen wir keinerlei Verpflegung und ein einziges Mal Wasser zum Trinken. Auf dem Güterbahnhof in Skirotava wurden wir von lettischer SS mit Peitschen und Eisenstangen aus den Waggons gejagt. An die Mitnahme von Gegenständen war überhaupt nicht mehr zu denken. Dann mußten wir bei 24 Grad Kälte einen qualvollen Fußmarsch zum Rigaer Ghetto antreten. Dieses hatte zwei Tage vor unserem Eintreffen 34 500 Menschen beherbergt. Als wir ankamen, sahen wir nur noch Leichen und Blutlachen sowie ungeheure Verwüstungen in allen Wohnungen.

Mit 177 Menschen zusammen wurden meine Eltern und ich in einen Raum getrieben, der 140 Quadratmeter groß war. Hier mußten wir hausen. Abends kamen an die 4500 lettische Juden, die nach ihren Angehörigen suchten, aber niemanden mehr vorfanden; das war der Rest der Überlebenden aus dem Ghetto. Die übrigen 30 000 hatte man in ein Tal geführt und mit Maschinengewehren zusammengeschossen. Nach der Niedermetzelung waren die Hügel an beiden Seiten gesprengt worden, so daß die Geröllmassen die Leichen verschütteten. Von den Lebensmitteln zehrend, die wir in dem Raum vorgefunden hatten, lebten wir zwei Tage. Inzwischen war ein weiterer Transport von 1000 Juden aus Kassel eingetroffen.

Adam Czerniaków 1880–1942 **Warschauer Ghetto**

Morgens Gemeinde. Um 11 beim Kommissar. Er setzte die Umzugstermine auf den 15.–21. fest. Ich wies ihn und Rodeck auf die Zahlungsbilanz des Gettos hin: 1 800 000 Zł legale Einfuhr, 30–40 Mal soviel

Schmuggel. Womit bestreitet das Getto diese 80 Mio. Zł monatlich? Er
war verblüfft über diese Zahlen. Und die Mauern sollen den Schmuggel bremsen. Gemeinderat Berman ist gestorben.

Danuta Czech   **(KZ Auschwitz-Birkenau)**
Zwei Häftlinge, die mit den Nummern 20 815 und 18 846 gekennzeich-
net sind, werden durch Phenolspritzen getötet.
Drei Erziehungshäftlinge, die von der Polizeibehörde aus Ilkenau ein-
geliefert worden sind, erhalten die Nummern 23 869 bis 23 871.
Fünf Erziehungshäftlinge, die von der Polizeibehörde aus Boleslawiec
eingeliefert worden sind, erhalten die Nummern 23 872 bis 23 876.
Bei der im Frühjahr angelegten Geflügel- und Fischzucht auf dem
Gelände des ausgesiedelten Dorfs Harmense, wo bislang ein Außen-
kommando beschäftigt war, wird eines der ersten Außenlager des KL
Auschwitz gegründet und 50 Häftlinge werden dort untergebracht.
Leiter der Farm ist SS-Unterscharführer Glaue. Dorthin wird auch eine
Angorakaninchenzucht verlegt, die bisher in der Nähe des Lagers auf
dem Industriehof gehalten worden sind.

*

Die kleine Stadt will schlafen gehn,
die Lichter löschen aus,
vom Himmel Sterne niedersehn,
still wird's in jedem Haus.

<830   Dienstag, 9. Dezember 1941   1246>

So spricht der Herr: ich habe dich erhört
zur gnädigen Zeit und habe dir am Tage
des Heils geholfen.
HERRNHUT   JESAJA 49,8

Ernst Jünger 1895–1998   Paris

Die Japaner greifen mit großer Entschlossenheit an; vielleicht weil für
sie die Zeit am kostbarsten ist. Ich überrasche mich dabei, daß ich die
Bündnisse verwechsle; zuweilen befällt mich die Täuschung, daß sie uns
den Krieg erklärt hätten. Das ist unentwirrbar wie Schlangen in einem
Sack.

Anne Morrow Lindbergh 1906–2001   *Martha's Vineyard*

Um 10 Uhr hören C[harles] und ich den Präsidenten reden. Es ist eine
sehr dramatische Rede, gut geschrieben und gut vorgetragen. (Trotz
einiger armseliger Widersprüche. Weshalb, wenn doch so viele Länder
«ohne Vorwarnung» angegriffen wurden, waren wir im Osten so erschreckend schlecht vorbereitet, wie es aufgrund des angerichteten Scha-
dens den Anschein hat?) Ganz offensichtlich ist im Pazifik alles sehr
unglücklich verlaufen. «Bis jetzt sind alle Nachrichten schlecht.» Er
läßt durchblicken, daß das ein langer, harter Krieg werden kann. Er hat
das sehr gut gemacht.
Nach der Rede wird «The Star-Spangled Banner» gespielt. Ich habe das
Gefühl, als gehörte alles, an das ich für Amerika glaubte, der Vergangenheit an, alle Erinnerungen, die ganze Geschichte – und alle marschieren nun nichtsahnend, völlig nichtsahnend, fröhlich dem Abgrund
entgegen.

Thomas Mann 1875–1955   *Pacific Palisades*

7 Uhr meisterhafte, höchst würdige, klare und wohltuende Radio-An-
sprache Roosevelts, die auch den japanischen Krieg in den allgemeinen
Rahmen stellte und auf Kriegserklärung auch an Deutschland u. Italien
hinauslief. Seine Überlegenheit über das kindische Durchschnitts-Ame-
rika ist gewaltig. Ermahnung zur Disziplin und Opferbereitschaft. Ein

langer u. *schwerer* Krieg steht bevor. Die Einigung des Landes ein Gewinn. Verzicht Labors auf Strikes im Defense-Bereich. Die Produktion wird erst jetzt auf Hochgang kommen. 7 Tage-Woche. Die große Majorität der Menschheit auf seiten Amerikas u. Englands gegen die Axis-Mächte, die, da Italien nicht zählt, aus Deutschland u. Japan besteht. Sie können und werden es nicht machen, so oft es noch wird so aussehen mögen, als würden sie. Ihr Vorsprung an Präparation und Kriegsübung wird sich verbrauchen und langsam eingeholt u. überholt werden. Die Welt ist nun beisammen im Kriege, wie es kommen mußte. Daß er noch zwei, noch drei Jahre dauern würde, habe ich immer gerechnet.

Bertolt Brecht 1898–1956 *Santa Monica*

FEUCHTWANGER meint, der krieg sei nötig gewesen, damit closed shop und 6% gewinnbegrenzung sowie überhaupt große produktion ermöglicht wurde. das ‹arsenal der demokratie› war anders nicht in gang zu bringen. adolf zu hiro: was immer ihr vorhabt, brüder, tuts am weekend! – dies zu der katastrophe in hawaii. sie ist schrecklich.

*

Sophie Scholl 1921–1943 **(Blumberg)**

An ihre Schwester Inge [nicht abgeschickt]

Zu Deinem Brief über das Gebet (ich habe das Büchlein von Deutinger noch nicht gelesen, wenn ich's getan habe, will ich Deinen Brief richtig beantworten, falls es nötig sein sollte). Aber ganz kurz soviel: Ich glaube, daß ich mich damals falsch oder ungenügend ausgedrückt habe. Ich glaube, das Vertrauen, das ich damals anführte, hast Du falsch verstanden. Ich meinte damit nichts anderes als seine Sorgen, die man so hochmütig festhält und sich von ihnen niederdrücken oder zur Verzweiflung bringen läßt, einfach in Gottes Hand legen. Es geht mir nicht so einfach damit; denn wenn ich beten will und überlege mir, zu wem ich bete, da könnte ich ganz verrückt werden, da werde ich dann so winzig klein, ich fürchte mich direkt, so daß kein anderes Gefühl als das der Furcht aufkommen kann. Überhaupt fühle ich mich so ohnmächtig, und ich bin es wohl auch. Ich kann um nichts anderes beten, als um das Betenkönnen. Weißt Du, wenn ich Gott denke, da stehe ich da wie ganz mit Blindheit geschlagen, ich kann gar nichts tun. Ich habe keine, keine Ahnung von Gott, kein Verhältnis zu ihm. Nur eben, daß ich das weiß. Und da hilft wohl nichts anderes als Beten.
Beten.

Victor Klemperer 1881–1960   Dresden

Gestern abend große Nachrichten. 1) Japan hat unter dem 8. (oder 7.?)
den Krieg an USA erklärt. Alles daran ist unerklärlich und unüberseh-
bar. Wieso? (Dreierpakt: wenn *ihm* der Krieg erklärt wird), wieso jetzt?
Mit welchen Aussichten? Welche Wirkung auf das Verhältnis Deutsch-
land-USA und welche auf Rußland-Japan? Natürlich ist nach heutigen
japanischen Telegrammen schon ein ganzes USA-Geschwader vernichtet. Goebbels- und Asienstil. – Paul Kreidl meinte: Jetzt werde in USA
die *Gesamt*meinung für den Krieg mit Deutschland sein. 2) Im Heeresbericht heißt es, fortan müsse man im Osten mit dem Winter rechnen und im wesentlichen Ruhe halten. Also scheint der Angriff auf Moskau und Petersburg erfolglos gewesen zu sein. Und wie oft hat es schon
geheißen: Rußland *gänzlich* geschlagen. (Genau wie im Vorjahr: England *ist* schon tot.) 3) werden aus Afrika nur andauernde heftige Kämpfe gemeldet. Das heißt jetzt im NS-Stil: Die englische Offensive gewinnt
Raum.
Noch wurde gestern die Verhaftung Estreichers gemeldet. Allgemeiner
Jubel. Der Mann ist durchweg verhaßt.

Grete Dölker-Rehder 1892–1946   Stuttgart

Jetzt erst nimmt der Krieg seine wahre Gestalt an! Alles, auch das Schwerste bisher, war nur Vorspiel. Bisher war es ein Europakonflikt, jetzt ist
es ein Weltkrieg. Seit gestern morgen befindet sich Japan mit Amerika
u. England im Krieg. Dass England vorige Woche Finnland, Rumänien
u. Bulgarien den Krieg erklärte, spielt daneben keine Rolle. Erst ging es
um die Vormachtstellung u. völlige Neuordnung in Europa, jetzt wird
die ganze Erdeinteilung wohl neu geordnet werden. Hoffentlich geordnet, – dann lohnt sich alles. Wenn aber die jüdisch-bolschewistischen
Mächte der Finsternis siegen würden, wäre für alle ideal u. edel gesinn-
ten Menschen ein schneller freiwilliger Tod die einzige Rettung vor
Chaos u. grausamster Vernichtung. So ist es, wir kämpfen um das nackte Leben, die andern kämpfen für ihre überlebten Daseinsformen u. um
ihre übertriebenen Machtansprüche. Wir haben keinen Grund, am Ausgang des Krieges zu zweifeln, wir haben ja mit unserm Schwert ganz
Europa schon reingefegt u. all die Staaten, freiwillig oder unfreiwillig,
auf unserer Seite, die im 1. Weltkrieg gegen uns waren. Frankreich band
als mächtige Militärmacht das Gros unserer Truppen, das sich dort ver-
blutete, ohne Aussicht auf ein Vorwärtskommen, Italien, Japan hatten
wir gegen uns, heut ist das alles anders. Vor allem aber hatten wir damals eine schwankende Regierung u. geheim u. offen eine Herrschaft

der Sozial-Demokratie, während wir jetzt eine willensstarke, einheitliche Führung haben. Dennoch wird es schwer sein u. wir werden unsre ganze Kraft zusammenhalten müssen, um fest zu bleiben u. wirklich zu siegen! – Wenn man bedenkt, wie lange wir schon auf die Kriegserklärung der U.S.A. gewartet haben u. dass uns manchmal bange war, ob Japan in diesem Fall denn auch wirklich aktiv auf unsere Seite treten würde – dann kann man wirklich nur sehr froh u. erleichtert sein darüber, wie es jetzt gegangen ist. Japans Kriegserklärung scheint England u. besonders Amerika doch sehr überraschend gekommen zu sein. Sie drohten u. reizten Japan ja doch schon lange u. Japan zeigte so viel Langmut u. schien nachzugeben. Das täuschte uns, aber auch scheint's die andern. Nun schlugen sie so plötzlich u. gleich so wuchtig zu, dass die andern schon schwerste Verluste in zwei Tagen hatten, Schlachtschiffe, vier Kreuzer, ein Flugzeugträger versenkt, 90 Flugzeuge abgeschossen, Hongkong u. Shanghai, sowie zahlreiche andere englische Konzessionen besetzt, Hawai, Manila angegriffen, Fallschirmjäger auf den Philippinen gelandet, Singapur angegriffen, Thailand besetzt – also ganz unglaublich! Na, das muss uns ja entlasten.

In Russland beginnt jetzt der grosse Winterschlag. Heut haben wir einen ganzen Waschkorb voll Sachen zusammengesammelt für Soldaten zum Zeitvertreib u. zur Ausschmückung ihrer Unterstände: Bilder, Lampenschirme, Leuchter, dann Spiele, Karten, Buntstifte, Knetmasse ...

Der Leutnant
Paulheinz Quack 1921–1986   bei Stariza / Wolga
Diese Zeilen also werden im neuen Jahr in Deine Hand kommen. Welch ein Jahr wird es werden? Selten haben wir Deutsche ein junges Jahr mit ähnlich heißen Hoffnungen und Wünschen erwartet, denn selten auch war ein scheidendes Jahr ähnlich reich an Enttäuschungen und tiefem Leid wie dieses Jahr 1941.

Glaube mir: Diese Monate seit August, die ich nun in Rußland verbringe, werden unauslöschlich in meinem Leben sein, tief, tief eingebrannt. Hier erfuhr ich eine ungeheure Wandlung meines äußeren Lebens, und manch Innerliches ist jetzt auch nicht mehr so, wie ich es noch damals in Düsseldorf, als ich Abschied nahm, in mir trug.

Wenn ich zum Beispiel nur an den 3.10. denke, da war mein Leben, Heinz, ganz, ganz nah am Tode. Es ging da ein Artillerie-Feuer in unsere Reihen, wie es wohl kaum eine Wochenschau daheim zeigt. Und feindliche Feldstellungen mit Bunkern, Stolperdraht, spanischen Reitern und grausam vermintem Vorfeld. Unser Angriff ging hinein und durch,

weiter, weiter. Die Nacht frierend in Erdlöchern verbracht, und am
nächsten Tag Angriff und blutige Einnahme der Stadt Bjeloy nach stun-
denlangem Stuka-Angriff vorher.

Seit Wochen liegen wir im Raum von Stariza (Wolga) in Verteidigungsstellung. Das unendliche ebene Land ist ein weißes Meer. Vorgestern
hatten wir 38 Grad minus. Da ist der Krieg von selbst ein Krampf. Artillerie schießt her und hin (die Russen sind aktiver als wir!), Infanterie-
Geschütze schicken bei dem starken Frost seltsam gurgelnd und singend ihren Segen über uns weg, MGs rattern – sonst geschieht wenig.
Es ist russischer Winter!

Und doch gehen an anderen Abschnitten dieser unheimlichen Front im
Osten die Operationen weiter. Aber wer von uns könnte da Absicht und
Aussicht erkennen? Hier heißt es nur aushalten, warten und – hoffen!

Der Feldwebel Arthur Binz   Kutschuk Sjuren / Krim

Der ganze Schnee ist weg. Föhn ist Trumpf. Er stürmt durch das Jaila-
gebirge und die Stellung vor Sewastopol. Ist es der Vorläufer des Sturms
auf die Hafenstadt, der von Tag zu Tag erwartet wird und zu dem insbesondere auch unsere Division bereits mehr oder weniger aufgestellt
sein dürfte? In letzter Zeit hatten uns wohl die unerwünschten Ereignisse bei Rostow indirekt in Mitleidenschaft gezogen und zurückgeworfen. Jedenfalls haben wir z. Zt. nicht das Gefühl, auch nur irgendeinen
Fliegerschutz zu besitzen. Das dürfte aber auch damit zusammenhän-
gen, daß die Russen vor einigen Nächten einen vernichtenden Angriff
auf unseren Krimschen Hauptflugplatz bei Simferopol unternahmen,
dem 14 unserer Flugzeuge zum Opfer gefallen sein sollen.

Mit Hochgenuß lese ich z. Zt. eine Reihe der mir von Anni entsprechend
meiner Bitte gesandten Märchen von Grimm. Es entströmt ihnen eine
erquickende Ruhe und Einfachheit. Meine schönste Tagesstunde ist jetzt
die, wenn die Kameraden teils auf dem Stroh liegen, teils auf Wache stehen. Dann schlage ich meinen Grimm auf, lasse mich ins Märchenland
entführen und vergesse Krieg und manches sonstige Ungemach.

Heute lautet die Wachparole «Würzburg». Mamas Vaterstadt. In der sie
schon mit 4 Jahren ihren ersten Krieg erleben mußte. Das waren aber
noch andere Kriege damals. Mehr oder wenig frischfröhlich wie unser
Frühjahreseinsatz in Bosnien und Kroatien. Ob wir wohl schon mit Rußland fertig wären, wenn der Krieg hier schon im April 41 begonnen hätte, zu welchem Zeitpunkt die deutschen Armeen aber durch den Bal-
kanfeldzug gebunden waren?

Daß ich nicht vergesse: Vor geraumer Zeit machte ich die Bekanntschaft

des rumänischen Leutnants Schandru, der Bilder von mir möchte, die ich von ihm, seinen und unseren Soldaten aufnahm. Seine Adresse lautet: Baku/Rumänien, rumänische S.Art.Abtl. 54. Ich will ihm die Bilder schicken, wenn sie entsprechend geraten. Wenn ich übrigens unsere wackeren rumänischen Bundesgenossen im Geiste wie in natura sehe, sehe ich zunächst immer nur die riesigen Mützenschilder, dann lange nichts und dann erst den Soldaten darunter.

Die Krim blickt auf eine altehrwürdige Geschichte zurück. Mehr als daß sie der Schauplatz des «Krimkrieges» um die Mitte des vorigen Jahrhunderts war, wußte ich bislang überhaupt nicht, und auch dies war mir in zeitlicher Hinsicht nicht ganz sicher. Eine alte, von mir aufgetane Reisebeschreibung, vor 40 Jahren geschrieben, stellt fest, daß die Taurier die ältesten Bewohner der Insel waren, «ein barbarisches Volk, von den die pontische Steppe bewohnenden Skythen hierher zurückgedrängt». Seit dem 6. Jahrhundert vor Christus sollen sich griechische Kolonisten hier angesiedelt haben, Dorier aus Herakleia und Jonier aus Milet. Später vernichteten die Stürme der Völkerwanderung auch diese Ansiedlungen. Im Mittelalter sollen dann die Venetianer beherrschend geworden sein, die durch die Genuesen verdrängt wurden, welch letztere die Krimstädte Eupator und Balaklawa sowie andere Orte gründeten und Kaffa – das heutige Feodosia in der Südkrim – zu der blühendsten Handelsstadt der Halbinsel erhoben. Auch die Türken und Tataren spielten geschichtlich eine hervorragende Rolle, und mit den «Krimtataren» haben wir ja schon des öfteren Bekanntschaft gemacht. Von unserer derzeitigen Gegend – Sewastopol – ist in der Reisebeschreibung leider kaum die Rede. Ich hoffe, sie an Hand des Bädeckers einmal unter etwas friedlicheren Umständen mit meiner Familie durchstreifen zu können. Einst wird kommen der Tag!

Der Leutnant Georg Kreuter 1913–1974   Potschinok

Das Bataillon geht nach Potschinok und wechselt mit dem Feldersatzbataillon. Friedrichs ist erfreut. Mein 1. Zug geht dorthin mit. Er wird der 3. Kompanie in Osinki zugeteilt. Ich nehme dafür den 2. Zug (Scharf) zu mir. – Wir haben jetzt nur noch verschiedene Ortschaften als Stützpunkte besetzt. Dazwischen kann der Russe durch, wenn es ihm Spaß macht. Jeder Stützpunkt ist eine kleine Kampfgruppe für sich. Bei der augenblicklichen Kampfstärke des Gegners geht es so, wie aber, wenn er einmal stärker wird? – heute früh um $\frac{1}{2}4$ und $\frac{1}{2}6$ Alarm. Sie beschossen uns mit I.G., aber vorbei. – Abends habe ich mit Hackenbuchner versucht, Sippel und Scharf Doppelkopf beizubringen.

Der Truppenarzt
Dr. Hermann Türk 1909–1976   Lazarettzug nach Hamburg
Nun liege ich im Lazarettzug in einem weißen Bett, so dreckig wie ich
bin. Seit sechs Wochen nicht mehr gewaschen. Der Bart starrt vor
Dreck. Gut, daß der Kommandeur es mir erlaubte, mit meinem eige-
nen Wagen nach Orel zu fahren, das war die nächste Eisenbahnstation.
Das war eine wenig schöne Fahrt über 350 Kilometer, meistenteils über
schneeverwehte Felder. Nun geht die Fahrt durch dies weite weiße
Rußland.
Nach zwei Tagen ist mein weißes Bett nicht mehr wiederzuerkennen.
Bettbezug und Kopfkissen sind schwarz. Ich habe Fieber. Ich lasse es
aber nicht merken. Ich will nach Hamburg. Nach vier Tagen und vier
Nächten Fahrt mit dauernden Unterbrechungen durch Maschinenscha-
den und Partisanensabotage hält der Lazarettzug einige Kilometer vor
Warschau. Scheunemann, den mir der Kommandeur mit nach Deutschland gegeben hat, schicke ich raus. Er sieht draußen eine Lokomotive
mit einem Personenwagen, der Arbeiter nach Warschau Hauptbahnhof
fährt. Für einen solchen Moment hatte ich schon alles präpariert. Wir los.
Mit Zigaretten ist alles zu machen. Wir fahren nach Warschau Hauptbahnhof. Dort bekomme ich ein 1.-Klasse-Abteil bis Berlin. Dort im
Wartesaal große Aufregung. Frontkämpfer aus dem Osten. Wie sahen
wir aus.

Der Oberstabsarzt Dr. Willi Lindenbach † 1974   Petrowskoje
Was soll werden? Alles schießt, rettet sich und flüchtet. Beschämend
finde ich besonders, daß keiner weiß, wohin er fahren soll. Alle sagen:
Richtung … Und nun steht man da mit seinen vielen Verwundeten und
weiß nicht ein und aus. Lasse zur Vorsicht alle Fahrzeuge in Ordnung
bringen, denn wenn das so weiter geht, ist der Russe bald hier. Heute
ist es etwas wärmer.

Der General
Franz Halder 1884–1972   Führerhauptquartier
Gespräch mit Fm. von Bock: Guderian meldet, der Zustand der Truppe
sei so bedenklich, daß er nicht wisse, wie er den Feindangriff abwehren
solle. «Vertrauenskrise» ernster Art in der Truppe. Abgesunkene Kampfstärke der Infanterie! Im Hinterland werden alle erreichbaren Kräfte
zusammengekämmt (bei einer Panzerdivision 1600 Gewehre!). Panzer-
schützen und Fahrer werden natürlich vorn nicht eingesetzt.
Die Heeresgruppe braucht Menschen!

Franz Wieschenberg 1909–1945   vor Leningrad
An seine Frau

Wenn Euch diese Zeilen erreichen, weihnachtet es schon arg oder auch
das Fest ist schon da. Meine folgende Post wird Euch nicht mehr zeitig
genug erreichen, und so bitte ich Euch, nehmt meine besten Wünsche
zur «Heiligen Nacht» entgegen. Mein Herz und meine Gedanken über-
brücken die 3000 km, die zwischen uns liegen, und sind um Euch. Nimm
es nicht zu tragisch und tröste Dich mit den Millionen anderen deutschen Frauen und Müttern.
Auch das sei Dir ein Trost und Freude zugleich, daß ich noch heil und
gesund bin. Viele junge Frauen meiner Kameraden, die wir unterwegs
lassen mußten, verleben eine traurige und hoffnungslose Weihnachten.
Wir stehen nun einmal drin im großen Zeitgeschehen und dürfen dabei
nicht links noch rechts schauen. Nur immer das große Ziel vor Augen,
die Freiheit unserer Nation. Ich habe viel in Rußland gesehen und bin
der festen Überzeugung, der Russe wäre über kurz oder lang zu uns gekommen. Ein Halten wäre dann unmöglich gewesen. Wenn diese Masse
an Menschen und Material unser deutsches Straßennetz gefaßt hätte –
wir hätten uns überwalzen lassen müssen. So mußte also auch dieser
Schritt unseres Führers getan werden. Hadere also nicht und bleib stark
und treu …
In der Nacht von Sonnabend auf Sonntag brannte durch Überheizung
unsere Bunkerdecke. Bei Hellwerden mußten wir da alles löschen, vergebens! Die halbe Bunkerdecke abdecken und so der glimmenden Balken
Herr zu werden. Bei 30 Grad Kälte eine schöne Sonntagsbeschäftigung
gewesen. Mit einem Ende hier in Rußland, das wird noch bis zum
Frühjahr dauern. Der Winter kam so früh und mit einer solchen Gewalt, daß er alle Dispositionen über den Haufen warf.

Der Lehrer Georgi Zim † 1942   *Leningrad*

Keine Luftangriffe, nur Artilleriebeschuß. Frost, minus 23 Grad. Das
Wetter ist sonnig, der Himmel ist klar. Wegen der Kälte fällt der Unter-
richt aus, die Fenster im Technikum sind ohne Scheiben, und es ist sehr
kalt. Heute ist Lidotschkas Geburtstag. Wir suchten mit Kolja überall
nach Blumen oder Parfüm. Nirgendwo ist was zu machen. Die Kom-
missionsgeschäfte sind zu, alles ist zu. So kamen wir mit leeren Händen
zurück. Aber Lidotschka, als sei sie eine Zauberin, hatte für uns ein
Mittagessen zubereitet, von dem man heutzutage nur träumen kann.
Suppe mit Graupen und saurer Sahne (!) mit Wurstzipfeln (!). Fisch in
Gelee aus Konserven. Und gesalzene Tomaten. Süßer Reispudding. Dann

hatte sie noch eine Flasche Sekt und eine Tafel Schokolade lange versteckt. Ich kann meine Hand ins Feuer legen, niemals habe ich mit so
einem Entzücken gegessen! Ich habe Angst, daß wir so ein herrliches
Mittagessen nie mehr erleben werden. Heute wurden die elektrischen
Leitungen durchtrennt, und man sagt, daß es für Wohnräume überhaupt
keine Beleuchtung mehr geben wird. Wasser bekommt man nur noch
bis zur zweiten Etage. Für neue Stiefel mit Ledersohle bekommt man
heute 3,5 Kilo Leimkuchen. Leimkuchen werden gern gegessen. Der
Straßenbahnverkehr funktioniert nicht. Ich muß zur Arbeit und zurück zu Fuß gehen.

Pjotr Samarin 1888–1942   *Leningrad*
Heute feiern wir ein richtiges Fest. Meine Schwiegermutter Polina Sergejewna ist zu Gast gekommen und hat Lebensmittel gebracht: Pferdefleisch, Hafergrütze, 2 Kilo Kartoffeln, Weißkohl, Mohrrüben und einen
Kanten Brot. Es war für uns eine solche Freude, daß Liducha der Atem
vor Freude stockte. Ich bedeckte meine Schwiegermutter mit Küssen,
und sie selbst weinte auch vor Freude. Was der Hunger nur aus den
Menschen macht. Zwei Stunden lang kochten wir die Suppe. Die Hauswirtin beneidete uns sehr. Gegen 10 Uhr abends aßen wir dann großartig. Welch eine Freude! Welch ein Glück!
Am Tage hatten wir im Radio vom heimtückischen Überfall der Japaner auf die USA gehört. Die Ereignisse häufen sich und vergehen blitz-
schnell. In welch einer Zeit leben wir! Wie glücklich wird derjenige
sein, der all das überlebt!
In der Wohnung gibt es keinen Strom. Die Wasserleitung funktioniert
nicht. Gut ist es, daß man den Ofen noch heizen kann. Die Gehälter
werden nicht ausgezahlt, die Bank schiebt die Geldausgabe hinaus.
Im Dienst habe ich einige Kapitel aus dem Buch von Karl Clausewitz,
«Der Schweizer Feldzug von Suworow», sowie einige Kapitel aus
«Krieg und Frieden» von Tolstoi gelesen. Ohne Licht kann man nicht
lesen. Schade.
Die Artillerie feuert von beiden Seiten den ganzen Tag über. Keine Bom-
benangriffe heute. Ohne Kleidung geschlafen. Es werden hartnäckige
Gerüchte über die Erhöhung der Brotration ausgestreut. Das wäre ei-
gentlich sehr gut.

Der Maler Iwan Korotkow   *Leningrad*
Allmählich verspürten wir Hunger. Was habe ich in dieser verzweifelten Lage unternommen? Was für Maßnahmen wurden von mir getrof-

fen? Ich habe Kontrollgänge in den Wohnungen meiner evakuierten Bekannten durchgeführt. Vor allen Dingen war ich in der Wohnung von Taja Grigorjewna. Ich weiß nicht mehr, wie ich dorthin gelangt war, neben ihr wohnte noch ihre Nachbarin. Ich durchsuchte alle Schränke und nahm grün verschimmelte Brotkrumen und alles Eßbare mit. Ich hatte einen kleinen Beutel voll und war mit meiner Beute sehr zufrieden. Dann ging ich in eine andere Wohnung und sammelte auch dort die Brotkrumen, die schon hart getrocknet waren. Ein Student brachte mir dann große Ölkuchen. Drei Stück. Das war eine kolossale Unterstützung – drei Ölkuchen auf einmal!

Zu Hause fand ich ein bißchen Mehl. Es gab bei mir auch Fischklebemittel zum Grundieren, und auf dem Fensterbrett standen noch einige Fläschchen mit Leinöl. Ich aß nicht alles sofort, sondern teilte es für mehrere Tage ein.

Lidija Ochapkina *1912　　　　　*Leningrad*

Als ich mein Grammophon von der alten Wohnung geholt hatte, hängte ich an der Bäckerei einen Zettel auf, daß ich es gegen Brot eintausche. Am nächsten Tag kam ein Offizier bei mir vorbei und brachte ein Kastenbrot. Ich bat ihn um einen kleinen Zuschlag. Da sagte er: «Mit Vergnügen, liebe Dame, aber ich habe gar nichts mehr.» Ich gab ihm noch einige Schallplatten, die ich nun nicht mehr gebrauchen konnte.

Bald hängte ich einen Zettel über den Verkauf meiner Handnähmaschine auf, wieder gegen Brot. Nach einigen Tagen erschien bei mir eine Frau und bot mir etwas über die Hälfte von einem Kastenbrot dafür an. Eigentlich wollte ich meine Nähmaschine ja behalten, aber da ja auch nichts zu tun war, gab ich sie weg. Die Frau sah keinesfalls erschöpft aus. Auf meine Frage über ihren Arbeitseinsatz antwortete sie: «Das geht Sie am allerwenigsten an.»

Gegen Kleidung, auch gegen teuere Stücke, konnte man nicht einmal Brösel tauschen. Bekleidung brauchte niemand. Nun hatte auch ich nichts mehr, wofür ich Brot hätte bekommen können.

Unser Brot teilte ich immer in drei Teile: Frühstück, Mittagessen und Abendbrot. Nach jedem Essen legte ich das restliche Brot in eine Ledertasche, die ich an einem Nagel hoch an der Wand aufhängte. Sonst hätten es die Ratten gefunden und sofort aufgefressen. Darüber hinaus hatte ich noch zweibeinige «Ratten», meine hungrigen Kinder. Und Tolik konnte die Tasche von da oben nicht abnehmen.

In unserem Zimmer herrschte eine unerträgliche Kälte. Die Wände waren mit Reif überzogen, auf den Fensterbrettern lag Schnee. Mein Gott, dachte ich, wie kann man in dieser Kälte noch fünf Tage fast ohne Brot aushalten? Zwei Brotkarten wurden uns in der Bäckerei geklaut. Ich ging ins leere Zimmer der Frau Professor, nahm dort zwei wertvolle alte Stühle, zerhackte sie für unseren Ofen.

In der Nacht konnte ich nicht einschlafen. Grausame Gedanken an den Tod verfolgten mich unablässig. Fünf Tage lang ohne Brot! Das auch normalerweise viel zu knapp war. Ich stand auf, warf mich auf die Knie und betete leidenschaftlich und schluchzend. Es gab keine Ikone in meinem Zimmer, ich kannte auch kein Gebet. Meine Kinder waren ungetauft, und ich selbst war gottlos. Obwohl ich bei den Bombenangriffen immer geflüstert hatte: «Oh, Herrgott, laß uns nicht zugrunde gehen, beschütze uns.» Aber diesmal bat ich Gott um etwas anderes: «Mein Gott, du siehst doch, wie ich leide, wie ich und meine kleinen Kinder verhungern. Ich habe keine Kraft mehr. Mein Gott, ich bitte dich, schikke uns den Tod, mach es so, daß wir alle auf einmal sterben. Nur alle auf einmal. Ich kann nicht mehr leben. Du siehst doch meine Qualen. Schone doch die schuldlosen Kinder.» So sprach ich mein improvisiertes Gebet unter Tränen.

Schon am nächsten Morgen konnte ich mich davon überzeugen, daß unser Gott auch für Gottlose ein Ohr hat. Ein Bote kam von meinem Mann an der Front, von dem ich keine Nachricht hatte seit Juni. Er überbrachte mir ein kleines Päckchen und einen Brief. Wassja schrieb: «Meine allerliebste Lida …»

Schon bei diesen Worten ließ ich den Brief fallen und begann zu weinen. Hättest du nur gesehen, was von deiner Lida geblieben ist, dachte ich. Weiter schrieb mein Mann, daß er mir ein Kilo Weizengrieß, ein Kilo Reis und zwei Schachteln Gebäck überbringen läßt. Ich hatte alles laut gelesen. Tolik quiekte kläglich bei dem Wort «Reis»: «Mutti, koch einen Brei, aber ganz dick, bitte!»

Unser Gast, es war ein Leutnant, trocknete seine Tränen, die ihm bei unserem Anblick in die Augen getreten waren.

Die Selbstschutzgruppenleiterin
Marija Dmitrijewa *1916   *Leningrad-Kirowskij*

Im Haus Nr. 36 wohnte noch ein Junge. Seine Mutter war Geologin von Beruf. Nach dem Kriegsausbruch blieb sie dort, wo ihre Expedition zuletzt eingesetzt war. Und er wohnte bei seiner Großmutter. Er war ein sehr schöner Junge. Bis heute steht er mir vor Augen. Ich wollte ihn immer zu mir nehmen. Doch ich hatte keine Zeit und keine Kraft, mich um ihn zu kümmern, weil ich zu viel arbeiten mußte. Eines Tages hat-

te ich Nachtdienst, und er nächtigte bei mir in meinem Büro. Er war
etwa 8 oder 9 Jahre alt. Für sein Alter war er schon ein gescheiter Kopf.
Und in der Nacht hat er mir alles über sich erzählt. In seiner letzten
Nacht. Als ich am Morgen in mein Büro zurückkehrte, lag er dort schon
tot. Noch am Abend hatte ich ihm eine Brotkruste mitgebracht, von meiner Ration, weil er keine Brotkarte hatte. An jenem Abend hatte ich
Dienst, und wir unterhielten uns. Ich dachte noch, er sei müde und wollte schlafen, weil er nicht saß, sondern lag. Und er hatte wohl keine Kraft
mehr. Aber er jammerte nicht und beschwerte sich auch über nichts. Ich
fragte ihn dabei: «Aljoscha, wie kam es dazu?» Und er erwiderte mir:
«Das war so, Marija Iwanowna. Ich dachte, daß sie gut sei, diese Tante,
sie besuchte uns, als die Großmutter noch am Leben war. Und als die
Großmutter starb, nahm sie mich zu sich, und unsere Lebensmittelkarten nahm sie auch mit.» – «Hat sie ihre Sachen auch mitgenommen?»
fragte ich. «Alles hat sie mitgenommen, und dann sagte sie mir, ich solle verschwinden, weil sie keine Lust habe, sich um mich zu kümmern.»
Kurz gesagt, sie jagte ihn fort. Ich dachte kaum, daß die Menschen zu
so etwas fähig sind … So kam er zurück in sein Haus. – Was tun? Wir
konnten damals nicht viel unternehmen. Mitten im Monat hätte ihm
niemand Brotkarten ausgegeben. Erst am Anfang des Monats hätte man
ihm irgendwie helfen können.

Jura Rjabinkin 1925–1942 *Leningrad*

Die Karte hat sich bei Mutter gefunden. Gestern habe ich 200 Gramm
Sahne darauf gekauft, die wir gestern auch aßen. Heute haben wir noch
die gestrigen 100 Gramm Fett dazu gegessen und, bei Gott, sind noch
15 Gramm davon übriggeblieben.
Gestern hat Mutter zwei Wattejacken und warme Hosen gebracht. Wegen der Filzstiefel muß man Schlange stehen. Wegen des Flugzeugs ist
noch nicht entschieden. Trotzdem hoffe ich darauf, daß wir fliegen können. Allerdings wurden I. und seiner Frau ein Abflug untersagt, aber
Katzuras Frau flog bis nach Wologda. In jedem Fall ist die Sache sehr
strittig. Es war die Zeit, als man die Einwohner ausflog, so I., nun sei
alles wieder eingestellt. Die Listen der Evakuierungskandidaten wurde
stark gekürzt, weil fast alle ausreisen wollen. Die Sache ist viel ernster
als früher. Da wurden die Menschen mit Dreitonnern rausgefahren,
und heute sind es ausschließlich Anderthalbtonner.
Im Gebietskomitee hat Mutter Geld für die Evakuierung bekommen.
Gestern haben wir gezählt, 1300 Rubel in bar. Ab 10. Dezember ist die
Mutter entlassen. Eine positive Antwort aus Smolnyj hätte mich glück-

lich gemacht wie noch nie in meinem Leben. Diese Antwort muß kommen, sie wird kommen, weil ... wie kann es anders sein! «Wer will, wird's erreichen, wer sucht, wird finden!»
Es wäre gut, am 12. 12. abzufliegen. Am 11. 12. hätten wir dann Bonbons für die zweite Dekade gekauft und sie unterwegs gelutscht. Bei diesem Gedanken scheinen mir die Erinnerungen an den grausamen Hunger nicht so hart zu sein. Was passierte? Ich habe einen Kater gegessen, habe bei Anfisa Nikolajewna aus ihren Töpfen das Essen geklaut, jede überflüssige Krume bei Mutter und Ira gestohlen, habe beide betrogen, Schlange stehend fror ich, schimpfte und raufte mich an den Eingängen der Läden, um hineinzukommen und 100 Gramm Butter zu kaufen ...
Ich war schmutzig, habe haufenweise Läuse, keine Kräfte vor Erschöpfung und Unterernährung. Ich konnte sogar vom Stuhl nicht aufstehen, das war eine unerhörte Schwierigkeit.
Pausenlose Bombenangriffe und Artilleriebeschuß, die Wache auf dem Dachboden in der Schule, Zankereien und Szenen zu Hause, wenn es um die Verteilung des Essens ging ... Ich lernte die Brotkrume zu schätzen, ich habe die Krümchen auf dem Tisch mit dem Finger gesammelt. Dabei lernte ich meinen groben und egoistischen Charakter ein wenig kennen. Ein Sprichwort lautet, daß ein Buckliger erst im Grab wieder gerade wird. Werde ich meinen Charakter nicht bessern können?
Wieviele ungeschriebene Seiten habe ich noch in meinem Tagebuch? Eins, zwei, drei... Sechsunddreißig. Und es gab zu Beginn 200 ... In einem halben Monat ist ein halbes Jahr rum, in dem ich mein Tagebuch schrieb. Ein halbes Jahr des Krieges ...Viel habe ich in diesem Tagebuch geschrieben. Am Anfang waren meine Aufzeichnungen nur reine Beschreibungen, dann wurden sie lyrisch. Jeder Tag, den ich hinter mir habe, gibt eine oder sogar zwei Seiten aufs Papier. Und fast immer fing ich meine Aufzeichnungen mit Hunger und Kälte an. Heute, da ich die Perspektive einer Evakuierung sehe, verschweige ich irgendwie meine Gedanken. Und wenn diese Hoffnung verschwindet ... Was dann? Was ist dann der Sinn des Lebens? Wieder heult die Fliegeralarmsirene. Oder ist es ein Artilleriebeschuß? Es sind Einschläge zu hören. Mutter ist zum Palast der Arbeit gegangen. Dort schlagen die Granaten ein ... Sie muß das Vermögen des Gebietskomitees versiegeln. Ob unsere Hoffnung auf den Abflug heute in Erfüllung geht? Oder nicht?
Ich muß langsam schließen. Die ganze Seite habe ich ohnehin mit meinen lyrischen Abweichungen beschmutzt. Ich muß zur Realität zurückkehren. Was werden wir heute essen? Gut, wenn in der Kantine

Produkte für die zweite Dekade ausgegeben werden. Sonst sitzen wir
den ganzen Tag hungrig da. Den ganzen Tag … Tag und Nacht lang …

✻

Adam Czerniaków 1880–1942   **Warschauer Ghetto**
Morgens Gemeinde. Um 1 Bermans Begräbnis. N.m. um 4 mit einem
Buchhalter und einem Finanzref[erenten] beim Kommissar und bei
Rodeck wegen des Haushalts.

✻

Eine Insel aus Träumen geboren ist Hawai,
wer sie sieht, ist für alle Zeiten verloren an Hawai.
Übers Meer, übers Meer klingt ein Lied und das ruft ihn zurück,
nach der Insel aus Träumen geboren, nach Hawai im Glück …

<831   Mittwoch, 10. Dezember 1941   1245>

Liebe Kindlein, ich schreibe euch; denn
die Sünden sind euch vergeben durch
seinen Namen.
HERRNHUT   1. JOHANNES 2,12

Thomas Mann 1875–1955   *Pacific Palisades*
Regen, gegen Mittag starkes Gewitter. – Schrieb weiter am Thamar-Abschnitt. Ging nicht aus. Lunch 1 Uhr mit Eva Hermann. Die Versenkung zweier englischer Groß-Kriegsschiffe im Pacific sehr unheimlich.
Man hat es mit einem äußerst wilden und unternehmenden Gegner zu
tun, an dessen Unbedingtheit die Anpassung schwer sein wird. Japanische Ankündigung, die wohl entmutigen soll, daß der Krieg zehn Jahre
dauern werde bis zur Erreichung der weit gesteckten Ziele: völlige Be-
herrschung des Stillen Ozeans. […] Während des Abendessens Black-
out-Gebot. Behelf u. Schwierigkeit. Bis zum Schlafengehen kein Wi-
derruf. – Empfindung, daß ich das Ende dieser Umwälzung nicht sehen
werde, mit der zu sympathisieren die totale Niedertracht ihrer Entre-
preneurs mich hinderte.

Harold Nicolson 1886–1968   *London*
Ein Unglückstag. Zuerst werfe ich einen Blick auf Gerald Berners' neuen
Roman *Far from the Madding War* und sehe zu meinem Entsetzen, daß
Mr. Lolypop Jankins mein Abbild sein muß. […] Dann besucht mich
eine Wiener Schauspielerin und sucht Arbeit, aber was kann ich für sie
tun? Sie verpestet das Zimmer mit ihrem exotischen Parfum. … [Ich]
sehe, als ich über die Straße gehe, ein Plakat «*Prince of Wales* und *Repulse* versenkt». Der ganze Platz beginnt sich zu drehen, und mir bleibt
die Luft weg. Mir wird übel. So schnell wie möglich in den Beefsteak
Club, wo ich mich bei einem Glas Sherry erhole.

Bertolt Brecht 1898–1956   *Santa Monica*
blackout an der ganzen kalifornischen küste. japanische landungen auf
den philippinen, in der nähe davon eine seeschlacht. gerüchte, daß zwei
amerikanische schlachtschiffe versenkt sind. london bestätigt die ver-

senkung von zwei der größten und neuesten schlachtschiffe der britischen flotte durch bomber. hitler hat den reichstag einberufen für morgen. er muß irgendetwas starten, nach dem debakel im osten. sehr möglich, daß die engländer ihre sechsmonatferien noch bereuen werden. gäbe es jetzt eine zweite front in europa, könnten die russen in sibirien ihre kräfte ganz anders einsetzen. nun, all das sind mutmaßungen im blackout. man hat auch hier nazis festgesetzt, hoffentlich alle.

Anne Morrow Lindbergh 1906–2001   *Martha's Vineyard*
Die Briten haben ein großes Kriegsschiff und einen Zerstörer, die *Prince of Wales* und die *Repulse* verloren. Auch unsere Kriegsmarine ist schwer getroffen. Japan schneidet immer noch am besten ab. Es wird über Ermittlungen bei der Marine gesprochen. Wie konnten wir so überrascht werden?

Ernst Jünger 1895–1998   Paris
An den Briefen der erschossenen Geiseln, die ich als Dokument für spätere Zeiten übersetze, fällt mir auf, daß die beiden häufigsten Worte «Mut» und «Liebe» sind. Vielleicht noch häufiger ist «Lebewohl». Es scheint, daß der Mensch in solchen Lagen segnende Kraft und Überfluß im Herzen spürt und seine eigentliche Rolle als die des Opfers, die des Spenders durchaus begreift.

*

Helmuth James von Moltke 1907–1945   Berlin
An seine Frau
Dann begann das Hauptthema des Dienstags, nämlich die Frage, ob und wie man eine deutsche Kriegserklärung an U.S.A. verhindern könnte. Diese Sache bot m. E. eine ganz einzigartige Gelegenheit, unter Änderung der Besatzung zu einem Kompromiss mit den Angelsachsen zu gelangen, indem wir die Japaner ihrem Schicksal überliessen und dadurch den Angelsachsen die Hand zu einem Kompromiss boten. Leider haben all die Leute, die eigentlich automatisch in dieser Frage hätten funktionieren müssen, nicht funktioniert und als ich mich in die Sache mischte, war es schon zu spät. Heute wird die Kriegserklärung verkündet. […]
Heute um ¹/₂2 essen Haushofer und Yorck bei mir, um 3 sind Yorck & ich bei Haeften, am Nachmittag kommt Einsiedel und am Abend Guttenberg mit einem österreichischen Mann.

Sophie Scholl 1921–1943 — Blumberg

An Otl Aicher

Du hast doch einmal in dem 1. (oder letzten) Windlicht geschrieben, die Natur sei ein Schemel für den Menschen, um zu Gott zu gelangen, und würde, wenn sie ihren Zweck erfüllt hätte, wieder ins Nichts versinken. Das fällt mir gerade ein, wie mein Blick durchs Fenster auf den gegenüberliegenden Berg fällt mit den leicht verschneiten Feldern und dem winterlichen Himmel hinter dem kahlen Wald. Ich finde es traurig, daß dieses alles einmal nicht mehr sein soll, ich finde es unvorstellbar. Wenn es doch schön und gut ist, warum soll es dann einmal nicht mehr sein? Ich freue mich jeden Morgen an der reinen Luft und dem Himmel, in dem noch Mond und Sterne schwimmen, und wenn es anfänglich auch eine ungerechte Freude ist, weil ich mich vielleicht manchmal berauschen kann, so wird sie doch gut, da sie mir wieder einen richtigen Maßstab gibt (das ist dann wieder traurig für mich, aber ich bin doch froh, denn sonst würde ich doch leicht das Wesentliche übersehen). – Ich finde es fürchterlich, wenn man etwas schafft und es nachher dem Nichts wieder gibt. Und Bäume und Blumen und Tiere sind doch auch geschaffen und haben einen Hauch von Geist.

Findest Du eigentlich den Satz in dem Büchlein «Der verborgene Gott» logisch: «Das Nichts ist von Gott erschaffen.» Dann ist es doch schon etwas, wenn es Sein hat und geschaffen wurde. Ich glaube, man darf sich das Nichts nicht vorstellen wollen. Das ist ja auf Grund seines Namens und Sinnes unmöglich. Das ist sehr schwierig für mich, weil ich mir alles gerne vorstelle. Aber das nur nebenbei. Wer ist eigentlich Nikolaus von Kues?

Ich merke, daß man mit dem Geiste (oder dem Verstand) wuchern kann, und daß die Seele dabei verhungern kann. Daran habe ich früher nicht gedacht.

Der Arzt Dr. Fritz Lehmann — Königsberg

In den letzten Tagen haben sich zwei wichtige Geschehnisse zugetragen. Als erstes nenne ich den Wehrmachtsbericht vom 8. Dezember 1941, in dem es heißt, daß die Ereignisse an der Ostfront von nun an durch den hereingebrochenen russischen Winter bestimmt sein würden, mit wesentlichen Kampfhandlungen also nicht mehr zu rechnen sei. Der deutsche Michel ist vergeßlich, so ist es nur wenigen aufgeweckten Köpfen aufgefallen, daß etwa 2 Monate vorher Adolf Hitler in seiner großen Rede zur Eröffnung des Winterhilfswerkes ebenso wie in dem historischen Tagesbefehl an die Wehrmacht davon sprach, daß der Russe nahezu geschlagen sei und daß der soeben begonnene letzte Angriff ihn noch vor Einbruch des Winters vollends vernichten würde. Das hat offenbar nicht geklappt. Darüber hinaus ist der laut Führerbefehl im Sterben liegende Russe in den letzten Wochen überaus lebendig geworden. Im Süden der Front haben unsere Truppen erhebliche Einbußen erlitten, und vor Moskau scheinen die Gegenangriffe der Russen ebenfalls zu Erfolgen geführt zu haben. Das alles ist noch nicht von erheblicher Bedeutung. Immerhin wird der Feind rund 6 Monate Zeit haben, um sich für 1942 vorzubereiten, da nach bisheriger Erfahrung vor etwa Juni mit größeren Angriffshandlungen im Osten nicht zu rechnen ist. Was ein zentralistisch und straff regiertes Volk aber bei letztem Einsatz jeder Arbeitskraft bis zu den Greisen und Kindern in solch einem Zeitraum schaffen kann, wissen wir Deutschen aus eigener Erfahrung. Außerdem haben es uns die Russen in den letzten Monaten nur zu deutlich selbst klar gemacht.

Das zweite bedeutende Ereignis der letzten Tage, bisher wohl eines der wichtigsten im Kriege überhaupt, ist der Beginn des Krieges zwischen Japan und Amerika. In der Heimat herrscht darüber im allgemeinen freudige Erregung. Hofft man doch, daß die Bindung der Amerikaner im Fernen Osten sie an der gründlichen Belieferung ihrer westlichen Verbündeten und der Russen hindern werde. Fürs erste wird das auch sicherlich zutreffen, doch ist Amerika jetzt in die Auseinandersetzungen voll eingeschaltet und niemand kann daran zweifeln, daß es sich militärisch nicht nur im Fernen Osten betätigen, sondern nach einiger Zeit auch im Westen aktiv mitkämpfen wird.

Wir erleben nun den hellen Brand der ganzen Welt, und die Schulbubenweisheit von der Unabwendbarkeit der Kriege kann wieder einmal billige Triumphe feiern.

Hilde Wieschenberg 1910–1984   (Schwarzwald)
An ihren Mann vor Leningrad

Für unsere Kinder habe ich die ersten Weihnachtseinkäufe gemacht. 2 reizende Püppchen und 2 Paar Kamelhaar-Pantöffelchen. Außerdem habe ich für jedes Kind ein Jäckchen selbst gestrickt. Bei diesen Vorbereitungen ziehen doch Adventsgedanken ins Herz ein. Hierbei muß ich wieder feststellen, um wieviel ärmer ich wäre, wenn wir keine Kinder besitzen würden. Es soll auch eine meiner liebsten Beschäftigungen sein, daß auch in diesem Jahr die Kinderaugen strahlen. Liebes, gestern vor dem Schlafengehen habe ich mir die Landkarte zur Hand genommen und nochmal gesucht und vermutet, wo ich Dich wohl finden kann.

Ich taste im Dunkeln. Ich weiß nur, daß Du den Wolschwo überquert hast. Und weiter? Welch schrecklich langer Weg liegt zwischen uns. Ich schätze 3000 km. Von meiner neuen Zimmernachbarin der Mann, liegt auch in Petersburg. Gestern erhielt sie die Nachricht, daß er das EK II bekommen hat. Diese liegen z. Zt. in einem Bunker und führen ein einigermaßen gutes Leben. Und Du mein Junge, mußt immer weiter, kämpfen und marschieren und so grausam hart den russischen Winter spüren. Warum nimmt es kein Ende? Dieses Petersburg muß eine wahre Hölle auf Erden sein. Seit mindestens 8 Wochen eingeschlossen. Weiter kann ich gar nicht denken. Wir spüren hier nichts vom Krieg, deshalb sind all die furchtbaren Berichte über diese Stadt für uns nicht vorstellbar. Heute bekam ich Nachricht von Maria Meng. Karl liegt noch immer am Kanal und führt dort ein wenig aufregendes Leben. Ob er zufrieden ist? Ich glaube es kaum. Jeden deutschen Mann zieht es dahin, wo gekämpft wird. Morgen ist Dein Namenstag. Ob Du unser inniges Gedenken spürst?

Du, mein lieber Franz, Du unser treusorgender Papa, komm, laß Dich innig küssen – und herzlich grüßen von Deiner Hilde und Deinen Kindern.

Der Offizier Martin Steglich 1915–1997   Sowjetunion

Nun habe ich meine Kp. seit 8 Tagen wieder. Und ich habe die Jungens «aufgemöbelt», ihnen wieder Geist gegeben. Und sie sind aufgeblüht in diesen Tagen der Ruhe. Wir haben uns innerlich und äußerlich auf Schwung gebracht – es war sehr notwendig! Wir hatten schon 2 Tage mit Rekordfrost: −31° Kälte! Nun haben wir Schier – 8 an der Zahl. Und jeden Tag, bei jedem Wetter bin ich mit ausgewählten Männern im Gelände und übe zum Abschluß immer einen Geländelauf. Nebenbei verfolgen wir Spuren: Partisanen. Wenn welche in der Gegend sind (zur Genüge!), wollen wir die dann gleich Hops nehmen, wozu sich Brettel besonders eignen. Die Post läuft augenblicklich – wohl wegen der Weihnachtssendungen – sehr stockend.

Im Btl. hatten wir einen Offz.-Abend, sehr nett, sehr feucht mit Wodka und so. Das Schlimme ist eben, daß es nur Schnaps gibt. Ein Schiet-Zeugs.

Mein Pinguin ist wieder da! In alter Frische, seine Wunde ist ausgeheilt. Zufälligerweise war am nächsten Tag Verleihung von E.K. durch unseren General. So wurde ihm gleich sein E.K. I verliehen. Unser alter, beliebter Btl.-Kdr., jetzt leider sehr schwer erkrankt, hat das «Deutsche Kreuz» bekommen, worüber große Freude herrscht.

Eine russische Scharfschützin

Ein russischer Flieger

Soldat Pjotr Nowoseltzew,
5. Dezember 1941

Das Rgt. wird nacheinander ab 12. wieder im alten Abschnitt eingesetzt.
Am 15. werden wohl wir drankommen.
Lange Wintermonate des Stellungskrieges liegen vor uns!

Der Feldwebel Arthur Binz   Kutschuk Sjuren/Krim
Heute wollen die beiderseitigen Artillerien wieder gar nicht zum
Schweigen kommen. Ein «Weihnachtsschießen», ausgiebiger als in den
wildesten Gebirgsgegenden!
Soeben hörte ich, daß der Großangriffstag betr. Sewastopol endgültig
festgesetzt sei. Für 15. XII. Diese gewaltige Angriffshandlung, bestritten
durch über 100 Batterien, unsere Divisions-Einheiten, wird ein großes
Erlebnis werden, allerdings leider für viele auch das Gegenteil eines
Er«leb»nisses …

Der Leutnant Georg Kreuter 1913–1974   Potschinok
Zur gewohnten Stunde geht rechts der Zauber los. Ich lasse die Wachen
verstärken. Zu uns kommen sie aber nicht. – Am Nachmittag ziehe ich
mit Hackenbuchner zusammen, da die Artillerieabteilung dort ausgezogen ist.
Wir haben ein europäisch eingerichtetes Zimmer in einer Schule. Es ist
die Wohnung des Lehrers. Für Rußland ist es ein Palast. Die männliche
Bevölkerung wird nach rückwärts abgeschoben. – Ich kann mir nicht
helfen, unsere Stellung gefällt mir gar nicht. Der Ort ist ziemlich groß,
die Besatzung aber klein. Außer meinen 2 I. G. haben wir keine schweren Waffen.

Ein unbekannter Soldat   (vor Moskau)
Liebe Frieda Waldi u. Günter.
Heute komme ich dazu, Euch wieder mal ein Briefchen zu schreibe,
denn jetzt hatte ich alle Tage keine Zeit, wir sind alle Tage marschiert,
und da kommt man nicht dazu. Heute sind wir den ersten Tag wieder
mal in Ruhe, ob es Morgen wieder weiter geht, wissen wir nicht, es geht
auch manchmal nach hinten, denn hier bei Moskau ist der Teufel los,
hier setzen die Russen alles ein, jetzt kommen auch viel Russenflieger,
die machen uns waß zu schaffen, die schießen die Pferde vom Wagen
weck, und ein Beifahrer ist auch Tod und einer verwundet; und Panzer
kommen jetzt auch von den Russen und fahren alles über den Haufen,
die sind so stark, das unsere Back nichts machen kann, die überfahren
gleich unsere Backgeschütze, nur unsere Arie und schwere Flack schießt
die Übernhaufen.

Wir liegen heute in ein Dorf, daß sieht aus, alles durcheinander, da haben unsere Flack die Russen übernhaufen geschossen, da liegt Pferde und Wagen und Auto und Menschen haufenweise, und von uns sind auch welche gefallen, bei unser Kompanie ein Leutnant und ein Gefreiter, und zwei Unteroffizire verwundet, und 5 Soldaten. Wenn doch blos erst dieser Krieg ein ende haben wollte, und wir gesund wieder Heim können, es ist nicht zu beschreiben wie es hier zu geht, bei uns das zweite Batalion ist von den Banzer ganz überfahren worden, da hätte ich nicht wollen dabei sein, hoffenchich beschütz mir der Liebe Gott weiter, damit wir wieder uns in der Heimat wiedersehen. Diese Weihnacht wird ja eine elende Weihnacht sein, wenn nicht noch ein Wunder geschied. Jetzt ist es wieder kälter geworden und Schneien dut es auch wieder, und da müssen die noch Krieg machen, wir haben uns am Tage nur im Wald aufgehalten und haben in der Nacht wieder in ein Dorf gezogen.

Heute habe ich wieder Hundert Mark abgeschickt, da könnt Ihr Euch zu Weihnacht kaufen, was Ihr wollt, denn Geld hat für uns kein Wert. Heute wohnen wir zum ersten mal in einer Schenke, wir haben bis jetzt noch keine angetroffen und ein Laden ist auch dabei, da habe ich Bleistifte gefunden, die will ich nach Hause schicken, es sind doch balde 50 Stück. Wir sind hinter Moskau 40 Kilometer, und halten die Front, vom Norden fest, damit die nicht an dem Ring um Moskau rann können, ob Moskau noch wird fallen weiß keiner, wenn es doch noch zu Weihnacht fallen wollte, daß währe das schönste Weihnachtsgeschenk für uns.

Unser Leutnant hat an dem selben Tag wo er gefallen ist einen Panzer vernichtet, der hat im Wald gestanden und die Besatzung hat drin geschlafen und da hat er eine Handkranate rein geschmissen und die war Tod, und am selben Tag hat er noch einen Kopfschuß bekommen, als die ein Dorf genommen haben. Es ist nun diesesmal alles nichts gutes, waß ich dir geschrieben habe, aber Ihr sollt auch wissen wie es uns geht, mache nun dir deshalb nicht zuviel Sorgen um mir denn ich werde schon wieder gesund heim kommen, ich habe doch den Wahlspruch, der Herr ist mein Hirte mir wird nichts mangel, und daran glaube ich. Nun laßt es Euch zu Weihnachten alles gut schmecken, und verlebt die Feiertag bei bester gesundheit, und wollen hoffen, das wir Weihnacht ruhe haben mit diesen Krieg.

Seid nun alle meine Lieben recht herzlich gegrüißt u. geküßt aus weiter Ferne, von Eurem Euch von Herzen liebenden nach der Heimat sehnsüchtigen Oskar u. lieben Vater.

Der Oberstabsarzt
Dr. Willi Lindenbach † 1974   vor Solnetschnigorski
Stabsarzt Messert, ein alter Mann auf der Flucht vor den Russen, war
heute bei mir. Ich bewirtete ihn gut. – Fahrt zur Division mit einem Leutnant der Nebelwerfer. Kam nur bis kurz vor S. das von den Russen
schon erheblich bedroht sei. Hier bei der 35. I. D., wo ich übernachte,
ist man ganz zuversichtlicher Stimmung. Habe nur mit Unterbrechungen in dieser Nacht geschlafen.

Der Lehrer Georgi Zim † 1942   *Leningrad*
Tichwin wurde von unseren Truppen zurückerobert. Alle reden nur
noch vom Essen und der Evakuierung. Es wurde bekannt, daß es in unserem Haus nicht nur keine Beleuchtung, sondern auch überhaupt kein
Wasser mehr geben wird.

Der Matrose Wladimir Koslow *1920   *Ladoga-See*
Es war eine Kolonne aus 16 LKWs aufgestellt. Der Kommandeur war
Hauptmann Marfin. Mein Wagen wurde mit Ersatzteilen beladen. Jeder
von uns bekam kalte Verpflegung für 3 Tage, die wir übrigens sofort auf
einmal verdrückten. So wurden wir zum Ladoga-See kommandiert. In
der Nacht erreichten wir den See. Das Dorf hieß Kokarewo. Es war
sehr kompliziert zu fahren, ohne Licht. In einer undurchdringlichen
Dunkelheit auf den «berühmten» russischen Straßen zu fahren, war
keine leichte Aufgabe. Am frühen Morgen waren wir schon auf dem Eis
des Sees und fuhren langsam im Abstand von 150 Metern nach vorne.
Endziel – Kobonna am anderen Seeufer. Dort hatten wir Fässer mit
Fleisch für Leningrad aufzuladen und nach Morje zurückzufahren.
In Morje gab man uns Essen, und ohne eine Minute Rast mußten wir
zurück nach Kobonna fahren. Von dort ging es nach Saborje, Treibstoff
aufladen. Der Weg war sehr weit, weil wir umgeleitet wurden. In Leningrad hatten wir einen Tag Erholung, und dann wieder zur Eisstraße.
Diesmal saßen in unseren Laderäumen hinter dem Fahrerhaus Frauen,
Kinder, alte Menschen. Es herrschte strenger Frost, ich gab den armen
Menschen Kleidungsstücke von mir. Sie konnten sich damit vielleicht
ein bißchen erwärmen.

Elena Nikitina   *Leningrad*
Als ich nach Hause kam, hatte ich Hunger wie ein Wolf. In meinem
Zimmer lagen einige Holzscheite am Ofen. Ich nahm ein Holzscheit, es
war Kiefernholz, wie ich mich entsinnen kann, und ich begann an ihm zu

nagen, meine jungen Zähne wollten etwas zu beißen haben. So hungrig
war ich damals, daß ich an einem Holzscheit nagte, bis das Harz austrat.
Wie ich diesen Geschmack genoß! Der Hungertod ist viel schrecklicher
als der Tod durch Artilleriebeschuß. Der Hungertod ist einfach grausam.

Walja Moros *1926   *Leningrad*
Man hatte so ein Gefühl, als ob man den Fuß nicht heben könnte. Wenn
man den Fuß auf eine Treppenstufe setzen mußte, war er wie Watte. So
etwas kommt manchmal im Traum vor, man ist bereit zu laufen, und
die Füße laufen nicht. Oder man will schreien und hat keine Stimme.
Ich erinnere mich an so ein Gefühl, wenn man den Fuß vorzusetzen
hatte, wenn man ihn auf eine Stufe zu stellen hatte, da spürte man, daß
der Fuß nicht mehr intakt war, er gehorchte nicht, man konnte dadurch
umfallen. Aber man fand trotzdem die Kraft, um den Fuß zu heben.
Als die Badajew-Lebensmittellager zerbombt waren, schleppten wir uns
mühsam dorthin. Wir aßen die Erde. Ich spüre bis heute den Geschmack
dieser Erde im Mund, als ob ich einen sehr fetthaltigen Quark gegessen
hätte. Es war die Schwarzerde. Vielleicht war sie wirklich mit Butter
durchtränkt. Die Erde war nicht süß, sondern fett, wahrscheinlich war
doch Butter drin. Sie schmeckte gut. Wir verschluckten die Erde stückweise und dann spülten wir sie mit warmem Wasser hinunter.

Pjotr Samarin 1888–1942   *Leningrad*
Um 4 Uhr früh erwachte ich aus dem Schlaf, da Liducha schon aufgestanden war, und fing an, Frühstück zu machen. Die Schwiegermutter
war über Nacht geblieben. Sie wollte erst am frühen Morgen heimfah-
ren. Zum Frühstück aßen wir herrliche Hafergrütze, leider ohne Brot.
Im Rundfunk recht gute Nachrichten: Tichwin ist von unserer Truppe
eingenommen, der Feind wird vertrieben. Die Nachbarin Alexandra Stepanowna, die bei dieser Nachricht noch im Bett lag, schrie laut «Hurra». Das ist eine große Freude, der Anfang der Wende. Am Tage wurden die Vorlesungen zum Thema Sachlotterie durchgeführt. Ich habe
die Erklärung für 75 Rubel unterschrieben. Die hartnäckigen Gerüchte über die Erhöhung der Brotration mehren sich in der Stadt. Heute
ist die Ration wie früher: 125 Gramm für Angestellte und 250 Gramm
für Arbeiter. Heute habe ich kein Brot bekommen, weil ich gestern die
heutige Norm gekriegt hatte. Also bis morgen warten. Und der Hunger macht wahnsinnig. Ob ich diesen verfluchten Krieg wohl aushalten
werde?
Japan greift die USA verbrecherisch an, und die Amerikaner fassen sie

noch mit Samthandschuhen an. Werden sie auch solange die Frage der Kriegserklärung erörtern, wie sie es im Fall der Hilfeleistung an die UdSSR taten?

Heute ist die Zeitung «Leningradskaja prawda» im kleinen Format nur auf einem Blatt erschienen. So wird sie auch weiterhin erscheinen. Wahrscheinlich Probleme mit dem Druckpapier. Also keine Ausschnitte mehr, ich werde die vollständigen Ausgaben sammeln.

In der Wohnung kein Licht. Kein Wasser. Wasser habe ich aus dem Keller geholt. Ich war stark erschöpft.

Bis 7 Uhr im Dienst. Einige Kapitel aus «Krieg und Frieden» gelesen. Wie schade, daß es zu Hause keine Beschäftigung gibt. Das Leben verfliegt, die Jahre verrinnen. Und so sehr will man leben ...

Maja Babitsch *1925   *Leningrad*

Wir waren drei Frauen, und ich noch ein Backfisch. Obwohl ich die jüngste war, galt ich als die stärkste. Mit meinen 16 Jahren sah ich auch nicht schlecht aus. Ich nahm die Lebensmittelkarten der Frauen und ging Schlange stehen, um für jede von ihnen Brot zu kaufen. Und stets schoß mir die Hoffnung durch den Kopf: vielleicht geben sie mir eine winzige Zugabe? Wenn das der Fall war, habe ich manchmal die Zugaben zu ihren Brotrationen unterwegs verdrückt. Wenn ich zurückkam, gab ich jeder Frau ihre Brotration. Und jenes Krümchen war mir wie eine Belohnung für meine Leistungen.

Manchmal mußte man stundenlang Schlange stehen und leer nach Hause gehen, weil es keine Brotlieferung gab. Wenn ich ihre Rationen brachte, lagen die Frauen auf dem Sofa oder dem Bett. Sie hatten ihre Filzstiefel an, es lagen dort irgendwelche alten Bauernpelze, die Frauen zogen sich ihre Steppdecken bis über den Kopf. Und alle lagen. Auf dem Tisch stand eine Petroleumfunzel, in der Öl verbrannt wurde, ich weiß nicht mehr, was für ein Öl es war, und sie leuchtete zittrig und unruhig. Auf dem Fußboden stand ein kleiner Kanonenofen. Daneben ein Eimer mit Wasser, das bis zum frühen Morgen bis zum Eimerboden gefroren war. Einzelne Eisbröckchen davon wurden morgens für das Kochwasser abgespalten.

Mein Schulkamerad Tolja kam eines Tages zu mir in die Wohnung. Er war so eine dichterische Natur und schwebte immer in höheren Sphären, sprach immer über das Problem «Sein oder nicht sein». Er kam mit einem grau-grünen Gesicht zu mir. Seine Augen waren aufgerissen, und er sagte zu mir: «Hast du noch deinen Kater?» Ich erwiderte ihm: «Warum fragst du nach ihm? Bist du verrückt?»

«Wir möchten ihn essen.» Seine Mutter und seine Großmutter lagen krank danieder. Deshalb war er auf Jagd gegangen. Er sah so schrecklich aus, war so schmutzig und abgemagert. Er schwankte, als er fortging. Noch vor einigen Monaten war alles ganz anders. Wir trafen uns und besprachen gern heikle Themen. Und jetzt wollte er auf einmal den Kater haben!

Einige Zeit später besuchte ich ihn, sie wohnten in einer Straße in der Nachbarschaft. Ich stieg die Treppe zum ersten Stock hinauf, die Wohnungstüren standen offen, man konnte einfach eine x-beliebige Wohnung betreten, in jedes Zimmer gehen und dort alles nehmen, was man wollte. Es war ein reiches Haus, schön und gut gebaut. Früher bewohnte es ein Millionär. Vor dem Krieg waren auf den Treppen Läufer ausgerollt. Mein Schulkamerad wohnte in einer Wohnung, in der mehrere Familien lebten. Ich betrat sein Zimmer. Völlig dunkel war es dort, und sie alle drei lagen tot da: seine Großmutter, seine Mutter und er selbst. Sehr schmutzig war es in dem Zimmer, ungeheuer schmutzig und eiskalt. Sie hatten wohl keine Kraft mehr gehabt, einen Kanonenofen zu heizen und waren dadurch gestorben. Es wurde mir angst und bange. Ich ging sofort nach Haus.

Der Rundfunkkorrespondent
Nil Beljajew   *Leningrad*

Bezeichnend für die Monate des Hungers war die Tatsache, daß alles Eßbare gegessen wurde. Was gehörte damals zum Eßbaren? Es waren Ölkuchen, die auf dem Markt in Stücken zu kaufen waren. Eine kleine Tafel kostete 30 Rubel. Und der Preis für Ölkuchen blieb stabil einige Monate lang, bis es sie nicht mehr gab. Ein Quadratdezimeter der Haut von einem Pferd oder von einem Rind (man konnte davon eine Sülzspeise kochen), Tafeln von Tischlerleim – all das konnte man auf dem Markt kaufen, und die Preise dafür waren auch gleich – etwa 30 Rubel. Wenn die Sülze nur aus einem Stückchen Tierhaut gekocht wurde, war sie nicht so fest, also tat man ein bißchen Tischlerleim dazu. Dann wurde sie fest und schmeckte anders.

So eine Sülze zu essen war natürlich ekelhaft, doch wenn sie mit Senf, Pfeffer und Essig gewürzt wurde, dann ging es schon. Gewürze wurden ja auf Lebensmittelkarten regulär und in vollem Umfang ausgegeben. Später waren weder Ölkuchen noch Tischlerleim aufzutreiben. Da mußte man schon eigene Gürtel kochen. Das Leder der Gürtel war nicht mehr echt, sondern chemisch bearbeitet, man mußte sie lange kochen, bis sie weich wurden.

Jura Rjabinkin 1925–1942   *Leningrad*

Die Dekade neigt sich dem Ende zu. Und unsere Sache mit der Evakuierung ... Die Frage bleibt nach wie vor offen. Wie qualvoll ist das? Man spürt, wie die Kräfte mit jedem Tag schwinden, daß man von der Unterernährung immer mehr erschöpft ist, und der Weg zum Tod, zu einem Hungertod, gleicht einer umgekehrten Parabel, und je weiter, um so schneller verläuft der Prozeß des langsamen und sicheren Sterbens ...
Gestern erzählte eine Bürgerin in der Schlange, daß allein in unserem Haus schon fünf Menschen vor Hunger gestorben seien. Und die Flugzeuge fliegen nach Wologda. Und jedem werden beim Eintreffen 800 Gramm Brot ausgegeben und zu normalen Preisen, soviel man will. Und Butter, Suppe, Brei und Mittagessen ... Ein Mittagessen, das nicht nur Wasser beinhaltet, sondern feste Zutaten wie Brei, Brot, Kartoffeln, Gemüse ... Unvergleichbar mit unserem Essen in Leningrad. Wie soll ich mich aus diesen ungeheuerlichen Umarmungen des Hungertodes lösen, von der ewigen Angst um mein Leben, und wie ein neues, friedliches Leben irgendwo in einem kleinen Dorf anfangen ... die erlebten Leiden vergessen ... So ist mein Leben heute.
«Wer will, wird's erreichen, wer sucht, wird immer finden». Doch als Lebedev-Kumač diese Verse dichtete, dachte er wohl nicht ... Die Weisheit des Volkes lautet: «Der Mensch wird durch Unheil härter», «Der Charakter eines Menschen kommt erst bei einem Unglück völlig zum Ausdruck.» So bin ich auch. Das Unheil hat mich nicht gehärtet, sondern es hat mich geschwächt, und mein Charakter zeigte sich als egoistisch. Ich fühle, daß es außer meinen Kräften steht, den Charakter jetzt zu ändern. Man muß nur anfangen!
Heute morgen hätte ich die Kuchen nach Hause bringen müssen, doch ich halte es nicht aus, ich esse unterwegs mindestens ein Viertel eines Kuchens. Darin kommt mein Egoismus zum Ausdruck. Doch ich versuche morgen, alle Kuchen nach Hause zu bringen. Alle! Alle!!! Gut, vielleicht werde ich dem Hungertod zum Opfer fallen, anschwellen, Wassersucht bekommen, doch ich werde wissen, daß ich ehrlich gehandelt und einen starken Willen gezeigt habe. Morgen will ich mir diesen Willen beweisen. Kein Krümchen nehme ich von dem, was ich kaufen werde. Kein Krümchen!
Wenn wir nicht evakuiert werden (ich hoffe doch darauf), dann muß ich die Mutter und Ira unterstützen. Es gibt nur einen Ausweg. Wenn ich mich als Sanitäter bei einem Lazarett bewerbe. Übrigens habe ich schon einen Plan. Mutter geht in ein neu errichtetes Lazarett als Bibliothekarin und ich als ihr Gehilfe oder als Kulturarbeiter. Ira ist dann bei uns.

Der heutige Abend bringt mir nur Tränen. Ich weiß das genau. Mutter ist hungrig, und sie friert. Wir haben fast kein Holz mehr, Mutter treibt keine warmen Sachen auf, was Eßbares kann sie auch nicht finden, sie wird sich nur quälen und nervös sein. Aus Smolnyj kriegen wir eine negative Antwort oder bleibt die Frage noch offen? Mutter bekommt auch keine Ölkuchen.

Am Morgen, kurz bevor Mutter ging, weinte Ira, ein schlechtes Zeichen – jetzt werde ich auch noch abergläubisch. Wahrscheinlich stimmt es. Was für schreckliche Gedanken habe ich! Alles ist bitter, traurig, hungrig und kalt geworden. Alle Gedanken drehen sich um Essen und Wärme. Draußen ist starker Frost von 20–25 Grad unter Null. Im Zimmer, obwohl es geheizt wurde, ist es so kalt, daß ich kalte Füße bekomme, mir läuft es kalt den Rücken hinunter. Wenn man mir ein Kastenbrot gegeben hätte … Ich würde wieder lebendig und lachen, ich würde singen, ich … was noch …

Es ist 11 Uhr vormittags. Der ganze Tag liegt vor mir, der Abend, die Nacht. Und dann ein neuer Tag, eine neue Brotration von 125 Gramm, eine neue Dekade. Bonbons … Langsam erlischt mein Leben, wie die Seiten meines Tagebuchs langsam umgeblättert werden. Langsam aber sicher.

Heute und gestern schlechte Stimmung. Heute habe ich nur für eine Kleinigkeit mein Ehrenwort nicht gehalten. Ich habe ein halbes Bonbon von den eingekauften und etwa 40 Gramm von den 200 Gramm trockenen Aprikosen genommen. Allerdings hatte ich wegen der trockenen Aprikosen kein Ehrenwort gegeben, doch was die Hälfte des Bonbons betrifft … Ich habe es gelutscht und so weh wurde mir ums Herz, daß ich gerne das gegessene Stück ausgespuckt hätte, doch es ging nicht mehr. Ein kleines Stück Schokolade habe ich auch gegessen. Was für ein Mensch bin ich denn?

Mutters Fuß ist gestern stark angeschwollen. Die Evakuierung bleibt ungewiß, Mutter darf nicht in die Listen des Kombinats Nr. 16 eingetragen werden, Smolnyj ist unsere letzte Hoffnung. Nur Smolnyj kann uns, mir, der Mutter und Ira, Leben oder Tod geben. Für die zweite Dekade haben wir nur 200–300 Gramm Grütze und 300 Gramm Fleisch. Von Bonbons haben wir nur 650 Gramm, und für Ira sollten wir noch 200 Gramm Zucker bekommen. Mutters Karte für die zweite Dekade ist schon fast verbraucht, wir haben nur die von Ira (150 Gramm) und meine (180 Gramm). Wir bereiten uns auf die Evakuierung vor, wir suchen unsere Sachen schon zusammen …

Der Angriff unserer Truppe an der ganzen Front freut mich nicht mehr.

Tichwin, Eletz sind zurückerobert, die Deutschen ziehen sich fluchtartig bei Rostow in Richtung Mariupol und Taganrog zurück, bei Moskau verjagt die Rote Armee die Deutschen aus den besetzten Gebieten,
viele Hunderte von deutschen Flugzeugen bleiben auf der Erde, weil die
Antivereisungsmittel fehlen, deshalb greifen sie in diesen Tagen auch
Leningrad nicht aus der Luft an. Der Partisanenkrieg in Jugoslawien
entfaltet sich in breitem Maße, die Deutschen erleiden schwere Verluste
in Libyen, nur Japan schlägt die USA, indem es effektiv angreift. Doch
Japan erwartet das gleiche Schicksal wie Deutschland im Krieg mit uns.
Hätte man uns nur den Abflug erlaubt! Nur derjenige, der Unheil und
großes Leid erlebt hat, kann in vollem Maße das Glück genießen, das
es auf der Erde gibt.
In zwei Dekaden beginnt das neue Jahr. Wo werden wir es begehen, was
wird mit uns? Der Weihnachtsbaumschmuck bleibt verwahrlost unter
dem Diwan liegen, einen Weihnachtsbaum werden wir für ihn nicht
aufstellen, er wird keine Gelegenheit haben, sich in vollem Glanz zu
zeigen. In jener Nacht wird kein Leningrader von einem Weihnachtsbaum träumen. Wenn wir am Leben bleiben, werden wir uns an die
Weihnachtsabende vom vergangenen Jahr, an die von den Kerzen hell
erleuchteten Weihnachtsbäume, an das reichhaltige, gut gewürzte Essen
mit vielen Speisen und Süßigkeiten in der Silvesternacht erinnern. Wie
wird Tina Silvester feiern? Wo sind ihre Gedanken um die Mitternacht
am 31. Dezember 1941, wenn das letzte Blatt vom Kalender abgerissen
wird und ein neuer, frischer und sauberer Kalender angefangen wird?
Das Jahr 1942. Die Zeit verrinnt …
Die Mutter ist zum Kombinat Nr. 2 zu Frau Turanosowa gegangen, sie
wollte sich nach der Ausreise und nach Filzstiefeln erkundigen.
Anfisa Nikolajewna läuft bedrückt und böse umher. Man kann sie verstehen. Ihre Grütze- und Brotvorräte sind aufgebraucht. Übermorgen
kriegt sie zum letzten Mal Milch im Tbc-Krankenhaus, und die Frage
ihrer Evakuierung bleibt auch noch offen. So tobt sie vor Wut. Sie hat
Angst vor dem Hunger. Ich darf sie nicht auslachen, möge doch endlich die Zeit kommen, da niemand mehr auf der Welt weiß, was Hunger ist.
Die Seiten meines Tagebuchs sind bald zu Ende. Es kommt mir so vor,
als ob mein Tagebuch mir die Zeit für das Schreiben begrenzt hätte.

Faina Prussowa *1912   *Leningrad*

Ich gehe nach der Arbeit nach Hause. Mein Herz stockt mir vor Schreck,
ich denke an das Schlimmste. Da bin ich zu Hause, meine Kinder freuen

sich über mein Erscheinen, sie sind noch am Leben, jetzt werde ich Wasser erwärmen, sie aufstehen lassen und ihre Gesichter waschen. Ich laufe ganz schnell an die Newa, hole eine Kanne Wasser, wir trinken lauwarmes Wasser mit einer Brotkruste, einer kleinen, nur einen Quadratzentimeter groß.

Ich lüge ihnen unaufhörlich vor, der Deutsche sei eingeschlossen. Gott sei Dank glauben sie mir. Dann werfe ich Heizmaterial in unseren Kanonenofen: Bücher oder Klamotten …

Nadenka sagt mir: «Mutti, wenn ich sterben werde, dann mache ich das sehr leise, um dich nicht zu erschrecken.» Ich fing an laut zu weinen: «Ach du meine Güte, bleib lieber leben, mein Schneewittchen.» Sie ist ganz kalt, wie ein kleines Stück Eis.

Zu Hause halte ich alles sauber. Ich denke, die Sauberkeit soll uns unterstützen. Ich reiche das Essen nur auf dem Teller. Nur warmes Wasser. Ja! Die Menschen essen Katzen, Hunde, man kann sagen, sie haben schon alles gegessen.

Ich freue mich darüber, daß meine Kinder Borja und Nadenka ihre Menschenwürde noch nicht verloren haben.

Der Offizier Leo Tilgner 1892–1971 vor Leningrad
An seine Frau

Heute früh war ich Richtung Nordwest. Leider kein Licht, da Schneegestöber, sonst hätte ich schön auf Leningrad und das Meer schauen können.

Ein frohes Weihnachtsfest wünscht Dir von Herzen, Dein Soldat im weißen Norden.

Unsere Goldputte habe ich aufgezeichnet, die über unserer Sitzbank hängt. Sie wird auf unser stilles Fest herunterlächeln. Ich stelle mir im Geiste vor, wie Ihr daheim unter dem Lichterbaum sitzt. Trotz der weiten Entfernung will ich unter Euch sein, wenn auch die Erfüllung des Wunsches «und Friede auf Erden den Menschen» recht entfernt erscheint, so wollen wir doch hoffen, daß er bald kommen möge. Das wäre die Erfüllung meines einzigen Wunsches.

Südlich stehen 37 deutsche defekte Lokomotiven, die wir reparieren sollen. So ist verständlich, wenn nichts zu uns kommt.

Wir hörten heute die Kriegserklärung an Amerika. Der 2te Weltkrieg beginnt. Wie lange wird das alles dauern?

✣

Hans Baermann   **Riga**

Zwei Tage nach unserer Ankunft wurden 200 Juden im Alter von 18 bis
40 Jahren in das Lager Salapils, 18 Kilometer von Riga entfernt, gebracht.
Unter ihnen befand auch ich mich. Durchfroren und ausgehungert kamen wir auf einem freien schneebedeckten Feld an, wo nur eine große
Holzbaracke ohne Dach stand. Dort lebten bereits 4000 Juden aus Süd-
deutschland, die uns wie Wölfe nach Eßwaren und Trinkbarem überfielen. Die Haare wurden uns geschoren, dann teilte man uns in Kojen
ein, die 45 cm hoch, 2 m lang und 1,50 m breit waren. Jede dieser Kojen beherbergte drei Lagerinsassen. Man lag auf eisüberkrusteten Brettern bei strengster Kälte. Am dritten Tag nach unserer Ankunft sahen
wir das erste Brot und einen Pferdeschlitten voll mit Kartoffelschalen
aus der SS-Küche in Riga. Ein SS-Oberscharführer Migge präsentierte
sich als Kommandant, teilte die Arbeit ein und befahl uns, die Arbeit
aufzunehmen, ohne Mäntel und ohne Feuerstellen. Das Programm umfaßte den Bau von 45 Baracken, in denen später Letten und Russen untergebracht wurden. Bis auf fünf Baracken wurde es erfüllt. Außerdem
mußten auch Wachtürme gebaut und das ganze Geviert mit Stacheldraht eingezäunt werden.

Bernard Goldstein *1889   **Warschauer Ghetto**

Als dann die Bombe von Pearl Harbour platzte und Deutschland den
Vereinigten Staaten den Krieg erklärte, überkam uns eine ungeheure Erleichterung. Endlich waren die Kräfte, die auch unser grausiges Martyrium beenden konnten, ins Feld gerückt; endlich hatten die Deutschen
einen verhängnisvollen Irrtum begangen!
Wir ließen uns nicht entmutigen, wenn die deutsche Presse sich über die
«gummikauenden Yankees» lustig machte, die ihr gefälliges Leben zu
sehr liebten, als daß sie einen Krieg unternehmen würden; oder wenn die
Deutschen prahlten, daß ihre U-Boote die amerikanische Flotte in wenigen Tagen erledigen konnten.
In den höhnenden Kommentaren, mit denen die deutschen Zeitungen
Roosevelts Programm für Tausende von Flugzeugen und Hunderte
von Schiffen versahen, konnten wir schon einen leisen Unterton der
Ängstlichkeit wahrnehmen. Es tat uns gut, die Deutschen selbst ein bißchen ängstlich zu sehen. Unschätzbar war es, endlich einen machtvol-
len Freund zu haben! Wir ahnten nicht, daß er für uns zu spät kommen
sollte.

Adam Czerniaków 1880–1942   **Warschauer Ghetto**
Morgens Gemeinde. Im Haus schickt man sich an umzuziehen. In der
‹Zofiówka› in Otwock wurde zur Aufbesserung der Kasse ein Kaffee-
haus, ‹Cafe Varieté›, aufgemacht. ‹Wichtige› Angelegenheiten in der
heutigen Zeit. «‹Gazeta Żydowska›, 10. XII. 1941. Stanisławów (J. M.)
Das Nahrungsmittelreferat der Wirtschaftsabteilung beim Judenrat in
Stanisławów hat in der Zeit vom 1.–7. d. M. Rind- und Kalbfleisch in
einer Menge von 100 g pro Person zur Verteilung gebracht. Die Verteilung wurde von den Fleischverkaufsstellen in der Belwederska-Str. 38,
101 und 113 vorgenommen. Für Beschäftigte wurden ebenfalls zusätzlich 100 g ausgegeben. Zwischen dem 1.–7. d. M. erhielt jeder Beschäftigte 1 kg Fleisch.
Für Festangestellte wird in der Kołłątaj-Str. 47 die erste Rate Kartoffeln,
100 kg pro Person, ausgegeben. Darüber hinaus wird die Ausgabe von
Milch für Kinder bis zu 3 Jahren sowie für Kranke auf ärztliche Verordnung, je ¼ l Milch, organisiert.»

Danuta Czech   **(KZ Auschwitz-Birkenau)**
Das Inspektorat der Konzentrationslager beauftragt die Lagerkom-
mandanten, darunter auch Rudolf Höß, Vorbereitungen zu treffen, u. a.
Meldebögen auszufüllen, die die Tätigkeit der Ärztekommissionen er-
leichtern sollen. Diese Ärztekommissionen werden berufen, um in den
Konzentrationslagern arbeitsunfähige Häftlinge auszusondern und sie
der sog. Sonderbehandlung «14f13», also der «Euthanasie», zu unterziehen.[*]
18 Erziehungshäftlinge, die von der Stapoleitstelle Kattowitz eingeliefert worden sind, erhalten die Nummern 23 912 bis 23 929.
Ein krimineller Häftling und neun Erziehungshäftlinge, die von der
Kripoleitstelle Kattowitz eingeliefert worden sind, erhalten die Nummern 23 930 und 23 931 bis 23 939.
Mit Phenolspritzen werden im Häftlingskrankenbau neun Häftlinge
getötet, die mit folgenden Nummern gekennzeichnet worden waren:
22 366, 24 470, 18 853, 20 873, 13 534, 7966, 22 584, 22 148, 20 417.
Um 16.50 Uhr wird das Fehlen eines Häftlings aus der Strafkompanie
festgestellt. Die Postenkette wird verstärkt und eine Suchaktion eingeleitet.

---

[*] im KL Auschwitz werden keine diesbezüglichen Vorbereitungen getroffen, und
man wartet nicht auf die erneute Ankunft der zuständigen Ärztekommission. Die
Selektionen unter den Kranken und nicht arbeitsfähigen Häftlingen werden durch
die einzelnen SS-Lagerärzte im Häftlingsanbau und in dem Lager durchgeführt.

Die Firma J. A. Topf u. Söhne wendet sich zum drittenmal an die SS-Bauleitung des KL Auschwitz mit der Bitte um Auszahlung der Hälfte des ihr zustehenden Betrages, auf Grund des am 25. September 1941 erhaltenen Auftrages (Nr. 41 D 1980/1). Die Kosten für den Bau eines Einäscherungsofens betragen 3650,– Reichsmark; gleichzeitig erinnert die Firma an ihre Schreiben vom 17. November und 27. November 1941.

*

Hörst du den Tango, den Tango, Marina,
das Lied einer Sehnsucht, die sich nie erfüllt?
Hörst du die Stimme des Herzens, Marina,
die dir das Geheimnis der Liebe enthüllt?
Wenn die Musik deine Seele umschmeichelt,
siehst du vor dir ein verlockendes Bild.
Hörst du den Tango, den Tango, Marina,
das Lied einer Sehnsucht, die sich nie erfüllt?

<832   Donnerstag, 11. Dezember 1941   1244>

> Wache auf, der du schläfst, und stehe auf
> von den Toten, so wird dich Christus er-
> leuchten.
> HERRNHUT   EPHESER 5,14

Max Beckmann 1884–1950   Amsterdam
Deutschland erklärt Amerika Krieg –

Thomas Mann 1875–1955   *Pacific Palisades*
Kriegserklärung Deutschlands und Italiens von Senat und Congress
prompt u. einstimmig «ratifiziert». Roosevelts Spiel ist gewonnen. Aus-
brüche Hitlers gegen ihn in seiner Rede. Gewiß ist er der große Gegenspieler. Was er getan, mußte sein. Möge es gut werden. – 9 Uhr Blackout. Organisiert. Elektr. Handlaternen. Musik gehört im verdunkelten
Salon.

Anaïs Nin 1903–1977   *New York*
Ich bereite mich auf Luftangriffe vor. Kaufe Taschenlampen. Klebestrei-
fen, falls die Fensterscheiben brechen. Dunkle Vorhänge.

Wilhelm Muehlon 1878–1944   *Klosters / Schweiz*
Nach dem Unglück der britischen Flotte ist es ein Trost zu hören, dass
über 2000 Mann gerettet in Singapore eingetroffen sind. Churchill wird
im Unterhaus mehr sagen. *Die Prince of Wales* war das Schiff, auf dem er
die Atlantic Charta mit Roosevelt vereinbarte. Erst vor einer Woche fuhr
sie in Singapore ein. Grossbritannien hat jetzt noch 14 grosse Schlachtschiffe (4 gingen verloren) und einige im Bau, nahe der Vollendung.

Harold Nicolson 1886–1968   *London*
Heute morgen war Winston sehr grimmig und sagte, wir müßten mit
«schweren Schlägen» rechnen. Mir gefällt er am besten, wenn er solche
Reden hält. Ich bin voll Zuversicht. Seit Amerika drin ist, können wir
einfach nicht mehr geschlagen werden. Aber wie merkwürdig ist es, daß
hier kein Mensch über dieses große Ereignis jubiliert. Vor einem Jahr

wären wir darüber vor Freude verrückt geworden. [...] Nicht eine einzige amerikanische Fahne weht in London. Wir sind schon seltsam!

*

Joseph Goebbels 1897–1945   (Berlin)

Jedenfalls ist es jetzt einmal gut, daß die Vereinigten Staaten beschäftigt
sind und weder nach England noch nach der Sowjetunion nennenswer-
tes Material liefern können. Darüber ist sich London allmählich auch
schon klar geworden. Es herrscht auf der Gegenseite ein sehr merkbarer
Katzenjammer. Während London bisher in die Kriegstrompete blies,
ist das über Nacht gänzlich anders geworden. Auch kann man uns nicht
mehr damit imponieren, daß man sagt, im Jahre 1942 würden wir vor
neuartige Waffen beim Gegner gestellt. Auch wir haben entsprechende
Vorbereitungen getroffen, und auch die militärisch-politische Lage wird
im Jahre 1942 für uns nicht ungünstiger, sondern eher noch günstiger sein.
Wir haben zwar durch den Kriegseintritt Japans gewissermaßen Glück
gehabt. Aber es ist auch das Ergebnis einer unermüdlichen diplomati-
schen Bearbeitung der dafür in Frage kommenden maßgebenden Tokio-
ter Kreise. Der Herr hat es den Seinen nicht im Schlaf gegeben, sondern
der Kriegseintritt Japans ist das Ergebnis vieler schlafloser Nächte.

Grete Dölker-Rehder 1892–1946   Stuttgart

Die Japaner haben zwei englische Schlachtschiffe versenkt! (Am Tage
vorher zwei amerikanische!) «Repulse» u. «Prince of Wales». Letzterer
war «Bismarcks» Hauptgegner, hat ihm wohl jenen Treffer beigebracht,
der von vornherein seine Geschwindigkeit verringerte u. ihm die Öl-
spur eintrug. – Ich wusste noch nie, dass Rache ein Gefühl von Genugtuung geben könnte. Ich weiss es jetzt. Aber was nützt es? Meinen Sohn
habe ich darum nicht wieder. – – Gestern war Emma bei uns. Sie hat in
Calw einen der Flieger gesprochen, die ausgesandt waren, «Bismarck»
zu suchen u. beizustehen. Er hat gesagt, «es war ja ganz ausgeschlossen,
ihn oder die englischen Schiffe zu finden, es war ja alles ein dicker Nebel». Also kein Versäumnis, kein menschliches Verschulden? Der Himmel hatte sich gegen uns verschworen! Im ganzen Krieg stand er uns bei,
immer u. überall, jetzt wieder den Japanern. Nur dies eine Mal wollte
er unsern Untergang, dies eine Mal, – wo unser Sohn dabei war!! –
Reichstagsitzung, Führerrede, Erklärung: ab heute betrachtet sich
Deutschland u. Italien mit Amerika im Kriegszustand!
Volksstimmung nicht einheitlich. Die Gebildeten sagen, es war unver-

meidlich. Unsre Jungen, besonders Soldaten sagen, es ist zwar schlimm
für uns, dass der Krieg nun noch Jahre u. Jahre länger dauern wird, aber
dennoch sind wir froh, dass es nun richtig losgeht gegen diese Kriegstrei-
ber u. Kriegsgewinnler, gegen diese ganze gemeine Judenmeute! Das einfache Volk aber, Dienstmädchen, Frauen in der Straßenbahn, in den Läden, Landleute – sagen, das ist ja furchtbar, nun dachten wir, der Krieg sei
bald aus, statt dessen geht er immer weiter, wann gibt es nun wohl endlich Frieden! – – Ich beobachtete immer wieder, dass trotz aller Aufklä-
rungsarbeit die Leute ohne höhere Gesichtspunkte u. ohne Ideale sind.
Die Zeitung täglich richtig zu lesen, ist ihnen zu mühsam, u. vor lauter
Radiogedudel den ganzen Tag stumpfen ihre Ohren so ab, dass sie das
wichtige nicht mehr hören. Sie denken nur an Frieden, gewiss wollen sie
auch, dass wir siegen, aber wie, berührt sie wenig. Frieden ist viel wichtiger als Sieg für sie. Sie erleben den Krieg nur von seiner schrecklichen,
traurigen Seite u. seufzen unter den Opfern u. Entbehrungen, von seiner Grösse spüren sie nichts. Das ist natürlich schlimm, diese Gesamt-
einstellung. Ich merke daran, dass die N.S.D.A.P. trotz aller Rührigkeit
den Verstand des Volks oder vielmehr sein Herz noch nicht erreicht hat.

Jochen Klepper 1903–1942 **Berlin**
Sturm und Dunkelheit und große Mildigkeit. In der Gärtnerei am Kirch-
hügel holte ich heute unseren Christbaum, nachdem ich mir schon gleich
am Anfang der Woche, als die – in diesem Jahr mit so viel Ungewißheit
erwarteten – Weihnachtstannen eintrafen, einen ausgewählt hatte. Ich
habe eine schlanke, tiefgrüne, sehr ebenmäßig gewachsene Tanne bekommen. Es soll zum Fest alles so schön und feierlich sein wie immer.
Ein Pastor aus Schlesien hat uns vier Säcke Kartoffeln und Kohl als
Kriegsvorrat geschickt.

Ermanno Wolf-Ferrari 1876–1948 **Planegg**
An Ludwig Strecker
Sobald ich das Buch «Die Enttäuschung der Melisande» erhalten habe,
werde ich es lesen und kennenlernen. Schon jetzt kann ich Ihnen sagen,
auch ohne Kenntnis des Stoffes, daß ich kaum glaube, es wird etwas
daraus. Meine Entscheidungen in künstlerischen Dingen können nur
langsam sein. Auch will ich mich nicht so sehr lange im Voraus festle-
gen. Ich muß frei in die Zukunft sehen können. Vorerst mag ich überhaupt nicht gern ans Theater denken. Ich habe schon so viel dafür geschrieben, daß es mich mehr nach der Kammer- und Orchestermusik
zieht.   Ihr E. W-F

Marianne Sperl *1924   Bayreuth

Vater ließ mich heute wieder nicht in die Schule (Schnupfen, Hals- und Kopfweh). Spät stand ich auf. Dann malte ich wieder ein bißel. Linde liegt im Bett. Gitte schwänzt auch Schule. Alles ist platt über die Japaner. 3 Tage haben sie nun Krieg. Am ersten versenkten sie 2 USA-Schlachtschiffe, bombardierten Stützpunkte, landeten im Hinterland von Singapore, schossen Flugzeuge ab, besetzten Thailand. 2. Tag: versenken zwei englische Schlachtschiffe, landen auf den Philippinen usw. 3. Tag: versenken sie einen der größten US-Flugzeugträger, 1 Zerstörer, 1 U-Boot. Wir sind alle platt über diese Japsen. So hätten es sich ihre Gegner auch nicht gedacht.
Jetzt ist die Entscheidung da: Krieg mit USA. Wie kann dieser Krieg je sein Ende finden? Ein Weltkrieg wie er noch nie da war.

Helmuth James von Moltke 1907–1945   Berlin

An seine Frau
Gestern mittag das Essen mit Yorck & Haushofer war nett und vielleicht auch nützlich. Anschliessend waren wir noch zusammen bei Haeften und um 5 war ich im Büro, wo ich bis ziemlich spät abends gearbeitet habe. Heute mittag esse ich bei Edith, nachmittags kommt Trott, der am Abend nach der Schweiz fährt und abends will ich wieder arbeiten.

Der Leutnant Paulheinz Quack 1921–1986   Sowjetunion

Ja, und dann sprach heute, wie wir hörten, der Führer, und es erfolgte die Kriegserklärung an Amerika. Jetzt ist es soweit. Die fanatisch-revolutionäre Welt kämpft gegen die bürgerlich-konservative. Was wird daraus entstehen? Lullu, in welch einer Zeit leben wir! Wo gibt es noch ein unberührtes, nur in sich ruhendes Leben? Wo mag jetzt noch ein lyrisches Gedicht von klarer Schönheit entstehen können?

Hermann Kükelhaus 1920–1944   vor Moskau

Liebste Anna!
Es sind wilde, kalte Tage. Sturm und Schnee brausen.
In zwanzig Tagen fängt ja ein neues Jahr an, das lässt mich nicht kalt. Es sind stetige Zweifel, die mich plagen. Eines Tages lässt uns der Kreisel frei, und wir kommen zurück in unsere Wohnungen. Das wird eine mühsame Zeit. Wie oft sehe ich fassungslos um mich, stehe bis in die Gründe erschüttert vor diesem Leben, als gehöre ich nicht dazu. Der kleine Schritt meiner Füsse wird zur Qual, ich fühle den grossen Sprung in mir, setze ihn an und erkenne zuweilen seine Masse. Springe ich aber,

so verschwimmt das Land in Dunst und der Abgrund öffnet sich. Ich segle immer tiefer, von Stufe zu Stufe.

Dann kommen die weichen dunklen Stunden der Nacht, durchglutet und verwogend. Oft muss ich mitten im Tage die Augen schliessen, weil die Schiffe der Nacht heransegeln. Es ist wie eine tiefe Leidenschaft. Am Morgen bin ich nichts. Schön sind die dämmernden Stunden des Tages, im Schlaf und sanftschwebenden Traum genossen. Tiefsinkende Ruhe erfüllt den Raum – es ist, als müssten sich die Hände gefaltet haben. Das Jahr erhebt sich in neuem Glanz. Das ewige Jahr.

> Zieh auf, du grosse Nacht!
> die ganze leere Runde –
> die letzte blasse Stunde
> erfüll mit deiner Macht.

Von Herzen Dein Hermann

Der Soldat Paul Hübner *1915   Kemi/Hauptlazarett

Die Glaswand geht nach Südwesten. Vor mir die verschneite Ebene, das gefrorene Meer und der blasse Himmel rinnen ohne Grenze lichtflimmernd ineinander über. Als einziges greifbares Zeichen hängt fern an einem Lichtstrahl das eingefrorene schwarze Schiff.

Roland, der Volksdeutsche, liegt rechts von mir auf dem Bauch. Man hat ihm die von einem Granatsplitter zerfetzte rechte Niere herausgenommen. Uns zu Füßen an der gelben Wand steht das Bett des Wieners mit dem Brustschuß. Man sieht von ihm nur das Stück Bettdecke, das sich über seinen unruhigen Knien bewegt. Aber seine Stimme – wenn die junge blonde, unbegreiflich gepflegte finnische Schwester ins Zimmer kommt, dann flüstert die Stimme: «O mein Gold!» und sagt oft beschwörend: «O mein Gold!» wenn die Schwester fern ist.

Von der guten «Omeingold» habe ich das Bettpult bekommen, auf dem ich unter leidlichen Schmerzen der Schulter, die Ereignisse nachtragen kann, soweit ich mich ihrer entsinne.

Rainer und ich waren mit dem beladenen Bootschlitten kaum zwanzig Schritte vom Zelt, als die Granate uns erwischte. Von den folgenden acht oder neun Tagen habe ich nur Bildfetzen in Erinnerung.

Finsternis. Der Bootschlitten, in dem ich lag, schlug links und rechts aus. Ich mußte husten, hatte Schmerzen von der Schulter bis zu den Füßen, die Stimmbänder plärrten mit, ich hatte im Mund Flüssigkeit, die nach Blut schmeckte, und eine Stimme beschwor mich: «Still, Feindnähe!»

«Transport
und Bewachung
russischer
Gefangener,
das war unsere
Hauptaufgabe.»

«Russische Gefangene
in Minsk»

«Nach den großen
Kesselschlachten 1941
kamen die gefangenen
Russen zu Hundert-
tausenden.»

Grelles Benzinlicht, braune Zeltwände, grünliche Gesichter. Jemand schnitt meine Kleider auf. Ich bedauerte laut die Kameraden, die jetzt in dem Schlamassel da vorne waren, und schämte mich dann über mein Gejammer, als ob es Theater wäre. Ich bekam eine Spritze, spürte den Einstich nicht.

Wieder stockdunkel und im Bootschlitten. Er hielt mit einem Ruck. Stimme eins: «Lebt er überhaupt noch?» Stimme zwei: «Du kannst nichts sehen, verdammt!»

Etwas klickte. «Laß das Feuerzeug weg, Idiot», zischte jemand, «sollen wir auch noch hops gehen!»

Zwei Männer in weißen Mänteln. Der eine hielt dem anderen eine Metallsonde hin und sagte: «Nichts, das war die längste!» Der andere deutete mit dem Kinn auf mich. Der erste fragte eifrig: «Kamerad, eine Zigarette?» und sah mich gespannt an.

Großer Bretterraum, dunkle Winkel, ein trübes Licht, Stöhnen. Vom Bett links neben mir ragte ein kreidiger Stummel senkrecht auf, erbebte in kurzen Abständen, als ob Wellen sich daran brächen, dabei ein Wimmern.

Später. Immer noch das trübe Licht und der Gipsarm wie ein riesiges Stück Kreide. Ich wartete auf die Woge, die ihn schütteln sollte, auf das Wimmern – nichts, starr wie Granit, lautlos. Ich wollte rufen, konnte nicht, hatte den Mund plötzlich voll von schwarzem Blut, es fuhr heraus und besudelte mich.

Später. Ein wunderbar kühles Thermometer wurde mir unter den Arm geschoben. Ein Mann überzog den Strohsack links mit einem frischen Leintuch.

Dann erkannte ich Zündhütchen auf dem übernächsten Strohsack. Am Tag darauf wurde er mit einem Sanitätsflugzeug nach Kusamo geflogen. Die Träger brachten ihn auf der Bahre zu mir. Obwohl er sich nicht rühren konnte, spielten seine Backenmuskeln wieder vor Energie, und das mager gewordene Kinn stach bärtig und unternehmungslustig in die Luft. «Komm bald nach», sagte er, «denk an den Schwarzwaldbuckel und den Gutedel, den wir dort zusammen trinken werden.»

Der Spieß holte einen von unserer Kompanie ab, der hier gestorben war, und besuchte mich. Er berichtete. Die Kompanie sei jetzt in den Auffangstellungen der Hauptkampflinie. Noch während man mich nach dem Treffer wegbrachte, hätten die Russen von zwei Seiten angegriffen. Die Stellung sei von den paar Leuten nicht mehr zu halten gewesen. Man hätte Rainer nicht mehr wegschaffen können, auch andere sind den Russen in die Hände gefallen.

Der Starschina Fedot Dementjew *1918   *Rostow/Don*

Am 11. Dezember ging unser Regiment mit Unterstützung von Panzern zum Angriff über und schlug sich bis dicht an den Mius heran, dann wurden wir durch massives Feuer der deutschen Artillerie zum Stehen gebracht und mußten dabei auch Matwejew Kurgan räumen. Ich wurde in diesem Kampf von einem Splitter der deutschen Granate getroffen und schwer an beiden Beinen verwundet. Als ich auf der Sammelstelle für Verwundete wieder zur Besinnung kam, machte ich eine traurige Entdeckung. Einer der Sanitäter, die mich getragen hatten, hat mir meine schöne Beuteuhr von der Hand genommen. Unfair erworben muß auch verlorengehen, dachte ich. Ich habe keinem toten Deutschen mehr etwas ausgezogen oder weggenommen.

Der Feldwebel Arthur Binz   Kutschuk Sjuren/Krim

In die ferne Krim mußte es mich verschlagen, damit ich zum ersten Mal auf ein gedrucktes Monumentalbildnis aus dem Gränerland stoße. Wer hätte das gedacht, als ich 1939 zum letzten Mal an diesem unbeschreiblich schönen Tiroler Hochgebirgssee stand.

Den Ruf «Wir wollen heim ins Reich» erheben jetzt, kurz vor Weihnachten, natürlich alle Witzbolde. In unserer Kompanie gibt es aber kaum einen, der nicht nach den Feiertagen gleich wieder seinen «Posten im Osten» beziehen möchte.

Zum bevorstehenden schönsten Fest der Christenheit habe ich einige Exemplare meines Divisions-Marsches, in dem ich Muse und Musi verband, an Verwandte und nähere Bekannte verschickt, gleichzeitig Neujahrsständerl gedacht. Mariandl und Anni haben die betr. Exemplare mit mustergültiger Sorgfalt geschrieben.

Heute gab's mal wieder eine Tafel Schokolade. Das sind die großen «Tafel»freuden des Soldaten. Da die Feldküche wenig Süßspeisen bieten kann, lechzt man sehr nach solchen Genüssen.

Der Gefreite Reinhold Pabel *1915   im Osten

2 Tage in der neuen Unterkunft. In der Kolchose des Dorfes gibt es noch einige Gebäude, die weniger beschädigt sind. Eines davon dient uns als Unterkunft. Die wir dort ablösen hatten wie die Russen darin gehaust. Da hieß es erstmal für uns Klar Schiff machen. Betten bauen, Stroh besorgen. Die Kälte ist gewichen. Nächtlich brausen dafür Schneestürme über die kahle, ungeschützte Höhe, auf der unser Bau liegt. Die Kompanie ist fast pausenlos angespannt mit Spähtrupps, Sicherungen und Posten ohne Zahl. Denn hier ist wieder richtige Front. Die Ratas

besuchen uns hin und wieder, und unsere Ari brummt ihre Sachen auch nicht so zum Spaß ab. Verpflegungs- und Postlage ist mehr als mäßig. Der Kram muß sich erst wieder einspielen. Der Tag ist so kurz und die Nacht so unbarmherzig lang. Um 15.30 wird es dunkel und wir haben zwar zumeist Lampenfragmente, aber so gut wie keinen Betriebsstoff. Das Dorf ist ausorganisiert. Trübe döst man in dem letzten kümmerlichen Rest Petroleum. Lesen und Schreiben kann man den ganzen langen Abend nicht und legt sich schließlich auf das eben gezimmerte Bett, um den Kampf mit den Läusen im Dunkeln aufzunehmen. (Die spärlichen Stunden des Lichts gehören wichtigeren Dingen). Zu Hause rüsten sie sich jetzt auf Weihnachten. Heute in 14 Tagen ist es schon da, das Fest. Und wir jagen die kriegsfreie Zeit dem Brot nach. Und müssen froh sein, immer noch eine halbe Dose Sardinen aufs Brot zu haben, bis uns der Winter mit voller Gewalt zudecken wird.

Seit gestern (oder vorgestern) soll Japan mit USA und England im Kriegszustand sein. Man erzählt von gewaltigen Anfangserfolgen der japanischen Marine. Damit ist auch die ostasiatische «Birne» reif geworden. Nun beginnt der Kampf um Weltmachträume auf allen Breiten der Erde. Jeder weiß, daß Unterliegen gleichbedeutend ist mit der Vernichtung der ambitionierten Größe. Dann werden wir uns weiter mit sehr viel Härte, Geduld und Tapferkeit wappnen müssen. «Und Fluch vor allem der Geduld …» sagt Faust. Aber … er hat gut fluchen, wenn er auch noch so recht hat. Wie lange wir wohl noch dieses Vegetieren als Daseinsmodus hinnehmen müssen? Wann wohl die Stunde kommen wird, da wir Mensch sein dürfen, da wir nicht mehr in der Jagd auf Brot und Schlafstatt, da unsere Eisenstiefel nicht mehr so vieles zertreten (müssen), da wir wieder Freude daran haben können, wie die Blumen blühen und Wälder friedlich schweigen, und Ehrfurcht und Liebe hin und her geht zwischen uns … Früher (bei Guardini und anderswo) am Schreibtisch vor dem warmen Ofen schien mir das vivere ex fido so klar und einsichtig. Und nun, seit der Krieg wie eine Fliegerbombe ins Dasein eingebrochen ist, braucht das ausgedörrte Herz einen kräftigen Anlauf des Willens, um überhaupt die Aufmerksamkeit auf den Herrn hin zu spannen. Wenn Er doch als Frucht der Adventszeit die vis arundi schenken wollte, daß dies nahende Weihnachten ohne Kerzenflimmer und ohne Frieden dennoch plena gratiae werde!

Der Leutnant Georg Kreuter 1913–1974   Potschinok

Wir verbessern unsere Stellung laufend weiter. Schanzen können wir nicht, denn wir haben keinerlei Gerät. Jeder hat jetzt nachts einmal Po-

sten zu stehen. Eine harte Anforderung an die Leute, aber besser, als
daß wir überrascht werden. – Die Frauen werden zum Feind evakuiert.
Auch unsere Lehrerin verläßt uns. – Die Ställe werden laufend verbes-
sert, Stroh wird von überall hergeholt. Auch die Mieten, die sich dicht
am Feind befinden, werden mit in Anspruch genommen. – In Deutschland tritt heute der Reichstag zusammen. Der Führer spricht. Wir erwarten die Kriegserklärung aus Amerika. – Mit dem letzten Tropfen Rum
haben Hackenbuchner und ich heute Brüderschaft getrunken. Er meint,
es wäre doch so schöner, zumal wir ja nun den ganzen Winter zusammen
wären. – Wir vertragen uns ausgezeichnet.

Der Oberstabsarzt Dr. Willi Lindenbach † 1974   Troiskoje
Wie ein Geschenk vom Himmel kam die Kriegserklärung Japans an England und Amerika. Offenbar war es beabsichtigt. Deutschland nimmt
Moskau ein, zu gleicher Zeit erklärt Japan England und Amerika den
Krieg. Die Japaner haben fast die gesamte Pazifikflotte der Amerikaner
versenkt. Das ist sehr günstig für uns. – Alles wieder im Rückmarsch,
schlafe in T. bei der 1. Kompanie, nachdem ich vorher mit dem Divisionsarzt eine ziemliche Auseinandersetzung hatte.

Alexander Cohrs 1911–1996   Nowinskaja
Wir hatten gehofft, die Panzerjäger, die nach Beginn unseres Vorstoßes
zum Igel unsere Stellungen übernommen hatten, hätten unseren von den
Pionieren miserabel gebauten Bunker, den Ersatz für den abgebrannten, bewohnt und einigermaßen hergerichtet. Das war aber nicht der Fall.
Sie hausten nach wie vor in dem Haus, konnten dort aber den Back-
steinofen heizen, da ja an den Tagen keine russischen Angriffe zu erwarten waren. Was sollten wir nun tun? Den Bunker konnten wir in diesem
Zustand unmöglich beziehen; er war nicht heizbar und auch sonst in jeder Beziehung mangelhaft. Also beschloß ich, in das Haus zu ziehen.
Der Zugführer allerdings erklärte mir gleich, das käme auf keinen Fall
in Frage, wir hätten den Bunker zu nehmen. Ich gab aber meinen Plan
nicht auf und vertraute darauf, daß ich schon mit anderen Leuten fertig geworden bin. Ich ließ also den Bunker abdecken. Es war eine sehr
dünne Bretterdecke darauf. Weiter kamen wir an diesem Tage nicht. Als
wir die Wände und Ecken etwas begradigen wollten, mußten wir Zentimeter um Zentimeter mit der Axt, die ich von dem Russenbunker aus
dem Igel mitgeschleppt hatte, aus dem gefrorenen Boden hauen. Natürlich konnten wir nicht für längere Zeit in einen Bunker ohne Dach ziehen. Wir zogen also trotz des Verbotes in das Haus, nicht alle, nur die

Maschinengewehr-Bedienung und ich, die übrigen in ihren alten Bunker, in dem sie vor dem Angriff bereits gewesen waren und der am selben Tage erweitert wurde. Weiter sind wir aber mit dem Bunkerbau bis heute, sieben Tage später, nicht gekommen. Wenn unser Haus inzwischen auch schon zwanzig Volltreffer bekommen hat, so relativ sicher wie der unzumutbare Bunker ist es auch.

Allerdings konnten wir den Ofen tagsüber nicht mehr heizen, da die Russen uns nun wieder gegenüberlagen. Sie hätten am Rauch erkennen können, daß das Haus besetzt ist. Deshalb nahmen wir wieder einen Eimer und machten darin ein offenes Feuer. Das Ergebnis war schon bald, daß wir die Augen kaum noch offen halten konnten; nur sekundenlang, dann mußten wir sie wieder schließen. Draußen war nichts mehr zu erkennen. Ich hätte auf hundert Meter keinen Russen getroffen. Auch das Einatmen des Rauchs war schlimm. Schon nach wenigen Tagen hatte ich keine Stimme mehr. Alles, was jemand ausspuckte, war schwarz. Ich versuchte, die Räucherei abzustellen durch Anfertigung eines Ofens. Zuerst nahm ich eine Blechkiste und legte darunter und dahinter Backsteine. Mit dem Seitengewehr machte ich ein Loch in das Blech, besorgte ein Fallrohr von einer Regenrinne, machte ein entsprechendes Loch in die Tür und führte das Fallrohr durch dieses Loch. Nun ging das Rohr quer durch den Raum und trug sehr zur Erwärmung bei. Leider aber ging der Rauch nicht durch das Rohr auf den Flur, sondern nach wie vor in den Raum. So mußte ich die Sache umbauen. Danach ist es nun so, daß es nicht raucht, wenn man vorne eine Eisenplatte davorstellt. Will man aber vom Feuer etwas Licht haben oder Brot rösten, das ja gefroren ist und ungeröstet nicht gegessen werden kann, muß man die Eisenplatte beiseite stellen, und dann raucht es. Auf diese Weise wurde es mit den Augen etwas besser, die Stimme blieb aber weiterhin weg, auch blieb der Hals voller Ruß. Allerdings wurde es nun außerordentlich warm, so warm, daß es an Tagen mit Temperaturen von wenig unter null Grad kaum erträglich war.

An den ersten Tagen herrschte allerdings eine barbarische Kälte. 28 Grad sollen es gewesen sein. Wenn die Leute vom Postenstehen hereinkamen, wimmerten sie vor Kälteschmerzen.

In diesen Tagen haben mich die Läuse wieder ganz unheimlich stark geplagt. Ich war mit den Nerven völlig am Ende. Wenn ein russischer Angriff gekommen wäre, ich glaube, ich hätte mich als Zielscheibe hingestellt, um endlich von der Qual befreit zu werden. An einem Tage fing ich allein im Hemd 130 Stück, bis ich das Zählen aufgab. Die Haut war so gereizt, daß sie auch schmerzte, wenn die Läuse sich ruhig verhielten.

Mehrmals bekam ich wieder richtige Tobsuchtsanfälle, wie vor Tagen im
«Igel». Alle Mittel, die ich von Zuhause geschickt bekam, waren wir-
kungslos. Etwas besser wurde es erst, als der neu erbaute Ofen in Betrieb
war und ich täglich alle Wäsche durchglühen ließ.
Leider hatten wir überhaupt kein Licht. Auch am Tage war es so dun-
kel, daß man nur mit äußerster Anstrengung etwas lesen konnte. Als
ich etwas Benzin fand, machte ich mit Hilfe einer Blechdose und eines
Dochtes ein Licht. So konnten wir wenigstens etwas sehen beim Teilen
der kalten Verpflegung.
Irgendwoher hatte jemand Eisenbettstellen mit Drahtmatratzen besorgt.
Wir legten Heu auf den Draht und hatten auf diese Weise mal richtige
Betten, auf denen wir wenigstens schlafen konnten, soweit es die Läuse
zuließen. Es war das einzig Feudale in dieser Zeit.
Das Brot ist beim Rösten manches Mal stark angebrannt; aber wir aßen
es trotzdem, weil wir so wenig hatten. Überhaupt war es mit der Verpflegung schlecht bestellt. Fett gab es meistens gar nicht. Einmal gab
es Butter, ein Stück in der Größe von drei Viertel einer Streichholz-
schachtel für drei Tage. Nach den Erfahrungen, die ich bei einem früheren Aufenthalt beim Troß gemacht hatte, konnte ich mir ausrechnen,
wie satt man «hinten» trotzdem wurde.

Swetlana Andrejewa * 1927   *Leningrad*

Der Winter war sehr hart und schneereich. Es herrschte strenger Frost.
Unerträgliche Kälte auch im Wohnzimmer. Wir verbrannten alles, was
nur brennen konnte. Neben dem größten Warenhaus in Leningrad, Go-
stinyj dwor, stand ein alter Bretterzaun, der einen tiefen Bombentrichter einzäunte. Wir waren dorthin mit meiner Mutter gegangen und wollten ein paar Bretter als Holz für unseren Kanonenofen abreißen. Man
hat uns dabei festgenommen und wollte uns schon zum Milizrevier abführen, die Gesetze der Kriegszeit waren enorm streng und scharf. Die
Ordnung herrschte überall und ausnahmslos.

Sofija Sirotkina * 1928   *Leningrad*

Wir Kinder im belagerten Leningrad sahen und merkten uns alles, was
die Kinder normalerweise nicht sehen und ertragen mußten. Ich meine
Kälte, Hunger, Bombenangriffe und ständigen Artilleriebeschuß. Das
Schlimmste aber war dabei der moralische Verfall der Menschen. Eines
Tages schickte mich die Mutter los, unser Brot für drei Tage zu kaufen.
Es waren 750 Gramm auf einmal. Fast ein volles Kastenbrot. Der Va-
ter diente auf dem Kreuzer «Kirow», der auf der Newa vor Anker lag.

Russischer Gefangener

Manchmal kam er uns besuchen und brachte seine Flottenverpflegung mit, die gar nicht schlecht war. Da konnten wir sogar ein paar Tage schmausen. Darunter gab es auch trockenes Brot oder Sucharik, wie wir es nannten. Deshalb brauchten wir nicht jeden Tag unser Brot zu holen. Aber jemand war in unsere Wohnung eingedrungen, als wir beide schliefen, und hatte alles Eßbare gestohlen. Kein Stückchen Sucharik hatten wir mehr. Gott sei Dank lagen unsere Lebensmittelkarten unter dem Kopfkissen der Mutter.
Ich ging also Brot holen. Ich stand sehr lange an, bis ich endlich an der Theke war. Da sah ich einen Mann, seine Augen glänzten wie bei einem hungrigen Wolf. Ich verließ mit meinem Brot den Laden, drückte die wertvolle Ware an die Brust, weil ich gehört hatte, daß der Schnee hinter mir knirschte. Ich sah mich um und erschrak: Der Mann mit den Augen eines wilden Wolfes holte mich ein. Ich versuchte fortzulaufen, rutschte aber auf der vereisten Straße aus und stürzte. Das Brot ließ ich dabei fallen. Der Mann hob es auf und ging weiter. An jenem Abend tranken wir nur gekochtes Wasser.

Nikolaj Suworow   *Leningrad*
Ein tragischer Tag. Die Angehörigen des Pionierzuges unter dem Kommando von Lwow sind fast alle gefallen. Das geschah auf dem Hof des Hauses Nr. 6 in der Birschewaja Linie, als sie versuchten, eine Zeitbombe zu entschärfen. Die Bombe war mit einem doppelten Zünder versehen. Acht Mann wurden auf einmal getötet. Ihre Überreste wurden zum Smolensker Friedhof gebracht.

Alexandra Arsenjewa   *Leningrad*
Ich lag mit Verletzungen an der Wirbelsäule in einer Fachschule im Erdgeschoß und konnte mich nicht mehr bewegen. Ich hatte das Gefühl, daß ich sowieso sterben werde. Und ich sah die Jungen an, abgemagert waren sie, mit den Gasmaskentaschen über den Schultern. In diesen Taschen hatten sie Erde, die sie verkauften oder gegen Brot eintauschten. Ein Junge kam auf mich zu und sagte: «Tante! Sie essen doch kein Brot (ich aß nichts, weil ich blutigen Durchfall hatte). Wollen Sie Ihr Brot gegen die Erde eintauschen. Sie schmeckt sehr gut.»
«Wie soll ich die Erde essen?»
«Es ist der Torf, er ist nicht süß, einfach Torf, der sehr nahrhaft ist.»
Also Brot gegen Erde. Für eine Brotkrume zwei Krüge Erde. Ich habe auch gekostet und dafür mein Brot abgegeben. Ich gab ihnen auch meine Brotkarten. Die Jungs waren ehrlich, sie haben mir immer Brot gebracht.

Adam Czerniaków 1880–1942 Warschauer Ghetto
Morgens Gemeinde. Mit Szeryński besichtigte ich die Kommandantur
[des Ordnungsdienstes] in der Chłodna-Str. In der Chłodna-Str. werden die Mauern gebaut. Es gibt keine Zufahrt zur Elektoralna-Str. Und
in der Żelazna-Str. ein Stau. Von Zeit zu Zeit läßt die Polizei Schwärme
von Menschen passieren. Ich bemühe mich darum, daß für die Umzugs-
zeit ein Stück der Mauer in der Elektoralna-Str. durchgestoßen wird,
denn sonst können die Möbelwagen nicht hineinfahren.

Danuta Czech (KZ Auschwitz-Birkenau)
Aus dem KL Groß-Rosen kommt der Lagerarzt, SS-Untersturmführer
Friedrich Entress, und übernimmt das gleiche Amt im KL Auschwitz.
Friedrich Entress hat keinen Doktortitel der Medizin. Da er sich chi-
rurgisch weiterbilden will, hilft er den Häftlingsärzten einen, zunächst
primitiven, chirurgischen Saal im Block 21 einzurichten. Oftmals führt
er unter den kranken Häftlingen im Lager Selektionen durch und expe-
rimentiert mit Flecktyphus-Kranken.
Um 2.50 Uhr wird neben Turm 21 ein Häftling ergriffen, der die Postenkette passieren wollte. Der Häftling wird in den Bunker von Block 11
gesperrt. Es handelt sich um Feliks Nakielski (Nr. 16004), der erneut
einen Fluchtversuch unternommen hat, diesmal aus der Strafkompanie.
Er kommt am 7. Februar 1942 im Bunker ums Leben. […]
Zwei Erziehungshäftlinge, die vom Gendarmerieposten aus Łazy und
Porombka (Porąbka) eingeliefert worden sind, erhalten die Nummern
23940 und 23941.
288 Häftlinge, die von der Sipo und dem SD aus Radom eingewiesen
worden sind, erhalten die Nummern 23942 bis 24229.

*

Es leuchten die Sterne am Himmel für dich,
sie glänzen und glühn am Firmament.
Es strahlt in der Ferne auch einer für mich,
der all meine heißen Wünsche kennt.
Und wenn die flimmernde Pracht unser Herz erfreut,
grüßt uns das schimmernde Märchen der Ewigkeit.
Wir seh'n sie so gerne, sie sind wie ein Traum,
es leuchten die Sterne durch Zeit und Raum!

<833   Freitag, 12. Dezember 1941   1243>

> Also hat Gott die Welt geliebt, daß er
> seinen eingeborenen Sohn gab, auf daß
> alle, die an ihn glauben, nicht verloren
> werden, sondern das ewige Leben ha-
> ben.
> HERRNHUT   JOHANNES 3,16

Lord Moran 1882–1977   *Greenock*
Seit er die Nachricht über den Angriff auf Pearl Harbor erhalten hatte,
lechzte Churchill förmlich danach, mit dem Präsidenten zusammenzu-
treffen. Heute machten wir uns auf den Weg nach Washington. Gegen
Mittag wurde der Premierminister unter den Pfiffen der Bootsmanns-
pfeifen an Bord der *Duke of York* begrüßt, die in Greenock vor Anker
lag. Er hatte sich dem Seemannsmilieu dadurch angepaßt, daß er eine
Jachtmütze und eine zweireihige blaue Marinejacke trug. Ich wartete,
bis der Empfang auf dem Quarterdeck vorüber war – plötzlich wurde
mir die militärische Ordnung eines großen Kriegsschiffes bewußt.

Thomas Mann 1875–1955   *Pacific Palisades*
Excitation. Mangelhaft geschlafen. Neuen Abschnitt von «Thamar»
begonnen. Bedecktes Wetter. Nach dem Rasieren allein etwas gegangen. [...] Abends Beschäftigung mit Manuskripten. Las auch die Rede
Hitlers gegen Roosevelt. «Wie doch ein einziger Mann die Welt ins Unglück zu stürzen vermag!»

*

Sophie Scholl 1921–1943   **Blumberg**
Gib Licht meinen Augen, oder ich entschlafe des Todes, und mein Feind
könnte sagen, über den ward ich Herr.
Ich will mich an Ihn klammern, und wenn alles versinkt, so ist nur er,
wie schrecklich, wenn er einem fern ist. Ich kann es nicht, Gedanken
nüchtern aufzeichnen, das alles, was ich früher besaß, das kritische Sehen, ist mir verloren gegangen. Bloß meine Seele hat Hunger, o das will

kein Buch mehr stillen. Der Zugang zu dem Leben der Bücher bleibt mir
versperrt, nur die Natur ist es, die mir Nahrung gibt, Himmel und Sterne und die stille Erde. [...]
Wenn ich jemand sehr liebe, das merke ich eben, dann kann ich nichts
besseres tun als ihn in mein Gebet einschließen. Wenn ich jemand mit
allem guten Willen liebe, ich liebe ihn um Gottes willen, was kann ich
Besseres tun, als mit dieser Liebe zu Gott zu gehen?
Gebe Gott, daß ich Fritz auch in Seinem Namen lieben lerne.

Sophie Scholl 1921–1943   Blumberg
An Lisa Remppis
Ich finde das Leben trotz allem noch so reich und gut, nur mögen es die
Menschen nicht im Guten gebrauchen. Vielleicht ist es gut, wenn wir
ganz arm werden, um für einen weniger vergänglichen Reichtum be-
reiter zu werden. Denn sucht man nicht, da einem soviel genommen
wird, noch Ersatz? Und merkt dann, daß man sich durch zuviel zerstreuen ließ und sein Herz an unwürdige Dinge hängte. Vielleicht muß
man erst entdecken, daß man ein Herz hat. Das ist seltsam.
Welch ein Glück, daß es Menschen gibt, die auch im Kommiß, so viel
er sie leiden läßt, unabhängig sind im innersten, da sie nicht an den Dingen hängen, die Menschen entziehen können, und daß man solche Menschen zu seinen Freunden zählen darf.
Das Freiburger Münster, ich habe es in den letzten Monaten oft besucht, es ist so schön und mir ist darin ganz warm zumute. Übermorgen werde ich wieder darin stehen, ich will Dir dann davon schreiben.
Über das Fegefeuer und die Zwischenstationen habe ich noch gar nie
nachgedacht, sowenig als über die ewige Seligkeit, ich kann deshalb
auch gar nichts darüber sagen. Für mich gäbe es nur ein «in Gott» oder
«außer Gott» nach dem Tode. Aber widerlegt finde ich es nicht mit dem
«Heute sollst Du mit mir im Paradies sein», denn es muß ja nicht allen
Menschen wie dem Schächer am Kreuze gehen.
Ich las in «Kristin Lavranstochter» über das Fegfeuer eine Stelle, in der
die Kristin hofft, daß dieses Feuer ihre harte und unreine Seele vollends
läutere. Demnach wäre es ja auch nur wieder eine Gnade. Aber – wie
gesagt, ich selbst habe hierzu noch keine Meinung, und diese Bilder sind
mir fremd.

Victor Klemperer 1881–1960   Dresden
Gestern, 11.12.41 ist der Krieg deutscherseits an USA erklärt worden.
Wir erfuhren es genau erst heute früh (im Kohlenkeller durch Frau

Ludwig, die katholisch-arische Wirtschafterin Dr. Friedheims). Wir sagten es uns schon gestern, da Hitler den «Reichstag» einberufen hatte
«zur Entgegennahme einer Regierungserklärung», und da im Abend-
blatt die wechselseitige Verhaftung der Deutschen in USA und der USA-
Leute in Deutschland stand.
Charakteristikum: Um dreiviertel vier war ich beim Kaufmann am Wasa-
platz. Der Laden leer, der Besitzer fummelt für sich herum; hinten geht
das Radio, ich höre Hitlers Stimme, ohne sie zu verstehen. Ich: «Ist der
Krieg an USA erklärt?» – Der Kaufmann ganz gleichgültig: «Ich weiß
nicht, ich habe hier zu tun.» *Genauso* hing man 1918 im «Merkur» in
Leipzig die Renndepeschen über die Telegramme vom Fortgang der Offensive. – In der Zeitung nichts als größte japanische Siegesmeldungen;
versenkte Schiffe, Ladungen etc. […]
Abends
«Es war der Jude in seiner ganzen satanischen Niedertracht, der sich
um diesen Mann scharte, und nach dem dieser Mann aber auch griff.»
(Hitler am 11. Dezember, Kriegserklärungsrede gegen Roosevelt.) LTI
zur Sinnlosigkeit getrieben. Hitler entwickelt in dieser Rede den Begriff *Europa*. Für ihn ist Anfang und *einzige* Basis Griechenland, in das
nordische Stämme drangen. Jerusalem ausgeschaltet, Hellas germani-
siert!
Sehr interessant die Stufenleiter Deutschland – Großdeutschland – Europa, wie sie in den letzten Jahren erklettert wurde. Für Europa kämpfen
gegen den Bolschewismus «sogar Franzosen», es ist eben «ein Kreuz-
zug» (in dieser letzten Rede). Den Schluß macht diesmal wieder (wie
schon das letzte Mal gegen den Bischof von Münster) die Drohung
nach innen, z. T. fast mit gleichen Worten: Wer sabotiere oder die Autorität des Regimes antaste, gleichviel unter welcher «Tarnung», der sterbe eines schimpflichen Todes.

Helmuth James von Moltke 1907–1945   Berlin
An seine Frau

Aus Russland kommen ständig schlechte Nachrichten. Nicht nur, daß
wir an der ganzen Front zurückgehen, sondern daß auch Auflösungs-
erscheinungen bei der Truppe zu bemerken sind, die sehr Übles versprechen. So wird berichtet, daß nördlich Moskaus Panzereinheiten ihre
Kampfwagen in die Luft gesprengt und sich selbst zu Rad nach Hause,
oder vielmehr auf den Heimweg begeben hätten. Die ganze Ostfront
kann nach wenigen Tagen ein sehr überraschendes Bild bieten.

Der General Franz Halder 1884–1972   Führerhauptquartier
11.30 Uhr Gespräch mit FM von Bock:
1. Lage in besonders kritisches Stadium getreten.
2. 134. und 45. Div. überhaupt nicht mehr kampffähig. Keine Versorgung. Führung zwischen Tula und Kursk bankrott.

Der Offizier Martin Steglich 1915–1997   Twerdowo
Heute – gestern schneite es noch wer weiß wie – war fast alles weggetaut. Jetzt? Der Wind hat sich gedreht und pfeift eisig kalt – alles friert wieder, was vorher getaut war. Typisches Herbstwinter- oder Vorwinterwetter!

Der Feldwebel Arthur Binz   Kutschuk Sjuren / Krim
Noch nie, wohl selbst als Kind nicht, habe ich mich so über ein Kripperl gefreut wie jetzt als Vierziger über das heute von Anni eingegangene unscheinbare, hauchdünne Transparentkripperl, und mögen es früher selbst so großartige wie im Haus Ebersperger gewesen sein. Alle Abend will ich für seine Illumination sorgen.
Der Schnee ist weg und der Föhn jagt durch die Felder vor Sewastopol. Der P.G. Petrus scheint im Verein mit dem N.S. Mars die Straßen für den letzten Marsch der Deutschen auf der Krim ebnen zu wollen.
Dadurch, daß es auf der Krim nichts, aber auch gar nichts zu kaufen gibt – seit 6 Monaten sah ich keinen Laden und kein Lokal mehr –, entsteht innerhalb der Wehrmacht wie bei der Zivilbevölkerung eine «Geldentwertung» in dem Sinne, daß die meisten es geringschätzen, ja es vielfach als ein nullum erachten. Ganz despektierlich wird über das einst so begehrte Ding – hinsichtlich der Vergangenheit wie Zukunft gemeint – gesprochen.
Nachmittags hatte ich beim Kriegsgerichtsrat zu tun, der im rückwärtigen Teil des ehemaligen russischen Arzthauses zusammen mit seinem Freund, Oberfeldarzt Dr. Hessler, einquartiert ist. Auf einmal sahen wir es dort 400 m westwärts, am Rande des nächsten Dorfes, lichterloh brennen, in der Gegend, wo Pioniere von uns untergebracht sind. Kurz darauf begannen dann Detonationen von angebrannter Infanteriemunition. Auf einmal tat es einen Riesenkrach und kurz darauf noch mehrere in gleicher Lautstärke, was uns annehmen ließ, daß offenbar noch weitere Munitionsbestände von den Flammen erfaßt wurden. Und dann kam der Hauptknall, so, daß einem Hören und Sehen verging, und in der gleichen Sekunde flogen die Fensterscheiben des kriegsgerichtsrätlichen Zimmers unter dem Druck der Luft zwischen uns hindurch klirrend zu

Boden. Es war ein Glücksfall, daß wir nichts von der Bescherung abbekamen. Inzwischen hatten sich riesige Rauchschwaden gebildet, die vom 400 m entfernten «Brennpunkt» schon fast bis zu uns reichten. Ich habe versucht, das eindrucksvolle Bild fotografisch festzuhalten, darf aber nicht vergessen, meine in Bayern Hinterbliebenen bei Übergabe des Films zur Entwicklung davon zu verständigen, daß es sich um ein Feuer sui generis handelt.

Die eigentliche Brandursache ist noch ungeklärt.

Nachmittags von beiden Seiten verschiedene Fliegerunternehmungen.

Der Leutnant Georg Kreuter 1913–1974 Potschinok
Die Fahrzeuge (1 Pkw, 1 Lkw) und unser Krad werden mit ihren Fahrern nach rückwärts befohlen. Sie sollen bei der Division den Winter über zusammengefaßt werden. – Es scheint also wirklich so, als daß wir den Frühling erwarten oder uns hier begraben lassen. – Mit den Fahrzeugen geht auch mein Fahrer Grau, die «Wildsau», von uns fort. Er hat immer dafür gesorgt, daß wir etwas zu essen hatten. Wenn niemand etwas hatte, bei Grau gab es noch Bienenhonig, Fett oder Speck. Es dauerte nur Minuten, und er hatte eine Gans gekauft! Das charakteristische Bild der letzten Tage war Grau unter seinem Pkw (Wanderer). Die Feder war dauernd gebrochen, aber ebenso oft brachte es G. fertig, eine neue zu organisieren oder sich selbst eine herzustellen. Da war es ihm gleichgültig, ob er in einem Ort zurückblieb, in dem er der einzige Soldat war. – Durch die Abstellung fehlen uns wieder Leute zur Wache! – Das Dorf Shemaljawka, das zwischen uns und dem Feind liegt, lassen wir räumen. Vieh, Getreide und Mehl kommt hierher, der Rest wird morgen abgebrannt.

Der Oberstabsarzt Dr. Willi Lindenbach † 1974 Petrowskoje
Nachts noch in heller Aufregung zum Divisionsarzt. Wir haben unsere Verwundeten fast alle mittels einer Transportkompanie fortbekommen. Ich bin sehr froh darüber. Die Lage ist noch völlig ungeklärt, kein Soldat, kein Offizier weiß, was eigentlich gespielt wird. Unrasiert und todmüde komme ich hier an.

Pjotr Samarin 1888–1942 *Leningrad*
In der Nacht hat es stark geschneit. Frostig ist es draußen. Kein Straßenbahnverkehr. Auf Anordnung des Stadtrates von Leningrad werden die Einwohner der Stadt im Rahmen des allgemeinen Arbeitsdienstes zum Schneeräumen herangezogen. Die erste Gruppe der Arbeiter von

unserem Betrieb wurde geschickt, den Schnee zu schippen, doch die Organisation der Arbeit hinkt bei uns wie gewöhnlich. Sie schlenderten hin und her, und schon war die Zeit für die Arbeit um.

In der Wohnung nach wie vor kein Licht. Gegen 10.30 Uhr habe ich zu Mittag gegessen, d. h. zur Zeit, als meine Liducha von ihrer Arbeit zurück war, sie hat das Essen erwärmt und die Suppe mit Pferdefleisch kombiniert. Vor Hunger empfinde ich Übelkeit, ich mußte mich beinahe übergeben. Ich habe zwei Gläser vom dünnen Kaffee getrunken und zwei Sahnebonbons dazu gegessen. Sie waren nicht süß. Doch das läßt sich schon ertragen. Brot ist zu knapp.

Japan setzt seine Bombenangriffe gegen die USA fort. Heute wurde die Rundfunkansprache von Roosevelt gedruckt. Auf der Welt spielen sich einmalige Ereignisse in unserer Geschichte ab. Womit endet das?

Wieder keine Zeitungen aus Moskau, und unsere ist zu arm an Informationen. Eigentlich schade in so einem historischen Augenblick.

Am Abend keine Lebenszeichen im Radio. Das ist ganz schlecht. Den ganzen Tag über wurde die Stadt von schweren Geschützen beschossen, wahrscheinlich gibt es Beschädigungen.

Hilde Wieschenberg 1910–1984   Schwarzwald
An ihren Mann vor Leningrad
Wie heißt es doch im Wehrmachtsbericht: «durch den Winter bedingt ist ein Stillstand der Kampfhandlungen im Osten eingetreten». Und gestern sagte der Führer: «Mit Beginn des Sommers rollt die ganze Front wieder.» Was sagst Du zu dem Krieg Japan–USA? Die kleinen wendigen Kerle haben in 3 Tagen 3 Schlachtschiffe und einen Flugzeugträger versenkt. Natürlich interessiert einen jetzt die Geschichte Japans. Weißt Du auch, daß dieses Volk noch keinen Krieg verloren hat? O, Du hättest hören müssen, mit welcher Ironie der Führer sagte: «Wir haben den Herrn die Pässe ausstellen lassen.»

Jetzt haben wir den Weltkrieg, den jeder seit Beginn des Russenkrieges vorausgeahnt hat.

Meine Vorfreude auf Weihnacht wächst doch von Tag zu Tag. Allerliebste Teilchen habe ich für unsere Kinder fertig gebastelt. Für 2 Tage habe ich Frl. Maria, das Servierfräulein für die Gäste, vertreten. Sie durfte mal heim zum Mutterl. Mir hat das Jonglieren mit Gläsern und Tellern Spaß gemacht. Denk Dir, das gute Mädchen brachte mir zum Dank ½ Pfd. Butter, ½ Pfd. Speck und 3 frische Eier mit. Jetzt kann ich zum Fest auch noch Plätzchen backen. Und Du mein Junge gehst auf keinen Fall leer aus. Henkel überwies heute 120.40 Mark als Weihnachtsgabe

Russischer Gefangener

nach hier. Ich werde den Betrag noch im alten Jahr zur Sparkasse über-
weisen. Wieviel haben wir dann? Ich glaube 2000.– Doch allerhand.
Nicht wahr?

Jura Rjabinkin 1925–1942   *Leningrad*
Jetzt ist Mutter gegangen, um die Geschichte mit den Lebensmittelkarten zu klären. Davon hängt mein Leben ab. Wenn die Sache heraus-
kommt, kann ich mir das Leben nehmen. Für mich, der in einer sorg-
losen, glücklichen Atmosphäre und wie es mir scheint in einem paradie-
sischen Leben aufgewachsen ist, würde das weitere Leben eine ewige
Qual bedeuten, bis der Hunger oder eine deutsche Kugel meinem elenden Dasein ein Ende bereitet. Was wird dann mit Mutter, mit Ira? Leningrad können wir mit einem Flugzeug auch erst im Januar verlassen,
wenn uns eine positive Antwort aus Smolnyj dazu vorliegt. An der Wassersucht sterben könnte man im Laufe von einer Woche, aber von einem
verirrten Splitter oder durch die Einwirkung von chemischen Kampf-
stoffen könnte man in einem Augenblick ins Jenseits befördert werden.
Doch äußerlich darf ich mich nicht betrübt zeigen. Sonst bin ich erledigt. Nicht für mich (mein Ende kann wohl in jedem Augenblick kommen), sondern für Ira und Mutter. Tina wird mich in der Ferne beweinen, sich an unser vergangenes Leben erinnern, etwas wird sie auch bereuen, und in einem Jahr vergißt sie uns ... Es vergeht ein halbes Jahr,
ein Jahr, der Krieg geht zu Ende, und ein glückliches Leben wie in der
Vergangenheit kommt wieder in unsere Stadt. Unsere Leichen werden
verwesen, die Knochen verwandeln sich zu Staub, und Leningrad bleibt
ewig stolz und unbesiegbar an den Ufern der Newa stehen. Wieviele
Menschen sterben täglich in Leningrad! Durch den Hungertod! Erst
jetzt kann ich mir die vom Feind belagerte Stadt vorstellen. Der Hunger
tötet alles, was noch lebt. Nur diejenigen, die den Hunger selbst ertragen haben, können dieses Leben verstehen. Wer ihn nicht kennt, kann
es sich nicht vorstellen.
Wozu solche traurigen Gedanken, soviel Melancholie? Man erinnert
sich gelegentlich an die Ode von Deržavin: «Zum Tode des Fürsten
Meschtscherski» und denkt über das Ende nach. Wieso wurde uns das
Leben gegeben, diese wertlose Gabe der Natur, wieso soll man über das
Schlechte darin nachdenken? Denk über das Gute nach, nimm vom Leben all die Vergnügen, die uns das Leben geben kann. Was verliert man
dabei?
Alles ist schon so, aber ein Wurm frißt heimlich an meiner Seele. Der

Mensch wird sich nie mit der Gegenwart zufriedengeben. Er braucht eine kleine Verbesserung, etwas Neues in der Zukunft. Es ist wahr, daß «die Hoffnung die Jugend ernährt», und zwar mit der Ergänzung, daß mit Jugend alle Menschen gemeint sind.

Es ist kurz nach drei Uhr nachts. Ira schläft und ich schreibe mein Tagebuch. Mutter ist nicht zu Hause. In einer halben Stunde, vielleicht auch früher, müßte man in die Kantine des Kombinats gehen.

Heute ist schon der 12. Dezember. Übrigens sind schon drei Jahre seit den letzten Wahlen zum Obersten Sowjet der UdSSR vergangen. Heute kann ich bestimmt sagen, mehr als einen weiteren Monat halten wir in Leningrad nicht aus. Das ist wie $2 \times 2 = 4$. Jemand klopft an die Tür, ich gehe aufmachen, mein Herz schlägt unruhig, ich mache die Tür auf ... es ist nicht die Mutter, sondern Anfisa Nikolajewna.

5 Uhr abends, die Mutter ist noch nicht gekommen. Das könnte etwas Schlechtes bedeuten. Vielleicht ist die Sache mit der Karte herausgekommen, man hat Mutter im Büro festgenommen, oder es ist ein Unglück geschehen. Es kann sein, daß sie schon im Krankenhaus liegt oder sogar in einer Leichenhalle. Das Schicksal schlägt wahllos zu.

Und alles wegen der verfluchten Karte. Warum hat die Mutter sie genommen? Meinetwegen, wegen meines hungrigen Aussehens? Ich habe sie zum Verbrechen getrieben, ich trage Schuld an ihrem Tod oder an ihrem elenden Dasein und an Iras, am Leiden Tinas, ganz zu schweigen von dem Unheil, das ich für mich selbst herbeigeführt habe. Ich habe Schuld an all dem. Wäre ich nicht in Melancholie und Trübsinn gestürzt, wäre alles anders gekommen. Unter meinem Einfluß hat die Mutter das Verbrechen begangen, ich soll ihre Schuld übernehmen. Wenn es nicht klappt, wenn es sich herausstellt, daß ich unsere Leben zugrunde gerichtet habe, dann werde ich mir das Leben nehmen, ich muß und kann es tun. Ich kann mich freiwillig bei der Landwehr bewerben und an der Front etwas Gutes tun, ich kann für die Heimat fallen. Sterben und meine Pflicht erfüllen.

«Wenn man gern rodelt, muß man auch den Schlitten bergauf schleppen.» – «Was du säst, wirst du auch ernten.»

Wenn die Geschichte mit der Karte herausgekommen ist, werde ich an Tina ein Blitztelegramm schicken: «Ich sterbe. Hilfe brauche ich nicht. Vergiß uns. Jura.» So ungefähr würde ich schreiben, wenn ich allein wäre. Aber Ira. Man kann ihr das Leben verderben. Es ist leicht zu sterben, doch man muß Ira auf den richtigen Weg führen. Ich schreibe und beinahe weine ich. Gestern sagte die Mutter: «Ich hoffe nur auf den Herrgott. Ich bin Kommunistin, trotzdem bin ich gläubig. Und Ira auch.»

Auf Gott kann man sich verlassen, doch selbst muß man auch gut sein wollen. Ich fühle, daß auch ich fromm werde, ich sehe die Ikone an und bete zu Gott, damit das Unglück an uns vorbeizieht.

Mutter ist immer noch nicht gekommen. Es ist schon nach 5 Uhr abends. Und heute war irgendwo ein Artilleriebeschuß.

Der einzige Mensch, der uns treu bleibt und in einem Leid nicht verlassen hätte, ist Tina. Sie ist jetzt sehr fern, in Kansk, Gebiet Krasnojarsk, sie ist außerhalb der Blockade, hinter der Front, hinter dem Ural, jenseits des Jenissej, mitten in Sibirien.

Ich warte noch eine halbe Stunde oder eine Stunde, und dann gehe ich zum Kombinat Nr. 2. Ich will wissen, wo Mutter ist. Und wenn man sie dort nicht mehr gesehen hat, muß ich mich bei den Krankenhäusern und in den Leichenhallen erkundigen. Was für Unsinn schreibe ich, ich kann nicht mehr. Oh, mein Gott ...

Der Offizier Leo Tilgner 1892–1971   vor Leningrad
An seine Frau

Mein Gemälde für unser Kasino ist ein großes, benannt «Urlaubers erster Gang», zwei Nackte von rückwärts, von denen St. meint, es könnte von Gulbransson gemacht sein. Sodann 5 kleinere Bilder nebeneinander über der Bank, darstellend «Lili Marlen», sodann eine Karikatur auf Gas-Wasser, die viel Beifall fand. Die dritte stellt die Verfilmung der Bacchantin im Schloß dar, Nr. 4 ein Traum, eine Putte, die über einen Schläfer ein Bierfaß rollt, Nr. 5 zwei Schweinsköpfe, übertragen aus einem Heft. Also von rückwärts symbolisch, wie St. feststellte: Essen, Trinken, Kunst, Wasser und Gas. – Heute früh starke Schneeverwehungen. Bis an die Knie konnte man hindurchstapfen. Vor dem Haus machte ich eine Aufnahme von meinen «Tänzerinnen». Sie kamen sich in ihren Kostümen noch etwas ungelenk vor. Ich schrieb Dir doch von unseren Weihnachtsdarbietungen im lustigen Teil. Da habe ich mir diese Tanzszene ausgedacht. Ich kann mir vorstellen, daß es ein großes Gelächter geben wird. Das Marschlied wirst Du ja inzwischen auch erhalten haben.

Soja Bernikowitsch   *Leningrad*

Natürlich mußte man alles essen. Ich habe Riemen und Leim gegessen. Mit dem Firnis habe ich Toast bestrichen. Man sagte uns eines Tages, daß Kuchen aus Senf sehr schmackhaft seien. Und da standen die Menschen lange Schlangen, um Senf zu kaufen.

Die Senfkuchen mußte man geschickt backen. Sieben Tage lang mußte

der Senf im Wasser aufgelöst werden, und Wasser mußte man ständig erneuern, damit die Bitterkeit verschwindet. So habe ich mir zwei Kuchen gebacken. Ich habe dann einen gegessen und begann wahnsinnig vor Schmerz zu schreien. Solche furchtbaren schneidenden Schmerzen! Viele starben damals dadurch. Der Senf ruinierte den Darm. Als die Ärztin zu mir gerufen wurde, fragte sie mich: «Wieviel Kuchen haben Sie gegessen?» «Nur einen.» «Dann haben Sie Glück, daß Sie so wenig gegessen haben. Großes Glück!» So bin ich am Leben geblieben …
Man hat Landrin gekauft und süßen Tee damit getrunken; Saccharin war auch aufzutreiben. Ich habe auch Melde und Huflattich gegessen. Ich habe das in einer großen Glasflasche eingemacht und dann mit Salz gegessen.

*

Adam Czerniaków 1880–1942   **Warschauer Ghetto**
Morgens Gemeinde. Um 1 erschien der Kommissar mit seiner Frau, um sich die von der Firma Messing gelieferten Möbel anzusehen. Ich bereite mich auf den morgigen Umzug vor.

Danuta Czech   **(KZ Auschwitz-Birkenau)**
Zwei Häftlinge, die von der Polizeibehörde aus Auschwitz eingeliefert worden sind, erhalten die Nummern 24 230 und 24 231.
Acht Erziehungshäftlinge, die von der Stapoleitstelle Kattowitz aus Rybnik, Sosnowitz, Beuthen und von der Kripoleitstelle Kattowitz eingeliefert worden sind, erhalten die Nummern 24 233 bis 24 237, 24 240, 24 242 und 24 243.
Drei Häftlinge, die von der Stapoleitstelle Kattowitz eingeliefert worden sind, erhalten die Nummern 24 232, 24 238, 24 239. Die Nummer 24 241 erhält ein von der Kripoleitstelle Kattowitz eingewiesener Häftling.
Vier jugoslawische Häftlinge, die von der Stapoleitstelle Graz eingewiesen worden sind, erhalten die Nummern 24 244 bis 24 247.
18 Häftlinge, die mit einem Sammeltransport der Stapoleitstellen aus Oppeln, Reichenberg, Dresden, Breslau, Frankfurt/M., Danzig, Tilsit, Prag und von der Kripoleitstelle aus Breslau eingewiesen worden sind, erhalten die Nummern 24 248 bis 24 265.
102 Häftlinge, die von der Sipo und dem SD aus dem Gefängnis in Tarnow eingewiesen worden sind, erhalten die Nummern 24 266 bis 24 367. Unter den eingelieferten Häftlingen befinden sich 99 Juden.

Zwei Erziehungshäftlinge, die von der Polizeibehörde aus Saybusch eingeliefert worden sind, erhalten die Nummern 24 368 und 24 369.
101 tschechische Häftlinge, die von der Gestapo aus Brünn eingewiesen worden sind, erhalten die Nummern 24 370 bis 24 470.

*

Guten Tag, liebes Glück! Kommst du wirklich zu mir?
Guten Tag, liebes Glück! Das ist reizend von dir!
Doch ich bitte dich, darauf gib mir dein Wort,
geh nicht so schnell wieder von mir fort!
Guten Tag, liebes Glück, reich mir einmal die Hand,
denn ich hab dich gesucht, bis ich heute dich fand.
Laß die andren nun einmal warten und bleib hier,
liebes Glück, bei mir!

<834   Sonnabend, 13. Dezember 1941   1242>

Siehe, ich will mich wieder zu euch wenden und euch ansehen.
HERRNHUT   HESEKIEL 36,9

Klaus Mann 1906–1949   *New York*
An Bruno Walter
Es war schön und sinnreich, diese meisterhafte Aufführung [der Zau-
berflöte] gerade an dem Tage mitzuerleben, der den Untergang des
Schandbuben besiegelt. Es ist der Geist der Zauberflöte, kombiniert aus
Magie und Vernunft, in dessen Zeichen wir das Scheußliche besiegen
müssen.

Thomas Mann 1875–1955   *Pacific Palisades*
Vormittags am 2. Thamar-Kapitel gebessert und weiter. Mittags mit John
zur Ozean-Promenade und dort allein gegangen. Kühl. […] Hand-
schriftlich an Fr. C. Hallgarten zu ihren Memoiren. Abends italienische
Oper (And. Chénier). Lektüre in dem Roman der Buber. – Jubel in
Moskau über Zurückeroberungen und, wie es scheint, desaströsen Rückzug der Deutschen. Statement Litwinows über die russisch-angelsäch-
sische Arbeitsteilung. Vorschlag eines gemeinsamen Kriegsrates.

Julien Green 1900–1998   *Baltimore*
Ich glaube, in den kommenden Monaten wird die Literatur im Leben
dieses Landes einen äußerst bescheidenen Platz einnehmen. Traurig zu
denken, daß dies Tagebuch zu einem Kriegstagebuch wird, mit allem,
was daran langweilig und lästig ist.

Wilhelm Muehlon 1878–1944   *Klosters/Schweiz*
Die Londoner Nachrichten aus Russland klingen mir fast zu gut. Offenbar ist an einem grossen Rückzug der Deutschen im Abschnitt Moskau nicht zu zweifeln. Im Süden dagegen scheinen sie mir eher fester
als schwächer zu stehen.

*

Der Adjutant Heinrich Heim *1900   Führerhauptquartier
Mittags Gäste Reichsminister v. Ribbentrop, Rosenberg, Dr. Goebbels
Reichskommissar Terboven, Reichsleiter Bouhler
[Hitler:] Der Krieg wird sein Ende nehmen, und ich werde meine letzte Lebensaufgabe darin sehen, das Kirchenproblem noch zu klären. Erst
dann wird die deutsche Nation ganz gesichert sein. Ich kümmere mich
nicht um Glaubenssätze, aber ich dulde nicht, daß ein Pfaffe sich um
irdische Sachen kümmert. Die organisierte Lüge muß derart gebrochen
werden, daß der Staat absoluter Herr ist.
In meiner Jugend stand ich auf dem Standpunkt: Dynamit! Heute sehe
ich ein, man kann das nicht über das Knie brechen. Es muß abfaulen
wie ein brandiges Glied. So weit müßte man es bringen, daß auf der
Kanzel nur lauter Deppen stehen und vor ihnen nur alte Weiblein sitzen. Die gesunde Jugend ist bei uns.
Gegen eine absolute Staatskirche, wie sie die Engländer haben, habe ich
nichts. Aber es kann nicht wahr sein, daß man auf die Dauer durch eine
Lüge eine Welt halten kann. Erst im sechsten, siebenten, achten Jahrhundert ist unseren Völkern durch die Fürsten, die es mit den Pfaffen
hielten, das Christentum aufgezwungen worden. Vorher haben sie ohne
diese Religion gelebt. Ich habe sechs SS-Divisionen, die vollständig kir-
chenlos sind und die doch mit der größten Seelenruhe sterben.
Christus war ein Arier, aber Paulus hat seine Lehre benutzt, die Unter-
welt zu mobilisieren und einen Vorbolschewismus zu organisieren; mit
dessen Einbruch ging die schöne Klarheit der antiken Welt verloren. Was
ist das für ein Gott, der nur Wohlgefallen hat, wenn die Menschen sich
vor ihm kasteien! Ein ganz einfaches, klares, einleuchtendes Verfahren:
Der liebe Gott setzt die Voraussetzungen für den Sündenfall; nachdem
es mit Hilfe des Teufels endlich geklappt hat, bedient er sich einer Jungfrau, um einen Menschen zu gebären, der durch seinen Tod die Menschheit erlöst! Der Mohammedanismus könnte einen doch vielleicht noch
für seinen Himmel begeistern. Aber wenn ich mir den faden christlichen Himmel vorstelle! Da hat man einen Richard Wagner auf der Erde
gehabt, und drüben hört man Halleluja und sieht nichts als Palmwedel,
Kinder im Säuglingsalter und alte Menschen. Ein Insulaner verehrt wenigstens noch Naturkräfte. Das Christentum ist das Tollste, das je ein
Menschengehirn in seinem Wahn hervorgebracht hat, eine Verhöhnung
von allem Göttlichen. Ein Neger mit seinem Fetisch ist ja einem, der an
das Wunder der Verwandlung ernstlich glaubt, turmhoch überlegen.
Manches Mal verliert man die ganze Achtung vor der Menschheit; nicht
vor der breiten Masse, die haben nie etwas anderes gelernt, aber daß

Parteiminister und Generale überzeugt sind, daß wir ohne den Segen der
Kirche nicht siegen können! Dreißig Jahre kämpften Deutsche, ob man
den lieben Gott in einer oder in zweierlei Gestalt zu sich nimmt! Unsere religiöse Ebene ist schon die schmählichste, die es überhaupt gibt.

Die Japaner tun sich leicht: Sie besitzen eine Religion, die sie auf die Natur zurückführt; auch das Christentum der Japaner ist eine in ihre Welt
abgewandelte Angelegenheit.

Den Jenseitsgedanken der christlichen Religion kann ich nicht ersetzen,
weil er nicht haltbar ist. Der Ewigkeitsgedanke liegt in der Art fundiert.
Geist und Seele gehen gewiß wieder zurück in das Gesamtreservoir –
wie der Körper. Wir düngen damit als Grundstoff den Fundus, aus dem
neues Leben entsteht. Über das Warum und Weshalb brauche ich mir
nicht den Kopf zu zerbrechen. Ergründen werden wir das Wesen der
Seele nicht.

Wenn es einen Gott gibt, dann gibt er nicht nur das Leben, sondern auch
die Erkenntnis; reguliere ich auf Grund der mir von Gott gegebenen
Einsicht mein Leben, dann kann ich mich irren, aber ich lüge nicht. Das
körperlich gedachte Jenseits der Kirche scheitert schon daran, daß jeder,
der herunterzuschauen gezwungen ist, ein Martyrium hätte: Er müßte
sich zu Tode ärgern über die Fehler, welche er die Menschen immerfort
begehen sieht!

H. St. Chamberlains Irrtum war, an das Christentum als an eine geistige
Welt zu glauben. Der Mensch legt überall seinen menschlichen Maßstab an: Was größer als er ist, nennt er groß, was kleiner ist, klein. Fest-
steht: Irgendwo in der Weltskala sitzen wir drin; die Vorsehung hat den
einzelnen geschaffen in seiner Art, und damit ist viel Freude gegeben!
Wir können nichts anderes tun, als uns an dem zu freuen, was wir schön
finden. Ich strebe einen Zustand an, in dem jeder einzelne weiß, er lebt
und er stirbt für die Erhaltung seiner Art. Die Aufgabe ist, den Menschen zu erziehen, daß er der größten Verehrung würdig ist, wenn er
Besonderes tut zur Erhaltung des Lebens der Art.

Es ist gut, daß ich die Pfaffen nicht hereingelassen habe in die Partei. Am
21. März 1933 – Potsdam – war die Frage: Kirche oder nicht Kirche?
Ich habe den Staat gegen den Fluch der beiden Konfessionen erobert;
wenn ich damals angefangen hätte, mich der Kirche zu bedienen – wir
sind an die Gräber gegangen, während die Männer des Staates in der
Kirche waren –, so würde ich jetzt das Schicksal des Duce teilen; für
sich ist er ein Freigeist, aber er hat begonnen mit Konzessionen, während ich mich an seiner Stelle mehr nach der revolutionären Seite gewandt hätte. Ich würde im V[atikan] einmarschieren, die ganze Gesell-

schaft herausholen. Ich würde sagen: Verzeihung, ich habe mich geirrt! Aber: die sind weg!

Immerhin, wir wollen nicht wünschen, daß die Italiener oder die Spanier das Christentum verlieren: Wer es hat, hat stets Bazillen bei sich.

Jochen Klepper 1903–1942   Berlin

Zum dritten Male das Adventseinläuten. So seltsam ist alles: daß man nun aus so traurigem, beunruhigendem Grunde die Adventszeit zu Hause verlebt, all dies Schöne noch einmal erfahren darf.

Grete Dölker-Rehder 1892–1946   Stuttgart

Seit einiger Zeit war ich unruhig u. in Sorge um Sigfrid. Es war mir ja selbst immer so merkwürdig, dass ich nicht viel *mehr* in Trauer oder in Angst seiner gedachte. Aber es war diese grosse Ruhe in mir: er lebt. Neben der Ruhe war es oft fast ein Jubel: er lebt. Mein Verstand sagte, wie kannst du so etwas denken, du weisst doch, er lebt nicht mehr. Oder sagte mein Verstand, wenn er noch lebte, müsstest du dir Sorgen machen, denn dann ginge es ihm wohl nicht gut, warum also ist keine Sorge in Dir? Aber ich sorgte mich nicht. Ich dachte, ich sei eine schlechte Mutter oder herzlos oder leichtfertig, was alles ich ja sonst nie gewesen bin. Doch nun plötzlich war ich in Sorge. Warum? Ich weiss es nicht. ... Ich meinte zu wissen, dass Sigfrid nicht in Kanada sei, sondern auf einem englischen Kriegsschiffe mitfahren müsse. Damit stimmte auch überein, dass mir vor einigen Monaten plötzlich so war, als sei er an der Elfenbeinküste. Jetzt ist in Ostasien die «Prince of Wales» untergegangen, der Schlachtkreuzer, der beim Untergang von «Bismarck» dabei und hauptbeteiligt war. Nun frage ich mich, sollte Sigfrid mit dorthin gefahren sein, sollte er dort ein zweites Mal untergegangen u. gerettet sein? Denn wieder gerettet, das ist mir ohne Zweifel. Obwohl ich mir Sorgen machte – jetzt ist es wieder ruhig in mir u. voller Zuversicht. Plötzlich gedenke ich der seltsamen, etwas verworrenen Erzählung, die meine sonst sehr unmystische Mutter uns vor einigen Monaten machte u. der wir wenig Beachtung schenkten, weil sie nicht zu verstehen war, von der damaligen Situation aus. Sie sagte – am 16. 8. 41 –: «Ich sah einen Mann, wahrscheinlich Sigfrid, ruhig auf kleinen Wellen schwimmen und sich immer mehr von einem weiterfahrenden Schiff entfernen. Seine Kräfte erlahmten u. er liess sich von dunkelhäutigen Männern in ihr Boot aufnehmen. Er wurde von ihnen zu ihrem Häuptling geführt, dem er in der Zeichensprache sein Schicksal erzählen musste. Der Häuptling hatte dabei ein krummes Messer im Munde, sah aber nicht unfreundlich aus, und

ein Mädchen, das in der Nähe stand, lächelte ihn freundlich an. Dann
führte man ihn zu den Japs. Zu den Japs ...» Was sind dies nur für seltsame Sachen!! Wir sind doch sonst ganz normale Leute u. uns ist früher
so etwas nie geschehen. Besonders Oma war fern von allem Mysti-
schen, so fern, dass wir es fast als einen Mangel betrachteten. Wir sahen
da die Hamburger Kaufmannstochter in ihr, die uns auch durch diese
nüchterne Weltbetrachtung wenig Sinn fürs Religiöse zu haben schien.
Und nun miteins erlebt sie solche Gesichte! Wodurch es uns damals besonders als nicht ernst zu nehmen erschien, das war der Schluss mit den
Japs. Denn damals gingen uns die Japaner gar nichts an u. es war geradezu absurd, zu denken, Sigfrid, dessen Schiff 400 Seemeilen westlich von
Brest untergegangen war, könne bei den Japanern an Land kommen.
Und jetzt ist gerade das der Punkt, der mich plötzlich wieder an diese
damals kaum beachtete Sache denken liess. Das englische Schlachtschiff
«Prince of Wales», das beim Untergang von «Bismarck» dabei war, also
wohl Leute davon aufgenommen haben kann, ist bei Japan oder bei Hawai durch die Japaner untergegangen. Ist da ein Zusammenhang mit
Sigfrid??
Ich schreibe diese Dinge alle etwas zaghaft auf. Wenn Sigfrid lebte u.
wiederkehrte, erführen sie ihre erstaunliche Rechtfertigung. Kehrt er
uns nie wieder, sind sie ungesunder «Tünkram» [Gerede], u. eine Flucht
in Aberglauben, eine Feigheit, eine Schwäche, Lächerlichkeit – und ich
möchte alles vernichten, was ich schrieb.

Der Matrose Kim Malthe-Bruun 1923–1945   Helsingfors

Liebste Paula und Großvater
Wieder steht Weihnachten vor der Tür, und wir hatten gehofft, bis dahin heimzukommen. Um vorn zu beginnen, so erhielten wir vor einer
Woche den Befehl, umgehend abzufahren. Am gleichen Abend begannen wir mit dem Klarmachen des Schiffes, und schon um halb 5 Uhr des
nächsten Morgens, in stockfinsterer Dunkelheit, in Schnee und beißen-
der Kälte waren wir an der Arbeit, die schweren Wintersegel unterge-
schlagen zu bekommen. Um 7 Uhr waren wir mit allen Segeln fertig, mit
Ausnahme des Besansegels. Froheste Laune herrschte, und wir alle waren begeistert vom Gedanken, daß wir wahrscheinlich mit dem Schiff
auf Weihnachten heimkommen würden.
Ein wenig vor 8 Uhr wurde ein Stahldraht durch die Achterklüse gezogen, und dann schleppte uns der Eisbrecher im Kreis herum, bis wir eis-
befreit und klar dalagen, nachher kam die Reihe an den anderen Schoner
und zuletzt an den Dampfer. Dieser ging nun voran, dann kamen wir,

nur wenige hundert Meter hinter ihm, und den Schluß des kleinen dänischen «Geleitzuges» bildete der andere Schoner.

Es ging gleich von Anfang an ganz langsam, ja oft lagen wir sogar noch ganz still. Etwas eigenartig Hinreißendes, etwas Großartiges war dabei, langsam durch eine derartige Wüstenei hindurchzuleiten. Als wir gute anderthalb Stunden so gefahren waren, gab der Dampfer ein Signal mit dem Nebelhorn, daß er rückwärts fahre. Wir stoppten die Maschine, lagen still und warteten; dreimal brauchte er das Nebelhorn, und dreimal fuhr er rückwärts, aber gleich viel half es – fest saß er. Währenddessen fuhren wir vor- und rückwärts, um dem Schicksal zu entgehen, selber festzuliegen. Kurz danach gab der Dampfer es auf, aus eigener Kraft freizukommen, und gleichzeitig war unser Schiffer vollkommen ins reine gekommen, daß wir mit dem wenigen Öl, das wir hatten, niemals durchkommen würden. Nachdem sie sich gegenseitig durch Zurufe verständigt hatten, fuhren wir vorwärts zu dem kleinen, offenen Fleck, der hinter dem Schraubenwasser des Dampfers eisfrei geblieben war, und wendeten nun in vielen kleinen Etappen, bis wir in keinen fünf Metern Abstand am andern Schoner vorbeikommen konnten, damit beide Schiffe im aufgebrochenen Eis sich halten konnten. Genau drei Stunden nach unserer Ausfahrt aus dem Hafen waren wir wieder drin und konnten wir an derselben Stelle wieder anlegen. Natürlich hatten wir eine schreckliche Mühe wegen der Eisschollen, ganz hinein bis zum Hafendamm zu kommen, aber es gelang. Der Dampfer ist sicher noch nicht durchgekommen. Am gleichen Tag wurde um ein Visum nachgesucht für unsere Heimreise über Land, und wir hatten sehr gehofft, zu Weihnachten daheim zu sein, aber leider nimmt es mehr Zeit in Anspruch, die Papiere in Ordnung zu bekommen, als wir geglaubt hatten.

Seither haben wir eine Menge zu besorgen gehabt. Alle Segel mußten wieder eingezogen werden, und vorerst mußten sie ja vom Schnee befreit sein, bevor sie hineingelegt werden konnten. Dieses aber hatte seine Schwierigkeit, weil es stark schneite.

Dann kam die Reihe an alle laufenden Güter. Das war natürlich ein etwas kaltes Tagewerk, aber nun sind wir damit beinahe fertig, und so sollen wir in den letzten Tagen, bevor wir von hier abreisen, Brennholz sägen, damit der Steuermann, der da oben zurückbleiben soll, einen Vorrat davon hat. Soeben habe ich von den andern die traurige Mitteilung erhalten, daß der Dampfer, der versucht hatte, das Eis zu bezwingen, nie wieder in einen Hafen einlaufen wird.

Die liebevollsten Grüße und Wünsche von Eurem Euch zugetanen Kim

Der Soldat Paul Hübner *1915 Kemi/Hauptlazarett
Die zierliche Lotta, die uns betreut, hatte verweinte Augen. Omeingold
sagte, das Mädchen habe heute früh erfahren, daß ihr Verlobter gefallen sei, habe aber gewünscht, den Dienst zu machen wie sonst.
Das schwarze Schiff fern draußen schwimmt in einem blutfarbenen
Dreieck mit ockergelbem Saum.
Dieter war nach mir mit einem Lungendurchschuß in die Baracke eingeliefert worden. Als er mich entdeckte, kam er trotz meiner Bitten, sich
doch ruhig zu verhalten, an mein Lager. Er wirkte zerfahren, wechselte
jäh zwischen krampfhafter Heiterkeit und ängstlichem Aufdemsprung-
sein. Er erzählte, er sei mit Helmut in eine der ausgebauten Stellungen
eingewiesen worden. Helmut habe Rockenbusch, der ihn später in die
benachbarte Stellung befahl, gebeten, bleiben zu dürfen, wo er sei. Der
Feldwebel habe ihn angeraunzt, ob er glaube, ihm werde eine Extra-
wurst gebraten, und habe den Befehl wiederholt. Helmut habe nun in
befremdender Weise nochmals gebeten, am Ort belassen zu werden,
worauf ihm Rockenbusch mit sofortiger Verhaftung wegen Befehls-
verweigerung gedroht habe. Helmut sei dann zögernd in die andere
Stellung gegangen. Zehn Minuten später habe ihn dort eine Scharf-
schützenkugel über der Nasenwurzel in die Stirn getroffen.
Das Feldlazarett sollte geräumt werden, weil die Front näher kam. Wir
sollten in Wagen abtransportiert werden, aber dann landete eine Ju 52
auf dem gefrorenen See in der Nähe. Sie konnte zwölf Mann liegend
und acht sitzend aufnehmen. Als man mich forttrug, lag Dieter in hohem Fieber. Er redete auch jetzt im Fieber fort und fort, es war, als trie-
be ihn etwas zu sprechen und sprechen, so lang er noch Atem habe.
Die Maschine flog niedrig über die endlosen, tiefverschneiten Wälder
und Seen und landete nach eineinhalb Stunden so sanft wie sie sich erhoben und in der Luft bewegt hatte.

Der Soldat Heinz Behncke 1922–1944 auf Transport
Überraschend fand die Fahrt ihr Ende. Von Kronstadt mit 4 bzw. 6 Maschinen durch die verschneiten Karpaten. Später durch die Ölstadt
Ploesti, die durch Ballonsperren und deutsche Flak gesichert war. An
der Ölleitung entlang Richtung Bukarest, wo dann ausgeladen werden
mußte. Dann mußten wir durch ein Dorf, über Straßen, wie man sie
aus den Wochenschauen kennt. Das Riesenbarackenlager ist von den
Russen erbaut. Inzwischen haben wir uns eine malerische Bude gezau-
bert.

Der Feldwebel Arthur Binz   Kutschuk Sjuren / Krim

Diese Nacht, es war schon 5.45 Uhr früh, haben uns die russischen Flieger wieder einmal sehr lebhaft heimgesucht. Um die angegebene Zeit wurden wir plötzlich durch einen enormen Knall und das Erzittern unseres ganzen Quartiergebäudes aufgeweckt. Von da an hörte der Kreistanz der Flieger fast eine halbe Stunde lang über unseren schlaftrunkenen Häuptern überhaupt nicht mehr auf. Es war wieder die verflixte Nervenkreissäge, lautlich wie reaktionsmäßig dem Rädern beim zahnärztlichen Plombieren nicht unähnlich, nur waren es d r e i Zahnärzte, die da gleichzeitig am Werke waren. Diese Wehrlosigkeit gegenüber der Fliegerei zur Nachtzeit ist besonders zermürbend. Bei Tag können wir uns doch wenigstens mit unseren Karabinern an der Abwehr beteiligen, was mindestens seine beruhigende subjektive Wirkung nicht verfehlt. Übrigens war nach Beobachtung unseres kuraschierten Kompaniechefs, des Altneunzehners Oblt. Binder, der bei Annäherung russischer Flieger immer gleich mitten ins Freie eilt, unser Dorf in der kritischen Zeit einmal minutenlang taghell beleuchtet, weil die Russen auf den berühmten Felsen über uns Leuchtbomben abwarfen, um für den Tag zu erkunden und ihre Bombenziele besser zu sehen. Aber das Soldatenglück blieb uns treu. Obwohl so ziemlich rund herum Bomben fielen, traf nur eine so in die Nähe, daß es in einem Haus unseres Ortes Scherben gab, und zwar – Duplizität der Ereignisse – zerklirrten ausgerechnet wieder die Fenster im kriegsgerichtlichen Zimmer, von deren anderweitiger Zertrümmerung ich bereits gestern berichtete und die nach ihrer Zerstörung gleich wieder erneuert worden waren, um nach 24 Stunden aufs neue in die Brüche zu gehen. Ob wohl das «Gottesgericht» mit dem Kriegsgericht nicht ganz einverstanden ist?

Übrigens ad Kriegsgericht: Meine auf einem früheren Tagebuchblatt – wohl in Cherson – erwähnte Gegenvorstellung gegen das kriegsgerichtliche Urteil in der Feigheitssache des Pioniers, gerichtet an den Oberbefehlshaber, ist in vollem Umfang zu meiner Genugtuung durchgedrungen. Die höhere Stelle hat sich meine Auffassung, daß es sich um ein auf Irrtümern basierendes Fehlurteil handelt, zu eigen gemacht, und ich bin stolz auf den Erfolg, einen Mann, der nach Ansicht des Gerichts 742 Jahre Zuchthaus hätte absitzen sollen, zum Nutzen des Vaterlands in kürzester Frist wieder an die Front gebracht zu haben.

Der auf heute angeblich angesetzt gewesene Großangriff auf Sewastopol wurde, wie man hört, wieder vertagt. Obwohl die Eindeckung mit Munition sehr gut sein soll, scheint es noch an Betriebsstoffen zu fehlen.

Der Sanitäter Wilhelm Hebestreit 1903–1983 Sowjetunion
Auf dem Lande – und das meiste in diesem Staate ist eben «Land» – findet man noch viele Menschen, wie sie uns von Tolstoi und Dostojewskij her bekannt sind. Ich meine besonders die kindlichen, einfachen, die Menschen mit schlichtem Sinn. Ich fand viele, besonders unter den älteren, die ich mir gut in der Nachbarschaft der Hirten von Bethlehem denken könnte, weil sie so kindlich-reinen und demütigen Sinnes sind. Ja, sie sind arm, nach unseren Begriffen leben sie in einer für Euch kaum vorstellbaren «Rückständigkeit». Aber was ist das für eine selige Armut, in der so feine, gütige, zartfühlende und glückliche Menschen gedeihen, Menschen, die sich gar nicht denken können – was ich aber schon oft dachte: daß Gott vielleicht eine heimliche Freude an ihnen haben könnte. Ich kam in Hütten, kaum zu sagen, wie arm, nach wenigen Minuten war ich aber schon überzeugt, daß glückliche Menschen darin wohnten. Eine Wonne war es, mit der meist großen Kinderschar zu spielen, weil sie alle, auch untereinander, so gut waren. Wenn man diese Art von Armut sieht, lernt man erst begreifen, wieso es zu allen Zeiten Menschen gegeben hat, die die Armut gesucht haben.
Nach unseren Auffassungen ist es freilich rückständig, wenn sich Kochen, Essen, Schlafen – alles in einem Raum abspielt. Ich sah aber, daß es dem Leben eine Geschlossenheit verleiht, die wir nicht mehr kennen. Ich finde diese Menschen auch schön, besonders die Alten. Mancher Maler wäre wohl froh, wenn er solche Modelle hätte.

Der Leutnant Georg Kreuter 1913–1974 Nowgorodskoje
Kurz war mal wieder die Freude. Wieder kommt es anders, als man dachte. Der Befehl zum Ausweichen ist da. Ich fahre mit dem Schlitten zur Besprechung in das Bahnwärterhaus nach Dubrowitsch. Auf Befehl des Regiments soll ich den Stützpunkt in Nowgorodskoje übernehmen. – Ich fahre mit meinem Schlitten los und nehme noch Heider mit. Da der nächste Stützpunkt allzuweit entfernt liegt, lasse ich einen Bunker in das Zwischengelände bauen. Das hat aber seine Schwierigkeiten, denn Holz gibt es weit und breit keines. Schanzzeug haben wir auch nicht! Ich lasse Heider allein zurück, er soll sich Leute aus einem Ort holen und schon mit dem Bau beginnen. – Die Fahrt hierher war wieder eine tolle Angelegenheit. Ich mußte über einen zugefrorenen Bach. Die Pferde stürzten natürlich und die Deichsel brach. Das alles wieder in einem Schneesturm, daß man das Gesicht gar nicht nach vorn nehmen konnte, wenn man gegen den Wind fuhr. Selbst die Pferde wollten dann nicht geradeaus. – Ich hatte meinen «Gespannführer»

Förschner in Dubrowitsch zurückgelassen. Er sollte warten. Aber auf dem Rückweg finde ich ihn nicht mehr, so daß ich den Weg allein zurück muß. – Die Ratas und Bomber sind heute wie toll. Dauernd brausen sie im Tiefflug die Rollbahn entlang. Ab und zu werfen sie Bomben. – Das Brandstifterkommando tritt heute in Tätigkeit. Uffz. Böhme führt es an. Die Männer der Orte werden mit zu uns genommen, die Frauen und Kinder werden zum Feind geschickt. Anschließend gehen die Häuser in Flammen auf. Es ist nicht gerade ein menschenfreundliches Werk, was wir hier tun, aber es ist unbedingt notwendig. Wir nehmen damit dem Feind Unterziehmöglichkeiten, die gerade jetzt im Winter von ausschlaggebender Bedeutung sind. – In B[?]igliadowka und Panowka, 1–2 km von uns entfernt, erhalten unsere Kommandos heute Feuer. Es gelingt deshalb nur zum Teil, den Auftrag auszuführen. – Nachts schießt feindliche Artillerie mit schwererem Kaliber auf Malaja Mochowaja. – Ich befehle erhöhte Wachbereitschaft. Schade, daß Hackenbuchner und ich uns wieder trennen müssen!

Der Oberstabsarzt Dr. Willi Lindenbach † 1974   Petrowskoje
Rege Tätigkeit der russischen Luftwaffe, Bomber und Ratas! Wir haben gegen 250 Verwundete hier, keinen Krankenkostwagenzug, keine Möglichkeit zum Abtransport. Was soll werden? Der Russe drängt. Gott allein kann helfen!

Der General Franz Halder 1884–1972   Führerhauptquartier
Oberst Ochsner: Bericht über Truppenbesuch bei Mitte: Stimmung der Truppe gut; 1/3 der Kfz. fällt als unbeweglich aus. Winterbekleidung ist da, dagegen fehlt Winterausstattung der Fahrzeuge (Winteröl pp.). Russische Raketenwerfer nehmen zu, vor allem solche mittleren Kalibers. Schwer zu bekämpfen, da sehr beweglich. Die Russen sollen 15–16 Werferregimenter haben mit drei Abteilungen zu drei Batterien je vier Werferwagen.

Der Unteroffizier Wolfgang Buff 1914–1942   vor Leningrad
In den letzten Tagen viel Kälte und Schnee. Heute morgen ein kleiner Schneesturm, der gleich einige Bunker zuschneite, so daß sich die Insassen wie Maulwürfe herausbuddeln mussten. Glücklicherweise hörte er gegen mittag wieder auf. Klarer Himmel und starker Frost minus 16°. An den Fronten ist es Gott sei Dank ruhig. Es wird wenig geschossen. Gestern und heute kam wieder die ersehnte Post. Die Todesnachricht von Onkel Heinrich hat mich sehr betroffen. Als Trost bleibt mir sein

letztes Wort, das er mir auf meine zweifelnde Frage nach dem Wiedersehen in den aus Freiburg abfahrenden Zug 1938 zurief: «Daß wir uns wiedersehen, wissen wir!»

Taissija Meschtschankina *Leningrad*
Wenn ich heute vom Bett aufstehe, nehme ich ein Stück Brot in die Hand und verrichte mein Gebet: Mein Gott, gedenke aller vor Hunger Gestorbenen, die den Tag nicht erleben durften, an dem sie sich an Brot satt essen konnten. Und ich sage mir: solange ich Brot im Haus habe, werde ich mich für den reichsten Menschen halten.
Mit so einem Gebet beginnt jeder Morgen bei mir. Ich trinke zwei Tassen starken Tee und fühle mich sagenhaft reich. Wenn ein Mensch während der Blockade im Sterben lag und man sich ihm näherte, bat er meistens um nichts – nicht um Butter, nicht um Orangen, um nichts. Er sagte nur: Gib mir ein Brotkrümchen! Und starb!

Pjotr Samarin 1888–1942 *Leningrad*
Das Radio schweigt. Kein Wasser in der ganzen Stadt. Um 7 Uhr morgens bin ich zum Dienst gekommen, weil es zu Hause zu dunkel ist. Am Tage bin ich zum Uritzkiplatz zur Gebietsverwaltung der Miliz gegangen, die Glasplattenvervielfältigungsapparate zu registrieren. Die Straßenbahn steht. Hin und zurück zu Fuß gelaufen. Die Schwäche ist enorm spürbar. 125 Gramm Brot sind viel zu wenig.
Am Tage habe ich die Zeitung «Leningradskaja prawda» mit den wundervollen Nachrichten über die Zerschlagung der Deutschen vor Moskau bekommen. Noch so eine Zerschlagung bei uns vor Leningrad, dann könnten wir aufatmen.
Kälte –25 Grad. Ich gehe zugrunde ohne Filzstiefel. Ich war beim Dachdecker, er versprach, mir heute einen Kanonenofen zu bringen. Das wäre ganz herrlich.
Heute wurden die Parteifunktionäre von meiner Dienststelle geschickt, um Schnee zu schaufeln. Wieder wurden Gehälter nicht ausgezahlt, man verspricht, sie in 2–3 Tagen zu zahlen.
Ich wollte Tabak oder Papirosi auftreiben, doch die Schlange bei Sojustabak ist so lange, daß man erschrickt, ab der Ecke vom Newski-Prospekt bis zur Stremennaja-Straße. Es gibt auch keine Watte.

Swetlana Andrejewa *1927 *Leningrad*
Das Wasser holten wir von der Newa. Mit einem Schlitten gingen wir zum Eisloch im Fluß. Das Eisloch zu erreichen war auch ein Problem:

Russischer Gefangener

die Ufer waren stark vereist und glitschig, kleine Eishügel um das Loch
selbst versperrten den Zugang. Wir rutschten auf dem Hintern zum
Fluß, dann hielt mich die Mutter an den Beinen und ich schöpfte langsam Wasser mit einem Krug. Eines Tages wurden wir bei dieser Beschäftigung von Artilleriebeschuß überrascht. Eine Granate platzte im Abstand von einigen Dutzend Metern, das Wasser im Eisloch ging plötzlich hoch und verschluckte meine Kanne. Dabei wurde ich naß bis auf
die Haut. Und das bei 35 Grad Frost. Meine Mutter mußte mich in der
vereisten Bekleidung auf dem Schlitten nach Hause schleppen.

Der Lehrer Georgi Zim † 1942   *Leningrad*
Bereits zehn Tage keine Luftangriffe. Ab und zu Artilleriebeschuß. In
der Nacht hört man, wie irgendwo in der Ferne geschossen wird. Unsere Truppen haben Jelez genommen. Deutschland und Italien haben
Amerika den Krieg erklärt. Das heißt, seit heute ist fast die ganze Welt
in den Krieg verwickelt. Der verbrannte Zucker aus den Lagern wird
jetzt unter der Bezeichnung «Kunsthonig» auf Lebensmittelmarken verkauft. Er riecht zwar nach Rauch, ist braun, aber ziemlich süß und wird
gern gekauft. Normalen Zucker gibt es nicht. Die Schmuggler bieten
Butter an zu 500 Rubel für ein Kilo und Zucker für 250 Rubel pro Kilo.
Und das in einer Zeit, wo so viele Menschen vor Hunger anschwellen.
Maria Alexandrowna, die Schwester von Klawa Ljubimowa, schickte
Mutter einen Brief mit der Bitte, sie solle zu ihr kommen, um Abschied
zu nehmen, da sie vor Hunger anschwelle und bald sterbe. Verotschka
Ljubimowa will, daß die Eltern irgendwo eine Katze auftun und sie mit
dem Fleisch ernähren. Bei uns im Hof gab es viele Tauben. Jetzt gibt es
keine mehr, auch keine Katzen. Auch unsere Katze Schurka ist verschwunden. Fast jeden Sonntag gibt es in der Philharmonie Konzerte.
Um das Publikum anzulocken, werden ausschließlich Werke von Tschaikowskij gebracht, die berühmtesten Sinfonien, die 6. und die 4., die
Ouvertüre zu «Romeo und Julia», das «Capriccio Italien», das 1. Konzert für Klavier und Orchester und so weiter. Es gab sogar die «Ouvertüre 1812». Zum erstenmal seit der Revolution. Die Zeitungen lobten
die Ouvertüre für ihren Patriotismus. Mit Wasser steht es bei uns sehr
schlecht, die Hähne tröpfeln kaum noch. In Koljas Zimmer sind 5–7 Grad
Wärme. Zeitungen erhalten wir hier nur unregelmäßig. Seit heute gar
keine mehr. Kolja trug uns in die Evakuierungsliste der Maler ein. Mit
den LKWs. Er sagt, die seien mit Furnierholz verkleidet und sogar geheizt. Und danach muß man mit der Eisenbahn bis Samarkand fahren.
Es heißt aber, selbst in Samarkand gäbe es nicht besonders viel zu essen.

Mir scheint, Kolja richtet seine beiden Kinder mit der Evakuierung zugrunde. Die Kälte ist schrecklich. Heute sind es minus 22 Grad. Es heißt, die Autos bringen einen nur bis zum Ladogasee, und danach muß man in andere Autos umsteigen. Und manchmal müßte man noch sehr lange im Frost warten. Und es sei ungewiß, ob ein geheiztes Auto kommt oder ein gewöhnliches. Im letzten Fall erfriert auch ein Erwachsener, nicht nur ein krankes, schwächliches Kind. Außerdem müsse man lange auf den Zug warten, wieder im Frost. Um dann in vielleicht ungeheizten Wagen weiterzufahren. Bei schrecklicher Kälte, in der schlimmsten Jahreszeit. Anderthalb Monate unterwegs. Und die Nahrung? Was wird mit zweijährigen Kindern, die an Dystrophie leiden – trotz warmer Nahrung? Und wie macht man im Notfall den Kindern eine Bluttransfusion? Das ist Mord an den Kindern. Blanker Mord. Aber mag kommen, was da will.

Die Schülerin Walja *1928   *Leningrad*

Endlich habe ich freie Zeit gefunden, um meine Gedanken und Wünsche aufzuschreiben. Soviel hat sich inzwischen geändert. So viel Unheil ist geschehen, so viele schwere Stunden …
Man hat meine arme Silva geklaut und wahrscheinlich schon gefressen. Von den Katzen spricht man schon wie von Leckereien (es gibt sie leider nicht mehr). Alexander Petrowitsch erwies sich als ein sehr schlechter Mensch: teilnahmslos, er erpreßt alles von uns, denkt nur an sich allein, ist ein Faulenzer, Speichellecker und Klatschmaul (mit einem Wort, er hat nur Negatives in seinem Charakter). Nun konnte ich ihn endlich durchschauen, die Mutter auch. Aber wie sollen wir ihn loswerden? Er ist sehr böse und kann uns für nichts und wieder nichts umbringen. Wir wollen aus der Stadt flüchten. Wir haben keine Angst vor den deutschen Bomben oder vor Hunger, wir wollen ihn nur loswerden. Die Mutter ist krank, sie ist nur noch ein Schatten. Sie bemüht sich immer noch für mich und den Stiefvater, sie ißt selbst nichts, manchmal weint sie leise. Ich weiß, daß sie sich Sorgen um Alik macht, und von ihm ist noch kein Brief angekommen. Ich gebe mir Mühe, sie zu unterstützen. Wird sie das aushalten? Ich habe Angst daran zu denken. Unsere liebe Nachbarin Pelageja Lukinischna ist weggefahren. Ich freue mich für sie und wünsche ihr alles Gute für ihre Herzensgüte. Sie war ein einmaliger Mensch! Sie versprach auch für unseren Umzug ein Wort einzulegen. Ich will alles aufgeben und hinter mir lassen! Ich will nach Süden fahren und dort wie eine Einsiedlerin ein ruhiges und friedliches Leben führen.

Der Soldat Helmut N. †1945   Duisburg
Du meine liebe Frau,
Himmel, ich könnte es hinausrufen in alle Welt, möchte es ihnen sagen –
allen, die ich ein wenig lieb habe: Hört, wir sind wieder mit einem
Kindlein gesegnet worden, mit einem zweiten Kindlein, jetzt, nach kaum
zwei Jahren Ehe, und es ist so unfaßbar, daß wieder ein Mensch sein
wird aus unserer Liebe, ein Mensch, der unser Blut trägt, der unser liebes Vaterland sehen wird und die schöne Welt und der leben wird für
unser liebes, großes Volk und seine Zukunft. Ich bin so übermäßig stolz
in dieser Stunde, Dein Mann.

*

Adam Czerniaków 1880–1942   Warschauer Ghetto
Morgens mit Szeryński bei Mende. Danach bei Brandt und ein Stockwerk höher (Kratz' Stellvertreter). Ich sprach über die Unmöglich-
keit, die Zahlungsbilanz des Gettos aufrechtzuerhalten. Ich bin in die
Chłodna-Str. 20 umgezogen.

Danuta Czech   (KZ Auschwitz-Birkenau)
Die Nummer 24 471 erhält ein Erziehungshäftling, der vom Landratsamt Krenau eingeliefert worden ist.

*

Ein kleiner Akkord auf meinem Klavier
klingt leis in mir fort, beim Abschied von dir.
Wo sind die törichten süßen Lieder
von ewig strahlendem Glück?
Wann führt dich die Sehnsucht wieder
zu mir zurück?
Der kleine Akkord, so rein und so klar,
sagt mehr als ein Wort, wie schön es einst war …
Drum sing ich, was du einst gesungen,
und träum dabei von dir!
Ich hab auf der Welt nur dich.
Wann kommst du zu mir?

Sonntag, 14. Dezember 1941

> Jesus spricht: Wer mein Wort hört und
> glaubt dem, der mich gesandt hat, der
> hat das ewige Leben und kommt nicht in
> das Gericht, sondern er ist vom Tode
> zum Leben hindurchgedrungen.
> HERRNHUT   JOHANNES 5,24

Anne Morrow Lindbergh 1906–2001   *Martha's Vineyard*
Donnerstag, Freitag, Samstag und Sonntag.
Freitagmorgen erfahren wir beim Frühstück durch Pat, die Radio gehört hat, daß Deutschland und Italien uns gestern den Krieg erklärt haben, und daß der Kongreß mit einer Gegenstimme die Kriegserklärung
erwidert hat. Ein Schock ist das nicht. Jetzt sind wir mitten drin.

Thomas Mann 1875–1955   *Pacific Palisades*
Bedeckt und kühl. Kaffee, Spaziergang und Frühstück. Danach noch
einiges an der Rede gebessert und an «Thamar» fortgefahren. Mittags
mit K. auf der Promenade. Zum Lunch Conny und Frau. ½3 mit ihnen
zum Municipal Building, Meeting des Committee for Freedom, Bill of
Rights-Feier. Begrüßung mit Dr. Dyer und seiner Frau. Warten auf der
Stage. Ceremonien, Musik, Rezitation, Chairman-Reden. Ausbleiben
des Govenors. Ich sprach ca 4 Uhr und erregte große Demonstration
für Roosevelt. Wir gingen gegen 5 Uhr u. hatten Thee zu Hause. Hand-
schr. Briefe (Rastede, Buber). – Gelesen in «Free World».

Julien Green 1900–1998   *Baltimore*
Vorhin habe ich in der Kathedrale mit großem Vergnügen ein Advents-
lied gehört, in dem die ganze Kultur der Zeit vor fünf- oder sechshun-
dert Jahren wiederauflebte. Man kann nie genug auf die einzigartige
Wirkung hinweisen, die diese Musik auf eine gläubige Seele ausübt. Sie
weckt den Widerhall einer wundersamen Vergangenheit, an die wir uns
ganz zuinnerst erinnern, denn es ist unsere Vergangenheit, allen Menschen unseres Schlags gemeinsam. Man sage nicht, die Amerikaner könnten sie nicht verstehen. Amerika ist aus Europa hervorgegangen, und

heute morgen sang das alte Europa unter den dunklen Bögen dieser nicht
besonders schönen Kirche. Was für den Betrachter die Dinge etwas besser machte, war das verblaßte Rosa der Meßgewänder, von glanzlosem
Gold gekreuzt, das Kerzenlicht, das große kupferne Kreuz und überhaupt – abgesehen vom Spirituellen – alles, was den kirchlichen Zeremo-
nien ihren Reiz gibt, alles, was die Empfindung betrifft, wie die Mön-
che sagen würden.

Alfred Döblin 1878–1957   *Hollywood*
An Elvira und Arthur Rosin
Vielleicht wird der Krieg nicht so «hart und lang» sein, wie man vor-
sichtigerweise angezeigt hat. Hitler ist schon gewaltig abgekämpft. Wir
treten in die zweite Kampfrunde ein. Ich begrüße es, daß England sich
noch nicht sehr eingesetzt hat; es wird seine Zeit selbst bestimmen; gedrückt hat sich England auch 1914/18 nicht; darüber kann man bei Hitler selber nachlesen.

Wilhelm Muehlon 1878–1944   *Klosters / Schweiz*
London feiert begeistert den grossen russischen Sieg vor Moskau. Die
Äusserung Litwinows, Russland gedenke nicht, den Deutschen ruhige
Winterquartiere zu lassen, weckt alle Hoffnungen.

✻

Marianne Sperl *1924   Bayreuth
Ein Wort von Walter Flex fiel mir neulich auf: «Nur wer beherzt und
bescheiden die ganze Not und Armseligkeit der Vielen, ihre Freuden
und Gefahren mitträgt, Hunger und Durst, Frost und Schlaflosigkeit,
Schmutz und Ungeziefer, Gefahr und Krankheit leidet, dem erschließt
das Volk seine heimlichen Kammern, seine Rumpelkammern und seine
Schatzkammern.»

Gottfried Benn 1886–1956   Berlin
An F. W. Oelze
Was die neuen Ereignisse angeht, so sind also zunächst 2 neue Erdteile
zum Lügen da und das ist ja grossartig für die, die es angeht. Ihre Meinung, dass U. S. A. u E. den Krieg hätten vermeiden sollen, ist von deren
Standpunkt aus nicht uneingeschränkt richtig. Japan ist für sie viel ge-
fährlicher wie Deutschland, es ist die eigentliche ökonomische Bedrohung des Kapitalismus der Weissen. Wenn der chinesische Kuli unter

japanischer Aufsicht für 22 Pf. Tageslohn an einer Maschine täglich
2000 kleine Frottierhandtücher herstellt, oder die Fischer für noch weniger die Hummern und Krabben aus dem ochotzkischen Meer in Büch-
sen bringen, die wir für 1,20 M vor dem Krieg kauften u. die prachtvoll
schmeckten, so geht das auf die Dauer nicht. Mit dem Bier war es schon
ebenso (Japan war das grösste Bierexportland der Welt geworden) u. mit
den Fahrrädern auch. Seit Mandschuko existierte, musste diese Sache
bereinigt werden.

Was die Aussichten angeht, so scheint mir, dass man zZ auch bei uns,
auch im Gen. Stab – wie ich höre – Japan *unter*schätzt. Ich halte es für
sehr gefährlich, für unendlich vorsichtig, vorausschauend, jeden Schritt
genau berechnend, keinen tuend, ohne alle Chancen kalkuliert zu haben, und bisher, wie seine Geschichte zeigt, auch noch nie einen zu-
rücknehmend. Es ist systematisch, teuflisch arbeitsam, religiös, brutal,
noch echt kollektiv. Es hat die Excremente des Abendlands zur Verwer-
tung importiert: Beton, Stahl, Motore, Ingenieurtechnik, u. besitzt dazu
noch die Emsigkeit der Insecten und das Prae-individuelle des Asiaten.
Eine äusserst gefahrdrohende Combination für weisse Gegner.

Nun langt das Öl zwar nur bis März und Stahl hat es kein eigenes. Das
scheint festzustehn. Aber es könnte ja bis März an das Öl von Borneo
u. Java gekommen sein und dann wären alle Berechnungen in dieser
Richtung falsch. Trotzdem glaube ich, dass die Entscheidung nicht im
Öl liegt, sondern in dem Umstand, wie sich *Russland* verhält. Greift R.
an, dringt es in Mandschuko ein, bombardieren von Wladiwostok aus
U.S.A. Bomber Tokio und verbrennen u. vergasen es völlig, und stören
den Nachschub ernstlich, wird Japan geliefert sein. Ich setze die Quo-
te: 40 auf Japan, 60 auf U.S.A.

Nun die Kehrseite: 1) U.S.A. auf höchsten Rüstungstouren und mit der
10 Millionenarmee, die jetzt im Entstehen ist, wird die Kriegsentschei-
dung bringen, während Roosevelt ohne den japanischen Angriff das nie
hätte bewerkstelligen können. U.S.A. stellt heute – vor dem Krieg mit
J. – bereits *monatlich* (!) 100 000 Bruttoregistertonnen Kriegsschiffe
her. (Nachricht über den Umkreis meiner Tochter.) Also jetzt wohl noch
mehr. 2) verliert England in Asien Raum u. Einflusssphäre, wird es umso schärfer in Europa um Ersatz kämpfen müssen u. sich diesem Kriegsschauplatz umso intensiver widmen.

Nun zu uns: an der Ostfront sieht es nicht gut aus. Eigentlich ist es
schon Napoleon u. Beresina, etwas verschleiert noch. Das Frühjahr
droht mit ungeheuren Gefahren aus dem Osten, wenn es überhaupt bis
zum Frühjahr dauert. In Libyen beginnt der letzte Akt, einer wirkli-

chen Tragödie, das Afrika Korps war die Elite an Menschen u. Ausstattung. Fett u. Fleisch werden jetzt bei uns heruntergesetzt werden (während England Brod noch garnicht rationiert hat u. dies Jahr besser lebt als voriges). Die Saatgetreide für die russischen Gebiete vom Frühjahr 1942 fressen wir in diesem Winter auf; wir müssen Finnland miternähren, das am Verhungern ist. Die russischen Flächen können wir *nur* mit Hilfe der russischen Gefangenen kultivieren, aber wir können sie überhaupt nicht ernähren, sie fressen ja Lunge, Herz u. Gehirn von einander auf. Mussolini hat bei der letzten Zusammenkunft im Osten erklärt, dass er länger als bis Februar – April 42 sich nicht wird halten können. (Ihre Mitteilung aus Sizilien passt ja dazu). «Es knistert im Gebälk», sagte kürzlich – authentisch – einer der berühmtesten Namen, den jeder kennt, in kleinstem Kreis, «nur gut, dass erst wenige wissen, dass das Schlusskapitel längst begonnen hat». Dass wir als Soldaten fallen werden, wie Sie schreiben, halte auch ich für möglich. Es wird wahrscheinlich das Schlimmste noch nicht sein.

Nun kommt also Weihnachten. Sicher müssen auch Sie die bewussten Feiern mitmachen, ich muss in dieser Woche zu 3 verschiedenen gehn. Es glaubt zwar niemand an den, der in der Christnacht geboren ist, es lebt auch keiner nach seinen Maximen «Du sollst nicht töten», aber es giebt 2,50 M. pro Kopf und Schnaps und da wird gefeiert.

Über die «deutsche Substanz» steht mehr in der neuen Arbeit, von der ich schrieb. Schenken kann ich Ihnen zu Weihnachten nichts, es giebt ja selbst Bücher nicht mehr.

Bitte bestätigen Sie mir bald den Eingang dieses Briefes.

Sehr herzliche Grüsse! Ihr Be

Maurice Legros   **Kriegsgefangenenlager bei Cottbus**

Natürlich erbten wir auch Läuse von den neuangekommenen russischen Gefangenen. Einmal entdeckte ich voller Schrecken eines dieser widerwärtigen Tiere auf meinem Bauch … und diese äußerst unliebsame Sensation veranlasste mich, mich sofort einer Desinfektion zu unterziehen. Ich wurde erst wieder ruhiger, als ich unter der Dusche stand und sich alle meine Sachen in der Sterilisationskammer befanden.

Grete Dölker-Rehder 1892–1946   **Stuttgart**

Gott ist doch gerecht. «Prince of Wales» ist, wie jetzt bekannt wird, auf genau dieselbe Art zu Grunde gegangen, wie «Bismarck». Zuerst sind Ruder u. Schraube durch ein Lufttorpedo beschädigt worden, wodurch das Schiff manövrierunfähig wurde, danach ist das hilflose Wrack solange von Flugzeugen torpediert worden, bis es unterging, – nur dass es das schon nach einigen Minuten tat, während es bei «Bismarck» vier Stunden dauerte. Was mögen die Engländer empfunden haben, wie mögen sie an «Bismarck» gedacht haben! Auch anderen (als mir) hat sich der Vergleich aufgedrängt, im engl. Unterhaus fragte einer, wie es möglich gewesen sei, dass «Pr. of W.» und «Repulse» so schnell untergegangen seien, während «Bismarck» sich lange gehalten habe. Und auch in Japan wurde bewundernd der «Bismarck» gedacht. – Nach so langer Zeit liest man nun wenigstens den Namen mal wieder. Inzwischen schwiegen die Blätter ihn tot.

Helmuth James von Moltke 1907–1945   Berlin
An seine Frau
Gestern war ein rasend mühsamer Tag. Nach einem recht bewegten Vormittag fuhr ich mit Guttenberg zu Yorck zum Essen. Dann begann ein heftiger Kampf um die Bedeutung der Monarchie *a.* als Ziel und *b.* als Sofortmassnahme, sobald es möglich sein würde.

Der Adjutant Heinrich Heim *1900   Führerhauptquartier
Mittags Gäste: Reichsleiter Rosenberg, Reichsleiter Bouhler, Reichsführer-SS Himmler
[Hitler:] Minister Kerrl wollte im edelsten Sinne eine Synthese herstellen zwischen Nationalsozialismus und Christentum. Ich glaube nicht, daß das möglich ist; der Grund liegt im Christentum selbst.
Das, womit ich mich noch abfinden könnte, ist das Christentum der päpstlichen Verfallszeit; sachlich gesehen ist es gefährlich, propandistisch ist es eine Lüge. Aber ein Papst, der, wenn schon er ein Verbrecher war, doch große Meister beschäftigt und viele Schönheiten geschaffen hat, ist mir sympathischer als ein protestantischer Pfarrer, der zurückgeht auf den Urzustand des Christentums.
Das reine Christentum, das sogenannte Urchristentum, geht auf die Wahrmachung der christlichen Theorie aus: Es führt zur Vernichtung des Menschentums, ist nackter Bolschewismus in metaphysischer Verbrämung.

Der Soldat Paul Hübner *1915   Kemi/Hauptlazarett
Gestern abend. Wir lagen stumm, es war still im Haus. Omeingold öffnete leis die Tür. Wir hörten die Mädchenstimme im Gang. Sie sang zur Laute. Fremde Sprache, fremde Weise – sie enthüllten das Herz, das dahinter blutete, eher, als daß sie es verbargen.

«Wißt Ihr, wer da so schön singt?» fragte Omeingold flüsternd. «Es ist unsre junge Lotta, die heut über den Tod ihres Bräutigams so arg geweint hat. Sie hat gesagt, sie möchte seinen Kameraden eine Freude machen, nun da sie ihm keine mehr machen könne auf Erden!»
Als das Mädchen geendet hatte und weitergehen wollte, versperrten ihr einige Leichtverwundete den Weg. Es geschah gerade vor unserer offenen Tür, wir konnten sie sehen mit der Gitarre in den Händen. Die Burschen drangen auf sie ein mit Stöcken und Krücken und Gipsarmen und lachten und johlten, und einer rief: «Los jetzt Puppe, spiel was Rassiges!»
Und Omeingold vor unsern Betten hebt verstört beide Hände vors Gesicht und ruft: «Aber ich hab es ihnen doch gesagt, worum es sich handelt – begreifen sie denn nichts! Begreifen sie denn gar nichts!»

Jochen Klepper 1903–1942   **Berlin**
Und wieder brannte in dem Morgendunkel der Kirche ein Licht mehr am Kiefernkranz und an den beiden kleinen Fichten. Das Lied: «Mit Ernst, o Menschenkinder.» Die Predigt – für unbelastetere Zeiten wär's eine gute Predigt gewesen.

Der Soldat Josef Eberz *1921   **Charkow**
Am ersten Tag, als wir Charkow verließen, war es schon 25 Grad kalt. Aber das war erst der Anfang von dem, was an Kälte noch auf uns zukommen sollte.
Es waren wohl zehn Tage vor Weihnachten, da erlebten wir die erste Schlammperiode. Wir sind an einem Tag nur 5 km marschiert. 12 Pferde vor der Feldküche waren nicht in der Lage, diese weiterzuziehen. Trotzdem wurde diese bis ins nächste Dorf gezogen, alle anderen Fahrzeuge wurden in freiem Gelände stehen gelassen. Das nötigste, Wolldecken, Munition und dergleichen wurden auf dem Rücken bis ins nächste Dorf getragen. Man hatte ja alle Mühe, nicht im Morast stecken zu bleiben. Es war ein ganz zäher Boden, der an den Stiefeln wie Gummi klebte und so das Weiterkommen fast unmöglich machte.
Es war ein kleines Dörfchen, in dem wir Unterkunft gefunden hatten, der Panje in unserem Haus war ein Tierarzt. Er hatte einen Jungen, der auch noch zur Schule mußte, der hatte sich mit einer Handgranate eine Hand abgeschossen. Es war ja nun schon ein Glück, daß der Vater Tierarzt war. Man soll sich nur nicht vorstellen, daß das ein Tierarzt war wie bei uns.

Ein unbekannter Soldat   im Osten

Liebe Eltern! Brüder!

Habe schon etliche Wochen nichts mehr von Euch gehört. Ich glaube
Ihr schreibt ein bischen zu wenig. Habe noch nicht mal ein Päckchen
zu Weihnachten. Wir marschieren schon einige Tage frontwärts. Diese
Tage werde ich nicht vegessen: Am ersten Tag 15 km mit Gebäck und
nachmittags noch mal 20 km ohne einen Bissen im Magen, und dann ein
Quartier wie ein Affenstall und Wache dazu. Nebenan in der Küche ist
der Schweinestall die Borstentiere haben sogar den Stall eingeworfen
und uns aus den Schlaf gestört. Ich hätte bald so ein Vieh um die Ecke
gebracht. Heute Morgen 9 Uhr ging es weiter auf völlig vereißter Straße
30 km ohne Rast, und jetzt sitze ich wieder in so einer Bude. Die Läuse klopfen wieder Parade. In der Ecke sitzt eine alte Russin und laußt
sich.

Der Leutnant
Georg Kreuter 1913–1974   Nowgorodskoje–Korowinka

Über Nacht hat es geregnet. Da der Boden noch voll Kälte steckt, gibt
es ein Glatteis, wie ich es noch nicht erlebt habe. Ausgerechnet wo wir
den Marsch nach Westen beginnen! Sippel meldet mir, daß unser Hptfw.
Diensttuer Rothenberger draußen steht und vor Wut heult. Die ganze
Kompanie ist nämlich mit der Viehherde zusammen ein unentwirrbares
Knäuel, das auf dem Eise liegt. Nur mit Mühe gelingt es uns nach erheblicher Zeit, das Feld zu erreichen. Dort liegt immer noch etwas Schnee
und die Glätte ist nicht ganz so groß. – Wir versuchen noch, den Kirch-
turm herunterzuschießen, aber es ist vergebens. Diese Türme sind derartig stark gebaut, daß schon eine stärkere Waffe dazu gehört als unser
I.I.G. So brennen wir unsere Schule noch an und nehmen dann Abschied von der 2. Kompanie. – In Nowgorodskoje übernehme ich dann
den Stützpunkt. – Es wird sehr spät, bis die Kompanie eintrifft. Allein
vor dem Ort dauert es noch über eine Stunde, bis die Rinne wieder
überwunden ist. – Lt. Waldherr schicke ich dann an die Höhenstelle an
der Straße, wo der Bunker gebaut werden sollte. Sie sind bisher nicht
mal 20 cm in den Boden eingedrungen. – Als die Sicherungen stehen,
werde ich plötzlich vom Regiment abberufen. Mit einem Melder setze
ich mich in sinkender Nacht und im Schneesturm in Marsch. Auf der
Höhe treffen wir Waldherr mit seinen Leuten. Sie frieren natürlich erheblich auf der deckungslosen und zugigen Höhe. Sie wollen versuchen,
ein Feuer anzubrennen. Vom Feind ist noch nichts zu spüren. – Es ist
so glatt, daß man Mühe hat, sich auf den Beinen zu halten. Wie soll da

die Kompanie morgen aus dem Loch herauskommen und dann weitermarschieren? Da wir die Ladung des Lkw auch noch auf die Schlitten
verladen mußten, sind diese an sich auch noch stark überlastet. Wenn
ich das gewußt hätte, dann hätte ich den Lkw nicht entladen lassen.
Da ich nicht weiß, um was es sich handelt, habe ich Sippel noch mit
2 Schlitten und 4 Mann folgen lassen. Ich treffe nach 2 Stunden beim
Regiment ein. Es liegt in Korowinka, wo ich auf dem Vormarsch schon
einmal übernachtet habe. Es ist mir zu Anfang nicht ganz geheuer in
dem Ort, denn einige brennende deutsche Lkw stehen auf der Straße.
Vorsichtig erkunde ich erst einmal, ob nicht etwa die Russen schon hier
drin sind. Vom Regimentskommandeur erfahre ich meinen neuen Auftrag, ich soll die Nachhut führen! Um 3.00 trifft Sippel ein. In so einer
Schlenke haben sie meine Kiste mit allem Hab und Gut verloren. Förschner soll schuld sein. Er wird nochmals auf die Suche geschickt. Ich rege
mich darüber nicht weiter auf, im Höchstfall ist sie eben weg. Jetzt gibt
es ganz andere Probleme. – Wir legen uns mit zum Regimentsstab und
ruhen noch etwas.

Der General Heinz Guderian 1888–1954 Roslawl

Am 14. Dezember traf ich den Oberbefehlshaber des Heeres, Feldmarschall von Brauchitsch in Roslawl. Feldmarschall von Kluge war gleichfalls zugegen. Zu diesem Treffen mußte ich eine 22-stündige Autofahrt
im Schneesturm zurücklegen. Ich schilderte dem Oberbefehlshaber des
Heeres eingehend die Lage meiner Truppe und erbat und erhielt die
Genehmigung, mit der Armee auf die Linie der Susha und Oka auszuweichen, die in den Oktoberkämpfen einige Zeit hindurch unsere vordere Linie gebildet hatte und seither einen gewissen Ausbau aufwies.
Bei dieser Gelegenheit wurde die Frage erörtert, wie die zwischen dem
XXIV. Panzer-Korps und dem XXXXIII. A. K. klaffende Lücke von etwa
40 km geschlossen werden könnte. Die 4. Armee hatte zu diesem Zweck
die 137. I. D. an die 2. Panzerarmee abgeben sollen. Feldmarschall von
Kluge hatte aber fürs erste nur 4 Bataillone unter dem Divisionskommandeur in Bewegung gesetzt. Ich bezeichnete dies als völlig ungenügend und bat um unverzügliche Zusendung der fehlenden Hälfte. Bei
den Kämpfen dieser Division zur Herstellung des Anschlusses fiel der
tapfere General Bergmann. Die verhängnisvolle Lücke konnte nicht beseitigt werden.
Das Ergebnis der Besprechung von Roslawl war folgender Befehl: «Die
2. Armee wird dem Oberbefehlshaber der 2. Panzerarmee unterstellt.
Beide Armeen sollen die Stellung vorwärts Kursk – vorwärts Orel –

Plawskoje – Aleksin, nötigenfalls die Oka halten.» Ich durfte mit Recht annehmen, daß der Oberbefehlshaber des Heeres diese Ermächtigung Hitler mitteilen würde; aber die späteren Ereignisse lassen zum mindesten zweifelhaft erscheinen, ob dies geschah.

An diesem Tage wirkte sich bei der 2. Armee ein am 13. Dezember begonnener, tiefer russischer Einbruch über Liwny in Richtung Orel aus, bei dem die 45. I. D. eingeschlossen und teilweise vernichtet wurde. Glatteis erschwerte alle Bewegungen. Erfrierungen verursachten stärkere Ausfälle als das feindliche Feuer Das XXXXVII. Panzer-Korps mußte zurückgenommen werden, da sein rechter Nachbar, die 293. I. D. der 2. Armee von Jefremow zurückging.

Der General Franz Halder 1884–1972   Führerhauptquartier
Verluste: 22. 6.–10. 12. 1941:

Verwundet:	18 220 Offz.,	561 575 Uffz. und Mannschaften
Gefallen:	6 827 Offz.,	155 972 Uffz. und Mannschaften
Vermißt:	562 Offz.,	31 922 Uffz. und Mannschaften
Gesamt:	25 609 Offz.,	749 469 Uffz. und Mannschaften

Gesamtverluste (ohne Kranke) **775 087** = 24,22% des Ostheeres bei Durchschnitt 3,2 Mill.

Hermann Kükelhaus 1920–1944   **vor Moskau**
Lieber Hugo!
Es werden wieder grosse Schlachten geschlagen. Ich habe wieder keine Zeit mehr. Es brennt uns stetig unter den Füssen. Wenn ich meine Hände wärmen will, verbrennt mir die Haut. Wir haben die ersten Fröste erlebt. Ich werde mich nach Kräften bemühen, den Winter über hierzubleiben.

Auch die grossen Stimmungen machen müde. Sie sind schwerer zu ertragen als die kleinen, mannigfaltigsten des Tages. Man wird schwer und voll. Das Mindeste gewinnt an Gewicht um Gewicht. Aber noch habe ich den schönen Sinn, mich vorwärts schnellen zu lassen von den anvertrauten Gewichten. Mögen wir klagen – es ist nichts Schöneres als die Welt mit ihrem Tausenderlei.

> Und beugt sich die Welt
> in glühenden Achsen –
> Was tut's, dass die flammenden Stäbe
> im Nebelgebläse, im feuchten,

sich senken und wenden
zur gläsernen Asche …
Es schmilzt das Blut
im Tode dahin,
die mächtigen Herzen verenden.

Damit müssen wir uns abfinden und mächtig vertraut sein. Es ist ja kein
Ziel gesetzt. Ist es so schwer zu begreifen, dass wir unser morsches
Geäst nicht in den Himmel zu schleppen brauchen?
Was selbstlos heisst, weiss keiner. Einige, einige … aber sie genügen ja
schon. Es geben doch täglich einige von ihrem Blute Tropfen in die Mee-
re der Welt, um sie zu erhalten im Namen Gottes.
Für alle viele Grüsse. Dein Hermann

Hilde Wieschenberg 1910–1984   Schwarzwald
An ihren Mann vor Leningrad
Herzliche Grüße schicke ich Dir heute am Sonntag-Abend. Liebes, wir
haben mal wieder Geburtstag gefeiert. Unsere Miezelein ist fünf Jahre
geworden. Ein Pracht-Mädel und so was liebes. Ich habe ihr unter anderem eine Schiefertafel und einen Griffel geschenkt. Das war die größte Freud vom ganzen Tag. Denk mal, mein Junge, in einem Jahr ist sie
schon für die Schule reif. Fluchtartig vergehen die Jahre. An solchen Tagen schickt man seine Gedanken zurück. Weißt Du noch, vor 7 Jahren
haben wir uns zu Weihnachten verlobt. In der Wäschetruhe lag weißer
Flieder. Es folgten Stunden des Alleinseins, weißt Du noch, wo ich mich
ganz Dir schenken durfte. Du mein Glück. Ich hab Dich, seit wir uns
gesehen, schon immer so geliebt wie heute, wenn ich Dir auch manchmal weh tat. Im Grunde war es nur Liebe. Dann kam die Hochzeit. Der
Bund für's ganze Leben. In den ersten Wochen und Monaten habe ich
oft nach innen gehorcht, ob die Frucht nicht reift durch das Einssein
von Leib und Seele. Nur Geduld, in den Monaten Februar–März wur-
de der Segen in meinen Schoß gelegt. Bald begann sich etwas zu regen.
Ja, ja, es wurde zur Gewißheit, ich trage unser Kind unter dem Herzen.
Einen Tag vor Weihnachten legte ich Dir das kleine Menschlein in die
Arme. Kleine Sorgen, mal mehr, mal weniger zogen durch mein Herz,
bis wieder einmal die Stunde kam, wo ich in Deine guten Augen sehend,
Dir sagte «Franz, es regt sich wieder etwas unter meinem Herzen.»
Ich sehe noch Dein unglaubwürdiges Gesicht, aber zugleich auch die
Freude, dies zweite Kind wird ein Junge?
11 Monate später war es wieder ein Mädchen. Gell mein Junge, es hat

uns noch nie leid getan, diesem frohen Hildchen das Leben geschenkt
zu haben.

Ein herziger Kerl und dem «Papa sein Jung» bleibt's immer und ewig.
Durch vermehrte Arbeit, ich mit den Kindern und Du mit der Erwer-
bung eines Meistertitels, vergingen die Stunden im Fluge. Die Wochen
wurden zu Monaten, die Monate zu Jahren. Die Mädchen zählten 2 und
3 Jahre, da mußte dies große Volksringen beginnen mit seinen grausamen Folgen. Schweige still, mein Herz, ich zähle nur die Stunden, wo
wir gemeinsam Hand in Hand frohe und ernste Stunden teilten.

Was wir Beide in der Zeit unserer Trennung erlebten, das wollen wir
zur gegebenen Zeit austauschen. Dann will ich Dir helfen, durch große
reine Frauenliebe diese Wochen und Monate der unsagbar großen Strapazen, leichter zu tragen.

Dies muß die herrlichste, größte Aufgabe sein, die ich für's erste zu erfüllen habe. Und dann – dann hole ich aus meinem Franz das kostbar-
ste Gut, die Liebe, heraus.

Die beglückende Liebe zu den Kindern, die alle Menschen froh und zuversichtlich macht. Die Liebe, die Dich und mich eins werden läßt.

Mit diesen Gedanken, die rein und wahr in meiner Seele klingen, küsse ich gleich unsere schlafenden Kinder und lege mich selbst ins Bett.
Ich werde die Arme unter dem Kopf verschränken und mit offenen Augen träumen von Dir und immer von Dir.

Der Unteroffizier Wolfgang Buff 1914–1942   vor Leningrad

Ein gesegneter Advents-Sonntag in der Ferne und Entlegenheit Russlands und der verschneiten Kampfgebiete. Schon die Natur hatte heute ein festliches Kleid angelegt. Gestern abend waren es noch minus 26°
bei frostklarem Wetter, heute Morgen nur minus 16° und der Himmel
düster, mit schneebeladenen Wolken bedeckt.

Aber der Wald ringsum war ein wunderbarer Weihnachtswald geworden. Jeder Ast, jeder Zweig dick mit Rauhreif bedeckt, glitzerte geheim-
nisvoll in der trüben Luft, die heute kein Sonnenstrahl durchbrach. Weil
es windstill war, schien die Kälte mild und erträglich, und alles freute
sich des schönen Weihnachtswetters.

Mit wenigen Schüssen war unser kriegerisches Tagewerk getan, und dann
gegen Mittag kam mit der Feldküche, der große Freudenbringer, in unsere Eiswüste: Die Post mit zwei großen Säcken voll Briefen und Paketen. Da war ich wieder rührend bedacht. Am Abend gab es dann ein großes Postlesen und Päckchenauspacken und anschließend ein advents-
und weihnachtliches Beisammensein mit M. und L. Das Rechentrio

feierte Advent im Rechenbunker. Eine schöne Adventskerze zündeten wir an, stellten das Transparent auf, das Tante Maria gesandt hatte: «Ehre sei Gott in der Höhe, und Frieden auf Erden, und den Menschen ein Wohlgefallen» und lasen dazu Weihnachtsgeschichten.

Auch euer liebes Paket mit Kerzen und Wäsche und eure verschiedenen Briefe verschönten den Abend. Nun bin ich mit Wäsche wirklich gut versehen, auch die Schafswollweste tut wunderbare Dienste. Ich trage sie immer und kann mich mit ihr selbst bei den jetzt üblichen Temperaturen (−20° bis −26°) im Freien ohne Mantel bewegen. Nur mit den Füßen klappt es noch nicht so recht, aber durch eifriges Reiben mit Schnee und Einpinseln mit Onkel Hermanns Frostmittel hoffe ich, auch hierin bald zurecht zu kommen. Man muss im russischen Winter eben erst allerhand Erfahrungen sammeln, um vor Schäden bewahrt zu bleiben, und da heißt es, einiges Lehrgeld zu bezahlen. Aber bis jetzt ist es gut gegangen, und wenn es auch schwer werden mag, so hoffen wir doch, auch die restlichen Wintermonate noch zu überstehen. Aber jeder von uns wird es wissen, dass es eine besondere Gnade bedeuten wird, sie heil überstanden zu haben.

Wir müssen ja froh und dankbar sein, dass die Kampftätigkeit bei dieser Kälte verhältnismäßig gering geworden ist, und dass man wirklich das beruhigende Gefühl haben darf, dem Gegner, der noch viel schlimmer ist als der härteste Winter, in unserer Lage und in unseren Stellungen überlegen zu sein. Obzwar die Front natürlich nie schweigt und ihr Donner bei Tag und die Leuchtzeichen bei Nacht von ihrem unerbittlichen Dasein Kunde geben, rührt sich der Russe doch nicht mehr viel. Auch hier gilt wie überall an der großen russischen Front der Satz des OKW vor einigen Tagen: «Unter der Einwirkung des russischen Winters sind von jetzt ab größere Kampfhandlungen im Osten nicht mehr möglich.» Man richtet sich, so gut und so schlecht es geht, auf den Winter ein und erwartet das Frühjahr. Dazu gehören auch wir. Allerdings ist man sich dessen bewusst, dass auch die schlimmste Winterskälte Überraschungen, sei es angenehmer, sei es unangenehmer Art, nicht unmöglich macht.

Wie wohl tut mir das reine leuchtende Kerzenlicht. Wohl ein gutes Dutzend dieser gesegneten Lichtspender sind mit den vielen Paketen der letzten Tage eingetroffen. Sie werden für die nächsten 12–14 Tage genügen, um tagsüber und des Abends meinen Bunker, der wegen seines Lichtes schon allgemeines Ziel von Besuchern geworden ist, ein wenig zu erleuchten. So haben wir in dieser Advents- und Weihnachtszeit so richtig die Bedeutung des Lichtes erlebt. All die Öl- und Benzin-

Moskauer Hauptbahnhof, Abschied von der Tochter, die später
bei einem deutschen Bombenangriff ums Leben kam.

funzeln, die wir uns aus Handgranaten, Konservendosen und Gewehr-
hülsen gefertigt hatten, sind ein erbärmlicher, schädlicher Ersatz. Sie
leuchten trüb. Ihr Qualm schlägt beißend auf die Augen und verschmutzt
Atemorgane und Lunge. Aber in dem stillen, leuchtenden Kerzenlicht
lebt man ordentlich wieder auf, und was mir in den letzten Tagen schwer-
fiel, ja fast unmöglich geworden war, das tue ich jetzt wieder mit Lust
und Liebe: meine Gedanken, die so oft zu euch schweifen, zu Papier zu
bringen und euch zu schreiben. Das ist immer meine liebste Beschäftigung und meine größte Freude.

Der Offizier Leo Tilgner 1892–1971   vor Leningrad
An seine Frau
Meine liebe Lydia, draußen sind es –30 Grad und nebelig. Wenn man hin-
auskommt, merkt man die Kälte zunächst nicht so stark, da es windstill
ist. Wie ich schon schrieb, liegen südlich eingefrorene Lokomotiven.
Ihre Anzahl wächst. Noch weiter südlich sollen weitere Loks stehen. Da
ist es – bei dem gemütlichen Trott, den die Eisenbahner anlegen – nicht
zu verwundern, wenn alles stockt.
Du kannst Dir denken, daß wir sehr erbost sind und keine Lust haben,
diesem Saustall auf die Beine zu helfen. Vor Weihnachten sollen unsere
Leute zurückgezogen werden. St. war gestern dort. Er kam durchgefroren zurück.

Jakow Nikanorow 1911–1942   *Leningrad*
Mitte Dezember 1941 hatte ich meinem Onkel das letzte Geleit zu geben. Mühsam nagelten meine Schwester und ich aus Küchenregalen einen Sarg zusammen. Ich war damals schon so schwach, daß ich nicht
lange auf meinen Beinen stehen konnte. Die Schwester hielt mich von
hinten, und ich schlug ungeschickt mit dem Hammer. Es war am frühen
Morgen.
Ich hatte meine Filzstiefel, eine wattierte Hose, die gesteppte Wattejacke und eine warme Mütze angezogen. Am nächsten Tag zogen wir
den Sarg auf dem Schlitten zum Friedhof Ochta. Am Vorabend hatten
wir uns erkundigt, wo die Massengräber ausgehoben waren. Sie waren
am Ende des Friedhofes, wo schon die Felder einer Sowchose lagen. Als
wir das Tor passiert hatten, blieben wir eine Weile stehen. Was da vor uns
lag, war unvorstellbar. Um eine Bretterbude lagen und saßen die Toten
in ungewöhnlichen Posen. Sie waren noch nicht an der Reihe, in dem
Massengrab verschüttet zu werden. Ein kleiner Junge ist mir im Gedächtnis geblieben. Er saß. Vielleicht war er sitzend gestorben. Er hatte

einen braunen Mantel, eine Mütze mit Ohrenklappen und Filzstiefel an. Seine Beine waren unnatürlich zur Seite gebogen und seine gespreizten Finger waren gekrümmt und nach vorne gereckt, als ob er die Passanten um Hilfe gebeten hätte. Seine unwahrscheinlich blauen Augen standen offen und guckten alle vorwurfsvoll an. «Wofür?» schien er die Lebenden zu fragen.

Die Bestattung fand in der Nacht bei Scheinwerferlicht statt. Das Feld entlang wurden lange und breite Gräben ausgehoben, in die die Toten ohne Särge gelegt wurden. In der rechten Ecke des Feldes waren die Leichen aufgestapelt. Die Toten wurden aus den Lazaretten, Krankenhäusern und Leichenhallen antransportiert, und da sie keine Verwandten hatten, wurden sie auf diese Weise gelagert.

Man verlangte von uns, die Leiche aus dem Sarg herauszunehmen. In den Massengräbern gäbe es keine privilegierten Rituale. Hier seien alle Toten gleich. Wir hatten uns also umsonst so viel Mühe gegeben. Wir wußten, daß die Totengräber unseren Sarg ins Feuer werfen würden, um sich daran zu wärmen. Und wenn schon, ihre Arbeit war auch kaum beneidenswert.

Jura Rjabinkin 1925–1942   *Leningrad*

Ich schreibe für zwei Tage, was eigentlich selten vorkommt. Den halben Tag lag ich im Bett, am Abend war ich im Laden und habe 6 Tafeln Kakao aus Soja-Zucker zu 30 Rubel (eine Tafel 100 Gramm schwer) und 300 Gramm Käse für 19 Rubel das Kilo dort gekauft. Auf dem Heimweg hatte ich Pech, so daß ich nur 350 Gramm Kakao und Käse nach Hause brachte.

Es kam zu einer Szene zwischen mir und Mutter. Ira war auch auf ihrer Seite. Die Mutter war vom Kreiskomitee zurückgekehrt und teilte uns mit, daß wir in die Liste der Evakuierungskandidaten eingetragen seien, die mit einer Autokolonne des Bauministeriums am 15. bzw. 20. Dezember losfahren sollen. Morgen muß noch die Frage mit dem Flugzeug geklärt werden. Wir haben zu Hause nichts mehr zu essen, nur 100 Gramm Brot, das die Mutter gegen eine Packung Machorka getauscht hatte. Ein Zahn tut mir weh, ich fühle mich nicht wohl, an der Ausreise aus Leningrad habe ich Zweifel, meine Gedanken drehen sich ums Essen. Ich kann mich kaum bewegen. Meine Laune ist trotz der Nachrichten von der Evakuierung und der guten Berichte von der Front (die Zerschlagung der Deutschen bei Moskau, Rostow und Tichwin) ganz schlecht. Nur etwas essen möchte ich, und ich würde sofort aufblühen …

Lidija Ochapkina *1912　　　*Leningrad*

Hungrige Ratten huschten quiekend durch unsere Wohnung. Sie nag-
ten die Tapeten an, wegen des Mehlkleisters. In meinem Zimmer standen zwei schmale Eisenbetten. Auf einem schlief Tolik, auf dem anderen ich mit meiner Tochter. In der Wohnung lebten auch ein 17jähriges
Mädchen namens Rosa und seine Tante. Der Mann dieser alten Frau
war Professor. Sein Institut war gleich evakuiert worden. Sie war dage-
blieben, weil sie ihr Hab und Gut nicht dem Schicksal überlassen wollte. Ihr Zimmer war reich eingerichtet. Teppiche, Klavier, schöne Möbel.
Fast täglich kam sie zu mir und beschwerte sich über Rosa. Sie gebe ihr
kaum Brot. Rosa holte immer das Brot, weil die Frau Professor Angst
hatte auszugehen. Sie tat mir leid, aber was konnte ich tun? Ich hatte ja
genug eigene Sorgen. Ich hatte schon längst keine Nachrichten mehr von
meinem Mann. Und er kannte auch unsere neue Adresse nicht. Ich dachte schon daran, daß wir uns nie mehr wiedersehen würden. Und ich war
sicher, daß wir sowieso bald vor Hunger sterben müßten.
In Gedanken wünschte ich mir den Tod gleich mit meinen Kindern. Ich
hatte Angst, auf der Straße ums Leben zu kommen. Meine Kinder würden verzweifelt nach mir rufen und schließlich vor Hunger sterben in
einem kalten Zimmer. Meine Ninotschka weinte unaufhörlich, sie weinte dauernd und konnte nicht einschlafen. Ihr Weinen machte mich beinahe verrückt. Damit sie einschlafen konnte, gab ich ihr mein Blut zu
saugen. Ich hatte schon keine Muttermilch, ich hatte gar keine Brüste
mehr, alles war verschwunden. Deshalb stach ich mit einer Nadel in
meinen Oberarm und legte ihren Mund daran. Sie saugte langsam daran und schlief ein.
Ohne Holz hatte ich keine Möglichkeit etwas zu kochen oder einfach
Wasser zu wärmen. Rosa sagte mir, daß ein bißchen Kohle in ihrem
Keller liege, aber ich fürchtete mich hinunterzugehen, weil die Toten
dort gelagert waren. Es gab auch keinen Strom. Wir beleuchteten unsere Zimmer mit kleinen Funzeln. Es war dunkel im Zimmer. An den
Wänden tanzten riesige Schatten, und der Ruß zog mit einem dünnen
Faden zur Decke.
Wenn ich wegging, weinte meine Tochter immer. Damit sie nicht weinte, gab ich ihr ein kleines Stück trockenes Roggenbrot, und sie saugte
lange daran. Einmal hörte ich sie schon beim Abschließen der Türe weinen. Das war Tolik, der ihr das trockene Stück weggenommen hatte, da
es kein anderes mehr gab. Ich habe ihn zum ersten Mal verprügelt. Er
weinte laut, und es tat mir sehr leid. Ich sagte ihm, daß ich ihn raus-
schmeiße, wenn er Ninotschka noch einmal etwas wegnimmt. Da sagte

er: «Mach das nicht, Mutti, ich tu so was nicht mehr.» Ich küßte ihn, wickelte ihn in eine Decke und ging. An jenem Tage sollten wir Lebensmittel bekommen. Auf meine Karte erhielt ich 200 Gramm Hirsegraupen. Die Karten für meine Kinder gab ich an die Kinderkantine ab. Dort bekam ich Essen für beide Kinder. Am Morgen ein Frühstück. In kleinen Portionen einen dünnen Brei. Und zum Mittagessen auch irgendwelche dünne Suppe und etwas als Hauptgericht. Brei oder Kartoffelmus. Ohne dieses Essen aus der Kinderkantine wären wir verhungert. Mein Sohn sah immer auf den Wecker. Ich hatte ihm erklärt, wenn der große Zeiger auf 12 zeigt und der kleine auf 10, dann gibt es Frühstück, wenn der große wieder auf 12 steht und der kleine auf 3, dann essen wir zu Mittag. Er starrte die Uhr ständig an. Die Hirsegraupen, die ich bekommen hatte, teilte ich auf zwei Häufchen auf und kochte zum Abendbrot zweimal einen dünnen Brei. Eines Tages saß Tolik auf dem Fußboden und stocherte mit einem Streichholz herum. Er suchte die Hirsekörner in den Ritzen im Boden, die ich beim Kochen im Dunkeln wohl verstreut hatte. Nun aß er sie gleich mit dem Schmutz.

Mein Gott, dachte ich, so hungrig ist er, was soll ich tun, womit kann ich ihn sättigen? Er war schon so abgemagert, daß er nur noch selten vom Bett aufstand, und er sagte mir immer wieder: «Mutti! Ich würde einen vollen Eimer Brei oder einen vollen Sack Kartoffeln jetzt verdrücken können.» Ich gab mir Mühe, ihn abzulenken. Ich versuchte, ihm Märchen zu erzählen, aber er hörte mir kaum zu und unterbrach mich immer wieder: «Weißt du, Mutti, ich möchte jetzt ein großes Brot essen.» Dabei zeigte er auf eine große Schüssel. So groß sollte das Brot sein. Er sah wie eine kleine Dohle aus, nur der Mund und große braune Augen, die immer so traurig waren. Und die dünnen Beine, die Kniescheiben ragten deutlich hervor. Seine Haare waren zerzaust.

Die Selbstschutzgruppenleiterin
Marija Dmitrijewa *1916   *Leningrad-Kirowskij*

Eines Tages lag vor der Eingangstür meiner Wohnung ein Kind. In der Nacht hatten wir den Auftrag, die «Raketschiki» [feindliche Agenten, die durch Raketenabschuß feindlichen Bombern das Ziel wiesen] zu fangen. Wir hatten Kommissionen gebildet. Ich wurde auch zur Arbeit in so einer Kommission herangezogen. So gingen wir durch die Stadt die ganzen Nächte über. Und am Morgen sagte man uns: «Ihr habt jetzt frei und könnt schlafen gehen. Erst gegen Mittag habt ihr wieder bei der Arbeit zu erscheinen.» So ging ich nach Hause. Zuerst suchte ich meine Wirtschaft auf, man mußte sich doch vergewissern, ob da was los war. Bei mir war die Ausgabe von Kochwasser für die, die schon zum Gehen zu schwach waren, organisiert. Mit dem Kochwasser wurden sie wieder aufgepäppelt. Es war selbstverständlich keine große Hilfe, trotzdem bemühten wir uns, etwas zu machen. Kochwasser hat damals viel geholfen.

Dann ging ich die Treppe zu meiner Wohnung hinauf. Niemand begegnete mir. Am hellen Tage war das. In der Küche kochte ich mir einen Tee. Da hörte ich plötzlich jemanden auf der Treppe weinen. Wir hatten in unserem Haus keine kleinen Kinder. Ich lauschte. Vielleicht eine Katze? Aber alle Katzen waren schon längst gegessen. Ich öffnete die Wohnungstür. Ein Kind saß davor, in einem groben schwarzen Tuch, aus dem die Mäntel der Eisenbahner geschneidert werden. Um den Kopf hatte es einen Lappen gebunden. Und es war bis an die Augen eingehüllt. Es weinte. Ich nahm es auf den Arm und trug es in meine Wohnung. Ich stellte einen Stuhl an den Herd und wickelte das Kind aus. Es war ein Junge. Er konnte noch nicht richtig sprechen. «Junge, wo ist deine Mutter?» – «Mama ist gestorben. Nenja, Nenja ist gelaufen.» Also das hieß, sein Bruder hatte ihn hier abgesetzt. Vielleicht hatte ihm das jemand geraten.

«Und wo ist dein Nenja?» Aber der Junge wußte gar nichts, nicht einmal seine Adresse. Er war groß und schwarzäugig und schmutzig. Was tun? Ich wusch ihn erst einmal, dann aßen wir etwas.

Ich nahm ihn mit zur Arbeit und rief Iwan Kotelnokow an, den Chef der Kriminalmiliz. Er hatte sein ganzes Leben in unserem Kreis gearbeitet: «Iwan Wassiljewitsch, was soll ich tun?» – «Gib ihn bei uns ab.» «Es ist leicht zu sagen: abgeben. Bei Euch nimmt man ihn ohne Einweisung nicht auf, und woher kann ich so eine Einweisung kriegen?» Er antwortete: «Ja, das stimmt, man verlangt dort so eine Einweisung. Sonst bringt man schon eigene Kinder. Warte mal. Jetzt schicke ich dir einen Soldaten, er bringt dir eine Einweisung.» Und bei uns gab es Frauen, die die Kinder zur Aufnahmestelle geführt hatten. Für andere Einsätze waren sie schon zu schwach. Eine alte Frau, Ustja, ihren vollen Namen kenne ich nicht mehr, sie starb auch bald, ging mit dem Soldaten. So haben wir den Jungen abgegeben.

Lidija Ussowa *Leningrad*

Ich habe die ganze Zeit im belagerten Leningrad überlebt. Das schlimmste war die Hungersnot. Sie war das schrecklichste, was wir ertragen mußten. Unser Werk stand jeden Tag unter Artilleriebeschuß. Doch wir suchten keine Deckung in den Luftschutzräumen, wir hatten schon

keine Angst mehr. Beim ersten Granateneinschlag steckten wir gierig
eine Brotkrume in den Mund. Wir hatten Angst, getötet zu werden,
und das Brot würde ungegessen liegenbleiben. Und nach der Entwarnung war man von Entsetzen gepackt, der Angriff war vorbei und man
hatte sein Brot aufgegessen. Der Winter 1941/42 war die grausamste
Zeit. Ich erinnere mich noch daran, wie meine Mutter starb. Ich gab ihr
kleine Zuckerwürfel zu saugen und sie lobte meine Herzensgüte. Meiner Schwester konnte ich nichts geben. Sie lag in einem Krankenhaus.
Ich besuchte sie und nahm dabei etwas zum Essen mit. Unterwegs war
ich unter Beschuß geraten und aß alles, was ich ihr zu bringen hatte. Ich
war schon in so einem Zustand, ich konnte an nichts außer Essen denken. Das war schrecklich.
Ich arbeitete in einem Werk, dann wurden wir zum Betrieb «Krasnaja
Sarja» verlegt. Der Betrieb lag sehr weit von meinem Haus entfernt.
Den ganzen Weg mußte ich zu Fuß zurücklegen. Im Betrieb mußten
wir Schnee schippen. Es war eine sehr schwere Arbeit für uns. Eines Tages wurde ich sogar ohnmächtig. Man trug mich zum Aufnahmeraum
eines Krankenhauses. Als ich wieder zur Besinnung kam, hörte ich die
Diagnose des Arztes: Herzmuskelschwäche. Wahrscheinlich bekam ich
damals eine Spritze. Als ich die Augen wieder öffnete, gab man mir gekochtes Wasser zu trinken, und ich mußte wieder zur Arbeit gehen. Ich
war so lebensfähig und standhaft. Vielleicht war es auch richtig, daß
man mich wieder zur Arbeit schickte, denn diejenigen, die sich ins Bett
legten, standen gewöhnlich nicht mehr auf.
Ich dachte nur an Essen. Es war furchtbar. Mit der Zeit konnte ich meine Ration nicht mehr vom Laden bis nach Hause tragen. Wenn uns rohe
Erbsen ausgegeben wurden, aß ich alles unterwegs direkt auf der Straße.
Ich sah schrecklich aus. Ich war am Körper sehr geschwollen und sehr
abgemagert zugleich, ich wog nur 42 Kilo. Meine Beine waren Prellstei-
nen ähnlich, das Gesicht war geschwollen, und aus den schmalen Schlit-
zen blickten die trüben Augen. Ein schreckliches Aussehen. Und zu
dieser Zeit hat man uns eigentlich schon ein bißchen besser ernährt. Die
Ernährung war dabei richtig organisiert. Man gab uns in kleinen Dosen
viermal am Tage vollwertige Nahrungsmittel. Doch dummerweise weinten wir dabei. Es kam vor, daß man uns beraubte, die Lebensmittelkarten mußten wir abgeben, und die Portionen kamen uns zu klein vor. Es
war bestimmt eine Psychose. Die Kantine lag an der Kreuzung von Ne-
wskij und Wladimirskij, wo sich heute das Restaurant «Moskau» befindet. Es war furchtbar, man kam zum Essen und kriegte eine kleine
Untertasse Grütze. Man wollte mehr bekommen. Und da erinnere ich

mich noch, wie ich in einem Garten saß und hüpfende Spatzen verfolgte. Da fiel mir plötzlich auf, daß ich die Instinkte einer Katze zeigte. Ich träumte davon, einen Sperling zu fangen und ihn in die Suppe zu werfen.

*

Adam Czerniaków 1880–1942 **Warschauer Ghetto**
Die gestrige Nacht war schwer. Zu Hause bin ich mit der Familie ganz allein im gesamten Haus, ohne Licht und Wasser (Rohrbruch). Morgen sollen im jüdischen Arrestlokal 17 Personen erschossen werden, weil sie sich außerhalb des Gettos aufgehalten haben. Die Erschießung findet in 3 Durchgängen statt.

Danuta Czech **(KZ Auschwitz-Birkenau)**
Die Nummer 24472 erhält ein Erziehungshäftling, der vom Landratsamt Teschen eingeliefert worden ist.
22 Häftlinge, die mit einem Sammeltransport der Stapoleitstellen aus Zichenau, Graudenz, Tilsit, Hohensalza, Posen, Prag und von der Kripoleitstelle aus Königsberg eingeliefert worden sind, erhalten die Nummern 24 473 bis 24 494. In dem Transport befindet sich der litauische Diplomat Wenzel Szidzikauskas (Nr. 24 477).
Die Nummer 24 495 erhält ein Erziehungshäftling, der vom Gendarmerieposten aus Osiek eingeliefert worden ist.

*

Ich steh im Regen und warte auf dich, auf dich!
Auf allen Wegen erwart' ich nur dich, immer nur dich!
Der Zeiger der Kirchturmuhr rückt von Strich zu Strich,
sag, wo bliebst du denn nur, denkst du nicht mehr an mich?
Und ich steh im Regen und warte auf dich, auf dich!

<836   Montag, 15. Dezember 1941   1240>

Johannes zeugt von ihm, ruft und spricht:
Dieser war es, von dem ich gesagt habe:
Nach mir wird kommen, der vor mir ge-
wesen ist; denn er war eher als ich.
HERRNHUT   JOHANNES 1,15

Cesare Pavese 1908–1950   (Italien)
Es ist nicht so, daß in unserer Zeit der Vertreter der Kultur weniger gehört würde als in der Vergangenheit der Theologe, der Künstler, der
Wissenschaftler, der Philosoph etc. Sondern jetzt ist man sich einer Masse bewußt, die von reiner Propaganda lebt. Auch in der Vergangenheit
lebten die Massen von schlechter Propaganda, doch da damals die ele-
mentare Bildung weniger verbreitet war, ahmte diese Masse nicht die
wirklich Gebildeten nach und warf also nicht das Problem auf, ob sie
mit ihnen in Konkurrenz stünde oder nicht.

Wilhelm Muehlon 1878–1944   *Klosters/Schweiz*
Nach Londoner Mitteilung machen die Russen an der ganzen Front weitere Fortschritte. [...] Die Verbindungen Moskaus nach Norden wie
nach Süden sind zurückgewonnen. Bei der Verfolgung deutscher Trans-
formationen soll plötzlich die russische Kavallerie, aber auch die Ski-
truppe eine grosse Rolle spielen.

Thomas Mann 1875–1955   *Pacific Palisades*
Klares Wetter, mittags sommerlich. Am Thamar-Abschnitt weiter. Mittags im Ocean-Park. Zum Lunch Leonh. Frank, glücklich über die Russen, voller Optimismus. Über eine Art von Büchern, in denen jeder
Satz ein schöpferischer Akt sein *muß*. [...] Rede des Präsidenten zum
Bill of Rights-Tage, fast ausschließlich gegen Hitler. [...] Der Rückzug der Deutschen in Rußland, der am Don begann, hat erstaunliche
Formen angenommen und reicht von Petersburg bis zum Schwarzen Meer. Las Litwinows Statement für die Press-Konferenz in Washington, klug und ermutigend. – Genaue Verlust-Angaben bei der An-
fangskatastrophe im Krieg gegen Japan, «could be worse». Aber mehr

als 2000 wertvolle Menschenleben. Untersuchung, warum weder Flotte noch Landheer on the alert waren.

*

Marianne Sperl *1924   **Bayreuth**

Montag. Heut war ich wieder in der Schule. Nachmittags hatten wir zwei Stunden frei. Wir lachten, schwatzten, dann wollten wir auf einmal Weihnachtslieder singen. Mit großer Vorsicht wurde aus einer Klasse ein Adventskranz geklaut. Dann wurden «Weihnachtslieder» gesungen, d. h. unsere Jungmädelführerinnen sangen sie. Lieder vom Tannenbaum, die gar keinen Zusammenhang mit Weihnachten haben, Wiegenlieder, solche von Müttern usw. Was haben wir doch für schöne Weihnachtslieder dagegen! Wir müssen sie hüten, daß sie unserm Volk nicht verloren gehn. In dieser Zeit, in der Zeit des Verfalls, gibt es manches, was wir hüten müssen. Wir waren heut wieder in der Bibelstunde bei Julius. Mutter ließ mich nicht gern gehn. Sie ist überhaupt dagegen, wenn Buben und Mädel zusammen sind. Aber nichts von alledem. Es war so schön heute. Das hat mich gepackt und wir sind alle begeistert. Zuletzt singen wir immer den letzten Vers von «Kein schöner Land».

Helmuth James von Moltke 1907–1945   **Berlin**
An seine Frau

[…] Die vollen Tage werden jetzt nicht abreissen. Morgens war eine ganze Menge zu tun, um 12 kam Waetjen, um 1.30 assen Yorck & Leuschner bei mir, der zweite der frühere Vorsitzende des Allgemeinen Deutschen Gewerkschaftsbundes, mit denen sprach ich bis 4, dann hatte ich mit Yorck noch einiges zu erörtern. Um 5 hatte ich Besprechungen im Büro, jetzt ist es 7 und Einsiedel kommt, anschliessend muss ich noch einen Vertrag entwerfen. Morgen ist um 10 eine Besprechung, um $^1/_2$2 will ich mit Reichwein essen, abends bin ich bei Peters zusammen mit Harnack; der ist Dir wohl von früher noch ein Begriff.
Es ist warm und regnerisch. Aber es ist doch so leidliches Wetter, daß es eigentlich möglich sein müsste, auf dem Felde zu arbeiten. – Da kommt Einsiedel.

Der General Franz Halder 1884–1972   **Führerhauptquartier**
14.00 Uhr Gfm. v. Brauchitsch kehrt von Frontreise zur Heeresgruppe Mitte zurück. Unterrichtung über Lage und über Meldungen Fromm und Gereke.

v. Ziehlberg: Laufende Generalstabspersonalien. Zahlreiche Ausfälle durch Erschöpfung und Krankheit. – Neujahrsgruß.
18.00–19.30 Uhr sehr ernste Besprechung mit *ObdH* über die Lage. Er ist sehr niedergeschlagen und sieht keinen Ausweg mehr, um das Heer aus der schwierigen Lage zu retten.

Der Feldwebel Arthur Binz   Albat/Krim

Seit meinem letzten Tagebuch-Eintrag hat die Kompanie einen schweren, vielleicht nicht zu ersetzenden Verlust erlitten. Leutnant Helmut Knaus ist gefallen, jener kaum 25 jährige Offizier, der wohl bei unseren Mannschaften der beliebteste Angehörige des Offz.Korps war. Mitten im Divisionsquartier – der Staffel I. – schlugen um die Mittagszeit des 13. XII. 41 mehrere Artilleriesalven ein. Knaus wollte eben in den Deckungsgraben springen, als ihn ein in die Herzgegend dringender Splitter dahinraffte. Er war auf der Stelle tot. Sonderführer John, dem Knaus noch den Vortritt in den Graben ließ, kam mit einer leichten Verletzung davon, und Knaus stürzte, zu Tode getroffen, John in den Graben nach. Zwei Mann unserer Wache wurden ebenfalls verwundet. Heute nachmittag nahm ich an der feierlichen Bestattung vor den mehrmals erwähnten Felsen von Kutschuk-Sjuren teil, wo wir mehrere Wochen gelegen. Der General war bei seiner Ansprache sichtlich zutiefst bewegt. Satzger sprach kurz und ergreifend. Der schlichte Sarg wurde von zwei Leutnants und 6 Unteroffizieren des Stabes getragen. Die Tatarenbevölkerung stand auf dem weiten Platz rund umher. Der Himmel hatte schwarzgraue Wolken der Trauer ins Tal herabgesenkt.
Abends wurde ich von Ic beauftragt, für «Auf Posten im Osten» noch ein zusätzliches Gedicht auf den Gefallenen abzufassen. Ich überschrieb es mit «Unser Knaus». Es ist mir nicht ganz zufriedenstellend geglückt. Doch Uffz. Dr. Rau lobte es, und er versteht etwas, so daß ich doch die Hoffnung hegen kann, daß ich des armen Leutnant Knaus in würdiger Weise gedachte.
Vor einigen Tagen sammelte ich für mein geplantes Kriegserinnerungsalbum die Unterschriften der Kompanieangehörigen, um so «das Schriftbild der Stabskompanie» zu gewinnen. Mit welch kreuzfidelen Begleitbemerkungen hat sich da der noch eingetragen, den nun so jählings der kühle Rasen der Krim deckt.

Der Gefreite Reinhold Pabel *1915   im Osten

Heute haben wir einen Spähtrupp feindwärts gemacht. Als wir uns dem fraglichen Dorf näherten, das wir zu untersuchen hatten, schien alles gut zu gehen. Die Gruppen verteilten sich, mit Erfassungsaufgaben betraut. Grade hatte ich meine erste Milch geschlürft und mich nach brauchbarem Hausvieh umgesehen, begann in der rechten Flanke Gewehr- und MG-Feuer zu knattern. Der Chef ließ die Aktion abbrechen und gab Befehl zum Rückzug. Einer von uns hatte einen Armschuß. Warum schossen unsere schweren Granatwerfer nicht, um den Kerlen Respekt einzuflößen? Jetzt werden sie wieder frecher werden. Vielleicht haben wir bald mit Besuch zu rechnen. Hoffentlich stören sie unser Weihnachtsfest nicht.

Der General Heinz Guderian 1888–1954 Orel

Am 16. Dezember kam auf meine dringende Bitte der in unserer Nähe weilende Schmundt für eine halbe Stunde auf den Flugplatz Orel, wo wir uns sprachen. Ich gab ihm eine ernste Darstellung der Lage und bat um Übermittlung an den Führer. Für die Nacht rechnete ich mit einem Anruf Hitlers und der Antwort auf meine, Schmundt mitgegebenen Anträge. Bei dieser Unterredung erfuhr ich durch Schmundt den bevorstehenden Wechsel im Oberkommando des Heeres, den Abgang des Feldmarschalls von Brauchitsch. In dieser Nacht schrieb ich: «Nachts liege ich viel schlaflos und zermartere mir das Gehirn, was ich noch tun könnte, um meinen armen Männern zu helfen, die in diesem wahnsinnigen Winterwetter schutzlos draußen sein müssen. Es ist furchtbar, unvorstellbar. Die Leute beim OKH und OKW, die die Front nie gesehen haben, können sich keinen Begriff von diesen Zuständen machen. Sie drahten immer nur unausführbare Befehle und lehnen alle Bitten und Anträge ab.»

In dieser Nacht erfolgte dann der erwartete Anruf Hitlers, der zum Aushalten aufforderte, Ausweichbewegungen untersagte und Zuführung von Mannschaftsersatz – wenn ich nicht irre – von 500 Mann! – auf dem Luftwege versprach. Hitlers Anrufe wiederholten sich bei sehr schlechter Verständigung. Was die Ausweichbewegungen betraf, so waren sie auf Grund der Besprechung mit Feldmarschall von Brauchitsch in Roslawl bereits in der Durchführung begriffen und ohne weiteres nicht aufzuhalten.

Der Leutnant Georg Kreuter 1913–1974 Wawarina

Um 4.00 übernehme ich die Nachhut. Sie besteht aus 2 Kompanien in vorderer Linie und einer Bttr.1.F.H. – Ich versuche Drahtverbindung mit den Kompanien zu bekommen, aber um 5.00 muß ich es aufgeben, es ist alles zerstört. – Teile des Regiments ziehen durch den Ort. Es ist allerdings erheblich über der befohlenen Zeit, denn die vereisten Straßen erschweren den Rückmarsch wahnsinnig. – 3 Panzer II müssen gesprengt werden, da sie nicht mehr marschfähig sind. Manchmal fehlt es nur an einer Batterie. Außerdem sind mindestens 10 Kfz angesteckt worden. Dem Feind darf nichts in die Hände fallen! Es ist ein Jammer, was hier an Werten zugrunde geht! Um 8.45 erhalte ich Meldung, daß die rechts eingesetzte Kompanie (3. Kp.Fe.E.Btl.) bereits ausgewichen ist. Sie steht bereits in Turdey und das Bataillon ist mit Masse noch immer hier im Ort und kommt nicht vorwärts. Ich greife energisch ein und stelle fest, daß sie nur zurück sind, weil Artillerie 1 km vor sie geschossen hat! Ich lasse nochmals Sicherungen aufbauen und einen Verbindungsspähtrupp zur linken Kompanie (1./101) laufen. Um 9.00 trifft auch die 4. Bttr. ein. – Noch immer hängen Teile des Bataillons hier, es ist zum Verzweifeln. Die Pferde liegen mehr, als daß sie stehen. Um 10.00 Meldung von 1. Kompanie, daß sie sich unter erheblichem Feinddruck zurückzieht. In der Zwischenzeit habe ich begonnen, durch die Bttr. das Dorf anbrennen zu lassen. Zum Schuß kommt sie nicht, da der Funk nicht klappt. – Nachdem ich noch 2 Russen mit Funk als Spione im Auftrag des Korps zurückgelassen habe, starte ich um 10.30 befehlsmäßig. Die letzten Teile des Bataillons lassen nun ihre Gespanne stehen, stecken sie an und laufen zu Fuß. – Ich fahre mit meinem Funkwagen, hinter mir folgt die Batterie. Nach kleinen Umwegen machen wir in Ossinowikust Rast. Hier hat die AA.88 eine Aufnahmestellung bezogen. Sie kommen schon von Jepifan am Don!!! Haben aber nur noch 15 M.G. in der Abteilung und einige Kfz. An einer Kurve treffe ich unversehens meine Troßfahrzeuge. Auch Grau ist dabei. Da sie geschlossen geführt werden, lasse ich sie dort. – In der Nacht hätte ich mich beinahe verfranzt. Es ist schwierig, sich zu orientieren. Es brennt überall. Als es mir nicht mehr geheuer vorkommt, mache ich kehrt und finde dann auch die richtige Straße. Da ich vor einer gesprengten Brücke wieder halten muß, mache ich kehrt und übernachte in Wawarina. – Das war ein heißer Tag!

Pjotr Samarin 1888–1942   *Leningrad*
Um 6 Uhr aufgestanden. Radio gehört. Kein Licht in der Wohnung. Um 7 Uhr beim Dienst erschienen. Einige Kapitel aus «Krieg und Frieden» gelesen. Draußen ist −28 Grad. Es frieren mir die Hände und Füße. Am Abend habe ich den Kanonenofen an den Schornstein angepaßt und geheizt. Liducha hat von ihrer Kantine zwei Portionen zum Mittagessen gebracht, tat vier Kartoffeln hinein, kochte sie und briet sie

dann noch an. Es war lecker. Heute sind wir Bourgeois. Ich bin ganz
satt, obwohl Brot zu knapp ist. Die Gerüchte über die Normerhöhung
von Brot sind nur leeres Gerede geblieben. Die Norm ist nach wie vor
125 Gramm. Die Nachbarn sagen, sie begnügen sich mit diesen
125 Gramm, sonst haben sie gar nichts. Man guckt nur die Alte an, und
es wird einem angst und bange, und sie beansprucht noch für sich ein
neues Kleid und Überschuhe. In ihrem Alter von 82 Jahren ist es die
richtige Zeit zu sterben.
Am Abend floß Wasser aus der Wasserleitung. Die Wasserleitung funktioniert wieder. Es ist viel besser, man kann sich waschen, und man
braucht nicht mehr Wasser aus dem Luftschutzraum zu schleppen.
Am Abend heftiges Artilleriefeuer. Man weiß nicht, ist es eigene Artillerie oder die des Feindes.
Mit der Hauswirtin bin ich zur Vereinbarung gekommen, die Filzstiefel bei ihr gegen Entgelt zu leihen. Man muß sie aber zuerst besohlen.
Nirgendwo wird diese Arbeit ausgeführt.
Ich habe versucht, die Zeitungen zu abonnieren. Aber der Verlag «Sta-
linetz» abonniert die zentralen Zeitungen für das kommende Jahr 1942
noch nicht.
Kein Straßenbahnverkehr. Viele Mitarbeiter erschienen heute nicht zur
Arbeit. Keine Moskauer Zeitungen seit 6. Dezember. Die «Leningradskaja prawda» hat heute Ruhetag. Die Bank gibt kein Geld aus, obwohl
bald schon Gehälter für den nächsten Monat (am 20.) ausgezahlt werden müssen.

Nina Chudjakowa *1917   *Leningrad*

Heute fand in unserem Klub ein Treffen mit den Rotarmisten statt.
Nach ihrer Verwundung lagen sie in den Lazaretts und jetzt mußten sie
zurück an die Front.
Polja Ziwlina erzählte über die Lage an den Fronten des Vaterländischen Krieges, über die Entbehrungen, die die Bevölkerung Leningrads
heute erleidet, über die Bombenangriffe und den Artilleriebeschuß. Sie
hat dabei auch Beispiele von Selbstlosigkeit der Kämpfer angeführt. Neben ihr stand Raja Prochorowa. Sie hatte einen Kopfverband nach ihrer
Verwundung auf dem Dach des Turmes.
Dann gab es ein Laienkonzert. Ich habe am Flügel die Ouvertüre aus
«Egmont» von Beethoven gespielt. Ich war dabei sehr zittrig. Ich bin
doch keine Musikantin von Beruf. Darüber hinaus saß ich seit dem
Kriegsausbruch nicht mehr am Flügel, meine Hände sind grob geworden und die Finger waren zu schwach. Ich habe lange überlegt, was

ich spielen würde. Und habe ins Schwarze getroffen. Die majestätischen
Klänge der Ouvertüre, die zum Kampf und Sieg aufrufen, lagen in Übereinstimmung mit den Gedanken der Soldaten, haben ihren Kampfgeist
und die Entschlossenheit, bis zum Sieg gegen den Feind zu kämpfen,
gehoben. Die Rotarmisten kamen auf uns zu, dankten uns und baten,
an sie zu schreiben.

Jura Rjabinkin 1925–1942   *Leningrad*

Jeder Tag hier in Leningrad bringt mich dem Selbstmord näher. In der
Tat habe ich keinen Ausweg. Eine Sackgasse, so kann ich nicht mehr leben. Hunger. Schrecklicher Hunger. Wieder keine Nachrichten über
die Evakuierung. Wie schwer ist mein Leben. Man lebt und weiß nicht,
wofür man lebt, man fristet bloß sein elendes Dasein in Hunger und bei
Kälte. In zehn Minuten erfriert man bei der Kälte von 25–30 Grad unter Null. Die Filzstiefel helfen nicht. Ich kann nicht … Mutter und Ira
sind da. Ich kann ihnen kein Stück Brot wegnehmen. Ich kann nicht,
weil ich weiß, was heute ein Krümchen Brot bedeutet. Doch ich sehe,
daß sie mir von sich abgeben, und ich, Gemeiner, klaue ihnen heimlich
die letzten Krümchen. Und in welchem Zustand befinden sich beide,
wenn Mutter mir gestern mit Tränen in den Augen sagte, sie wünschte,
daß ich an dem Stück Brot von 10–15 Gramm, das ich ihr und Ira geklaut hatte, ersticken würde. Was für ein furchtbarer Hunger! Ich fühle, ich weiß, hätte mir jemand ein tödliches Gift angeboten, damit man
ohne Qualen sterben kann, ich würde es nehmen. Ich will leben, aber
so kann ich nicht leben! Doch ich will leben! Was soll ich denn tun?
Ich habe meine Ehre, den Glauben an sie verloren, so ist mein Geschick.
Vor zwei Tagen hat man mich geschickt, Bonbons zu holen. Ich habe
anstatt Bonbons Kakao mit Zucker gekauft (ich wußte, daß Ira es nicht
essen würde, dann wäre mein Teil größer), so habe ich mir noch die
Hälfte (für die ganze Dekade standen uns 600 Gramm zu) angeeignet.
Ich habe mir eine Geschichte ausgedacht, daß man mir drei Tafeln Kakao aus der Hand gerissen hätte, habe zu Hause eine Komödie unter
Tränen vorgetragen, habe der Mutter mein Ehrenwort als Pionier gegeben, daß ich keine Tafel genommen hätte … Und dann, mit meinem
harten Herzen die Tränen der Mutter und ihren Kummer ansehend,
weil sie ohne Süßigkeiten blieb, aß ich heimlich Kakao. Heute aus der
Bäckerei nach Hause kommend, habe ich ein Stück Brot von etwa
25 Gramm von Mutters und Iras Portion genommen und habe es heimlich verdrückt. Jetzt habe ich in der Kantine einen Teller Krebssuppe,
Klopse mit Beilage und anderthalb Portionen Kissel verzehrt. Und für

Mutter und Ira habe ich nur anderthalb Portionen Kissel mitgebracht, davon habe ich mir dann zu Hause noch etwas genommen.

Ich bin in den Abgrund gestürzt, der durch Undiszipliniertheit, Gewissenlosigkeit, Ehrlosigkeit und Schande gekennzeichnet ist. Ich bin ein unwürdiger Sohn meiner Mutter und ein ehrloser Bruder meiner Schwester. Ich bin ein Egoist, ein Mensch, der in einer schweren Stunde alle seine Verwandten und Nächsten vergißt. Und ich tue so was in einer Zeit, da Mutter völlig erschöpft ist. Mit ihren angeschwollenen Füßen, mit ihrem kranken Herzen in leichten Schuhen bei Frost, ohne ein Krümchen Brot gegessen zu haben, sucht sie die Behörden auf, macht klägliche Anstrengungen, weil sie uns aus Leningrad wegbringen will. Ich habe den letzten Glauben an die Evakuierung verloren. Sie ist für mich vorbei. Nur das Essen ist jetzt meine Welt. Alles andere nur dafür da, Essen aufzutreiben. Was mir bevorsteht, ist kein Leben. Ich will nur zwei Dinge: Ich will selbst sterben, und meine Mutter soll dieses Tagebuch nach meinem Tod lesen. Sie möge mich verfluchen, ein schmutziges, gefühlloses und heuchlerisches Tier, sie möge mich verstoßen, so tief bin ich gefallen, so tief …

Was wird weiter? Bleibt der Tod mir erspart? Ich wünsche mir aber einen schnellen und sanften Tod, keinen Hungertod, der wie ein blutiges Gespenst vor mir steht.

So traurig ist es, ich schäme mich, kann Ira nicht ansehen …

Werde ich mir das Leben nehmen?

Essen! Ich will essen!

Die Kinderärztin Anna Lichatschewa *Leningrad*

In der Zeit der langsamen Agonie, die einige Tage dauerte, bekam mein Sohn Oleg plötzlich starke Krämpfe in Armen und Beinen, seine Stimme versagte. Er war kraftlos, bekam durchgelegene Stellen am Körper und eine heftige Abneigung gegen jegliches Essen. Er starb still und in sich gekehrt.

Galina Martschenko *1928 *Leningrad*

Dann gingen wir nicht mehr in die Luftschutzkeller, weil wir dazu keine Kraft mehr hatten. Bei Fliegeralarm legten wir uns einfach ins Bett und zogen die Decken über den Kopf. Wir wohnten im ersten Stock, die Fenster in unserer Wohnung waren mit Brettern vernagelt, nie haben wir unser Haus verlassen. Unsere Nachbarn waren evakuiert oder auch umgezogen, und wir blieben allein in unserem Haus, in dem früher viele Familien untergebracht waren. Wir hatten nun vier freie Zim-

mer. Und wir zogen alle in das kleinste Zimmer meiner Tante. In den anderen Zimmern haben wir nach und nach die Fußbodenbretter herausgebrochen. Ich weiß nicht mehr, ob Parkettfußboden oder einfache gestrichene Bretter. Wir verbrannten den Fußbodenbelag im Kanonenofen. Bücher hatten wir nicht viel, deshalb verbrannten wir sie nicht, sie taten uns leid. Nur ein Bett, ein paar Stühle und ein Sofa waren uns geblieben. Auf dem Sofa lagen drei Kopfkissen, die haben wir auch verbrannt, weil Hobelspäne darin waren. Ich weiß nicht, woher wir einen Kanonenofen hatten, wer hatte ihn gebracht, wann haben wir ihn gekauft? Keine Ahnung. Ein kleiner Kanonenofen. Wir haben unser Brot in kleine Stückchen geschnitten und auf den Ofen zum Trocknen gelegt, wir klebten die Brotkrümchen einfach an den Ofen. Das Brot war ja fürchterlich klebrig. Dann kauten wir die getrockneten Brotkrumen. Und so war der Brotduft länger zu genießen.

Die Tänzerin Vera Kostrowitzkaja *Leningrad*
Ich liege im Bett, kann nicht mehr in die Schule zur Wache gehen. Ich bin nicht krank, ich liege einfach, solange es draußen dunkel ist, d. h. von 4 Uhr nachmittags bis 9 Uhr morgens. Wenn es hell wird, krieche ich am Kanonenofen herum. Ich lasse den Schnee schmelzen und gehe aus, Bretter aus dem Zaun zu klauen. Das Fenster und das Fensterbrett sind zu einem vereisten Grind geworden. Ich hacke die Eisstücke ab, aber wenige Stunden später sind sie wieder gewachsen. Die Zimmerpflanzen, die auf dem Fensterbrett standen und erfroren sind, schmecken nicht schlecht. Ich habe sie gekocht.

*

Adam Czerniaków 1880–1942 **Warschauer Ghetto**
Morgens Gemeinde. Heute wurden 15 Personen in 2 Durchgängen erschossen (von den gestern genannten 17 ist eine gestorben, eine krank).

Danuta Czech **(KZ Auschwitz-Birkenau)**
In die Leichenhalle werden die Leichen von 23 Häftlingen eingeliefert.
Neben acht Nummern ist das Kryptonym «27w» eingetragen.
Der Monteur Mähr von der Firma J. A. Topf u. Söhne beendet die Montage des dritten Einäscherungsofens im KL Auschwitz.[*]

[*] Das ergibt sich aus dem Schreiben der SS-Zentralbauleitung an die Firma Topf u. Söhne vom 8. Januar 1942, daß die Rechnungen vom 16. Dezember 1941 (Nr. 2363) in Höhe von 3650,– Reichsmark und vom 18. Dezember 1941 in Höhe von 25 000,– Reichsmark an die Kasse des Amtes 11 in Berlin weitergeleitet worden seien.

100 Häftlinge, die von der Sipo und dem SD aus dem Gefängnis Montelupich in Krakau eingewiesen worden sind, erhalten die Nummern
24 496 bis 24 595. Unter den Eingelieferten befinden sich zwei Zigeuner.
Sieben Erziehungshäftlinge, die von der Stapoleitstelle Kattowitz und
dem Gendarmerieposten aus Tschechowitz (Czechowice) und Inwald
eingeliefert worden sind, erhalten die Nummern 24596 bis 24602.

Der Polizeioffizier Paul Salitter   Düsseldorf – Riga

Der für den 11. 12. 1941 vorgesehene Judentransport umfaßte 1007 Juden aus den Städten Duisburg, Krefeld, mehreren kleinen Städten und
Landgemeinden des rheinisch-westfälischen Industriegebietes. Düsseldorf war nur mit 19 Juden vertreten. Der Transport setzte sich aus Juden beiderlei Geschlechts und verschiedenen Alters, vom Säugling bis
zum Alter von 65 Jahren, zusammen.
Die Ablassung des Transports war für 9.30 Uhr vorgesehen, weshalb
die Juden bereits ab 4 Uhr an der Verladerampe zur Verladung bereitgestellt waren. Die Reichsbahn konnte jedoch den Sonderzug, angeblich wegen Personalmangels, nicht so früh zusammenstellen, so daß mit
der Einladung der Juden erst gegen 9 Uhr begonnen werden konnte.
Das Einladen wurde, da die Reichsbahn auf eine möglichst fahrplan-
mäßige Ablassung des Zuges drängte, mit der größten Hast vorgenommen. Es war daher nicht verwunderlich, daß einzelne Wagen überladen
waren (60–65 Personen), während andere nur mit 35–40 Personen besetzt waren. Dieser Umstand hat sich während des ganzen Transportes
bis Riga nachteilig ausgewirkt, da einzelne Juden immer wieder versuchten, in weniger stark besetzte Wagen zu gelangen. Soweit Zeit zur
Verfügung stand, habe ich dann auch in einigen Fällen, weil auch Mütter von ihren Kindern getrennt worden waren, Umbelegungen vorgenommen.
Auf dem Wege vom Schlachthof zur Verladerampe hatte ein männlicher
Jude versucht, Selbstmord durch Überfahren mittels der Straßenbahn
[sic] zu verüben. Er wurde jedoch von der Auffangvorrichtung der
Straßenbahn erfaßt und nur leichter verletzt. Er stellte sich anfänglich
sterbend, wurde aber während der Fahrt bald sehr munter, als er merkte, daß er dem Schicksal der Evakuierung nicht entgehen konnte. Ebenfalls hatte sich eine ältere Jüdin unbemerkt von der Verladerampe – es
regnete und war sehr dunkel – entfernt, sich in ein nahe liegendes Haus
geflüchtet, entkleidet und auf ein Klosett gesetzt. Eine Putzfrau hatte sie
jedoch bemerkt, so daß auch sie zum Transport wieder zurückgeführt
werden konnte.

Die Verladung der Juden war gegen 10.15 Uhr beendet ...
letzten Rangieren in Düsseldorf stellte ich fest, daß der Wag
gleitkommandos (2. Klasse), anstatt in die Mitte des Zuges, ar
Personenwagen, also als 21. Wagen, einrangiert worden war.] ..... unserem Wagen befanden sich dann die 7 mit Gepäck beladenen Güterwagen. Die falsche Einrangierung des Begleitwagens hatte folgende Nach-
teile:

a) Der Dampfdruck erreichte infolge fehlerhafter Heizungsanlagen
die hinteren Wagen nicht. Infolge der Kälte konnte die Kleidung der
Posten nicht trocknen (fast während des ganzen Transportes regnete es), so daß ich mit Ausfällen durch Erkrankung zu rechnen
hatte.

b) Dem Transportführer ging die Übersicht über den Zug verloren.
Wenn auch die mitgeführten Scheinwerfer gute Dienste leisteten, so
hatten die Posten bei jedem Halten einen zu weiten Weg zur Aufsicht über die ersten Wagen zurückzulegen und oft Mühe, bei plötz-
licher Abfahrt des Zuges noch den Wagen des Begleitkommandos
zu erreichen. Außerdem versuchten die Juden immer wieder, sofort
nach dem Halten in Bahnhofshallen mit dem reisenden Publikum in
Verbindung zu treten, Post abzugeben oder sich Wasser holen zu
lassen. Ich mußte mich daher entschließen, zwei Posten in einem
Abteil des vorderen Personenwagens unterzubringen.

Meine diesbezüglichen Einwendungen auf dem Abgangsbahnhof Düsseldorf blieben unberücksichtigt, und der Zug wurde mit dem Bemerken
abgelassen, daß infolge der Verspätung in Düsseldorf eine Umrangierung
des Wagens des Begleitkommandos nicht mehr erfolgen könne. Die Umrangierung des Wagens könne auch unterwegs erfolgen.

Die Fahrt verlief dann planmäßig und berührte folgende Städte: Wuppertal, Hagen, Schwerte, Hamm. Gegen 18 Uhr wurde Hannover-Lin-
den erreicht. Hier hatte der Zug einen Aufenthalt von fast einer Stunde. Ich ließ einem Teil der Juden etwas Wasser verabfolgen und erbat
gleichzeitig die Umrangierung des Wagens. Eine Zusage wurde mir gegeben, jedoch war in letzter Minute keine Rangierlok vorhanden. Der
Bahnhof in Stendal sollte jedoch entsprechende Nachricht erhalten, damit meinem Wunsche entsprochen werden konnte. Die Fahrt führte
dann bis zur Station Miesterhorst. Hier wurde um 21 Uhr ein Achsen-
brand am Wagen 12 festgestellt. Der Wagen mußte ausrangiert und die
Juden dieses Wagens, weil die Station keinen Ersatzwagen stellen konnte, auf andere Wagen verteilt werden. Diese Aktion schien den schlafenden Juden durchaus nicht zu passen und gestaltete sich wegen unauf-

hörlichen Regens und Dunkelheit sowie mit Rücksicht darauf, daß der Zug außerhalb des Bahnhofs ohne Bahnsteig stand [sic], anfänglich etwas schwierig, wurde aber mit entsprechendem Nachdruck dennoch sehr schnell durchgeführt. Bei der Umladung haben sich die mitgeführten Scheinwerfer sehr gut bewährt. Der Bahnhof Stendal wurde um 23 Uhr erreicht. Hier war Lok-Wechsel, auch wurde ein leerer 3. Klasse-Wagen an die Spitze des Zuges gesetzt. Aus Zweckmäßigkeitsgründen habe ich jedoch die Belegung des Wagens erst bei Tageslicht vornehmen lassen ...

Um 10 Uhr habe ich vom Bahnhof Firchau den Bahnhof Konitz verständigen lassen, daß der Zug dort etwa 1 Stunde Aufenthalt auf einem Nebengleis nehmen muß, um

a) den leeren Wagen mit Juden zu beladen,
b) die Versorgung der Juden mit Wasser vorzunehmen,
c) die Umrangierung des Begleitwagens zu veranlassen,
d) eine Erfrischung vom Roten Kreuz für die Begleitmannschaft in Empfang zu nehmen.

Der Aufenthalt wurde mir gewährt. Kurz vor Konitz riß der Wagen wegen seiner Überlastung auseinander. Auch zerriß das Heizungsrohr. Der Zug konnte jedoch behelfsmäßig repariert seine Fahrt bis Konitz fortsetzen. Um 11.10 Uhr wurde Konitz erreicht. Ich konnte mein Vorhaben bis auf die Umrangierung des eigenen Wagens durchführen ... Das Verhalten des Stationsvorstehers [in dieser Angelegenheit] erschien mir unverständlich, weshalb ich ihn in energischer Weise zur Rede stellte und mich beschwerdeführend an die zuständige Aufsichtsstelle wenden wollte. Er erklärte mir darauf, daß diese Stelle für mich nicht zu erreichen sei, er seine Anweisungen habe und den Zug sofort abfahren lassen müsse, weil 2 Gegenzüge zu erwarten seien. Er stellte sogar das Ansinnen an mich, einen Wagen in der Mitte des Zuges von Juden zu räumen, ihn mit meinem Kommando zu belegen und die Juden im Begleitwagen 2. Klasse unterzubringen. Es erscheint angebracht, diesem Bahnbediensteten von maßgebender Stelle einmal klar zu machen, daß er Angehörige der Deutschen Polizei anders zu behandeln hat als Juden. Ich hatte den Eindruck, als ob es sich bei ihm um einen von denjenigen Volksgenossen handelt, die immer noch von den «armen Juden» zu sprechen pflegen und denen der Begriff «Jude» völlig fremd ist. Dieser Bahnbeamte brachte es sogar fertig, den Zug, den ich für zwei Minuten verlassen mußte, um mir auf der Station des Roten Kreuzes einen Fremdkörper aus dem Auge entfernen zu lassen, führerlos abfahren zu lassen. Nur dem Eingreifen eines meiner Posten war es zu verdanken, daß der

Lok-Führer nach dem Anfahren noch einmal hielt und ich den Zug so noch mit Mühe erreichen konnte. Seine Behauptung, daß Gegenzüge zu erwarten seien, stellte sich als fadenscheinige Begründung seines Verhaltens heraus, denn es ist dem Transport auf der anschließenden Fahrt weder ein Gegenzug begegnet, noch sind wir von einem Zug auf einer anderen Haltestelle überholt worden.

Die den Transport seit Firchau begleitenden Bahnbeamten (1 Zugführer und 1 Schaffner) konnten das Verhalten des Bahnhofsbeamten in Konitz nicht begreifen. Ihrer Meinung nach als Fachleute wäre die Umrangierung bei einem Aufenthalt von einer Stunde auf einem Nebengleis ohne weiteres möglich gewesen, wenn nur der gute Wille da gewesen wäre ...

Die Fahrt führte dann weiter über Dirschau, Marienburg, Elbing nach Königsberg (Pr.). Hier wurde der Zug von 20.12 Uhr bis 22 Uhr hin- und herrangiert, ohne daß der Begleitwagen umrangiert wurde. Auf diesem Bahnhof erreichte mich die Meldung, daß im Wagen 17 ein Kind am Sterben sei. Nach näherer Feststellung durch die begleitende jüdische Ärztin hatte es ein 14jähriges Mädchen mit Herzbeschwerden gelegentlich der Periode zu tun. Um 22.10 Uhr (13.12.) wurde die Fahrt fortgesetzt. Kurz vor Insterburg riß der Zug abermals auseinander. Beide Teile des Zuges mußten zur Station Insterburg geschleppt werden, wo der beschädigte Wagen 15 ausgewechselt und die Juden in den neu bereitgestellten Wagen umgeladen wurden. Um 1.50 Uhr ging es weiter nach Tilsit. Auf dieser Station nahe der ostpreußisch-litauischen Grenze wurde auf meine erneute Bitte in Insterburg hin der Wagen des Begleitkommandos nach vorn rangiert und erhielt endlich Heizung. Die Wärme wurde von der Begleitmannschaft als sehr wohltuend empfunden, da die Uniformen der Posten infolge des auf der ganzen Fahrt fast ununterbrochen anhaltenden Regens völlig durchnäßt [waren] und nunmehr getrocknet werden konnten. Um 5.15 Uhr wurde die Grenzstation Laugszargen und nach 15 Minuten die litauische Station Tauroggen erreicht. Von hier aus sollte die Fahrt bis Riga normal nur noch 14 Stunden betragen. Infolge des eingleisigen Bahngeländes und der Zweitrangigkeit des Zuges in der Abfertigung gab es auf den Bahnhöfen oft lange Verzögerungen in der Weiterfahrt. Auf dem Bahnhof Schaulen (1.12 Uhr) wurde die Begleitmannschaft von Schwestern des Roten Kreuzes ausreichend und gut verpflegt. Es wurde Graupensuppe mit Rindfleisch verabfolgt. In Schaulen wurde in allen Judenwagen durch litauisches Eisenbahnpersonal die Lichtzufuhr abgestellt. Auf dem nächsten Bahnhof hatte ich Gelegenheit, die Juden letztmalig aus einem in der Nähe

liegenden Brunnen Wasser fassen zu lassen. Das Wasser auf litauischen
und lettischen Bahnhöfen ist durchweg ungekocht genießbar, nur schwierig erreichbar, da Brunnen nicht immer in der Nähe des Bahnkörpers
liegen und Zapfstellen nach deutschem Muster nicht vorhanden sind.
Um 19.30 Uhr wurde Mitau (Lettland) erreicht. Hier machte sich schon
eine erheblich kühlere Temperatur bemerkbar. Es setzte Schneetreiben mit anschließendem Frost ein. Die Ankunft in Riga erfolgte um
21.50 Uhr, wo der Zug auf dem Bahnhof 1 ½ Stunden festgehalten wurde. Hier stellte ich fest, daß die Juden nicht für das Rigaer Ghetto bestimmt waren, sondern im Ghetto Skirotawa, 8 km nordöstlich von Riga,
untergebracht werden sollten. Am 13. 12. um 23.35 Uhr erreichte der
Zug nach vielem Hin- und Herrangieren die Militärrampe auf dem
Bahnhof Skirotawa. Der Zug blieb ungeheizt stehen. Die Außentemperatur betrug bereits 12 Grad unter Null. Da ein Übernahmekomman-
do der Stapo nicht zur Stelle war, wurde die Bewachung des Zuges vorläufig von meinen Männern weiter durchgeführt. Die Übergabe des
Zuges erfolgte alsdann um 1.45 Uhr. Gleichzeitig wurde die Bewachung
von sechs lettischen Polizeimännern übernommen. Da es bereits nach
Mitternacht war, Dunkelheit herrschte und die Verladerampe stark vereist war, sollte die Ausladung und die Überführung der Juden in das noch
2 km entfernt liegende Sammelghetto erst am Sonntag früh beim Hellwerden erfolgen. Mein Begleitkommando wurde durch zwei vom Kommando der Schutzpolizei bereitgestellte Polizei-Streifenwagen nach Riga
gebracht und bezog dort gegen 3 Uhr Nachtquartier. Ich selbst erhielt
Unterkunft im Gästehaus des Höheren SS- und Polizeiführers, Petersburger Hof, Am Schloßplatz 4 …
Den Rückmarsch des Begleitkommandos mußte ich auf den 15. 12. um
15.01 Uhr festsetzen, da täglich nur dieser eine Zug von Riga nach Tilsit
für Wehrmachtsangehörige verkehrt und ich die mitgeführten RM 50 000
Judengelder dem Geldverwalter der Stapo am 15. 12. früh noch zu übergeben hatte.
Die Stadt Riga ist durch den Krieg so gut wie unversehrt geblieben. Mit
Ausnahme der gesprengten Dünabrücken und einiger in der Nähe gelegenen zerschossenen Häuser der Altstadt habe ich weitere Beschädigungen nicht bemerkt. Riga umfaßt etwa 360 000 Einwohner, darunter
befanden sich etwa 35 000 Juden. Die Juden waren in der Geschäftswelt
überall führend. Ihre Geschäfte sind jedoch sogleich nach dem Einmarsch
der deutschen Truppen geschlossen und beschlagnahmt worden. Die Juden selbst wurden in einem durch Stacheldraht abgeschlossenen Ghetto
an der Düna untergebracht. Zur Zeit sollen sich in diesem Ghetto nur

2500 männliche Juden, die als Arbeitskräfte verwendet werden, befinden. Die übrigen Juden sind einer anderen zweckentsprechenden Verwendung zugeführt bzw. von den Letten erschossen worden ...

Von den Bolschewisten will ... kein Lette etwas wissen, da es selten eine Familie gibt, die während der Besetzung durch die Sowjets ohne Blutopfer davongekommen ist. Ihr Haß gilt insbesondere den Juden. Sie haben sich daher vom Zeitpunkt der Befreiung bis jetzt sehr ausgiebig an der Ausrottung dieser Parasiten beteiligt. Es erscheint ihnen aber, was ich insbesondere beim lettischen Eisenbahnpersonal feststellen konnte, unverständlich, weshalb Deutschland die Juden nach Lettland bringt und sie nicht im eigenen Lande ausrottete ...

Die Inmarschsetzung des Begleitkommandos nach Düsseldorf erfolgte am 15. 12. mit dem um 15.01 Uhr nach Tilsit verkehrenden Zug ... Die gesamte Rückfahrzeit ab Riga betrug 46 Stunden, während für die Hinfahrt mit dem Sonderzug 61 Stunden benötigt wurden ...

Erfahrungen:

a) Die mitgegebene Verpflegung war gut und ausreichend.

b) Die Mitnahme von zwei Decken, Kochgeschirren, Petroleumkocher, warmer Kleidung, Postenpelzen und Filzstiefeln kam den Männern sehr zustatten und ist auch für künftige Transporte wünschenswert.

c) Die Bewaffnung mit Pistolen und Karabinern war ausreichend, da in Litauen und Lettland Überfälle durch Partisanen auch zu befürchten sind. Dagegen ist die Bewaffnung des Begleitkommandos mit Maschinenpistolen, leichten Maschinengewehren und Handgranaten erforderlich, wenn Transporte nach Städten geleitet werden, die im ehemals russischen Gebiet liegen.

d) Die beiden Handscheinwerfer haben sich gut bewährt. Ihre Mitnahme halte ich auch bei künftigen Transporten für unbedingt erforderlich. Ihre Anwendung habe ich vom Zuge aus vornehmen lassen, da sie für die Posten selbst sehr hinderlich waren und einen etwaigen Gebrauch der Schußwaffe in Frage stellten.

Ebenso ist die Ausrüstung der Männer mit Taschenlampen, Ersatzbatterien sowie die Mitnahme von Kerzen als Notbeleuchtung nach wie vor erforderlich.

e) Die Unterstützung durch das Rote Kreuz muß ich lobend erwähnen. In bezug auf die Verabreichung von Erfrischungen ist dem Kommando von den in Anspruch genommenen Stationen jede nur erdenkliche Unterstützung zuteil geworden.

f) Zur Verabfolgung von Trinkwasser für die Juden ist es unbedingt erforderlich, daß die Gestapo mit der Reichsbahn für je einen Tag des Transportes eine Stunde Aufenthalt auf einem geeigneten Bahnhof des Reichsgebiets vereinbart. Es hat sich herausgestellt, daß die Reichsbahn wegen des festgelegten Fahrplanes nur mit Widerwillen auf entsprechende Wünsche des Transportführers eingeht. Die Juden sind gewöhnlich vor Abgang des Transportes 14 Stunden und länger unterwegs und haben die mitgenommenen Getränke vor der Abfahrt bereits aufgebraucht. Bei einer Nichtversorgung mit Wasser während des Transportes versuchen sie dann trotz Verbot, bei jeder sich bietenden Gelegenheit aus dem Zuge zu gelangen, um sich Wasser zu holen oder holen zu lassen.

g) Es ist ferner dringend erforderlich, daß die Reichsbahn die Züge rechtzeitig, mindestens drei bis vier Stunden vor der festgesetzten Abfahrtszeit bereitstellt, damit die Einladung der Juden und ihres Gepäcks geordnet erfolgen kann.

Vor allem ist von der Gestapo mit der Reichsbahn zu vereinbaren, daß der gestellte Wagen für das Begleitkommando (2. Klasse) gleich bei der Zusammenstellung in die Mitte des Zuges einrangiert wird. Diese Einrangierung ist aus Gründen der sicheren Überwachung des Transportes dringend notwendig. Im anderen Falle ergeben sich die ... geschilderten Schwierigkeiten. Bei starker Kälte ist darauf zu achten, daß die Beheizungsanlagen des Zuges in Ordnung sind ...

Die gestellten Männer des Begleitkommandos haben zu nennenswerten Klagen keinen Anlaß gegeben. Abgesehen davon, daß ich einzelne von ihnen zu schärferem Vorgehen gegen die Juden, die meine erlassenen Verbote zu übertreten glaubten [sic], anhalten mußte, haben sich alle sehr gut geführt und ihren Dienst einwandfrei versehen. Krankmeldungen oder Zwischenfälle sind nicht vorgekommen.

Maurice Legros   **Kriegsgefangenenlager bei Cottbus**

Eines Nachmittags sahen wir eine lange Reihe von Frauen und Kindern ankommen. Diese armen Menschen wurden in einem großen Kohlenschuppen eingesperrt, um dort die Nacht zu verbringen. Diese für die Nazis wohl typische Behandlungsweise war menschlich beklagenswert. Am nächsten Morgen hatten diese Frauen und Kinder die Duschen zu passieren, und sie wurden anschließend von den Coiffeuren von Kopf bis Fuß kahl rasiert. Das waren Polen und Russen, welche die Deutschen hinter ihren Linien aufgesammelt hatten und die durch Wider-

standsaktionen Unruhe gestiftet hatten. Diese Frauen gehörten patriotischen Widerstandskämpfern an, die die Etappe der Wehrmacht beun-
ruhigten, ihr oft ernsthafte Verluste beibrachten und dadurch die Soldaten besonders nervös machten.

Es war herzzerreißend, die Kinder zu beobachten, die ihre Mütter begleiteten, wir hatten dabei oft Tränen in den Augen. Die Ungeheuer, die
diese armen Menschen bewachten, trugen sicherlich an der Stelle ihres
Herzens einen Stein.

*

Komm zurück!
Ich warte auf dich, denn du bist für mich all mein Glück!
Komm zurück!
Ruft mein Herz immerzu, nun erfülle du mein Geschick!
Ist der Weg auch weit, führt er dich und auch mich in die Seligkeit!
Darum bitt' ich dich heut: Komm zurück!

<837   Dienstag, 16. Dezember 1941   1239>

In ihm war das Leben, und das Leben
war das Licht der Menschen.
HERRNHUT   JOHANNES 1,4

Alfred Mombert 1872–1942   *Winterthur*
An Rudolf Pannwitz
Heute nur noch die allerherzlichsten Weihnacht-Wünsche und Glück-
Wünsche für Ihr Leben unter dem Rosen- und Orangen-blüten duften-
den Himmel im alten Hause!

Max Beckmann 1884–1950   **Amsterdam**
«Apollo» fertig, sehr ruhige Stimmung.

Wilhelm Muehlon 1878–1944   *Klosters / Schweiz*
In Malaya haben die Japaner überall Boden gewonnen, sie sind vermutlich schon an der Westseite der Halbinsel angelangt. London nennt die
Lage noch verworren. – Hongkong wird von den japanischen Luftge-
schwadern und Landbatterien stark bombardiert. Die Chinesen sollen
im Rücken der Japaner bis auf 20 km herangekommen sein. – Von den
Philippinen wird keine grössere Veränderung gemeldet.

Thomas Mann 1875–1955   *Pacific Palisades*
Vormittags am Kapitel weiter. […] Lunch allein mit Golo u. Moni. Tele-
gramm von Erika, die morgen kommt. Wochenzeitungen nach Kriegsausbruch. K. zum Thee zurück. Längerer Brief an Agnes E. Meyer. Die
Nachrichten vom Pazifischen Schauplatz schlecht. So müssen sie offenbar vorerst bleiben. Weitere Fortschritte der russischen Offensive oder
Verfolgung. Im neuen, wohl letzten Heft von Decision einiges Interessante. (Bernanos, Adanow über Gorkij.) – Meldung oder Gerücht von
einem Nervenzusammenbruch des Hitler und seinem Abtransport nach
Berchtesgaden. Bedauerlich, wenn er vor der Zeit einginge.

*

Helmuth James von Moltke 1907–1945   Berlin
An seine Frau
Heute um 10 ist bei mir grosser Kriegsrat mit Y[orck], Guttenberg &
Haeften. Um 12 muss ich ins Kammergericht um 1.30 kommt Mierendorff. – Jeder Tag ist gedrängt voll und es ist mir immer wie ein Wunder, wenn man heil durchgekommen ist und nicht gar zu viel hat liegenlassen müssen.
Die Erkältung scheint überwunden. – Die allgemeine Lage verschlechtert
sich von Tag zu Tag.

Jochen Klepper 1903–1942   Berlin
Der dunkle Morgen brachte viel Post, darunter einen langen Brief von
Kurt und Juliane, der uns die endgültige schwedische Absage für Renerle mitteilt. Hanni und ich haben nicht mehr gehofft. Aber das Kind
konnte nicht anders, als immer noch hoffen, so sehr auch die Zukunft
ganz Schwedens in Frage gestellt ist.

Franz Jung 1888–1963   Budapest
Die Auswirkungen des Kriegseintritts Ungarns und der Abbruch der
Beziehungen mit der U.S.A. werden sich hier im wesentlichen auf in-
nerpolitischem Gebiet zeigen. Es ist heute noch zu früh, darüber auch
nur perspektivisch zu berichten. Nur soweit kann man feststellen, daß
die höhere Beamtenschaft, bisher das Rückgrat einer nach außen zum
mindesten einheitlichen Regierungspolitik, vollkommen überrascht worden ist, außerordentlich desorientiert ist und sich in politische Cliquen
bereits aufzulösen beginnt. Charakteristisch sind die sich verdichten-
den Gerüchte über den bevorstehenden Rücktritt des Reichsverwesers,
die zunächst einhellige Ablehnung des angeblich von deutscher Seite vorgeschlagenen Feldmarschall Rac und die Kompromiß-Kandidatur des
Stefan v. Horthy, während die von der höheren Beamtenschaft propa-
gierte Kandidatur des Erzherzogs Albrecht z. Zt. ganz in der Versenkung
verschwunden ist. Charakteristisch weiter eine Mitteilung des Grafen
Stefan Bethlen, die im engeren Kreise der Regierungsmitglieder kolpor-
tiert wird, wonach jetzt die Einheit der Nation das wichtigste sei und
dieser zuliebe alle deutschen Forderungen berücksichtigt werden müßten, also Ministerpräsidentschaft Imredy und die Beschlagnahme des
jüdischen Vermögens.
Für die Amerikaner ist nicht nur der Krieg mit Japan, sondern auch der
Abbruch der Beziehungen und schließlich die Kriegserklärung Ungarns
völlig überraschend gekommen. Es herrscht eine absolute Verwirrung,

und man hat in den ersten Tagen versucht, sowohl mit den Schweden
wie mit den Argentiniern in engeren Kontakt zu kommen; die Verbindungen mit der amerikanischen Gesandtschaft in den westeuropäischen
Ländern und in Ankara waren in den ersten Tagen völlig gestört. Inzwischen beginnt sich die Lage schon etwas zu klären. Mit der Schweiz
werden gute Beziehungen aufrecht erhalten werden, die auch eine Reihe
von Verbindungsstellen der U.S.A. hier entweder direkt übernehmen
oder sonstwie decken wird. Es handelt sich hier um die schon früher hier
aufgezeigten und mit der ungarischen Regierung verhandelten Verbin-
dungsleute im Falle eines plötzlichen Abbruchs der Beziehungen. Die
diesmalige Entwicklung ist aber so überraschend gekommen, daß man
amerikanischerseits nicht sicher ist, ob die früheren Vereinbarungen ein-
gehalten werden können. Es sind daher auch diese Verhandlungen über
die Zwischenstellen unter ganz neuen Voraussetzungen im Gange. Man
spricht heute von der Europa-Union in Luzern, einer katholisch-cari-
tativen Organisation, die die internationale Rote Kreuz-Organisation
ersetzen soll. Ferner wird diese Europa-Union vermutlich Unterge-
sellschaften errichten, die sich mit dem Ausbau von Völkerrechtsbe-
stimmungen nach dem Kriege befassen werden und so schon heute als
Verbindungsstellen zur U.S.A. dienen können. Daneben geht hier in
Ungarn die Organisierung einer Zweigstelle der amerikanischen katholischen Organisation der «Knights of Columbus».
Das Schwergewicht dieser Bemühungen liegt im Augenblick auf den
katholischen Kreisen und der Apor-Linie zum Vatikan. Gestern hat sich
zur allgemeinen Überraschung Kardinal Seredi in öffentlicher Ansprache gegen das Geisel-System und die Repressalien gegen Nichtbeteilig-
te ausgesprochen und damit sich offen zur Apor-Linie und zu einer Wi-
derstands-Aktion der katholischen Aktion bekannt. Damit dürfte die
innerpolitische Krise auch auf der katholischen Seite nunmehr rasch in
Fluß kommen.
Bemerkenswert ist übrigens auch die völlige Überraschung des Kriegseintritts Bulgariens für die hiesige bulgarische Diplomatie. Man war im
ersten Schreck doch geneigt, jedem, der es hören wollte, zu erklären, die
weitere Folge würde die bulgarische Revolution sein. (Inzwischen hat
man sich dort auch schon etwas beruhigt.)

Der Soldat Heinz Behncke 1922–1944   auf Transport

Mein liebes, gutes Muttchen, mein lieber Vater,
nur wenige Tage trennen uns noch von dem schönsten aller Feste, das
ich nun zum ersten Mal nicht zu Hause verleben kann. Was dieses «zu

Hause» bedeutet, kann man erst recht ermessen, wenn es einem fehlt und nicht alltägliche Gewohnheit mehr ist. Man faßt sich an den Kopf, wie undankbar man sich manchmal benommen hat, und gäbe viel darum, das ungeschehen zu machen. Aber es ist ja Kindern wohl überhaupt unmöglich, ihren Eltern den Dank irgendwie abzustatten, den sie ihnen schuldig sind, selbst wenn diese Schuld kleiner und nicht so unendlich groß wäre.

Mit Gedanken werde ich an dem Fest wohl ständig bei Euch sein; denn von der offiziellen Feier kann ich mir wirklich nicht viel versprechen, obwohl morgen alle Abiturienten etc. über die Ausgestaltung nachdenken sollen. Das liegt eben doch zumeist am Hauptmann. Aber mit Radloff und Tiedt, zwischen denen ich ja liege, werde ich schon einen schönen Abend verleben.

Inzwischen habe ich ganz für mich den letzten Sonntag verlebt, an dem die beiden anderen Wache hatten, was ich heute habe. Der Dienst aber ist ja auch wenig und auszuhalten: fast nur Arbeitsdienst (Revierreinigen) und Putz- und Flickstunde. Seit gestern laufen Gottseidank die Russen nicht mehr im Lager rum, die die Baracken aufgebaut haben. Es war ein fürchterlicher Anblick, wenn die zerlumpten und verhungerten Gestalten herumschlichen und nach allem Eßbaren spähten, von Kartoffelschalen bis zu den ausgeschütteten Speiseresten auf dem Dranghaufen, an dem sie sich gierig niederknieten und z. B. die leeren Konservendosen auskratzten. In unserer Baracke läßt es sich sehr gut aushalten, nachdem sich alles eingespielt hat. Nebenan – nur durch eine Bretterwand getrennt – befindet sich die Schreibstube, von der dauernd Radio tönt: Musik und Nachrichten. Wenn man sie auch tagsüber meist nicht hört bzw. versteht, so gibt das doch ein angenehmes Gefühl, das an Zivilzeiten erinnert.

Mit Weihnachtsurlaub wird es natürlich nichts: auch heute sind nur 11 Mann gefahren, alles verheiratete Leute mit mindestens drei Kindern. Es ist klar, daß die es am nötigsten haben.

Gestern fuhren wir zum Duschen nach Bukarest und konnten zwei Stunden ausgehen. Es gibt dort alles zu kaufen, aber eben ungeheuer teuer, wenn man dazu unseren Teuerungszuschlag berücksichtigt bzw. den besseren Kurs, zu dem der Wehrsold (nur der!) gewechselt wird. Wir bekommen also statt 10 RM theoretisch 16.60 RM, aber man kann eben nur sehr wenig damit anfangen. Es gibt sogar deutsche Zeitungen (Völkischen Beobachter), überhaupt sehr viele deutsche Waren: Nivea, Uhren: Junghans, Anker. Filme gibt es nur deutsche, italienische und spanische. Was in der Stadt besonders auffällt, ist eben der krasse Unterschied von arm und reich, wo es kein Mittelding gibt. Die Frauen und Mädchen sind alle stark geschminkt und maniküft, selbst auf den ärmsten Panjewagen. Der rumänische Soldat bekommt pro Tag 2 Lei, pro Dekade also 20 Lei, und wir 1000!! – Daß die Leute sich über unser Auftreten wundern, ist klar. Der Rumäne wäre lieber deutscher Soldat, wie man schon hörte. Übrigens, radebrechen können sie alle ein paar Worte. Leider kann man nichts schicken, weder Seidenstrümpfe, Seife noch Bohnenkaffee. Dafür möchte ich euch wieder um einiges bitten:

1. Das «Reich» möglichst weiterhin zu senden.
2. etwas Watte.
3. Pfeifenreiniger, ich rauche nämlich keine Zigaretten – evtl. auch eine schöne Pfeife.
4. meinen alten Aluminiumteller, der noch im kleinen Vorrat steht … und
5. Walter Flex «Im Felde zwischen Tag und Nacht» (Gedichte), die ich meines Wissens mit einigen besseren Büchern Euch oben in den Schrank gestellt habe.
6. Sockenhalter.

Nun wünsche ich Euch Dreien eine recht schöne Weihnachtszeit. Man darf sich nicht erschüttern lassen.

Goethe:

> Übers Niederträchtige
> niemand sich beklage,
> denn es ist das Mächtige,
> was man dir auch sage!
> Wandrer, gegen solche Not
> wolltest du dich sträuben?
> Wirbelwind und trocknen Kot
> laß sie drehn und stäuben!

Wie habe ich mir das hier auch schon vorgesagt …

Der Sanitäter Wilhelm Hebestreit 1903–1983   **Sowjetunion**
Hier in einer mittleren Stadt bin ich manchmal in dem Häuschen einer Frau, deren Mann erschossen wurde, weil er den Krieg verabscheute. – Trotz aller Armut ist das kleine Haus gepflegt und gemütlich. Die Frau ist immer gleich hilfsbereit, freundlich und aus dem Grunde ihres Herzens heraus gütig. Als ich das erste Mal dort war, wollte sie mir Tabak schenken. Ich lehnte dankend ab, weil ich nicht rauche, zeigte aber fragend auf eine Zündholzschachtel, weil ich dringend Zündhölzer für

meine Nachtwachen brauche, in denen es mir an Licht fehlt. Sofort bekam ich eine ganze Schachtel voll geschenkt. Und als ich der Frau erklärte, wozu ich sie benötigte, lief sie eilig ins Nebenzimmer und holte eine zweite, die sie mir strahlend vor Freude überreichte. Ein andermal gab sie mir ein Stück bester Seife «für meine Mutter». Mit Liebenswürdigkeit wurde uns auch anderswo das wenige gereicht, das man hatte. Dazu muß man wissen, daß auch die kleinsten Dinge hierzulande zu Kostbarkeiten geworden sind, weil es nichts zu kaufen gibt. Es bestehen keine Geschäfte mehr.

Auch mit verwundeten russischen Gefangenen, die ich pflegte, hatte ich Erlebnisse, die ich nie vergessen werde. Ich versuchte, ihre Wunden zu heilen. Und es gelang mir, etwas ganz anderes zu heilen, denn – sie hörten auf, Feinde zu sein.

Wadim Juschenko *1932   Kursk

So etwa Mitte Dezember klopfte es an unserer Tür. Als meine Mutter öffnete, stand ein großer rothaariger Mann vor ihr, ein Oberfeldwebel. Er grinste, griff meiner Mutter ans Kinn und sagte, soweit ich es verstand, daß auch die hübschen russischen Frauen Schnee räumen müssen. Zusätzlich versuchte er, sie noch am Po zu tätscheln. Meine Mutter zitterte vor Empörung und wiederholte weinend: «Das ist doch unbeständig, das ist doch unbeständig.» Dann schlug sie die Tür zu. Der Feldwebel war von einer solchen Art des Tadels überrascht, brüllte aber hinter der Tür, daß meine Mutter – «verdammter Dreckspatz!» (dieses Wort kannte ich schon) – sofort kommen müsse, er dulde keine Minute Verzögerung.

Der Schnee wurde geräumt, aber am Abend, als unsere deutschen Quartiergäste kamen, brach meine Mutter in Tränen aus und erzählte alles, was geschehen war. Die beiden hörten aufmerksam zu, und Oberleutnant Kurt Klauge ergänzte trocken, daß man von so einem ungebildeten Mann wie diesem Feldwebel, einem Zimmermann von Beruf, nichts anderes zu erwarten habe, aber daß es sich nicht wiederholen werde. Einige Tage später sollte wieder Schnee geräumt werden und an unserer Tür wurde ganz leise geklopft. Meine Mutter öffnete. Vor ihr stand derselbe Oberfeldwebel, aber es war gewissermaßen ein anderer Oberfeldwebel: der Rabauke von vorgestern hielt seine Militärmütze in der Hand, und mit leiser Stimme bat er meine Mutter höflich, heute am Schneeräumen teilzunehmen. Meine Mutter musterte ihn von oben bis unten und nickte herablassend. Das hätte man sehen müssen! Diese Geschichte hatte eine kuriose Fortsetzung. Nachdem alles schon vorbei war, erörterten wir in unserer vertrauten kleinen Gemeinschaft den bösen Vorfall und stießen dabei auf eine Ungereimtheit. Meine Mutter wiederholte uns plastisch, wie sie sich in der ganzen Geschichte stolz gehalten und den Grobian abgekanzelt hatte. Aber da entstanden Zweifel daran, ob sie sich richtig ausgedrückt hatte. Es ging um ihre Ausrufe «Das ist doch unbeständig» usw. Das notwendige Wörterbuch fand sich, und wir brachen alle in Gelächter aus. Was wohl der Feldwebel gedacht hatte? Seitdem kannte ich ganz gut den Unterschied zwischen «unbeständig» und «unanständig».

Der Feldwebel Arthur Binz   Albat/Krim
Albat ist eine fast reine Tatarensiedlung. Der Himmel lacht. Aber der Tod Knaus' drückt immer noch auf die Stimmung der Kompanie. Ich bin heute noch einmal die 3 km zu seinem Grab nach Kutschuk-Sjuren zurückgegangen …
Nebenan singen unsere Leute, während ich dies – abends 10 Uhr – schreibe. Es klingt etwas gezwungen. Wie glänzend verstand es doch unser Knaus, sich mitten unter die Mannschaft zu setzen und die Stimmung wieder hochzureißen. Vor 4 Wochen hatte ihn übrigens noch die Übernahme als aktiver Offizier erreicht, womit einer seiner heißesten Wünsche in Erfüllung gegangen war.

Der Matrose Grigorij Dolja   *vor Sewastopol*
Betonbunker Nr.11 bei Kamyschly. Der Feind hat unsere Verteidigung durchbrochen. So hat der Krieg auch uns heimgesucht. Na gut, wir wollen kämpfen.

Der Gefreite Reinhold Pabel *1915   im Osten
Ein wilder Tag war das gestern. Um 3 Uhr in der Frühe holten sie uns aus dem Bett. Kurz nach 4 Uhr marschierte unsere 10-Mann-Gruppe mit Granatwerfern und MG-Kästen durch die Schneenacht nach Osten zum Dorf der 6. Dort wurden wir einem Zug unterstellt, der die Aufgabe hat, die Flankensicherung für das angreifende Nachbarbatl. zu übernehmen. Da haben wir dann über 7 Stunden auf einer Höhe im kalten Wind gestanden und frierend Ausschau gehalten. Stockdunkel war es schon im Dorf, als wir zurückkehrten. In diesem unbekannten Häusergemenge sind wir dann 1½ Stunden herumkutschiert, immer mit den Kästen auf dem Balg. Die Leute meutern und wollen im ersten besten Panjekoben nächtigen. Aber ich besorge noch einen Panjewagen für die Waffen und Munition und los geht's im nächtlichen Dunkel. Den gan-

zen Tag ohne Essen und Trinken im Freien ... Und will man sich in der
Bude nach endlicher Heimkehr und frugalem Mahl die Stiefel ausziehen und die Beine langstrecken, schießt draußen am Bahnhof so ein
Wurm eine Salve von Schüssen auf – ein Pferd, was einen mehrstün-
digen Alarm bei uns auslöst. Und da soll man noch sanft bleiben! Als
Ausgleich kam dann zweimal ein Päckchen von Mutter Renger und
eines (nicht etwa nur platonisches) von ... Und an grünen Sachen wieder nur wenig und das war unpersönlich ...
Heute abend habe ich mit Heini in unserm Wachlokal am Ofen gesessen und über den Krieg und unsere ... meditiert.

Der Leutnant Georg Kreuter 1913–1974   Korowinka
Unser Sprit für die Funkstelle-mot ist alle. Es gelingt uns aber, hier welchen zu betteln. Es geht weiter zum Regiment. Am meisten interessiert
die Lage! – Die 17. Panzerdivision rechts soll starkem Druck ausgewichen sein und wir deshalb in der Flanke bedroht werden. Sicher sind
wir noch eine Spitze im Feind und müssen uns, zum ersten Mal in diesem Feldzug, zurückziehen. Wo ist die Winterstellung? Ob wir in vorderer Linie bleiben werden, so fast ohne schwere Waffen? 11./52 hat
2 Geschütze sprengen müssen, auch die Artillerie hat schon viel aufgeben müssen. Wie geht das weiter? –
Die 1. Kompanie sollte versprengt sein, kam aber dann doch noch geschlossen gegen 14.00 an. Der Russe blufft, er greift zum Teil mit Zivilisten an. Er scheint schwere Waffen vorzutäuschen und will recht stark
erscheinen. Ich glaube aber nicht, daß er viel stärker ist als wir. Jetzt wo
es dunkel wird, schießt er dann und wann mit M.G. die Straßen entlang.
Friedrichs ist die Stellung auch nicht ganz geheuer. Er sammelt typisch
wieder Leute um sich. – Ich schlafe mit meinem Kompanietrupp zusammen in einem Haus in der Nähe des Gefechtsstands. – Meine Kiste
ist auch noch gefunden worden und nun wieder da. Ich habe sie mit
meinem Schlitten dabehalten, damit ich jetzt besser darauf achten kann.
Es sind doch immerhin ganz wertvolle Kleidungsstücke und auch die
schöne Flinte darin!

Der Oberleutnant Erich Mende 1916–1998   Sowjetunion
Der Marsch vom 10.–16. Dezember 1941 war ein ewiger Kampf gegen
Schneesturm und Eiseskälte. Wir hatten nur die Sommerausrüstung, den
grauen Mantel und als einzigen Winterschutz Handschuhe und Kopf-
schützer. Der eisige Wind ließ das, was durch die Vermummung der
Kopfschützer noch durchlugte, in kurzer Zeit frieren. Die Soldaten muß-

ten sich wechselseitig auf ihre weißen Nasenspitzen, Backenknochen
oder das Kinn aufmerksam machen und sich mit Schnee Nasen, Kinn
und Backenknochen einreiben, um so Erfrierungen zu vermeiden. Trotz
aller Vorsichtsmaßnahmen, häufig eingelegter Pausen zum Aufwärmen
und Ausgabe heißer Getränke bei jeder Rast gab es die ersten Erfrierungen. Denn die Sommeruniformen und der graue Soldatenmantel gaben nicht genügend Kälteschutz. In den Lederstiefeln waren die Füße
nicht genügend geschützt. Auch Hände und Finger waren in Gefahr,
wenn man nicht rechtzeitig Fingerübungen machte und sich gegen die
Brust schlug, um den Blutkreislauf anzuregen.
Was war geschehen? – Entgegen aller Voraussagen, die großspurig noch
im Oktober aus Berlin und dem Hauptquartier zu hören waren, hatte
die Rote Armee mit frischen, aus Sibirien herangeführten Verbänden am
6. Dezember 1941 vor Moskau eine Angriffsoperation begonnen. Russische Ski-Bataillone in weißen Schafspelzen, mit Propellerschlitten und
breiten Kufen ausgerüstet, hatten an vielen Stellen die deutsche Front
durchstoßen. Weiß gestrichene Panzer vom Typ T 34 durchpflügten mit
ihren breiten Raupenketten auch Schnee von 1 m Höhe.
Die eigenen Panzer und die Motorfahrzeuge versagten bei diesen Kälte-
graden und sprangen nicht mehr an. Ein großer Teil der Panzer und
Kraftfahrzeuge mußte liegen bleiben. Die Temperaturen erreichten Mitte Dezember bereits –40 °C.

Der General Franz Halder 1884–1972 Führerhauptquartier
Mitternacht zum Führer befohlen: ObdH, ich, Op.Chef.
Befehl: Von Absetzen kann keine Rede sein. Nur an einigen Stellen tie-
fere Feindeinbrüche. Rückwärtige Linien aufzubauen, ist Phantasie. Die
Front krankt nur an einem: Der Feind ist zahlreicher an Soldaten. Er
hat nicht mehr Artillerie. Er ist viel schlechter als wir.

Der Schüler Wladimir Ben *Leningrad*
Hier in unserem Zimmer stand ein Kanonenofen, der Parkettfußboden
ist fast völlig verheizt. Zuerst verbrannten wir die Küchenregale, Eß-
tische und dann waren die anderen Möbel an der Reihe.
Es war unanständig, Gespräche über das Essen zu führen. Die Menschen
hatten gelernt, bei einem Besuch so zu tun, als ob sie überhaupt keinen
Hunger hätten. Man konnte sogar in der Anwesenheit anderer etwas
essen, obwohl es für schlechtes Benehmen gehalten wurde. Und die Anwesenden verstellten sich, so als ob sie keinen Appetit hätten.
Die Bücher habe ich eigenhändig verbrannt. Dabei bemühte ich mich,

sie irgendwie zu sortieren. Zuerst wurden die schlechten verbrannt. Am Anfang flog der ganze Mist in den Ofen, die Druckerzeugnisse, die ich vor dem Krieg nicht einmal angesehen hatte. Hinter dem Gestell mit den Bücherregalen lag viel davon, Broschüren, Bedienungsanleitungen, die zufällig dorthin gelangt waren. Dann fing ich mit den für mich nicht so interessanten Büchern an, mit den Heften der Zeitschrift «Westnik Ewropy» [«Europabote»] zum Beispiel. Dann haben wir, wenn ich mich richtig erinnere, die deutschen Klassiker verbrannt. Ihnen folgten die Bücher von Shakespeare, dann Puschkin. Ich weiß nicht mehr, wer Verleger von Puschkin war. Es kommt mir vor, daß es sich um die Ausgabe des Marx-Verlags handelte. Die Bücher hatten blau-goldene Umschläge. Dann kam die berühmte vielbändige Sammlung von Tolstoi, grün-graue Umschläge. Meine Mutter hat überwiegend die deutschen Klassiker – Goethe und Schiller – in den Ofen geworfen.
Wir haben auch die Möbel verbrannt. Wir hatten so einen alten Kleiderschrank mit zwei großen Schubladen unten. Zwanzig Tage lang haben wir mit ihm unseren Ofen geheizt. Mein Vater war ein sehr pünktlicher Mensch. Da wollte er mal sehen, wie lange wir mit dem Schrank als Holz auskommen würden, und hat das genau fixiert. Zwanzig Tage lang haben wir mit ihm geheizt.

Sinaida Ignatowitsch *1899   *Leningrad*

Während der Blockade sind wir mit meinem Mann in Leningrad geblieben. Unser Wohnhaus war menschenleer, alle waren weg. Der Nachbar, ein Ingenieur, war gestorben, seine Frau kämpfte an der Front. In fünf Zimmern hausten wir zu zweit, es gab niemanden mehr. Mein Mann bestand nur noch aus Haut und Knochen. Er konnte nicht mehr zur Arbeit gehen. Doch er war immer noch ein leidenschaftlicher Bücherwurm. Meine Cousine war Professorin. Im Oktober 1941 war es uns mit viel Mühe gelungen, sie nach Innerrußland zu evakuieren. Vor ihrer Abreise sagte sie zu mir: «Ich habe alle Sachen in meiner Wohnung gelassen. Bei Gelegenheit solltet ihr mal nachsehen, was dort geblieben ist.» Eines Tages sagte ich zu meinem Mann: «Laß uns doch zu Werotschka fahren, ihre Sachen ansehen.»
So banden wir zwei Schlitten zusammen und machten uns auf den Weg. Die Cousine wohnte an Marsowo pole [Marsfeld]. Wir mußten etwa zwei Kilometer über die Newa an der Börse vorbei zurücklegen. Wir gingen langsam und kamen bis an die Börse. Auf einmal begann ein schrecklicher Artilleriebeschuß. Die schweren Granaten detonierten in der Newa und unmittelbar an der Börse.

Schließlich hatten wir die Wohnung Werotschkas erreicht. Die Türen standen offen, alles ausgeplündert, nur die Bücherschränke waren noch voll von Büchern.

«Oh», freute sich mein Mann. «Die Bücher sind unversehrt. Ich werde sie mitnehmen!»

Ich wußte um seinen Gesundheitszustand und sagte leise: «Paß auf. Du solltest nur die interessantesten Bücher nehmen. Wir haben uns schon mit leeren Schlitten nur mit ziemlicher Mühe hierhergeschleppt.»

Aber als er alles ausgesucht hatte, waren beide Schlitten voll beladen. Ich sagte zu ihm: «So viele Bücher, nein, das geht nicht.»

Er antwortete: «Wie kann ich Dostojewskij hier lassen? Man wird ihn doch im Ofen verbrennen.»

Also wir sind mit den Schlitten wieder losgezogen. An der Börse haben wir die Newa überquert, und wieder fing der Deutsche an, die Stadt zu beschießen. Da schlug ich meinem Mann vor, um die Ecke zu gehen, wo es nicht so gefährlich war. Plötzlich wurde mein Mann ganz bleich im Gesicht und stürzte um! Wir haben ja lange gemeinsam gelebt, ich dachte in jenem Augenblick nicht daran, daß er tot sein könnte, ich überlegte nur, wie ich die Leiche nach Hause schaffen könnte. Das blieb mir bis heute haften. Nicht, daß er vielleicht gestorben war, daß ich meinen Mann verloren hätte, sondern wie ich ihn heimschleppen würde, das bewegte mich!

Ich faßte ihn unter den Armen und schleppte ihn die Stufen an der Börse hinauf. Sein Puls war ganz schwach, doch er schlug noch. Er hat dort auf den Stufen eine Stunde gesessen und ist wieder zur Besinnung gekommen. Natürlich konnte keine Rede davon sein, daß er die Schlitten ziehen würde. Aber die Bücher dort lassen konnten wir auch nicht. Wir sind langsam gegangen. Ich hakte mich bei ihm ein, um ihn zu stützen, und mit meiner zweiten Hand zog ich die beladenen Schlitten. Gute drei Stunden waren wir bis zu unserer Wohnung unterwegs. Der Fahrstuhl funktionierte nicht mehr, und alles zu Fuß nach oben tragen konnte ich selbstverständlich nicht mehr. So ließ ich die Schlitten unten stehen. Ich gab mir viel Mühe, meinen Mann bis zu unserer Wohnung zu schleppen. Am nächsten Morgen konnte er nicht mehr aufstehen. Ich brachte ihm etwas zum Essen und ging zur Arbeit. Die Schlitten blieben unten stehen. Als ich nach Feierabend zurückkam, waren unsere Schlitten leer. Ich war empört, mein Mann war der Bücher wegen beinahe gestorben, und ein Schwein hatte die Bücher geklaut, um sie in den Ofen zu werfen. Ich stieg hinauf. Als ich das dritte Stockwerk erreichte, hörte ich seltsame Laute, so als ob ein Hund auf allen vieren durch die Pfützen

patschte. Woher ein Hund in unserem Haus, dachte ich. Man hat alle
Hunde schon längst gegessen. Im vierten Stock wurde mir alles klar. Da
sah ich folgendes Bild: mein Mann mit einem Bündel Bücher auf dem
Rücken kroch auf allen Vieren zu unserer Wohnung. Er setzte sich auf
die Stufe und sagte entschuldigend: «Ich bin nicht fertig geworden, ich
dachte alles bis zu deiner Rückkehr erledigen zu können.» Normal gehen konnte er nicht. So hatte er sämtliche Bücher auf allen Vieren nach
oben getragen.

Nikolaj Efimow *1928   *Leningrad*
Im Dezember 1941 war ich, ein 13jähriger Knirps, als Hilfsarbeiter in
einem Rüstungswerk eingesetzt. Es war kurz nach drei Uhr nachmittags,
als ich von der Arbeit nach Hause ging. Der Abend dämmerte schon,
die Straße war menschenleer. Als ich in eine der Krasnoarmejskaja-Stra-
ßen (es gab ja viele gleichnamige Straßen, die einfach numeriert wurden) abbog, sah ich in einiger Entfernung einen großen Schlitten mit
einer Plane abgedeckt, auf dem man Brot von den Bäckereien an die
Geschäfte geliefert hatte. Der Schlitten bewegte sich langsam fort und
war leer, die Hintertüren seines Wagens klapperten auf der holprigen
Straße.
Ein Pferd zog den Schlitten ruckartig und ganz langsam; genauer gesagt,
es war kein Pferd mehr, sondern klägliche Überreste von ihm – Haut
und Knochen. Ein großer Kopf auf einem dünnen Hals erinnerte an
ein Spielzeug, seine breit gestellten Beine rutschten auf dem vereisten
Fahrdamm auseinander. Neben dem Schlitten schritt der Fuhrmann. Er
schleppte sich mühsam hinterher und hielt sich mit der Hand am Rand
des Wagens fest. Immer wieder stieß er den Schlitten mit seiner Schulter
nach vorne und sagte dabei: «Na, mein liebes Tier, dawai, dawai, mein
gutes ...»
Ich lief schneller, um dem Mann zu helfen. Plötzlich hörte ich Schnee-
knirschen hinter mir. Zwei Männer in weißen Schafspelzmänteln und
in Pelzmützen mit herabhängenden Klappen liefen hinter mir. Einer von
ihnen hielt ein Beil in der Hand, der andere hatte eines vor der Brust
unter dem Pelzmantel versteckt. Ein Gedanke schoß mir durch den
Kopf: Jetzt werden sie mich umbringen ...
Ich kletterte über eine Schneeverwehung und lief an den Häusern entlang fort. Ich stieß die erstbeste Eingangstür auf und gelangte in ein
Treppenhaus. Dort versteckte ich mich hinter einem Wandvorsprung.
Ich weiß nicht, wie lange ich dort gestanden habe, aber niemand war
hinter mir hergelaufen.

Durch einen Türspalt sah ich, wie einer der beiden Männer mit seinem Beil die Riemen am Geschirr durchtrennt hatte. Der Fuhrmann, der in seiner Nähe stand, rief mit rauher Stimme um Hilfe und packte den Mann an der Hand. Der stieß ihn von sich weg. Dann schlug ihn der andere mit voller Wucht nieder. Mit ausgestreckten Händen flog der Fuhrmann nach hinten und fiel auf den Rücken. So lag er ohne Bewegung, er versuchte nicht sich zu erheben.

Ich sah, wie die Deichsel zu Boden fiel, das Kummet und das Krummholz wurden auf die Seite geworfen. Ich sah auch, wie der Mann in die Hände spuckte, sein Beil hob und es mit voller Wucht auf den Hals des Tieres fallen ließ. Die Vorderbeine versagten ihm den Dienst, es stürzte auf die Knie. So stand es noch einen Augenblick und fiel dann langsam auf die Seite.

Es schüttelte mich am ganzen Körper. Ich weinte ohne Tränen. Ich sah dann, daß die Männer das getötete Pferd, das noch vor einigen Augenblicken lebendig war, wie Holz zerhackten. Sie versteckten die Fleischstücke in Säcken, trugen sie dann irgendwohin weg und kamen mit leeren Säcken zurück, um sie erneut zu füllen. Dann kamen sie nicht mehr zurück. Dort, wo das Pferd lag, sah man nur noch die Fetzen der Riemen.

Ludmila Maljar *1933   *Leningrad*
Kurz vor dem Wintereinbruch, der 1941 sehr früh kam, gingen wir oft mit Tante Lilja aus unserer Heimstätte durch Kamennoostrowskij prospekt über zwei Brücken, weil unser Haus in der Nabereshnaja-Straße lag. Es war grimmig kalt und menschenleer draußen. Oft sahen wir die Menschen, die direkt auf der Brücke lagen, und ich war darüber erstaunt, warum sie nicht nach Hause gingen. Warum saßen sie auf den Steinen bei dieser grimmigen Kälte? Erst später sah ich, daß es sich um erfrorene Menschen handelte, die ihre Häuser nie mehr erreichen würden.

Etwa im Dezember 1941 gab es einen sehr starken Artilleriebeschuß unseres Wohnviertels. Wir gingen mit der Mutter in einen Keller unter unserem Haus, wo ein Luftschutzraum eingerichtet war. Als es wieder ruhig war, führte uns die Mutter nach draußen und ließ uns am Tor unseres Hauses stehen und frische Luft schnappen. Sie ging noch mal in den Keller, um den Koffer mit unseren Sachen zu holen. Da kam ein Mann und fing an, uns zu überreden, mit ihm zu gehen. Er wollte uns bei sich zu Hause angeblich etwas Süßes geben. Er versuchte schon Tata an die Hand zu nehmen und sie wegzuführen, als die Mutter kam. Man sprach damals darüber, daß in der Stadt Kinder von hungrigen Men-

schen gefressen wurden. Je jünger, desto schmackhafter. Wir saßen nach
diesem Ereignis immer nur zu Hause, waren ganz allein, haben gespielt
oder geschlafen, bis jemand von den Erwachsenen kam. Ich kann mich
überhaupt nicht erinnern, daß ich mal essen wollte, wie auch daran, was
und wann ich gegessen hatte.
Ich erinnere mich ganz gut daran, wie die Mutter eines Tages unseren
großen Eßtisch auseinanderschob. Unten lagen viele trockene, benagte
Kuchenreste, die wir noch vor dem Krieg gegessen hatten. Wenn wir
satt waren oder die Kuchen nicht besonders schmeckten, waren wir sie
damals auf diese Weise losgeworden, indem wir sie zwischen die Bretter des ausklappbaren Tisches steckten. Das hatte mir meine Cousine
beigebracht, die vor dem Krieg schon 15 Jahre alt war. So veranstalte-
ten wir nun überraschend einen richtigen Schmaus mit diesen trockenen Kuchenresten. Ich denke noch heute daran zurück.

Der Offizier Leo Tilgner 1892–1971   vor Leningrad
An seine Frau
Ich war heute östlich in einem Ort mit Schloß. Es war einer Aufnahme
nicht wert. Dagegen habe ich noch eine Kirche und ein ausgebranntes
Kastell fotografiert. Die Kälte hat nachgelassen. Trotzdem steht das Eis
noch zentimeterdick am Fenster und der Schnee liegt hoch vor der Tür.
Vorgestern konnten wir –32 Grad ablesen. Die meisten Tage verbringe
ich in unserem Blockhaus.

Pjotr Samarin 1888–1942   *Leningrad*
Um 5 Uhr aus dem Schlaf erwacht. Gut gelaunt miteinander gesprochen. Ohne Kleidung geschlafen. Es ist schön warm vom Kanonenofen. Um 6 Uhr hat man im Radio gute Nachrichten gebracht: an vielen Frontabschnitten werden die Deutschen geschlagen. Unsere Truppe
hat Jasnaja Poljana, Klin und andere Ortschaften zurückerobert. Es ist
sehr angenehm, so was zu hören. Um 7 Uhr bin ich zur Arbeit erschienen. Im Radio gab es einen Bericht über die Zerstörungen in den An-
wesen von Leo Tolstoi und Pjotr Tschaikowskij. Die Deutschen haben
dort sämtliche Kunstschätze zerstört, verbrannt und vernichtet. Solche
Banditen! Und diese Hitlerbande will eine neue Ordnung in Europa
einführen. Alle Banditen bis auf den letzten Mann, die in unser Land
eingedrungen sind, sind erbarmungslos zu vernichten.
Ein Gedanke läßt mir keine Ruhe. Ich denke über den Eintritt in die
bolschewistische Partei WKP(b) nach. Schade, daß ich schon über 50 bin.
Ich habe Angst, daß ich nicht mehr das geben kann, was ich in jünge-

ren Jahren hätte geben können. Wie schade ist es, daß unser Leben so
kurz ist. Trotzdem werde ich meine Kollegen um Rat bitten.

*

Adam Czerniaków 1880–1942   Warschauer Ghetto
Morgens Gemeinde. Assessor Rodeck wurden heute zum 5. Mal Ergänzungen zum Ratshaushalt eingereicht.

Dr. August Becker   (Berlin)
In der Dienststelle des Oberdienstleiters Viktor Brack in der Kanzlei des
Führers (KdF) war ich bis etwa 1941 in dem Euthanasieprogramm mit-
eingeschaltet. Ich fungierte als Fachmann in Vergasungsfragen bei der
Vernichtung von Geisteskranken in den Heil- und Pflegeanstalten. Da
diese Aktion kurz vorher eingestellt worden ist, den Grund hierzu kann
ich nicht sagen [die Vergasungen wurden eingestellt, die Morde gingen
mit Medikamenten weiter], wurde ich aufgrund einer persönlichen Aussprache zwischen dem Reichsführer SS Himmler und Oberdienstlei-
ter Brack dem Reichssicherheitshauptamt (RSHA) in Berlin überstellt.
Himmler wollte die bei der Euthanasie freiwerdenden Leute, die Fachleute in der Vergasung waren wie ich, für die groß anlaufende Vergasungsaktion im Osten einsetzen. Der Grund hierzu war folgender: Die
führenden Männer der Einsatzgruppen im Osten beklagten sich in zu-
nehmendem Maße, daß die Erschießungskommandos den seelischen und
moralischen Belastungen dieser Massenerschießungen auf die Dauer
nicht gewachsen seien. Ich weiß davon, daß Leute dieser Kommandos
selbst in die Irrenanstalten kamen, und daß man daher ein neue und bessere Tötungsart finden mußte. Daher kam ich auch im Dezember 1941
zum RSHA, Amt II, in die Dienststelle Rauff. […] Stellvertreter von
Rauff war der damalige Hauptmann und spätere Major Pradel.
Pradel hatte zwar auch einen SS-Angleichungsdienstgrad, er nannte sich
aber Major. Mit Pradel kam ich zunächst nicht in einen persönlichen
Kontakt. Als ich im Dezember 1941 zu Rauff überstellt wurde, erklärte
mir dieser die Lage mit den Worten, daß die seelischen und moralischen
Belastungen der Erschießungskommandos nicht mehr tragbar seien und
daß deshalb die Vergasungsaktion gestartet worden sei. Er sagte, daß zu
den einzelnen Einsatzgruppen bereits die Gaswagen mit den Fahrern
unterwegs bzw. dort eingetroffen seien. Ich selbst hatte den klaren
dienstlichen Auftrag, die Arbeit mit den Gaswagen bei den einzelnen
Einsatzgruppen im Osten zu überprüfen. Das heißt, ich hatte zu über-

wachen, daß die in den Gaswagen vorgenommenen Massentötungen ordnungsgemäß verliefen, wobei ich insbesondere auf die technische Arbeitsweise dieser Wagen mein Augenmerk richtete. Dabei möchte ich erwähnen, daß zwei Arten von Gaswagen im Einsatz waren: «Opel-Blitz» 3,5 Tonner und der große «Saurerwagen» mit meines Wissens 7 Tonnen. Aufgrund dieses dienstlichen Auftrages von Rauff fuhr ich Mitte Dezember 1941 nach dem Osten mit dem Ziel, zur Einsatzgruppe A (Riga) […] [zu gelangen], um dort auf die Einsatzwagen bzw. Gaswagen zu stoßen.

Der SS-Standartenführer Walter Rauff † 1984   (Berlin)

Ob ich damals Bedenken gegen den Einsatz der Gaswagen hatte, kann ich nicht sagen. Für mich stand damals im Vordergrund, daß die Erschießungen für die Männer, die damit befaßt waren, eine erhebliche Belastung darstellten und daß diese Belastung durch den Einsatz der Gaswagen entfiel.

Danuta Czech   (KZ Auschwitz-Birkenau)

Um 16 Uhr flieht der polnische politische Häftling Stanisław Limanowski (Nr. 22 984) vom Kommando Buna-Werke aus dem Lager. Er ist am 20. November 1941 von der Sipo und dem SD aus Radom in das KL Auschwitz eingeliefert worden. Der Häftling hat in den Buna-Werken im Kommando der Firma Schulz gearbeitet. Die Suchaktion bleibt erfolglos.

*

Hein spielt abends so schön auf dem Schifferklavier,
auf dem Schifferklavier seine Lieder.
Hein spielt sich in die Herzen der Mädels hinein
und sie bitten den Hein immer wieder.

<838 Mittwoch, 17. Dezember 1941 1238>

Herr, tue meine Lippen auf, daß mein
Mund deinen Ruhm verkündige.
HERRNHUT   PSALM 51,17

Karl Wolfskehl 1869–1948   *Auckland / Neuseeland*
An Edgar Salin
Außerdem erhielt ich zu Weihnachten ein Aquarium. Die Eremiten-
Idylle wäre damit ziemlich komplett, wenn die Götter nett blieben. Aber
denen traue ich nicht mehr ganz.

Werner Vordtriede 1915–1985   *New York*
Mittags gegessen mit Herbert Steiner, in angenehmstem Gespräch. Hinterher in die schöne Ausstellung bei Knoedler. Außer einigen Bellinis
und Botticellis war es vor allem der mir ganz unbekannte Rembrandt:
Aristoteles, der nachdenklich den Kopf Homers streichelt, voll von Leiden und Hoheit. […] Abends in die Met zum Rosenkavalier.

Bertolt Brecht 1898–1956   *Santa Monica*
machte oder mache an filmstories: mit KORTNER etwas für boyer ‹days
on fire› und eine reigenparaphrase ‹karussell›, mit THÖREN ‹bermuda
troubles›, mit REYHER ‹der brotkönig lernt backen›, mit RUTH ‹der
schneemann›.
aus dem ‹kinderkreuzzug› wurde eine ballade anstatt einer filmstory.
jetzt entwerfe ich für das theater eine JEANNE D'ARC 1940.

Julien Green 1900–1998   *Baltimore*
Vorgestern hielt ich in der Stadt einen Vortrag zugunsten der französischen Gefangenen. Thema: «A Portrait of Marcel Proust». Es waren
etwas mehr als hundert Personen da, die mir in vollkommener Stille zu-
hörten. Englisch gesprochen. Kurz vor dem Vortrag saß ich allein in einem Salon und wartete, daß es halb neun würde, als ein Deutschpro-
fessor vom Goucher College, ein Flüchtling, kam und mit mir sprechen
wollte. Er zögerte, obwohl wir uns schon getroffen hatten. Er sprach
von meinen Büchern und schien etwas bewegt. War es wegen des Krie-

ges, glaubte er wirklich, ich würde nicht mit ihm sprechen? Sein blei-
ches, müdes Gesicht verfolgte mich den ganzen Abend.

Harold Nicolson 1886–1968 *London*

Labarthe hat uns aufregende Geschichten von Leuten erzählt, die aus
Frankreich geflohen sind. Er sprach auch von dem Mut der Leute, die
drüben bleiben. So hat Maurice Chevalier volle Häuser in Paris, ohne
daß die Deutschen ihm etwas anhaben können. Er hat ein Lied, das er
ohne Worte singt – er schneidet nur Gesichter und macht Bewegungen,
die seinen Abscheu vor den Deutschen ausdrücken; da er sie aber nicht
nennt oder überhaupt ein Wort spricht, ist die Kommandantur machtlos. […] Er sagte, ein junger Bretone, der ihn besuchte, habe erzählt, wie
die Gräber unserer Flieger mit Blumen überhäuft werden. *«Et je vous
assure, Monsieur, ce ne sont pas des fleurs artificielles!»* Wie rührend ist
so etwas!

Thomas Mann 1875–1955 *Pacific Palisades*

Den Abend im Gespräch verbracht. Mit Erika u. Golo über die Möglichkeit der Beseitigung Hitlers u. seines Gang durch die Generäle und
der Versuchung für die Alliierten zu einem Frieden, der die Welt um die
Früchte des Krieges bringen würde. Ich neige zur Genügsamkeit. Für
mein Leben wäre ich mit der Austilgung des Gelichters zufrieden, auch
wenn die Welt recht schlecht bleibt.

✳

Der Adjutant Heinrich Heim *1900 Führerhauptquartier

Abends Gäste: Reichsminister Dr. Goebbels, Reichsführer-SS Himmler
[Hitler:] Vor dem Weltkrieg gab es in Wien einen Mann, der immer
dafür plädiert hat, mit dem antisemitischen Rumänien zusammenzuge-
hen, weil das das beste Mittel wäre, die Ungarn klein zu halten: Lueger.
Lueger war der Ansicht, daß der österreichische Staat gehalten werden
könne unter der Voraussetzung, daß Wien dominierender Mittelpunkt
wird. Schönerer demgegenüber ging davon aus, der österreichische
Staat müsse verschwinden; er hatte eine ganz radikale und rücksichts-
lose Einstellung dem Haus Habsburg gegenüber, es war der erste Versuch, dem Monarchismus das blutgebundene Volk gegenüberzustellen.
Lueger und Schönerer trennten sich. Lueger war österreichischer All-
deutscher gewesen, er wurde christlich-sozial, weil er den Weg zur Rettung des Staates im Antisemitismus gegeben sah und weil der Antisemi-

tismus sich in Wien nur auf religiöser Basis aufbauen konnte; fünfzig Prozent der Wiener Bevölkerung waren der Rasse nach nicht deutsch; die Tschechen in Wien aber waren antisemitisch. Auf 1,8 Millionen Einwohner trafen 300 000 Juden. Lueger ist es gelungen, bei 148 Gemeinderatssitzen 136 Antisemiten zu haben.

Ich war als sein fanatischer Feind nach Wien gekommen; als Schönererianer war ich Gegner der Christlich-Sozialen. Aber schon in Wien habe ich eine ungeheuere persönliche Achtung vor ihm bekommen. In der Volkshalle im Rathaus hatte ich ihn zum ersten Male sprechen hören; ich habe innerlich mit mir ringen müssen, ich wollte ihn hassen, aber ich konnte nicht anders, ich mußte ihn doch bewundern; er besaß eine ganz große Rednergabe. Die deutsche Politik hätte wahrscheinlich einen anderen Weg genommen, wenn er nicht, die letzten Jahre seines Lebens erblindet, noch vor dem Weltkrieg an einer Blutvergiftung gestorben wäre. Die Christlich-Sozialen haben bis zum Zusammenbruch 1918 in Wien geherrscht.

Wenn Lueger ein Fest gab im Rathaus, so war das ganz großartig; er war souveräner König. Ich habe ihn niemals in Wien fahren sehen, ohne daß alles Volk auf der Straße stehen blieb, um ihn zu grüßen. Als er beerdigt wurde, dauerte der Zug fast den ganzen Tag. Über 200 000 Menschen sind mitgegangen!

Lueger war die größte kommunalpolitische Erscheinung, der genialste Bürgermeister, der je bei uns gelebt hat. Alles, was wir heute an kommunaler Selbstverwaltung haben, geht auf ihn zurück. Was anderswo Privatunternehmen war, machte er städtisch, und so konnte er, ohne daß die Steuern auch nur um einen Heller erhöht wurden, die Stadt Wien verschönern und erweitern: Die Einnahmequellen der früher privaten Gesellschaften standen ihm zur Verfügung. Als die Juden ihm das Kapital kündigten, hat er die Städtische Sparkasse gegründet. Alle Mündelgelder wurden von da an dort angelegt. Darauf sind die Juden sofort klein geworden. Von überall her haben sie ihm nun Geld angeboten.

Schönerer und Lueger blieben persönliche Feinde. Dem Hause Habsburg gegenüber waren beide souverän; Schönerer war der Konsequentere, er war entschlossen, den Staat zu zerschlagen. Lueger glaubte, den österreichischen Staat dem Deutschtum an sich erhalten zu können. Beide waren absolut deutsche Menschen.

Kolossal souverän wird eine Stadt wie Hamburg geführt. Der Tiefpunkt war Leipzig, als Kreisleiter Dönicke dort Oberbürgermeister war. Als Kreisleiter der beste Mann, aber als Oberbürgermeister unmöglich! Ich besitze eine Reihe von Original-Partituren Richard Wagners. Dönicke überreichte mir einen ganz wertlosen Steindruck, den er für ein Wagnersches Manuskript hielt, mit einer Ansprache – auf sächsisch –, wobei er fortgesetzt lächelte: In Leipzig ist geboren der bekannte Komponist Richard Wagner, der unter anderem die Oper Tannhäuser geschrieben hat ... Das ganze Universitäts-Kollegium war versammelt, die sahen sich gegenseitig an. Es war nichts da, wohin man sich verstecken konnte. Ich habe selber so gelitten in dem Moment, sämtliche Sachsen haben mir leid getan. Es war trostlos und niederschmetternd. Beim Weggehen sagte ich zu Mutschmann: Ich ersuche Sie um Vollzugsmeldung innerhalb von acht Tagen, daß ein anderer Oberbürgermeister da ist. Unser bester Kommunalpolitiker ist ohne Zweifel Fiehler, aber ...! Liebel ist eine Persönlichkeit. Er weiß noch nicht, daß ich ihm den Pokal von Jamnitzer ausgespannt habe! Er vermutet ihn in der Eremitage; die Juden hatten ihn aber verkauft, und mit der Sammlung Mannheimer habe ich ihn in den Niederlanden erworben. In Prag ist doch der Rosenkranz von Albrecht Dürer. Liebel sagte mir, wenn er mich sieht, er habe noch den Rahmen dazu. Gut, sage ich, dann lassen wir eine Kopie anfertigen! Wenn immer im Protektorat sich etwas tut, kommt eine mehr oder weniger offene Anfrage aus Nürnberg, ob es nicht richtig sei, das und das sicherzustellen. Als Krakau gefallen war, hatte sich Liebel schon eingefunden, um den Veit Stoß abmontieren zu lassen, ohne daß jemand etwas davon wußte. Die Fürther bezeichnet er als Schmarotzer und findet tausend Gründe dafür, daß die Fürther die Stadt Nürnberg betrügen. Wenn es auf ihn ankäme, würde die Stadt mindestens eingemeindet, wenn nicht ausgerottet.

Ein ausgezeichneter Bürgermeister war Siebert in Rothenburg und Lindau. Er ist eine hervorragende Persönlichkeit, das wunderbare Gegengewicht zu dem doch mehr propagandistisch veranlagten Wagner, der Rechenmeister, nicht unempfindlich gegen die Künste. Siebert läßt die Nürnberger Burg herrichten, Liebel hält sich mäuschenstill und redet Siebert ein, die Burg müsse doch eigentlich dem Führer zum Geschenk gemacht werden; er wußte, daß ich das Geschenk nie annehmen werde. Siebert kam mit einer feierlichen Adresse zu mir. Am nächsten Tag Liebel: Er hätte gehört, und es würde ihn wahnsinnig freuen, daß ich die Burg übernähme. Ich: Da haben Sie sich geirrt! Er: Dann kann ich nur die Bitte aussprechen, daß Sie die Burg der urehrwürdigen Stadt Nürnberg übergeben. Darauf kam Siebert zu mir, der ein kolossal ehrbarer Mann ist: Er fände das Verhalten Liebels für moralisch nicht richtig, er, Siebert, habe das ganze Geld hergegeben, und nun ... Ich glaube, Nürnberg hat die Burg bekommen.

Jochen Klepper 1903–1942 Berlin

Drei von Renerles Kolleginnen sind für die nächste Deportation am 6. Januar bestimmt. Welches Weihnachten für die getauften Juden, denen nun dieser Termin mitgeteilt ist.

Victor Klemperer 1881–1960 Dresden

LTI. Lissy Meyerhof – noch immer in Berlin, aber ständig von «Evakuierung» bedroht, schrieb, man nenne den Krieg 14–18 neuerdings den «*Kleinen* Weltkrieg». Das ist stark LTIstisch: Was wir tun, ist unbedingt größer als alles Frühere. Bedenke dabei diese Eigentümlichkeit: Es ist im Fall des Krieges wirklich größer – Japan, USA, Afrika sind diesmal stärker engagiert –, und dennoch klingt es scharlatanisch. Selbst wo sie die Wahrheit sagen …
Am Sonnabend sprach der junge Kreidl, getauft, durchaus europäisch und deutsch gerichtet, vom «Volk der Juden». Es erschütterte mich. Hitler ist der bedeutendste Förderer des Zionismus, Hitler hat buchstäblich das «Volk der Juden», das «Weltjudentum», *den* Juden geschaffen. –
Ich ging neben Frau Ida Kreidl die Caspar-David-Friedrich-Straße entlang; uns überholte ein alter Postbeamter in Uniform, einen Weihnachtsbaum unter dem Arm. Er rief ihr zu, laut auf offener Straße, harmlos: «Wann kaufen wir wieder bei Ihnen? Ich und meine Kameraden, alte Sportler, wir haben soviel bei Ihnen gekauft. Und so gute Sachen. Ich weiß es doch als Postbote, ich habe Ihnen soviel Pakete gebracht. Die gute Ware!» Kreidls hatten ein Geschäft für Berufskleidung und Sportsachen in der Galeriestraße. Es wurde arisiert. – Vox populi?
Lissys Brief nimmt an, der Krieg mit USA werde die Kriegsdauer verlängern. Die Annahme scheint verbreitet. Aber wenn ich an eine Uhr ein schwereres Gewicht hänge, läuft sie rascher ab. […]
Ich schrieb heute sehr resignierend an Sußmann. Ich zitierte Kätchen Saras Lieblingsphrase: «Man darf gespannt sein.» Ich schrieb, es müsse sich als allerletztes Wort mindestens so schön machen wie: «Mehr Licht» oder «plaudite …»

Der Feldwebel Arthur Binz Albat / Krim

Heute früh Schlag 6.10 Uhr begann der lange mit Spannung erwartete Großangriff auf Sewastopol. In unserem Abschnitt aus Gründen der Überraschung angeblich ohne eigentliche Artillerie-Vorbereitung. Möge diese gewaltige Offensive gut und rasch gelingen. Ich fürchte jedoch, daß sich manche Widerstände ergeben werden. Die Russen sind überall von einer erstaunlichen Zähigkeit. Man braucht nur an den Einsatz der

Wehrmacht in Frankreich zu denken, wo alles fast auf Anhieb gelang! Der Nimbus des «Blitz»-sieges Deutschlands, wo immer es vom Leder zieht, der im Polenfeldzug entstand, dürfte im Zusammenhang mit Rußland nicht mehr unbedingt und überall bestehen. Es gibt, entgegen der amtlichen Darstellung und Lesart, nach allem was ich höre und – natürlich nicht von der vordersten Warte aus – beobachtete, sicher auch heute noch viel russisches Heldentum. In meinem Gedicht «Begegnung am Dnjepr» habe ich dieser Erkenntnis in etwa Rechnung getragen. Daß daneben russische, vor allem bolschewistische Bestialität und vor allem der Druck der Kommissare auf der Gegenseite eine dominierende Rolle spielen, soll natürlich durchaus nicht geleugnet werden.

Ich bin überzeugt, daß es bis Weihnachten, spätestens Sylvester mit Sewastopol geschafft ist.

Das Fliegerleben über uns hat sich aufs neue entfaltet. Am eindrucksvollsten ist es, wenn die grauen Stahlvögel, wie aus Feldnestern kommend, plötzlich und unerwartet über den Bergen erscheinen, nachdem man sie infolge des Windes vorher kaum oder gar nicht hörte.

Die russische Artillerie dürfte wohl in der nächsten Zeit nicht mehr in unser Stabsquartier hereinreichen; sie ist vorne zu sehr gebunden.

Fast die ganze Armee – Manstein – ist heute gegen Sewastopol angetreten!

Abends.

Die Division hat sich laut eingegangenen Mitteilungen, die sich mir natürlich nur immer in der Form unauthentischer Erzählungen darbieten, unter leider schweren Verlusten langsam, aber sicher vorgearbeitet. Einem Bataillon fielen an diesem einzigen Tag nicht weniger als drei Kompaniechefs, darunter der mir persönlich bekannte Leutnant Hopperdiezel. Unvergeßlich der Augenblick des heutigen Angriffsbeginns, der Aufschwung der Front klang wie ein Aufstand der Natur.

Der General Heinz Guderian 1888–1954   nördlich Orel

Am 17. Dezember suchte ich die Kommandierenden Generale des XXIV. und XXXXVII. Panzer-Korps sowie des LIII. A. K. auf, um mich erneut über den Zustand der Truppe zu unterrichten und über die Lage auszusprechen. Die drei Generale waren der Auffassung, daß es mit den vorhandenen Kräften nicht möglich sei, eine nachhaltige Verteidigung ostwärts der Oka durchzuführen. Es käme darauf an, die Kampfkraft der Truppe zu erhalten, bis durch Zuführung frischer Kräfte eine Verteidigung aussichtsreich sei. Sie berichteten, daß die Truppe an der obersten Führung zu zweifeln beginne, die den letzten, verzweifelten Vorstoß in vollkommen falscher Feindeinschätzung befohlen habe. «Wenn wir noch beweglich wären und die früheren Gefechtsstärken hätten, wäre es ein Kinderspiel. Glatteis erschwert alle Bewegungen. Der Russe ist für den Winter eingerichtet und ausgerüstet und wir haben nichts.» Die 2. Armee befürchtete an diesem Tage einen Durchbruch auf Nowosil.

Angesichts dieser Lage entschloß ich mich, mit Genehmigung der Heeresgruppe, ins Führerhauptquartier zu fliegen und Hitler die Lage meiner Armee persönlich zu schildern, da alle schriftlichen und telefonischen Darlegungen nichts gefruchtet hatten. Die Aussprache wurde für den 20. Dezember festgesetzt. Bis zu diesem Tage hatte sich Feldmarschall von Bock krank gemeldet und war im Kommando über die Heeresgruppe «Mitte» durch Feldmarschall von Kluge ersetzt worden.

Der Oberstabsarzt
Dr. Willi Lindenbach † 1974   **Staraja Wessytowa**
Schlafen sehr beengt hier, aber wir sind froh, daß wir mal endlich Ruhe haben. Im übrigen läßt die Flucht auf der Straße nicht nach. Im Radio werden «Frontbegradigungen» zugegeben. Es ist immer noch ziemlich kalt. Wenn man zurückschauend die schrecklichen Tage von P. betrachtet, so faßt einen ein Grauen an. Wenn es uns nicht gelungen wäre, die Verwundeten fortzubekommen, was hätte ich gemacht. Ich wäre meines Lebens nicht wieder froh geworden.

Der Leutnant Georg Kreuter 1913–1974   **bei Krassnaja**
Der Russe schießt mit schweren Granatwerfern auf die Kirche, die gleich 50 m neben meinem Hause steht. Es sind allerdings nur Gefangene darin und Geiseln, die wir festgenommen haben. Langsam fallen die Scheiben bei uns ein. Die Pferde, die vor meinem Schlitten eingespannt sind, wollen durchgehen, ich lasse aber ausspannen, wie gut, daß ich den Troß gestern schon fortgeschickt habe. Das hätte jetzt bestimmt schon Opfer gekostet. – Bei mir sind jetzt noch Fw. Walkhoff, mein alter treuer Bursche Stecher, Schtz. Difour, Mord und Förchner. Da man nicht vor die Tür kann vor dem feindlichen M.G.-Feuer, so schieße ich von der Tür aus einen Truthahn. In einem Sprung wird er hereingeholt und gleich gerupft. – Man kann jetzt nicht mehr bis zum Bataillon vorgehen (75 m). Verschiedene Melder, die es versuchen, werden alle dicht bei uns verwundet. Wie soll sich das Bataillon hier lösen? Hinter uns ist ein langsam ansteigender Hang, etwa 800 m lang. Es ist nur in der Dämmerung möglich, jetzt treffen sie jede Maus. – Das Schießen steigert sich erheblich.

20 Schuß haben jetzt die Kirche schon getroffen. Die Einschläge kommen immer näher zu uns. Die Fenster sind jetzt ganz herausgefallen. Ich teile abwechselnd einen Posten an der Tür ein, damit wir nicht etwa noch einmal geschnappt werden. Da Stecher ein bißchen ängstlich ist, gehe ich einmal vor. Im selben Augenblick schlägt eine Granate dicht neben mir ein. Ich werde durch den Luftdruck in das Haus und auf den Boden geworfen. Als ich mich hochrappele, stelle ich erst einmal fest, ob meine Knochen noch heil sind. Es geht, denn nur an der Hand ist etwas Blut. Aber hören kann ich nichts. Außerdem bin ich ziemlich benommen. Die Pferde, die neben mir standen, sind alle tot. Ich hatte großes Glück, da die Hauptwucht der Granate und auch die Splitter durch die Hauswand, die – eine ganz große Seltenheit – aus Stein gebaut war, aufgehalten wurde. Der Einschlag war höchstens 1 m von mir entfernt. – Ich bin völlig benommen und weiß nicht, was ich machen soll. Möchte gern zum Regiment, da ich ja hier doch nichts tun kann, aber man kann ja nicht vor die Tür. Im wahrsten Sinne des Wortes: «Große Sch … !» Nach vielem Hin und Her wollen wir es wagen zu springen. Ein Einschlag trifft jetzt das Haus neben unserem. Die Bewohner stürzen heraus und zu uns herüber. Eine Frau hatte ein kleines Kind auf dem Arm, das einen Splitter im Kopf hatte. Alles schrie und heulte fürchterlich. Es war zum Verrücktwerden. Bis hinter die letzten Häuser ging es ganz gut, aber dann mußten wir über eine freie Fläche von einigen 100 m. Walkhoff springt mit Förchner zuerst. Nach 30 m liegen sie aber im s.M.G.-Feuer flach. Nach 2–3 Sprüngen gelangen sie dann hinter eine Schneewehe, dort bleiben sie erst einmal. – Jetzt springe ich mit Difour. Ich wähle einen Weg, der etwas mehr quer zur Front geht. Nach dem ersten Sprung zischt mir die M.G.-Garbe nur so um den Kopf. Dann schießen sie auch noch mit Pak auf mich! Ich liege vielleicht flach! Krieche, robbe, gleite und rolle, bin bald völlig außer Atem, aber auch hinter einer Schneewehe. Wir nähern uns jetzt dem anderen Ortsteil, in dem die 1. Kompanie liegt. Die Posten rufen mich an, aber ich kann ja nichts verstehen, denn ich höre ja noch nichts. Jetzt fangen die auch noch an zu schießen, in der Annahme, daß wir schon die Russen sind. Aber ich rufe und erkenne dann, daß ein Offz. drüben winkt. Ich starte also wieder. Gleich schießt auch das s.M.G. wieder. Die Mütze wird von der M.Pi. vom Kopf geworfen und muß erst wieder geangelt werden. Dann komme ich völlig ausgepumpt drüben an. Schäpe, der es war, läßt mir gleich einen Bohnenkaffee kochen. So kann ich mich etwas entspannen und meinen Geist wieder sammeln. – Ich entschließe mich, Stecher und Mord da zu lassen, damit sie den Schlitten mit der Kiste abends mitbrin-

gen, und starte mit dem Rest weiter. Ich will versuchen, zum Regiment
durchzukommen. – Wir kommen auch 7–8 Häuser weiter, doch dann
ist es wieder aus. Über die Höhe kam auch gerade ein Schlitten mit einer
Beutepak, auf die schoß nun alles wie wild, und wir waren wieder mit
die Leidtragenden. Bis auf 10 m waren die Einschläge wieder an uns heran, und es hatte den Anschein, als wollte es wieder werden wie vorher
drüben.

Wir wühlen uns in eine Strohmiete hinein. Nachdem wir geschwitzt
hatten, ist es nun doppelt kalt. Bald müssen wir aus dem Stroh heraus
und in ein Haus. Es hat schon mehrere Volltreffer erhalten. Das Vieh
liegt tot im Stall. In der Stube sieht es toll aus. Eine tote Katze liegt auf
dem Tisch. Trotzdem es nicht schön ist hier, bleiben wir, bis es dämmrig wird, dann starten wir über die Höhe. 6 km laufen wir mit dem
Kompaß querbeet. Wir kommen in einen falschen Ort. Vorsichtig holen
wir einen Bewohner heraus und lassen uns dann von ihm führen. Als
wir aber nach Krassnaja kommen, ist das Regiment schon abgerückt.
Da kommt zum Glück ein Lkw mit Verwundeten. Waldherr und Lt.
Münzer sind mit darauf. Ich stelle mich auf das Trittbrett, denn im Innern ist kein Platz mehr. 40 Verwundete sind aufgeladen, viele müssen
noch mit Schlitten nachgebracht werden.

Als wir auf die Straße kommen, treffen wir auf Einheiten von S.R. 52.
In einem Haus an der Straße ist ein Verbandsplatz eingerichtet. Wir halten dort an und lassen uns eine Tetanusspritze verpassen. Der Arzt ist ein
alter Bekannter, Dr. Hermann. Nach der Spritze wird mir ganz mies. –
Hptm. Noa kommt auch hier vorbei. Im Gegensatz zu sonst ist er heute sehr ernst und anscheinend in großer Eile. Dies ist verständlich, denn
es heißt Boden zu gewinnen, da der Russe scharf nachdrängt. – Wir fahren weiter. Nach einiger Zeit kommen wir wieder an einen tiefen Ge-
ländeeinschnitt. Posten sagen uns, daß hier in dem Ort dicht bei der
Mühle der Regiments-Gefechtsstand sei. Ich melde mich beim Regimentskommandeur. Der Lkw mit den Verwundeten fährt weiter. Wir
sitzen bei miesester Beleuchtung. Ab und zu kommen Führer von zu-
rückgehenden Einheiten, um sich zu melden. Die Nachrichten, die sie
bringen, sind nicht immer erhebend. Besonders Obstlt. Mielcke mit seinem Feld-Ers.Btl. hat große Schwierigkeiten. Seine Verluste sind sehr
hoch und die Aufträge, die er bekommt, stehen in keinem Verhältnis zu
seiner Stärke! – Ich setze mich dicht an den Ofen. Meine Hand schmerzt,
ich baue einen Trinkbecher als Auflage darunter. – Zuvor habe ich noch
diese lange Aufzeichnung in meinem Tagebuch vorgenommen. Der
17. 12. wird mir unvergessen bleiben.

Smolensk 1941

Ein unbekannter Soldat   **Sowjetunion**
Haben wieder 40 km heruntergerupft. Das hätte mich bald umgehauen.
Jetzt liegen wir in Quartier, weiter können wir nicht vor. Sind jetzt
Sicherungspatalion. Habe meinen ersten Spähtrupp hinter mir, und in
der Nacht Wache. Heute Morgen hat mich der Assistenzarzt besucht,
aber nichts von Trinkgeld. Hier sieht und hört man schon ein bischen
mehr. Sogar russische Flugzeuge jagen uns von der Straße. Wir liegen
mit 14 Mann in einer Bude. Haben uns heute Morgen einen Hammel
organisiert u. geschlachtet. Ich wüßte nicht, was ich noch schreiben soll
mir geht es gut, was ich auch von Euch hoffe. Ein frohes neues Jahr
wünscht Euch Allen Euer Walter

Helmut Fuchs *1920   **Smolensk**
Am vierten Tag kamen wir endlich nach Smolensk. Ich erinnerte mich
an die dortige Kesselschlacht vom Juli 1941. Welch ein Wandel! Wer
sich irgendwie selbst fortbewegen konnte, mußte wieder laufen, einen
Berg hinauf zu einem großen Gebäude, das früher vielleicht als Ge-
richtsgebäude gedient hatte. Wir sahen in dem Dunst des kalten Winter-
tages die schönen Kuppeln der Smolensker Kathedrale. Deutsche bespannte Kolonnen zogen die verschneite Straße entlang; die frierenden
Fahrer gingen in dicken Fahrermänteln neben den Fahrzeugen, die lange Leine in der Hand. Die Nüstern der Pferde waren mit weißem Reif
bedeckt.
In dem großen Gebäude, das als Krankensammelstelle diente, führte
links und rechts je eine Freitreppe in den oberen Stock hinauf. Auf beiden Treppen standen dicht gedrängt Soldaten aller Dienstgrade, viele mit
Verbänden, und warteten auf ihre Registrierung. Diese erfolgte an zwei
Tischen, die sich an den Enden der beiden Freitreppen auf der Empore
befanden.
Viele Landser mit erfrorenen, dick verbundenen Füßen humpelten und
stützten sich auf die Schultern von Kameraden. Es war ein Bild des
Elends, und man wurde an die Bilder erinnert, die französische Maler
vom Untergang der Grande Armee gemalt haben. Wenn die große Tür
im Erdgeschoß sich öffnete, um neue Verwundete hereinzulassen, stieß
die bissige kalte Winterluft herein.
Der Strom der Verwundeten, Kranken und der Soldaten mit erfrorenen
Gliedmaßen riß nicht ab. Man hörte auf der Straße ständig die Motoren der Sanitätskraftwagen, die neue Verwundete brachten.
Nach der Registrierung erhielt man eine belegte Stulle Brot, und dann
konnte man sehen, daß man irgendwo in den Räumen oder auf den Gän-

gen ein Plätzchen fand. Ich landete schließlich in einer dunklen Ecke auf dem Gang.

Die Smolensker Krankensammelstelle war eine große Zentralstelle, wo die Verwundeten und Kranken sortiert wurden in solche, die mit Lazarettzügen in die Heimatlazarette kamen, und solche, die man in die Kriegslazarette nach Polen verlegte. Schließlich gab es noch die dritte Kategorie, bei der man die Verwundung als unbeträchtlich ansah. Diese Kranken wurden nach der Ausheilung in einem frontnahen Lazarett wieder zur Fronttruppe zurückgeschickt.

Die Einteilung der Verwundeten und Kranken in die verschiedenen Kategorien nahm am nächsten Morgen ein Stabsarzt vor, der sich die Krankenschildchen, die wir um den Hals hängen hatten, kurz besah und dann seine Entscheidung fällte. Ich kam mit meiner Gelbsucht zur Kategorie II, also Kriegslazarett in Polen.

Mittags bekamen wir etwas Graupensuppe und Kaltverpflegung, dann liefen wir Gehfähigen denselben Weg zurück zur Bahn. Dort stand schon unser Transportzug wie gehabt, also deutsche Güterwaggons mit einem Öfchen in der Mitte des Waggons, und Stroh am Boden für die Liegenden, sowie sechs Bankreihen für diejenigen, die sitzen konnten.

Der Unteroffizier Wolfgang Buff 1914–1942   vor Leningrad

In den letzten Tagen hat die grimmige Kälte ziemlich nachgelassen. Temperaturen von –16° bis –11° empfinden wir als mild und angenehm. Der Himmel ist wolkenverdeckt, ein schwacher Südwind bläst, aber zum Glück bis jetzt noch kein weiterer Schneefall, den wir so sehr befürchten. Jetzt liegt der Schnee etwa 30 cm hoch, das tut uns nichts, aber was soll werden, wenn er bis zu einem Meter und mehr ansteigt, und Schneeverwehungen unsere Bunker zuschneien? Zum Glück sind wir durch den zwar spärlichen, aber doch schützenden Waldbestand, den wir noch künstlich verdichtet haben, etwas gesichert und geborgen. Der Russe ließ uns in der letzten Zeit weiter ziemlich in Ruhe, und wir ließen ihm dasselbe angedeihen. Keiner hat anscheinend an großen Veränderungen Interesse, und man ist froh, wenn man da bleiben kann, wo man ist, und man sich so gut es geht eingerichtet hat.

Wie mag es nur in Leningrad aussehen, der großen, seit dem 8. September belagerten Stadt, dem Tor Russlands zum Westen? In Friedenszeiten zählt es drei Millionen Einwohner, dazu kommen jetzt noch eine Million Soldaten. Bereits im Oktober hörte man, dass Seuchen, Hunger und Mangel aller Art in der bedrängten und zum Teil zerstörten Stadt furchtbar wüten. Wie mag es aber jetzt in der kalten Jahreszeit dort zugehen?

Wird die Stadt, die noch täglich unter dem Feuer unserer Geschütze und Flugzeuge liegt, sich den Winter über halten können? Wir wissen es nicht; die Aussagen der Überläufer sind in dieser Hinsicht sehr widerspruchsvoll.

Drei russische Gefangene kommen jetzt jeden Tag von der Gefangenen-Sammelstelle, um in unserer Stellung zu arbeiten. Sie sind willig, anstellig und geschickt, allerdings sehr langsam in der Arbeit. Wir haben von ihnen gelernt, wie man mitten im Schnee aus dürrem Holz und etwas Zigarettenpapier ein wärmendes Feuer entfacht. Sie kochen sich an solchen Feuerstellen mit Begier das Pferdefleisch, das sie irgendwo aufgetaut haben. Mit dem Hunger ist es bei ihnen besonders schlimm bestellt. Über einen Bissen Brot, den man ihnen gibt, geraten sie geradezu in Verzückung, entblößen den Kopf und bekreuzigen sich andächtig. Ihre Kleidung ist nicht schlecht. Vor allem haben sie gute Pelzmützen und dauerhaftes Schuhzeug und warme Handschuhe. Aber eine gute Winterausrüstung ist ja auch das Mindeste, was ein russischer Soldat haben muss.

Und noch eine Sache möchte ich euch gegenüber klarstellen: Wenn es in der vergangenen Zeit in Briefen des öfteren hieß, dass schwere Artillerie Ziele in Leningrad unter Feuer nahm, so waret ihr vielleicht der Ansicht, dass wir daran beteiligt waren. Das ist nicht der Fall. Wohl haben wir wochenlang an der Abwehr der sich immer wiederholenden Durchbruchsversuche der Russen in der Umgebung von Leningrad mit unseren Geschützen mitgewirkt.

Die vielen Briefe, die ich in der letzten Zeit von euch erhielt, waren mir jedes Mal eine rechte Freude und ein stärkender Unterpfand dafür, dass wir uns einmal wieder vereinigen werden. Hier, wo man nun so weit entfernt ist, merkt man erst, wie lieb man einander hat und was man für einander bedeutet. Ja, man merkt überhaupt erst, was Heimat heißt und wie man mit allen Fasern mit ihr verbunden ist. Unsere Vorfahren setzen Ausland gleich mit dem Wort Elend, und was sie damit meinten, ist mir jetzt richtig klar geworden. Nicht irgendwo im Westen, weder in Holland, Belgien noch in Frankreich, sondern hier, wo es außer gleichförmigem Wald, eintöniger Ebene, einigen windschiefen Holzhäusern, in deren Mitte eine entweihte Kirche verlassen dasteht, hier ist Ausland im wahrsten Sinne des Wortes, und ich kann nur denken, dass es noch viel schlimmeres Ausland gibt, wo weder Eisenbahn noch Straßen hinführen, in diesem endlosen und grenzenlosen Russland.

Wie traurig muss erst das Los unserer Kriegsgefangenen (30 000 Vermisste wurden kürzlich erwähnt) sein und wie überaus verlassen müssen sich diese bedauernswerten Kameraden vorkommen. Ihrer und all der Gefangenen – es sind viele Millionen, die ihr Los teilen – möge man täglich in Fürbitte gedenken.

Inzwischen habe ich Vater ja Vollmacht zur Verfügung über mein Bankkonto erteilt. Ich brauche darüber ja nicht viel zu schreiben. Ich habe das Geld ja jetzt nicht nötig, bin auch zu weit entfernt von euch, um jedes Mal, wenn notwendig, darüber selbst zu verfügen. Darum soll es euch in meinem Sinne dienen, d. h. in dieser Zeit, wo alle Welt und auch ihr in so vielem Mangel und Entbehrung leidet, soll es euch zu jeder nur möglichen Erleichterung und Verbesserung eurer Lage dienen und euch dadurch helfen, diese schwere Zeit zu überstehen. Für mich ist jetzt hier beim Militär gesorgt, und was bei dem ersehnten Danach werden wird, das überlasse ich dem morgigen Tag, für den man nicht ängstlich sorgen soll.

Nun wünsche ich euch alles Gute zum Neuen Jahr. Ich sehe ihm zuversichtlich und froh entgegen und nehme gerne von der Vergangenheit Abschied, wenn auch im Bunker unter der winterlichen Erde Russlands.

Der Offizier Leo Tilgner 1892–1971   vor Leningrad
An seine Frau

Es ist acht Tage vor Weihnachten. Ich sitze morgens 10 Uhr allein in meiner Klause. St. ist leider abkommandiert, um den Lokomotivstall auszumisten. Er hat gewettert! Draußen schießt seit langer Zeit einmal wieder die Flak. Hier, in unserer Klause kann man wirklich den Krieg vergessen.

Für Weihnachtsgeschenke sollen u. a. 3 Mann 1 Flasche Sekt, 4 Mann eine Flasche Wein, 5 Mann eine Flasche Kognak, Gebäck und Stollen ausgegeben werden. Die Batl.feier steigt Samstag in einem großen Saal. Ich lasse 4 große Bäume fällen und das Podium und den Bühnenrahmen mit Tannengrün abdecken. Im lustigen Teil erscheint der Nikolaus mit Scherzgaben; mein TB-Lied wird gesungen, meine Tänzerinnen treten auf, und es wird ein kleines Theaterstück vorgetragen. Die Verteilung der Gaben erfolgt erst am Weihnachtsabend in den Quartieren. B. und ich werden etwa je eine Stunde bei jedem Zug verweilen und nachher mit drei Offiziersanwärtern in unserem Blockhaus weiterfeiern.

Gestern fuhr der erste offizielle Urlauberzug. Von unserem Batl. wird vorläufig je Woche nur 1 Mann fahren dürfen. St. hat ausgerechnet, daß wir nach 15 Jahren alle durch wären. Es wird sich aber jede Woche verbessern.

Der belagerte Russe läuft uns leider über den zugefrorenen See davon.
Der Wehrmachtsbericht berichtete gestern darüber. Wir wußten es schon
seit 14 Tagen. Jeder wünscht, daß hier oben bald ein Ende gemacht wird.
Es ist für den Grabensoldaten kein Vergnügen, bei Schnee und Frost
hier zu stehen. Die Entscheidung für Europa wird vermutlich im Mittelmeer erfolgen: Sperrung des Seeweges nach Indien und Besitz der Öl-
quellen im Kaukasus und Iran, ferner Küste Westafrika und Sprung
nach Südamerika. Das sind wohl die Punkte für das nächste Jahr.
Meine liebe Lydia, ich stehe kopf! 5 Pakete auf einmal. Der Schreibstu-
bengefreite, ein sehr witziger Geselle, brachte sie mir hochgetürmt in
einem Papierkorb.

Pjotr Samarin 1888–1942   *Leningrad*
Hurra! Liducha hat ein Kilo Melasse bekommen. Hurra! Ich habe den
süßen Tee getrunken. Gute Nachrichten von der Front. Die Eisenbahn-
strecke im Norden zwischen Tichwin und Wolchow ist wieder frei. Die
Truppe von General Meretzki verfolgt den Gegner. Kalinin ist zurück-
erobert.
Schade, daß es seit dem 6. Dezember keine Zentralzeitungen mehr gibt,
in der «Leningradskaja prawda» sind die Informationen zu karg. Herr
Litwinow hat eine interessante Erklärung in der Pressekonferenz in
Washington abgegeben.
Der Krieg im Pazifik beginnt zu entflammen. Den Nachrichten aus den
USA zufolge ist die Insel Guam wahrscheinlich von Japanern besetzt,
weil jede Verbindung fehlt. Auf den Hawaii-Inseln ist der Kriegszustand verhängt, die Evakuation von 60 Tausend der Zivilbevölkerung aus
Honolulu ist durchaus möglich.
Nach den Mitteilungen aus Großbritannien ist zu erkennen, daß in Ki-
dacha(?) hart gekämpft wird. Die Japaner greifen Hongkong an. Kou-
luge (?) ist von Japanern besetzt. Die Truppe von Holländisch-Indien
hat zwei gegnerische Schiffe versenkt, es werden die Operationen gegen die Japaner an der Ostküste von Borneo durchgeführt. Die japanischen Truppen drängen dort die Truppenteile von Briten und Chinesen
zurück.

Nina Rogowa   *Leningrad*
Ein Freund von meinem Mann erzählte uns, wie er einen Schrank auf
dem Markt verkauft hatte. Niemand wollte ihn haben. Dann habe er
vor Ort und in der Anwesenheit der Marktgäste den Schrank zerschlagen. Für den unversehrten Schrank hätte er – ich weiß nicht wieviel ge-

nau – sagen wir, 10 Rubel gefordert, und als Holz habe er ihn für den
doppelten Preis von 20 Rubel sofort verkauft.

Der Lehrer Georgi Zim † 1942   *Leningrad*

Unsere Truppen haben Klin und Kalinin genommen. Es heißt, der Weg
bis Wolchow sei befreit. Meine Studenten und Bekannten erzählen mir
oft, daß sie mit eigenen Augen gesehen haben, wie Menschen umfallen
und sterben.
Der Mensch geht, dann taumelt er und fällt. Der Tod tritt sofort ein.
Heute am Newski-Prospekt sah ich selbst nicht weit von einem Milizionär einen sterbenden jungen Mann von etwa 25 bis 28 Jahren liegen.
Einige Frauen wandten sich an den Milizionär, damit er etwas tut. Aber
der Milizionär reagierte ganz gleichgültig. Vielleicht durfte er seinen
Posten nicht verlassen?

*

Adam Czerniaków 1880–1942   **Warschauer Ghetto**

Morgens Gemeinde. Danach bei Ivánka wegen der Dotation der Stadt.
Wir beschlossen, uns wegen des Geldes am Montag an Kunze zu wenden. Mit Auerswald und Rodeck erörterte ich den Haushalt. Für die
Firma Münsterman forderte der Kommissar 400 kg Brot für deren arische Arbeiter (anscheinend als Prämie oder für die Feiertage). Brot aus
dem Kontingent des Wohnbezirks.
Irgendein Photograph brachte mir eine Reihe von Aufnahmen von mir.
Man sollte sich nie eigene Konterfeis ansehen. Man hat immer eine andere Vorstellung von sich. Mir schien immer, ich sei jünger als auf Photographien.

Danuta Czech   (KZ Auschwitz-Birkenau)

Zwei Erziehungshäftlinge, die von der Polizeibehörde aus Auschwitz
eingeliefert worden sind, erhalten die Nummern 24603 und 24604.
Die Nummer 24605 erhält ein Erziehungshäftling, der von der Betriebs-
wache des IG-Farbenkonzerns, Werk Auschwitz, eingeliefert worden
ist.
11 Häftlinge, die von der Stapoleitstelle Kattowitz eingeliefert worden
sind, erhalten die Nummern 24606 bis 24616.
31 politische Häftlinge, die von der Stapoleitstelle Danzig eingeliefert
worden sind, erhalten die Nummern 24617 bis 24647. In dem Transport sind 29 Polen und zwei Deutsche.

Drei Erziehungshäftlinge, die vom Arbeitsamt aus Krenau eingeliefert
worden sind, erhalten die Nummern 24 648 bis 24 650.
Im Block 11 kommen acht jüdische Häftlinge der Strafkompanie ums
Leben. Sie sind mit folgenden Nummern gekennzeichnet: 24 203, 24 239,
24 263, 24 270, 24 302, 24 314, 24 567, 24 568.

*

Regentropfen, die an dein Fenster klopfen,
das merke dir, die sind ein Gruß von mir.
Sonnenstrahlen, die in dein Fenster fallen,
das merke dir, die sind ein Kuß von mir.
Abends aber dann im hellen Mondenschein
komm' ich selbst zu dir und will belohnt sein!
Regentropfen, die an dein Fenster klopfen,
das merke dir, die sind ein Gruß von mir.

<839 Donnerstag, 18. Dezember 1941 1237>

Von seiner Fülle haben wir alle genommen Gnade um Gnade.
HERRNHUT   JOHANNES 1,16

Werner Vordtriede 1915–1985   *New York*

Als ich spät ins Hotel zurückkam, ist unvermutet Mutter da. Sie war
ganz plötzlich freigekommen. Aber im Herald Square Hotel dürfen
Frauen keine Herrenbesuche und Herren keine Damenbesuche nachts
auf ihrem Zimmer haben. Es half nichts, daß wir der strengen Hotellei-
tung uns als Mutter und Sohn nach jahrelanger Trennung deklarierten.
Also waren wir gezwungen, uns auf die Hoteltreppe zu setzen, zum
großen Ärger aller über uns herumstolpernden Gäste. Jetzt ist es vier
Uhr morgens. Wir hatten uns so viel zu erzählen.

Thomas Mann 1875–1955   *Pacific Palisades*

Schönes, warmes Wetter. An der Thamar-Novelle. Auf der Promenade.
Mittags zu Hause ohne Bedienung gespeist. Erika kochte. […] Mit Rom-
mel in Libyen scheint es zu Ende zu gehen. Der deutsche Rückzug in
Rußland dauert an.

*

Der Adjutant Heinrich Heim *1900   Führerhauptquartier
Gast: Dr. Goebbels

[Hitler:] Zur Zeit der Machtübernahme war es für mich ein entschei-
dendes Moment: Will man bei der Zeitrechnung bleiben? Oder haben
wir die neue Weltordnung als das Zeichen zum Beginn einer neuen Zeitrechnung zu nehmen? Ich sagte mir, das Jahr 1933 ist nichts anderes als
die Erneuerung eines tausendjährigen Zustandes. Der Begriff des Reiches war damals fast ausgerottet, aber er hat sich heute siegreich durchgesetzt bei uns und in der Welt: Man spricht von Deutschland überall
nur als vom Reich.
Allmählich muß in die deutsche Reichsarmee hereinkommen die Tradi-
tion aller alten Mächte, sei es nun Preußens, Bayerns oder Österreichs.

Es war einer unserer größten Fehler, daß wir unterlassen haben, die Fahnen und die Adler der Wehrmachtsteile einheitlich zu gestalten. Wie schön ist doch unsere Reichskriegsflagge! Aber sie dient als Fahne nur der Marine. Raeder wußte: Das Schiff, das die Flagge zeigt, hat das Reich zu repräsentieren, die andere Welt will wissen, mit welcher Nation sie es zu tun hat. Fritsch aber dachte an eine Verselbständigung des Heeres. Demgemäß sind die Fahnen unserer Regimenter Vereinsfahnen geworden; sie stellen die Waffengattung heraus, während es darauf ankommt, im Wehrmachtsteil die Reichsidee zu verkörpern, wie es seinerzeit die christliche Fahne im Kampf gegen die Sarazenen oder wie es bei den Römern die Standarte getan hat.

Grete Dölker-Rehder 1892–1946   **Stuttgart**
Es ist mitten in der Nacht – alles schläft, einsam wacht. – Ich mochte nicht ins Bett gehen, wir waren erst noch sehr nett beieinander, Gisela war auch dabei. Dann hat Hartwig sie heimbegleitet u. seinen Koffer an die Bahn gebracht. Jetzt hat er sich noch für ein paar Stunden hingelegt, ich muss ihn bald wecken, um 2 Uhr geht sein Zug nach Wien. Wir sind ja so dankbar, dass er da war und dass er jetzt nicht gleich wieder nach Russland muss – aber ein schwerer Abschied ist es doch jedes Mal. In Wien bleibt er ja keines Falles, es ist Krieg, Krieg, mehr denn je, er kann, wer weiss wo hinkommen, und es kann das letzte Mal sein, dass wir ihn sehen. Wie war es denn, als Sigfrid von uns ging, – im Oktober 1940? Er blieb noch lange in Hamburg u. in Gotenhafen, aber wir sahen ihn nicht mehr. Dahin, dahin … Doch wir wollen nicht immer rückwärts schauen, wir wollen dessen froh sein, was uns geblieben ist.
Sehr schön war Hartwigs Urlaub. Er ist männlicher, freier, sicherer geworden u. er schliesst sich mehr an uns an. Ich habe wieder richtig lachen gelernt in diesen Tagen. Wir waren auch einmal alle im Theater.
Heut haben wir ihm seine Bescherung gemacht. Wir waren oft so vergnügt mit all den Jungen, dass ich oft fast vor uns erschrak. Aber es ist nicht so, als ob wir nicht mehr an Sigfrid dächten u. als ob wir keinen Kummer mehr um ihn hätten – nein, es ist vielmehr so, als ob er uns eben nicht gestorben sei! Er ist in all unsern Gesprächen und immer bei uns. Wir rücken nahe zusammen, wir sind inniger u. schonender gegeneinander, aber wir sind nicht wie Leidtragende. Wir fragen: «Wisst Ihr noch, wie wir mit Sigfrid …» oder «Sigfrid würde jetzt aber so sagen». Wir sagen, er *ist*, wenn wir von ihm sprechen u. nicht er *war*. Wir scheuen uns nicht mehr, seinen Namen zu nennen, er gehört zu uns u. er ist bei uns, nicht wie ein Verstorbener, sondern wie ein abwesender,

lieber Lebender. Es ist schön u. beglückend so. Möchte er leben! Möchte er wiederkehren! Doch wenn nicht, möchte uns recht lange diese lebendige frische Gegenwart seines Wesens erhalten bleiben! –
Und möchte der Himmel Hartwig behüten! –
– Ich weckte Hartwig. Auch Otto kam herunter. Der Junge war nun plötzlich wieder Soldat. Er geniesst ja unerlaubt sein Zivil immer so. Er war sofort wieder straffer u. schon ein wenig ferner gerückt. Er wollte nichts mehr essen, er steckte nur noch ein paar Äpfel u. etwas Traubenzucker in die Tasche. Die Weihnachtssüssigkeiten, Brot u. Wurst waren im Koffer. Dann nur ein kurzer Abschied u. die undurchdringliche Nacht hatte ihn verschluckt, diese Nacht ohne Licht, ohne den geringsten Schimmer, die wir erst in diesem Kriege kennen lernten. Otto u. ich standen in der Kälte draussen u. lauschten seinen raschen, festen u. so ruhig gleichmässigen Schritten in den schweren Stiefeln nach, bis kein Laut uns mehr erreichte. Dann gingen wir fröstelnd ins Haus zurück u. es war wieder leer um uns.

Der Matrose Grigorij Dolja   *vor Sewastopol*

Betonbunker Nr. 11 bei Kamyschly. Es ist still. Wir stehen an den Schießscharten in voller Bereitschaft. Ich denke an den gestrigen Tag zurück und schreibe im Halbdunkel Zeile für Zeile in mein Notizbuch. Gestern morgen hatte uns Rajenko versammelt und gesagt:
«Wir sind sieben Mann, die Feinde sind in der Überzahl. Wir haben trotzdem kein Recht, unsere Stellung dem Feind preiszugeben. Nur über unsere Leichen kann der Deutsche vorrücken. Wollen wir einander schwören, daß wir hier eher zugrunde gehen, als nur einen Schritt zurückzugehen.»
Kaljushnyj antwortete als erster: «Ich schwöre.»
Jeder von uns kniete sich hin und hob die Hand zum Schwur.
«Wir schwören, bis zum letzten Herzschlag den Feind zu vernichten, keinen Schritt zurückzuweichen, die Kameraden nie im Stich zu lassen. Und wenn unter uns ein Feigling ist, soll der Tod sein Schicksal sein.»

Der Leutnant Georg Kreuter 1913–1974   Mzensk

Um 01.00 geht es zum neuen Reg.Gef.Std. zurück. Ich fahre mit Lt. Prinz von Hohenlohe im Pkw. Hptm. Stadler ist dort und hat zwar eine enge, dafür aber warme Bude vorbereitet. Zwischen ihm und Oberst Treptow schlafe ich noch von 3.00–7.00. Um 7.00 muß ich auf Befehl vom Oberst und auf dringendes Anraten von Hptm. Stadler mit einem Fahrzeug, das nach Tschern fährt, mitfahren. Vergeblich habe ich versucht dazubleiben. Mit dem Lkw fahren noch etwa 24 schwer und leicht Verwundete zurück. Wir wollen sie auf dem Hauptverbandsplatz abgeben, aber hier besteht keine Möglichkeit, da alles überfüllt ist. Wir versuchen es nun bei dem Armeefeldlazarett. Auch hier übergroßer Andrang. Münzner und Waldherr sind auch hier. Auch sie werden bereits wieder verladen, da das Lazarett ebenfalls zurückverlegt wird. Wir starten also nach Mzensk. Münzner und ich fahren zusammen. Um 16.00 melden wir uns dort im Kriegslazarett. Auch dieses ist übervoll belegt. Ich liege mit 14 Mann zusammen. Alles Erkältungskranke!

Der Oberstabsarzt
Dr. Willi Lindenbach † 1974   Staraja Wessytowa

Zur Division heute, den Oberstarzt traf ich in einem ganz aufgelösten Zustande, wie ich ihn noch nie sah, der Russe sei ihnen dauernd auf den Fersen, sagte Sch., Autos haben sie keine mehr. – Hier ist noch alles ruhig, obwohl die Flucht auf der Straße weiter anhält. Sprit haben wir auch noch keinen, können noch gar nicht fort. – Ich bin wirklich noch ganz erledigt. Es waren zu schreckliche Tage, wenn wir etwa 100 Verwundete in feindliche Hände hätten fallen lassen müssen, ich hätte es nicht überlebt.

Der Sanitäter Wilhelm Hebestreit 1903–1983   Sowjetunion

Nicht selten stößt man auf eine große Stumpfheit gegenüber dem Krieg und den politischen Ereignissen. Auch schreckliche Dinge werden mit wenig innerer Auflehnung hingenommen, so daß wir Westeuropäer es nicht begreifen.

Ich hoffe, daß die alte russische Volksseele, von der ich immer irgendwie dunkel ahnend eine hohe Vorstellung hatte, am Leben geblieben ist und auch am Leben bleiben wird. Und ich hoffe dieses umso mehr, als man von der großen russischen Landbevölkerung sagen kann, daß sie nahezu zeitlos lebt. Sie wird vor hundert Jahren nicht viel anders gelebt haben, als sie heute lebt.

Auch die russische Frömmigkeit ist nicht ausgestorben. Die alten Ikonen findet man noch in fast allen Häusern.

Etwas von der Seele dieses Volkes verspüre ich in dem Wort, mit dem seine Liebe die oft so kärgliche und ärmliche Heimat benannt hat: «Mütterchen Rußland» – ein Wort, das wir bezeichnenderweise nicht haben. In den Großstädten scheint manches anders zu sein; aber ich hatte bisher zu wenig Gelegenheit, dort die Verhältnisse kennenzulernen.

Vom eigentlichen bolschewistischen Rußland sahen wir bisher noch nicht viel. Dieses Wenige flößte uns aber teilweise große Achtung ein. Vor allem sind die enormen wirtschaftlichen und technischen Errungenschaften zu nennen.

Auch für die Volksbildung hat das neue System viel getan. Überall fanden wir ausgezeichnete und reichhaltige Schulbibliotheken; Atlanten gibt es, wie ich sie bei uns daheim nie gesehen habe. Eine große Enzyklopädie von über sechzig Bänden, die unseren gleichartigen besten Werken nicht viel nachsteht, findet sich fast in allen Schulen. Auch die Schulbücher sind überraschend gut und zahlreich.

Die Schülerin Walja *1928   *Leningrad*

Vor kurzem wollte ich aus der Stadt für immer verreisen. Fortfahren und wie eine Einsiedlerin leben. Wie dumm ist das? Und was ist dann mit dem Schulunterricht? Ich habe schon ein halbes Jahr die Schule besucht! Ob ich zu Recht den Stiefvater so hasse? Ich kann keine Antwort dazu in meinem Herzen finden. Warum kümmere ich mich um alle, und er sich nur um sich selbst? Das ist für mich ekelhaft. Vielleicht hat der Hunger ihn so gemacht? Er war doch ganz anders vor dem Krieg. Er wollte mir sogar den Vater ersetzen.

Oh! Wenn ich nur imstande wäre, würde ich mir für Hitler einen schrecklichen Tod ausdenken. Er hat schuld an allem. Er ist an diesem Krieg schuldig, und der Krieg macht die Menschen zu Krüppeln.

Sinaida Ostrowskaja   *Leningrad*

An einem frostkalten Tag standen wir zwei Stunden lang Schlange, bis wir endlich unsere Gefäße mit Wasser füllten. Auf den vereisten Straßen zogen wir unseren Schlitten ganz behutsam. Man mußte noch den Hof überqueren und um die Ecke biegen. Auf dem Hof lagen Schneehaufen, nur zwischen den alten Schneeverwehungen schlängelte sich ein schmaler Pfad. Als wir uns der Biegung näherten, begegnete uns ein Mädchen von einer Einsatzgruppe mit einem Schlitten. Auf dem Schlitten lagen zwei schon längst starr gefrorene Leichen. Der Pfad war sehr schmal, man konnte kaum aneinander vorbei, so stieß das steifgewordene Bein einer Leiche an unseren Schlitten, und der Schlitten stürzte um. Unser Wasser war weg. Wir standen bestürzt und kraftlos daneben, dann setzten wir uns auf den Schlitten und begannen zu weinen.

Wladimir Schamschur   *Leningrad*

Es kam die Anordnung, alle Häuser müßten geprüft werden, ob noch Menschen in ihnen lebten. Der Grund dafür war, daß viele Brot auf die

Karten der Gestorbenen bekamen. Und jedes Stück Brot war kontrolliert.
Verängstigt betraten die Frauen dunkle und stinkende Wohnungen.
«Hallo, gibt es hier noch jemanden?» Dann rissen sie die Decken vor
den Fenstern weg, sahen sich um und horchten. Oft lagen die Leichen
in Lumpenhaufen. Eines Tages sahen sie einen Toten im Bett liegen. Er
schien sich zu rühren.
«Kommt her!» Alle erstarrten vor Schreck. Im Körper des Armseligen
wimmelten Würmer.

✳

Martha Bauchwitz 1871–1942 Piaski/Distrikt Lublin
An ihre Tochter in Stettin
Leider keine Nachricht von Euch. Aber Zeitungen mit Neuland. Vater
entnahm daraus, daß wir im Kriege stehen, und glaubte es vorher nicht.
Vielen Dank für die Sendung. Sonst seit gestern abend nichts Neues,
nur daß wir wieder erwacht sind, Feuer gemacht etc., etc. Wie schön
wäre es, sehr sehr lange zu schlafen zur ewigen Ruhe, dann wüßtet Ihr
uns geborgen. Seid alle gegrüßt. Mutter

Danuta Czech (KZ Auschwitz-Birkenau)
Im Block 11, in dem die Strafkompanie untergebracht ist, kommen 11 jüdische Häftlinge ums Leben. Es sind: Chaim Ackermann (Nr. 22 355),
Rubin Opel (Nr. 22 935), Herbert Guttman (Nr. 23 618), Isaak Oppel
(Nr. 24 271), Juda Gutwein (Nr. 24 290), Anschel Rausen (Nr. 24 326),
Gerson Ring (Nr. 24 333), Richard Spira (Nr. 24 441), Stanisław Borski
(Nr. 24 508), Moses Eichenstein (Nr. 24 531), Olmer Rubin (Nr. 24 574).
Zwei Erziehungshäftlinge, die von der Polizeibehörde aus Saybusch und
Neu-Dachs eingeliefert worden sind, erhalten die Nummern 24 651 und
24 652.
96 Häftlinge, die von der Sipo und dem SD für den Distrikt Krakau eingewiesen worden sind, erhalten die Nummern 24 563 bis 24 748.
Zwei Erziehungshäftlinge, die von Gendarmerieposten aus Porombka
und Spytkowitz (Spytkowice) eingeliefert worden sind, erhalten die
Nummern 24 749 und 24 750.
46 Erziehungshäftlinge, die von den Stapo- und Kripoleitstellen sowie
von den Gendarmerieposten aus dem Regierungsbezirk Kattowitz eingeliefert worden sind, erhalten die Nummern 24 751 bis 24 780, 24 784
bis 24 787, 24 790 bis 24 795, 24 797 bis 24 801 und 24 811.

15 Häftlinge, die mit einem Sammeltransport der Stapo- und Kripoleit-stellen aus Oppeln, Kattowitz, Breslau, Schwerin und Frankfurt/O. ein-gewiesen worden sind, erhalten die Nummern 24 781 bis 24 783, 24 788, 24 789, 24 796, 24 802 bis 24 810.
55 Häftlinge, die von der Sipo und dem SD aus dem Gefängnis in Lub-lin eingewiesen worden sind, erhalten die Nummern 24 812 bis 24 866.

*

Vor der Kaserne, vor dem großen Tor,
stand eine Laterne, und steht sie noch davor,
so woll'n wir uns da wiedersehn,
bei der Laterne wolln wir stehn,
wie einst Lili Marleen, wie einst Lili Marleen.

Unsre beiden Schatten sah'n wie einer aus,
daß wir lieb uns hatten, das sah man gleich daraus.
Und alle Leute soll'n es sehn,
wenn wir bei der Laterne stehn,
wie einst Lili Marleen.

Schon rief der Posten, sie bliesen Zapfenstreich.
Es kann drei Tage kosten, Kamerad, ich komm' ja gleich.
Da sagten wir auf Wiedersehn,
wie gerne würd ich mit dir gehn,
mit dir, Lili Marleen, mit dir, Lili Marleen.

<840   Freitag, 19. Dezember 1941   1236>

Herr, wer ist dir gleich, der so mächtig,
heilig, schrecklich, löblich und wunder-
tätig sei?
HERRNHUT   2. MOSE 15,11

Cesare Pavese 1908–1950   (Italien)
Die Umgebungen werden nicht beschrieben, sondern durch die Sinne
der Person erlebt werden – und somit durch ihr Denken und ihr Sprechen.
Was dich als Impressionismus abstößt, wird so – *bedingt* von der Person – unmittelbares Leben. Das ist die *Norm*, die du schon am Ende
des «Mestiere di Poeta» suchtest. Was sonst ist die *Erzählung des Erzäh-
lers* von Anderson, der *innere Monolog* von Joyce etc., wenn nicht diese
Auferlegung der Wirklichkeit der Person auf die Objektivität?

Max Beckmann 1884–1950   **Amsterdam**
Nochmals Nebellandschaft und Frau mit Peroquet. – Sonst – Sauer-
kraut.

Werner Vordtriede 1915–1985   *New York*
Abends war ich allein zum Essen bei Eileen und Varian Fry. Varian erzählte viel von seinen Erlebnissen in Südfrankreich und seiner Rettungs-
aktion. Es machte mich ganz benommen, da es mir schien, daß ich nun
einmal wieder vom richtigen Leben hörte, alles hier kam mir wieder so
deutlich wie ein Interim vor.

Thomas Mann 1875–1955   *Pacific Palisades*
Sonniges, sehr warmes Wetter, Wüstentrockenheit. Vormittags an «Thamar» weiter. (Weltschöpfung). Mittags mit K. u. Erika zum neuen Haus,
das sich mit seinen Ausblicken im glänzenden Licht sehr vorteilhaft
präsentierte. Ganz-Besichtigung. Studium der Sonnenschutz-Frage im
Arbeitszimmer. – Erste Kriegsausgabe von «Life» nach dem Lunch betrachtet und gelesen. [...] Den Pudel von der Schur abgeholt, schön
zugestutzt. Seine maßlose Freude. Abendessen ohne Erika, die bei

Franks. – B.B.C. verlangt Weihnachts- und Neujahrs-Messages nach
Deutschland.

Wilhelm Muehlon 1878–1944 *(Klosters/Schweiz)*
In Russland kann niemand mehr den Eindruck haben, dass die Deutschen nur so weit zurückgehen, als sie selbst sich vorgenommen hatten.
Die Russen kommen jeden Tag irgendwo über den deutschen Widerstand hinweg und ein neues Stück vorwärts.

*

Der Adjutant Heinrich Heim *1900   Führerhauptquartier
Mittags Gast: Reichsführer-SS Himmler
[Hitler:] Ich habe das nicht gewollt in Ostasien! Jahrelang habe ich jedem Engländer gesagt: Sie werden Ostasien verlieren, wenn Sie in Europa einen Konflikt beginnen! Da waren die Herren ganz hochnäsig.
Es war erschütternd, wie mir Mussert neulich sagte: Sie verstehen mich
in dieser Stunde. Dreihundert Jahre Arbeit gehen verloren! Der Reichsführer-SS: Dafür bleibt das niederländische Volk als solches erhalten,
während es bei Fortdauer des jetzigen Zustandes malaiisches Halbblut
würde!
Die Japaner werden Insel um Insel besetzen, sie werden auch Australien
nehmen. Die weiße Rasse wird aus diesem Raum verschwinden. Begonnen hat diese Entwicklung, als 1914 die europäischen Mächte zugelassen
haben, daß Japan Kiautschou nahm.

Joseph Goebbels 1897–1945   (Berlin)
Alles in allem ist die Lage so, daß wir zwar sehr aufpassen müssen und
keinen Grund haben, uns in blinden Illusionen zu wiegen, aber auch
keine übermäßigen Besorgnisse zu hegen brauchen. Es muß jetzt nur
alles getan werden, um die Truppen wieder aufzurichten. Dazu ist es
notwendig, eine straffe, männliche Führung an die Spitze zu stellen und
die Maßnahmen zu treffen, auf die die Truppe ansprechen kann.
Der Führer ist daher entschlossen, eine Reihe von personellen Umände-
rungen vorzunehmen. Generalfeldmarschall von Brauchitsch muß die
Führung des Heeres niederlegen. Der Führer wird sie selbst übernehmen. Ich bin davon überzeugt, daß er mit seiner gewohnten Energie
und mit der Fähigkeit, im entscheidenden Augenblick brutal durchzu-
greifen, dem Heer wieder eine feste, klare Spitze gibt. Auch die einzelnen Armeegruppenführer sind für ihre weitere Aufgabe nicht mehr ge-

eignet. Sie sind, wie der Führer mir mitteilt, alle krank, und zwar an
Magen- bzw. Herzleiden. [...] Die frömmsten Generäle sind die erfolg-
losesten. Die «Heiden» an der Spitze der Armeen haben die größten
Siege erfochten. [...]
Dietl soll auch demnächst zum Generaloberst befördert werden, ebenso Rommel, der es wie kein anderer verdient. Rommel ist ein Mann, auf
den man sich verlassen kann. Wir können glücklich sein, ihn in Nordafrika zu haben.
Ich spreche mit dem Führer auch von höheren Gesichtspunkten noch
einmal die ganze Situation durch. Was haben wir in unserer Partei nicht
schon an Krisen und Belastungen durchgemacht! Wie klein erscheinen
sie uns heute, nachdem sie hinter uns liegen! So wird es auch einmal mit
dieser Belastung sein; wir werden sie später einmal als eine wunderbare
Angelegenheit in unserer Erinnerung zurückbehalten. Ihrer Herr zu
werden, wird nicht schwer sein, wenn wir die Nerven behalten. [...] Es
ist auch gut für die Moral unseres Volkes, daß wir diese harte Zeit durchmachen müssen. Hätten wir überall so gesiegt wie in Polen und in Frankreich, so wären wir Deutschen größenwahnsinnig geworden. Wir wären wahrscheinlich in kürzester Frist in der ganzen Welt denkbar verhaßt gewesen. Es ist nicht normal und nicht natürlich, daß ein Volk sich
die Weltherrschaft auf eine so billige Weise erwirbt. Der Führer ist vollkommen meiner Meinung, daß wir jetzt daran gehen müssen, die Heimat härter zu schmieden. Ich werde das für meine klassische Kriegsaufgabe halten, Schmied der deutschen Seele zu sein. [...]
Die Gesamtlage beurteilt der Führer weiterhin außerordentlich optimistisch. Es ist gar nicht gesagt, daß eine Ausweitung der Dimensionen
dieses Krieges auch eine längere Dauer verursacht. Es kommt darauf an,
wann wir die Engländer mit tödlichen Hieben treffen können.

Der Sanitäter Wilhelm Hebestreit 1903–1983   Sowjetunion
Wenn man die Landbevölkerung nach ihrer politischen Einstellung hin
erforscht, bekommt man immer die Antwort: «Nix Bolschewist». Über
Stalin wird gelacht. Ich weiß aber nicht, ob alle diese Meinungsäuße-
rungen auf Überzeugung beruhen, oder ob sie auf Furcht vor der Be-
satzungstruppe zurückzuführen sind. – Erstaunlich ist, daß die Bevölkerung, wenn man von ihr etwas kaufen will, fast nie zu bewegen ist,
Geld anzunehmen, weder russisches noch deutsches. Sie gibt die Ware
schon her, aber Geld will sie nicht. Wir wissen bis heute noch nicht,
warum.
Ich würde etwas darum geben, wenn ich dieses Land einmal in Frie-

denszeiten sehen könnte. Denn jetzt besteht die Gefahr, daß durch den Krieg ein schiefes Bild entsteht.

Kürzlich lernte ich eine Ärztin kennen, eine wunderbare Frau, die auch Deutsch verstand. Leider konnte ich sie nur ganz kurz sprechen. Aber das Wenige, was sie sagte, ließ mich aufhorchen. Zuvor hatte ich gesehen, wie sie plündernden Landsern, die einer armen Frau ihr Holz nehmen wollten, entgegengetreten ist. Ohne viele Worte, eigentlich nur durch die Würde ihres Wesens, hat sie die Kerle entwaffnet. Beschämt und verlegen machten sie sich davon.

Die Nacht geht zu Ende, und ich muß nun schließen. Möchte es auch Euch – und vielen anderen – gelingen, den Bewohnern dieses Landes Euer Herz ein wenig aufzutun!

Der Oberstabsarzt
Dr. Willi Lindenbach † 1974   Staraja Wessytowa

Man kann das ewige Geschwätz: «Es ist alles verloren» nicht mehr hören. Belz klagte heute ganz besonders, da er seinen Schreibstubenwagen verloren hat. Er sagte mir seinerzeit in P.: «Ich fahre erst, wenn alle meine Wagen in Ordnung sind.» Wäre er früher gefahren, wäre wahrscheinlich sein Schreibstubenwagen nicht verlorengegangen. – Meine Nerven sind völlig herunter.

Der Gefreite Reinhold Pabel *1915   im Osten

Heute haben wir wieder gespähtruppt. Der feindliche Erkundungstrupp zog bei unserer Annäherung an das Dorf gerade jenseits des Sumpfes vorüber, offenbar mit einem ähnlichen Auftrag wie wir. Als wir drüben waren, sahen wir sie auf den Hängen ostwärts retirieren. Wir gaben ihnen noch einige MG-Garben mit auf den Weg. Und morgen sollen wir mit der ganzen Kompanie dorthin umsiedeln. Ob wir wohl das Fest in Ruhe werden feiern können? Heini haben sie gestern mit einer scharfen Dekade dotiert.

Alexander Cohrs 1911–1996   Nowinskaja

Mit dem Stehlen ist es wieder ganz schlimm. Ich packte zum Beispiel ein Päckchen mit 40 Zigaretten, da ich nur Zigarren rauche, und gab es dem Essenholer mit zur Feldküche. Von dort sollte es durch den Fourier Klumpe an Willi Fick weitergegeben werden. Seinen Namen hatte ich deutlich auf das Päckchen geschrieben, sogar doppelt. Es ist nicht angekommen, obgleich inzwischen vierzehn Tage vergangen sind. Bei der vierten Gruppe holte einer die Verpflegungsschokolade für die ganze

Gruppe. Es waren kleine Riegel, etwa 10 Zentimeter lang, zwei Zentimeter breit, für jeden einer. Der sie holte, kam ohne sie an; er hätte sie unterwegs verloren, sagte er. Derselbe brachte ein mit der Post gekommenes Päckchen mit für jemanden aus meiner Gruppe. Auch das verlor er unterwegs, gab allerdings später zu, er habe alles, was darin war, aufgegessen.

Eben kam ein Melder mit der Nachricht, wir würden heute abend abgelöst. Ich muß um 16 Uhr beim «Kommissar» sein, zur Einweisung. Wir sollen fünf Ruhetage haben, demnach würden wir also am 23. Dezember wieder unsere Stellung beziehen.

Die Russen sind heute merkwürdig aktiv. Rechts und links von uns greifen sie an. Auch bei uns schießen sie dauernd mit Granatwerfern und Ratsch-Bumm [Pak]. Bei der Gruppe Hanke ist vorhin ein Mann gefallen, er war erst vor einigen Tagen vom Troß zur Front versetzt.

Es ist ein russischer Funkspruch aufgefangen [worden]. Danach wird ihren vorderen Linien mitgeteilt, unsere Artillerie zöge sich zurück. Die Antwort ist nun, daß unsere Artillerie, soweit sie noch da ist, tüchtig schießen wird, um größere Präsenz vorzutäuschen. Auch tauchen deutsche Flieger auf, den ganzen Tag über. Ob es sich da schon um den Schutz des Rückzuges handelt?

Noch am selben Tage wurden wir tatsächlich abgelöst und begaben uns auf den Rückmarsch zum Troß, um dort einige Ruhetage zu verbringen. Doch während wir noch auf dem Wege waren, kam ein neuer Befehl. Links von uns waren Russen durchgebrochen, und wir bekamen den Auftrag, durch einen Gegenangriff den Durchbruch abzuriegeln. Wir änderten also die Marschrichtung, marschierten als Kompanie geschlossen bis zum Ausgangspunkt unsrer geplanten Unternehmung. Dorthin kam der Regimentskommandeur persönlich, richtete einige Worte über den Auftrag an uns und verteilte eigenhändig Zigaretten-Päckchen an uns. Weil das recht ungewöhnlich war, vermutete ich schon, daß es sich um einen recht unangenehmen Gegenangriff handele. Ich war einer der fünf letzten, die von unserer 2. Kompanie des 22. Juni noch übrig geblieben waren und hatte das bestimmte Gefühl: Jetzt bist du an der Reihe. Deshalb nahm ich bei der Herrichtung des Sturmgepäcks alles mit, was ich für einen etwaigen Lazarettaufenthalt dringend brauchte, zum Beispiel Rasierapparat, Zahnbürste und die Meldetasche mit meinem Tagebuch, dazu einen Feldpostbrief, den dann allerdings nach meinem Diktat ein anderer schrieb.

Die ganze Gegend war bewaldet, auch unsere Ausgangsstellung war ein Waldweg. Man wußte nur, daß die Russen in diesem Walde ihren Durch-

bruch erzielt hatten, wußte die Richtung, aber nicht, wo sie sich zur
Zeit befanden. Ringsum war alles weiß von Schnee. Wir gingen langsam vor, es war schon spät am Nachmittag. Auf einmal stand in unserer
Marschrichtung ziemlich nahe vor uns eine Gruppe russischer Soldaten in weißen Schneeuniformen. Sie machten den Eindruck, als handele
es sich um eine normale Marschpause. Ob sie uns gesehen haben, kann
ich nicht sagen. Auf jeden Fall waren wir in unseren normalen Uniformen leichter erkennbar als sie in ihrer ausgezeichneten Tarnung. Aber
es fiel kein Schuß. Wir wichen nach links aus, um sie zu umgehen. Ich
führte die vorderste Gruppe als Angriffsspitze. Da die Unlust der Mannschaften schon einen hohen Grad erreicht hatte, blieb mir nichts anderes
übrig, als allein vorzugehen und die anderen zum Nachkommen aufzufordern.
So kam ich schließlich an eine Lichtung, die etwa 30 bis 40 Meter Durchmesser haben mochte und an der gegenüberliegenden Seite einen Ge-
büschrand hatte. In diesem Buschwerk war ein Maschinengewehr-Nest,
gut getarnt. Außerdem begann die Dämmerung. Mir wurde noch von
hinten zugerufen: «Gehen Sie nicht allein weiter.» Doch der Maschi-
nengewehr-Schütze hat mich noch eine Strecke in die Lichtung hinein-
gehen lassen und schoß dann. Der erste MG-Stoß ging vorbei, ich warf
mich auf den Boden, hatte aber keine Deckung, der zweite Feuerstoß
traf mich.
Ich warf mich hinter eine kleine Bodenwelle, um Deckung zu haben,
merkte schon dabei, daß der rechte Arm nicht mitkam, so daß ich ihn mit
der linken Hand nachziehen mußte. Aber das Maschinengewehr schwieg.
Ich vermute Ladehemmung. Es war ein deutsches Maschinengewehr,
vermutlich von den Russen bei ihrem Durchbruch erbeutet. So lag ich
einige Zeit hinter der Bodenwelle, fest an den Boden gepreßt. Ob es
Sekunden oder Minuten waren, das hätte ich auch wohl damals nicht
sagen können. Dann aber hörte ich, wie an der Stelle des Maschinenge-
wehr-Nestes mehrere Handgranaten detonierten.
Die Dämmerung hatte zugenommen und ich konnte mich zurück-
schleppen. Den rechten Arm, dessen Knochen direkt unter dem Schul-
tergelenk in einer Länge von etwa zwölf Zentimeter zersplittert war
– wie ich später auf einer Röntgenaufnahme sah – und der nur noch am
Muskel hing, nahm ich in meine linke Hand. Der Blutverlust war nicht
stärker, als daß ich noch mit eigener Kraft den Truppenverbandsplatz
erreichte. Daß ich den Arm behalten würde, habe ich zu dem Zeitpunkt
nicht geglaubt.
Natürlich kann man am Hauptverbandsplatz nur sehr provisorisch be-

handelt werden, und so schnell wie möglich wird man ins Feldlazarett transportiert.

Zu viert lagen wir in einem Sanitätskraftwagen. Die Fahrt sollte zwei Stunden dauern und jeder bekam eine Morphiumspritze, deren Wirkung auf zwei Stunden berechnet war. Die Fahrt dauerte aber, durch Schnee und Wegezustand bedingt, fünf Stunden. Die letzten Stunden also tobten sich die Schmerzen bei allen Vieren voll aus. Keiner hatte mehr die Kraft, sich zu beherrschen.

Das Geschrei wird für Fahrer und Beifahrer nicht neu gewesen sein, aber es muß eine große Belastung für sie gewesen sein, das Tag für Tag anhören zu müssen.

Der Leutnant
Georg Kreuter 1913–1974   Lazarett Mzensk/Orel

Dr. Stoßberg, der zufällig hier ist, besucht mich. Er sieht sich meine Hand an. Nach seiner Meinung soll ich mir den Splitter unbedingt entfernen lassen. Er rechnet mit einem mindestens 14tägigen Lazarettaufenthalt. Nachdem er mir die Hand verbunden und geschient hat, fährt er Waldherr, dem es gar nicht gut geht, nach Orel. Leider ist für Münzner und mich kein Platz mehr frei, aber wir bleiben ohnehin in Gomel oder Warschau hängen. – Das Lazarett läßt Fahrzeuge anhalten, die nach Orel fahren, und schickt Verwundete damit zurück. Auch Münzner und ich starten auf diese Art und Weise. – In Dunkelheit kommen wir dann in Orel an, nachdem wir in wenigen Stunden die Strecke unseres tagelangen Vormarsches zurückgelegt hatten. – Wir sind erstaunt, denn auch hier ist man bestrebt, alles so schnell wie möglich weiterzubekommen. Vorerst aber erhalten wir einmal ein Bett zugewiesen. Ein Wunder für uns! Auch deutsche Schwestern sind da. Wir leben in einer neuen Welt!

Hilde Wieschenberg 1910–1984   Schwarzwald

An ihren Mann vor Leningrad

Ja, es will Weihnachten werden!

Die Zweige der hohen Tannen und Fichten beugen sich wieder zur Erde unter der Fülle von Schnee. Manchmal meine ich, es ist zwecklos immer noch deinem Franz zu schreiben, er kommt doch! Ja, er kommt, aber wann?

Ich danke dir herzlich für Deinen lieben Brief vom 30.11. Zum ersten Mal lese ich die Worte «Auf Wiedersehen». Aber die Zeilen sind durchzogen von einer bedrückten Stimmung. Trotz allem verstehe ich Dich.

Was man unter einer «Sauna» versteht, weiß ich auch. Meine Nachbarin bekam es ganz ausführlich von ihrem Mann geschildert. Ich denke mir aber, daß ein solches Dampfbad sehr ermattend wirkt. Ich bin schon froh, daß ich vorsorgte und Dir 1 Garnitur Wäsche nach hier schicken ließ.

Liebes, Du wirst es hier gut haben. Man läßt es uns Frauen jetzt häufiger spüren, daß sie mit uns empfinden. Es gab eine Zeit, wo man vergaß, daß wir unser Hiersein ausschließlich dem Werk des Führers verdanken und niemals der Gnade unserer Gastgeber.

Für unsere Mädelchen habe ich einen Rodelschlitten gekauft. Für Rautenbergs und Kurti Naust habe ich gleich einen mitgekauft. Im Nachbardorf, 5 km von hier, habe ich diese erstanden. Für unsere Gastgeber haben wir zum Fest einen Blumenkorb bestellt.

Von einem Stillstand der Kampfhandlung an der Ostfront kann kaum die Rede sein.

Täglich versuchen die Bolschewisten, oft mit großem Einsatz, in die feindlichen Stellungen einzubrechen.

Ich denke mir einen Stellungskrieg in solchem Ausmaß furchtbar. Mein Franz, ich möchte meine Arme um Deinen Hals legen und Dir ganz leise sagen, wie sehr ich Dich erwarte.

Der Unteroffizier Wolfgang Buff 1914–1942   vor Leningrad

Heute verlassen uns die zwei Glücklichen, die anstatt so wie wir den Winter in der Eiswüste Russlands mit Studienurlaub an einer deutschen Universität verbringen werden. Aber man muss für diese besondere Vergünstigung drei Jahre bei der Wehrmacht sein und darf noch keinen anderen Beruf eingeschlagen haben.

Ein Wachtmeister, der Küchen-Uffz. und ein Gefreiter wurden nach Riga geschickt, um für die Batterie Weihnachtseinkäufe zu machen. Ja, aber hier ist Russland.

Nach fünf Tagen kamen sie ganz gerädert wieder. Waren unter Benutzung aller denkbaren Verkehrsmittel bis S., 100 Kilometer von hier, gekommen. Der Frost bringe alles zum Stocken, selbst die Eisenbahn. Es fehlt anscheinend an Lokomotiven.

Der Offizier Leo Tilgner 1892–1971   vor Leningrad

An seine Frau

Heute abend wird geprobt und morgen steigt die Weihnachtsfeier. Das Theaterstück ist ganz nett geworden, mit Anspielungen auf Vorfälle in der Kompanie.

Mein TB-Lied wird 200 × abgezogen und später gemeinschaftlich vom ganzen Batl. gesungen. 5 m hohe Tannenbäume liegen bereit, mit Tannenzapfen als Zierde.

Pjotr Samarin 1888–1942   *Leningrad*

Um 6 Uhr 45 kam ich von der Arbeit. Kein Licht in der Wohnung. Man kann weder etwas tun noch lesen. Alle Kerzen sind runtergebrannt. Liduska schreit mich an. Radio aus Moskau hat schlecht gearbeitet, um 6 Uhr konnte man gar nichts verstehen. Die Sendung kam erst um 8 Uhr. In «Krieg und Frieden» gelesen. Man hat uns ein Paket aus Melnitschnyi Rutschei gebracht. Im Paket waren Petroleum, ein Stück Stoff für ein Kleid, ein kleines Lämpchen und Ölkuchen. Großartig!
Dieses Paket ist eine gute Ergänzung zu unserer beschränkten Ration.
Im Radio werden angenehme Nachrichten gebracht. Der Feind wird geschlagen und vernichtet. Die Ortschaft Podgorje hinter Mga ist befreit. Bald ist der Belagerungsring um Leningrad durchbrochen. Die Spießbürger sind vor Hunger deprimiert, man spricht nur über die Toten, die vor Hunger starben.
Am Abend war ich bei der instruktiven Vorlesung bei der Politabteilung zum Thema «Der Krieg im Pazifik». Der Lektor ist ein Mitarbeiter der Politabteilung. Seine Vorlesung war zwar gut zusammengefaßt, obwohl er es in keiner guten Sprache vortrug, trotzdem bin ich mit dem Gehörten zufrieden. Bei der Vorlesung habe ich gefroren, weil im Raum nicht geheizt wurde.
Heute hat man die Gehälter für November ausgezahlt, obwohl schon morgen der Vorschuß für die erste Dezemberhälfte ausgezahlt werden muß.
In den Zeitungen sind die Angaben über unsere Ausbeute bei der Rückeroberung von Kalinin veröffentlicht. Es ist auch ein Grußtelegramm von M. I. Kalinin an den britischen König Georg VI. anläßlich seines Geburtstages sowie dessen Antwort abgedruckt. Eine interessante Mitteilung über den Krieg im Pazifik und über die Rundfunksprache von General de Gaulle.

Klawdija Dubrowina   *Leningrad*

Vor dem Krieg war ich so eitel, daß ich keine einfachen Strümpfe besaß. Nur seidene Strümpfe trug ich, und Schuhe mit Absätzen. Als das Leben mit seiner Härte dann auch mich traf, mußte ich meine Mode aufgeben.
In Leningrad war im Laufe von einigen Tagen alles von den Ladentischen

verschwunden. Früher lagen zum Beispiel die Schokoladetafeln zu Bergen gestapelt, und nach einigen Tagen war alles leer. Alles war sofort vergriffen, man hat für den Notfall gekauft. Dann wurden die Lebensmittelkarten eingeführt.

Mit den Konsumgütern war es die gleiche Geschichte. Ich lief schnell zum Warenhaus und erwischte dort noch einfache und grobe Strümpfe aus Baumwolle, in schwarzer Farbe. Ich kaufte also die restlichen sechs Paar, die dort vorhanden waren. Alle sechs Paar habe ich dort auch angezogen. Und so trug ich sie immer, um mich vor der Kälte zu schützen.

Bei mir zu Hause lagen alte Fuchsfelle. Gegen einen Kanten Brot hatte ich weiche dünne Stiefel aus Stoff eingetauscht. Ziemlich breit waren sie für mich. Ich wickelte meine Füße in die Fuchsfelle wie in Fußlappen und zog die Stoffstiefel darüber. Doch die Sohlen waren ebenfalls aus Stoff, sie waren nur fürs Zimmer bestimmt. Dann fand ich im Korridor alte Herrenüberschuhe. Sie waren zu groß und spitz vorne. Ich steckte meine Stiefel hinein, machte Löcher in die Überschuhe und schnürte sie dann kreuzweise am Bein fest. Auf diese Weise rettete ich meine Füße.

Wie ich mich gewaschen habe? Natürlich gab es kein Wasser. Wenn ich ausging und zur Arbeit marschierte, hatte ich immer ein Läppchen in der Tasche. Ich rieb meine Hände im Schnee und wischte das Gesicht mit dem weichen Läppchen ab. Die Menschen wuschen sich nie, weil es kein Wasser gab.

Der Lehrer Georgi Zim † 1942   *Leningrad*

Gestern starb in der Wohnung im ersten Stock ein Mensch vor Hunger. Das ist nun schon der zehnte bei uns. Für so ein großes Haus ist diese Zahl natürlich eher klein. Bei Butschkin im Haus sind es schon 22 Menschen. Bei Sascha Ljubimow zwölf.

Wenn man jetzt durch die Straßen geht, kann man sehen, wie Leichen auf Schlitten gezogen werden. Manche liegen in hastig zusammengezimmerten Särgen, aber die meisten einfach so, in Leintücher oder Decken eingewickelt.

Heute, als ich den Boulevard der Gewerkschaften entlangging, es war gegen ein Uhr nachmittags, haben die Deutschen diesen Bezirk zwanzig Minuten lang sehr heftig beschossen. Es waren mindestens fünfzig Geschosse. Ein Schüler der Handwerksschule hat jetzt bei einem Mädchen hundert Gramm Brot gegen zehn Schachteln Papirossy «Swesda» eingetauscht.

Danuta Czech **(KZ Auschwitz-Birkenau)**

In der Kiesgrube kommen sieben Häftlinge ums Leben, die mit folgenden Nummern gekennzeichnet sind: 21 853, 24 319, 24 338, 24 352, 24 353, 24 445 und 24 616. Wahrscheinlich sind sie während der Arbeit erschossen worden.

*

Zwei Gitarren am Meer sangen leise von Liebe und Glück,
und ich denke so gern an die Stunden zurück.
Zwei Gitarren am Meer klangen zart durch die sternklare Nacht,
als du mich heiß geküßt und mich glücklich gemacht!
Einst warst du mein in der träumenden Nacht,
und der Mond nur allein hat das Traumglück bewacht!
Zwei Gitarren am Meer singen zärtlich das Lied von uns zwein,
doch die herrliche Zeit ist vorbei, längst vorbei.

<841   Sonnabend, 20. Dezember 1941   1235>

Wie der Hirsch schreiet nach frischem
Wasser, so schreiet meine Seele, Gott,
zu dir.

HERRNHUT   PSALM 42,2

Wilhelm Furtwängler 1886–1954   (Berlin)
Der natürliche Mensch will nicht anerkennen und ablehnen, er will
nicht urteilen, sondern er will sich begeistern. Das aber kann er nicht
beim Guten, Anständigen, Achtbaren, Gekonnten und wie alle die Ausdrücke für hochstehende Mittelmäßigkeit sind, sondern nur beim
Außerordentlichen.

Lord Moran 1882–1977   *Atlantik/«Duke of York»*
Würde ich sagen, der PM [der englische Premierminister Winston Chur-
chill] sei von den anstrengenden Tagen unter Deck überhaupt nicht
mitgenommen, wäre das eine Untertreibung. Er ist ein völlig anderer
Mensch, seitdem Amerika unser Verbündeter ist. Der Winston, den ich
in London kannte, hatte mich erschreckt. Ich hatte ihn oft beobachtet,
wie er schnellen Schrittes in sein Zimmer kam, den Kopf vorgeschoben,
mit umwölkter Stirn finster zu Boden blickend, die Gesichtszüge verkrampft und die Kiefer fest geschlossen, als ob er etwas zwischen den
Zähnen hätte, das er nicht hergeben wollte. Ich habe gesehen, daß er die
Last der Welt auf den Schultern trug, und mich gefragt, wie lange er das
aushalten würde und wie man ihm helfen könne. Und nun – scheinbar
über Nacht – ist ein jüngerer Mann an seine Stelle getreten. Den ganzen
Tag über diktierte er in seiner Kabine für den amerikanischen Präsidenten ein Memorandum über die weitere Führung des Krieges.
Der PM muß, denke ich, gewußt haben, welches Ende dieser Krieg hätte finden müssen, wenn Amerika sich herausgehalten hätte. Und jetzt
plötzlich ist dieser Krieg so gut wie gewonnen und England gerettet.
Britischer Premierminister in einem großen Kriege zu sein, das Kabinett,
die Armee, die Marine, die Luftwaffe, das Unterhaus, ja ganz England
dirigieren zu können, ist mehr als er sich je erträumt hatte, und er genießt
jede Minute dieser Tätigkeit.

Thomas Mann 1875–1955   *Pacific Palisades*

Vormittags an Thamar. Mittags allein spazieren. […] Zum Abendessen
Neumanns. Viel über den äußerst merkwürdigen Zustand in Deutschland, die Radio-Rede des Goebbels über die russische Niederlage, tief
pessimistisch – das einzig noch Anwendbare offenbar. – Später Vorlesung der drei Abschnitte «Urim und Tummim», «Asnath» und «Jo-
sephs Hochzeit». Heiterkeit und Verwunderung. Zufrieden mit der
Wirkung.

*

Grete Dölker-Rehder 1892–1946   Stuttgart

Nun blühen hier noch Hartwigs Blumen. Als er kam, brachte er Oma
einen Strauss Chrysanthemen mit. Er war extra mit seinem schweren
Koffer durch die halbe Stadt zu Fuss gegangen, bis er einen Blumen-
laden fand. Ehe er wieder ging, am letzten Abend, brachte er mir drei
hohe Stengel ganz herrlichen weissen Flieder. Ein Soldat u. Blumen, das
ist so etwas besonders hübsches. Wir fürchten doch alle immer ein biss-
chen, sie würden im Kriege – besonders dem grauenvollen Russland –
verroht oder doch abgestumpft sein. Die Blumen beweisen das Gegenteil. Ein Scheidender u. Blumen, das ist auch so schön. Wenn er schon
lange fort ist, blüht u. duftet u. atmet es hier noch so zart u. still u. süss
wie etwas Lebendes von ihm. – Das hat mich ja so erschüttert, als wir
schon lange nichts mehr von Sigfrid wussten, blühte hier immer noch
die Azalee, die er mir zum Muttertag schenkte. Und jetzt ist sie wieder voller Knospen u. nährt meine Hoffnung als ein Symbol, dass er
lebt! – Ingi, die überhaupt nie träumt, träumte in den letzten Monaten
zweimal. Das eine Mal träumte sie, Sigfrid sei hier zu Hause, und letzte
Nacht träumte sie, er habe eine Postkarte aus Feuerland geschickt. Sie
fragte mich ganz erstaunt, was u. wo Feuerland eigentlich sei.

Jochen Klepper 1903–1942   Berlin

Nun werden auch die Juden deportiert, die als Partner einer Mischehe
mit Rücksicht auf diese – arische Ehegatten wie Mischlingskinder – getrennt von ihrer Familie gewohnt haben. Während Hilde bezüglich unserer Zukunft so zuversichtlich bleibt, sehen wir Schritt für Schritt die
Katastrophe auf uns zukommen. In alledem das unfaßliche Glück: uns
gehörte noch eine Adventszeit, wir gehen noch einem Weihnachten gemeinsam entgegen.
Am Abend Aufruf von Dr. Goebbels über alle Sender: Um Winter-

sachen für die Soldaten an der Ostfront. Es scheint, als habe man wirklich nicht mit diesem Winterfeldzug gerechnet und als sei nichts da und nichts mehr aufzutreiben. Wieder hören wir von den Massenerschießungen von Juden im Osten.

Der General
Heinz Guderian 1888–1954 Führerhauptquartier

«Mönchlein, Mönchlein, Du gehst einen schweren Gang!» Dieses Wort, abgewandelt auf unsere Lage, bekam ich von meinen Kameraden zu hören, als ich meinen Entschluß bekannt gab, zu Hitler zu fliegen. Ich war mir auch darüber klar, daß es nicht leicht sein würde, Hitler zu meiner Auffassung zu bringen. Damals besaß ich aber noch das Vertrauen zu unserer Obersten Führung, daß sie vernünftigen Darlegungen zugänglich wäre, wenn sie von einem fronterfahrenen General vorgetragen würden. Dieses Vertrauen begleitete mich auf dem Flug von der winterlichen Front nördlich Orel nach dem fernen Ostpreußen mit dem gepflegten und gut geheizten Führerhauptquartier.

Am 20. Dezember um 15.30 Uhr landete ich auf dem Flugplatz Rastenburg zu meiner etwa 5 Stunden währenden Aussprache mit Hitler, die nur zwei kurze, halbstündige Unterbrechungen erfuhr, zum Abendessen und zum Vorführen der Wochenschau, die sich Hitler immer selbst anzusehen pflegte.

Gegen 18 Uhr wurde ich in Gegenwart von Keitel, Schmundt und einigen anderen Offizieren von Hitler empfangen. Weder der Chef des Generalstabes des Heeres noch ein anderer Vertreter des OKH nahm an diesem Vortrag bei dem nunmehrigen Oberbefehlshaber des Heeres, zu welchem sich Hitler nach der Ablösung des Feldmarschalls von Brauchitsch gemacht hatte, teil. Ich stand somit – wie am 23. August 1941 – dem Gremium des OKW allein gegenüber. Während Hitler sich zur Begrüßung auf mich zu bewegte, empfand ich zum ersten Male mit Befremden einen starren, feindseligen Blick, einen Zug in seinen Augen, der in mir die Überzeugung entstehen ließ, daß er von anderer Seite gegen mich voreingenommen sei. Die düstere Beleuchtung des kleinen Raumes verstärkte den unbehaglichen Eindruck.

Der Vortrag begann mit meiner Schilderung der operativen Lage der 2. Panzerarmee und der 2. Armee. Sodann ging ich auf die Absicht ein, beide Armeen in die Susha-Oka-Stellung abschnittsweise zurückzuführen, die ich, wie erwähnt, am 14. Dezember in Roslawl dem Feldmarschall von Brauchitsch unterbreitet und für die ich dessen Genehmigung erhalten hatte. Ich war überzeugt, daß Hitler darüber unterrichtet sei.

Um so größer war meine Überraschung, als er mit Heftigkeit ausrief: «Nein, das verbiete ich!» Ich meldete, daß die Bewegung bereits im Gange sei, und daß es vorwärts der genannten Flußlinie keine geeignete Dauerstellung gäbe. Wenn er Wert darauf lege, die Truppe zu erhalten und eine Dauerstellung für den Winter zu gewinnen, dann bliebe ihm gar keine andere Wahl.

Hitler: «Dann müssen Sie sich in den Boden einkrallen und jeden Quadratmeter Boden verteidigen!»

Ich: «Das Einkrallen in den Boden ist nicht mehr überall möglich, weil er 1–1 $\frac{1}{2}$ m tief gefroren ist, und wir mit unserem kümmerlichen Schanzzeug nicht mehr in die Erde kommen.»

Hitler: «Dann müssen Sie sich mit schweren Feldhaubitzen eine Trichterstellung schießen. Wir haben das im ersten Weltkrieg in Flandern auch getan.»

Ich: «Im ersten Weltkrieg hatten unsere Divisionen in Flandern Abschnittsbreiten von 4–6 km und zu ihrer Verteidigung zwei bis drei Abteilungen schwerer Feldhaubitzen mit verhältnismäßig reichlicher Munition. Meine Divisionen haben 20–40 km Frontbreite zu verteidigen, und ich besitze je Division noch 4 schwere Haubitzen mit je etwa 50 Schuß. Wenn ich sie zum Schießen von Trichtern verwenden wollte, so würde ich mit jedem Geschütz 50 flache Mulden von Waschschüsselgröße und rund herum einen schwarzen Fleck erzeugen, aber niemals eine Trichterstellung! In Flandern hat es nie solche Kältegrade gegeben, wie wir sie jetzt erleben. Ich brauche meine Munition außerdem zur Abwehr der Russen. Wir bringen ja nicht einmal spitze Stangen für den Leitungsbau unserer Fernsprecher in den Boden; selbst die Löcher hierfür müssen gesprengt werden. Woher sollen wir die Sprengmunition für den Stellungsbau in solchem Ausmaß nehmen?»

Hitler bestand aber auf der Ausführung seines Befehls zum Halten, wo wir gerade stünden.

Ich: «Dann bedeutet dies den Übergang zum Stellungskrieg in ungeeignetem Gelände, wie an der Westfront des ersten Weltkrieges. Wir werden dann die gleichen Materialschlachten und die gleichen ungeheueren Verluste erleben wie damals, ohne eine Entscheidung erkämpfen zu können. Schon in diesem Winter werden wir durch eine solche Taktik die Blüte unseres Offizier- und Unteroffizierkorps und den für beide geeigneten Ersatz opfern, und dieses Opfer wird ohne Nutzen sein und außerdem unersetzlich.»

Hitler: «Glauben Sie, die Grenadiere Friedrichs des Großen wären gerne gestorben? Sie wollten auch leben, und dennoch war der König berechtigt, das Opfer ihres Lebens von ihnen zu verlangen. Ich halte mich gleichfalls für berechtigt, von jedem deutschen Soldaten das Opfer seines Lebens zu fordern.»

Ich: «Jeder deutsche Soldat weiß, daß er im Kriege sein Leben für sein Vaterland einzusetzen hat, und unsere Soldaten haben bisher wahrhaftig bewiesen, daß sie bereit sind, dieses Opfer auf sich zu nehmen. Man darf dieses Opfer aber nur verlangen, wenn sich der Einsatz lohnt. Die mir erteilte Weisung muß aber zu Verlusten führen, die in gar keinem Verhältnis zu den erreichbaren Ergebnissen stehen. Erst in der von mir vorgeschlagenen Susha-Oka-Stellung findet die Truppe aus den Herbstkämpfen herrührende Stellungsbauten und Schutz gegen die Witterung. Ich bitte zu bedenken, daß nicht der Feind uns viele blutige Verluste zugefügt hat, sondern daß die abnorme Kälte uns doppelt so viel Leute kostet, als das feindliche Feuer. Wer die Lazarette mit den Erfrorenen gesehen hat, weiß, was das zu bedeuten hat.»

Hitler: «Ich weiß, daß Sie sich sehr eingesetzt haben und viel bei der Truppe waren. Ich erkenne das an. Aber Sie stehen den Ereignissen zu nahe. Sie lassen sich zu sehr von den Leiden des Soldaten beeindrucken. Sie haben zuviel Mitleid mit dem Soldaten. Sie sollten sich mehr absetzen. Glauben Sie mir, aus der Entfernung sieht man die Dinge schärfer.»

Ich: «Selbstverständlich ist es meine Pflicht, die Leiden meiner Soldaten zu mildern, so gut ich kann. Das ist aber schwer, wenn die Männer jetzt noch immer keine Winterbekleidung haben und die Infanterie großenteils in Drillichhosen herumläuft. Stiefel, Wäsche, Handschuhe, Kopfschützer fehlen entweder ganz oder befinden sich in trostloser Verfassung.»

Hitler brauste auf: «Das ist nicht wahr. Der Generalquartiermeister hat mir gemeldet, daß die Winterbekleidung zugewiesen ist.»

Ich: «Freilich ist sie zugewiesen, aber sie ist noch nicht eingetroffen. Ich verfolge ihren Weg genau. Sie liegt jetzt auf dem Bahnhof in Warschau und kommt von dort seit Wochen infolge von Lokomotivmangel und Verstopfung der Strecken nicht weiter. Unsere Anforderungen im September und Oktober wurden schroff zurückgewiesen, und jetzt ist es zu spät.»

Der Generalquartiermeister wurde geholt und mußte meine Darstellung bestätigen. – Göbbel's Bekleidungsaktion zu Weihnachten 1941 war die Folge dieser Aussprache. Ihr Ergebnis kam im Winter 1941/42 nicht mehr in die Hände der Soldaten. – […]

Nach Tisch, als die Aussprache fortgesetzt wurde, schlug ich daher vor, in das OKW und in das OKH Generalstabsoffiziere zu versetzen, die

diesen Krieg in Frontstellungen erlebt hätten. Ich sagte: «Aus der Reaktion der Herren des OKW habe ich den Eindruck gewonnen, daß unsere Meldungen und Berichte nicht richtig verstanden und Ihnen infolgedessen auch nicht richtig vorgetragen werden. Ich halte daher für notwendig, fronterfahrene Offiziere in die Generalstabsstellen des OKH und OKW zu versetzen. Nehmen Sie einen Wechsel der Wache vor. In den beiden Stäben hier oben sitzen die Offiziere seit Kriegsbeginn, also über zwei Jahre, ohne die Front gesehen zu haben. Dieser Krieg ist so verschieden vom ersten Weltkrieg, daß eine Fronttätigkeit im ersten Weltkrieg keine Kenntnis des jetzigen vermittelt.»
Damit hatte ich nun in ein Wespennest gestochen. Hitler erwiderte entrüstet: «Ich kann mich jetzt von meiner Umgebung nicht trennen.»
Ich: «Sie brauchen sich auch von Ihren persönlichen Adjutanten nicht zu trennen; darauf kommt es nicht an. Wichtig ist dagegen eine Neubesetzung der maßgebenden Generalstabsstellen mit Offizieren, welche frische Fronterfahrungen, besonders im Winterkrieg besitzen.»
Auch diese Bitte wurde schroff abgelehnt. Meine Aussprache endete mit großem Mißerfolg. Als ich den Vortragsraum verließ, sagte Hitler zu Keitel: «Diesen Mann habe ich nicht überzeugt!» Damit war ein Bruch vollzogen, der nie mehr geheilt werden konnte.

Der General Franz Halder 1884–1972 Führerhauptquartier
Fernschreiben des OKW betr. Zusammenstellung der
von Hitler am 20. Dezember 1941 Generaloberst Halder
erläuterten Aufgaben des Heeres für die nächste Zeit.
Nachstehend Zusammenstellung der vom Führer am 20.12. dem Chef des Generalstabes des Heeres erläuterten Aufgaben des Heeres für die nächste Zeit:

1. Halten und Kämpfen bis zum Äußersten. Keinen Schritt freiwillig zurückgehen. Durchgebrochene bewegliche Teile des Feindes müssen rückwärts erledigt werden.
2. Dadurch Zeitgewinn erzielen für:
    a) Verbesserung der Transportleistungen.
    b) Heranbringen von Reserven.
    c) Abschub wertvollen noch instandzusetzenden Materials.
    d) Stützpunktartiger Ausbau einer rückwärtigen Linie (Verlauf festlegen).
3. Energische Offiziere einsetzen, um
    a) an den Eisenbahnendpunkten die Züge zu beschleunigen und voll auszunützen

b) den Abschub zu organisieren,

c) Versprengte zu sammeln und nach vorne zu führen,

d) die Versorgungsstützpunkte zur Verteidigung einzurichten.

4. Alle in der Heimat und im Westen verfügbaren Verbände nach dem Osten bringen:
Zu H.Gr. Nord: 81. Div., Fallschirmjäger-Rgt. (Leningrad), SS-Regt. 9 aus Helsinki, Holländische Legion [SS-Formation], 5. le.Div. (südlich des Ilmensees).
Zu H.Gr. Süd: 88. Div., später Div. aus Serbien.
Alle übrigen Kräfte zur H.Gr. Mitte. Dazu stellt Luftwaffe noch mehrere Btlne. Außerdem SS-Standarte 4 aus Krakau.

5. Gefangene und Einwohner rücksichtslos von Winterbekleidung entblößen. Die preisgegebenen Gehöfte niederbrennen.

[6. fehlt]

7. Partisanen-Jagdkdos. in der Heimat mit guter Winterausrüstung aufstellen.

8. Panzerbesatzungen für neu zugeführte Panzer bereitstellen.

9. Dort, wo Fronten stabil sind, mot. Divisionen als Infanterie einsetzen und Kraftfahrzeuge zur Auffüllung der Pz.Div. benützen. H.Gr. Nord und Süd.

10. Großangriffe werden in 10 bis 14 Tagen bei H.Gr. Nord einsetzen. Bis dahin muß Abwehrfront stabilisiert sein. Die beweglichen Reserven Pz.Rgt. 203 mit einsatzfähigen Teilen 8. und 12. Pz.Div. zusammengefaßt müssen in den gefährdetsten Abschnitten bereitgehalten werden. Durch Stoßtruppunternehmungen müssen Vorbereitungen des Feindes rechtzeitig erkannt werden. Luftwaffe wird dann unter stärkster Zusammenfassung zu Angriffen gegen Unterkünfte auch mit schwersten Bomben eingesetzt werden. Reserve bei Nowgorod wird nötig sein.

11. Für finnischen Kriegsschauplatz wird nur 7. Geb.Div., später 5. Geb.Div. vorgesehen. Leichte Divn. stehen dem Heer für den Einsatz im Osten zur Verfügung.

12. Italien, Ungarn und Rumänien werden veranlaßt werden, starke Kräfte für 1942 so rechtzeitig zu stellen, daß sie schon vor der Schneeschmelze antransportiert werden und nach vorne marschieren können.

Joseph Goebbels 1897–1945   Berlin

Lange Fahrt von Ostpreußen nach Berlin zurück. Ich benutze sie, um die Berge von Arbeit, die aufgelaufen sind, aufzuarbeiten. Als erstes kommt

meine Rundfunkrede zur Eröffnung der Sammlung von Woll- und Wintersachen für unsere Soldaten an die Reihe. Sie wird etwas länger, als ich gedacht habe; aber ich trage alle greifbaren Argumente zusammen und glaube, daß mit dieser Rede der Sammlung ein guter Start gegeben wird. […] Der Krieg macht sich mehr und mehr in seiner Härte bemerkbar. Ich glaube, es ist augenblicklich dienlicher, daß ich an allen Stellen im öffentlichen Leben, wo es brennt, eingreife, als daß ich meine sowieso derart knapp bemessene Zeit mit Aktenlektüre verbringe. Der SD-Bericht weist immer noch eine positive Stimmung aus. Vom Kriegsende wird nicht mehr so viel gesprochen, weil jedermann weiß, daß es wahrscheinlich noch in weiter Ferne liegt. Aber ebenso ist auch jedermann entschlossen, den Krieg bis zum siegreichen Ende durchzuführen. […] Gegen Abend in Berlin eingetroffen. Ich habe gleich nach meiner Ankunft eine Besprechung mit den zuständigen Herren des Ministeriums, des OKW, des Post- und des Verkehrsministeriums über die Durchführung der großen Sammlungsaktion, die der Führer mir als Auftrag gegeben hat. Es melden sich zwar einige Bedenken. Vor allem das OKW erklärt, daß die Aktion praktisch nicht durchführbar sei; andere, zivile Stellen wieder glauben, daß die Sammlung kein ausreichendes Ergebnis haben werde. Aber das wird sich ja finden. Jedenfalls weise ich alle Stellen an, mit höchstem Idealismus und Enthusiasmus an diese Sache heranzugehen. Die Sammlung wird in der Weihnachtswoche durchgeführt und soll unter dem Motto: «Weihnachtsgeschenk der Heimat an die Front» vor sich gehen. Die näheren Unterlagen werden im Laufe der Nacht erarbeitet. Wir müssen jetzt schnell und präzise vorgehen, weil sonst zuviel kostbare Zeit verstreicht. Die Widerstände sind mehr bürgerlicher Art. Es gibt viele Menschen, die immer noch halb in Friedensdimensionen denken, während der Krieg unerbittlich weiter seine Rechte anmeldet. Jedenfalls will ich nicht nur in dieser Frage der Treiber sein. Ich lasse keine Müdigkeit aufkommen und glaube auch fest, daß wir so am besten ans Ziel gelangen. […]
Harald ist in Urlaub gekommen. Er erwartet mich noch mit den Kindern zusammen, und wir können ein halbes Stündchen miteinander plaudern und erzählen. Aber dann ruft die Arbeit wieder. Bis spät in die Nacht hinein muß ich wichtige Dinge erledigen, die an den Termin gebunden sind. Es ist schon fast Morgen, als ich endlich zur Ruhe komme. Von Weihnachten ist bei uns keine Rede. Man möchte am liebsten, daß die Tage schon vorbei wären. Aber an der Front kennt man ja auch kein Weihnachten. Die Feste wollen wir uns aufsparen, bis der Krieg einmal vorbei ist.

Der Fotograf Eitel Lange **Karinhall**

Am 20. Dezember rief im Radio Goebbels zur Wollsammlung für die Truppen im Osten auf. Jedermann wird sich noch daran erinnern, von welcher Bestürzung die ganze Nation befallen wurde, als es sich nunmehr, nach so vielen Gerüchten, als wahr herausstellte, dass die oberste Führung so verantwortungslos gewesen war, für die Winterausrüstung der Truppen im Osten nicht genügend vorzusorgen. Und jedermann wird sich noch daran erinnern können, wie trotzdem das gesamte Volk wie eine einzige Familie zusammenstand, um seinen Vätern und Söhnen im Felde zu helfen.

In jenen Tagen kam ich, wie oft, wieder nach Karinhall. Der Kammerdiener Robert sah mich an, dann sagte er ganz langsam, jedes Wort betonend: «Weißt du, was der Alte für die Sammlung gegeben hat? Das werde ich dir genau sagen: Zwei alte SA-Uniformen, eine Segelmütze und ein Paar Tennisschuhe.»

Und in seiner tiefen Erbitterung zeigte er mir die Garderobe des Reichsmarschalls des Großdeutschen Reiches. Er öffnete Schranktüren und Schubladen, ohne ein Wort zu sagen.

Ich sah die ganze verschwenderische Fülle. Ich sah die brechend vollen Schränke mit Uniformen und Zivilanzügen, mehr als ein halbes hundert, ich sah Mäntel jeglicher Art, Wollmäntel, Ledermäntel, Flauschmäntel, Kamelhaarmäntel, ich sah Pelzmäntel kostbarster Herstellung, jeder überlang und überweit, ich sah Pelzmützen, dicke Hausschuhe, endlose Reihen von Schuhen jeder Art, Überschuhe in Mengen, Stapel von dicken Wollhandschuhen und Fäustlingen, Stapel von Socken und dicken Winterstrümpfen.

Robert fuhr fort: «Und wenn ich dir Emmys Garderobe zeigen könnte, dann ist das alles hier die Garderobe eines armen Mannes. Übrigens haben die beiden zusammen 29 Pelzmäntel.»

Ljubow Karpenko *1919 **Tschistjakowo/Donezbecken**

Die Deutschen kamen zu uns nach Tschistjakowo mit dem ersten leichten Schneefall. Der Winter 1941/42 war zu früh gekommen und zu hart für unsere Breiten. Und die deutschen Landser trugen nur ganz leichte Kleidung, die für unsere klirrenden Fröste nicht gemacht war. Bald begannen die Deutschen bei der Bevölkerung warme Sachen zu requirieren: Decken, Schals und Kopftücher aus Wolle, warme Handschuhe und vor allen Dingen Filzstiefel. Ich hatte so einen warmen Muff aus gutem Pelz. Kurz vor dem Jahreswechsel ging ich zu den Kosaken hinter den Donez, um gegen gebrauchte Kleidungsstücke etwas Eßbares zu tauschen. Ich wollte meinen Muff vielleicht für zwei bis drei Brote dort lassen. Ein deutscher Offizier hielt uns bei Faschtschewka an, angeblich zur Ausweiskontrolle, und ließ sich meinen Muff zum Anprobieren geben. Ich versuchte ihn davon abzubringen, indem ich ihm klarmachte, daß es doch ein Kleidungsstück für Frauen sei. Er lachte nur und sagte etwas in dem Sinne, daß die Kälte für Männer wie für die Frauen gleich lästig sei. Er ließ mich höflich durch, aber ohne Muff hatte es keinen Sinn weiterzumarschieren, denn ich hatte nun nichts mehr bei mir, wofür ich ein Brot hätte bekommen können. So ging ich zurück nach Hause bei der Kälte, die Hände in die Ärmel meiner leichten Plüschjacke gesteckt. Zwei Finger an der rechten Hand erfroren mir dabei. Zu Fuß mußte ich etwa 50 Kilometer durch das verschneite Feld zurücklegen. Plötzlich hörte ich hinter mir einen Wagen. Ich trat an den Straßenrand, um nicht angefahren zu werden. Wie groß war doch mein Erstaunen, als ich in dem Geländewagen den Offizier aus Faschtschewka sah, der auf dem Beifahrersitz ruhig döste.

Wo hatte er meinen Muff hingesteckt? Wozu braucht er ihn in einem warmen Wagen? Hatte er ihn wohl für seine deutsche Frau oder vielleicht für seine Freundin organisiert? So kehrte ich heim ohne Brot und auch ohne meinen Muff … Ich dachte: Wenn wir siegen werden, gehe ich auf jeden Fall nach Deutschland, um meinen Muff oder mindestens einen ähnlichen zurückzubekommen.

Der Leutnant Georg Kreuter 1913–1974   Orel/Lazarett
Der Arzt eröffnet uns, daß heute Züge fahren, sogar nach Deutschland! Wenn wir Glück haben, können wir mitfahren! Um 15.00 kommt der Stabsarzt und bestimmt, wer mitfahren kann. Münzner und ich sollen als «Sitzende» mitfahren!

Der Oberstabsarzt
Dr. Willi Lindenbach † 1974   Staraja Wessytowa
Es ist jetzt ganz gemütlich hier, ich bin sogar am Nachmittag Schneeschuh gelaufen. Hoffentlich hält die Front, das ist unser aller Wunsch.

Andrej Liwanow   *Moskau*
An seine Frau
Du fragst, ob ich nicht friere. Wir sind so mächtig ausstaffiert, daß man nicht mal an die Kälte denkt. Filzstiefel, lauter Wattesachen: Trikothemd, Handschuhe und das Allerwichtigste – die Skier. Mit denen wird einem sehr warm […] Ski laufe ich an lauter vertrauten Orten: auf

der Bebelstraße, im Petrowsk-Park [...] Die Skier sind für mich die reine Freude, und so ist alles ganz vergnüglich. Anderes regt mich mehr auf.

Hermann Kükelhaus 1920–1944   vor Moskau
Lieber Hugo!

Ich war einen Augenblick draussen. Es war eine süsse Stimmung am Himmel. Weisser Mond mit Wolken und viel Wind.

Gleich darauf ging eine schwere Granate dreissig, vierzig Schritte neben uns nieder. Die Splitter klatschten an die Hauswand und ich lachte kurz und heftig. In diesem Augenblick hatte ich eine Zwangsvorstellung: ich musste rauchen, aber ich konnte nicht. Ich konnte mich nicht mehr bewegen. Als ich die Hand in der Tasche hatte, konte ich die Schachtel nicht mehr öffnen. Ich hatte die Vorstellung, es sei mir nicht mehr vergönnt. Jetzt ging einer ins Nachbarhaus. Es flog mit Dach und Mauern in die Luft. Ich zwang mich – es war als ob ich durch Blei schwömme und kein Blut mehr in den Adern habe – die Zigarette in den Mund zu stecken. Der nächste Schuss lag noch dichter. In einiger Ferne hörte ich einen grausigen Schrei. Ich war fast irrsinnig. So ganz im Nebel fischte ich die Streichhölzer. Gleich darauf rauchte ich. Dann komme ich auf Umwegen zurück ins Quartier: ich bin überzeugt, hätte ich es nicht fertiggebracht, die Zigarette anzuzünden, wäre ich umgekommen. In der Ecke grade hatte es fünf Mann auf ein Mal erwischt. Russland ist schön. Es ist ein Jammer, in diesem Lande zu kämpfen. Ich will nichts vom Kriege schreiben, denn ich meine den Mond.

> Der Mond steigt über'm Wald empor
> und spielt mit einem Nebelflor
> als wie ein träumend Kind,
> das auf dem Felde Kränze flicht
> und voll Gedanken Blumen bricht,
> die längst verblühet sind.

Vor kurzem eigentlich erst bin ich richtig auf die Bibel gekommen. Dieser ungeheure Wortschatz allein ist so verblüffend und beschämend für unsereins. Man kommt kaum davon los. Ich glaube, es ist kein Diebstahl, wenn man sich einige Worte und Absichten der Sprache der Bibel zu eigen macht. – Oder doch? Und dann: Was steht da alles auf einer Seite, auf einer einzigen. Und versucht man einmal, auch anderen Leuten etwas davon zugänglich zu machen – kalte Schultern.

Die Bibel in Sprache und Sinn ist derartig gedrängt und erzählerisch ins Höchste und Weiteste gespannt, dass sie kaum noch heutige Menschen lesen können. Und das ist ein Übel ...

Daniil Granin *1919   *bei Leningrad*
Im Dezember 1941 saßen wir in den Schützengräben bei Puschkin. Unser selbständiges Artillerie- und MG-Bataillon bezog die Stellungen hinter der Eisenbahn in einer kahlen und verschneiten Mulde. Der Abschnitt war zu groß für ein Bataillon. Wir bekamen fast keine neuen Soldaten zur Auffüllung unseres Truppenteils. Manchmal waren die Züge nur 5–7 Mann stark. Wir hatten keine Leute, um auf Posten zu stehen, die Sicherungsposten standen auch ohne Ablösung. Und wir mußten noch jeden Tag den Schnee in den Verbindungs- und Schützengräben schippen. Man mußte auch im Beschußsektor den Schnee wegfegen. Wir mußten Holz irgendwo auftreiben, es in unsere Bunker schleppen, die Kanonenöfen heizen, die Waffen reinigen, standen auf Posten und schleppten robbend die Verwundeten hinter den Bahndamm. Darüber hinaus krochen wir im Morgengrauen ins Niemandsland, um dort Kohlköpfe zu besorgen, die unter dem Schnee lagen, weil wir sonst verhungerten. Jeden Tag wurde jemand von uns ins Lazarett mit einer Erfrierung oder mit krankhaften Schwellungen eingewiesen.
Heute kann man nicht mehr begreifen, wie wir damals die Verteidigungslinie halten und noch mit Spähpatrouillen Aufklärung durchführen konnten. Wir versuchten sogar die verlorene Höhe zurückzuerobern. Im Grunde genommen lebten wir auch in einem streng begrenzten Raum: ein Erdbunker, Sicherungsposten, links ein kleiner, angeschossener und verbrannter Lastwagen, «Polutorka», wer weiß, wie er mitten ins Feld gelangt war, der jetzt völlig verschneit dort stand. Rechts in der Ferne ein Berg von Pulkowo und in der Nähe ein Buschwerk. Vorne vor uns lag der Bahnhof von Puschkin und mit dem Fernglas war das prachtvolle Zarenschloß zu sehen. So war unsere ganze Landschaft, unsere Front und unser Schlachtfeld. Wir wußten fast nichts, was sich in den benachbarten Frontabschnitten ereignete. Dafür waren die Deutschen ganz nah, wir konnten sie hinreichend studieren, wir sahen und kannten sie alle, stellenweise näherten sich unsere Schützengräben den ihren so dicht, daß wir sogar hören konnten, wie sie miteinander sprachen und wie ihre Thermosflaschen klirrten. Wenn es unseren Scharfschützen gelang, einen Fritzen abzuknallen, hörten wir die Schreie und Flüche seiner Kameraden von drüben.
Vorne waren die Deutschen und hinter uns lag Leningrad, das auch gut

zu sehen war. In der frostkalten Luft kam die Silhouette der Stadt mit all ihren Spitzen, Schornsteinen und Kuppeln zum Vorschein, als ob ein guter Holzschnitzer alles am Horizont zwischen den weißen Feldern und dem blauen Himmel geschnitzt hätte. Nachts sahen wir den glutroten Schein zahlreicher Brände. Und am Tage flogen die feindlichen Artilleriegeschosse mit einem leichten Rascheln über unsere Köpfe. Der Himmel war klar, trotzdem hörten wir ihre unsichtbare Flugbahn, und dann erreichten uns verzögert dumpfe Echos ihrer Explosionen. Die Deutschen beschossen die Stadt nach einem strengen Zeitplan, planmäßig flogen auch ihre Bomber Angriffe. Sie flogen über uns zurück. Früher einmal schossen wir auf sie in einem machtlosen Wutanfall aus unseren Gewehren, wir schossen mit panzerbrechenden Kugeln aus Panzergewehren, schossen in der Hoffnung, eine ungeschützte und leicht verwundbare Stelle am Flugzeug zu treffen. Das war schon lange her. Jetzt waren wir klüger und sparten die Munition für einen Kampf. Wir sahen zu, wie unsere Flak Rauchwolken über die Stadt hängte und wie sie heiser bellte, wenn die Deutschen die Stadt bombardierten. Schwarze Rauchschwaden zogen langsam in die Höhe und verzerrten die saubere Ansicht der Stadt. Wir bemühten uns zu erraten, welcher Stadtteil angegriffen worden war.

Wir waren machtlos gegen feindliche Bomber, das einzige, was wir tun konnten, war, uns nicht nach Leningrad umzuschauen. Und wir hatten auch keine Lust, die Stadt zu besuchen. Übrigens bekamen wir auch keinen Zugang in die Stadt. Ich war zum Beispiel nur einmal in den Herbst- und Wintermonaten 1941 in Leningrad gewesen, und das war auch genug. Trotz alledem empfanden wir bei uns hinter dem Rücken die Anwesenheit der Stadt, ihren unregelmäßigen und kaum hörbaren Atem. In keinem anderen Frontabschnitt gab es etwas Ähnliches.

Als wir von der Zerschlagung der Deutschen vor Moskau erfuhren, änderte sich bei uns alles. Wir kämpften noch ganz schlecht, unsere Angriffe an der Leningrader Front scheiterten noch im Dezember 1941, sämtliche Bemühungen brachten nichts, wir konnten noch keine Angriffskämpfe erfolgreich führen. Dafür waren wir fest davon überzeugt, daß die Deutschen es nie schaffen würden, Leningrad einzunehmen. Nicht, weil ihre Kräfte dafür nicht ausreichend waren, sondern weil wir es nicht zulassen würden. Diese seltsame, durch nichts begründete Zuversicht hat uns alle in jenen Dezembertagen ergriffen. Und es waren ausgerechnet die Tage, als wir schwach, nicht zahlreich und hungrig waren. Vielleicht lag es auch daran, daß um den 20. Dezember 1941 eine Delegation der Leningrader Arbeiterinnen zu uns an die vordere Kampf-

linie gekommen war, um uns Geschenke zum Neuen Jahr zu überreichen. Es kann sein, daß die vorgesetzte Dienststelle der Meinung war, daß unser Kampfgeist den Leningradern helfen würde, oder man wollte uns damit anfeuern. Die Delegation von drei Frauen kam bis zu unserer Kompanie. Alle waren in Schals und Kopftücher vermummt und mit Riemen und Schnürchen geschnallt. Als sie endlich im Bunker ihre Bekleidung auszogen, standen vor uns knochige und dünne Mädchen mit vorspringenden Schlüsselbeinen und Wangenknochen. Im Bunker war es warm, wir traten der Reihe nach ein und bekamen von ihnen warme Socken, Tabaksbeutel und Handschuhe. Die Kleider hingen um ihre abgemagerten Schultern, sie waren zu weit für sie geworden, trotzdem schien jede von ihnen uns so süß und nett zu sein. Sie erschienen bei uns gegen Abend, als es schon dunkel war. Nach einer Stunde brachte der Starschina uns unseren Brei. Ein Kochgeschirr voll von Brei und ein Stück gesalzenes Fleisch, ein Würfel Zucker noch dazu – so sah unser Mittagessen und auch Abendbrot zugleich aus, manche sparten davon auch etwas für das Frühstück. Es gab dazu noch Brot und trockenes Brot (suchar). An jenem Abend haben wir unseren Brei mit unseren Gästen geteilt, praktisch alles haben wir ihnen abgegeben, so daß jede Frau jeweils zwei Portionen essen mußte. Dann spielte Wolodja für sie Gitarre, sie erzählten uns, wie sie Unterwäsche in einer Fabrik nähten, dann gingen sie ins Bett. In der Tat begannen sie gleich nach dem Essen müde zu werden. Das Essen und die Wärme machten sie schläfrig. Sie schliefen auf unserer Pritsche. Zu uns kamen die Soldaten aus den benachbarten Zügen, sie schauten in unseren Bunker hinein, um sich zu vergewissern. Es kam uns vor, daß viele Jahre schon vergangen waren, seit wir Frauen in Kleidern zum letzten Mal gesehen hatten. Und was für Frauen waren es: abgemagert, erschöpft, häßlich geworden. Sich am Bunkereingang drängend, schauten die Soldaten auf die schlafenden Frauen mit einem Gefühl, in dem alles Männliche abwesend war, nur Mitleid. Vielleicht war auch das ein rein männliches Gefühl. Diese drei Frauen waren für uns so teuer wie Leningrad …
Vor dem Morgenanbruch hat man sie geweckt, damit sie die Stellung noch bei Dunkelheit verlassen konnten. Sie konnten nicht ausgeschlafen sein, versicherten uns aber, daß sie in diesen Kriegsmonaten nicht einmal so ruhig geschlafen hätten, wie bei uns an der vorderen Kampflinie …
Ich habe sie mit unserem Leutnant bis zum Kontrollpunkt begleitet. Wir gingen und orientierten uns an den glutroten Bränden in Leningrad. Ein einsamer Scheinwerfer tastete den niedrigen Himmel mit seinem

schwachen Lichtstrahl ab. Der Leutnant lud die Frauen zur Eisbahn im nächsten Winter im Zentralen Kultur- und Erholungspark ein.

«Ihr werdet mich an eueren Handschuhen wiedererkennen», sagte er scherzhaft. Ich lachte mit ihnen und da wurde es mir plötzlich klar: die Deutschen hatten ihr Ziel nicht erreicht, sie würden niemals in Leningrad einmarschieren. Wann wir sie von Leningrad vertreiben würden, das war nun die Frage.

Pjotr Samarin 1888–1942   *Leningrad*

Gegen 7 Uhr zum Dienst erschienen. Zu Hause ist es dunkel, wieder kein Wasser. Im Radio angenehme Nachrichten, ein Reihe der Städte sind zurückerobert. Das hebt die Stimmung. In «Leningradskaja prawda» ist der Leitartikel aus «Prawda» nachgedruckt. Ein guter Artikel unter dem Titel «Die besten Söhne des Sowjetvolkes treten in die Partei Lenins-Stalins ein». Schade, daß ich schon so alt bin. Es fehlen mir die Kräfte. Und wie gerne möchte ich nützlich sein. Man muß gut überlegen.

In einer Zeitungsausgabe habe ich die Frontberichte durchgesehen. Ganz interessant ist die Rede des ehemaligen amerikanischen Botschafters in Moskau, Devis, wo die mehrfachen Anspielungen Hitlers auf die UdSSR hervorgehoben werden. Weiter ist die Rede des japanischen Außenministers Togo vor dem japanischen Parlament nennenswert sowie die Botschaft Roosevelts an den amerikanischen Kongreß. Täglich sind die Zeitungen hochinteressant, man kann sich von ihnen einfach nicht losreißen. Die Ereignisse, die sich derzeit in der Welt abspielen, nehmen einem den Atem.

Jurij Gorjunow   *Leningrad*

Wir wohnten im zweiten Stock im Haus Nr. 34 am Fontanka-Kai. Die Tür unserer Nachbarn, die zwei Zimmer weiter von uns wohnten, ging zum Treppenhaus hinaus. Kurz vor dem Krieg war bei ihnen ein Kind geboren worden. Der Ehemann wurde schon in den ersten Tagen an der Front verwundet, und am Tage, als alles geschah, war er bereits gesund geschrieben und jetzt zu Hause. Seine Frau war ausgegangen, sie wollte wahrscheinlich Brot holen und mußte bald zurückkommen. Ich und meine Mutter kochten etwas auf dem Elektroherd. Ich erinnere mich, daß es der Mutter gelungen war, gegen den Schnaps, den wir auf Karten bekommen hatten, etwas Ölkuchen oder ein Konzentrat von einer Grütze einzutauschen. Plötzlich hörten wir einen Laut, der einem Zischen ähnlich war, und dann erschallte nach einigen Sekunden eine wuchtige Explosion. Als es wieder still wurde und wir zu uns kamen, sagte die Mutter: «Ich gehe mal gucken, was da los ist.» Als sie nach einer Weile zurückkam, sagte sie zu mir: «Im Zimmer bei unseren Nachbarn ist eine Artilleriegranate eingeschlagen. Niemand ist dabei verletzt worden. Der Mann hatte Glück und konnte im letzten Augenblick das Kind aus dem Bett reißen und zum Treppenhaus laufen.» Nach kurzer Zeit hörten wir den herzzerreißenden Schrei einer Frau auf der Treppe. Die Frau des Nachbarn war zurückgekehrt. Als sie sich dem Haus genähert hatte, sah sie, daß die Ecke des Hauses, wo ihr Zimmer war, völlig zertrümmert war. Aus der Fassung geraten, stürzte sie in den Aufgang des Hauses und traf dort ihren Mann mit dem Kind auf dem Arm. Wie war es ihm gelungen, aus dem Zimmer zu springen und sein Kind zu retten? Wir fanden keine Antwort auf diese Frage. Nach diesem Zwischenfall war es unmöglich geworden, weiter in unserem Zimmer zu wohnen. Bald gab es keinen Strom mehr und wir hatten keinen Kanonenofen. Am 20. Dezember 1941 mußten wir unsere Wohnung verlassen und in den Luftschutzkeller umziehen, wo viele Obdachlose Unterkunft gefunden hatten.

Galina Petrowa   *Leningrad*

Wir holten Wasser aus der Newa und brachten es nach Hause. Das weiß ich noch ganz genau. Es war gleich dem Peter-Denkmal mit dem Reiter aus Kupfer gegenüber. Wir schleppten uns dorthin durch den Alexander-Garten. Das Eisloch war ziemlich breit. Wir knieten uns am Eisloch nieder und schöpften Wasser mit dem Eimer. Ich ging immer mit meinem Vater, wir hatten einen Eimer und eine große Kanne. Während wir das Wasser heimfuhren, verwandelte es sich schon zu Eis. Zu Hause mußte man abwarten, bis es wieder geschmolzen war. Das Wasser war natürlich sehr schmutzig. Wir kochten es und benutzten es dann zum Kochen des Essens, den Rest zum Waschen. Ich mußte oft gehen und Wasser holen. Es war sehr schwer, zum Eisloch hinunterzusteigen. Die Menschen waren erschöpft und zu schwach. Oft hatten sie Wasser in ihre Eimer gefüllt und konnten nicht mehr aufstehen. Wir halfen einander gegenseitig. Am Senatsgebäude lag ein Schiff vor Anker. Die Matrosen kamen und halfen den alten Menschen. Damals konnte man kaum erkennen, ob man alt oder jung war, so waren wir vermummt, und von den Petroleumlampen waren wir vom Ruß schwarz geworden wie Teufel.

*

Danuta Czech   **(KZ Auschwitz-Birkenau)**

Vier Erziehungshäftlinge, die von den Gendarmerieposten aus Zator, Zwardon, Dziedzice und Schwarzwasser (Czarna Woda) eingeliefert worden sind, erhalten die Nummern 24 867 bis 24 870.

84 Häftlinge, die von der Gestapo aus dem Gefängnis in Kattowitz eingewiesen worden sind, erhalten die Nummern 24 871 bis 24 954.

Auf dem Hof von Block 11 werden an der Hinrichtungswand fünf Häftlinge erschossen. Sie sind mit folgenden Nummern gekennzeichnet: 24 274, 24 277, 24 554, 24 616 und 24 734.

In die Leichenhalle werden die Leichen von 33 Häftlingen eingeliefert. Neben 13 Nummern ist das Kryptonym «27w» eingetragen.

20 Häftlinge, die von der Sipo und dem SD aus Radom eingewiesen worden sind, erhalten die Nummern 24 955 bis 24 974.

✻

Ganz leis erklingt Musik,
ich träum mit Dir den Traum vom Glück.
Ganz leis nennst Du mich du
und küßt mir heiß die Augen zu.
Den Dingen, die so wunderbar beginnen,
kann man nicht so leicht entgehn,
ja, da gibt es kein Entrinnen,
da gibt es kein Widerstehn …

<842   Sonntag, 21. Dezember 1941   1234>

> Das Wort ward Fleisch und wohnte un-
> ter uns.
> HERRNHUT   JOHANNES 1,14

Gottfried Benn 1886–1956   Berlin
An F. W. Oelze
Ich las die sehr schöne Biographie der Duse von Olga Signorelli. Auf ihrem Grabstein steht: «begnadet, verzweifelt, vertrauend.» Aus einer Armut ohne jeden Vergleich stieg sie auf, sah nach nichts aus, nicht hübsch, keine gute Figur, fast immer tief verschuldet u krank u. als das Schiff, das ihre Leiche im Frühjahr 1924 aus U.S.A. zurückbrachte, durch Gibraltar fuhr, flaggten die Schiffe aller Nationen halbmast und in Genua empfing den Sarg die Königin. Seltsam!

Anaïs Nin 1903–1977   *New York*
Francis Steloff […] lud mich zu einem Orgelkonzert mit leichter Musik ein. Die Vorstellung war interessant. Die Farben waren unmöglich, schwächlich und süß.

Thomas Mann 1875–1955   *Pacific Palisades*
Nachts lauter Sturm, im Schlafe störend. Kein Bed coffee jetzt, Kaffee zum Frühstück. Müde. Im Manuskript gebessert, dann die verlangte Weihnachtssendung nach Deutschland geschrieben. – Klares Wetter, farbig Licht, sonnenwarm. Auf der Promenade. Nach Tische in «Dichtung u. Wahrheit». […] Meldung von der Entlassung der Generäle Brauchitsch u. v. Bock. Hitler übernimmt, innerer Stimme folgend, den Oberbefehl selbst (hat übrigens einen Privat-Generalstab). Nächstes Frühjahr geht es von Frischem unter ihm allein gegen Rußland, den «gefährlichsten Feind der Menschheit». – Abends im «Shandy». – Zufriedenheitsgefühl über den guten Eindruck der gestrigen Vorlesung.

Wilhelm Muehlon 1878–1944   *Klosters/Schweiz*
Vor genau 6 Monaten hat Hitler Russland überfallen. Ich denke an die Taten und Untaten und frechen Worte dieses Mannes […]

Am Abend gibt der Londoner Sender bekannt, dass Hitler selbst den militärischen Oberbefehl übernommen habe und fortan sein eigener Generalissimo sein werde. Es scheine, dass *Brauchitsch* abgesetzt sei, doch wisse man zur Stunde nichts Näheres. Ich denke an bekannte Muster, wie die Absetzung *Gamelins* mitten im Kampf, die durchweg böse Anzeichen waren.

✳

Francis Fukuyama *1952   (Baltimore)

Zwei Wochen nach dem Angriff auf Pearl Harbor unterzeichnete Roosevelt einen Erlaß, der alle «Bürger japanischer Abstammung» zwang, sich bei Umsiedlungszentren zu melden. Mein Großvater, der in den zwanziger Jahren unter großen Mühen einen Eisenwarenladen in Los Angeles aufgebaut und ihn auch durch die Weltwirtschaftskrise gebracht hatte, mußte sein Geschäft für ein Almosen verkaufen und mit seiner Familie für die Dauer des Krieges in ein Lager in Colorado ziehen.

Ulrich von Hassell 1881–1944   Ebenhausen

Die Leichtfertigkeit, mit der unsere politische Führung in diesen Krieg gegangen ist und ihn immer mehr erweitert, ist wohl ohnegleichen in der Geschichte. […] Sehr bezeichnend für den theatralischen Leichtsinn Ribbentrops: er hat angeordnet, daß südamerikanische Diplomaten, die eine Kriegserklärung oder Abbruch der Beziehungen überreichen wollen, von einem jüngeren Vortragenden Rat im Wartezimmer stehend empfangen werden, der das übergebene Papier vor ihren Augen zu zerreißen und dann den Diplomaten durch den Portier hinauszuweisen hat. Kindisch! […]
Am meisten während der letzten Wochen beschäftigt und beunruhigt haben mich zahlreiche Gespräche über die Grundfragen eines Systemwechsels, sehr oft mit Geißler [Popitz], mehrfach mit ihm, Pfaff [Goerdeler], Geibel [Beck], einmal auch Otto [Planck] und einmal Nordmann [Jessen]. Eine Hauptschwierigkeit liegt immer in dem sanguinischen, die Dinge im gewünschten Lichte sehenden und in mancher Weise wirklich «reaktionären» Pfaff [Goerdeler], der sonst glänzende Eigenschaften hat.
Trotzdem waren wir schließlich in den Hauptpunkten einig. Auch darin, daß trotz aller Bedenken gegen die Person, Schmidt junior [Kronprinz Wilhelm] nach vorn müsse. Auch Geibel [Beck] hatte sich, obschon aus der Vergangenheit genauer Kenner, einverstanden erklärt. Bei

Geibel [Beck] liegt die Schwierigkeit darin, daß er sehr Mann des Stu-
dierzimmers ist: wie Geißler [Popitz] sagt: viel Takt(ik), wenig Wille,
während Pfaff [Goerdeler] viel Willen, aber keinen Takt(ik) habe. Geißler [Popitz] selbst zeigt oft eine leicht professorale Art, das etwas star-
re Konstruieren des Verwaltungsmannes. Immerhin: alle drei famose
Leute.

Ich hatte immer etwas das Bedenken, daß wir zu wenig Kontakt mit
jüngeren Kreisen hätten. Dieser Wunsch ist jetzt erfüllt worden; grade
dabei haben sich nun neue große Schwierigkeiten gezeigt. Zuerst hatte
ich ein langes Gespräch mit Saler [Trott], bei dem er leidenschaftlich
dafür focht, nach innen und außen jeden Anstrich von «Reaktion»,
«Herrenclub», Militarismus zu vermeiden, daher, obwohl er Monarchist
sei, keinesfalls jetzt Monarchie. Andernfalls würde jedes Echo im Volk
fehlen, im Auslande kein Vertrauen erworben werden und ein Zusam-
mensturz des neuen Regimes unvermeidlich sein. «Bekehrte» (christlich betonte) Sozialdemokraten, von denen er einen früheren Abgeord-
neten namentlich nannte, würden in solchem Falle niemals mitgehn und
die nächste Garnitur abwarten. Zu dem Negativen fügte er als Positivum
den Gedanken, als stärksten Exponenten des Antihitlerismus einerseits,
volkstümlicher und bei den Angelsachsen Echo findender Reform andererseits [Niemöller] zum Reichskanzler zu machen. Ähnliche Ausfüh-
rungen machte er Geißler [Popitz]. Danach traf ich mit dem klugen,
feingebildeten Blum [Yorck] zusammen, einem echten Sproß seiner geistig hochstehenden, aber meist etwas theoretisierenden Familie, der
ähnliche Gedanken entwickelte. Mit ihm zusammen setzte ich das Gespräch bei Geißler [Popitz] fort. Schließlich ging ich vor einigen Tagen
auf Blums [Yorcks] Aufforderung noch einmal zu ihm, wo ich Hell-
mann [Moltke], Saler [Trott] und Burger [Guttenberg] fand und von
allen vieren mit wilder Passion (Anführer Saler [Trott]) bearbeitet wurde. Am Tage meiner Abreise hieb dann bei Geißler [Popitz] noch Dortmund [Fritz-Dietlof Graf v. der Schulenburg] in die gleiche Kerbe. Er
war wohl von den fünf Junioren der nüchternste, am meisten politische,
andererseits gegen Schmidt jun. [Kronprinz Wilhelm] am stärksten eingenommen. [...] Was Schmidt juniors Sohn [Prinz Louis Ferdinand] betrifft, so betrachtet er sich offenbar als denjenigen welchen, obwohl ihm
sehr viele Eigenschaften fehlen, die man nicht dadurch ersetzen kann,
daß man, wie er das getan zu haben scheint, behauptet, sie in Erbpacht
zu haben. (Ich traf ihn neulich auf der Straße und fand ihn klug und nett,
aber der Eindruck bleibt kein ganz vertrauenerweckender.)

Zu den Gedanken der Junioren nimmt Pfaff [Goerdeler] (den sie ihrer-

seits ablehnen) eine fast gänzlich negative Haltung ein, behauptet aber
seinerseits, gute Beziehungen zu Ex-Sozialdemokraten zu haben. In
der Frage Schmidt jun. [Kronprinz] ist er weniger unbedingt. Geibel
[Beck] geht wie überhaupt auch in dieser Frage stark mit Pfaff [Goer-
deler]. Geißler [Popitz] ist am meisten von allen auf die sofortige Lösung
Schmidt jun. [Kronprinz] eingeschworen. Alle drei betonen die Notwendigkeit, sich nicht zu sehr von der Rücksicht auf die Stimmungen
im Volke beeinflussen zu lassen, wobei Pfaff [Goerdeler] freilich den
Grad der allgemeinen Ablehnung gegenüber dem gegenwärtigen System
und der Sehnsucht nach befreiender Handlung überschätzt.

Ich versuche noch eine Art trait d'union zu den Junioren zu bilden; bei
den Erörterungen mit ihnen habe ich ungefähr so argumentiert: die Prä-
misse nämlich: «keine Reaktion und Streben nach Echo im Volk» sei als
richtig anzuerkennen. Daher sei ein Regierungschef, dessen Name als
Erlösung und als Programm wirke, ein Ziel, aufs innigste zu wünschen.
Auch außenpolitisch sei das richtig, wenn auch nur in gewissem Grade.
Letzteres deswegen, weil der nationale, aus eigenstem Wollen und Bedürfnis sich ergebende Charakter die Änderung ohne Schielen nach dem
Auslande unbedingt festzuhalten sei und weil ferner die christlich-pa-
zifistischen Kreise im Angelsachsentum, auf die besonders Saler [Trott]
setzt, absolut unbrauchbar als verläßlicher politischer Faktor seien, wie
ich überhaupt bei Saler [Trott] gegen eine theoretisch-illusionistische
Weltansicht ankämpfen muß. Im ganzen ist das Ziel anzuerkennen, aber
nüchtern zu behandeln. Leider fehle nun eine solche Persönlichkeit, wie
man sie sich wünscht, total. Der Mann aber, den Saler [Trott] vorschla-
ge, sei nach meiner Überzeugung nach seinen Eigenschaften ganz unge-
eignet (stur, mäßig begabt, unpolitisch, schlechter Stratege), würde aber
außerdem – vielleicht abgesehen von einer allerersten Schockwirkung –
durchaus nicht den beabsichtigten Erfolg als Symbol haben, sondern im
Gegenteil weithin abgelehnt werden und Opposition erzeugen. Saler
[Trott] überschätze die Bedeutung der Kreise, auf die er baue, durchaus.
Bei dieser Sachlage bleibe nichts übrig, als ohne solche populäre Persönlichkeit zu handeln, denn gehandelt müsse werden, und zwar bald. Es
sei klar, daß infolge fortgeschrittener Lage die Rolle einer neuen Regierung die undankbarste von der Welt, eine Rolle mitten in der Drecklinie,
ja eine Art Liquidatorrolle sein würde. Man müsse die Möglichkeit, daß
man nur zum Ausfegen benutzt und dann durch andere ersetzt werde
oder daß man überhaupt scheitere, ins Auge fassen. Die Aufgabe sei, so
zu handeln, daß diese Möglichkeiten ausgeschaltet werden – wenn es in
Menschenkraft steht. Im übrigen werde man eine Regierung so zusam-

mensetzen müssen, daß ihr der Geruch von Reaktion, Militarismus usw.
so wenig wie möglich anhafte. Das Handeln sei aber die Hauptsache.
Was die Familie Schmidt [Hohenzollern] angeht, so liege der Fall schwierig genug. Immerhin sei dies der Weg, der trotz aller Bedenken noch die
meisten Aussichten der Zusammenfassung habe. Die Entscheidung werde im übrigen nach der Lage des Augenblicks getroffen werden müssen, wobei der «Handelnde» ein gewichtiges Wort mitzureden haben
würde.

Grete Dölker-Rehder 1892–1946   Stuttgart

Die kleinen Japse gehen mit einem ungeheuerlichen Schneid gegen die
grossen Engländer und Amerikaner an. Es ist ganz unglaublich, was sie
in diesen ersten 14 Tagen ihres Krieges schon erreicht haben. Die U.S.A.-
Flotte im Pazifik so gut wie vernichtet, Englands Macht in Ostasien
schon schwer erschüttert. Für uns ist das natürlich enorm wertvoll, die
Schiffs-, Material- u. Menschenlieferungen der U.S.A. an England u.
Sowjet-Russld. haben wohl aufgehört, – wir merken es an dem jähen
Nachlassen der Bombenangriffe. Unsere U-Boote werden es im Atlantik spüren, wo die amerikanischen Schiffe sich wohl etwas vorsichtiger
einsetzen werden. Englands u. Amerikas Blicke, die wie die von Spin-
nen im Netz bisher nur auf Deutschland starrten u. trachteten, wie sie
es verschlingen, werden wohl eine etwas andere Richtung, schreckge-
bannt, bekommen haben. Für uns gut. Ja, in Afrika steht es wohl nicht
gut für uns. Die Italiener sind schwache Bundesgenossen u. wir können
doch nicht alles allein schaffen! Während wir unsere ganze Kraft gegen
Russland kehrten, hatte England grosse Vorbereitungen in Nordafrika
getroffen u. mit überlegenen Kräften die kleine Rommelsche Helden-
schar angegriffen. Sie hat einen harten Stand. In Russland heisst es, gehe
es uns auch nicht gut. Ich glaube es nicht. Ich glaube, dass wir mit Absicht einige Städte u. Gebiete wieder geräumt haben, da wir zum Winter eine kürzere u. günstigere Verteidigungslinie beziehen mussten. Ich
halte es einfach für unmöglich, dass unser stolzes, in rasendstem Siegeslauf vorgehendes Heer plötzlich von dem seit Monaten dauernd geschlagenen, teils vernichteten Sowjetheer ernstlich gefährdet werden
könnte! Ich glaube zu stark u. zu vertrauensvoll an unser Heer, an unsre
Führung. Ich habe sogar den Gedanken, dass wir vielleicht absichtlich
durch Zurücknehmen ein Wanken u. eine Schwäche an unsrer Ostfront
markieren, um die Sowjets mit neuer Hoffnung dorthin zu locken, damit sie nicht in den Krieg gegen Japan eingreifen, wie England gern
möchte. Es ist ja fabelhaft u. so interessant zu beobachten, wie sich die

Führungen des Dreierpaktes die Bälle zuwerfen, wie Japan genau in
dem Augenblick losschlägt, wo wir in Afrika erlahmen u. in Russland
der Winter uns die Waffe aus der Hand nimmt. – Könnten wir nur auch
das üble Gefühl loswerden, wie schändlich dieser Krieg vom Rassestand-
punkt ist! Dass wir mit Italienern u. Japanern gegen die Angelsachsen
Englands u. Amerikas kämpfen müssen! Wenn wir siegen, machen wir
das Mongolentum gross. Werden unsre Nachfahren uns nicht vielleicht
fluchen deswegen? Wir wissen es nicht. Aber wir können auch gar nicht
anders, wir handeln ja in Notwehr. Es ist ja im Kern das Judentum, gegen das wir kämpfen u. für das der Angelsachse kämpft. Das ist seine
Schuld u. wie wir denken, sein Untergang. Die künftige Erdeinteilung
hebt sich schon wie nach einer neuen Schöpfung oder nach einer zweiten Sintflut aus den Wassern, keine 5 Erdteile mehr wird es geben, sondern 3: Asien mit Australien, Europa mit Afrika u. Nord- u. Südamerika.
Otto ist ganz anders gestimmt, seit Japans Eintritt in den Krieg. Er sieht,
wir stehen doch nicht allein. Er ist so froh, dass das verhasste Amerika
endlich auch einmal getroffen wird. Er glaubt wieder an Sieg u. an Frieden, wenn auch an einen fernen. –
Ich aber habe meine Wintersonnenwende hinter mir. Ich hatte Tage tief-
ster Sorge u. schwarze durchgrübelte Nächte. Jetzt steigt in mir die Sonne wieder. Ich glaube *nicht nur* an Sigfrids Leben, an seine Heimkehr,
nein, mir ist, er nahte schon! Mir ist, als sei er bis vor kurzem immer
weiter von uns fortgegangen, immer weiter, wie ins Bodenlose, und als
sei es ihm schlecht ergangen. Dann etwa 8 Tage lang, war eine schwere
Krise und grosse Gefahr. Jetzt aber geht es ihm gut, jetzt ist er irgendwie zur Ruhe u. uns nahe, – wenn auch noch nicht körperlich, aber vielleicht eine Nachricht. Ich harre ihr entgegen, ich glaube, ich bete, ja, ich
ertappe mich dabei, dass ich Gott inbrünstig danke für Sigfrids Rettung
– von der ich doch noch gar nichts weiss – so sicher u. gewiss glaube ich
an sie!

Jochen Klepper 1903–1942   Berlin

Der letzte Adventssonntag hat ja immer seine besondere Feierlichkeit,
wird auch erfahrungsgemäß die Kirche schlecht an ihm besucht. Hanni
und ich waren bei dem guten Lilge. Aber er gab diesem letzten Advents-
sonntag, was ihm vor allen anderen Sonntagen zukommt: die große
Schlußliturgie mit dem «Gelobt sei, der da kommt.» Und Jahr um Jahr
ist's immer wieder so feierlich, wenn das vierte Licht am Kranze und an
den Bäumchen am Altar brennt.

Ricarda Huch 1864–1947   **Jena**
An Martin Hürlimann
Wir genießen die schöne Adventszeit mit ihren Vorbereitungen für das
Fest. Wie wird das erst in Ihrem kinderreichen Hause sein! Singen Ihre
Kinder auch, wie wir als Kinder: Morgen, Kinder, wird's was geben …?

Der Unteroffizier Rolf Hanisch   **Kanalküste**
Mit Koffer und Paketen schwer beladen war ich am 11. nun glücklich
im Zug Richtung Heimat. Kurz vor der deutschen Grenze rief man mich
telefonisch zurück. Wie ein Zittern lief es mir durch Seele und Körper. –
Enttäuscht fuhr ich wieder zurück. Es war gar nicht mal nötig gewesen.
Erst fand ich mich gut damit ab, dann aber kam es schleichend über
mich. – Seelisch fühlte ich mich leer. Was erst so voll war, wurde plötzlich öde, – mein Schritt wurde müde. – Eigenartig!

Der Leutnant Georg Kreuter 1913–1974   **auf Transport**
5.00 Abfahrt! Allerdings war dies nicht ganz einfach, denn organisiert
ist die Abfahrt nur für die Schwerverwundeten. Die leichter Verwundeten müssen sich selber kümmern. Nach verschiedenen vergeblichen
Versuchen gelingt es uns dann tatsächlich, Plätze in einem Zug zu erhalten. Münzner zeigt viel Geschick und Überlegung in der «Planung»
unserer Reise. Es kommen nur Züge in Frage, die in die Heimat fahren.
Damit hat er auch Recht, denn wenn wir schon einige Zeit im Lazarett
sein müssen, dann nach Möglichkeit in der Heimat. – Mit uns fährt im
Abteil noch ein Oblt. Fuchs aus Stuttgart und Assistenzarzt Dr. David
aus Regensburg. – Die Fahrt verläuft ohne Schwierigkeiten und immer
in der Hoffnung, tatsächlich bis nach Deutschland zu kommen.

Der Soldat Josef Eberz *1921   **südlich Charkow**
Am vierten Adventssonntag hatten wir eine Weihnachtsfeier in einer
Kolchose. Ein evangelischer Divisions-Geistlicher hielt dabei einen evan-
gelischen Gottesdienst. Am nächsten Tag sind wir dann wieder, nachdem es wieder kalt geworden war und wieder Schnee gegeben hatte, wei-
termarschiert. Wir hätten mittags schon im Quartier sein können, aber
die Spitze des Bataillons hatte sich im Schnee verlaufen, und so gelang-
ten wir erst bei Anbruch der Dunkelheit im Quartier an. An diesem Tag
hatten wir den Bahnknotenpunkt Lossowaja auch passiert.
In unserem Quartier habe ich das einzige Mal, solange ich in Rußland
war, Radio gehört. Es war wie so ein Kleinempfänger in der Nazizeit,
allerdings war das nur ein Lautsprecher, also Einheitsempfang. Da konn-

te man den Unterschied sehen zwischen der kämpfenden Truppe und den Etappenschweinen.

Der Divisionspfarrer Alphons Satzger   im Osten

Stellung: In aller Frühe gehe ich mit Dr. Weissensee zur Höhe zum I. u. II. Btl. 438. Ich gehe mit Finsterlin den Angriff mit und kann gleich zu Beginn des Gefechtes einem Sterbenden die heiligen Sakramente spenden. Dann kann ich mit Hilfe einiger russischer Gefangenen mehrere Verwundete zurückbringen. Dann erneut zu meinen Leuten vorn! Trotz der Warnung von Lt. Hanel: wieder einmal allein!

Gar nichts Böses ahnend ging ich durch dichte[s] Eichengestrüpp, verlor die Richtung und befand mich in den russischen Stellungen. Plötzlich befinde ich mich vor einem russischen Flakbunker, erkenntlich durch die russischen Maschinengewehre. Die Russen hatten mich nicht bemerkt; ich kroch auf dem Boden an den Bunker heran, denn ich vermutete im Bunker 3–4 Russen und dachte mir, mit denen werde ich schon fertig.

Ich kroch an das Bunkerloch und rief auf russisch, sie sollten herauskommen, die Deutschen seien da, und der Krieg sei für sie zu Ende. Tatsächlich kamen mit erhobenen Händen baumlange, schwarz-uniformierte russische Matrosen aus dem Bunker, und ich drohte ihnen mit meinem «Pistölchen», von dem ich nicht wusste, ob es geladen war. Es folgten immer mehr: 6, 10! Mir wurde allmählich ungemütlich! Immer mehr kamen mit erhobenen Händen aus dem Bunkerloch, zuletzt waren es 16! Ein Glück für mich, dass die Russen nicht sehen konnten, dass ich allein war; denn sie vermuteten, dass hinter mir noch mehr Soldaten wären. Allerdings musste ich mit meiner Pistole drohen. Ich gab die Richtung an und marschierte mit meinen Russen etwa 10 Minuten durch das Gestrüpp in Richtung unserer vorgeschobenen Stellung. Der deutsche SMG-Posten sah uns kommen und vermutete einen russ. Angriff. Ich konnte im letzten Augenblick nur rufen: «Der Pfarrer ist's! Nicht schiessen!» Die Landser erkannten meine Stimme, und mit Hilfe der SMG-Leute konnten wir die Russen erst vollständig entwaffnen. In ihren Kitteln fanden wir noch eine Anzahl von Handgranaten. Möglich ist das alles nur gewesen durch völlige Überraschung der Bunkerbesatzung. Aber wie leicht hätte das ins Auge gehen können! Mit einem Mann ging ich erneut vor, um den Bunker zu sprengen. Dabei konnte ich noch 4 Russen gefangennehmen, die sich tot gestellt hatten. Resultat: 20 Gefangene und 4 schwere Masch.Gewehre. Als ich mit meinen Gefangenen am Unterstand von Major Altmann vorbeikam, sagte er:

«Das ist gerade die richtige Arbeit für einen Pfarrer am Sonntagnachmittag.» Es war der 4. Advent-Sonntag! Abends komme ich mit den 20 Gefangenen, die meine Verwundeten tragen mussten, nach Kamischly. Die Landser freuten sich und fragten, woher ich denn die Russen hätte. Ich sagte ihnen: Von da oben, da könnten sie noch genug holen. Dazu aber hatten sie keine Lust!

Das Ereignis war eine reine Glückssache, und ich danke Gott, dass alles so gut ausging. Die Tatsache, dass der Pfarrer allein einen russ. Bunker ausgehoben hat, verbreitete sich nicht nur bei der ganzen Division, sondern auch im Bereich der 11. Armee.

Der Leutnant Iwan Sawenko *1918   *Moskau*

Mit der Verpflegung war es bei uns ganz schlecht. Meistens aßen wir bei diesen Schneeverwehungen kalt. Unsere Soldaten bekamen vor jedem Angriff ein volles Glas unverdünnten Alkohol, den Imbiß dazu ließ man sie in den feindlichen Stellungen erbeuten. So war auch der Spruch: «Getrunken? Ausgezeichnet! Bei der Einnahme der Höhe X kriegt ihr auch was zu essen! Wenn der Feind dort etwas hinterläßt …»

Da der Feind uns 1941 in seiner Bewaffnung noch weit überlegen war, mußten wir seine Stellungen meistens nachts angreifen. Nachts waren die Fröste am strengsten und die meisten Fritzen zogen sich schon bei Anbruch der Dunkelheit zum Schlafen auf den großen Ofen, den es in jedem Bauernhaus gab, zurück. Sie machten den Schieber zu, damit die Glut lange anhielt, zogen sich bis auf die Unterwäsche aus und schliefen auf dem warmen Ofen die ganze Nacht durch. Nachts waren die Deutschen schlechte Kämpfer. Diese Tatsache nutzten wir oft aus, um bei dem Feind etwas Eßbares zu erbeuten. Der Fritz begriff aber ganz schnell, worum es ging, und überlistete uns oft.

So verlor ich bei Belew an der Oka kurz vor Weihnachten die Hälfte meiner Kompanie. Wir wußten, daß die Deutschen Weihnachten mit Schnaps und sonstigen Leckereien feiern würden. Durch das Fernglas beobachtete mein Kommandeur die Ankunft einer langen Wagenkolonne und wie die Deutschen ganz fröhlich Kisten mit Wein, Kartons mit Schokolade und Zigaretten ausluden. Uns lief das Wasser im Munde zusammen. In unseren Brotbeuteln hatten wir ja nichts außer Suchary (trokkenes Brot), die wir behutsam aßen, um kein Krümchen zu verlieren.

So bekam ich den Befehl, in der Nacht die feindlichen Stellungen anzugreifen, zwecks gewaltsamer Besitzergreifung der deutschen Weihnachtsverpflegung. Der Fritz ließ uns merkwürdigerweise ohne einen nennenswerten Widerstand durch, wir dachten schon, daß die Deutschen den Heiligen Abend tüchtig begossen hatten, und so kamen wir praktisch ungestört an die begehrten deutschen Wagen. Die meisten von ihnen waren schon leer, doch es gab welche, die noch nicht ausgeladen waren. Bei deren Plünderung kam heraus, daß wir in eine Falle gegangen waren. Die schlauen Fritzen hatten ihre Feuerstellungen auf den Häuserdächern um die Wagenkolonne, Leuchtkugeln erhellten die Gegend, und sie machten uns aus ihren Maschinengewehren unbarmherzig nieder. Ich wurde am linken Arm schwer verwundet, und Gott sei Dank ließen sie mich dort nicht zurück. Ich wurde zu unserer Stellung getragen. Nach der Genesung war für mich der aktive Krieg zu Ende. Seither erinnere ich mich immer zu Weihnachten an Belew und ans Beutegut, das so nah war und so viele Soldatenleben von unserer Seite verlangt hatte.

Der Oberstabsarzt
Dr. Willi Lindenbach † 1974 Staraja Wessytowa

Jetzt haben wir schon den 4. Advent und der Heilige Abend steht vor der Tür. Dieses Weihnachten hatten wir uns ganz anders vorgestellt: Gemütliches Winterquartier usw. Aber es ist durch den Rückzug alles ganz anders gekommen. Es ist zwar ganz gemütlich hier, doch liegen wir viel zu eng. Ich will bald Quartierwechsel vornehmen.

Der Offizier Martin Steglich 1915–1997 Chilkowo

In der HKL bei Chilkowo. Am 19.12. habe ich mit meiner Kp. meinen neuen Abschnitt übernommen. Die Tage der Ruhe sind mithin vorbei. In zwei Sprüngen wurde die Kp. nach vorne gezogen mit Zwischenquartier in Krasnaja Gorki. Ich selbst bin mit meinem Ski-Spähtrupp die gesamte Strecke gefahren: 44 km. Ich habe bei unserem Rgt.-Adj. geschlafen, am nächsten Tag habe ich mich einweisen lassen.
Heute war ein kleiner Rabbatz, um 17.00 Uhr kam ein roter Spähtrupp an die einzige Stelle, an der eine Lücke im Hindernis ist. Wurde abgewiesen. Dann habe ich gleich einen aufkommenden Schneesturm ausgenutzt und habe die Lücke mit spanischen Reitern und K-Rollen gesperrt. Wenn wieder eine schlechte Nacht kommt, werden «Schweinereien» eingebaut. So wird täglich an der Verstärkung der Stellung gebaut. Die ersten beiden Urlauber sind gefahren. Fuchs war der Erste.
Ich habe Draht nach allen Seiten, dann schließen wir immer die Züge an, auch Erich Bölte hört mit, dann werden Schallplatten gesendet von hier aus. So werden wir denn Heiligabend feiern im Bunker. So wird es auch gehen!

Heute kam durch: Gen.Feldmarschall v. Brauchitsch verabschiedet, auch
v. Rundstedt. Das Warum wissen wir noch nicht. Fehlkalkulation? Rostow a. Don? Klin? Tichwin? Wer weiß! – Wir sind Soldaten – nicht an
Namen gebunden, nur an unsern Eid.

Franz Wieschenberg 1909–1945   vor Leningrad
An seine Frau
Heiligen Abend werden wir unterwegs sein. Wir suchen uns eine neue
Winterstellung. Die alte war zu windig. Wenn wir dort am Ziel sind,
wird wohl endlich einmal Ruhe für uns kommen. Noch ein paar Tage
und es ist Weihnachten. Heute ist der letzte Adventsonntag. Habe ich
am ersten geschrieben, so ist es mir vergönnt, wenigstens am letzten Dir
zu schreiben. Noch wird die Post ein wenig unregelmäßig bleiben. Ich
denke aber in 14 Tagen, daß dann wieder der regelmäßige Verkehr wie
früher am Woldow eintritt. Habe also noch ein klein wenig Geduld. Erst
müssen wir unser Ziel erreichen und dann eine zünftige Winterwoh-
nung bauen. Bei 35 Grad Frost in die Erde buddeln ist keine Kleinigkeit.
Die Tage kurz und die Nächte lang und teilweise mit Wache ausgefüllt.
Da bleibt das Schreiben zurück.

Der Unteroffizier Wolfgang Buff 1914–1942   vor Leningrad
Ein trauriger Tag für uns. Bei einem Angriff fiel als VB durch Kopfschuß Wm. Opladen. Ein junger hoffnungsvoller Mensch, von jedermann in der Batterie geschätzt und geachtet, hat uns nun plötzlich verlassen. Nach langen Wochen ohne Verluste steht nun wieder der ganze
Ernst des Krieges vor uns. Die beginnende Weihnachtsfreude ist einer
allgemeinen Trauer und Betrübnis gewichen.

Der Offizier Leo Tilgner 1892–1971   vor Leningrad
An seine Frau
Es ist doch selbstverständlich, daß Ihr einen kleinen Baum aufstellt. Das
muß man tun, auch wenn man allein ist. Über Kuchen und Advents-
kranz habe ich ausführlich geschrieben. Schade, daß ich Euch kein Brot
schicken kann. Ich bekomme jeden Tag ein neues, das ich nur zur Hälf-
te aufesse. Den Rest erhält hin und wieder meine Waschfrau.
Du schreibst von Sommerreise. Gestern abend hörte ich, daß eine
Reihe von Herren vom Stab nach dem Kriege eine gemeinschaftliche
Main-Neckar-Fahrt geplant haben. Ob auch Frauen dabei sein sollen,
weiß ich nicht. Du würdest jedenfalls an manchem meiner Kameraden
Spaß haben.

Nun zur Weihnachtsfeier, die ganz nett verlief. Es lag ja nicht ganz allein in meiner Hand. So konnte ich Überflüssiges nicht abbiegen. Aber, was wir brachten, war ein voller Erfolg. Über meine Tänzerinnen haben sie gejuchzt vor Lachen. Da es noch eine unerwartete Gesangs-Tanzeinlage von einer Narvaer Truppe gab, fiel der gemeinschaftliche Gesang des TB-Liedes aus. Das kleine Theaterstück hat auch viel Gelächter ausgelöst. St. zeigte mir aus seinen vielen Paketen, die er bekam, einen Weihnachts-engel, den seine Schwägerin gemacht hat, eine sehr schöne kunstgewerb-liche Arbeit, die sie in ihren Abendstunden für eine Buchhandlung an-fertigt.

Pjotr Samarin 1888–1942   *Leningrad*
Stalins 62. Geburtstag. Es ist Sonntag, ein Ruhetag. Ich stand früh auf, sägte Holz und trug es aus dem Schuppen. Liduska hat Fladen aus Öl-kuchen gebacken, es gelang ihr nicht besonders. Ich esse alles. Meine Kräfte sind am Ende, bald werde ich einfach umfallen. Ich war zur Ar-beit. Vor der Kantine steht die Schlange den Bahnsteig entlang. Ich habe zwei Stunden gestanden, um zwei Portionen Maisbrei zu bekommen. War bei Michail Samarin, die Sachen zu holen, habe die Nähmaschine und einen Sack mit Wäsche gebracht. Bin müde geworden. Am Tage war heftiger Artilleriebeschuß, dann kamen die Bomber. Einige Bomben sind neben unserem Haus eingeschlagen. Die Schule und noch einige Ge-bäude sind zerstört. Man spricht über eine Zeitbombe, die nicht explo-diert ist. Keine Zeitungen heute aufgetrieben. Meine Lidusenka hat ein gutes Mittagessen zusammengestellt. Ich wurde satt. Nur Brot ist knapp. Lidussja schenkte mir das Buch «Rot und Schwarz». Ich bin von ihrer Aufmerksamkeit gerührt. Obwohl wir beide sehr nervös geworden sind. Werden wir bessere Zeiten erleben? Schade! Ich fühle mich an meine Liducha fest gebunden. Ich liebe sie. Es gibt keinen Menschen, der mir so teuer, lieb und nah wäre wie sie, doch es tut mir wirklich leid, daß wir so psychotisch geworden sind und aufeinander schimpfen wegen jeder Kleinigkeit. Ich kann mich selbst nicht mehr erkennen. Noch nie war ich so nervös. Und sie, da sie viel jünger als ich und nicht so erfah-ren ist, kann sich mit meinem Verhältnis zu ihr nicht abfinden. Schade! Ich gebe ihr alles. Ich bin bereit, für sie mein Bestes zu tun, alles was nur in meinen Kräften liegt, und wegen jeder Kleinigkeit streiten wir uns fast bis zur Scheidung, weil niemand von uns nachgeben will. Die-ser verfluchte Hunger … Kein Licht. Kein Wasser. Gut, daß es noch Holz gibt, wir heizen den Kanonenofen, es ist schön warm im Zimmer. Im Radio wieder angenehme Nachrichten. Ein Erfolg unserer Truppe

an der Front bei Leningrad – die deutsche Truppe bei Woibokolo ist zerschlagen. Woibokolo ist von unserer Truppe genommen. 5000 Deutsche sind vernichtet. Große Beute fiel in unsere Hände. Die Verfolgung wird fortgesetzt. Die Truppe von General Meretzki rückt weiter vor. Der Artikel von Generaloberst Konew, «Wie Kalinin zurückerobert wurde», ist hochinteressant. Die ausländischen Berichte betonen die wichtige Rolle der Luftwaffe in den gegenwärtigen Kriegen, las dazu die Meinungen der amerikanischen Kriegsberichterstatter.

Sinaida Ignatowitsch *Leningrad*

Vor dem Krieg beschäftigten wir uns in einem Labor mit Vergiftungen durch die Nahrungsmittel, die durch Bakterien hervorgerufen wurden. Um die Bakterien zu bekommen, mußte ein spezieller Extrakt gekocht werden. Er wurde auf der Basis einer Fleischbrühe gekocht. Das Fleischkombinat von Leningrad stellte uns einen solchen Extrakt bereit. Es war eine gehaltvolle Fleischbrühe, die aus dem Fleisch ungeborener Kälber gekocht wurde. Es wurde eigentlich ein eingetrockneter Liebig-Extrakt vom Fleischkombinat geliefert. Wir hatten von ihm eine große Menge auf Lager. Und genau dadurch konnten wir viele unserer Mitarbeiter vor dem Hungertod retten. Als wir hungerten, nahm ich als stellvertretende Laborleiterin für die wissenschaftliche Arbeit eine Dose von diesem Extrakt, die Mitarbeiter setzten sich um mich herum, und ich gab jedem von ihnen einen Eßlöffel davon.

Bei uns gab es einen Mitarbeiter, der sich durch seine hohe Bildung auszeichnete. Er war ein großer und gesunder Mann. Und ausgerechnet er wurde schnell schwach. Wenn ich morgens bei der Ausgabe der Fleischbrühe war, saß er immer als erster am Tisch. Er verfolgte den Löffel in meiner Hand mit leuchtenden Augen. All seine Gedanken konzentrierten sich auf den Löffel. Es war deutlich zu merken. Dabei war es schwer, sich vorzustellen, daß es sich um ein und denselben Menschen handelte, der immer so feinsinnig, so klug und souverän war.

Als die sogenannten stationären Aufnahmestellen für die Kranken eröffnet wurden, gelang es uns, ihn bei einer solchen Aufnahmestelle unterzubringen. Aber die Ärzte wußten damals wahrscheinlich noch nicht, daß ein hungriger Mensch nicht viel Essen auf einmal bekommen darf. Man hat ihm 200 Gramm Butter und ein halbes Brot gegeben. Er hat alles sofort verdrückt und in der nächsten Nacht starb er.

Bei uns in der Vorhalle saß ein Pförtner namens Solowjow. Er war ein einfacher und fast analphabetischer Mensch. Seine Söhne waren an der Front. Nur die Tochter blieb bei ihm. Seine Frau war schon vor dem

Krieg gestorben. Dann wurde sein Schwiegersohn einberufen, mit ihm ging auch seine Tochter an die Front. Er hatte bei uns Dienst und machte Aufsicht, weil die Analysen, sobald es um ein Labor für Nahrungsmittel ging, rund um die Uhr zu uns gebracht wurden. So saß er im Vestibül, wo nicht geheizt wurde und es deshalb immer eisig kalt war. Obwohl er ungebildet war, hatte er feste Überzeugungen und sagte den Mutlosen: «Unmöglich, daß wir Leningrad preisgeben. Niemals wird das geschehen.» Und er schnallte den Gürtel immer enger und wurde immer magerer. Er saß da, nahm die Analysen auf, erfüllte seine Pflichten und munterte alle auf: «Noch ein bißchen Geduld bitte. Leningrad wird verteidigt. Und wir bleiben am Leben.» Eines Tages kamen die Mitarbeiter ins Labor und sahen Solowjow nicht mehr. Er starb auf seinem Schemel, auf dem er immer gesessen hatte, im festen Glauben an unseren Sieg und daran, daß Leningrad befreit werden würde.

*

Adam Czerniaków 1880–1942 **Warschauer Ghetto**
Morgens Gemeinde. Um 12:30 Festakt zu Ehren des Gemeindeschulwesens. Niunia und ich sowie Vertreter der ehemaligen Schulorganisationen haben Reden gehalten.
Im Getto wieder Gerüchte, man hätte mir acht (!) Punkte über Latten [?] u. dgl. vorgelesen. Ein Rat aus Słonim hat mich besucht.

Danuta Czech **(KZ Auschwitz-Birkenau)**
22 Häftlinge, die mit einem Sammeltransport der Stapoleitstellen aus Graz, Linz, Lodz, Prag, Reichenberg, Wien und Regensburg eingewiesen worden sind, erhalten die Nummern 24 975 bis 24 996. In dem Transport sind nur politische Häftlinge: 14 Tschechen, drei Jugoslawen, zwei Deutsche, ein Pole und ein Jude.

*

Hm ... hm ... du bist so zauberhaft!
Hm ... hm ... du bist mein Glück!
Hm ... hm ... es spricht die Leidenschaft
hm ... hm ... aus deinem Blick!
Bist du bei mir, gerat ich in Verlegenheit,
denn jedes Wort von dir ist für mich Seligkeit, Seligkeit!
... Hm ... hm ...

<843   Montag, 22. Dezember 1941   1233>

> Die Tage meines Volkes werden sein wie
> die Tage eines Baumes; und das Werk
> ihrer Hände wird alt werden bei meinen
> Auserwählten.
> HERRNHUT   JESAJA 65,22

Lord Moran 1882–1977   *Washington*
Nach einer Dreiviertelstunde war unsere Lockheed über den Lichtern
von Washington. Das gab mir ein Gefühl der Sicherheit; der Krieg und
das verdunkelte London lagen weit hinter uns. Nach der Landung ließ
ich den PM vorausgehen, ehe ich ausstieg. Als ich mich umblickte, sah
ich, etwas abseits, einen Mann, der sich an einen großen Wagen lehnte.
Der Premierminister stellte mich vor: Es war Präsident Roosevelt. Sogar im Halbdunkel war ich von dem Umfang seines Kopfes überrascht.
Vermutlich meint Winston diesen Schädel, wenn er von Roosevelt als
majestätisch und stattlich spricht; denn die Beine sind infolge seiner
Kinderlähmung verkümmert. Er begrüßte mich herzlich, und da ich Arzt
bin, kam das Gespräch sofort auf die Opfer von Pearl Harbor, von denen viele an schweren Verbrennungen gestorben waren. Ich hatte das
Gefühl, ihn schon lange zu kennen.

Thomas Mann 1875–1955   *Pacific Palisades*
Vormittags an «Thamar». Mittags allein auf der Promenade. Enorm viel
Post. […] Las Hitlers phantastischen Tagesbefehl an die deutschen Trup-
pen bei Entlassung der Generäle Brauchitsch und Bock und eigener
Übernahme des Oberbefehls. Dumme Kröte, wann wird sie zertreten. –
Abends Ankunft Peter Pringsheim. Das Haus sehr voll. Unterhaltung
im Living Room nach dem Abendessen. Nächtlicher Leidensanfall des
Söhnchens. Mein Mitleid zeigte mir meine Liebe zu dem Kind.

Anne Morrow Lindbergh 1906–2001   *Martha's Vineyard*
Nach den Zeitungsnachrichten sind die Deutschen noch immer auf der
Flucht vor den Russen. Ist das die Zurücknahme der Truppen bis an
eine winterliche Kampfstellung oder handelt es sich um einen Rück-

zug? Trotz des Kommunismus geht es hier vom traditionellen russischen Standpunkt gesehen um ein sehr erregendes Ereignis. Ich denke an «Krieg und Frieden» – an Napoleon und Kutuzow.

Hans Carossa 1878–1956 Seestetten
An Roger de Campagnolle
Es ist heute nicht die Zeit, den Vornehmen oder den Störrischen zu spielen; mündlich werde ich Ihnen Genaueres sagen. Wenn es z. B. nach und nach gelungen ist, einen Dichter wie Mombert aus dem Konzentrationslager zu befreien und sogar seine Einreise in die Schweiz möglich zu machen, so war, wie sich nachträglich zeigte, mein an Dr. Goebbels gerichtetes Schreiben nicht ganz unwirksam dabei gewesen; das meiste, auch in finanzieller Hinsicht, haben freilich die Schweizer Freunde des Dichters getan.

✳

Jochen Klepper 1903–1942 Berlin
Wieder große Plakate, die ankündigen, daß die Wehrmacht nicht die Waffen aus der Hand legen werde, bis der Jude vernichtet sei. Die Gegenüberstellung Wehrmacht – Jude ist neu.

Hans Scholl 1918–1943 München
An Carl Muth
Einige Worte des Dankes möchte ich an Sie richten, die sich leichter schreiben als sagen lassen. Ich bin erfüllt von der Freude, zum ersten Mal in meinem Leben Weihnachten eigentlich und in klarer Überzeugung christlich zu feiern.
Wohl sind die Spuren der Kindheit nicht verweht gewesen, als man unbekümmert in die Lichter und das strahlende Antlitz der Mutter blickte. Aber Schatten sind darüber gefallen; ich quälte mich in einer gehaltlosen Zeit in nutzlosen Bahnen, deren Ende immer dasselbe verlassene Gefühl war und immer dieselbe Leere.
Zwei tiefe Erlebnisse, von denen ich Ihnen noch erzählen muß, und schließlich der grauenhafte Krieg, dieser Moloch, der von unten herauf in die Seelen aller Männer schlich und sie zu töten versuchte, machten mich noch einsamer.
Eines Tages ist dann von irgendwoher die Lösung gefallen. Ich hörte den Namen des Herrn und vernahm ihn. In diese Zeit fällt meine erste Begegnung mit Ihnen. Dann ist es von Tag zu Tag heller geworden. Dann

ist es wie Schuppen von meinen Augen gefallen. Ich bete. Ich spüre einen sicheren Hintergrund und ich sehe ein sicheres Ziel. Mir ist in diesem Jahre Christus neu geboren.

Ulrich von Hassell 1881–1944   Ebenhausen

Wie die Erziehungsfrüchte des Dritten Reichs sind, dafür schrieb Frau Krebs an Ilse ein beispielhaftes Erlebnis: in die überfüllte U-Bahn, in der die älteren Menschen sitzen, die jüngeren stehen, kommen BDM-Mädchen, von denen eine laut sagt: «Die Zukunft des deutschen Volkes steht, das Friedhofsgemüse sitzt!» Ein Herr ist dann aufgestanden und hat der Range eine Ohrfeige versetzt.
Lesefrucht aus Thieß, Reich der Dämonen (S. 190): «Die allgemeine Empfindung war längst so verroht, daß, wer nur rasch zupackte und damit Erfolg hatte, der Zustimmung einer gedankenlosen Masse sicher sein konnte.»

Victor Klemperer 1881–1960   Dresden

Gestern Verfügungen – Paul Kreidl bringt sie herauf, Rundschreiben der Gemeinde, Unterschrift nötig: 1) *Verbot, von öffentlichen Fernsprechstellen zu telefonieren.* (Privates Telefon ist uns längst genommen.) 2) *Ausgehverbot* für alle Juden am Morgen des 24. Dezember bis zum 1. Januar, «da ein herausforderndes Verhalten eines Juden in der Öffentlichkeit Empörung hervorgerufen hat.» Freigegeben ist nur die Einkaufsstunde drei bis vier (Sonnabend zwölf bis eins); vier von den acht Tagen (die Weihnachtstage, Neujahr und Sonntag) sind also vollkommene Hafttage. – Der «empörende» eine Fall soll dieser gewesen sein (Berichte übereinstimmend und einwandfrei). Einem älteren Herrn wird von einer Nazicke zugerufen: «Gehen Sie vom Trottoir herunter, Jude!» Er lehnt das ab, er habe Anrecht auf den Bürgersteig. Er wird «zur Befragung» auf die Gestapo bestellt und in Haft gesetzt. So erzählt Paul Kreidl, dessen Arbeitskamerad ein Sohn des Mannes ist, der bei der Szene zugegen und ebenfalls auf die Gestapo bestellt war. Genauso erzählte die Sache Kätchen, die mit dem Verhafteten zusammen bei Zeiss-Ikon arbeitete.
In diesem Monat ist mir die 200-M-Rate aus Georgs Sperrkonto nicht mehr ausgezahlt worden. Die Emigranten sind jetzt ausgebürgert, ihr Vermögen ist beschlagnahmt. Ich habe geltend gemacht, daß die Schenkungssumme mein Eigentum ist – es wird nichts helfen. Aus meinen Reserven decke ich seit langem alles, was außerhalb der Freigrenze. Sie wurden durch Georgs Schenkung nachgefüllt. Jetzt sind noch 1000 M

da. Sind diese aufgebraucht, etwa April, muß ich das Haus verkaufen. –
Die Juden sagen, im April sei ich im polnischen Ghetto.
Neue Karte von Sußmann: Er hat die 5000 Dollars von Georg angefordert. Er glaubt immer noch, wir *könnten* heraus, und wir *wollten*
heraus.
Paul Kreidl arbeitet jetzt an der Hauptstrecke der Eisenbahn; er sagt:
lange und viele Lazarettzüge. – Die Heeresberichte kleinlaut und ver-
schleiernd: Im Osten «harte Kämpfe»und schwere Verluste der angreifenden Sowjets; in Nordafrika «setzten wir uns vom Feinde ab, nachdem
wir seine Angriffe zurückgeschlagen». Darüber – Ostasien plus Goebbels – unendliche Siege Japans, tatenlose Verzweiflung Englands und
Amerikas. [...]
Zwölf Uhr mittags
Eben stürzt Kätchen Sara von Zeiss-Ikon kommend herein: «Brauchitsch und Keitel zurückgetreten. Hitler übernimmt den Oberbefehl,
Aufruf an Heer und Waffen-SS.» Jubel! Weihnachtsgeschenk! Neue
Hoffnung. Gestern abend sagte uns Seliksohn diese Nachricht als un-
verbürgtes Gerücht, wir durften es nicht an Kätchen weitergeben, wir
glaubten es auch nicht. – Kätchen erzählte, Schweizer Rundfunk habe
die Nachricht schon gestern verbreitet.

Der Arzt Dr. Fritz Lehmann   **Königsberg**
«Der Führer hat den Oberbefehl über das Heer übernommen.» Diese
weltbewegende Tatsache berichtet heutige Morgenzeitung zwar auf
der ersten Seite, doch nicht an erster Stelle. Ein kleines Versteckspiel mit
den Dummköpfen im Vaterlande. Bemerkenswerterweise scheinen jedoch bei dieser Gelegenheit alle Schlafmützen erwacht zu sein. Wo ich
auch hinhorche, die Dramatik des Geschehens wird irgendwie empfunden. Jedoch, ob die Tatsache, daß das ganze deutsche Heer jetzt dem
Willen dieses einen Mannes untertan ist, als erfreulich oder bedauerlich
zu betrachten ist, darüber herrscht durchaus nicht volle Klarheit. Wenn
ich es irgend wagen konnte, habe ich dann immer folgende kleine Geschichte erzählt:
Eines nachts wurde ich zu einem schwer kranken Kinde gerufen. Eine
kurze Untersuchung genügte, um die Diagnose zu stellen: Blinddarm-
entzündung. Daß operiert werden mußte, war ebenfalls klar, es fragte
sich nur, in welchem Krankenhaus bzw. durch welchen Chirurgen. Darauf sagte ich den Eltern folgendes: Ich kann Ihnen wärmstens eine bestimmte Klinik empfehlen. In dieser Klinik ist zwar kürzlich ein Wechsel in der Leitung vorgenommen worden; der neue Chefarzt ist nicht

gelernter Chirurg, er ist Naturheilkundiger, hat aber, wie ich genau weiß, eine Reihe von chirurgischen Büchern aufmerksam studiert. Den Oberarzt hat man auch entlassen, ebenso einige Assistenten. Immerhin arbeiten in dem Betrieb noch einer von den Unterärzten und einige begabte Medizinstudenten. Ich rate Ihnen sehr, die Operation dort vornehmen zu lassen. Ich schloß stereotyp mit der Frage: Was meinen Sie wohl, werden die Eltern zu diesem Vorschlag gesagt haben? Die ganze Sache wurde dann ausgiebig belacht. Und dennoch glaube ich nicht, daß all die deutschen Mütter, die, wenn auch nicht freiwillig, so doch meist voll patriotischer Gefühle, ihre lieben großen Jungen diesem Pfuscher ans Messer liefern, sich über die Ungeheuerlichkeit einer solchen inneren Bereitschaft klar sind. Todesanzeigen mit dem Zusatz: «Für Führer und Volk» sind nach wie vor in der Mehrzahl gegenüber den anderen, die den unseligen Mann wenigstens hierbei aus dem Spiele lassen. Doch kann man dies, da es sich mehr um eine Phrase handelt, noch verstehen. Um eine völlige Verirrung der Gefühle jedoch handelt es sich, wenn eine Mutter den Tod ihres mit Schmerzen geborenen und durch all die Jahre oft mit unsäglicher Liebe großgezogenen Kindes bekannt gibt mit dem Zusatz: «Mit stolzer Trauer».

Die erwähnte Zeitungsnotiz sprach ganz nebenbei von der vollen Würdigung der Tätigkeit des «bisherigen» Oberbefehlshabers des Heeres. Brauchitsch ist also gegangen, gegangen worden, verabschiedet, zur Disposition gestellt – nun beginnt das Rätselraten. Man wußte nicht viel von Brauchitsch. Solange er in meiner Vaterstadt das I. Armeekorps befehligte, galt er als ein erklärter Gegner des Hitlertums. Typisch war seine Haltung bei gemeinsamen Veranstaltungen von Partei und Wehrmacht. Dann unterhielt sich Brauchitsch überaus interessiert mit seinen «Herren» und verstand es dabei, der Partei unaufhörlich den Rücken zu zeigen. Wodurch er schließlich «bekehrt» worden ist, weiß ich nicht; jedenfalls wurde Brauchitsch plötzlich persona grata beim Führer. Jedenfalls hat er die entscheidenden Entschlüsse der letzten drei Jahre verantwortlich gegengezeichnet. Jedenfalls ist er damit zu einem der Hauptschuldigen an unserem Unglück geworden.

Immer wieder höre ich bei solchen Gelegenheiten den Einwand, unsere militärischen Führer konnten sich nicht entscheidend gegen den Einfluß der Partei wehren. Jeder Widerstand wäre brutal unterdrückt worden. Dem kann ich, jedenfalls was den Beginn der Entwicklung anbelangt, nicht beipflichten. Es gab damals für jeden, besonders für jeden h o h e n Offizier die Möglichkeit, sich zu versagen. Krankmeldungen, Anträge auf Pensionierung, passive Resistenz, alle diese bewährten Mit-

tel des Widerstandes sind längst nicht in dem möglichen Umfange an-
gewendet worden. Man war geblendet durch die nationale Richtung
des neuen Regimes und vor allem sah man für sich selbst eine Fülle von
Möglichkeiten des Ruhmes und der Erfolge – es lockten die goldenen
Generalsrauten, die Sterne, der Marschallstab in der Ferne.
Von nun an ist also Adolf Hitler allein verantwortlich für das, was weiter geschieht. Zu Anfang Oktober hat er sich mit einer großen Beschwö-
rungsformel versucht, indem er die letzte Etappe des Ostfeldzuges weis-
sagte. Dieser Hokuspokus hat versagt. In wenigen Monaten, ja vielleicht
schon in wenigen Wochen wird er nun beweisen müssen, ob der ange-
maßte Feldherrnstab sich in der Tat als Zauberstab verwenden läßt oder
ob auch er gehandhabt werden muß in ehrlicher, sauberer Arbeit wie
Hammer und Meißel, wie Griffel und Schreibfeder, wie jedes andere
Werkzeug des schaffenden Menschen.

Der General Franz Halder 1884–1972   **Führerhauptquartier**
Vorträge: Buhle, Wagner, v. Ziehlberg, Paulus. Ehrendegen wird mir
durch Gyldenfelft [1. Adj. ObdH] überreicht. [Gfm von Brauchitsch
hatte diesen dem Verf. in Würdigung seiner besonderen Verdienste überreichen lassen. Die Klinge trug die Inschrift: «Das deutsche Heer seinem Chef des Generalstabes in Dankbarkeit und Treue.» Brauchitsch
hatte es bei seinem Ausscheiden aus dem Amt bedauert, daß er den Degen nicht mehr persönlich hatte überreichen können.]

Der Oberstabsarzt
Dr. Willi Lindenbach † 1974   **Staraja Wessytowa**
Verlobungstag.
Furchtbar war dieser ganze Tag. Prahm und ich fuhren zum Divisionsarzt. Wir mußten nachher laufen, weil ein furchtbares Schneetreiben
einsetzte. Sowas habe ich noch nicht erlebt. Zu Haus kann man sich,
glaube ich, so etwas gar nicht vorstellen. – Zu Tode erschöpft abends
wieder zu Haus.

Hilde Wieschenberg 1910–1984   **Schwarzwald**
An ihren Mann vor Leningrad
Heute haben wir mit unseren Kindern Weihnachtslieder gesungen. Unser Annemiezchen singt bei der Bescherung, das heißt 2 Min. vorher,
«Ihr Kinderlein kommet». Ganz alleine soll sie dieses Lied singen, wenn
am Weihnachtsmorgen 6 Kinder und 3 Mütter den festlich geschmück-
ten Raum betreten. Und so viel Überraschung gibt es für die Kinder. Es

wird manche Tränen kosten. Tränen des Bedauerns und tiefen Mitleids, weil eben Du in diesem fremden Land die heiligen Tage verbringen mußt. Liebes, so innig und heiß habe ich Dich noch nie herbei gesehnt. Wir Fraucn, die wir alle ohne den geliebten Mann sind, werden in herzlicher Gemeinschaft die Tage verbringen.

Hast du Kameraden um Dich, die in treuer Verbundenheit zu Dir stehen?

Ich mache mir jetzt Sorgen, weil ich Dir noch nichts an warmen Wintersachen schicken konnte. Wenn ich nur wüßte, in welche Zeit Dein Urlaub fällt! Ich wäre ja jetzt in der Lage, Dir in mehreren Päckchen warme Unterwäsche und den Pullover zu schicken. Vielleicht erfahre ich im nächsten Brief mehr.

Franz, gleich nach Weihnachten, wenn die Sperre aufgehoben ist, schicke ich Dir ein Päckchen zum Geburtstag. Heute möchte ich dir schon gratulieren.

33 Jahre liegen dann hinter Dir. In der Zeit der höchsten Schaffenskraft mußte dieser Krieg kommen.

Wenn der Aufruf des Führers Erfüllung fände, daß nicht wieder nach 20 oder 30 Jahren ein solch widriges Volksringen vor sich geht, dann wären Eure Opfer und Entsagungen nicht umsonst gewesen. War Dein Vater, der vier Jahre kämpfte und dann fiel, nicht vom gleichen Wunsch beseelt?

Liebes, ich möchte mal wieder mit Dir sprechen. Deine weitsichtige Meinung hören. Das unruhige Herz sieht wieder alles mit kritischen Augen an.

Es wird doch Weihnacht, nicht nur in Deutschland, auch in Rußland. Ihr Soldaten tragt in Eurem Herzen für immer alles, was euch heilig ist. «In der Nacht der heiligen Wunder, wird kein Herz einsam sein.»

Der Offizier Leo Tilgner 1892–1971   vor Leningrad
An seine Frau

Du fragst, ob der Kommandeur scherzhaften Dingen zugängig sei. Ja, sehr! Als ich vor dem Fest erfuhr, daß 2 Pastöre, ev. und kath. Feldgeistliche geladen waren, und ich mir meine «Tänzerinnen» mit spitzem Busen und leichten Röckchen vorstellte, dazu den Hl. Antonius, mit kopfstehenden Akten, äußerte ich Bedenken. Der Kommandeur aber hatte keine. Er hat herzhaft gelacht.

Die Post läuft etwas schneller. Es sollen draußen noch über 100 Waggons mit Post stehen. Wir stellen von der Kompanie freiwillig jeden Tag 10 Mann Hilfe, damit es schneller geht.

Der Unteroffizier Wolfgang Buff 1914–1942 *vor Leningrad*
Nach dem gestrigen Sturmtag heute Grabesruhe. Der tote Kamerad
Opladen, der durch einen Kopfschuss grässlich entstellt wurde, ist von
vorne geholt worden und liegt im Schnee von Tannenzweigen bedeckt.
Das war ein trauriger Advents-Sonntag. Ich leide etwas an den Füßen.
Marstaller wird mich ein wenig vertreten. Aus der Heimat die unbe-
greifliche Nachricht vom Rücktritt Brauchitschs.

Pjotr Samarin 1888–1942 *Leningrad*
Es regnet schon am frühen Morgen. Um 7 Uhr gehen wir zur Arbeit.
Es ist finster, große Pfützen bilden sich. Meine Lidusja hat löchrige
Überschuhe. Wie wird sie, armes Kind, ihre Arbeitsstelle erreichen? Sie
hat ja einen weiten Weg zurückzulegen. Meine arme Frau, ich kann ihr
jetzt nicht helfen. Heute habe ich einen Schwächeanfall. Ich will essen,
die Beine zittern mir, ich kann mich kaum noch bewegen. Ich habe viele
Moskauer Zeitungen bekommen, aber ich konnte sie nicht lesen, weil es
zu Hause kein Licht gibt. Am Abend brachte Lidusja das Mittagessen,
sie war besonders aufmerksam und fürsorglich. Sie brachte auch Zweige von Nadelbäumen mit, die reich an Vitaminen sind. So rührend ist
sie. Es ist für mich sehr angenehm. Ich habe schon lange nicht mehr eine
solche Fürsorge gespürt und ausgerechnet heute brauchte ich sie. Angenehm.
Im Radio wieder gute Nachrichten. Unsere Truppe hat Grusino, Budo-
goschtsch und Krapiwino bei Tula zurückerobert. Heute keine Zeitungen mehr, die Redaktionen haben Ruhetag.

Soja Wassiljewa *Leningrad*
Es war die Zeit, als die Brotfabriken und die Bäckereien kein Brot mehr
buken. Dafür bekamen wir Mehl. So habe ich für Brot Mehl bekommen und eine Mehlsuppe gekocht. Zwei Eßlöffel Mehl auf einen Topf
Wasser und ein bißchen Salz dazu. Diese Mehlsuppe haben wir abends
vor dem Schlafengehen rein auf russische Art heiß gegessen. Für meine
Tochter kochte ich einen dickflüssigen Brei aus Mehl. Ich und meine
ältere Tochter schliefen auf einem warmen Ofen, mein Mann auf zwei
zusammengestellten Tischen in der Küche. Die Kleine lag auf Stühlen,
die zu diesem Zweck in die Küche getragen wurden. In der Nacht er-
brach sie den Mehlbrei. Am nächsten Morgen ging ich mit ihr in eine
Kinderklinik und sagte der Ärztin: «Ich habe nichts, was ich dem Kind
zu essen geben könnte, verschreiben Sie mir bitte irgendetwas.» Die
Ärztin antwortete: «Wir haben auch nichts, wir verschreiben auch

Leningrad, Sagorodnyi Prospekt, 20. 12. 1941

nichts.» Da sagte ich: «Sehen Sie sie bitte nur an, Frau Doktor!» Und
sie antwortete: «Ein normales Kind mit geröteten Backen!» Sie hatte
stets die Röte im Gesicht. So war ihre Gesichtsfarbe. Meine Schwiegermutter war schon 80 Jahre alt und auch sie hatte gerötete Wangen.
«Sehen Sie bitte nicht nur ihr Gesicht an, ihre Beine und Arme sind
doch wie Stöcke.» – «Bitte, nicht auswickeln. Es ist zu kalt bei uns. Und
wir haben sowieso nichts», sagte die Ärztin zum Schluß. Bald darauf
starb meine Tochter, weil ich ihr gar nichts zu essen geben konnte. Wir
bekamen keine Graupen, keine Butter, überhaupt nichts.
Bei den Bombenangriffen schwankte unser Haus, wenn eine Bombe in
der Nähe einschlug. Ich war kein einziges Mal im Keller. Ich dachte,
wenn es mein Schicksal ist, getötet zu werden, dann egal wo, hier oder
in einem Keller.
Manchmal hielt ich einen Beutel bereit, in den ich etwas gelegt hatte:
Wasser zum Trinken, eine Windel für die Kleine. So setzten wir uns bei
Bombenangriffen ins Vorzimmer, ich und noch eine Frau mit einem kleinen Kind aus dem Nebenzimmer. Wir saßen mit unseren Beuteln in der
Mitte des Zimmers, damit die Glassplitter uns nicht verletzen konnten.

Der Lehrer Georgi Zim † 1942   *Leningrad*
Heute sind es sechs Monate seit Kriegsbeginn. Gestern erzählte Kolja,
daß Ljubow Sergejewna, die Mutter des ersten Mannes von Verotschka,
eine Katze und einen Hund hat. Sie hat sich entschieden, ihren Hund
zu töten. Selbst die Männer im Hof wollten ihn nicht schlachten. Ein
Pferd, sagten sie, das wäre kein Problem für sie, das wäre eine andere
Sache. Aber einen Hund, das könnten sie nicht. Zu guter Letzt wurde
das Dienstmädchen gezwungen, es zu tun. Sie schlug dem Hündchen
ein Gewicht über den Kopf und schnitt ihm die Kehle durch. Das Fell
nahm man für Handschuhe, Fleisch gab es sehr wenig, für Koljas Mädchen fiel eine Winzigkeit ab. Für die Mädchen konnte man nur die Leber
nehmen. Die Mädchen aßen die Leber sehr gierig. So groß ist ihr Bedarf
nach Fleisch. Mir war es sehr angenehm zu hören, daß Verotschka darauf verzichtete, von dem Hündchen zu essen. Das Hündchen hieß No-
notschka. Ljubow Sergejewna erklärte, daß sie es nicht erlauben wird, die
Katze zu töten. Alle zu Hause wundern sich und sagen, sie sei komisch.

Dmitrij Schostakowitsch 1906–1975   *Kuibyschew*
Lieber Isaak Dawydowitsch.
Ich habe jetzt eine separate Wohnung mit zwei Zimmern. Es lebt sich
leichter, und ich bin dabei, das Finale der Symphonie zu beenden. Die

Wohnung hat mir die Genossin R. S. Semljatschka besorgt. Sie hat mir auch in anderen Dingen sehr geholfen. Es ist möglich, daß meine Mutter bald herkommt. In Kuibyschew hat sich der sowjetische Komponistenverband organisiert. Mittwochs versammeln wir uns und hören unsere Arbeiten an. [...] Heute sollte ein Konzert mit Kompositionen von mir stattfinden, aber weil Genosse Moris Shakowitsch Gurwitsch (der Bratschist des Quartetts) an Lungenentzündung erkrankte, ist das Konzert auf den 29. Dezember verschoben worden. L. N. Oborin und ich spielen ab und an vierhändig. Wir sind gesund. Satt. Ich sehne mich nicht nur nach symphonischer Musik, sondern auch nach Moskau und nach Leningrad. Am liebsten möchte ich nach Hause zurückkehren.

✳

Adam Czerniaków 1880–1942   **Warschauer Ghetto**
Morgens Gemeinde. Tendenzen, 120 000 Juden aus Warschau abzuschieben. Die Versorgungsanstalt hat eine Erhöhung der Brotpreise beantragt, weil die Kalkulation sich nicht bewahrheitet habe. Ich berief den Rat ein, der mit der Mehrheit der Stimmen eine Erhöhung beschloß.

Danuta Czech   **(KZ Auschwitz-Birkenau)**
Acht Häftlinge, die von den Polizeibehörden und Gendarmerieposten aus Krenau, Auschwitz, Rajcza und Przyborów eingeliefert worden sind, erhalten die Nummern 24 997 bis 25 004.

✳

Ich bin heute ja so verliebt,
wie heut war ich noch nie verliebt,
mein Herz möchte vor Glück vergehn,
noch nie war das Leben so schön.
Ich tausch nicht für Millionen ein
die Freude so verliebt zu sein!

<844   Dienstag, 23. Dezember 1941   1232>

> Jesus Christus, ob er wohl in göttlicher
> Gestalt war, hielt er's nicht für einen
> Raub, Gott gleich sein, sondern ent-
> äußerte sich selbst und nahm Knechts-
> gestalt an, ward gleich wie ein anderer
> Mensch und an Gebärden als ein Mensch
> erfunden.
> HERRNHUT   PHILIPPER 2,6.7

Julien Green 1900–1998 *Baltimore*
Gestern bei Einbrechen der Nacht bin ich zu Gilman Paul gegangen,
der ein großes, schönes weißes Haus bewohnt. Es war kalt; ein rosa
Licht erhellte den Garten und verlieh den Steinen der langen Fassade
einen Anschein von Leben. In der Bibliothek stieß ich auf Anne und
Nan mit Gilman Paul, und wir haben alle geplaudert. Einen Augenblick
befand ich mich allein in diesem Raum, wo eine Stille von ausgesuchter
Qualität herrscht, denn sie besteht aus der Anhäufung von Stille über
viele Jahre hinweg; vielleicht bringt auch die Gegenwart von Büchern
diese Wirkung hervor.

Wilhelm Muehlon 1878–1944 *Klosters/Schweiz*
Die neuesten britischen Panzer tun in Russland gute Dienste und werden von den Russen sehr gerühmt. Die Deutschen sollen von dem Erscheinen dieser Tanks überrascht sein, sie hatten an so rasche Abliefe-
rung nicht geglaubt.

Bertolt Brecht 1898–1956 *Santa Monica*
die russen haben hitlers ‹größte armee der welt› zerbrochen: hitler setzt
seine generäle ab und übernimmt selber das kommando. churchill fliegt
nach washington, mit roosevelt zu konferieren.

Thomas Mann 1875–1955 *Pacific Palisades*
Wechsel von Regen und Sonnenschein. Trank Kaffee zum Frühstück
und ging nach der Arbeit allein in der Nähe [...] Nachrichten: Churchill

in Washington, Durchbruch der Russen durch die neue deutsche Ver-
teidigungslinie. Wahrscheinliche Aktion Hitlers gegen Spanien und
Afrika-Häfen. Gerücht von der Abdankung Pétains. Kämpfe um die
Philippinen. – Das Söhnchen gesund. – In «Dichtung u. Wahrheit». –
Christbaum im Living Room.

✳

Jochen Klepper 1903–1942   **Berlin**
Ich holte die Blumen fürs Fest, was nicht ohne Mühe war. Ich gab dem
Hause seinen weihnachtlichen Tannenschmuck, brachte in den Man-
sarden die bunten Zweige der Mädchen an, schmückte dem Kinde sein
Zimmer, putzte den Christbaum in seiner ganzen rotgoldenen Pracht,
steckte – auch in diesem Jahr des Mangels ist es nun gelungen – die Ker-
zen zum morgigen Lichterfest auf – alles in dem namenlos seligen und
bangen, bangen Gefühl, daß dies alles noch einmal für unser Kind geschehen darf. […]
Es ist alles bereitet wie sonst: der Tannenzweig über dem Madonnen-
bilde, die Lichtlein in den Händen der Heiligen, der Tannenschmuck der
Diele und des Treppenhauses, der silberschimmernde Tannenzweig im
Arme des Puttos, – Tanne, Weidenkätzchen, Stechpalme und Mispel im
Zinnkübel, die Lichtersterne, es duftet und leuchtet von Tanne, es schimmert von Silber. Und der Christbaum steht bereit mit seinem Goldlamet-
ta, seinen roten und goldenen Glaskugeln, Rauschgoldengeln; Tannenzapfen und goldenen Nüssen. Die Taube des Heiligen Geistes schwebt
in Tannengrün auf – es ist noch einmal so unsagbar schön in allem namenlos Schweren.

Victor Klemperer 1881–1960   **Dresden**
In der Zeitung gestern ein Führer- und Goebbelsaufruf, alles, was an
Pelz- und Wollzeug entbehrlich, der Ostfront zu schenken; an die Juden aber, soweit sie den Stern tragen, Befehl durch Gemeinde verbreitet, alle Pelz- und Wollsachen «entschädigungslos» bis heute fünf Uhr
nachmittag abzuliefern – «behördliche Kontrollen werden später durchgeführt werden». (Eva nicht betroffen, immerhin vorsorglich zu Annemarie, denn wir bekommen sicher Haussuchung, weil ich buchstäblich nichts abzuliefern habe.) – Die Erbitterung über den neuen Raub
geht unter in der Herzensfreude über die *Wendung* (cf. Stimmung bei
Kreidls, bei Kätchen), denn als Wendung empfinden wir es, daß Hitler
den Oberbefehl übernommen hat. Einerlei, was dahintersteckt: Zwist

zwischen Armee und Partei oder Ablehnung der Verantwortung für
nutzloses Blutvergießen oder was sonst: Es ist ein furchtbares Zeichen
der Unsicherheit, zumal die Niederlage im Osten kaum noch verschleiert, die in Afrika offen am Tage liegt.
Hitlers Aufruf an das Heer ist ein Musterbeispiel der LTI. Übermäßige
Häufung des Barnumsuperlativs, darunter Unsicherheit, Angst. Zweimal *fanatisch*. Der Form entspricht der verschleierte, z. T. rätselhafte
Inhalt. Zu bedenken: Vor wenigen Wochen waren die Russen offiziell
«vernichtet». Jetzt sollen sie im Frühjahr vernichtet werden. Ihr braucht
bloß «fanatisch» festzuhalten, was ihr schon erobert habt. Wieso gerade jetzt «Schwierigkeiten», wo die *Welt*macht Japan (nicht *Groß*macht)
die pazifische Flotte USA's vernichtet (!) hat. Wieso ist der Winter in
Rußland unvermutet früh (in der Mitte Dezember!) hereingebrochen? –
Wir, Eva und ich, rätseln: Sind neue russische Armeen aufgetaucht, oder
hat Deutschland Truppen an eine andere Front geschickt? An *welche*?
Ich tippe auf amerikanische Skandinaviengefahr von Island her. Aber
alles liegt im Dunkeln.
Gewißheit: *Er* fällt. Ungewißheit: 1) Wann? 2) Vor uns?
Abends
[...] Eva war heute nachmittag bei Annemarie. Deren höchst willkom-
menes Weihnachtsgeschenk: an 8 Pfund Brotmarken.

Ulrich von Hassell 1881–1944   Ebenhausen
Je mehr man über das Ereignis der Beseitigung von Brauchitsch nach-
denkt, desto stärker wird der Eindruck eines kritischen Tages erster
Ordnung. Die Arbeit von vielen Monaten ist zunichte gemacht, aber
vielleicht bedeutet es noch viel mehr. «Unheimlich» ist das Wort, das es
am besten kennzeichnet.

Der Oberstabsarzt
Dr. Willi Lindenbach † 1974   Staraja Wessytowa
Habe hier jetzt ein neues, wunderbares Quartier, vor allen Dingen
wirklich sauber. So eines habe ich lange nicht gehabt. Wir sollen nun in
Chowang ein Lazarett einrichten und zwar, wie immer, sofort. Die
Stimmung ist deshalb besonders bedrückt, da wir morgen am «Heiligen
Abend» dann wahrscheinlich nicht zusammen sind. Es herrscht immer
noch ein wüstes Schneetreiben, mir ist unklar, wie wir mit den Kraft-
fahrzeugen durchkommen sollen.

Feldwebel Arthur Binz Albat/Krim

Ein schönes Wort las ich heute in einem mir gestern durch Kriegspfarrer Satzger zugeleiteten Büchlein: «Weihnachten fern der Heimat»: «An diesem Tage wenigstens vermag sich kaum einer dem Licht und der Wärme zu entziehen, die über 2000 Jahre hin schon die Christnacht ausstrahlt.

Es ist ein Fest des Herzens, des inneren Reichtums. Nicht das äußere entscheidet. Gott wird – Mensch. Der Gottmensch ist ein – Kind. Das Kind liegt in einem – Stall. Und ist doch der Herr der Welt! … Mehr sein als scheinen, den inneren Reichtum über den äußeren stellen, das ist weihnachtliche Haltung. Das ist es, was uns auch in einer Not, in der Fremde, im Felde sicher macht, froh und stark!»

Ein unbekannter Soldat Sowjetunion

Mein liebes Brunhildchen!

Es sind jetzt nur noch 2 Tage bis zum Heiligenabend und wir merken garnichts davon. Nur immer denkt man daran wie schön könnte es zu Hause sein. Wir liegen hier in einen Dorf und müssen sichern, der Feind liegt nahe vor uns und will uns keine rechte Ruhe lassen. Liebe Brunhilde wieder mußte ich den Brief unterbrechen und kann ihn erst heute einen Tag vor Heiligenabend fertig schreiben.

Meine liebe Brunhilde ich habe mich wieder sehr gefreut, daß ich vor 3 Tagen so viel Post von Dir erhalten habe. Wir bekommen ja sehr unregelmäßig und selten Post. Leider kann ich die 8 Briefe heute nicht beantworten, da ich die selben nicht da habe, denn die Fahrzeuge liegen ja weiter zurück.

Wie gerne möchte ich jetzt zu Hause sein, wo du jetzt bei uns bist. Das wäre bestimmt sehr schön aber dem Mensch soll es eben nie zu gut gehen. Na auch wir werden einmal aus dem Kampf heraus gezogen und hoffentlich wird es bald, dann werde ich auch einmal auf Urlaub kommen. Ich möchte so gern wieder einmal Kuchen essen oder ein gutes Mittagessen genießen. Dann möchte ich so gerne wieder einmal von Läusen frei sein und wieder einmal richtig waschen können.

Ich will nun schließen, ich muß noch einige Läuse fangen man wird sonst garnicht mehr froh. Es grüßt und küßt dich aus der Ferne dein lieber Gerhard!

Josef Kraus *1909 vor Moskau

Einen Tag vor dem Heiligen Abend. Die Stammeinheit hatte für uns 28 Mann, die wir abgestellt waren, die uns zugeteilten Marketenderwaren nachgeschickt. Die Leute unserer Gruppe waren in verschiedenen Russenhäusern untergebracht. An Stellungs- und Bunkerbau war bei dem harten Frost nicht zu denken. Das Erdreich war trotz der Schneedecke wie Beton geworden. Es herrschten jetzt 49 bis 52 Grad minus Celsius.

Ich erhielt im Batallionsgefechtsstand den Auftrag, unsere Sachen beim Fourier abzuholen und an unsere Leute zu verteilen. Wir erhielten je Mann eine Flasche Wein, 30 Zigaretten, 6 Zigarren, jeder ein Päckchen Kekse und je zwei Mann eine Flasche Schnaps. Ich verteilte alles, auch das kalte Abendessen für jeden an diesem Tage, Trockenverpflegung, mit dem letzten Kameraden trank ich die Flasche Schnaps leer, meine Sachen hatte ich in die Manteltaschen gestopft. Mit der Weinflasche im Arm stapfte ich dem Batallionsgefechtsstand zu. Einen Brief von meiner Frau, den ich beim Fourier erhalten hatte, trug ich in der Feldbluse.

Die Häuser des Dorfes lagen weit auseinandergezogen, ein Teil davon bereits von Volltreffern getroffen oder zum Teil beschädigt. Schon beim Weggehen vom Gefechtsstand wurde ich im Freien von den Einschlägen der Stalinorgel überrascht, ich warf mich in den Schnee. Als ich zurückkam, war vor dem Hause die Feldküche vorgefahren. Beim Eintreten hörten wir wieder die Abschüsse. Ich stellte meine Flasche Wein auf ein Wandbrett und hängte meinen Mantel nahe der Tür an einen Nagel, da schlug es um's Haus mehreremale ein. In Eile warf ich mich mit anderen hinter den großen Kachelofen. Eine Granate war unmittelbar vor der Feldküche krepiert, eine andere vor unserer Tür. Gellende Schreie von draußen. Dort lagen Tote und Verwundete. Letztere wurden in aller Eile zum Verbandplatz gebracht, der etwa einen knappen Kilometer am äußersten Ende des Dorfes lag. Nach geraumer Zeit griff ich nach meinem Mantel. Er war weg. Mit der Tagesverpflegung und allen Kostbarkeiten von der Einheit. Nur die Flasche Wein stand noch am Wandbrett, der Brief meiner Frau in der Feldbluse und die halbe Flasche Schnaps hatte ich bereits im Magen. Es kam so. Meinen Mantel mit allen Habseligkeiten hatte man in Eile einem Verwundeten umgehängt oder drübergedeckt. Ich lief zum Verbandplatz. Zu spät. Die Verwundeten waren gleich abtransportiert worden. Der Russe hatte einen Angriff unternommen. Neben unseren Stellungen unmittelbar bis an das Dorf heran hallten die Hurrah-Rufe der Angreifer und die Schreie der Getroffenen. Der Angriff wurde abgeschlagen. Im Mondlicht sah ich die Gestalten schemenhaft. Kameraden am Gefechtsstand teilten von ihrem Essen und Rauchwaren mit mir.

Ladoga-See, Dezember 1941

DIENSTAG, 23. DEZEMBER 1941

Der Gefreite Reinhold Pabel *1915   Feldlazarett Bjelorod

Glück im Unglück war das. Am 20. waren wir umgesiedelt, zunächst nach
Sasnoje. Mild war das Wetter und man war guter Dinge. Der Spähtrupp
von Siwaskoje (unserm vorläufigen Ziel) kam mit einer glatten Feind-
frei-Meldung zurück. Nachmittags machte ich noch mit Humpert einen
Besuch bei unseren alten Bekannten, tranken viel heiße Milch und ver-
zehrten dicke Butterbrote mit Rindfleisch. Der eine Sohn spielte auf der
Balaleika Volksweisen und der andere tanzte dazu. Abends ging das
Gerücht, wir würden wohl die Weihnachtsfeier dort in Sasnoje verbringen und dann erst auf unseren vorgeschobenen Posten weitervorrücken.
In der Frühe des 21. Dezember schoß die feindliche Artillerie in das
Nachbardorf Sabynino, wo unsere 6. lag. Wir achteten kaum darauf, und
der Chef ließ einen Dienstplan für den Tag ankündigen: (eine Stunde
lang!) Fertigmachen der Waffen zum Schuß. Unser Verhalten auf Sicherung, MG-Ausbildung u. a. m. Mit Burmeister ging ich in die Nachbarschaft, um Sitzgelegenheiten zu organisieren. Als wir zurückkamen war
Alarm. Die 6. wird angegriffen. Wir sollen zur Unterstützung herangezogen werden. Unsere Quartierwirtin, die vorher so redselig und spott-
lustig gewesen war, war plötzlich ganz niedergedrückt und ängstlich.
«Wo wollt ihr hin?» fragten uns die vom Bataillon, als wir da vorbei-
kamen. «Einen Morgenspaziergang machen», war die Antwort. So war
auch die Stimmung, obwohl das Gewehrfeuer drüben bei der 6. immer
noch andauerte. Die Russen hatten die schwachen Vorposten mit ihrer
Übermacht (Bat.-Stärke) in die Flucht durch das Dorf gejagt. In der
ausgebauten Verteidigungsstellung der Unterkunft hatte die Kompanie
die mit «Urräh» anrennenden Haufen wärmstens mit allen Waffen empfangen. Nun zog er sich auf Siwaskoje zurück. Dort feuerten noch zwei
Geschütze und zahlreiche für uns unsichtbare Gewehrschützen. Diese
nahmen uns, als wir jetzt frei auf der Höhe vorrückten, heftig unter
Feuer, während wir selbst in die flüchtenden Haufen mit Karabinern,
MGs, Pak und Ari hineinschossen. Auf dieser ungeschützten Höhe hat's
mich dann auch erwischt. Die Kugeln aus dem Dorfe zischten immer
eben an mir vorbei. Bis es mit einem Mal patsch! sagte und am rechten
Oberschenkel ein unangenehmes Gefühl auftrat. Die Hose war nur ein
wenig zerrissen, und es tat eigentlich auch nicht so weh wie ich mir sowas vorgestellt hatte. Das wäre also eine Schußverwundung, dachte ich
und drehte mich auf die andere Seite. Mußte ich nun eigentlich Hilfe
schreien? Ich erhob mich und rief dem vor mir liegenden Zugführer zu,
daß ich verwundet sei, und humpelte, immer im Kugelgeschwirr, ein
Stück den Hang hinab nach hinten. Da kam auch schon der gute Til-

mann mit seiner Trage an, schnitt mir die Hose auf und riß das Verbandspäckchen aus meinem Rock. Nun hielt ich es für angebracht, auch ein wenig zu stöhnen und kuckte vergeblich nach der Wunde, die über der Kniekehle saß und nach dem Verhalten Tilmanns ziemlich doll aussehen mußte. Ein Knochen war Gott sei Dank nicht getroffen und Sehnen auch nicht. Nun holte Tilmann den Kinderschlitten, den die Granatwerfer als Transportmittel benutzten, ich setzte mich hinein, Beine und Kopf heraushängen lassend. Im Dorf besorgte ein Leutnant der 8. mir gleich einen Schlitten. Unterwegs traf ich noch Harry Schröder und meine Quartiersleute, die mich ob des kläglichen Anblicks heftigst bedauerten und in Tränen ausbrachen, was ich mit einer bemerkenswerten Genugtuung kassierte. Der Schlitten brachte mich nun über die hartgefrorene und mit dünner Schneedecke versehene Erde in schmerzhaften ruckartigen Stößen nach Hostischewo. Dort in der Hauptstraße traf ich noch den Spieß, der mich fragte, ob man mir meine Weihnachtsbescherung nicht mitgegeben hätte und ich solle bald wiederkommen. Der Sankra, der mich zum HVP weiterbefördern sollte, zog es vor, erst noch eine Ladung Holz zu fahren, bevor er mich dorthin brachte. Er fuhr querfeldein und schüttelte mein wundes Gebein heftig durcheinander. Ein sehr menschenfreundlicher, Ruhe und Sicherheit ausströmender wienerischer Chirurg nahm mich gleich in Empfang, und auf den Operationstisch. Er bespritzte mich mit Tetanus und säbelte die Wunde sauber. Der Einschuß war kaum zu sehen, der Ausschuß größer. Nachher freilich traten die Schmerzen stärker auf, und viel Schlaf gab es die ach so lange Nacht nicht, wohl aber viel Stöhnen. Des Morgens fuhr uns der Sankra weiter zum Feldlazarett nach hier. Auf der Moskauer Rollbahn begegneten uns Sturm-Ari und Panzer in hellen Haufen Richtung Norden. Das wird uns wohl entlasten. Das Feldlazarett ist fast vorbildlich. Man gibt uns (nach Abnahme aller verlausten Klamotten) gleich ein frisches Hemd und wäscht uns, trägt uns in einen mäßig großen Saal mit weißen Betten (richtigen Betten!) Ich habe besser geschlafen als erwartet. Die Schmerzen sind bei ruhiger Lage des Beines nicht nennenswert. Der Kriegspfarrer war auch schon hier und hat amtsgewaltet. Zu unserer Freude erschienen eben auch «der Mann» und Gustav Schmidt vom Troß und brachten uns die Weihnachtsgabe der Kompanie (Schokolade und Zigaretten) und Post. Von Nadja – zu meiner Enttäuschung – nur 2 Zeitungssendungen. Warum immer nur sowas Unpersönliches? Aber ich will nicht klagen, sondern zufrieden sein mit meinem Los. Jetzt werden doch einige Wochen der besinnlichen Ruhe für mich kommen.

Franz Leiprecht *1921 im Osten

Morgen ist heiliger Abend. In den Bunkern herrscht Hochbetrieb. Dieses Fest wollen wir uns doch möglichst schön gestalten. Das schönste Tannenbäumchen in der Umgegend suchten wir als Weihnachtsbaum aus. Viele von uns, darunter auch ich, hatten das erste Kriegs- bzw. Frontweihnachten vor sich. Jeder war über und über beschäftigt, sei es beim Bunkerreinigen und Ausschmücken oder beim Basteln von Christbaumschmuck. Keiner soll morgen abend ohne Freude sein. Aus diesem Grunde packte jeder eine Kleinigkeit zusammen, der eine hatte Rauchwaren über, andere packten Backwaren, ein Notizbuch, ein ausgelesenes Buch usw. zusammen, denn in den letzten Tagen erhielten die meisten von uns Päckchen aus der Heimat, und mit diesen bescheidenen Spenden sollte den Kameraden, die keine Lieben und Bekannten zu Hause hatten, auch eine kleine Freude bereitet werden. Diese Freudenspender sammelte der Spieß ein, um sie bei der Weihnachtsfeier zu verteilen. Gleichzeitig übte die Bunkerkapelle für den kommenden Abend. Ich glaube, daß ich als kleiner Junge nicht mit mehr Freude auf diese Stunden wartete, wie in diesem Jahr als Soldat im fernen Feindesland. Das zierliche Bäumchen stand vor dem Bunker, bereits mit glänzenden Sternchen und Bändchen geschmückt. Im Bunker selber war alles sauber aufgeräumt und mit frischem Tannengrün ausgeputzt. Die große Vorfreude verwandelte sich plötzlich in bittere Enttäuschung und ärgerliche Flüche. Wie eine Trauerbotschaft vernahmen wir den Befehl: Stellungswechsel vorbereiten! Sollte damit alle Freude zu Ende sein? Bis Einbruch der Dunkelheit stand auch schon die Batterie marschbereit.

Jura Rjabinkin 1925–1942 *Leningrad*

Ich habe viele Tage nichts geschrieben. Acht Tage lang habe ich die Feder nicht zur Hand genommen. Mein Charakter hat sich anscheinend geändert. Die Änderungen scheinen gut zu sein. Wie gemein habe ich damals an meiner Mutter und Ira gehandelt. Ich war zerstreut im Laden und habe 200 Gramm Zucker, 100 Gramm Schokolade für die Mutter und Ira sowie 150 Gramm Bonbons verloren. Ich will mich ändern, meinen Charakter umschmieden, dabei fühle ich, daß ich in meinem neuen und ehrlichen Leben ohne Mutters und Iras Unterstützung nicht lange aushalte. Sie mögen mir irgendwie meine Taten vergeben, ich weiß nicht, wie ich es sagen soll. Heute habe ich zum ersten Mal in den letzten Tagen alle Bonbons nach Hause gebracht, die ich in der Kantine gekauft hatte. Ich teile das Brot, obwohl ich noch heimlich ein Krümchen

stehle. Heute waren Mutter und Ira sehr nett zu mir, dann haben sie mir, weil ich in die Kantine ging, um Kuchen, Bonbons und Ölkuchenfladen zu holen, von ihren Bonbons je ein Stückchen gegeben: Mutter ein Viertel und Ira die Hälfte. Ich habe beinahe geweint, so gerührt war ich. Und das sind die Menschen, die ich früher betrogen habe, und sie wußten davon! Was ein gutes Verhältnis ausmachen kann! Dann aber hat Mutter von mir den Kuchen genommen, dafür versprach sie mir ein Bonbon, dann hat Ira geweint, so daß wir beide je ein Bonbon bekamen. Ich habe Ira von meinem gegeben, so daß sie am Ende mehr als ich gegessen hat. Doch heute habe ich wieder eine Sünde begangen: Ich habe einen Kuchen vor ihnen verheimlicht. Das ist schlecht ...
Man verspricht der Mutter im Kreiskomitee, uns am 28.12. zu evakuieren. Jetzt ist sie wieder in dieser Sache weggegangen. Wenn unsere Evakuierung bis zum 1. Januar verschoben wird, kommen wir ums Leben. Wir haben Talons nur noch für zwei Tage, vielleicht für drei. Dann ist Schluß. Mutters Gesundheit verschlechtert sich. Ihre Geschwulst hat schon die Hüfte angegriffen. Ich bin völlig verlaust. Mein Gesicht und das von Ira sind angeschwollen. Heute haben wir Bonbons gelutscht. Morgen essen wir Grütze. Übermorgen Fleisch und Butter. Und dann ... Eine stille und bedrückende Schwermut. Es ist mir schwer und weh. Tiefe Trauer und ein schwerer, trostloser Schmerz.
Ich erinnere mich an die Tage und Abende, die ich hier verbrachte, sobald ich ins Wohnzimmer aus der Küche komme. In der Küche herrscht noch ein Trugbild unseres früheren Lebens vor dem Krieg. Eine politische Karte Europas an der Wand, Haushaltsgeräte, ein aufgeschlagenes Buch auf dem Tisch, eine Wanduhr mit Gewichten, die Wärme des Herdes, wenn er geheizt wurde ... Ich will erneut die ganze Wohnung besichtigen. Ich ziehe die Wattejacke an, setze die Mütze auf, ziehe Handschuhe an und öffne die Tür zum Korridor.
Dort ist es eiskalt. Aus dem Mund kommt kalter Dampf in dichten Schwaden, die Kälte dringt unter den Kragen, man zieht sich unwillkürlich zusammen. Der Korridor ist leer. In einem Haufen sind vier Stühle von Anfisa Nikolajewna aufeinander gestapelt, an die Wand sind die Bretter eines zerbrochenen Schrankes gelehnt. Wir hatten früher drei Zimmer. Jetzt gehören uns nur zwei. Das äußere, neben der Küche liegende gehört [...] Über die Familie kann man nur neidisch sprechen. Im Zimmer wird ein Kanonenofen geheizt, ein appetitlicher Geruch kommt durch ihre Tür, die Gesichter der Bewohner spiegeln Glück und Gefühl der Sattheit wider. Daneben ist ein leeres Zimmer mit braunen Tapeten, das Fenster ist zerbrochen, der kalte Wind weht herein,

ein blanker Eichentisch an der Wand und ein Büchergestell ohne Bücher in der Ecke. Die Wände sind von Staub und Spinnweben bedeckt. Früher war hier unser Eßzimmer, wo wir uns amüsierten, die Schulaufgaben machten und uns ausruhten. Hier standen einst ein Diwan, ein Büffet, Stühle, Essensreste lagen nach dem Mittagessen auf dem Tisch, die Bücher im Regal, ich lag auf dem Diwan und las «Die drei Musketiere», aß ein Butterbrot mit Käse oder knabberte an einer Tafel Schokolade.

Im Zimmer war es damals warm, und ich «mit mir selbst und mit meinem Mittagessen immer zufrieden» lag dort... obwohl ich eigentlich auch kein Mittagessen extra hatte, dafür hatte ich meine Spiele, meine Bücher, Zeitschriften, Schach, Kino... und da war ich betrübt, wenn ich mal nicht ins Theater gehen konnte. Wie oft habe ich bis zum Abend absichtlich nichts gegessen, weil ich wegen des Volleyballs und meinen Kameraden darauf verzichtete. Wie wehmütig ist für mich die Erinnerung an den Leningrader Palast der Pioniere, an die Abende in seinen gemütlichen Räumen, an den Lesesaal, an all die Spiele, an den historischen Klub, an den Schachklub, an den Nachtisch in der Kantine, an Konzerte und an die Bälle... Das war ein Glück, das ich damals nicht empfunden habe, ein Glück, in der UdSSR leben zu dürfen, in einer Friedenszeit, ein Glück, die fürsorgliche Mutter, eine Tante zu haben und zu wissen, daß niemand einem die Zukunft wegnehmen wird. Das war ein Glück.

Das nächste Zimmer ist eine trübe und traurige Vorratskammer, in der allerlei altes Zeug gelagert wird. Eine Kommode steht da, zerlegte Betten, zwei Schreibtische übereinander gestapelt, ein Diwan, alles ist von Staub bedeckt, alles abgeschlossen, verpackt, kann da noch tausend Jahre aufbewahrt werden ...

Die Kälte hat uns auch aus diesem Zimmer getrieben. Einst stand hier ein Herd, wir haben darauf Eierkuchen, Bratwürste gebraten, eine Suppe gekocht, die Mutter saß am Tisch und hat bis Mitternacht beim Licht einer Tischlampe gearbeitet ...

Hier hat ein Grammophon gespielt, wir lachten fröhlich, hier wurde auch ein großer, bis an die Decke reichender Weihnachtsbaum aufgestellt. Die Kerzen wurden angezündet, Tina kam, auch Mischka, auf dem Tisch lagen haufenweise Butterbrote mit allerlei Leckereien belegt, am Weihnachtsbaum hingen Dutzende von Bonbons, Kuchen (niemand rührte sie an), was wir nur alles hatten!

Und heute ist es hier leer, kalt und dunkel, und ich habe keine Lust, ins Zimmer zu gucken.

Die Küche ist der einzige Ort, wo jetzt unser Leben verläuft. Hier essen wir, wenn wir etwas haben, was man in den Mund stecken kann, hier wärmen wir uns, wenn wir Heizmaterial haben, hier schlafen wir, wenn die Läuse uns nicht quälen, hier ist unsere Ecke.
Die Wohnung ist verwahrlost. Das Leben erlischt hier. Es ist wie erstarrt, zu einem Eiszapfen geworden, und erst im Frühling kann er wieder abschmelzen.

Nina Chudjakowa   *Leningrad*

Im Archiv gibt es keine eigene Kantine. Wir bekommen unser Essen auf Lebensmittelkarten in einer Kantine an der Kreuzung Dsershinski- und Gogol-Straße. Als Nachschlag bekommen wir manchmal Hefesuppe und Ölkuchen. Auf dem Rückweg von der Kantine geriet ich in einen Bombenangriff. Ich hoffte, noch den Schutzraum zu erreichen, da schlug in der Nähe eine Bombe ein, und ich verbarg mich im Aufgang des nächsten Hauses. Der Fliegeralarm dauerte lange. Ich hatte Angst, zu spät zum Dienst zu kommen. Sobald die Entwarnung kam, lief ich los und kam doch noch rechtzeitig.

Pjotr Samarin 1888–1942   *Leningrad*

Um 6 Uhr aufgestanden. Kein Wasser, kein Licht. Um 7 Uhr wusch ich mich an meinem Arbeitsplatz. Heute ein schrecklicher Kräfteverfall. Die Füße wollen sich nicht fortbewegen. Ich habe Angst vor dem Tod. Lidusja hat heute kein Mittagessen bei ihrer Arbeitsstelle aufgetrieben. Wir haben in unserem Büfett Wurst und Brei genommen, zu Hause hat sie dafür herrliche Erbsen gekocht. Am Tage hat die Hauswirtin drei Fladen aus einer kleinen Menge von Kartoffelschalen mit Kaffeesatz gemischt gebacken. Wir haben sie halbiert gegessen. Sie schmeckten nicht schlecht. An die Alten in Melnitschnyi (Rutschei) habe ich eine Postkarte geschickt. Sie versprechen mir, Stoff für die Besohlung meiner Filzstiefel zu organisieren. An der Front wird die Vernichtung des Feindes fortgesetzt. In der Zeitung steht ein Artikel über die Selbsternennung Hitlers zum Oberbefehlshaber des Heeres, von Brauchitsch ist abgesetzt.

Marija Sjutkina   *Leningrad*

Dann wandte er sich an mich und sagte: «Marija Andrejewna! Setzen Sie sich bitte hierher! Ich will Ihnen mein Parteibuch abgeben! Wollen Sie sich bitte auf mein Bett setzen.» Ich setzte mich hin und habe gefragt: «Wo ist Deine Familie?» – « Sie ist evakuiert. Ich weiß nichts von ihrem Schicksal, niemand schreibt mir.» Und da umarmte er mich, vielleicht wollte er mich küssen oder noch was. Und im gleichen Augenblick starb er. Die Toten halten ganz fest, was in ihren Händen ist. Ich konnte nichts tun, um mich von dieser Umarmung zu befreien. Dann kamen Shenja Sawitsch und noch jemand. Und sie konnten mich auch nicht befreien. Nur mit großer Mühe habe ich meinen Kopf herausgezogen.

*

Edith Stein 1891–1942   (Kloster Echt / Holland)
An eine befreundete Dame
Es tut mir doch sehr leid, daß ich Sie beleidigt habe. Sonntag nachmittag hat mich unsere liebe Mutter aus der Betrachtung gerufen, um in dieser Angelegenheit zu helfen. Ich war glücklich, Ihnen einen kleinen Liebesdienst tun zu können und wollte mein Bestes tun, um dies Ziel zu erreichen. Während der Betrachtung und dem Abendessen habe ich den Antrag geschrieben, bin später zu Tisch gegangen und war gerade fertig mit dem Abendessen, als ich ins Sprechzimmer gerufen wurde, um Ihnen die Sache zu erklären. Wenn ich dafür nicht die passende Art und Weise gefunden habe, bitte ich Sie herzlich um Verzeihung. Ich habe ab Sonntagabend viel in Ihrer Intention gebetet und werde es auch weiterhin tun. Ich wünsche Ihnen ein frohes Weihnachtsfest und Gottes reichsten Segen für Sie selbst, Ihre Familie und alle Ihre Schützlinge.

Martha Bauchwitz 1871–1942   Piaski / Distrikt Lublin
An ihre Tochter in Stettin
Vater holte heute zum erstenmal die Post wieder ab. Er kommt dadurch wenigstens zehn Minuten an die Luft. – Morgen sind wir ganz mit Euch vereint um Euern blanken Tisch, der Weihnachtsdecke und allem Guten, was Ihr in Euch tragt. Ihr geht gewiß zur Andacht. Auch uns leuchtet Hertas vorjähriger Stern auf Eurem Zweiglein …

Adam Czerniaków 1880–1942   Warschauer Ghetto
Morgens bei Auerswald. Ich möchte mit Niunia für ein bis zwei Tage nach Otwock fahren. Ich wies ihn darauf hin, daß im Getto Gerüchte über irgendwelche 8 Punkte für die Juden kursieren. Er fragte, welche? Ich entgegnete, daß ich mich bis auf einen – Eheschließungsverbot – nicht für sie interessiert habe. Ich gewann den Eindruck, daß vielleicht

doch irgend etwas im Anzug ist. Ich bemerkte, vielleicht sei es an der
Zeit, die Einstellung gegenüber den Juden zu ändern. Ich erinnerte an
die Worte Bismarcks.

Danuta Czech   **(KZ Auschwitz-Birkenau)**
Sechs Erziehungshäftlinge, die von der Stapo- und Kripoleitstelle und
den Gendarmerieposten aus dem Regierungsbezirk Kattowitz aus Ni-
kolai (Mikołów), Kattowitz, Ilkenau und Pietrzykowice eingeliefert
worden sind, erhalten die Nummern 25 005 bis 25 010.
Die Nummer 25 011 erhält ein polnischer politischer Häftling, ein Prie-
ster, der von der Stapoleitstelle Zichenau eingeliefert worden ist.

※

In der blauen Mondnacht träume ich von Liebe,
sehn ich mich nach dir, du unbekannte Schöne.
In der blauen Mondnacht unter goldnen Sternen
möcht ich deine Lippen küssen, unbekannte Schöne.
Alles Glück der Erde wollt ich dafür geben,
diesen Augenblick nur einmal zu erleben.
In der blauen Mondnacht, unter goldnen Sternen,
träume ich von Lippen, die ich niemals geküßt.

<845   Mittwoch, 24. Dezember 1941   1231>

Gott sei Dank für seine unaussprech-
liche Gabe!
HERRNHUT   2. KORINTHER 9,15

Max Beckmann 1884–1950   **Amsterdam**
Zu lange geschlafen. Weihnachten – nun ja. – Weißer Flieder. Allein –

Gottfried Benn 1886–1956   **Berlin**
An F. W. Oelze
Gestern sah ich im Kino einen kurzen Vorfilm aus dem Michelangelo-
Film (den ich schon früher sah, kennen Sie ihn?), auch hier diese Gesichter u. ein Aufblitzen von Zügen des Ausdrucks, die der Autor sofort
wieder zudeckt u. verheimlicht, weil sie zu grauenvoll, unerträglich hass-
erfüllt sind, um irgendjemanden darin einzuweihn. –
Und was die Duse angeht, so unterliess ich den Abschnitt zu beenden,
ich hätte fortfahren müssen, dass offenbar das einzige Phänomen, das die
Völker unaufhörlich beschäftigt, erfüllt, qualvoll bestürmt, die Kunst ist,
sie allein.

Thomas Mann 1875–1955   *Pacific Palisades*
Nachts polternder Sturm; gestörter Schlaf. Klarer Himmel. Gegangen
vorm Frühstück. Vormittags gearbeitet (Shiloh). Golo fuhr mich auf die
Promenade, wo es sehr schön war. Auf einer Bank in der Sonne. […] Im
«New Yorker» die Fortsetzung des Profiles, nur überblickt, viel Dum-
mes, Falsches, rücksichtslos Verklatschtes, über die Kinder, Politisches
von 1914, und doch bleibt mir Würde. – Nach dem Thee Zurüstung des
Weihnachtszimmers. Mit den Kindern im verdunkelten Studio, den En-
kel auf dem Schoß. Weihnachtslieder. Die erste Bescherung in diesem
Land. Erfreuliche Dinge, elektrische Schreibtisch-Uhr und hübsche
Bücherstützen. Zu Tische Eva Hermann, die chilenischen Wein brach-
te. Rote Kerzen und Blumen. Champagner. Aufführung empfangener
Platten, Rachmaninow und italienische Lieder von Pinza gesungen. –
Unverschämter Radio-Appell des Goebbels an die Deutsch-Amerika-
ner «in dieser schweren Stunde des Vaterlandes». Gauner.

Lord Moran 1882–1977 *Washington*
Als es heute abend dunkel wurde, sammelten sich dreißigtausend Menschen um einen Weihnachtsbaum auf dem Gelände des Weißen Hauses. Sie sangen Weihnachtslieder; dann wurde gepredigt, und anschließend hielten der PM und der Präsident Reden.

Duff Cooper 1890–1954 *Singapur*
An Weihnachten hatten wir eine fröhliche Dinnergesellschaft zu zehnt. Die Verdunkelung stellte ein beachtliches Problem in diesen Tropenhäusern dar, die bestimmt waren, ein Maximum an Luft hereinzulassen.

Wilhelm Muehlon 1878–1944 *Klosters/Schweiz*
In der Gegend von Tula und Orel haben die Russen weitere Städte zurückerobert. Östlich von Leningrad werden sie für die deutschen Belagerer noch bedrohlicher. [...] Von der Wolga und vom Ural trifft viel Ausrüstung an den Fronten ein, die Erzeugung ist also gut in Gang gekommen.

*

Der Adjutant Heinrich Heim *1900 Führerhauptquartier
[Hitler:] Die Linzer Galerie wird, glaube ich, heute schon den Vergleich mit einer der neuen Galerien in Amerika aufnehmen können. Sammeln konnte man noch in der Zeit von 1890 auf 1900. Danach sind die ganz großen Perlen nicht mehr auf den Markt gekommen. Juden stürzten sich auf jedes Objekt. Hätte ich früher Geld gehabt, so hätte ich noch vieles in Deutschland halten können, das abgewandert ist. Es ist ein Glück, daß ich gekommen bin, sonst hätten wir eines Tages nur mehr Wertloses bei uns gehabt, während alles Gute in die Hand des Judentums gekommen wäre. Sie haben das über die Literatur gemacht. Schuld ist die Feigheit unseres Bürgertums und dann eben doch die Tatsache, daß wir in unserem Volkskörper eine Reihe von Spannungen haben: Kulturtragend ist nur ein Teil!
Der Jude konnte sich sagen: So gut diese Deutschen eine Perversität wie die Leiden des Gekreuzigten im Bilde sich gefallen lassen, werden sie andere Häßlichkeiten hinnehmen, wenn man ihnen einredet, das sei richtig. Die Masse des Volkes hat an Vorgängen auf diesem Gebiet bei uns nicht teilgenommen. Die führenden Kreise hielten sich für berufen, vermochten aber gut von schlecht nicht zu unterscheiden. Mir ist das später zustatten gekommen, denn wäre es anders gewesen, so hätte ich mit

meinen zunächst begrenzten Mitteln Wertvolles überhaupt nicht bekommen können. Auch daß in England bisweilen ein Werk seines Gegenstandes wegen mit den Anschauungen von gesellschaftlicher Moral nicht übereingeht, war günstig für mich. Auf diese Weise bin ich in den Besitz der schönen Venus von Bordone gelangt, die vordem dem Herzog von Kent gehörte. Ich freue mich, daß es mir möglich war, in England große Werke gegen einiges von dem zu tauschen, was die Juden unserem Publikum als höchsten Wert bezeichnet haben, während sie selbst von seiner Wertlosigkeit überzeugt und nur darauf aus waren, sich die von ihnen hervorgerufene Umwertung der Werte dienen zu lassen, um in der Stille unterdessen das Gute billig an sich zu bringen.

Ruth Andreas-Friedrich 1901–1977   Berlin

Ins Ghetto bei Landshut haben sie sie geschafft. Zusammen mit neunhundert Leidensgefährten. Heute, am Weihnachtsabend, kam ihr erster Brief. «Schickt uns zu essen, wir verhungern», steht in ihm. «Vergeßt mich nicht», steht in ihm. «Ich weine den ganzen Tag.»
Es dürfte keine Weihnachtsbäume geben, solange Menschen auf der Welt sind, die den ganzen Tag weinen müssen. In acht Tagen beginnt das vierte Kriegsjahr. Das zehnte Jahr unseres staatlichen Antisemitismus.

Jochen Klepper 1903–1942   Berlin

Tiefe Dunkelheit als wir aufstanden. Und der Morgen – wie wahr ist dieses Wort – graute nur, um immer mehr sich umdunkelnden Stunden zu weichen. Sturm und Regen und wogende Tannenkronen, Kiefernwipfel, eine stetig wachsende Verhüllung hin zu der Heiligen Nacht, die ja nicht die fröhliche und die glückliche, sondern eben die Heilige heißt und den furchtbarsten Ernst zu bergen vermag.
Ich wüßte nicht, was an diesem Tag des Heiligen Abends gefehlt hätte an all dem häuslichen Zauber, den er je und je besaß, vom Aufbauen der Gabentische an bis zum Anstecken der Lichter am Baum, von der kleinen Bescherung für die gute Bülow an bis zum Austragen der kleinen Geschenke in die Nachbarschaft, vom mittäglichen Tee im Lampenschein beim Heimkommen des Kindes bis zum Anzünden kleiner Tannenzweige, damit das ganze Haus erfüllt wäre von weihnachtlichem Duft.
Wie alljährlich waren alle Vorbereitungen so abgeschlossen, daß wir vor der Christnacht noch eine kleine Weile völliger Ruhe und Muße hatten. Wir gingen alle vier zur Kirche, zur zweiten Christmette, um sechs, weil wir es ja lieben, daß die große Feier wirklich auf den Abend des Heiligen Abends fällt. Als die Glocken läuteten, saßen wir schon in der

Kirche, jedoch nicht auf dem gewohnten Platz, sondern dahinter, weil
Renerle mit ihrem gelben Stern hinter einer Säule verborgen sein woll-
te –. […] Dann gelang es, so schön wie jedes Jahr, für unser Kind den
Heiligen Abend zu feiern.

Indes ich die Lichter am Baum anzündete, versammelten sich – in großem Abendkleide – Hanni, Renerle, die wenigen Gäste in der Diele,
und selbst das Glöckchen, mit dem ich zur Einbescherung rief, war – das
alte, blanke Evangelistenglöckchen – von jener edlen weihnachtlichen
Schönheit wie alle Dinge unseres Festes. Den Engel aber und die Hirten hatten wir zu einer Gruppe von erlesenster, zartester Barockschön-
heit zusammengestellt. Beherrscht war der weihnachtliche Festraum von
dem großen, großen, ergreifenden Geschenk, das ich von Hanni erhielt:
dem herrlichen Cruzifixus aus der Reformationszeit!

Trotz aller Bücherknappheit häuften sich die Bücher, – hatte doch nach
der Deva auch der Bärenreiter-Verlag wieder Bücher und Kalender über-
sandt.

Welch sakrales Gepräge hat mein Weihnachtstisch: der Cruzifixus auf
rotem Brokat, die Zinnschale – wie ein Taufbecken.

Es war schon neun Uhr, als nach der Einbescherung die Lichter am
Baum gelöscht wurden und wir uns zu einem kleinen, sehr feierlichen
Abendbrot niederließen.

Danach begann das «Kerzenfest»: die lange Lichterreihe – ein aufbe-
wahrter Schatz vom Vorjahr – auf dem flachen Renaissanceschrank, die
Lichtersterne vor der Madonna, bei dem Schmerzensmann, auf dem
Klosterzahltisch; die Kerzen in den Wandleuchtern, die roten Leuchter
auf dem alten Eichentisch mit seinen roten und goldenen Bändern, dem
Fayencekübel mit einer blauen Hyacinthe, den alten Meißener Tellern,
Zinn, Äpfeln, Pfefferkuchen, sogar ein paar Nüssen, den Wappenglä-
sern – es war ein solcher Glanz, so vollendete Schönheit und Fülle und
Wärme.

Und nach abermals einer Stunde gab's ein Singen; und weil ich zwei so
wackere Sänger hatte, war's ein großes Singen, weit über «Stille Nacht»
und «O du fröhliche» hinaus: «Vom Himmel hoch» –, «Gelobet seist du,
Jesu Christ», «Lobt Gott, ihr Christen allzugleich», «Nun singet und
seid froh», «Dies ist die Nacht, da mir erschienen» –.

So ward's Mitternacht, sternenreiche, stürmische Nacht. Noch im dunklen Weihnachtszimmer leuchtete es rotgolden vom Christbaum her.

Renerles Augen hatten den ganzen Heiligen Abend wieder den alten
Glanz gehabt. Hanni aber kamen vor dem Feste Zweifel an unserem
Entschluß zum Tode.

Maurice Legros   **Kriegsgefangenenlager bei Cottbus**
Meine Kameraden erhielten zahlreiche und sehr schöne Liebesgaben-
pakete. Ihre Eltern wohnten in der freien, nicht besetzten Zone Frankreichs, was ihre Verproviantierung erleichterte. Unsere armen Pariser
Familien hatten nicht diese Möglichkeiten.
Als Beispiel für ein prächtiges Liebesgabenpaket möchte ich nicht ver-
fehlen, den Inhalt eines Paketes zu beschreiben, das mein Freund Jean
erhielt: Vierzig Dosen Sardinen in Olivenöl, das ist eine Kiste von wenigstens 10 Kilogramm. Sie kam aus Portugal, einem mit Deutschland
befreundeten Land. Aus diesem besonderen Grund hatten die «Schleus»
diese als Liebesgabenpaket überschwere Kiste passieren lassen. Der Ex-
pediteur der Ölsardinensendung war der Kunstdüngerlieferant der Wein-
bergbesitzungen meines Freundes. Maec erhielt oft große Konservendosen, die ein ganzes Huhn und sogar einen Hasen enthielten, der von
seiner guten Mutter zubereitet war.
Dennoch, einmal erhielt auch ich ein wunderbares Liebesgabenpaket
von meinem Schwager Marcel, der zu jener Zeit bei Suchard arbeitete.
Als der Deutsche das fünf Kilogramm Schokolade enthaltende Paket
öffnete, wurde er schwach. Ich habe lange Zeit dieses Wechselgeld kon-
serviert in der Hoffnung, es bei einer Flucht verwenden zu können.

Der Soldat Josef Eberz *1921   **südlich Charkow**
Am nächsten Tag sind wir dann nur angeblich zwölf Kilometer marschiert, aber das waren ja immer Gummikilometer. Jedenfalls waren wir
mittags im Quartier. Es war ein Dorf mit meist kleinen Häuschen. So
lagen wir mit nur drei Mann in einem Haus. Es war der Hl. Abend 41.
Meine Mutter hatte mir geschrieben, daß sie mir ein Päckchen mit Kuchen abgeschickt hätte. Diesen Brief hatte ich noch erhalten, als wir in
Charkow lagen. In der Zeit, wo wir in Richtung Süden marschierten,
hatten wir ein Mal Post erhalten.
Heute am Hl. Abend wurde uns nun gesagt, der Marketenderwagen sei
mit Post unterwegs mit Achsenschaden liegengeblieben, man hoffe aber,
ihn noch flottmachen zu können, damit wir wenigstens noch Post erhielten. Ich hatte ja nun noch Hoffnung auf Post. Gegen Abend brachte
mir der Unteroffizier das lang ersehnte Päckchen. Er brachte auch einen
kleinen Tannenzweig. Ich öffnete nun das Päckchen mit dem Kuchen,
eine Adventskerze und eine Weihnachtskarte waren darin. Wir banden
nun den Tannenzweig an die Gasmaskenbüchse, an der Wand hingen
zufällig, als ob alles so sein müßte, zwei kleine Christbaumkugeln (wie
Erdbeeren), diese hängten wir an den Zweig, stellten die Kerze auf die

Büchse und steckten die Kerze an und stellten auch diese auf die Büchse. Dann sangen wir Stille Nacht, Heilige Nacht u. wir hatten Weihnachten.

Grete Dölker-Rehder 1892–1946   Stuttgart

«Uns ist ein Kindlein heut geborn, von einer Jungfrau auserkorn, ein Kindelein so zart u. fein, das soll unsre Freud und Wonne sein!»
– – Es ist Weihnachten bei uns geworden. –
Gestern abend sind Hanna u. Gudelein angekommen. Otto u. ich haben sie in einem heissen inneren Glücksgefühl von der Bahn geholt. So merkwürdig war das, alles so dunkel und bedrückend, der Krieg mit seiner schweren Belastung u. dann plötzlich taucht diese ganz junge Mutter aus der Nacht des Bahnsteigs u. zwischen all den drängenden Fremden in den kleinen Lichtkreis an der Sperre, Otto gross, breit u. lächelnd hinter ihr. Und sie trägt, in warme Tücher sorglich eingewickelt, das ganz wonnige, zarte, aber doch kraftvolle, lebhaft mit grossen Augen um sich blickende, rosig blühende Kind. Sigfrids Kind!
Unvergesslich wird mir der Augenblick sein, wo sie es über unsre Schwelle trug. Und nun sind sie beide bei uns u. Otto fragt mich, ob ich fühle, dass Sigfrid nun auch, mehr als sonst bei uns sei. Aber das fühle ich nicht. Ich fühle nur, als ob er stark an uns dächte, aber nicht, als ob sein Geist bei uns sei. Selbst wenn ich das möchte, selbst wenn ich das ersehnte, fühle ich ihn nicht. Ich träume auch nicht so von ihm. Doch ob er lebt oder ob er tot ist, wir wollen nicht traurig sein. Sein Kind lebt u. dafür wollen wir danken! –

Franz Leiprecht *1921   Malo Jarosslawez

Punkt 3.00 Uhr setzte sich die Kolonne in Bewegung, und um 5.00 Uhr traf sich die ganze Abteilung auf der Rollbahn. Kilometer um Kilometer ging es rückwärts. Und wir glaubten, in wenigen Tagen vor den Toren Moskaus zu stehen. Irgendeine Frontänderung war im Gange. Auch auf dieser Fahrt mußte ich mich mit einem LKW begnügen. Und was das für ein Karren war! Immer wieder blieben wir stecken.
Wieder brach die Nacht herein, und immer noch hatten wir kein Ziel erreicht. Die «Kiste» blieb halt schon wieder stehen. Zusammen marschierte ich mit Kurt und Erich los, um das nächste Dorf zu suchen. Kaum die Straße war zu erkennen, so dunkel war es. Endlich entdeckten wir einen Lichtschein, ein Zeichen, daß endlich ein Haus in der Nähe steht. Ein größeres Dorf lag vor uns. Glücklicherweise trafen wir hier einige Fahrzeuge unserer Batterie an. Unseren Fahrer ließen wir beim Wagen

zurück, um ihm dann Bescheid zu geben, was sich inzwischen erübrigte, denn ein anderes Fahrzeug nahm den alten Karren ins Schlepp.

In diesem Dorf soll also vorläufig unser Aufenthalt sein. Da hieß es nicht lange überlegen, sondern sofort eine Unterkunft für die Nacht zu suchen. Alles weitere erfuhren wir ja am kommenden Morgen. Zu dritt zogen wir los, mein Freund Fifi, ein Ostmärker und ich. Wir stürzten uns in die nächstbeste Hütte. Ich war nicht wenig überrascht, als sich die Tür vor mir öffnete. In einer größeren Russenstube saßen etwa 24 Landser um einen brennenden Weihnachtsbaum. Feierlich erklang das «Stille Nacht, heilige Nacht …», das einer auf seiner Mundharmonika mitspielte. Erst blieben wir still an der Tür stehen, um nicht zu stören. In einer Kirche könnte es kaum feierlicher sein als im Kreise dieser Männer. Ich fragte, ob wir uns nicht etwas aufwärmen dürfen. Gerne erfüllten uns die Kameraden diesen Wunsch, ja sogar zu einem Becher Bohnenkaffee und Krok [Grog?] luden sie uns ein. Dankbar nahmen wir an. So konnte ich doch noch heiligen Abend feiern. Wenn auch nicht so schön wie im Bunker «Waldfrieden» es der Fall gewesen wäre. In dieser Stunde weilten meine Gedanken in der Heimat. Ich sah meine liebe Mutter vor mir, wie sie mit Tränen in den Augen unter dem Lichterbaume steht und an uns denkt. Am liebsten wollte ich ihr zurufen: Mutter, freue dich, auch ich stehe in einer warmen Stube vor den brennenden Kerzen – mach dir also keine Sorgen. In dieser Stunde gedachten wir auch unserer lieben Kameraden, die dieses Fest nicht mehr mit uns feiern dürfen.

Diese Freude sollte nur kurz sein, denn durch die Weihnachtslieder drang plötzlich ein Hilferufen und schmerzliches Stöhnen. Ein Munifahrzeug der Batterie stand auf einem Bahnübergang und wurde von einem unerwartet heranbrausenden Zug mitgerissen. Vier Kameraden erlitten dabei schwere Verletzungen. Ihr Leben steht auf dem Spiele. Nicht einmal am heiligen Abend blieben Schmerz und Leid von uns. Ausgerechnet heute abend mußte dieses Unheil geschehen. Ruhig schlafen konnte ich darauf auch nicht mehr.

Der General Heinz Guderian 1888–1954 nördlich Orel

Den 24. Dezember benutzte ich zum Besuch einer Reihe von Weihnachtsfeiern in den Lazaretten. Ich konnte manchem braven Soldaten eine kleine Freude bereiten. Aber es war ein wehmütiges Beginnen. Ich verbrachte den Abend allein bei meiner Arbeit, bis Liebenstein, Büsing und Kahlden kamen und mir in kameradschaftlicher Gesinnung einige Zeit Gesellschaft leisteten.

Vor Moskau

Am 24. Dezember verlor die 2. Armee Liwny. Nördlich Lichwin überschritt der Feind die Oka. Auf Befehl des OKH wurde die 4. Panzer-Division auf Belew in Marsch gesetzt, um den Gegner aufzuhalten. Der von mir geplante einheitliche Gegenangriff des XXIV. Panzer-Korps drohte sich in Teilhandlungen aufzulösen. In der Nacht vom 24. zum 25. Dezember verlor die 10 (mot.) I.D. durch umfassenden russischen Angriff Tschern. Der Erfolg der Russen war überraschend groß, weil die links der 10. (mot.) I.D. fehlenden Teile des LIII. A.K. nicht mehr hielten, so daß dem Gegner hier der Durchbruch gelang. Teile der 10. (mot.) I.D. wurden in Tschern eingeschlossen. Ich meldete dieses unglückliche Ereignis unverzüglich der Heeresgruppe. Feldmarschall von Kluge machte mir die heftigsten Vorwürfe, die darin gipfelten, ich müßte die Räumung von Tschern befohlen haben, und zwar nicht erst in dieser Nacht, sondern mindestens schon 24 Stunden vorher. Das Gegenteil war der Fall gewesen. Ich hatte – wie geschildert – persönlich den Befehl Hitlers zum Halten des Ortes überbracht. Also wies ich den mir gemachten, ungerechtfertigten Vorwurf entrüstet zurück.

Der General Franz Halder 1884–1972   Führerhauptquartier
17.15 Uhr Weihnachtsfeier des H.Qu. im Freien. Sehr stimmungsvoll. 19.00 Uhr Weihnachtsfeier meiner engeren Umgebung, gemeinsamer Abendtisch.

Hilde Wieschenberg 1910–1984   Schwarzwald
An ihren Mann vor Leningrad
Zum zweiten mal feiern wir dieses Fest getrennt. Dieselben Gefühle und Gedanken sind in mir. Mein sehnlichster Wunsch, Feldpost zu erhalten, blieb unerfüllt. Du hast uns bestimmt mit einem Brief bedacht. Sie kommen aber noch zu mir, diese lieben Zeilen, die ich so tief ersehne. Hast Du meine Päckchen und Briefe zur Weihnacht erhalten? Ich wünsche es von ganzem Herzen. Unsern großen Tagesraum haben wir drei Frauen festlich geschmückt, eine große Tanne ganz mit weißen Kugeln steht da. Auf unseren Tischen liegen viele, viele Geschenke für unsere Kinder und in der Mitte leuchtet der Adventkranz mit 4 hellen Lichtern. Von allen Seiten sind unsere Kinder reich beschenkt worden. Die ganze Pracht sehen sie erst morgen früh. Wir Frauen sitzen jetzt, wo unsere Kinder vom Christkind träumen, in der Jägerstube, zwischen gepflegten Gästen, die auch in der Stille, umgeben von immer schönen Wäldern, ihr Weihnachtsfest feiern. Die fest-

liche Abendtafel ist zu Ende. Vor einer halben Stunde wurde die Flügeltür zur Reitstube geöffnet. Der Chef setzte sich an den Flügel und bat uns Frauen zu sich. Dann klang es voll und weich durch den Raum «Stille Nacht, heilige Nacht». Ganz leise kamen die Gäste zu uns, gruppierten sich um den Flügel. Die Lampen wurden ausgemacht, alle Kerzen in ihrem weißen, reinen Schein gaben der Stunde die Feierlichkeit, die nun mal der Heilig Abend in sich birgt. Nach dem Lied «O du fröhliche» huschte ich aus dem Raum und überreichte dann unseren Gastgebern einen herrlichen Korb mit Blumen. Der Augenblick ließ mich die richtigen Worte finden, wo ich ihnen danken konnte für die große Gastfreundschaft, die nun schon 8 Monate dauert. Nachher wurde uns Wein und Likör serviert und jedem ein Tellerchen Gebäck.

Liebes, ich darf Dir heute ehrlich sagen, eine solche Feierstunde, die so harmonisch ausklang, hätte ich nie zu Hause gehabt. Man hatte hier das Gefühl, Glied einer großen Familie zu sein. Jedem von uns zog der Schmerz durch die Seele, den Liebsten, besten Lebenskameraden zu vermissen. Bei uns waren es die Männer und Väter, bei jenen der Bruder, der Sohn oder der Bräutigam.

Nun ist es schon ganz spät. Der Kerzenschein ist erloschen. Ein kleines Lämpchen steht auf dem Tisch und verbreitet gerade so viel Licht, um uns drei Frauen die Möglichkeit zu geben, unseren Männern zu schreiben.

Wenn ich den Blick hebe, dann schaue ich in Dein gutes Gesicht. Ein kleiner Glas-Ständer schmückt dieses Bildchen. Du mein Liebes.

Sieh mal, heute kann ich Dir wieder eine kleine Bilderfolge schicken. Alle sind am Geburtstag von Annemie gemacht worden.

Freu Dich doch ein bißchen.

Der Unteroffizier Wolfgang Buff 1914–1942   vor Leningrad

Gestern waren nur noch einige Schüsse gefallen, dann war Grabesruhe, und eine totenähnliche Erschöpfung befiel Offiziere und Mannschaft nach den übermenschlichen Anstrengungen und Aufregungen der letzten Tage. Alle Vorfreude auf das Fest schien vorüber und Weihnachten für uns alle völlig zerstört. Das war also unser Weihnachtsgeschenk: 80 Tote in unserem Abschnitt und mehrere hundert Verwundete. Dazu so gut wie kein Erfolg, und man ist froh, dass man wieder zu den Ausgangsstellungen zurückgehen konnte. Jetzt wird der Russe natürlich unsere Situation ausnutzen und durch Gegenangriffe und Artilleriefeuer uns den letzten Rest des Weihnachtsfestes vergällen. So war unsere Lage, unsere Gedanken und unsere Aussichten für das Christfest, und zu allem Überfluss schien auch die heiß ersehnte Post aus der Heimat auszubleiben.

Und doch zeigte sich auch hier, dass die Weihnachtsfreude eine Macht und ein Licht ist, das auch die stärkste und tiefste Niedergeschlagenheit durchbricht und in der dunkelsten Finsternis leuchtet. «Die Finsternis hat es nicht begriffen, das heißt auszulöschen vermocht.» Ich weiß nicht, wie es kam, aber gegen Mittag, als die Küche mit dem Essen über die weiße Schneefläche heranrollte, da sah man hinter ihr einen weiteren, schwer beladenen Wagen dreinfahren. Und siehe da, was man kaum noch zu erwarten gewagt hatte, war Tatsache geworden: Mit selbstverständlicher Pünktlichkeit kam dort die Weihnachtsbescherung des Heeres für die Soldaten an der Front herangefahren. Und schau hin, sie war reichlich ausgefallen. Wieder viel größer, als man erwartet hatte. In Westfalen 1939 gab es eine Tüte voll Gebäck und Äpfel, in Le Havre 1940 außerdem eine Flasche Sekt und Kuchen, aber was hier zum dritten Kriegs-Weihnachten auf den Schneefeldern der Ostfront beschert wurde, das übertraf doch alles: Man ging mit Munitionskisten an dem Verteiler vorbei und dann strömte der Segen hinein: für jeden 1 Flasche Rotwein, 1 Flasche Cognac, ⅓ Flasche Sekt, 1 Dose eingemachte Früchte, 2 Äpfel, 60 Zigaretten, davon 40 deutsche, Tabak, Zigarren, eine Packung Rasierklingen, 27 Tafeln Schokolade, Trüller-Keks, 4 Beutel Bonbons und fast 1 ganzes Pfund wohlschmeckendes Weihnachtsgebäck. Und außerdem waren zwei große Säcke Post angekommen, es hagelte nur so Paketchen und Briefe von den Lieben daheim. Da sah man dann bald einen jeden mit seinen Schätzen zum Bunker laufen, ans Auspacken gehen und dann überlegen, ob man nicht doch ein wenig Weihnachten feiern könne. Und so geschah es. Im Wald wurde ein kleines Bäumchen gesucht, und bald fand sich auch im engen Bunker noch ein Plätzchen dafür. Eine Weihnachtskerze und etwas Schmuck fand sich in einem Paket, vielleicht auch ein kleines Transparent. Dann breitete man seine Gaben ringsumher aus und schon war die Weihnachtsfeier der Bunkerbesatzung – meistens drei Mann – im schönsten Gang. Und als bald nach 3 Uhr die Dunkelheit sich herabsenkte, da wurde es auf einmal auch draußen still. Auch an den Fronten schien die Christnacht ihren Einzug zu halten. Da war auf einmal alles da, was zum netten Feiern gehört: Weihnachtsstille, Weihnachtsfrieden, Weihnachtsfreude an der eisigen Front Russlands. Und aus den Bunkern tief unter der Erde hörte man auch Weihnachtsklänge hervordringen. Die Soldaten sangen ihre Weihnachtslieder. Um die Mitternachtsstunde hörte man durch die frostklare Nacht aus weiter Entfernung geheimnisvolle, wohl vertraute

Melodien. Irgendwo spielte ein Trompeter-Chor die alte Weise «Stille Nacht, Heilige Nacht.»

Ich lag mit meinen Füßen und auch sonst darnieder in meinem Bunker. Fred machte Feuer an und schmierte mir ein Butterbrot, aber es war uns nicht weihnachtlich zumute. Kein Werkzeug war aufzutreiben, um Stämme zu schlagen, und das Holz drohte uns auszugehen. Alles schien aber auch daneben zu gehen, und Alfred saß trost- und tatenlos neben mir am verglimmenden Feuer. Es bedurfte viel Zuredens, aber schließlich ging er doch in den Wald und brachte ein kleines Weihnachtsbäumchen mit, und dann fand sich noch eine Säge, und er machte mit ihr Feuerholz. Alsdann kam die Weihnachtsbescherung mit einem großen Berg Post für uns. Er setzte noch das Weihnachtsbäumchen in eine mit Sand gefüllte Kartuschenhülse, und dann wurde ich herausgeschickt aus dem Rechenbunker, denn der wurde jetzt Weihnachtszimmer, und der Rechentisch wurde zum Weihnachtstisch gemacht. Die Planausrüstung wurde zugeklappt, der Tisch mit russischen Karten, deren weiße Rückseite ich benutzte, schön ausgelegt. Die Kartuschenhülse mit weißem Papier umwickelt, der Weihnachtsbaum mit einem goldenen Stern geschmückt und eine Kerze vor ihm in den Sand gesteckt. Davor noch ein kleines Transparent. Und dann auf dem weißen Plantisch fein säuberlich aufgebaut, die Weihnachtsbescherung für uns Drei. Denn als Dritter im Bunde hat sich gestern Heinz Wienen zu uns gesellt. Er war damals beim Vormarsch verwundet worden und kam gestern nach seiner Genesung von der Ersatzabteilung aus Deutschland zurück. An Lindens Stelle fand er im Rechenbunker Quartier und nun feiert er mit uns zusammen Weihnachten.

Um 7 Uhr kamen die zwei dann heran. Während sie vor der Türe standen und durch das kleine Glasfensterchen lugten, zündete ich die Lichter an und öffnete dann mit: «Ihr Kinderlein kommet, o kommet doch all». Dann sangen wir gemeinsam «Stille Nacht, Heilige Nacht» und lasen das Weihnachts-Evangelium. Mit frohen Weihnachtswünschen und einem herzhaften Händedruck begann dann unsere kleine Feier. Mit französischem Rotwein und deutschem Weihnachtsgebäck ließ sich gut plaudern und von alten vergangenen Zeiten und von daheim erzählen. Hin und wieder klingelte das Telefon, aber nicht um Feuerbefehle zu bringen, sondern diesmal waren es Weihnachtswünsche, die der Draht brachte und übermittelte. Auch zum Offiziersbunker musste ich mal eben herüber. Selbst dort war alles fröhlich gestimmt. Man spürte es überall, und es war aus jedem Gesicht und jedem Wort zu entnehmen: Es war doch Weihnachten geworden.

Der Oberstabsarzt
Dr. Willi Lindenbach † 1974　　　　　　　　　**Staraja Wessytowa**
Nun ist er da, der «Heilige Abend». Morgens fuhr ein Teil der Kompanie los, nur Unterarzt Dahmen blieb hier. – Und abends ging ich durch die einzelnen Häuser, eine stille und doch so ergreifende Weihnacht. «Der Herr ist geboren!» Meine Gedanken schweiften in die weite Ferne zu Mutter, Frau und Kind. Und über die 2000 Kilometer fühlen wir uns verbunden, denn «euch ist heute der Heiland geboren».

Hermann Kükelhaus 1920–1944　　　　　　　　**vor Moskau**
Weihnachten
Lieber Mensch!
Es fliesst mir vieles zu. Verse um Verse, Weihnachten füllt mein ganzes Herz aus. Die dunklen Hütten sind mit Schnee überschüttet und dukken sich still in die weisse Decke. Aus einigen Fenstern scheint mattes Licht.

Winter in Russland

Wintergrau der Tag sich müht.
Mit dumpfem Sang schlägt mein Geblüt
vor engen Aderhöhlen.

Ein Wind aus tiefer Ebne stöhnt,
im grauen Riesenhimmel dröhnt
der Erdenfahrt Getön.

Von fern die Nacht den Tag anspricht.
Durch Wolken tropft's wie blasses Licht
von eisgefrorenen Tränen.

Die Luft ist still. Der Eb'ne Raum
umsteht blaugläsern mich.
Ein schwarzer Baum
verzeichnet sich – vor Schnee und Schnee …

Weihnachten will einem so schwer in den Kopf. Solche Tage sind Gewichte – Man muss die Uhren damit aufziehn, das Jahr ist lang. Ich weiss gar nicht, wie die Menschen sind. Ich glaube nur zu wissen, was ihnen nötig ist.
Was einmal war, ist immerdar. Aber davon wollen sie alle nichts wissen.

Sie wollen nicht tragen. Ihre Tränen sind vom Wasser, sie jagen die Toten aus ihrem Blick. Die blossen Herzen sind Zielscheiben ihrer Lanzen; mit stumpfen Zähnen zermalmen sie die Gnade. Sie machen Erde aus allem.

Ich habe keinen Hass; mit keinem zornigen Gedanken sollen sie mir Weihnachten entfesten.

Das Wort «gewesen» erhebt sich im Zeichen der Erinnerung in freundlichen und bitteren Gedanken über die Vergangenheit hinaus ins Gegenwärtige, und die alten Farben leuchten uns heute noch. In einer Nacht des Jahres geschieht etwas:

Was einmal war,
wird wieder wahr.

In diesem Sinne leuchten in einer Nacht die tausend Kerzen, kreist das Fest.

Vergebung!

So ähnlich habe ich im Weihnachtsblatt für meine Kompanie geschrieben.

Vergebung! Nicht aufrüttelnd, nur tröstend.

Und trotzdem blödeten sie mich an, als wäre ich ein Narr: «Sie sind ein Phantast, glauben Sie mir das. Das Leben ist anders, ganz anders.»

Ja, das werden sie nie begreifen, dass das Leben anders ist.

In einigen Tagen, morgen – heute ist Weihnachten. –35 Grad. Es ist so kalt, dass der Schnee wie Glas klingt. Die Abende sind so tief wie das Meer. Wenn die Wolken den Himmel aufdecken, sind die Sterne wie erfrorene Flammen. Sie leuchten und funkeln nicht, sie sind nur noch da, in den Himmel geschlagen – metallen.

Darunter liege ich und lasse mein Herz schlagen.

Es gibt weisse, einsame Nächte, die Rost atmen. Dann ist der Schnee so fein und zerfallen wie Eisstaub; wie Mehl von greisen Sternen. Im Mondkreis mit durchnebeltem Licht ist der Himmel wie Fleisch, leuchtend in kleinen Rundungen.

Alles, alles bis unter den Horizont ist zu Stein erstarrt.

Auch wundersam weiche liebliche Stimmungen umschwirren mein Herz. Es ist der Tod aus diesen Ebenen, im Wind dahinsausend, im Schnee zur Erde sinkend. Es sind alles unwägbare Geräusche, sie rollen aus einer Hand, deren Masse und Regeln uns fremd sind. Der Einschlag der Granaten fällt wie ein Druck durch die Luft, gezackt und abgebrochen.

Der Oberleutnant Erich Mende 1916–1998   Suchinitschi
In Güterwagen und mit der Weihnachtsausstattung an Alkohol und
Verpflegung setzte sich das Bataillon am Morgen des 24. 12. 1941 nach
Süden auf der Bahnlinie nach Wjasma, Suchinitschi in Richtung Kaluga
in Marsch. Es war bitterkalt. Die Außentemperatur betrug – 40° C. Je
ein Zug der Infanterie hatte mit 50 Mann einen Güterwagen zur Verfügung, der mit Stroh ausgelegt war. Mitten in dem Wagen hatten die Soldaten einen kleinen Weihnachtsbaum mit Kerzen hergerichtet. Trotz
der Kerzenwärme und hier und da auch bullernder kleiner Kanonen-
öfchen war es so kalt, daß die Metallteile der Güterwagen selbst im Inneren Reif ansetzten. Die Nacht vom 24. zum 25. Dezember wurde dennoch zu einem unvergeßlichen Erlebnis. Versuchten die schlesischen
Soldaten doch immer das Beste aus der Sache zu machen und feierten,
Güterwagen für Güterwagen, die Heilige Nacht. So tönte da und dort
eine Ziehharmonika oder Mundharmonika, sangen die einen «O Tannenbaum», die anderen «Stille Nacht», und das mitten in dem eisigen
Winter in dem ratternden Güterzug, der sich von Weiche zu Weiche
mühevoll im Schnee nach Süden bewegte. Vor uns lagen auch andere
Transporte. Es schien aus allen zusammengerafften Reserven eine Alarm-
aktion zur Schließung der bei Tula und Kaluga aufgerissenen Front-
lücke im Gange zu sein. Bei Suchinitschi am nächsten Morgen wurde
kurz haltgemacht, um heiße Getränke zu erhalten. Das russische Bahn-
hofspersonal hatte bereits die weißen Armbinden abgenommen, mit
denen es als Wehrmachtshilfspersonal ausgewiesen war. Man hatte sich
schon auf die Rote Armee eingestellt.

Helmut Fuchs *1920   Smolensk – Lazarett Siedlce/Polen
Das Elend ging von neuem los, wir saßen tagelang in dem dunklen und
kalten Waggon. Mal fuhren wir langsam dahin, dann standen wir wieder
stundenlang. Die Läuse wurden rebellisch, wir waren ungewaschen, unrasiert, dreckig und hungrig.
In diesem Waggon und in diesem unsagbaren Zustand verbrachte ich
die dritte Kriegsweihnacht. Wir rollten an diesem Abend durch Minsk.
Immerhin wurde in Minsk die Türe unseres Waggons aufgerissen und
ein großer Kessel hereingeschoben, und es bekam jeder einen halben
Liter dünne Graupensuppe.
Nach vier Tagen kamen wir endlich an unserem Bestimmungsort an. Es
war das Kriegslazarett in Siedlce in Polen. Diesmal wurden wir mit Last-
kraftwagen vom Bahnhof abgeholt und zum Lazarett gefahren. Der
Chefarzt stand an der Tür; es war am Abend, und im Schein der Hof-

lampe mußten wir antreten und ihm unsere Verwundung beziehungs-
weise Krankheit melden. Dann konnten wir in das Haus hinein. Wir
wurden registriert und hatten uns dann im Gang in einer Reihe aufzustellen, die verlausten Klamotten auszuziehen und auf einen Haufen zu
stapeln. Wir bekamen graue Salbe gegen die Läuse auf Schamhaare und
Achselhaare aufgetragen; und schließlich fanden wir uns – o sagenhaf-
te Wonne – in einem warmen Zimmer und in einem Bett mit weißen
Laken wieder. Die Betten waren zweistöckig, aber das war uns egal. Als
verspätetes Weihnachtsfestmahl gab es für die Leute, die Vollkost erhielten, ein Stück Hühnerfleisch mit Brot. Mit meiner Gelbsucht bekam ich
als Schonkost Brei.
Wir fühlten uns so wohl und so geborgen, wie schon eine Ewigkeit
nicht mehr. Beim Einschlafen dachte ich daran, in welcher Situation
sich jetzt wohl meine Kameraden von der Stabsbatterie befänden. (Wie
ich später erfahren habe, in einer schlimmen und schauderhaften. Sie
befanden sich in der schneidenden Kälte von etwa minus 35° C auf dem
Rückzug und quälten sich mit den Fahrzeugen durch tiefen Schnee.
Wenn gerastet wurde, lagen oder saßen dreißig Mann auf dem Boden in
der Stube eines russischen Bauernhauses. Die Rast war oftmals nur sehr
kurz, weil der Russe mit überlegenen Kräften scharf nachstieß, teilweise
standen schon russische Verbände im Rücken der aufgerissenen deutschen Front. Die Pferde blieben häufig im Freien an den Fahrzeugen
angespannt; wenn kein Heu zu finden war, bekamen sie manchmal aus
purer Not das alte Dachstroh von den Häusern und Schuppen vorgeworfen.)

Kurt Unruh *1912   Sowjetunion

Wie ein Vogel sang ich Arien, Lieder und Operetten für die für alles so
unsagbar dankbaren Kameraden. – Weihnachten 41 sollte es, per Flugzeug, von Saporoshje nach Dnjepropetrowsk gehen. Heftiger Schnee
verhinderte dies. Am Bahnhof verlor sich alles im Schneetreiben, mit
der typischen Landserwurstigkeit kroch ich in ein Bremserhäuschen
und bald rollte mein Zug in das weite russische Land hinaus. Ein Weih-
nachtspäckchen wurde ausgepackt, meine Mutter stiftete Kerze, Pfeife
und Tabak und bald erklangen Weihnachtslieder vom «Sololandser». Am
nächsten Morgen ballerte es von der nahen Front, so flüchtete ich und
nach drei Tagen begrüßte der Spieß im neuen Standort liebevoll seinen
«Sänger». – Dort waren alle Lazarette mit Erfrierungen überfüllt, die
Ärzte amputierten Tag und Nacht, sahen aus wie die Metzger. Ich grün-
dete eine Musikschar und wir versuchten die armen Kameraden aufzu-

heitern – und schämten uns dabei unserer Gesundheit. Um Optimismus auszustrahlen, brauchte man Kraft, aber wieviel davon brauchten erst die tapferen Kriegspfarrer, die von einem Sterbenden zum anderen eilten, letzte Wünsche und Briefe entgegennahmen, die Konfession spielte da keine Rolle mehr.

Der Unteroffizier Fritz Hübner 1912–1983   vor Moskau

Am Heiligabend gab mir der Chef noch den Befehl, mit dem Troß in ein Dorf zu gehen. Es waren etwa sechs Häuser, die von der Bevölkerung verlassen waren, weil in dieser Gegend intensiv gekämpft wurde. Wir machten es uns so gemütlich, wie es nur ging, denn es war ja der Heilige Abend, der doch jedem Christen eine besondere Andacht verleiht, auch wenn die Situation, in der man sich befindet, nicht zufriedenstellend ist. An einem Haus war ein großer Pferdestall angebaut, so daß wir alle unsere Pferde unterbringen konnten, was für die Tiere von großer Wichtigkeit war, denn die Temperaturen lagen noch immer bis 40–50 Grad unter Null. Aus der Feldküche bekamen wir heißen Kaffee (Muckefuck), einer der Männer hatte ein kleines Tannenbäumchen geholt, der Sanitäter opferte etwas Watte, die in kleinen Tupfen auf den Zweigen befestigt wurde. Eine vage weihnachtliche Stimmung machte sich breit, jeder dachte an seine Lieben daheim, doch niemand stimmte ein Weihnachtslied an, wir saßen jeder in sich gekehrt da.

Doch der Russe sorgte für Abwechslung. Wir bekamen Feuer von Panzern. Drei waren an der Ostseite aufgefahren und feuerten heftig in unser Dorf hinein. Ein Glück, daß auch die russischen Panzer die Schlucht nicht passieren konnten, sonst wäre es um uns geschehen gewesen. Das Dorf lag etwa 400–500 m von der Schlucht entfernt. Wir waren die einzigen Truppen in diesem Ort. Die Trosse der Infanterie waren viel weiter zurückgezogen worden, also befand sich kein Offizier im Ort, ich mußte entscheiden. Nach kurzer Beratung mit dem Futtermeister und Unteroffizier Schulz gab ich den Befehl, die Pferde einzuspannen. Die Männer spurten ganz toll, denn auch sie hatten Interesse, aus diesem Ort, der für die feindlichen Panzer eine gute Zielscheibe abgab, so schnell wie möglich herauszukommen. Wir hatten Glück, denn unser Weg nach Westen war durch eine Telegraphenlinie gekennzeichnet, sonst hätten wir sicher die Orientierung verloren, denn es hatte ein starker Schneesturm eingesetzt. Diese beiden Faktoren waren schon sehr günstig für uns, und wir kamen aus dem Ort heraus, ohne einen Mann oder ein Pferd zu verlieren. Doch nun waren wir dem Schneesturm voll ausgesetzt, es herrschte 30–40 Grad minus, der Sturm pfiff durch unsere unzulängliche Bekleidung, und wir froren fürchterlich. Auf der Straße bildeten sich hohe Schneeverwehungen, so daß zwei Pferde es nicht schafften, die Wagen durch diese Schneeberge hindurch zu bringen. So mußten wir vier Pferde vorspannen, d. h. die Hälfte der Wagen blieb erst einmal stehen. So etwa 500 m fuhren wir, dann spannten wir aus, gingen zurück und holten die anderen Fahrzeuge. Mir ging es sehr zu Herzen, wie die Pferde zu leiden hatten und wie hart unsere Fahrer manchmal draufhauen mußten, um die Tiere wieder in Gang zu bringen. Etwa gegen 6 Uhr morgens erreichten wir das nächste Dorf, das völlig überfüllt war. Nach langen Verhandlungen und Bitten rückte eine Artillerieeinheit etwas zusammen, so daß wir Schutz in einem Hause fanden. Unsere Pferde konnten wir leider nicht unterbringen, sie wurden in Decken gewickelt und so hinter die Häuser gestellt, daß sie etwas geschützt waren. Der Schneesturm hatte gegen Morgen aufgehört. Wir hatten in etwa 15 Stunden 6 km geschafft. 36 Jahre sind inzwischen vergangen, doch am Heiligabend kommen diese Bilder immer wieder zurück.

Die Selbstschutzgruppenleiterin
Marija Dmitrijewa *1916   Leningrad-Kirowskij
In der Schewtzow Straße 56 fanden wir in einem zertrümmerten Haus in einem Zimmer eine tote Frau auf dem Bett liegen. Sie hieß Belowa. Ihr Mann war auch an der Front. Ihr anderthalbjähriges Kind war noch lebendig. Es rutschte auf ihr herum, nahm ihre Brustwarzen in den Mund und saugte gierig an ihnen. Das war schrecklich. Es war nichts zu machen, auch dieses Kind habe ich mitgenommen ...

⁕

Adam Czerniaków 1880–1942   Otwock
Während eines furchtbaren Unwetters fuhr ich mit meiner Frau und Szeryński mit dem Auto zur ‹Zofiówka›. Zu allem Unglück bin ich erkältet. Am Abend wurde ich in der ‹Zofiówka› erst richtig krank. Übelkeit, Erbrechen. Aus Warschau verständigte man mich, daß – laut einer Anordnung – sämtliche Damen- und Herrenpelze abzuliefern sind. Ich bin persönlich verantwortlich. Frist bis zum 28. XII. 41.

Der SS-Oberführer Dr. Schoengarth   Krakau
Der Befehlshaber der Sicherheitspolizei und des SD im Generalgouvernement, 24. Dezember 1941, Krakau (Krakow). – Fernschreiben

Der Reichsführer-SS hat befohlen, daß die bei Juden gefundenen und beschlagnahmten und die bei den noch vorhandenen Juden, vor allen Dingen in den Gettos des Generalgouvernements sofort zu beschlagnahmenden Pelzmäntel, Pelze und Felle, gleich welcher Art zu sammeln sind. Die Zahl ist mir laufend durch FS zu melden, erstmalig am 29.12. 1941 bis 18 Uhr. Der Reichsführer hat befohlen, daß sein Befehl beschleunigt (unterstrichen) durchzuführen ist. Die Pelzmäntel und Felle sind einmalig zu entlausen. Ich weise darauf hin, daß die Entlausung von Fellen nur nach dem Thermodenverfahren durchgeführt werden kann. Ich bitte, sich sofort zu vergewissern, ob und wo in den Distrikten Entlausungsanstalten, die nach dem Thermodenverfahren arbeiten, vorhanden sind. Sind solche Anstalten nicht vorhanden, ist mir unverzüglich zu berichten. In anderen Entlausungsanstalten dürfen Pelze nicht entwest werden, weil sie bei diesen Verfahren verderben. Ich bitte, mit den Kommandeuren der Ordnungspolizei und der Sicherheitspolizei die Aktion zur Erfassung aller noch bei Juden vorhandenen Pelzmäntel beschleunigt durchzuführen. Um eine Gefährdung der einsetzenden Polizeikräfte wegen der Fleckfiebergefahr zu vermeiden, ist es ratsam, jeweils den Judenräten den Befehl zu geben, zu der von dort zu bestimmenden Zeit und an dem festzulegenden Ort die Pelze zu sammeln. Den Judenräten ist anzudrohen, daß sowohl sie als auch die Juden, die nach Ablauf einer zu setzenden Frist noch im Besitze eines Pelzes oder Felles angetroffen werden, erschossen werden.
Der Befehlshaber der Ordnungspolizei ist verständigt.

Danuta Czech (KZ Auschwitz-Birkenau)
In das Totenbuch der russischen Kriegsgefangenen werden 94 Todesfälle eingetragen.
In das Leichenhallenbuch werden die Nummern von 23 Häftlingen eingetragen.

✳

Gute Nacht Mutter, gute Nacht!
Hast an mich jede Stunde gedacht,
hast dich gesorgt, gequält um deinen Jungen,
hast ihm des Abends ein Schlaflied gesungen ...
Gute Nacht Mutter, gute Nacht
hab dir Kummer und Sorgen gemacht.
Du hast verziehn mir, du hast gewacht.
Gute Nacht Mutter, gute Nacht!

<846   Donnerstag, 25. Dezember 1941   1230>

> Ich will fröhlich sein über Jerusalem
> und mich freuen über mein Volk; und
> soll nicht mehr darin gehört werden die
> Stimme des Weinens noch die Stimme
> des Klagens.

HERRNHUT   JESAJA 65,19

Lord Moran 1882–1977   *Washington*
Heute Morgen nahm der Präsident den PM in die Kirche mit.
«Es ist gut für Winston», meinte er, «mit den Methodisten Lieder zu
singen.»
Winston stimmte zu.
«Ich bin froh, daß ich mitgegangen bin», sagte er später zu mir. «Seit
langer Zeit hat meine Seele wieder einmal ausgeruht. Außerdem singe
ich gern Kirchenlieder.»

Wilhelm Muehlon 1878–1944   *Klosters/Schweiz*
Von den zahllosen Weihnachtsbotschaften nehme ich keine Notiz, ob
sie nun vom Papst oder Goebbels oder sonst wem ausgehen.
Die Briten sind in Benghasi. Das ist eine grosse Nachricht, obwohl sie
den Schmerz um den gleichzeitigen Fall von Hongkong nicht mildern
kann. Nach allem, was man hört, war es nicht nur aussichtslos, sondern
wegen der Verluste unter den Truppen und der Zivilbevölkerung, wegen Wassermangels usw. unmöglich, länger gegen die Übermacht zu
kämpfen.

Bertolt Brecht 1898–1956   *Santa Monica*
gestern ab früh sieben uhr in los angeles, für helli einen schminkspiegel
zu besorgen. entreiße einem chinesen den vierteiligen rahmen und lasse
spiegel einsetzen. sehe wieder einmal, wie sehr es hier drauf ankommt,
daß man dem handwerker sagt, wozu, warum und wie, kurz, daraus eine
persönliche sache macht.
abends, um den baum, elisabeth bergner, czinner, feuchtwanger, granach,
später lang.

Harold Nicolson 1886–1968 *London*
Vita schenkt mir Bücher und eine Weckuhr, damit ich aufwache. Sie bleibt jedoch gleich stehen. Sitze den ganzen Tag im Zimmer und fühle mich elend. In Hongkong haben wir kapituliert, und der Feind hat in Benghasi kapituliert. Hongkong wird unserm Stolz einen Stoß versetzen. Es sieht auch so aus, als ob die Amerikaner von den Philippinen vertrieben werden.

Stefan Zweig 1881–1942 *Petropolis/Brasilien*
An Paul Zech
Gerade mein Ausflug nach Nordamerika hat mein Bedürfnis nach Einsamkeit und Abgeschiedenheit unendlich gesteigert. Ich sah dort so ziemlich alles, was vor Hitler geflohen ist, und den Wenigsten hat die Veränderung gut getan. Die Meisten versuchen sich an das Amerikanische anzupassen, während in mir eine Entschlossenheit ist, mich nicht mehr zu verändern, sondern alles einzusetzen, um der zu bleiben, der man war, wenn auch alles um einen zu Staub und Schutt zerfallen ist; genau so zu denken, obwohl unsere Gedanken die denkbar unaktuellsten sind, und den Wenigen treu zu bleiben, die sich selber treu geblieben sind.

*

Johanna Harms *1881 *Rescht/Iran*
Zum erstenmal kamen wir hinter Gitter. Der Gefängnishof war von mehreren Zellen eingerahmt, und die Türen führten direkt auf den Hof. Die uns angewiesene Zelle war nicht klein. In den Nachbarzellen hausten unsere deutschen Männer, wir konnten manchmal ein Wort mit ihnen wechseln. Frau Strahl, unsere neue Mitgefangene, sprach fließend Deutsch und Russisch, sie hatte in Teheran gelebt und kannte fast alle Deutschen aus Teheran. Von jetzt an wurden wir von russischen Posten bewacht. Frau Melkonian hatte das Glück, nach einigen Tagen mit ihren Kindern frei zu werden, denn sie hatte einen iranischen Paß. Wir anderen mußten bleiben. Es sah nicht gut für uns aus. Die Posten sagten: «Ein langer Weg steht euch bevor.»
«Übermorgen ist Weihnachten, was wird das Fest uns bringen?» so fragten wir uns. Der Kommandant hatte ein gutes Essen versprochen. Die verwahrten Musikinstrumente der Deutschen würden herausgegeben, es sollte ein schöner Abend werden.
Am 24. Dezember war das Abendessen besonders dürftig; müde und traurig legten wir uns zur Ruhe. Eine innere Unruhe ließ mich nicht

schlafen. Vielleicht war es die starke Gedankenverbindung mit zu Hause. – Um Mitternacht rief ein Posten in die Zellen: «Fertigmachen für die Reise!» Die Kinder, aus dem ersten Schlaf gerissen, weinten jämmerlich. Durchs Fenster sahen wir, wie die Männer schon mit ihrem Gepäck den Hof verließen, dunkle, gebeugte Gestalten. Bei Nacht und Nebel wurden wir weggefahren. Ein leiser Regen kühlte unsere heißen Gesichter. Das war am Weihnachtsabend 1941.

Marianne Sperl *1924   Bayreuth

Nun ist Weihnachten schon bald vorüber. Es war trotz Krieg wieder so schön. Die Dettelsauer Großeltern sind seit 18. da, Tante Julchen seit 22. Zur Bescherung kam auch Pfr. Merkel, der hier eingezogen war und heute ins Feld kam. Und doch war Weihnachten heuer anders als sonst. Für Großmutter mag es nicht leicht gewesen sein im Gedenken an Onkel Erichs Tod. Auch Vater hörte mitten in der Weihnachtsandacht auf. Trotz Krieg waren die Geschenke sehr reichlich. Besonders freute mich der Müseler «Die romanische Zeit». Sonst gab es allerhand Bücher. Von Onkel Edwin bekam ich 20 Mark. Ich war ganz erstaunt über die Größe dieses Geschenkes.

Hermann Jensen *1929   Itzehoe

In dem Pesel genannten Wohnzimmer meiner Großmutter, das mit alten Dithmarscher Bauernschränken (Hörnschapp usw.) möbliert war, hing ein grosses, schwarz gerahmtes, mit dem eisernen Kreuz dekoriertes Bild meines Großvaters, daneben ein in Silber gefasstes Hitlerbild und ein übergrosser Bismarckkopf in rundem Holzrahmen. Eine Gemäldekopie der Schlacht bei Hemmingstedt vervollständigte den düsteren, bedeutungsschweren Eindruck des Raumes. In diesem Zimmer verbrachte ich die aufregendsten Stunden des letzten Krieges. Auf der mit einem weichen Lammfell bedeckten Chaiselongue liegend, drehte ich an den Knöpfen des Radiogerätes. Da meine Eltern einen solchen Apparat nicht besaßen, war meine Großmutter über mein Interesse an Wehrmachtberichten und Sondermeldungen nur zu froh. Weihnachten 1941 stieß ich zum ersten Mal zufällig auf eine deutsche Sendung der BBC, als meine Großmutter noch in der Küche zu tun hatte. Der plötzliche Kontakt mit dieser anderen Welt wirkte auf mich wie der Genuss einer Droge. Sehr bald wurde ich süchtig nach den englischen Nachrichten. Gegenüber meiner Großmutter musste ich mich verstellen. Hörte ich sie kommen, so schaltete ich auf den Deutschlandsender um und berichtete ihr von den deutschen Abwehrerfolgen. Das belastende Gefühl der Unaufrichtigkeit und Heimlichtuerei wurde gemildert, und mir im Laufe des Krieges ganz genommen, da ich die Informationen an meinen Vater weitergab, der sie für glaubwürdiger hielt als deutsche Nachrichten, und mir zu verstehen gab, dass er einen deutschen Sieg weder für möglich noch für wünschenswert hielt.

Der Soldat Iwan Seliwanow *1924   *an der Wolga*

Man erzählte uns, daß die Siedlung so menschenleer sei, weil die Volksdeutschen, seit Jahrhunderten hier seßhaft, vor einigen Wochen weggegangen seien. Man verdächtigte sie, und zwar alle ohne Ausnahme, der möglichen Kollaboration mit ihren Stammesverwandten, d. h. unseren Feinden, der vordringenden deutschen Wehrmacht. Deshalb hatte man sie auf geheime Anordnung der Sowjetregierung vom Boden der sogenannten Wolgadeutschen-Republik nach Sibirien und Mittelasien vertrieben. Dort sollten sie bei der sogenannten Arbeitsarmee eingesetzt werden und sich unter ständiger Bewachung der Sonderkommandanturen befinden. Ihre Häuser sollten mit der Zeit von Evakuierten aus den besetzten Gebieten im Westen bezogen werden. Mit unserer Ankunft trafen schon die ersten Ansiedler aus Leningrad ein. Als sie erfuhren, wohin sie gekommen waren, sagten sie verzweifelt, aber mit Humor: «Was soll denn jetzt mit uns werden. Im Westen drängt der Feind, im Osten sind auch die Deutschen. Die Letzteren werden uns noch mehr hassen, weil wir sie zu Unrecht aus ihrem Wohnort verjagt haben.» Die Vertriebenen durften nicht viel mitnehmen «auf die Reise». Ihr ganzes Hab und Gut ließen sie in ihren Häusern und Ställen zurück. Nur mit einem kleinen Rucksack marschierten sie der Ungewißheit im kalten Sibirien entgegen, bloß deshalb, weil sie als Deutsche geboren worden waren und obwohl sie schon seit einigen Generationen unsere Mitbürger waren.

Der Mann von der Wache erzählte mir von der Ausplünderungswelle, die die NKWD-Leute nach der Vertreibung der Deutschen hier organisiert hatten. Volle LKW mit Möbeln, Teppichen, Haushaltsartikeln und Kleidung wurden weggefahren. Sogar die einfachen Soldaten bedienten sich. Uns hatte man in dieses Dorf verlegt, damit wir in Wärme überwintern konnten. Was mich am meisten beeindruckte, war die Sauberkeit und die Ordnung in den ehemals deutschen Behausungen. Keine Papierschnitzel, keine Zigarettenstummel, kein Unkraut wucherte im Vorgarten. Jedes Ding hatte bei ihnen seinen Platz, sowohl im Haus, als auch draußen. Natürlich hatten wir dort schon nach wenigen Tagen alles ruiniert. Bald hingen die Türen lose in den Angeln, Hühner gackerten

nicht mehr im Dorf, weil sie von uns aufgegessen worden waren. Not
kennt kein Gebot. Wir sind im ganzen Krieg nicht so satt geworden,
wie im Dorf der Wolgadeutschen dank ihrer Vorsorge.

Weihnachten 1941 saß ich im Wohnzimmer eines ehemaligen deutschen
Hauses und schrieb einen Brief an meine Eltern. Ich prahlte in dem
Brief von meinem herrlichen Leben an der Wolga in der Nähe der deutschen Stadt Marx, schrieb darüber, wie viele dicke und fette Hühner ich
schon verdrückt hatte, da blieb mein Blick auf einmal auf einem Foto an
der Wand haften. Eine alte Frau sah mich, wie es mir schien, vorwurfsvoll an, so daß ich rot wurde. In ihren Augen war so viel Mißbilligung
zu lesen, daß ich mich schämte. Ich saß also hier in einem fremden, geheizten Haus wie ein Okkupant, aß Bratkartoffeln aus dem fremden
Keller, und die Hausbesitzerin fror irgendwo fern von zu Hause und
schickte mir ihre Flüche. Wodurch unterscheide ich mich von den deutschen Landsern, die meine Landsleute in Smolensk und anderswo aus
ihren Häusern in die eisige Kälte getrieben hatten? Wie sie esse ich Eier
von fremden Hühnern und schäme mich dabei kaum. Und wenn die
Deutschen morgen mein Dorf besetzen und meine Eltern wegschicken
oder sie zur Zwangsarbeit nach Deutschland treiben …

Der Soldat Helmut N. † 1945   Duisburg

Und dann taucht ein Gedanke auf, der mich in den letzten Tagen oft er-
schreckt und quält. Unsere Kriegslage. Vielleicht gehört das aber zu den
Worten, die man verschließen muß in sich. Es hat keinen Zweck, ihnen
Raum zu geben.

Wir wissen nur eins: Der Führer ist der Kühnste und der Größte von
allen, er wird einen Weg finden zum Siegen, er sieht seine Soldaten und
handelt vielleicht doch menschlicher und fruchtbarer als die Nur-Mili-
tärs. Daß Brauchitsch gehen mußte, ist bitter, trotzdem. Aber auch der
Abschied Blombergs ist damals überwunden worden. Im übrigen: Wir
müssen den Zweiflern immer das eine vorhalten. Die ungeheuren Siege, die unvorstellbar großen Verluste, die wir bei der Zerschlagung der
Angriffsmacht Stalins den Sowjets zugefügt haben, die haben die guten
Deutschen ruhig und ganz selbstverständlich hingenommen. Daß wir
aber jetzt im Osten zurückgegangen sind auf besser zu verteidigende
Stellungen, daß wir vielleicht auf den Winterkrieg schlechter eingerichtet sind als die erfahrenen Russen, das erfüllt sie sogleich mit Zweifeln
und Angst, die guten Deutschen. Das gleiche gilt für Afrika. Vielleicht,
daß Cyrenaica nicht zu halten ist, weil die Verstärkungen nicht rechtzeitig und nicht zahlreich genug eintreffen, wir können ja nur das Hel-

dentum der Kameraden bewundern und ernst sehen, anderes bleibt ja
nicht. Und wenn sie untergehen: Das Reich wird leben durch sie. [...]
Ich werde Deiner gedenken und unser Lied summen: «Hohe Nacht der
Sterne».

Dein Helmut

Jochen Klepper 1903–1942   **Berlin**
Hanni hatte sich einen stillen Feiertag gewünscht. Wir waren ganz für
uns, nur wir drei. Da freilich nahmen die Gespräche die Wendung zum
Schwersten, denn in jedem Herzen, in jedem von uns dreien, mahnt und
ruft Gott. Um nichts anderes geht es: zu Weihnachten auszulöschen –
nicht zu sterben, sondern auszulöschen in aller Qual und allem Elend,
die Gott auch über die Seinen kommen ließ und läßt, und einzugehen
allein in sein Licht, indes das Menschliche im Herzen zerbricht. [...]
Renerle war nicht mit zum Abendmahl. Man hat noch keine Lösung
für die christlichen Sternträger «überlegt». – Welche Worte schafft diese Zeit, wie dies nun zum grausigen *terminus technicus* gewordene: «die
Sternträger» –.

Victor Klemperer 1881–1960   **Dresden**
Mittags. Weihnacht und Hausarrest, und das erstemal in 38 Jahren kein
Geschenk für Eva. Trotzdem zuversichtliche Stimmung, denn ein Ende
scheint nun abzusehen. Die Nachrichten aus dem Osten und aus Afrika
täglich bedrohlicher. Gestern das stark verbürgte Gerücht, die hiesige
Garnison sei in der Nacht vom 23. zum 24. alarmiert gewesen – Unruhen befürchtet. Heute berichtet Paul Kreidl, in der «Frankfurter Zeitung» stehe der Abdruck eines italienischen Artikels, darin heiße es, die
Lage im Osten sei «ernst», in Afrika «sehr ernst». –
Eva hatte ein Bäumchen besorgt: zweite Weihnacht im Judenhaus, armseliger und zuversichtlicher als die erste. Wir feierten mit Kätchen Sara
zusammen, sie stiftete eine Flasche Weißwein. Ich bekam von Eva gefütterte Handschuhe und hatte *nichts* für sie. Sie soll heute und morgen
mittag im Restaurant Karpfen essen, wenn es noch welchen gibt. – Wir
hatten gestern den ganzen Tag über rasenden Regensturm bei Wärme,
abends Gewitter. Heute noch stürmisch, aber Übergang zu Schnee und
Kälte.
LTI. Paul Kreidl sagt mit Recht: Wenn im Bericht «Helden», «helden-
haft», «heldenmütig» auftauchen, so «klingt das immer wie Nachruf»
(«Heldenmütiger Widerstand in Afrika»).

Leningrad, Dezember 1941

Der Feldwebel Arthur Binz   Albat/Krim
Die gestrige Kompanieweihnachtsfeier war zu tumultös und äußerlich.
Die gleich zu Anfang gehaltene Rede des Kompaniechefs war zwar schön
und gedankenreich, aber die völlige Übergehung des christlichen Ge-
dankens auch beim heutigen Fest wollte mir wieder gar nicht gefallen.
Gerade wir von der «Einhundertzweiunddreißigsten», die jede andere
Division um unseren hervorragenden Kriegspfarrer beneiden kann, hätten allen Grund, bei solchen Anlässen, vorbehaltlich der persönlichen
Einstellung des einzelnen, dem Christentum Rechnung zu tragen. Und
man sieht ja bei jeder Veranstaltung der Wehrmachtsgeistlichen, wie stark
das christliche Element, gerade im Felde, in unseren Soldaten verwur-
zelt ist.
Nach dem Weggang des Kompanieführers begann gleich eine tolle Ver-
steigerung, die zwar kolossal witzig und schlagfertig durch unseren
Oberkoch Wallner aufgezogen wurde und eine horrende Summe – in
knapp ½ Std. fast 700 M – eintrug, aber so feiert man nicht richtig Weihnachten, am letzten eine Kriegsweihnacht. Ich versuchte dann das Steuer
durch einen kleinen Vortrag herumzureißen, der offenbar auf ernstes Interesse stieß, aber unter dem Einfluß des seltenen Alkohols verflachte
das Niveau dann rasch wieder. Ich mußte immer wieder hinausgehen,
um auf die Uhr zu sehen und in Ruhe festzustellen, was sie jetzt wohl
in Ratzenlehen machten, die drei, Mama, Mariandl und Anni. Trotz alledem werde ich aber die Weihnachtsfeier auf der Krim nie vergessen. So
war das äußere Bild des Abends anfänglich sehr schön. Zwar keine Anni
Obermair'sche Spitzenaufmachung, aber ein sehr hübsch geschmück-
ter Lichterbaum, alle die alten Kameradengesichter im Glanz der Kerzen und vor allem ließ der gemeinsame Gesang des schönsten deutschen
Liedes «Stille Nacht», das ich selbst dem innigsten Schubertlied voran-
stelle, niemand ohne Bewegung vom Chor der 50 Männer unserer Kom-
paniestaffel.
Jeder hatte auf seinem Platz 4 Tafeln Schokolade und andere kleine Geschenke der mütterlichen Wehrmacht vorgefunden, vor dem Gedeck
des Kompaniechefs stand die einzigartige Riesenkerze mit eingelasse-
ner Jesuskrippe (Maria Miller's bzw. Suyters Stiftung).
Also es war schon was und die Geschmacksrichtungen gehen ja auch
auseinander.

Der Oberstabsarzt Dr. Willi Lindenbach † 1974   Chowany
Heiliges Christfest (1. Tag). Was für Entbehrungen und Einschränkun-
gen wir uns alle unterziehen müssen, heute war es geradezu furchtbar,

und die Gedanken an das Weihnachtsfest wollen uns gar nicht kommen. In einer fürchterlichen Enge, umgeben von Läusen und Flöhen verbrachten wir den heutigen Tag. Ich werde immer daran denken, an diesen Weihnachtsfeiertag. Abends setzt zudem noch ein furchtbarer Schneesturm ein, sodaß man kaum zur Tür hinausgehen kann.

Der Unteroffizier Wolfgang Buff 1914–1942   vor Leningrad
Heute ist Weihnachten. Ich liege in meinem Bunker und gedenke euer aller. Wie mögt ihr gestern den Heiligen Abend verbracht haben? Wer war alles von den Geschwistern dort, und wie habt ihr gefeiert? Geht es der lieben Mutter wieder besser und vor allem, ist Vaters Operation gut überstanden und hat er wieder das Augenlicht zurück? Das sind die Fragen, die mich in Gedanken an euch bewegen, zu denen ich die Antwort wohl erst in einigen Wochen erhalte. Aber meine Gedanken eilen immer wieder fort von hier zu euch, zur lieben Heimat und den Weihnachtsgottesdiensten. In Gedanken bin ich bei euch, wenn ihr die lieben Weihnachtslieder singt, die ich nun auch hier im Geiste oft singe. Wie tröstlich ist die selige Weihnachtsbotschaft. Wie tröstlich und köstlich alle die Verheißungen, die sie einschließt. Ist unser wahres Vaterland nicht droben, wo die ewigen Wohnungen unser warten? Was sind dagegen alle menschlichen Wünsche und Erwartungen? Man wird so ganz stille und wartet auf das, was der Herr tut und zu unserem Heil in wunderbarer Weise tun wird.

Der Offizier Leo Tilgner 1892–1971   vor Leningrad
An seine Frau
Zunächst die Mitteilung, daß heute Mittag 6 Pakete und 3 Briefe ankamen, dabei von Oma eine Mappe «Isenheimer Altar» und von Dir die Mappe «Giotto». Sehr schön! Weiter von Dir «Die deutsche Zarin», von Mami zwei Hefte Boccaccio und Uta von Naumburg, eine Erzählung; von unserem Kommandeur erhielt ich Rosegger «Zither und Hackbrett», mit Widmung.
Also Päckchen sind es bis jetzt 11, ein schöner Berg!
Wie wir zu unserer Hauseinrichtung gekommen sind? Das ist das Warme in unseren Räumen, daß außer den Schamottsteinen des Ofens und der weißen Pappe der Decke alles aus Kiefernholz ist, sogar die Beleuchtungskörper. Alles ist naturbelassen, also nichts gestrichen. Das Glas stammt aus einer Glasfabrik, die Teetassen sind von Katharina. Ist eine bei Dir? Das Porzellan stammt aus einem Ort weiter vorn, den die Zivilbevölkerung räumen mußte. Radiogeräte werden für die Wehrmacht

überall beschlagnahmt. Wir haben uns s. Zt. in Riga aus Häusern russ. Kommissare einige mitgenommen. Ja, wenn wir weiterrücken, – wir können uns das gar nicht vorstellen! – muß ein großer Teil hier bleiben. Russ. Familien werden sich später mit Begeisterung auf unsere Hütte stürzen. Heute früh waren wir drei beim Kommandeur zum Glückwunsch und zur Danksagung. Sein Geschenk kam uns unerwartet. Wir haben darauf einen kupfernen Aschenbecher, von mir entworfen, und einen der Holzengel, die ich s. Zt. aufgezeichnet hatte und die von einem Russen gedrechselt und fertiggestellt wurden, – die Bemalung habe ich selbst gemacht – ihm überreicht. Stehend wurde ein Schnaps getrunken. Wir fuhren zurück und nahmen unser Weihnachtsmahl, Suppe, Schweinebraten und Apfelkompott, dazu Sekt und Bohnenkaffee.

Leonid Popow *1928   *Leningrad*
Im Winter 1941/42 gab es überhaupt keinen Schulunterricht. Jemand machte mich und meinen Freund Arwid Kalnin ausfindig und rief uns zur Schule. Wir gingen zusammen zum Weihnachtsbaum. Unsere Mütter blieben zu Hause und machten sich Gedanken über uns. Dann heulte die Luftalarmsirene, wir wurden in den Keller hinuntergebracht. Lange standen wir auf der Treppe zum Keller. Dann wurde es dunkel. Schließlich stiegen wir wieder nach oben, obwohl es noch keine Entwarnung gegeben hatte. Die Lehrer gingen mit brennenden Spänen voran. Gegen drei Uhr gab man das Essen aus. Die Lehrer liefen zwischen den Tischen hin und her und kontrollierten, ob wir alles bekommen hätten. Wir saßen leise und unbeweglich. Den Weihnachtsbaum hatten wir schon vorher im Saal gesehen. Es war ein großer Weihnachtsbaum, die Lehrer hatten ihn für uns aufgestellt und geschmückt. Es gab Suppe, ein winziges Kotelettchen, Beilage dazu und Kissel. Sämtliche Zutaten waren Surrogat. Wir aßen alles sehr schnell auf. Dann wurden für jeden achtzehn kleine Rosinen mit Schokolade umhüllt ausgegeben. Alles war genau abgezählt. Genau achtzehn Rosinchen! Wir versteckten sie. Wir wollten sie zu Hause genießen. Es war schon 6 Uhr abends. Unsere Mütter waren außer sich. Man hätte uns die Geschenke wegnehmen können, wir konnten unterwegs auch verprügelt werden. Wir verließen die Schule in Gruppen von zwei bis drei Kindern, und den Weg in der Dunkelheit tastend kamen wir nach Hause. Unsere Mütter freuten sich, daß wir endlich gekommen waren und dazu noch die Geschenke mitgebracht hatten.

Die Tänzerin Vera Kostrowitzkaja *Leningrad*
Fünf Tage lang konnte man kein Krümelchen Brot gegen die Brotkarten in Leningrad kaufen. Am sechsten Tag wurden Mehl und Kleie mit Schubkarren antransportiert. Man gab es bis Mitternacht aus, und trotzdem wollten die Menschen nicht auseinandergehen. Sie hatten in grimmiger Kälte fünf Tage lang Schlange gestanden und bekamen jetzt kein Mehl. Sie zerschlugen die mit Brettern vernagelte Türe, stürzten hinein, doch die Verkäufer hatten das Mehl schon in den Lagerraum getragen. Ich war auch unter den Einbrechern, die kein Mehl bekommen hatten. Verzweifelt und mit Tränen überströmtem Gesicht rannte ich auf den Hof. Dort begegnete mir die Ladenleiterin. Sie war schon im Begriff, nach Hause zu gehen. Ich weiß nicht mehr, was ich ihr gesagt habe, mit was für Worten ich sie flehentlich zu überreden versuchte. Sie kehrte um, öffnete die Tür zum Lagerraum und ließ alle hinein, um Mehl zu holen. In dieser Nacht ging ich nicht ins Bett. Ich kochte mir eine dicke Brühe aus Mehl und aß gierig.

Der Maler Iwan Korotkow *Leningrad*
Ich stand vor einer Bäckerei Schlange, um Brot zu bekommen. Drinnen leuchtete schwach eine Lampe und man gab uns gegen die Brotkarte eine Krume. Ich spürte etwas unter meinen Füßen und ich trat darauf. In jenem Augenblick dachte ich überhaupt nicht daran, daß es ein Mensch sein könnte. Ich dachte, jemand hat dort einen Sack abgestellt. Ich konnte nicht fassen, was da los war. Ich stieg darüber, die anderen folgten mir. Erst als ich draußen war, merkte ich, daß wir einen Menschen mit Füßen getreten hatten. Alle sind auf ihm rumgetrampelt und niemand war sich bewußt, was er tat.

Pawel Gubtschewskij *Leningrad*
Ich saß in meinem Zimmer und wartete auf den nächsten Beschuß. Ich saß und grübelte darüber, wie seltsam ich früher war und wie unordentlich ich gelebt hatte. Ich hatte nur selten die Philharmonie oder das Kirow-Opernhaus besucht. Und wie viele Anstrengungen sind doch für eine Aufführung erforderlich. Man muß den Saal und die Nebenräume im Theater heizen, alles beleuchten, über hundert Orchestermusiker müssen versammelt werden, und sie müssen satt sein. Das Ballett darf nicht fehlen. Das Publikum muß auch die Möglichkeit haben, das Theater zu erreichen und noch tausend von solchen «Wenn und Was». Das hatte ich vorher nicht bemerkt und nicht zu schätzen gewußt. Damals dachte ich nicht daran, daß ich den Hirsebrei topfweise essen würde,

sobald die Blockade zu Ende geht. Ich hatte ganz andere Gedanken. Ich suchte etwas Größeres, Geistigeres, etwas von dem, was ich früher unterschätzt hatte, was ich fast nicht gebraucht hatte.

Pjotr Samarin 1888–1942   *Leningrad*
Um 5.30 Uhr bin ich schwer aufgestanden. Erschöpfung und Entkräftung vor Hunger. Um 6 Uhr hörte ich Radio und schleppte mich dann mühsam zum Dienst. Liduska schimpfte, und wir zankten uns wieder, als ob ich daran schuld wäre, daß ich hungrig bin. Auf der Arbeit erfreuliche Nachrichten. Die Brotnorm ist auf 200 Gramm erhöht. Sehr gut. Schade, daß ich gestern für Butter keinen Schmelzkäse genommen habe. Das Brot für morgen habe ich schon beim Frühstück verdrückt. Es zittern mir Hände und Füße.

Sinaida Ostrowskaja   *Leningrad*
Unser Haus war von einer Bombe getroffen. Sie explodierte nicht, doch wir alle wurden in den Luftschutzkeller umgesiedelt. Es waren früher die Weinkeller des Zaren unter dem Winterpalais auf der Seite des Dwortzowaja Kais. Die Keller waren sehr geräumig mit hohem Gewölbe. Es gab dort kein elektrisches Licht, nur irgendwo leuchteten Petroleumlampen.
Auf der Pritsche in einer Nische bei dieser Zimmerflucht hauste elend eine junge Mutter – eher ein Mädchen – mit ihren drei kleinen Kindern. Es waren winzige Zwerge wie alte Greise mit großen Köpfen auf den dünnen Beinen, auf denen sie in der Dunkelheit des Kellers sich kaum bewegen konnten.
Am frühen Morgen des 25. Dezembers 1941 betrat ich den Keller. Bei einem Kochkessel stand diese kleine Mutter. Ihre Hände zitterten, mit Freudentränen in den Augen zeigte sie allen ein Stück klebriges, schweres Kastenbrot und sagte immer den gleichen Satz: «Seht, man hat jetzt mehr gegeben. Meine Kinder werden sich nun satt essen ...»
Die Brotration wurde an jenem Tag erhöht. Für vier Personen hatte sie 800 Gramm erhalten.

Die Schülerin Walja *1928   *Leningrad*
Heute ist ein außerordentlicher Tag! Man hat uns die Brotration um 75 Gramm angehoben. Ich werde nun 200 Gramm bekommen, soviel wie meine Mutter. Welch ein Glück! Alle freuen sich so darauf, daß sie vor Glück weinen. Der Stiefvater ist heute unerträglich. Ich schäme mich, ihm Grobheiten zu sagen, aber ich kann nicht mehr schweigen.

Er hat heute sein Brot und dann auch das meiner Mutter und meins verdrückt. Also die heutige Zulage blieb für uns nur ein Traum. Ich hasse ihn! Ich kann es nicht begreifen, wie ein Mensch sich so gemein verhalten kann.

Der Lehrer Georgi Zim † 1942   *Leningrad*
In der letzten Zeit fielen sehr viele Bomben auf die Stadt. Manche Leute kochen Suppe aus Tischlerleim. Dem Leim fügt man Lorbeerblätter oder andere Kräuter hinzu. Tischlerleim kann man nicht kaufen, und wenn, gibt es sehr lange Schlangen. Gestern aß Kolja Sülze aus dem Hund Nona. Er mußte viel Senf und Essig hinzutun. Aber es schmeckte nicht gut. Der bloße Gedanke, daß man einen Hund ißt, war sehr unangenehm.
Heute reden alle nur vom Essen und wo man was zu essen kriegen könnte. Man trifft sehr magere, ausgemergelte Gesichter, andere sind aufgedunsen und angeschwollen vor Hunger. Ganz apathisch ist der Blick, und sehr unsicher ist der Gang. Sie bewegen sich kaum. Ein Maler kam um drei Uhr nachmittags gestern in den Verband. Von zu Hause war er um neun Uhr morgens losgegangen, von der Wassili-Insel bis zur Herzen-Straße brauchte er ganze sechs Stunden. Alle sind leicht erregbar, böse und nörglerisch geworden.

Soja Erschowa   *(Leningrad)*
Eine große Liebe und Hoffnung haben uns alle damals gerettet. Ich habe meinen Mann geliebt, er liebte seine Familie und unsere Tochter. Er war an der Front ganz in der Nähe. Wenn wir uns zum Essen an den Tisch setzten, stellten wir immer ein Foto von ihm auf den Tisch und hofften auf seine baldige Wiederkehr. Nur wegen der Liebe, wegen unserer Hoffnung, konnten wir alle überleben. Es war fürchterlich schwer. Heute, wenn ich daran zurückdenke, verstehe ich nicht, wie wir überleben konnten.

✳

Adam Czerniaków 1880–1942   **Warschauer Ghetto**
Um 8 Uhr morgens fuhr ich nach Warschau ab. Im großen Saal in der Gemeinde und in der Grzybowska-Str. 27. Sammlung der Pelze. Um 1 erschien Auerswald. Ich bat, den Ordnungsdienst und die Ärzte von der Ablieferungspflicht zu befreien. Er versprach, morgen Bescheid zu geben. Ich bin weiterhin krank.

Danuta Czech   **(KZ Auschwitz-Birkenau)**
In das Totenbuch der russischen Kriegsgefangenen werden 60 Todesfälle eingetragen.
In das Leichenhallenbuch werden die Nummern von 13 Häftlingen eingetragen.

*

Eine Frau wird erst schön durch die Liebe,
ganz allein nur durch die Liebe.
Darum sehnt sie sich stets nach der Liebe,
voll Verlangen nach der Liebe,
und sie wünscht, daß es ewig so bliebe,
denn die Liebe macht so schön.

<847   Freitag, 26. Dezember 1941   1229>

> Das Leben ist erschienen, und wir haben
> gesehen und bezeugen und verkündigen
> euch das Leben, das ewig ist, welches war
> bei dem Vater und ist uns erschienen.
>
> HERRNHUT   1. JOHANNES 1,2

Lord Moran 1882–1977   *Washington*
Im Capitol wollte ich eben die Treppen hinaufsteigen, als mich der PM
sah und zu sich in den Lift holte. Er nahm mich in einen kleinen Raum
mit; dort wartete er auf seinen Auftritt.
Er saß und starrte auf den Boden, um sich zu sammeln. Einmal stand er
auf und ging murmelnd rasch hin und her; dann blieb er stehen, sah
mich an und fragte mit weit aufgerissenen, fast hervorquellenden Augen: Sind Sie sich klar darüber, daß wir Geschichte machen?» [...]
Es gab Beifall, als er China erwähnte, und laute Zurufe, als er von den
Japanern sprach und zornig fragte: «Für was für Leute halten sie uns
eigentlich?»
An dieser Stelle erhob sich der Kongreß wie ein Mann und applaudier-
te stehend, als ob er nie wieder aufhören wolle.

Thomas Mann 1875–1955   *Pacific Palisades*
Sonnig. $^{1}/_{2}$10 Uhr Rede Churchills vor dem Congress in Washington.
Ovationen für ihn auch in den Straßen. Die Rede klug, ernst, zuversichtlich, die Initiative für 1943 ankündigend. – Danach Arbeit an «Thamar».
Mittags mit K. und Peter Pr. auf dem Frachtamt, auf der Promenade,
dann Lunch im Schweizerhaus mit gutem Appetit. Zu Hause Auspak-
ken der Geschenke von Mrs. Meyer und Knopfs: von jener prächtiges
silbernes Kaffee- u. Thee-Service, von diesen ein Paar venezianische
Karaffen. – Einschalten der elektrischen Uhr. – Nach dem Thee Briefe
mit Conny, des längeren an Broch. Etwas gegangen. Von H. Hesse Sendung kleiner Prosastücke. Gelesen Gedichte von H. Sahl. Den «Aufbau».
Abendessen nur mit Peter und Moni. Zahlreiche Glückwunschkarten.
Schmerzvoller Brief von der Meyer über die böse Lage Amerikas, die
Demütigung. Zerknirschte Ankündigung des Verlustes der Philippinen.

Bertolt Brecht 1898–1956   *Santa Monica*
dieterles und reyher hier. reyher: ‹kriege enden nicht durch material-
mangel. sie enden, bevor das material endet.› er fürchtet hitler als oberbefehlshaber mehr als brauchitsch. ‹die generäle machen den krieg zu
einer sache der fabrikanten. die materialmenge entscheidet. der wahnsinnige kümmert sich nicht um die gesetze der kriegskunst, welche natürlich nicht verpflichtend sind. das unmögliche versuchend, versucht er
lediglich das, was den generälen unmöglich ist.› daran ist etwas. die französische republik erfocht den sieg im weltkrieg im dreyfusprozeß. sie
mußte erst ihre generäle besiegen, bevor diese die feindlichen generäle
besiegen konnten. (die generäle schickten hitler von der front zurück
und verbreiteten, er brauche seiner gesundheit wegen ruhe. er setzte sie
ab und zwang den brauchitsch zu erklären, er habe ein schwaches herz.)
man lacht über den appell der nazis an die zivilbevölkerung, sie solle die
armee mit wollsachen ausstaffieren. selbst wenn die sachen nie ankä-
men (sie werden aber ankommen), das ‹hinterland› wird so einbezogen,
mitverantwortlich, ins strümpfestricken verwickelt. die alten frauen
von charkow haben die deutschen panzertruppen auf den hausstiegen
mit bratpfannen erschlagen? hier ist der gegenzug, natürlich ganz und
gar kleinbürgerlich, aber nicht lächerlich über das hinaus.

*

Jochen Klepper 1903–1942   **Berlin**
Auch in der herrlichen Mittagssonne ist Renerle nicht zu einem Spaziergang zu bringen. Erst Herrn Schiller gelang es dann, sie zum Gang
durchs weihnachtliche Nikolassee zu bewegen.
Schillers, Ursula F. und Hilde waren heute unsere Feiertagsgäste, und
es war eine Feier von ganz besonderer Festlichkeit, in der unser Haus
noch einmal seine ganze Schönheit entfaltete.
Ich hatte den Eindruck, daß so wie heute unser Haus in seiner ganzen
Atmosphäre auf Hilde noch nie gewirkt hat; zum ersten Male sah Hilde
unseren Prunk an Silber, und als alle, alle Lichter des Weihnachtsabends
noch einmal strahlten, auch der Christbaum, saßen alle wie verzaubert
an dem kerzen- und blumen- und bändergeschmückten Kaffeetisch mit
unserem unvergleichlichen Meißener Barockporzellan. Es war, als hätte
die Welt durch mehr als zwei Jahrhunderte den Atem angehalten; vollendete Schönheit und Stille war's. Draußen war der sonnige Tag grau
und kalt geworden, und der feine Schnee blieb liegen.
Hilde blieb auch über den Abend, und als unsere anderen Gäste gegan-

gen waren, gab's noch einmal ein großes, großes Weihnachtssingen aller, aller «unserer» Weihnachtslieder. Es war einer der schönsten Weihnachtstage, die wir je verlebten. Es war zum ersten Male wieder wie ein Bannkreis gegen Kummer, Angst und Sorge und alles getragen von so großer gegenseitiger Freundlichkeit.

Curt Querner 1904–1976   Dresden

Weihnachtsfest 1941. Gott sei Dank, daß ich dieses zu Hause feiern durfte. Schon das ist ein Geschenk in dieser wilden Zeit, in der die Welt von Krieg und Greuel erbebt. Zu Hause mit Tannenbaum und meinen Bildern und der Familie.

Vom Osten hört man schreckliche Dinge, von Kälte, Kriegsnot und Elend, Greuel, die an den 30jährigen Krieg erinnern.

Gestern, nachdem ich meine Eltern, die zu Besuch waren, zum Bahnhof gebracht habe, einen Gang zum Schloß. Wunderbares kaltes Wetter mit schweren Wolken, braunem Fluß und schwarzgrauem Gemäuer des Schlosses mit Kirche. Diese Gebäude, die düster dastanden, atmen Kraft und Fülle. Die kleinen Menschen schwarzgekleidet da unten auf dem großen Platz. Das Tor wie ein schwarzes Loch, aus dem sie hervorquellen, dazu eine schöne angenehme Kälte.

Grete Dölker-Rehder 1892–1946   Stuttgart

So, der Weihnachtsabend wäre glücklich überstanden – und zwar in des Wortes wahrer Bedeutung, wirklich glücklich! Ich hatte mich wochenlang vorher etwas davor gefürchtet, ich dachte, wenn es nur erst vorbei wäre! Sigfrid hing so besonders an Weihnachten, es war ihm das Familienfest des Jahres, mit allem Glanz u. Zauber der Kindheit. Ich hatte so sehr den Wunsch, es so schön zu gestalten, wie überhaupt möglich, wir wollten es ganz in seinem Sinne begehen u. ich wollte es den andern schön machen. Die Zeit ist schwer genug so, sie sollen nicht noch trauriger sein, etwa, weil ich traurig bin. Ich hatte mich fast betäubt mit wochenlangem Einkaufen, Besorgen, Planen, Backen, Basteln – aber als nun die Bescherungsglocke tönte, als der Lichterbaum strahlte, als Oma spielte u. wir versuchten, zu singen – da war es doch sehr schwer. Besonders, als ich Hanna einmal ansah, die mit von Tränen überronnenem Gesicht ihr Kleines an sich drückte, das so gross u. unbewusst in die Flammen staunte, wollte es auch mich übermannen. Aber, wenn ich nicht sang, verstummten alle u. mochte die Stimme auch schwanken u. heiser sein, ich sang doch. Ich zwang mich, nicht mehr an Sigfrid zu denken u. nur noch an das: «Es ist ein Ros' entsprungen aus einer Wurzel zart.» ... –

Es ist ein ganz süsses, süsses Kind! Und es ist ein uns so vertrautes Kind.
Unser Fleisch u. Blut. Es hat unsre Augen, unsere Haare, unsere Ohren,
Mund, Nase, Kopfform, Brauenschwung u. ganze Art sich zu geben.
Es ist ein zartes, sehr feines Kind, kaum grösser u. dicker geworden seit
wir es im September u. Oktober zum ersten Mal sahen. Aber es ist offenbar sehr kräftig u. gesund, es hat so ein festes, stämmiges Körperchen,
es kriecht schon u. steht sogar stramm, es hat 2 Zähnchen u. ist lebhaft
u. munter! –
Unser Gabentisch war so gross u. reich bedeckt wie immer. Hanna sagte, sie hätte so etwas noch nie gesehen. Ja, so ist das bei uns Sitte. Wir
leben ja eigentlich sonst viel einfacher als wir könnten u. andere in unserer Lage täten. Aber Weihnachten sind wir gern üppig. Es gab ja auch
für viele zu bescheren. Die Plätze waren wie immer: Oma, Vati, Mutti,
Maria, Gude, Ingi, Sigfrid, Hanna u. Gudelein angeordnet. Die beiden
«neuen» Menschen unseres Hauses hatten Hartwigs Platz eingenommen, den wir ja neulich schon bescherten u. der uns in guten neuen Bildern ansah.
Sigfrid aber hatte seinen Platz, wo er ihn immer hatte. Da stand u. lag
zwischen Tannengrün ein Bild von ihm u. das des Schlachtschiffs «Bismarck», sowie das Wappen des Schiffes (das des Hauses Bismarck).
Dann ein Dolch u. Portepee, sowie ein Mütze von Sigfrid. Daneben seine letzten Weihnachtsbriefe. Das war schön u. alle waren mir dankbar
für diesen Gedanken, die Insignien seines Berufes zu seinem Gedächtnis dorthin zu legen. – Während nun alle ihre vielen Pakete auspackten
u. eifrige freudige Ausrufe ertönten, gaben wir dem «Opa», unserm Vati
Dölker die Kleine solange auf den Schoss. Es war rührend reizend anzusehen, wie er, der traditionell kein Interesse für die ganze Bescherung
zeigt u. nur mit dem Blasrohr in der Hand den Lichterbaum bewacht,
den er immer glaubt in Flammen aufgehen zu sehen, obwohl er es in
62 Jahren noch nie erlebt hat, wie er nun das Kleine an sich drückte u.
so still u. innig mit ihm spielte. Es griff nach dem Blasrohr, packte es
mit beiden Händchen, wollte es natürlich in den Mund ziehen, wurde
daran verhindert, blickte fragend, verwundert u. scheu-vertrauend zu
seinem Grossvater auf, – na, wem vorher keine Tränen des Schmerzes
gekommen waren, dem konnten ja nun die der Rührung u. der Freude
kommen. – So verlief uns dann dieser ganze Weihnachtsabend, über
dem solch tief verhaltene Wehmut lag u. beide Söhne fehlten, so still-
harmonisch, so beseelt, vielleicht so von ganz innen her beglückt, wie
noch selten einer. –
Als wir an heilig Abend die Karpfen assen, haben wir den ersten Schluck

Wein zu Sigfrids Gedenken still getrunken, den zweiten auf Hartwigs
Wohl u. mit dem dritten haben wir Hanna das Du angeboten u. dass sie
Vater u. Mutter zu uns sagen soll. Als am 1. Feiertag morgens Günther
u. Diedel Melchior kamen, haben wir vorgestellt: «unsere Schwiegertochter […]». Es fällt uns nicht schwer. Nur – was würde Sigfrid dazu
sagen? Geht es uns mitunter noch durch den Kopf. Aber das dürfen wir
uns nicht mehr fragen. Er hat sich u. uns in diese Lage gebracht. Wir
können keine Halbheit daraus machen im Warten auf ihn. Wir müssen
die ganze Konsequenz ziehen, wie er als Offizier auch überall es müsste. Wenn wir das Kind legitimieren wollen, so vollständig, wie wir es
ohne ihn überhaupt können, müssen wir so handeln, wie wir es tun. –
Wir sind uns auch – Gottlob – alle ganz einig u. kennen kein Schwanken mehr. –

Der Soldat Josef Eberz *1921   **südlich Charkow**
Das Weihnachtsfest werde ich nie vergessen. Für den ersten Feiertag
mußten wir uns selbst Kartoffel besorgen und auch kochen, denn es gab
Gulasch. In unserem Quartier war eine Frau mit einem kleinen Kind.
Sie gab uns ein paar kleine Kartoffel und kochte uns diese auch. Wir
haben ihr auch von dem Kuchen und am Feiertag vom Gulasch abgegeben. Am ersten Weihnachtstag wurde nicht marschiert. Am zweiten
Weihnachtstag wurden morgens Fritz Köppjen und Herbert Neumann
zum Unteroffizier befördert. Dann marschierten wir wieder weiter in
Richtung Süden.
An diesem Tag war es wieder sehr kalt und stürmisch mit Schneewe-
hen. Ich erinnere mich noch, daß wir nachmittags lange auf einer Höhe
gestanden haben. Durch den Atem von Ein- und Ausatmen hatten wir
alle einen langen Eiszapfen am Kopfschützer unterhalb des Kinns hängen. Wir sahen alle aus, als ob wir einen Ziegenbart hätten. Es war uns
in Charkow schon gesagt worden, daß wir uns beim Marschieren von
Zeit zu Zeit gegenseitig angucken sollten, sobald sich weiße Flecken im
Gesicht bildeten, sollte sich dieser tüchtig dort einreiben, damit das Blut
wieder zirkulierte und es nicht zu Erfrierungen kommen konnte.

Der Oberstabsarzt Dr. Willi Lindenbach † 1974   **Chowany**
2. Weihnachtstag. Abends schlafen wir hier Kopf bei Fuß und umge-
kehrt, sonst wäre in unserem Schlafraum nicht Platz genug. Es ist ganz
fürchterlich und gar nicht zu beschreiben. – Heute bei der Division. Es
war ein fürchterliches Schneetreiben, starker Wind, das müßten sie mal
zu Hause erleben.

Josef Kraus *1909   vor Moskau

Am zweiten Weihnachtstag hängte ich einen Postkasten vor dem Hause auf. Eine Schublade irgend eines Möbelstücks mit einem Deckel darüber. Ich hatte ihn angebracht, wollte ins Haus zurück und fand vor der Haustür im Schutt einen feinziselierten Kelch von Gold, mit Silber überzogen. Als ich der Haustür zuschritt, ein scharfer Knall, dessen Luftdruck mich in den Dreck warf. Im Hause fand ich den Bataillonschef mit dem Hauptfeldwebel und dem Feldwebel von der Nachrichtenabteilung noch am Tisch sitzend, alle unverletzt, nur von Dreck und Staub überschüttet. Nur meine Weinflasche am Wandbrett lag zerbrochen in der Stube. Eine Granate, wahrscheinlich von einem Granatwerfer hatte den Dachbalken getroffen, mit der Sprengwirkung das Dach durchschlagen, ohne im Haus jemand zu verletzen. Bei einem Spähtrupp in diesen Tagen in dem dünnen Waldstreifen zwischen dem Dorf in der oberen Hälfte desselben, der vom Dorf ab breiter und dichter wurde, und den russischen Stellungen wurden wir plötzlich von Bäumen aus beschossen. Es hieß in Deckung gehen, einfach in den tiefen Schnee fallen lassen. So lagen wir vielleicht an die zwei Stunden. Es waren um uns dünne Birkenbäumchen. Vor meinem Kopf zwei eng aneinander, an den Füßen ebenfalls welche. Des Öfteren hob ich den Kopf, sogleich folgten die Einschläge der Gewehrkugeln um mich her. Den anderen erging es ebenso. Erst nach Einbruch der Dämmerung konnten wir aufbrechen.

Der Unteroffizier Fritz Hübner 1912–1983   vor Moskau

Am 2. Feiertag machten wir die erste Bekanntschaft mit der Stalinorgel, das war eine neue Raketenwaffe des Russen, die er in dieser Zeit zum erstenmal einsetzte. Man hörte 42 Abschüsse ganz kurz hintereinander, und dann rauschten die Geschosse heran, die auf kleinem Raum einschlugen. Wer das Pech hatte, direkt im Wirkungsbereich dieser Waffe zu liegen, hatte wenig Chancen davonzukommen. Doch der hohe Schnee war unsere Rettung, er dämpfte die Splitterwirkung stark ab. Wenn man nicht einen Volltreffer bekam, war die Sache nicht so gefährlich, wie sie immer dargestellt wurde. Im freien Gelände ohne Schnee war die Wirkung natürlich verheerend.

Der Chef und ich beschlossen, unsern Troß wenigstens noch einen Tag bei der Kompanie zu behalten, denn die Lage hatte sich erstmal wieder stabilisiert. Am Dorfeingang waren zwei 8,8 Flag in Stellung gegangen, und die garantierten dafür, daß keine russischen Panzer durchkamen. In dieser Nacht geschah auch nichts, wir konnten durchschlafen.

Der Leutnant Heinz Döll *1919   vor Moskau
Meine lieben Eltern!

Heute ist der zweite Weihnachtstag. Gegen 18.00 fingen die einzelnen
Geschütz- und Meßtruppenbedienungen, Kraftfahrer, Fernsprecher,
Funker, Waffen- und Gerätepersonal usw. mit ihren Weihnachtsfeiern
an. Es war überall sehr nett. Wir gingen zu jeder Feier, die in den jeweiligen Quartieren stattfanden. Von der Batterie bekam jeder Mann: eine
Flasche Wein, eine halbe Flasche Likör, ein Pfund Lebkuchen, Kekse,
Bonbon, zwei Tafeln Schokolade, 50 Zigaretten und je 25 Mann drei Kerzen. Einen Tannenbaum hatten natürlich auch alle; das Lametta wurde
aus Zigarettenpapier gemacht. Außerdem bekamen wir in diesen Tagen
laufend pro Tag 2–3 Sack Post, die erst nach und nach ausgegeben werden können wegen Raum- und Lichtschwierigkeiten. Nachdem wir alle
Feiern besucht hatten, begann um 23.00 die Feier des Offizierskorps.
Inzwischen hatte Leutnant Schuchart alles weihnachtlich zurechtge-
macht. – Ein sehr schöner Weihnachtsbaum und ein einmalig schöner
Weihnachtstisch, der übervoll war und reichlich mit Kerzen ausge-
schmückt, leuchteten uns entgegen. Da lagen einmal die Geschenke der
Wehrmacht und dann der Inhalt vieler Päckchen, deren Inhalt wir vorher nicht gesehen hatten, sowie Briefe. Wir feierten einige Stunden sehr
nett. – Am 1. Weihnachtstag wurde die weihnachtliche Ruhe unterbrochen durch einen Stellungswechsel. Bereits am Nachmittag waren jedoch die neuen Quartiere wieder eingerichtet, und so konnten wir wieder Weihnachten feiern, ebenso wie heute.

Der General Heinz Guderian 1888–1954   nördlich Orel
Am 25. Dezember gelang es den eingeschlossenen Teilen der 10. (mot.)
I.D., den russischen Ring zu durchbrechen und mit mehreren hundert Gefangenen die eigenen Linien zu erreichen. Der Abmarsch in die
Susha-Oka-Stellung wurde befohlen. Am Abend kam es erneut zu einer
scharfen Auseinandersetzung mit Feldmarschall von Kluge, der mir vor-
warf, ihm eine falsche, dienstliche Meldung erstattet zu haben, und mit
den Worten den Fernsprecher anhängte: «Ich werde über Sie dem Führer berichten.» Dies ging denn doch zu weit. Ich teilte dem Chef des
Stabes der Heeresgruppe mit, daß ich nach einer solchen Behandlung
nicht mehr gewillt sei, meine Armee weiter zu führen und um Enthe-
bung vom Kommando bitten würde. Diesen Entschluß führte ich unverzüglich telegrafisch durch. Feldmarschall von Kluge kam mir indessen beim OKH zuvor, indem er meine Ablösung beantragte, die ich am
Morgen des 26. Dezember unter Versetzung in die Führerreserve des

OKH von Hitler auch erhielt. Mein Nachfolger wurde der Oberbefehlshaber der 2. Armee, General Rudolf Schmidt.

Der Unteroffizier Wolfgang Buff 1914–1942   vor Leningrad
Ich liege in meinem Bunker, der im Viereck so groß ist, dass ich mich gerade darin ausstrecken kann. Rechts von mir die nackte Erdwand, zu meinen Füßen Erde und zu meinen Häuptern nur durch einen kleinen Holzstoß getrennt die andere Seite. Links vor mir in Armesbreite brennt das flackernde Feuer in der Wand mit weißen Birkenscheiten. Gegenüber dringt durch das kleine, immer mit Eisblumen versehene Fensterchen der Tür ein schwacher Dämmerschein von außen in meine Behausung. An meinem Lager eine Kartenkiste als Schreibunterlage. Darauf das Telefon und daneben steht dann der große Plantisch, jetzt geschmückt mit einem kleinen Weihnachtsbaum. Von oben dringt selten ein Ton bis hier hinunter, nur dann und wann das schwere Donnerrollen der Geschütze, die in die Ferne schießen, und vielleicht einmal das Brummen eines Flugzeuges über uns. Es ist still wie im Grabe. Nur das Feuer brodelt unruhig, und meine Taschenuhr, die die verrinnenden Stunden anzeigt, tickt stetig und beruhigend, und eine Kerze neben mir erleuchtet friedlich die Dunkelheit der Tiefe.
Es ist mir, als läge ich im Grabe und die tiefen Worte des Psalmisten in ähnlicher Lage gehen mir oft durch den Sinn: «Du hast mich in die unterste Grube gelegt, in die Finsternis und in die Tiefe. Ich liege im Grabe wie die Erschlagenen, deren du nicht mehr gedenkst und die von deiner Hand abgesondert sind. Aus der Tiefe rufe ich, Herr, zu dir», es sind Worte aus den Bußpsalmen. Der Herr führt hinab in die tiefste Tiefe, ja bis in die Grabesnacht.
Und doch, wie friedlich und geborgen fühle ich mich in meinem Grabkämmerlein. Wie nah fühle ich seine Hand, die mich bewacht, verbirgt und beschützt hier unten in der Erde. Wie köstlich und tröstlich sind mir seine Verheißungen, nach denen er mich auch herausführen wird, wenn seine Stunde kommt. «Der Herr tötet und macht lebendig, er führt in die Hölle und wieder heraus». Dann werde ich ihn loben und ihm danken, wie es der Psalmist nach seiner Errettung mit einem neuen Liede tat: «Ich harrte des Herrn, und er neigte sich zu mir und hörte mein Flehen und zog mich aus der grausamen Grube.» (Psalm 40)
Im Ganzen verlief der erste Weihnachtstag ruhig und ungestört. Der Feind schien auch ziemlich ermattet zu sein und rührte sich kaum. Bei uns war es still, und auch von vorne kam immer wieder die gern gehörte Meldung: «Völlige Ruhe im Abschnitt.» Also haben unsere tapferen

Leningrad, Evakuierung der Straße Botnitschskaja, 12. Dezember 1941

Infanteristen außer ihrem schweren Postendienst auch ein wenig Festtagsruhe wider alles Erwarten geschenkt bekommen. Mir geht es ziemlich gut, nur die beiden großen Zehen und zwei andere sind ein wenig erfroren. Das faule Fleisch schält sich jetzt ab, und die neue Haut ist darunter schon gewachsen. Es wird wohl noch einige Tage dauern, dann hoffe ich, dass alles ausgeheilt ist. Mit Hilfe der verschiedenen Frostmittel, die ich geschickt bekam, und durch vorsichtiges Verhalten kann ich den Winter dann ohne Schaden weiter überstehen.

Ludmila Maljar *1933   *Leningrad*
Mitte Dezember 1941 wurden wir nicht mehr zur Heimstätte geführt. Die Mutter blieb tagelang zu Hause. Sie lag mit uns im Bett und stand sehr selten auf. Manchmal traten wir auf den Balkon hinaus, um ein bißchen frische Luft zu schnappen. Tante Lilja kam zu uns, um uns etwas zum Essen zu geben. Aber auch für sie war es sehr mühsam, uns zu besuchen. Eines Tages versuchten wir, unsere Mutter aus dem Schlaf zu wecken, weil wir hungrig waren. Die Mutter wollte aber nicht aufstehen. Am 26. Dezember 1941 bei dem Besuch von Tante Lilja wurden wir von ihr mitgenommen. Viel später haben wir erfahren, daß wir vier Tage lang mit unserer toten Mutter im Bett gelegen hatten. Tante Lilja hat uns damals erzählt, die Mutter müsse dringend zur Arbeit gehen, und sie werde mit ihrem Betrieb evakuiert. Bald sollten auch wir ihr folgen.
Ich erinnere mich noch daran, wie «schön» die Newa brannte. Es war Treibstoff aus den Schleppkähnen bei einem Bombenangriff ausgeflossen, und es kam mir vor, als ob sich die Flammen selbst flußabwärts so herrlich auf den Wellen fortbewegten.

Shanna Umanskaja *1932   *Leningrad*
Ich bin im Dezember 1941 nur sehr selten ins Freie gegangen. Ich sah dann gelegentlich meine verschneite Heimatstadt, schreckliche Unordnung auf den Straßen, und viele Leichen, auf den Bürgersteigen und an den Häusern. Meine Mutter bemühte sich, mich davon abzulenken. Ich habe eines Tages die Agonie eines Sterbenden beobachtet: ein Mann versuchte sich mühevoll an der Wand hochzuziehen und konnte sich trotzdem nicht vom Boden aufraffen. Das war furchtbar! Doch in meiner kindlichen Vorstellung habe ich das nicht als Schrecken empfunden, alles kam mir ganz selbstverständlich vor. Jetzt, wenn ich daran zurückdenke, verstehe ich, was ich ertragen mußte.

Der Weihnachtsbaum im ersten Blockadewinter ist mir für immer im Gedächtnis haftengeblieben. Ich war damals noch ein Kind. Und ausgerechnet an jenem Tag war mein Vater gestorben. Er starb zu Hause. Kurz davor hatte er seinen Gestellungsbefehl erhalten, er mußte an die Front. Er war Offizier a. D. in hohem Dienstgrad, bis zur Einberufung war er viele Wochen am Bau der Befestigungsanlagen bei Leningrad eingesetzt. Wahrscheinlich war dort die Verpflegung sehr schlecht, weil er mit geschwollenem Gesicht nach Hause gekommen war. Auf dem Wehrkreiskommando hatte man ihm gesagt, daß er für den Fronteinsatz untauglich sei.

Merkwürdig schnell raffte es die Männer, die in der Stadt geblieben waren, im ersten Blockadewinter dahin.

Von den armseligen Krümeln, die meinem Vater zuteil wurden, hat er mir heimlich etwas abgegeben. Damals habe ich das nicht begriffen, was es bedeutete, auf sowas zu verzichten. Kurz gesagt, er hat sich selbst bestohlen. Er lag schon im Bett, stand nicht mehr auf und bemühte sich irgendwie, mich zu unterstützen, um mich am Leben zu halten.

Ich kann mich nicht mehr erinnern, worüber er mit mir gesprochen hatte. Er hat überhaupt wenig gesprochen.

Da bekam ich die Einladung zum Neujahrsfest am Weihnachtsbaum. Ich weiß nicht mehr, woher diese Einladung gekommen war. Ich mußte in jenem Winter die erste Klasse in der Schule besuchen. Als Elevin habe ich die Einladung wohl bekommen. Ich war allein gegangen. Man hatte uns empfohlen, zu diesem Fest einen Beutel zu nähen. Dieser Beutel wurde unter dem Pelzmantel als Brusttasche getragen, damit niemand sehen konnte, wie ich ein Geschenk vom Weihnachtsmann nach Hause trug, weil es allerlei Menschen gab, die vor Hunger zu Tieren geworden waren.

Ich erinnere mich ganz deutlich daran, wie wir, alle abgemagert, klein, ein Häufchen Elend, dort saßen, und dazu ein Zauberkünstler, auch abgemagert, ein schwächliches Kerlchen, der Anzug schlotterte, um den Hals hatte er einen Schal gebunden. Er versuchte uns allerhand Hokuspokus vorzuführen. Und die Kinder saßen und blieben gleichgültig bei seinen Tricks. Dann konnten sie es nicht mehr aushalten, und einer von ihnen fragte laut: «Und wann kriegen wir Essen? Ist es bald soweit?» Wir waren schon keine Kinder mehr.

Das Essen kam uns sehr reichlich vor. Und Geschenke bekamen wir. Ich weiß nicht mehr, was für ein Geschenk ich bekam, einen Apfel, Gebäck, ein Bonbon. Ich habe alles in meinen Beutel gestopft und unter dem Mantel versteckt und mein Geschenk sicher nach Hause gebracht.

Als wir mit Mühe und mit Hilfe einer Kerzenflamme den Tee warm gemacht hatten, sagte meine Mutter: «Geh, weck den Vater auf, er schläft
heute ungewöhnlich lang. Wir feiern dann heute das Neue Jahr. Möge
es Silvester sein.» Es kam mir seltsam vor, daß der Vater sich ausgestreckt und aufgedeckt
hatte. Sonst hatte er mich immer gebeten: «Shannulja, mach mir die
Decke fest, es zieht hier schrecklich.»
Ich rief: «Vater, Papa, Väterchen!» Keine Reaktion. Ich schrie und rief
meine Mutter. Die Mutter führte mich weg und sagte: «Beruhige dich,
bitte. Er schläft noch.» Merkwürdigerweise lag er in einem anderen Zimmer, er hatte schon früher um Erlaubnis gebeten, in diesem Zimmer
liegen zu dürfen.
Es kann sein, daß er seinen bevorstehenden Tod spürte. Ich habe das
damals nicht verstanden. Ich habe auch nicht gefragt, warum er in einem
anderen Zimmer lag. Ich war der Meinung, daß die Frauen separat von
den Männern schlafen müssen.
Kurz gesagt, der Vater war gestorben. Und unser Nachbar auch. Mit
gemeinsamen Bemühungen haben wir beide in die Küche getragen und
dort in Decken gewickelt. Einen ganzen Monat lang lagen sie in der
Küche, weil wir überhaupt keine Kraft mehr hatten, sie zum Friedhof
zu tragen.
Bis heute bin ich erstaunt, daß ich damals keine Angst vor den Leichen
empfand. Schrecken fühlten wir nicht, im Gegenteil, wenn wir ein Geräusch in der Wohnung hörten, krochen wir dorthin, um nachzugucken,
ob er nicht aufgewacht wäre. Nur die Mutter wußte Bescheid, daß er
uns für immer verlassen hatte.

Pjotr Samarin 1888–1942   *Leningrad*
Bin wie immer um 5 Uhr 45 aufgestanden. Meiner Liduska ging es im
Laufe der Nacht schlecht. Sie liegt kraftlos und krank im Bett. Ich habe
versucht, sie davon abzubringen, zur Arbeit zu gehen, sie wollte nichts
davon hören. Mühsam schleppte sie sich hin. Draußen ist es −25 Grad.
Die Hauswirtin hat mich mit herrlichem Trockenbrot bewirtet. Woher
sie es hatte, sagte sie nicht. Ich habe Bonbons und Wein gesucht, das
gibt es nirgendwo.
Heute wurde mitgeteilt, daß unser Kollege Kopjaschkewitsch von der
Leningrader Eisenbahn an seinem Arbeitsplatz vor Hunger gestorben
ist. Ich aß in der Kantine zu Mittag: Suppe mit drei Nudeln und einen
Mehlbrei. Wenn man 10 Portionen von solchem Brei gegessen hätte,
dann wäre man ein bißchen satt gewesen. Als ich in der Kantine aufs

Essen wartete, fror ich ganz erbärmlich. Bis zum Abend hatte ich keine Kräfte mehr, ich bin total erschöpft.

Um 4 Uhr am Nachmittag bei der Beratung in Dorprofsosch [Gewerkschaftsorganisation beim Verkehrswesen]. Dort saß ich bis 7.15 Uhr. Die Gewerkschaftsfunktionäre reden gerne viel. Heute muß man weniger reden als handeln. Es ist allerhöchste Zeit, Konsequenzen zu ziehen. Zu Hause ist es dunkel. Kein Licht. Bis zum Abend wurde ich ganz schwach.

Am Abend – Fliegeralarm, anderthalb Stunden stand Motorgedröhn am Himmel. Sogar bei dieser Kälte beruhigen sich die Banditen nicht. Schneller muß der Belagerungsring durchbrochen werden. Am Tage führte ich eine Versammlung zur Frage der Geschenke für die Rotarmisten an der Front durch. Man scheint das Ergebnis zu erreichen – in bar wurden schon 150 Rubel gespendet.

Michail Samarin hat angerufen. Man hat ihn zum Dienst als Kulturmitarbeiter bei der Wachabteilung eingezogen. Vielleicht kann er sich dort besser ernähren. Er hat bereits seine beiden Hunde und Katzen gegessen.

Die Erfolge unserer Armee sind großartig, sie jagt und verfolgt die Fritzen. Schade, daß die Zerstörungen und Vernichtungen so groß sind, man wird lange Zeit für den Wiederaufbau brauchen. Die Ereignisse sind so dramatisch, sie kommen in solcher Fülle vor, daß man nicht alle im Auge behalten kann. Wie glücklich werden diejenigen sein, die das alles überleben.

✳

Adam Czerniaków 1880–1942   **Warschauer Ghetto**
Am Morgen unter Schmerzen aufgestanden. In der Gemeinde usw. Sammlung. Bis 12:30 hat die Sammlung über 11 000 Pelze und Felle erbracht.

Um 1:30 erschienen Auerswald und Jesuiter. Auerswald unterzeichnete ein Schreiben betreffs Elektrizität für das Gemeindehaus, denn [ohne sie] läßt es sich schwer arbeiten. Er sagte, die Beschlagnahme betreffe nicht nur die Juden des Gouvernements, sondern auch die ‹ausländischen› Juden. Eine Ausnahme bilden nur neutrale Juden, z. B. Bürger von Schweden und der Schweiz.

Danuta Czech   **(KZ Auschwitz-Birkenau)**
Sechs Erziehungshäftlinge erhalten die Nummern 25 012 bis 25 017.
Drei Häftlinge, die mit einem Sammeltransport eingeliefert worden
sind, erhalten die Nummern 25 018 bis 25 020.

※

Und wieder geht ein schöner Tag zu Ende,
voller Glück und voller Sonnenschein.
Ich leg mein Herz in deine lieben Hände,
denn wo du bist, kann die Welt nicht schöner sein.
Vergessen sind heut' all meine Sorgen, alles Leid,
hab' Dank für die Stunden, die ich heut' bei dir gefunden,
denn dieser schöne Tag geht nun zu Ende,
schlafe süß, mein Liebling, gute Nacht!

<848 Sonnabend, 27. Dezember 1941 1228>

Wie ihr nun angenommen habt den
Herrn Christus Jesus, so wandelt in ihm
und seid gewurzelt und erbaut in ihm
und fest im Glauben, wie ihr gelehret
seid, und seid reichlich dankbar.

HERRNHUT   KOLOSSER 2,6,7

Bertolt Brecht 1898–1956   *Santa Monica*
homolka kommt, und wir spielen schach. ich erzähle ihm vom GALI-
LEI, und es ist, als erinnerte ich mich an ein seltsames versunkenes theater alter zeiten in untergegangenen kontinenten.

Bernard Shaw 1856–1950   *Ayot St. Lawrence*
An Lord Alfred Douglas
Rußland sitzt ziemlich in der Klemme wegen Japan. Als es uns den gleichen Nichtangriffspakt mit Handelsvertrag anbot, den es mit Hitler geschlossen hatte, lehnten wir verächtlich ab und machten kein Geheimnis aus unserer Hoffnung, daß wir eines Tages bestimmt in der Lage
wären, Deutschland und Japan um uns zu versammeln zur heiligen
Aufgabe der Bolschewistenvernichtung und neuen Aufteilung Rußlands unter die westlichen kapitalistischen Mächte. Japan hatte mehr
Gespür und schloß den angebotenen Pakt. Und da es Rußland nicht angreift, hat Stalin keine Ausrede für eine Verletzung der Neutralität. Und
wir können ihn schwerlich darum bitten, noch eine andere Front zu
übernehmen, wenn wir seinem Vorschlag, das doch selbst zu tun, keine
Beachtung geschenkt haben. Niemand außer Strabolgi sagt, wir sollten
es.
So kann Stalin im Augenblick nichts anderes machen, als China in allem
zu helfen, was ohne Kriegserklärung möglich ist, so wie wir es in Spanien gemacht haben, als wir den schrecklichen Fehler begingen, für
Franco den Sieg zu sichern – mit dem Ergebnis, daß Franco Spanien
wahrscheinlich für Portugal an Hitler verkaufen und uns ein beängsti-
gendes Stück Arbeit im Atlantik überlassen wird.

Thomas Mann 1875–1955 *Pacific Palisades*
Bedeckt, kühl. Vormittags bei ziemlich schlechtem Befinden an «Thamar» weiter. Mittags mit K. in der Nähe gegangen. Beim Lunch Erika über ihre gestrige spiritistische Sitzung bei Eva Hermann. Briefe und Bücher. Werfels Lourdes-Roman. Nachmittags längerer Brief an die Meyer. Nachricht vom stundenlangen Luftbombardement des hilflosen Manila. Abends Vorlesung der Thamar-Geschichte, so weit geschrieben. Guter Eindruck.

Wilhelm Muehlon 1878–1944 *Klosters/Schweiz*
Churchill hat manches gesagt, was ihm grossen Applaus eintrug, aber am stärksten war der Beifall, als er den bewundernswerten Kampf der Armee und des Volkes in Russland erwähnte. In der Tat, auch mir erscheinen die Russen als die Retter.

✳

Käthe Kollwitz 1867–1945 *Moritzburg*
Heut ist der junge Oncken bei mir. Er ist bei der Marine und war in Brest. Dort hat er erlebt, daß für 2 erschossene deutsche Soldaten 100 französische Soldaten erschossen wurden. Er hat es mitangesehen.

Johanna Harms *1881 *Baku*
Am Weihnachtsabend hatte man uns bei Nacht und Nebel aus Rescht fortgebracht. Die Fahrt zum Hafen war kurz; dort wurden wir schnell auf einen kleinen Dampfer verfrachtet, der sich erst gegen Mittag in Bewegung setzte. Wir waren viel zu aufgeregt, um die versäumte Nachtruhe nachzuholen, obwohl die rotgepolsterten Schiffsbetten ein bequemes Lager boten. Die Kajüte, in der wir fünf Frauen und die beiden Kinder untergebracht wurden, war sauber und geräumig.
In der zweiten Nacht schliefen wir wundervoll unter dem leichten Schaukeln des Schiffes. Das Erwachen müßte nicht sein! Die Ungewißheit quälte uns dauernd: «Wohin bringen sie uns, was haben sie mit uns vor?» Am zweiten Weihnachtstag landeten wir in Baku. Kurze Zeit warteten wir auf Deck, sahen aber unsere Landsleute nicht, dafür fremde Gefangene. Wie entsetzlich elend und verzweifelt sahen sie aus! Ich erschrak: War nicht ihr Schicksal auch das unsere? Aber dann beruhigte ich mich, was konnte geschehen? Wir waren ja unschuldig.
Unser Dolmetscher, der mit mehreren Offizieren abseits gestanden hatte, kam zu uns und sagte freundlich: «Kommen Sie mit uns!» Wir folg-

ten ihnen ohne weitere Bewachung. Der Weg war kurz; gleich hinter dem Hafen, durch eine Querstraße getrennt, lag ein Riesengebäude. Wir ahnten nicht, was uns dort erwartete. Wenige Minuten später saßen wir in einem Korridor; nichts Verdächtiges war zu sehen. Bald darauf wurde Frau Klaßen von einem Beamten aufgerufen. Wir anderen warteten. Ein freundlicher Offizier, den wir vorher schon gesehen hatten, kam durch die Eingangstür und gab Frau Eigner ein Weißbrot. Es war wohl für die Kinder gedacht, jedoch bekamen auch wir Erwachsenen ein Stück zum Probieren, denn wir waren inzwischen hungrig geworden. Nach Frau Klaßen wurde ich aufgerufen. Halb neugierig betrat ich einen großen Raum. Ein junges Mädchen in Uniform empfing mich, mit ihren dunklen Augen sah sie mich nicht gerade freundlich an. Eine gründliche Leibesuntersuchung begann, jedes Stück ging durch ihre Hände. Nach der Prozedur wurde ich einem Wärter übergeben. Mit offenem Mantelkleid und fliegenden Haaren ging ich vor ihm her. Auf dem Hof, den wir überquerten, stand die «grüne Minna». Ich schauderte bei dem Gedanken, dort hineingesteckt zu werden; aber wir gingen vorüber und bogen in eine Seitentür, kletterten zwei Treppen hinauf und landeten auf einem langen dunklen Gang mit vielen Türen. Ein Mädchen begegnete uns, sie trug die Abendsuppe für die Gefangenen in großen Eimern. Der Wärter schloß eine der vielen Türen auf. Ich betrat eine Zelle und begrüßte Frau Klaßen.

Der weißgetünchte Raum war hell erleuchtet. Es roch stark nach Karbol. Hoch oben sah ich zwei kleine vergitterte Fenster. Die ganze Einrichtung bestand aus einigen nackten Eisenbetten und zwei Tischen. Das Licht brannte in einem eingebauten Glaskasten über der Tür …

In dem Augenblick, als mir klar wurde, wohin wir geraten waren, empfand ich ein eisiges Gefühl in der Herzgegend. Ich legte mich auf eine Pritsche und schloß die Augen, um wie Vogel Strauß eine schreckliche Wirklichkeit nicht zu sehen. Kurz darauf wurde die Klappe, die sich in unserer Zellentür befand, geräuschvoll aufgerissen, und der Wärter rief auf Russisch etwas herein. Ich kümmerte mich nicht darum, er wurde aufgeregt. Durch sein Gehabe verstand Frau Klaßen ihn schließlich; ich müsse aufstehen, dürfe nicht liegen. Wir kannten die Gefängnisordnung noch nicht. Kurz darauf öffnete sich die Klappe zum zweitenmal. Das Abendessen wurde verteilt. Auf den Tischen stand unser Geschirr. Jede reichte einen Aluminiumkessel hinaus und bekam eine heiße Brühe hineingefüllt. Das Eßbesteck bestand aus einem buntbemalten Holzlöffel. Außerdem gehörte zu dem Geschirrsatz eine buntbemalte Holzschüssel und ein Emaillebecher.

Während wir noch aßen, wurde Frau Hartung hereingeführt. Sie schien nicht nur äußerlich, sondern auch innerlich aufgelöst zu sein. Die Arme sah todunglücklich aus. Dann kam Frau Eigner mit den Kindern, selbst die Kleinen hatte man nicht verschont. Frau Strahl, die zuletzt hereinkam, war weniger gerupft.

Jochen Klepper 1903–1942 Berlin
Heute wurden die Gabentische abgeräumt, und all die neu erworbenen schönen alten Dinge sind nun dem Hause eingeordnet, das kaum noch weiter solchen Schmuck aufnehmen kann, so reich ist alles. Und die Bücher: auch die Empireschränke in der Diele stehen voller Bücher, was das Kolorit noch erhöht. Das Tannengrün zu all den weißen Bücherrücken! [...]
Der Crucifixus hat noch einmal eine Verwandlung unserer Räume nach sich gezogen. Von selbst hat sich nun ergeben, daß die gotische Madonna, der Crucifixus, der Schmerzensmann und der Grablegungschristus in dem ernsten strengen Renaissanceraum des «Refektoriums» vereinigt sind, der strahlende Paulus in der Waffenrüstung und die sizilianischen Krippenfiguren aber die Festlichkeit meines Barockzimmers bestimmen. Wirklich, der eine Raum ist «Feierlichkeit», der andere «Festlichkeit».

Erich Kuby *1910 Berlin
An Tanu Agnes Ruoff in München-Pasing
Stille, gute Feiertage sind vorbei. [...] Ich spielte etwas von Bach, indes E.s Bruder H., der aus Norwegen gekommen war, die Lichter anzündete und die Weihnachtsgeschichte las. Thomas saß in einem alten Schumacherschen Taufkleid auf E.'s Arm, machte runde Augen und sagte gar nichts. Die Geschenke waren nicht auf Tischen aufgebaut worden, damit nicht ein Warenhaus entstand. Unsere hatten wir im eigenen Zimmer auf einem Tisch ausgebreitet. Was doch wieder alles zusammengekommen ist – sicher nicht nur bei uns, in diesem Haus, in dieser Familie, sondern auch bei Millionen. Die Zitrone ist noch nicht ausgedrückt.

Grete Dölker-Rehder 1892–1946 Stuttgart
Ich war so sicher in meinem Glauben und bin nun doch durch einige geheime Anzeichen wieder erschüttert worden. Ich schreibe sie auf, nicht, weil ich ihnen zuviel Gewicht beimesse. Eine spätere Zeit aber wird vielleicht wissen, wieviel sie wert sind. So war es: Wir saßen alle um unsern Wohnzimmertisch u. mitten auf dem Tisch lag bäuchlings

Klein-Gude. Sie mühte sich stöhnend, ein Spielzeug oder einen Keks zu erreichen, entdeckte plötzlich das Kriechen auf allen Vieren, fiel aber bald wieder um, machte ein verdutztes Gesicht, lachte, weil wir alle lachten u. stiess kleine Jauchzer aus. Unsre entzückten Ausrufe, Durcheinandersprechen u. -lachen erfüllten den Raum so lebhaft wie möglich, u. es war alles andere als eine irgendwie mystische Stimmung. Da zwingt mich plötzlich eine unbewusste Gewalt, den Kopf zurückzuwenden u. ohne, dass ich ihn sehe, auch nicht als Vision, fühle ich Sigfrid dort stehen. Er war mir keineswegs leibhaftig oder deutlich, wie einmal am Esszimmertisch u. am Klavier, u. doch ragte er gross u. schlank, u. obwohl nur wie ein Gedanke seiner selbst, sah ich ihn lächelnd auf uns alle u. auf das Kind herabblicken. Es war nur ein flüchtiger Augenblick, ich erschrak nicht, ich wandte den Kopf sofort wieder in den hellen Lichtkreis der Lampe über dem Tische, ich war sofort wieder von dem Gebaren des Kindes gefesselt, aber das Bewusstsein seiner Gegenwart war ganz gross im Raume u. über uns allen.

Heute Nacht träumte mir, Otto u. ich sässen auf einer Klippe im Meer, das in wütendem Sturm wogte u. brandete. Wir klammerten uns eng aneinander u. wussten, dass wir verloren waren. Da fiel das Wasser, andere Klippen tauchten auf, wir konnten von einer zur andern u. ans sichere Ufer gelangen. Ich erwachte befreit u. in dem glücklichen Gefühl, dieser Traum wolle mir sagen, dass auch Sigfrid aus Sturm- u. Wassersnot gerettet sei. Sofort schlief ich wieder ein. Ich erwachte wiederum, aber diesmal nur im Traume u. fühlte erwachend, dass ich eine kühle, knochige, in weisse Linnen gehüllte Gestalt, die offenbar so bei mir geschlafen hatte, in meinem Arme hielt. Ich erhob mich, die Gestalt fest an mich haltend, doch wehrte sie sich u. wollte entfliehen, sobald ich aufstand. Es entspann sich ein mich mit Schauder, aber doch mit übermenschlicher Kraft erfüllendes Ringen, in dem es mir gelang, die stumme, weisse Gestalt in den Lichtschein des Fensters zu ziehen, wo ich ihr ins Gesicht sah.

Ich erblickte Sigfrid totenblass, eingefallen, mit geschlossenen Augen u. merkwürdigerweise als etwa 15jährigen Knaben. Ich fragte: «Ach, bist Du tot?» Und er antwortete hohl, aber deutlich wie ein Träumender «ja, ich bin tot.» Da näherte ich meinen Mund seinem bleichen Antlitz, um ihn in schmerzlicher Liebe zu küssen, aber sowie meine Lippen die seinen auch nur wie einen Hauch anrührten, entschwand alles, u. ich erwachte nun wirklich mit einem Gefühl würgender Angst, wie wenn ich ersticken müsste.

Der Gefreite Reinhold Pabel *1915   Feldlazarett Bjelhorod
Weihnachten ist vorüber. Nein, Weihnachten nicht, die üblichen Tage
des Festes. Mit diesem Modus des Feierns hatte ich natürlich nicht gerechnet. Obwohl es eine beinahe christliche war. (Das beinahe begrün-
de ich nicht). Draußen auf dem Flur stand ein großer Lichterbaum, vor
dem sich die gehkraftbegabte Belegschaft des Hauses am Heiligabend
versammelte. Unser Kriegspfarrer Schmidt leitete die Feier. Stille, heilige Nacht löste weiche Ströme des Gemüts in mir aus, ich dachte an zu
Hause und anderes Liebes. Das Festevangelium ward verlesen und die
Stimmen sangen sehr schön wieder ein Lied. Es ist ein Ros entsprungen. Dann sprach der Kriegspfarrer mit starken Motiven aus der militärischen Situation. Später kam einer von den Pflegern und brachte
uns ein Papptellerchen mit Zigaretten, ¼ Schnaps und eine Art Kriegs-
christstollen. Tags zuvor hatte unser Spieß uns auch die kompanieliche
Weihnachtsgabe hertragen lassen: Zigaretten und Schokolade. War sehr
nett. Und am Festtag selbst kam der General und richtete einige trö-
stende Worte «an seine tapferen Männer». Um 3 Uhr hatte der hohe
Gast sich angemeldet, und morgens schon machte sich der kleinste Pfle-
ger vor Aufregung naß. Der multiple Medicus brüllte sogar unsern völlig
verdutzten Krykus an. «Ich scheiß Sie an, daß Ihnen ...» Alles atmete
erleichtert auf, auch zogen die militärischen Falten aus dem Gesicht, als
der milde Österreicher in sein Rot gehüllt den Raum verließ. Das war der
erste Weihnachtsfeiertag. Mir war gar nicht gut. Das Fieber blieb auf 39,3
stehen und ließ keinen Raum für Besinnlichkeiten.

Der Oberstabsarzt Dr. Willi Lindenbach † 1974   Bergosenki
Na, wir sind erlöst von unserem Choway, heute Abrücken nach B. Das
Dorf ist frei, nur schwierig war die Hinfahrt, da wir uns unseren Weg
erst schaufeln mußten. – Hier ist es ganz gemütlich, ich wohne in einem
verhältnismäßig sauberen Raum.

Der Oberleutnant Erich Mende 1916–1998   Worotynsk
Am 26. und 27. 12. 1941 konnte der Zug nur von Station zu Station geleitet werden, nachdem vorher Spähtrupps erkundet hatten, ob sie noch
feindfrei war. Partisanengruppen hatten überdies kurz vor Kaluga Schienen abmontiert, so daß wir mit Hilfe russischer Eisenbahner in stun-
denlanger Arbeit erst die Bahnlinien wiederherstellen mußten. Stückweise vorgehend und vorfahrend erreichte der Transport am Morgen
des 27. 12. 1941 bei grimmiger Kälte den nördlich von Kaluga gelegenen
Ausladebahnhof Worotynsk, einen wichtigen Eisenbahnknotenpunkt,

der bereits durch angreifende, mit Skiern und Schlitten ausgerüstete sibirische Verbände gefährdet war.

Der Offizier Leo Tilgner 1892–1971   vor Leningrad
An seine Frau
Weihnachten in Rußland ist nichts Besonderes. Ja, wenn es nicht so kalt wäre, man mit einem Schlitten eine Ausfahrt machen könnte, oder in einer russ. Kirche einer Andacht beiwohnen könnte.
Wenn ich mir meine augenblickliche Arbeit oder seit längerer Zeit Nichtarbeit betrachte, muß ich zu der Überzeugung kommen, daß ich hier ziemlich überflüssig bin. Aber irgendwo muß ich ja doch meine Kriegstage zubringen. Dann ist es schon besser hier. Entlassen werde ich nicht. Ich bekäme auch nicht so einen Posten, sondern würde zu einer B-Kompanie kommen. Damit ist mir auch nicht gedient. Also kann ich heute wieder in der warmen Bude sitzen.
Ich ließ mir bei den benachbarten Fliegern die Haare schneiden. Der Frisör meinte, ich würde ja schon grau. Ja, ja! Ich habe festgestellt, daß es an den Schläfen mehr geworden ist. Wenn ich aber dagegen meine Altersgenossen ansehe, muß ich sagen, dagegen fühle ich mich noch jünglingshaft.
In der Kompanieunterkunft habe ich ein Bad genommen und nun verzehre ich den fabelhaften Weihnachtskuchen. Aber ich muß ja noch arbeiten, 8 Zeichnungen für die Sylvestermoritat.

Pjotr Samarin 1888–1942   *Leningrad*
Heute habe ich bei meiner Arbeitsstelle übernachtet. Die ganze Nacht konnte ich nicht einschlafen. Um 4 Uhr war ich aus dem Bett und um 4 Uhr 30 ging ich nach Brot Schlange stehen. Ich bekam die Nummer 147, doch es gab heute kein Brot, man sagte, zuerst brauche man Mehl, um Brot zu backen. Brot kommt, wenn Mehl da ist. Wir haben der Reihe nach Schlange gestanden. Alles wird von allen verflucht, der Hunger ist eine ganz fürchterliche Sache. Man will irgendwie Leningrad verlassen, aber es ist nicht so leicht. Ich würde mich selbst mit Vergnügen in ein Dorf begeben und würde mich dort mit der Landwirtschaft beschäftigen. Schon wieder empfinde ich eine Sehnsucht nach dem Leben auf dem Lande, wie es früher mal der Fall war. Wie schön wäre es, in einer Sowjose zu wohnen und zu arbeiten. Ich muß in einem stillen Hafen meinen Anker auswerfen. Nur am Leben bleiben, nicht zugrunde gehen.
Heute ist es viel wärmer draußen. Ich bin ganz erschöpft vor Hunger.

Leningrad, Opfer eines Volltreffers

Aus diesem Grund totaler Kräfteverfall und Nervosität bis zur Raserei. Brot habe ich erst um 2 Uhr erhalten. 600 Gramm vor Ort verdrückt. Habe Liduska angerufen, sie steht auch Schlange nach Brot, aber sie hat keins bekommen. In der Arbeitsstelle überredet man mich, Urlaub zu nehmen und mich ins Bett zu legen. Das ist nutzlos, weil heute die Ernährung am wichtigsten ist – Butter und Zucker, und diese Produkte fehlen. Liduska ist gegen 10 Uhr abends nach Hause gekommen und hat Mittagessen und Brot gebracht. Ich bin über Nacht mit meinen Kollegen auf der Arbeitsstelle geblieben. Spät gegen Mitternacht ging ich ins Bett. Das Radio schweigt. Keine Zeitungen. Die Alte liegt im Sterben, sie verrichtet auch ihre Notdurft im Bett.

Alexander Borissow   *Leningrad*
In unserem Kreis wohnten überwiegend Staatsangestellte, es war der Kreis, wo der Hunger am stärksten wütete, 150 Gramm Brot bekam man dort. Jeden Morgen inspizierten wir die Straßen des Kreises. Und überall lagen die Leichen. Man wußte auch nicht, von wem sie hier abgelegt worden waren. Das war auch eine Form der Versorgung für die am Leben Gebliebenen. Der Tod wurde nicht registriert, damit die Brotkarten für die Verwandten oder Nachbarn erhalten blieben. Wenn man in ein Haus eintrat und fragte: Wann ist der Mensch gestorben, kriegte man immer zur Antwort – heute oder gestern, obwohl er schon vor einem halben Monat gestorben war.
Wir hatten alle Hände voll zu tun mit dem Sammeln der Leichen auf den Straßen der Stadt. Berge von Leichen lagen am Krankenhaus Kuibyschew. Die Sammelpunkte für die Leichen waren auch anderswo organisiert, um sie mit Lkw dann zum Friedhof abzutransportieren. Viele aus unserem Kreis wurden auf dem Friedhof Piskarjow beerdigt. Es wurden lange Gräben ausgehoben. Wir hatten dafür Traktoren und spezielle Mannschaften in der Stärke von 200 Mann, die täglich sich mit der Bestattung der Leichen beschäftigten. Es war ein fürchterlicher Anblick. Die Leichenberge waren mit den Augen einfach nicht zu überblicken. Die Leichen von Menschen jeden Alters, Kinder und Greise, manche starben sitzend und so waren sie auch erstarrt, manche hatten im Augenblick des Todes die Hände zum Himmel gehoben, bei manchen war ein Bein gekrümmt, als ob sie damit den Tod wegjagen wollten.

Der Soldat Iwan Koroljow *1917   *bei Leningrad*
Eben war ich nach einer Verletzung gesundgeschrieben, mein Arm hing noch in einer Schlinge, da kommt ein Befehl unseres Bataillonskom-

mandeurs: «Ein Sprengkommando ist aufzustellen. Sprengkörper und Zünder mitnehmen.» Unter den Soldaten breiteten sich Gerüchte aus, es müßte etwas in der Stadt gesprengt werden, dort gäbe es keine Fachleute. Für uns sei die Geschichte eine Kleinigkeit. Wir könnten uns ausruhen, ausschlafen, unsere Bekannten besuchen ... Also, wir hätten Glück. So etwa war die Meinung unserer Kameraden.

Na gut. Mit einem Wagen, der in derselben Richtung fuhr, begaben wir uns, die Sprengkörper unter dem Arm, in die Stadt.

Ein böiger und kalter Wind begrüßte uns in Leningrad. Wir froren schrecklich in unseren leichten Soldatenmänteln, als wir in Rshewka eintrafen und legten uns in einer Schule schlafen. Am nächsten Morgen sollten wir uns am Bahnhof Piskarjowka melden.

Unterwegs war uns nichts besonderes aufgefallen. Kleine Häuser standen vom Schnee verschüttet, vermummte Frauen, Gleisanlagen. Und überall lag Schnee ... Es war schon ziemlich dämmrig, als wir riesige Holzscheite bemerkten, die an der Straße gestapelt waren.

«So ein Reichtum», begannen meine Kameraden zu schimpfen. «Und dann spricht man von Holzmangel ...»

Da blieb ein Soldat plötzlich stehen und rief: «Kameraden! Das sind doch Leichenhaufen!» Vor uns ragten riesige Berge von Leichen in die Höhe. Im ganzen Krieg habe ich später nie mehr so viele gesehen. Arme, Beine, Köpfe standen überall ab. Die Leichen waren bekleidet, in Lumpen umhüllt und nackt ... Männer, Frauen, Kinder ...

Da kam ein LKW mit Leichen beladen. Junge Mädchen in grauen Wattejacken, die oben saßen, begannen die Leichen auf einen Haufen zu werfen wie Bälle. Als sie uns sahen, riefen sie uns etwas Lustiges zu und lachten. Dann wendete der leere Wagen und fuhr fort, und wir blieben erstarrt stehen, weil wir das nicht begreifen konnten.

Unsere Aufgabe bestand dann in der Sprengung der gefrorenen Erde für ein Massengrab. Zuerst wurde gesprengt, dann mußte man mit Spaten weitergraben. Die Sprengkörper mußten gespart werden.

Nach jeder Explosion liefen von allen Seiten Soldaten sowie Mädchen von der örtlichen Luftverteidigung heran und schaufelten die Erde aus. So wurde ein riesiges Grab von einem halben Kilometer Länge ausgehoben. Wir nahmen die Leichen zu zweit an den Armen und Beinen und warfen die gekrümmten und erstarrten Menschenkörper in den Graben.

Meine Hände fühlten das fremde menschliche Fleisch überhaupt nicht.

Einige Frauen sprangen in den Graben und begannen die Leichen so zu wenden, daß möglichst viele dort Platz finden konnten. Dann wurde

Erde darauf geschüttet. Ein schwarzer, namenloser Hügel lag vor mir. Bis zum Frühling würde er sich senken, man würde ihn vergessen.

✻

Adam Czerniaków 1880–1942 **Warschauer Ghetto**
Ellenlange Schlangen vor den 7 Pelzablieferungsstellen. Bis mittags um 12 wurden 8870 Quittungen ausgestellt. In Radom werden Obermaterial und Futter nicht abgegeben. Auch in Krakau nur die Pelze selbst. Darüber hinaus wurde die Ablieferungspflicht für neue, unbenutzte Wäsche, Schaft- und Zakopaner Stiefel bekanntgegeben. Juden wurde das Verlassen ihrer Wohnungen verboten. In Lublin auch nur Pelze. Man sagt eine Ablieferungspflicht für Wollerzeugnisse voraus. Das Kontingent erstreckt sich auf jede Familie.
In Otwock ist A. Szpinak gestorben.

Danuta Czech **(KZ Auschwitz-Birkenau)**
Sechs Erziehungshäftlinge erhalten die Nummern 25 021 bis 25 026. 59 Häftlinge, die von der Sipo und dem SD aus Krakau eingewiesen worden sind, erhalten die Nummern 25 027 bis 25 085.

✻

Vor meinem Vaterhaus steht eine Linde,
vor meinem Vaterhaus steht eine Bank,
und wenn ich sie einst wiederfinde,
dann bleib' ich dort mein Leben lang.
Dann wird die Linde wieder rauschen
ihr liebes altes Heimatlied.
Mein ganzes Herz wird ihr dann lauschen,
das oft in Träumen heimwärts zieht!
Mein ganzes Herz wird ihr dann lauschen,
wer weiß, wer weiß, wann das geschieht!
In dieser fremden großen Stadt, in diesem Meer aus Stein,
da grüßt dich kaum ein Blütenblatt mit süßvertrautem Schein!

<849   Sonntag, 28. Dezember 1941   1227>

> Wenn jemand dieser Welt Güter hat und
> sieht seinen Bruder darben und schließt
> sein Herz vor ihm zu, wie bleibet die
> Liebe Gottes in ihm?
>
> HERRNHUT   1. JOHANNES 3,17

Wilhelm Furtwängler 1886–1954   (Berlin)
Wer in der Vergangenheit die wahre Größe nicht zu sehen versteht, kann
sie auch in der Gegenwart nicht sehen. Denn beides gehört zusammen.
Und wer sie in der Gegenwart nicht zu sehen vermag, nun, der sieht sie
in Wahrheit auch nicht in der Vergangenheit, so groß und so viel er auch
von ihr rede.

Karl Hofer 1878–1955   Berlin
An Leopold Ziegler
Wieder ein elendes Jahr um, und ein noch elenderes beginnt, und je länger der Irrsinn dauert, desto weniger ist ein Ende abzusehen, und wenn
es einmal kommt, wird es fürchterlich sein.
Da wir, wie Herr Goebbels sagte, «im freiesten Land der Welt» leben,
könntest Du und andere nunmehr die Goethe-Medaille zurückschik-
ken, es dürfte Dir in einem so freien Land ja dann nichts passieren.

Harold Nicolson 1886–1968   *London*
Fühle mich viel besser. Ich schreibe einen Artikel für den *Spectator*,
worin ich die Regel aufstelle, daß man ein Tagebuch für seinen Urenkel
führen sollte. [...] Die Russen knabbern weiterhin an der deutschen
Front. In Libyen «räumen wir auf», doch ist nicht klar, was eigentlich
geschehen ist.

Henry Miller 1891–1980   *New York*
An Lawrence Durrell
Hier in New York habe ich das Gefühl, in der «Bardo» zu sein. Nur
die Bomben fehlen noch, und die werden auch bald kommen. An der
Oberfläche hat sich hier nichts verändert. Haufen von Krawatten, sei-

dene Bademäntel usw. Geschäfte wie üblich. Eine Stimmung vollkommener Unwirklichkeit.

*

Der Adjutant Heinrich Heim *1900   Führerhauptquartier
[Hitler:] Als ich jung gewesen bin, haben die Ärzte gesagt, der Mensch muß Fleisch essen, weil er sonst keine Knochen bekommt. Das war falsch! Im Gegensatz zu den Polenta essenden Völkern haben wir schlechte Zähne. Ich glaube, das hängt zusammen mit dem Pilz, der aus der Hefe kommt. Neun Zehntel unserer Nahrung nehmen wir in einem Zustand zu uns, in welchem das Leben abgetötet ist! Wenn man mir sagt, daß fünfzig Prozent aller Hunde an Krebs sterben, so muß das eine Ursache haben. Von Natur aus ist der Hund dazu bestimmt, andere Tiere zu reißen. Der Hund frißt heute aber nur Gekochtes.

Wenn ich einem Kind eine Birne gebe und ein Stück Fleisch, greift es sofort nach der Birne; daraus spricht ein Atavismus! Auf dem Lande sind die Leute vierzehn Stunden in der frischen Luft; trotzdem sind sie mit fünfundvierzig Jahren alte Menschen; die Sterblichkeit ist eine enorme. Das kommt von Fehlern in der Ernährung, sie essen lauter gekochtes Zeug! Es ist nicht so, daß der Mensch alles essen kann, was er mag! In der Natur geht, was nicht ganz lebensstark ist, von selbst wieder unter; nur der Mensch zieht Lebensschwaches auf!

Es ist die große Tragik, daß wir die Dinge begreifen in ihrer Existenz, daß diese aber für uns ein Rätsel bleibt. Wir können sagen, daß ein Element sich aus soundso viel Atomkernen aufbaut, aber: Warum ist das alles? Warum ist die Sonne da, warum Sterne? In dem Moment, wo man zu der letzten Frage, zu dem Warum? kommt, mündet das in die Vorstellung von einer Allgewalt, in der Welten da sind. Wenn ich in Linz eine Sternwarte baue, dann setze ich das Wort hinauf: Die Himmel rühmen des Ewigen Ehre! Es ist etwas Wunderbares, daß der Mensch dafür einen Begriff – Gott! – gefunden hat. Eine Allmacht, die Welten schafft, hat sicher jedem einzelnen Wesen seine Aufgabe zugewiesen. Es geht alles so, wie es gehen muß!

Der Mensch wäre gewiß verrückt geworden, wenn er vor hunderttausend Jahren plötzlich das erfahren hätte, was wir heute wissen. Der Mensch wächst nicht nur mit seinen Aufgaben, sondern auch mit dem Wachsen seiner Umgebung; unsere heutige Jugend nimmt das Wissen ihrer Zeit hin, als wäre es etwas Selbstverständliches.

Ich habe die Organisation der Partei völlig aus dem Auge verloren; wenn ich jetzt das eine und das andere sehe: Donnerwetter, wie hat sich das entwickelt! Deshalb ist es nicht richtig, wenn man mir sagt: Nur weil Sie da sind, mein Führer, hat der Gauleiter das machen können! Nein, es kommt schon darauf an, was für Männer am Werk sind! Ich sehe es jetzt wieder in den militärischen Dingen: Ohne die Männer kann ich nichts machen! Es gibt heute kleine Völker, die mehr Männer haben als das Britische Weltreich. Wie oft habe ich in der Partei gehört: Den Posten muß man neu besetzen! Ich konnte immer nur sagen: Mit wem? Ich bin bereit, einen nicht genügenden Mann zu ersetzen, wenn etwas Besseres da ist; denn bei aller persönlichen Treue ist die Güte der mit Verantwortung Belasteten das Entscheidende. [...]

Wenn mir heute etwas passiert, so wird eine Zeit kommen – sagen wir hundert Jahre –, da setzt eine rasende Kritik ein; bei mir macht die Geschichte keine Ausnahme; nach hundert Jahren werden die Leute nicht mehr vom Schatten erdrückt, dann wird man mir Gerechtigkeit widerfahren lassen; ich kümmere mich nicht darum, persönlich ist mir das ganz gleichgültig, ich tue meine Pflicht. [...]

Ganz normal sind wir wahrscheinlich alle nicht, sonst würden wir als Spießer in einer Wirtschaft sitzen. Das Zentrum, die Bürgerlichen, alle haben mich für wahnsinnig erklärt, in ihren Augen war der normal, der am Abend seine drei Schoppen trinkt: Warum macht er diese Geschichte, das ist der Beweis, daß er verrückt ist! Wie viele mußten ihr Elternhaus verlassen, weil man den Sohn als Apfel ansah, der weit vom Stamm gefallen ist.

Wenn ich von dem Standpunkt ausgehe, was hat er für Fehler gemacht, dann kann ich jeden großen Mann vernichten. Gegen Richard Wagner hat man gekämpft: Er trägt seidene Schlafröcke! Verschwendungssucht, Unfähigkeit, mit Geld zu rechnen, der Mann ist verrückt! Bei mir genügte es schon zu sagen, daß ich Gelder für Menschen ausgegeben habe, ohne zu wissen, ob sie gut angebracht waren. Wenn man jemanden töten will, findet man Gründe. Mir macht's nichts, wenn man es mit mir macht, aber ich schäme mich, wenn ich selber mit einem solchen Maßstab messe!

Wo Schuld vorliegt: Verrat an der Bewegung, da kann man alles ertragen; aber was ein Mensch im besten Glauben getan hat?! [...]

Ich habe einmal ein Paket Briefe bekommen, von Severing; sie hätten ihn vernichtet; ich habe gleich zum Doktor gesagt: Die dürfen wir nicht veröffentlichen. Es waren Herzensergüsse, wie sie ein kleiner Laden-

jüngling seinem Mädchen macht. Mir ist er dadurch eigentlich näher-
gekommen. Vielleicht war das auch ein Grund, weshalb ich davon abgesehen habe, ihn zu verfolgen. Auch die Lichtbilder von der Mathilde
von Kemnitz habe ich im Tresor, sie dürfen nicht veröffentlicht werden.
Ich sagte mir: Es geht nicht, daß einer verhungern muß, nur weil er
mein Gegner war. War er ein gemeiner Feind, dann ins KZ mit ihm; hat
er aber sein Amt nicht zu persönlichem Eigennutz mißbraucht, so lasse ich ihn laufen und sorge dafür, daß er leben kann. So habe ich auch
Noske und vielen anderen geholfen und, wie ich von Italien zurückkam, habe ich ihnen die Pensionen erhöht: Gott sei Dank, sagte ich mir,
daß die dieses Geschmeiß beseitigt habe. Jeder hat heute, ich glaube,
800 Mark. Aber nie konnte ich erlauben, daß die Männer für mich eine
politische Erklärung abgeben, wozu sich Severing zum Beispiel oftmals
anbot. Es hätte so ausgesehen, als hätte ich mir das erkauft! Von einem
weiß ich, daß er sagte: Mehr, als wir uns je vorgestellt haben, ist erreicht
worden!
Auch Thälmann wird im KZ sehr anständig behandelt; er hat ein eigenes Häuschen drinnen. Torgler ist freigelassen worden, er arbeitet in
Deutschland an einem Werk über den Sozialismus im neunzehnten
Jahrhundert. Ich bin der Überzeugung, daß er den Reichstag angezündet hat, aber nachweisen konnte ich es ihm nicht; persönlich habe ich
ihm nichts vorzuwerfen; er hat sich auch vollständig davon abgewen-
det. Hätte ich den Mann vielleicht einmal getroffen zehn Jahre vorher!
Er war von Haus ein kluger Mensch. Deshalb ist es so töricht von Spanien, daß sie die Männer der Falange festsetzen! Ich habe mich davon
Gott sei Dank immer freigehalten.

Ulrich von Hassell 1881–1944   Ebenhausen
Die Lügerei ist bereits im vollen Gang. Die Partei verbreitet überall, und
bei den Dummen mit Erfolg, die Generäle hätten unsinnig vorwärts stürmen wollen, aber der geniale, gute Führer habe Halt geboten, Blut gespart und vielen Heimaturlaub ermöglicht. Dabei ist das grade Gegenteil wahr: Hitler hat vorwärts gedrängt, gegen das Votum der militärischen Führung die Offensive im Süden *und* in der Mitte erzwungen, bei
erstem Zurückgehen Kleists gefaucht und Unsinniges gefordert. Brauchitsch erkannte richtig, daß man auf das Petroleum nicht losgehen konnte, ehe man mit Moskau fertig war. Aber diese Feldmarschälle haben sich
solche Behandlung selbst zuzuschreiben. Der Minister Todt hat einer
Verwandten erzählt, leider taugten eben unsere Generale nichts, wir
brauchten so einen wie Ludendorff! Ausgerechnet!

Der Offizier Martin Steglich 1915–1997   Sowjetunion

Unser Führer hat selbst den Oberbefehl des Heeres übernommen! Wir Infantristen freuen uns darüber am meisten. Nun hat der Führer noch mehr auf sich genommen. Bisher außer ständigen Schießereien alles in Ordnung im Abschnitt. Am Heiligabend bin ich von Bunker zu Bunker gezogen und habe mit meinen Männern Weihnachten gefeiert.

Grete Dölker-Rehder 1892–1946   Stuttgart

An einem der letzten Tage vor Weihnachten geschah etwas, was vielen Menschen in Deutschland einen Schrecken einjagte u. nun ernste Sorge macht: Der nun in über zwei Kriegsjahren u. durch so viele Siege bewährte Oberbefehlshaber des Heeres von Brauchitsch ist «unter voller Würdigung seiner Verdienste von seinem Posten entlassen», und der Führer übernimmt selbst diesen Posten. Nun fragt sich jeder, warum geschieht dies, was ist vorgefallen und kann der Führer, der ja schon den Oberbefehl über die drei Wehrmachtteile hat, auch diese Riesenaufgabe noch erfüllen? Man hört (wahrscheinlich sagen die feindlichen Sender so), Brauchitsch habe schon im Oktober unser Heer in seinem Siegeslauf im Osten zum Stehen bringen u. seine Winterstellungen beziehen lassen wollen. Der Führer aber habe immer weiter stürmen lassen, habe zwei riesige Panzersäulen vorangetrieben, dann sei alles, erst im Schlamm, dann im Schnee u. Eis stecken geblieben, mehrere Divisionen u. unendliche Mengen Panzer u. Munition seien den Sowjets in die Hand gefallen, was ihnen ungeheuren neuen Aufschwung gegeben hätte, an vielen Stellen der Front hätten wir Rückschläge erlitten, ganze Städte wieder räumen müssen u.s.w. In jeder Weise sei unser Heer völlig ungenügend vom Winter überrascht worden, weder Unterkünfte, noch Kleidung seien ausreichend vorhanden, der Nachschub habe ganz gestockt, Nahrung, Medikamente, Munition, Post, – alles habe gefehlt. Die berühmte deutsche Organisation müsste also vollständig versagt haben. Wenn das wahr wäre, das wäre ja so empörend, so unmöglich, so unausdenkbar, man möchte aufschreien vor Zorn. Deshalb glaube ich es nicht, ich kann es nicht glauben. Doch wird diesem Glauben Nahrung gegeben durch einen Aufruf von Goebbels an das ganze deutsche Volk, Wintersachen, Pelze, Mäntel, Wollhandschuhe, Strümpfe etc. herzugeben und zu sammeln fürs Heer. Man fragt sich, muss das nötig sein? Und warum jetzt erst? Wann gelangt an die Front, was nach Weihnachten erst in der Heimat gesammelt wird? Das ist schon merkwürdig u. man kann sich der Sorge schwer enthalten. Doch bin ich immer bereit, Gutes anzunehmen. Vielleicht soll Brauchitsch den ital. Oberbefehl haben oder in Ostasien oder so etwas, wo er noch nötiger ist als bei uns. Ich verurteile so ungern, was ich nicht wissen kann. – Die Azalee, die Sigfrid mir zum Muttertag schenkte, blüht! Gerade zu Weihnachten ist die erste der grünen, festgeschlossenen Knospen rosig erblüht wie ein kleines brennendes Licht. Ich hatte ja schon seit Wochen all die Knospen inmitten der Blätterkränze beobachtet, aber ich dachte immer, es kämen sicher auch nur Blätter heraus oder wenn es Blüten werden sollten, so würden sie wohl vorher verdorren. Ich war sehr ungläubig, hatte ich doch noch nie eine Azalee wieder zum Blühen gebracht, geschweige denn nur erhalten. Aber jetzt blüht sie, blüht wirklich! Und nachdem die erste Knospe schon Blüte ist u. die zweite schon zart rosa entflammt, weiss ich jetzt, dass sie bald über u. über in Blüten stehen wird. Muss ich es nicht als Symbol nehmen? Müssen nicht dieser kleine blühende Baum in meinem Zimmer u. das oben in seinem Bette friedlich schlummernde Kind meinen Glauben an das Leben neu stärken? Seine Blume blüht, sein Kind lebt u. er sollte tot sein? –

Jochen Klepper 1903–1942   Berlin
Es kam auch heute wieder Gast um Gast, und um des Kindes willen nehmen wir es gerne auf uns. In der Dämmerstunde, beim Kerzenschein war's wieder ein großer Teetisch, und die Zimmer leuchteten nur so von all den Blumen und den sanften, schönen, edlen Farbtönen der alten Sesselsamte.

Victor Klemperer 1881–1960   Dresden
Weiterhin Schneefall, Frost.
Psychologie des Judenhauses. Zwei Tage waren wir eingesperrt und so von jeder Nachricht abgeschnitten; danach die gestrige Zeitung mit den für Hitler sehr ungünstigen Telegrammen. Da erschien abends bei uns Paul Kreidl, «um die Lage zu besprechen» (von mir eingeführter Ausdruck), in Wahrheit, um seiner Seligkeit Luft zu machen. Der Gedanke, frei zu werden, gab ihm höchsten Aufschwung. Was war, was er vor dem 3. Reich geplant, was er jetzt plant («wenn sie uns nicht doch noch» – Geste des Gurgelabschneidens). [...]
Kleinbürgerliche Eifersucht Kätchen Saras auf Fräulein Ludwig.

Johanna Harms *1881   *Baku*
Der Vormittag schlich langsam dahin. Wir saßen im Halbdunkeln, das Tageslicht drang nur spärlich zu uns herein, denn die Fenster waren

nicht nur klein und vergittert, sondern dazu von außen durch einen
Holzkasten verbaut. Der Ausblick sollte dadurch verhindert werden.
Wie blaß und geschwollen sahen die Gesichter aus! Jede saß auf ihrer
Pritsche und grübelte. […]
Frau Eigner, die bisher tapfer und gefaßt gewesen war, sagte jetzt ver-
zweifelt: «Habe ich Kinder geboren, um sie von einem Gefängnis ins
andere zu schleppen!»
Das Mittagessen brachte eine kleine Abwechslung. Es gab eine dünne
Linsensuppe und einen Löffel Brei. Danach war es still, und wir hatten
wieder Zeit zum Nachdenken. Es war nicht gut, mancherlei über die
Taten der Bolschewisten gehört zu haben. Die Baltendeutschen und an-
dere hatten sie in die Gefängnisse geschleppt, und viele wurden erschossen. Vielleicht würden sie es auch mit uns so machen, und niemals
kämen wir lebend aus diesen Mauern heraus …
Walter unterbrach das Grübeln durch sein Schreien. Es war wie eine
Erlösung, man wurde abgelenkt. Der Wärter kam aufgeregt herein: das
Kind dürfe nicht schreien, es müsse unbedingt zum Schweigen gebracht werden.

Der Feldwebel Arthur Binz   Albat/Krim
Ich nehm' mir jetzt doch einen Burschen. Meine Wahl fällt voraussicht-
lich auf den zur Zeit allerdings noch nicht ganz zur Verfügung stehenden Gefreiten Schuhmacher, ein echter «Kölner Jung», unser Benjamin,
erst 20 Jahre alt, also fast mehr ein «Bürschchen» als ein Bursche, auch
ein Bücherfreund – auch der «meinigen», rezitatorisch mit viel Talent
und noch mehr Applaus am Weihnachtsabend hervorgetreten.

Der Oberstabsarzt Dr. Willi Lindenbach † 1974   Bergosenki
Es ist wieder eisig kalt, unvorstellbar für die Heimat. – Wir ruhen uns
aus, es ist so dringend für die Nerven notwendig. Habe starken Durchfall. Bin in der Nacht wohl 6× herausgewesen. Die 23. Division will uns
hier wieder verdrängen, wir lagen in einem falschen Divisionsabschnitt
und was der Redereien mehr sind. Wir lassen uns aber einfach nicht her-
auswerfen.

Hilde Wieschenberg 1910–1984   Schwarzwald
An ihren Mann vor Leningrad
Heute an Deinem Geburtstag war hier strahlender blauer Himmel. Wir
haben draußen bei Schnee und Sonne uns vergnügt. In kleinen Pausen
haben wir uns alle auf den Schlitten gesetzt und gesonnt. Kommt bei

Leningrad, Dezember 1941

Euch im Norden auch so stark die Sonne durch, daß Ihr Euch draußen aufhalten könnt? Liebes, ich könnte mir vorstellen, daß Du im Nordabschnitt gut als Schifahrer verwandt werden kannst.

Du hättest mal die Gesichter unserer Wintergäste sehen sollen, als sie den Aufruf hörten, daß sämtliche Wintersportler ihre Ausrüstung abgeben sollten. Man konnte förmlich Studien machen! Es gab welche, die das überhaupt nicht hörten und solche, die gleich ihren Aufenthalt abbrachen.

Dein lieber Brief war so sehr von einem frohen, hoffnungsvollen Ton durchzogen! Es war erfrischend und wohltuend für mich. Mit gleicher Post erreichte mich Dein Päckchen mit Seife und Ölsardinen. Liebes, das darfst Du nie wieder tun. Gerade diese ölhaltigen Sachen geben dem Körper sehr viel Wärme. Und in Deinem Brief kündest Du auch noch 2 Tafeln Schokolade an.

Junge, unsere Kinder wollen sie gar nicht haben, weil ich ihnen gesagt habe, daß unser Papa gewiß manchmal Hunger hat. Du hast es ja so gut gemeint, aber freuen tue ich mich mehr, wenn ich weiß, daß es Dir gut geht.

Der Offizier Leo Tilgner 1892–1971   vor Leningrad
An seine Frau
Ich freue mich, daß die Tasse gut angekommen ist. Sie ist schön in Form und Zeichnung. Unsere Ordonnanz hat gestern eine sehr gute Tasse entzweigetrocknet. Schade!
Wie wir von unserem Kommandeur hörten, war Hitler am Weihnachtsabend an 2 Orten dort. St. bekam für Schuheinlagen ein kleines Stück Fell geschickt. Da ja z. Zt. eine viel zu späte Wintersachensammlung in der Heimat blüht, kam ich auf den Gedanken, ob Oma nicht einen alten Vorleger hat, oder sonst ein paar Fellstücke für ein Paar Schuheinlagen. Wir haben ja keine Fellbettvorlagen. Auf langen Fahrten habe ich bisher meine Stiefel ausgezogen und die Füße umwickelt. Die Felleinlagen kommen mir sehr praktisch vor.
Ich lese «Die deutsche Zarin». Es ist sehr aufschlußreich, da es Katharina selbst geschrieben hat. Gerade las ich von einem Ort, in den ich morgen fahren werde. – Sind die Flieger bei Euch gewesen?

Ein Offizier   vor Leningrad
Ihr Päckchen kam am Heiligen Abend an. Zum Auspacken während meiner Privatbescherung hatte ich Zeit und Ruhe. Anschließend begab

ich mich auf den B-Stand hinauf, weil wir alle ein russisches Unternehmen am Heiligen Abend erwarteten. Die Leute arbeiteten inzwischen am Weihnachtsbaum und am Weihnachtsessen. Es blieb ruhig. 20 Uhr setzten wir uns dann zusammen und blieben bis 24 Uhr ungestört. Doch da schlug der Mann auf dem B-Stand Alarm. Der Russe begann aus allen Rohren zu feuern. Wir blieben natürlich die Antwort nicht schuldig. Der Nachbarabschnitt griff an. Es war ein hübsches Artillerieduell. Am frühen Morgen waren wir soweit, daß er schwieg, weil sofort etwas bei ihm platzte, wenn er einen Schuß wagte. Unsere Aufklärung und Feuerleitung war glatt überlegen. Doch unruhig blieben die Tage. Wir können leider seine Artillerie nicht vernichten, nur zum Schweigen verurteilen. Auch heute geht es noch hin und her. Gott sei Dank dürfen wir überhaupt mitschießen. Häufig fehlt die Munition.

Das Schreiben ist da natürlich solch eine Geschichte. Die innere Ruhe fehlt etwas. Dennoch brennt natürlich Ihre Krippe jeden Abend zur Bibellese. Daran, daß man sich darin unterbrechen muß, habe ich mich ganz gut gewöhnt. Etwas wirklich ungestört zu tun, ist einem ja sowieso langsam ungewöhnlich. Feierabend ist eben im Krieg ein Ding, was erst noch erfunden werden muß, aber man lebt auch ohne ihn.

An den Heiligen Abend dieses Jahres werde ich noch oft zurückdenken. Es war der bisher schönste während des ganzen Krieges. Zuerst einmal das beschaulich-erbauliche Alleinsitzen auf der B-Stelle, wobei die Gedanken laufen konnten, wie sie wollten, ohne von einem Geschehen in Anspruch genommen zu werden. Eine Batterie-Weihnachtsfeier fand dieses Jahr nicht statt. Wir sind zu weit auseinandergerissen. Für das festliche Zusammensein hatte ich absichtlich in diesem Jahre keine Weihnachtsandacht vorbereitet. Ich wollte es mit den vier Mann einmal anders versuchen. Ich verlas nur nach dem Essen die Weihnachtsgeschichte und ließ das Gespräch dann laufen, hauptsächlich um erst einmal zu hören, wie es nun in den Leuten aussah, um sie, wenn das nötig sein sollte, beim Eingreifen ins Gespräch nicht totzureden, sondern sie anzusprechen.

Und dieser Versuch gelang ganz großartig. Die kamen über ihre heimischen Weihnachtsbräuche – ich habe einen Rheinländer und einen Badenser, beide katholisch, und einen Mecklenburger und einen Sachsen (evgl.) – ohne daß ich ein Wort dazu sagte, zum Sinn des Weihnachtsfestes. Sie erzählten ganz von allein, wie ihnen der Krieg in dieser Hinsicht doch allerlei zu denken gegeben habe, wie der Soldat, der immer auf den Tod vorbereitet sein müsse, ohne den christlichen Glauben wohl doch nicht gut auskommen könne. Da gab ich ihnen zu bedenken, daß doch mancher SS-Mann auch ohne Christus seine Pflicht täte. Sie kamen aber von selbst darauf, daß das wohl so sei, aber doch im Sterben ein Unterschied bestände, dem einen sei es leichter und dem andern bedeute es das Ende.

Es war wirklich herzerquickend, wie sie sich da durchwanden, oft auch nach Worten suchten und die falschen erwischten, sie aber doch richtig verstanden, bzw. aufbrausten, wenn ein anderer sie nicht verstehen wollte.

Während des Gesprächs hatte ich vor, das Ganze am Schluß noch einmal zusammenzufassen. Aber dazu kam es leider nicht, das Schießen begann. Dieses zu hören war auch ein Weihnachtsgeschenk. Und vielleicht das, worüber ich mich am meisten freute.

Andererseits mache ich mir natürlich nichts vor über das Gesamtbild des deutschen Soldaten. Es war unter den vier kein Fernsprecher und Funker, es waren alles Beobachter und hierfür nimmt man natürlich nur sehr aufgeweckte Kerle und gute Soldaten. Zudem war Heiliger Abend, wo Christentum in der Luft liegt, wo gerade hier draußen der innere Mensch aufgelockert ist und jeder viel weniger Schutt wegräumen muß, um zu seinem religiösen Menschen zu kommen als sonst. Aber noch jetzt macht es mir ein bißchen Spaß, daß sie sich selbst im Gespräch bei einer Tasse Kaffee und einem Glas Wein ihre Weihnachtsandacht gehalten haben und ein ausgewachsener Theologe zuhörte bzw. ihnen hinterlistig Knüppel zwischen die Beine warf.

Der Lehrer Georgi Zim † 1942 *Leningrad*

Temperatur minus 22 Grad. Die Toilette funktioniert nicht. Die Rohre unten sind eingefroren. Wir haben 1 Kilo, 300 Gramm Brot für 300 Rubel gekauft und gegessen, soviel wir wollten. Gestern hat Lidotschka noch 250 Gramm Brot gekauft. Man munkelt, ab dem 1. Januar würden wir Sanatoriumsrationen erhalten. Um die Leningrader ein wenig aufzupäppeln. Denn sehr viele sterben. Die anderen behaupten, daß wir ab Januar die Moskauer Ration bekommen werden. Das sind aber alles Gerüchte.

Pjotr Samarin 1888–1942 *Leningrad*

Sonntag. Unsere Truppe greift erfolgreich an, es wurden inzwischen die Ortschaften Tichwin, Wiskowitschi, Nowosil und Tim zurückerobert. Die Fritzen werden überall und schonungslos geschlagen, man vernichtet sie, wie es Genosse Stalin verlangt. Die alliierte Koalition wird alles aushalten, und Hitler ließ sich wieder irreführen, er wollte Japan in den Krieg ziehen, mit dem Ziel, die freundschaftlichen Beziehungen zwischen den USA, Großbritannien, China und der UdSSR zu brechen. Heute wurde in der Zeitung der Aufruf Roosevelts an das amerikanische Volk veröffentlicht. In dem bittet er, alles mögliche zu tun, um die Waffenproduktion maximal zu erhöhen. Dies zeugt noch einmal davon, daß die Freundschaft innerhalb der Koalition sich verstärkt, und Hitler hat erneut Fehler begangen. Wenn in Finnland ein hungriger Winter herrscht, werden die Deutschen von Pessimismus und Niedergeschlagenheit erfaßt.

Alexander Schoschmin *1924   *Leningrad*
Ich war Augenzeuge, wie ein Trupp Totengräber auf unserer Straße Leichen, die einfach aus den Fenstern hinausgeworfen worden waren, auf einen Pferdewagen auflud. Eine alte Mähre war vor den Wagen gespannt. Nur noch Haut und Knochen. Da wurde das arme Pferdlein von drei Männern, die aus dem Nachbarhaus kamen, gleich im Geschirr direkt auf der Straße geschlachtet und mit scharfen Messern vor Ort zerlegt, so daß nach wenigen Minuten nur Blutspuren auf dem Asphalt blieben, sogar die Hufe hatte jemand weggeschleppt. So hungrig waren die Menschen, die sich deshalb wie wilde Räuber benahmen. Ein Stück vom Oberschenkel war mir zugefallen. Und der mit den gefrorenen Leichen beladene Wagen blieb noch lange vor unseren Fenstern stehen.
Im Winter 1941/42 war die Sterblichkeit ungeheuerlich hoch. Die Menschen starben überall: auf den vereisten Treppenstufen in den Aufgängen ihrer Häuser, so hingen sie manchmal tagelang am bereiften Geländer angefroren, weil niemand die Kraft hatte, sie wegzuschaffen. Sie saßen tot auf den Fensterbrettern in den Treppenhäusern, lagen auf den Straßen in den Schneeverwehungen. Es war eine Stadt der Toten.
Vor Frühlingsanbruch mußte man diese Leichenhaufen zusammentragen und beerdigen. Ich habe das Eintragungsbuch von diesem Friedhof seit Februar 1942, an manchen Tagen wurden jeweils 8000 Tote hierher gebracht. Mit dem Tauwetter kam auch die Gefahr einer Seuche für die Stadt. Deshalb waren alle am Leben Gebliebenen verpflichtet, sich am Wegschaffen der Leichen zu beteiligen. Jeder hatte so ein Büchlein in der Tasche, in dem nach jedem Arbeitseinsatz ein Talon abgerissen wurde.

Diese «Ausweise» wurden oft von den Streifen kontrolliert, und alle Drückeberger bekamen sofort einen Spaten und wurden zwangsmäßig zur Arbeit herangezogen. So einen Arbeitseinsatz habe ich auch mal erlebt. Ich hatte eine pappige Schneewehe zu zerhacken, da stieß mein Spaten plötzlich gegen etwas Hartes und im gleichen Augenblick sprudelte mit üblem Geruch die Hirnmasse einer Leiche in einem dicken Strahl gegen mein Gesicht, und weitgeöffnete tote Augen starrten mich an. Vor Schrecken ließ ich meinen Spaten fallen und konnte mich lange nicht beruhigen.

Die Leningrader hungerten in den ersten Monaten der Belagerung der Stadt schrecklich. In der ersten Zeit, bis unser Durchbruch bei Tichwin gelungen war und das Eis auf dem Ladoga-See fest genug war, wurde die Stadt ausschließlich auf dem Luftwege versorgt. Wir hatten schlechte Transportflugzeuge. Eine Li-2 konnte 1600 kg Last an Bord nehmen. Das war so gut wie nichts. Komischerweise schickte man uns Eier. Sie nahmen viel Platz weg und bei ihren enormen Ladeprofilen waren sie trotzdem federleicht.

Dann wurde ein Ausweg gefunden, man brachte die Eier zerbrochen mit Schalen gemischt in speziellen Behältern nach Leningrad. Die Masse der Ware wurde durch diese Maßnahme wesentlich erhöht. Solche Eiermasse mit Schalen wurde in den Mengen von 25 Gramm je Kopf ausgegeben. Man bekam sie in einer Untertasse. Nie werde ich die folgende Szene vergessen.

Eine alte und schon total erschöpfte Frau, die lange angestanden hatte, bekam ihre 25 Gramm. Ganz behutsam trug sie die Untertasse mit dem wertvollen Nahrungsmittel vor sich her und sprach dabei leise. Der Weg war eisglatt, die Frau rutschte plötzlich aus und stürzte. Die Untertasse fiel zu Boden, und die «Eier» gluckerten aufs Eis. Die Frau kroch kniend an den Unglücksort und wollte den vereisten Weg ablecken. Doch eine andere Frau war ihr zuvorgekommen und hatte die Sache schon so gut wie erledigt. Zum ersten mal in meinem Leben hörte ich, daß ein Mensch im Wutanfall wie ein Hund knurren kann. Dann fiel die Frau langsam auf die Seite und blieb bewegungslos liegen. Der Verlust ihrer Eierration war für sie wohl unerträglich. Die tote Frau lag auch am nächsten Tag an gleicher Stelle mit lockerem Schnee bedeckt. Ihre leere Untertasse lag nach wie vor neben ihr. Vom Geschirr hatten alle viel zu viel zu Hause. Leider leer.

✳

Adam Czerniaków 1880–1942   **Warschauer Ghetto**
Eine ellenlange Pelz-Schlange vor der Gemeinde und der Grzybowska-
Str. 27. Auerswald war in der Gemeinde. Im Hauptsaal ein riesiges La-
ger. Die Arbeit in der Gemeinde steht still. Alle sammeln Pelze.
Ich ließ Niunia und Roma aus Otwock herkommen. Die Fahrt nach
Warschau war eine ganze Epopöe.

*

Geh nie mehr fort von mir
und laß mich nie allein,
mein Herz gehört nur dir
und möchte bei dir sein.

<850 Montag, 29. Dezember 1941 1226>

> Wende dich zu mir und sei mir gnädig,
> wie du pflegst zu tun denen, die deinen
> Namen lieben.
>
> HERRNHUT   PSALM 119, 132

Josef Weinheber 1892–1945   **Kirchstetten**
An Werner Berg
Ich muß Dir noch besonders für den schönen Krug danken, der unversehrt angekommen ist. Kannst Du mir vielleicht etwas darüber sagen, was für eine Arbeit es ist, woher sie stammt?

Robert Walser 1878–1956   *Herisau*
An Carl Seelig.
Ihr Brief und Ihre Geschenke haben mich sehr gefreut. Gestern war ich im winterlich-weißen Wald. Wie haben Sie das Weihnachtsfest verbracht? Hoffentlich gut. Das Balzacbuch werde ich mit Vergnügen in Augenschein nehmen, anders gesagt, lesen. [...] Besten Dank für Ihre vergeblichen Schokoladenbemühungen.

Werner Vordtriede 1915–1985   *Indianapolis*
Der schönste Gewinn dieser allzubewegten New Yorker Tage [...] war der Nachmittag bei Beer-Hofmann. Immer schon hatte ich das Gefühl, wie mitleidlos diese Zeit auch darin verfährt, daß sie Menschen, die einst, bewundert und gerühmt, ein Teil des öffentlichen Lebens waren, nun duckt, verschleppt, entwurzelt und sie dem Jammer bis zur Jämmerlichkeit ausliefert. Die früher aus der Ferne angestaunten leben nun hier, im Exil, in billigen, allzu leicht zugänglichen Zimmern in irgendeinem Brownstone House oder in Mietswohnungen, sitzen einem grau und müde in der Untergrundbahn gegenüber, in der alle Gesichter nackt und maskenlos werden, sind gestrandete, nach kleinen Verdiensten ausspähende Menschen geworden. Und daneben Beer-Hofmann in selbstverständlicher Königlichkeit wie nur je, mit vollkommner Wahrung der innern Würde und erlebten Größe, dem freundschaftliche Gesten noch immer weit wichtiger sind als schlaue Profitzüge, was ja dadurch deut-

lich wurde, daß er mir, der ihm nie «nützen» wird, das letzte Exemplar seiner Mozartrede gab, das er besitzt. Die Hierarchie der Werte ist ihm nicht zusammengebrochen. Dabei scheint er nichts zu fordern, ist, im Gegenteil, immer bereit, einen mit dem Reichtum seines langen und sinnvollen Lebens zu beschenken.

Lord Moran 1882–1977 *Ottawa*
Bei der Ankunft in Ottawa hatte die kanadische berittene Polizei mit ihren großen Pelzmützen Mühe, die begeisterte Menge zurückzuhalten, die zum Premier drängte und ihn bald umringt hatte. [...] Wir fuhren durch Straßen, an deren Rändern sich der Schnee türmte, zum Regierungsgebäude. Nach einem heißen Bad schien Winston wieder der alte, und wir speisten mit dem kanadischen Kabinett – zwei Stunden lang.

Wilhelm Muehlon 1878–1944 *Klosters/Schweiz*
Dass sich Eden mit Stalin in Moskau bespricht, während Churchill in Amerika auftritt, und dass Moskau eine vollständige Übereinstimmung der Gesichtspunkte, wenigstens hinsichtlich Deutschlands, öffentlich betont, ist eine erfreuliche Nachricht.

Bertolt Brecht 1898–1956 *Santa Monica*
kortner ruft mich an. jemand hat ihm gesagt, hitler sei ein zweiter napoleon. er hat sich geärgert und nachgedacht und herausgefunden, was hitler ist: ein zweiter mussolini.

✳

Der Adjutant Heinrich Heim *1900 *Führerhauptquartier*
Gast: Reichsminister Dr. Todt,
Generaldirektor Pleiger
[Hitler:] Wenn ich an den Aufbau der Wirtschaft des Reiches vor dem Weltkrieg denke: Begonnen hat er mit der Erschließung der Kohle im Ruhrgebiet, darauf folgte das Aufblühen der Stahlproduktion, und angeschlossen hat sich das der Schwerindustrie, mit der die Voraussetzungen für die chemische Industrie und alles andere gegeben waren.
Heute ist es in erster Linie ein Menscheneinsatz-Problem; das zweite sind die primären Rohstoffe Kohle und Eisen. Aus Mensch, Kohle und Eisen kann man die Stoffe schaffen, um das Transportproblem zu lösen, und das wiederum ist die Voraussetzung für die Wirtschaft im übrigen. Wie kommen wir dazu, mehr Kohle zu fördern? Wie stellen wir es an,

mehr Erz zu haben? Durch die Hereinnahme russischer Menschen müssen wir uns eine Konzentrierung deutscher Menschen ermöglichen. Es ist natürlicher, ich lerne einen Russen an, als ich versuche es mit einem Süditaliener, der mir nach sechs Wochen guten Tag sagt. Soviel unintelligenter ist ein Russe schließlich auch nicht. Wir sind ohnedies dabei, unsere Kriegswirtschaft auf einfache Modelle umzustellen: Was bis jetzt gefräst werden mußte, wird künftig gepreßt werden!

Mit Hilfe des Riesenmenschenmaterials – ich schätze zweieinhalb Millionen arbeitsfähige Russen – wird sich der Bedarf an Werkzeugmaschinen in absehbarer Zeit befriedigen lassen. Wir können dabei auf Fabrikneubauten verzichten, wenn wir schrittweise Werkgruppe um Werkgruppe in einen Zweischichten-Betrieb überführen; daß die Nachtschicht nicht ganz das liefert, was die Tagesschicht ergibt, das können wir in Kauf nehmen. Wir sparen dafür den Aufwand an Rohmaterial, der zu Fabrikneubauten benötigt ist. Es gilt hier auf lange Sicht zu disponieren.

Käthe Kollwitz 1867–1945   (Moritzburg)
Jetzt Ende Dezember sieht es so aus, als ob plötzlich der Krieg zu Ende gehn wird. Der Führer hat die Führung übernommen, Brauchitsch ist zurückgetreten.
Im Jahr 1918 hatte Ludendorff erklärt, daß er die Führung aufgeben müßte und um Waffenstillstand bitten.
Der kam und das Zurückfluten des Heeres und dann kam die Revolution.
Vorher noch war in den Zeitungen von Richard Dehmel ein Aufruf erschienen, wo er zum Weiterkämpfen bis zum Weißbluten aufrief.
Damals schrieb ich eine Entgegnung. Ich schloß sie mit den Goetheschen Worten aus dem Lehrbrief: «Saatfrüchte sollen nicht vermahlen werden.»
Wie seltsam sich dies wiederholt. Ich beschließe noch einmal – zum 3. Mal – dasselbe Thema aufzunehmen und sagte zu Hans vor ein paar Tagen: Das ist nun einmal mein Testament: «Saatfrüchte sollen nicht vermahlen werden.» In diesen Tagen war mir unerhört schwer ums Herz. Ich zeichnete also noch einmal dasselbe: Jungen, richtige Berliner Jungen, die wie junge Pferde gierig nach draußen wittern, werden von einer Frau zurückgehalten. Die Frau (eine *alte* Frau) hat die Jungen unter sich und ihren Mantel gebracht, gewaltsam und beherrschend spreitet sie ihre Arme und Hände über die Jungen. *«Saatfrüchte sollen nicht vermahlen werden»* – diese Forderung ist wie «Nie wieder Krieg» kein sehnsüchtiger Wunsch sondern Gebot. Forderung.

Diese Zeichnung machte ich, als das Telephon schellte und ich die Nachricht bekam, die wie mir scheint die große Wendung bedeutet. Unterdes ist die Nachricht gekommen, daß Peter an Gelbsucht erkrankt im Lazarett von Kielce liegt. Am Weihnachtsabend ist er in der Sammelstelle von Smolensk, 3 Tage später in Kielce. Dort ist er gut geborgen: entlaust, unter Pflege von Schwestern, im warmen Raum, dem furchtbaren Kriege zur Zeit entzogen. Von dort kommt der erste Brief an die Eltern, so geöffnet, so weich und liebevoll wie er schon seit Jahren nicht mehr gewesen ist. Auch an mich ein lieber Brief.
Aus den Zeitungen wenig zu ersehn. Hans will nicht daran glauben, daß der Krieg für Deutschland unglücklich ausgehn könne.
Die furchtbaren Judenaktionen jetzt. Die Massen-Zwangsverschickungen, die Grausamkeiten jeder Art.
«Die Juden sind Schuld an dem Kriege» – wie immer: «Haut den Juden!»

Der Oberleutnant Erich Mende 1916–1998   bei Kaluga

In diesen und in den folgenden Tagen zeigte sich die ganze Schwäche unserer Verteidigung. Während die vordringenden frischen sibirischen Einheiten mit Skiern und Schlitten und einzelnen Panzern mitten ins Gelände, auch bei Schneehöhen von 1 m, marschierten und angriffen, waren wir ohne Winterausrüstung und Wintergerät auf Ortschaften, feste Straßen und Plätze angewiesen. Es war einfach unmöglich, unsere Soldaten länger als einige Stunden bei der Kälte von 40° C im Gelände liegen zu lassen, wenn sie nicht den Erfrierungstod sterben sollten. So bewegten wir uns von Ortschaft zu Ortschaft, von Waldstück zu Waldstück, um einigermaßen Schutz vor Sicht und Kälte zu haben, während die Russen an uns vorbei kilometerweit ins Hinterland stießen, wenn sie am Ortsrand durch Maschinengewehrfeuer oder Gewehrfeuer durch uns im Vorgehen aufgehalten wurden. Das führte dazu, daß russische Verbände schon weit ins Hinterland vorgestoßen waren, Ortschaften mit deutscher Besatzung eingeschlossen hatten, rückwärtige Verbindungen abgeschnitten wurden und die Zeit der Einkesselung deutscher Verbände begann.

Der Offizier Martin Steglich 1915–1997   Sowjetunion

Eben bin ich aufgestanden. Draußen ist herrlicher Sonnenschein – die Landschaft wird dadurch und durch den Schnee zur Märchenlandschaft. Vor Weihnachten habe ich Erich Bölte, der rechts an mich anschließt, besucht. Am 1. Feiertag trafen wir uns – alle Chefs des II. Btl., Adj. und Assi, im Bunker «Waldfrieden» bei Erich zu einem kleinen Umtrunk. Um 14.00 Uhr kam der Herr RgtKdr. auf Bretteln und verlieh an Män-

ner von uns E. K. s. Unser RgtAdj. war mit, Moritz Hinsch – ein Pracht-
mensch. – Wir baten Herrn Oberstleutnant, ihn bei uns zu lassen.
Und Hinsch pennte dann in meinem Bunker, nachdem wir in allen Stellungen waren, MG geschossen und Handgranaten geworfen hatten. Er
hat nur einen Wunsch: einmal ein paar Tage lang nichts von Papier zu
sehen und mal bei uns vorne «Ferien vom Ich machen».
Heute kommen Genesene meiner Kompanie zurück! Die ganze Kompanie freut sich auf sie! Und sie selbst freuen sich auch, wieder «zu Hause» zu sein!
Nun müssen zusätzlich Bunker gebaut werden. Das sollen die Pioniere
machen. Bloß, das ist ein faules Volk. Gestern sollten sie spanische Reiter bauen und haben insgesamt 3 Stunden gearbeitet und sind wieder
verschwunden. Da habe ich sie angeschissen! Meine Männer sind Tag
und Nacht auf Draht, und diese Kerle schlafen 5 km hinter der HKL
und geben nur «Gastrollen».

Der Oberstabsarzt Dr. Willi Lindenbach † 1974   **Bergosenki**
Mein Durchfall nimmt immer noch zu. Es ist wohl am besten, wenn ich
mal zwei Tage Diät halte. Da es heute herrliches, wenn auch eisiges Winterwetter ist, hat die Tätigkeit der russischen Luftwaffe wieder ganz erheblich zugenommen. Man hörte es einmal auch in der Nähe krachen.
Aber wir sind hier «verhältnismäßig» sicher, da wir von der Hauptstraße
weg liegen. Sonst ist es ganz gemütlich hier. Das kleine Radio ist wieder
unermüdlich tätig. Wenn ich es nicht hätte!

Nina Kwassowa *1924   **Zarskoje Selo**
Dann kam der erste Schneefall und mit ihm auch ein Kommando der
sogenannten Einsatzgruppe A. Das habe ich aus einem Gespräch zwischen den deutschen Unteroffizieren gehört. Mich haben sie damit getröstet, ich sei keine Jüdin, und bräuchte deshalb keine Angst zu haben.
Unter ihnen verübten die SS-Leute die schlimmsten Grausamkeiten,
doch am wildesten waren ihre freiwilligen Handlanger von den estnischen Hundertschaften. Sie waren wie tollwütige Tiere. Sie rächten sich
wohl für die Einverleibung ihres Landes durch die Sowjetunion vor
einem Jahr und wollten dabei nicht hören, daß wir, die einfachen kleinen Menschen damit gar nichts zu tun hatten. Die Leute im Kreml
konnten sie nicht holen und ließen ihre Wut an uns aus.
Dann kam noch eine Gruppe von Kunstexperten, die die Schätze in den
ehemaligen Zarenschlössern fachmännisch begutachten sollten. Bis zu
dem Zeitpunkt waren viele Schätze schon ins Hinterland gebracht oder

im Durcheinander der Lage auch von den gewissenslosen Beamten geplündert und dann gegen Lebensmittel an die Deutschen getauscht worden. Viele haben sich während der Zeit der feindlichen Besatzung von den geplünderten Ikonen und anderen Kirchenschätzen ernährt.

Mitte November war die Front bei Puschkin zum Stehen gebracht und blieb dort viele Monate unverändert stehen.

Kurz vor dem Jahreswechsel wurden sämtliche Einwohner der Stadt auf Anordnung des deutschen Frontabschnittsältesten aus Puschkin vertrieben. Unsere Unterkünfte hatten wir sauber und in voller Ordnung zu hinterlassen. Nur leichte Sachen durften wir mitnehmen. Es geschah nach zwei mißglückten Landungen unserer Marineinfanteristen bei Peterhof und in Strelna. Die Leichen unserer Matrosen fischten wir an der Küste noch viele Wochen nachher auf.

Mit einem kleinen Bündel bewegten wir uns mühsam in Richtung Kingissepp fort. Es herrschte schon grimmige Kälte draußen und der Schnee war tief. Wir wanderten durch die Felder im feindlichen Hinterland und gruben die schon leicht gefrorenen Kartoffeln aus, die wir fast roh aßen. So hungrig waren wir.

An einer Biegung der Straße holte uns eines Tages ein alter deutscher Soldat ein, der Fuhrmann mit einem großen Pferdewagen war. Er transportierte Brot und geschlachtete Hühner für seine Einheit. Plötzlich hielt er und winkte mich heran. Unter einer dicken Plane holte er ein Kastenbrot hervor und reichte es mir. Ich hatte keine Ahnung, was ich in solchen Fällen zu sagen habe, deshalb stotterte ich in Verwirrung «bitte!» anstatt mich zu bedanken. Der Mann lachte ganz freundlich und sagte noch «Ja, aber bitte!» Dann wurde sein Gesicht ernst und er sprach nachdenklich den Satz, den ich lange nicht vergessen konnte: «Ach, du, mein lieber Schatz, was wird aus dir?» Und mit diesen Worten fuhr er weiter.

In der Nähe von Kingissepp fanden wir ein leerstehendes Haus. Wir grübelten, warum die Deutschen uns vertrieben hatten. Wollten sie uns als Augenzeugen ihrer Plünderungen in den Zarenschlössern loswerden? Oder wollten sie uns im Winter von ihren Lebensmitteln nicht ernähren? Vielleicht hatten sie Angst vor einer Seuche? Die Front lag ja in der Nähe und viele von uns konnten durch das Feuer der eigenen Artillerie getötet werden? Wer würde sich dann um unsere Bestattung kümmern? Nach dem Krieg gab mir ein kriegsgefangener deutscher Offizier zu, daß ausgerechnet der letzte Gedanke zu unserer Vertreibung geführt hatte. Die Feinde haben damit vielen von uns das Leben gerettet.

In einem leeren Haus bei Kingissepp hausten wir nur ein paar Tage.

Ladoga-See, Dezember 1941. «Das Wetter: 43 Grad unter Null.»

Dann kamen die Esten, die bei der Partisanenbekämpfung eingesetzt waren, und verjagten uns wieder. In einem von uns selbst ausgeschachteten Erdloch verbrachten wir viele Monate, bis wir im Januar 1944 von der Roten Armee befreit wurden.

Die Kunsthistorikerin Anna Tschubowa *Leningrad*
Ich kann über die barbarischen Zerstörungen unserer armen Schlösser nicht ohne Aufregung schreiben. Aber mit Freude zähle ich auf, was wir gerettet haben. Aus Montplaisir ist alles einschließlich Gemälde evakuiert worden, sämtliche Gemälde von Marlitt sowie aus dem Eremitage-Pavillon auch. Aus dem Großen Palais wurden einige hundert, kurz gesagt alle Gemälde von Rotari und alle Gemälde aus dem Tscheschmen-Saal, evakuiert. Darauf ist die Seeschlacht bei Tscheschmen dargestellt. Eine hölzerne vergoldete Statuette und die Vase von der Kaufmannstreppe, sind auch weggebracht worden. Sämtliches Porzellangeschirr aus dem Großen Palais, Gobelins aus einigen Räumen sind auch evakuiert. Alle Schätze aus der Zeit von Peter dem Großen sind gerettet. Im Großen Palais ist kein Kronleuchter geblieben. Sie werden in der Isaak-Kathedrale neben vielen anderen Schätzen aufbewahrt. Heute ist es schwer zu erklären, wie es uns gelungen ist, die Schätze aus Gatschina, Puschkin, Peterhof und Pawlowsk hinauszubringen. Leider haben wir nicht alles wegbringen können, obwohl die Verluste in Pawlowsk nicht so groß sind. Die Schlösser selbst sind, glaube ich, nicht zu retten, wollen wir aber hoffen. Künftig werden wir viel Arbeit haben. Ich bin sicher, daß Leningrad noch schöner als früher aussehen wird

Die Schülerin Walja *1928 *Leningrad*
Man sagt, das Glück kann einen Menschen nicht immer begleiten. Zum Teil mag das auch stimmen, aber heute ist ein glücklicher Tag in meinem Leben. Warum? Ich freue mich über den Tod meines Stiefvaters Kuklin. So sehnlich habe ich diesen Augenblick erwartet! Ich habe ihn sehr gehaßt! Der Hunger hat seine schmutzige Seele entblößt, und ich konnte ihn durchschauen. Oh, das war ein entsetzlicher, gemeiner Halunke, wie es nur ganz wenige auf dieser Welt gibt. Und heute abend ist er gestorben. Ich befand mich in einem anderen Zimmer. Meine Großmutter kam zu mir herein und sagte: «Er ist gestorben!» Zuerst konnte ich das nicht glauben, aber dann verzerrte ein häßliches Lächeln mein Gesicht. Oh! Wenn jemand mein Gesicht in jenem Augenblick gesehen hätte, der würde bestimmt sagen, daß ich hart hassen kann. Er starb, und ich habe gelacht. Ich war bereit, vor Glück zu hüpfen, leider war ich

zu schwach dazu. Der Hunger hat seine Schuldigkeit getan. Ich konnte mich nicht mal ordentlich bewegen.

Pjotr Samarin 1888–1942 *Leningrad*
Heute begab ich mich um 5.20 Uhr abends zu einer Vorlesung von Lektor Dobrschanski im Zentralen Agitationspunkt in der Moika-Straße. Für den Rückweg hatte ich keine Kraft mehr. Thema der Vorlesung: «Die Ergebnisse des Vaterländischen Krieges in den ersten 6 Monaten». Der Lektor hat die Vorlesung glänzend gemacht, ich empfand eine große moralische Genugtuung. Aber die Kräfte verließen mich. Nach der Vorlesung ging ich zu Maria Iwanowna übernachten, die Tante von Lidusja, wo auch meine Frau war. Mit Fritz Michailowitsch habe ich meinen Beitritt in die Partei besprochen, er ist dafür. Zu Hause ist es kalt, dunkel und ohne Wasser. Draußen ist es frostig. Am Tage und gegen Abend starker Artilleriebeschuß.

Veronika Opachowa *1907 *Leningrad*
Viele haben die Menschen nicht gesehen, die vor Hunger umfielen; viele haben nicht gesehen, wie sie starben; viele haben die Berge von Leichen nicht gesehen, die in unseren Wäschereien, in unseren Kellern und auf unseren Höfen lagen. Viele haben die hungrigen Kinder nicht gesehen, und ich hatte drei Kinder. Lora, die älteste, war 13 Jahre alt, sie war vor Hunger gelähmt, eine schreckliche Dystrophie war das. Man konnte ihr kaum 13 Jahre geben, sie war eher einer alten Frau ähnlich. Ich war 34 Jahre alt, als mein Mann an der Front fiel. Und als ich dann mit meinen Kindern nach Sibirien evakuiert wurde, hat man mich und meine Lora für Schwestern gehalten, so alt, häßlich und schrecklich sah meine Tochter aus. Und ihre Beine? Das waren keine Beine, sondern nur blanke Knochen, die mit Haut überzogen waren. Ich gucke auch heute manchmal meine Beine an und merke, daß grünlich-braune Flecken unter den Knien auftreten. Das könnte die Folge des Skorbuts unter der Haut sein. Wir litten alle fürchterlich an Skorbut. Das Stück von 125 Gramm Brot, das wir im Dezember 1941 bekamen, konnte man nicht als Brot bezeichnen. Man hätte nur den Kanten von diesem Brot sehen müssen! Wenn man es in die Hand nahm, tropfte das Wasser von ihm, es war wie Lehm so schmierig-klebrig. Und solches Brot mußten auch die Kinder essen … Meine Kinder waren zwar nicht daran gewöhnt, um Brot zu betteln, aber ihre Augen bettelten ständig darum.

✳

Martha Bauchwitz 1871–1942   **Piaski/Distrikt Lublin**
An ihre Tochter in Stettin
Der große Briefwechsel mit den Fremden und Unbekannten hat fast
ganz aufgehört. Fast niemand ist mehr im Lande. Das Empfangen der
Pakete, ihre Aufnahme, die Abrechnungen, die Antworten, die Bitten
für so viele – alles tempi passati.
Da ich kaum ausgehe – Sperrzeit – Tischzeit, frühe Dunkelheit, Vermei-
den der Küche sind die Gründe. Heute zwei Neuerwerbe: Vater hat
schon die neue Mütze zum Runterziehen über Hinterkopf und Ohren.
Sehr gut aus meinem Kleid gemacht für 15 Zl. Aber ich gab alles dazu,
Futter, Watte. Nur Garn mußte gekauft werden. Wir haben wohl an
60–100 Mützen für unsere Leute machen lassen und sonst 5 Zl. bezahlt.
Auch auf meinem Mantel ist von dem Kleid ein Kragen gemacht, der
dicht um den Hals schließt. Als Hauskleid trage ich nun den grauen
Rock, bei dem man nicht mehr genau weiß, was hinten Stoff oder Stopfe
ist. Und dann die dazugehörige lange Jacke auf dem grauen Baumwoll-
jumper (alias weiße Bettdecke aus Köln). So bin ich warm und gut ge-
kleidet. Im Zimmer sind trotz Heizens 9 Grad. Leider kam heute das
Paket an Euch zurück, da im Augenblick nichts nach Deutschland angenommen wird.

Adam Czerniaków 1880–1942   **Warschauer Ghetto**
Morgens Gemeinde. Auerswald und Jesuiter erschienen mit strengen
Vorhaltungen, weil bis heute früh um 9 nicht über die Sammlung Bericht
erstattet wurde. Es wurde ihnen klargemacht, daß es unmöglich war,
die riesigen Stapel, die ungefähr 6 große Waggons füllen würden, zu-
sammenzuzählen. Sie verlangten, bis n.m. um 3 (Gespräch um 12) eine
Aufstellung zu machen.
Alle Abteilungen wurden mobilisiert und zum Zählen der Pelze abgestellt. N.m. um 3 wurde unterbreitet, daß bis zum 28. Dezember um
18 Uhr abends 690 Herren-, 2541 Damenpelzmäntel, 4441 Herren-,
4120 Damenpelzfutter, 222 Silberfüchse, 258 Blaufüchse, 872 Rotfüch-
se, 5118 Muffs, 39 556 Kragen, 7205 Felle und 2201 Schafpelze gesammelt wurden. 25 569 Quittungen wurden ausgestellt.
Wiesenberg und Popower wurden wegen Haushaltsfragen für n.m. um
3 zu Rodeck ins Palais Brühl bestellt. Beim Wachposten wurde Wiesenberg angehalten, weil er 2 Jacketts trug (statt des konfiszierten Pelzes).
Mit knapper Not wurde er freigelassen. Zum Palais gelangte er nicht.

Danuta Czech (KZ Auschwitz-Birkenau)
Sieben Erziehungshäftlinge erhalten die Nummern 25 086 bis 25 092.
57 Häftlinge, die von der Sipo und dem SD aus Krakau eingewiesen
worden sind, erhalten die Nummern 25 093 bis 25 149. Das ist der letzte Häftlingstransport, der im Jahre 1941 im KL Auschwitz ankommt.

*

So wird's nie wieder sein,
bei Kerzenlicht und Wein,
bei süßen Träumerei'n,
beim Wandern durch die Felder irgendwo im Sonnenschein,
wie herrlich das war!

So wird's nie wieder sein,
bei zarten Melodien,
beim Feuer im Kamin,
wir fühlten unsre Herzen wie im heißen Fieber glüh'n,
wie herrlich das war!
Nur keine tragischen Szenen
und nur keine Klagen und Tränen,
wenn wir uns auch quälen und sehnen,
denn so ein Glück kommt nie zurück ... Ach!

So wird's nie wieder sein,
wie einst beim ersten Du,
beim ersten Rendezvous,
dem Buch der großen Liebe schlug der Wind die Seiten zu.
Siehst du, wie ich lache, nimm auch du es nicht so schwer,
ich dank' dir so sehr!

<851   Dienstag, 30. Dezember 1941   1225>

> Gott ist die Liebe; und wer in der Liebe
> bleibt, der bleibt in Gott und Gott in ihm.
> HERRNHUT   1. JOHANNES 4,16

Hermann Hesse 1877–1962   *Montagnola*
An R. J. Humm
Ich möchte Ihnen nochmals für Ihr Geschenk danken. Das Buch gefiel
mir beim ersten Blättern schon sehr, auch die Zeichnungen. Inzwischen
habe ich es gelesen und bin entzückt von der Geschichte Capérans. Als
Knabe liebte ich die «Lettres de mon moulin» von A. Daudet; mir scheint,
ich habe seither nicht wieder eine so schöne südfranzösische Idylle gelesen. Das Übersetzen muß Ihnen Freude gemacht haben, man spürt es.
Herzlich grüßt und wünscht Gutes zu Neujahr Ihr H. H.

Alfred Mombert 1872–1942   *Winterthur*
An Hans Curjel
Meinen herzlichsten Dank für die beiden schönen Ansichts-Blätter von
Heidelberg! Sie haben mir wirklich Freude gemacht. Nachdem Sie in
diesem Jahr so unermüdlich und mit solchem Erfolg um eine neue Heimat für mich und meine Schwester gerungen haben, führen Sie mir nun
auch das verklärte Bild der alten Heimat vor Augen.

Karl Wolfskehl 1869–1948   *Auckland/Neuseeland*
An Robert Oboussier
An die Schweiz denke ich mit Bewunderung und Angst, ja, ich muss es
so ausdrücken, mit Gebet. Möge sie wenigstens verschont bleiben von
der Flut des Entsetzens! Dass sie noch dasteht, unangetastet und selbst-
gewiss, wirkt wie eine Verheissung. Sonst siehts ja dunkel genug aus über
die Welt hin.

Bertolt Brecht 1898–1956   *Santa Monica*
jemand sagt: ‹man muß deutschland den russen überlassen. warum soll
es nicht kommunistisch werden dürfen? nur ein kommunistisches land
interferiert nicht mit dem welthandel. und was die vorherrschaft über

europa betrifft: warum nimmt man immer an, zwei kommunistische
staaten müssen ein herz und eine seele sein? warum soll da nicht auch
ein equilibrium entstehen?› möglich, daß die amerikaner bei einer nunmehrigen friedenskonferenz die rolle übernehmen könnten, welche die
engländer auf der vorigen spielten.

Thomas Mann 1875–1955   *Pacific Palisades*
Vormittags etwas gearbeitet bis 11. […] Abends gehört die große und
großartige Rede W. Churchills vor dem kanadischen Parlament in Ottawa. Wie doch eine Rede auch eine Tat sein kann. – Viel in dem Buch
von Davies über Rußland; wichtig und eindrucksvoll.

※

Der Adjutant Heinrich Heim *1900   **Führerhauptquartier**
Mittags Gast: Reichsführer-SS
Das Gespräch geht davon aus, daß die Engländer es fertigbringen, an-
geschlagene Schiffe in unverhältnismäßig kurzer Zeit wieder fahrbereit
zu haben, was zu dem Schlusse zwingt, daß sie sich bei der Reparatur
auf das Notwendigste beschränken, während wir immer und in jedem
Falle vermeinen, die Gründlichkeit selbst sein zu müssen, was Zeit und
wieder Zeit kostet.
[Hitler]: Wir arbeiten auf vielen Gebieten noch nach alten Vorschriften
zur Erzielung von Höchstleistungen. Aber: was hilft es uns heute, wenn
ein Schiff, das wir diesen Augenblick brauchen, aus Stahl gebaut ist, der
Jahrhunderte überdauert? Schließlich ist nicht nur im Krieg, sondern
auch im Frieden das richtig, was nützt!
Vielfach hält man sich an die alten Vorschriften, um nicht Gefahr zu laufen, zur Verantwortung gezogen zu werden; man dankt Gott, daß man
eine Bestimmung hat, die erlaubt oder die verbietet, das und das zu tun;
es ist das eine Art passiver Resistenz aus Trägheit. Und mitunter ist das
Festhalten am Paragraphen nichts als die Ausflucht für ein Übelwollen,
das sich mit Gesetzestreue verbrämt!

Der General Franz Halder 1884–1972   **Führerhauptquartier**
Krisis bei 15. Div. Dramatische Aussprache zwischen Führer und v.
Kluge am Fernsprecher. Das Zurückverlegen der Front des Nordteils der
4. Armee wird vom Führer abgelehnt.
Sehr schwere Krisis bei 9. Armee, wo anscheinend die Führung vorüber-
gehend die Nerven verloren hat.

Mittags aufgeregter Anruf v. Kluges, 9. Armee wolle bis hinter Rshew zurück ausweichen. Schließlich scheint sich aber der OB Heeresgruppe doch durchgesetzt zu haben. Abends ist zwar die Front 9. Armee etwas zurückgedrückt, aber Stimmung klarer. Einige geringe Verstärkungen sind eingetroffen. 4. Panzergruppe muß Reserve freimachen. Bei *Nord* wird Gegenangriff am Wolchow, wo Feind eingebrochen ist, eingeleitet. Auch von der Ladogafront her unangenehme Angriffe. Nervöse Stimmung. *v. Ziehlberg*: Generalstabspersonalien, besonders auch Generalstabslehrgang. *Gen. Wagner* (Gen.Qu.): Herausziehen von Sicherungstruppen aus rückwärtigen Gebieten Süd und Mitte für die Front. Laufende Qu.-Angelegenheiten. U. a. Pferdefutter aus Papierfabrik (Zellulose).

Victor Klemperer 1881–1960   Dresden
Frau Voß erzählte gestern: «Morgens fünf Uhr auf der Elektrischen zu Zeiss-Ikon. Allein, Fahrer sieht den Stern. Soldat springt auf, erkennt den Fahrer als seinen Freund, bemerkt mich nicht. Stürmische Begrüßung der beiden, wie es gehe, ich sehe woanders hin, mache mich unauffällig. ‹Du, Emil, wenn wir draußen bloß eine Kartoffel hätten. Bloß mal sattwerden.› – ‹Wir haben auch die Schnauze voll.› – ‹Mensch, da draußen in Rußland, das ist die Hölle – mich kriegen keine zehn Pferde mehr raus – ich weiß, was ich tue …› Er bemerkt mich, erschrickt tödlich, die Sprache bleibt ihm weg. – Der Fahrer, lachend: ‹Du kannst ruhig reden …› Ich mußte auch lachen. Ich steige ab. Fahrer und Soldat winken und rufen: ‹Auf Wiedersehen, alles Gute!›» – Ich glaube nicht, daß Kätchen Sara solche Geschichte erfindet oder auch nur ausschmückt.

Jochen Klepper 1903–1942   Berlin
Es ist alles erledigt, was im alten Jahr noch erledigt sein sollte, an das ja vom Werke her zum ersten Male keine Forderung gestellt war. Schon über diesem Tage liegt die große Feierlichkeit eines in Schmerzen und dennoch in so viel Dank zu Ende gehenden Jahres.
Es ist wie zu der Zeit der Christgeburt: man kann vor ausweisloser innerer und äußerer Not nur noch des Wunders harren. Für den Silvesterabend des Kindes ist gesorgt – Hans und Ed Nowak haben uns eingeladen; wären wir auch lieber daheim – für Renerle freuen wir uns.

Der Oberstabsarzt Dr. Willi Lindenbach † 1974   Bergosenki
15× in der Nacht wegen meinem Durchfall heraus. Blieb den ganzen
Tag auf der Trage liegen und aß fast nichts. Am Tag brauchte ich kaum
mal heraus. Es ist immer noch wahnwitzig kalt. – Die Leute, bei denen
wir hier wohnen, sind verhältnismäßig freundlich. Die Leute zeigen
hier sogar einen gewissen Wohlstand. – Wir wurden «pferdebespannt».

Josef Kraus * 1909   vor Moskau
Am 30. Dezember rückten wir ab, der Abschnitt wurde aufgegeben.
Der Russe begleitete uns vom Dorfe ab eine Zeit mit Schrapnellfeuer.
Am gleichen Tage erreichten wir ein Dorf, machten Rast und faßten
Verpflegung. Ich schlug dabei in einer Hausdiele hin, glitt vielleicht aus
und war für etliche Stunden bewußtlos. Als ich erwachte, lag ich im
Feldlazarett Vereja zwischen Naro-Fominsk und Moschaisk. Äußere
Verletzungen hatte ich keine. Außer einer hühnereigroßen, eitrig ent-
zündeten Beule am linken Oberschenkel und heftigen Kopfschmerzen
verspürte ich nichts. Einige Tage nachher mußte das Lazarett geräumt
werden.

Hilde Wieschenberg 1910–1984   Schwarzwald
An ihren Mann vor Leningrad
Heute erreicht mich Dein froher Brief vom 3. und 4. 12. 41. Ach Liebes, wie ein Strom von Glück kommt es über mich, wenn ich lese daß
es Dir gut geht, daß Du Dich unbändig auf Deinen Urlaub freust, auf
das glückliche Wiedersehen. Ja, es kann auch nicht anders sein. Vielleicht sehen wir uns wieder zu meinem Geburtstag. Nur Geduld und
große Hoffnung.
Zum morgigen Jahreswechsel wünsche ich Dir das Beste. Immer das
Beste, den Frieden, die Heimkehr für immer.
Liebes, ich habe so ein glückliches Gefühl in mir. Komm, laß Dich küssen. Ob ich das wirklich noch kann? 1 Jahr Trennung liegt hinter uns.
Wenn wir uns erst sehen, wird diese Zeit schnell vergessen sein.
Merkst Du es auch, die Tage werden schon etwas länger. Das Auge
kann wieder länger die herrliche Pracht da draußen genießen. Gestern
kamen bei herrlicher Mondnacht 4 junge Menschen um ½11 Uhr aus
Freudenstadt mit Skiern. Franz, wenn ich passende Schuhe hätte, würde ich sofort mit dem Lernen des schönen Sports beginnen. Die weib-
lichen Fahrer sind fast alle Anfänger. Vielleicht kommt bald das Ende
des Krieges. Dann wird vieles nachgeholt, wo wirklich gemeinsame In-
teressen sind. Du hast mir auch schon geschrieben, daß wir unseren

«Täglich krachten die Salven unseres Ehrensaluts an den Gräbern unserer Kameraden, unüberhörbar für die anderen, die in unmittelbarer Nachbarschaft in einem großen, gemeinsamen Lazarettraum in ihren Betten lagen und selbstverständlich merkten, wenn wieder einer von ihnen hinausgetragen wurde.»

Mädchen jede Möglichkeit offen halten, um sich früh sportlich zu betätigen.

Der Unteroffizier Wolfgang Buff 1914–1942   vor Leningrad

Nun ist Fresenius doch bei uns geblieben. Von Düsseldorf aus hatte man ihn als Kurier mit eiligen Briefen zum Regimentskommandeur geschickt. Er kam, um uns zu besuchen und sollte sofort zurückfahren. Aber siehe da, Herr Gobbin hielt ihn fest und schickte jemand anders mit den Briefen nach Deutschland. Jetzt ist Helmut auf diese Weise wieder bei uns, und das durch Lindens Weggang gesprengte Trio ist wieder ergänzt.

Heute habe ich mich wieder etwas aufgerappelt und war den ganzen Tag auf. Aus dem Bunker heraus kann ich jedoch noch nicht. Die Füße sind noch nicht ausgeheilt. Das wird noch einige Tage dauern.

Draußen sind Temperaturen um −20° herum. Einmal hatten wir in diesen Tagen den Rekord von −32°. Aber glücklicherweise nur wenig Wind und Schnee, so dass das Wetter erträglich war. Möchte es doch einigermaßen so auch in den kommenden Wintermonaten bleiben. Im Mai taut es hier, also hätten wir ein Drittel des Winters nun herum. Kurz vor Weihnachten hatten wir zwei Tage lang ein Kuriosum, nämlich +1° Wärme, und der Schnee fing an zu tauen. Eine höchst unangenehme Sache, denn in allen Bunkern tröpfelte nun das Schneewasser durch die Decke. Wir waren froh, als das Thermometer wieder sank. Im Frühjahr wird uns das Tauwetter noch eine nette Bescherung bringen, aber bis dahin hat es ja noch seine Weile.

In den letzten Tagen hat uns der Russe auch weiterhin ziemlich in Ruhe gelassen, und wir auch ihn. Aber er regt sich immer wieder, und von Zeit zu Zeit müssen wir ihm einige Vergeltungsschüsse hinüber senden. Unsere Infanterie im Graben hat weiterhin einen schweren Stand. Was sie bei diesem Wetter und bei den vorliegenden Verhältnissen leistet, ist einfach bewundernswürdig; da kommen wir Artilleristen in keiner Weise mit. Auch sonst an der Front, besonders im mittleren Abschnitt, meldet der Weihnachtsbericht starke Angriffstätigkeit der Russen. Bisher wurden sie unter großen Verlusten für den Gegner abgeschlagen, aber wie groß werden die Opfer auf unserer Seite sein? Bei diesem Wetter ist jeder Kampf, wie wir es erst kürzlich selbst erlebten, doppelt schaurig, und man kann nur hoffen, dass die Kampftätigkeit auf beiden Seiten nachlässt und eingestellt wird, soweit es möglich ist.

Heute kam eine Kiste mit 50 Büchern an, und mir wurde gleich das Amt des Bücherwartes übertragen. Sie stammen aus der Buchspende 1941

von der Kreisleitung Aachen. Es sind recht wertvolle Sachen darunter.
Aber ich befürchte, dass sich mancher an ihnen die Augen verderben
wird. Dank eurer Sendung brennt jetzt hier im Bunker eine Karbid-Lampe
mit ihrem ruhigen, hellen Schein. Von der Batterie kommt auch hin und
wieder eine Kleinigkeit dieses Leuchtstoffes an, so dass ich zusammen
mit euren Sendungen, die ich, wenn irgend möglich wöchentlich erbit-
te, schon ein gutes Stück weiterkomme. Kerzen bekam ich in den Weihnachtstagen von vielen Seiten, besonders auch aus Hannover. Ölfunzeln
und sonstige Behelfslichter konnte ich einige Tage mal ganz beiseite lassen, und meine Augen haben sich dabei ordentlich erholt. Für jedes
Lichtlein bin ich weiterhin dankbar. Mein Bunker, der so ziemlich der
einzige ist, wo es nun gutes Licht gibt, ist zum reinsten Wallfahrtsort
geworden. Wer keine Streichhölzer hat, kommt sich hier Licht des Morgens abholen, und verschiedene Freunde kommen stets hierher, um Briefe zu schreiben und zum Lesen. So ist es hier oft gerammelt voll.

Der Offizier Leo Tilgner 1892–1971   vor Leningrad
Oben hat man ausgerechnet, daß sich Leningrad bis Februar ernährungs-
mäßig halten kann. Ob man den Weg über den östlichen See einkalku-
liert hat?

Pjotr Samarin 1888–1942   *Leningrad*
Die ganze Nacht über konnte ich nicht einschlafen. Ohne Tabak war
ich ganz nervös. Um 6 Uhr aufgestanden und begonnen, den Tee zu kochen. Habe mich mit Liduska und Alexandra Stepanowna gezankt. Wet-
terumschlag, Wärme, gut. Die Alte liegt und spricht im Fieber, es geht
ihr sehr schlecht. Es ist kalt im Zimmer. Man hat die Bretter zersägt, es
wird geheizt, heute werde ich zu Hause schlafen. Ich habe Brot für morgen bekommen und schon fast alles gegessen. Kein Mittagessen bekommen, weil es keine Grützekarten mehr gibt, es gibt noch Fleischmarken,
doch Fleisch ist nicht vorhanden. Ich bin hungrig und völlig erschöpft.
Ich will nicht sterben. Nein! Liducha hat für Zucker 300 Gramm Mar-
melade bekommen, wir haben geteilt, sehr wenig für jeden. Mein Gott!
Können wir nicht ans Leben kommen? Es ist ja schade, so kläglich zugrunde zu gehen.
Heute ist Tauwetter. Ich bin gegen 5 Uhr nach Hause gegangen. Alle
raten mir, den Kopf hochzuhalten und abzuwarten, bald muß es besser
werden. Sobald die Blockade gebrochen wird …
Heute spricht man über den herrlichen Frontbericht. Wir haben große

Beute gemacht und viele Städte im Süden und im Westen zurückerobert. Wie schön! Wann kommen die Siege zu uns nach Leningrad, wann hören wir auf so zu krepieren ...

Swetlana Andrejewa *1927   *Leningrad*
Meine Großmutter Tanja ist in der Nacht vor Hunger gestorben. Sie wird bestimmt noch einige Tage bei uns im Zimmer liegen, wir haben keine Kräfte mehr, ihr unser letztes Geleit zu geben. Die Mutter bat den Hausmeister, sie zur Sammelstelle der Leichen zu befördern. Für vier Doppelportionen Brot. Er will sich das überlegen. Der Preis schien ihm zu niedrig zu sein. Die Großmutter liegt unbeweglich mit geschlossenen Augen und mit geröteten Wangen. Sie hat Glück, sie empfindet keinen Hunger mehr, es ist ihr nicht mehr kalt, sie hört keine heulenden Luftalarmsirenen und selbst das Metronom stört sie nicht mit seinen Schlägen.

Wladimir Schamschur   *Leningrad*
Meine Mutter war Blutspenderin. Sie mußte sich zum anderen Ende der Stadt zum Moskauer Bahnhof schleppen, wo die Blutannahmestation untergebracht war. Die Mutter war dort sehr bekannt, man hat sie sogar zweimal im Monat zur Blutspende eingeladen. Dafür bekam sie Kaltverpflegung. Wir haben uns immer darauf gefreut. Eines Tages hat ein alter Milizposten den Geruch der Koteletts in ihrer Tasche erschnuppert und wollte sie zur Abteilung abführen. Die Mutter zeigte ihm ihren Unterarm, wo sie den vom Blut getränkten Verband trug.

Galina Martschenko *1928   *Leningrad*
Ich erinnere mich, wie ich Schlange stand, um Brot zu kaufen. Wir standen schon seit dem Abend an, manchmal standen wir Tag und Nacht. Meine Mutter war schon sehr schwach, sie konnte sich nicht mehr bewegen. Sie hat immer für mich Ziegelsteine erwärmt, auf dem Kanonenofen in unserem Zimmer lagen stets zwei oder drei kleine Ziegelsteine. So habe ich mir einen warmen Ziegelstein an die Brust gedrückt, um mich zu erwärmen. Wenn ich fror, dann kroch ich nach Hause, man hat mir den anderen warmen Ziegelstein gegeben, und da ich noch kräftig war, kroch ich mit dem Ziegelstein wieder zurück. Letzten Endes habe ich für alle je 125 Gramm Brot bekommen und kehrte damit nach Hause zurück. Ob ich während der Blockade mal gelacht hatte? Nein, an so eine Situation kann ich mich nicht erinnern. Wir waren stumm, weil wir keine Kraft mehr zur Unterhaltung hatten. Ich ging immer mit den Lebensmittelkarten umher, weil die Mutter Angst hatte, daß sie verloren-

gehen. Das hätte den Tod bedeutet. Wir haben auch nicht geweint. Wir
waren völlig apathisch. Bei Luftangriffen liefen wir nicht einmal mehr
in den Keller, wir schlossen uns in der Wohnung ein und saßen dort bis
zur Entwarnung.

Alexander Ljubimow *1927   *Leningrad*
Die Waren vom Materiallager hat eine Frau mit dem Schlitten gebracht,
die bei uns als Expeditorin eingesetzt war. Sie nahm als Begleitung immer
zwei Jungen mit. Da war ich eines Tages dran. Das Materiallager befand
sich hinter dem Narwator. Hin und zurück sind wir zu Fuß gelaufen. Hin
gingen wir ohne Last, und zurück mußten wir den beladenen Schlitten
an der Leine ziehen. Einer von uns marschierte hinten, er paßte auf, daß
nichts vom Schlitten abrutschte oder geklaut wurde. An einem Schlag-
loch bekam der Schlitten Schlagseite, und Soja-Pralinen fielen aus einem
Karton in den Schnee. Ein dichter Ring von Passanten bildete sich sofort
um uns. Die Expeditorin fing an, mit den Händen zu winken, «Ach»
zu rufen, und die Leute verstanden, daß die Pralinen in ein Kinderhaus
gebracht werden sollten. Wir beide, ein Häufchen Elend, waren die beste Illustration dafür. Die Menschen sammelten sich um uns, sie streck-
ten so komisch die Hände aus. Ihre Augen waren gierig, aber niemand
bückte sich. Wir haben die Pralinen wieder in den Karton getan, die Tü-
ten auf den Schlitten gelegt und fortgeschleppt. Die Leute verfolgten
uns noch lange mit ihren Blicken.

*

Martha Bauchwitz 1871–1942   **Piaski/Distrikt Lublin**
An ihre Tochter in Stettin
Der Omnibus nach Lublin, für Kranke so wichtig, darf nicht mehr be-
nutzt werden. Die Hygienekommission irrt umher und kann nicht hel-
fen. Vater darf keine Polen mehr behandeln. Die meisten können kein
Brot mehr kaufen. Das Spital mit Typhus ist voll belegt. Für polnische
Juden und Deportierte sind alle Wege geschlossen. Der Bretterzaun zur
Straße hin, auf der viele Soldaten durchziehen, trägt Stacheldraht.

Adam Czerniaków 1880–1942   **Warschauer Ghetto**
Gestern gab die Bevölkerung 23 Herren-, 113 Damenpelzmäntel, 355
Herren-, 287 Damenpelzfutter, 14 Silberfüchse, 7 Blaufüchse, 144 Rot-
füchse, 553 Muffs, 4972 Kragen, 485 Felle und 281 Schafspelze ab. Es
wurden 2834 Quittungen ausgestellt. [...]

Morgens um 8:30 rief ich in A[uerswalds] Wohnung an. Er ist noch nicht nach Hause zurückgekehrt.

Ich sah Dr. Rathje in der Versorgungsanstalt. Im Gespräch bemerkte ich, daß man die Mauern ohne Einsicht in die Zahlungsbilanz des Gettos erstellt habe. Er erwiderte, irgend jemand werde dafür die Verantwortung tragen.

Bei den Inhaftierten im jüdischen Gefängnis hat ein Unterhaltungsabend stattgefunden. Man überreichte mir eines der Couplets. [Es breiten sich Gerüchte aus, daß] bei denen, die keine Pelze abgegeben haben, [die Empfangsbestätigungen kontrolliert werden].

Danuta Czech   **(KZ Auschwitz-Birkenau)**
Um 18 Uhr wird das Fehlen eines Häftlings festgestellt. Daraufhin wird Alarmbereitschaft angeordnet und die große Postenkette verstärkt. Um 20 Uhr zwingen SS-Posten zwischen den Türmen 15 und 16 durch drei Schüsse den Häftling Artur Preussing (Nr. 17112) stehenzubleiben und führen ihn ins Lager. Höchstwahrscheinlich wird er im Bunker von Block 11 untergebracht, denn von diesem Block wird sein Leichnam am Morgen des 1. Januar 1942 in die Leichenhalle überführt.

❊

Heimatland, Heimatland, dein gedenk' ich immmerdar,
du liebes Heimatland, Heimatland, wo ich froh und glücklich war!
Heimatland, Heimatflur, fern bin ich und ganz allein;
könnt' ich ein einz'ges mal, einmal nur still bei dir geborgen sein.
Nachts im Traume glänzen deine Sterne hernieder zu mir,
und ich denke dein in weiter Ferne, o wie sehn' ich mich nach dir!
Heimatland, Heimatland, mein geliebtes stilles Tal,
mein schönes Heimatland, Heimatland, sei gegrüßt viel tausendmal!

<852   Mittwoch, 31. Dezember 1941   1224>

Alles Fleisch ist wie Gras und alle seine
Herrlichkeit wie des Grases Blume. Das
Gras ist verdorret und die Blume abge-
fallen; aber des Herrn Wort bleibet in
Ewigkeit.

HERRNHUT   1. PETRUS 1,24.25

Wilhelm Furtwängler 1886–1954   (Berlin)
Alles Denken ist nichts als Abwehr. Abwehr in Gestalt einer Klarstel-
lung. Darüber hinaus ist Denken an sich ohne Wert.

Hermann Broch 1886–1951   *New York*
Lieber Dr. Sahl,
Vielen Dank für Ihre Zeilen. Ich habe bei Guggenheim sowohl schriftlich wie mündlich alles getan, was in meinen Kräften stand. Doch ich
fürchte, daß der Ausbruch des Krieges Ihrem Projekt nicht günstig sein
wird. Denn es erscheint mir sicher, daß den Amerikanern eine Betrachtung des Kampfes, in den sie da hineingeraten sind, von der komischen
Seite eines Schwejk oder auch eines Candide nicht behagen wird.

Wilhelm Muehlon 1878–1944   *Klosters/Schweiz*
Churchill hat auch in Ottawa eine erfolgreiche Rede gehalten [...], einige Sätze daraus gefallen mir gut: «Wir taten zuviel, um den Krieg abzu-
wenden, und wären deshalb beinahe zugrundegegangen. Wir lieben den
Krieg nicht und erst recht keinen grausamen. Aber unser Gegner hat grausame Regeln aufgestellt. Er liebt es, roh zu spielen (to play rough); wir
haben ihm zu zeigen, dass wir das auch können.»

Lord Moran 1882–1977   *Ottawa*
Winstons Rede, besonders sein Angriff auf Vichy, hat die Kanadier
aufgerüttelt, obwohl sie mit der in Washington nicht zu vergleichen
war. Einmal sprach er in seinem Spezial-Französisch. Dann erzählte er
ihnen, wie er der französischen Regierung erklärt hatte, daß England
allein kämpfen würde, was auch immer Frankreich tun werde, und wie

Weygand vor das französische Kabinett getreten war und behauptet
hatte:
«In drei Wochen hat man England den Hals abgedreht wie einem Huhn!»
Der PM machte eine Pause. «Allerhand Huhn!» sagte er dann. «Allerhand Hals!» Er spie seine Verachtung heraus. Gelächter schlug ihm entgegen, das in langanhaltenden Beifall überging.

Bertolt Brecht 1898–1956 *Santa Monica*

sylvesterabend bei bergner. granach, feuchtwangers. hereintropft re-
marque mit einem mexikanischen hollywoodstar, lupe vellez. r[emarque]
ist im smoking, sieht aus wie hanns heinz ewers, und irgend etwas fehlt
mir an seinem gesicht, wahrscheinlich ein monokel.

Thomas Mann 1875–1955 *Pacific Palisades*

Vormittags etwas an «Thamar», zerstreut. […] Sylvester-Abendessen
en famille. Kaffee und Champagner. Besuch von Franks. Nachrichten,
die auf den bevorstehenden Verlust der Philippinen schließen lassen.
Für das anbrechende Jahr ist vernünftiger Weise nicht mehr zu wünschen und zu hoffen, es möge unter seiner Aegide nicht so schlecht gehen, daß es eines Tages nicht besser und endlich gut gehen könnte. Für
mich wird es, wenn ich lebe, den Abschluß des Joseph-Werkes in einem
neuen Lebensrahmen bringen. – Es fehlen wenige Minuten an 12 Uhr.

Harold Nicolson 1886–1968 *London*

Lese Rebecca Wests Buch über Jugoslawien. Füttere die ausgehunger-
ten Schwäne. Wir bleiben lange am Lautsprecher sitzen und hören, wie
Maisky, Wellington Koo und John Winant höfliche Botschaften austauschen. Dann kommt ein schottischer Gottesdienst. Mitten hinein
schlägt Big Ben, und 1941 ist vorbei. Kein Jahr, auf das ich irgendwie
mit Vergnügen zurückblicken werde. Mehr will ich nicht sagen. Es war
ein trauriges, schauriges Jahr.

❊

Der Adjutant Heinrich Heim *1900 *Führerhauptquartier*

Wolfsschanze 31. 12. 1941 / 1. 1. 1942, nachts

[Hitler:] Ostasien wäre zu halten gewesen, wenn alle weißen Staaten
eine Koalition gebildet hätten. Dagegen würde Japan nicht haben antreten können!
Die Japaner brauchen keine nationalsozialistische Revolution durch-

zumachen: Wenn sie das Wenige, das sie vom Westen angenommen haben, wieder abstreifen, wird es eine soziale Frage überhaupt nicht geben. Nur theoretisch könnte erörtert werden, ob eine Fabrik dem Staat oder einem einzelnen gehören soll. Großgrundbesitz findet sich nicht; über das ganze Land verstreut ist ein Kleinstbauerntum. Sie sind ein Volk von Kleinbürgern. Die soziale Frage entsteht erst, wenn sie nun zu unendlichem Reichtum kommen. Oshima meint, wir seien gut daran, weil wir in Rußland ein Klima haben, das hart macht, während die Welt des Archipels, von welcher Japan Besitz ergreift, ein weiches Klima hat.

Hätten die Holländer sich handelsvertraglich mit Japan geeinigt, so wären sie gut gefahren; auf englischen Druck hin haben sie in den letzten Jahren das Gegenteil getan. Möglich, daß die Holländer diese Verträge jetzt schließen, wenn Singapur genommen ist.

Bei den Deutschen, welche die Japaner im Archipel anstellen werden, haben wir gute Geschäftsverbindungen.

Jochen Klepper 1903–1942   Berlin

Heute lege ich nun meine Soldatenlosung mit all den Eintragungen aus all den Ländern, in die mich der Krieg geführt hat, aus der Hand.

Es hat sehr schwer gehalten, daß auch dieses Jahr auf unseren Weihnachtstischchen und denen der Geschwister wie alljährlich das Losungsbüchlein für das neue Jahr lag.

Reif und Nebel, und nach langer Morgendunkelheit ein tiefverhüllter Tag (sechs Grad Kälte). Blumen, Kerzen, Tannengrün sind zur häuslichen Silvesterfeier frisch geordnet, ein letzter Rundgang durchs ganze Haus ist gehalten, alle Unrast daraus verbannt, und frühe kann die feierliche Stille des letzten Tages sich ausbreiten. Die letzten zwölf Stunden brechen an. […]

Kirchgang im Rauhreif. […]

Wir fuhren zu Nowaks, wo wir mit Birkenfelds, also diesmal drei Schriftstellerehepaare, Silvester feierten. Birkenfeld hatte Renerle zehn Jahr nicht gesehen und war wie Hans Nowak und die Frauen wie gebannt von Renerles Zauber und Liebreiz, wie sie dastand in Taft, Tüllschleier, die Herzlein um den Hals – ein Bild, so süß, wie es auch Renoir nicht gemalt hat.

Um zwölf hörte man nur eine Glocke, weil es ja Weihnachts- und Neujahrsgeläute aller Kirchen im Kriege nicht mehr gibt. Auf den Straßen blieb es diesmal ganz still, so viele Menschen unterwegs gewesen waren.

Die Silvesternacht war milder geworden, der verhüllte Himmel vom verborgenen Monde erhellt. Über allem stand nur das Bewußtsein, Hanni und Renerle an meiner Seite zu haben.

Victor Klemperer 1881–1960 Dresden

Das ganze Jahr über wie gefangen, nicht einmal größere Sommerspaziergänge möglich, die Situation immer beengter und gefahrvoller. Georgs 3000-M-Geschenk zum größten Teil verloren. (200-M-Raten, bei 1400 Beschlagnahme der Auswandererkonten; von diesen 1400 mindestens 600 fortgesteuert.) Schwerster Schlag, schwerer als die Gefängniswoche im Sommer: der Judenstern seit 19. 9. 41. Seitdem vollkommen abgeschlossen. Eva macht alle Besorgungen, ißt mittags häufig allein in der Stadt, kocht jeden Abend für uns. Mir fällt viel Innenarbeit, Abwaschen, Töpfescheuern zu. Beschränkung auf wenigste Einkaufwege am Chemnitzer Platz. Tagelanges Zuhausesitzen. – Seit etwa einem Monat deutlicher Umschwung der Kriegslage und steigende Hoffnung.

Silvester feierten wir unten bei Kreidls, es war noch die Frau des sitzenden Wirts da. (Friedheim, krank und launisch, hielt nicht mit.) Sehr freundliche Aufnahme, rührende Bewirtung. Tee mit Kuchen – dann Wermut – gegen zwölf eine wirkliche Bowle. Ich hielt eine ernsthafte kleine Rede, so ernsthaft, daß mir beim Anstoßen die Hand flog. Hitler, «Barnum der Hölle», gehe als richtiger Zirkusdirektor immer auf das «noch nie Dagewesene» aus, so habe er statt der üblichen sieben mageren Jahre acht magere gebracht, dies achte schon nicht mehr mager zu nennen, sondern ein Totengerippe, da die Leichenberge im Osten zum Himmel stinken.

Daß es unser grausigstes Jahr war, grausig durch eigenes reales Erleben, grausiger durch ständige Bedrohtheit, am grausigsten durch das, was wir andere leiden sahen (Evakuierungen, Morde), daß es aber am Schluß die Zuversicht brachte – ich zitierte breit: nil inultum remanebit. Ich gab als adhortatio: Die letzten schweren fünf Minuten die Nase hoch!

Leonid Martynenko *1910 *Stalingrad*

Ein Neujahrsgruß an meine liebe Maschutka!

Heute ist der letzte Tag im Jahre 1941. In 10 Stunden kommt das Neue Jahr 1942.

Ich beglückwünsche Dich und mein Töchterlein zum neuen fröhlichen, gesunden und glücklichen Jahr 1942. Ich wünsche Dir Gesundheit und Glück. Unsere Tochter soll Dir viel Freude bringen. 1942 soll uns den

Sieg bescheren. Und wenn wir am Leben bleiben, werden wir das gemeinsam feiern. Ich fühle mich wohl bis auf meine Zähne. Sie sind mir ausgefallen, ich bin jetzt ein zahnloser Greis geworden. Aber das macht nichts. Was soll ich Dir noch schreiben. Über unsere Siege liest Du in den Zeitungen. Die Moskauer haben uns Geschenke zum Neuen Jahr geschickt. Maschutka! Vor kurzem habe ich Dir 700 Rubel abgeschickt. Wenn es für Dich kein Problem ist, mach für mich ein Päckchen. Kaufe mir ein Rasiergerät mit allem, was dazu gehört. Ich habe viele meiner Sachen verloren. Mach mir einen Machorkabeutel fertig. Vielleicht treibst Du irgendwo Handschuhe aus Wolle für mich auf. Hiermit möchte ich schließen. Bleibt gesund und glücklich. Ich küsse Euch innigst. Euer Papa. Mit Ungeduld warte ich auf Deine Antwort. Viele haben schon Briefe erhalten, nur ich noch keinen.

Werner Vogel (Bleicherode)

Obwohl charakterisiert durch einen unglaublichen Reichtum an Menschentypen der mannigfaltigsten Gaben intellektueller und seelischer, künstlerischer und moralischer Art, auch eine fast unvorstellbare Fähigkeit des Leidens, zeigt [das russische Volk] in vielen Beziehungen die Mängel seiner Tugenden. Eine sich wohl aus seiner Geschichte erklärende Schranken- und Grenzenlosigkeit ist die wesentlichste seiner Eigenschaften. Sie beflügelt die Phantasie der Russen, läßt ihn künstlerische Triumphe feiern, gibt ihm die kühne Unbefangenheit gedanklichen Problemen gegenüber und die einfache und sichere, im allgemeinen gütige Haltung von Mensch zu Mensch. Aber sie kann auch zum Laster und zum Unglück werden. – Ist Rußland ein glückliches Land? – Dagegen ist die Grundeigenschaft des Deutschen sein Sinn für Begrenzungen; auch seine eigenen. Was ist die Hauptleistung der deutschen Philosophie? Ich meine: Kants Abgrenzung der menschlichen Erkenntnisfähigkeit. – Was ist der Kern der größten Dichtung unseres größten Dichters, Goethes Faustproblem? Eine Begrenzung: «Der Weg ist das Ziel!» – In wie bescheidenen Grenzen hat sich stets die Bismarcksche Politik gehalten! Natürlich erschöpft sich das Wesen und die Wirkung einer großen Nation nicht nur in einer Haupteigenschaft; es hat auch die deutsche Mystik und eine Romantik gegeben; und mindestens durch ein Jahrtausend eine Sehnsucht nach Sonne und damit nach Italien. Aber Welteroberung liegt unserem Wesen im tiefsten Sinne fern … Alles in allem gibt es kaum zwischen zwei Völkern auf allen Gebieten eine denkbar bessere Ergänzungsmöglichkeit, als zwischen dem deutschen und

dem russischen Volke. Eine Einigung, in gewissem Sinne Vereinigung der beiden Völker kann eine Steigerung nicht nur der materiellen, sondern auch der geistigen und seelischen Werte ergeben, für die jede Vorstellung fehlt. – Alle diese Erkenntnisse, die mir, der ich lange in Rußland gelebt hatte, mit einer in Rußland geborenen und erzogenen Frau verheiratet war, zum Lebensinhalt geworden waren, fehlten Hitler und seinem Mentor Rosenberg.

Unbegreiflich, was den Generalstab betrifft, war die scheinbar vorhandene Unkenntnis der russischen Produktionsfähigkeit an Kriegsmaterial: auch des vorhandenen Materials. So sagte mir im Herbst 41 ein Generalstabsoffizier: «Wenn wir gewußt hätten, daß die Russen 26 000 Panzer besaßen, hätten wir den Angriff wahrscheinlich nicht gewagt.» ... Wer den Verlauf des Krieges 1812 kannte, der ja annähernd an gleicher Stelle begonnen wurde und in gleicher Richtung verlief, mußte nach einigen Wochen schon die einfache Tatsache feststellen, daß Hitler langsamer marschierte als Napoleon.

Franz Leiprecht *1921   bei Juchnow

Der heutige Tag verlief ruhig und ohne nennenswerte Erlebnisse. Ein hartes Jahr liegt hinter uns – was bringt das neue?
In guter Stimmung saßen wir beisammen. Der «Wodka» bewahrte uns vor dem Schlafe, denn munter wollten wir ins neue Jahr. Die Uhrzeiger erreichten den Zwölfer. Im ganzen Frontabschnitt begann ein höllisches Schießen. Leuchtkugeln in allen Farben erhellten den Himmel. Ja, sogar unsere Geschütze sandten ein paar Neujahrsgrüße hinüber zum Feind. Jeder freute sich, gesund ins neue Jahr schreiten zu dürfen. Gegenseitig wurden Glückwünsche ausgetauscht. Ein hartes und doch mit Erfolg gekröntes Jahr liegt hinter uns. Möge uns auch im neuen Jahr viel Glück und Erfolg beschieden sein! Der Allmächtige gebe weiterhin seinen Segen. Vor allem möge er uns beschützen vor Unheil, um gesund zu unseren Lieben in der Heimat zurückzukehren.

Der Soldat Josef Eberz *1921   südlich Charkow

Als wir an Silvester morgens abmarschieren sollten, wir hatten unsere Klamotten schon alle auf Panjewagen verladen und standen schon vor unseren Quartieren, als ein Komp. Melder kam und sagte: «Alles zurück in die Quartiere, Befehl des Regiments, es ist zu kalt zum Marschieren.» Es waren an diesem Morgen 46 Grad.
Zwei Tage später wurde dann aber marschiert, an dem Tag waren es 48 Grad.

Der Feldwebel Arthur Binz Albat/Krim
Ich habe mich vorzeitig von der Kompaniesylvesterfeier zurückgezogen. Nicht nur, weil ich es nicht liebe und schön finde, gedankenlos und übermütig in ein neues Jahr hineinzutorkeln, gar in ein solches, wie es 1942 zu werden verspricht, sondern auch der Not gehorchend: Ich verspürte auf einmal eine Art Kopfgrippe mit Schwindel und leichtem Schüttelfrost, was mich aber nicht abhielt, mich noch von ½11 bis ½12 Uhr Anni's «bayrisch Herz» und stillen Gedanken an die Ratzenlehner und Mariandl hinzugeben. Das vorgenannte Buch von Dingler ist ausgezeichnet.
Bei der Sylvesterfeier sprach ich vor den Kameraden einige Verse, die ich verfaßte, als das alte Jahr zum letzten Mal den Schleier der Nacht über die blutgetränkte Südkrim niedersenkte.

Der Oberstabsarzt Dr. Willi Lindenbach † 1974 Bergosenki
An des Jahres letztem Tage macht man einen kleinen Rückblick. Dieses Jahr 1941 war in seinem letzten Teil der furchtbarste Lebensabschnitt für mich, den ich bis jetzt erlebte. Ewig wird es mir in Erinnerung bleiben. Das traurige Geschick der armen Verwundeten. Der Herr hat uns eine große Prüfung auferlegt. – Und doch sind wir ihm alle von Herzen dankbar, daß er uns so gnädiglich behütet hat.
Als heute nacht die Glocken des Kölner Doms ertönten, gab ich im Geiste meinem guten Herze einen innigen Kuß. Gott schütze uns und unser Glück!

Der Leutnant Paulheinz Quack 1921–1986 bei Rshew
Der Rückmarsch, der so lange schon geplant war – zur Frontbegradigung, wie es heißt – begann. Bei einer Kälte von tagweise 40 Grad minus. Vorbei sind die Tage in dem schönen Quartier. Vorbei die herrlichen Schlittenfahrten. Vorbei der erfrorene, erstarrte, geradezu unbewegliche Krieg.
Jetzt plötzlich neue Bewegung. Anfangs geordnet. Nach Plan. Ein Tagesbefehl General Försters: «Wir wollen stolz und erhobenen Hauptes zurückmarschieren, um im Frühjahr mit neuen Kräften vorwärtszustürmen ...» Stürmen, eine fremdgewordene Vokabel.
Polmenizuj, Stariza-Bahnhof, weiter in Richtung Rshew. Die anfangs geordnete Bewegung überstürzt sich. Der Rückmarsch entwickelt sich stellenweise zur Flucht. Die Russen, durch Monate und Wochen immer vor uns ausweichend, von uns geworfen, zuletzt in fast bewegungsloser Stille, sind plötzlich wieder da, aktiv, drängend, nun uns werfend. Rus-

sen überfallen uns, wir überfallen die Russen. Die ganze Front in unserem Abschnitt ist in Auflösung. Man erkennt nirgends mehr System und klare Planung. Dabei sind wir vor der schneidenden Kälte nur unvollkommen geschützt. Ich schütze meine Ohren, indem ich ein paar Socken mit Stecknadeln zusammenhalte und wie einen Ohrenschützer um Kopf und Kinn ziehe. (...) Das Jahr wendet sich in frostigem Schwarz. Dies ist anders, ganz anders, als ich es noch vor wenigen Wochen erwartet hätte. Wir alle, wir wenigen, die noch da sind, bedürfen des Trostes. Wir fragen in dieser bitteren Nachtstunde nach dem Sinn.

Der Gefreite Reinhold Pabel *1915   Feldlazarett Bjelhorod
Ich hoffe von ganzem Herzen, daß unsere Front hier bald entlastet wird.
Der Russe ist zu zahlreich und zu frech geworden. Sibirische Einheiten sind es vielfach und oft sind sie mit Schneetarnung versehen. Sie schleichen sich abends in die Häuser unserer Dörfer und stehen morgens ganz dicht vor uns.
Die Unsrigen müssen der Übermacht weichen. Die MGs frieren ein bei der Kälte. Und die armen Schwerverwundeten, die im Schnee liegen bleiben müssen und womöglich den Russen in die Hände fallen. Ich habe wirklich Sorge um meine Kameraden da draußen. Ich bin da jetzt doch glücklicher dran. Liege im weichen warmen Bett, kann lesen und schreiben und warten – auf den Abtransport – wohin – vielleicht in die Heimat? Der Schlachter-Uffz. sprach von sechs Transportzügen direkt nach Mecklenburg. Ha, welche Aussichten!

Alexander Cohrs 1911–1996   Feldlazarett Juchnow
Gut erinnere ich mich auch noch an den Silvesterabend 1941. Immer hatten wir vom Vordringen der Russen gehört, und nun entstand plötzlich eine wüste Schießerei, zum Verwechseln dem uns bekannten Gefechtslärm ähnlich. Wir glaubten, nun seien die Russen da und wir fielen ihnen wehrlos in die Hand – bis sich herausstellte, es sei eine Silvesterknallerei der Sanitätssoldaten, die auf diese Weise auch mal schießen konnten.
Hier erlebte ich auch persönlich, was ich später immer wieder von Verwundeten hörte, daß von den wenigen persönlichen Dingen, die jemand bei der Verwundung noch retten konnte, über Nacht das verschwand, für das Sanitäter auch Verwendung hatten. Ich hatte in der Meldetasche noch die Generalstabskarte von dem Gelände unseres Angriffs und der

Stelle meiner Verwundung. Der Sanitäter bat mich, sie ihm zu geben. Ich lehnte das ab. Am anderen Morgen war sie nicht mehr da.

Eine andere Beobachtung: Ein russischer Gefangener, den man nicht abgeliefert, sondern behalten hatte, kam mitten in der Nacht leise durch die Tür, schlich von Bett zu Bett und zog die Bettdecken überall da zurecht, wo einer nicht ganz zugedeckt war, und verschwand ebenso leise.

Der Sanitäter Wilhelm Hebestreit 1903–1983   Sowjetunion

Nun ist Weihnachten vorüber, und mit einem wunderschönen Tage geht das alte Jahr zu Ende. Seit drei Tagen liegen wir hier in einer sanft bewegten Landschaft. Im Talgrund fließt ein Bach. Am Ufer stehen einige schöne Bäume. Diesseits und jenseits dehnt sich eine sanfte Höhe mit den Hütten der Menschen. Alles ist tief verschneit, und über dem Ganzen glitzert eine herrliche Sonne. Es ist ein Wintertag, an dem einem das Herz aufgeht.

Auf der Wolldecke zu meinen Füßen liegt friedlich die Katze unserer Hausleute und läßt es sich wohlsein, trotz des Geschützdonners, der gelegentlich von draußen hereindringt. In der Stunde, in der ein so schöner Tag zu Ende geht, darf ich Euch dieses Mal schreiben und meinen Dank aussprechen für all die Liebe, die ich am Weihnachtsfeste so stark verspürte.

Einiges muß ich nun nachholen, damit Ihr ein klares Bild bekommt. Bereits ein paar Tage vor dem Fest haben wir den letzten Hauptverbandsplatz verlassen und sind in eine größere Stadt zurückgegangen. Soweit man beim Militär von etwas Sicherheit reden kann, haben wir nun in dieser Stadt unser endgültiges Winterquartier, aus dem wir alle zwei Wochen zur Ablösung einer anderen Sanitätskompanie an die Front gehen sollen.

Wir haben es uns gemütlich eingerichtet. Unsere Wirtsleute sind außergewöhnlich aufmerksam und hilfsbereit. Sie halfen uns auch das Weihnachtsfest zu gestalten, mit weißen Tischdecken und Christbaumschmuck. Jeden Morgen, wenn wir noch schlafen, kommt schon der alte Mann herein und heizt ein. Ein für unsere Begriffe unerhörter Luxus ist elektrisches Licht. Gelegenheit zur Entlausung ist auch gegeben. Ihr könnt Euch kaum denken, wie dankbar wir dafür sind. Zwar trägt die Stadt schon ein wenig den Charakter der Etappe, mit Kino, Varieté und dergleichen, aber mich stört das nicht weiter. Ich fühle mich hier in einer Welt, die so sehr anders ist, als alle diese Dinge – die ja zugleich einer großen Täuschung dienen sollen!

An dem Frontabschnitt unseres Truppenteils ruhten an beiden Weihnachtstagen die Waffen. Die Russen, die ihr Weihnachtsfest erst im Januar feiern, haben nicht geschossen.

Später:
Für mich beginnt das Neue Jahr ganz besonders schön. Ein winziges Unheil ist mir zum Segen geworden. Noch in der Stadt haben ein paar Stiche einer Laus an den Beinen geeitert; aber sie waren so harmlos, daß ich die Fahrt hierher ohne weiteres mitmachen konnte. Erst hier draußen hat sich einer der Stiche zu einem Geschwür entwickelt. Diesem Umstand habe ich es zu verdanken, daß ich ein paar Tage liegen und ruhen darf. Ihr glaubt nicht, wie froh ich darüber bin. Endlich einmal ruhen und ausspannen können! Solange ich liege, habe ich keine Schmerzen. Ein guter und gewissenhafter Arzt behandelt mich, und ein lieber Kamerad sorgt für mich. Ich darf den ganzen Tag liegen und lesen, schlafen, schreiben, wie ich will. Wenn es nach mir ginge, würde das Geschwür gar nicht so schnell wieder heil. Denn die Ruhe und das Entbundensein von aller Pflicht sind eine große Wohltat. Und solange wir nur so wenige Verwundete haben, kommt es auf eine Kraft mehr oder weniger auch nicht an.

Ihr könnt Euch kaum vorstellen, wie primitiv wir hier leben. Auf Stroh liegen unsere Verwundeten ja ohnehin immer. Diesmal liege ich in einer Ecke unter ihnen. Die Behausung, eine Bauernhütte, ist von einem Stall kaum zu unterscheiden. Und doch könnte ich immerzu sagen: «Mir ist wohl, mir ist wohl.» Ein besseres Geschenk als das kleine Geschwür hätte mir die Jahreswende kaum bringen können. So schön ist die Ruhe.

Der Unteroffizier Fritz Hübner 1912–1983   vor Moskau
Wir staunten, daß sich der Russe ziemlich ruhig verhielt, und siehe da, es wurden sogar drei 15 cm Geschütze freundwärts hinter dem Dorf in Stellung gebracht. Wir fühlten uns sicher wie in Abrahams Schoß. Uffz. Schulz sorgte für regelmäßige warme Verpflegung, und unsere Landser fingen schon wieder an, Witze zu machen. Eine frische Infantrieeinheit besetzte das Dorf, was einerseits sehr schön war, doch andererseits hatten wir nicht viel Vertrauen zu den neuen Soldaten, sie hatten nämlich noch keine Erfahrung im Abwehrkampf. Es ging gut. Am Sylvesterabend saßen wir noch in diesem Dorf. Um 24 Uhr schickten die 15er Geschütze einen Neujahrsgruß zu den Russen. Wir hatten Trinkbranntwein bekommen, den Uffz. Köppen, unser Küchenbulle, zu einem trinkbaren Warmgetränk verarbeitet hatte, denn pur schmeckte dieses Zeug wie Rattengift. Aufpassen mußten wir, daß unsere Männer nicht zu sehr diesem Teufelszeug zusprachen, denn zum Einsatz konnte es jede Minute

kommen, aber auch diesbezüglich ging es gut, der Russe griff nicht an. Dann kam der Befehl, der große Freude auslöste. Unsere Kompanie wurde zurückgezogen. So schnell wie möglich machte sich die Kompanie zum Abmarsch fertig. Es war ein kläglicher Haufen, verlaust, verdreckt und schlecht ernährt, doch man sah allen die Freude an, vorerst aus diesem Schlamassel herauszukommen. Kurz vor dem nächsten Dorf erwartete uns ein Anblick, den ich nie vergessen werde. Schon von weitem sahen wir etwas liegen, was noch nicht klar zu erkennen war. Es sah so aus, als hätte man Holzkloben planlos übereinandergeworfen. Als wir näher kamen, sahen wir, daß es etwa hundert tote Kameraden waren, die zusammengetragen oder -gefahren worden waren, um sie in einem Massengrab anständig zu beerdigen. Die Toten hatte man nicht etwa pietätvoll nebeneinander gelegt, sondern wahrscheinlich von den Fahrzeugen einfach wie Holzstämme heruntergeworfen. Steif gefroren, mit verrenkten Armen und Beinen lagen unsere Kameraden da, ein Bild des Grauens! «So sieht der Heldentod aus», sagte ich zum Chef, der mir nicht darauf antwortete.

Der Oberleutnant Erich Mende 1916–1998　　　　Sowjetunion
Unvergeßlich war der letzte Tag des Jahres 1941, als wir gegen Abend zum Befehlsempfang zum Bataillonskommandeur Dr. Pier befohlen wurden.
Wir ernährten uns zu dieser Zeit und in den nächsten Tagen nur von Kartoffeln, die wir unterhalb der Häuser in den Vorratsgruben frostgeschützt vorfanden, und von Gurken, die der eine oder andere in einem Gurkenfaß ebenfalls vorfand. Dazu Tee, den wir aus dem Schmelzwasser des Schnees im Kochgeschirr bereiteten. Jetzt zeigte sich, wie klug die Vorsichtsmaßnahmen waren, jedem Soldat ein Tee-Päckchen und ein Säckchen mit Salz aufzuzwingen. Denn ohne beides hätten wir nicht in dieser Einschließung überleben können.
Als um Mitternacht das neue Jahr begann, hatte ein findiger Geist noch eine kleine Flasche Wodka irgendwo entdeckt. Mit dem gefüllten Trinkbecher prostete der Kommandeur uns zu und wünschte uns allen, daß wir aus dem Kessel herauskämen – eine unvergeßliche Minute des Schweigens folgte, während jeder von uns aus dem Trinkbecher einen kleinen Schluck nahm.

Der Unteroffizier Wolfgang Buff 1914–1942　　　　vor Leningrad
Der letzte Tag des nun verflossenen unglückseligen Jahres hat mir noch ein besonderes nachträgliches Weihnachtsgeschenk gebracht. Ein klei-

nes Feldöfchen für unseren Bunker. Drei FO 35 kamen hier in der Stellung an, und ich kann mich glücklich schätzen, dass ich einen davon bekam. Eben haben wir ihn unter Herrn Holzschneiders fachgemäßer Anleitung eingebaut. Das große Feuerloch ist nun mit Lehm und Steinen zugemauert und dient als Holzstapelplatz. Das Öfchen ist ungefähr 70 cm hoch, und ein kleines Rohr führt durch den ehemaligen Kamin ins Freie. Ich glaube, es wird wunderbar brennen und auch heizen. Und vor allem Zug und Qualm, die beiden Hauptübel bei jedem offenen Feuer, werden aufhören. Das ist ein schönes, unverdientes Weihnachtsgeschenk.

Aus dem Neujahrsaufruf des Führers: «Jetzt wogt im Osten Europas der Kampf an den Fronten auf und ab, um allmählich zu erstarren, während in Ostasien der Japaner seinen Vormarsch antritt.» Aus dem Tagesbefehl an die Wehrmacht: «Und wenn der Feind es jetzt versucht, während des Winters unsere Front zum Weichen zu bringen, so werden wir dafür sorgen, dass ihm das nicht gelingt. Im Frühjahr aber werden wir mit ganz neuen Kräften zur Fortsetzung des Kampfes, der die bolschewistische Welt zerschlagen wird, antreten.»

Unsere Silvesterfeier war schlicht und einfach. Alfred, Helmut und Karl Postlack, wir saßen zu viert im Rechenbunker, zündeten nochmal eine Christbaumkerze an, stellten kleine Transparente auf und sangen gemeinsam noch einmal die lieben Weihnachtslieder. Um 22 Uhr gab es dann noch ein kleines Artillerie-Duell zwischen uns und dem Russen, dann war es wieder ruhig, und wir saßen still zusammen und gedachten vergangener Zeiten.

Wie pompös und übermütig war es doch im vergangenen Jahr in diesen Tagen in Le Havre zugegangen. Jetzt sind wir still und bescheiden geworden und freuten uns, dass wir in einem warmen Bunker ungestört in Frieden beisammen sein konnten. Um 24 Uhr, als das Neue Jahr begann und draußen durch Leuchtkugeln und Schüsse eingeläutet wurde, sangen wir: «Großer Gott, wir loben Dich».

Das Neue Jahr begrüßte uns heute mit einer Temperatur von $-34°$, dem bisherigen Rekord an Kälte. Aber kein Wind, daher ziemlich erträglich. In den kurzen Tagesstunden leuchtender Sonnenschein, dessen Strahlen im bereiften schneebedeckten Winterwald märchenhaft glitzerten. Mein Befinden macht gute Fortschritte. Ich wagte mich zum ersten Mal wieder einige Schritte aus dem Bunker heraus. In wenigen Tagen hoffe ich wieder ganz dabei zu sein.

Der General
Franz Halder 1884–1972   Führerhauptquartier
Gen. Paulus: Maßnahmen zum Heranholen der 12. und 8. Pz.Div., die
von Heeresgruppe Nord zur Instandsetzung weit nach Estland zurückverlegt sind.

Iwan Andrijenko   *(Leningrad)*
Es wäre kaum eine Neuigkeit und es muß trotzdem öffentlich zugegeben werden, daß in der Sowjetunion ein System für die Versorgung der
Bevölkerung durch Nahrungsmittel und Konsumgüter für den Kriegs-
fall nicht existierte. Vor Kriegsausbruch hatten wir keine Vorstellung
davon. Sämtliche Vorschriften und Instruktionen hatten wir: wie Brand-
bomben zu bekämpfen und die Brände zu löschen waren, doch für die
Versorgung der Menschen mit den unentbehrlichsten Dingen lagen uns
keine Instruktionen vor.
In der belagerten Stadt lebten 2,54 Millionen Menschen, dazu noch
38 000 in den Vororten, die auch innerhalb des Belagerungsringes lagen.
Darunter waren viele alte Menschen, über 400 000 Kinder, über 700 000
nichtverdienende Familienangehörige. Bei der ersten Evakuierungswel-
le, mit der wir schon am 29. Juni 1941 begonnen hatten, gelang es uns, nur
636 000 Einwohner zu evakuieren. Die Lage hatte sich zwar verschärft,
doch die Leningrader wollten ihre Stadt nicht fluchtartig verlassen, niemand wollte freiwillig fliehen, niemand wollte Leningrad verlassen. Aus
den Stadtkreisen wurden dem Rat der Stadt Berichte vorgelegt, daß die
Stimmung der Bevölkerung deutlich gegen die Evakuierung gerichtet
sei. Die Bürger wollten ihre Stadt verteidigen. Einerseits war dieser Patriotismus begrüßenswert, andererseits bekamen wir dadurch zusätzliche Probleme. Wir hätten damals nicht nur 636 000 Menschen evakuieren müssen, sondern anderthalb, nein zweimal sogar dreimal soviel. Dann wären wir nicht in diese verzweifelte Lage gekommen, die
wir bald überwinden mußten, weil über 2,5 Millionen Bürger in der Stadt
geblieben waren.
Über das Eis des Ladoga-Sees konnten wir zuerst nur ganz wenig Leute herausschaffen. Damals hatten wir noch eiserne Rationen trockenen
Brots bei der Truppe und Mehlvorräte, die auf den Schiffen in Kronstadt
dezentralisiert gelagert wurden. Der Militärrat der Leningrader Front
traf die Entscheidung, diese Vorräte und eiserne Rationen für die Versorgung der Truppe zu nutzen, weil die Normen auch in der Armee nicht
mehr zu reduzieren waren.
Als am 21., 22., 23. Dezember 1941 die Einfuhr von Mehl den Verbrauch

überschritten hatte, versammelten wir uns alle wieder bei Schdanow. In der Sitzung des Militärrates wurde die Entscheidung getroffen, ab dem 25. Dezember 1941 die Brotrationen zu erhöhen. 100 Gramm für die Arbeiter, d. h. 350 Gramm anstatt 250 Gramm bei der bisherigen Norm, und 75 Gramm für die anderen Kategorien der Bevölkerung. Man muß ehrlich sagen, daß die Zulage nicht hoch war. Wir wollten natürlich wissen, wie die Bevölkerung sich dazu verhalten würde. Denn die Menschen erfuhren erst am nächsten Morgen davon, als sie in die Bäckereien kamen, um Brot zu holen. Überraschend bekamen sie 200 Gramm anstatt vorher 125 Gramm. Die Menschen fühlten sich bestimmt nicht deshalb sicherer, weil sie sich an dieser Zulage von 75 Gramm sättigen konnten, sondern weil sie daran glauben konnten, daß wir diese verfluchten Faschisten besiegen und die Versorgung organisieren würden.

Die Kinderärztin Anna Lichatschewa　　　　*Leningrad*
Meine lieben Patienten:
Sascha Rusakowa, 11 Monate alt, hat heute ihre ersten Schritte gemacht, sie wiegt 9 Kilo. Ihre Mutter, Arbeiterin in einem Rüstungsbetrieb, freut sich darüber. Leider kann ihr Vater, ein baltischer Matrose, sich nie mehr freuen, er ist für das Glück seiner Tochter vor einer Woche bei Peterhof gefallen.
Jura Rumjantzew, 5 Monate alt, wiegt 7 Kilo. Sein Vater ist an der Front, seine Mutter arbeitet in einem Betrieb.
Tolja Struganow, fünfeinhalb Monate alt, hat Augen so groß wie Untertassen, wiegt schon 7,2 Kilo. Sein Vater ist an der Front, die Mutter auch.
Ich denke an die Millionen Kinder in der ganzen Welt, denen der Krieg die Kindheit raubt. Russische, deutsche Kinder … Was ist der Sinn dieses Krieges?

Pjotr Samarin 1888–1942　　　　*Leningrad*
Heute ist der letzte Tag in diesem Jahr, Vorabend eines Neuen Jahres. Was bringt es uns? Das Schrecklichste ist der Hungertod. Nie zuvor hatte ich solche Erlebnisse wie heute. Und ich will trotzdem leben wie nie zuvor. Ja! In einer hochinteressanten Zeit leben wir. Was für Ereignisse sausen an uns vorbei! Man kann mit ihnen kaum Schritt halten. In der letzten Stunde hat man im Radio gebracht: unsere Truppe hat Kertsch und Feodossija auf der Krim genommen. Aus diesem Anlaß schickte Genosse Stalin ein Grußtelegramm an den Befehlshaber der Kaukasischen Front. In der heutigen «Prawda» ist ein toller Artikel von Emeljan Jaros-

loawskij, «Ein Jahr der großen Prüfungen». Tatsächlich, wie gut begann
es für uns! Was für große Perspektiven öffneten sich jedem von uns und
was wurde daraus durch diesen barbarischen Krieg. Hunger, elende Armut und Tod. Wird das Volk das einsehen und wird es den Nazismus
vernichten?
Sei verflucht, Hitler!
Lidusja rief an und bat mich um Erlaubnis, nach Rybatzkoje zu Musa
Grigorjewna fahren zu dürfen. Ich war damit einverstanden. Ich bleibe allein zu Hause. Bis 7.30 Uhr abends blieb ich bei der Arbeit. Kein
Licht. Ich kam nach Hause und fand dort Lidusja. Niemand hatte sie
abgeholt. So beschlossen wir, Fladen zu backen und Tee dazu zu trinken. Ab dem 1. Januar hat man für mich eine Arbeiterlebensmittelkar-
te organisiert. Ich bin wieder lebendig geworden. Ich werde mindestens
350 Gramm Brot bekommen. Allein das ist eine große Errungenschaft.
Man munkelt, daß ab dem 1. Januar die Brotrationen erhöht werden.
Kein Tabak, keine Papirossi. Ich habe Holz im Zimmer gehackt. Um
10.15 Uhr kamen die Militärs, uns abzuholen. Wir fuhren zu Musa Grigorjewna. Im geschlossenen Kasten eines Lkws ist es zu kalt unterwegs.
Fünf vor 12 waren wir vor Ort. Die Wohnung war voll von Soldaten.
Ein herrlicher Galatisch und alles von Licht überflutet. Sofort lud man
uns zu Tisch. Es kamen die Trinksprüche. Der Mann von Musa habe
heute einen «Geburtstag». Eben hat man ihn als Kandidaten in die bolschewistische Partei aufgenommen. Er ist Schriftsteller, heißt Grigor-
jew Nikolaj Fjodorowitsch, z. Z. Hauptmann der Pioniertruppe. Alle
verehren ihn. Ein interessanter Mann sowohl äußerlich als auch vom
Charakter her. Wir tranken Wodka und Wein. Als Imbiß wurden Heringe in Öl mit Kartoffeln und Sprotten angeboten. Viel Brot und Butter. Käse, Fischkoteletts. Gekochte Kartoffeln mit Butter, Fleischfrika-
dellen mit Reis. Kaffee mit Zucker, trockenes Weißbrot und heißer Kuchen. Mit einem Wort: wie im Traum ... Was ist Hunger! Ich konnte
mir nie vorstellen, daß ich so das Neue Jahr feiern würde. Ich war wirklich satt. Liduska fühlte sich schlecht wegen der Hitze, und wir mußten
gegen 3 oder 4 Uhr ins Bett gehen. Musa Grigorjewna hat auch Papirossi gefunden. So hatte ich auch etwas zu rauchen. Nikolaj Fjodorowitsch las eine von seinen Novellen über den Fahrdienstleiter an der
Oktober-Eisenbahn. Er habe damit gut verdient, sagte er. Es kam zu einem Gespräch über Literatur, Schriftsteller und so weiter. Er ist kein
dummer Kerl. Musa hat Glück mit ihm. Wie und womit konnte sie ihn
erobern? Sie sind sehr verschieden, und sie ist in jeder Hinsicht seiner
nicht wert. Aber auch sie kann im Leben ihren guten Platz finden. Gut

ist sie, geht nicht verloren. Sie ist auch Kandidatin der bolschewistischen Partei.

Soja Reschetkina *1923   *Leningrad*
Der letzte Dezembertag im ersten Kriegsjahr. Morgen beginnt das Neue Jahr. Was bringt es uns? Ich wünsche mir, daß der Krieg schneller zu Ende geht. Wann ist nur dieses unerträgliche Leid zu Ende?
Wir saßen am Bett unseres völlig kraftlos gewordenen Vaters, ich, meine Mutter und mein Bruder Jakow. Dabei aßen wir als Neujahrsgericht je ein Schälchen Sülze aus Tischlerleim. Dann bekam jeder noch ein kleines Bröckchen Brot, das wir zu diesem Fest sorgfältig gespart hatten. Wir spülten alles mit Wasser hinunter und gingen ins Bett.
Ich liege im Bett, apathisch und kraftlos. Nein, ich muß aus dem Bett und durch das Zimmer wandern. Keinesfalls liegen bleiben. Sonst sterbe ich ...
Der Tod! Welch ein schreckliches und unverständliches Wort. Und ich bin erst 18. Immer häufiger höre ich dieses Wort. Immer öfter haucht der Tod mir ins Genick. Gestern hat ein kleiner Junge den Brotladen betreten, er war schon einem Greis ähnlich. Er lehnte sich an die Wand und begann plötzlich ganz langsam zu Boden zu rutschen, setzte sich in einer ungewöhnlichen Pose ... Der Junge war tot. Der stechende Geruch des Brotes hat ihm den Rest gegeben.
Meine Eltern leben noch. Ich rede mir immer ein: «Nein, es kann nicht sein. Niemand soll sterben. Weder Vater noch die Mutter noch mein Bruder.» Und meinen eigenen Tod kann ich mir überhaupt nicht vorstellen.
Ich kann nicht einschlafen. Oh, wie gerne möchte ich einschlafen und im Traum etwas Schmackhaftes sehen. Gestern habe ich von Kuchen mit Kohl geträumt. Ich hoffe, daß auch heute ein guter Traum kommt, in dieser Neujahrsnacht. Mit diesen Gedanken schlief ich ein.
Ich wurde von einem schrecklichen, wilden Schrei geweckt und fuhr aus dem Bett hoch.
«Brot, Brot, Brot ... Gebt mir Brot!» Ich und mein Bruder liefen zu unserem Vater. «Sei doch ruhig, bitte, beruhige dich, hab nur ein bißchen Geduld», baten wir ihn flehentlich. Aber er wollte nichts hören oder verstehen und schrie weiter: «Brot, Brot, Brot...» Er schlug mit den geballten Fäusten gegen die Wand und bat so kläglich: «Nur ein kleines Stückchen Brot!»
Drei Stunden lang ertönte unaufhörlich sein Flehen. Auf einmal verstummte er. Gott sei Dank, er ist eingeschlafen, dachten wir ...

Am nächsten Morgen stand ich früh auf und ging Brot kaufen. Die Brotläden waren schon ab 6 Uhr früh geöffnet. Die Wasserleitung funktionierte nicht. Und es gab auch keinen Strom. Brot kann man ohne Wasser nicht backen, sogar das Brot der Blockadezeit, das man nur mit Mühe und Not als Brot bezeichnen konnte. Die Arbeiter der Bäckerei holten Wasser mit Eimern aus den Eislöchern in der Newa. Das dauerte immer sehr lange.

Ich stand einige Stunden an, bis das Brot antransportiert wurde. Als ich nach Hause zurückkam, war alles still in unserem Zimmer. Die Mutter döste, sie hatte sich die Decke bis über den Kopf gezogen. Eine Haarsträhne fiel ihr in die Stirn und war durch ihren Atem zu einem Eiszapfen geworden. Die Zimmertemperatur lag weit unter Null. Ich begann mit dem Reinemachen im Zimmer, was ich schon längst vorhatte. Der Bruder verließ seinen Schlafplatz auf dem Diwan und ging ins Bett zum Vater. Zu zweit liegen ist immer wärmer. Aber ehe er sich hinlegen konnte, sprang er wieder auf und schrie: «Vater ist tot!»

Hiermit kam der Tod auch in unser Haus. Schrecklich, unerbittlich und gnadenlos.

«Gestorben», flüsterte der Bruder. Dann setzte er sich aufs Bett und sagte mit gesenktem Kopf und im Gefühl des sicheren Untergangs: «Das ist alles.»

Ich verstand den Sinn seiner Worte.

«Jetzt bin ich dran», wollte er damit sagen.

Eine Woche später starb er. Nach wenigen Tagen folgte ihm meine liebe Mutter ...

ANHANG*

Editorische Notiz

Die Texte, die ich für DAS ECHOLOT auswählte, wurden in den meisten Fällen nicht gekürzt. Auslassungen am Anfang oder am Ende eines in sich geschlossenen Textes habe ich in der Regel nicht angezeigt. Hingegen habe ich Streichungen innerhalb eines Textes durch […] kenntlich gemacht. Eigenheiten in Stil, Orthographie und Zeichensetzung der Archivtexte wurden beibehalten, um die Authentizität der Dokumente zu wahren. Offensichtliche Verschreibungen wurden korrigiert. Ergänzungen oder Erläuterungen, die ich an manchen Stellen für nötig hielt, stehen in eckigen Klammern. In der Datumszeile zum Beginn der einzelnen Tage ist links nach dem Zeichen < die Zahl der Tage angegeben, die seit dem Kriegsbeginn vergangen sind, rechts vor dem Zeichen > die Zahl der Tage, die bis Kriegsende verbleiben.

Zur Kopfzeile: Namen von Autoren, die nicht genannt werden wollten, wurden entweder durch Initialen wiedergegeben oder pseudonymisiert. Entsprechend wurde verfahren, wenn die Rechteinhaber nicht identifiziert werden konnten.
Soweit es möglich war, wurden die Lebensdaten der Autoren ermittelt.
Die Orte stehen in runden Klammern, wenn die Texte nicht exakt einem Tag zugeordnet werden konnten. Orte, die nicht unter dem Zugriff der deutschen Wehrmacht standen, wurden kursiv gesetzt.

Es liegt in der Natur der Sache, daß Tatsachen und Vorkommnisse nicht auf ihren Wahrheitsgehalt überprüft werden konnten. Hieraus und aus dem subjektiven Charakter der Quellen erklären sich gelegentliche Widersprüche.

W. K.

---

* Erarbeitet von Dirk Hempel, Kirsten Hering und Barbara Münch-Kienast

Register

Das Register verzeichnet in aphabetischer Folge sämtliche in das Werk aufgenommenen Texte unter den jeweiligen Personennamen, Anonyma bzw. der Institution. Danach ist die Seitenzahl angegeben. Der Pfeil → am Ende des Eintrags verweist auf die entsprechenden Fundstellen im Quellenverzeichnis und zwar mit halbfett gedruckten Zahlen auf die veröffentlichten Quellen (*siehe* S. 722 ff.), mit halbfett gedrucktem Buchstaben A und nachfolgender Ziffer auf die Archive und Institutionen. (*siehe* S. 729 ff.).

Quellenverzeichnis

1. Veröffentlichte Quellen

Wenn nicht ausdrücklich anders vermerkt, liegt bei urheberrechtlich geschützten Autoren das Copyright © bei den in der jeweiligen Quellenangabe genannten Verlagen.

1 ALVENSLEBEN, UDO VON: *Lauter Abschiede*. Tagebuch im Kriege. Hrsg. v. Harald von Koenigswald. Berlin, Propyläen Verlag 1971
2 ANDREAS-FRIEDRICH, RUTH: *Der Schattenmann*. Schauplatz Berlin. Tagebuchaufzeichnungen 1938–1948. Mit einem Nachwort von Jörg Drews. Frankfurt a. M., Suhrkamp Verlag 1985
3 BARTH, EMIL: *Briefe aus den Jahren 1939 bis 1958*. Hrsg. von Hans Peter Keller. München, Limes Verlag in der F.A. Herbig Verlagsbuchhandlung 1968
4 BECKMANN, MAX: *Tagebücher 1940–1950*. Zusammengest. v. Mathilde Q. Beckmann. Hrsg. v. Erhard Göpel. Mit einem Vorw. v. Friedhelm W. Fischer. Nachdruck der erw. u. neu durchges. Ausg. 1979. München, Piper Verlag 1984
5 BENN, GOTTFRIED: *Briefe*. Bd. 1: Briefe an F.W. Oelze 1932–1945. Hrsg. v. Harald Steinhagen u. Jürgen Schröder. Vorw. v. F.W. Oelze. Wiesbaden, München, Limes Verlag 1977. © Stuttgart, Verlag Klett-Cotta
6 *Berliner Volks-Zeitung*, Abendausgabe, Beiblatt/Nr. 297, 89. Jg., 23.6.1911
7 *Blockade Leningrad 1941–1944*. Dokumente und Essays von Russen und Deutschen. Hrsg. v. Antje Leetz. Übersetzungen aus d. Russischen v. Günter Jäniche u. a. Reinbek, Rowohlt Taschenbuch Verlag 1992
8 *Blokadnaja kniga* [Blockadebuch]. 2 Teile. Hrsg. v. Ales Adamowitsch u. Daniil Granin. Moskau, Verlag Sowjetskij pisatel 1983
9 BRECHT, BERTOLT: *Werke*. Große komment. Berliner u. Frankfurter Ausg. Bd. 26: Journale 1: 1938–1941. Frankfurt a. M., Suhrkamp Verlag 1994
10 BRELOER, HEINRICH (Hrsg.): *Mein Tagebuch*. Geschichten vom Überleben 1939–1947. Köln, vgs Verlagsgesellschaft Schulfernsehen 1984
11 *Briefe des Soldaten Helmut N.* 1939–1945. Hrsg. von Marlies Tremper. Mit einem Nachwort von Kurt Pätzold. Berlin, Weimar, Aufbau-Verlag 1988
12 BROCH, HERMANN: *Kommentierte Werkausg.* Bd. 13/2: Briefe. 1938–1945. Hrsg. v. Paul Michael Lützeler. Frankfurt a. M., Suhrkamp Verlag 1981
13 BUFF, WOLFGANG: *Vor Leningrad*. Kriegstagebuch Ost vom 29. September 1941–1. September 1942. Bearb. v. Joachim Buff. Hrsg. v. Volksbund Deutsche Kriegsgräberfürsorge Kassel. Kassel, [2000]. © Joachim Buff
14 CAMUS, ALBERT: *Tagebücher 1935–1951*. Aus d. Franz. v. Guido G. Meister. Reinbek, Rowohlt Taschenbuch Verlag 1963 (deutsche Ausg.). © Paris, Éditions Gallimard 1962, 1964

15 CAROSSA, HANS: *Briefe*. Bd.3: 1937–1956. Hrsg. v. Eva Kampmann-Carossa. Frankfurt a. M., Insel Verlag 1981

16 COLVILLE, JOHN: *Downing-Street-Tagebücher 1939–1945*. Aus d. Engl. v. Karl H. Schneider. Berlin, Wolf Jobst Siedler Verlag 1988

17 COOPER, DUFF: *Das läßt sich nicht vergessen*. Autobiographie. Aus d. Engl. v. Hans u. Charlotte Kühner. München, Kindler und Schiermeyer Verlag 1954

18 CZECH, DANUTA: *Kalendarium der Ereignisse im Konzentrationslager Auschwitz-Birkenau 1939–1945*. Mit einem Vorw. v. Walter Laqueur. Deutsch v. Jochen August, Nina Kozlowski u. a. Reinbek, Rowohlt Verlag 1989

19 CZERNIAKÓW, ADAM: *Im Warschauer Getto*. Das Tagebuch des Adam Czerniaków 1939–1942. Mit einem Vorwort v. Israel Gutman. München, Verlag C.H. Beck 1986. © Yad Vashem, Jerusalem

20 *Das andere Gesicht des Krieges*. Deutsche Feldpostbriefe 1939–1945. Hrsg. v. Ortwin Buchbender u. Reinhold Sterz. München, Verlag C.H. Beck 1982

21 *Der Dienstkalender Heinrich Himmlers 1941/42*. Im Auftrag d. Forschungsstelle für Zeitgeschichte in Hamburg bearb., komment. und eingel. von Peter Witte u.a. Mit einem Vorwort v. Uwe Lohalm u. Wolfgang Scheffler. Hamburg, Christians Verlag 1999

22 *Der Spiegel*, 28. 5. 2001

23 DÖBLIN, ALFRED: *Ausgewählte Werke*. Bd.13: Briefe. Hrsg. v. Heinz Graber. Olten, Freiburg i. Br., Walter Verlag 1970

24 DURRELL, LAWRENCE, u. HENRY MILLER: *Briefe*. 1935–1959. Hrsg. v. George Wickes. Deutsch v. Herbert Zand. Reinbek, Rowohlt Verlag 1967 (deutsche Übersetzung). © Lawrence Durrell, Henry Miller 1962, 1963

25 EHRENBURG, ILJA: *Menschen – Jahre – Leben*. Autobiographie. Bd. 2. München, Kindler Verlag 1965 (deutsche Ausg.). © Paleyeva Faina

26 EISENSTEIN, ALBIN: *Die Kunst zu Überleben*. Erlebnisse und Beobachtungen in sibirischer Verbannung. Frankfurt a. M., H.-A. Herchen Verlag 1992

27 FAULKNER, WILLIAM: *Briefe*. Ausgewählt u. aus d. Amerikan. v. Elisabeth Schnack u. Fritz Senn. Zürich, Diogenes Verlag 1980

28 Frankfurter Allgemeine Zeitung, 22.9.2001

29 FUCHS, HELMUT: *Wer spricht von Siegen*. Der Bericht über unfreiwillige Jahre in Rußland. Geleitwort v. Lew Kopelew. München, Albrecht Knaus Verlag 1987

30 FURTWÄNGLER, WILHELM: *Aufzeichnungen 1924–1954*. Hrsg. v. Elisabeth Furtwängler u. Günter Birkner. Wiesbaden, F.A. Brockhaus 1980. © Mainz, Schott Musik international

31 GIDE, ANDRÉ: *Gesammelte Werke*. Bd.4: Autobiographisches. Hrsg. v. Raimund Theis. Aus d. Franz. übertr. v. Maria Schäfer-Rümelin u. Wilhelm Maria Lüsberg. Stuttgart, Deutsche Verlags-Anstalt 1990

32 GOEBBELS, JOSEPH: *Die Tagebücher von Joseph Goebbels*. Teil I: Aufzeichnungen 1923–1941, Bd.9: Dezember 1940 – Juli 1941. Im Auftrag d. Instituts für Zeitgeschichte u. mit Unterst. d. Staatlichen Archivdienstes Rußlands hrsg. v. Elke Fröhlich. München, K.G. Saur Verlag 1998. © Cordula Schacht

33 GOEBBELS, JOSEPH: *Die Tagebücher von Joseph Goebbels*. Teil II: Diktate 1941–1945, Bd. 1: Juli–September 1941. Im Auftrag d. Instituts für Zeitgeschichte u. mit Unterst. d. Staatlichen Archivdienstes Russlands hrsg. v. Elke Fröhlich. München u. a., K. G. Saur Verlag 1996. © Cordula Schacht

34 GOEBBELS, JOSEPH: *Die Tagebücher von Joseph Goebbels*. Teil II: Diktate 1941–1945, Bd. 2: Oktober–Dezember 1941. Im Auftrag d. Instituts für Zeitgeschichte u. mit Unterst. d. Staatlichen Archivdienstes Rußlands hrsg. v. Elke Fröhlich. München u. a., K. G. Saur Verlag 1996. © Cordula Schacht

35 GOLDSTEIN, BERNARD: *Die Sterne sind Zeugen*. Der Untergang der polnischen Juden. Aus d. Amerikan. übertr. v. Paul Stamford. Frankfurt a. M., Europäische Verlagsanstalt 1960

36 GREEN, JULIEN: *Tagebücher 1926–1942*. Hrsg. und annotiert v. Jacques Petit. Mit einem Vorw. v. Alain Claude Sulzer u. einer Einl. v. Giovanni Lucera. Aus d. Franz. v. Brigitta Restorff, Alain Claude Sulzer u. Christine Viragh Mäder. München, Paul List Verlag 1991 (deutsche Ausg.) © 1990 Julien Green

37 GUDERIAN, HEINZ: *Erinnerungen eines Soldaten*. Heidelberg, Kurt Vowinckel Verlag 1951. © Stuttgart, Paul Pietsch Verlage

38 HALDER, FRANZ: *Generaloberst Halder: Kriegstagebuch*. Tägliche Aufzeichnungen des Chefs des Generalstabes des Heeres 1939–1942. Bd. 3: Der Rußlandfeldzug bis zum Marsch auf Stalingrad (22. 6. 1941–24. 9. 1942). Hrsg. v. Arbeitskreis für Wehrforschung Stuttgart. Bearb. v. Hans-Adolf Jacobsen. Stuttgart, W. Kohlhammer Verlag 1964

39 HARMS, JOHANNA: *Im finstern Tal ...* Erinnerungen aus dem Lagerleben in Rußland. Mit einem Geleitwort v. Fritz Schmidt-König. Hermannsburg, Missionshandlung Hermannsburg 1982. © Dr. Hartwig Harms

40 HASSELL, ULRICH VON: *Die Hassell-Tagebücher 1938–1944*. Aufzeichnungen vom Anderen Deutschland. Hrsg. v. Friedrich Freiherr Hiller von Gaertringen. Nach einer Handschrift revidierte u. erw. Ausg. unter Mitarb. v. Klaus Peter Reiß. Berlin, Wolf Jobst Siedler Verlag 1988

41 HEBESTREIT, WILHELM: *Die unsichtbaren Helden*. Russisches Tagebuch. Mit einem Vorwort v. Wladyslaw Bartoszewski. Nachwort Peter Heigl. Freiburg i. Br., Verlag Herder 1986

42 HESSE, HERMANN, u. R. J. HUMM: *Briefwechsel*. Hrsg. v. Ursula u. Volker Michels. Frankfurt a. M., Suhrkamp Verlag 1977

43 HITLER, ADOLF: *Monologe im Führerhauptquartier 1941–1944*. Die Aufzeichnungen Heinrich Heims. Hrsg. v. Werner Jochmann u. François Genoud. München, Albrecht Knaus Verlag 1980

44 HOFER, KARL: *Malerei hat eine Zukunft*. Briefe, Aufsätze, Reden. Hrsg. v. Andreas Hüneke. Leipzig, Gustav Kiepenheuer Verlag 1991

45 HÜBNER, PAUL: *Lappland-Tagebuch 1941*. Kandern, Ried Verlag Paul Hübner 1985

46 HUCH, RICARDA: *Briefe an die Freunde*. Ausgew. u. eingef. v. Marie Baum. Tübingen, Rainer Wunderlich Verlag Hermann Leins 1955. © Stuttgart, Deutsche Verlags-Anstalt

47 *Ich will raus aus diesem Wahnsinn.* Deutsche Briefe von der Ostfront 1941–1945. Aus sowjetischen Archiven. Hrsg. v. Jürgen Reulecke u.a. Mit einem Vorwort v. Willy Brandt. Wuppertal, Peter Hammer Verlag 1991

48 JUNG, FRANZ: *Werke.* Bd.9/1: Briefe 1913–1963. Hrsg. v. Sieglinde u. Fritz Mierau. Hamburg, Verlag Lutz Schulenburg/Edition Nautilus 1996

49 JÜNGER, ERNST: *Sämtliche Werke in 18 Bänden.* Bd. 2: Tagebücher II. Strahlungen I. Stuttgart, Verlag Klett-Cotta 1979

50 KLEMPERER, VICTOR: *Ich will Zeugnis ablegen bis zum letzten.* Bd. 1: Tagebücher 1933–1941. Hrsg. v. Walter Nowojski unter Mitarb. v. Hadwig Klemperer. Berlin, Aufbau-Verlag 1995

51 KLEPPER, JOCHEN: *Unter dem Schatten Deiner Flügel.* Aus den Tagebüchern der Jahre 1932–1942. Stuttgart, Deutsche Verlags-Anstalt 1956

52 KLEPPER, JOCHEN: *Überwindung.* Tagebücher und Aufzeichnungen aus dem Kriege. Stuttgart, Deutsche Verlags-Anstalt 1958

53 KOGON, EUGEN: *Der SS-Staat.* Das System der deutschen Konzentrationslager. Frankfurt a. M., Europäische Verlagsanstalt 1946. © Dr. Eugen Kogon

54 KOLLWITZ, KÄTHE: *Die Tagebücher.* Hrsg. v. Jutta Bohnke-Kollwitz. Berlin, Wolf Jobst Siedler Verlag 1989

55 *Kriegstagebuch des Oberkommandos der Wehrmacht (Wehrmachtführungsstab) 1940–1945.* Bd. 1: 1. August 1940-41. Dezember 1941. Im Auftrag d. Arbeitskreises für Wehrforschung hrsg. v. Percy Ernst Schramm. Zusammengestellt u. erl. v. Hans-Adolf Jacobsen. München, Bernhard & Graefe 1962

56 KUBY, ERICH: *Mein Krieg.* Aufzeichnungen aus 2129 Tagen. München, nymphenburger in der F. A. Herbig Verlagsbuchhandlung 1975

57 KÜKELHAUS, HERMANN: *... ein Narr der Held.* Briefe und Gedichte 1939–43. Hrsg. v. Ingrid Grebe. ü. a. Ausg. Verlag Urachhaus 1998

58 LANDSHOFF, FRITZ H.: *Amsterdam, Keizersgracht 333. Querido Verlag.* Erinnerungen eines Verlegers. Mit Briefen und Dokumenten. Berlin, Weimar, Aufbau-Verlag 1991

59 LANGE, EITEL: *Mit dem Reichsmarschall im Kriege.* Ein Bericht in Wort und Bild. Stuttgart, Curt E. Schwab Verlag 1950

60 *Lebenszeichen aus Piaski.* Briefe Deportierter aus dem Distrikt Lublin 1940–1943. Hrsg. v. Else Behrend-Rosenfeld u. Gertrud Luckner. Mit einem Nachwort v. Albrecht Goes. München, Biederstein im C. H. Beck Verlag 1968

61 LEHMANN, FRITZ: *1939–1945.* Beobachtungen und Bekenntnisse. Hamburg, Hoffmann und Campe Verlag 1946

62 LICHTENSTEIN, HEINER: *Himmlers grüne Helfer.* Die Schutz- und Ordnungspolizei im «Dritten Reich». Vorw. v. Herbert Schnoor. Köln, Bund-Verlag 1990. © Heiner Lichtenstein

63 MALTHE-BRUUN, KIM: *Kim.* Die Tagebuchaufzeichnungen und Briefe des Kim Malthe-Bruun. Hrsg. v. Vibeke Malthe-Bruun. Aus d. Dän. v. Karl Matter. München, Wien, Carl Hanser Verlag 1995

64 MANN, ERIKA: *Briefe und Antworten.* Bd. 1: 1922–1950. Hrsg. v. Anna Zanco Prestel. München, Heinrich Ellermann Verlag 1984

65 MANN, KLAUS: *Briefe und Antworten.* Bd. 2: 1937–1949. Hrsg. v. Martin Gregor-Dellin. München, Heinrich Ellermann Verlag 1987

66 MANN, THOMAS: *Tagebücher 1940–1943.* Hrsg. v. Peter de Mendelssohn. Frankfurt a. M., S. Fischer Verlag 1982

67 MATARÉ, EWALD: *Tagebücher.* Ausgew. u. hrsg. v. Hanna Mataré u. Franz Müller. Köln, Verlag Jakob Hegner 1973

68 *Meldungen aus dem Reich 1938–1945.* Die geheimen Lageberichte des Sicherheitsdienstes der SS. Bd. 7: Nr. 180 vom 22. April 1941 – Nr. 211 vom 14. August 1941. Hrsg. u. eingel. v. Heinz Boberach. Herrsching, Pawlak Verlag o. J.

69 MENDE, ERICH: *Das verdammte Gewissen.* Zeuge der Zeit 1921–1945. München, F. A. Herbig Verlagsbuchhandlung 1982

70 MIKOJAN, ANASTAS IWANOWITSCH: *Wospominanija* [Erinnerungen]. In: Vojenno-Istoritscheskij Journal [Zeitschrift für Kriegsgeschichte], Heft 2. Moskau 1977

71 MOLTKE, HELMUTH JAMES: *Briefe an Freya 1939–1945.* Hrsg. v. Beate Ruhm von Oppen. München, Verlag C. H. Beck 1988

72 MOMBERT, ALFRED: *Briefe aus den Jahren 1893–1942.* Ausgew., hrsg. u. mit einem Nachwort v. B. J. Morse. Heidelberg, Verlag Lambert Schneider 1961

73 MORAN, LORD: *Churchill.* Der Kampf ums Überleben 1940–1965. Aus dem Tagebuch seines Leibarztes Lord Moran. Aus d. Engl. v. Karl Berisch. Hrsg. v. Sir Charles MacMoran Wilson. München, Droemer Knaur Verlag 1967 (deutsche Ausg.). © London, Constable & Robinson Publishing Ltd.

74 MORROW LINDBERGH, ANNE: *Welt ohne Frieden.* Tagebücher 1939–1944. München, Piper Verlag 1986 (deutsche Ausg.). © Anne Morrow Lindbergh 1980

75 MUEHLON, WILHELM: *Tagebuch der Kriegsjahre 1940–1944.* Hrsg. u. eingel. v. Jens Heisterkamp. Dornach, Gideon Spicker Verlag 1992. © Dr. Jens Heisterkamp

76 *Newskoje wremja* [St. Petersburger Zeitung], 27.01.1994

77 NICOLSON, HAROLD: *Tagebücher und Briefe.* Bd. 1: 1930–1941. Hrsg. v. Nigel Nicolson. Vorw., Ausw. u. Übers. aus d. Engl. v. Helmut Lindemann. Frankfurt a. M., S. Fischer Verlag 1969 (deutsche Ausg.). © London, Harper-Collins Publishers

78 NICOLSON, HAROLD: *Diaries and Letters 1930–1964.* Edited and Condensed by Stanley Olson, with an Introduction by Nigel Nicolson. London, Flamingo, an Imprint of Harper Collins Publishers 1996. © 1968 William Collins

79 NIN, ANAÏS: *Die Tagebücher der Anais Nïn 1939–1944.* Hrsg. v. Gunther Stuhlmannn. Aus d. Amerikan. v. Maria Dessauer. nymphenburger in der F. A. Herbig Verlagsbuchhandlung 1979

80 *O podwige twojom,* Leningrad [Über Deine Heldentat, Leningrad]. Moskau, Isobrasitelnoje iskusstwo, 1970.

81 PASTERNAK, BORIS, u. OLGA FREUDENBERG: *Briefwechsel 1910–1954.* Eingel. u. kommentiert v. Johanna Renate Döring-Smirnow. Mit einem Vorwort v. Raissa Orlowa Kopelew. Deutsch v. Rosemarie Tietze. Frankfurt a. M., S. Fischer Verlag 1986

82 PAVESE, CESARE: *Das Handwerk des Lebens*. Tagebücher 1935–1950. Aus d. Ital. v. Maja Pflug. München, Claassen Verlag 1988

83 PLIEVIER, HILDEGARD: *Ein Leben gelebt und verloren*. Roman. Frankfurt a. M., Heinrich Scheffler Verlag o. J.

84 *Poslednije pisma s fronta* [Die letzten Frontbriefe]. Bd. 1: 1941. Moskau, Vojenisdat 1991

85 QUERNER, CURT: *Tag der starken Farben*. Aus den Tagebüchern 1937 bis 1976. Hrsg. v. Hans-Peter Lühr. Vorwort v. Wulf Kirsten. Dresden, Dresdner Hefte Sonderausgabe 1996

86 RECK-MALLECZEWEN, FRIEDRICH PERCYVAL: *Tagebuch eines Verzweifelten*. Zeugnis einer inneren Emigration. Mit einem Vorwort v. Klaus Harpprecht. Stuttgart, Henry Goverts Verlag 1966

87 REICH, WILHELM, u. A. S. NEILL: *Zeugnisse einer Freundschaft*. Der Briefwechsel zwischen Wilhelm Reich und A. S. Neill 1936–1957. Hrsg. u. eingel. v. Beverley R. Placzek. Aus d. Engl. v. Bernd A. Laska. Köln, Verlag Kiepenheuer & Witsch 1986

88 SCHOLL, HANS u. SOPHIE: *Briefe und Aufzeichnungen*. Hrsg. v. Inge Jens. Frankfurt a. M., S. Fischer Verlag 1984

89 *«Schöne Zeiten»*. Judenmord aus der Sicht der Täter und Gaffer. Hrsg. v. Ernst Klee, Willi Dressen u. a. Frankfurt a. M, S. Fischer Verlag 1988

90 SCHOSTAKOWITSCH, DIMITRI: *Chaos statt Musik?* Briefe an einen Freund. Hrsg. u. komment. v. Isaak Dawydowitsch Glikman. Aus d. Russ. v. Thomas Klein u. Reimar Westendorf. Dt. Ausg. hrsg. u. mit Anm. versehen v. Reinar Westendorf. Berlin, Argon Verlag 1995 (deutsche Ausg.). © Paris, Éditions Albin Michel

91 *Schurnalisty rasskasywajut …* [Berichterstatter erzählen …]. Moskau, Sowjetskaja Rossija 1974

92 SCHWETZ, STEPAN: *Rjadowoj awiazii* [Soldat der Luftwaffe]. In: Moskwa, 7 (1982), S. 40–45.

93 SHAW, BERNARD, u. LORD ALFRED DOUGLAS: *«Seien Sie nicht so undankbar, mir zu antworten»*. Briefwechsel. Hrsg. v. Mary Hyde. Aus d. Engl. v. Ursula Michels-Wenz. Frankfurt a. M., Suhrkamp Verlag 1986

94 SHUKOW, G. K.: *Erinnerungen und Gedanken*. Bd. 1. Berlin, Militärverlag der Deutschen Demokratischen Republik 1976. © Berlin, Verlagsgruppe Dornier

95 *Snamja* [Organ des Schrifstellerbundes der UdSSR], Heft 6. Moskau. Verlag Prawda 1990

96 STAHLBERG, ALEXANDER: *Die verdammte Pflicht*. Erinnerungen 1932–1945. München, Ullstein Verlag 1987

97 STEIN, EDITH: *Briefauslese 1917–1942*; mit einem Dokumentenanhang zu ihrem Tode. Hrsg. v. Kloster der Karmelitinnen «Maria vom Frieden» Köln. Freiburg i. Br., Verlag Herder 1967

98 SUDALEW, P. K., W. A. JUMATOW (Hrsg.): *Mit eigenen Augen.* Moskauer Künstler im Großen Vaterländischen Krieg. Berlin, Militärverlag der Deutschen Demokratischen Republik 1988. © Berlin, Verlagsgruppe Dornier

99 Sündermann, Helmut: *Tagesparolen.* Deutsche Presseweisungen 1939–1945. Hitlers Propaganda und Kriegsführung. Aus dem Nachl. hrsg. v. Gert Sudholt. Leoni, Druffel-Verlag 1973

100 SUWOROW, NIKOLAJ: *Sireny sowut na posty.* [Die Sirenen rufen die Posten auf. Aus einem Blockadetagebuch]. Leningrad, Lenisdat 1980

101 VALÉRY, PAUL: *Cahiers/Hefte 5.* Hrsg. v. Hartmut Köhler u. Jürgen Schmidt-Radefeldt. Übers. v. Reinhard Huschke, Hartmut Köhler u. Jürgen Schmidt-Radefeldt. Frankfurt a. M., S. Fischer Verlag 1992 (deutsche Ausg.). © Paris, Éditions Gallimard 1973 u. 1974

102 *Vernichtungskrieg.* Verbrechen der Wehrmacht 1941 bis 1944. Hrsg. v. Hannes Heer u. Klaus Naumann. Hamburg, Hamburger Edition 1995. © Freiburg i. Br., Bundesarchiv-Militärarchiv

103 VOGEL, WERNER: *Lebenserinnerungen.* Bd. 2: 1919–1945. Niendorf, Privatdruck 1953

104 VORDTRIEDE, WERNER: *Das verlassene Haus.* Tagebuch aus dem amerikanischen Exil 1938–1947. München, Wien, Carl Hanser Verlag 1975

105 WALSER, ROBERT: *Briefe.* Frankfurt a. M., Zürich, Suhrkamp Verlag 1978. © mit Genehmigung der Carl Seelig-Stiftung Zürich

106 WEINHEBER, JOSEF: *Sämtliche Werke.* Bd. 5: Briefe. Hrsg. v. Josef Nadler u. Hedwig Weinheber. Salzburg, Otto Müller Verlag 1953

107 WOLF-FERRARI, ERMANNO: *Briefe aus einem halben Jahrhundert.* Hrsg. v. Mark Lothar. München, Langen Müller in der F. A. Herbig Verlagsbuchhandlung 1982

108 WOLFSKEHL, KARL: *Zehn Jahre Exil.* Briefe aus Neuseeland 1938–1948. Hrsg. v. Margot Ruben. Heidelberg, Verlag Lambert Schneider 1959

109 WOLKOGONOW, DMITRIJ: *Triumpf i tragedija. Knigawtoraja.* Moskau, Agentstwo petschati Nowosti 1989

110 ZWEIG, STEFAN, u. PAUL ZECH: *Briefe 1910–1942.* Hrsg. v. Donald G. Daviau. Rudolstadt, Greifenverlag 1984. © Zürich, Williams Verlag

2. Archive und Institutionen

A 1 Archiv der Eremitage, St. Petersburg
A 2 Das Kempowski Archiv, Nartum
A 3 Literaturarchiv Sulzbach-Rosenberg
A 4 Museum für Verteidigung und Blockade, St. Petersburg
A 5 Vereinigung der Blockadeüberlebenden, St. Petersburg
A 6 Zentralstaatsarchiv für Literatur und Kunst, St. Petersburg

3. Bildnachweis

Die Photographien stammen aus dem Kempowski Archiv, Nartum.
Die Bildunterschriften entsprechen den Beschriftungen der Photographien.

Die Karte zeichnete Achim Norweg.

Danksagung

Ich danke den Archiven, die mich bei meiner Materialsuche unterstützten, den Verlagen für die Erteilung der Abdruckgenehmigungen und allen Personen für ihre freundliche Bereitschaft, uns ihre Texte und Dokumente für DAS ECHO-LOT zur Verfügung zu stellen. Hugo Epskamp und Günter Möller danke ich für ihre Photographien.

Ferner danke ich für Recherchen und Transkriptionen Gisela Blankenburg-Kahrs, Andrej W. Doronin, Kirsten Hering und Wiebke Otte, für die Einholung der Abdruckgenehmigungen Barbara Münch-Kienast, ganz besonders aber Anatoli Philippowitsch Platitsyn für seine grundlegenden Recherchen und die Übersetzungen aus dem Russischen.

W. K.

✻

Der Krieg im Osten 1941

SCHWEDEN

FINNLAND

UdSSR

Helsinki

Tallinn
(Reval)

Narwa

Leningrad

Ladoga-
see

Nowgorod

Finnischer Meerbusen

ESTLAND

Ostsee

Riga

LETTLAND

Kalinin

Memel

LITAUEN

Düna

Witebsk

Wjasma

Moskau

HEERESGRUPPE NORD
(Leeb)

Königsberg

Kaunas

Wilna

OSTPREUSSEN

Orscha

Smolensk

Mogilew

HEERESGRUPPE MITTE
(Bock)

Minsk

Tula

Beresina

Bobruisk

UdSSR

Weichsel

Bialystok

WEISSRUSSLAND

Pripjet

Warschau

Brest-Litowsk

Pripjet-sümpfe

Kursk

GENERAL-
GOUVERNEMENT
(POLEN)

Bug

HEERESGRUPPE SÜD
(Rundsredt)

Kiew

Charkow

Donez

Lvov (Lemberg)

Dnjepr

SLOWAKEI

Karpaten

Czernowitz

Winniza

UKRAINE

Dnjestr

UNGARN

Pruth

Odessa

*Asowsches
Meer*

RUMÄNIEN

Krim

Sewastopol

Frontverlauf 1941

Bukarest

21. Juni

Donau

deutscher Angriff

BULGARIEN

Schwarzes Meer

weitester deutscher
Vorstoß Dezember
1941

0   500 km

Inhalt

Redaktion: Dirk Hempel

FSC

Mix
Produktgruppe aus vorbildlich
bewirtschafteten Wäldern und
anderen kontrollierten Herkünften

Zert.-Nr. GFA-COC-001298
www.fsc.org
© 1996 Forest Stewardship Council

Verlagsgruppe Random House FSC-DEU-0100
Das für dieses Buch verwendete FSC-zertifizierte Papier *EOS*
lieferte Salzer, St. Pölten.

5. Auflage
Genehmigte Taschenbuchausgabe April 2004,
btb Verlag in der Verlagsgruppe
Random House GmbH, München
Copyright © 2002 by Albrecht Knaus Verlag, München,
in der Verlagsgruppe Random House GmbH.
Lektorat: Karl Heinz Bittel
Umschlaggestaltung: Design Team München
Umschlagmotiv: Juan Genoves, «Postimagines» (Ausschnitt), 1969,
Museum Moderner Kunst Stiftung Ludwig, Wien
Satz: Filmsatz Schröter, München
Druck und Einband: Kösel, Krugzell
KR · Herstellung: Britta Barth
Printed in Germany
ISBN 978-3-442-73175-6

www.btb-verlag.de